中国历代圣贤故事集

中国历代明君故事

爱华文 著

团结出版社

图书在版编目（CIP）数据

中国历代圣贤故事集 / 爱华文等著. -- 北京：团结出版社，2019.8

ISBN 978-7-5126-7253-6

Ⅰ. ①中… Ⅱ. ①爱… Ⅲ. ①故事－作品集－中国－当代 Ⅳ. ①I247.81

中国版本图书馆CIP数据核字(2019)第165301号

出版： 团结出版社

（北京市东城区东皇城根南街84号 邮编：100006）

电话：（010）65228880 65244790（传真）

网址： www.tjpress.com

Email： zb65244790@vip.163.com

经销： 全国新华书店

印刷： 三河市祥达印刷包装有限公司

开本： 140×210 1/32

印张： 62.25

字数： 600千字

版次： 2020年9月 第1版

印次： 2020年9月 第1次印刷

书号： ISBN 978-7-5126-7253-6

定价： 220.00元（全11册）

目录

周成王：开创盛世的周天子

少年天子

周成王姓姬，名诵，是周武王姬发的儿子，母亲邑（yì）姜是姜太公吕尚的女儿。周成王和他的儿子周康王在位时期，社会安定，百姓安居乐业，40多年都没用刑法来处决人，被誉为“成康之治”。

周成王是西周王朝第二位君主，继位时只有14岁，因此由叔叔周公姬旦辅政。周成王在位21年，享年35岁，是中国历史上的一代明君。

天子无戏言

周武王打败殷商之后，仅在位三年就去世了，武王的儿子姬诵被立为成王。由于成王年纪小，天下又刚刚结束征战，武王担心会有诸侯叛乱，于是就让自己的弟弟周公摄政，辅佐成王治理天下。

■ 周成王像

有一次，成王与弟弟叔虞（yú）闲聊，一时高兴就拿起树叶开玩笑，说要分封土地给他。叔虞信以为真，就去告诉叔叔周公。周公对成王说："天子无戏言，如果天子说话不慎重，失信于人，将会失去人心。"于是成王就只好挑了一个日子，封叔虞于唐，方圆有一百里地。从此成王就更加注重听取别人的意见，慎言慎行。

周公在摄政期间制礼作乐，任贤用能，天下归心。后来成王长大了，周公就将国政交还给了成王。

慎重国事

成王从少年时期起，就经历过武王伐纣和平定"三监之乱"的征战，深知周朝的政权来之不易，所以亲自临政后，事事小心，处处留意，唯恐出差错。

有一次，成王向史官尹佚询问如何治理国家："我要如何做，才能让百姓亲近？"

尹佚回答说："要敬重、顺应他们。"

成王接着问："敬重和顺应百姓，要达到什么样的程度呢？"

尹佚回答："对待百姓的态度，要如临深渊，如履薄冰。"意思是对待百姓要像站在万丈深渊边上或者像走在很薄的冰上一样小心谨慎。

成王颇有感慨地说："作为君王是不是要常存敬畏呢？"

尹佚回答说："四海之内的民众，你善待他们，他们就会忠心耿耿地为我们出力，你不善待他们，他们就会成为我们的仇敌。以前夏朝的臣子仇恨桀（jié）而愿意做汤的臣子，商朝的臣子仇恨纣而愿意做武王的臣子。这是大家都了解的历史事实，做君王难道能不抱着敬畏心吗？"成王听完后，对于国事更加慎重，尤其对老百姓不用严苛的政策。

成王对周公的教导一直牢记在心，他时常用周公写的《无逸》《多士》等文章来提醒自己，以商代一些政治清明的君主为榜样，如祖乙、武丁等人不敢贪图安逸，爱护民力

■ 成王即位图

等，对自己严格要求，不敢骄奢淫逸，不敢懒惰懈怠。之前周公经过几年的治理，把各方的敌对势力大都讨伐消灭殆尽。被分封的各个诸侯国，也都成为周王朝的联盟和屏障，所以成王时期天下还算太平。

安定天下

成王为了使周初分封的众多诸侯可以同心协力保卫周室，曾在岐山南面举行诸侯的会盟，以增加诸侯之间的了解，促进相互的友谊与合作。尤其是分封到东部的齐国和鲁国，他让齐国的姜太公和鲁国的周公订立盟约，两国世世代代不要互相侵害。并将这份盟约，让齐国、鲁国各保存一份，另一份留在周室收藏。周成王对各诸侯国未来的和平发展考虑得还是非常周全的。

周成王统治时期，经济有了较大发展，尤其是农业方面。他实行了大规模耕作的“井田制”，使得生产力有很大提高。同时，周成王对内推行周公以德服人、谨慎用刑的主张，自己则力求节俭，不给百姓增加税赋。再加上对周公礼仪制度的推行，各项规章制度得到执行，为周朝以后的发展奠（diàn）定了很好的基础。

周成王与其子周康王统治期间，社会安定、百姓和睦，“刑错四十余年不用”，被誉为“成康之治”，成为了中国历史上第一个著名的盛世。

临终的嘱咐

周成王30多岁便病倒了，当时他的儿子年纪还小，他临终时，非常担心儿子姬钊（zhāo）不能胜任国家大事。于是下令召公、毕公、芮（ruì）伯等一些重臣来到他的跟前，嘱咐他们说：“看来我的病情很严重，活不了多久了。我们的祖先文王、武王功绩卓越，德行教化，安定天下，到我这一代没什么作为，只是按照上天的意志和祖宗的教训，不敢胡作非为罢了。希望你们可以率领诸侯辅佐太子钊，遇到艰难困苦要同舟共济，以友好的态度对待远方和近处的百姓。安抚好大小诸侯，不要让太子钊做出无理的事情来。”

不久，周成王病逝，周康王姬钊继位。大臣们根据成王一生的行事，认为他能治国安邦，成功地继承了文王和武王的大业，因此给他的谥（shì）号为“成”，称为“成王”。

周康王：勤政守业的明君

少年即位

周康王姓姬名钊，是周武王姬发的孙子，周成王姬诵的儿子，西周第三位君主，在位26年。周康王在位期间，国力强盛，天下统一，经济文化繁荣，社会安定。

与他的父亲周成王相似，周康王姬钊在即位前不但年纪小，也没显示出过人的能力和资质。为此，周成王自然就有些担心他能否继承大业，更怕儿子会成为一个碌碌无为的昏君，把祖宗留下来的江山败坏下去。他想到自己虽然资质平平，但由于有了周公的尽力辅佐，国家还是治理得井井

■ 周康王像

有条，取得令人满意的政绩。因此，周成王想要给儿子安排一位周公式的人物来辅佐他。于是他临终托付召公和毕公来辅佐康王。

贤臣辅佐

在康王的即位典礼上，召公和毕公率领各诸侯，引导康王礼拜先王庙，然后反复告诫他，周文王、周武王能够成就王业来之不易，要依照先王的遗训，安定天下，敬畏天命。先人文王和武王因为能够关怀臣民，刑罚宽猛得宜，才得到了天下，成王按照先王的法度，才成就了他的功业。他们都是通过实行善政而闻名天下，并吸引勇士和忠心的臣子。君王要整治好军队，生活上务必节俭，切莫贪婪，以诚信治理天下。并写下了《顾命》一文。康王表示，一定不辜负先人嘱托，使百姓生活安定，把祖宗基业传承下去。

勤政爱民

周康王在召公、毕公这些顾命大臣的辅佐下，勤政爱民，生活节俭。据说当时晋侯修了座漂亮高大的宫殿，受到了康王严厉的斥责。他还写下了《康王之诰（gào）》，除用很大的篇幅来叙述登基的情况外，还写了不少加强法律法规和治理整顿军队的治国政策。周康王登基伊始，就已制订出一套比较合理的政策，周康王一直孜孜不倦地按照既定的方针政策，执行他的治国安邦理念。

当时，洛阳主要是殷商遗民的聚居地，为了更好地管理这个地区，康王就派毕公逐家调查住在洛阳的殷民。这是有史可查的第一次对洛阳进行的人口普查，意味着康王对治理洛邑的决心和对商族遗民的重视。康王又传旨遍告各诸侯，宣誓要发扬文王、武王等留下的政治传统。一时间不管是成周洛邑，还是天下诸侯，都知道当今天子是一位认真而奋发的君主了。

讨伐鬼方

周康王一心想有所作为，然而在周朝的周围却有很多异族建立的小邦国，经常侵扰大周边境，尤其是位于周朝西北部的鬼方。为了将祖先的事业发扬光大，周康王出兵讨伐，剪除了这些困扰周朝百姓生活的入侵势力。周康王二十五年，他命令大将盂（yú）率周军进攻鬼方。鬼方见周军来袭，立刻出兵迎战，双方经过两次激烈的战役，最后周军大获全胜。从此，鬼方被驱逐到远离周朝首都镐（hào）京的地方，西北边境暂时安宁下来。

“成康之治”

周文王、周武王在位期间，周朝就已经比较强盛，后来再经过周公、周成王的努力，周朝国力进一步得到了发展。周康王继位后，继续推行周成王在位期间所实行的国策，再接再厉，使经济得到更大的发展。此时国库充裕，百姓安居乐业，社会安定团结，到处呈现出一派盛世的景象。

公元前996年，周康王去世了，他这一走也就结束了“成康之治”的盛世。他的儿子周昭王姬瑕（xiá）继位后，周王室就因为攻打楚国失败，而开始走向衰微。

秦始皇：统一六国的千古一帝

诞生

公元前259年1月17日，赵国都城邯郸，皇城以南一所极其简朴的房子里，一个在未来一统天下的孩子出生了。孩子的母亲赵姬是邯郸一户普通从商人家的姑娘，孩子的父亲姓嬴，名子楚，他是秦孝文王的亲生儿子，正统的王族血统。

看着这个孩子，子楚和赵姬并没有和寻常夫妇一样觉得开心，他们反而为孩子的命运而忧心忡忡，忧虑就忧虑在孩子不同寻常的身份上。子楚身为秦孝文王的儿子，却不受宠爱，在这种乱世之中，他被秦国当作人质送到了赵国。嬴子楚给儿子起名为政，嬴政身为人质的儿子，也被赵国默认为人质，不能回到秦国。

嬴政出生时，秦国和赵国关系正在急剧恶化。嬴子楚不受赵国人尊重，一家三口生活困窘。身为王族，出门连最简陋的车马也没有，所幸有大商人吕不韦对他的资助。这吕不

■ 秦始皇像

韦富可敌国，对金钱已经没什么追求了，他看嬴子楚有帝王之相，便决定帮助子楚，希望子楚有一天登上王位，能将他变得既有钱又有权。

吕不韦在金钱上的补给，让可怜的嬴政稍微幸福了一点点，至少一家人不用为生计发愁了。但是，他们的生活仍然危机四伏，只要赵国与秦国的关系不和谐，他们就有被杀的可能。

公元前257年，秦国与赵国关系恶化到极点，两国战争进入白热化，秦兵把赵国都城邯郸都给围了。吕不韦担心赵国对嬴子楚不利，于是带着重金对邯郸官员上下打点，千辛万苦总算把子楚偷偷送出了城。没过多久，赵王派人来捉秦国人质，却听到子楚逃跑的消息，气急败坏之下当即下令诛杀赵姬和嬴政！

可怜的嬴政，10岁不到就要跟着母亲满城躲藏，逃避赵国军队的搜查追捕，似乎全赵国的人都想要他的小命。这样的经历给嬴政的心灵带来不小的创伤，年幼的他变得多疑，性格也渐渐变得刚烈而暴戾，从此不敢再轻易相信任何人。

嬴政和母亲在赵国忍受着苦难，嬴子楚回到秦国后也没闲着，他尽心尽力地侍奉秦孝文王，讨其欢心。最终，在吕不韦及孝文王最宠爱的华阳夫人的帮助下，嬴子楚才得以继承秦国王位，是为秦庄襄王。

登上王位

子楚继位，嬴政在赵国的苦难日子总算到头了，秦庄襄王将母子二人接回秦国，并将嬴政立为太子。两年后秦庄襄王病逝，嬴政便理所当然地登上了王位。此时的嬴政刚满13岁，但幼年的苦难经历使他的心智早已成熟。他知道自己还没到亲政的年龄，对于治国打仗也知之甚少，必须隐忍！

这个时候，最为风光的要数吕不韦了，他帮助嬴子楚登上王位，自己就做了丞相，成功实现了既有钱又有权的梦想。如今嬴子楚去世，嬴政羽翼尚未丰，他独揽朝政大权，在秦国一手遮天，迎来了人生最辉煌的时刻。他被秦王嬴政称为“仲父”，名义上是国相，却有着君王的权力，据说那时候他家里光奴仆就有上万人。

嬴子楚去世后，留下太后赵姬一人，心中本来也有些孤寂，再加上她之前就是吕不韦的侍妾，又得到过吕不韦的帮助，所以很信任吕不韦，渐渐地，两人就重归旧好了。

时光如梭，嬴政渐渐长大，即将亲政。吕不韦害怕自己和太后之间的事情暴露，想要离开，但太后却不同意。吕不韦表现得很决绝，他觉得性命比感情更重要。于是，他便将自己的门客嫪毐（lào ǎi）送去陪伴太后，对外谎称嫪毐是太后新招的太监。嫪毐成功赢得太后的信任，在太后的庇护下，他被封为长信侯，暗中收了很多党羽，渐渐在朝廷拥有了极大的势力。

清理祸患

公元前238年，嬴政22岁，羽翼逐渐丰满的他开始亲政。他亲政的第一步，便是清理身边的祸患，矛头首先指向的便是吕不韦和嫪毐！

随着年龄的增长，嬴政的心智越发缜密。他意识到宫中以吕不韦和嫪毐两人为首的两大集团是对他统治的最大威胁，于是便命人调查这两人的事情。嫪毐知道纸里包不住火，事情最终会败露，自己也难逃一死，最终决定铤而走险！

这年春日的一天，嬴政在秦国旧都雍城的蕲（qí）年宫进行国君成人加冕仪式，宣布亲自处理朝政。这时嫪毐的叛军突然攻打过来。不过嬴政早有准备，他利用提前在蕲年宫布置好的3千精兵，打败了叛军。嫪毐一看情况不对，转而打咸阳宫，不过那里也早有嬴政安排好的军队。叛军大败，嫪毐落荒而逃。嬴政对嫪毐恨之入骨，当即下令：生擒嫪毐者赐钱百万，杀死嫪毐者赐钱50万。没过多久，嫪毐就被逮到了，嬴政将他处以车裂之刑，并灭三族。

至于吕不韦的事情，嬴政心中也是一清二楚。但念在吕不韦侍奉过先王，早年又给过自己很大的资助，没有他，自己也不能登上王位，因此，没有赐他死罪，只是撤了他的相国之位。不过事情并没有这么结束。这样过了一年多，生性多疑的嬴政还是对吕不韦的事耿耿于怀：吕不韦有功又如何？他如此大逆不道，我的惩罚还是太轻了，他掌权多年，和朝廷众多权臣关系密切，对我始终是个威胁。于是，嬴政给吕不韦写了一封信：你对秦国有什么功劳，还拥有那么多封地？你跟我有什么血缘关系，还号称“仲父”？你好意思吗？你的封地我要收回了，你跟你的家人都迁到蜀地去住吧！

吕不韦接到嬴政的信，顿时心如死灰。他看着嬴政长大，了解他的性子，他知道嬴政不把自己逼上绝路不会善罢甘休。吕不韦不想日后像嫪毐那样惨死，干脆自己配置了毒酒，自杀身亡。

威胁统治的嫪毐、吕不韦两大集团被铲除，秦国内部形势稳定，嬴政开始全身心地投入到他的统一大业中，他决心要成为一个前无古人，后无来者的千古帝王！

重用李斯

此时的秦国实力是最强的，想要灭掉齐、楚、燕、韩、赵、魏中任何一个单独的国家都不成问题，但是想要一统六国却并不简单。假使六国意识到有被灭掉的风险，一定会联合起来抗秦。当年苏秦游说六国，推行合纵的策略，给秦国造成极大威胁。就在嬴政发愁的时候，能人李斯来为他分忧了。

李斯本是楚国人，非常有才，但是没受到重用，于是就跑到了秦国寻求出路，碰巧被吕不韦看中，于是有了接触秦王的机会。看到嬴政发愁，李斯开始为他出谋划策。他对嬴政说："单打独斗，没有哪个国家能胜过秦国，我想，您唯一担心的就是六国又玩那合纵的把戏。"嬴政一听，连忙问李斯怎么解决合纵的问题。于是李斯提出了一个"一手拿金子，一手提刀子"的策略。

什么叫"一手拿金子，一手提刀子"呢？李斯是这样解释的：派人去收买各国有名望的大臣、谋士，不接受贿赂的，就背后捅他一刀。没法收买也没法杀掉的，就对其使用离间计，使他们君臣不合，没心思谈合纵。李斯还劝嬴政不要吝啬钱财，收买人心的钱一定要给足。嬴政哪会吝啬呢？反正以后这些钱全要连本带利回到他手上。就这样，嬴政采纳了李斯的建议，狠下血本，派了很多人带重金去六国搞起破坏来。

收买、暗杀、离间，李斯的策略取得了很好的成效。六国之间开始相互猜忌，合纵的可能性越来越小，嬴政一统天下的条件渐渐成熟了。

一统天下

公元前236年，嬴政开始疯狂地讨伐六国，而六国迟迟没有联合起来抵抗秦国。公元前230年，秦将内史腾攻入韩国都城，俘虏了韩王安，韩国灭亡。自此，秦国统一的步伐越来越稳，越来越快。公元前221年，嬴政的统一大业终于完成，天下再无齐、楚、燕、韩、赵、魏，唯有一秦。

泱泱华夏大地，尽处于嬴政的掌控之中，嬴政觉得自己的功劳甚至盖过了太古时代的三皇五帝。于是他取“三皇”的“皇”字与“五帝”的“帝”字，构成“皇帝”一词，自称为“始皇帝”，以显示自己是有史以来最伟大的君王。

不过，嬴政真正的伟大之处并不仅仅在于统一了华夏大地，还在于他在制度上改变了君王统治国家的方式，加速了各个地区人民的经济、文化交流。

统一天下以后，嬴政一直在思考一个问题——如何巩固自己的统治。当年周王朝也统一了天下，最后周王朝还不是四分五裂，群雄并起。嬴政想来想去，觉得还是制度的问题，一个国家怎么能有那么多王呢？什么齐王、楚王、燕王、赵王，每个王都有军队和封地，不乱才怪。我的国家只能有一个王，那就是秦王！

嬴政很明智地废除了分封制和贵族官员的世袭制，重新建立了一套由国家到地方的郡县制和官僚制。他把国家划分为三十六个郡，每个郡又划分为多个县，并把官僚由丞相到县令一层一层安排下去，一级管一级，最终大权归中央。这种中央集权制，完美地避免了春秋、战国时那种群雄割据的局面。

千古一帝

要想成为人人称颂的千古帝王，仅仅保证国家统一是不够的，于是嬴政开始研究怎样才能使人民得到更好的发展。这时李斯又帮了大忙。

此时，全国各地的人们使用的文字各不相同，这给人民之间的交流带来了极大的不便。李斯建议嬴政统一全国的文字，嬴政当即下令，让李斯等人进行文字的统一工作。李斯以秦国人常用的大篆为基础，结合其他地区文字的优点，创造出一种更简单齐整的新文字——小篆。

为了便于各地百姓的经济文化交流，嬴政不光主张统一文字，还统一了度量衡、货币，甚至连修路、造车的标准，人民的伦理道德和行为规范等都定好了。

做好了这一切，嬴政的心放松了下来，他感觉自己的成就，似乎已经超过了有史以来任何一位帝王。自公元前219年起，他开始四处巡游，欣赏自己亲手打下来的天下。每到一个地方，他都命人在石头上铭刻记功，为自己歌功颂德。

嬴政夺得了天下，拥有了权力、金钱、女人、虚荣……只要他想要，还有什么得不到吗？随着时间的推移，嬴政发现，确实还有一样东西不是他想要就能有的，而且这样东西正在慢慢变少……那就是时间！时光易逝，嬴政的双鬓渐渐斑白，他猛然醒悟，自己是千古帝王又能怎样，最终还不是得跟普通人一样倒下，最后归于尘土！

嬴政慌了，他开始疯狂地修建宫殿，以便能更好地享受人间富贵。他为自己修建陵墓，准备陪葬品，期盼死后在另一个世界能更快活。他甚至专门派出一支庞大的队伍，为自己寻找那根本不存在的长生不老药！

千古帝王，一统天下，却敌不过时间。公元前210年，嬴政在第五次东巡途中去世，享年50岁。

嬴政的一生存在很大的争议，有人说他为人暴戾，严刑苛法，滥用民力。也有人说他统一天下，统一文字、度量衡等，为后世的和平统一做出了贡献。但无论如何，他都是影响中国乃至世界历史的重量级人物。千古一帝，当之无愧。

刘邦：建立汉朝的平民天子

泗水的亭长

在西方，中华文化还有一个别称，叫作“汉学”。实际上，我们生活中有许多方面都和“汉”文化有关，比如我们的文字叫作“汉字”，大多数的民族是“汉族”，穿的古装叫作“汉服”等。这一切都源于一个伟大的王朝——汉朝。建立汉朝的开国帝王，是中国第一位从平民中走出来的天子，他就是刘邦。

刘邦出生在秦朝时的沛郡（今江苏沛县），家里贫穷，自己又没有学习如何做生意，也不怎么会赚钱，便在乡里给衙役做一些跑腿的活计，后来补得一个泗水亭长。这亭长的职务，就是负责抓捕盗贼的。他虽然没有什么大学问，然而却很有气度，志气也很高远。他没钱沽酒，便去酒店中赊贷，有了钱时，就加倍奉还。他挥金如土，没有丝毫穷酸气。一次，他因为公务到了长安，刚好遇到秦始皇出游，他见皇帝身边有很多随从，声势非常浩大，非常感叹地说：“大丈夫就应该这样子啊!”

娶吕公之女

单父(今山东单县)人吕公和沛令(县官)是很好的朋友,吕公为了躲避仇人的追杀而从单父迁居到了沛郡,沛中的豪吏听说吕公是沛令的贵客,都纷纷拿了重礼前去庆贺。萧何当时是沛吏,代理一切受贺的事宜。当接受完贺礼开始宴席的时候,萧何对所有来庆贺的客人说道:“贺钱不满一千的,请坐在堂下。”刘邦心里素来轻视沛县这些当官的人,这次随着小官来庆贺,便写了一份贺帖,说他的贺钱是一万,其实他并没拿钱。吕公见了他的贺帖,大为惊异,忙出门去迎接。

吕公本是善相人之术的,等见了刘邦,就对他大为敬重,并让他坐了上座,刘邦也毫不谦逊地坐了上座。宴会结束以后,吕公单独把刘邦留了下来,对他说道:“我从小就喜欢研究相人之术,我看过很多人的相貌,都不及你的相貌。希望你自己爱惜,不要自弃了。我有一个女儿,愿给你做一个执箕帚的妻妾。”

刘邦走了之后,吕公的妻子吕媪埋怨吕公道:“你常说女儿有贵人之相,当配贵人,怎么你就一个人拿主意把她许配给了刘邦呢?”吕公回答说:“这不是你一介女子所知道的。”于是刘邦就娶了吕公之女为妻。

醉酒斩蛇

秦始皇是一个特别喜爱修建宫殿的人。他在活着的时候，便在骊山（在陕西西安临潼区）建筑他的陵墓，工程浩大，令国中各郡县选了徒役送至骊山。可怜那些被送去的农民，要抛弃他们家中的父母妻子和田中的工作，来做这种苦工。沛县也不例外，自然也是要选送徒役的。于是沛令强迫选了农民数百人，命令刘邦护送至骊山。

刘邦是一个生性好酒的人，他在护送徒役的路上喝得大醉，那些徒役便乘机逃走，所以没走多远，徒役已经逃亡了一半。刘邦心里想着，若是到达骊山时，岂不要逃得一个也没有了？秦朝的法令最严，这种事情是要被处以死刑的。于是走到丰县，刘邦便下令停止前行，买了许多酒肉，和一些徒役们痛饮。到了夜间，便将徒役们全部释放了，并对他们说道：“你们都去逃命吧，我从此也要逃亡了。”那些徒役听了，异常感激，当时有十几个壮士愿跟着刘邦一同逃亡。刘邦便和那十几个壮士趁着夜间取一条小路逃走。他们令一个人先行引路，那先行的人，忽然回报说道：“前面有一条大蛇，拦住了道路。”刘邦这时还带着几分酒气，听了说道：“壮士行路，还怕什么！”说罢，便自己冲向前面，拔出佩剑，将那

■ 刘邦像

大蛇斩成两段，复前行数里，便在路中醉得呼呼大睡了。

据当时传说，有一个丰县人，于刘邦斩蛇后，也从那地经过，见一老妪正哭得很伤心，那人问她为什么哭？老妪回答说："我的儿子被人杀了！"那人又问道："你的儿子为什么被人杀了呢？"老妪说："我的儿子是白帝子，化为蛇拦住道路，今被赤帝子斩杀了。"那人听了，很是惊异，以为见鬼，便要去打那老妪，那老妪忽然就不见了。那个人愈加惊恐，急往前行，恰巧遇着刘邦从醉梦中醒来，便将此怪异之事告诉刘邦。刘邦听了，心里很欢喜，便自负自己不是凡人了。

沛县起义

刘邦从此不能归家，便和那些壮士，一同隐藏在临淮砀（dàng）山一带的山谷中。他的妻子常来和他相会，每次都很容易就找到了他。刘邦问他的妻子："你是怎么知道我的住处，这般容易找到我的呢？"妻子回答说："你所居住的地方，上面常有云气，我只按着云气的方向，便可以找到你。”刘邦听了，心里更加欢喜。由是沛县很多人都以为刘邦不凡，渐渐地都来归附了。

秦始皇去世了，二世皇帝即位，人民受秦朝苛政的压迫，已经到了无法忍受的地步。陈胜、吴广趁着这个机会，便在大泽乡起义，斩木为剑，揭竿而起，人民纷纷附和。他们杀了郡县的官吏，占据了城池，起兵反抗秦朝。一时间百姓纷纷响应，天下骚动，豪杰蜂起。

沛郡受到了影响，人民自然也是蠢蠢欲动，谣言蜂起。沛令心里非常恐惧，便想背叛秦朝，响应陈胜，以保全自己的性命。这时，萧何、曹参都在沛郡为吏，就对沛令说道：“您是秦朝的官吏，今要响应陈胜，恐怕沛县子弟不能听从您的命令。不如召集逃亡在外的数百人，来沛中做保护，那么沛中子弟就不敢不听从您的命令了。”于是沛令便命樊哙（kuài）去找到刘邦，让他回到沛郡。

这时，刘邦已经集合数百人了，他便和樊哙一同来到沛郡。沛令见刘邦带领这么多人来，心里恐怕有变，便关闭了城门，拒绝刘邦入城，并想诛杀萧何、曹参。萧何、曹参急忙逃出城外，投到刘邦的一伙中。刘邦于是写了一封信，用箭射入城去，告诉沛中的父老乡亲们说：“现在各方义兵四起，如今父老乡亲们要替沛令守城，若是外面的兵杀过来了，沛郡要受屠城的惨运。不如现在杀了沛令，选立一个有才能的人，以响应义兵，才能免得身家之祸。”沛中的父老乡亲都觉得刘邦说的有道理，便率领子弟把沛令杀了，开城迎接刘邦，想要立刘邦为主。刘邦再三辞让，但是众人都推立刘邦为主，称为“沛公”。

攻入长安

这时，一同起兵反抗秦朝的人很多，项梁在吴地起兵，刘邦和项梁联合，共立楚怀王的孙子熊心为楚怀王，以号召天下。后来项梁死了，项羽继承项梁的基业，仍和刘邦共尊楚王，齐心协力去攻打秦朝。

怀王和诸将共同约定：“最先攻入长安的，就做秦地的王。”于是刘邦和项羽都出兵去打秦朝。项羽的兵力很强，和秦朝的大兵相遇，屡次打败了秦兵，秦朝的大将也都投降归服项羽了。刘邦一直出兵西行，凡攻破的地方，不加屠杀，只令归降，因此刘邦所到之处，都闻风投服，一路乘胜而来，大破秦兵，于是刘邦就先攻入长安了。

这时，秦二世皇帝已被赵高所杀，赵高立子婴为帝。子婴为报仇，诛杀了赵高。后听闻刘邦大军已至，捧着皇帝的玺印，降立道旁。刘邦收了玺印，也不加害，还将秦朝的重宝财物，尽封藏于府库中，自己退出长安，驻军灞上（位于今西安市东）。百姓因刘邦秋毫未犯，都感激他的恩德，恳切地留他为秦王。

项羽听得刘邦已先入长安，便大为愤怒，急忙引兵向长安来攻打刘邦。这时，项羽的兵力有100万，刘邦兵力只有20万，以刘邦的实力根本打不过项羽。又因张良跟项伯是故交，于是刘邦便派张良去求项军中的项伯援救。项伯于是对项羽说道："刘邦要不先破了长安，公岂能这么容易就入关呢？现在人家有大功，我们反而要攻打他，这是不对的。"项羽听了项伯的话，才停止了进攻。刘邦又亲自率领百余骑，求见项羽，自请谢罪，并对项羽说道："我入了长安以后，把秦朝的宝物封藏，为的是防备他人入关，特在此守候将军呢！"项羽听了，这才消了怒气。于是项羽带兵入了长安，把秦朝的阿房宫，尽数烧毁，大火一连烧了三个月，所经过的地方，都成了残破之地，百姓对项羽的举动大为失望。

楚汉相争

项羽没能先进入长安，就怨恨怀王和各位将领订立先入为王的约定，就说道："怀王是我家所立的，并没有功劳，怎么能够和各位将领订约呢？"于是假装尊奉怀王为义帝，其实根本不听他的命令，自立为西楚霸王，定都彭城（今徐州），封刘邦为刘邦，都城在南郑。他把长安关中的地方，分封给了三个秦朝的降将，还把当时起兵的都封为王。项羽的势力很强，一般诸侯都不敢不唯命是从。后来他又把义帝迁到长沙郴（chēn）县，不久后就派人把义帝杀了。

刘邦只得到南郑（今陕西汉中市南郑）做了汉王，但是他的军吏士卒很多是山东人，大家日夜都想要东归，所以都郁郁不乐。不久，刘邦听说项羽杀了义帝，于是就替义帝发丧，召集诸侯的兵，去讨伐项羽，结果被项羽打得大败。这时，刘邦的父亲太公和妻子吕后都在沛郡，也被项羽的兵抓去了。

刘邦从此不敢再向项羽宣战，只是让诸侯去挑衅楚兵，又任用韩信为大将，攻取了许多的土地。时间一久，自己的实力日渐充足，然后又发兵去牵制项羽。项羽的智谋不及刘邦，刘邦长守不攻，纵然兵力强盛，时间长了，也会被累得疲惫不堪。

项羽性急，见刘邦不肯出战，便要把太公和吕后烹了，以激怒刘邦。刘邦派人对项羽说道："我和你同侍义帝，从情谊上讲属于兄弟，我的父亲也就是你的父亲了，如果你要烹了父亲，请你分给我一杯羹。"项羽想了想，既然烹了太公，也是无益于事，便和刘邦讲和，以鸿沟为界，鸿沟以西归汉，鸿沟以东归楚。刘邦答应了，于是项羽将太公和吕后送还给了刘邦。

后来刘邦背弃前约，暗中集合诸侯的军队，在垓（gāi）下（位于今安徽灵璧县境内）攻击项羽。项羽兵少，又没有了粮食，被汉兵重重围住。夜间，汉军使计，在四面唱起了楚歌，以扰乱项羽部队的军心。最后，项羽带着一些残兵冲出，又斩杀汉军数人，而后在乌江挥剑自刎。

建立汉朝

刘邦打败了项羽，统一了中国，建都长安，自立为皇帝，国号为汉，称为汉高祖。

刘邦建立汉朝以后，他看到秦朝因为法律严苛，被百姓推翻了，就废除了很多严酷的法律，采用以教化为主、刑法为辅的办法来治理天下。他封萧何做了相国，让萧何参考秦朝的法律作了“汉律”。他重用叔孙通整理朝纲，叔孙通制定了一套适合当时形势需要的政治礼仪制度，为汉朝的建立和政权的巩固起了很大的作用。

刘邦是中国历史上第一个从平民中走出来的天子，他建立的汉朝延续了长达400余年的统一。他的创建政治体制和经济制度为后世统治者所沿用。汉朝也可以说是中国历史上最强盛的朝代，至今都令人景仰与怀念！

汉文帝：孝顺节俭的盛世之君

“文景之治”的开创者

汉文帝刘恒是汉高祖刘邦的第四个儿子，母亲是地位不高的薄姬，但他是西汉前期一位重要的皇帝。他在汉初的混乱之后，注重安定朝政，选贤任能，削除酷刑，减少战争，减轻赋役，重视农业生产，积累社会财富。他的儿子汉景帝继续推行了这些政策。经过文景二帝40年的努力，西汉王朝从战争的动荡中恢复过来，走向了鼎盛时期。后世把文帝和景帝时期的清明政治，称为“文景之治”。

谨慎的母亲

汉文帝的母亲薄姬是汉高祖刘邦的众多姬妾之一，在后宫地位低微，却是个谦卑谨慎的人。在汉文帝小时候，整个皇宫都笼罩在吕后专权的阴影之下，如果吕后对哪个妃子不满，这个妃子就要倒霉了。当时的薄姬和刘恒，都处

■ 汉文帝像

在战战兢兢、如履薄冰的生存环境中。

薄姬看透了宫廷的险恶，想远离后宫这个是非之地。在刘恒8岁时，她主动要求封到外地，于是刘恒被立为代王，辖地就是现在的河北和山西的部分地区。薄姬随儿子一起来到分封地，代地完全没有京城的繁华，甚至是满目苍凉，初到时，刘恒很伤感。母亲告诫他，孔子说过，“贤者避世，其次避地”，意思是说在乱世，贤明的人会避开纷乱的世事，其次是远离是非之地。虽然现在世道安宁，但宫中很不太平，所以要跑得远一点儿才安全。老子的“无为”和“不争”是避免灾祸的处世法宝，要好好学习老子的智慧。

后来的事实证明，薄姬是明智的，由于远离宫廷，他们母子俩才得以逃脱吕后的打击。在戚夫人和她的儿子赵王如意被害时，刘恒却在代地自由自在地成长。

继承王位

汉高祖刘邦驾崩后，汉惠帝刘盈继位做了皇帝，不久也死去了，之后吕后就临朝称制。吕后过世后，以陈平、周勃为首的大臣们诛杀了企图发动叛乱的吕氏家族成员，并商议由谁继承皇位，取代此前吕后立的小皇帝刘弘。因为刘弘不是惠帝的后代，不应继承皇位。讨论的结果是，大家选中了刘邦的儿子中尚存的年纪最长，又有宽厚仁慈之名的代王刘恒，于是派使者前去迎接。

刘恒见到朝廷派来的使者，不但没觉得高兴，反而起了疑心，担心这是一个阴谋，如果贸然赴京，会不会遭到暗算呢？于是刘恒一边禀报母亲，一边决定占卜一下吉凶，占卜的结果非常吉利。但代王母子还是拿不定主意，便派舅舅薄昭先去长安探听虚实，薄昭见到周勃后，弄清了原委，刘恒这才带着随从向长安进发。走到离长安城不远的高陵县时，他又停下来，派属下进城打探，当得知大臣们都在长安城郊外等候迎接时，刘恒才放心地进了城。在群臣一致请求代王继承高祖皇位时，刘恒再三谦让，最后还是被拥立做了皇帝，史称“汉文帝”。

仁厚、节俭的帝王

文帝当政之初，便大封辅佐过刘邦开国的元老功臣，周勃因为拥立有功升任百官之首——右丞相，陈平为左丞相，灌婴任太尉等。文帝对老臣们的尊重和信任，也赢得了他们的倾力辅佐。他很快从代国把母亲薄太后接来京城，并运用母亲教给他的黄老之术治理天下，与民休息，惠及百姓。

他登基后连发几道诏书：凡是80岁以上的老人，每人每月可以到当地政府领取米、肉、酒等；90岁以上的老人，每人再加赐帛、棉絮等，赐给90岁以上老人的慰问品，必须由县丞或者县尉亲自送达。他还废除了一人有罪，全家牵连治，并被收为奴隶的严苛法律。后来又减轻刑罚，废除了残酷的肉刑（肉刑是指割鼻子、砍手脚等使人致残的刑罚）。

文帝一直提倡勤俭节约，并要求官员不得以任何形式扰民。在他位的第二年，就责成审计部门清点长安的公用马匹，将多余的马划拨到驿站使用。他自己身体力行，奉行节俭：宫殿是旧的，不再装修；苑林很小，不再扩建。当时的宴游场所不够用，需要再建一个露台，但文帝一看预算，需用一百两黄金，眉头就皱了起来，这等于十户中等人家的财产，太奢侈了，就取消不建了。他自己衣着非常简单，宫中的帐幕也不许用织锦绣花的豪华品。

亲尝汤药

文帝的母亲薄太后年事已高，日渐衰老，汉文帝不免担忧起母亲的身体。一次，母亲病倒了，文帝焦急万分，请来最好的医生给太后诊治。他深恐母亲一病不起，时刻牵挂着母亲，也不放心让宫女们来照顾，因此只要完成公务，文帝就会径直来到母亲寝宫，守护在母亲床前。看到母亲憔悴的面容，文帝食不甘味，夜不能眠，他亲自为母亲端水送药，一心想着让母亲尽快好起来。只要母亲感觉好了一些，文帝心中就感到无限的喜悦。

薄太后一病就是三年，身为一国之君的汉文帝，几乎很少能睡上一个安稳觉。为了更好地照顾母亲，文帝还学习汤药的药效和剂量，对什么时候用药，如何熬制才能充分发挥药效等，他都谙熟于心。母亲每次服药前，文帝都会先尝，品一品熬煮的浓度是否适当、温度是否合适，然后再嘱咐进行调制调温，直到适宜母亲服用之后，才放心地端给母亲。汉文帝一方面对母亲尽孝心，另一方面还在全国倡导孝敬廉洁之风，并嘉奖这些世人模范，以带动良善的社会风气。

贤明的君主

文帝非常重视农业，他认为农业是天下的根本。为了劝农耕种，他在春日亲自扶犁耕地，以作表率。他还采纳晁（cháo）错的建议，允许天下人以粮食换取爵位，或者用粮食来赎罪，还大幅度地减轻徭役，后来还免除了农民的赋税，人头税从120钱减到40钱，徭役从每年一次减为三年一次，就这样，他赢得了万民称颂。

文帝还是个能虚心纳谏的君主，他废除了“诽谤”“妖言”之类的罪名，扫清了谏言的障碍。朝中有号召进言的旗帜，大道桥边有专供人写政治缺失的木板，无论上谏的官职高低，文帝都会认真对待。

即位之初，文帝常招集君臣游猎宴饮。灌婴家的骑士贾士上疏，劝文帝把自己和大臣的注意力集中到国事上，文帝欣然接受了。作为武将的冯唐曾经让文帝当众下不来台，但文帝都能妥善处理，绝不会凭个人喜怒随意处罚人。

死后要求薄葬

公元前157年，文帝去世，享年46岁。他不仅生前俭朴，死后也要求薄葬。他在遗诏中说，希望改变厚葬的习俗，将自己葬在长安东南的霸陵，随葬品一律用陶器，不许用金银制品，坟墓沿山形成，不堆封土。之前汉代皇帝从死到下葬至少一百多天，官员百姓还有很多繁文缛节，文帝却令天下臣民三天后就不要穿丧服，停丧期间也不禁止百姓的婚丧嫁娶，还把宫中夫人以下的妃嫔都送回家，不白白耽误这些人的一生。

文帝在位期间，以仁政治国，使社会稳定、经济繁荣，为他的接班人汉景帝再创辉煌打下了坚实的基础，而他自己也成为一代明君，名垂青史。

汉景帝：承前启后的贤君

继盛世荣光

汉景帝刘启是汉文帝刘恒的儿子，母亲是窦太后，景帝是西汉第四位皇帝，在位16年，享年48岁。

汉景帝在西汉历史上占有重要地位，他继承和发展了父亲汉文帝的事业，与父亲一起开创了“文景之治”，并为他的儿子汉武帝刘彻开创的“汉武盛世”奠定基础，完成从文帝到武帝的过渡。按照《逸周书·谥法解》上说，“耆（shì）意大虑曰景”，意思是说喜欢深思熟虑，善于充分谋划，可以称“景”这个谥号。“布义行刚曰景”意思是说传播仁义，品德坚强，可以称“景”这个谥号。所以汉景帝刘启的谥号定为“孝景”。

汉景帝并不是文帝的长子，但前面的四个哥哥都相继病逝了，自然他就成了最年长的儿子。在文帝即位后不久，他就被立为太子。到文帝驾崩时，32岁的汉景帝就登基继任了。汉文帝临走前嘱咐他说：当政以后，务必继续实行休养

■ 汉景帝像

生息的政策，把国富民强的局面延续下去；万一哪天国家发生动乱，就让周亚夫统领军队去平息，他绝对能够保证江山社稷的安全。汉文帝的确高瞻远瞩，景帝也听取了父亲的遗训。

景帝上任后就先大赦天下，最意外的是，他竟然给天下百姓官员人人爵位提升一级，相当于是给老百姓也都封了官，赐予爵位一级，还把全国农民的田租减免了一半。景帝在位16年，大约有七次大赦天下，不仅大赦那些刑事犯，还大赦参与叛乱的政治犯，从这可以看出他的宽广胸怀。景帝的大赦既给犯过错的人一次重新做人的机会，又推进了以德治国的基本国策。

平定叛乱，成功削藩

景帝即位后，首先要解决的是诸侯王势力太大的问题，他先提拔力主削藩的晁错做内史，然后又升他做御史大夫，位列三公之一，就是朝廷中最尊贵的三个官职之一。晁错经过分析，告诉景帝要特别提防诸侯势力最强大的吴王刘濞（bì），恰好刘濞与景帝还有杀子之恨。刘贤是刘濞之子，他从小就养成轻佻剽悍的个性，平时又很骄慢。在景帝还是太子的时候，刘贤入京陪伴景帝喝酒下棋，与景帝争棋路时，态度极不恭敬，景帝就拿起棋盘，不料却失手将刘贤打死了。汉文帝派人将刘贤的遗体送回吴国，从此吴王刘濞就十分怨恨景帝。

吴王刘濞为了对抗朝廷，暗中准备了40年。他私自铸钱，贩卖私盐，还招纳亡命之徒，谋反之心越来越昭著。所以，晁错极力主张景帝削藩，剥夺诸侯王的封地。景帝听取了晁错的建议，决定先从吴王刘濞开始，于是就削夺了吴国的会稽和豫章两个郡。

刘濞见动手的时机已到，就联合各地诸侯王打着“清君侧，诛晁错”的旗号反叛作乱。这次叛乱总共有七个诸侯王参加，所以历史上称为“七国之乱”。当时有一位曾经在吴国做过丞相的袁盎趁机劝说景帝杀掉晁错，他认为杀掉晁错就可以保住国家安全，平息叛乱。景帝采纳了袁盎的计策，便杀了晁错，谁知反叛的军队并没有因此而撤退。景帝想起父亲临终时的嘱咐，就调派周亚夫带兵平叛。周亚夫采用以空间换时间，放弃梁国，断绝叛军的吴楚粮道的计策，然后坚守不出，最终击败了叛军。周亚夫仅用了三个月的时间就将叛乱彻底平定，吴王刘濞兵败被杀。

七国之乱平定之后，景帝趁机将各诸侯的权力收回中央，诸侯王不再有行政权和司法特权，此后诸侯割据问题得以彻底解决。诸侯王的领郡由汉高祖时的42个减少到26个，而中央直接管理的郡由高祖时的15个增加到44个，这对加强中央集权意义重大。

富国强兵

景帝时期，匈奴逐渐强大起来，经常南下烧杀抢掠汉地的百姓。这时，景帝一边继续采取和亲的政策进行安抚，并在边界设立市场，与匈奴人做生意；另一边又在积极地备战防御，这个时候就涌现出了如李广、程不识等一批卓越的将领。李广擅骑射，作战勇武敏捷，经常打的匈奴人节节败退，以致匈奴人一听到李广的名字就害怕，并尊称他为“飞将军”。

景帝非常注重农业生产，严厉打击擅用民力的官吏，并劝勉百姓从事农业和养蚕业，以保证大家有吃有穿。景帝还允许农民向土地肥沃的地方迁移，并禁止用谷物酿酒，禁止用粮食来喂马，这样一来，汉朝的粮库就更加充实了。

景帝在法律上实行轻刑慎罚的政策。之前文帝已经废除肉刑改成了笞刑，就是用竹板打，但打的量多时还会打死人。景帝就规定了竹板的长短、宽窄，要求竹节要削平，打的中间不能换人，并且对判刑非常谨慎。景帝时期，从上至下的官员都逐渐重视发展教育，当时有个人叫文翁，创办了郡国的官办学堂，对文化教育起到了重要的推动作用。

由于景帝采取了一系列的惠民政策，当时的社会稳定、经济得到发展，人口大量增加，国库殷实。据说，当时国库里存的钱太多了，以至于串钱的绳子都烂了。

谆谆示儿

景帝立了刘彻为太子，就是后来实现中兴的汉武帝。他还教导太子说："人不患其不知，患其为诈也；不患其不勇，患其为暴也；不患其不富，患其亡厌也。其唯廉士，寡欲易足。"意思是说对于官吏，不怕他不聪明，就怕他奸诈狡猾；不怕他不勇猛，就怕他对百姓残暴；不怕他不富有，就怕他贪得无厌。只有两袖清风、一生廉洁的贤士，才是少欲知足的人。

景帝48岁时患了重病，不久就死于长安未央宫。景帝在位16年，他将一个经济繁荣的国家留给了儿子汉武帝。

汉武帝：雄才大略的大汉天子

少年即位

汉武帝刘彻原来叫刘彘（zhì），是汉景帝的儿子，他16岁就登基做了皇帝，在位54年，享年70岁，是中国历史上在位和享年比较长的帝王之一。

按照《逸周书·谥法解》上说“威强睿德曰武”，就是说威严、坚强、明智、仁德叫作武。汉武帝在军事上也的确是一位雄才大略的杰出君主，他在位时开辟了广大的疆域，开创了汉朝军事最鼎盛的时期。

根据《史记》记载，汉武帝的母亲王美人在怀孕时，梦见有太阳进入她的怀中，并告诉当时还是太子的汉景帝，汉景帝说，这是富贵的征兆。汉武帝出生那年，正好是父亲汉景帝登基这一年。汉武帝一出生便是皇子，但由于母亲王美人只是个妃子，按照皇家继承的宗法规定，他是没有资格继承皇位的。所以，刘彻在4岁时，被封为胶东王，他的大哥刘荣被立为太子。

■ 汉武帝像

汉景帝有个姐姐叫刘嫖（piāo），就是馆陶公主，她的女儿叫陈阿娇。馆陶公主想把阿娇嫁给皇太子刘荣，这样女儿未来就是皇后了。但刘荣的母亲栗姬却不同意，于是馆陶公主和栗姬就结下了仇怨。馆陶公主于是又想把女儿许配给刘彻，王美人很高兴地答应了。馆陶公主对弟弟汉景帝施加了一些影响，加之刘彻也聪颖过人，景帝开始注意刘彻。后来太子刘荣被废，刘彻7岁时，母亲王氏被立为皇后，不久他便当了太子。

到刘彻16岁继承皇位时，汉朝已经建立了60多年，此前的"文景之治"，使经济得到恢复和发展，天下安定。但"无为"的黄老思想，给了诸侯和豪强做大做强的机会，同时也加剧了社会的贫富差距。雄心勃勃的汉武帝崇尚具有进取精神的儒家学说，广泛招纳贤士、严格法度、削弱王侯权力、振兴教育，同时对外准备反击匈奴。而此时的朝中大权仍操纵在窦太皇太后手中。窦太皇太后是汉武帝的奶奶，被立为皇后已经有40年之久。她在宫内宫外权高势大，再加上有一些皇亲国戚到窦太皇太后那里诽谤汉武帝的政治措施。于是，她得知朝政举措后，很快就中断了武帝的新政，把儒家官员一一罢免。当时汉武帝也无可奈何，只能等待时机。

独尊儒术，改革制度

汉武帝22岁时，窦太皇太后病逝，汉武帝终于大权在握，得到施展政治抱负的机会。他采用了董仲舒“罢黜（chù）百家，独尊儒术”的建议，为儒学教育在历史上的特殊地位奠定了基础。又在都城长安建立儒学教育机构太学，并从太学中挑选成绩优异的学生，增补为官员。“太学”是当时的最高学府，学习的是儒家五经，太学的教师称为“博士”。这种“学而优则仕”的教育与选官相结合的制度，使儒学成为读书人做官的必备知识，也使天下读书人都统一到儒家思想上来。

汉武帝还加强了中央集权，削弱了诸侯王的势力，他颁布“推恩令”，让诸侯王将自己的土地分给子弟。诸侯王的封地在这种政策的推动下自然就缩减了，而各诸侯王也不再享有政治上的特权。与此同时，朝廷还削夺在祭祀时不按规定献黄金王侯的爵位。汉武帝通过恩威并用，解决了诸侯王势力过大的问题。

汉武帝改革了监察制度，把全国划分成十三部州，每州派刺史，专门检查各地豪强的违法乱纪和地方长官的营私舞弊情况。同时，武帝把制造货币的权力也收归中央，国家统一经营盐和铁，重农抑商。

出兵匈奴

汉武帝军事方面的功绩很多。汉初的无为政治在一定程度上助长了匈奴等民族的贪婪和掠夺，给边境百姓带来了不少灾难。汉武帝推行抗击加安抚的民族政策，先平定了南方闽（mǐn）越国的动乱，并用抗御匈奴来犯代替带有屈辱性质的和亲政策。他派名将卫青、霍去病三次大规模出击匈奴，收复河套地区，夺取河西走廊，将当时汉朝的北部疆域从长城沿线推至漠北，使今天新疆、甘肃等地纳入中国版图。尤其是小将霍去病，18岁时便脱颖而出，奔袭数千里，深入匈奴腹地，打赢了多次以少胜多的战役，被汉武帝封为“冠军侯”。

经过多次的战争，匈奴人马伤亡惨重，丧失了肥沃茂盛的漠南地区，匈奴王庭逃到了漠北一带。汉武帝抗击匈奴，解决了从西汉初年以来匈奴对中原的威胁，给边界百姓带来了安宁。同时，汉武帝还派张骞出使西域，著名的“丝绸之路”就是从此开始的。中原的丝绸和漆器等精美的手工制品传入西域，西域的胡萝卜、葡萄、骆驼、汗血宝马等也输入中原。

下罪己诏

汉武帝由于征伐战事过多，军费开支巨大，虚耗了国内的财富，他还大兴土木，建立上林苑，劳民伤财。尤其在武帝晚年，为了寻求长生不老的仙丹，迷信鬼神和江湖术士。有人以巫术害人的罪名陷害太子刘据，逼得太子冤死。种种打击使武帝开始反思自己的所作所为。不久，他遣散了炼丹的方士，在登泰山明堂祭祀之后，汉武帝下《轮台罪己诏》，说到自己即位以来，做了很多错事，给天下百姓带来灾难，非常后悔。从今往后，但凡伤害百姓，浪费民力的事情，都不再做了。

作为天子的汉武帝能及时看到自己的过失，也显示出了他的远见和胸怀。之后他采用与民生息、恩富养民的政策，天下也因此逐渐归于和谐安定，为“昭宣中兴”奠定了基础。汉武帝在弥留之际下诏立刘弗陵为太子，同时拜霍光为辅命大臣。汉武帝过世后，刘弗陵继位，称为汉昭帝。

在汉武帝执政期间，政治上空前发展，经济上全面繁荣，文化振兴，国力强盛。这一时期人才辈出，有大经学家董仲舒、教育家公孙弘、史学家司马迁、文学家司马相如、军事家卫青和霍去病、外交家张骞、音乐家李延年等。他们当中一些人还是奴隶或平民出身，可见汉武帝不拘一格地任用人才，使得有才华的人集中出现，推动了当时社会发展的灿烂辉煌。

汉宣帝：中兴汉朝的贤君

襁褓入狱

汉宣帝刘询原名刘病已，是汉武帝的曾孙，他18岁继位，在位25年，享年43岁。他的祖父是汉武帝的第一个太子刘据，因为巫蛊（gǔ）之祸被满门抄斩，牵连到当时还在襁褓（qiǎng bǎo）中的刘询，只有几个月大也被打入监牢。

由于幼年时遭遇的艰难，汉宣帝深知百姓疾苦，在位期间，注重民生，发展农业生产，励精图治，任贤用能。当时全国社会安定，经济繁荣，官员尽职，百姓乐业，史称“宣帝中兴”。汉宣帝是西汉四位拥有正式庙号的皇帝之一，也是历史上有名的贤君。

汉宣帝幼时可称得上是多灾多难，才出生几个月，就赶上有人陷害他的祖父刘据，说刘据用巫蛊咒他的曾祖父汉武帝，刘据的三个儿子和一个女儿都被处死了，只留下小婴儿时的汉宣帝被收到监狱。幸亏遇到好心的廷尉监丙吉，他在狱中找了个女犯人当刘询的乳母，用自己的俸禄给刘询买衣

■ 汉宣帝像

食，想尽办法保护他。有一年，汉武帝生病，风水师说长安城监狱有天子之气，汉武帝即刻派人到监狱去，命令将监狱中的人一律处死。夜晚使者到来，丙吉紧闭大门说："皇曾孙在此，普通人都不能无辜被杀，何况皇上的亲曾孙呢？"丙吉大义凛然地拒不执行皇帝的旨意，到了天亮，使者只能无奈回去复命。这时汉武帝也清醒了，于是大赦天下。汉宣帝得救了，之后又被丙吉送到亲戚家抚养。

被立为帝

汉武帝后来下诏，将刘询收养在皇宫的掖（yè）庭，并将他列入宗室名单中，此时汉宣帝的宗室地位才得到承认。掖庭令张贺曾是刘据的部下，他对刘询百般照顾，还自己出钱供他念书，后来他还替刘询出聘礼，娶了掖庭一位官员许广汉的女儿许平君为妻。之后，刘询就住到了许家。他聪明好学，经常在长安周围游历，他的辗转经历和这些游走见闻，让他深切体会了民间的疾苦和吏治的得失。

汉昭帝刘弗陵在公元前74年驾崩，他没有儿子，朝中权臣霍光等人立昌邑（yì）王刘贺为皇帝。但由于刘贺刚即位就想摆脱权臣的控制，不但没有成功，还被以“荒淫无行，失帝王礼仪，乱汉制度”等罪名被废了。之后还要再立新君，于是丙吉就推荐汉武帝的曾孙刘询，当时他已经18岁，通晓经书，相貌品行都很好。大臣们同意了丙吉的提议，当年7月，大司马大将军霍光奏议让刘询即位，史称汉宣帝。

隐忍寻旧剑

汉宣帝刘询即位之初，深知朝政全部掌握在霍光手里，霍光已经成为当时实际上的最高统治者。为了避免步昌邑王的后尘，汉宣帝对霍光集团咄咄逼人的政治压力，保持最大的隐忍。霍光虽然表示要归还权力，汉宣帝却再三推辞，明确表示非常信任霍光，还请霍光继续主持朝政，直到霍光去世。

汉宣帝是从一介平民登基，却不因富贵而冷淡了曾经共患难的妻子。他即位后不久，大臣们商议立皇后的事，众人都认为霍光的女儿是皇后的最佳人选，汉宣帝却故意下令要找自己贫寒时用过的一把旧剑，说自己十分想念它，希望众位爱卿可以帮找回来。群臣都领会了皇上的心意，于是提议立原配许平君为皇后，汉宣帝如愿以偿。但霍光的妻子一心希望女儿霍成君当上皇后，于是在许平君再次怀孕生下一女时，她暗地里让御医给皇后的药中做了手脚，许平君最后被毒死了。汉宣帝知道后悲痛不已。

汉宣帝即位后第六年，霍光去世了，他按皇帝葬礼的规格埋葬了霍光，并开始亲理朝政。汉宣帝一方面重用自己的亲信，另一方面，借着提拔和调动的机会，剥夺了霍家的兵权，把霍家高官的职务架空，逐渐将权力回归到自己手中。面对汉宣帝的夺权行动，霍家上下自乱方寸，最后竟铤而走险，发起叛乱，却被早有准备的汉宣帝一举消灭。汉宣帝从此确立了自己的政治地位。

善政流风

汉宣帝亲政后，非常重视农业生产，派农业专家巡视全国，指导生产，各级官吏都将发展农桑作为首要政务。他屡次下诏减免租赋，减少人头税，如果遇到旱灾、地震、疾病的地区，免除三年的租赋。他针对拥有很多土地的豪强，下令让他们迁居，制止土地兼并和贫富差距的加大，把国家的公田借给无地的贫民耕种，还降低了盐价，减轻百姓负担。

汉宣帝统治后期，国内经济繁荣，农业连年丰收，谷价创造了汉代的最低价。为了防止谷贱伤农，汉宣帝还设立了“常平仓”，在丰收年时买进粮食储备，在收成不好的年份卖出，来调节不同年份间的粮食差价，让农民种粮有收入，百姓吃粮不太贵。

汉宣帝早年生活在民间，深知地方官吏的德能与百姓生活关系密切，他特别重视地方长官的选拔，并大力加强官吏的督察考核。对施政有能的地方官，增加俸禄，甚至封侯，并有严格的御史审核监督机制，防范官员用不正当手段得到虚名，严查越职犯法和执法过严的官吏，对腐败贪污的官员毫不姑息。他给低级的官吏提高待遇，让他们直接与百姓打交道，不要想着鱼肉百姓。同时，汉宣帝还以宽刑省罚闻名，他自小在监狱中待过，对冤狱深恶痛绝，知道严刑酷吏对百姓的残害，注重持法以宽，平反冤狱。他增设了专门评审和复核刑狱的机构，严查滥用刑罚的官员，并多次大赦天下。

在汉宣帝时期，匈奴日渐衰落，匈奴单于来长安投降称臣，朝廷在西域也就是今天的新疆，设立了行政机构“西域都护”，汉朝的法令也在辽阔的西域得到实行。这是当年汉武帝的愿望，到汉宣帝时终于实现了，同时保障了丝绸之路的畅通，促进了中国与西方的交流。

汉宣帝43岁时，得了重病，不久便与世长辞，死后，他的儿子汉元帝继位。汉宣帝在位的时期，西汉的盛世达到了顶点，吏治清明、农业发达、经济繁荣，同时巩固了边境的安宁。

汉光武帝：光复汉室的杰出帝王

乱世骑兵

汉光武帝刘秀，字文叔，是东汉的开国皇帝，在王莽篡权的新朝末年，从一介布衣起兵，经过长达12年的统一战争，结束了新朝以来将近20年的混战局面。汉光武帝既是东汉的开国皇帝，又是汉朝的中兴之主，他让汉朝历史走出低谷，天下重新安定统一，他大兴儒学，注重教化民风。毛主席曾称赞他是“最有学问，最会打仗，最会用人的皇帝”。

刘秀是汉高祖刘邦的九世孙，却是家道没落的皇族后代，他父亲刘钦只是个济阳县令，而且在他年仅9岁时就过世了，他和哥哥、妹妹是依靠叔叔刘良抚养长大的。他的大哥叫刘縯，是个胸怀大志、行侠仗义之人，而刘秀却勤于农事，看上去很普通。

刘秀出生的年代正是西汉末年，社会动荡不安，王莽建立新朝后，实行一系列改革措施，使得社会更加混乱，再加上天灾不断，各地农民起义军风起云涌。哥哥刘縯和南阳的诸多子弟都想趁乱起兵，刘秀开始持谨慎态度，后来看时局确实大乱了，就决定与哥哥一同起义。

昆阳大捷

因为刘秀兄弟和南阳宗室子弟在南阳郡的舂（chōng）陵乡起兵，所以历史上称刘秀兄弟的兵马为“舂陵军”。初期他们兵少将寡，装备很差，刘秀甚至是骑牛上阵的，后来经过激战取胜，刘秀才有了战马。不久，他们与绿林军结为联军，共同打击王莽的军队，起义军迅速发展到了十余万人。这时起义军要拥立一位姓刘的皇帝，以便统一号令，当时刘縯最有威望，治军严明，但绿林军担心刘縯势力壮大，就拥立了懦弱的刘玄为帝，称为更始帝。对此，刘縯刘秀等人极为不满，但也只能先隐忍下来，刘縯被封为大司徒，刘秀也受封为太常偏将军。

更始帝打出汉朝旗号，此举震惊了王莽，他很快集结了42万人马，派遣大司空王邑和大司徒王寻率军前来讨伐，力图一举歼灭这支起义军。

当时昆阳汉军仅有9千人，却被王邑王寻的42万大军围困，此时军心浮动，形势严峻。刘秀表现出冷静果敢的军事才能，以“合兵尚能取胜，分散势难保全”为由，主张坚守昆阳。趁敌军未合围时，刘秀率13名骑兵突围出城，去定陵和

■ 汉光武帝像

郾（yǎn）县调集援兵。后来刘秀带援兵来到昆阳城，亲自率领1千多精锐为前锋，在敌阵中反复猛冲，瓦解敌军，首战告捷，汉军士气大振。随后又带勇士3千人，从城西渡水，向王邑大本营发起猛烈攻击。王邑兵马陷入困境，王寻战死，昆阳守军见城外汉军取胜，乘势出击，大败王莽军。

昆阳之战，敲响了王莽政权的丧钟，不久，绿林军攻入长安，王莽死于混战之中，新朝覆灭。

此时刘縯和刘秀的威信越来越高，更始帝刘玄与其他绿林军首领担忧自己的政治地位，合谋以莫须有的罪名杀害了刘縯。刘秀闻讯，一方面强忍悲伤，韬（tāo）光养晦（huì），另一方面，急忙返回宛城向刘玄谢罪，不谈昆阳战功，不为哥哥鸣冤，不与刘縯旧部往来，饮食谈笑如常。更始帝刘玄见状便放松警惕，封刘秀为武信侯。但是，刘秀心里明白，自己功高震主，如果不摆脱更始帝的政权，早晚会得到与兄长刘縯一样的下场。

一统天下

由于河北（指黄河以北）各州郡还没有归附更始政权，赤眉军在山东发展迅速、声势日益壮大，于是刘玄派刘秀去河北做招抚工作。这给了刘秀一次避开矛盾旋涡，积蓄力量的机会。他在河北考察官吏，平反冤狱，废除苛政，令官民欢喜拥戴。他还粉碎了假冒汉成帝之子的王郎叛军，使黄河以北地区成为他创建统一大业的根据地。刘玄对刘秀的日益壮大深感不安，遂令其交出兵马，回长安受封赏。刘秀明白刘玄的意图，拒不领命，仍然坚守河北。之后，刘秀又收编了几支农民起义军，跨州据土，带甲百万，最终在公元25年，于河北鄗（hào）城登基，成为汉光武帝，从此东汉王朝建立。

东汉刚建立时，绿林军坚守洛阳，赤眉军占领长安，大江南北处于四分五裂的状态，汉光武帝用了十几年的时间南征北战，终于克定天下，结束了从新莽政权以来的纷争割据、战火连年的状况，使天下再次归于统一安定的局面。

再创中兴

汉光武帝总结前朝失政的教训，顺应民心，实行宽松的统治，确立了一套以偃武修文，以柔治国的方略。他建都洛阳后，注重儒学教育，立即修建太学，恢复五经博士，并亲自去视察，还常在朝廷议事后，与文武大臣讲论儒学经典中的道理。他逐渐改变了官吏队伍的素质与结构，用文官取代打天下时的武将，令开国功臣交出兵权，回家养尊处优。汉光武帝为了恢复农业生产，减轻了农民的赋税，兴修水利，精简官员，多次发布释放奴婢和禁止残害奴婢的诏书，并停止武力，不再发动任何战争。

汉光武帝作为一代明君，自幼的平民生活使他形成勤俭朴素的习惯。登基后，他不喜欢喝酒、欣赏歌舞和把玩珠宝玉器等，每日勤于政事，励精图治。对于贪赃枉法的官吏和行为，汉光武帝坚决打击，严厉惩处。他积极采纳众臣的进谏，改正自己的过失，广纳贤士，用人不疑，对大臣诚信相待。

在公元56年，汉光武帝到泰山举行盛大的封禅典礼，祭拜天地，第二年，他因病过世，享年63岁。他在遗诏中还特别嘱托，葬礼要像汉文帝那样一切从简，也不要派官吏前来吊唁（yàn）。

汉光武帝作为东汉王朝的建立者，他恢复了汉家天下，实现了“光武中兴”。他在位期间，国势昌隆，号称“建武盛世”。汉朝因汉光武帝又延续了195年，总共长达426年之久。

汉明帝：尊师重道，大兴文教

年少明敏　足智多谋

汉明帝刘庄，最初名叫刘阳，是汉光武帝刘秀的第四个儿子，母亲是皇后阴丽华，他是东汉第二位皇帝，在位18年，享年48岁。他10岁就能通解《春秋》，聪明睿智，先后被封为东海公和东海王，16岁被立为皇太子，30岁登基。汉明帝在政治上继承了汉光武帝的制度，国家相对稳定，经济平稳发展。汉明帝与之后的汉章帝在位时，是历史上公认的国富民强时期，史称“明章之治”。

刘庄十几岁时，遇到有人造反，并劫持了城中的官吏。汉光武帝派人前去围剿，但因为城高池深，城内粮草充足，久攻不破。光武帝招集大臣们研究对策，刘庄主张围城不要太严密，让叛军可以突围，这样就可以消灭他们。结果真如刘庄所说，叛军分散突围后，很快就被各各击破。

赐爵编户　限制外戚

汉明帝即位后，继承发扬光武帝时的制度，与民生息，提倡儒学，注重法律制度，限制皇亲国戚的权利。汉光武帝时期已经实行了积极扶植农民的政策，汉明帝除了继承这些政策之外，还多次向全国有户籍的农民赐爵。如果是脱离户籍的流民，愿意回到原籍务农也可以被赐爵，这样就吸引了更多流民回到原来的土地上，成为国家控制下的编户。他还以赐田的方式，给丧失土地的农民分配公田，并进一步发展了北部边地和西域地区的屯田制度。他动员内郡的人迁往边郡，把汉朝边郡和边远地区的土地，尽可能地变成农业耕地，大大提高了农作物的产量。他选用了一些能干的官员去治理边郡，使得北方边境的广大地区从原来萧瑟凋（diāo）敝的状况，逐渐富足起来。汉明帝重用水利专家王景等人疏通浚（jùn）仪渠和汴渠，治理了水患，促进了农业灌溉，这些措施都推动了经济的繁荣发展。

汉明帝注重从基层官员中选拔人才，在有治理地方经验的郡太守中提拔官员担任三公，把人品的高洁和处理具体事务的能力，作为升迁官员的重要依据。他吸取西汉末年后宫干政、外戚专权的教训，严令后妃的亲属不能封侯和担任重要职务，对皇亲国戚也多加管束。他在位时，他的舅舅

■ 汉明帝像

们职位都不超过九卿。大臣阎章才学出众，工作突出，但因为两个妹妹是后宫嫔妃，一直没有得到提拔。馆陶公主想替她儿子求个郎官做，汉明帝赏赐给外甥一千万钱，也不答应封官。他对待自己的生母阴太后和异母郭圣通都非常尊重，赢得了外戚和臣子的好评。

大兴文教　光复疆土

在文化教育方面，汉明帝崇尚儒学，他命令皇太子和诸侯王以及大臣子弟、功臣子弟，都要读经，又在南宫设学馆，聘任高明的老师传道授业，并积极支持各类学校的兴办，大力选拔“经明行修”的大儒当博士官，到太学讲授经学。汉明帝在五经之中，特别看重《孝经》，倡导“以孝治天下”，甚至命令羽林军的守卫士兵都要背诵《孝经》。他对礼仪制度也非常重视，先后举行了大射礼和养老礼。大射礼是天子、诸侯祭祀前选择参加祭祀人而举行的礼仪，养老礼则是对年高德重的老者按时提供酒食并致敬的礼节。汉明帝还亲自参与制定了祭祀天地和祖先的仪式，按等级建立了一套天子王侯百官的车服制度。他也注重史学著作的编写，任命著名的史学家班固担任兰台令史，开始《汉书》的撰写。

汉明帝非常重视佛教，在推动佛教的传播上起到了重要作用。佛教在西汉末年就已经传入中国，从汉明帝时期，佛教开始在中国流行。

有一次，汉明帝做了一个奇怪的梦，梦见一个高大的金色的人，头顶上放着白光，降临到宫殿的中央，之后又腾起凌空，一直向西方飞去。梦醒后，他百思不得其解，有个博学的大臣说，那可能是西域的佛陀。汉明帝听说西域有神，名字叫佛陀，便派使者去天竺求佛经，并在河南洛阳建立了中国第一座佛教庙宇——白马寺。

汉明帝致力于维护边疆安宁，他最初允许北匈奴与汉朝开集市的请求，但北匈奴依然前来劫掠，这让早已归附的南匈奴也蠢蠢欲动。汉明帝只得改变汉光武帝时期息兵养民的策略，重新对匈奴开战。以窦固、耿忠带领的汉军击败呼衍（yǎn）王，追杀到今天新疆巴里坤湖附近，收复大片土地。之后，窦固又派班超出使西域，让西域诸国送一个儿子到汉朝来。从王莽建国开始，西域与中原断绝关系65年后又恢复了正常交往。

尊师重道　崇尚节俭

汉明帝还为天下人做了尊师重教的榜样。他在做太子时，博士桓（huán）荣是他的老师，后来他即位当了皇帝，还是像以前一样以学生对老师的礼节来尊待桓荣。他曾亲自到太常府去，让桓荣坐在东面上座，并设置坐几和手杖，像当年讲学时一样，聆听老师的指教。他还带领朝中官员和桓荣教过的学生好几百人，召集到太常府，向桓荣行弟子礼。桓荣生病时，汉明帝派人专程慰问，还亲自登门看望。每次看望老师时，汉明帝都是一进街口就下车，步行到老师家，以表示尊敬。皇帝对桓荣老师都如此讲礼节，其他诸侯、将军、大夫等前来看望的人，都不敢再坐车到大门口，而且到床前探望时，也要礼拜。桓荣去世时，汉明帝特意换了衣服，亲自去送葬。

汉明帝还是一位节俭的皇帝，他很注意节省皇室的开支，不轻易扩大后妃们的生活用度，也很少修建宫室。他不仅自己生活上节欲不奢，也注重教化民间的消费风气，他曾严厉指责民间在丧葬方面的奢侈消费，还要求官员们也要节省用度。这些举措不但改善了社会风气，也为社会积累了财富。

汉明帝48岁时，因病在洛阳东宫去世，死后葬在显节陵，谥号孝明皇帝。

在汉明帝治理时期，东汉吏治清明，社会安定，流民大量减少，农民耕者有其田。由于连年丰收，官仓和民家都粮食丰足，牛羊遍野，百姓安居乐业，人口也得到快速增长，从光武帝末年的2100多万人，增加到明帝末年的3400多万人。

汉章帝：宽厚仁德的贤明之君

少年天子　轻徭薄赋

汉章帝刘炟（dá）是汉明帝刘庄的第五个儿子，是东汉的第三位皇帝。汉章帝的生母贾贵人，是马皇后同母异父的姐姐。因为马皇后没有孩子，汉章帝从小由马皇后抚养，年仅4岁时就被立为皇太子，19岁继承皇位，在位13年，享年32岁。

汉章帝从小就很厚道，热爱学习，又很聪颖，他尤其喜欢儒家学说，很多儒家经典都能背诵下来，很受父亲汉明帝的器重。汉章帝19岁时就做了皇帝，他励精图治，注重农桑、兴修水利、减轻徭（yáo）役、提倡节俭，使得东汉经济得到很大的发展。

汉章帝即位的第二年，全国一些地方发生了严重的旱灾，百姓种不成庄稼，就要成为挨饿的饥民。汉章帝急得如坐针毡（zhān），他一边下令赶快开仓放粮，救济灾民，一边召集大臣商议对策。根据古人的看法，天降旱灾是阴阳失调

■ 汉章帝像

的结果，阴阳失调又与国家政事有关。有大臣谏言，前几年平叛的案件中，有不少人是因为受牵连而坐牢，还有一些是被冤枉的，如果能大赦天下，让他们与亲人团聚，就会产生和气，使天降甘露，解除旱情，免除百姓的痛苦。于是汉章帝采纳了官员们的建议，大赦天下，宽缓刑罚。经过官民的共同努力，大家终于度过了天灾。

汉章帝特别重视农业生产，有一次，他带领大臣们出巡，看到农民正在忙着种田，竟然亲自到地里去耕田。这件事传开后，百姓都知道皇帝重视农业，于是更安心种田了。汉章帝曾说："王者八政，以食为本。"他把能解决老百姓吃饭的问题，当作自己推行政事的头等大事。他还着力减轻徭役，要求各级官员不得无故打扰农民，不能影响春耕和播种。凡是愿意回乡务农的流民，官府一路上要给予照顾。

汉章帝继续奉行汉光武帝和汉明帝时期发展生产、与民生息的政策。他奖励开垦荒地，把公田赐予无地的贫民，减轻田租，给没钱买种子的农民提供种子和种田工具。他多次下令减免徭役，打击豪强地主兼并土地的行为，并且鼓励人口的繁衍。

宽仁厚德　主持正典

史书上都说汉章帝忠厚仁义，当时的政令刑罚是比较宽松的。原来一个官员贪污，就要三代人都不得当官，汉章帝废除了这项制度。汉章帝在位期间，去除了之前一人犯谋逆等大罪，他的亲属都要受牵连的法令，给犯人减刑并迁到边境地区。他还禁止用酷刑，去除了五十多条残酷的刑罚条文。汉章帝注重选拔官员，以德行好、廉洁不贪、工作能力强作为选拔的标准，选出的官员成为当时政治清明的保证，并要求各级官员都要注重农业生产。

汉章帝时期的校书郎杨终上书建议说，从汉武帝独尊儒术以来，解释儒家经典的书很多，却各抒己见，莫衷一是，给读书人造成了理解上的混乱。请皇上召集名儒，对五经做出正确的解释，也为后世留下范本。汉章帝采纳了他的建议，并召集全国名儒，到洛阳北宫的白虎观，对五经逐条进行解释，并定出正确的版本，由班固将讨论结果整理成书，名为《白虎通德论》，简称《白虎通义》或《白虎通》。这本书系统整理了儒家的思想和观点，形成当时主流的解释，并经皇帝的权威认可，给读书人留下了可传承的范本。

稳定西域　英年早逝

汉章帝刚即位时，西域边境就发生了巨变，几个临界的小国联合来袭，使得当时西域都护和副校尉的驻兵全军覆没。由于汉明帝溘（kè）然长逝，朝廷一时无法派出救兵，北匈奴乘势南下，攻打汉朝政府的军政驻地，形势非常吃紧。汉章帝召集众臣商议解决办法，不少大臣都建议不要发兵救援，司徒鲍昱（yù）却建议说，前线的将士陷入困境，而国家置之不理，无形中是在鼓励外族对我朝的侵害，也会使死难的将士寒心。汉章帝听取了他的建议，派兵西进，解救了边关的危机。后来，汉章帝出于人力和物力上的考虑，还是放弃了西域，诏令驻扎在西域的汉朝官兵回国。

这时班超住在疏勒国，也接到撤退的诏书，他收拾行装，备好马匹，准备班师回朝。听说班超要回国，疏勒国人民惊惶不安，因为班超对付匈奴很有办法，班超一走，又要永无宁日了。疏勒都尉抽出长刀，泪流满面，对天长叹道："汉朝使节弃我而去，我国必为匈奴所灭。与其后日死亡，不如今日魂随汉使，送其尔归！"说罢，即引刀自刎。

班超虽然也难舍难分，但王命在身，只好拨转东行。不久到了于阗（tián）国，于阗人民听说他要东归，都失声痛哭，就近的人们伏地抱住班超的马腿，不让他离开。班超无奈，只好上书汉章帝，请求让他驻扎在西域。汉章帝看到后，大受感动，同意了班超的请求，还派兵增援他。

班超在西域团结各族人民，有效地遏止了北匈奴的侵扰。汉章帝非常满意他的工作，于是提升班超为将兵长史，授予他代表政府在西域行事的权力。西域诸国都愿意接受班超的节制，这为以后的东汉政府再次打通同西域的密切交往铺平了道路。

汉章帝能在关键时刻，以疆土大局为重，做出正确的决定，保住了东汉在西域的统治地位，可以说是英明有决断。

汉章帝过世得比较早，享年32岁，在他的治理之下，延续了东汉盛世的局面。他宽厚仁德、体恤人民，使得百姓安心种地，社会和谐平稳。他对太后极尽孝道，也注重文化礼乐的教育，为官员百姓做出了榜样。

汉章帝在文治武功两方面都有很大的成就，此时的社会政治清明、经济繁荣、思想活跃，后世将其与明帝统治时期合称“明章之治”。

魏孝文帝：促进民族大融合的改革明君

鲜卑旧部　家教严格

魏孝文帝原名拓（tuò）跋（bá）宏，后改名元宏，鲜卑族，南北朝时期北魏第六位皇帝，历史上著名的改革家。他即位时只有5岁，亲政后推行汉化改革，整顿吏治，修改典章，改变鲜卑族的风俗、语言和服饰，注重礼仪，推广教育。他制定了以儒家思想为核心的，德主刑辅，宽猛相济的北魏律。他鼓励鲜卑和汉族通婚，实现了以汉文化为主导的各族文化大融合，他的一系列改革政策史称“孝文帝改革”。

鲜卑族是中国历史上一个古老的北方民族，比较有名的有三个部族分别是：宇文氏、慕容氏和拓跋氏。拓跋部最初活动在大兴安岭北端东麓（lù）一带，以游牧渔猎为生。拓跋部后来不断南迁，在西晋时因为部落首领立了战功，被皇帝封为代王，建立了代国。后来被前秦皇帝苻（fú）坚灭国，代王的嫡长孙拓跋珪随生母贺兰氏在战乱中逃离，后来苻坚兵败淝（féi）水，前秦统治瓦解，当时只有15岁的拓跋珪趁机复兴代国。由于他嫡长孙的身份，被各部拥立为代王，并改国号为“魏”，史称北魏。此后几代的北魏统治者都致力于统一兼并的战争，先后灭掉了北方的大夏、北燕和北凉，于439年统一了北方。

■ 魏孝文帝像

拓跋宏的父亲献文帝信仰佛教，对政治极其厌恶，所以，在拓跋宏5岁的时候，献文帝就把皇位禅让给了儿子。当时北魏引用汉武帝时的做法，“立其子杀其母”，就是在立儿子做太子的同时，杀掉太子的母亲，以此来防止太后干政。所以拓跋宏被立为太子时，生母李夫人就被赐死，由祖母冯太后将其抚养长大。孝文帝登基之后，由于年纪尚小，朝政都由祖母冯太后执掌，直到24岁时，冯太后去世，才得以亲政。

冯太后是一位汉族人，她对孝文帝的管教很严，从小让他学习儒家经典和汉人文化，所以，孝文帝从小深受儒家思想的熏陶。有一次，为了惩戒孝文帝，冯太后在大冷天里，把穿着单衣的小皇帝关在一间空屋子里，三天没给饭吃。孝文帝3岁被立为太子时，生母就被赐死，他从小就跟着冯太后长大，并把冯太后当亲生母亲一样对待，所以就算冯太后对他比较严厉，孝文帝也不因被责罚而有怨言。

迁都洛阳 移风易俗

孝文帝亲政后，就开始了全面推行汉化的改革，他做的第一件大事就是将北魏首都从平城（今山西大同）迁到洛阳。迁都洛阳，既便于学习汉族先进文化，也能进一步加强对黄河流域的统治，表明了他全盘汉化的决心。于是孝文帝以出兵进攻南齐为名，亲自率领步兵骑兵三十多万南下到了洛阳，这时正好碰到秋雨连绵，足足下了一个月，道路泥泞，行军非常困难。大臣们本来就不想出兵伐齐，趁着这场大雨，就想出来阻拦。孝文帝表示，如果兴师动众，又半途而废，岂不是给后人笑话，如果不能南进，就得把国都迁到洛阳。许多文武官员虽然不赞成迁都，但听说可以停止进攻南齐，也只好表示拥护迁都了。

迁都洛阳后，孝文帝秉承“营国之本，礼教为先”的理念治国，礼教囊括了修身、齐家、治国、平天下的一切行为准则。孝文帝深刻地认识到，完备礼教、转化民风是重要的施政之道，他发动了声势浩大的明礼仪、定制度、移风易俗运动。北魏仿照周礼来制定祭祀的礼仪，还建造宗祠、太庙，强调祭祀祖先之礼是宗族传承的精神支柱。朝廷多次奖励表彰孝悌的行为，宣扬尊老恤孤，强化人们对礼德的认同感，再辅助一些法律规章，把以德治国和以礼治国作为法制的基础。

之前北魏还保留着部落的习惯，没有把家庭伦理关系放在一个很高的地位，孝文帝为了稳固家庭关系，加重了对不孝罪的处罚。比如父母过世要守丧三年，如果在应该守丧的时间出来做官会受到处罚。当时有位偏将军就因为触犯这条法令，而被惩罚。孝文帝还创立了存留养亲制度，规定犯有死罪的人，若他的父母或祖父母还健在，家中又没有其他人可以供养老人时，允许犯人先奉养亲人到过世，然后再执行刑罚。存留养亲制度非常符合儒家“老有所养，终有所送”的孝道精神，这样既让罪犯受到惩罚，又体恤家人的困难，情和理都兼顾了。

全面汉化　英年早逝

孝文帝的改革涉及政治、经济、文化等各个领域，范围极其广泛，内容也非常丰富。主要有一下几个方面：

第一，推行均田制。颁布了均田令，对不同性别的成年人和奴婢（bì）、耕牛都作了详尽的授田规定，对老少残疾鳏（guān）寡都给予了适当的照顾。在均田制的同时又颁布了三长制和租调制。均田制使农民分得了一定数量的土地，将农民成为国家的编户，而租调制又相对减轻了农民的负担，以一夫一妇为征收单位，每年交纳帛（bó）一匹，粟（sù）二石（dàn）。三长制采用邻、里、党的乡官组织，取代宗主督护制，抑制了地方豪强的势力。这三个政策改善了农民的生产生活条件，也促进了生产力的发展。

第二，实行官吏俸禄制，禁止官员通过掠夺取得财富。严惩贪污，俸禄以外贪赃满一匹绢布的官员就会被处死，这对当时的官员起到了极大的震慑作用。孝文帝还改革了官制，把官员分为九品，每品又分成正从两类，并根据治理功绩的好坏决定升迁和奖惩，从而健全了北魏的官吏制度。

第三，革除鲜卑旧俗，接受汉族文化。主要内容有易汉服、讲汉话、改汉姓、通汉婚、改籍贯等，还兴办学校，让鲜卑人全面学习汉族的文化，搜集整理天下书籍，使因战乱而衰落的北方文化开始复兴。

孝文帝对汉族的文化艺术也有很大兴趣。他从小就接受汉族文化的教育，不仅“五经之义”能熟练讲解，史书、传记和诸子百家也都有涉猎，另外对汉族的诗文也很有研究。

孝文帝对自己民族的落后有清醒的认识，他虚心学习汉人的文化，在他的带动下，鲜卑人很快融入了汉文化之中。

孝文帝对北魏宗教艺术的发展也有很大贡献，他的父亲献文帝就是个极其虔诚的佛教徒，他本人也信奉佛教。因此，孝文帝大力提倡佛教，佛教的发展也推动了佛教艺术的发展，我国三大石窟之一的洛阳龙门石窟就是孝文帝正式迁都洛阳那一年开始开凿的。

孝文帝非常注重个人修养，他一生勤学，喜欢读书，还虚心纳谏，从善如流。他一直倡导和鼓励大臣们直言进谏，强调“言之者无罪，闻之者足戒”，对敢于批评进谏的官吏礼遇有加。孝文帝还爱惜民力，在行军过程中，禁止士卒踏伤庄稼，有时砍伐百姓树木以供军用，也要留下绢布作为补偿。

文帝生活非常简朴，宫室非不得已不修，衣服破旧了，洗补以后又重新穿上。33岁那年，孝文帝病逝在了征打南齐的路上。

孝文帝的改革有力地促进了北魏经济的恢复和发展，巩固了北魏的政权，使西北地区各民族在进入中原后形成了一次民族文化的大融合，在中国文化历史上留下了浓墨重彩的一笔。

隋文帝：盛唐的奠基人

名将之后　侍母至孝

隋文帝杨坚是隋朝的开国皇帝，据说他是汉朝时太尉杨震的十四世孙，小名那罗延，是金刚不坏的意思，鲜卑姓氏为普六茹。这个姓是西魏恭帝赐给隋文帝的父亲杨忠的，后来隋文帝掌权后，又恢复了汉姓“杨”。隋王朝虽然短暂，但对历史的贡献却不小。

隋朝建朝初期，是一个百废待兴、百乱待治的局面，而隋文帝在位期间，成功地结束了南北朝分治的战乱局面，实现了中国大范围内的多民族的统一，建立了一直沿袭到清朝的三省六部制的组织管理体系，开创了科举的选官制度，制定了影响后世的律法《开皇律》。他大力发展文化经济，使得中国成为当时的盛世之国。隋朝疆域辽阔，人口达到700余万户，是中国农耕文明的辉煌时期。

隋文帝开启了隋唐盛世之门，实现了千古传颂的“开皇之治”，为之后的唐朝盛世，奠定了坚实的基础。

■ 隋文帝像

杨坚的父亲杨忠跟随北周文帝宇文泰起义，因为在宇文泰执政和宇文觉建立北周的过程中功勋卓著，所以做官做到柱国、大司空，后封随国公。杨坚从小在专门为王公贵族开设的学校念书，只是不算聪明用功，14岁时就被封为功曹，开始了做官生涯。15岁的时候，因为父亲杨忠的功劳被授予散骑常侍、车骑大将军、仪同三司等官职。16岁时，又被升为骠（piào）骑大将军。北周文帝宇文泰看见杨坚后曾赞叹说："这孩子的模样和气质，不像世上的凡人啊。"

北周武帝宇文邕（yōng）即位后，19岁的杨坚离开京城出任随州刺史，并晋升为大将军。鲜卑贵族、柱国大将军独孤信欣赏杨坚，认为他前途无量，就把自己14岁的七女儿嫁给了他，这份联姻也提高了杨坚的政治地位。后来周武帝又把他调回京城，正遇上杨坚的母亲生病了，整整三年，杨坚昼夜服侍母亲，不离左右，世人都说他是真正的孝子。

躲过猜疑　受禅立国

28岁的时候，杨坚父亲过世，他承袭了父亲随国公的爵位。由于他并无突出的功绩，却居高位，引起朝臣和贵族的嫉妒，他常有“身在帝王边，如同伴虎眠”一样的危机感。有人跟北周武帝宇文邕说，杨坚相貌非常，有可能会威胁到皇帝的政权，请您早些除掉他。周武帝对此犹豫不决，就向钱伯下大夫来和问计，来和也说杨坚不凡，但暗中想给自己留条后路，就说：“杨坚这人是可靠的，如果皇上让他做将军，带兵攻打陈国，那就没有攻不下的城防。”这为杨坚避免了一场杀身之祸。周武帝还是放心不下，暗中请相士赵昭偷偷为杨坚看相。赵昭与杨坚关系不错，当着周武帝的面假装观察杨坚脸庞，然后毫不在意地说：“皇上，请不必多虑，杨坚的相貌极其平常，无大富大资可言，最多不过是个大将军罢了。”这又使杨坚度过了一次险关。这时，内史王轨又劝周武帝说：“杨坚貌有反相。”言下之意是要及早除掉杨坚。因为周武帝对相士赵昭的结论确信无疑，就不高兴地说：“要是天意如此，那又能怎么办呢？” 周武帝还让太子娶了杨坚的长女做太子妃，进一步巩固了杨坚的地位。

周武帝宇文邕死后，他的儿子周宣帝宇文赟（yūn）即位，杨坚的长女杨丽华被封为皇后，杨坚又晋升为柱国大将军、大司马。周宣帝却对杨坚的疑心更大，他命内侍在皇宫设下埋伏，再三叮嘱说："只要杨坚有一点无礼声色，就杀了他！"然后他把杨坚召进皇宫，议论政事。杨坚几经化险为夷，心中早有准备，不管周宣帝怎样激他，怎样蛮横，杨坚都不动声色，毕恭毕敬，周宣帝找不到杀他的机会。后来，杨坚暂时离开都城，外放去做亳（bó）州总管。这样宇文赟放心了，杨坚也安心了。周宣帝是个昏君，不问朝政，沉溺酒色，满朝文臣武将敢怒不敢言，杨坚便开始做取代北周的准备了。

周宣帝荒淫无度的生活使他年仅22岁就丧命了，他的儿子周静帝宇文阐（chǎn）即位，当时只有8岁，任命杨坚为丞相。周静帝年纪太小，还是个不懂事的小孩，所以杨坚就在几位大臣的帮助下以外戚身份控制了北周的朝政，统揽了军事大权，接着除掉了宇文氏的势力。

杨坚41岁这一年，周静帝被迫下诏将皇位禅让给杨坚，杨坚因为曾继承父亲随国公的封号，所以把王朝的国号定为随，他又觉得随字的走之底寓意不吉利，就改为了隋，成为隋朝开国第一位皇帝隋文帝。之后的几年间，隋文帝先后统一了位于江陵的西梁、南方的陈朝和北方的突厥（jué）等地，实现了自秦汉以来中国的又一次大统一局面。

百废俱兴　多有创举

大隋朝建立之后，是一个百废待兴的局面，隋文帝在政治、经济等方面推行了一系列的改革措施。首先隋文帝确立了三省六部制，他废除北周不合时宜的官僚体制，恢复了汉魏时期的体制，在中央设立三师、三公、五省。三师只是一种荣誉虚衔，没有官职，三公虽然参与国家大事，却也只是顾问，没有实权。掌握政权的是五省，即内侍省、秘书省、门下省、内史省和尚书省。内侍省是宫廷的宦官机构，管理宫中事务。秘书省掌管图书历法，比较清闲。起作用的是其他三省，内史省、门下省、尚书省都是最高政务机构。内史省负责决策，门下省负责审议，尚书省负责执行。这就是后来被唐朝继承的三省制。尚书省下设吏、民、礼、兵、刑、工六部。吏部掌管全国官吏的任免、考核、升降和调动；民部掌管全国的土地、户籍以及赋税、财政收支；礼部掌管祭祀、礼仪和对外交往；兵部掌管全国武官的选拔，和兵籍、军械等；刑部掌管全国的法律和刑狱；工部掌管各种工程、工匠、水利、交通等。六部的长官是尚书，分掌全国政务，分工明确，组织严密，加强了中央集权。隋文帝设置六部对唐及以后历代王朝影响都十分巨大，一直沿袭到了清朝。

隋文帝在确立了三省六部制的中央机构后，又对地方机构进行了改革。北周制设州、郡、县三级地方机构，由于郡县设置过繁，形成了民少官多的局面。开皇三年，隋文帝下令废除郡，改为州、县两级制，又合并了一些州县，淘汰了大批官员，大大节省了政府的开支，提高了行政效率，也减轻了人民的负担。隋文帝还规定九品以上的官员一律由中央任免。官吏的任用权一概由吏部掌握，每年都要由吏部进行考核，以决定奖惩、升降，刺史和县令三年任期制，禁止地方官就地录用官吏。

隋文帝开创了科举制度，之后在中国历史上留存长达1300多年，直到清朝末期才废除，对中国的官吏选拔制度产生了深远影响。他废除之前的九品中正制，单凭门第出身做官的机制，采用荐举和考试相结合的选官方法，命令各州每年推选三个文章华美、有才能的人到中央受官，官员由有德有才的举人担当。到了隋炀（yáng）帝时开始设立进士科，通过考试选取进士。开科取士的选拔官员制度把读书、应考和做官紧密联系起来，科举成为知识分子进入官场的阶梯，使各个阶层有才华的人都有机会为政府效力，结束了数百年世家大族垄断政权的局面。

北周的法律既残酷又混乱，为了统一刑罚，又不滥用刑律，隋文帝下令制定了《开皇律》，将原来的宫刑、车裂（五马分尸）、枭首（砍下头悬挂在旗杆上示众）等残酷刑罚都废除了。规定一概不用灭族刑，减去死罪81条，流罪154条，徒、杖等罪千余条，保留了律令500条。刑罚分为死、流、徒、杖、笞（chī）五种，基本上完成了自汉文帝刑制改革以来的刑罚制度改革历程。隋文帝对于死刑的执行，提出了死刑复奏制度，在处决犯人之前，需要向皇帝奏请三次，以便考虑更加周详，所以称为“三复奏”。这种谨慎的流程正式将死刑的复核纳入法制轨道，为死刑的文明化奠定了基础，将死刑核准权收归中央，有效地杜绝了冤假错案的发生。

开创盛世　立嗣遗恨

大隋开皇盛世气象恢宏磅礴，隋文帝下令修建首都大兴城，就是后来的长安城，大兴城街道整齐划一，南北交错，东西对称，大街小巷，井井有条。大兴城在当时的世界上是最为巨大的城市，是汉长安城的2.4倍，明清北京城的1.4倍。比同时期的拜占庭王国都城大7倍，比公元800年所建的巴格达城大6.2倍。大兴城的修建不仅是中国古代城市建设规划高超水平的标志，也是当时国家的经济实力和建筑水平的综合体现。

隋文帝平定南朝之后，不但没有杀后主陈叔宝，还给予了优厚的待遇。经常召陈叔宝上朝接见，待遇和三品文官一样。朝中每当有宴会的时候，为了不勾起陈叔宝的怀乡之情，隋文帝会特意叮嘱乐师不要演奏吴地乐曲，称得上是关怀入微。隋文帝仁慈善待亡国之君陈叔宝，为后代皇帝开了个好的历史先例。

隋文帝是出名的节俭，他小时候生长在寺庙，素衣素食，生活俭朴，这使他养成了崇尚节俭的性格。他虽贵为天子，却不喜欢吃肉，不用金玉饰品，连死后的陵墓都是一切从简。他深知节俭的重要性，教育太子要谨守这一条，如果奢侈腐化就不能长治久安。他还提倡官员们要节俭，这样上行下效，形成从皇帝到百姓的简朴风气。又加上其他一些促进生产的措施，在很短的时间内，隋朝百业兴旺，经济呈现繁荣景象。

隋文帝与独孤皇后感情很深厚，他们彼此相伴，因此后宫清简朴素，不设三妃，只有几位夫人而已，这在帝王中是极少见的。

晚年隋文帝受到次子杨广的蒙蔽，废去了太子杨勇，立杨广为皇位继承人，就是后来昏庸无道的隋炀帝。他患病住在仁寿宫时，被杨广害死。隋文帝在位23年，终年64岁。

隋文帝开创的大隋王朝虽然只存在了两世，共37年，但他所建立的疆域范围却超过了以往，结束了东汉之后长达360多年的分裂动荡局面，实现了中国历史上的第二次大统一。

他消除了之前过时和无效率的制度，加强了一个中央集权的帝国统治，在长期政治分裂的各地区发展了共同的文化意识，为唐代带来了经济文化的繁荣和发展。

唐太宗：开创“贞观之治”的盛世明君

名门之后　年少有为

唐太宗李世民是唐朝的第二位皇帝，他是唐高祖李渊和窦皇后的第二个儿子，中国历史上杰出的政治家、军事家。他在位23年，享年52岁。

唐太宗李世民登基后，虚心纳谏，偃武修文，厉行节约，劝课农桑，使百姓能够休养生息，国泰民安，开创了中国历史上著名的“贞观之治”。对外开疆拓土，平定东突厥、高昌、龟兹、吐谷浑等地区，使各民族融洽相处，被北方民族尊称为“天可汗”，为唐朝一百多年的盛世奠定重要基础。

如果给中国所有的帝王组织一次明君的投票评选，唐太宗李世民很有可能会位居榜首。他的功业和美德使他成为后代帝王的楷模，一直被人们传颂至今。

唐太宗李世民是十六国时期西凉开国君主李暠（hào）的后裔，世代显贵。曾祖父李虎在西魏时官至太尉，是西魏八柱国之一。祖父李昞（bǐng）是北周时的柱国大将军，祖母是隋文帝独孤皇后的姐姐。父亲唐高祖李渊7岁便在北周世袭了唐国公的爵位，后来隋末天下大乱时，李渊从太原起兵，攻占长安，建立唐朝。

李世民4岁的时候，家里来了一位自称会相面的书生，对他的父亲李渊说：“您是贵人，而且您有贵子。”当见到李世民时，书生竟说：“龙凤之姿，天日之表，等到20岁时，必能济世安民。”李渊就用了“济世安民”的意思为儿子取名为“世民”。李世民自幼聪明果断，胆识过人，作为世代显赫的将门之后，他从小就受到家庭尚武习俗的熏陶，学习骑射征战和文韬武略。他年少时就熟读了《孙子兵法》，并且能够用里面的方法与父亲讨论排兵布阵的策略，深得父亲喜爱。

16岁那年，李世民娶了长孙氏为妻，长孙氏同样出身于世代显赫的贵族世家，自幼受到良好的教育，知书达礼，聪明善良，宽厚仁慈。18岁那年，李世民参加云定兴的军队，去雁门关营救被突厥人围困的隋炀帝。19岁时，父亲李渊出任晋阳留守，李世民跟随到太原并随父多次出征，平定发生在太原周围的各种叛乱和抗击东突厥的入侵。

号泣谏父　晋阳起兵

有一次李渊做出一个决定，要连夜拔营攻打另外一个地方。李世民就对父亲说：“这样做我们可能没有办法成

■ 唐太宗像

功，因为很有可能会中埋伏，不但不能取得胜利，还会被围剿（jiǎo），反而会大伤我军。”这样劝了三次，父亲李渊仍不采纳他的建议。眼看父亲明天就要带领整个军队拔营了，李世民就在帐篷外面号啕大哭，哭得非常伤心。因为他知道父亲这个决定是错误的，李世民已经看出这种做法相当的危险。他的父亲李渊在帐篷里头，突然听到外面有很大的哭声，就走出去看看，才知道是李世民，于是他就问是什么原因？李世民说：“本来希望能阻止父亲的这次军事行动，但是父亲不能采纳，我非常难过，就在这里哭泣。”李世民此时是在做最后一次劝解。李渊认真地思考后，发现儿子分析得很是中肯，就及时停止了这次军事行动。

之后李渊在晋阳起兵反隋，最后攻入长安，并称帝，改国号为唐，史称唐高祖。在此过程中，李世民屡次立下战功，被封为秦王。从十几岁开始，李世民就随父亲不断征战，经历了迁徙不定的生活，亲眼看到大量的社会现实，开阔了眼界，逐渐形成意志顽强，豪放果断的性格，养成了勤于思考，审时度势，遇事冷静的习惯。唐王朝建立后，全国还有未平的叛军，唐高祖李渊和皇太子李建成要留在京城处理政务，李世民就担起了统一战争的重任。他20岁出头，就做了万马军中的统帅，先后平定了王世充、窦建德等军事政权，建立了统一全国的卓著军功。秦王李世民的军事才能和政治谋略，使他的威望日益增长，权力也逐渐扩大，他不但掌管军队，还担任尚书令，位居宰相，麾（huī）下还有一批共同经历过生死的谋臣武将，对他忠心耿耿。

玄武政变

李世民显赫的政治军事地位，引起了他与太子哥哥李建成之间的矛盾。为了维护自己的皇位继承权，太子李建成努力扩充自己的势力，还把齐王李元吉拉入自己的阵营。李世民与李建成之间的争权活动逐渐由暗斗变为明争，最终导致兄弟相残的“玄武门之变”。

李世民在武将尉迟敬德、侯君集和谋臣长孙无忌、杜如晦、房玄龄等人的协助下，在长安宫城的玄武门设下伏兵，射杀了太子李建成和齐王李元吉。两个月后，李渊退位做了太上皇，李世民登基，史称唐太宗，成为唐王朝第二位皇帝，时年29岁。第二年，改年号为贞观，后人也把唐太宗执政的时期，称为“贞观之治”。

广纳贤才，从谏如流

当时大唐立朝不久，刚经历了隋末战争，人口只有二百多万户，民心还不安定，社会经济凋敝（bì）不堪。唐太宗经历过隋朝盛世，并亲眼看到一个强盛富庶的统一帝国，在隋炀帝继位后不到13年就分崩离析，以至灭亡。唐太宗常以亡隋为戒，知人善任，从谏如流。他不但任用唐高祖执政时的班底，连东宫太子李建成的旧部，都能不计前嫌，唯才是举，充分发挥贤德人士的才能。他曾说过：内举不避亲，外举不避仇。意思是说：他会任用有才能的亲戚，而不避讳（huì），他还会任用有私人恩怨的臣子，只要他真能为朝廷做贡献。

唐太宗非常重视官员的德才兼备和考核提拔，他沿用了隋朝的科举制度，让寒门士子也有机会入朝做官，还亲自任命都督、刺史等地方官，并把各州刺史的功过写在卧室的屏风上，作为赏罚的依据。他还要求地方官每年进京汇报工作，由吏部考核决定升降。正是唐太宗不拘一格的官员选拔制度，使贞观时期人才辈出。有个“房谋杜断”的成语，就是描述唐太宗的两位重臣房玄龄和杜如晦。唐太宗与房玄龄研究国事的时候，房玄龄总是能够提出精辟的意见和具体的办法，但是往往不能作决定。这时候，唐太宗就把杜如晦请来，杜如晦将问题略加分析，就立刻有了决断。他们二位一个善于出谋划策，一个善于当机立断，唐太宗就用他们各自的所长。在贞观年间，有一批为国家建设和百姓福祉（zhǐ）殚（dān）精竭虑，脚踏实地奉献的官员，形成了廉洁勤勉的政治风气。

为了避免君主独断和重臣专权，唐太宗开创了君主虚心纳谏和臣下鲠（gěng）言直议的开明风气，他重赏进谏的官吏，还拿出最大的宽容来听取臣子的建议。其中最为著名的谏官就是魏征，他曾是辅佐太子的重要谋臣，却受到唐太宗的重用，位列宰相。他前后向唐太宗进谏两百多件事，即使太宗在大怒之际，他也敢面折廷争，毫不退缩，而唐太宗也没有因此处罚魏征。

有一次，唐太宗想要去打猎，行装都已准备好了，却迟迟没有出行。后来，魏征问到此事，太宗笑着说：“当初确有这个想法，但害怕你又要直言进谏，所以很快又打消了这个念头。”还有一次，太宗得到了一只上好的鹞（yào）鹰，把它放在自己的肩膀上，很是得意。这时他看见魏征远远地向他走来，便赶紧把鹞鹰藏在怀中。魏征故意奏事很久，致使鸟儿闷死在怀中。魏征病逝时，唐太宗亲自去吊唁（yàn），并悲伤地说：“以铜为镜，可以正衣冠；以史为镜，可以知兴替；以人为镜，可以明得失。魏征过逝，我就少了一面镜子啊！”

文治武功　盛世之基

唐太宗建立了完备的法律制度，包括律、令、格、式，从国家制度到经济生活，以及民间的婚丧嫁娶等风俗，都有详细规定，同时采用慎刑宽法和加强法制的措施。他一再告诫执法的官员，“人死不可复生，用法务在宽简”，并将死刑的终审权收到中央，以免出现冤案。632年时，监狱里有390名判处死刑的犯人，年底时，唐太宗特批他们回家探亲，料理后事，等到第二年的秋天回京接受死刑。结果，遣送回家的390名死囚，在无人督促的情况下，全部如约准时返回监狱，没有一人逃跑或藏匿（nì），于是太宗就全部赦免了他们。

在军事外交方面，唐太宗武功显赫，统一了北部边境，并出师平定了突厥等西域各国。他还与东西方国家建立文化交流，使亚洲、欧洲的国家与唐朝加强了联系，使长安成为世界性的大都会，至今西方的语言中，还有用“唐人”称呼中国人的习惯。由于疆域辽阔，唐朝在西域设立了安西四镇，为东西方来往的商旅提供了安定的社会秩序和有效的安全保障，丝绸之路上的商旅不绝于途，使丝绸之路成了整个世界的黄金走廊。

唐太宗对内重视农业生产，兴修水利，减轻农民赋税劳役，自己也戒奢崇简，住的宫殿是隋朝时留下的，还禁止铺张厚葬，在官民中形成崇尚节俭的风气。他任命魏征、虞（yú）世南、褚（chǔ）亮等人，从一万四千多部、八万九千多卷古籍中，挑选与治国修身相关的内容，编成50多万字的《群书治要》。后来这套书因战乱而失传，由于当时的日本遣唐使把这套书带回过日本，近年又从日本辗（zhǎn）转回到中国。

唐太宗52岁那年，生了病，最终医治无效，一代英主就此陨（yǔn）落。由于唐太宗的励精图治和锐意进取，到了贞观23年，全国人口达到380万户。人民过上了安居乐业的生活，牛马遍野，丰衣足食，国力日益强盛，成为历史公认的太平盛世，并为后来的唐高宗、武则天、唐玄宗年间的大唐盛世奠定了基础。

唐太宗是一位被中国人真心尊崇敬仰的封建帝王，他自身的智慧美德、他积累的治国经验、他与诸位名臣共同创造的贞观之治的灿烂文明，都永载史册，并被后世帝王效法，为后人所称颂。

吴越王：弱国仁君

婆留娃当上节度使

唐宋之间，有过一个五代十国的时期，历时56年，那些年群雄割据，战乱频繁。当时最苦最乱的，是五代更迭的中原地区，而在南方，浙江一带的吴越国则是一番太平景象。

当时吴越国的创立者吴越王，名钱镠（liú），字具美，小字婆留，杭州人，至今纪念他及后世子孙的“钱王祠”，还坐落在杭州西子湖畔。钱镠在位期间，采取“保境安民”的政策，即保卫边境，使百姓安居乐业，因此当时经济繁荣，文化教育也得到发展，国内文士荟萃，人才济济。近代杭州有个不成文的惯例，凡是地方最高长官到任，一定去钱王祠拜一拜，他们要瞻仰的，是留下善政美名的钱氏三代，五位国君。

据说钱镠出生时相貌丑陋，哭声很怪，父亲钱宽认为不祥，想把他丢到屋后的井里，幸亏阿婆阻拦，留下一条小生命，所以钱镠小名“婆留”。钱镠小时候，家里没钱，他迫于

■ 吴越王像

生计，16岁就去贩私盐，当时贩私盐10斤以上就是死罪。他练过武，别人挑100斤，他能挑200斤。21岁追随唐末董昌的部队，被提拔为偏将，后任杭州刺史兼防御使，最高做到镇东、镇海节度使，得到过唐僖（xī）宗钦赐的“金书铁券”，这在古代的作用相当于“免死金牌”。后来他占据苏南和浙江一带，形成割据势力。923年，钱镠被册封为吴越国王，设立百官，一切礼制皆按照皇帝的规格。

钱镠曾经做节度使时，便开始摆起阔绰（chuò）来，在临安盖起了豪华的住宅，出门的时候，坐车骑马，都有兵士护送。他的父亲钱宽对他这种做法很不满意，每次看到钱镠要出门，就有意避开，钱镠得知父亲回避他，心里很不安。

有一次他不用车马，不带随从，步行到父亲的屋里，问老人为什么有时回避他。父亲说：“咱家世世代代都是靠打鱼种庄稼过活的，没有出过有财有势的人。现在你当了一方之主，四周都是敌对势力，还要跟人家争城夺地。我看我们钱家今后要遭殃了，我怕你会连累全家，所以不愿见你。”钱镠听了这番话，大为震动，哭着表示一定会记住父亲的教训。

勤政事 保一方安宁

钱镠做了吴越王之后，为了保住吴越不受强国威胁，他养成了一种保持警惕的习惯，夜里睡觉时，为了不让自己睡得太熟，用一段滚圆的木头做枕头，叫作“警枕”。倦了就斜靠着它休息，如果睡熟了，头从枕上滑下，人也惊醒过来了。此外，吴越王还在卧室里放了一个盛着粉的盘子，夜里想起什么事，就立刻起来在粉盘上记下来，免得白天忘记。

有一天夜里，吴越王穿上便服，从北门进城，城门已经关闭了。钱镠在城外高喊开门，管门的小吏不理他。吴越王说：“我是大王派出去办事的，现在急着要回城。”小吏说：“夜深了，别说是大王派的人，就是大王亲自来，也不能开。”吴越王在城外绕了半个圈子，从南门进了城。第二天，他把管北门的小吏找来，称赞他办事认真，并且给他一笔赏金。

吴越王自知吴越地小国弱，始终向后梁、后唐等北方朝廷称臣纳贡，以保持吴越国相对安全的地位。吴越国虽然小，但是因为长期没有遭到战争的破坏，经济渐渐繁荣起来。吴越王登帝后，没有一统天下，乱世称雄的野心，只有作为国君的担当和责任。占有物产丰富的江南宝地，他本来也能征善战，却能停下扩张的野心，保护一方百姓平安，实在不容易。在扩建杭州城时，有术士向他献策，如果只是在旧的地基上扩建，吴越国只能存在100年，如果填上西湖重新建，就可以延长十倍，吴越王回答说：百姓靠湖水为生，无水即无民，而有国祚（zuò）百年就心满意足了。

吴越王广泛兴修水利，增加田亩，尤其是所筑钱塘江石堤和沿江的水闸，有效防止海水往里灌，减少当地的旱涝灾害，保护了杭州城，对这一地区的农业生产发展起到促进作用。他还叫人凿平江里的大礁石，方便船只来往，因为他在兴修水利方面做出的贡献，所以国内百姓给他起个外号，叫“海龙王”。吴越王很尊重文人，留心招纳名士，皮日休、罗隐、胡岳等人来投奔他，他都以礼相待，并能听从他们的劝谏。他也喜欢吟咏诗句，和名士唱和，因此创作了不少诗文，气概如虹。吴越王的书法也颇有造诣，他的字刚柔并济，很是从容厚朴。

舍别归总 子孙贤良

932年吴越王钱镠病重，召集臣下托付后事说：“我的儿子们都很愚蠢懦弱，只怕难以担当大任。我死后，请你们从中择贤而立。”臣下都推举钱元瓘（guàn），吴越王于是将钱元瓘召来，取出印玺（xǐ）交给他，并告诫说：“大家推举你为主，你要好好守住吴越，子子孙孙都应当事奉中原王朝，即使中原改朝换代，也不能失礼，切勿忘记!”

不久，吴越王去世，终年81岁。朝廷得知后，废朝七日，赐谥号武肃，并命工部侍郎杨凝式为其作神道碑文。

吴越王钱镠虽出身寒微，以武起家，但晚年好学，在家族中树立榜样，因此王室学风极盛。他对后代的教育非常看重，经常让孩子们诵读经典。钱氏家族每有新生儿诞生，就要全家人一起恭读《钱氏家训》，历朝历代，钱家出举人进士无数，状元也有不少。近现代则是“一位诺贝尔奖、两位外交家、三位科学家、四位国学大师、五位全国政协副主席、十八位两院院士”。如钱基博、钱钟书、钱穆、钱玄同、钱三强、钱学森、钱复、钱永健（诺贝尔化学奖）、钱伟长、钱其琛、钱易、钱颖一、钱文忠等。

宋太祖：大宋开国之君

昔香孩儿　今后周将

宋太祖赵匡胤，字元朗，小名香孩儿，是宋王朝的建立者，出生于洛阳夹马营，祖籍河北涿州。赵匡胤出身于军人家庭，是赵弘殷的次子，长兄赵匡济很小就夭折了。他在后汉隐帝时，投奔到后汉枢密使郭威帐下，屡立战功，后来郭威建立后周，委任他以军中要职。在周世宗柴荣驾崩后，他发动陈桥兵变，建立宋朝，定都河南开封，在位16年，享年50岁。在位期间，宋太祖致力于统一全国，结束战乱分裂的局面，他提倡文人政治，开创了中国的文治盛世，是一位英明仁慈的皇帝，是推动历史发展的杰出人物。

据史书上记载，赵匡胤出生时，有一股奇异的香气，所以乳名叫“香孩儿”。几年后，他到了读书的年纪，父亲就给他起了个正式的名字叫赵匡胤，匡是匡扶保佑的意思，胤是后代的意思，从这个名字来看，父亲对他确实是寄予厚望的。赵匡胤从小在习武方面就表现出特殊的天赋，学习骑马

■ 宋太祖像

射箭，他的表现总是异常出色。

不过，在赵匡胤成长的十几年中，赵家的境遇却每况愈下，父亲本来是后唐庄宗李存勖（xù）器重的武将，不幸的是李存勖在兵变中被杀了，父亲就开始被冷落，家境日益艰难。后来赵匡胤结婚成家，家中的窘迫状况使他不得不离家外出寻找事业机会，他本想去投奔亲戚，却受到冷遇。那两年的流浪生活是艰难的，但却使他的意志更坚强，眼界更开阔。有一次，他来到汉水边的襄（xiāng）阳，住进了一家寺庙，寺院的住持是一位年近百岁的老和尚，他饱经沧桑，阅人无数，所以很会看相。虽然当时赵匡胤衣着寒酸，风尘仆仆，老和尚却觉得他气度不凡，于是对他说，汉水以南的地区政权稳定，而北方战乱频繁，所谓乱世出英雄，老和尚劝他北上，还送给他一些路费。赵匡胤去北方后，投奔了郭威，开始只是一名小士兵，后来因屡立战功，被提拔负责宫廷禁卫。

后来郭威发动兵变，推翻后汉建立后周，成为了周太祖，几年后，郭威病逝，由柴荣即位，史称周世宗。赵匡胤在周世宗称帝前，就是他的亲信武将，因此周世宗称帝后器重他。周世宗也有统一全国的野心，于是给了能征善战的赵匡胤以发挥才能和聚集力量的良机。由于在多次战役中的出色表现，赵匡胤被提拔为忠武军节度使兼殿前都指挥使，在军队中有着极高的地位。同时他与其他高级将领在战斗中也形成了生死与共的情谊。他曾经结拜过十个义社兄弟，形成了一股以赵匡胤为核心的武装势力。同时，他还留心结交有道德学问的文人做幕僚，并虚心向他们学习。

赵匡胤虽然是武将出身，却很喜爱读书，他常常研读经史而手不释卷。他跟从周世宗平定淮河流域时，有人向周世宗告密说，赵匡胤用几辆车运载自己的私人物品，其中都是些金银财宝。世宗就派人去检查，结果车中竟然是几千卷书籍。周世宗问他："你身为武将，要这么多书有什么用！"赵匡胤回答说："我没有好的计谋贡献给陛下，只能多读些书以增长自己的见识。"

陈桥兵变　黄袍加身

959年，周世宗驾崩，年仅7岁的柴宗训继位。赵匡胤在心腹文武幕僚的帮助下，也加紧了行动，将殿前司系统的高级将领，几乎都换成了自己的兄弟、故交，在京城无人能与他相抗衡。960年的正月初一，朝廷上下正在朝贺新年，突然接到契丹和北汉联兵南下的战报。小皇帝在征得宰相范质等人同意后，匆忙派遣赵匡胤统率禁军北上迎敌。正月初二，赵匡胤统率大军离开都城，夜宿距开封东北20公里的陈桥驿（yì）。赵匡胤的一些亲信在将士中散布消息，说皇帝年幼不能亲政，希望拥立赵匡胤做皇帝。第二天一早，赵普和赵匡胤的弟弟赵光义见时机成熟，就带领将士把事先准备好的皇帝穿的黄袍披到了赵匡胤身上，并跪拜齐呼万岁。赵匡胤推辞再三，才接受了拥戴，并定下了回开封后，对后周的太后和小皇帝不得惊犯，对后周的公卿不得侵凌，对朝廷府库不得侵掠等一系列军令。当天火速回师开封，与在京城等候的石守信等人里应外合，迅速控制了局面，柴宗训也被迫宣读了事先准备好的禅位诏书。赵匡胤就这样兵不血刃地完成了“陈桥兵变，黄袍加身”，改国号为“宋”，成为了宋王朝第一位皇帝，史称宋太祖。

宋太祖在陈桥兵变后回师进入开封皇宫时，见到宫妃抱着一个小婴儿，就问是谁的儿子。回答说是周世宗的儿子。当时，范质、赵普、潘美等亲信都在身旁，宋太祖问他们该如何处理。赵普等回答说：“应该除去，以免后患。”宋太祖说：“我接了人家的皇位，还要杀人家的儿子，我不忍心。”于是就把这婴儿送给潘美抚养，以后再没过问此事。后来这个婴儿长大成人，取名惟吉，官至刺史。

杯酒释兵权　先南后北略

宋太祖登基后，对后周旧臣实行全部录用，官位不变的政策。他深知对皇权威胁最大的，是禁军将帅手中的兵权，但他没有像其他皇帝一样，用杀戮的方式来消除开国功臣的武力威胁，而是巧妙地运用了“杯酒释兵权”的方法，和平解决。故事是这样的：一天下朝后，宋太祖宴请石守信、高怀德、王审琦等禁军高级将领。酒过三巡菜过五味后，宋太祖忽然感叹地说：“如果没有你们出力辅佐，我也没有今天，你们的功德我永远不会忘，只是当了天子之后，我没睡过一夜的安稳觉啊！”将领们忙问：“这是为什么呢？”宋太祖意味深长地说：“这还不明白吗？这皇帝的位子，谁都想要呀。”一听这话，石守信等人赶忙离座向宋太祖表忠心。太祖说：“我当然相信你们没有异心，可你们的手下，却可能因为贪图富贵，而将黄袍披到你们身上，还由得你们吗？”

将领们一听全都吓蒙了，忙跪下磕头哭泣，希望太祖指明一条生路。宋太祖趁机表达了希望他们放弃兵权的想法，说到：“人生苦短，犹如白驹过隙，不如多累积一些金钱，买一些房产，为子孙后代留下一份产业，家中再多招一些歌伶舞女，天天饮酒作乐，以终天年，君臣之间也没有猜疑，上下都安宁，这样不是很好吗？”第二天，这些将领都称病而请求辞职交出兵权，宋太祖都一一应允，并给予优厚的封赏，后来还相继把自己的妹妹和女儿嫁给了这些拥立他的功臣。宋太祖用这样的方法妥善处理了与功臣武将的关系，还避免了“飞鸟尽，良弓藏；狡兔死，走狗烹”的指责。

之后，宋太祖听取群臣的建议，确立了“先南后北”的统一计划，先征服了南方8个割据势力后，又向北扩张，开始了统一全国的大业。直到宋太宗赵光义的时候，经过五代十国几十年战乱的华夏民族，终于重新获得了统一，帮助百姓摆脱了连年战乱的颠沛流离之苦。

文治武功全　施政传遗训

宋太祖虽然是武将出身，却非常重视以文治国的理念，他果断地推行了尊孔崇儒，完善科举，创设殿试，重视教育，知人善任，重视农桑，减轻徭役，厚禄养廉等一系列重大举措，彻底扭转了唐末以来武夫专权的黑暗局面，使宋代的文化空前繁盛，以至于现在的很多学者，都羡慕当年的“宋朝是文人的乐园”的局面。然而宋太祖虽然重文却并不轻武，他重视军队的操练，还根据士卒拼杀格斗的经验编成“宋太祖三十二势长拳”，号称天下武功至尊的少林寺，也对太祖长拳另眼相看。而一些后代的宋朝皇帝，只重视文臣却轻视武将，使得宋朝的军事力量日渐薄弱，酿成不得不迁都临安，建立南宋的局面。

宋太祖曾给后代子孙留下了施政的祖训，宋朝历任皇帝在即位时，都必须拜读这份遗训，遗训包含着三点内容：一、柴氏子孙有罪，不得加刑，纵犯谋逆，止于狱中赐尽，不得市曹刑戮，亦不得连坐支属。这是表达对后周旧主的感恩之情，要善待他们的后代。二、不得杀士大夫及上书言事人。这一条在整个宋朝发挥了重要作用，凡是文官和上书劝谏的人都不会被处死。三、子孙有渝（yú）此誓者，天必殛（jí）之。宋朝的皇帝基本上都遵守了誓碑遗训，因此，在各种政治势力的党争中，文臣虽然有被流放到边远地区的，但不会因此而丢了性命。宋太祖温厚的性格透过这份遗训，传达给了后世的皇子皇孙们，并表现在整个宋王朝的历史中。

976年，宋太祖召他的弟弟赵光义饮酒，一同留宿在宫中。第二天清晨，宋太祖暴亡，享年50岁。之后，弟弟赵光义继位，史称宋太宗。

宋太祖赵匡胤一生重要的贡献是重新恢复了中华地区的统一，结束了从唐末五代以来长达60多年的藩镇割据局面。饱经战乱之苦的人民终于有了一个和平安宁的生活环境，为经济的发展，文化的繁荣创造了条件，因此宋太祖赵匡胤在中国历史上是一个承前启后的重要人物。同时，他还具有宽仁大度，虚怀若谷，好学不倦，诚意纳谏，勤政爱民，严于律己，崇尚节俭等优秀品质，对改变五代以来武夫当道和奢靡的风气发挥了极大的作用。

宋仁宗：宽仁贤主

仁宗盛治　抱憾生母

宋仁宗赵祯（zhēn），是宋朝的第四位皇帝，初名受益，宋真宗的第六个儿子。宋真宗驾崩时，赵祯只有13岁，就继位做了天子，在位41年，享年54岁。论武功，他不如宋太祖雄才大略，论文采，他不如宋徽宗多才多艺，但论生前死后的名声，他却是宋朝十八帝中最好的。宋仁宗对百姓宽厚仁慈，他让百姓休养生息，致使宋朝达到一个经济文化发展的顶峰。宋仁宗知人善用，因此在位时名臣辈出，国家安定太平，经济繁荣，科学技术和文化得到了很大的发展。史家把仁宗在位及亲政治理国家的时期称为“仁宗盛治”。

有关宋仁宗的身世，被文学和戏剧作品演绎成以包拯为主角的“狸猫换太子”“打龙袍”等情节，而真实的历史是怎样的呢？据《宋史》记载，宋仁宗的生母是李宸妃，但李宸妃在世时，他们并没有母子相认的机会。李宸妃原是宋真宗最宠爱的妃子刘德妃的侍女，她庄重少言，后来被真宗临

■ 宋仁宗像

幸，便怀了孕。刘德妃当时被立为皇后，因膝下无子，就请宋真宗把刚出生的赵祯赐给自己做儿子，生母李氏只能保持沉默。为了报答李氏的缄默不言，刘皇后先后封她为"才人"和"婉仪"，赵祯也一直视刘皇后为生母。等到真宗去世后，年仅13岁的赵祯做了皇帝，刘皇后以刘太后的身份垂帘听政，这时的李婉仪只是默默地隐没在先朝嫔妃之中。

刘太后在李婉仪病危时晋升她为李宸妃，不久，她便过世了。刘太后本来想以普通宫人的礼仪安葬她，当时的宰相吕夷简提醒她说，请太后为刘氏的后代安危考虑，还是应该以厚葬为宜。刘太后顿时明白，一旦自己死去，仁宗定会知道生母的实情，会因为生前死后都没能给母亲应有的待遇而怨恨刘太后，还会迁怒于刘氏的后代，她立即按一品礼节安葬了宸妃。

在宋仁宗即位后11年，刘太后病逝，仁宗开始亲政，很快他就知道太后并非自己生母，而真正的生母是李宸妃。宋仁宗为自己不能孝敬亲生母亲而悲痛愤怒，他号啕大哭，下诏自责，并派兵把刘太后娘家的府邸包围。大臣吕夷简进谏说，太后虽然有不义的举动，但以皇后的礼仪厚葬了李宸妃，表明她是有后悔之心的，何况太后对皇帝还有抚育之恩。宋仁宗一念慈悲便下令解除对刘氏家族的包围，重新为生母办了葬礼，并尊宸妃为太后，同时祭奠了生母李太后和养母刘太后。

从谏如流　宽仁为本

宋仁宗亲政后非常善于纳谏，正是他的宽广度量和清明政治，才能出现千古流芳、铁面无私的包拯。包拯在担任监察御史和谏官期间，屡屡犯颜直谏，据说唾沫星子都飞溅到宋仁宗脸上，宋仁宗一面用衣袖擦脸，一面听取他的建议，竟然没有怪罪。他对提意见的大臣不会打击报复，没有搞过文字狱，他治下的大宋王朝言论相当自由。比如当时的理学家程颐（yí）曾说过“要和皇上同治天下”的话，这在其他朝代会被处死，很可能会灭九族，而仁宗却没有介怀。因此北宋的苏东坡、王安石、司马光、欧阳修、范仲淹等一个个重量级的人物，或是宋仁宗一朝的名臣，或是在这一时期登上历史舞台的。

宋仁宗还很注意保护进忠言的谏官。有一次，他退朝回到寝（qǐn）宫，因为头痒，没有脱皇袍就摘下帽冠，呼唤梳头太监进来替他梳头。太监梳头时见宋仁宗手里有一份奏折，就随口问是什么奏折，宋仁宗说是谏官建议减少宫女和太监的奏折。太监说：“大臣家里尚且都有歌伎舞女，一旦升官，都要增置。陛下侍从并不多，他们却建议要削减，岂不太过分了！”宋仁宗没有说话。太监又问：“他们的建议，陛下准备采纳吗？”仁宗说：“谏官的建议，朕当然要采纳。”太监仗着一贯在皇帝身边服侍，就不满地说：“如果采纳，请把奴才第一个削减了吧。”仁宗听了，立刻站起来让主管太监进来，根据宫内名册，把29个宫人和梳头太监削减出宫。

事后，皇后问仁宗：“梳头太监是陛下多年的亲信，又不是多余的人，为何将他也削减了呢？”仁宗说：“他劝我拒绝谏官的忠言，我怎能将这种人留在身边！”

宋仁宗尚德缓刑，遇到疑难案件，尽量从轻发落，即使对“煽（shān）动造反”之类的奏折，也仔细地区别对待，分清是真要造反，还是发牢骚，如果是后者则不去追究。成都一个秀才写道：“把断剑门烧栈（zhàn）阁，成都别是一乾坤。”有人以“谋反”之罪将这秀才上报到朝廷。可没想到，宋仁宗轻描淡写地说了句：“这个老秀才不过是太想做官，做官不成写反诗泄愤，怎能治罪呢？不如给他个官当吧。”

宋仁宗不但对自己的子民仁慈，对他国的百姓也常怀仁爱之心。有一次，出使北方的使者报告说高丽的贡物越来越少了，提议出兵讨伐。宋仁宗说：“这只是高丽国君的过错，如果现在出兵，国君不一定会被杀，反而要杀死无数百姓。”最终没有发兵。

节俭用度 为人着想

宋仁宗贵为天子，但特别省吃俭用。他在家宴上常穿一再洗过的衣服，床褥多是用粗绸做成。有一次，时值初秋，官员献上蛤（gé）蜊（lì）。仁宗问是从哪里弄来的，臣下答说是从远道运来的，他又问要多少钱，答说共28枚，每枚1千钱。宋仁宗很不高兴地说：“朕常常告诫你们不要奢侈，现在一下筷子，就得花费1千钱，朕吃不下！”他就真的没有吃。

还有一次，宋仁宗处理事务到深夜，又累又饿，很想吃碗羊肉热汤，但他忍着饥饿没有说出来。第二天，皇后知道了，就问他道：“陛下日夜操劳，千万要保重身体，想吃羊肉汤，随时吩咐御厨就好了，为何要忍饥使龙体受亏呢？”仁宗说：“我如果一开口，御厨就会夜夜宰羊备着，一年下来要数百只，臣下就因为这是我的需要，就去大肆扰民，所以还是不开口的好。”

皇帝作为封建社会的最高统治者，习惯了一切以自我为中心，能为他人着想的少之又少，但宋仁宗算是其中难得的一位。有一次，宋仁宗在散步，时不时地回头看，随从们都不知道皇帝要干什么。宋仁宗回宫后，着急地对嫔妃说："朕渴坏了，快倒水来。"嫔妃觉得奇怪，问他说："为什么在外面的时候不让随从伺候饮水，而要忍着口渴呢？"宋仁宗说："朕回头几次，都没有看见他们准备水壶，如果朕问的话，肯定有人要被处罚了，所以就忍着口渴回来再喝。"

1063年，在位41年的宋仁宗去世。当他的死讯传到洛阳时，市民们都自动停市哀悼（dào），焚烧纸钱的烟雾飘满了洛阳城的上空，以至于遮挡了太阳光。只有真正的贤主才会得到人民的爱戴，在中国历史上，能像宋仁宗这样，拥有最高权力还能谨慎行使权力的真是少之又少。

虽然宋仁宗不够铁血，不够强权，但在他统治下的大宋王朝，人民安乐，经济繁荣。尤其是"和而不同"的庆历士风得以发扬光大。宋仁宗的宽厚胸怀与仁德和善，使大量名臣才子涌现出来，为北宋经济文化的空前繁盛做出了重要贡献。

金世宗：金朝的小尧舜

出身艰难　青年才俊

北宋后期，中国北方的游牧民族逐渐壮大，其中女真族的部落首领完颜阿骨打攻占了中国北方和东北地区的大部分土地，建立了金朝。金朝向西与西夏、蒙古等地接壤，南与南宋对峙，共传了10个皇帝，创立了119年的历史，辉煌一时。提到金朝就不得不说金朝的第五位统治者金世宗完颜雍，他是金朝最贤德的一位皇帝，也是将金朝国力带向鼎盛的皇帝。

金世宗完颜雍，是金太祖完颜阿骨打的孙子，金睿宗完颜宗尧的儿子，母亲是贞懿皇后李氏。

然而出身皇室的完颜雍人生并不是养尊处优，一帆风顺的，12岁的时候，父亲完颜宗尧去世。依照金朝的习俗，丈夫死后，妻子应当嫁与宗族的人。但李氏不愿接受这种落后的习俗，就在辽阳出家为尼。年少的金世宗，完全由母亲一个人教养长大。母亲李洪愿出身于辽阳渤海大族，聪明能干，知书达礼。完颜雍在母亲的教导下渐渐长成了一个聪慧坚毅、仁慈博爱的俊朗青年。青年时期的完颜雍由于魁梧英俊，又善于骑射，他每次出去狩猎，都会吸引很多年长的人跟着去看，大家纷纷赞赏他精湛的骑射技术，甚至称他的骑射技术全国无人能及。

完颜雍为人宽厚，性格沉稳，又擅骑射，叔伯们常常带他四处征战，他也深受将士们和长辈们的喜爱。金熙宗皇统年间，完颜雍以宗室子的身份授光禄大夫，封葛王，为兵部尚书。

痛失贤妻　隐忍蓄势

18岁时，完颜雍娶了乌林答氏为妻，这也是他一生唯一的一位昭德皇后。完颜雍的父亲去世后，母亲也遁入空门，是乌林答氏一直陪伴着完颜雍，他们相互扶持、相互鼓励，乌林答氏不但给金世宗带来了温暖的生活和爱情，还陪他一起度过了种种难关。

其实完颜雍和乌林答氏从小就相识了，他们五岁的时候就订婚了。小时候，两人还经常到松花江边玩耍。有一天，完颜雍不小心把膝盖磕破了，乌林答氏一边哭着一边从衣服上扯下一条布为完颜雍包扎伤口。完颜雍看着一边哭泣一边为她包扎伤口的乌林答说：“我一定一辈子保护你，不让任何人欺负你。”小乌林答含着眼泪一下子又笑了起来。

13年后，两人正式结为夫妻。长大后的乌林答氏温柔贤淑，而且十分识大体，是一位难得的好妻子。完颜宗尧伐宋时，曾得到了一条宋朝皇帝用过的白玉带，作为传家宝留给了完颜雍，完颜雍很是珍爱它。当时完颜雍的处境很受限制，妻子乌林答对他说：“这个玉带只有你活着才能传下去，人如果死了，留着玉带又能传给谁呢？这个玉带不是王府所应该拥有的，应当献给天子。”完颜雍觉得妻子说的很有道理，于是就将白玉带献给了金熙宗。结果，不但金熙宗的悼平皇后很是喜欢，而且还得到了金熙宗的信任。金熙宗在后期，常常酗酒，还大肆屠杀开国的功臣和近臣，即使这样，也没对完颜雍产生任何猜忌。

后来完颜雍的哥哥完颜亮杀了金熙宗，夺取了皇权。完颜亮做了皇帝后更加凶狠残暴、淫恶不堪，并且杀人如麻。他对完颜雍这个文武双全，在族中口碑极好的弟弟很是不放心，总担心他会效仿自己，取而代之，所以就撤了完颜雍的职位，还频繁调动完颜雍，担心他在一个地方待久了，会蓄积力量。另外还派人去监视他，总想找机会把他杀了。

完颜雍完全明了完颜亮的心思，时刻提心吊胆、如履薄冰。此时妻子乌林答氏十分沉静睿智，她发现完颜亮和金熙宗都是一类人——贪财好色。于是就劝丈夫多献些奇珍异宝给完颜亮，以消除他的猜疑，免遭诛身之祸。完颜雍依照妻子的话，找到合适的时机后，就把"辽骨睹犀佩刀"和"吐鹘良玉茶盏"等宝贝献给了完颜亮。完颜亮看到这些宝物，又惊又喜，爱不释手，便认为完颜雍是个胆小鬼，这是惧怕他了，便对他放松了警惕。

■ 金世宗像

但好景不长，有一次，完颜亮竟然趁完颜雍不在家，诏乌林答氏进宫。乌林答氏知道完颜亮是个好色之徒，可如果自己不去，就会连累丈夫，最后在离中都70里的地方选择自杀以明志。

乌林答氏在临死前给完颜雍留下了一封绝命遗书，后人称《上世宗书》。书中，她深情地恳求丈夫不要因为她的死而过分悲伤“作儿女之态”，要像越王勾践一样“卧薪尝胆”。她还劝谏丈夫居官要整肃纲纪，勤修德政，广揽英才，务悦民心，静待时机夺取帝位，广安天下。

完颜雍对爱妻的死痛彻心扉，但为了保全大局，他只能忍辱负重，毫不显露出对完颜亮的怨恨。也没有去乌林答氏的殉身之地，亲自办理丧事，只是让下人草草埋葬了爱妻。完颜雍的隐忍，暂时骗过了完颜亮，但完颜亮还是派了自己的心腹高存福去监视他。

夺取政权　积极改革

机会终于来了，正隆六年（1161年），完颜亮厉兵秣马，动员了国中大量的兵力、物力、财力去南伐宋朝，结果导致民众不堪重负，衣食不继，盗贼蜂起，怨声载道。契丹人不愿当兵，索性杀了金朝官吏，夺取3千副兵甲，举行起义。完颜亮的统治更加动荡不安了。

这时，完颜雍的舅父李石劝他做好准备夺取政权，他们私下开始招兵买马。不料，这件事让高存福知道了，他偷偷派人给完颜亮通风报信，同时和推官李彦隆谋划杀害完颜雍。但高存福的家人却向完颜雍告了密，这时李石再次劝完颜雍及早夺位。

经过一番商议后，完颜雍以讨论备“贼”为借口，将东京的官吏召集到他母亲出家的清安寺开会。高存福一开始有些担心，不敢来，完颜雍多次派人去召他，他才来。等人到齐后，完颜雍当场把高存福和李彦隆抓了起来。同年十月初三，南征万户完颜福寿率领金军2万人从山东赶来，完颜谋衍率兵5千余从常安（今辽宁沈阳东北）赶来，他们都是来投奔完颜雍的。10月7日，各路军队入城，共同斩杀高存福等人。第二天，诸军官属来到完颜雍的府第求见。完颜雍刚刚走出来，众人就拜在庭下高呼万岁。完颜雍推辞了一番，将领、官员一再劝进，于是，完颜雍亲赴太庙，祭告祖先，然后来到宣政殿，登上了皇帝的宝座，是为金世宗。完颜雍，改元大定，下诏废除完颜亮。

完颜雍即位后，把主要精力都放在了内政改革和百姓生计的发展方面。在内政方面，他对前朝的为官制度做了一定的改革。一是任用人才，不再要求出身，只要你是贤才，也不再注重资历。二是当官的升职要看政绩，要有切实的政绩，而不能弄虚作假，应付上级。所以，在金世宗统治时期涌现一批在政治上有所作为，并且清廉正直的官吏。三是官吏到了一定年龄就要给年轻人让位。因为人老了，精力就不再像年轻时那么充足。所以他规定，朝中大臣60岁就要辞去官职。另外，金世宗还维护了宗室贵族的权益，加强了皇权的统治。

在民生上，金世宗主张休养生息的政策，他积极提倡农业生产，减轻农民的负担，并招收流亡的百姓，开垦新的土地。他把原来参加南征的步兵全都遣散，还派官员去汉人起义频繁的地方安抚百姓，告诉他们只要愿意回归农耕，就赦免他们造反的罪名。在大定六年，他更是结束了与南宋朝的战争，只留下6万的士兵做储备，其余的士兵全部遣散回家。

金世宗深切地明白统治者和百姓之间的关系，知道“水能载舟，亦能覆舟”的道理。所以他除了“两税之外，一无横敛”外，更不会私自动用国库的资财。就这样，不过数年，金朝的经济得到全面的恢复和发展，国库充实，人口增加，百姓殷富。

汉化尊儒 金朝尧舜

在文化上金世宗延续金熙宗、海陵王以来的汉化政策。他对以石据等汉官委以重任，命他们依照唐宋制度对金朝的典章文物进行修订。另外，他重视科举选拔人才，也体现了汉化尊儒的政策。

除此之外，金世宗本人也熟读汉文经典，他崇尚“以民为本”，体察民情，爱惜民力。每当自己吃饭时，就会想到许多百姓还在冻馁受饿，就好像自己也在冻馁受饿一样。每当春水秋山外出巡狩时，世宗都严禁随从扰害地方百姓，所用物资一律不许向民间索取，征用的民力，必须按劳给予报酬。

大定一朝，黄河经年泛滥，灾害不断，世宗不遗余力地坚持赈贷。他推崇儒学，遵奉礼教，崇尚节俭，并以身作则。他曾说，“朕虽年老，闻善不厌，孔子云见善如不及，见不善如探汤，大哉言乎！”“人之行，莫大于孝弟。孝弟无不蒙天日之佑。” “昔唐虞时，未有华饰，汉惟孝文务为纯俭。朕于宫室唯恐过度。”

据说，有一次他正在吃饭，女儿突然来了，他居然没有多余的饭菜给女儿吃。他还经常教育太子、亲王们一定要节俭，还指着自己的衣服说：“我这件衣服已经穿了三年了。”

另外金世宗仰慕古代帝王虚心纳谏的品德，命群臣百官有言即言，不要有所隐瞒。从谏如流的唐太宗和敢于直谏的魏征，都是他为政治国常提起的榜样。他曾说：“我每天处理这么多事情，怎么可能没有过失，你们尽管提出来，我一定虚心接受并改正。”另外，他熟读史书，注重以史为鉴，经常和臣下谈古论今，品评史事兴衰和人物得失。

就这样，在金世宗的治理下，金朝文化不断汉化，经济繁荣昌盛。皇太子完颜允恭更是喜欢读书作文，还打算效仿魏孝文帝，推行中国礼乐。一时间，人们都敬称金世宗为“小尧舜”。

大定二十九年（1189年）正月二日，金世宗病逝于中都宫，享年67岁。当时的百姓都为他失声痛哭，一时悲声遍野。金世宗谥号为光天兴运文德武功圣明仁孝皇帝，葬于大房山兴陵。朱熹评价说：“金世宗能够行尧舜之道，即使做大尧舜也是可以的。”赵翼也说：“金朝的十位皇帝，要数世宗最为贤德。”

金世宗在位期间，平息了北部契丹起义，击退了南宋隆兴北伐，签署《隆兴和议》，和南宋开启了长达40余年的和平局面，并推动金朝转入和平发展的轨道。在内政和经济方面，金世宗勤政节俭，选贤治吏，轻赋重农。文化方面，他积极推行儒家思想，崇尚汉化。在他统治时期，金朝国库充盈，社会小康，百姓纷纷过上了富裕的生活，金朝实现了“大定盛世”的繁荣鼎盛局面，金世宗也因此被称为“小尧舜”。

成吉思汗：一代天骄

成吉思汗是我国历史上一位叱咤风云的人物。他戎马一生，率领蒙古铁骑四方征战，在短短几十年的时间里，就统一了蒙古草原，创建了强大的蒙古帝国，继而攻打西夏、金国，侵入印度，西征辽国、花剌子模国，直抵俄罗斯，使蒙古帝国周围的辽阔土地几乎全部归入自己的版图。成吉思汗是一个战神，500多年以后在欧洲诞生的另一个战神拿破仑也说："我不如成吉思汗！"

崭露头角

蒙古民族是我国历史上北方一个古老的游牧民族。他们是匈奴民族的后裔，居住在以肯特山为中心的荒漠地带，四周环绕着著名的鄂嫩河、克鲁伦河和土拉河。12世纪中叶，蒙古民族各部落相互独立，互不统属，部落之间往往为了争夺牧场、牲畜和奴隶而征战不休。乞颜、札答兰、泰赤兀、弘吉剌等是其中最重要的部落。而蒙古民族诸部落周

■ 成吉思汗像

围，还有突厥民族诸部落，如塔塔尔（鞑靼）、克烈、乃蛮、蔑儿乞等部落并存对峙。

1162年，乞颜部落与东部的塔塔尔部落展开了一场血战。结果，乞颜部落首领孛儿只斤·也速该打了胜仗，生擒塔塔尔部落首领铁木真兀格。也速该凯旋，恰好此时妻子诃额仑生下了他们的第一个儿子。传说，这个男孩出生时右手握着一块坚硬的血饼，就像蒙古族的长矛一样。也速该见了满心欢喜，为了庆祝这次战争的胜利，便给儿子起名叫“铁木真”。

铁木真九岁时，父亲也速该带他到弘吉剌部落去求亲。弘吉剌部落首领特薛禅一眼就看上了这个“目中有烨，面上有光”的男孩，当即将女儿孛儿帖许配给了他。可是在返回途中，也速该被塔塔尔人设计，中毒而死。泰赤兀部落首领的塔里忽台乘机煽动蒙古部众抛弃铁木真母子，铁木真一家从部落首领的地位一下子跌入苦难的深渊。但是苦难的生活同样磨炼了少年铁木真的意志，铸造了他坚毅的性格，这为他后来的成就奠定了基础。

铁木真到了娶亲的年龄时，弘吉剌部落首领特薛禅知道了铁木真家里的变故，不但没有悔婚，还给铁木真和女儿孛儿帖举办了隆重的婚礼。没过多久，蔑儿乞人突然在一天晚上袭击了铁木真的营地，抢走了新娘孛儿帖，还把她配给了本族的武士。铁木真愤恨难当，便去向父亲的安达（结拜兄弟）克烈部落首领王汗求援，王汗不但爽快地答应了，还认铁木真做了“义子”。

铁木真在战斗中异常英勇，很快便打败了蔑儿乞部落，夺回了妻子。此后，铁木真开始召集离散的部众，并不断壮大自己的势力。没过几年，铁木真的势力范围已经超过了父亲也速该。

1189年，27岁的铁木真被推举为乞颜部落的首领。此后，他从亲信中选拔出一些将领，组建了一支骑兵队伍，成为铁木真日后统一蒙古高原军事力量的基础。

统一蒙古

转眼到了1190年，草原诸部落之间依旧烽烟不绝。虽然表面上这几个大部落平安无事，实际却暗流涌动，各自盘算。

有一次，札答兰部落首领札木合的部下因偷铁木真的马而被铁木真的手下杀死，札木合便借机联合了十三个部落，合兵三万人进攻铁木真。铁木真丝毫不怕，他将自己所属的三万人分为十三翼(营)，他和母亲诃额伦各统领一个翼，其余各翼由其他将领统领。战斗结果是铁木真大败，撤退到鄂嫩河上游一带，扼险而守。这就是著名的“十三翼之战”。

此战结束后，札木合烧了七十口大锅，将俘虏的民众全部残忍煮杀。这使札木合大失民心，不少部族纷纷投靠铁木真。铁木真败而得众，力量进一步壮大。

十三翼之战揭开了铁木真统一蒙古的序幕。此后，铁木真率领骑兵，先后攻灭和收服了强大的塔塔尔、札答兰和泰赤兀等部落。如今在蒙古草原上，能与铁木真抗衡的只有克烈部落和乃蛮部落了。

塔塔尔部落被消灭后，王汗和铁木真的关系便急剧恶化。一开始，铁木真不想与王汗决裂，想通过联姻来拉拢王汗，却被拒绝了。王汗深知铁木真的骑兵骁勇善战，便和投奔了自己的札木合设计以除掉铁木真，不料走漏了风声，王汗只好与札木合一起攻打铁木真。铁木真寡不敌众，侥幸逃脱，同溃散部众在班朱尼河(内蒙古呼伦湖西南)一带会合。这里极其荒凉，没有吃的，也没有水可以饮用，可是铁木真的斗志却愈加高昂。为了表明自己战胜克烈部落的决心，他与下属共饮浊水解渴，食野马果腹，盟誓共渡难关，重整旗鼓。

1203年深秋，铁木真亲率精锐骑兵，日夜兼程，包围了王汗的大营。双方激战了三天三夜，王汗大败逃亡，后来被乃蛮人杀死。

克烈部落的覆灭使太阳汗深感不安，他纠集札木合残部及泰赤兀等部落的残余势力，共同对付铁木真，结果乃蛮联军大败，太阳汗战死。铁木真乘胜肃清了所有残余势力，其中包括札木合，他被自己的手下绑着送到了铁木真跟前，最后落了个赐死的下场。

最后一个部落被消灭了，此后，整个蒙古高原的土地都置于铁木真的权力之下。

建立蒙古帝国

1206年，45岁的铁木真在鄂嫩河的源头召开“忽里台”大会，建立蒙古帝国，铁木真被推举为大汗，尊号“成吉思汗”，蒙古语的意思是“拥有四海的皇帝”。蒙古帝国从此进入它的全盛时期。

此后，成吉思汗开始着手国家的缔造工作。他十分重视骑兵的建立，并因此建立了军政合一、全民皆兵的军事体制，“千户制”是其最核心的部分。千户制最大的特点是将全部牧民用军事方式编制起来，使他们隶属于各个千户那颜（首领），而每个千户既是军事组织，又是行政机构。千户编制内

的人员，从15岁到70岁的男子既是生产的牧民，又是作战的骑兵。战时打仗，平时游牧，上马则准备战斗，下马则屯聚牧养。

同时，成吉思汗还设立里必（宰相）之职，管理军民内部政务；建立怯薛（近卫）军，怯薛是一支精锐部队，士兵在军官和自由民的子弟中选拔，蒙古统一后，成吉思汗将怯薛扩充到了一万名。著名的四大怯薛长正是成吉思汗身边的四位干将，即“蒙古四杰”：博尔忽、博尔术、木华黎、赤老温。

蒙古国建立后，原来各部落融合为一个共同的蒙古族。为了方便记录和交流，成吉思汗命人创造了蒙古文字，他用蒙古文字颁布了一系列属于自己的训言和法令，其中比较有名的是法典《大札撒》。

四方征伐

统一蒙古之后，成吉思汗率领蒙古铁骑发动了一系列的对外扩张战争。

成吉思汗第一个征服目标是西夏，西夏位于蒙古南面，由党项人于1038年建立。为了获取财物，蒙古军从西边对金国实施战略包围，从1204年到1209年，成吉思汗先后三次讨伐西夏，最终使西夏成为蒙古国的附庸。

此后，成吉思汗全力以赴发动对金国的战争。蒙古与金

国素有世仇，因为金国曾经长期对蒙古进行残酷的剥削和掠夺，还杀害过成吉思汗的曾祖——蒙古各部落可汗俺巴孩。后来，成吉思汗虽然接受了金国的封赏，但他并没有忘记仇恨。

1211年，成吉思汗出动了几乎所有的兵力，亲自率领他的四个儿子术赤、察合台、窝阔台和拖雷向金国进发，开始了为期24年的蒙金之战。一开始，蒙古军很快就攻下了西京（山西大同），随后又攻破了居庸关，直抵金国都城中都（北京）城下。两年后的1213年，成吉思汗再次率军攻金，接连破城九十余座，居庸关再次被攻破，金国最精锐的主力部队全被歼灭，中都再次被包围，金国献出公主和大量金银珠宝向蒙古求和。

金国经过几次打击，已经失去了在中都立国的基础，金国皇帝担心蒙古军再次来攻，打算迁都。成吉思汗得到消息，非常生气，他说："已经议和，金国还要南迁，这分明是缺少诚意！"他于是派兵再次合围中都，第二年，中都被攻陷。成吉思汗向金国皇帝提出，割让所有黄河以北的土地，取消皇帝的尊号，改称王，并将金国变为蒙古的属国，但被金国皇帝拒绝。成吉思汗看金国大势已去，便留下大将木华黎来善后。木华黎烧杀抢掠，不到三年就攻下了金国的大部分地区。木华黎去世后，他的儿子把蒙古的势力延伸到了淮河中下游一带，金国被迫退守河南一隅。

夺取了中都后的1218年，成吉思汗又亲自率军西征。他先是攻灭了辽国，将辽国所有土地归入蒙古帝国的版图，然后又亲率20万大军攻打辽国西边的花剌子模国。他用三年时间攻下了花剌子模国的都城寻思干（乌孜别克撒马尔罕），迫使其国王摩诃末逃到了里海的一个荒岛上，病死在了那里。

与此同时，成吉思汗还命令大将哲别和速不台率领2万名骑兵征服东欧。蒙古大军在俄罗斯南部横行无阻，一直抵达克里米亚半岛。

英雄暮年

1225年秋，经过七年西征的成吉思汗回到了蒙古草原。第二年春天，64岁高龄的成吉思汗不顾疲惫，亲自率10万大军发动对西夏的第六次进攻。蒙古大军所向披靡，势如破竹，占领了西夏的大部分地区。

在这期间，成吉思汗坠马受伤，将领们请求撤军，却被他拒绝了。1227年初夏，成吉思汗病情加重，在六盘山清水县（今属甘肃）休养，留下了三条著名的遗嘱：利用宋金世仇，借道宋境，联宋灭金。7月12日，成吉思汗因病去世，享年65岁。

就在成吉思汗去世后不久，他的后代继续向外扩张，先

是消灭西夏，然后又灭了金国，接着又开始发动对南宋的战争。与此同时，他们还进行了新一轮的西征，仅十多年，就使蒙古发展成为一个横跨亚欧两洲的空前的大帝国。

有人称，成吉思汗是一个无与伦比的战争奇才，也是一个具有雄韬伟略的大政治家，但也有人称他是一个残忍嗜杀的侵略者，因为蒙古铁骑所到之处杀人屠城，使尸骨堆积成山。我国当代著名学者柏杨先生则这样评价他：“铁木真是历史上最伟大的组织家暨军事家之一，他在政治上和战场上的光辉成就，在20世纪之前，很少人可跟他媲美。铁木真具有野蛮民族残忍好杀的缺点，也具有英雄们所不容易集于一身的各种优点。铁木真胸襟开阔、气度恢宏……高度智慧使他发挥出高度的才能。”也许，这个评价对于成吉思汗更为客观和贴切吧！

忽必烈：众王之王

元世祖忽必烈是中国历史上著名的少数民族政治家和军事家，元朝的创建者。他骁勇善战，深谋远虑，集文治武功于一身，建立起了一个统一的、多民族的大元帝国，结束了中国自唐朝灭亡后持续达300多年的南北对峙局面。他崇尚并效仿汉人的先进政治和文化，大胆任用汉人为重要官职，重视发展农业生产，对元帝国的建立和巩固及今天中国版图的奠定立下了不朽的功勋。西方旅行家马可·波罗盛赞忽必烈是“众王之王”。

少年立志，有为天下

1215年秋天的一天，苍茫广袤的蒙古草原上，一个男婴呱呱坠地，他响亮的啼哭声和着猎猎西风，在草原上空回荡。这个新生的孩子就是孛儿只斤·忽必烈，他就是大名鼎鼎的蒙古帝国大汗成吉思汗铁木真的孙子，他的父亲是铁木真的小儿子托雷。

■ 忽必烈像

由于忽必烈体魄强健，且十分聪明，成吉思汗非常喜欢这个孙子。忽必烈很小的时候，成吉思汗就带着他在草原上骑马驰骋。七八岁时，忽必烈就跟随爷爷练就了一身高超的骑术，还学会了射箭，使用的是只有成年人才能拉开的大弓。他常常骑着悍马，与爷爷身边的大将在草原上比赛骑马射箭，他的本领毫不逊色于他们。为使忽必烈得到更好的锻炼，成吉思汗还让托雷带着小忽必烈去征战沙场。本来爷爷只是想让孙子感受一下战马嘶鸣和刀光剑影，锻炼一下胆识，但是冲锋开始后，小忽必烈竟跟随那些身经百战的蒙古勇士冲向敌阵。父亲托雷发现后，连忙让人将他拽了回去。

忽必烈12岁那年，爷爷成吉思汗在一次征战途中去世，他的叔父窝阔台继承了蒙古汗位，并由他父亲托雷监国。窝阔台遵照成吉思汗的遗愿，继续征战，开疆扩土，灭掉了金朝，并远征欧洲，将蒙古帝国的版图一直拓展到中亚、华北和东欧一带。

又过了几年，父亲托雷在征战返回途中去世，忽必烈陷入了巨大的悲痛之中。但这时的他，已经从一个单纯好勇的孩童，成长为一个睿智成熟的青少年。他化悲痛为力量，在心中默默地立下志向，今后一定要实现爷爷和父亲统一天下的梦想。

崇尚汉制，崭露头角

忽必烈感到，虽然蒙古勇士骁勇善战、所向披靡，蒙古帝国的疆域也越来越大，但是那些被征服的少数民族并未真心归服蒙古的统治，尤其是成吉思汗实行的那种每打下一座城池就要进行屠城的残酷政策，激起了不少民众的强烈反抗，因此蒙古帝国看似强大辉煌，实则动荡不安，矛盾和叛乱此起彼伏。于是他开始研究汉人的治国之道，对儒家文化产生了浓厚的兴趣。他在自己府中招募了一大批有学问的汉人，著名的有窦默、姚枢、许衡、刘秉忠等人。

这些汉人为忽必烈讲授儒家的“仁、义、礼、智、信”和“修身、齐家、治国、平天下”的道理。其中刘秉忠的学识最为渊博，他对天文、地理、律法、奇门遁甲无所不通，天下大事无所不晓，又善权谋，因此深受忽必烈器重。有一次，刘秉忠向忽必烈上万言策，提出“治乱之道，系乎天而由乎人，以马上取天下，不可以马上治”，并主张整饬吏治、减赋税差役、发展农业、兴建学校等。这些主张和蒙古的武力征服、强取豪夺形成了鲜明对比，忽必烈非常赞同，并认真学习研究。

窝阔台大汗去世后，忽必烈的同母哥哥蒙哥继位为蒙古大汗。蒙哥知道弟弟的才能，便将他召来，语重心长地说：“在我的三个弟弟中，你最年长，也最有才能，而且又和汉人走得近，所以我想把管理漠南汉地的重担交给你。”

“听从大汗吩咐，定不负所托！”忽必烈当即答应，并提出了“崇儒学”和“行汉法”的主张。

经过几年的努力，忽必烈依靠汉人，效仿汉制，使他所管辖地区的社会生产和社会秩序得到恢复和发展。不久，他又征得蒙哥大汗的同意，率领军队南下，灭掉了大理国（云南）。进入大理城时，他接受了刘秉忠等人不屠杀百姓的意见，于是大理百姓都臣服于他。

退兵北返，争夺汗位

1258年，蒙哥大汗以南宋扣押蒙古使者为由，正式决定攻占南宋。他派三路大军南下，并亲率主力部队进攻四川，一路所向披靡，攻克了四川北部大部分地区。忽必烈一路在开平（内蒙古正蓝旗）祭旗誓师，于第二年渡过淮河，攻入南宋境内，随后一路向南，一直打到长江中游的鄂州。这时，蒙哥正在攻打合州（重庆合川区）钓鱼城，在一次进攻中中箭，受了重伤，不久便去世。

当时，忽必烈正在向鄂州进攻，传来蒙哥死于军中的消息后，有人劝他立即北返，争夺汗位。可是忽必烈却觉得他奉命南进，怎么能无功而返呢？于是他继续南进。就在他打得南宋朝廷疲于应对、正向他求和之时，他接到了妻子的密报，说部分大臣正在谋立他的弟弟阿里不哥，希望他尽快北还。忽必烈接受了汉人郝经的建议，答应了南宋的和谈条件，迅速退兵北返。

北返途中，忽必烈采取了刘秉忠等人的建议，先发制人，于1260年在开平宣布继任大汗。但由于忽必烈亲近汉人，行为举止太过“汉化”，蒙古大部分贵族并不认可忽必烈，他们拥立阿里不哥为蒙古大汗。于是，忽必烈与阿里不哥展开了长达5年的汗位之争。经过多次激战，阿里不哥最终失败，忽必烈成为蒙古大汗的正式继任者。

深谋远虑，迁都建元

为了巩固自己的地位，同时便于加强对新开拓地区的统治，忽必烈接受刘秉忠等人的建议，将蒙古都城从和林迁往原来金朝的都城中都，并将中都改为“大都”，即今天的北京。

1271年，忽必烈的统治地位已经得到巩固，他按照中国封建王朝的礼仪，颁布了即位诏书，自称皇帝，正式建国号为“大元”。从此，“蒙古帝国大汗”的称呼消失了，取而代之的是“元朝皇帝”。

“大元”取《易经》中的“大哉乾元”之意，是对无始无终、无边无际的浩大宇宙的赞叹。忽必烈把原来属于西夏帝国、金帝国、宋帝国、大理帝国，四国的土地和蒙古本土合并成为元朝，开启了一个少数民族在中华大地建立庞大政权的统治时期。

1273年，大都宫殿建成。次年正月元旦，忽必烈在大都接受朝贺。从此，大都成为元朝多民族国家的政治中心。之后明、清两代一直把北京当作国家的首都。

元朝建立后，忽必烈重用汉臣，采用汉法，建立各项政治制度，尤其是“行省制”的确立，开启了我国省制的开端。“行省制”是一种新的行政区划制度。为了加强中央集权，忽必烈效仿金朝，在中央设“中书省”，总理朝政，在地方设“行中书省”，简称“行省”。今河北、山东、山西一带化为直属中书省，称为“腹里”；全国一共设置了十一个“行省”，作为朝廷中书省在外地的代理机构，主要管理路、府、州、县的行政。

同时，为了发展农业生产，忽必烈扩大屯田，兴修水利，设立“司农司”“劝农司”等专管农业的机构，又命人编撰《农桑辑要》，在全国颁行。为了加强对边疆地区的管理，他还在全国设置驿站，巩固了对全国各地的统治。

攻灭南宋，一统天下

南宋虽然偏安一隅，但是经济发达，是一个富庶之地。蒙古统治者早就对南宋垂涎三尺了，但蒙古多次攻打南宋，却一直没有取胜。忽必烈建立元朝后，决意灭掉南宋。他派军队进攻南宋重镇襄阳，襄阳守将吕文德和吕文焕组织军民顽强抵抗，但襄阳城最终还是被攻破了。襄阳失守后，宋军士气低落，元军趁机长驱直入，如入无人之境。

1276年，元军攻占南宋都城临安（杭州），俘虏了年仅五岁的南宋皇帝恭宗。南宋的一些忠臣陆秀夫、文天祥、张世杰等人又拥立小皇帝端宗，成立小朝廷。端宗不久病死，大臣们又立小皇帝怀宗。元军对小朝廷一直穷追不舍，小皇帝被迫逃至新会至南海一带。1279年3月，文天祥在海丰兵败被俘，张世杰战船沉没，陆秀夫背着八岁的小皇帝怀宗在崖山跳海而死，南宋彻底灭亡。

至此，忽必烈完成了中华民族的又一次大统一，元朝的疆域空前广阔，今天的新疆、西藏、云南、东北、台湾及南海诸岛，都在元朝统治范围内。

壮志难酬，郁郁而终

宋朝灭亡后，元朝并没有满足目前的疆域，又将目标对准了周边的日本、缅甸、占城、安南以及爪哇等国家和地区。

1274年，忽必烈曾派兵攻打日本，虽然首次战斗元军获得了胜利，但由于日军顽强抵抗，元军最终没能深入，仓促撤回。灭掉南宋后的第二年，忽必烈又派兵10万、战船4400艘，再次向日本进发。元军强大的声势使日军惊慌失措，不料战斗打响后，海上台风骤至，一时间风浪大作，大雨倾盆，元军战船几乎全部沉没，10万士兵大都葬身大海。

此后，忽必烈又派兵先后远征缅甸、安南，后来在远征爪哇的时候，元军遇到强敌，遭遇了失败。这时他已到了晚年，他最钟爱的妻子察必先他去世不久，他与察必所生的儿子、被立为太子的真金也去世了。这一连串的打击，使得他郁郁寡欢，终日酗酒，暴饮暴食，导致他患上严重的肥胖和痛风等疾病。1294年2月，他在郁郁寡欢中去世，享年80岁。

忽必烈虽然戎马一生，四处征战，但由于他接受汉人的先进文化，效仿汉制，社会经济得到了很大发展。加上他实行鼓励通商的开放政策，元朝的对外贸易非常繁荣。当时，一些外国的旅行家、商人、传教士、政府使节和工匠纷纷来到中国。有一位名叫马可·波罗的意大利旅行家在中国游历了17年。回国后，他把自己在中国的见闻写成一本书，这就是闻名世界的《马可·波罗游记》。这本书激起了欧洲人对东方的热烈向往，对后来新航路的开辟产生了巨大影响。

忽必烈是中国历史上最杰出的帝王之一，正如后世人们对他的评价："其智慧沉深敏锐，其判断贤明，其治绩之可惊羡，皆优于迄今所见伟人之上，足使历史中之诸名人黯然失色。"

朱元璋：从小沙弥到大明天子

苦儿有大志，投军结良缘

明朝的开国皇帝朱元璋，字国瑞，是濠州钟离（今安徽省凤阳县）人，父亲名世珍，母陈氏，兄弟共四人，朱元璋最幼。他少时多疾病，曾经替人牧过牛羊，看过鸭鹅。17岁时，蝗灾、荒年、时疫、大旱，接踵而来，他的父母兄弟接二连三地都死了，仅剩下他一个人，无家可归，被迫投到皇觉寺做了小沙弥。

不久，他出外流浪，西至合肥，又去过六安，经过了光固、汝州、颍州各地方，混了三年多，也毫无结果，就重回皇觉寺中过着清磬木鱼的生活。民间传说他夏天在寺院露宿，以诗明志：

天为帐幕地为毡，日月星辰伴我眠。

夜深不敢伸长腿，恐把山河一脚穿。

后来因为寺院被乱兵焚毁了，僧徒四处逃散。郭子兴是当时的豪杰，占据了濠城，威风颇盛。元将彻尔布合带兵来

■ 朱元璋像

要收复该城，但又怕郭子兴的势力，不敢进攻，天天在城外掠杀良民，以冒功取赏。居民各自逃奔求命，朱元璋恐怕不免于难，决定从众起事。他想进入濠城投军，守城的人怀疑他是间谍，把他拿下送去见郭子兴。郭子兴很赏识他，就把他收留在帐中，并时常召他相与谋事，凡有攻讨的事情，都叫他去担任。

朱元璋本有远大的志向，今一旦得以施展，就十分认真地办理。他所负责攻伐的战事，没有一次不打胜仗的。因此，郭子兴的兵力渐渐地强大起来。这一时期，朱元璋还缔结了良缘。宿州人马公，和郭子兴是知己，后来马公不幸去世，他临死时把女儿交托给郭子兴，郭子兴对她视如己出。郭子兴看朱元璋仪表非凡，就把养女许配给他为妻，这就是后来有名的马皇后。

救郭子兴，驰援六合

至正十二年(1352)，郭子兴、孙德崖两人在濠州起义。

李二占据徐州，被元朝丞相托克托攻陷并杀死，他的手下彭大、赵均用被迫带领余党投奔濠城，郭子兴反而屈己侍奉，事事都依照他们的命令来做，被他们所牵制。

与郭子兴共同起事的孙德崖，本来就与郭子兴有些不合，经常相互猜忌，赵、彭来了之后，便生出更多事端。赵均用因郭子兴优待彭大而轻视自己，就和孙德崖等同谋，趁郭子兴出外，在大街上将他绑了，囚禁在孙德崖的家中，准备杀死了事。不料这事传到了朱元璋的耳朵里，他急忙从淮北赶过来，带着郭子兴的儿子一起向彭大处求救。得到彭大的协助后，朱元璋披甲、持短刀来到了孙德崖家中，最后救出了郭子兴，郭子兴也因此逃得一难。

元相托克托带领军队包围了高邮，并在城郊外打败了张士诚，又引兵向西平六合。六合的守将派使者向滁州求救。郭子兴因为跟那守将的意见不合，因此拒绝救援。朱元璋对郭子兴说："六合和滁州，有如唇齿相依一般，六合破了，滁州又怎能独存？岂可因私怨而误了大事？"郭子兴最终被朱元璋说动了，决定出兵援助。当时的官军号称有百万之多，郭子兴的手下都不敢应命前去救援，而且大家都以占卜不吉祥为理由推辞。朱元璋说："事情的可否当由自己的心来决断，向神鬼来问卜何用？"于是他亲自带兵赶往六合。

就当时的情况来看，朱元璋敢率领军队去作战，他的勇敢与谋略早已经传扬开来。所以，朱元璋到了六合以后，和耿再成一起守着瓦梁垒，竟然吓得元军不敢再进攻。

站稳脚跟，大败张士诚

至正十五年（1355）的春天，官军用10万雄兵攻打和州。朱元璋仅以万人守城，时常出其不意地发动进攻，官军屡屡战败，死亡损失惨重。朱元璋的军队被围困了3个月，城中又缺粮饷，而元太子图沁，及枢密副使弁（biàn）珠玛、民兵元帅陈野先等，各自派兵分别驻扎新塘，高望鸡笼山，以切断朱元璋的粮道。朱元璋率领众将击破了元军，元兵败退，纷纷渡江而逃。

4月，常遇春来依附。5月，朱元璋想要渡江却没有船只，刚好赶上巢湖元帅廖永安、俞通海率领千艘水军来归附。朱元璋非常高兴，认为是上天在帮助他，于是渡江攻取采石，乘胜占领太平，然后建立元帅府。第二年攻破集庆路，改名应天府（今南京），以此为根据地。当他们进攻集庆路时，郭子兴的长子郭天叙和张天祐被陈野先所诱杀。陈野先先降后叛，不久又为民兵所杀。从此郭子兴部将尽归朱元璋，从此朱元璋的军权集中，指挥统一。

朱元璋命徐达为大将军，带领诸将沿江东进攻，出伐时告诫他们说："我自起兵以来，未尝妄杀一人，你们应当体谅我心，戒戢（jí）士卒，城下之日，切勿焚掠杀戮，有犯令的处以军法，放纵不管的，刑罪不赦。”徐达严格遵守朱元璋的指令，军事进行得非常顺利，不到两日，镇江就攻下了。朱元璋陆续攻占浙东余下各地，至此朱元璋部控制江左、浙右各地，向西与陈友谅部相邻。朱元璋命徐达、汤和为统军元帅，镇守这里，诸将奉朱元璋为吴国公。

那时，江北的张士诚击退元兵后又袭取了平江做根据地，改名为陆平府。紧接着附近松江常州、湖州一带，都被攻下。张士诚改至正十六年为天祐三年，国号大周，自称周王。

这一年的7月，张士诚就遣水师攻打镇江。统军元帅徐达大败张士诚的军队，并乘胜急追，一直攻打到常州又加紧围攻。张士诚急忙派人到集庆向朱元璋求和。但是，急攻中的徐达还没有收到停兵的命令。不久，常州、常熟，次第被徐达攻下了。张士诚在走投无路的情况下投降了元朝。

鄱阳湖大战，摧毁陈友谅

在这一时期，陈友谅杀了他的主帅徐寿辉，占据了江西和湖广，以采石五通庙为行殿，自称皇帝，立国号为汉，改元为大义。陈友谅想扩大自己的地盘，遣人约了张士诚一同去攻打建康（今南京），张士诚还没有回报，陈友谅就已经自行督领水师自采石东下，军威煊赫，声势浩大。

朱元璋见此情形，害怕陈友谅布置妥当之后，和张士诚前后夹攻，于是一方面紧急指示胡大海率兵突袭信州，扰乱他们的后方，同时，又让康茂才欺骗陈友谅，诱其深入，并布下埋伏。果然，陈友谅中计了。当战舰到了大战港后，由于港湾狭小，大船不能并进，于是率众船转向龙湾，先派1万人登岸，立栅栏准备迎战。时当正是暑天，眼看就要下雨，不料，刹那间大雨如注。这时朱元璋举赤帜为号，下令上前拔栅栏。陈友谅指挥全军抵抗。不一会儿雨就停了，朱元璋又举黄帜为号，前后伏兵一齐进攻，陈友谅的军队不能支持，急忙丢弃阵地，上船准备逃跑。可是这时潮水已退了，大船搁浅，当时溺水而死的士兵不计其数。朱元璋的军队大获全胜，俘获敌兵2万余人，获巨舰百余艘，敌将张志雄等均来投降。陈友谅另外乘坐一艘小船，逃回武昌。朱元璋乘胜攻取了江州，进占隆兴路，改为洪都府（今江西省南昌市）。

至正二十三年（1363）夏季4月，陈友谅举大兵围攻洪都。造大舰高数丈，外面以丹漆粉饰，上下共三层，每层都设有马棚，下面用板房隔开，上中下人说话互相都听不见。带着他的家属和百官，倾国而出，准备作殊死决战。

陈友谅率领兵士围城，士气很高，前后攻抚州门、新城门、工步门、士步门。但久攻不下，一直包围了80多天。守将朱文正请求救援，朱元璋亲自率领舟师20万，由湖口去援救洪都。陈友谅听到这个消息，立即调兵东出鄱阳湖迎敌，两军在康郎山相遇。陈友谅的巨舰首尾连接，不利进退。朱元璋采用火攻应敌：分舟师为11队，火器、弓弩依次罗列，令将士寇舟先发火器，再发弓弩，接近战船时则用短刀作战。这一场恶战，竟然烧毁了陈友谅的战舟20多艘，并且虏获一艘巨舰。酣战中，双方死亡都很惨重，朱元璋所坐的船只搁浅，差点儿就被陈友谅的猛将张定边活捉。幸亏常遇春从一旁射中了张定边，俞通海乘快船来援，舟猛进，带动水流，朱元璋所乘船才得以脱逃。

连战三日以后，朱元璋因舟小不能仰攻，于是趁傍晚东北风起的时候，命人将七艘小船载满火药，上面放上用稻草做成人，再给稻草人穿上甲胄，手里拿上兵器，俨然一副临敌的样子。又令敢死队划着这几艘小船过去，临近敌人战舰的时候，即刻乘风点火，风急火烈，不一会儿，陈友谅水寨中的数百艘战舰就被全部烧毁，火焰漫天，湖水都被映红了。陈友谅被飞箭射中而亡。

这就是历史上著名的鄱阳湖大战，也是关乎朱元璋成败的关键一战。战事结束以后，江西、湖广等地，尽归朱元璋。

国号大明，纪元洪武

至正二十五年（1365），朱元璋下令各路一起进攻平江，战事相持了一年，最后平江城被攻破，张士诚被掳自杀。三吴及浙西一带，归朱元璋所有。随后，朱元璋招降了浙东一带的方国珍。收了浙东各地之后，已经据有中国的大半疆土，成为反元的唯一势力。朱元璋称吴王。

至正二十六年（1366）的冬天，朱元璋命徐达、常遇春等，带兵25万，分道北伐，轻松取得山东、河南二省。同时他又派兵平定福建和两广。次年，北伐军由济南、开封会师于德州，直入通州。元顺帝闻讯，带领后妃、太子等人，匆匆出居庸关，向漠北逃走了。

至正二十八年（1368），朱元璋在应天府即皇帝位，改国号为明，纪元洪武。洪武帝即位后，大封功臣，诏谕天下，禁止汉人改用胡姓，衣冠制服都恢复唐宋的旧样。洪武三年（1370）三月间，编纂《大明集礼》，上自天子仪仗，下至一般民众的服制，都做了详细规定。洪武七年（1374），废沿海市舶司，命令“不许寸板入海”。分封25子于重镇做屏藩，晚年多诛杀功臣宿将。

至于制度方面，还保留了很多元朝的旧制。洪武十三年（1380），胡惟庸被诛后，朱元璋遂乘机废止中书省，将六部各自独立，分担责任，每部长官称为尚书，吏部司行政、户部司财政、礼部司教民、兵部司军政、刑部司司法、工部司土木。又模仿宋朝的官制，置大学士若干人为自己的顾问，处理日常政务。此外，分全国为十三省，每省设置行政的“承宣布政使司”和司法的“提刑按察使司”二机关，长官则称布政使、按察使。关于军政方面的，则设“都指挥使司”略称“都司”，长官为都指挥使，别的边境则置“行都指挥使司”。地方的行政、司法、军政三权鼎立，由三人分担责任，这样一人独裁就不可能了。

朱元璋死后，葬在金陵（今南京），庙号太祖，南京明孝陵雄居石头城外，形势壮伟，就是明太祖长眠之地。

明孝宗：明朝中兴之主

朱祐樘是明朝的第九位皇帝，明宪宗朱见深的第三个儿子，明朝的中兴之主。朱祐樘为人宽厚仁慈，躬行节俭，不近女色，勤于政事，重视司法，广开言路，驱逐奸佞，努力扭转了明朝政治腐败的局面，并任用王恕、刘大夏等正直的大臣，使明朝统治再度兴盛，史称"弘治中兴"。他末年虽然宠信宦官李广，但发现问题后能及时改正，历代史学家对他都有极高的评价。

吃百家饭长大的孩子

说起朱祐樘童年的悲惨经历，离不开一个传奇人物，那就是明朝一个叫万贞儿的女子。万贞儿本是一个普通的宫女，19岁开始照料年仅两岁的太子朱见深。朱见深渐渐长大后，两人之间竟然暗生了情愫，等到朱见深登上皇位时，便立即将万氏纳入后宫，并长期专宠她一人，万氏也因此变得蛮横霸道。后来万氏生下一子（一年后便夭折了），被升为贵妃，从此万贵妃便开始了她独霸后宫的生涯。

朱祐樘的生母纪氏是广西纪姓土司的女儿，纪姓叛乱平息后，少女纪氏被俘入宫中，管理皇帝的私房钱。一次，宪宗偶然路过，见纪氏美貌聪敏，就留宿了一夜。不久，纪氏便怀孕了。宠冠后宫的万贵妃得知此事后，立刻命令一宫女给纪氏堕胎。纪氏的人缘很好，派来的宫人不忍心下手，回去就对万贵妃谎称是肚子里长了瘤子，不是真的怀孕。但万贵妃仍不死心，下令将纪氏打入了冷宫。纪氏就这样在万贵妃的迫害下，偷偷地生下了朱祐樘。阴魂不散的万贵妃知道此事后，又派门监张敏去溺死小皇子。张敏于心不忍，冒着生命危险，帮纪氏将小皇子藏了起来，每日用米粉喂养。曾被万贵妃排挤废掉的吴皇后也帮着保护和哺育这个婴儿。万贵妃多次搜捕，一直没有找到。就这样，朱祐樘一直吃百家饭长到了6岁 。

一天，张敏为宪宗梳头时，宪宗突然叹息说："我眼看就要老了，可还没有儿子。"张敏趁跪在地上说："万岁，您其实已经有儿子了。"宪宗十分吃惊，追问究竟，张敏才说出了真相。宪宗听了大喜，立即命人去接小皇子。当宪宗第一次见到自已那因为长期幽禁，胎发未剪、拖至地面的瘦弱的儿子时，不禁泪流满面，感慨万千。他当天便将这个好消息公之于公，并于次日下诏，立朱祐樘为皇太子，封纪氏为淑妃。但令人痛心的是，纪氏不久便在宫中暴亡 ，门监张敏也吞金自杀。很显然，纪妃与张敏的死都与万贵妃有直接关系，但她们却无能为力。宪宗的母亲周太后担心万贵妃会对太子下毒手，就将孙子抱养在自己的仁寿宫内，这才使太子得以安全地在宫中长大。

登基为帝　理性治国

成化二十三年（1487年）春，万贵妃病死，宪宗因过度悲伤于8月去世。皇太子朱祐樘顺利继位，是为明孝宗，第二年改年号为“弘治”。

宪宗走后，给18岁的朱祐樘留下的却是一个朝政紊乱，国力凋敝的江山。然而，在这个上天有意安排的千疮百孔的舞台上，孝宗皇帝竭尽所能，用自己的宽容和勤奋力挽狂澜，让岌岌可危的明朝得到了一段时间的中兴。

由于幼年坎坷的生活，孝宗一直体弱多病。但他仍勤于政事，不仅早朝每天必到，而且重新恢复了午朝，使大臣有更多的机会协助皇帝办理政务。他常批阅奏章到很晚，从来不允许太监代批奏章。有一天，仁寿宫起火，宫内人慌马乱地救火，折腾了一夜。孝宗也一夜没合眼，因此没去上朝，还特地派人到朝堂向众大臣说明原因，向众臣请假。另外，孝宗还开设了文华殿议政，作用是在早朝和午朝之余的时间，与内阁共同切磋治国之道。

孝宗的治国思路是开放的，他不拘泥于旧俗，敢于否定前朝的政策，即使是他父亲明宪宗的不良政策，他也敢于拨乱反正。明成化时期，宪宗皇帝迷信佛道，致使许多佞幸小人混入朝中，扰乱国政，朱祐樘下令将前朝的法王、国师、真人、国子等封号一律革除，并处死了妖僧继晓。

在用人准则上，朱祐樘提倡唯贤唯德，大量重用贤才之士，他对前朝的纸糊三阁老、泥塑六尚书及奸佞小人如侍郎李孜省、太监梁芳、万贵妃的弟弟万喜等人，毫不手软地给予罢免流放，同时罢免右通政任杰侍郎蒯钢等千余人。但他并没有大开杀戒，因此得到当时和后世很多人的称颂。他还制定了严格的官吏考核制度，提拔选调官员以政绩为主。在孝宗的治理下，一时形成了“弘治朝中多君子”的太平盛世局面。

另外，孝宗广开言路，虚心纳谏，待臣下很是宽厚，常和大臣推心置腹，君臣之间好像一家人一样。鉴于前朝宦官专权乱政的教训，孝宗对宦官的管束更加严格了，东厂、锦衣卫再也不敢任意行事，只能安守本分。此外，他还废除了很多旧朝的严刑苛法，一时吏治清明。

多才多艺 儒雅大量

孝宗还是太子的时候，得到博学多才的程敏政、刘健等人的指点，熟读经史，养成了“仁孝恭俭”的品格。即位后仍然手不释卷，稍有疑问便立即请教儒臣。当时的人们都称赞他是明朝最遵循儒家伦理规范的皇帝。

除了在儒家诗书方面的兴趣，孝宗皇帝对绘画、弹琴也很喜爱。但在保守的大臣们看来，皇帝喜欢绘画、音乐，恐怕将来会落入贪图享受、不务正业的罪过中。因此，一些专门负责纠察朝政的言官们纷纷上疏，劝说孝宗皇帝不要沉迷音乐绘画，要把更多的精力放在修身立德上。孝宗皇帝表面上接受，私下里却对旁边的太监们说：“弹琴何损于事？劳此辈言之。”意思是说，弹琴与政务又有什么冲突呢？要你们多嘴。他本人对言官的劝谏虽不以为然，却也不公然反对，这正体现了他宽容的一面。

他也会尽可能地避免来自言官的批评。例如，他擅长绘画，宫中也有许多画师。有一次，他赐给画师吴伟几匹彩缎，害怕大臣们知道后又没完没了地嘟囔，就对吴伟说：“急持去，毋使酸子知道！”意思是说，赶快拿走，别让那些酸腐的书生们知道了。孝宗皇帝之所以能受到儒家士大夫们的一致称颂，也正因为他始终给士大夫们留有充足的情面。

专情皇帝　一夫一妻

在漫长的中国封建社会里，男人三妻四妾是常事，也是旧伦理道德允许的，并受国家法律的保护。更别说身为九五至尊的皇帝，三宫六院妻妾成群都是常事。其中最值得称道的唐玄宗和晋武帝，后宫的佳丽都可以组建一个整编师。即使差到像光绪帝一样不济，也有一后二妃，“一夫一妻”似乎永远跟皇帝们没什么关系。

然而现实往往存在一些例外，明孝宗朱祐樘就是中国历史上唯一一个实现“一夫一妻”制的皇帝。他一生只娶了一个张皇后，没有纳过任何嫔妃，每天只与张皇后同居同食，过着平常百姓一样的夫妻生活，实在罕见。

明孝宗很早就懂得，若想做个好皇帝，就不能沉迷女色的道理。明孝宗和张皇后是一对十分恩爱的患难夫妻。两人经常一起读诗作画，听琴观舞，谈古论今，朝夕相伴。这对明君贤后，创造了古往今来一个罕见的佳话，也使孝宗成为历代皇陵中只葬着夫妻两人的绝无仅有的典型，更为他明君贤主的一生增添了浓墨重彩的一笔。

知错能改　一代明君

由于不幸的童年，孝宗的身体一直比较虚弱，末年，他想通过佛道之术改善自己的身体状况。因此，一些奸佞之辈再次趁机混入宫中，祸乱朝政。宦官李广就是其中一个，而且深得孝宗的宠信。后来李广畏罪自杀，孝宗以为李广家中有天书，就命人去搜，结果却搜出了李广贪污、受贿的账本，孝宗这才幡然醒悟。李广事件唤醒了曾经那个励精图治的孝宗皇帝，他开始了生命中第二个，也是最后一个勤政时期。孝宗开始不断反思自己以前的所作所为，重新重用刘大夏、戴珊等贤臣，大力整顿朝纲，然而过大的工作强度也彻底拖垮了他的身体 。

弘治十八年（1505年），明孝宗朱祐樘驾崩于乾清宫，享年36岁，葬于泰陵，庙号孝宗 ，谥号“建天明道诚纯中正圣文神武至仁大德敬皇帝” 。

明孝宗共在位18年，万历年间的内阁首辅朱国桢评价说：“三代以下，称贤主者，汉文帝、宋仁宗与我明之孝宗皇帝。”也就是说，夏、商、周三代以后可以称得上是贤主的要数汉文帝、宋仁宗和我明朝的孝宗皇帝。这样的评价，可以说是极高的。

清圣祖：开创盛世的康熙大帝

幼年丧亲　自立自强

清圣祖仁皇帝名为爱新觉罗·玄烨（yè），即康熙帝，是清朝的第四位皇帝，定都北京后的第二位皇帝。他的父亲是顺治，祖父是皇太极，祖母是孝庄皇太后，儿子是雍正，孙子是乾隆。在清朝初定中原之时，康熙正处在承上启下的重要时期，朝虽立而国未盛，且民不安，他面临的挑战是，上继父祖宏业，下开后世太平。他8岁登基，14岁亲政，在位61年，享年69岁，是中国历史上有文字记载以来在位时间最长的君主。康熙是年号，“康”代表安宁，“熙”代表兴盛，取“万民康宁、天下熙盛”的意思。清王朝在他的努力下，开创了“康乾盛世”，奠定了清朝兴盛的根基。

年幼的康熙生活并不顺利，他的生母佟佳氏只是皇宫中一位不受恩宠的庶妃。康熙幼年时，就得了令人九死一生的天花病，命悬一线，他凭借顽强的生命力幸运地活了下来，却从此留下一脸不太好看的麻子点。然而也正是他得过天花

■ 清圣祖像

并已具有免疫力的经历，成为他继承皇位的一个有利因素。但之后不幸的事接踵（zhǒng）而至，他8岁丧父，之后体弱的母亲也得了重病，他日夜守候在床边，亲自尝汤药，照顾母亲。10岁时疼爱他的母亲也去世了，小小年纪的康熙便成了孤儿。两年之间父母双亡，这是他幼年最大的不幸。母亲去世时，他日夜哀哭，不思饮食。直到晚年，康熙回忆起这一幕还非常悲伤地说，他在父母在世时，没有让他们得到一天的欢娱。幼年的孤独和忧患激励了康熙的自立自强，成就了他少年老成的性格。

康熙能够以小小年纪就担负起全权治理这么大一个国家的重任，与他谦诚勤奋的学习态度和多元的文化熏陶密不可分。康熙集三种血统文化于一身：他的父亲顺治帝是满洲人，祖母孝庄太后是蒙古人，母亲佟佳氏是汉族人。他深受祖母的教诲，并跟祖母的贴身侍女苏麻喇（lǎ）姑学习蒙古语，跟满洲师傅学习骑马射箭，又从汉族老师那里接受儒家文化教育。因此，他既有满洲人的勇武奋进，又有蒙古人的开阔大度，还吸收了汉族文化的仁爱与韬（tāo）略。多元文化兼容并蓄，加之他还深受西方科学的影响，具有开放创新的精神。

康熙帝是中国历史上少有的嗜书好学的帝王，他5岁进入书房开始读书，从此废寝忘食，不分寒暑地苦读。他读《大学》《中庸》《论语》《孟子》，必定要让自己能背下来每个字，从来不肯自欺欺人地敷衍（fū yǎn）。后来他教导皇子读书，也是要读满百遍，再背诵下来，这是他自己早年读书经验的传承。康熙继位后，学习更加勤奋，甚至有些过度劳累，他8岁就成为少年天子，肩负天下大任，他读书是为了学习古代帝王的治理之道。他还喜好书法，每天练习写一千多字，从来没有间断过。他在出巡的途中，或居行宫，常常读诵《周易》《尚书》《左传》《诗经》等典籍，业余时间还会赋诗著文，直到花甲之年仍然手不释卷。

平定内外，疆域空前

顺治帝在遗诏中指派了索尼、苏克萨哈、遏（è）必隆、鳌（áo）拜四位大臣辅政，这正是为了避免出现顺治初年睿亲王多尔衮（gǔn）独断专权的局面，而从异姓功臣中选拔辅政之人。在最初几年，外有皇族宗亲对辅政大臣实行监督，内有太皇太后对军政要事进行裁决，四位大臣尚能同舟共济，但后来鳌拜便开始结党营私，欺凌少年的康熙皇帝。康熙帝14岁时开始亲政，当时索尼刚刚病逝，鳌拜成了首席辅政大臣，他和遏必隆都是镶黄旗，就联手将另一位辅政大臣苏克萨哈置于死地。之后，鳌拜更是专横跋扈（hù），一些重要的政务都在家中商议，根本不把少年天子放在眼中。康熙虽然心中极为不满，但表面上却不露声色，以便寻找合适的时机除掉鳌拜。

康熙帝与索尼的儿子索额图在宫中召集满洲少年组成侍卫队，天天练习摔跤，鳌拜以为是十几岁孩子们的戏耍，就没放在心上。一天，康熙召鳌拜进宫，并突然下令少年侍卫们把鳌拜擒获了，之后便与大臣商议，公布鳌拜的30条大罪。康熙帝感念鳌拜的功劳，赦免了他的死罪，改为终身监禁，不久，鳌拜就死在了禁所。对仅存的另一辅政大臣遏必隆，只是削去太师位。自此，康熙帝完全夺回军政大权，年仅14岁的他，部署周密，机智敏锐，初显了一位政治家的沉着冷静和当机立断。

明末清初有三位帮助清朝消灭南明的明军将领，一个是引清兵进关的吴三桂，另两位是尚可喜和耿仲明。清初的皇帝认为他们有功，封吴三桂为平西王，驻防云南贵州；尚可喜为平南王，驻防广东；耿仲明为靖南王，驻防福建，合起来叫作“三藩（fān）”。三藩占据要地，拥兵自重，设立税卡（qiǎ），私自铸钱，自派官员，不把皇帝放在眼里。康熙帝知道要统一政令，三藩是很大的障碍，一定要削平三藩，强化皇权。刚好尚可喜年事已高，想要回辽东老家养老，就上了一道奏折，要求让他的儿子尚之信继承王位，留在广东。康熙帝批准尚可喜告老还乡，但是不让他儿子接替平南王爵位，决定下令撤藩。朝廷多数官员主张不可以撤藩，年仅20岁的康熙帝力排众议，他认为：吴三桂早有野心，撤藩，他要反；不撤藩，他迟早也要反，不如来个先发制人。

诏令一下，吴三桂果然暴跳如雷，他在云南发动叛乱，提出反清复明，并在第二年率军进攻湖南，接着广西、四川、福建、陕西、广东等地都相继有人发动叛乱。京师此时发生大地震，太和殿还有火灾，接二连三的天灾人祸降临到年轻的康熙皇帝身上，满朝文武人心惶（huáng）惶，京师不少官员甚至把家眷送到江南故里。康熙帝在危急时刻方寸不乱，他的对策是坚决打击吴三桂，而对其他的叛军却尽量招抚，以此来分化瓦解叛军，孤立吴三桂。经过八年平叛战争，最后终于取得平藩的胜利，各路叛军纷纷投降。吴三桂病死后，他的孙子退居云南，最终也被剿（jiǎo）灭。

之后，康熙帝又统一台湾，驱逐沙俄，缔结了《中俄尼布楚条约》，大破准噶（gá）尔，解决了漠西漠北蒙古的问题。那时清朝的疆域，南到曾母暗沙，北跨外兴安岭，西北到巴尔喀（kā）什湖，东北到库页岛，总面积约一千三百万平方公里，成为当时世界上幅员最辽阔、人口最多、国力最强盛的国家。

勤政爱民，融会中西

康熙帝一生都是位勤政的君主，从他亲政以来，到他去世之前，除了因生病、过节和重大变故外，几乎没有一天不听政。康熙亲政不久后，便宣布禁止圈地，放宽开垦荒地的免税年限，治理了黄河、淮河、永定河等处的泛滥，并兴修水利，促进了农业的发展。他还着手整顿吏治，恢复了京察、大计等考核制度。为了防止被臣下蒙蔽，深入了解民情吏治，康熙亲自出宫巡视，其中有六次南巡、三次东巡、一次西巡，以及数百次巡查京畿（jī）和蒙古，这些举动足以说明他是一位勤政爱民的明君。

康熙帝很重视文化教育，在他御制的《日讲四书解义序》中，明确宣布清廷要将治统与道统合一，以儒家学说为治国之本。他曾多次举办博学鸿儒科，创建了南书房制度，并亲临曲阜（fù）拜谒（yè）孔庙。他还下令编纂（zuǎn）了《康熙字典》《古今图书集成》《全唐诗》《康熙永年历法》《康熙皇舆全览图》等书籍，为汉文化的总结传承做出了贡献。康熙对西方文化也怀着谦卑的态度去学习，他向来华的传教士学习代数、几何、天文、医学等方面的知识，推广西药，还引进种痘的方式预防天花。康熙帝被现代学者誉为“二十五史”中唯一了解西方文明和尊重科学精神的皇帝。

康熙去世后的谥号是“仁”，他也确实用儒家仁爱的政治理念来施政。一旦遇到有灾害的时候，他都会在灾区设义仓，关心民众疾苦。康熙十八年（1679）时，北京发生大地震，康熙下令开设粥厂，还让太医院给伤者送医药。他还实行宽刑减罚的政策，康熙二十二年（1683），全国判处死刑的犯人不到40人。他大力惩办贪官、表彰清官，当时最著名的清官于成龙，人称“于青菜”，他虽然是位封疆大吏，却常年只吃青菜粗米，而不吃肉，死后家中只有一身袍子和一点食盐、豆豉而已。康熙帝自己的日常生活也很简朴，他努力为臣子做出节俭的榜样，少用或不用金银器皿等贵重的物品。他非常节制个人的开支，却又慷慨大方地调动国家的经费。只要是为了百姓的福利，花费千百万两白银他也在所不惜。比如修缮（shàn）公共建筑、疏通江河航道、建桥修路造船等，方便百姓和有利贸易交通的事。

言传身教，寡欲养生

康熙帝的子女在清帝中算是最多的，共有35个儿子、20个女儿。他对子孙的教育也特别看重，他通过言传身教，带领子孙参加祭祀、打猎、出巡、征战等，在丰富的实践中教育后代。康熙帝还定下制度，皇子皇孙6岁开始在上书房读书，并亲自为他们选定老师，请汉人师傅教授儒家经典、满人师傅教授弓箭骑射和满蒙文。康熙对子孙的教导是他为君之道的重要部分，也正是因为他注重家教，清朝的皇帝没有暴君，尤其是他的两位继任者雍正和乾隆，都非常杰出。

康熙帝认为人若想长寿，不能靠吃所谓的长生不老药，而是靠饮食起居有序有节，还要靠寡虑、寡欲和寡言。在位61年，创造了辉煌功绩的康熙帝于69岁这一年在北京畅春园过世。康熙帝革除旧制，施行新政，勤于国事，好学不倦，保疆御敌，统一江山，治河重农，提倡文教，为清朝的兴盛奠定了军事、经济和文化基础，开创了“康乾盛世”的大局面。之后由他的四皇子胤（yìn）禛（zhēn）继承皇位，这就是雍正皇帝。

清世宗：承上启下的雍正皇帝

天下第一闲人

清世宗爱新觉罗·胤禛（yìn zhēn），是清朝的第五位皇帝，入关后第三位皇帝，清圣祖康熙第四子，母亲是德妃乌雅氏，45岁继承皇位，在位13年，享年58岁，年号雍正。雍正在位时，非常勤于政事，并且实行了一系列雷厉风行的铁腕改革政策，对康乾盛世的延续起到关键性作用。

胤禛是德妃乌雅氏所生，由于乌雅氏出身低微，没有抚养皇子的资格，而且，清朝初年时后宫也不允许生母抚育自己的儿子，因此胤禛满月后就由佟贵妃抚养。由于父亲康熙帝在位61年，有35位皇子，而且清朝并没有采取嫡长子继承制，所以觊觎（jì yú）皇位的皇子很多，胤禛的少年和青年就是在旁观兄弟们激烈的储位之争中度过的。但他韬（tāo）光养晦（huì），不露声色，在皇太子与皇八子争得不可开交时，皇上和其他皇子还有大臣都把视线集中到了他们身上。胤禛既不依附于任何一方，又不与任何一方作对，能忍则忍，

■ 清世宗像

和睦相待，他尊崇佛教和道教的思想，自称是“天下第一闲人”。同时以诚孝之心侍奉康熙帝。当时的太子胤礽（réng）两立两废，康熙帝第一次废太子后，生了一场大病，胤禛亲自检视药方，服侍父皇吃药，他还在父皇面前替被废的太子说情，兄弟中只有他一人这样做，令康熙帝赞赏他的心胸开阔和深明大义。胤禛一直就是个非常勤勉敬业的皇子，当时康熙交代的事项，他都竭尽全力去办理妥当，适时地在父皇跟前展现自己的才华，在大臣中也建立了良好的口碑。最终康熙帝以遗诏的形式，将皇位传给了胤禛，年号雍正。

胤禛当皇子时喜欢微服出行，广结侠义。有一年，他来到杭州，准备泛舟西湖游玩一番，刚出涌金门，就看到一个书生在卖字，笔法颇为精到。雍正便让他写了一副对联，其中有个“秋”字，书生却将“火”字旁写在了左边。胤禛就问他：“这个‘秋’字你是不是写错了？”书生不以为然，说没写错，然后拿出一本名帖，翻开让胤禛对比。胤禛说：“你既然如此博学，为何不去博取个功名呢？干吗要在这儿卖字为生？”书生说：“我家里穷，连老婆孩子都养不活，只能靠卖字为生，哪敢想什么大富大贵呢！”胤禛于是慷慨解囊，并告诉书生说：“我这有钱，可以资助你博取个功名，到时候别忘了我就行。”书生万分感谢，后来还真就考取了功名，入了翰林。

惩治贪腐　改土归流

雍正元年是清朝入主中原的第80个年头，许多社会矛盾在此时已经凸显出来。康熙帝晚年时，身患中风，吏治松弛，朝廷贪腐之风盛行，税收短缺，国库空虚。到雍正即位的时候，国库亏空的数字大得惊人，户部的银子都被皇亲和权贵们在“不借白不借”的心理支配下“借”走了。

雍正帝正值盛年，阅历丰富，学识广博，已经具备了治理国家的智慧和能力，他开始推行大刀阔斧地改革。由于国库空虚，既无力养兵，也无法维持国家的正常运作，要充盈国库，就必须整顿吏治，扫除贪贿之风。他派出为官清正的钦（qīn）差大臣，带着候补官员到地方去查账，查出一个贪官就地免职，被免职的贪官还要被抄家，来赔偿在任时的贪污和挪用。雍正也明白，官场贪污腐败现象严重的一个主要原因是，官员的薪俸过于微薄，一味要求清廉有些强人所难，雍正帝就积极地提高官员的俸禄。以前各地官员在征收钱粮时，会加收“耗羡（xiàn）银”，指在征收钱粮过程中因损耗而多收的钱粮。由于这笔钱不用上交国库，所以官员们的侵贪成为官场公认的潜规则。有的官员任意加派，给百姓增加沉重的负担。雍正帝将耗羡银由官府来收取，并用这部分收入给官员提薪养廉和留作各级政府的公用，这样既增加了财政收入，又有助于廉政。雍正这一系列政策，沉重地打击了贪官污吏，帝国的吏治也因此而清明许多，同时也使国家财政状况得到好转。

为了更好地了解民情，得到民间的一手资料，雍正帝扩大了密折的范围和内容。从康熙二十年起，就有了密折制度，是皇帝特许的官员通过机密的奏折反应下情。雍正帝把递密折的范围扩大到布政使、按察使、学政等，能上密折的官员从康熙朝时的100多人，增加到了雍正朝的1200多人，内容包括地方天气、社会舆论、官场隐私等。通过奏折皇帝可以与地方的官员直接对话，了解地方的实际情况，避开中间阁臣的干预，起到了官员间互相监督和强化皇帝权力的作用。

在民族政策上，雍正帝废除了云南、贵州、广西、四川、湖南等西南少数民族地区的土司制度，推行“改土归流”的举措，设立府、厅、州、县，中央委派有任期的非世袭的“流官”，加强对少数民族地区的管理。雍正帝的改土归流，打击了土司在地方的世袭特权和利益，减轻了少数民族地区人民的负担，促进了这些地区的经济和文化进步。

摊丁入亩　削除贱籍

以前的大多数时期，中国的土地和人丁是分开纳税的，康熙时期实行如果家里增加人口，就不再交人丁税，但以前出生的人还要缴纳。雍正元年，雍正帝听从直隶巡抚李维钧（jūn）的建议，实行丁银摊入田赋一并征收的原则，从法律上取消了人头税，改变过去按人丁和地亩双重征收的方式，减轻了无地和少地的农民负担。到乾隆时，这一政策推广到了全国。清初时，老百姓既要交税，还要当差，即服兵役和徭役，而官绅（shēn）是统治阶级，不必当差也不交税。雍正帝实行了“官绅一体当差、一体纳粮”就是让他们也交税当差，当然不是真要他们服兵役和徭役，可以用银两来兑买。这一条大大触及官绅利益，因此刚实行时有很大的难度，但从长远看，对于国家的财政收入和减少贫富差距，都有积极的意义。

雍正帝在人权方面有一项重要改革，就是削除了贱民籍。贱民籍指的是不属于士、农、工、商的贱民，世代相传，不得改变，他们不能读书考科举，也不能入朝做官。他们主要包括：山西和陕西的乐籍，是明朝时，坚决拥护建文帝的官员的妻女，被罚入教坊司，充当官妓，他们的后代被编入“乐户”籍；浙江的惰民，原来是宋朝、元朝罪人的后代，他们男子从事捕蛙、卖汤等工作，女子只能做媒婆或卖珠等。类似的还有世代为奴的世仆、北京的乐户和广东的疍（dàn）户等。雍正帝把历史上遗留下来的贱民籍全部取消，使他们编入正户，而不用继续过低人一等的生活。

立储制度 承前启后

纵观中国历史上的皇帝，像雍正帝这样勤于政事的皇帝，真可谓前无古人，后无来者。后人收集他13年中朱批过的奏折，汉文的有3万5千多件，满文的有6600多件。他在位12年零8个月，平均每天至少批阅10件奏折，而且全是亲笔朱批，有的批语竟然有千字之多。雍正帝不巡幸，不游猎，每天都治理政事，终年不休息。

雍正帝还为后来的清朝建立了秘密立储的制度，清朝皇位继承人的问题，在康熙帝以前都没有制度化。清太宗死后，几乎上演兵戎相见的惨剧；清世祖死后，仓促立8岁孩童继位，幸好是英明的康熙帝；清圣祖死前储位不定，上演了诸皇子明争暗斗、骨肉相残的局面。雍正帝想出一个既事先确立皇位继承人，又不公开宣布的秘密立储方法。雍正元年8月，雍正帝将储位继承人弘历的名字写好，放到乾清宫“正大光明”匾后，等驾崩后从匣中取出宣读。还以密旨的形式藏一份在内府，以备核对。这个方法，既有利于在皇子中选择最优的继承人，又避免了皇子们争权而引起的激烈斗争，后世几代都效法他，相对保证了皇位的平稳过渡。

在雍正十三年八月，雍正帝因为工作过于劳累而突然病逝，安葬在清西陵的泰陵，庙号世宗。雍正帝很明智地选择乾隆帝弘历继承光大他的事业。

雍正帝在康乾盛世的三朝中，处于承前启后的历史时期，既继承发扬了康熙帝宝贵的政治遗产，同时统治稳定，国库充盈，又为后任积聚了可供发展的财富，为乾隆一朝的强盛奠定了坚实的根基。

清高宗：大清巅峰的乾隆皇帝

高寿皇帝　过目成诵

清高宗爱新觉罗·弘历，是清朝的第六位皇帝，入关之后的第四位皇帝，年号“乾隆”，有“天道昌隆”的寓意。乾隆帝25岁登基，在位60年，又做了三年多的太上皇，实际行使国家最高权力长达63年之久。他是中国有文字记载以来享年最高的皇帝，活到了89岁，也是中国历史上实际执掌政权时间最长的皇帝，他还是著作最丰富的皇帝。

汉学在乾隆年间得到了很大的发展，民间艺术也蓬勃发展起来，如京剧就形成于乾隆年间。乾隆在位期间，完善了对西藏的统治，正式将新疆纳入中国版图，清朝的版图由此达到了最大化，同时，经济文化也都达到了清王朝的最高峰。

弘历的生母和出生地，在各类史料中莫衷一是，但他的生母应该不是一位身份很高贵的皇妃。但他自幼聪明，5岁开始接受启蒙教育，竟然能过目成诵。康熙帝在雍亲王府第一次见到弘历时，他只有10岁，因惊叹于他的聪颖而非常喜爱，命他住到宫中，亲自教导这位皇孙。12岁时弘历就参加了朝廷的正式宴请活动。康熙帝举行了一次千叟（sǒu）宴，弘历作为皇孙向老臣们敬酒，在所有的皇孙中，康熙皇帝最喜爱的就是弘历。雍正帝登基后不久，就写下密旨，立弘历为皇位继承人，并把圣旨藏在锦匣之中，放到乾清宫“正大光明”匾额后面。

刊刻典籍　学术辉煌

清朝皇帝中对文化事业的重视和功绩应当首推乾隆皇帝了。北京内城的南面有两个重要的地名：一处是崇文门，一处是宣武门。乾隆帝是真正称得上又崇文又宣武的皇帝。在他当政期间，各种官修书籍达到一百多种，完成了从顺治朝开始编撰（zhuàn）的《明史》和康熙下令开始编写的《大清一统志》。图书典籍方面的最大成就是亲自主持了大型文献丛书《四库全书》的编修。《四库全书》是中国历史上规模最大的一套丛书，有3800多人参与抄写，耗时13年完成。整套书收录了从先秦到乾隆之前大部分的重要古籍，共收书3千多种，7万多卷，大约有8亿字，涵盖了古代中国几乎所有学术领域。整套书分为经、史、子、集四大类，为后代学者研究中国古代文化提供了较为完善的文献资料。乾隆帝还将汉文和蒙古文的《大藏经》译成了满文版，并大量刻印了《大藏经》。

■ 清高宗像

乾隆帝天资聪敏，又勤奋好学，擅长书画，还喜欢作诗文。他的语言能力超群，不但精通满语、汉语和蒙古语，还懂一些藏语和维吾尔语，这在古代帝王中是绝无仅有的。他长期痴迷于书法，在名山古迹之处，经常挥毫题字，保留到现在的有很多。他撰写的文章编成文集的有1300多篇，所赋的诗更是有42000多首，而《全唐诗》收录唐代2千多位诗人的作品不过48000多首。乾隆帝作为日理万机的业余诗人，算得上是高产了。乾隆时期的民间艺术有了很大发展，在乾隆帝80大寿时，徽班进京，国粹京剧从此形成。由于他对文化事业的热心，汉学从乾隆时期日益兴盛，到嘉庆年间，形成了著名的“乾嘉学派”。

在建筑艺术方面，乾隆帝在北京和周围地区扩修、兴建了一批皇家宫殿园林，如皇宫的宁寿宫和花园、天坛祈（qí）年殿、清漪（yī）园（现在的颐和园）、圆明园、静宜园（现在的香山）、静明园（现在的玉泉山）、承德避暑山庄和木兰围场等。这些皇家园林都展现出清代园林文化的辉煌成就，直到今天大部分还是世界文化遗产。

重农恤商　国库充盈

乾隆帝延续康熙、雍正两朝的政策，比较重视农业生产。他秉承"务本足国，首重农桑"的原则，从南方向北方引入先进的耕种技术。以前贵州遍地桑树，却不会养蚕纺织，他让地方官向外省招募养蚕纺织能手传授技术，并在全国注重植树造林保持水土。乾隆帝还鼓励开荒，扩大种植面积，全国的可耕种面积从雍正二年的683万多顷，到乾隆三十一年扩大到741万多顷。他还重视发展商业并给予宽松的恤（xù）商政策。规定商人到歉收的地方销售粮食，可以免交过境的米税，允许百姓贩运少量食盐，经营汇兑、存款、信贷的票号也在乾隆朝出现。由于生产的发展、贸易的发达，国家财政收入逐年提高，由原来每年财政收入的三四千万两，到乾隆四十二年达到最高点8千多万两，之后降低了一些，但也能达到六七千万两。

乾隆帝重视社会的稳定，关心受灾百姓，执政期间曾五次普遍免除天下的钱粮，三次免除八个省的漕（cáo）粮，减轻了农民的负担。他认为，百姓富足了，君主哪里有不富足的？朝廷的恩泽如果不施及百姓，又能施向哪里呢？据统计，乾隆时期累计免除了两亿两白银的赋税，大约相当于四到五年的全国财政收入。这一方面说明乾隆年间经济发达，国库充实，另一方面也是他勤政爱民的体现。

开拓边疆　十全老人

乾隆帝在祖宗已有成就的基础上，进一步巩固和开拓了中国的疆域版图，维护加强了多民族国家的统一。他统一了整个新疆，在新疆设伊犁将军，实行军府制，修筑城堡，驻扎军队，进行屯田垦荒，加强了对西域地区的统辖，保证了西北、漠北和青海等地的安定。通过制定《钦定西藏章程》，完善了对西藏的治理，设立驻藏大臣，统一了当地白银的铸造，并设立了转世灵童认定的金奔巴瓶制度。至此，乾隆朝的版图东北到外兴安岭和库页岛，西北到巴尔喀什湖，西到葱岭（现在的帕米尔高原），北到贝加尔湖以南的恰克图，南到南沙群岛。

乾隆帝为了尊重祖父康熙帝，不敢打破康熙大帝在位61年的纪录，决定只做60年的皇帝。在85岁这一年，他举行内禅大礼，将皇位让给了皇太子颙（yóng）琰（yǎn），也就是后来的嘉庆皇帝，自己做太上皇。乾隆虽然禅位了，但实际权力还掌握在他的手中，到了嘉庆四年（1799）正月，乾隆帝在养心殿逝世，终年89岁，从此嘉庆帝亲政。

中国历史上有文字记载的享年80岁以上的皇帝除乾隆帝外还有三位：第一位是梁武帝萧衍（yǎn），他享年85岁，在位48年，但他只是偏居江南的南朝梁皇帝。第二位是宋高宗赵构，享年80岁，在位36年，但他在位时的南宋也只有半壁江山。第三位是元世祖忽必烈，享年81岁，在位35年。他们的功绩和统治时期的百姓生活都不能与乾隆帝相比，所以乾隆帝曾自诩（xǔ）为“十全老人”，来彰显自己一生的丰功伟绩。

中国历代圣贤故事集

中国历代名臣故事

爱华文 著

团结出版社

图书在版编目（CIP）数据

中国历代圣贤故事集 / 爱华文等著. -- 北京 : 团结出版社, 2019.8

ISBN 978-7-5126-7253-6

Ⅰ. ①中… Ⅱ. ①爱… Ⅲ. ①故事-作品集-中国-当代 Ⅳ. ①I247.81

中国版本图书馆CIP数据核字(2019)第165301号

出版： 团结出版社

（北京市东城区东皇城根南街84号 邮编：100006）

电话：（010）65228880　65244790（传真）

网址： www.tjpress.com

Email： zb65244790@vip.163.com

经销： 全国新华书店

印刷： 三河市祥达印刷包装有限公司

开本： 140×210　1/32

印张： 62.25

字数： 600千字

版次： 2020年9月 第1版

印次： 2020年9月 第1次印刷

书号： ISBN 978-7-5126-7253-6

定价： 220.00元（全11册）

目录

管仲：华夏第一相

管鲍之交

各位少年读者，你们一定知道一个成语“管鲍之交”吧！其中“管”就是被誉为“华夏第一相”的管仲。春秋时期，齐国如果没有管仲，就不可能称霸诸侯，而管仲如果没有朋友鲍叔牙的推荐，也不可能当上齐国的宰相。

管仲的父亲管庄是齐国的大夫，管仲出生时家里已经不富裕了。少年时，管仲结识了鲍叔牙，两个人在一起做生意，管仲常常占鲍叔牙的便宜，鲍叔牙知道管仲家里穷，所以从未心生怨言。但最终他们做生意还是没有赚到很多钱。后来他们又结伴去当兵，好几次遇到危险，管仲都临阵脱逃，鲍叔牙也不觉得他不勇敢，因为他深知管仲尚有老母在堂。后来管仲几次想当官，都未如愿，鲍叔牙却觉得管仲是尚未遇上好时运。

后来终于有了出人头地的机会——他们认识了齐国的国君齐僖公。齐僖公有三个儿子，太子诸儿，公子纠和公子小白。齐僖公让鲍叔牙和管仲分别辅佐公子小白和公子纠。

争夺君位

公元前698年，齐僖公驾崩了，太子诸儿齐襄公即位。不过齐襄公品行不佳，朝中大臣都很担忧齐国的未来。没过多久，齐襄公和远嫁给鲁国的妹妹密谋，醉杀了鲁桓公。鲍叔牙和管仲得知此事后，都感觉到齐国将来会发生内乱，于是都为自己的主子各做打算。

公子纠的母亲是鲁君的女儿，所以管仲和另一位辅佐大臣召忽一起同公子纠到了鲁国躲避。小白的母亲是卫君的女儿，由于卫国太远，所以鲍叔牙一行人就只好到邻国莒国躲避去了。

齐襄公十二年（公元前686年），齐国发生内乱，齐襄公因废除叔伯兄弟公孙无知的特权而被其勾结大夫杀害。公孙无知自立为君，又被齐国贵族杀死，齐国此时君位空虚，一片混乱。逃亡在外的公子纠和小白都准备回去做国君。鲍叔牙向莒国借了兵车，日夜兼程准备回国。鲁国国君此时也正准备护送公子纠回国。知道公子小白也在赶回齐国后，管仲就带了一批人马，在半路上截杀小白，他们在即墨遇到了公子小白的人马，管仲一箭就射中了轿中的小白，小白应声倒地。管仲以为小白已死，也就打道回府，和公子纠慢慢往齐国赶。

管仲不知道的是，他并没有射死小白，而只是射中了他的腰带，小白在车中装死，才逃过一劫。鲍叔牙和小白非常警惕地连夜赶回齐国。到了齐国，鲍叔牙先进城游说齐国势力最大的正卿高氏和国氏拥立小白为君，小白就这样做了齐国的国君，也就是齐桓公。

■ 管仲像

鲍叔牙荐管仲

等管仲和公子纠到齐国时，没想到齐国新君已立。鲁庄公知道后就派兵援助公子纠攻打齐国，结果被齐桓公打得大败。公子纠和管仲、召忽也随鲁君败退回了鲁国。

这时鲍叔牙仍然心系自己的故交好友管仲，就对齐桓公说：“国君您想要齐国得到治理，有我鲍叔牙就够了，但如果想称霸诸侯，非管仲不可。”

齐桓公因管仲曾射过他一箭，心中尚有介怀，但思虑过后，还是听了鲍叔牙的意见，于是派人送书信给鲁庄公，胁迫鲁国杀掉公子纠，并交出管仲和召忽，不然就发兵讨伐鲁国。

鲁庄公兵败后，心里害怕，就杀了公子纠，准备把管仲和召忽押送回齐国。召忽知道这个消息后，不愿去齐国受辱就自杀了。

管仲到了齐国后，鲍叔牙亲自去迎接，并诚恳地向齐桓公推荐管仲，劝齐桓公要释掉旧怨，化敌为友。还说，如果赦免其罪而委以重任，管仲一定会像忠于公子纠一样为齐国效忠。齐桓公听取了鲍叔牙的建议，随后选择了一个吉日，隆重地接见了管仲。

管仲拜相　齐桓公称霸

管仲向齐桓公系统地讲述了齐国未来的称霸之道。他告诉齐桓公国家要富强，先要得民心，要得民心，就要爱百姓，爱百姓，就要让百姓先富足。百姓富足了，国家就能得到治理。管仲有一句很有名的话——“衣食足而知荣辱，仓廪实而知礼节”，体现的就是他的富民思想。管仲还告诉齐桓公，国家军队不在兵多，而在于精，在于士气旺盛。而且还要大力发展国家的经济，要开发山林、盐业、铁业，发展渔业，以此增加财源。这样国家就会民众富足、经济发展、军队强盛。他又对齐桓公说，不要急于称霸，要先休养生息，让国家富强，社会安定，以待时机。

不久，齐桓公就拜管仲为相，为了表示对管仲的尊重，称管仲为仲父。管仲在齐国制定了各种制度，大力推进改革，齐国很快强盛了起来。他告诉齐桓公要尊重周朝王室，联合各诸侯国，以抵御戎狄的侵略。因此，齐桓公受到很多诸侯的拥戴。

经过近30年的苦心经营，齐桓公在管仲的辅佐下，先后主持了三次武装会盟，六次和平会盟；还辅助周王室一次，史称“九合诸侯，一匡天下”，齐桓公就这样成为诸侯公认的霸主。

管仲虽然立了大功，但他并不居功自傲，反而十分谦虚。在周襄王郑五年（前647年），周襄王的弟弟叔带勾结戎人进攻京城，王室危急。齐桓公安排管仲帮助襄王平息内乱，管仲一举平定叛乱，获得了周王赞赏。周襄王准备用上卿礼仪设宴为管仲庆功，但管仲没有接受，最后只接受了下卿礼仪的待遇。

临终的忠告

管仲为齐国的发展鞠躬尽瘁，凭一己之力使齐国登上了春秋霸主的地位。晚年，他生了一场大病，齐桓公来看他，询问他谁可以继任相位。管仲说：“君主应该是最了解臣下的。”齐桓公问鲍叔牙是否可以。管仲说：“鲍叔牙善恶过于分明，不适合为相。”齐桓公又问易牙是否可以。管仲说：“易牙把儿子蒸了来讨好国君，这个人没有人性，不适合为相。”齐桓公又问开方怎么样。管仲答道：“开方本来可以做千乘之国的太子，但是却投奔于你，父亲死了也不赶回去发丧，这种人怎么可以用呢？”齐桓公又问：“竖刁怎样？他宁愿自残身肢来侍奉寡人，这样的人难道还会对我不忠吗？”管仲摇摇头，说：“这个人连自己都不爱，又怎么能真心忠于您呢？国君一定要疏远这三个人，宠信他们，国家必乱。”

管仲说完后，看见齐桓公很为难，就推荐为人忠厚、不耻下问、居家不忘公事的隰朋，说隰朋可以为相。可是齐桓公最后并没有重用隰朋，而是重用了易牙等三人。两年后，齐桓公病重，这三个人就趁机作乱，将齐桓公关了起来，最后齐桓公竟被活活饿死在自己的寝宫。齐桓公在死前，曾懊悔地说：“如死者有知，我有什么面目去见仲父啊？”

《论语》里曾记载孔子称赞管仲的贤能，说：“微管仲，吾其被发左衽矣。”意思是：管仲辅助齐桓公做诸侯霸主，尊王攘夷，一匡天下。没有管仲，我们也许会披散头发，左开衣襟，成为野蛮人了。又说：“桓公九合诸侯，不以兵车，管仲之力也， 如其仁， 如其仁！”意思是齐桓公多次召集各诸侯国，主持盟会，没用武力，而制止了战争，这都是靠管仲的力量啊！这就算他的仁德！这就算他的仁德！

由此可见，管仲的贤能的确是不一般的。后来，三国时期的诸葛亮，也是一个非常贤能的人，他就常常拿自己与管仲相对照。

晏子：能说会道的春秋名相

能说会道的能人

春秋时期，周朝王室衰微，诸侯国林立。诸侯国之间明争暗斗，各自寻找任何可能的机会扩大领土，一言不合就可能兵戎相见，血流成河。在这样的乱世里，国君们都迫切地需要有才能的人，一个能人，一个关键的决策，就可能决定整个国家的命运。齐国就有这样一个能人，他叫晏婴。晏婴不会带兵打仗，但他是一个语言艺术家，他仅凭着一张能说会道的嘴，就捍卫了齐国的尊严和国威50余年，让齐国在那风雨飘摇的乱世中屹立不倒。

晏子，名婴，字仲，谥号平，当时的人们都叫他晏仲平，后人尊称他为晏子，春秋时期著名政治家、思想家、外交家。

晏子生于公元前578年，用我们现在的话说，晏子就是名副其实的“官二代”兼“富二代”。那时候齐国的国君是齐灵公，晏子的父亲晏弱正好在齐灵公手下做上大夫，上大夫只比最大的“卿”低一级。出生在这样的家庭，又是个男孩，

■ 晏子像

晏子可谓是集万千宠爱于一身。乱世里，当无数人还在为“如何活下去”的生存问题忧心时，晏子却可以吃香的喝辣的，穿最好的衣服，睡最暖的床。不过，晏子并没有安于享乐，他非常努力地读兵书、史书，学礼仪，向父亲请教政治。他明白世道的无常，也知道国家的危难。

公元前556年，晏子满22岁了。此时的晏子学有所成，对世事也有了自己独到的看法，而他的父亲晏弱也在这一年去世。

男装惹风波

那时候的王位和官位都是世袭制，所以晏弱一死，晏子便继承了他父亲“上大夫”的职位，此后他便全身心地投入到了治国大事之中。

此时，齐国国君是齐灵公，齐灵公并不是个明君，有时候做事甚是荒唐。他有个很特别的嗜好，就是爱看女子穿男装，于是他就让宫中的女子们都女扮男装，天天看着图个乐呵。令人想不到的是，这样的行为流传到了民间，使得全国的女子都竞相效仿，大街小巷扮男装的女子越来越多，一发不可收拾。齐灵公得知此情形后，非常惊讶，担心此风会盛行不止，便下令官吏们整顿这不正之风，明令禁止道："凡是街上有女子穿着男子的服饰，有不听的就撕破她的衣服，扯断她的腰带！"希望以此能制止这一风气。可是每日衣服被撕破的不少，但女扮男装的风气却仍屡禁不止。晏子看不下去了，就对齐灵公讲："您让宫内的女子穿男装，却禁止宫外的女子这样做，这就相当于肉铺挂着牛头叫着卖牛肉，实际上卖给别人的却是马肉，谁能服您呢？您何不先整顿宫内风气，宫外自然就不敢如此了。"齐灵公听后恍然大悟，于是下令宫内女子不得再穿男装。之后不到一个月，齐国女扮男装的歪风邪气就彻底消失了。

公元前555年，由于齐灵公扩张的心思迫切，引起了晋国不满。于是晋国出兵攻打齐国，齐灵公不听谋士们的劝阻，一意孤行，一通乱打，结果吃了个大败仗。齐灵公不敢再打了，逃回了临淄城。晏子为其出谋划策，但是齐灵公不听，后在临淄城被敌兵围住，齐国人只能固守，没办法出击，形成非常被动的局面。

不听劝说的齐庄公

晋国和齐国一打就是好几年，最后齐灵公在无尽的忧虑中去世了，齐庄公即位。公元前552年，晋国退兵了，晏子分析局势，认为齐国需要时间休养生息，便对齐庄公说："晋国比我们强大，这次退兵也算是仁慈，我们不能不义。"齐庄公听从劝说，和宋、卫、郑等小国一起承认了晋国的霸主地位，总算获得了一段时间的安宁。可是好景不长，这齐庄公也是个不会分析局势，且十分不安分的人，和晋国打完还不到一年，他又开始攻打鲁国，挑衅晋国，任晏子怎么劝说都不听。

此时的晏子心情沉重到了极点，碰上这么两个不听劝的国君，自己满腔的热血有何用，满腹的才华又有何用？齐庄公一意孤行，晏子忍无可忍，一气之下离开了国都。他把大部分家产上充国库，又给周围百姓分发了不少钱财，然后便带着家人去了东海之滨，在一个小渔村里靠打鱼、耕田维持生计。当然，晏子还是心系齐国的，纵然远离国都，他仍然密切关注着齐庄公，思考着齐国的未来。

崔杼弑君

齐国有个名叫崔杼的大夫，为人暴戾，但他的权力极大，一直掌控着齐国的政治。齐庄公在国事上作为不大，在生活上又极不检点，这引起了崔杼的强烈不满。晏子离开后的第四年，崔杼对齐庄公忍无可忍，便联合了一批武士找准时机把齐庄公给杀了，拥立齐庄公同父异母的弟弟杵臼为君，也就是后来的齐景公。

晏子听说齐庄公被杀的消息，伤心不已，国君死于非命，自己身为齐国大夫，难辞其咎。晏子重礼仪，他知道崔杼对齐庄公恨之入骨，和自己也有分歧，但他还是毅然决然地回到国都，吊唁齐庄公。崔杼的属下们准备杀了晏子，崔杼虽然讨厌晏子，但是权衡利弊后，还是放过了晏子，他提醒属下们说："百姓们都很仰仗晏子，我要是杀了他，肯定会失去民心。放了他，说不定我还能赢得民心。"

辅佐齐景公

齐景公正式登位后，晏子留在了国都辅佐这位新任国君。此时把齐景公推上王位的崔杼做了丞相，但相比于崔杼，齐景公更信任晏子。齐景公心里明白，晏子是真心为国为民，而崔杼只是想把自己这个新上任的国君当作傀儡，从而巩固他的地位和权力而已。于是，两年后，崔杼一去世，齐景公便让晏子做了丞相。

齐景公是个很有抱负的人，始终梦想着光复老祖宗齐桓公的霸业，更难能可贵的是，他心思细腻，对晏子的赤胆忠心了然于心，极度信任晏子。晏子真正为国家发光发热的时期到了，“晏子使楚”“二桃杀三士”等一系列为人称道的故事正是他在这个时期留下的。

齐景公执政多年，渐渐意识到仅凭齐国一国之力还是无法与晋国这样的强国抗衡，于是决定与南方的楚国搞好关系，以便共同抗击晋国。

晏子使楚

公元前531年，晏子受齐景公委托到楚国做外交工作，晏子欣然受命，并不知道一场来自楚王的考验正等待着他。

楚王早就听说过晏子的名声，他知道齐国这位丞相一张嘴特别厉害，他想，要是能趁此机会羞辱一下晏子，即便只是逞逞口舌之快，也能稍稍显一下楚国的威风。

晏子带着随从信心满满地来到楚国，楚国派出队伍进行了热烈的欢迎，但是欢迎完问题就来了——迎接晏子的官员居然不请晏子走大门！原来，楚王听说晏子身材较矮，便命人在迎接使者的大门旁开了个洞，请晏子从洞中进去，借此灭灭晏子的威风。晏子是聪明人，刚看到这个洞口就对楚王的小心思了然于心了，他说道：“出使到狗国的人才从狗洞进去，今天我出使楚国，不应从此洞进去。”招待晏子的官员满脸尴尬，这么多人听见，要让晏子从这个洞口进去，大家以后岂不都笑话楚国是“狗国”？于是这个官员只好赔着笑，领着晏子从正门进入。

楚王见到晏子，看他相貌平平，便故意问道：“齐国没有人可以派了吗？”晏子答道：“怎么会呢？我们首都临淄就住满了人，要是大家一起把袖子展开来，可以遮天蔽日，要是一起甩一把汗，那就跟下了一场雨一样！”楚王哈哈大笑：“既然齐国有人，怎么还派您这样的人来当使者呢？”晏子明白楚王在嘲讽自己的相貌和身材，也不生气，只是淡淡地答道：“咱们齐国挑使者也很有讲究的，对于那些道德高尚讲究礼仪的好国家，就派精明能干的人出使；对于那些不成器的国家，就派蠢一点的人出使。”楚王和在座的大臣们听完这番话个个无言以对，要是再嘲讽晏子，岂不是承认自己的国家不成器吗？楚王一时间说不出话来，只得借着喝酒来掩饰尴尬。

众人喝酒正酣，突然有两个小侍卫押着个犯人匆匆来到了楚王面前。怎么会有这么不合时宜的事情发生呢？当然是楚王提前安排好的！晏子一眼就看穿了楚王的伎俩，但仍然不动声色，只是品着美酒，看着楚王和两个侍卫一唱一和。楚王喝道：“此人犯了何罪？”侍卫答：“偷窃。”楚王眉头一皱：“哦，哪里人氏？”侍卫答：“齐国人。”楚王瞟了晏子一眼，摇摇头：“唉，你们齐国人本来就擅长偷盗吗？”晏子喝了口酒，不慌不忙地说道：“我听说橘子树种在淮河以南长出来的就是橘子，但是种在淮河以北长出来的就是枳了，为什么呢？因为水土不同。我们齐国老百姓在齐国并不偷窃，但是到了楚国为什么就开始偷窃了呢？莫非也是楚国的水土使得老百姓善于偷窃吗？”楚王被怼得哑口无言，总算服了晏子的口才。他怔了一会儿，释然地说：“唉，果然是不能和您这样的圣人开玩笑，是我自讨没趣了。”自此以后，楚王再也不敢轻慢晏子，对齐国无比尊重。

老死相位

在晏子的辅佐下，齐景公的霸主事业蒸蒸日上，齐国的忧患渐渐减少，发展步入正轨。齐景公在位的第48年，晏子因年老去世。齐景公悲痛至极，用极高的礼仪给晏子举行了葬礼。

晏子享年78岁，一生共辅佐齐国灵公、庄公、景公三代君王，他出身高贵却坚持朴素，兢兢业业辅政长达50余年。他为人聪颖机智，能言善辩，以伶俐的口才和极其出色的外交才能折服世人，称他为“语言上的大艺术家”一点也不为过。他纵然不曾驰骋沙场，却凭着一颗忠诚的心、一张伶俐的嘴守护着齐国，直到生命的终结。

两千年过去了，《晏子春秋》里的每一个字仍然熠熠生辉，晏子的每一言每一行，仍值得我们细细品味。

范蠡：从越王谋臣到民间财神

有才华的青年

我们中国大部分人都非常信奉财神，经常去财神庙里面烧香求财。不过，有些人恐怕还不知道这个财神爷是谁。这其中又有什么样的故事呢？

很多地方的财神庙里供奉的财神，叫作范蠡。范蠡，字少伯，他是哪年生的，哪年死的，历史上都没有记载，只知道他是春秋末期楚国宛（今河南南阳）人。

范蠡小时候，家里非常贫穷，但他热爱学习，四处向人求教，又读了很多的书，因此就成了一个博学多才的人。春秋时代，列强争霸，范蠡虽然有满腹的才华，但是根本没有机会为天下服务。而且当时的楚国，政治非常黑暗，不是贵族出身的人，根本没有机会做官，为百姓服务。因此，年轻的范蠡虽有才华，但是却没有施展的地方。

范蠡很有才识，他的言行往往在众人中脱颖而出，很快，他就引起了宛令文种的注意。文种几次乘车诚心到范蠡

■ 范蠡像

家里拜访，两个人在一起交流，谈论时政，剖析天下，成了无话不谈的好朋友。文种虽然在楚国做了一个小官，但是和范蠡一样对楚国黑暗的政治心怀不满。于是，他们两个人就共同谋划，希望到其他国家发展。

辅佐勾践

范蠡所处的时代，已经是春秋的末期，那个时候，吴、越两国实力都很雄厚，互相争霸，经常发生战争。于是，范蠡和文种两个人就一起来到了越国。

到了越国，范蠡和文种见到了越王勾践，越王勾践刚刚做上君主之位，正需要任用人才，就封他们为大夫，辅佐自己治理国家。

越王勾践元年，吴王阖闾听说越国的国君允常去世了，就兴兵讨伐越国。越王勾践设计袭击吴军，吴军在槜李大败，越军还射伤了吴王阖闾，阖闾回去不久就去世了。阖闾的儿子夫差继承王位后，就一心想要战胜越国，以报杀父之仇。

勾践三年，勾践听说吴王夫差在日夜操练士兵，就想在吴国发兵前先行发兵去攻打它。范蠡进谏说：“不行，我听说兵器是凶器，兴起战争是背德的事情，争先攻击是事情中最下等的。用阴谋去做背德的事，又喜爱使用凶器，亲身参与下等事，定会遭到天帝的反对，这样做一定会不利于行事。”越王说：“我已经决定了。”于是举兵进军吴国。吴王听说这个消息，动用所有精锐部队迎击越军，在夫椒大败越军。越王只好携五千名残兵败将退守会稽。吴王乘胜追击，包围了会稽。

越王不听范蠡的劝谏打了败仗，就对范蠡说：“只因没听从您的劝告才落到如此地步，接下来我该怎么办呢？”范蠡就为勾践出谋划策说：“现在，您要谦卑有礼地派人将厚礼赠送给吴王，他若不应允，您就亲自前往，并表示愿意侍奉他左右，把自身也抵押给吴国。”勾践于是派文种前去吴国求和。

文种代表越国去向吴王求和，吴王刚要答应，吴国的大夫伍子胥则极力反对。虽然求和失败了，但是文种打听到吴国的大夫太宰伯嚭非常贪婪，就用金钱、美女行贿伯嚭，让伯嚭从中说好话，再次向吴王求和。吴王不顾伍子胥的反对，答应了勾践的求和。这样，越国就成了吴国的属国。

勾践兵败以后，就深思熟虑，苦心经营，卧薪尝胆，希望有朝一日复兴越国。勾践想任命范蠡为宰相，主持越国的政务，范蠡回答说："用兵打仗这种事，文种比不上我；镇定安抚国家，让百姓亲近归附，我比不上文种。"于是越王就把国家政务交给大夫文种管理，让范蠡和大夫柘稽求和，到吴国去当人质。两年后吴国才让范蠡回国。

帮助勾践复国

勾践自会稽回国后7年时间内，一直在安抚自己的士兵百姓，想找机会去吴国报仇。后来经过大夫逢同的劝谏，才暂时打消了这个念头。

过了两年，吴王准备讨伐齐国。伍子胥进谏说："不行，我听说勾践卧薪尝胆，与百姓同甘共苦。这个人不死，一定是我们国家的忧患。希望君王放弃攻齐，先伐越国。"吴王不听，后来还是出兵攻打齐国，并在艾陵大败齐军，俘虏了齐国的高、国氏回国。伯嚭就趁着这个机会诽谤伍子胥，伍子胥被吴王赐剑自杀了，于是吴王重用伯嚭执掌国政。

过了三年，勾践召见范蠡说："吴王已经杀死了伍子胥，逢迎献媚、阿谀奉承的人很多，现在可以攻打吴国了吗？"范蠡回答说："不行。"

第二年春天，吴王去北方的黄池会见诸侯，吴国的精锐部队全都随他赴会了，只剩老弱残兵和太子留守在吴都。勾践又问范蠡是否可以进攻吴国。范蠡说："可以了。"于是越王勾践就派兵讨伐吴国，还杀死了吴国的太子。吴王派伯嚭前去游说（shuì），之后双方言和。

四年后，越国再次攻打吴国。这次越军大败吴军，并包围吴都三年，吴国彻底失败，越军把吴王围困在了姑苏山上。吴王派公孙雄求和，勾践本来准备答应他的要求，但是在范蠡的力劝下，还是没有答应。吴王听说后，选择了自杀，越王安葬了吴王，然后立刻处死了太宰伯嚭。

功成身退

勾践平定吴国以后，就出兵向北渡过黄河，与齐、晋诸侯在徐州会合，向周王室进献贡品。周元王派人赏赐胙肉给勾践，称他为"伯"。勾践离开徐州后，渡过淮河南下，把淮河流域给了楚国，把吴国曾经侵占宋国的土地还给了宋国，把泗水以东方圆百里的土地给了鲁国。当时，越军在长江、淮河以东畅行无阻，诸侯们都来庆贺，越王称霸诸侯。这时，勾践封范蠡做了上将军。

回国后，范蠡认为盛名之下，难以长久，况且勾践的为人，可与之同患难，难与他共享安乐，于是他就收拾了细软珠宝，与随从从海上乘船离去，再未返回越国。

范蠡后来到了齐国，他从齐国给大夫文种发来一封信，信中说："飞鸟被射尽后，良弓就会被藏起来了；狡兔一死，狗就被主人煮着吃了。越王这个人长脖子，尖嘴巴，只可以与之共患难，不可以跟他共享乐，你为什么还不离去呢？"

文种看过信后，声称有病不再上朝。有人中伤文种说他要作乱，越王赐给文种一把剑说："你教给我攻伐吴国的七条计策，我只采用三条就打败了吴国，另外四条还在你那里，你替我到先王面前试试那四条吧！"于是文种自杀身亡。

计然的教诲

当初，越王勾践在会稽山上被围困时，任用了范蠡、计然。计然曾说："知道要打仗，就要做好战备；了解货物什么时候为人需求购用，才算懂得商品货物。善于将时与用二者相对照，那么各种货物的供需行情就能看得很清楚。所以，岁在金时，就会丰收；岁在水时，就歉收；岁在木时，就饥馑；岁在火时，就会干旱。旱时，就要备船以待涝；涝时，就要备车以待旱，这样做符合事物发展的规律。通常说来，6年一丰收，6年一干旱，12年有一次大饥荒。出售粮食，每斗20钱价格，农民会受损害；每斗价格90钱，商人要受损失。商人受损失，钱财就不能流通到社会；农民受损害，就要荒芜田地。粮食每斗价格最高不超过80钱，最低不少于30钱，这样农民和商人都能得利。粮食平价出售，并平抑调整其他物价，关卡税收和市场供应都不缺乏，这就是治国之道。至于积贮货物，应当务求完好牢靠，没有滞留的货币资金。买卖货物，凡属容易腐蚀和腐败的物品不要久藏，切忌冒险囤居以求高价。研究商品短缺或过剩的情况，就会懂得物价涨跌的道理。物价贵到极点，就会返归于贱；物价贱到极点，就要返归于贵。当货物贵到极点时，要及时卖出，视其如同粪土；当货物贱到极点时，要及时购进，视其如同珠宝。货物钱币的流通周转要如同流水那样。”勾践照计然的策略治国10年，越国富有了，终于雪耻报仇，灭掉吴国，继而耀武扬威于中原，号称“五霸”之一。

范蠡协助越王洗雪会稽被困之耻后，便长叹道：“计然的策略有7条，而越国只用了其中5条，就实现了雪耻的愿望。既然施用于治国很有效，我就要把它用于治家。”

经商致富的陶朱公

范蠡辞去上将军到齐国后，就改名叫鸱夷子皮，耕于海畔，没有几年就积产数10万。齐国人仰慕他的贤能，请他做宰相。范蠡感叹道：“居家能挣到千金，居官能做到卿相，这对一个平民百姓来说，已经达到了极点。一个人长期享受着荣耀，是不吉祥的。”于是就归还宰相印，将家财分给乡邻，再次隐去了。

从齐国离开后，范蠡来到了陶地，他看到这个地方是贸易的要道，可以在这里经商致富。于是，他自称陶朱公，留在此地，根据时机进行物品贸易，没过多久，就累积了很多财富。19年间，他赚得千金之财三次，两次分散给贫穷的朋友和远房同姓的兄弟。

范蠡后来年老力衰，子孙继承了他的事业并有所发展，终致有了巨万家财。所以，后人谈论富翁时，都称颂陶朱公。

楚国救子

范蠡住在陶地时，生了一个小儿子。小儿子刚成人时，他的二儿子杀了人，被楚国关押起来。范蠡说："杀人者抵命，这是常理。可是我听说家有千金的儿子不会在闹市中被杀。"于是派小儿子去探望二儿子。他打点好一千镒黄金，装在麻袋中，用一辆牛车载运。将要派小儿子出发时，朱公的长子坚决请求去，朱公不同意。可是长子坚持要替少子去，并以自杀相威胁。没办法，范蠡只好同意。

范蠡写了一封信要大儿子送给故友庄生，说："到楚国后，要把千金送到庄生家，一切听从他去办理，千万不要与他发生争执。"长子走时，又私自携带几百镒黄金。

长子到达楚国后，看见庄生家居住条件十分贫穷，但还是送上父亲的信，向庄生进献了千金。庄生对他说：“你赶快离去，千万不要留在此地！等弟弟释放后，不要问原因。”但是他却私自留在了楚国，并把自己携带的黄金送给了楚国主事的达官贵人。

庄生虽然住在穷乡陋巷，但由于廉洁正直闻名于楚国，从楚王以下都尊奉他为老师。朱公献上黄金，他并非有心收下，只是想事成之后再归还给朱公来表示自己的信用。但朱公长子不知庄生的意思，以为财产送给庄生不会起什么作用。

庄生趁自己方便时入宫拜见楚王，说：“某星宿移到某处，这将对楚国有危害。”楚王平时非常相信庄生，就问：“现在该怎么办？”庄生说：“只有实行仁义道德才可以免除灾害。”楚王说：“您不用多说了，我会实施。”于是楚王派使者查封贮藏三钱的仓库。楚国的达官贵人吃惊地告诉朱公长子说：“楚王将要实行大赦了。”长子问：“如何见得？”贵人说：“每当楚王大赦时，常常先查封贮藏三钱的仓库。昨晚楚王已派使者查封了。”

朱公长子认为既然大赦，弟弟自然可以释放了，一千镒黄金等于白白扔在庄生处，没起到作用，于是又去见庄生。庄生惊奇地问：“你没离开吗？”长子说：“一直没离开。当初我为弟弟一事来，今天楚国正商议大赦，弟弟自然就会得到释放，所以我特意来向您辞行。”庄生知道他的意思是想拿回黄金，就说：“你自己到房间里去取黄金吧。”大儿子便入室取走黄金离开，私下非常庆幸。

庄生被小儿辈出卖深感羞耻，就又入宫拜见楚王说："我上次所说的某星宿的事，您说要实行仁义来免除。现在，我在外面听路人都说陶地富翁朱公的儿子杀人后被楚囚禁，他家大儿子拿出很多金钱贿赂您左右的人，所以君王并非体恤楚国人而实行大赦，却是因为朱公儿子的缘故。"楚王大怒道："我虽然无德，怎么会因为朱公的儿子布施恩惠呢！"就下令先杀掉朱公儿子，第二天才下达赦免的诏令。

朱公长子最后携带着弟弟的尸体回家了。家人都感到悲痛，唯有范蠡说："我早就知道次子会被杀，不是长子不爱弟弟，是有所不能忍也！他从小与我在一起，知道为生的艰难，不忍舍弃钱财。而少子生在家道富裕之时，不知财富来之不易，很易弃财。我先前决定派少子去，就是因为他能舍弃钱财，而长子不能。次子被杀是情理中的事，无足悲哀。"

范蠡曾经三次搬家，驰名天下，他并非随意离开，但只要到哪儿就一定会成名。最后老死在陶地，所以后世称他为陶朱公。

孙叔敖：从斩蛇少年到循吏良臣

两头蛇的故事

孙叔敖（áo）是春秋时期楚国的令尹（宰相），因为功绩突出、廉洁无私，被称赞为“第一循吏良臣”。

孙叔敖很小的时候，父亲就被人陷害去世了，他和母亲逃到了期思（现在的河南省淮滨县）的郊外居住。虽然生活环境发生了巨大的变化，但是孙叔敖依然保持着勤勉、善良的良好品质。现在的湖北荆州有一个叫“蛇入山”的地方，这个地名就跟孙叔敖有关。

孙叔敖小时候去山里游玩，路上遇到了一条长着两个头的蛇。他以前常听人说，谁遇到了两个头的蛇，就会死去。于是孙叔敖就抱起大石头把这条蛇打死了，再挖了一个很深的土坑，把它埋了。回到家以后，母亲看他总是哭，就问他原因。于是孙叔敖就告诉母亲：“我今天看见了一条两个头的蛇，我就要死去了，再也见不到母亲了。”母亲又问：“那这条蛇呢？”孙叔敖说：“我怕别人看见这条蛇也会死，就把它杀死埋进了土里。”母亲听了之后很惊讶，就安慰他说：“孩子，没事的，你这么善良，帮助人民除去了祸患，上天不会让你死的。”为了纪念孙叔敖，人们把他埋蛇的山丘叫作“蛇入山”。

因治水成为令尹

当时的期思，地势低洼，下雨的时候常常积水，干旱的时候，又很难引水浇灌庄稼，这样一来庄稼很难获得很好的收成，人们就吃不饱。为了改善灌溉条件，帮助人们更好地种植庄稼，孙叔敖带领当地的人民，修建了期思雩娄（yú lóu）灌区。这是资料记载中我国最早的人工灌溉区。毛主席在视察淮河时，还经常夸孙叔敖是个了不起的治水专家。

孙叔敖带领人们修建水利的事被虞（yú）丘子听说以后，虞丘子就辞去了楚国令尹的职位，并向楚庄王推荐了孙叔敖。楚庄王接受了虞丘子的意见，任命孙叔敖为楚国的令尹。

楚父后吊

孙叔敖当了楚国的令尹，很多人都送来礼物表示祝贺。这些人中，有一位穿着白色衣服，戴着白色帽子的老人，像是来参加丧礼一样。孙叔敖知道以后，把衣服穿戴整齐，亲

■ 孙叔敖像

自迎接了这位老人，并问他：“我知道我的才能有限，不能做令尹，但是大家都是来祝贺的，为什么单单您是来哀吊我的呢？”老人回答道：“地位变高了却态度骄横，老百姓就不信服你了；官变大了却听不进其他意见，君王就会讨厌你；俸禄变高了却不知道满足，你就会犯错误，所以我才这样做。”老人说完，看到孙叔敖态度谦虚，又接着语重心长地说：“地位越高就越要关心百姓，官职越大对权力的欲望就要越小，俸禄越高就越要清正廉洁。”孙叔敖虚心听取了老人的意见，并牢牢记在心上，一生都在为老百姓谋福利。

孙叔敖刚正不阿，经常劝谏楚庄王，在他的悉心辅佐下，楚国很快就发展壮大，楚庄王也成了春秋五霸之一。

善于发展经济

当时的楚国人用的都是像贝壳一样大的货币，楚庄王觉得这个货币太小了，就叫人把货币加大。货币加大之后，人们使用不方便，市场都混乱了，甚至有很多人都不愿意再经商了。孙叔敖知道以后，就去见楚庄王，请求他恢复原来的货币。楚庄王同意了，市场又慢慢恢复到以前繁荣的样子。

楚庄王很不喜欢楚国人使用的矮小的车子，想下令让楚国民众把车子改造得高大一些。孙叔敖知道楚庄王有这个想法以后，赶紧对楚庄王说：“您如果总发布命令，这样会造成百姓的反感，不如我们把街市两头的门槛做高，低矮的车子过不去，百姓们就会自发地改造车了。”

孙叔敖做了令尹以后，爱民如子，且重视楚国经济的发展。他鼓励人们利用秋冬时候上山砍伐树木和竹子，等到春天的时候再利用水道运出去贩卖。这样人们就可以利用业余的时间增加收入，慢慢地整个楚国人民都富裕了起来。

重视法制和公平

除了发展经济，孙叔敖还很重视法制和公平，他亲自编修了楚国的法律《仆区》，并带头遵循。一次，虞丘子的一名亲戚仗着虞丘子是楚国的前任令尹，到处欺压百姓，触犯了国法。孙叔敖命人逮捕了虞丘子的这名亲戚。按照法律这名亲戚是应该被斩首的。有人劝孙叔敖说：“是虞丘子向大王推荐了你，你才能做令尹，你现在杀了他的亲戚，恐怕会被人说恩将仇报的！”孙叔敖说：“虞丘子推荐我做令尹是为了报效国家的，我只有秉公执法，好好维护国家制度，才算报答虞丘子的推荐之恩啊。”最后孙叔敖还是判了这名亲戚斩首的罪。

虞丘子听说了之后，立刻进宫面见楚庄王，并对楚庄王说：“孙叔敖公正执法，不徇私，是治理国政难得的贤才啊！”

帮助楚庄王称霸

孙叔敖还有很强的军事才能。他改革军队的行军制度，将军队分为五个部分，每个部分都有不一样的职责，这样就避免了军队的秩序混乱，为楚国军队的壮大打下了基础。

公元前598年，孙叔敖带领楚国军队修筑城池，用来防御敌人。由于他用人得当，仅仅用了30天就完成了任务。第二年，楚国和晋国打仗，孙叔敖参与指挥了这场战争。战车刚一出动，他就鼓励军士们一鼓作气冲向晋国的军队，打得晋国的军队措手不及，急忙逃跑了。这一场战争，也帮楚庄王确立了中原霸主的地位。

寝丘之封

为了国家和人民，孙叔敖日夜操劳，终于病倒了，他去世的时候年仅38岁。孙叔敖做官的时候清正廉洁，他总穿粗布麻衣，吃粗茶淡饭，就算偶尔改善伙食，也是吃鱼干。楚国在南方，南方鱼类很多，作为一国的令尹，他吃新鲜的鱼很容易，但是他从来没有这样做。他的妻子一直都没有穿过绫罗绸缎，他的马也没吃过粟米。等到他去世的时候，连棺材都没有，他的孩子还要靠打柴生存。

他去世之前，写信给楚庄王，请求楚庄王废弃当时楚国厚葬的习俗，认为这样太浪费。他还告诫他的孩子说："我死后，大王肯定会封赏你，但是你才能平庸，你一定要拒绝，如果大王一定要赏赐你，你就说你要寝丘这个地方，寝丘名字不吉利，而且土地贫瘠，这样你们才能长久生活下去。"

后来楚庄王知道了孙叔敖的儿子缺衣少食的状况后，就召见了他的儿子，并且要把肥沃的土地封赏给他的儿子。他的儿子一听，就告诉楚庄王，说他不敢要肥沃的土地，只要寝丘，这是他父亲临终前的遗命。

孙叔敖曾三次出任令尹，但从不沾沾自喜，因为他明白这是他凭借才干获得的；三次丢掉令尹也不悔恨，因为他知道他并没有做错什么。他身居高位，却能严格要求自己、虚心求教、谦逊有礼，他一心为人民造福的高尚品德是值得人民永远敬仰和缅怀的。

范雎：从平民辩士到大秦宰相

范雎本来是魏国人，字叔。因为后来做到秦国的宰相，封地在应城，所以后人又称其为应侯。

战国时期，秦国能够强大，最后吞并六国，和秦国的宰相范雎主张的“远交近攻”的外交军事策略有密切的关系。而身为秦国宰相的范雎，并不是秦国人，而且还有一番特殊的经历。下面我们就来说说范雎的故事。

死里逃生

范雎家境贫寒，但是有一番学识。当初，他周游列国，希望国君能够赏识并重用他，但是没有成功。他只好回到魏国，在魏国一个大夫须贾下面做门客。有一次，须贾为了魏国的事情到齐国去办事，范雎作为随从也一同去了。须贾在齐国逗留了几个月，当时齐襄王知道范雎很有口才，就给范雎送了十斤黄金，还有一些美酒、肉干之类的。范雎一再推辞，不敢接受。这件事情被须贾知道了，很生气，他认为一定是范雎把魏国的秘密卖给齐国，所以人家才送他礼物。于是他先让范雎收下这些东西。

回到魏国之后，须贾心里记恨范雎，担心他出卖国家的机密，就把这件事报告给了魏国的宰相。当时魏国的宰相是魏国的公子魏齐，魏齐听到这件事情就很是愤怒，于是命人用荆条鞭打范雎，把范雎的肋骨和牙齿都打断了。范雎假装自己已经死了，魏齐就派人用席子把他卷起来扔在厕所里，让这些宴饮的宾客，喝醉之后在他身上撒尿，也是借机杀一儆百，让别人不许乱说话。这个时候，没人知道卷在席子里的范雎还活着。

后来这些人走了之后，范雎就跟看守的人说："如果你今天放走我，我日后一定重谢你。"这个看守看范雎太可怜了，就有意想放走范雎。他向魏齐请示说："席子里的人反正都已经死了，把他扔掉算了。"这时候魏齐也是喝得酩酊大醉，就顺口说把他扔了。范雎因此得以逃脱，捡回一条命。后来魏齐得知他没有死，十分后悔把范雎放掉，就派人去到处搜捕范雎。

艰难入秦

当时魏国有一个人叫郑安平，听说这件事之后，就带着范雎隐藏了起来。范雎把自己的名字改作张禄。一直到公元前271年，秦昭王派使臣王稽前往魏国。郑安平知道后，就假装当差役侍候王稽。私下王稽问他："你们魏国有没有什么贤能的人愿意跟我到西边去啊？"

郑安平就跟他讲："我们乡里面有一个叫张禄的先生想求见你，和你谈谈天下大事。这个张先生有仇人追杀，白天不敢出来。"

王稽就说："你晚上带他出来就好。"

于是，郑安平晚上就带着张禄拜见王稽。王稽跟张禄一谈，发现他确实是一个贤才，然后就约好见面时间，要偷偷带着更了名的范雎到秦国去。他们约在三亭冈这个地方会面。

■ 秦昭襄王和范雎谈论远交近攻的计策

王稽从魏国离开，回秦国路过这个三亭冈，就带上范雎很快进入秦国的边境。当然过境也会有检查，当时秦国由穰侯独揽大权，穰侯特别讨厌这些人收纳各国的说客。范雎因为有先见之明，就到车里躲了起来。

后来穰侯果然来了，就问王稽有没有带说客一起来，还说这种人没有什么好处，只会扰乱国家。王稽恭敬地答道：“臣下不敢。”穰侯就告别了。

范雎跟王稽讲：“我听说这个穰侯是个智谋之士，处事疑惑。他刚才肯定疑惑车里有人，只是忘记搜查了。”范雎担心穰侯再来查，就跳下车跑了。没有想到，后来穰侯真的又来派人搜查车子，没有发现人之后才作罢。王稽非常佩服范雎的先见之明。

做了秦国的宰相

就这样，范雎跟着王稽到了秦国。王稽觉得范雎是个人才，就向秦昭王推荐，说在魏国遇到一个叫张禄的贤人，这个人非常难得。最初，秦昭王还不太相信范雎，就让范雎在客舍里待着，就这样待了一年多。一年多以后，因为当时秦国国力非常强盛，秦昭王想要扩张，这个时候，范雎看准机会，给秦昭王上了一封奏疏。他的意见得到了秦昭王的认可，于是秦昭王便启用了他。通过一系列的谋划，范雎最终做到了秦国的宰相。

范雎在秦国提出了“远交近攻”的外交军事策略，开始了秦国的扩张之路。范雎劝谏秦昭王废除了在秦国拥有大权、专断独行的太后，把穰侯、高陵君以及华阳君、泾阳君驱逐出国都。因为这些功劳，秦昭王就把应城分封给了范雎。

绨（tì）袍之义

范雎成为秦国宰相，当然秦国人还是叫他张禄，魏国人对此毫不知情，认为范雎早就死了。后来秦国准备攻打魏国，魏国就派须贾出使秦国，范雎知道了这件事。范雎仍然非常记恨须贾，须贾到了秦国，他就把自己装扮成普通人，偷偷去客馆见了须贾。须贾见到范雎后很惊愕，他没想到范雎还没死。须贾就跟他说："你是不是也是来秦国游说的？"范雎回答说："我当年得罪魏国的宰相，落荒逃到这里，怎么敢游说呢？"须贾就问他："你现在在干什么？"范雎说："我给人当差役。"须贾听到范雎落到如此境遇，就生起了怜悯之心，并赐给他饮食，让他与自己同座。当看到范雎穿着破衣，直冻得瑟瑟发抖时，须贾就取了一领绨袍给他穿上，尚有故人之义。

须贾问他："你认不认识秦国的宰相张禄？听说现在这个张禄很得宠，天下大事都由他决定，这次我办事情的成败也是取决于张禄。你有没有跟张禄熟悉的人？"范雎就说："有。"然后就带着须贾到了宰相府。到宰相府之后，范雎把须贾放到客厅，然后就走了。须贾就到处问，说刚才那个人想要带他见宰相，怎么不见人呢？门卫就说："我们这里没有范雎。"须贾说刚才跟我进来的那个人就是。门卫说："他是我们的宰相张禄。"须贾一听大惊失色，知道自己被骗进来了，非常害怕。

一会儿，范雎进来了。见到范雎，须贾连忙叩头，向他请罪："没想到你现在做到宰相。我是犯了该杀的罪，你只管把我杀掉就行了。"范雎问他："你有多少罪啊？"须贾说："我的罪数都数不过来。"范雎给他列了三条罪状："我是魏国人，你反而认为我对魏国有外心，暗通齐国，在魏王、魏齐那儿说我的坏话，这是你的第一条罪状。魏齐把我扔进厕所，让人尽情侮辱，你不制止，这是第二条罪状。第三条罪状，你喝醉之后也在我身上撒尿，你何忍心？虽然这样，但是今天看在你赐予我绨袍，对老朋友还有一点忆念之情，我就放你一条生路。"

就这样，须贾回去了。回去之后，须贾把这个情况告诉了魏齐，魏齐特别害怕，他没想到范雎做了秦国的宰相。他知道范雎肯定要杀他，就跑到赵国平原君家里躲了起来。平原君是赵国的宰相，战国时期的四君子之一。

报答恩人

范雎当了秦国的宰相之后，当初推荐他的王稽跟他说了一段这样的话："人不知道的事有三种，不可预知的事有三种，毫无办法的事也三种。你不知道君主哪一天死，这是不可预知的，你不知道你自己哪一天死，这是不可预知的，你不知道我哪天死，这也是不可预知的。君主假如有一天死了，你因为我而被君王重用，感到遗憾也没有办法。如果你突然死了，你没有报答我的恩，也会感到遗憾，也没有办法。如果我突然死了，你不能及时推荐我，也没有办法。"

很显然，王稽想要范雎推荐他。范雎这个人是恩怨分明，不久，他就向秦昭王推荐王稽做了河东的郡守，同时又向秦王推荐了保护过他的郑安平，让郑安平做了将军。

逼死魏齐

不过，范雎也特别记仇。他做了宰相之后，知道魏齐逃到赵国平原君家里，他还是想把这个魏齐杀掉。当然范雎是秦昭王的相国，秦昭王知道这件事情之后，也想替范雎报这个仇。于是后来，秦昭王就给平原君写了一封信，把平原君骗到了秦国。见了秦昭王，秦昭王就跟他讲："我们的宰相有一个仇人，住在你家里，希望你把他的脑袋取来，不然的话就不让你出去了。"

平原君这个人还是很讲道义的，并没有承认魏齐在他家。于是，秦昭王就给赵国国君写了一封信。平原君是赵惠文王的弟弟。赵惠文王看到这封信之后，知道弟弟平原君被秦国软禁起来了。他立刻就下令包围了平原君的住宅，想要捉住魏齐。魏齐连夜逃掉了，逃到赵国宰相虞卿的家里。虞卿估计也不可能说服赵王，就丢下相印，跟魏齐一起逃出了赵国。魏齐逃出赵国后，想想这几个诸侯国都没有可投靠的人，又重新逃回了魏国，打算通过信陵君投奔到楚国去。信陵君害怕秦国找上他们，所以不肯接见他们。最后，魏齐没有办法了，只好自杀了。魏齐自杀后，赵王得到消息，把魏齐的脑袋取下送到秦国。秦昭王这才把平原君放回赵国。

盛衰无常

秦昭王四十八年（前259年），秦昭王采用范雎的谋略，施行反间计使赵国大上其当，赵国让马服君赵奢的儿子赵括代替廉颇统帅军队。结果秦军在大将白起的率领下，在长平大败赵军，进而围攻赵国都城邯郸。

后来，范雎和白起结下了怨仇，范雎于是向秦昭王进谗言，白起不久就被处死了。白起死后，秦昭王五十年（公元前257年），郑安平到前线领军，结果被赵军围困，情急之下投降了赵军。依照秦国的法律，推荐的官员如果犯罪，推荐人也要同受其罪，因此，范雎依法当诛三族。不过，秦昭王还是袒护范雎，不许人提此事。两年后，范雎推荐的王稽因为和其他诸侯勾结，也被处死了。范雎因此万分忧虑，每天都忐忑不安。

这时，有一个叫作蔡泽的人到了秦国。蔡泽通过人见到了范雎，他劝说范雎应该懂得功成身退的道理，并让范雎推荐他为秦国的宰相。范雎反复考虑后，借机告病辞退了相位，并推荐蔡泽做了秦相。

范雎从一个平民辩士，做到秦国宰相，一方面靠的是他的学识、才能、忍辱和努力，另一方面也有上天赐予的机遇。他的成功之路不是每个人都能够复制的。

他有仇必报，有恩必还，但是他的两位恩人却在他的举荐后并不得善终，差点还牵连了自己，可见，祸福无常，实在令人感慨。有智慧的人，应该从中可以得到某些启示吧！

范雎最后能够听从蔡泽的劝说，退出了对他越来越不利的政治圈，没有陷入权力的泥潭，还算是明智的，值得后人借鉴。

商鞅：作法自毙的变法者

怀才不遇

春秋后期，各国诸侯开始互相吞并，到战国时，就只剩下七国了。七国之中，要数秦国最强。秦国后来吞并六国，成就了统一的大业。而秦国能够统一六国，商鞅有着不可磨灭的功劳。

商鞅，战国时期的政治家、改革家、思想家，法家代表人物。他本是卫国国君的后裔，姬姓，公孙氏，后因在河西之战中立功，封在商地，号为商君，故称之为“商鞅”。

商鞅在少年的时候，就很喜欢研究刑名法术的学问。后来到了魏国，在魏国宰相公叔痤（cuó）的门下做一个中庶子的官。公叔痤知道商鞅有治国的才干，本欲将商鞅推荐给魏王重用一番，但还没来得及和魏王说，他却因重病卧床不起。公叔痤的病恶化得越来越严重，魏王亲自来看病中的公叔痤，并且问他道：“公叔万一有什么不测，魏国的国事，谁可以来担当？”公叔痤回答说：“我的中庶子公孙鞅，年龄虽然小，却是个奇才，可以大用，我死之后，愿王把国事交给公孙鞅办理。”魏王听了，露出极不满意的神色，并未作答。公叔痤看出了魏王的意思。一会儿，公叔痤叫旁人退出，秘密地向魏王说道：“王若不用公孙鞅，就得杀了他，不要让他走出魏国的国境，为别国所用。”魏王当时便答应了。

魏王回到朝中，便和左右的人说道：“公叔痤要我把国事交给公孙鞅办理，一个乳臭未干的小子怎么能料理国事呢？看来真是病得糊涂了。”

魏王走后，公叔痤又叫来了商鞅，说道：“今日王问我谁人可以为相，我本引荐了你，我看了王的神色好像不许。出于公心，我又向王说了，既然不用你，就要杀掉你，王当时允许了。我为私情得告诉你，你要快些逃走，不然会有生命危险。”商鞅却回答说：“魏王既然不信君的话用我，又怎能信君的话杀我呢？”商鞅最终也没有逃走，直到公叔痤死后，听到秦孝公下令求贤，他才往秦国去了。

任用为相

商鞅到了秦国，先见了秦孝公最宠爱的臣子景监，得到景监的援引，才见到秦孝公。商鞅第一次和孝公谈话时，自己正谈得高兴，然而秦孝公却听得直打瞌睡，不一会儿就睡着了。商鞅走了之后，孝公便责备景监道：“你所引荐的这

■ 商鞅像

位，真是个莫名其妙的人，用他能做什么呢？”景监将孝公的话告知了商鞅，责备了他一番。

商鞅说：“我跟孝公讲的是王道，可惜他不能领悟。”

又过了几天，商鞅又求见孝公，谈论许久，孝公听了，还是不满意，又对景监道：“你推荐的门客，的确没有什么才能。”景监又责备了商鞅一番。商鞅说：“这次我跟孝公说的是帝道，可惜他也不能受用。”

不久，商鞅又请求景监引荐，说这次孝公一定会听他的话，于是景监就答应了。这次商鞅跟孝公谈得很投机，孝公非常高兴，并对景监说道：“你的门客真是一位有才学的人啊！”景监又将这话和商鞅说了。商鞅道：“我这次跟孝公说的是霸道，基本上是顺着王的意思说，下次若再见，我便知道该怎么做了。”

商鞅既然得到孝公的称许，便不等孝公召见，自己就去求见。孝公接见了商鞅，此次听了商鞅的话，异常高兴，不觉手舞足蹈起来，就留商鞅住在宫里，一连谈论了三天方才出来。

景监问商鞅道："你都跟王说了些什么？使得君王这样喜欢呢？"商鞅回答说："我起先说帝王之道，君王以为时间太久，不能等待；后来我说的是霸道，尽是富国强兵的方法，所以君王便非常欢喜了。"于是孝公任商鞅为宰相，一切国事尽听商鞅办理。

商鞅变法

商鞅做了秦国的宰相后，便开始实行大刀阔斧的改革，把一切旧法都废除，并定出新法。最重要的是把"井田"法废除了，开成阡陌，农民有力的可以多种田，没有"井田"法的限制，因此百姓开辟了许多荒土，他们尽力耕田，收获比之前丰富多了。商鞅还注重军事，没有军功的人不许得富贵，使得秦国的人个个整顿武备。此外还定出许多法律条文，令大家遵守。

在实行新法之前，因为商鞅初到秦国，没有得到民众的信服，如果定出许多法令，恐怕难以施行下去。这时商鞅便想出了一个计策，他命人在南门竖了一根三丈长的木头，然后召集众人来，并许下承诺说，谁能将这根木搬至北门，赏10金。一般人都以为搬木是件很容易的事，竟然重赏10金做酬劳，大家都觉得很奇怪，很多人都不相信，也就没有人去应召。商鞅见没有人应召，便又下令，有能搬木的加赏50金。大家觉得更加奇怪，还是不敢动手。突然，有一个人说："我且搬过去试试看。"说着就搬了木头朝北门去。后来商鞅果然赏了他50金。这事一传开之后，大家都知道商鞅是令出必行了。

商鞅推行新法后发生了一件事，这件事也为商鞅最后的悲惨结局埋下了伏笔。在新法正进行得如火如荼的时候，没想到这时太子居然犯了法。商鞅主张天子犯法与庶民同罪，于是说："法令不奏效，就是由于在上的人犯法，而没有承担相应的责任。现在太子犯法，他的老师就有管教无方的罪责，所以就应该由太子的老师代替接受处罚。"于是将太子的师傅公子虔和公孙贾，都处了很严重的刑罚。从此秦国的百姓个个畏惧，都不敢违背商鞅的法令。

就这样过了10年，秦国得到大治，国家富足，百姓的生活水平也得到提高。另外秦国风气也大有改善，山中的盗贼不仅没有了，众人皆是路不拾遗，人民对于国家的战争，个个挺身而出。秦国由此变为富强之国，逐渐称雄中原。

打败魏国

魏国在秦国的东边，是秦国到中原来的门户，所以历来秦国对于魏国很是重视。秦国富强之后，商鞅对孝公说道：

“秦国和魏国因为地势的关系，不能相容，好比人患了心腹之病，终是祸害，终究逃不过吞并与被吞并的下场。现在仰赖君主您的英明，国家兴盛，不如趁此兴兵伐魏，魏若不能支持，必然要迁都避让，然后秦国据有了山河的险固，才可以向东以制服中原的诸侯，成就霸王之业。”孝公听了，很是赞同，便命商鞅带兵伐魏。

魏国派遣公子卬（áng）领兵抵御秦兵。秦魏两国的兵士正在相持不下的时候，商鞅写信给公子卬道：“我俩从前是很好的朋友，如今却打起仗来，我是很不愿意的。我想和你当面相会，共谈和好，促进两国的邦交，免得用兵，岂不是更好？”公子卬信以为然，两方便商定了相会的地点。

商鞅事先在相会的地方埋伏了一些兵士，到了约定的日期，公子卬以为是和平的相会，并且相信商鞅不至于欺他，就轻车简从而来。商鞅置酒款待，正是酒半酣的时候，埋伏的兵士突然一齐出来，活捉了公子卬。之后商鞅便乘势向魏兵阵营进攻，把魏兵打得大败，最后带着公子卬回到了秦国。

魏国因为连年战争，国内空虚，这次又为秦国所败，魏王大恐，请与秦国讲和，割了河西之地给秦国，又迁都到大梁，以避开秦国的锋芒。到了这时，魏王说道：“我后悔当初没听公叔痤的话啊！”

商鞅破了魏国，孝公把商地的15个邑赏赐给商鞅，封商鞅为商君，所以后人称他为“商鞅”。

保全不了自己

商鞅虽然用严刑峻法把秦国治理得很好，但是由于刑法太过严苛，国中除了孝公一人以外，没一个不对他切齿痛恨的。

秦孝公死后，太子驷继位为秦惠王。商鞅因为从前处罚了太子的老师，太子对此事一直介怀。这时公子虔诬告商君作乱，秦惠王便命人捕捉商君。商君提前得知消息后逃走了，晚上，他来到一户人家，想要借宿暂行躲避。民家不知是商君，说道："我们商君的法令，是不许陌生人借宿，您必须出示证明（类似今天的身份证）。"商鞅听了叹道："这真是作法自毙啊！"后来商鞅逃奔到了魏国。魏国人怨恨商鞅欺骗公子卬，破了魏兵，拒绝他入境。无奈他只能回到自己的封邑商地，举兵抵抗，结果失败。最后被惠王下令车裂而死。

商鞅变法虽然帮助秦国迅速强大起来，然而，秦朝统一中国之后，由于刑罚严酷，很快就被农民起义所推翻。可见，纯用刑罚，国家虽然能够一时强大，但往往其去之亦必速。所以，汉朝兴起以后，就不再用严酷的刑罚，而是采用道家和儒家的思想治国，使国家逐渐兴盛起来，并延续了几百年的时间。

张良：决胜千里的“谋圣”

博浪沙刺秦

有智慧却不诡诈，勇敢却不鲁莽，忠诚国事，晚年却能云游四方，喜爱泛五湖，但又随时能够为朝廷出谋划策，建立崇高的功业，最后又能够全身而退，做到这样的人，历史上寥寥无几，张良就是其中的代表。下面我们就来说说张良的故事。

张良的祖上世代是贵族，他的祖父和父亲都做过战国时期韩国的宰相。后来，韩国被秦所灭，张良心存亡国亡家之恨，遣散了家中三百多个奴仆，把所有的家财都用来招募壮士，目的是刺杀秦始皇，为韩国报仇。

为了报仇，张良到东方拜见仓海君，找到一个大力士，并为他打造了一只重达120斤的大铁锤，用以刺杀秦始皇。秦始皇东游到会稽，张良和大力士就趁机藏在博浪沙，等车行驶过来时，他们发动突然袭击，但是很可惜，他们只是误伤了副车而已，并没有伤到秦始皇。

秦始皇对这件事情十分恼怒，下令全国缉捕刺客。于是，张良只好逃到下邳（pī），藏身在朋友项伯的家中。

圯（yí）上受书

有一天，张良闲来无事，偶然走到下邳桥上，遇到了一位老翁，坐在桥栏杆边上。老翁见张良走近，故意把鞋扔到了桥下面，然后差使张良道：“小子，下去给我捡鞋！”张良看在他是老人的份上，一时强忍心中的不满，替老人将鞋捡了上来，并恭敬地递给了老人。老人却一点也没表示感谢，又指使他说：“快给我穿上！”张良想既然已经替他取回了鞋子，也就跪下给他穿上。老人穿了鞋后，便扬长而去。

老翁见张良被自己指使没有半点忤逆，于是回头对张良说：“你这小子还是可以教导的。”于是约张良在五天后的凌晨，再到桥头相会。张良想知道老人究竟是何意，就答应了下来。

五日后如期前往，谁知老翁已经先到，他生气地斥责道：“与老人相约，你怎么迟到了呢？我今天先走了，你五天后早点来吧。”五天后，张良凌晨鸡一叫就前往相约地，不料老人又先到了那里，很生气地说：“怎么你又迟到了？五天后再早点来。”五天后，张良半夜就前往相约地，等了一会儿，老人也来了。他高兴地说：“像这样才对嘛。”随后，只见老

■ 张良

人拿出一卷书交给张良，说：“你熟读此书，以后就可以做帝王的老师了。13年后，你到济北谷城山下见到的黄石，便是老夫。”说罢，那位老翁就离去不见了。

待天亮时，张良打开一看，原来是《太公兵法》，张良如获至宝，整天认真研读这本书，感觉很有收获。他学到了很多修身治国的道理，最终成为一个深明韬略、文武兼备、足智多谋的“智囊”。

投奔刘邦

秦朝法律严苛，人民虽然痛恨秦的残暴统治，但是没人敢反抗。秦二世即位不久，发生了著名的陈胜、吴广起义，很多人都选择跟随陈胜、吴广反抗暴秦。

张良自从博浪沙刺杀事件后，浪迹了10年。本来是十分无聊的，现在听说陈胜、吴广率兵反秦，他也召集了一百多个年轻人，起义响应他们。

当时景驹自立为代理楚王，驻兵于留县（现在江苏沛县的东南部），张良打算前去追随他。正好那时沛县人刘邦也杀死了沛县县令自立为沛公。陈胜派遣武臣、张耳、陈余去攻打赵地，各郡县纷纷响应，刘邦派兵远行相助。当他行兵到下邳时，与张良相遇了。

张良看到刘邦为人十分大度，待人宽厚仁爱，就果断地改变了投奔景驹的主意，决定跟随刘邦。

当时群雄并起，实力十倍强胜于刘邦的人不知道有多少，但张良都没有选择，唯独与刘邦交好，真可谓是慧眼识英雄啊。

佐策入关

当时项梁在楚地起兵，他找到楚怀王的孙子芈心，立芈心为楚王。张良一看，这下有了复兴韩国的机会，于是他前往游说项梁说：“您已经拥立了楚国的后人，而韩国后人中的一位公子韩成十分贤能，可以立他为韩王，以此来增强抗秦阵营的力量。”于是韩国复国，张良继承祖父的官位，做了韩国的丞相，并带兵与刘邦会合，向西进发，准备攻打秦国。

刘邦率军进入峣关后，张良用计谋帮助刘邦大败秦军，攻破咸阳，秦王子婴投降。

刘邦进入秦国皇宫，看见宫室里面的宝物和美女不计其数，就想留下来住在皇宫里。樊哙劝谏刘邦出去居住，刘邦不听。张良说："正因秦朝暴虐无道，所以沛公才能够有机会来到这里。要想为天下人消灭暴政，自身应该要勤俭朴素，为天下做表率。现在沛公刚刚进入秦都，就想安享其乐，这正是人们说的助纣为虐。况且良药苦口，忠言逆耳，希望沛公能够听取樊哙的意见。"刘邦这才听从，率军回到霸上。

当初，楚王曾经与众将约定："谁先进入关中，就封谁为王。"没想到刘邦最先进入关中，他想按与楚王的约定，在关中称王。

在刘邦进入关中之前，秦国派兵讨伐赵国，赵国向楚国求救。楚义帝命令宋义为上将军，项羽为次将，范增为末将，北上救赵国。后来项羽杀了宋义自己做了上将军，率领各诸侯军渡河救赵。他命士兵把渡船全部砸沉河底，打破做饭的釜甑，烧掉所有行军帐篷，只带三天的军粮，以此来表示全体将士拼死战斗，不留后路的决心。于是，军队抵达后便包围了王离的军队，与秦军相遇，展开了9次激战，截断了对方后路，大败秦军；击杀了秦将苏角，俘虏了王离；涉间因不愿投降楚军，放火自焚而死。从此之后，项羽便成了各路诸侯军的上将军，各诸侯都受他节制。

智斗鸿门

项羽带领军队到了函谷关，因为有军队守卫，他没能进入关内。他又听到消息说刘邦已经攻占咸阳，想在关中称王。项羽因此勃然大怒，想要攻打刘邦。此时项羽拥兵40万，驻扎于新丰鸿门；刘邦有兵10万，驻扎在霸上，两军距离仅40里而已。

项伯是项羽的叔父，曾经和张良是患难之交，如今在项羽军中任左尹（楚国官名，相当于左丞相）一职。他听说张良在刘邦军中，就连夜去见张良，将项羽的计划告诉了他，劝张良立即离开。张良回答说：“我答应了韩王送刘邦入关的，如今沛公大难在即，我却逃离，实在是不义。请您等我一下，我去将此事告诉沛公。”张良进入刘邦帐内，将事情告诉了刘邦，并问刘邦，这是谁替他出的计策。刘邦说：“有人曾向我说，守住函谷关不让其他诸侯进来，秦国所有的地盘便可任我称王，因此我才听了他的话。现在因这让项王犯怒，如何是好？”

此时的张良，因为项伯带来的消息，在危急之中想出了转化危机的办法。他让刘邦以高规格的礼仪接见项伯，而托项伯让他在项羽面前帮自己解释这一误会，使两军和平相处。刘邦听从了张良的建议，最后说动了项伯，于是项伯又连夜赶了回去。

项伯回到营中，将刘邦的话转告给了项羽，并说道："刘邦不先攻破关中，您怎么敢进来呢？现在人家有大功，你却要打人家，这是不仁义。不如就趁机友好地款待他，也可借此试探他的真心。"于是项王便答应了。

第二天天一亮，刘邦就带领一百多人马来见项羽。到达鸿门后，刘邦就向项羽谢罪，说了很多好话。项王当天就留下刘邦饮酒。范增这个人忌惮刘邦，想在酒席上杀了刘邦。他多次示意项羽动手，项羽沉默没有回应。范增便起身外出，让项庄到帐内舞剑助兴，想借此杀了刘邦。项伯也拔剑伴舞，并常常用自己的身体掩护刘邦，项庄因此没有机会下手。

张良见席间气氛如此紧张，便起身到门外对樊哙说："席上情况非常危急！现在项庄拔剑起舞，想杀沛公。"樊哙听说，立刻进去想要拼命，他进去后瞪眼看着项羽，头发根根直竖，眼眶也要裂开似的。项羽说："壮士！能喝酒吗？"樊哙乘机说道："我死都不怕，一杯酒怕什么！秦王残暴，天下老百姓才都背叛了他。义帝曾与各位将军约定，先打败秦军进入咸阳的人，将封为王。现在沛公先打败了秦军进入咸阳，所有东西在大王到来之前丝毫不敢动用，如此劳苦功高，却没有得到封侯的赏赐，您反而听信小人谗言，想要诛杀有功之人，这只是亡秦的继续罢了。我以为大王不应该采取这种做法。”项王没有回应，只说：“坐。”樊哙挨着张良坐下了。

坐了一会儿，刘邦起身上厕所，趁机把樊哙叫了出来。项王等了很久，却不见刘邦回来，因此派都尉陈平去叫刘邦。刘邦让张良留下来道歉，自己则已经从小道逃回了霸上。临行前，刘邦对张良说：“从这条路到我们军营，不过20里罢了，估计我快回到军营时，你再进去。”张良依刘邦所言，进入帐内向项羽道歉说：“沛公因不胜酒力，不能当面向您辞谢，让我奉上白璧一双，敬献给大王；玉斗一双，敬献给大将军（指范增）。”项王问沛公现在在哪里。张良说：“听说大王有意要责备他，他已经独自离开，回到军营了。”

就这样，张良帮助刘邦化解了鸿门宴上的危机。

火烧栈道

不久之后，项羽恃强凌弱，自立为西楚霸王，定都彭城（今江苏徐州），统辖梁、楚九郡，他“计功割地”，分封了18位诸侯王，并违背楚怀王“谁先攻入关中，谁就做关中王”的约定，把刘邦分封到偏僻荒凉的巴蜀，称为汉王。汉王去往领地，张良送到褒中（现在的陕西汉中襄城县），然后两人握手言别。

刘邦舍不得与张良道别，张良道：“送君千里，终有一别。我有一个想法，认为该告诉汉王。项王将您分封到这里，明显表示出了他对您的猜忌之心。汉王您为何不索性烧掉所有入蜀的栈道，向天下表示您已没有再回来的打算，以消除项羽的顾忌呢？”汉王听从了张良的建议，张良离去后就烧了所有的栈道。

张良回到韩国，但项羽不许韩王成恢复国号，不久后又杀了韩王成。当时齐王田荣起兵反楚，项羽想派兵攻打他，但又顾虑刘邦会袭击自己的后方。于是张良说：“汉王烧毁了所有的栈道，就没有再回来的心思了。”项羽还是犹疑不决，于是将关中之地一分为三，封给了三个秦朝的降将，以此来牵制刘邦，而自己则率兵东进讨伐齐国。张良趁着这个时间逃出彭城，躲过楚军的追查，几经波折后回到了刘邦身边，刘邦封张良为成信侯。

公元前206年5月，刘邦率兵从原路返回关中，平定三秦。韩信劝他下令东去，与项羽争天下，并且陈说出了拉拢秦朝三个降将的良计。汉王同意了，他们很快平定了三秦。项羽得知这个消息后，想马上赶回来。张良写信蒙蔽项羽说：“汉王想得到关中，就像之前合约中约定的，然后就会停止，他是不敢再向东的。”项羽听信了张良的谎言，于是打消了西回的念头，转而向北继续攻齐。

打败项羽

就这样，楚、汉之间长久相持，胜负未决。项羽抓了刘邦的父母、妻子以要挟刘邦。刘邦派张良前去游说，请项羽归还他的父母、妻子。于是项羽就和刘邦约定，平分天下，割鸿沟（在荥阳县东南二十里）西边为汉朝，东边为楚国。和约商定后，项羽便带上队伍退兵回了东边，刘邦也想撤兵去西边。这时张良对刘邦说：“现在汉朝已经拥有天下的大半，楚国已经兵疲粮尽，这正是上天亡楚的时机。如果不趁这个机会将楚消灭，就会‘养虎为患’啊。”

汉五年冬十月，刘邦追击项王到达阳夏南边。他让部队驻扎了下来，和淮阴侯韩信、建成侯彭越会合，约定共同攻打楚军。汉军到达固陵后，韩信、彭越的部队没有来会合，这时楚军攻打汉军，大败汉军，汉王又只好逃回军营。刘邦问张良道：“诸侯不遵守约定，怎么办？”张良回答说：“楚军快被打垮了，韩信和彭越还没有得到分封的土地，所以他们不来也是很自然的。君王如果能和他们共分天下，现在他们就会立刻前来。如果不能，形势就难以预料了。”

刘邦听了，就派出使者告诉韩信、彭越说：“你们和我一起合力攻击楚国，打败楚军后，陈县往东至海滨一带的地方给齐王；睢阳以北至谷城一带的地方给彭相国。”使者到达后，韩信、彭越回复说：“我们现在就带兵出发。”

当楚河汉界的协议还没有达成的时候，有个齐国人叫蒯通，劝韩信按兵不动。韩信顾念刘邦对自己的厚遇，终究不忍心背叛，于是谢绝了蒯通。

于是，刘邦联合韩信、彭越的军队，把项羽围困在垓下。最后，项羽在乌江自杀，楚国随即灭亡。当时是汉五年，汉朝一统天下就是从这时候开始的。

劝都关中

刘邦得到了天下，都城定在哪里，非常重要。刘邦本来想把都城定在洛阳，很多大臣也持这个意见。

有一个叫作娄敬的齐人，跑到洛阳，求见刘邦，和刘邦说关中的地势险要，易守难攻，是定都的好地方。刘邦一时拿不定主意。大臣们都觉得建都洛阳好，唯独张良支持娄敬的意见，并且认真地分析了在关中建都的好处。刘邦向来信赖张良，就决定定都关中，汉五年又迁都到了长安。

明哲保身

大汉基业稳定后，刘邦封张良为留侯。张良本来身体就不太好，他一心修道，有时连饭也不吃，常年闭门不出，他看到刘邦已经得了天下，就慢慢从“帝王师”退到了“帝王宾”的位置，基本不参与王室的各种斗争。不过，高祖刘邦有事情还是向张良请教，他也跟随汉高祖刘邦讨伐代国，用计攻下马邑，劝他立萧何为相国，并和皇帝谈论了很多天下大事。

后来刘邦想要改立太子，吕后就向张良求助，张良觉得改换太子是件大事，就出计谋帮助太子保住了位置，吕后因此也对张良非常敬重。

当初，刘邦赐张良齐国3万户为食邑，他谦虚地推辞了。晚年的张良看到韩信等人的结局，就自请退隐，一心修道去了。

《史记》上说张良在吕后当政时就去世了，追封谥号文成。也有一种说法，说张良后来修道成仙了，这种说法大概是不可靠的。

张良年轻时在下邳圮上遇到送给他书的老人，13年后，跟随汉高祖经过济北时，果然在谷城山下找到了黄石，并带了回去放在祠堂郑重拜祭。张良死后，这块黄石和他一并下葬。他的家人每次上坟伏腊祭祀时都会拜祭黄石。

萧何：大汉王朝的开国名相

如果您到一户人家，家里贴着“汉相家声远，兰陵世泽长”这样的对联，那这户人家，肯定是姓萧了，而且是汉朝宰相萧何的后代。刘邦建立汉朝后，封了不少开国功臣，这些人的后代，绵延最久的，当数萧何。

萧何是山东兰陵人，年轻的时候做过秦朝沛县的主吏掾，负责官员的进退。秦末农民起义爆发后，他一直追随刘邦，帮助刘邦出谋划策，他凭着自己卓越的政治才能，为创建汉室江山立下了盖世功勋，和韩信、张良一起被称为汉初“三杰”。

拥戴刘邦

萧何从小是一个孝子，他性格随和，特别善于识人，年轻时在沛县做小官期间，结交了许多好朋友。秦泗水亭长刘邦、屠夫樊哙、狱掾曹参、车夫夏侯婴，还有吹鼓手周勃，都是他的莫逆之交。尤其是他看到刘邦器宇不凡，谈吐也有别于众人，便对其格外看重。后来，陈胜、吴广在大泽乡揭竿

■ 萧何像

而起，各地豪杰纷纷响应。沛县县令因为平时盘剥百姓，怕百姓起来造反，于是也想以陈胜为名起兵自保。

一天，沛县县令找来萧何和曹参，商议起兵之事。萧何对县令说："想要成就大事，就要把逃亡的豪杰请回来，这样沛县才能安宁。"说完，萧何向县令保举刘邦，县令觉得有道理，便听从了萧何的建议，派人去找刘邦。刘邦很爽快地就答应了，并带领大队人马赶往沛县。可是刘邦他们还没有进城，县令就后悔了，他担心自己引狼入室，怕刘邦来了不好控制，所以便命令关闭城门，还准备杀了萧何和曹参。

萧何和曹参知道后，非常害怕，赶忙逃到了城外，找到刘邦。三人商议一番后，便鼓动城中的百姓杀掉县令。百姓们对县令的暴政极为不满，纷纷响应刘邦的号召，杀了县令，还打开城门，迎接刘邦。随后，萧何召集沛城父老共商大计，大家推举刘邦为县令，称刘邦为"沛公"，刘邦带领以萧何、曹参、樊哙等为首的三千沛县子弟，开始起兵反秦。

此后，萧何紧随刘邦南征北战，立下了盖世功勋。

深谋远虑

秦二世二年（前208年）九月，项梁叔侄杀了会稽郡守殷通，举起义旗，并拥立原楚室熊心为王，不久与刘邦所部会于薛城。众将约定：项羽北向救赵，从北路向西攻秦，刘邦从南路西进向关中进发。两路人马谁先入秦都咸阳，谁就当关中王。

刘邦率军勇往直前，凭着张良等人的谋划，避实就虚，剿抚并用，一路夺关斩将，直抵关中。萧何身为丞督，坐镇地方，督办军队的后勤供应。公元前206年10月，刘邦率大军兵临咸阳城。秦王子婴设计杀了奸相赵高，献出玉玺，向刘邦投降。于是，起义大军开进咸阳城。将士们纷纷乘乱抢掠金银财物和美女，刘邦也不能自已，加入其中。张良、樊哙等向刘邦陈述利害，刘邦猛然清醒，当即命兵士查封皇宫府库。而在此期间，萧何进入咸阳后，一不贪恋金银财物，二不迷恋美女，他火速赶往秦丞相御史府，将秦朝的国家户籍、地形、法令等图书档案一一进行清查，分门别类，登记造册，统统收藏起来。

萧何收藏的秦朝这些律令图书档案，使刘邦对天下的关塞险要、户口多寡、强弱形势、风俗民情等都了如指掌，为后来制定正确的方针政策和律令制度提供了可靠依据，对日后汉政权的建立和巩固，起到了巨大作用，功不可没。

引荐韩信

刘邦率先攻入咸阳后不久，项羽也率军入关，并自封为西楚霸王，占有梁楚东部九郡之地。他背弃原来的约定，改封刘邦为汉王，辖治荒远偏僻的巴蜀之地。刘邦不服，但由于自己势单力薄，只好采纳萧何、张良等人的建议，隐忍入蜀，休兵养士，广招人才，然后再寻找机会与项羽一决高下。

刘邦回到自己的封地后，时间一久，汉军将士思念家乡，不愿在蜀中久驻，开小差的人便越来越多。一天晚上，萧何接到一个士兵来报，说韩信离开了汉营。萧何立即放下手中公务，亲自策马追赶韩信，连个招呼也来不及向刘邦打。韩信原是项羽部下，因得不到重用，才投到刘邦麾下的，但刘邦只让他当了一个管粮草的小官。一次偶然的机会，萧何发现韩信有胆有识，是个不可多得的人才，便多次向刘邦推荐，却一直没有下文，于是韩信便郁闷地离开汉营。

刘邦正为军中开小差的人日益增多而焦急，忽然听到萧丞相也跑了的消息，大惊失色，当即派人去找萧何。而萧何为追韩信，不辞辛苦，一路问，一路追，一直追到深夜，终于赶上韩信。他苦苦相求，让韩信回去，并保证这次一定尽力举荐。

回到营地后，萧何去见刘邦，说明了情况。刘邦听后，很不以为然地说："逃走的将军有十多个了，你怎么偏去追韩信？"萧何说："那些将军都容易得到，可韩信却是当今数一数二的杰出人才，跑了就再也没有第二个了。大王如果只想当个汉中王，没有韩信也就算了；如果要准备打天下，那就非用韩信不可。"

于是刘邦拜韩信为大将军。韩信果然没有辜负萧何的良苦用心，在楚汉战争中，他率汉军度陈仓，战荥阳，破魏平赵，收燕伐齐，连战连胜，最后在垓下设十面埋伏，一举歼灭项羽全军，为刘邦平定了天下。而"萧何月下追韩信"也成为千古佳话。

坐镇关中

刘邦拜韩信为大将军后不久，采纳了张良、韩信所献的"明修栈道，暗度陈仓"之计，挥师东进，不到一个月就占据了三秦之地。刘邦令萧何坐镇关中，安抚百姓，同时负责兵员和粮饷的筹措与补给，自己则率大队人马四处征讨。

由于几经战事，这时的关中已是满目疮痍。萧何留守关中后，一面重新建立已经散乱的统治秩序，一面对百姓施以恩惠，以定民心。他颁布实施新法，重新建立汉的统治秩序和统治机构，并修建宫廷、县城等。另外又开放了原来秦朝的皇家苑囿园地，让百姓耕种，赐给百姓爵位，减免租税。他还让百姓自行推举年龄在50岁以上，有德行，能做表率的人，任命他们为“三老”，每乡一人；依此又选出县三老，辅佐县令，教化民众，同时免去他们的徭役，每年的年末还赐给他们酒肉。

由于萧何施政有方，颁布利民法令，关中农业生产迅速得到恢复，成为刘邦稳固的后方，能够不断向前方输送粮食和兵力，汉军形成了兵强粮多的大好局面。

这样，刘邦越战越强，最终大败项羽，建立汉朝。

建汉首功

汉朝建立后，刘邦大宴群臣，他在酒席上显得特别高兴，他问群臣：“你们都说实话，我为什么能够夺取天下？项羽又为什么会失去天下？”

大家便七嘴八舌说了起来。刘邦听后说：“你们说的都有道理。但都没有说到关键。运筹于帷幄之中，决胜于千里之外，我比不上子房（张良）；镇国家、抚百姓、供军需、给粮饷，我比不上萧何；指挥百万大军，战必胜，攻必克，我比不上韩信。这三人都是人中豪杰，他们为我所用，所以我才能取得天下。而项羽只有一个范增还不被重用，因此败在我的手中。”

随后论功行赏，有人说："平阳侯曹参跟随陛下南征北战，身受70余处战伤，攻城略地，功劳最多，应排第一。"这时关内侯鄂君说："楚汉战争的胜利，全靠萧何的军队补充和军需保障。这才是创立汉家天下的大功劳，曹参等人一时的战功怎能与之相比呢！依臣之见，萧何应排第一，曹参第二。"鄂君的议论正中刘邦下怀，于是刘邦顺水推舟，把萧何排为第一，食邑万户，被称为"开国第一侯"。

自污名节　以释君疑

刘邦做了皇帝后，任萧何为丞相。为巩固新兴的西汉政权，开始了逐一减灭异姓王的斗争。他见韩信功高望重，且握有兵权，便一步步排挤、贬低韩信。不久，有乱臣谋反，刘邦御驾亲征，其间刘邦的夫人吕雉采用萧何的计策诛灭了韩信。一代名将韩信由于被萧何赏识而成功，最后又因萧何献计而被诛灭，便是"成也萧何，败也萧何"的由来。

刘邦在前线听说韩信已除，对后方的局势有所放心，对萧何也更加恩宠，他下令一名都尉率500名兵士做萧何的护卫。满朝文武纷纷道贺，只有一个名叫召平的门客前来报忧："皇上御驾亲征，您留在朝中，但皇上却为您增设卫队，这是皇上怀疑您有谋反之心。建议您谢绝封赏，把全部家产贡献出来资助前线。"萧何依计而行，刘邦十分高兴。

又不久，淮南王英布谋反，刘邦再次御驾亲征，他在前线多次派使者回京打探萧何在干什么，于是又有人向萧何报忧："恐怕您要大祸临头了，皇上多次派人打探您的行为，就是怕您受民爱戴，功高震主。建议您强购一些民田民宅，放一些高利贷，败坏自己的名声，这样皇上才能心安。"萧何依计而行，刘邦果然放下心来。

萧何违心干了些侵害百姓利益的事情，心中很不安，总想找机会补偿百姓。一次，他看到长安一带耕地狭小，百姓缺衣少食，可是天子的上林苑却有许多闲置的荒地用来放养禽兽。于是他上奏请皇上把这些荒地分给百姓去耕种。刘邦听后，忌恨萧何取悦于民，一怒之下将萧何逮捕入狱。满朝文武以为萧何犯了大逆不道之罪，怕连累自己，都不敢替他申辩。有一个名叫王卫尉的人，平日素敬萧何的为人，对刘邦奏道："丞相为民兴利，是他应尽的职责。百姓感激，断不会感激丞相一人，因为这样的良相是贤明的君主选用的。"刘邦听后，心里虽然不大高兴，但想想这话毕竟有些道理，又命人放了萧何。

萧何当时已是60多岁的老人了，见刘邦开恩释放了他，更加诚惶诚恐，谨慎恭敬，治理国事。

萧规曹随

萧何为汉丞相期间，参照秦法，摘取其中合乎当时社会情况的内容，制定了汉律九章，这是汉朝制作律令的开端。汉律九章删除了秦法的苛繁、严酷，使法令更为明简。

刘邦死后，萧何又辅佐惠帝。惠帝二年（前193年），年迈的丞相萧何，由于常年为汉室操劳，鞠躬尽瘁，终于卧病不起。汉惠帝亲自前往探望，并询问谁来接替他的丞相之位。萧何没有回答，他问惠帝打算立何人，惠帝问曹参怎么样。萧何点头说："陛下能得到曹参为相，我萧何即使死了，也没有什么遗恨了！"

萧何去世后，曹参继任丞相。曹参为相期间，一切都按照萧何已经制定的规章制度办事，什么也没有变动。惠帝有点不明白，曹参便问惠帝说："您认为高祖和您相比谁更英明？"汉惠帝说："当然是高祖。"曹参又问："我和萧何相比，谁更能干？"汉惠帝说："萧何。"曹参说："既然高祖和萧丞相平定了天下，建立了汉朝，又给我们制定了一套章程，我们只要按照他们的规定去办，不失职就可以了。"惠帝这才明白了。在曹参的辅佐下，西汉社会稳定，百业兴旺，为汉朝后来的强盛打下了坚实的基础，"萧规曹随"传为佳话。

当初，萧何购买田宅的时候，总是挑很贫瘠的土地，盖房子连围墙也不打，当时人们都不理解。萧何说：“我的后代如果贤能，就学习我的俭朴；如果不贤能，也可以不被有权势的人家所夺取。”萧何的后代有四代都因为犯罪失去了侯爵的封号，每次断绝了继承人后，天子总是再寻求萧何的后代，续封为酂侯，西汉的功臣中实在没有谁能够跟萧何这种情况相比了。萧何的六世孙萧望之还做过汉宣帝和汉元帝的大臣。

司马迁在《史记》中对萧何给予了很高的评价：他在秦朝时只是一文牍小吏，平平庸庸，等到大汉兴起，他追随高祖，谨慎守护关中重地，并顺应时代潮流，修订秦朝严刑苛法，与百姓一起更新政治，其功勋光辉灿烂，可以同周朝的闳夭、散宜生等争光媲美。

纵观萧何一生，他见识不凡，智慧过人，洞察时势，气量如海，功勋卓著，懂得进退，不愧是一代名相啊！

陈平：善用奇计的汉初名相

高祖刘邦之所以能得天下，重要的原因就是他身边有很多有智慧、有胆识的大臣。今天我们就来说一说他身边的“最强大脑”——陈平。

分肉如同治天下

陈平年少的时候家里很穷，可是他却十分喜欢读书，尤其是黄帝和老子的学说。所以那个时候，他的哥哥就把家里的活儿全部承担了下来，为的就是让陈平能有时间外出游学。

有一年，正赶上乡里社祭，大家都推荐陈平来主持祭社神。其中有项工作是分祭肉给大家吃，陈平把肉分得十分平均，父老乡亲们见了，全都夸赞他说：“陈平这次分祭肉，分得又好又平均，他可真是个能干的好孩子！”陈平听了，微微一笑，说：“假如有一天，我有机会治理天下的话，我一定要像这次分肉一样公平、称职！”

三次易主　终遇伯乐

公元前209年，陈胜和吴广在大泽乡起义了，他们要推翻秦朝的暴政。这时，魏咎被立为魏王。于是，陈平告别了自己的哥哥，去投奔魏王了。可是陈平屡次向魏王进言，魏王就是不听。这时候还有人在魏王面前说陈平的坏话。陈平觉得自己很难在这里施展才华，于是他离开魏王投奔到了项羽门下。

公元前205年，项羽手下的司马卬投奔到了刘邦门下。这让项羽很生气，并迁怒到了陈平。陈平担心早晚有一天，自己会因此而被项羽处死，于是他也逃到了刘邦那里。

经过一番交谈，刘邦很欣赏陈平的才能，于是破格提拔他为都尉，并留在身边做了参乘（陪他出行，为他驾驭马车的官员），监护三军将校。这一举动引起了很多不满，于是很多人在刘邦面前说陈平的坏话，说他品行不端、贪图富贵。陈平听了心平气和地来到刘邦面前对他说："大王，我之所以投奔项羽，是因为魏王不欣赏我的才华；而我离开项羽来到您这里，是因为项羽不信任我，而您又善于用人。同样一件物品，在不同人手里就会产生不同的价值。我现在来到了您的身边，身无分文，所以我才接受了别人的礼物，否则我就无法生活。如果大王听了谗言不再用我，那么我把礼物原样奉还，请大王放我一条生路，我辞官回家。”几句话打消了刘邦之前的疑虑，还增加了对陈平的好感。这次又是一番重赏，提升他为护军中尉，专门监督诸将。从此，陈平一心一意为刘邦“六出奇计”夺取天下，成为西汉安邦定国的著名谋臣。

屡献奇计　助汉灭楚

在这之后，陈平屡次在楚汉之争中帮助刘邦出谋划策，并夺取了最终的胜利。公元前203年，楚汉之争到了白热化阶段，刘邦被困在荥阳城里，缺粮少兵。他几次派人找项羽求和，就在项羽打算同意的时候，项羽身边的谋臣范增加以阻挠。于是，刘邦的求和计划失败。为此，陈平特意设下了反间计，来除掉范增。他先找人四处散布谣言，说范增和钟离昧功劳很高，可是得到的封赏却很少，所以这两人打算联手杀了项羽。项羽听到后，心生疑惑，于是派人去刘邦那边打探虚实。这时，陈平又备好美酒佳肴招待使者，吃饭的时候还不断地打听范增的近况，并偷偷地问：“范增让你带来什么消息啊？”使者连忙回答：“我是项王派来的人。”于是，陈平马上命人换上粗茶淡饭。就这样，使者知道了范增“叛变的事实”。没多久，范增就离开了项羽，并病死在回乡的途中。

■ 陈平像

公元前203年，项羽大举进攻刘邦，陈平又提出“诈降”的计划。先是写信给项羽，约好在东门投降。等到项羽带兵到了东门时，真刘邦却早已从西门逃走了，而项羽只抓到了一个假扮刘邦的纪信。就这样，刘邦成功地逃过一劫。

此后，刘、项双方僵持不下，提出鸿沟议和。双方约定各回各家，不再打仗。就当刘邦准备带兵回到巴蜀的时候，陈平拦住了他，并对刘邦说：“现在天下多数土地都是大王的了，诸侯们又和咱们站在同一战线上。项羽那边可就不怎么样了，这时候正是咱们攻击的好时候。”于是，刘邦发兵攻打项羽。直到项羽走投无路，在乌江边自刎。至此，长达四年的楚汉之争以刘邦的胜利而告终。

智解白登之围

公元前202年2月，刘邦登基，成为大汉的开国皇帝。

这时，有人上书刘邦说韩信造反，刘邦打算带兵讨伐韩信。临行前，他征求陈平的意见。在仔细地分析了刘、韩状况之后，陈平建议刘邦到云梦泽巡游，顺便接见韩信。这时，韩信肯定不会有所防备，到时候只需要一个武士便可拿下韩信。果然，一切如陈平所料，刘邦顺利地抓住韩信，把他投入了囚车之中。此后，韩信被贬为淮阴侯，留在京中，不能再为所欲为了。这次，陈平不动干戈又帮刘邦解决了一个棘手的问题，维护了新王朝的安定与统一。

此时的汉朝刚刚建立不久，虎视眈眈的匈奴单于趁机南下。公元前200年，刘邦御驾亲征，带了32万士兵抗击匈奴。当时正值寒冬，士兵们饥寒交迫，情况十分不好。而且不久，匈奴就将汉军困于白登山。被困的第7天，陈平又想到一条妙计。他听说匈奴单于十分宠爱自己的王后，于是他打算从王后入手。陈平派使者乘雾下山，送很多金银珠宝给单于的王后，同时还准备了一幅美女画请王后转交给单于，说是刘邦打算送美女给单于，来解除自己的围困。王后一听自然不高兴，使者趁机就说："如果王后如果能帮我们解除此次危机，我们自然不用再送美女过来。"于是，王后撒了个谎，告诉单于："军中道到消息，刘邦的几十万援军明天就会抵达，与其这样，我们不如先撤兵回去吧。"单于听后，果然带兵回去了。陈平的妙计毫发无伤地解了汉军的白登之围。

平定诸吕之乱

公元前195年，刘邦驾崩，他的儿子刘盈继位，史称汉惠帝。可是，刘盈生性懦弱，优柔寡断。这时，大权逐渐落入了太后吕雉的手里。刘盈死后，吕雉独揽大权，甚至想把刘氏的天下变成吕氏的，于是她提拔了很多自己的亲属。而吕雉死后，这些姓吕的大官齐聚吕禄（吕雉的侄子）家中，商量造反的事。这件事被陈平知道了，他和太尉周勃聚到一起，商量对付诸吕之乱的对策。他们先是设计让上将军吕禄交出了兵权，随后和周勃获得了皇家的兵符后，诈称皇帝命周勃统领北军。周勃进入军中后，对大家说："拥戴吕氏的露出右肩，拥戴刘氏的露出左肩。"结果将士们纷纷露出了左肩。紧接着，陈平再让周勃协助刘章控制南军，严守军门。之后，二人联手杀了吕产、吕禄等诸吕，最后，凡是吕氏一族不分男女老幼，全部灭族。至此，诸吕之乱被陈平、周勃联手平定。大汉江山再次回到了刘氏家族手中。

这次之后，陈平认为在此次平定诸吕之乱中，周勃的功劳大于自己，所以将右丞相之职让与周勃，自己屈居周勃之下，为左丞相。

后来有一次，汉文帝问周勃："天下一年判决的案子有多少？一年钱粮收支又是多少？"周勃支支吾吾，半天没回答出来。陈平在一旁很爽快地回答："这些都有专门负责的人来管理。比如案件的判决情况可以问廷尉，钱粮的收支可以问治粟内史。作为宰相，不是处理样样琐事，而是负责辅佐皇帝，外抚四方诸侯，内安天下百姓。"周勃听了后很是惭愧，他知道自己的能力跟陈平差远了，于是辞去右丞相之职，由陈平一人独自担任宰相之职。

公元前178年，陈平去世，谥号为献侯。陈平的一生充满了传奇。在秦末汉初、英雄辈出的年代，他凭借着自己的智慧与勇气，一直陪伴在汉朝的多位皇帝身边，先后几次都顺利帮助刘邦度过最艰难的时刻，并助刘邦夺取了楚汉之争的最后胜利。此后，在汉初陈平又协助刘邦平定匈奴之乱，稳定了刚刚建立的大汉王朝。在诸吕之乱中，陈平再次展示了他的睿智与才华，稳稳地将大汉江山重新交与刘氏家族。

司马迁在书写《史记·世家》的时候，秦末汉初只有六位名人被记录其中，其中一位便是陈平。可见这位奇才的重要地位。

曹参：萧规曹随的一代贤相

天下大势，合久必分，分久必合。古往今来，无数能人异士各骋所长，在政治和战争舞台上大放异彩。不过俗话说得好，金无足赤，人无完人，无论是运筹帷幄的谋士，还是冲锋陷阵的英雄，都很难做到尽善尽美。项羽神勇无敌，却有人说他骄傲、自矜；孔明足智多谋，也有人说他愚昧、死忠。但是有这样一个人，他半生戎马，半生理政，后世的人对他的评价除了赞赏再无二话，这个人就是千古贤相——曹参。

沛县小吏

曹参的故事，要从秦末刘邦起兵反秦时说起。秦二世胡亥即位以后，国家对贫苦百姓的剥削更重，人民生活在水深火热之中，被压迫的农民们常常在暴吏的酷刑下逃亡甚至暴动。此时的曹参已是中年，在沛县的监狱里面做小官，是萧何的下属。官职虽然小，但是曹参为人仗义，在那一方还比较有名气。此时的刘邦为沛县亭长，也归曹参管辖，工作

■ 曹参像

就是押解犯人。

刘邦这个人生得器宇轩昂，又重情义，说话做事很有自己的风格，在沛县混得很开。曹参、萧何两人虽然职位比刘邦高，但是他们都很佩服刘邦，三人年龄相近，性格相近，常常打成一片，是无话不谈的好朋友。

一年夏天，刘邦接到命令——将沛县一批囚犯押送至骊山修秦始皇陵。刘邦心里明白这是个极其艰巨的任务，囚犯们肯定已经有逃跑的心思了。因为所有人都知道，修秦始皇陵是个苦差事，去了可能这辈子都得耗在那儿，这倒不说，更可怕的是，指不定有人已经安排好让他们陪葬了。不出所料，刚出沛县地界，不少囚犯就开始有小动作了。刘邦看在眼里，急在心里，却又不敢过分镇压。国家动荡，百姓怨声载道，全国各地时不时有人起义，秦朝已经到了崩溃的边缘，常有囚犯们在途中逃跑，狗急都能跳墙，更何况是走向死亡的人呢？

果然，没过多久，一名囚犯吆喝一声后，就向近处的山林冲去，一瞬间大批的囚犯都行动起来四散逃去，也不管身上的枷锁。随行的官差们抓那个，拖这个，一个个急得满头大汗，但还是让囚犯跑了不少。就这样一路拉拉扯扯，到了一个叫大泽的地方，囚犯已经跑了一半了。刘邦寻思着，等到了骊山，囚犯们不早跑光了，我这个当差的就不得去修皇陵，去陪葬。想了一阵，刘邦索性把所有的囚犯都解了缚，让他们各自逃命，还意气风发地做了个演讲，说要干出一番大事，让愿意跟随他的站出来。最后，有一二十个囚犯跟了刘邦。

刘邦干了这件“好事”，气坏了沛县县令，县令当即就把刘邦的妻子抓了起来。曹参是刘邦的直属上司，当然知道这事儿，知道得可能比县令还早。于是，他早早地就跑去和好兄弟萧何商议去了。曹参本来就是在监狱做官，两人合计很快就把刘邦的妻子给保释出狱了。但是，沛县县令那边的关节还是很难打通，毕竟私自放走囚犯是很大的罪，而且，是一大批囚犯，一大批给秦始皇帝修皇陵的囚犯！事情不可能就这么轻易地不了了之，怎么办呢？没过多久，曹参就知道怎么办了。

共谋起义

公元前209年7月，著名的大泽乡起义轰轰烈烈地开始了，陈胜、吴广两位大英雄揭竿而起，率先举起了反抗秦王朝暴政的大旗。他们声势浩大，天下豪杰纷纷响应，大乱开始了！

此时，许多官吏都坐不住了，特别是那些说小不小，说大不大的地方官吏，秦王朝的统治岌岌可危，但是东一拨西一群的起义军不可能一下子就把秦王给灭了，最先灭的可能就是那些比较好欺负的地方官。沛县县令急得像热锅上的蚂蚁，官他是没准备再当了，他想归附起义军，先保全自己的性命再说。

此时的曹参可没有闲着，他密切关注着事态发展，常常和萧何等人商讨事宜，也暗中和逃亡在芒砀山的刘邦保持着联系。这天，沛县县令将曹参、萧何等人召到一起，商讨如何起义。萧何按先前和曹参商量好的说："你还是秦朝的官吏，百姓恐怕不会这么快就信服于你，如果真想干大事，还得把逃亡在外的豪杰们召唤回来。刘邦为人不错，大家都服他，唤他回来，咱们沛县团结一体，自然安如泰山！"县令接受了建议。

很快，刘邦回来了，还带着一大群愿意跟随他闹起义的人。县令吓了一跳，看到刘邦的队伍声势浩大，心想恐怕自己控制不住，从而危及自己在沛县的地位，于是紧闭城门，将刘邦拒之门外。同时他也觉得自己受了曹参他们的欺骗，要抓他们，曹参只好和萧何偷偷摸摸逃到城外找刘邦。三人一聚，计上心来，他们写了些"告沛县父老书"，用弓箭射进城里，劝沛县的父老乡亲们和他们一起发动起义，打倒暴虐的秦王。沛县的父老乡亲们当然更相信刘邦，他们早就受够秦朝官吏的统治了。于是沛县的父老乡亲们和城外刘邦的队伍里应外合，攻入县衙，杀了县令。刘邦众望所归，成了整个沛县的带头人，称“沛公”，他很快就组织了声势浩大的起义军，起义就正式开始了！

领兵打仗

起义无非就是打，以暴力制止秦王朝的暴力，自此，曹参的戎马生涯开始了。他以“中涓”的身份跟随刘邦，以沛县为中心，一个个夺取周围的地盘。一来曹参很有带兵的天赋，二来秦王朝本就濒临灭亡，他的仗打得特别畅快！沛县近处的胡陵，由秦朝一位郡监官镇守，兵力不多 ，曹参一战便大破敌兵，直接拿下了胡陵。首战告捷，曹参略做休整，盯上了东边薛县。薛县郡守兵力稍多，但还是被他一举拿下。离沛县稍近的还有方与、丰邑，此时各地为保自身太平纷纷站队，而这两个地方的郡守已经投降魏王了。曹参二话不说，很快便攻下了这两个地方。占领的地方越多，归附的人就越多，刘邦的势力也越来越大，没过多久，便有了数以万计的兵力。

此时，还有另一队引人注目的起义军，那就是项羽的军队！此时的项羽已经拥有了20余万的兵力，刘邦也不得不服。刘邦和项羽在薛城会了一次面，他们商定：项羽从北路进发，刘邦从南路进发，谁先击败秦军进入秦国首都咸阳，谁就做关中之王。

仗打得更激烈了！他们不仅要战胜秦兵，还要比项羽更快地战胜秦兵。曹参的战斗经验一次比一次丰富，他和刘邦、萧何亲如兄弟，因此也对他们百般信任，他们指哪儿，曹参就打哪儿，而且打得相当漂亮。短短几年间，曹参打了几百次仗，这几百次大大小小的仗，被人们铭记的不多，因为每一仗都是实打实，硬碰硬，没有那些被历史铭记的经典之战曲折离奇，但是，曹参的仗打得却是绝对的惊心动魄。到公元前201年天下太平之时，他身上大大小小的伤疤足有71处！他在马背上杀出了一片天，总共攻下了2个诸侯国，122个县，活捉诸侯王2人，丞相3人，将军6人，俘获郡守、司马、军候、御史各1人！

曹参就这样一刀一刀地砍，一箭一箭地射，一城一城地攻，一仗一仗地打，从刘邦起义打到秦朝灭亡，从楚汉相争打到项羽身死，刘邦称王，又从高祖即位打到内乱平息，天下归心。

治理齐地

好兄弟刘邦终于安安稳稳地坐上了王位，天下终于太平了。刘邦把齐国划为郡，让大儿子刘肥做了齐王，曹参以齐国相国的身份辅佐刘肥。齐悼惠王刘肥年纪太小，治理齐国的重担完完全全地落到曹参身上，不用打仗了，曹参的政治生涯开始了！

齐国幅员辽阔，大大小小的城邑有70多座，想治理好可不简单。曹参打了多年的仗，脑子里装的尽是攻城略地、刀光剑影，哪里懂什么治理国家安抚人民。不过，曹参脑子挺活，自己虽然不懂，但这偌大的齐国不可能没有懂这行的人，寻来为我所用就是了。

没过多久，曹参招来了大量年轻有为的读书人、有声望的老人。这些人各有各的一套理论，各种治国的妙想层出不穷，曹参听了几天头都大了，也没总结出个切实可行的方案来。

就在曹参最为苦恼的时候，有人给他出主意说："胶西有位很有声望的老人，人称'盖公'，听说他精通黄老学说，您何不向他老人家请教请教？"曹参一听，立马派人携重金去胶西把盖公请了来。盖公把自己研究大半生的黄老学说一讲，曹参喜出望外，这正是他想要的东西！

黄老学说就是黄帝和老子主张的治国道理，中心思想是"无为而治"，强调的就是国家对人民的管理要有度，要尽可能地给人民以自由，让其自行生息、发展。曹参听了几天黄老学说，觉得很受用，便把自己办公的正厅腾了出来，让盖公住在里面，以便自己有困惑时能向他请教。

曹参用盖公的思想治理齐地九年，齐地政治清明，百姓安居乐业。人们谈到曹参，无不称赞他是不可多得的好丞相。

拜相遵法　无为而治

公元前193年，萧何去世。远在齐地的曹参一听到消息，便对门客们说："大家尽早收拾行装，我很快就会离开这里，去做咱大汉朝的丞相了。"门客们疑惑不解，曹参心中却是一片清明。他在齐地这些年，萧何一直留在刘邦身边为相。两年前刘邦去世，汉孝惠帝刘盈继位。萧何临终前，年轻的孝惠帝询问他有没有值得信赖的人可以推荐，萧何只说了一个人，那便是曹参。

孝惠帝信任萧何，就把曹参召回身边做了丞相。不过，他很快就对这个新上任的丞相不满了，因为曹参除了饮酒作乐，似乎什么都不会。更过分的是，曹参自己饮酒作乐就算了，还拉着相府的下属以及找他办事的人一起喝酒。

孝惠帝心中不满，却又不好对这位曾和父亲一起出生入死的好兄弟发作。曹参的儿子曹窋（zhú）在朝中做中大夫，有一天，孝惠帝偷偷把曹窋唤到身边说："你父亲是不是觉得我年轻不懂事，看不起我？你私底下代我问问你父亲，就说，高帝刚刚永别群臣，皇上又还年轻，您这做丞相的却天天只顾喝酒，有事也不向皇上报告，到底想怎样治理国家呢？但是别告诉他是我要你问的。”

曹窋一听，觉得父亲确实有些过分，于是跑到曹参那里，把皇上的意思变成自己的话说了出来，说得义正词严。谁知曹参听了，二话不说，抽了块板子就把曹窋给打了。打完还有一顿说教：“赶快进宫侍奉皇上去，做好你分内的事就行了，不该你管的事管它做什么？”

曹窋真叫委屈，跑到孝惠帝身边哭诉。孝惠帝心情更沉重了，觉得不跟曹参把话挑明不行了。

第二天上朝时，孝惠帝横下心，直接责备曹参说：“您为什么要打罚曹窋，是我要他规劝您的，我对您的表现实在不理解！”曹参连脱下帽子给孝惠帝赔礼，然后问道：“陛下，若论英明神武，您觉得您与先帝比起来如何？”孝惠帝说：“我怎么敢和先帝比？”曹参接着问：“那我和萧何谁更贤能？”孝惠帝答道：“您好像不如萧丞相。”曹参点点头：“您说得很对，先帝平定了天下，萧何制定好了法令，百姓安居乐业。如今，您只需要垂衣拱手，而我只需要遵循萧丞相的法度。咱们无为而治，天下太平，这难道有什么不好吗？”孝惠帝听了这番话，总算明白了曹参的一番用心。曹参在朝中做了三年丞相后寿终正寝，被谥为懿侯。

天下大乱之时，曹参忘乎生死，半生戎马而平天下；天下一统之后，曹参不抢功，不争利，无为而治，给予百姓最大限度的自由与安宁。千古贤相，曹参实至名归！

张释之：执法公正的廷尉

无忧无虑的童年

西汉时期的一天，烈日炎炎，堵阳城被赤红色的光芒笼罩着，街巷里异常安静，燥热的天气让百姓都腻在家中，不想开口说一句话……唯有城东的张家比较例外：丫鬟、婆子吵吵嚷嚷，擦着汗在内堂跑来跑去，随着“哇……”的一声啼哭，大家提着的心终于落下了，张家的二公子——张释之出生了。张家的大公子张仲也已到了及冠之年。

张释之的父亲张雨亭与其母李氏都系书香门第出身，可谓是郎才女貌，门当户对。张家祖上家境殷实，张释之的祖父张志升曾经做过楚国潜江县的一县之长，退休后便定居堵阳。恰逢秦末农民起义，大批良田荒废，颇有商业头脑的张志升从中看到了商机，购买了上千亩良田，也庆幸天公作美，粮食大丰收，张家一跃成为当县的大户。秦二世三年，刘邦率起义军攻打南阳，粮草匮乏，便在张良的建议下求助张志升。张志升早就不满秦的暴政，便将大量粮草卖给刘邦，还亲自给他送到前线。汉王朝建立后，丞相萧何邀请张志升入朝为官，然而张志升只想过富裕地主的日子，享受天伦之乐，以年老多病拒绝了。

俗话说，树大招风，财大招贼。随着张家财富的不断积聚，一场灾祸悄然而至。

这一年，张释之3岁了，在母亲的悉心培养下，已经会背《诗经》《离骚》等篇目，对于当时流行的《大风歌》张口就来："大风起兮云飞扬，威加海内兮归故乡……"张父见儿子天资聪颖，便给他请来一位学术渊博的私塾先生，教他学习经典。

突如其来的灾祸

如果不是张家发生了一场大的灾祸，张释之可能就沉浸在温厚的儒学之中，做一名谦谦君子，而不是研习法律，立志成为一名法学家。这事要从堵阳城内一个小混混说起，这个混混仗着有些背景到处强抢民女，霸占豪宅。这一次，他看中了老张家的宅院，以购买为名，实则强占。张家压根儿没把这个鸡鸣狗盗之辈看在眼里，没想到却因此栽了个大跟头，张父被栽赃入狱。

年仅13岁的张释之目睹了这一变故，投诉无门，又气又急，眼睁睁地看着父母蒙冤而死。从那一刻起，张释之便坚定了自己的信念：我一定要学习法律，日后维护公平与正义，绝不让一个好人含冤！为此，他学习了李悝的《法经》、商鞅的《秦律十八种》、萧何的《九章律》等法律书籍。

十年磨一剑

父母不在，长兄为父。张释之的哥哥张仲见弟弟热衷做官，便寻求关系，上下打点，给他捐了个骑兵禁卫官。张释之的理想是做个文官，给皇帝出谋划策，虽然他只是一个人微言轻的骑郎，却从来没放弃学习法律、国策，只为等待那么一个时机，面见圣上。谁知张释之十年磨一剑，也没有人来试试他的锋芒，这使他心灰意冷，决心效仿父辈，干脆回家种地得了。

当张释之和上司袁盎提出辞行的时候，却被直截了当地拒绝了。原来，袁盎早就对这个优秀的小伙子另眼相看，此次见他要辞官返乡，觉得实在是可惜，便向孝文帝上书，请求让张释之补谒者的职位。孝文帝将张释之叫来，打算试一试他的水平。

汉文帝坐在大殿之上："朕听说你对律法、朝政有真知灼见，你且说来听听！"

由于是第一次面圣，张释之难免紧张，就像给上级做汇报一样说了很多官方的言论。

汉文帝袖子一挥："不要长篇大论，说点实际的就行。"

张释之听了，重新组织了一下语言，将汉朝成立之初该做哪些事一条条列举出来："我认为汉朝刚刚建立根基，最重要的是修订律法，并严格按照律法治国……"汉文帝听了十分满意，当即提拔他做谒者的长官，并令他陪在左右。

独特的见解

张释之思想独立，从不人云亦云，总能看到长远的利益，这让汉文帝对他另眼相看。

一次，张释之跟随汉文帝游览上林苑，到了临虎圈，汉文帝一时兴起，询问上林尉在册的野兽有多少只，上林尉支支吾吾答不上来，汉文帝很生气。看管虎圈的啬夫见状，立马走上前来，滔滔不绝地回答了汉文帝的问题。

汉文帝露出满意的神色，对张释之说："做官难道不就该像啬夫这样吗？上林尉这样的官员靠不住。你且传朕旨意，即刻将啬夫封为上林令。"

张释之听了文帝的话却迟迟没有行动，汉文帝觉得很奇怪："你觉得有什么不妥吗？"

张释之迟疑半刻，反问道："陛下认为绛侯周勃是个什么样的人？"

文帝答道："是一个受人尊敬的长者。"

“东阳侯张相如呢？”

“也是一位德高望重的长者。”

张释之说：“绛侯与东阳侯都被尊称为长者，但这两个人不善言谈，只是谋略于胸。如果随意提拔这个伶牙俐齿的啬夫，岂不是让天下人都效仿喋喋不休之辈吗？秦朝正是由于任用了善于舞文弄墨的官吏，才走向了灭亡，您一定要谨慎啊！”

经过这一番言论，文帝觉得张释之高瞻远瞩，接着又问了他一些关于秦朝的弊病，张释之一一如实作答。文帝听了非常高兴，回到宫里就封张释之做了公车令，负责司马门的警卫、接待与文书传达工作。司马门是隔绝皇宫内外的一道门，除了天子以外，任何人到此门前都要下车步行，张释之尽职尽责，凡有不遵守规矩的，一律严惩不贷。

天子犯法　与民同罪

有一天，太子和梁王乘坐同一辆车入朝，一路上谈笑风生，到了司马门居然忘记了下车。张释之见到后，当即拦住了太子的马车，还将他们的罪状告诉了汉文帝。事情传到薄太后的耳朵里，太后对孙儿的作为大动肝火。文帝看到这副情形，赶紧摘下帽子赔罪：“都怪孩儿管教无方。”薄太后这才息怒，下了一道赦免太子和梁王的诏书，张释之见了诏书，才肯放两位皇子进门。

文帝欣赏张释之的刚正不阿，又命他为中大夫，不久，又升他做了中郎将。张释之不畏权势，即使面对天子，也敢实话实说，毫不含糊。

一次，汉文帝带着慎夫人到霸陵去，见到为自己修葺的皇陵不免有些伤感，便让慎夫人鼓瑟，自己跟着曲子唱歌。歌罢，转身对群臣说："这是用北山石头做的棺椁，棺椁的缝隙都是用苧麻填充的，然后再用漆封上一层，应该没人能打开了吧？"周围的侍卫随声附和："肯定是这样。"张释之却说："如果棺椁里面装了能引发人们贪欲的东西，即使是用南山的石头做棺椁，也会有人打开，如果没有什么让人惦记的东西，就算不用棺椁，也不会有丝毫损害。"文帝称赞他的话是肺腑之言。

执法公正　不畏权势

不久，张释之被升为廷尉，专门掌管刑狱，至此，他多年以来的梦想总算是实现了。张释之秉公执法，不因犯人的身份区别对待。他谨遵着"天子犯法，与民同罪"，同样遵守着：庶民犯法，依法治罪，不因罪人得罪的是权贵而加重罪名，即使得罪的是天子。

有一次，汉文帝骑马出巡，途经长安桥北的中渭桥，本以为肃清道路，不料突然一个老汉从桥下跑出来，惊了汉文帝的马。汉文帝很生气，让人将老汉捉住，交给张释之审问。

老汉认为得罪了天子，必死无疑，跪在地上磕头如捣蒜："大人，我就是个乡下人，听到清道的命令一时不知道去哪里，只好藏在桥下，我听了好久都没听见动静，还以为皇帝的队伍已经离开了，我真的不是故意的啊！"

张释之说："虽然情有可原，但你触犯了清道的禁令，交了罚金就回家去吧。"老汉连连磕头致谢，对张释之感激涕零。

汉文帝听了张释之的审判结果，心中有些不快："这个乡野匹夫惊了朕的马，要不是朕的马驯良温和，还不知道会出多大的乱子，你难道就只是罚他点儿钱吗？"

张释之答道："法律就是这么定的，不管是天子还是百姓，都要一同遵守。不能因为他是百姓，您是天子就随意加重处罚。既然您将他交给了廷尉，就是交给了法律，而我作为执法者，只能严格按照法定程序办事。"

文帝想了想说："廷尉做得确实对！"

还有一件类似的事发生：有个胆大的盗贼，偷盗了高祖神庙前的玉环，被侍卫们抓了个正着。这可是对先帝的大不敬，事情传到文帝和薄太后的耳朵里，两人都非常震怒，准备灭他九族以儆效尤。

文帝把这个十恶不赦的盗贼交给了张释之："请廷尉处置！"审问过后，张释之向文帝复命："根据此人偷盗的宗庙器物，应该判此人斩首！"

文帝对这个审判结果非常不满："此人对先帝大不敬，斩首不足以告慰先祖，至少要灭他九族。你作为廷尉，也不能一味按照法律条文，也要考虑实际情况。"

张释之见文帝动怒，赶紧脱帽谢罪，战战兢兢地说道："臣这样判处，正是考虑了实际情况，如果一个人偷盗了祖庙的器物就要处以灭族之罪，要是他挖了长陵坟墓的一捧土，那时该用什么刑罚惩处他呢？"

文帝向薄太后复述了此话，薄太后觉得也有道理，便同意了张释之的判决。

张释之执法公正，时人皆说"张释之为廷尉，天下无冤民"，因此，张释之一下子成了大汉朝的名臣。尽管如此，张释之丝毫都没有显露出骄纵的神情，反而十分谦逊。

为老者穿靴

汉文帝驾崩后，汉景帝继位，继续任用汉文帝时的老臣。一次，汉景帝召集三公九卿议事，其中有个叫王生的老臣，年岁稍微大了点，他见自己的鞋袜松了，便指着张释之说："张廷尉，给我系好鞋袜。"

别人都觉得王生是倚老卖老，他还没到不能自理的地步。张释之却十分自然地走到老者面前，跪在地上帮他穿好鞋袜，并向他鞠了一躬。

事后，人们暗地问王生：“你为什么要在众人面前羞辱张廷尉，是和他有什么过节吗？”

王生笑着说：“张廷尉的美德世人皆知，我现在不过是再送他一个尊老的名声罢了！”众人这才了解了老者的苦心，并更加敬重张释之。

要说张释之一生毫无畏惧，也不是这样的。有一件事一直藏在张释之的心里，使他终日不安，那就是当初他检举过还是太子的景帝的“不敬”之罪。尽管景帝未将此事放在心上，张释之还是觉得惶惶不可终日。后来，张释之被贬谪为淮南王相，他觉得景帝的心里还是责怪自己，因此郁郁不乐，在贬谪的第二年就去世了。

张释之的儿子张挚，后来也做到大夫的官职，但是由于他不愿意讨好当时的权贵，官职被罢免了，他从此之后也就不再为官。

纵观张释之的一生，他尽心尽意维护法律，判案定罪努力达到“公平”二字，不向权贵低头，不欺凌弱小。他始终坚持自己的理想，坚定自己的信念，实在是值得后人学习，也不枉司马迁在惜墨如金的《史记》中给他作列传！

杨震：刚正不阿的“四知”名臣

关西孔子

我们今天讲的是我国东汉时期著名的廉吏杨震。

廉吏就是清廉正直的官吏。一个人当上官，手中就掌握着一定的权利，许多人会利用手中的权利，为自己谋求私利，这些人要么任人唯亲，要么贪污受贿，这样就会为了个人利益，损害大众利益，从而破坏了社会公平正义的原则，使得社会风气走向败坏，直至国家黑暗，引起人民反抗，导致国家灭亡。这些以权谋私的人，被称作“赃官”，或者“贪官”。

但是，还有一些人，品德高尚，为人正直，不谋私利，一心为国家和人民的利益考虑，不贪赃枉法，坚持原则，这些人被称作“清官”，或者“廉吏”，我们今天讲的杨震，就是历史上著名的品德高尚，为人正直无私的廉吏。

杨震，字伯起。东汉弘农华阴人，也就是今天陕西华阴。

杨震的父亲叫杨宝，是一名学问很大，但是却不愿意出来做官的隐士。

杨震小的时候，跟随当时著名的学者桓郁学习儒家经典《欧阳尚书》。杨震很聪明，学习认真，记忆力好，经过几年努力，他就精通了儒家各种著作，被大家称为“关西孔子杨伯起”。意思说他的学问和孔子一样大。因为杨震住在函谷关以西，所以叫做“关西孔子”。

东汉当时政治黑暗，国家大权都掌握在外戚或者宦官手中，杨震不愿意与他们同流合污，所以不愿意出来做官，只是一心一意学习，同时办学，教育自己的学生。

四知先生

杨震居住在湖城教书育人，东汉政府很多次请杨震做官，杨震都不接受，一直到他五十岁了，很多好朋友认为杨震年纪大了，应该出去做官了，但是杨震坚决不答应。

有一天，一只冠雀鸟嘴里叼着三条鳣（shàn）鱼，飞到杨震讲课的讲堂前面，杨震的朋友说：“蛇和黄鳝是卿大夫官员们衣服的象征。三是表示连升三级的意思，先生从此要高升了。”

那时候的人，都非常相信天命，杨震也认为自己要做官，是天命决定的，没法逃避，他才改变了主意。

■ 杨震像

这时候，大将军邓骘听说杨震是位很有学问的人，于是就推举杨震做了茂才。“茂才”就是“秀才”，西汉政府从民间推荐的有学问有品德的人，叫做“秀才”，就是品德优秀的人才。东汉时因为开国皇帝叫刘秀，为了避讳刘秀的名字，就把“秀才”改成“茂才”。

杨震开始当官，后来四次升迁，当了荆州刺史、东莱太守。杨震有一次前往郡里，路过昌邑，从前他推举的荆州茂才王密正在昌邑当县令。

晚上，王密去看望杨震，并且带了一些金子送给杨震。

杨震说：“我们是老朋友，应该互相了解。我了解你的为人，你为什么不了解我的为人呢？我是一个不爱钱财的人，你难道不知道吗？”

王密说：“正因为我知道你的为人，才知道你没有钱，当官需要一些钱财，你没钱穷酸会被人看不起，所以我才给你送些钱来。”

杨震说：“我接受了你的钱，就等于接受你的贿赂，这是违法的，如果让人知道，我们都要被处罚。”

王密说：“现在是深夜，没有人会知道的。”

杨震说：“天知，神知，我知，你知。怎么说没有人知道呢？”

王密惭愧地离开了。

“天知，神知，我知，你知”后来被称为“四知”，就是说一个人干坏事，总是会被人知道的，要想人不知，除非己莫为。表面上看着没有人在周围，但是，正义和良心无时不在，如果做了坏事，迟早是要暴露的。杨震说的“四知”，表现了杨震高尚的情操和品德。历史上把杨震称为“四知先生”，是清正廉洁的代表和后人学习的榜样。

后来，杨震又被调到涿郡当太守，他非常公正廉明，不接受贿赂，不给别人办私事，他的子孙都过着简朴的生活，吃着简单的饭菜，穿着粗布衣服。

一个老朋友劝杨震说：“赶快给孩子们置办一些田地、产业，给他们留一点家产，你将来死了，他们也能过上好日子。”

杨震说：“我不给他们留什么家产，只给他们留一个清白做人的好名声，让后世的人都说他们是清白官吏的子孙，不是很好吗？”

刚直不阿

公元117年，杨震被提拔到朝廷担任官职，后来升到司徒的职务。司徒和司空、司马，被称为“三公”，是地位非常高的官职，就相当于我们现在的国务院副总理。

这时候，太后邓绥去世了，汉安帝刘祜宠爱的一些人开始骄横起来。

刘祜的奶妈名叫王圣，因为从小抚养刘祜，所以刘祜很爱她，但是她依靠皇帝的爱，无法无天。

王圣的女儿名叫伯荣，是一个贪爱钱财，胆大妄为的人，她经常接受别人的贿赂，然后到宫中找皇帝，给这些人办事，或者提拔官职，或者谋求发财。

正直的杨震对王圣和伯荣的做法非常不满，为了维护国家法律和百姓利益，他直接给刘祜上书，说：“皇上必须选用德才兼备的人来治理国家，国家才能兴旺发达。皇上的奶妈王圣虽然对皇上有抚养的功劳，但是皇上对她已经非常宽厚了。她却贪得无厌，经常和朝廷官员交往，贪污受贿，扰乱官场，让没有品德的人当官，使皇上的名声受到损坏。因此，建议皇上应该迅速把王圣送出宫去，让她居住在外面，同时不许她女儿伯荣和宫里的人来往，干扰国家政务。让有才能和品德的人来担当大任，让百姓安居乐业而不抱怨。”

刘祜将杨震的奏折给王圣看了，王圣和伯荣都对杨震怀恨在心。

后来，杨震还阻止给伯荣的丈夫刘瑰（guī）加封官爵。杨震上书说："我听说，皇帝只封有功之臣，诸侯靠品德获得爵位。刘瑰没有任何功劳和德行，仅仅因为是皇上奶妈女儿的女婿，就封侯，这既不符合制度，也不合乎道义。满朝文武议论纷纷，百姓迷惑不解。请陛下以历史为鉴，按照规则办事，得人心，安天下。"

刘祜没有采纳杨震的建议。王圣和伯荣等人，对杨震更加怀恨在心。

公元123年，杨震升任太尉。汉安帝刘祜的舅舅耿宝推荐宦官李闰的哥哥给杨震，让他当官，杨震不答应。

耿宝问杨震说："李润是皇上身边亲近的人，皇上想让你推荐他的哥哥来当官，我只不过是传达皇上的旨意。"

杨震说："如果皇上想任命他当官，就应该按照正常的程序来办。这个人没有功绩，也没有品德，不能因为他弟弟是皇帝身边的人，就提拔任用。"

杨震拒绝了耿宝，耿宝非常气愤。阎皇后的哥哥阎显也向杨震推荐他的亲友，杨震都没接受。

这时候，刘祜下诏让人为自己的奶妈王圣建了许多房屋和花园，太监樊丰、周广、谢恽等人也趁机搜刮人民财产，霸占别人田地。

杨震再次给皇帝刘祜上书说：“如今灾害不断，百姓缺少粮食，国家也没有储备足够的粮食。再加上蝗虫成灾，外族侵略，战事连年不断，兵马粮草难以供应，国家到了难以安定的时候。但是陛下却下诏为奶妈大建府第，将街道都占完了，雕刻装饰也太过精致。如今盛夏，正是农业生产大忙的时候，在自然灾害严重、国库空虚、农业大忙的时候，动用大量人力、财力、物力，开山取石，修建府第，不是很不合时宜吗？特别是一些人，利用机会，搜刮百姓，巴结皇亲和皇帝身边的小人，无恶不作，使国家招来无数讽刺谩骂。臣曾听老师说过：‘国家向人民征用赋役太多的话，百姓财尽就会埋怨，力尽就会叛乱。百姓同朝廷离心离德了，朝廷怎么去依靠百姓？’所以，孔子说：‘百姓不富足，君王又怎能富足呢？’请陛下慎重考虑。”

但是，汉安帝刘祜还是没接受杨震的建议。

过了不久，发生了地震，杨震又上书，批评皇帝大兴土木，听任王圣及女儿伯荣任意妄为，也批评许多官员贪赃枉法。

杨震前后多次上书，言词激烈，刘祜很不高兴，他身边亲近的人也都对杨震非常憎恨。只是因为杨震是天下有名的大儒，廉洁奉公的官员，所以，这些人才不敢害杨震。

过了不久，有一名叫赵腾的人上书，批评朝政。刘祜看后非常生气，下诏将赵腾抓捕人狱，严刑拷问，最后以诬陷皇帝的罪名，把赵腾判了死刑。

杨震知道后，立即上书营救赵腾。杨震说："我听说尧舜时代，在朝廷门外放置百姓提意见时敲的鼓，立着批评朝廷信件的木头，用来鼓励大家给皇帝提批评意见。英明君主都特别注意倾听百姓的怨愤、谩骂和不满，用来改正自己治国中的缺点和错误，用德行去教育感化人民。之所以这样做，就是为了让下情上达，让人民畅所欲言，都能把意见讲出来，以便广泛采纳群众意见，集思广益，治理国家。赵腾虽然言语激烈攻击朝政，但这与那些杀人放火的犯罪分子是有明显差别的，不应该判死刑。请陛下减免已经定下的罪名，保全赵腾的性命，并以此鼓励最下层的广大人民坦率直言，以求广开言路。"但是，刘祜看了杨震的奏章，仍不醒悟，还是将赵腾押赴都市斩首。

饮鸩而卒

公元124年，刘祜外出视察，宦官樊丰等人编造皇帝诏书，乘机修建房屋，霸占别人田产。杨震的手下高舒负责查办这个案子，发现了假诏书。按法律，樊丰等人都要判处死罪，而且要杀掉三族亲人。

杨震写了奏书，准备等皇帝回来上奏。樊丰听说了，非常害怕，他们决定恶人先告状，陷害杨震。

他们提前派人给皇帝刘祜报告说，自赵腾死后，杨震一直心怀不满，而且对皇上怀恨在心。

刘祜返回京城，就派人罢了杨震太尉的官，后来又下令把杨震送回原籍。

杨震走到洛阳城西的几阳亭，慷慨地对自己的儿子、学生们说：“每个人都免不了一死。我身居高位，痛恨奸臣狡猾而不能诛杀，宫中女子为害而不能禁止，还有什么面目见天下人呢？我死之后，只用杂木做棺材，布单盖住身体，不用埋在祖坟里，也不要设祠堂祭祀。”

杨震当天服毒而死，终年70岁。

杨震死了后，樊丰还命人阻止学生们为他办理丧事，他的棺材只能停留在路边。路过的百姓、正直的官员看见了，都来祭拜，许多人痛哭失声。人民都深切怀念这位清正廉洁的好官员。

平反昭雪

公元125年，汉安帝刘祜去世，汉顺帝刘保即位。宦官樊丰、周广等人都被刘保杀掉了。杨震的学生虞放、陈翼等人，到朝廷申诉杨震的冤情。大家都称赞杨震的忠诚和廉洁奉公。皇帝提拔杨震的两个儿子为官，并赠钱一百万，隆重安葬了杨震。

据传说，杨震下葬的前十几天，有一只一丈多高的大鸟，飞到杨震墓地前，不断悲惨地鸣叫，而且流下的泪水把地面都打湿了。大鸟一直哭泣鸣叫到杨震下葬之后，才飞走。

官员们把这个情况上报给皇帝刘保，刘保也觉得杨震冤屈。于是下诏说：“太尉杨震为人正直，但是小人颠倒黑白，谄害忠良，引起上天不满，降下灾害。国家失去正直的栋梁之材，是多么危险啊!”于是命人在杨震墓前，树立一尊大鸟雕像，用来纪念杨震。

诸葛亮：鞠躬尽瘁的蜀国名相

躬耕陇亩，娶得贤妻

俗话说："三个臭皮匠，顶一个诸葛亮。"作为智者的代名词，一提到诸葛亮，在中国几乎是家喻户晓！

诸葛亮，字孔明，号卧龙先生，琅邪（láng yá）郡阳都（今山东省临沂市沂南县）人。生在汉朝末年，三国时期蜀汉丞相，著名的政治家、军事家、书法家、散文家、发明家。先祖曾在西汉元帝时做过官，父亲诸葛圭东汉末年做过泰山郡丞。

诸葛亮3岁时母亲章氏病逝，8岁时父亲也相继去世。幼年孤苦，跟随叔父长大的诸葛亮十分好学。随着年龄的增长，他的才学日渐丰益，常常把自己比作管仲、乐毅。然而却隐居在故乡隆中，耕田自给，不愿出仕做官。

当时很多人对他不屑一顾，只有徐庶、崔州平等好友相信他的才干。他与当时的襄阳名士司马徽、庞德公、黄承彦等有结交。一次，黄承彦对诸葛亮说："听说你要选妻，我家中有一丑女，头发发黄、皮肤很黑，但才华可与你相配。”

诸葛亮早就听说过这位女子，她虽然相貌很丑，但非常贤德，于是就答应了这桩亲事。当时的人都拿此说笑，甚至作了谚语：“莫作孔明择妇，正得阿承丑女。”他们哪里知道，“娶妻求贤，丑妻家中宝”的道理呀！相传，诸葛亮的很多智谋都是从妻子那里学到的，由此可见，孔明才是真正的智者。

三顾茅庐，卧龙出山

东汉末年，汉朝气运已日落西山。此时群雄四起，天下大乱，以刘备、孙权、曹操为首的三股势力逐渐强大起来。刘备虽有关羽、张飞、赵云等大将辅佐，但实力仍然较弱，这时刘备最需要一位谋臣。

公元207年冬，那时刘备（字玄德）屯兵在新野。有一天，孔明的朋友徐庶（字元直）对玄德说：“诸葛孔明是个很有学问的人，他好像一条卧龙，如果能请到他来协助，那恢复汉室便指日可待啊！”

玄德听后，决定去隆中拜访诸葛亮。第一次，玄德带了关羽、张飞，还有一些兵士们，一同到隆中去。且说那隆中真是个好的地方，有山有水，风景十分美妙。

刘备打听到诸葛亮的住处后，来到门前，下马敲门，不

■ 诸葛亮像

想出来了一个小孩子。只说先生今天早上出去了，不知道到哪里去了，回来的时间也不一定……他们只好回去了。

过了些日子，玄德听说卧龙先生回来了，高兴极了，立即叫人备马去拜访孔明。到了之后，刘备立即去敲门，问道："先生今天在家吗？"里面一个小孩子答："在家，现在在堂前看书。"玄德高兴极了，于是跟着进去了。走到中门，玄德抬头，刚好看见一副对联："淡泊以明志，宁静而致远。"里面有人正在念诗。玄德等他把诗念完后，走上前去，行礼后说："备仰慕先生已久，无缘拜会。前些日子，因徐元直介绍，来访未遇，实在想念，这次能见，实在高兴。"那少年慌忙答礼说："将军莫非是要见家兄？"玄德感到奇怪，说："先生不是卧龙吗？"少年说："我是卧龙的弟弟诸葛均，家兄昨天和崔州平相约，出外闲游去了，游踪不一，也不知去向……"

没想到，这次又扑了个空，刘备等三人只好回去了。

过了新年，刘备三人又去了卧龙岗。到了草堂之后，只见小孩子出来开门，并对刘备说："先生如今在草堂上睡着，未醒。"玄德说："那就暂且不要通报。"于是吩咐关、张二人在门外等候。玄德慢慢走进来，在阶下拱手站着。

过了很久，先生才醒。这时，玄德看见孔明身长八尺，面如冠玉，头戴纶巾，身披鹤氅（chǎng），相貌非凡。

孔明已知刘备的诚意，便吩咐身边人都出去。这时，孔明就天下大势做了明确的分析，提出"先取荆州为家，再取益州成鼎足之势，继而图取中原"的战略构想。刘备听了之后，对孔明的才学佩服得五体投地，立即恳请诸葛亮出山做自己的军师，帮助自己匡扶汉室。

这就是历史上著名的"三顾茅庐"和"隆中对"的典故。从此以后诸葛亮为报刘备的知遇之恩，鞠躬尽瘁，死而后已。

联孙拒曹，三国鼎立

孔明出山跟随刘备后的第一件大事就是联孙拒曹。他的外交政策口号是："北拒曹操，东和孙权。"

公元208年，曹操带了20万大军(对外号称80万)南下。刘备退守湖北武昌，此时只有军士两万多人，寡不敌众。这时诸葛亮建议与孙权联合共同抗曹，他自荐到柴桑（今江西省九江市西南）说服孙权共同抗曹。到达柴桑后，诸葛亮面见孙权，分析了当下形势，并对孙权说："曹操虽然人多，但其中有七八万是刚投降的荆州士兵，这些人是作战的主力，但他们不一定真心服从曹操。而北方曹操的士兵，则不善于水战，长途跋涉而来，生病的也很多，如果我们联合，一定可以打败曹军，这时就会形成三国鼎立的局面。"孙权动了心，同意派大将周瑜带领3万军士与刘备一起共同抗击曹军。

曹军驻扎在赤壁，曹操下令用铁索把战船锁在一起，以便北方士兵在船上行走。诸葛亮和周瑜都决定用"火攻"的方法进攻曹操。这天夜里，正如孔明所料，刮起了东南风。周瑜派部下黄盖假装投降曹操，带着十艘战船，船上装着灌了油的柴草，向曹军驶去。接近曹军时，他们同时点火，火船顺风向曹操的战舰驶去，曹军战舰都锁在一起，一时无法解开，不一会儿便成了一片火海，曹军败北。

赤壁之战后，曹操退回北方，玄德乘势收回江南的荆州各地。任命孔明做军师中郎将，负责督零陵、桂阳、长沙三处，调整赋税，休养生息，充实军资。

曹操死后，公元220年，他的儿子曹丕废掉汉献帝，自立国号为"魏"。刘备在公元221年，也自立为帝，国号为"汉"，史称"蜀汉"。孙权于公元222年称帝，国号"吴"，就此形成了三国鼎立的局面。

白帝城托孤，南征北伐

三国鼎立的局面没过多久，又起了波澜。刘备因孙权侵犯荆州，又杀了关云长，于是自己带兵攻吴，最后不幸失败，退走白帝城，病得很重。临危之际，他召孔明来到白帝城，托付后事，并对他说："你的才能是曹丕的十倍，必能安国，终定大事。若是我的儿子可以辅助，就请辅助他。若是他实在不成才，你可以自立为主。"孔明哭着说："我一定竭尽我的能力，效忠国家，死而后已。"玄德又对他的儿子刘禅说："你同丞相做事，要像对待父亲一样侍奉丞相……"

刘备去世后刘禅即位，封孔明为武乡侯，领益州牧，事无论大小，多取决于孔明。孔明则仍旧坚持"和孙拒曹"的政策。那时，因云南等边界的蛮人反叛，孔明只好率众南征。后来捉了蛮王孟获，又使其参观军营。孟获说："向者不知虚实，所以打败了，现在看看营阵，也不过如此，要打败这样的军队也不难。"

孔明笑了笑，释放了他，叫他改日再来战。结果接下来孟获连续七次来攻打，七次都被捉住。到了第七次被捉住的时候，孔明仍说："你还可以回去，改日再来战。"孟获说："七擒七纵，从古不曾有过。我们虽是化外人，也不能够如此无耻。"于是同兄弟、妻子、宗党人等，匍匐（pú fú）跪在帐下说：“丞相天威，南人心服了，子子孙孙都不会再反了。”

于是，云南等处尽平，孔明仍用孟获为统领。那时有人谏孔明，问他为什么不派官吏守着所平之地。孔明说：“我这样做有三个原因：第一，留官吏一定要留兵，留兵没有东西吃。第二，蛮人伤破，父兄死亡，留官吏不留兵，一定弄成大祸。第三，蛮人累有废杀之罪，自有嫌疑，留官吏终不能使他们相信。现在我不留人，不运粮，大家也都相安无事。”大家听了，无不佩服。

孔明见南方已平，便于建兴六年（228），出师北伐。他临走的时候，写了一份《出师表》给后主刘禅。文章真切感人，旨在劝谏后主“亲贤臣，远小人”，并表明自己的一片赤胆忠心！

孔明出兵以后，宣称将由斜谷道出兵，并令赵云、邓芝为疑军，占据箕谷。魏将军曹真率领大军阻挡，诸葛亮令赵云、邓芝在斜谷道阻挡曹军，而自己率领蜀军主力进攻祁山，赵云、邓芝由于兵弱敌强，失利于箕谷。部队撤退时，赵云亲自断后，阻止曹军追击，因此军资和人员的损失都不大。

而在祁山战场，蜀军主力因督军马谡违背诸葛亮的指示，举动失宜，被魏将张郃大败于街亭。孔明见大势已去，便准备退兵汉中。忽然有人报告，司马懿带了大军数十万，向西城杀来。那时孔明的身边，并无大将，只有一些文官。孔明仔细一想，心生一计，这就是著名的空城计，最后诸葛亮凭此空城硬是吓走了司马懿。但此次北伐还是以失败告终。后来，诸葛亮挥泪斩马谡，引咎上表自贬三级。

遗风千古

在之后的五年里，诸葛亮先后四次北伐，鞠躬尽瘁，最后病逝在五丈原（在今陕西省岐山县）。

孔明在临死之前，上表给后主说："……成都有桑八百株，薄田十五顷。子弟衣食，自有余饶。至于臣在外任，无别调度。随身衣食，悉仰诸官。不别治生，以长尺寸。若臣死之日，不使内有余帛，外有余财，以负陛下……"由此可见诸葛亮一生清廉。

孔明死后，有人向司马懿报信，让他派兵追赶。姜维受了孔明的遗嘱，令杨仪反兵，鸣鼓，向司马懿进攻。蜀兵奋勇向前，军中还飘出一幅大旗，上面写着："汉丞相武乡侯诸葛亮。"司马懿大惊，说："孔明没有死，我中他的计了！"说着赶忙逃跑，魏兵也各自逃命，互相践踏，死了很多。司马懿走了十几里，背后的将官赶上对他说："都督不要害怕。"司马懿摸摸自己的头说："我还有头没有？"将官说："都督不要怕，蜀兵走远了。"过了两日，乡民来报：孔明真的死了，因怕魏军知道，没有发丧。蜀军入谷之后，哭声震天。司马懿叹口气说："我能料他生，不能料他死呀！"因此，当时也有一句话说："死诸葛吓走生仲达！"

孔明葬在定军山，直到现在，四川成都还有武侯祠。唐代杜甫游成都武侯祠时，作咏史古诗《蜀相》。其诗曰：

丞相祠堂何处寻，锦官城外柏森森。
映阶碧草自春色，隔叶黄鹂空好音。
三顾频烦天下计，两朝开济老臣心。
出师未捷身先死，长使英雄泪满襟。

陶侃：忠孝节俭的大将军

岁月如梭

落日的余晖给新淦县城披上了一条暖黄色的绸缎，看似美丽又温馨，实则憋得人透不上气来。县城西坡的竹楼里传来一阵吱吱呀呀的机杼声，穿着朴素的妇女湛氏正忙着织布，汗水顺着洁白的脸颊淌下来，她却丝毫不肯放松。

曾经，她衣食无忧，一心相夫教子。她的丈夫是吴国扬武将军陶丹，英勇神武，她虽不是名门闺秀，却读过很多书，颇有学识……不料祸从天降，丈夫病逝，家道没落，她只好带着孩子回到娘家。

湛氏一边抹去脸上的汗珠，一边向窗外张望：侃儿早该下学了吧，为何还没回来？

“娘，我回来了。”门外一溜烟儿似地跑进来一个7岁的孩童，小脸儿红扑扑的，不知道是晒的，还是跑热了。

“你这孩子，是不是又偷着出去玩了，这么晚才回家！”湛氏皱起了眉，虽然是责怪的话，却含着爱怜。陶侃搓着衣角，不敢吱声。

“今天夫子教什么文章了，背给娘亲听听！”湛氏见他不知所措的样，又可气，又可笑，抚摸着他的小脑瓜问道！

陶侃一听背文章，立刻打起精神来，夫子教得那篇《增广贤文》，他可是背得滚瓜烂熟了。

当背到“光阴似箭，日月如梭”时，母亲叫他停下：“你可知道什么是日月如梭？”

“这……夫子没教。”陶侃只知其音，不知其意。

湛氏指着纺织机：“你看，这就是梭子，线在梭子上穿梭，是不是很快？时间就像这飞快的梭子一样，一不留神就过去了。你若只知道贪玩，不用心读书，大好的时光就白白浪费了！”

陶侃望着母亲那温和而期待的目光，突然意识到自己的贪玩使母亲失望了：“娘，我以后会发愤读书的！”

被退回的孝心

一转眼，陶侃到了及冠之年，已然从那个贪玩的孩子变成了上进的青年。也许是遗传了父亲的基因，年轻的陶侃对兵法表现出了浓厚的兴趣，他有一身好武力，也盼着有朝一日能做个大将军。

纵使陶侃怀有一腔热血，但在晋朝这个看中门第背景的时代，那也是80岁的老公公挑担子——心有余而力不足。想要做官为将，要么世袭，要么有人举荐，像陶侃这样的年轻人，只能等待时机，等待赏识自己的伯乐出现，举荐自己。

陶侃在县城里做了个不起眼小吏，负责监管渔业。工作在外，陶侃最放心不下的就是家中的母亲。一次，他托人把一坛腌鱼捎到家中给母亲品尝，湛氏看那精美的坛子像是官家的东西，便原封不动地退回去了，并写了一张纸条告诫儿子：你现在虽然只是一个小官，但是要懂得清正廉洁，你拿官家的东西送我，我不但不觉得高兴，反而为你感到很担忧。陶侃收到母亲退回的腌鱼，十分愧疚，从此再也不拿官家一针一线。

卖了头发换粮食

鄱阳郡有一位叫范逵的人，很有名望，被推举为孝廉，他和陶侃的父亲有些交情。一年冬天，范逵带领随从办事，路遇风雪被困在路上，只好冒昧来到陶侃家避雪。

范逵的突然造访，使得湛氏和陶侃措手不及：这可怎么是好，家里的米都不够了，如何招待贵宾？陶侃急得冒了汗，这时母亲将他推到客堂："你只管好好招待客人就是，吃饭的事我来想办法！"

陶侃表面上和范逵寒暄，心里却一直忐忑不安：母亲身无分文，也不知道去哪里弄粮食了？

过了好一会儿，湛氏挑着担子回来了，一担子放着米，另一担子是肉和蔬菜。陶侃十分惊讶："娘，您这是打哪来的钱？"

"我把长发剪下来，编成两条辫子，没想到真能卖个好价钱。"湛氏从容地说。

■ 陶侃像

陶侃得知粮食是由母亲的秀发换来的，心中不免一阵阵悸痛，强忍着眼泪，心中暗暗发誓：将来出人头地了，一定要好好孝顺母亲。

米有了，却没有烧火的柴木，湛氏便将屋子里的每根柱子都削下来一段当柴烧；她见范逵有很多马匹，也需要补给，就将铺床的草垫子剁碎了当草料；侍从们舟车劳顿，湛氏也为他们准备了洗脸水……范逵看到湛氏所做的一切，不禁发出感慨：都说有其母必有其子，有湛氏这样的好母亲，想必陶侃也错不了！

到了傍晚，湛氏将精美的食物摆到了桌上，又温了一壶酒。陶侃恭敬地给范逵敬酒，两人相谈甚欢。范逵询问了他们母子这些年来的生活状况，陶侃据实回答，并对范逵讲了自己的理想抱负。范逵对这个年轻人颇有好感，打算帮帮他。

第二天一早，范逵辞行，陶侃送了一程又一程。分别之时，范逵问道：“你可想到郡中去做官？”陶侃叹口气：“想是想，只可惜没有人举荐。”范逵拍了拍他的肩膀，语重心长地说：“不要担心，只要是有用之才，一定会有他的用武之地！”

送子三土

范逵到了庐江，拜见太守张夔，刻意讲了湛氏母子款待自己的事，并极力赞美陶侃。张夔虽然没见过这个小伙子，但听范逵这么一说，觉得他是个可造之材，于是举荐他为孝廉。

陶侃听见这个消息，喜悦万分，跪在母亲面前激动地说：“娘，孩儿终于要有出息了，以后您可以过好日子了！”湛氏欣慰地点了点头。

临行之前，湛氏拿出事先准备好的包袱给他带上，吩咐他到了官府后再打开。陶侃到了目的地，打开包袱一看，里面包着的竟然是一坯土块、一只土碗和一块白色的土布。他怔住了：母亲这是什么意思呢？陶侃思考良久，终于领悟到了母亲的用意：这土块是告诫自己，不论走到哪里，都要牢记故土；土碗是告诫自己不要贪恋金银，坚守自己的原则；至于这土布，则是告诫自己要廉洁朴素。

陶侃将母亲的叮嘱牢记在心，他严格律己，和善待人，对待曾经帮助过自己的人更是滴水之恩以涌泉相报。

一次，张夔的妻子生病了，需要到几百里地去接医生，那时天寒地冻，道路难行，没人愿意担这个苦差。陶侃自告奋勇前去接医生，他对众人说："没有张夔，就没有我陶侃的今日，他就是我的再生父母，哪有父母生病不尽心的呢？"于是冒着风雪走了百十里路将医生接来，大家都佩服他的道义。

搬砖明志

陶侃到了洛阳，多次拜访一位叫张华的名士，希望得到他的举荐。张华对这个乡下来的小子很是看不上眼，陶侃吃了好几次闭门羹。不过陶侃每次见到张华时，仍是一副恭敬的样子，丝毫没显示出生气的模样，张华便与他交谈了几句，结果发现陶侃胸有谋略，谈吐不凡，对他是刮目相看，便推举他做了郎中。

豫章国的郎中令杨晫是陶侃的老乡，有一次，他俩乘坐一辆马车去拜见中书郎顾荣。顾荣的手下礼部郎温雅对杨晫说："你怎么和这个出身卑微的人一起，也不怕掉架子。"

杨晫哈哈大笑："人不可貌相，海水不可斗量，这个人的前途是不可估量的！"

就这样，陶侃的名声却是越来越响亮，而且越发显示出他的军事才能。他的名声传到了荆州刺史刘宏的耳朵里。那时，西晋的八王之乱刚刚结束，江南局势动荡不安，四处爆发起义，刘弘任命陶侃为南蛮长史，前去讨伐起义军张昌。陶侃初战告捷，刘弘高兴地拍着他的肩膀说："我以前做羊祜（汉魏军事家）的参军，羊公说我将来能代替他的位置，如今看到你，我也想说同样的话。"按照军功，陶侃被封为东乡侯，享受千户的食邑。

刘弘的预言还真准，不久，陶侃因平定了华轶和杜弢的叛乱，被东晋的权臣王敦任命为荆州刺史。这个王敦是个自相矛盾的人，他一方面欣赏陶侃，一方面又忌惮陶侃，找个机会就将陶侃贬到广州去做刺史了。陶侃这块金子放在哪里都能发光，到了广州，陶侃发现叛贼杜弢和温邵的余党正躲在这里，便将他们一网打尽，因此又获得了军功，被封为柴桑侯，食邑增加到四千户。

剿灭了叛贼，陶侃在广州暂时没有什么大事可做，他的手下都过起了闲散的日子，陶侃却始终不愿放松。每天早上，他将一百块砖搬到屋外，到了晚上又将这些砖搬回来，整日累得满头大汗。人们对他这种做法感到奇怪，上前询问原因。陶侃说："我的志向是收复中原的失地，我怕现在日子过得太安逸了，会让我忘记自己的志向。”

节俭的美德

和那些世袭的官员不同，陶侃这个出身贫寒之家的官员更懂得民生疾苦，他对官场上的奢靡之风很看不惯，对于奢侈浪费的做法更是深恶痛绝。

有一次，他带领手下的士兵去观看粮食的收成情况，一名士兵随手拽下一把还没有成熟的谷子在手里把玩儿，陶侃强忍着怒火问他：“你拽那谷子干什么？”那位士兵丝毫没有意识到他的将军生气了，满不在乎地说：“就是走路看见了，拽一把儿玩玩，没什么！”陶侃火冒三丈：“你不种田也就罢了，还要去糟蹋人家种的粮食！”于是命人抽了这个士兵十鞭子，给他长长记性。

陶侃的节俭，并不是时刻挂在嘴边的花架子，而是体现在一些微小的事情上。有一次，陶侃奉命造船，这可是一个大工程。船只造好后，剩了很多木屑和竹子头儿，匠人们都说这些都是废料，没什么用，就要丢掉，陶侃却坚持留下来，堆在仓库里。转眼到了冬天，下了几场雪，路上又湿又滑，简直寸步难行。这时，陶侃就叫人把收藏的木屑拿出来铺撒在路上，解决了路滑的难题。至于竹子头，也派上了它的用场，朝廷里缺少铁钉，陶侃就让人把竹子头做成钉子，效果和铁钉差不多，还不易生锈。

那些嘲笑陶侃“捡破烂”的人此刻都羞愧不已。陶侃一直秉持着节俭朴素的美德，犹如当初母亲告诫他的那样。

位高而不骄

王敦的野心逐渐膨胀，朝廷为了抑制他的势力，让陶侃做江州刺史。为了拉拢陶侃，王敦让他恢复本职，仍为荆州刺史，还加封他做了散骑常侍。不久，交州刺史被叛贼梁硕打败了，陶侃派手下大将高宝前去救援，平了这场战争。于是，朝廷又封陶侃为交州刺史，根据军功，陶侃的次子陶夏被封为都亭侯。

晋元帝去世后，明帝继位，王敦的狼子野心终于暴露出来，正打算密谋篡位。谁料人算不如天算，王敦居然一病不起，将他的阴谋带进了坟墓，没有了王敦这棵大树，手下的党羽都是树倒猢狲散。晋明帝吃一堑，长一智，为了防止再发生类似王敦这样的事，他一方面任用大将庾亮牵制丞相王导的势力，另一面任命陶侃掌管荆、湘、雍、梁四州的军事，陶侃身兼多职，既是征西大将军，又担任荆州刺史等职务。

陶侃集众多要职于一身，却没有因此变得骄纵，仍能坚守本性。军中府中众多事情，他事事亲力亲为，没有片刻停歇。他常对人说：“像大禹那样的圣人，还要珍惜时间，普通人更应该珍惜分分秒秒，多做点事。不然人活着碌碌无为，死了也不被后人记住，那这一生有什么意义呢？”当然，陶侃这种珍惜时间的观念，与他孩童时受到母亲的教育是分不开的。

时光荏苒，陶侃白发渐生，他开始有了归隐之心。在离开之前，他派儿子和侄儿收复了襄阳失地，这是东晋一个重要的战略阵地。朝廷为了嘉奖他的功劳，赐予他两项特权，一是可以穿鞋佩剑进入天子殿堂，二是在朝拜时，赞礼官只称他的官职，而不直呼其名。陶侃深知物极必反的道理，他拒绝了这项殊荣，并提出告老还乡，但朝廷不许。直到公元334年，陶侃病重，朝廷才准他回家。在归乡的途中，陶侃离开人世，享年76岁。

纵观陶侃的一生，可谓是半生戎马，半生治理天下，在晋朝这种看中门第阶品的社会背景下，陶侃从一个平民成了大将军，没有辜负母亲的期望，也没有辜负自己的志向。而可歌可泣的，不只是陶侃的丰功伟绩，更是他谦虚、节俭的美德。

当初范逵说：有其母必有子。陶侃的德行不仅上承于母亲，更是传于后世子孙。不久，陶家又出了一位名人，那就是陶侃的曾孙，东晋伟大的文学家——陶渊明。

房玄龄：筹谋帷幄的贞观名相

生于乱世

所谓的“三伏天”，指的是阴气被阳气所迫，藏伏在地下，因此，压根儿别想在地面上找到一丝凉气。这天下午，北齐治中（官名，辅佐刺史的高级官员）房彦谦府中的丫鬟都拼命扇着蒲扇，小厮蹲在水池边一把接一把地洗脸，只有房彦谦把自己关在书房中，在纸上沙沙写着“心静如水”的草隶。

如果只因天气燥热，平复心境还是很容易的，如果是家事、国事、天下事，岂能不叫人忧心？当前战乱纷争，各个小国割据一方，一场有史以来未曾有过的大分裂正在上演，可谓是：“兴，百姓苦！亡，百姓苦！”一想到齐州水深火热的百姓，房彦谦握笔的手不禁颤抖起来。

一旁研墨的侍从见老爷的眉头拧成一个大疙瘩，赶紧上前询问：“老爷，可是这院中的蝉鸣声太过嘈杂，我去替您粘了它！”

■ 房玄龄像

房彦谦还没开口，从外面冒冒失失跑进来一个婆子："粘不得，粘不得，这蝉是给老爷报喜呢！夫人要生了，您赶快去看看吧！"

房彦谦的前脚还没迈进内堂，一声洪亮的啼哭传来，恰似清脆的蝉鸣。

"是位白白净净的公子……长大后一定像老爷一样学富五车。"满屋的丫鬟都说着吉祥话。房彦谦的心情如雨后初晴，心中的阴霾暂时退去了。

"彦谦，你不是说早就给孩子取好名字了吗？"房夫人深情地望着丈夫。

"玄之又玄，众妙之门。百龄寿眉，身体康健。我儿就叫——房玄龄！"

后生可畏

公元581年，隋文帝杨坚夺取了北周政权，建立了隋朝，社稷一片平和繁荣之象，老百姓都说救世主出现了，对新政权充满期盼。房彦谦并没有参与到这个沸沸扬扬的话题中来，他的心思，可是完完全全地放在宝贝儿子身上。

俗话说，虎父无犬子。房彦谦精通五经之学，房夫人也是知书达理之人，夫妻俩倾尽所学培养儿子。房玄龄果然不负众望，所表现出来的聪颖可谓是青出于蓝而胜于蓝，小小年纪就有自己的见识，有时说出来的话把大人吓一大跳。

一次，房彦谦问儿子关于当前局势的问题："玄龄，老百姓都在歌颂隋朝，依你看，隋朝能不能成为一个盛世呢？"

房玄龄撇撇嘴："依我看，别说盛世了，恐怕离灭亡都不远了。"听见儿子讲如此大逆不道的话，房彦谦吓得面如土灰，赶紧捂住儿子的嘴："小子，休得胡说，就凭你刚才这句话，咱们全家人的脑袋都要齐刷刷地落地了。"

房玄龄丝毫没有被父亲唬住，却不由得降低了声音："父亲，据我观察，隋朝根本没有造福人民，现在对百姓好，不过是为了取得百姓的支持罢了，表面上看起来欣欣向荣，但皇室兄弟不和，将来肯定会因为争夺皇位互相残杀，灭亡也不过早晚的事！"

房彦谦的心中一直有此想法，但从来没对外人说起，没想到儿子也有此觉悟，虽然嘴上埋怨他，心里却为他感到骄傲。

预言成真

隋朝这座大厦是如何倾倒的，这是后话。在这之前，隋朝的统治者还是做了一件名垂千古的变革——那就是创建了科举制，这种选拔人才的制度将考试和选拔官员紧紧地连在一起。与以前的凭借门第、贵族血统进入仕途的方式相比，科举制度给寒门之士敞开了大门，隋朝的青年之士，都好似鲤鱼一般，等待越过天子殿堂的那扇龙门，从此飞黄腾达。

对隋朝前景感到堪忧的房玄龄，对登隋朝天子的殿堂并没有太大的兴趣。房彦谦劝他说："儿啊，不要通过市井见闻就妄断政治前景，你需要深入地去了解政治，才有资格去评判为政者的得失。"在父亲的一番说理下，房玄龄终于决定加入科举考试的大军。

隋文帝在位16年，房玄龄轻而易举地考中了进士，进入了负责文史编纂、图书整理的秘书省。这看似十分符合房玄龄的身份，谁也不曾想到，满腹诗书的房玄龄在这个文职的机关居然担任的是一个风马牛不相及的武职——羽骑尉。

罢了，只能等下一个时机！房玄龄考中进士时，年仅18岁，正是青春壮志，虽然一直被安放在不合适的位置，他并不沮丧，留心观察着朝廷中的一举一动。

弹指一挥间，十几年过去了。不出所料，隋朝皇室开始动荡起来，太子杨勇受人谗言，被废除储君之位，汉王杨琼策划谋反，其他几个皇子也蠢蠢欲动。和房玄龄曾经所猜测的一样：隋文帝杨坚的这几个儿子，都不是当君主的料。

隋文帝驾崩，杨广登基，即隋炀帝。一直表现得本分老实的杨广此刻摘下了他面具，以往，他总要在父皇和母后面前装出一副节俭有度、家庭和睦的样子来，以骗得父皇的好感。然而登基之后，却立即征发数十万男丁建造行宫，大兴土木，导致民怨纷纷。

忘年之交

公元616年，隋炀帝出游到雁门关，消息传到了突厥始毕可汗的耳朵里，这送上门来的肥肉哪有不要的道理？可汗立即率军南侵，将隋炀帝困在了雁门关。隋朝的大将小兵都想前去营救皇帝，以此获取军功。令人大跌眼镜的是，最终救了隋炀帝的人竟然是一位不足20岁的青年小将，他的名字叫李世民。

当其他人都在称赞李世民年轻有为之时，房玄龄却不屑一顾："不过是为了求荣罢了，有什么值得称赞的！"

不到一年，房玄龄就改变了这个看法。随着隋炀帝的无度挥霍，狂征暴敛，各地起义军揭竿而起。李世民的父亲李渊率兵入关，屯兵在渭河以北地区，这父子二人的名望越来越高，前来投奔他们的人络绎不绝。房玄龄抱着试一试的态度来到渭北，想看看这李氏父子是否真如传言中勇猛。他穿过烈烈旌旗，走进军营求见李渊的二公子李世民！

在这个秋风飒爽之日，房玄龄终于见到了19岁的李世民，他少年英发，又带着沉稳与谦逊，而房玄龄此时已接近40岁了。可以说，遇见李世民，他的人生才刚刚开始。这两个相差20多岁的人丝毫没有被年龄的代沟隔绝，甚至有种相见恨晚的感觉，李世民授予他记室参军的职务，专门为自己出谋划策。

李世民对房玄龄委以重任，这对于一直屈身于隋朝廷的玄龄来说无疑是天大的恩遇。房玄龄对他人说："在这世间，除了父母的养育之恩、朋友的帮扶之恩以外，还有一种恩情当以涌泉相报，那就是李世民对我的知遇之恩。"

因此，当李世民占据一方时，他人都在搜罗珍宝，房玄龄却在为恩主搜罗人才，后来与房玄龄并称"房谋杜断"的宰相杜如晦，就是经房玄龄举荐的。

助胜玄武门

隋朝的末日已经来临，公元618年，李渊称帝，改国号为唐。李建成封为太子，李世民被封为秦王。房玄龄便在秦王府中负责整理文书，这对于从小饱受文书熏陶的他来说简直是小菜一碟，每逢写军事文书的时候，他连草稿都不用打，文字简洁明了，却能字字切中要害。

不久，一场惊心动魄的宫廷政变发生了。当初，太子李建成主要负责宫内文书事务的处理，在战场上立下军功的是李世民，太子自觉战功不如他，便联合齐王李元吉排挤李世民。房玄龄眼见这兄弟二人的争斗，岂不又是步隋朝皇室争斗的后尘，他心急如焚，前去找长孙无忌说："现在兄弟二人的仇恨已经造成，如果只是兄弟间的争斗还没什么，可是他们身份不同，这关系到江山社稷的存亡，为了安定国家，不如赶紧劝说秦王，不要妇人之仁，害了苍生。"长孙无忌正有此意，就将房玄龄的话说给李世民听："大王您功盖天地，应该继承大业，希望大王不要摇摆不定了。"

李建成的手下对他说："这秦王府中，房玄龄和杜如晦是李世民的左膀右臂，如果除去这两个人，李世民便无法施展身手了。"李建成便向高祖诬陷二人，高祖不明真相，下旨将二人驱逐出秦王府。

李世民离了这二人，犹如鱼离开了水，哪能受得了。命令长孙无忌偷偷去召回他们。房玄龄不肯回来，放话说："陛下已经下旨，不允许我们再侍奉秦王，如果我们再回去，那是要掉脑袋的。"李世民听了急得团团转：莫非这二人要背叛我？又派尉迟恭前去召唤他们，尉迟恭说："大王已经决定发动政变了，你们赶快回去吧！”房玄龄见这招激将法管用了，就乖乖地回到了秦王府。

公元626年，房玄龄、杜如晦、长孙无忌等秦王府的谋士们一同入朝，李世民派人在玄武门设好埋伏，李建成没有察觉，像往常一样和弟弟李元吉一同入朝，果然中了埋伏，被李世民用箭射死。高祖听到此事，又惊又怕，问朝中大臣该如何处置。房玄龄上前说：“秦王随您共同打下这天下，当太子是实至名归。”大臣们见大势已去，纷纷随声附和，高祖只好同意。不久，高祖李渊退位，做了太上皇，李世民登基，称唐太宗。

房玄龄作为唐太宗的肱骨之臣，又有着运筹帷幄、安定社稷的功劳，理所当然地被封了唐朝的宰相，总领百司，制定章典……事事亲力亲为。

家里有只母老虎

房玄龄的一生，可谓是无所畏惧，无论是战场上敌我争斗，还是凶险的朝廷争斗，他都不曾皱下眉头。不过一物降一物，要说房玄龄最怕的，那就是他的老婆了。

有一次，已经下朝了，别的大臣都拜别太宗回家去了，只有房玄龄站在那儿磨磨蹭蹭不肯走。太宗觉得十分奇怪：“房爱卿啊，你可是有什么事要对朕讲吗？”

房玄龄连忙挥手：“没有，没有。”太宗不解：“那你为何不回家啊？”房玄龄露出一脸苦相：“家里有只母老虎啊，不敢回去。”这一说把太宗笑得前仰后合，最终连哄带骗地才将房玄龄“撵”了回去。

太宗一心想试一试房玄龄是不是真的怕老婆，一次宴会上，趁着他喝醉了，便赏了两个美女给他做妾。房玄龄借酒壮胆，便将两个美人领回家了。谁知房夫人火冒三丈，拿着鸡毛掸子就将美人赶了回去，还指着房玄龄破口大骂，吓得他一句话也说不出来。

太宗知道此事，想替房爱卿出口气，便赐给房夫人一杯毒酒，并下了一道圣旨：要么同意房玄龄娶妾，要么喝下毒酒。房玄龄一看傻了，虽然自己一直怕老婆，但对她还是很有感情的，无奈太宗圣旨已下，他也无力回天。那房夫人刚烈得很，端起毒酒一饮而尽。正当房玄龄悲痛欲绝之时，却发现夫人毫发无损，原来，所谓的毒酒，不过是一杯醋而已。房玄龄这才长长地舒了一口气，从此再也不敢乱来了。

宰相肚里能撑船

唐太宗与房玄龄亲密无间，不过偶尔也要一点小脾气，房玄龄从来不与他辩解，心甘情愿地充当太宗的出气筒。有一次，太宗又发了脾气，一怒之下削了房玄龄的官职，让他回家面壁思过。

房玄龄丝毫没有难过的样子，一脸平静地回家去了。家人都心急如焚，收拾东西打算跟着老爷告老还乡去。房玄龄却说："把院子打扫干净，皇上马上就来了。"果不其然，太宗满脸赔笑地来了，他拉着房玄龄的手："爱卿啊，你看朕又糊涂了，您老别生气哈！"房玄龄哪里会放在心上，俩人像什么都没发生过一样，一如既往地亲密。

房玄龄重病在床，官员们纷纷前来探望，一个尖酸刻薄的官员却说："要是宰相得的是小病，你们去看望他还能记得你们的好，他现在重病要死了，你们看他又有什么用？"这话传到房玄龄耳朵里，他非但没有生气，还开玩笑说："谢天谢地，你们现在都来看望，说明我得的是小病，一时半会死不了。"

话虽如此，房玄龄的病却越来越严重了，面见皇帝时，都要躺在肩舆上让人抬着去。太宗多次派太医前去诊治，并将御膳房里的好东西赏给他。每当听到房玄龄病情缓和，太宗就喜不自胜，听到他病情严重，则是愁云满面。

房玄龄临终之前，太宗来到他身边，紧握着他的手，眼泪不住地往下掉。房玄龄在太宗的不舍中离开了人世，享年70岁。房玄龄死后，太宗三天没有上朝，以表示对他的哀悼。

魏徵：名垂千古的直谏名臣

少年独立

千里不同风，百里不同俗，更别说家族与家族的门风有所不同了。隋朝末年，河北省巨鹿县就有一个门风奇特的魏氏家族，相传是西汉大将魏无知的后代。魏家的先祖不仅在战场上所向披靡，而且都是博学多识之辈。令人意想不到的是：魏家现在承担家族上下之事的并不是族中德高望重的老人，也不是沉着稳重的中年，而是尚未成家的少年男子。

一个外乡人路过听说此事，觉得不可思议，决心一探究。外乡人来到魏府，管事的果然是一位十二三岁的少年，少年身子单薄，看起来文文弱弱的。

外乡人半信半疑地问道："你小小年纪就管理这么大个家庭，能做到不偏不倚吗？"

少年一拍胸脯："那当然，父母曾告诫过我，不论亲疏远近，都要一同对待！"

外乡人不紧不慢地从布袋里拿出两个梨子："那么……

■ 魏徵像

请你将这两个梨平均分给家中老小。”一旁的仆们人听了外乡人的话，不免窃窃私语：“只有两个梨却要分给家中百十口人，这不是为难少爷吗？”

只见少年不慌不忙拿起两个梨子，对厨娘说：“现在正值秋季干燥，麻烦您将这梨子和川贝蜂蜜一起熬成汤分给大家喝。”外乡人被少年的睿智惊住了，心中暗自琢磨道：这魏家少年从小就受到这样的教育，公正无私，将来必成大器。

外乡人仔细端详着他：“少年，请问你叫什么名字？”

“我叫——魏徵！”

父亲的影响

魏徵的父亲魏长贤是北齐时的著作左郎，所写的文章令人称奇，即使是那些针砭时弊的文章，也能写得绘声绘色。因他所写的内容多是讽谏之事，得罪权贵宠臣是常有的事，以至于他正值壮年该大有作为时，却遭到佞臣陷害，被贬到了山西屯留做一个小小的县令。

魏长贤的亲戚朋友都责备他："你这人说话做事都不考虑后果，这才引火烧身。"魏长贤在信中义正辞言地回复道：朝中有权势的大臣只懂得享受高官厚禄，小官员只为明哲保身，眼睁睁看着朝廷陷入危难时刻，却没人敢于直言。我魏家一直讲究侍奉君主的礼节，一定要刚正不阿，我现在得罪了权贵，让魏家陷入危险当中，按理说我应该苟且偷生以求太平，但这不是我的性格。

诽谤与打击，让魏长贤感到报国无门，唯一值得安慰的事，大概只有他的老来子—— 魏徵。魏徵刚出生时，父亲的两鬓已经有了白发。

大概是觉得自己岁月不多，魏长贤对年幼的儿子耳提面命，教他治理家务的本事："征儿啊，魏家这大大小小的事你都要上心，你就是家中的小顶梁柱。"又教他安身立命的道理："不要害怕说实话得罪人，大胆说出你的想法，如果你处在一个好的时代，那自然是好的。如果你因为忠心获罪，那只能说你没有遇到贤明的君主，只能怪自己运气不好！"年幼的魏徵对父亲的话懵懵懂懂：总之，父亲就是叫我多说实话吧！

魏长贤所侍奉的君主，在群臣的一片沉默中被北周武帝拉下了宝座。魏长贤在哀怨与叹息中与世长辞，魏徵尚且是个十几岁的孩童。

青年的抱负

在魏徵的印象中，父亲的一生总是有遗憾的，他梦想着能活在一个好的时代，遇到一位贤明的君主。隋朝刚刚建立的时候，魏徵以为“好时代”来了，结果发现这繁荣如昙花一现，隋炀帝统治后期，大兴土木，民怨纷纷，各地起义军奋起反抗。

作为魏家的继承人，如果魏徵置办家业，发展经营，在这个动荡的时代或许能保全富贵。毋庸置疑，魏徵有着和父亲一样的骨气，在亲友的指责与不理解中，毅然决然地抛弃了家产，走上寻找明君的道路。从前读书时，他学过一些方术知识，如今倒是派上了用场，他扮作一个道士，既解决了温饱问题，又能打听各方情报。

魏徵还没有踏出河北省，就被武阳郡太守元宝藏截了下来。这元宝藏与魏徵从前就有一些交情，对魏徵的才学及为人十分了解，他将魏徵叫到内室，与他推心置腹地谈了一席话：“魏兄，想施展抱负，何必去远方，眼前就有个绝佳的机会。”

魏徵眼睛放出光彩：“元兄，你快快说来！”

元宝藏向魏徵分析了天下大势：“现在隋朝岌岌可危，各路人马揭竿而起。起义军中当数李密的声势最大，我打算发兵响应他，你留下来做个撰写文书的军师如何？”

魏徵正投师无门：“元兄，有需要的地方尽管说，我定竭尽全力。”

不久，李密接到了元宝藏的军事文书，只见文辞简要，头头是道，心中不由一惊：“写此文书的人一定不是等闲之辈。”元宝藏趁机推荐：“这是我们县里魏徵写的，此人胸怀大志，您可以见见！”

李密将魏徵召来，魏徵向他进献了十条军事政务的策略，李密却没有采用。魏徵跟随李密很长时间，也没受到重用。有人说，李密的作战不过是老生常谈，恐怕不会有多大出息。不久，实力更胜一筹的唐国公李渊发动兵变，次年在长安称帝建立了唐朝，李密归降了他，魏徵也就跟着归降了李唐。

正直的名声

太子李建成对魏徵的名气早有耳闻，便将他召来作为洗马，辅佐自己政务，对他态度十分恭敬。魏徵受到李建成的知遇之恩，更是一心一意为他着想。唐王李世民屡建奇功，威望越来越高，魏徵替太子捏了一把汗，劝说他早日采取对策，但李建成犹豫不决。

皇子间的争斗，向来都是你死我活。公元626年7月2日，李世民发动了玄武门之变，将李建成杀死，李建成的手下也都被抓了起来。李世民听说魏徵是个敢于直言的人，想收为己用。他将魏徵召来，吓唬他说："我听说你多次离间我们兄弟二人关系，这是为什么？"魏徵好不避讳地回答："如果太子听了我的话，也就不会遭到今天的杀身之祸了！"李世民一看，果然名不虚传，不但没有责怪他，反而提任命他为詹事主簿。

不久，李世民继位，是为唐太宗。太宗提拔魏徵为谏议大夫，派他去安抚河北，并授予他遇事可酌情处理的特权。

魏徵在途中遇到了李建成和齐王的手下被关押在牢车里，便对押囚的官员说："我动身时曾得过皇帝的诏命，前太子和齐王的旧人一律赦免，现在你们押着两位前太子的人招摇过市，岂不是让人们对皇帝的信义产生质疑吗？"官员听了魏徵的话，立即释放了两位囚犯。太宗听说了这件事，非常高兴。

民意与礼法

大唐逐渐繁荣起来，西域各国都想派使者给太宗进贡，太宗欣喜地派使臣厌怛纥干前去迎接。魏徵却阻拦道："现在天下刚刚太平，战争给百姓带来的创伤还没有恢复。各地的藩王进贡都会给沿途的百姓造成巨大的负担，更别说是西域各国的使臣了，请陛下收回成命！”

太宗沉思一番：“爱卿所言有理，但是不让使者来，岂不是失了我们大国的风度？”

魏徵分析道：“不如让西域的人以商人的身份往来，这样不但不会烦扰百姓，还能使边疆的百姓获利。”

太宗犹豫起来：“厌怛纥干已经在路上了，这事恐怕不好办。”

魏徵急了，大声说道：“从前西域要派遣王子到京城侍奉皇帝，光武帝都拒绝了，就是不愿意让异族人烦扰中原百姓，现在唐朝根基刚稳，如果百姓因此心生想法，那就危险了！”

太宗这才意识到问题的严重性，赶紧派人快马加鞭阻止了厌怛纥干。

魏徵认为，民意不可违，礼法不可废，社稷的根基才能稳定。皇后所生的长乐公主，是太宗的掌上明珠。长乐公主出嫁时，太宗陪送的嫁妆比永嘉长公主多出一倍。魏徵得知后立刻上谏：“从前汉明帝给他的儿子授予封地时，曾说‘我儿子的封地怎么能和先帝儿子的封地一样多呢，只封他楚地、淮阳的一半’。后世将这件事作为美谈，现在陛下赏赐女儿的嫁妆比赏赐给妹妹的嫁妆多一倍，这是不符合礼法的。”

太宗有些不高兴，对长孙皇后说：“这个魏徵，什么都要管！”长孙皇后听明白缘由，高兴地说道：“魏徵这是让我们的女儿免于悠悠之口啊！”说完就派人给魏徵送去钱财和绢帛表示感谢。

当面讽谏

太宗刚继位的时候，多次将魏徵召到内室中，单独询问他治理国政的得失。魏徵毫不隐瞒，将太宗的失误之处全盘托出，有时说得太宗面红耳赤，但太宗仍能虚心接受。

不久，太宗升他为尚书左丞。太宗对魏徵的青睐得到了一些人的嫉妒。有人诽谤魏徵包庇自己的亲戚，太宗派御史大夫温彦博前去查办，结果纯属子虚乌有。

温彦博对太宗说：“魏徵作为一个臣子，应该光明磊落，远避嫌疑，虽然没有私情，也该受到责备。”太宗便叫温彦博将此话转给魏徵听。

第二天，魏徵上朝启奏道：“臣听说君主和臣子好比一个整体，如果一味把心思放到自己的行为是否显露上，那岂不是置国家大事于不顾吗？希望陛下让我做良臣，而不是忠臣！”

太宗感到十分纳闷：“这良臣和忠臣有什么区别吗？”

魏徵回答道：“良臣自身能获得美名，君主也能得到光耀。忠臣往往遭遇杀戮，君主也会背上暴君的骂名。”太宗听了很是感动，赏赐给他五百匹绢布。

太宗大宴群臣，借着酒意对长孙无忌说：“以前那些侍奉前太子李建成的臣子们，都曾想过谋害我，但我现在仍能提拔任用他们，可见我已经做到无愧于古人了！”

太宗看了一眼魏徵，意味深长地说：“魏徵每次进谏我没有听从时，我的命令他就不去实施，实在是胆大。”

魏徵回答说：“臣觉得不妥的事，才要进谏，如果还按照您以前的意思来，那我进谏又有什么用呢？”

太宗轻声说道：“那你尽管当时答应，就当是给我个面子，有机会再另外陈述不行吗？”

魏徵说：“从前舜对他的臣子说，你们不要当面顺从我，退下后又议论我的得失。”

太宗听了大笑起来：“别人都说魏徵举止粗鲁傲慢，朕却觉得他妩媚可爱！”

魏徵辞谢说：“臣之所以敢直言，还不是因为您是明君，如果您不接受臣的意见，我哪敢多次冒犯，我魏徵恐怕有几个脑袋都不够掉啊！”

君臣的爱好

太宗虽为一介帝王，毕竟还是个年轻人，身边都是一群规矩严肃的老臣，总是无趣。身边的人摸准太宗的爱好，挖空心思送一些小物件讨他的欢心。

有人进献了一直鹞鹰，太宗十分喜欢，得空就训练它，让它站在自己的手臂上，可算找到一点儿乐趣。一日，太宗又在训练鹞鹰，忽然看见魏徵大步流星地走来，吓得他一激灵：要是让这个老匹夫看见了，肯定又得长篇大论地讽谏了，说我玩物丧志，还是不要惹这个麻烦了！他立即将鹞鹰塞进袖子里。

魏徵见太宗慌慌张张，觉得十分奇怪。四处环视一周，看见有个空鸟笼，心里已经明白大半，于是滔滔不绝地讲起了政务。太宗哪有心思听这些，只是不住地点头，希望他快点说完。

魏徵走后，太宗赶紧掏出鹞鹰一看，早就憋得断气了，太宗是哑巴吃黄连——有苦说不出。暗暗骂道：这个老匹夫，难道你就没有兴趣爱好，等朕找到机会，一定让你出丑！

经过多方打听，太宗终于知道到了魏徵的癖好，那就是—— 嗜好醋芹。太宗心里有了主意，在一次宴会上，太宗故意叫人将一碟醋芹放在魏徵面前。魏徵见了，简直都要流口水，头也不抬地吃起来……只听得一阵哄笑，抬头一看，大家都在盯着自己。太宗笑得合不拢嘴："原来魏爱卿也有如此痴迷的东西啊！"

魏徵不好意思地摸着头："陛下讲究无为而治，都没有什么爱好，我哪里敢有什么爱好，只是好这一口醋芹罢了！”

皇帝的镜子

太宗对大臣说：“用铜做的镜子，可以照出衣冠是否端正，用历史当镜子，可以知道兴衰更替，把人当镜子，才知道自己的得失。魏徵就是我的镜子啊。”贞观十七年，魏徵病逝，太宗痛哭流涕：“现在魏徵不在了，我失去了一面镜子！”

太宗想要厚葬魏徵，送来了绢帛千段，米粟千石。魏徵的夫人辞谢道：“魏徵生前节俭，现在这么奢侈的场面，恐怕不符合他的心意啊。”最终只用一辆没有纹饰的布车载着魏徵的棺材下了葬。

司马光：儒学教化的典范

司马光，字君实，号迂叟（sǒu），世称涑水先生，北宋政治家、史学家、文学家。宋仁宗宝元元年，司马光考中进士，成为龙图阁直学士。宋神宗时，司马光因反对王安石变法，离开朝廷15年，主持编纂了中国历史上第一部编年体通史《资治通鉴》。

司马光在仁宗、英宗、神宗、哲宗四朝都做过官，去世后被加封为太师、温国公，谥号文正。

司马光为人温良谦恭、刚正不阿；做事用功刻苦、勤奋。以“日力不足，继之以夜”自诩，司马光的人格堪称儒学教化下的典范，历来受人景仰。

司马神童　砸缸救友

宋真宗天禧三年，司马光出生于光州光山，此时他的父亲司马池任光山县令，所以给他起名为“光”。司马光6岁时，司马池就教他读书，7岁时，司马光不仅能背诵《左氏春秋》，还能讲明白全书的要意，并且做出了“砸缸救友”这一件震动洛阳的事。有一次，司马光跟小伙伴们在后院里玩耍。院子里有一口大水缸，有个小孩爬到缸沿上去玩，一不小心掉到水缸里。缸大水深，眼看那孩子已经没（mò）顶了。别的孩子们一见出了事，吓得边哭边喊，跑到外面向大人求救。司马光却急中生智，从地上捡起一块大石头，使劲向水缸砸去，“砰”的一声，水缸破了，缸里的水流了出来，被淹在水里的小孩得救了。小小的司马光遇事沉着冷静，聪明机灵，从小就是一副小大人模样。这件偶然的事件使小司马光出了名，东京和洛阳有人把这件事画成图画，广泛流传。

天圣九年，司马光跟随父亲司马池从东京出发，一路上经过洛阳、潼关、宝鸡，过秦岭，前往四川广元，出任利州转运使。谁想竟在途中的栈道上遇到一头巨蟒，他沉着冷静，手持利剑，一剑扎进巨蟒的尾巴，巨蟒疼痛得身体一震，滚到了深不可测的栈道下边。

司马光既聪明，又十分懂事，深得父亲喜爱。司马光在15岁以前就跟随父亲走过好多地方，在这些地方访古探奇，赋诗题壁，领略风土人情，极大地丰富了社会知识。

终生奉行一“诚”字

受父亲诚实教育的影响，司马光一生诚信做人。在五六

■ 司马光像

岁时，有一次，司马光要给胡桃去皮，他不会做，姐姐想帮他，可是也去不掉，姐姐就先离开了。后来一位婢女用热汤替他顺利地将胡桃去皮，等姐姐回来，便问："谁帮你做的？"他欺骗姐姐说是自己做的。父亲知道后，便训斥他说："小子，怎敢说谎！"司马光从此不敢再说谎。长大以后，他还把这件事写到纸上，鞭策、勉励自己。邵雍的儿子邵伯温还看过这张纸。

清朝人陈宏谋说："司马光一生以至诚为主，以不欺为本。"后人对司马光盖棺论定之语，也是一个"诚"字。有一次，司马光要卖一匹马，这匹马毛色纯正漂亮，高大有力，性情温顺，只可惜夏季有肺病。司马光对管家说："这匹马夏季有肺病，这一定要告诉买主。"管家笑了笑说："哪有人像你这样的呀？我们卖马怎能把人家看不出的毛病说出来呢？"司马光很不认同管家这种看法，他对管家说："一匹马多少钱事小，对人不讲真话，坏了做人的名声事大。我们做人必须讲诚信，要是我们失去了诚信，损失将更大。"管家听后惭愧极了。

从小受父亲耳濡目染，使司马光不论在知识方面，还是见识方面，都像成人一样。当时很多大臣、名士，都很赏识司马光。尚书张存主动提出将女儿许配给司马光。担任过副宰相的庞籍在司马池死后，把司马光当成自己儿子一样培养、教育。

淡泊节俭　从一而终

司马光性情淡泊，不喜奢华，他在《训俭示康》中曾提到小时候长辈给他穿华美的衣服时，他总是害羞脸红。宝元年间司马光中举时，曾得到仁宗的接见，酒席宴会上，每人都在头上插满鲜花，肆无忌惮地嬉戏取乐，唯独司马光正襟危坐，也不戴花。被同行的人提醒后，司马光才勉为其难地戴了一朵小花。

司马光有一个老仆，一直称呼他为“君实秀才”。一次，苏轼来到司马光府邸，听到仆人这样称呼司马光，觉得好笑，戏谑道：“你家主人不是秀才，已经是宰相了，大家都称为‘君实相公’！”老仆听了仿佛醒悟过来，以后见了司马光，就毕恭毕敬地尊称“君实相公”，并高兴地说：“幸好有大苏学士教导我……”司马光听了长叹道：“我家这个老仆，活活被子瞻（苏轼）给教坏了。”

北宋士大夫生活富裕，有纳妾蓄妓的风尚。司马光和王安石、岳飞一样，是极为罕见的不纳妾、不储妓之人。婚后30多年，妻子张夫人没有生育，司马光并没有放在心上，也没想过纳妾生子。张夫人却急得半死，一次，她背着司马光买了一个美女，悄悄安置在卧室，自己再借故外出。司马光见了，不加理睬，到书房看书去了。美女也跟着到了书房，一番搔首弄姿后，又取出一本书，随手翻了翻，娇滴滴地问："请问先生，中丞是什么书呀？"司马光离她一丈远，板起面孔，拱手答道："中丞是尚书，是官职，不是书！"美女很是无趣，大失所望地走了。还有一次，司马光到丈人家赏花，张夫人和丈母娘合计，又偷偷地给司马光安排了一个美貌的丫鬟。司马光不客气了，生气地对丫鬟说："走开！夫人不在，你来见我做什么？"

第二天，丈人家的宾客都知道了这件事，十分敬佩司马光，说俨然就是"司马相如和卓文君"白头偕老的翻版。只有一人笑道："可惜司马光不会弹琴，只会鳖厮踢！"张夫人终身没有生育，司马光就收养了哥哥的儿子司马康作为养子。司马光一直和妻子相依为命。

洛阳的灯会享誉天下，元宵节时，张夫人想出去看灯，司马光说："家里也有灯，何必出去看？"张夫人说："不止是看灯，顺便看看游人。"司马光一笑，说："看人？怪了，难道我是鬼吗？"

为官清廉　典地葬妻

司马光在洛阳编修《资治通鉴》时，居所很简陋，于是建了一间地下室，在那里读书。当时大臣王拱辰也住在洛阳，他的宅第非常豪奢，中堂建屋三层，最上一层称朝天阁，洛阳人戏称："王家钻天，司马入地。"司马光的妻子去世后，清贫的司马光拿不出给妻子办丧事的钱，只好把仅有的三顷薄田典当出去，置棺理丧，尽了做丈夫的责任。司马光任官近40年，官高权重，竟然典地葬妻。重读历史，让人深思。俗话说：三年清知府，十万雪花银。意思是说，初做官的人一开始是想做清官的，但清了三年之后受了官场腐败的同化，实在熬不住了，便开始大贪起来。

在封建社会，大多数人寒窗苦读，跻身仕途，无疑都是为了显耀门庭，荣华富贵，泽被后世，荫及子孙。在这些人面前，司马光的清廉更显可贵。嘉祐八年三月，宋仁宗诏赐司马光金钱百万余，珍宝丝绸无数，司马光丝毫不为所动。在司马光年老体弱时，他的好友刘贤良准备用50万钱买一个婢女给他使唤，司马光却婉言拒绝了，他说："我几十年来，吃饭不敢常有肉，穿衣不敢有纯帛，多穿麻葛粗布，怎么敢用50万来买一个婢女呢？"

珍爱书籍　倡办耆英会

司马光家中藏书丰富，在洛阳居住时，买了20亩田，建“独乐园”，收藏文史书籍一万多卷。又置“读书堂”，辟出精善之本5千卷，又得神宗赐书2400卷，用来帮助他著书。司马光善于保护图书，每年二伏至重阳间，在天气晴朗的日子，便摆出桌子晒书籍。桌子很干净，铺上了茵缛（rù），司马光端坐在桌旁看书。他看书时，不用徒手捧书，唯恐手汗把书浸湿了。司马光藏书几十年，他的书仍旧崭新得像没有用手触碰过一样。

司马光退居洛阳后，和文彦博、富弼等13人，仰慕白居易九老会的旧事，便会集洛阳的卿大夫中年龄大、德行高尚的人，他认为洛阳风俗重年龄不重官职大小，便在资圣院建了“耆英堂”，称为“洛阳耆英会”，让闽人郑奂在其中画像。当时富弼79岁，文彦博与司封郎席汝言都已经77岁，朝议大夫王尚恭76岁，太常少卿赵丙、秘书监刘几、卫州防御使冯行己都已75岁，天章阁待制楚建中、朝议大夫王慎言已72岁，太中大夫张问、龙图阁直学士张焘已70岁。当时宣徽使王拱宸任北京（大名府）留守，写信给文彦博，想要参加他们的集会，王拱宸71岁。司马光还没到70岁，文彦博一直很看重他，便请他入会。司马光因为自己是晚进后辈而不敢在富、文二人之后。文彦博不听，让郑奂在幕后传司马光的画像，又到北京传王拱宸的画像，于是参会的有13人，他们摆酒赋诗相互取乐。当时洛阳有许多名园古刹，有水竹林亭的风景，司马光等人头发和眉毛雪白，仪表神态却端庄美好，也成了一道美丽的风景。每次聚集宴会时，洛阳的百姓都前来观看。

一人离世　万人追悼

元丰八年（1085）宋哲宗即位，高太皇太后听政，司马光奉召入京主国政，次年任尚书左仆射、兼门下侍郎，数月间罢黜新党，尽废新法，史称“元祐更化”。司马光执政一年半，即与世长辞。“京师人为之罢市往吊，鬻衣以致奠，巷哭以过车者，盖以千万数”。灵柩送往夏县时，“民哭公甚哀，如哭其私亲。四方来会葬者盖数万人，家家挂象，饭食必祝”。

宋哲宗将他葬于高陵。追赠太师、温国公，谥文正，赐碑“忠清粹德”。

范仲淹：心忧天下的大宋名臣

勤学少年

早上，醴泉寺的打板声响起，这是寺里召唤僧人们吃饭的声音，声音一响，所有住在寺院里的和尚和借住的读书人，都会来吃斋饭。

“今天怎么又没见到朱公子？”一个小和尚问。

“他呀，太用功啦，一看书就什么都听不见了，你看，这么洪亮的打板声，都叫不来他吃饭呢。”另一位小和尚回答道。

他们提到的朱公子是一位名叫朱说（通“悦”）的少年，此人正是后来闻名天下的范仲淹，可他为什么改名换姓了呢？原来，其父范墉英年早逝，母亲没有能力养活自己和范仲淹，无奈之下，带着他改嫁到一个姓朱的富户，并给他改了名字叫朱说。

那时，范仲淹为了激励自己勤奋学习，离开了家，住在醴泉寺后面的小柴房，每天起早贪黑地读书。只有肚中饥饿才把他从书中拉回来，因此常常忘记吃饭。

有一天，范仲淹把采来的野菜洗干净，切碎，再用盐腌上，用拾来的树枝煮了一小锅米粥，然后又继续看书去了。书看累了，便沉沉地睡去了。

第二天一早，太阳还没有出来，空气中透着一股寒意，他一早醒来便觉得腹中空空，实在是饿了。打开昨晚煮的米粥，已经凝固成一整块，他用刀一横一竖切成四块。便取了两小块出来，放上一些咸腌菜，津津有味地吃了起来。后来，“断齑画粥”用来赞美和范仲淹一样勤苦好学的人。

有一天，范仲淹正在房中读书，进来了两只老鼠，跳进粥锅里，他抬头看见，急忙上前把老鼠赶出来，两只老鼠慌忙逃到屋外，钻进树下的一个洞里。他好奇地跟到树下，发现洞里闪着微光，就用铁锹挖开洞口，下面竟然是一个大地窖，里面满满地装着黄金。他想：“这些黄金一定是寺里的财产，还是把它们藏好吧。”又用铁锹把洞口的土填好，好像从来没有见过它们一样。

在范仲淹离开寺庙的30年后，醴泉寺经历了一场火灾，房子尽被烧毁，住持大和尚向已经做了大官的范仲淹求助，他回信告诉大和尚，院里的地窖里面有黄金，可以用来修复寺院、周济僧人。这时人们才知道寺庙地窖里面有黄金的事。

范仲淹有两个弟弟，都是继父朱文瀚的儿子，但他们却没有范公的清廉节俭，常常挥霍家产。范仲淹作为哥哥，有时会劝说他们要珍惜财物。有一次，范仲淹又当面告诫两个弟弟要勤俭持家时，弟弟却说："我们用的是我们朱家的钱，关你一个外人什么事？"范仲淹听到后大吃一惊，赶忙询问其中的缘由，有人告诉他，他原本是苏州范家子弟，因为父亲早逝，才跟着母亲改嫁到朱家。后来，决定独自出去求学，考取了功名再回来。

当时比较著名的五家书院中，应天书院在河南商丘，离家最近，而且不收食宿费，这正好为范仲淹解决了经济困难。这之后，他更加悉心苦读，到晚上犯困时，就用冷水洗脸，打起精神来继续看书。

有一个同学是应天府留守的儿子，他把范仲淹每天只喝粥吃咸菜却昼夜勤学的事情告诉了父亲。留守敬重范仲淹的苦学精神，就送了一份丰盛的饭菜给他。可过了几天，同学发现他把饭菜都放坏了也没吃。同学很生气地质问他为何不吃，范仲淹连忙解释道："我非常感激你的好意，我是担心如果吃了这么丰盛的饭菜，再也吃不下自己的粥和咸菜了啊！"

有一次他到祠堂求签，询问自己日后能不能当宰相。求到的签词说不可以。于是他又求了一签，说："如果不能当宰相，那看看我能不能当个良医吧！"结果求的签还是不行。于是范仲淹长叹一声："大丈夫立于天地间，却不能造福百姓，终不能实现我的志向啊！”

有人好奇地问：“两者为何相差这么大？”范仲淹答道：“唯有宰相和医生是最能造福百姓的。不为良相，便为良医，也能造福苍生啊！”

26岁这一年，范仲淹用“朱说”的名字，考中了进士，并被任命为广德军司理参军。范仲淹便把母亲接到身边奉养。

在中第之后，范仲淹写下这首诗做纪念：

长白一寒儒，名登二纪余。百花春满路，三月雨随车。

鼓吹迎前道，烟霞指旧庐。乡人莫相羡，教子读诗书。

勤政育人

初入官场的范仲淹，虽然担任的广德军司理参军只是个九品小官，他却一丝不苟，一心一意为百姓办实事，还经常因为案件中不合理的地方，和顶头上司发生争执。他尽心尽职，平反冤狱，为民作主。有趣的是，每次他和太守争辩后，回家就把争论的内容记到屏风上，等到他离开时，那个屏风上都密密麻麻写着字。

29岁时，他被升任当了集庆军节度推官，因为他一直廉洁奉公，收入微薄，还要孝敬身患眼疾的母亲，在他调任的时候，连路费都不够用，只好把自己的坐骑卖了。此时，范仲淹想改回“范”姓的愿望越来越强烈，他就向母亲提出了这

■ 范仲淹像

个想法。母亲同意后，他上表朝廷，最终被批准归宗复姓。因为他很敬佩南朝人江淹的文章，于是给自己改名范仲淹，字希文。

33岁时，范仲淹被调任到泰州做西溪镇盐仓监。当地的捍海堰是唐朝修筑的，因为年久失修，常常淹没粮田农舍，当地百姓苦不堪言。

虽不是职责所在，范仲淹还是毅然上书江淮漕运张纶，得到他的支持后，朝廷批准修建海堰，任命范仲淹为兴化知县，开始修筑工程。几年后范母过世，范仲淹辞官守丧，张纶继续完成了海堰重修。工程结束后，往年因为受灾流亡外地的民众，纷纷重返家园，当地百姓为了纪念范仲淹的功绩，把这条海堰称为“范公堤”。

在为母亲守丧期间，范仲淹回到了应天府老家，正好遇到掌管应天府地方事务的晏殊。晏殊素闻范仲淹德才兼备，学问精进，就邀请他负责应天府书院的教务工作。范仲淹欣然接受了邀请。两人情趣相合，后来成为一生的好友。

范仲淹在应天府书院期间勤勉督学、以身示教，书院学风焕然一新，许多学子纷纷慕名而来。从此，范仲淹声誉日隆。

范仲淹经常接济穷困的学生。有一位叫孙复的人，聪敏好学，但生活贫困，家有老母，为了活计，不得不奔波谋生。范仲淹爱惜他的才华，知道他的困境后，当即送给他钱财。过后，又在书院帮他找了份职事，以维持生活。孙复感激不尽，发奋苦读，终成一代名儒，以治春秋著称于世。被人尊称为“泰山先生”。

要是没有范仲淹的资助提携，孙复可能会因为穷困而乞讨到老，就没有机会教书育人了，也就少了一代大儒。

不忘初心

范仲淹丁忧期满后，在晏殊和宰相王曾的推举下，到京城任职。他是一位忧国忧民的清官，经常向朝廷进言要吏治清明、整肃风气、兴利除害，不经意间得罪了不少权贵。在几十年漫长的官宦生涯中，范仲淹关心时局，每次遇到国家大事，知无不言，言无不尽，正因为他的慷慨直言，曾在不到十年间三次被贬：第一次是1029年，他直谏太后应该还政给宋仁宗而被贬；接着又在劝阻皇帝不要废郭皇后时而第二次被贬；1035年，他又因为被诬陷为排斥异己的“朋党”而第三次被贬。

苏州是范氏家族的故乡，1034年，范仲淹被调任苏州知州。苏州西边的太湖每年都会发生水患，淹没周围的村庄。范仲淹刚一到任，就立刻把治理水灾列为第一要解决的问题。他一面了解到太湖泛滥是因为淤泥堵塞，湖水无法入海，一面结合农田灌溉的需要，将治水和治田相结合，最终解决了长期困扰百姓生活的洪涝灾害。当地人为了感激范公的恩德，将浦闸称为“范公闸”，修筑的圩堤叫做“范公圩”。

范仲淹回到家乡依然以兴办教育、教导后生为己任。

有一次他在南园附近买了一块地，准备盖房子自住，有人说：“这可是一块风水宝地啊！谁在这里住，一定会世代出公卿，真是恭喜范先生啦！”

然而没想到的是，范仲淹却因为这话而改变了主意，他说：“如果真如您所说，这里是块风水宝地的话，与其我一家人后代安享富贵，不如在这里建一所书院，让天下的学子们都能世代出公卿！”

于是，他真在南园盖了一所学堂，并请来了两位德高望重的先生来教课，一位是胡瑗，另一位便是之前范公接济的孙复。

后来，范仲淹把家宅用地来办学堂的事传到了宋仁宗耳朵那里，他就下诏，全国各地都要建立书院，使得地方教育事业在当时得到了空前的发展。一直到了南宋年间，范公在苏州办的学堂规模，在东南地区都是最大的。

范仲淹把苏州的故居进行修缮，把一间西斋取名为“岁寒堂”，堂前有两棵松树，他曾经写过《岁寒堂三题》诗。其中的《君子树》正是托物言志，表明自己要像松树一样刚劲脱俗，正色清德。诗中写道：

二松何年植，清风未尝息。
夭矫向庭户，双龙思霹雳。
岂无桃李姿，贱彼非正色。
岂无兰菊芳，贵此有清德。
万木怨摇落，独如春山碧。
乃知天地威，亦向岁寒惜。
有声若江河，有心若金璧。
雅为君子材，对之每前席。
或当应自然，化为补天石。

范仲淹的家教非常严格，他教导子女做人要诚意正心、积德行善。范家人生活清廉俭朴，对需要帮助的人却乐善好施。

有一次，范仲淹让次子范纯仁从苏州运麦子到四川。范纯仁回来时碰巧遇见熟人石曼卿，得知他家里有亲人过世，没有钱把灵柩运回故乡，于是就把一船的麦子全部送给了他，资助他送灵还乡。范纯仁回到家后，范仲淹问他在苏州遇到朋友了没，范纯仁恭敬地回答说：“路过丹阳时，碰到了石曼卿先生，他因为亲人办丧事，没钱运棺材回乡而被困在那里。”范仲淹立刻说道：“你为什么不把船上的麦子送给他呢？”范纯仁回答说：“我也是这样想的，当时已经把一船麦子全送给他了。”范仲淹听后非常欣慰，对儿子的做法大加赞许。

止戈为武

范仲淹经历了一段坎坷的官场沉浮后，西北边疆忽然告急，西夏部落大举来袭。在韩琦的举荐之下，范仲淹被派到西北前线。后来他请求到处境凶险的延州任职。他在沿途看到被战火洗礼的断壁残垣，游离失所的逃难百姓，死伤惨重的前线士兵。看到处处破败凄凉的景象后，范仲淹带着沉重的心情写下了这首《渔家傲》：

塞下秋来风景异，衡阳雁去无留意。

四面边声连角起，千嶂里，长烟落日孤城闭。

浊酒一杯家万里，燕然未勒归无计。

羌管悠悠霜满地，人不寐，将军白发征夫泪。

范仲淹在清楚地分析了敌强我弱、敌快我慢、关中空虚、将少兵寡的形势后，制定了加强防御，只守不攻，磨练队伍，准备持久战的应对策略。同时，也看到西夏国力单薄，粮食和日用品主要靠从宋朝抢掠或交换的致命弱点，希望通过经济封锁和以守为攻，让西夏的骑兵没有用武之地，待到粮食和日用品等严重不足之时，必然起内讧，再乘机讨伐，几乎可以稳操胜券。

当时有一位21岁的年轻人，名叫张载，喜欢研究军事理论，曾经给范仲淹上书陈述自己的见解，并跑到延州军府求见他。张载的报国热情和志向得到了范仲淹的赞许，但范公并没有收留他，反而劝他说：“你作为一名儒生，一定能成大器，为什么要研究军事呢？”接着就勉励他去读《中庸》，努力在儒学上有所成就。后来张载不负所望，最终成为一代大儒，并提出“为天地立心，为生民立命，为往圣继绝学，为万世开太平”的圣贤思想。

范仲淹善于识人用人，当名将狄青还是个中下级军官的时候，范仲淹就很器重，赞叹他具有一名良将的才能。还特意送狄青一套《左传》，并语重心长地说：“当将军的人如果不了解古今历史，就只有匹夫之勇了。”狄青因此勤勉读书，精研兵法。后来以武官的身份出任枢密使，成为一代名将。

范仲淹以一名文官的身份，参与军队改编和士兵训练，在应对西夏的进攻时，使用分兵夹击、埋伏偷袭等灵活机动的积极防御战术，同时抚恤士兵，鼓舞斗志，善待俘虏，团结其它少数民族首领。同时关心百姓生活，恢复当地生产，减轻百姓的劳役赋税之苦，尽可能保障边境百姓安居乐业。

后来，一切如范仲淹所料，在持久的消耗战中，西夏陷入困境，人力物力有损耗难补给，百姓怨声载道，逼迫西夏不得不与宋朝议和。经过谈判，双方最终达成了和平协议，西夏国主被宋朝册封并称臣。范仲淹本着“减少杀戮，止戈为武”的原则，以最少的人员伤亡，安定了西北边陲。

在戍守西北的三年中，范仲淹非常思念中原故土的亲人，曾经写下过《苏幕遮·怀旧》一词：

碧云天，黄叶地。秋色连波，波上寒烟翠。

山映斜阳天接水。芳草无情，更在斜阳外。

黯乡魂，追旅思。夜夜除非，好梦留人睡。

明月楼高休独倚。酒入愁肠，化作相思泪。

仁者之心

在西北边事安宁之后，范仲淹被宋仁宗召回京城，担任枢密副使。不久，范仲淹又被提拔为参知政事，这相当于宰相的职务。当时由于连年战争，边防开支巨大，政府不得不增加百姓的赋税，使得民怨很高。于是范仲淹和富弼就向宋仁宗提出了一些改革政治的主张，史上称为“十事疏”。宋仁宗很快全部接纳，并开始了为期一年多的“庆历新政”。

新政对官僚机构进行精简，每三年一次考核，让有才能的人得到提拔，没有政绩的官员被免职或降职，同时限制达官贵人给自己的亲戚和门客们封官的特权。采用严格通过科举考试选拔官员的制度，并把考试内容改成更多考查对国家治理方面的观点和看法。为了撤换地方上不称职的官员，他分派出许多按察使到各地，只要查实了官员的贪赃枉法行为，就让此官员从此与仕途绝缘。

当时富弼曾劝范公说：“你这大笔一勾，又有一家人要哭啦！”范仲淹不以为然地回答说：“一家人哭，总比几个州县的百姓哭要好吧！”

庆历新政的改革措施严重影响了一批官员的利益，很快诽谤新政的声音陆续传到皇帝耳中，尤其以指责范仲淹结党营私的议论最为激烈。欧阳修还专门写了一篇《朋党论》为范公申辩。但最终宋仁宗还是没有顶住压力，把范仲淹和富弼等新政的主持官员们调出京城。历时仅一年多的庆历新政以失败告终。

57岁这一年，范仲淹在邓州担任知州，他重修了当地的人文景观，并大兴教育，设立了花洲书院，在处理政事的闲暇时间里，还亲自去书院讲学。

在邓州期间，应好友滕子京的邀请，创作了最能代表他一生心志的文章《岳阳楼记》。在文中表达了自己一生追求“古仁人之心”的志向，并把“不以物喜，不以己悲”作为仁人之心的表现。更是留下了“先天下之忧而忧，后天下之乐而乐”的千古名句。

范仲淹在被调往杭州做知州时，在老家苏州做了一件后世广为传颂的事。他拿出这些年积攒的钱财，在家乡买了一千亩的良田，却捐出来作为族人的公产，被称作“义田”。曾经有人劝他在洛阳城附近买地居住，作为养老之用。范仲淹却说：“我更看重道义上的安乐，身体都是心外之物，何况是居住的房子呢？我已经60多岁了，在世上的日子不会太多，还要去买地建房，恐怕不一定能住上了。”最后还是坚持要把一生的积蓄留给族人。

在范仲淹还没有显达的时候，苏州范氏宗亲对他并不是很友善，还曾经因为害怕他回去分家产，而阻挠他认祖归宗。范仲淹却以德报怨，一生勤俭朴素，全家饮食服饰都尽量简单，晚年又将大部分的积蓄，一并捐给了族人。

范仲淹还教育自己的儿孙说：“我们在苏州的族人比较多，有的和我们关系近，有的比较疏远，如果从祖先的立场来看，都一样是范氏子孙，我应该替先人照顾好他们，尤其是那些饥寒的人。我此生能做上大官，都是靠祖宗积德行善，如果我独自享用荣华富贵，日后有何颜面见祖宗呢？”

每年义田得到的租税和粮食，都由家族中德高望重的长者主持分配， 按照每家每天要吃多少饭，穿多少衣服，分配下去。如果家族中有婚嫁、生病、葬礼等需要拿钱出来办的事，都统一从义田收入中支出。正是这块义田，才令范家子孙没有一个遭受到饥寒之苦。范仲淹这一举动也成为后世家族和睦和慈善公益事业的典范。

更难能可贵的是，在范仲淹过世后，他的几个儿子都能继承父亲的遗训，不断完善义田的管理，并投入更多钱财到其中，而自家都过着节俭清廉的生活。

壮士暮年

范仲淹一生频繁被调度，又经历过西北战乱的戎马生涯，到处奔波辛劳。到了60岁后就开始体弱多病，尤其到青州做知州后，病情更加重了。青州离少年生活在朱家时的长山县非常近，他还特意回到长山，去看望儿时的父老乡亲。

当时青州黄河以北地区有很严重的水患，造成许多流民需要救济，他出于为官的责任心想要救百姓于水火，但由于身体太虚弱，力不从心，眼看着有许多事要做，却做不了，于是便请求调动一名更得力的官员来，解救当地的受灾人民。自己则被改调到了颍州。

范仲淹坚持拖着病体，前去颍州赴任，结果在走到徐州时，病情加重，只能留在当地医治。范仲淹在弥留之际时，还向朝廷上表，关心国家的未来，并向皇帝提出中肯的建议。范仲淹最后在徐州病逝，享年64岁。

他的死讯一传开，朝野上下，都痛惜不已。他为官地方的当地的百姓，更是聚众致哀，建祠画像。连被他感化过的少数民族民众，也在佛寺为他举办哀悼斋戒的仪式。

范仲淹在临终上表时，对他个人和家里的事，没有提一字一句的要求。他毫无私心，这令宋仁宗非常感动，特封兵部尚书，谥号“文正”，追封楚国公。

范公虽然生前仕途沉浮，但他毫无利己之心。自己过着贫素的生活，却为他人做了许多善事，为后代子孙种下了一块福田。他的四个儿子都德才兼备，次子范纯仁曾两度出任宰相。其他三个儿子也都做到公卿和侍郎。范家后来子嗣延绵不绝，且在苏州一带至今兴旺发达、人才辈出。

他为了教育后代断恶修善，积功累德，还留下了《家训百字铭》：

孝道当竭力，忠勇表丹诚。

兄弟互相助，慈悲无过境。

勤读圣贤书，尊师同亲重。

礼仪勿疏狂，邻里敦睦生。

敬长与怀幼，孤寡贫同情。

谦恭尚廉洁，戒骄伴终生。

字纸莫乱废，须报五谷情。

作事循天理，博爱惜生灵。

处世行八德，修身耀祖宗。

儿孙坚心守，全家乐融融。

文天祥：正气丹心耀古今

少年壮志

文天祥生于江西庐陵（今江西省吉安市），他的祖父是一个忠厚老实的人。在文天祥出生的时候，祖父做了一个梦，看见一个小孩，从云中下来落在他的家里。所以文天祥生下来以后，他祖父高兴得很，取名“云孙”。

文天祥年少时在乡下念书，有一天，他同家人到学宫里去祭孔子，那祭祀的礼节是很隆重的。文天祥深受感染，他看到学宫里有庐陵地方的先贤—— 欧阳修、杨邦乂、胡铨等人的塑像，大人们把先贤的事迹讲给他听，文天祥感动地说：“将来我死了之后，如果不同这些先贤一样，塑像站在学宫里，就不算大丈夫。”

文天祥作文章从来不打草稿，总是一气呵成。当时的考官王应麟看了他的卷子赞叹道：“此卷，古谊若龟鉴，忠肝如铁石，臣敢为得人贺。”那时候，文天祥只有20岁左右，同时他的弟弟也登科了。

悲愤弃官

文天祥正处在一个内忧外患的时代。自从高宗南渡以后，只剩下可怜的半壁江山！那时的朝廷，正同一所破房子，在凄风苦雨中飘摇着。

在这样艰难的时代，朝廷里却多是坏人得势。来了黄潜善、王伯彦两个奸臣，宗澣和李纲两个忠臣便告退了；用了秦桧，岳飞便被杀了；用了韩侂胄，太学生立刻被杀了十多人。一时正义消沉！文天祥正处在贾似道专权的时代。文天祥虽然是一个小官，却富于爱国热血，处处留心国事。

宝祐六年（1258），蒙古兵进四川以后，接着把广西、贵州都占据了，更派重兵向两淮及长江上下游进兵。江西不保，武昌也被围了。那里的老百姓，在蒙古人的铁蹄下，任人宰割。有一个太监董宋臣，请皇帝迁都四明，以避敌锋。

文天祥听见迁都的消息，上疏请斩那些专权误国的臣子和干政的太监。可上疏之后却如同石沉大海，他于是辞官，回家隐居了。

理宗死了之后，度宗即位，文天祥做了尚左郎。不久，文天祥的意见又同奸臣贾似道不合，免官回家了。他回家之后，仍然心系国家，在文山上面，造了一所小房子，在那里闭门读书，隐居求志，为将来效力国家做准备。

勤王救国

度宗咸淳九年（1273），文天祥出山了，为湖南的提刑。他勤政爱民，百姓都非常感激他，奸臣贾似道却十分妒忌他。

那时，元兵得了襄阳，接着又转攻郢州。郢州的守将张世杰预先在汉水南岸暗置了炮弩，各方面都布置得很好，所以元军没法得逞。

元兵到了临安以后，丞相陈宜中实在想不出办法，遂诏告天下的“勤王”兵。文天祥听见这个消息，一心想要救助王室，便什么也不顾了，就约了几个豪杰，又结了溪峒的山蛮，各处士民纷纷响应，没几天，已经招集了三四万人了。可是受奸人鼓动，朝廷竟不许他们打仗。

后来京师的情形更危险了，朝廷没办法，为了要保全性命，只得急诏文天祥率兵进京。文天祥的朋友劝他不要去，他却坚决以身报国。

王爚、陈宜中拜文天祥为兵部尚书。文天祥从吉州发兵，八月到了阙下，驻兵在西湖上。十月朝廷命他遣兵到常州去解围，朝廷因为独松关地方很危险，又叫他赶快带兵去，文天祥怕走了以后，平江便空虚了，所以想两面分守。朝廷不肯答应，文天祥没法子，只好弃了平江，转到临安去了。他走了不到三天，平江便落在元人手里了！

身入虎穴

那时，元将巴颜已经攻到临安附近了，朝里的官僚走的走，逃的逃。文天祥便倡议以下数事：

第一，送吉王、信王离京，一个到闽，一个到广。万一国家有变动，吉王、信王可以在闽广再立起来。

第二，送福王或是沂王到临安去，以安定人心。

第三，请帝后秘密躲到别的地方去，因为从前徽帝和钦帝被金人捉去，受了许多污辱。

第四，将京师的义士20万和城内外数万军人联合起来，由张世杰带领，再和元军决一死战。

他的奏折陈呈上去，朝廷只照办了第一件事，其余的全不采纳。等到元军逼近了，城里的兵将也守不住了，大家纷纷投降。朝廷这才想起文天祥，又命他到军前去解围。文天祥到了元军阵地，巴颜起初在文天祥面前示威吓唬他，文天祥却从容地说："我是宋朝的状元宰相，富贵也算达到极点了，所欠缺的，不过以死报国罢了！你就是把刀放在我眼前，我也不怕，你何必恐吓我呢？"

巴颜听了这些话，不觉对他生起敬佩之意，连呼："好男儿！好男儿！"巴颜知道文天祥是忠义之士，所以不肯放他回来。后来巴颜改临安为两浙大都督府，又叫各州县来投降，把文天祥的勤王兵全部解散了，把帝后赶到北边去，可怜南宋便亡了。

京口逃难

文天祥一想到宋朝已经灭亡，自己一定会被带到北方去，与其受敌人的侮辱，不如自我了断。于是想写信给家中料理后事。后来又觉得吉王、信王都在外面或可再立，便打消了这个念头。

大家要渡江的时候，随从中有个叫余元庆的，他遇见一个老朋友，是替北军管船的。余元庆便送了他一千二百两银子，希望他找一只船来，放文天祥逃走。那人虽然是管船的粗人，却很顾大义，他说："我替大宋放掉一个丞相，是好事，难道一个丞相只值千两银子不成？"

他坚辞不受，并预备了一只小船等待着。晚上，余元庆想了一个计策，于是对看守的人王千户说："明天过了江便是北方了，我们南方人离开家乡越来越远了，不如趁此机会买些酒来喝，大家醉饱一番吧。"

王千户满口应允，于是大家欣然地吃着酒菜。等他们都醉了，文天祥便换了衣服，悄悄地逃到甘露寺下，匆忙上了船，逃走了。

■ 文天祥像

那时真州的守将是苗再成，他很高兴迎文天祥进城。文天祥到了，大家才知道国家已亡了，都感愤流泪。大家认为两淮的兵力本不差，现在既然丞相来了，在这个月便可连兵大举把江南收复。文天祥写信给李庭芝、夏贵庭，可是李庭芝反疑心文天祥没有走脱的道理，说他定是受了元人指使而来的。李庭芝便命苗再成把文天祥杀掉，苗再成不忍心下手，就放走了文天祥。

这时候，忽然来了50个人，说是来护送文天祥的。文天祥想了一想，说："你们送我到扬州去吧，我想见见李制使，将这回的事说说明白，再谈复国的事。"他们到了扬州，走到城门边，便看见了一条告示，正是要捉拿他。护他一起来的人，很多都害怕离开了，文天祥没办法只能又离开扬州，转到高邮去了。

不幸被捉

德祐二年5月1日（1276）吉王在福州，得文天祥上表劝进，即位为帝，召文天祥为观文殿学士侍读。文天祥到了福州之后，又拜他做右丞相，因为他的意见同陈宜中不合，所以他不敢拜命。于是派文天祥做枢密使统领诸路军马，发行都，出剑南，号召四方。次年三月收复梅州，才和母亲、妻子、兄弟相会。自从江西失陷以后，文天祥同他的家人，已经好几年不见面了。

此时军中瘟疫流行，文天祥的母亲和儿子，都染了瘟疫死了。但文天祥并不以家破人亡减少他的爱国热忱。那时盗贼刘兴、陈懿在潮州一带为害，文天祥带兵，进据潮州，把刘兴杀了，陈懿逃了。

后来元朝的张弘范，带了大军向潮州进攻。可恨那大盗陈懿竟用船接济张弘范的水兵。那天，文天祥正在营里同许多人吃饭，敌人从五坡岭攻进来了，文天祥想这回一定是没有退路了，于是就把藏在身上的龙脑香吞了下去。敌人把文天祥抓了，他讨水来喝，想快点儿死，没想到，水到肚里，把龙脑香冲到肠里，大泻下来了，他并没有死。

南宋祥兴二年（1279）正月二日，张弘范把文天祥带到崖山去，叫他写信给张世杰，劝他投降。文天祥说："自己不能保卫父母，却叫旁人反叛父母，我是做不出来的！”张弘范还是逼着他写，他遂写下一首《过零丁洋》：

辛苦遭逢起一经，干戈寥落四周星。
山河破碎风飘絮，身世浮沉雨打萍。
惶恐滩头说惶恐，零丁洋里叹零丁。
人生自古谁无死？留取丹心照汗青。

那年二月，崖山攻破了。丞相陆秀夫抱着祥兴帝跳到海里，太妃等人也跟着跳到海里去了。将士官僚，不肯投元，一齐投海死的有十几万人！文天祥听到这个消息十分悲痛，还做了一首长歌哀悼他们。

张弘范为庆祝胜利，请大家喝酒。他对文天祥说：“国亡了，忠孝的事情，也已经尽了。你若能为我大元效力，大元的丞相非你莫属。”文天祥听了，流下眼泪说：“国亡了，没法挽救，做臣子的死有余辜，哪里还敢再有二心！”张弘范听了这些话，脸色也变了，他就把情况奏告元世祖，元世祖叫把文天祥送到京师去。

正气长存

文天祥到了燕京之后，元丞相博罗叫他来觐见，侍臣让他下跪，文天祥说：“南方人不能跪。”侍臣用尽法子强迫他，他都不跪。侍臣问他：“你还有什么话说呢？” 文天祥说："自古国家有兴即有废。帝王将相灭亡惨杀，哪一代没有？我忠心于宋朝，所以到了今天，死便罢了，还有什么话说？"

自此以后，文天祥在兵马司狱中，囚禁四年。兵马司狱里文天祥所住的地方，狭小得很。四面都是泥土的墙壁，窗小屋暗，每到夏天各种气味臭污冲天，大雨淋时床几尽湿，文天祥住了两年的时候，曾做了一首《正气歌》：

天地有正气，杂然赋流形。下则为河岳，上则为日星。
于人曰浩然，沛乎塞苍冥。皇路当清夷，含和吐明庭。
时穷节乃见，一一垂丹青。在齐太史简，在晋董狐笔。
在秦张良椎，在汉苏武节。为严将军头，为嵇侍中血。
为张睢阳齿，为颜常山舌。或为辽东帽，清操厉冰雪。
或为出师表，鬼神泣壮烈。或为渡江楫，慷慨吞胡羯。
或为击贼笏，逆竖头破裂。是气所磅礴，凛烈万古存。
当其贯日月，生死安足论。地维赖以立，天柱赖以尊。
三纲实系命，道义为之根。嗟予遘阳九，隶也实不力。
楚囚缨其冠，传车送穷北。鼎镬甘如饴，求之不可得。
阴房阒鬼火，春院闷天黑。牛骥同一皂，鸡栖凤凰食。
一朝蒙雾露，分作沟中瘠。如此再寒暑，百沴自辟易。
哀哉沮洳场，为我安乐国。岂有他缪巧，阴阳不能贼。
顾此耿耿存，仰视浮云白。悠悠我心悲，苍天曷有极。
哲人日已远，典刑在夙昔。风檐展书读，古道照颜色。

元世祖至元十九年（1282）十二月，元世祖叫文天祥来，问他："你要用待宋朝的心思来待我，当用你做丞相。"文天祥说："我为宋朝丞相，安能再事二姓！请赐一死，就满足了。"元世祖仍旧不忍心下令杀文天祥，侍臣都劝元世祖把文天祥杀了，从而成就他的志向。

十二月初九那天，文天祥被召出狱，他经过街市，志气昂扬，一点儿愁苦之态也没有。路上的人看见，莫不悲哀流泪。他被杀的时候，只有47岁。在他的衣带间，找着一篇绝笔自赞：

孔曰成仁，孟曰取义。唯其义尽，所以仁至。读圣贤书，所学何事？而今而后，庶几无愧。

耶律楚材：治理天下的工匠

历代君王从马背上取得天下的数不胜数，而策马一统中国且横扫中西亚的帝王，只有元太祖成吉思汗。西汉贾陆曾说：骑着马可以取得天下，却不能骑着马治理天下。这位出身放牧民族的帝王，是如何统治农耕文明下的中原的呢？这要归功于一位治理天下的工匠——耶律楚材。

楚材晋用

金章宗明昌元年，60多岁的尚书右丞耶律履在大堂踱来踱去，嘴里不停念叨道："上天保佑，再赐我一个男儿，为我耶律家扬名立万……"话音未落，一个小厮跑来："恭喜老爷，是位公子！"耶律履喜不自胜："感谢上天，感谢祖宗！"

孩子还没出生的时候，耶律履就已经想好了：如果生的是个儿子，就给他取名叫"耶律楚材"。耶律履居住于燕京，对汉族的历史非常感兴趣，他常常感叹道：历史上人才最多的国家，当数先秦时期的楚国！希望儿子能像先秦诸家一样，有治世的才能，有问鼎中原的气魄！

耶律履给儿子起的这个名字，还有另外一层含义：《春秋左氏传》中说，“楚虽有材，晋实用之”。也就是说楚国虽然人才多，但事实上都为晋国所用。耶律家本是契丹人，是辽的皇族子孙，后来被金所灭，才做了金朝的臣子。现在的金国天灾人祸不断，统治者越来越奢靡，等到耶律楚材成人之时，这天下不一定是谁的呢！耶律履希望儿子将来不论处于哪个朝代，都可以施展才华，为国为民。

“全才”培养

耶律楚材出生的时候，他的父亲已经60多岁了，仍然日夜为国事操劳，身体每况愈下，楚材3岁的时候，耶律履竟一病不起。

临终之前，耶律履伤心地对妻子杨氏说：“我这一生活得洒脱，不注重钱财，也没给你留下什么器物，我唯一放心不下的就是楚材，他现在那么小，得什么时候才能长大成人啊！”

杨氏抹去眼泪，坚定地说：“夫君尽管放心，我一定将儿子培养成您所期望的那样！”杨氏出身书香门第，有较高的文化修养，耶律履总算能安心地离去了。

耶律履去世后，杨氏为了让儿子受到更好的教育，带他定居到义州。杨氏深受儒家文化影响，读书知礼，她对儿子说："汉族的儒家思想，是治理国家的最好的思想，汉族典籍和文字博大精深，够我们学习一辈子！"楚材听了母亲的话，自觉地读起了《诗经》《论语》……还努力学习汉字，丝毫不肯松懈！不久，杨氏又对儿子说："儒家的学问可以修身养性，但你应该再学一些实用的学问，这样才能成为全才！"于是楚材开始阅读天文、地理、律历、占卜、佛学、医学等书籍，浩如烟海的知识深深地吸引了他，当其他孩童玩耍的时候，耶律楚材却沉浸在书中！俗话说，读书破万卷，下笔如有神。耶律楚材到了而立之年，能出口成章、落笔成文，好像从前打过草稿一般！

根据金朝的制度，丞相的儿子能够直接就任于中枢部门的要职，耶律楚材却放弃了这个特权，他想要凭着自己的真本事考取功名，最终通过科举考试进入了中枢部门，不久被任命为左右司员外郎。

太祖的赏识

正当金朝走向没落之时，北方的蒙古帝国正以迅雷不及掩耳之速崛起，部落首领成吉思汗有着统一中国、称霸世界的雄心。他先是歼灭西夏，下一个目标就是金国。

1215年，元太祖成吉思汗率领精兵铁骑攻占了燕京，在

■ 耶律楚材像

大批被俘虏的臣子中，有一个青年吸引了成吉思汗的目光：这个青年身高八尺，留着俊逸潇洒的胡须，在人群中说话声音低沉浑厚。太祖询问周边的人："这位青年是谁？"回答说："是从前契丹族的小王子耶律楚材。"太祖听了非常高兴，他早就听过耶律楚材的名声，于是单独召见了他。

太祖想重用耶律楚材，于是对他试探了一番："辽和金是世仇，我现在灭了金朝，也算为你报仇雪恨了！"

耶律楚材不动声色地回答道："我的祖父和我的父亲都侍奉金朝的君主，既然做了金朝的臣子，又怎么敢仇恨自己的君主呢？"太祖对他的这番话十分满意，于是将他安排在身边，并给他起了个蒙古名字叫"吾图撒合里"，意思为长胡须的人。

耶律楚材懂得占卜之术，己卯年夏天六月，太祖率兵讨伐回回国，突然天降大雪，众人觉得十分惊奇。耶律楚材说："盛夏里出现水气，这是打胜仗的征兆！"庚辰年冬天，雷声阵阵，耶律楚材说："回回国的国王将死在野外。"壬午年八月，西方出现了彗星，楚材说："女真族要换皇帝。"这几件事都被说中，太祖从此更加重视他。

耶律楚材对历法也颇有研究，西域研究历法的人上书说：5月15的晚上将出现月食。耶律楚材上书反对，这天夜里果然没有月食。第二年10月，楚材上书说有八分月食，到了日子果然如此。太祖将耶律楚材当作神人，对儿子孛儿只斤·窝阔台说："这个人是上天赐给我们的！"

太祖的手下有一个善于制作弓箭的西夏人，很是瞧不起楚材："打仗靠的是良将和武器，要读书人有什么用？"楚材反驳道："制造弓箭都需要工匠，打天下怎么能不用治理天下的工匠呢！"

文明教化

太宗成吉思汗去世后，孛儿只斤·窝阔台被指定为继承人，宗亲们都聚集在一起，商量登基的吉日。耶律楚材说："这是宗庙社稷的大事，应该早下决定，过了今天就没有吉日了！"楚材又对秦王察合台说："汉人的君臣之间，有跪拜的礼仪。表示绝对的尊敬和顺从，我们应该效仿。您虽然是皇帝的哥哥，也应该按照礼法跪拜皇帝，您跪拜了，其他人就不敢不拜了。"察合台同意了，太宗登基那天，察合台率领众大臣在宫帐前跪下，蒙古国君臣之间的跪拜礼仪，从这天开始盛行。

逐水草而居的蒙古人，天性豪放，勇猛莽撞，与生活在中原的农耕民族截然相反。耶律楚材自幼受儒家文化的熏陶，很看重礼乐教化。他请求派人进城寻找孔子的第51代孙孔元措，让他继任“衍圣公”的封号，负责管理孔林、孔庙的土地，还让他收集金朝的礼乐。

耶律楚材召集当时著名的儒生梁陟、王万庆、赵著等人，让他们将《九经》翻译成通俗易懂的语言，讲给太子听。大臣们的子孙也常常被召集起来，学习圣人的学说。耶律楚材还在各地设置编修所，专管文明教化之事。

太宗身边一些武将常常在耳边吹风：“我蒙古的男儿都是铮铮铁汉，征服天下靠的是金戈铁马，何必要学这些啰里啰唆的大道理。”太宗开始动摇起来。

太原转运使吕振、副史刘子振贪污了大量钱财，太宗非常生气，责备耶律楚材说：“你说过孔子的教导能使人向善，还说读书人都是好人，为什么他们二人还会如此？”耶律楚材回答说：“不管是君主教导臣子，还是父亲教导子女，都不想让他去做不道义的事。三纲五常是圣人提出来教导世人的，天下没有人不遵循，有了道义，好比天上有了星星和太阳一样。现在怎么能因为一个人的过失，就让这种历代奉行的学说在我朝被废止了呢！”太宗听了，怒气这才消失。

百姓的救星

当初太祖发兵征讨西域的时候，没有时间来管理中原地区。很多官吏趁机打劫汉人，强取豪夺。大臣别迭说："汉人对国家没有什么用，干脆让他们把土地都空出来，供我们放牧使用！"耶律楚材听了，赶紧上书请求："陛下您现在要征战南方，战争需要大量物资，如果能均衡中原地区的田税和商税，那么每年可得到足足50万两白银，此外还有8万匹绢帛和40多万石粟子，怎么能说汉人是没有用的呢？"太宗说："赋税之事就交给你办吧！"

耶律楚材在燕京等十路设征收课税的使臣，在选取征税的正、副长官时，耶律楚材都是选取宽厚爱民的读书人。到太宗即位的时候，十路的使臣都送来储存粮食的簿册，还有黄金、绢帛摆在庭院之中。太宗十分满意，对耶律楚材说："你从来没离开过我身边，却能使国家经费充裕，你们金国恐怕找不出第二个像你这样的人才了吧！"耶律楚材谦虚地说："南方的人都比我精明能干，就我没什么本事，所以才留在燕京！"太宗见他如此谦逊，当即任命他为中书令，无论大事小情，都要先和他商议一番。

太宗南下征讨，百姓听闻四处逃窜。太宗下令：那些逃难的百姓，只要前来投降就可免去一死。一个臣子却说："这些百姓遇到危机的时候就投降，平安了却又逃走了，只对敌人有好处，应该除掉。”耶律楚材极力反对，他请求制作几百面旗子，发给投降的难民。只要拿着旗子的人，都能免去杀戮。

太宗攻克汴梁的时候，金人奋起反抗，双方僵持不下。大将速不台派人来说：“城中的军人百姓抗拒这么久，导致我军死伤无数。等我们攻进城的那天，应该屠城，杀个片甲不留！”

耶律楚材严肃地说：“我们打仗是为了什么，不就是为了土地和人民吗？如果我们得到了土地，却失去了人民，那还有什么意义呢？”太宗听了犹豫不决起来。

耶律楚材见太宗有所动摇，继续说：“能工巧匠和富裕的人家都集中在这里，如果将他们都杀死了，这座繁华之城也就成了一座空城。”太宗接受了他的意见，下诏只处罚完颜氏一族，其余的官僚与百姓都不追究。当时城中147万人因耶律楚材的一番话得以存活。

身正不怕影子歪

耶律楚材上奏说，地方的州郡应该由地方的行政长官管理，权贵不能随意干预。这封奏章得罪了很多权贵。不久，耶律楚材推荐任命镇海、粘合，这二人与他有些交情。此事被那些憎恨楚材的人抓住了把柄，其中有一个叫咸得卜的近臣在宗王面前诬陷他：“耶律中书令利用权力任用自己的亲信，是结党营私的行为，恐怕是有反叛之心啊，请宗王们奏请皇帝杀掉他。”宗王便派人告诉皇帝，太宗觉得这是诬陷，将来报告的人打发走了。

不久，有人控告咸得卜做了犯法的事，太宗交给耶律楚材审问。耶律楚材审问一番后，在大殿上回禀道：“咸得卜骄傲自大，目中无人，常常和别人发生冲突……”咸得卜听到后，不仅咬牙切齿：“落在你的手中，算我倒霉！”

不料耶律楚材接下来说：“现在要对南方用兵，咸得卜是个作战的好手，不如让他戴罪立功，以后再处置也不晚！”咸得卜听了，惊得说不出话来。

太宗私下对侍臣说：“楚材不计较私仇，真是一个宽厚的人啊，你们应该多向他学习！”

没过多久，耶律楚材又遭到了诬陷。有两个道士争当道长，其中一个道士勾结侍从杨惟忠，将对方的两个亲信杀害。耶律楚材听说此事，就将杨惟忠拘留审问。和杨惟忠交好的大臣状告楚材违反朝廷制度。太宗下令将楚材抓了起来，没过多久又后悔了，又下令释放了他。楚材却不肯松绑，对太宗说：“我身为宰相，一举一动都关系到国家命脉。陛下开始逮捕我，是认为我有罪，现在又认为我无罪，要释放我，这岂不是像戏弄小孩子一样吗？”众人听到楚材竟敢训斥皇帝，都替他捏了一把冷汗。

太宗说："我虽然是皇帝，但是也有犯错的时候。"然后好言安慰了一番。楚材趁着这个机会，向太宗陈述了信赏罚、正名分、给俸禄、官功臣、考殿最、均科差、选工匠、务农桑、定土贡、制漕运十条措施，太宗全都答应了。

耶律楚材一生操劳，最终病逝在工作岗位上，年仅55岁。朝中大臣仍有诋毁他的："楚材当了这么久的宰相，又掌管税务，天下进贡的税赋恐怕有一半都在他们家中。"皇上让大臣麻里扎前去查看，结果发现只有几张乐器和大量书画，于是追封他为广宁王，谥号"文正"。

刘基：大明军师

奇遇天书做政绩

刘基，字刘伯温，出生于青田县南田乡，也就是现在的浙江省文成县。小时候，他的父亲教他识字，就发现这孩子不仅阅读速度快，而且很是聪颖好学。后来，他以12岁的幼龄考上了秀才。从此，“神童”的美名也传播到乡里乡外。

1324年，刘伯温刚进入府学念书，开始学习《春秋》这部儒家经典。一同入学的童生们都是读其文而不知其意，刘伯温却不同，看了两遍就能流利背诵，而且很好地通晓含义。老师见了后，不禁感叹道：“这个孩子真是个奇才，将来一定不是个平凡人！”没过多久，刘伯温就把《春秋》学完了。

1327年，17岁的刘伯温离开府学，到处州名士郑复初门下学习。他年龄不大，却博览群书，不仅从诸子百家中学习精华，还潜心研究天文地理和数学兵法。郑复初见到他父亲，赞扬道：“您真的是祖上积德，才有这么一位出众的孩子，他以后一定能光宗耀祖！”

有一天早上，刘伯温正在山上看书，忽然听到一声怪响。他吓了一跳，定神之后发现眼前出现了一个石门洞。出于好奇，他走了进去。只见里头一片漆黑，他摸索着走了半天，又在拐弯处看到一点点微光。刘伯温循着光亮继续往前走，突然日光大盛，天地清明。眼前出现了一个小石橱，里头放着四卷兵书和无字天书。他欣喜万分，迅速将书藏在了袖子里，原路返回去。

刘伯温看不懂无字天书。他听人说建昌有个名叫周颠的人能看懂，就找了过去。等他到了周颠的住处，看到周显正拿着一本没有字的书读得津津有味。他连忙恭敬上前请教，周颠考问他一番后发现这个学生“孺子可教”，当晚就将无字天书的秘诀教给了他。第二天，刘伯温满意地返回家中，从此潜心研究天书和兵书。

1333年，23岁的刘伯温赶到元朝首都参加会试，一举夺得进士。然而当时政局很乱，直到三年后他才被授予官职，任江西高安县丞。在职期间，他政绩卓然，执法严明，深受当地百姓爱戴。

为官五年，他不畏强权，除暴安良，也因此得罪了当地豪绅，惨遭迫害。为了避免灾祸，他选择辞官回乡。

1343年，朝廷又召集他担当江浙儒副提举，兼任行省考试官。不久之后，他又因为检举御史失职而被迫辞官，再次回乡过着半隐居的生活。

屡献奇策立功劳

1353年，朱元璋起义，刘伯温投入其麾下。

有一次，朱元璋只有10万兵马驻守金陵，而张士诚、陈友谅都虎视眈眈。朱元璋询问大家有何应对计策，众人议论纷纷，但始终没有结果。只有刘伯温冷笑不语，朱元璋好奇请教。

刘伯温淡定回答道："先把那些主张投降和主张迁移到钟山的人斩杀，这样才能破掉敌军。古人说过，后发起的人得胜。我军适合埋伏兵马找机会击杀对方，要想取得皇位，这就是好时机！"

"先生好计策，简直堪比诸葛亮！"这话说到朱元璋心里去了，他马上取出帅印交给刘伯温，让他当军师。刘伯温开始还推辞，朱元璋一再坚持他才接受。

陈友谅攻陷太平府以后，朱元璋微服私访，探查情形，路上遇到了周颠。朱元璋早就耳闻周颠大名，于是将他带回金陵。

1361年元旦，朱元璋受封为吴国公，自立为吴王。大举祭祀后，与群臣摆宴。后朱元璋出战，刘伯温上奏章献策，安排一众将领跟随朱元璋，自己则与丞相李善长、学士宋濂等带10万人镇守金陵。

在出行前，刘伯温对朱元璋说道："主公，你这次循着大江出行，从安庆这里走水路，过了小孤山就到了江州。趁着陈友谅没防备，就袭击他。如果陈友谅迎战的话，就发动陆军包围。如果他逃走的话，必定去往江西，那就不用追。只要把江西等地收复了，再抓他也不迟。"此策也一一合了元璋之意。

朱元璋出战，志气高昂，无往而不胜。等到了南安府，守将们甚至主动出城迎接。他将收取的地方分派到各自归附的郡管辖。

一天上朝时，有人启奏韩林儿被张士诚围困在安丰，特派人来求救。

刘伯温说道："张士诚假意借路，实际是想来夺取金陵。安丰如果失守，淮安也保不住了。他占领了淮西，后面肯定是来夺江南。如果说陈友谅再从江西来夹击，我们的境况就大为不妙。"

朱元璋问道："那么依先生看，应该怎么办呢？"

"主公，你可以派常遇春去救援，务必保住安丰，然后调回徐达来接应。"

朱元璋让使者先回去，传话给韩林儿守住城池，他必定派人去救援。到了第二天，朱元璋率常遇春、李文忠出征，让世子朱标代为打理朝政，令刘伯温和李善长协助处理军机要务。

一日，朱元璋正坐着看奏章，思考当前局势，并与刘伯温商议道："先生，陈友谅是个喜欢生事的，张士诚倒是不足为患。如果对张士诚出手，陈友趁着我们两军交战的机会，肯定会来攻打金陵的。不如我们先攻打陈友谅，你看怎么样？"

■ 刘伯温像

刘伯温表示赞同。于是，朱元璋决定先派兵到江西攻打陈友谅。船行到鄱阳湖口，探子来报，陈友谅正打算袭击朱元璋。然而，陈友谅的军队遇到徐达、常遇春等猛将，被打得溃不成军。最终，朱元璋的军队取得大胜。

话说，攻打陈友谅时，还是刘伯温献策，让丁普郎假意向陈友谅投降，取得信任后，做个内应。普郎答应后，担心陈友谅不信，刘伯温又给他出了主意，方才让他行动。

果然，陈友谅质问丁普郎："你都投降到朱元璋那边了，还回来做什么？"

丁普郎解释道："主公你不知道啊，我是因为一个人孤立无援，无法守住城池，因此才假意投降。现在趁着他们不注意，我拼死逃回来了。”

陈友谅还是不信，下令要斩杀这奸细。

丁普郎跪哭道：“我们来跟主公献策，反而要被杀死！”

听了这话，陈友谅问他们有何计策。

丁告诉陈友谅，朱元璋带了3万精兵，准备从康朗山来袭击水寨。陈友谅的部下张定边、陈英杰等人纷纷苦劝陈友谅不要上当，奈何陈友谅不听。陈友谅派定边率领3万精兵去往康朗山，拦住常遇春等人。他和英杰又带了3万精兵去截杀。

待得陈友谅开始行动后，朱元璋商议布局刘伯温提出的火攻计划。临行前，刘伯温对将士们再三交代：“我已经把各个部队都安排妥当，不过埋伏在禁江口两边的人要特别小心。如果陈友谅从火阵中逃出来了，一定会走这条路。你们四个将领必须要把他拦截住，抓到了陈友谅就是大功劳！”众将领群情激昂。

行进路上，突然乌云密布，大浪滔天，周颠忽大喊：“将帅损，士兵死。”朱元璋听到很生气，让人将他推下水。但将士们不管怎么推，周颠都在那里摇着浆。更奇怪的是，周显又走到朱元璋面前，要朱元璋杀死他。朱元璋不愿意，他就自己跳入水中。

到了半夜，陈友谅的水寨里，众将领们都睡得正熟。突然吹起了狂风，这是俞通海等人率领五支兵马包围过来，然后在外面放火。此时，丁普郎看到时机来了，也在寨子里头放火。这样一来，整个水寨都被烈火包围了。

陈友谅惊醒之后，让儿子陈理和陈英杰去查问，两人毫无头绪，他们只得带兵逃窜。丁普郎奋勇杀敌，但寡不敌众而亡。第二天，朱元璋进了寨子，得知此消息，让人厚葬了丁普郎。

陈友谅等人逃到了定边的寨子里，定边说道："主公一时没留意，中了敌人的奸计。现在明军追了过来，要不我们从禁江口到武昌去，再重新商量对策，怎么样？"

陈友谅按照此计策前进，他回头看到康郎山大火滔天，不禁为损失的50万雄兵而哭泣不已。等他们到了禁江口，刘伯温派出的人马便出来拦截。此时，陈友谅的军队人心涣散，无心作战，败局已定。陈友谅战败身死。

这次战役结束后，朱元璋派常遇春驻扎在湖口，自己带着刘伯温前往武昌。到了武昌以后，邓愈、朱文出城迎接。朱元璋大赏将领和部队，才返回金陵，同李善长商议进攻东吴。

出发回金陵当天，刘伯温看红日当空，却出现一个黑点，他对朱元璋说道："我们在东南部要折损一名将领了，应当传令下去让大家多加小心。"朱元璋照办。

陈友谅虽死，但还余下张定边和陈理。他们二人将陈友谅的尸体带到了武昌发丧后，陈理开始主事。这时，朱元璋的部队又来进攻，陈里等众将负隅顽抗，结果仍然是惨败。最后，陈理向朱元璋投降。自此以后，陈友谅的所有属地都归朱元璋所有。

率众请元璋登基

1364年，元璋返回金陵，文武百官皆出城迎接。次日元璋登殿理政。

一月后，朱亮祖得胜回朝。忽见一人手捧表章上前跪道：“小臣是处州府镇守胡深之子胡顺，今有表上奏。”元璋听了胡深二字连忙问道：

“胡元帅还好吗？孤十分想念他。”

胡顺见问，未答而先流泪。朱元璋顿感不妥，连忙展开表章看，才知胡深被害，叹惜失去了一员大将，遂追封胡深为缙云伯，其子胡顺被任命为处州卫。另派人往处州致祭，胡顺叩谢而起。

徐达带人攻打下无锡之后，正准备率兵去苏州攻打张士诚，手下人传消息说刘伯温来了，他忙出去迎接。徐达陪同刘伯温巡查时，看到一个头陀行者和一个道人。那头陀上前来问好，一看却是周颠。

刘伯温很诧异，周显分明已经死了，这人却长得和周显一模一样。他心内狐疑，却并没有表现出来，只是笑着问头陀在哪里住，这头陀笑而不答。

刘伯温又问："不知这位师傅是？"

"他叫张金箔，和张三丰一起拜在铁冠道人门下。"

两人心知这应该是奇人，于是热情招待。宴席中，周颠献策，教他们如何攻打苏州。刘伯温按照计划执行，果然没两天苏州就攻破了。

苏州攻下后，张士诚杀了妻儿，准备自尽，却被徐达拦住送到了朱元璋面前。他拒不下跪，还与朱元璋对骂，最后被关进牢里，又用衣带自缢而亡。朱元璋追封张士诚为姑苏公，还厚葬了他。

自此以后，中国的大部分地方都被朱元璋掌控。刘伯温跟徐达、李善长等人在朝堂上奏，请朱元璋登基为帝。1368年正月初四，朱元璋登基，改国号大明，国号洪武。然后加封有功诸臣，在金銮殿设宴庆贺，诸臣无不喜行于色，叩首拜谢。

次日早朝，文武两班上殿朝奏已毕，太祖传旨改金陵为应天府，布告天下。又命礼官上报伐暴救民的情由；并做了祭文，上告天地山川之神祇。又传谕众将不许妄施杀害，务须爱护百姓。众将领旨而去。

此时，元朝屡次打败仗，已经是强弩之末。元顺帝让群臣献策，大家都哑口无言。没多久，探子来报，大明朝已经围困了他们的城池。

明朝部队在郭英等猛将的带领下，气势高昂，来势汹汹。元朝将领们士气极低，消极迎战，结果可想而知。元顺帝只得带着家眷在夜半三更时分匆匆逃走。

第二天，顺帝逃亡的消息传来，徐达带着士兵们进入元朝皇宫，搜罗金银财宝不计其数，上献给明太祖。太祖很开心，大行赏赐。

当下，正是洪武元年八月，明太祖就此统一天下，平复了常年战乱，百姓恢复了安定的生活。

借病辞官　心寒离世

明太祖刚刚平定天下，正是用人之际。刘伯温从旁协助，处理政务，功劳不计其数。然而一天早朝的时候，刘伯温突然从群臣中走出来，向太祖说道："臣刘伯温有事启奏陛下，这是臣请辞的文书，还请陛下恩准。"

太祖接过文书，叹气地说道："如果不是先生帮我，给我出谋划策，我怎么会有今天？如今天下刚刚平定，正是我们君臣一起享受荣华富贵的日子，你怎么会突然辞官呢？"

刘伯温答道："只因臣的身体比不上从前了，早就有了疾病，没办法才辞官回乡，颐养天年，还请陛下体谅。"

刘伯温坚持请辞，太祖再三挽留无果，只能答应了。他让刘伯温的长子刘琏袭为诚意伯，还赏赐了很多金银珠宝给刘伯温。第二天，太祖设宴为刘伯温送行。自此，刘伯温回到乡下。

1375年正月下旬，刘伯温得了风寒。太祖让胡惟庸带御医前去诊治，谁知道刘伯温服用了药方之后，身体更加难受。

二月中，刘伯温抱着病躯去面见太祖，委婉向太祖说了自己服用药物后更加不适。谁知，朱元璋并不放在心上，只是三言两语宽慰了一下。这让刘伯温感到很心寒。

到了三月下旬，刘伯温已经病到不能行走，在长子的陪伴和使者的护送下，他又回到了乡下。回去之后，他拒绝服用一切药物，只是尽可能地维持正常的饮食。

过了几天，刘伯温预感到自己时日无多。于是，找来两个儿子交代后事。他取出无字天书，让他们转交给朝廷，并禁止刘家子孙后代再学习它。

他又对着次子刘璟谆谆告诫道："为政要领在于宽猛相济。如今朝廷需要做的，是在位者尽量修养道德，律法则应该尽量简要。平日若能以身做则，以道德感化百姓，效果一定比刑罚要好，影响也比较深远；一旦下属或百姓犯错，也较能以仁厚的胸怀为对方设身处地的着想；所裁定的刑罚也必定能够达到公平服人和警惕人改过自新的目的；而律法若简要，人民就容易懂也容易遵守，既可以避免人民日常行为无所适从，又可以建立朝廷仁德的优良形象。如此一来，上天便会更加护佑我朝永命万年。”

说完，他又叹气道：“本来我想写一篇详细的遗表，向皇上献上我最后的心意与所学。但胡惟庸还在，写了也是枉然。不过，等胡惟庸败了，皇上必定会想起我，会向你们询问我临终遗言，那时再将我这番话密奏皇上吧！”

1375年4月16日，刘伯温去世，享年65岁。

张居正：中兴明朝的万历首辅

得荆州者，得天下。荆州之所以成为兵家的必争之地，无外乎是因为这里人杰地灵。所谓“地灵”：上通中原，下扼长江，物产丰富，人口密集……所谓 “人杰”：屈原、伍子胥、杜甫、李时珍皆出于此，明朝的万历年间，这里还诞生了一位声名显赫的政治家——首辅大臣张居正。

曾祖父的希望

荆州府江陵县的张家，并不算显赫。张家祖上曾追随明太祖朱元璋作战，分得一定的军功，后世子孙都为军籍，到了张诚这一代已经没落了。张诚对家族的前景感到很忧虑。一日，他将三个儿子叫到跟前，训诫道：“乱世出猛将，治世出宰相。大明朝现在天下太平，想要指着立军功光耀门楣怕是无门，现在国家需要的是治国的栋梁之材，你们不要整日想着舞刀弄枪，要多读一些书！”

这天晚上，张诚做了一个梦：他看见月亮从天上掉下来，落到了自家的水缸里，凑上前一看，只见一只白龟浮上来。正在恍惚之中，一声婴儿啼哭声将张诚惊醒—— 张家的曾孙出生了。张诚望着粉妆玉琢的婴孩儿，仔细将方才的梦琢磨一番：这白龟，岂不就是“白圭”，莫非我这个曾孙，就是改写我张家命运的人？（圭就是美玉，人们向来以美玉比喻英才）毋庸置疑，张家的这个新生儿的就叫——张白圭。

张白圭果然没有辜负曾祖父的愿望，3岁就能诵读儒家经典，7岁就能对典籍提出自己的看法，能诗擅赋，成了江陵县家喻户晓的神童。当然，这与张家长辈的悉心培养是密不可分的。张白圭的父亲张文明曾考中过秀才，后来屡考不中，只得把希望寄托在儿子身上，悉心教养。

初遇伯乐

嘉靖十五年，张家的长辈决定看看孙儿是不是裁缝比手艺—— 有真（针）本事。年仅12岁的张白圭报名参加了童试，不仅一举考中，还得到了荆州知府李士翱的青睐。

李士翱本就是志向远大、为国效力的好官，如今看到一根好苗子，自然是喜欢得不得了，想要栽培他。李士翱对张家的长辈说：“你家的孩童是个不可多得的人才，将来必成大器，只不过……”

长辈们不禁紧张起来：“请知府大人明示，我儿有什么做得不好的地方，您尽管说！”

李士翱连连摆手：“不……不，孩子并无过错，只是名字上有些瑕疵。这‘白圭’二字不妥，《诗经》上说，白圭之玷，尚可磨也。可见这玉也是有瑕疵的，不能体现出尽职尽忠之意来，依我看，叫‘居正’如何？不论居于什么位置，都能有一颗公正之心。”

张文明听了，赶紧磕头谢恩：“谢知府赐名，我张家感激不尽！”这一年，张居正做了补府学生，在李士翱的点拨之下，他的学业见识更上一层楼，所写的文章针砭时弊，文采和见识卓越超群。

落榜的“阴谋”

《世说新语》里有句关于神童的言论：小时了了，大未必佳。也就是说小时候很有天赋的人，长大了未必能成才。原因很简单，多是神童在他人吹捧与自我膨胀中故步自封，不肯再学习上进。

当他人都在鼓励张居正考举人时，有一个人却对这位少年英才的前途感到忧虑，这个人就是湖广巡抚顾璘。顾璘曾看过张居正写的文章，忍不住拍手称奇：“写此文章的人将来一定是国家的栋梁。”然而顾璘觉得一个13岁的少年如果中了举人，难免滋生骄傲之心，不如让他受些打击，得到更

■ 张居正像

多历练。尽管张居正考试时文章写得一流，但还是“被”落榜了。

张居正左右打听，终于知道了落榜的原因，顾璘的一番苦心让他十分感动，从此更加发奋，时刻磨炼自己。时隔三年，张居正再次参加考试，这一次，他中了举人。

一直关注着张居正的顾璘，一得到消息立刻赶来为他祝贺。顾璘感叹道：“三年前你就该是举人了，是我耽误了你。不过，我是希望你能做一名像伊尹一样的良才，而不是枉有空名的秀才。”张居正向他行了个大礼：“正是老师的一番苦心，才使学生变得沉着冷静，学生感激不尽。”

顾璘想送一份礼物给张居正，以资鼓励。送什么贺礼好呢？寻常的礼物并不能起到鼓励的作用，顾璘思前想后，解下了官服上的犀带递给他：“你将来应该是佩玉带的，这条犀带应该配不上你。”一席话说得张居正诚惶诚恐，对顾璘更加敬畏。

初入官场

倘若张居正不是一匹真正的千里马，岂能遇到像李士翱和顾璘这样的伯乐？在两位德才并重的恩师的教导下，张居正不偏不倚地成长起来。这一年，张居正23岁，长得眉清目秀，却偏偏留着一缕长胡须，显得少年老成。他做事干练，有豪杰的气派，胸中富有谋略，一般人不能猜中他的心思。

嘉靖二十六年，张居正考中进士，被选为翰林院庶吉士。明代的内阁辅臣多是庶吉士出身，而翰林院则相当于朝廷的人才库。张居正每天在此学习国家的典章制度，和老师们讨论治国方略，内阁大臣徐阶对他十分重视。

当时的内阁首辅是严嵩，严嵩十分嫉妒徐阶的才能。那些平时和徐阶非常要好的人，为了避免惹祸上身，都断绝和徐阶往来，唯有张居正一如既往常常向徐阶请教问题。他人都劝张居正明哲保身，张居正却说："哪里有学生不尊重老师的道理！"严嵩知道这件事，非但没迁怒于张居正，反而觉得他是可用之才，想要拉拢他。

徐阶对张居正说："现在内阁纷争，不是崭露头角的好时机，倒不如考察政治，巡察民情。"张居正便以病为由休假三年。期间他四处奔走，留心观察，发现在大明朝的虚假繁荣掩盖之下，有着田赋不均，百姓失业重重问题。

为民请命的责任心使张居正重返翰林院，朝廷将他升为右中允的职位，负责掌管国子监司业的事。不久，徐阶推翻严嵩，做了内阁首辅，张居正也入内阁，参管朝政。

运筹帷幄

经过五年的磨炼，张居正已十分老练，在内阁中可独当一面。内阁首辅徐阶因年迈退位，内阁大臣高拱继任首辅，张居正与之较量一番后，最终取而代之，登上了首辅的宝座。

张居正执掌朝政大权后，制定了一系列严格的措施：加大对官吏的考核力度，赏罚分明；加强中央集权，要求朝廷所发号令，必须立刻实施。当时人们都说：张首辅早上一句话，晚上就传到了万里之外。

张居正在处理朝政大事上，显得越来越得心应手，那些棘手的问题，到了他这里很快就能迎刃而解。

黔国公沐朝弼犯下重重罪过：夺兄田宅，藏匿罪人，私用调兵符……按明朝律法，理应当斩，只是这黔国公颇有背景，轻易动不得。正当众大臣商讨如何逮捕黔国公之时，张居正却提出重用他的儿子。大臣们感到非常费解："这岂不是助长恶人威风？"张居正分析一番："黔国公祖上曾追随明太祖浴血奋战，立下赫赫战功，他本人更是手握重兵，要是派兵将他逮捕，恐怕他会造反。现在提拔他的儿子，然后再出兵逮捕，他定不敢轻举妄动。”不出张居正所料，黔国公果然束手就擒。张居正又上书请求免去黔国公的死罪，以显示皇恩浩荡。

张居正心思缜密，做事讲究策略，对于那些不合时宜的政策，立即加以更改，不拘于规矩条文。

根据朝廷的规定，各地方于每年开春后向朝廷运输贡粮，但是春季不是干旱就是暴雨，导致运河不是决堤就是干涸，经常耽误贡粮的运输。张居正采用部下漕臣的意见，下令让运输船只改在十月送粮，这一改动使得太仓库的粮食储备大增，可用十个荒年。

尽职与守孝

万历五年，也是张居正担任内阁首辅的第五个年头，他的一系列改革正进行得如火如荼，谁料天不遂人愿，他的父亲却在此时去世了，按照礼法，张居正必须离职回家守孝三年。张居正非常为难，如果他离职，那么改革就半途而废了，如果他不离职，就会背上不孝的骂名。这时的明神宗更是离不开张居正，只好采取权宜之计，那就是——夺情。所谓“夺情”，就是皇帝下诏让官员继续留在官位上，穿着孝服办事。张居正多番辞谢，衡量再三，最终留职但不领取俸禄，以表孝心。

张居正的政敌们，抓住此事大做文章，纷纷上书弹劾他。张居正忍着丧父之痛处理朝政，还要受着来自朝野上下的非议。明神宗对此实在看不过去了，下旨说：“凡是再有反对张居正留任的，一律处死。”这才堵住悠悠之口。

经过张居正大刀阔斧的治理，明朝政治逐渐严明，上行下效，冗官大大减少。张居正开始将治理的重心转移到经济上来。万历九年，张居正开始在全国推行赋税改革——一条鞭法。

自古以来，五花八门的苛捐杂税越来越多，历代官员为了从中捞到好处巧立名目。到明朝时，全国的税种已有上千种，农民不堪重负，都放弃种田四处奔逃，国家财政面临着严重的危机。

为了缓和阶级矛盾，地方曾进行尝试性改革，但没有强有力的中央命令，实行得比较缓慢。张居正意识到问题的严重性，下令在全国推广“一条鞭法”：把各州的田赋徭役以及其他杂役并为一条，只征收银两，将从前的按人头折算税务改为按亩折算缴纳。这样既减轻了农民的负担，也方便计算，更重要的是地方官员难以作弊，保证了财政收支。

独特的用人观

一个篱笆三个桩，一个好汉三个帮。张居正手掌大权，却不是独裁之辈，他四处招揽人才，破格任用一些有能力的人。

张居正对人才有着独特的看法，他将官吏分为三种：第一种是无能的贪官污吏，这些人是朝廷的蛀虫，毫无用处，应当除去；第二种是清官，行为端正，忠君爱民，但沽名钓誉，不懂变通，这样人可以任用，但不能委以大事；第三种是循吏，这类官员不拘小节，但是解决问题的能手。因此张居正说：宁做“循吏”，不做“清流”。

明朝有一位家喻户晓的清官，名叫海瑞，人们都称他为海青天，海瑞曾抬着棺材上谏。这样的好官，在张居正眼里却是一个无用之人，他觉得海瑞太过于理想化，有政德却无政绩。

张居正一生，任用的“循吏”不在少数，大将李成梁和戚继光都是经张居正提拔起来的。李成梁四十多岁时还只是一名秀才，后来在战争中立功当上了辽东代理总兵，张居正对他非常赏识，常常采纳他的意见，但李成梁这人好大喜功，常常谎报军功，张居正心知肚明，却不去追究他。戚继光刚到北京，心中怀有大志，只是人生地不熟，报国无门。张居正此时正四处寻找文韬武略过人的戍边武将，于是破格任命戚继光为蓟门总兵，戚继光性骄气傲，常常得罪人，张居正也不以为然。

蒙古俺答汗与明朝交好，很久都没有侵犯边境，蒙古小王子却带领十多万大军，从东北直闯辽东，多次劫掠边境百姓。张居正任用李成梁镇守辽东，让戚继光镇守蓟门，有了这两员大将，边疆才得以安稳，世人都说张居正知人善任。

死后遭谤

张居正居于首辅之位十年，日夜操劳，年岁渐大，竟一病不起。神宗多次询问病情，还赏赐他大量金钱布帛作为医药费。张居正这一病就是四个月，朝中文武百官设立斋堂，为张居正祈祷，各地的官吏也都效仿。

朝中的大事，神宗仍派人送于张居正的病榻之前。张居正起初还能亲自办理，后来病重不能自理，也就无法操劳国事了。张居正上书请求死后能回到家乡，神宗同意了，让四品京卿、锦医堂上官、司礼监太监护送他的灵柩回乡安葬。

张居正去世后，他的政敌们立即上书弹劾，说张居正统揽大权，蔑视君主。神宗一时遭遇蛊惑，下令将张居正抄家，那些经张居正提拔的官员也大部分被削职。直到天启二年，天启皇帝才为张居正翻案，恢复旧名。

张居正为政十年，海内安宁，国富兵强。只是当政时得罪了不少人，又有功高震主之疑，这才难免死后遭人诽谤，落得个悲惨的下场。

林则徐：虎门销烟的禁烟大臣

勤学的少年

林则徐自小就十分聪颖，他6岁的时候进学校读书，先生教他一篇书，他读不到两遍就能读熟了，而且能够背出来，一个字不差。

有一天，他忽然问先生："先生，我读书有用处吗？"

先生说："书读熟了，光是会背，还是没有用的。要读一篇，懂得一篇的意义，那样才有些用处。"

他又问："先生，怎样才算懂得书中的意义呢？"

他的先生便翻开书，找了一个例子："姓王的小孩会撒谎，常常骗人家的东西吃，后来有一天，他真的跌到水里去了，他喊人来救他。大家都不相信了，他就浸死在水里了。"

林则徐立刻懂得了，他说："我懂得了，这就是说，一个小孩子不应该说谎话，说一次谎话，第二次即使说真话了，人家也不相信了。是不是呢？"

他的先生很欢喜地说："对了，你真懂得我所说的意义了！”

后来他每读一篇书，就先请先生讲那篇书的意义。决不肯轻易放过先生，也不肯轻易放过自己。他去考试的时候，只有13岁，就考了第一名，他的母亲和先生都欢喜得不得了。他的邻舍和亲戚看见他考了第一名，也都惊奇地说：“这么小的孩子，成绩就这样好，将来也一定是好的！”然而他自己一点都不骄傲，他暗暗地说：“考了第一名算得了什么？”他仍旧勤苦地读书，从来不怠学，不肯放松自己。

他长大一点后，人家见他品行如此好，便推荐他去做事，在一个县官那里当书记，负责文牍方面的事。林则徐写的书信，雅洁、老练，字也很清秀。有一次，福建巡抚张师诚看见他的手笔，便觉得他的才学不错。看林则徐人很老实，才学又很好，便留他在自己身边做事。

林则徐的思想很敏捷，无论什么事，一到他手里，就立刻想出很妥善的办法来，而且做事从不轻率。他说：“读书的时候，我一定要把意义明白了才肯读；做事的时候，我也一定要把事理弄清楚后才肯做。”

禁止鸦片

从明朝开始，到了清朝初年，吸鸦片的人一天比一天多了。吸的人都是黄皮瘦脸，一点精神也没有，不爱做事情。有的人为了吸鸦片，把家产变卖，弄得家破人亡者不计其数。

林则徐看见这种情形，他想："要是我们的老百姓都吸鸦片成瘾，国家自然亡得很快了。"

于是他上奏说："鸦片初流行到中国来，吸的人很少，现在全国的老百姓都吸上鸦片了，流毒已遍于全国，已经成为国家的灾害了。倘若国家仍旧不注意，不想法子去严禁，国家便会一天天地穷下去，百姓便会一天天地弱下去，再过几年，连兵也没有人当了，兵饷也筹不出来了……"

那时道光帝看了他的奏折，觉得他说得不错，于是他马上叫林则徐进京，给他军事行政上的一切权力，以钦差大臣的身份去调查广东的形势。

林则徐就职以后，领了圣旨，就到广东去了。

他动身的时候，正是道光十八年（1838）冬天，第二年的春天才到广东。他进了府学，住下以后，装作无事的样子，但那些贩鸦片的外国人，都急得不得了，要等他的吩咐，然而他总是沉默着，不说一句话。这样过了八天，他才叫怡和洋行的人来，说："你们如果不守法令，我一定要重办你们！"

怡和洋行是英国人开的，他们专门做贩卖鸦片的生意。听了林则徐的话，也有些害怕了。

后来他告诉本国人说："你们如果仍旧吸鸦片，我一定斩死你们。"

那天，他又发了一个命令说：

■ 林则徐像

"外国人在广东经营通商，已经有许多年了，若是叫你们停止通商，一定很困难。在以前，我们中国反对鸦片通商的法令没有实行，可是现在要严格地实行了。凡是吸鸦片的人，应该处死刑，就是外国人也应该服从中国的法律。今天我的命令一发出，你们把仓库里的鸦片全数缴出来，叫洋行的人员拟一个目录来，把鸦片的存数写清楚，如果你们反抗，或是藏起鸦片不缴出来，一定照新法令处刑。鸦片一天不禁绝，我就一天不离开这里。我一定要把事情办得有始有终，决不半途放弃。"

这个命令一公布出来，广东人反对鸦片通商的舆论更加厉害了。限三天时间叫外国人缴出鸦片，但是英国领事义律置之不理。过了三天的限期，外国商人仍然没有动静，林则徐便叫广东海关监督，封闭外国商船货物，停止交易。又下令不准外国国民到澳门去，又派几只炮舰载着武装的军队，集合在商馆前面。

英国领事到广东以来，这是第一次受打击，所以他便命令停在外海的英国船立刻开到香港去，挂起英国旗帜，对于中国的举动，准备抵抗。他又送信给广东总督，说：“你们真要和英国国民及战舰开战吗？请立刻回复我们。”

一天，义律又在广东上岸了，一时警报传播四方。商馆周围的通路都封闭了，就是商馆前面的花园里也没有一个人影，园子门口也有人防卫。商馆的大门，本来只有几个人守卫，现在持枪的、提灯的、武装的兵士多了好几倍。商馆前面有一条河，河里也布置了三重船舶，载了许多武装兵士，并且勒令商馆雇用的中国奴仆一齐退去。

到了晚上九时，那里已经没有一个中国人了，只有三四百名外国居民住在那里。骑兵、哨兵来回巡查，吹喇叭，打铜锣，一片杀气腾腾的景象。

林则徐气愤极了，又将大字的布告贴在义律的屋外和商馆的墙上，布告如下：

“一、天道报施不爽，逆天者不得善终，如英人罗拔，图占澳门，卒不能达到目的，客死该地。拿皮楼存心险恶，中道夭死。

二、中国皇帝，待外国人恩泽深厚，外国人当服从中国法律，与本国一样。

三、若以鸦片的缘故，以致通商停止，则茶叶及大黄等需要之物，亦不能再得，何苦以鸦片的缘故，牺牲全体通商。

四、交出鸦片之后，仍准照旧通商，利害得失，一目了然，何去何从，幸善自择。”

这个布告贴出来之后，第二天，就有几只船请求出港的许可状。广东海关总督立刻下令说：“钦差大臣林则徐在这里处置鸦片的时候，凡是在黄浦的船，一律禁止装货起货，没有出港许可状的，也不许出港。”

英国领事义律为了英国船和英国人能顺利出港，便正式对广东总督要求通行许可状，并且说：“限三天内把通航券交出来，如果中国政府强制拘留英国船和英国人，他们便有应对的措施。”

总督回信说：“你们只要求通航券，可是忘了缴出鸦片的命令了。你们不先缴出鸦片，我们是不发通行券的。”

义律没有办法，便写信给林则徐，自悔说错了话，并请求允许他雇用奴仆运食物到商馆去。然而林则徐仍旧命令他们缴出鸦片，并且将布告封在信里送去。

万恶的义律，到了这时候，也弄得没有办法了，因为那时沿海的商船不止一国因为英国的事情受到了牵连，都开始怨恨英国了。所以义律和英国商人商量，照会中国，缴出鸦片2883箱。

他们的商船有二十几只，每只商船至少可以装一千多箱鸦片，现在只缴出两千多箱，数目差得太远了。

林则徐觉得义律太狡猾了，便立刻将商馆四条通路遮断了三条，停止食物的供给。又将商馆的后门用砖瓦塞住，下令说："缴出鸦片二分之一的给食物，缴出四分之三的仍旧允许贸易，全数缴出，万事皆休。"

义律眼看着三四百名英国人民被软禁起来，没有水喝，没有蔬菜吃，被中国军队包围着，一时也没了主意，只好把所有的鸦片，共两万零两百多箱，完全缴出来了。

林则徐又想出一个问题，要义律保证，如果以后英国商人再将鸦片运到中国，就是犯了禁令，中国当没收他的船舶、货物。而且这种犯人应该交给中国政府，处以死刑。

中国将这种证书送去，叫义律签字承认，但是义律很倔强，他将证书撕得粉碎，说："即使杀了我的头，也不会承认这种证书的！"

随即义律发出布告，叫上英国商人，一起准备离开广东。

鸦片之战

英国将鸦片交出来了，林则徐便和广东总督邓廷桢商量，联名上书给朝廷，说："鸦片全数接收了，想运到京城去烧毁……"

广东离京城很远，要运这么多的烟土当然很麻烦。朝廷就命令林则徐在虎门烧毁，不必运回京城了。

林则徐接到命令，便在虎门焚毁鸦片。鸦片是不容易处置的，因为鸦片焚过以后，仍旧有膏汁，还可以拿来吸。后来他就想出一个法子，将石灰和盐混合在鸦片里一起焚烧，这样烧完以后就没有用了。

可是鸦片很多，如果用锅灶煮化，一时怎么会有这么多锅灶呢？于是林则徐又想出了办法，在海滩上凿了两个方池，里面留一个洞通海。鸦片一面烧化了，一面顺着洞流到海里去了。

烧鸦片的时候，沿海的住民人山人海，大家都来看热闹，拍手说："这回好了，这回好了！"

英国人一时想不出办法，只好让林则徐去处置鸦片，心里自然很不痛快。因此，英国人时时无理取闹。

有一天，英国水手在香港停船的地方，忽然发动暴乱，欺侮中国人，把一位叫林维喜的人打死了。

查出来以后，发现凶手是英国水手长，五个水手都和这件事有关系。审理这个案件的裁判官便是领事义律，他判决了这五个人的罪名："三人处二十镑罚金，监禁六个月；二人罚金十五镑，监禁三个月。并且监禁在大英国的狱舍。"

这种判决实在太狡猾，而且很不公平。打死了人不赔命，只罚金了事，天下哪有这样的道理呢？于是中国的官吏不承认英国的判决。林则徐便和总督联名出布告："这回惨杀的凶手是英国水手，英国领事已经证明了。对于犯杀人罪的外国人，判决权应当在我们中国手里。"

于是林则徐下令，凡是停在香港的英国船，禁止供给一切日用品。又派军队到广东、澳门之间的青山地区，同时发出两道布告。第一个布告说：“对于澳门船上的英国人停止供给，但在澳门的葡萄牙人和其他的外国人，仍保持他们的权利。”

还有一个布告说：“英国所雇用的奴仆和掌柜，限三天内解职，不服从的人，处死刑。”

英国人受了这样的压迫，没有办法，只好暂时退到澳门去了。

义律也被驱逐了，便带领五十七家英商渡海，又带着两只兵船来广东，把枪炮藏在船里，趁中国不备的时候，突然向九龙山驻扎的水师开战，水师参将努力抵抗，把他们击退了。

林则徐便把这件事奏闻朝廷，朝廷的回答是：“英国人反复无常，决计停止和他们通商。”

林则徐便筹兵筹饷，准备和英国人抵抗。制造木排铁链，横断虎门海口，凡是广东水师所管辖的海面都防备起来。又买了两百尊大炮，排列在两边海岸。又偷偷地叫人去探查英国的消息和形势，同时又请了懂得英文的人，把英国新闻翻译成中文。

林则徐已防备得很周密了。

但是英人因第一次失败，便弃了广东来攻浙江。浙江的官员没有防备，定海被他们占据了。后来又进攻天津大沽口，也被英兵占了。那时的英兵一不做二不休，又趁着中国没有防备，再把广州占了。又派兵进攻厦门、宁波、乍浦，再进攻长江，夺取镇江，直攻南京。中国毫无办法，最后便订了《南京条约》。

这样一来，流毒无穷的鸦片，可以冠冕堂皇地运进来了。这也是有史以来，不曾有过的失败。

林则徐被谪

鸦片战争失败后，林则徐受到小人陷害被革职。林则徐虽然身受重谴，但未忘国家大事，还想戴“罪”立功。他说：“各国商船，都愤恨英国人，他们都要回国调兵船来打英国人，这是以敌攻敌的计策。我们只要告诉各国，一起讨伐祸首，英国便被各国所不容，一定会服从大家的。”

于是他上书朝廷，奏折刚刚发出，清政府不但罢免了他的两广总督，而且还叫他到伊犁去充军。

伊犁远在新疆，冰天雪地，一片荒凉野地，很少有人居住。但是林则徐泰然自若，到了伊犁后，仍然努力尽他的天职，一点也不倦怠。他天天指导百姓开垦荒地、种植树木、开通河道，使那地方水利大兴，百姓都得到许多便利，众人都非常感激他。

林则徐一生为国奔波，后来清廷又派林则徐去往潮州，那时的林则徐已经病了，他的儿子劝他不要出去。他说：“二万里冰天雪地，只身荷戈，不敢说苦。这时国家要用我，哪里敢怕劳苦呢？”

由于沿途奔波，林则徐到了广东潮州后病重逝世。天地间仿佛都回荡着他说过的话：苟利国家生死以，岂因祸福避趋之。

曾国藩：晚清第一中兴名臣

封建王朝这座大厦，到了清朝已是摇摇欲坠。经历过两次鸦片战争之后，国库亏空，朝廷不断剥削百姓，不堪忍受的农民纷纷起义，如破竹之势般逼近清朝的心脏……大厦将倾之时，有一个人力挽狂澜，再造了清朝“中兴”大业，这个人就是曾国藩。

比贼还笨的学生

湖南长沙府湘乡县（今湘乡市）的夏夜闷热潮湿，蝉虫聒噪，令人辗转反侧。荷叶塘白杨坪的曾家老小却鼾声不断，大概是白日里操作劳累的原因。曾家世代务农，现在好不容易出了两个文化人：曾玉屏和他的儿子曾麟书。父子二人合力办了一个私塾，但还不够维持生计，白天还是要到田里干活。

这时曾家还有一个没睡的人，就是曾家的长孙曾国藩。他蹑手蹑脚地走进书堂里：“今天上午爷爷教的《诗经》别的孩子都背下来了，唯有我磕磕绊绊。明天岂不是要当场出丑？”曾国藩一边嘀咕着，一边掏出书本：“硕鼠硕鼠，无食我黍！三岁贯女，莫我肯顾。逝将……逝将……”曾国藩懊恼地用书卷敲了下自己的脑袋，“接下来是什么……”

■ 曾国藩像

这时，还有一个来曾家“拜访”的“梁上君子”。他听说曾家私塾中藏有墨宝，想盗走去卖钱，谁知道碰上这么个半夜三更还苦背文章的小娃娃。一晃一炷香的时间过去了，曾国藩还没背好。这小偷可急了，“噌”地一下从房上跳下来，吓了曾国藩一大跳：“你……你……是谁？”小偷嘲笑道：“你这娃娃也太笨了，我在房上听得都背下来了，你还不会，我看你还是别读书了。”说完，跳窗逃走了。

曾国藩杵在那里，若有所思：我若是不努力，岂不是连小偷都不如吗？不一会儿，书房里又响起了稚嫩的背诵声。

草窝里飞出金凤凰

俗话说：笨鸟先飞早入林，笨人勤学早成才。曾国藩每天夜里都提前预习功课，第二天又早早起来将背诵的诗篇温习一遍。此外，曾国藩还阅读大量书籍，8岁的时候就将四书五经翻个遍，10岁的时候开始读历史。这般努力，只为不辜负祖父和父亲的期望。

祖父曾玉屏虽然书读得不多，但见识很广。他深知要摆脱这种面朝黄土背朝天的生活，唯有靠考取功名。他曾把希望寄托在儿子曾麟书身上，无奈曾麟书考了17次秀才都失败了。因此，这祖、父两代人只得把希望寄托在曾国藩身上。

从14岁开始，曾国藩就开始参加县试，接连考了7次都名落孙山，他的弟弟们也没有一个考中的。曾家长辈摇头叹息："罢了！大概是我曾家没有这个命吧！"同乡的人也都嘲笑他。曾国藩却不气馁，依旧像往常一样参加考试。

曾国藩23岁那年，终于打破了曾家不中举的魔咒——考中了秀才，第二年又中了举人，从此一发不可收拾。道光十八年，曾国藩考中了进士，被授予翰林院庶吉士，此后，连续升迁内阁学士、礼部侍郎……进京十年内升迁了7次。

曾国藩的同乡们议论纷纷：这可真是草窝里飞出了金凤凰……

贫穷的二品官

曾国藩刚考中进士时，家中的亲戚都兴奋不已。进京做官之前，曾国藩到各亲戚家告别。到大舅家时，发现大舅还住在窑洞里，靠种菜为生。到二舅家时，发现情况也是如此。二舅握着他的手说：“我的外甥做了大官，以后让我做个伙夫就行了。”曾国藩心中很不好受。

入京之后的曾国藩发现：清朝官员的薪资并不高，如果不贪不拿，养活一大家人还真是困难。因此，收受贿赂、搜刮百姓，在官场上已经成了很平常的事。正所谓“三年清知府，十万雪花银”。农民出身的曾国藩，自幼见识到老百姓的贫苦生活，心中对贪官仇恨不已。如今易地而处，他是无论如何也不肯贪赃的。

曾国藩不贪，自然生活拮据。舅舅们多次要来京看他，曾国藩都推辞道：“不要来，不要来，我这里生活实在是太清苦了。”

尽管收入微薄，曾国藩每年都会按时往家中捎寄钱财，但往往只有几十两，直到他当上二品官员，仍是如此。家中的兄弟们都不乐意了，在背地里说他：“有钱只给妻子儿女花，却不管父母兄弟。”曾国藩听了非常生气，写信给九弟说：“我自30岁以来，就认为靠做官发财是一种耻辱，将贪来的钱留给子孙更是可恨。”弟弟们这才知道哥哥是个有骨气的人。

曾国藩常常对家人说：俭而不奢，家道恒兴；俭而不贪，居官清廉。

秀才募兵创湘军

鸦片战争之后，清政府为了支付赔款，开始搜刮百姓，除此人祸外，还有天灾：两广地区旱涝频繁，蝗虫肆虐，百姓无以为生。官逼民反，广东花县（今广州市花都区）的洪秀全聚集农民，建立了太平天国政权。

咸丰皇帝心急如焚，召集群臣商议对策。曾国藩认为，当务之急是培养人才……朝中大臣听了都嗤之以鼻：“现在匪寇都要骑到我们脖子上了，你却在谈如何培养人才，眼下要紧的应该是召集大量士兵才对！”曾国藩反驳道：“历代王朝开国初年，都是兵少而国力强盛，兵员越来越多国家却越来越弱，兵饷越来越多国家却越来越穷。所以应该将重点放在选拔将才上，打造一支可依赖的精兵队伍，而不是靠数量取胜。”皇帝同意他的看法，并将打造军队的重任交给了他。

■ 曾国藩书法

在征集士兵方面，曾国藩吸取戚继光留下的经验，招募那些朴实健壮的农民。被选拔的士兵多出身于湖南山区，因此人们将曾国藩创建的军队称作“湘军”。

朝中的大臣们对曾国藩创建的军队都不看好，曾国藩并不在意，因为他深刻地分析过：正规军之所以不能取胜，主要的原因是士兵和将领之间没有交情，无法形成一个强有力的整体。曾国藩在创立湘军时，让将领自己去招募、提拔士兵，这样士兵都对将领感恩戴德。除此之外，曾国藩还立下军规：只要军中的将领死了，那么这支军队就解散。士兵们为了保证自己的利益，都拼命保护自己的将领。而将领保住了，军队自然就保住了。

自杀未遂

书生出身的曾国藩，在用兵打仗这件事上只能是摸着石头过河，除了研究戚继光的战术之外，他的枕头底下还塞着一本《孙子兵法》，每日睡觉前都读上一段，细细琢磨其中的道理。

咸丰四年（1854）春天，曾国藩率领刚刚组建的湘军从衡阳起程进剿太平军。此时，太平天国的部队已经接连攻下了黄州、汉口，眼看就要到湖南了。三月的时候，两军第一次碰面，湘军中很多都是第一次上战场，经验不足加之过度害怕，难免乱了阵脚。这一战湘军惨败，曾国藩很受打击。四月二十日，曾国藩亲自率领湘军水师在湘江靖港与太平军再次作战，不料仍是战败。在作战之前，曾国藩就已经想好：如果此战失败，就自杀谢罪，甚至将遗书都已经写好了。

望着滚滚湘江水，曾国藩打算眼一闭脚一蹬，就这么跳下去。前脚还没迈出，就被他的手下章寿麟死死拽住了："老师，万万不可。您要是死了，这数万的湘军该怎么办呀？再说兵败乃兵家常事，我们只是缺乏经验而已！"曾国藩这才打消了自杀的念头。

本就不看好曾国藩的大臣们，此时更是肆意嘲笑他。曾国藩顶着巨大的压力，回到长沙，重整军队。曾国藩对将士们说："现在世道混乱，圣人君子很少了，大家跟着我都是为了保家卫国，你们是值得被尊敬的……"大家听了，很是感动，都愿意誓死追随他。

不久，曾国藩的陆军攻克了湘潭地区，士气大涨。时隔几个月，曾国藩又率领士兵打到岳州，斩杀了太平军的首领曾天养，武汉、汉阳的太平军望风而逃。地方的官员纷纷上奏表功，曾国藩却因为从前在靖港失败，上疏请求皇帝褫夺自己的官位。皇帝却加封他为兵部侍郎，命他继续征讨太平军。

同治三年（1864）六月，曾国藩率领湘军攻克了太平天国的首都南京，俘获了忠王李秀成，这场长达14年的太平天国运动终于被镇压了。

洋务运动

与那些好大喜功的将领相比，战功赫赫的曾国藩并没有被胜利冲昏头脑。在镇压太平天国运动胜利以后，他主动向皇帝提出裁军。曾国藩此举不但解除了朝廷对他的猜忌，也保全了自己的官位与性命。

可剩下的那些精兵良将是否还能创造出更大的价值呢？一个想法在曾国藩的脑子里萦绕很久了，那就是——创办学习西方的洋务运动。在与太平军作战之时，曾国藩就曾借用西方的坚船利炮；两次鸦片战争也使他明白：战争靠的不仅仅是战术，更需要先进的武器。他在奏折中说道：师夷智以造炮制船，尤可期永远之利。

不久，曾国藩便率先开办了中国第一家军事工厂——安庆内军械所，专门制造洋枪洋炮。江苏巡抚李鸿章积极响应他，在上海买下一座设备齐全的铁厂，改名为“江南制造总局”。

在学习西方先进技术之时，曾国藩发现，最大的障碍不是资金和原材料，而是语言不通，技术人员因为不懂外文，对说明书、设计图纸很难理解。针对这种情况，曾国藩就在军工厂里设立翻译馆，聘请英国及美国的老师主持翻译，其间，翻译了大量电学、化学、光学等各个领域的西方书籍，这些书籍开阔了中国人的视野，为中国的近代化做出了巨大的贡献。

家书抵万金

曾国藩的一生，几乎都是奔走在路上，与家人团聚的时候很少。能够联络感情的，唯有那一封封家书。他自幼就有写日记和书信的习惯，刚到京城做官时，他经常给祖父、父母以及叔父写信，汇报自己的状况以及人生感悟。

后来，曾国藩的书信多是写给弟弟的，给他们讲学习、处世的道理。一次，他的弟弟在信中说，最近家中人多嘈杂，不能安心看书。曾国藩回复他说："一个真正有志读书的人，不管任何环境都能学有所成，不论是在私塾、旷野，还是在闹市，甚至在砍柴和放猪的时候，都不会被影响。"弟弟很受启发。

有了子女后，曾国藩更是书信不断，他告诉子女修身立命的道理。小女儿曾纪芬出嫁的时候，曾国藩也不忘给她一封书信，在信中将女儿每天该做的事都写得清清楚楚。

同治十一年（1872），曾国藩在花园中散步，突然觉得双脚发麻，长子曾纪泽将他扶回书房。曾国藩在书房端坐了三刻钟，就安详地离开了人世。朝廷听说这个消息，罢朝三天表示追思，追赠他为太傅，赐谥号为"文正"。

李鸿章：权倾一时，谤满天下

胸中有丘壑

李鸿章是一个充满争议的人物，有人说他是镇压太平天国杀人如麻的刽子手，有人赞美他是让清王朝回光返照的中兴之臣。他一生签订了数十个丧权辱国的不平等条约，却又一手搭建了中国近代化工业基础。他自称是大清裱糊匠，鞠躬尽瘁，为风雨飘摇的清王朝缝缝补补，却避免不了轰然倒塌的命运。

李鸿章并非出自书香世家，他爷爷李殿华是个50年不进城的乡下读书人，一心跳出农门，但从来考不中。他父亲李文安不像个聪明人，别人4岁启蒙，他8岁才读书。但是大器晚成，在35岁终于考中举人，40岁殿试考中三甲。

李鸿章自小就被家人寄予厚望，在父亲监督下不敢有丝毫懈怠，整个青少年时期只用"寒窗苦读"四个字就能完全概括。好在他读书天分比父亲强得多，少年聪慧，先后拜访当地名士为师，打下扎实的学问功底。

他17岁考中秀才，20岁赶往顺天府参加乡试，取得不错的成绩。年轻的李鸿章写出“一万年来谁著史，三千里外欲封侯”这样的诗句，可见他志向远大。此时他父亲在刑部当官，在父亲的引荐下，他又结识了京城里大批祖籍安徽的京官和名士，眼界得以开阔。

1845年，年轻的李鸿章进京参加会试，可惜落榜了，遭受人生中第一次重大打击。万幸的是，他遇到了曾国藩。

倔强师徒

李鸿章的父亲和曾国藩是同年进士，关系密切。在父亲的推荐下，23岁的李鸿章拜曾国藩为师，两人一见如故。李鸿章一直恭恭敬敬地喊曾国藩老师，自称学生。

有一年，曾国藩率军追击太平天国，将大本营安扎在安徽祁门。时任幕僚的李鸿章看出曾国藩安排上的错误，他私下找到曾国藩，劝道：“老师，祁门易攻难守，万一太平军杀个回马枪，我军都是瓮中之鳖。”

曾国藩不以为意，哼道：“匪徒如今是丧家之犬，哪有胆量回头？”

李鸿章坚持劝阻，曾国藩不听，师徒俩不欢而散。

曾国藩安排一个叫李元度的亲信去守徽州。李元度是个文人，带兵经验比较欠缺，到徽州后不听曾国藩“坚守不

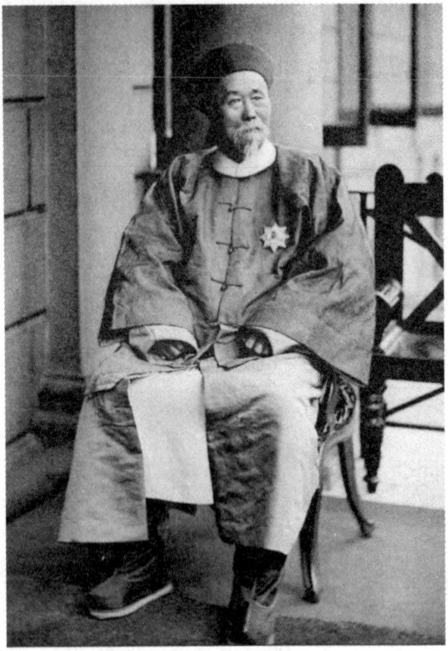

■ 李鸿章像

出”的叮嘱，贸然出击，很快丢了城池。曾国藩大怒，要严惩李元度。

李鸿章又找到曾国藩，和他讲道理：“老师，李元度是您资格最老的亲信，无论何种困难始终伴随在你左右，当年还于您有救命之恩，您这样对待李元度，岂不是让众臣寒了心？”

曾国藩冷笑，说：“败军之将，岂能安然无事？你废话少说。”

李鸿章见自己两个建议都没有被采纳，心中也来了气，打算拍屁股走人。

曾国藩大怒，指着李鸿章的背影骂道：“老夫这么关照你，你在这种时候撂挑子不干！罢了罢了，就当老夫认错人，你赶紧滚！”

李鸿章黯然离开，走出军营十里后，回头遥望，一只眼睛充斥愤怒，一只眼睛装满委屈。

后来，太平天国果然反扑祁门，曾国藩无路可退，陷入绝地，他写好遗书，把刀架在脖子上，准备以身殉国。还好援军及时赶到，在千钧一发之际救下曾国藩。曾国藩这才想起李鸿章的深谋远虑。在接下来的军事行动中，没有李鸿章的协助，曾国藩举步维艰。

第二年，40岁却一事无成的李鸿章发现自己离不开恩师，又回到曾国藩身边，师徒二人冰释前嫌。李鸿章充分展示了自己的卓越能力以及胆识，曾国藩加快提拔李鸿章的步伐，帮助他着手开展洋务运动，后来还暗中向他推荐被自己严惩过的李元度。

苏州杀降

1863年，李鸿章率领自己的淮军围攻苏州，此时太平天国经过自相残杀后已经一蹶不振，实力大减，但是苏州仍然固若金汤。

李鸿章打听到，苏州守将谭绍光手下有八个对他极为不满的“王”，这八个王一文不值，因为太平天国后期封了两千多个王。李鸿章暗中和八王联络，商议投诚，只要八王献出苏州，他们就能脱下反贼的草帽，戴上朝廷的乌纱。他担心八王不相信，还把洋枪队的队长戈登请来做证人。戈登是个英国人，正宗的基督教徒，太平天国的指导思想来源于基督教义，所以八王和戈登的关系都不错，很信任他。

八王果然割下谭绍光的人头，送到李鸿章军帐之中，并且打开城门，请李鸿章入城。李鸿章高高兴兴地进城，发现八王的士兵占据着大半个苏州，根本没有解除武装的打算。

“李大人，我们什么时候进京当官啊？”八王笑嘻嘻地问。

李鸿章非常不满，但是不动声色，笑道：“本官早已向朝廷上书奏明八位的功劳，升官晋爵指日可待，恭喜八位！”他邀请八王喝酒，八王兴冲冲地赴宴。

宴席上，李鸿章殷勤敬酒，八王喝得面红耳赤。李鸿章敬完一轮，回到主位上，微笑着说：“动手！”

八王一愣，接着全部被李鸿章埋伏的武士砍掉首级，至死都不知道发生了什么。

李鸿章坐在血泊之中，一边喝酒，一边下令：“太平军居心叵测，假装投降，全部杀了。”

得知李鸿章杀降，舆论一片哗然。

戈登极其愤怒，大骂李鸿章不守信用，甚至拿着手枪找李鸿章决斗。李鸿章避而不见，坐在书房里给朝廷上书，说洋枪队劳苦功高，请给予赏赐。他自己掏钱给洋枪队发奖金，又给戈登本人送了一万两白银，戈登这才偃旗息鼓。

李鸿章知道杀降这件事不厚道，又在给他母亲的信中写道：“此事虽太过不仁，然攸关大局，不得不为。”

曾国藩知道这件事后，评价这位学生“眼明手辣”。

收复苏州后，李鸿章势如破竹，节节胜利，苏州地区的太平军被一扫而空。

骡马拖火车

李鸿章在曾国藩的帮助下开展洋务运动，学习外国人的先进技术，然而很多事情不被朝廷认可，困难重重。比如修铁路。

鸦片战争之后，铁路就已经传进了中国，但是朝廷视铁路为洪水猛兽，因为修铁路要挖坑，会破坏山水，动摇祖宗根基，而且劳民伤财，所以极力反对。即使是外国人修的电路，朝廷也想方设法拆除。1876年，英国人修建的吴淞铁路上撞死了一个人，朝廷抓住理由，说铁路杀人无情，于是花28万两白银赎回这条铁路，然后一段一段地拆除。

李鸿章却清醒地认识到铁路的作用，无论是军事用途还是民生建设，都有巨大的利用价值，尤其体现在运输方面。铁路用来运煤，比骡马拉车快出无数倍，但是朝廷反对修铁路。李鸿章坐在家里冥思苦想，犹豫了许久，决定豁出去了，冒着风险也要修铁路。他坐在书房中，提笔在奏折上申请修一条“供马车通行的快速路”。朝廷同意了。李鸿章修完快速路，在这基础上再修建铁路。

铁路通车那天，火车以30公里的时速跑了一个来回，围观的人欢呼雀跃，尤其是煤矿工人。李鸿章摸着胡子还没高兴多久，噩耗就传来了：朝廷勒令他停止火车运输，因为火车的发动机声响太大，震动了清朝列祖列宗的皇陵，会让老祖宗们睡不安稳。李鸿章欲哭无泪，这条铁路离皇陵有一百多公里远，怎么会震动到那里去！但是皇命不可违，李鸿章绞尽脑汁，想出一个不是办法的办法，他找来大量的骡马，让骡马拖着火车的车头在标准化的铁轨上走。骡马累得气喘吁吁，火车慢慢吞吞，外国的记者纷纷捧腹大笑。

李鸿章感觉自己就是这些可怜的牲畜，费尽全力拉着一个垂垂老矣的国家蹒跚而行。

骡马拖火车这个滑稽的场面，一直到中法战争爆发后朝廷需要大量运煤，才逐渐消失。

李鸿章竭尽全力对抗朝廷顽固分子的阻挠，殚精竭虑地创办了中国近代第一条铁路、第一座钢铁厂、第一座机器制造厂、第一所近代化军校、第一支近代化海军舰队……

不过，李鸿章本人和他的家族，在洋务运动中捞了不少钱，所以百姓们讽刺他“宰相合肥天下瘦”。

一枪一亿两

1894年，中日两国爆发甲午战争，中国惨败，李鸿章一手创建的北洋水师全军覆没，中国和日本进行战后谈判。作为战胜国，日本狮子大开口，要求清王朝割地，并且赔款白银三亿两。要知道，当时日本全国的财政收入才八千万两。

清王朝的当家人慈禧太后不愿意自己去参加这个屈辱的谈判，于是派时年72岁的李鸿章为使者去日本。李鸿章自然不同意如此巨大的赔偿，谈判陷入僵局，但是弱国无外交，李鸿章撑不了多久。他从谈判场所回住处时，被一个日本年轻人行刺。这个日本人不希望两国和谈，希望日本继续打下去，在大街上朝李鸿章脑袋放了一枪。子弹永远留在他的眼眶里，一直陪着他睡进棺材。这起刺杀事件震动日本朝野。日本人没有信心一口吞下中国，担心清王朝以此为借口中断谈判，也担心西方列强谴责打击日本，因此很多人都来探望李鸿章，甚至日本天皇的妻子也给李鸿章送绷带。

因为这颗子弹，赔款从三亿两降到两亿两。

两亿两还是太多，李鸿章希望再少一点，他对日本首相说：“再少点，不然我回国都没盘缠了。”日本首相十分震惊，没想到晚清名臣连这种有失身份的话都说得出来。

代表慈禧太后在《马关条约》上签字后，李鸿章回国，收获骂声一片，都骂他把国家的脸都丢光了。签订《马关条约》的确是他这辈子最大的耻辱。他发誓，今生今世再也不会踏进日本国土一步！

第二年，李鸿章又被朝廷派遣出使俄国，中途必须取道日本。李鸿章在汪洋大海中望着这个岛国，坚决不肯在日本住宿。中间换船时，他不肯乘坐日本的小船，而是选择在两条大船之间搭一块木板。73岁的李鸿章，这位晚清第一重臣，在海浪声和海风中颤颤巍巍地从木板上踏过去。

暮气沉沉

1900年，八国联军入侵北京，中国又一次战败，慈禧太后和朝臣们逃亡，留李鸿章收拾烂摊子，又代表朝廷跟洋人求和。老百姓们骂他："卖国者秦桧，误国者李鸿章！"

巨大的心理压力终于压倒了李鸿章，他一病不起，开始咯血。八国联军要求中国赔款十亿两白银。李鸿章已经躺在床上起不来了，一边吐血，一边指挥属下和八国联军谈判。八国联军知道朝廷根本赔不起这么多钱，于是把十亿两降到四亿五千万两。中国百姓正好有四亿五千万人，一人赔一两，以示侮辱。

李鸿章挣扎着在《辛丑条约》上签字，回来后大口吐血，病逝在北京，临终留下遗作：

秋风宝剑孤臣泪，落日旌旗大将坛。

海外尘氛犹未息，诸君莫作等闲看。

可见其内心的忧愤与孤寂。李鸿章去世后，时人用"权倾一时，谤满天下"来形容他。

中国历代圣贤故事集

中国历代武将故事

张振鹏 著

团结出版社

图书在版编目（CIP）数据

中国历代圣贤故事集 / 爱华文等著. -- 北京 : 团结出版社, 2019.8

ISBN 978-7-5126-7253-6

Ⅰ. ①中… Ⅱ. ①爱… Ⅲ. ①故事-作品集-中国-当代 Ⅳ. ①I247.81

中国版本图书馆CIP数据核字(2019)第165301号

出版： 团结出版社

（北京市东城区东皇城根南街84号 邮编：100006）

电话：（010）65228880　65244790（传真）

网址： www.tjpress.com

Email： zb65244790@vip.163.com

经销： 全国新华书店

印刷： 三河市祥达印刷包装有限公司

开本： 140×210　1/32

印张： 62.25

字数： 600千字

版次： 2020年9月 第1版

印次： 2020年9月 第1次印刷

书号： ISBN 978-7-5126-7253-6

定价： 220.00元（全11册）

目录

孙武：百世兵家之师

公元前545年的一天，一个男婴降生在齐国的用兵世家孙家，全家上下为家中新添人丁而兴奋不已。祖父为自己的孙子取名为武，字长卿，他们希望这个孩子将来能依靠武力来保卫国家，并希望他也能入朝为官，成为国家的栋梁。

幼好兵戎

随着不断地成长，孙武对军事的爱好和特有的军事天赋开始显现。祖父和父亲经常给他讲行军打仗的故事，家里的仆人听得多了都会讲了，如果父亲和祖父不在，仆人就给他讲故事。除了听故事，孙武也喜欢爬到阁楼上翻看家中祖辈收藏下来的诸多兵书。如果有问题，他就会缠着家中的老师或者祖父、父亲问个不停。

有一次，孙武读到“国之大事，在祀（sì）与戎（róng）”的内容，便问老师“什么是祀，什么是戎”。老师简单地按照字意解释说道：“祀是祭祀，戎就是兵戎。”

孙武紧接着又问：“祭祀不是一种精神寄托吗？怎么可以和兵戎一起算作是国家大事呢？”

老师一时回答不出来，孙武却说：“我看呀，只有兵戎才能算是国家大事，是君臣都不可不关心的大事啊！”

少立大志

8岁后，孙武开始上学了，天资聪慧的他学起东西来非常快。那些很难懂的“父义”“母慈”“兄友”“弟恭”“子孝”的五教知识和礼仪，他总是看个两三遍就记熟了。有时候别的孩子还在埋头苦读，他却因为学会就跑出去玩了。

有一次，老师看到大家都在学堂里学习，就孙武自己在外面玩，以为他是一个贪玩的孩子，就把他叫回去准备责罚一顿。哪知道，老师提问他刚学过的课文，发现他竟然对答如流。老师找不到责罚的理由，只能放过孙武。时间长了，老师也发现孙武有过人的天赋，认为他将来一定能成大器，因此就更加用心地教育他。

在所有的课程中，孙武尤其喜欢“射”和“御”。齐国人自古就崇尚武力，这两项不仅是军事活动的重要技能，也是国家选将取才的重要参考。孙武对这两项投入了比别人多数倍的努力，甚至到了废寝忘食的地步。很快，孙武射箭御马之术越来越娴熟，成为同辈贵族少年中的佼佼者。但是，他并没有因此而满足，而是依旧日复一日地加紧练习。此时的少年，希望自己长大以后也能像家中长辈一样成为一名驰骋疆场的大将军。

著书练兵

尽管孙武带着这样的梦想，可当时的齐国却已经出现了内部矛盾和斗争。在这样的环境下，孙武的才能得不到施展。为了避免受到复杂险恶环境的牵连，他决定离开齐国，到南方新兴的吴国去寻求发展。

孙武来到吴国后，住在都城附近，一边观察形势，一边继续潜心研究兵法。就在这时，他结识了从楚国来的伍子胥（xū）。伍子胥原本是楚国的名臣，来吴国是为了借助吴国力量兴兵伐楚，为自己无辜（gū）死去的父兄报仇。孙武很快与伍子胥成为至交，伍子胥也为孙武的军事才能深深折服。

没过多久，伍子胥结识了吴国的公子光，也就是阖（hé）闾（lǘ）。伍子胥用计谋帮助阖闾刺杀了吴王僚，阖闾自立为新吴王。刚刚自立为王的阖闾励精图治，想要将吴国发展成为一个与中原各国平等的强国。此时他非常需要能人的辅佐，伍子胥趁此机会向他举荐了孙武。

前512年，孙武终于见到吴王，并将自己所著的十三篇

■ 孙武像

兵书当作见面礼呈了上去。读了这些兵书，吴王赞不绝口，但同时他也觉得，这都只是“纸上谈兵”，孙武到底能不能统兵打仗，还缺少进一步的实践。

于是吴王想了一个办法，他挑选了100名宫女，要求孙武将这些宫女操练出军队的样子来。在吴王看来，这是一个很好的考察机会，但同时，他也有一点戏弄的心思。毕竟孙武名不见经传，就算他写出那么好的兵书，也不知实战到底如何，这下一试便知道了。

孙武并没有退缩，坦然接受了任务。他先是将这些宫女分成左右两队，让吴王最宠爱的两个妃子分别做两队的队长，接着又安排人担任执行军法的军吏，就像真正的军队一样。

一切安排妥当之后，孙武开始操练。可是，他刚发出命令，从来没经历过操练的宫女们就又笑又闹，队伍乱作一团，都觉得这就是在做游戏，没人认真听命令。

孙武并不着急，反复强调了几遍命令，可宫女们依旧不听。最后，孙武叫来军吏，并宣布："依据军法，要将两队的队长斩首示众，以正军纪。"

一听这话，吴王赶紧替妃子们说好话。但孙武却一脸严肃，毫不留情地说："您既然授命我做将军，我就应该严格执行军令。而且，现在我是在操练军队，您的命令我完全可以不用理会。"

说完，孙武在众人面前直接斩杀了这两名妃子，并重新任命了的队长，继续操练。这次，宫女们没有一个人敢再嬉闹，都认真听从孙武的指挥。即便是在土地上摸爬滚打，这些平时娇惯了的宫女们也动作迅速。当然队伍的队形也规规矩矩，再没有乱过。

操练结束后，吴王阖闾虽然对孙武的军事才能很满意，但一想起他杀死了自己的两位爱妃，心里还是非常不满。孙武察觉了他的想法，便郑重地对他说道："治军就要讲求令行禁止、赏罚分明。作为领兵者，只有具备这样的威严，才能让兵士们听从号令，打仗的时候兵士们才能勇往直前，克敌制胜。"

听到孙武这样说，吴王自然知道对方是为自己着想，怒气也慢慢消散了，转而也就认可了孙武的军事才能。他拜孙武为上将军，从此，孙武的军事生涯便拉开了序幕。

赫赫战功

孙武上任之后，不仅经常为吴王分析讲解军事与政治上的问题，还帮着吴王为国家的发展出谋划策，更是亲自披挂上战场，为吴国立下赫（hè）赫战功。

前506年，孙武和伍子胥带领吴国军队巧用计谋，赢得与楚国之间的柏（bó）举之战。这一战被历史学家称为“东周第一大战”。这场战争不仅重创楚国，令吴国雄起，也让孙武名扬天下。孙武所提出的诸多战略思想，也都在战场上得到了充分的实践印证。

十年后，吴王阖闾在对越国作战中身亡，他的儿子夫差继位，孙武依旧尽心尽力地辅佐夫差。在他的帮助下，夫差带领吴国一举成为中原新的霸主。

孙武原以为自己可以继续为国效力，哪知道，夫差自从取得霸主地位之后，就变得目空自大起来。就连孙武这个最大的功臣，也入不了他的眼，渐渐两人之间的分歧越来越大。再加上后来夫差听信谗（chán）言，杀死了孙武的至交伍子胥，孙武对夫差失望至极。

兵书传世

有史书记载说，当时已经60多岁的孙武随即退离朝堂，隐居乡间，最终郁郁而亡；也有史书说他受到伍子胥的牵连，也被夫差杀死。不管怎样，作为一名军事专家，孙武为后世的军事发展做出了巨大贡献。

孙武当初献给吴王阖闾的十三篇兵书，就是中国古代最著名的兵书——《孙子兵法》。书中提出的诸多军事观点，都是中华民族智慧的结晶，是我国军事史上一份珍贵的历史遗产。这部兵法为后世所推崇，不仅是在军事上，在政治、经济、文化、哲学等领域中也被广泛应用。而且，这部书还被翻译成英文、法文、德文、日文等诸多版本，成为闻名世界的兵学圣典。而孙武自身，也因其在军事科学中的真知灼见，成为春秋末期著名的军事大家，后世更是尊称他为“兵圣”。

吴起：毁誉参半的兵家代表

立志求官

公元前440年，吴起出生于卫国。从少年时起，吴起就非常想要做官为国家效力。长大后，吴起便四处结交认为对自己会有帮助的朋友，希望能有机会求得一官半职。但是，吴起耗尽万贯家财也没能求得一官半职，邻里乡人都因此嘲笑他。耗尽家财的苦恼，再加上被人嘲笑，吴起一怒之下竟然杀死了30多个讥笑他的人。

杀人罪责不轻，为了避祸，吴起离开卫国，决定到别处去谋生路。临行之前，吴起咬着胳膊对母亲狠狠发誓说："如果我做不了官，成不了卿相，就绝对不回卫国。"

离开卫国之后，吴起在曾参的儿子曾申的门下开始学习儒术。但是没过多久，他的母亲就在卫国病逝了，但吴起却因为那个誓言而真的没有回卫国奔丧。不讲孝道对儒家来说是一件绝对不能被原谅的大事，曾申一气之下把吴起赶出师门，和他断绝了师生关系。

被曾申开除的吴起，尽管有些愧对老师，但是志向却没改变。他转而去了鲁国，并开始学习兵法，还在卿家贵族季孙氏的门下谋到了一个官职。

杀妻效忠

《史记》中记录着吴起和妻子之间一个残忍的故事。

当时齐国大举攻打鲁国，鲁穆公肯定吴起的军事才能，想要拜他为将，让他领兵以抵御齐国的进攻。但有人向鲁穆公告密说："吴起的妻子是齐国人，他可能会临阵倒戈。若是他和齐国勾结，那我们可就更危险了。"

听到这样的消息后，鲁穆公就再也没提任用吴起为将的事情。吴起原本得到自己即将要被拜将的消息，但等了很久也没等到命令，心急之下便四处打听，这才知道鲁穆公对自己的怀疑。

这样无端的被怀疑，吴起感到非常难过和懊恼，他怒火中烧，并迁怒于妻子，回到家后，吴起便将妻子杀害了。

鲁穆公知道后，大吃一惊，此时也正是国家危急的时刻，急需将才，只得拜吴起为三军主帅。而吴起也的确是有才能的人，非常善于用兵，眼看齐国大军气势汹汹而来，却被吴起率领的鲁国军队打得落花流水。

可是得胜归来的吴起却并没有得到应有的奖励。因为那些小人又在背后说他的坏话，说他曾经杀死过乡人，母亲去世也不奔丧，因为不孝被逐出师门，现在又为了拜将杀了自己妻子，可不是个好人，而且他又有了战功，怕以后就更不好管了。

如此一来，鲁穆公觉得吴起确实不是个好人，便抹杀了他的战功。最终，吴起被免官罢职，不得已离开了鲁国。后来他听说魏国的魏文侯礼贤下士，于是改投了魏国。

吴起来投奔，魏文侯自然也要了解一下他的为人。大臣李悝（kuī）如实讲述了吴起的经历，不过他最后说："吴起在用兵方面很有才能，就连司马穰（ráng）苴（jū）（齐国著名军事家）都比不上他呢！"当时魏文侯正积极地整顿军事，迫切需要军事人才，便留下了吴起。

吴起的军事才能在魏国得到了施展，他积极训练兵士，提升他们的作战能力，并不断完善战略，提升军队的整体素质。吴起担任将军不久，便率领魏国军队发起了攻打秦国的战争，并大败秦军，夺下了秦国五座城邑。

领兵建功

在担任魏国将领的时候，吴起总是和最下等的兵士穿同样质地的衣服，和他们吃同样的饭食。睡觉不用床也不铺垫褥，行军时不乘车马，也和兵士们一样，自己背着捆扎好

■ 吴起像

的粮食一路步行。吴起和兵士们同甘共苦，兵士们对他颇为尊敬，纷纷愿以死效命。

有一次，有一个年轻的士兵身上长了脓疮，吴起亲自为他吸吮脓液。后来，这个士兵的好朋友把这件事告诉了士兵的母亲，这位母亲一听，当即号啕大哭起来。

朋友奇怪地询问原因，士兵的母亲边哭边说：“你不知道啊！当年吴将军也为我丈夫吸过脓疮，我丈夫感动得不得了，后来每次上战场都拼命杀敌，说是要报将军的救命之恩，最后我丈夫战死沙场。现如今，我儿子也受了将军这样大的恩惠，这不是意味着他也死定了吗？我怎能不哭啊！”

前409年至前408年，吴起作为魏国主将领兵攻打秦国，夺取了多个城池，打到郑县（在今陕西省渭南市华州区华州街道附近）。秦军被魏军逼得退守洛水，沿河修建防御工事，加固重泉（在今属陕西省蒲城县境内）的城防进行防守。至此，魏国将原本属于秦国的河西地区全部拿下，并在此设立了西河郡，战功赫赫的吴起则成了首任郡守。

在担任西河郡守的时候，吴起又继续学习儒家思想，一边学习，一边改革魏国兵制，并创立了武卒制。武卒制规定，凡是可以身着全副甲胄、执12石（dàn）的弓弩（12石指弩的拉力，当时一石约合61.5市斤，12石即为738斤）、背负50个箭矢、再荷戈带剑、装着三天的口粮、在半天时间里行军百里（约合今40公里）的兵士，都可以入选为武卒，成为武卒的人，全家的徭役和田宅租税也就都能被免除了。这些武卒经过吴起的精心操练，又成了魏国的精锐之师，在吴起的率领下南征北战，为魏国夺取了上千里的土地。

河西地区被魏国占领，这大大阻碍了秦国的东进。只要有机会，秦国就对这里发起攻击，但都以失败告终，而这其中的原因与吴起密不可分。

善于带兵的吴起很重视对士兵的激励，他力求让军队保持高昂的士气。当时已经是魏武侯执政了，为了给将士们打气，吴起请魏武侯来为将士们举行庆功宴会，并对有功将士的家人也一并论功行赏，他还经常去慰问死难将士的家属。有了这样的奖励，兵士们无不精神抖擞（dǒu sǒu），训练也更积极，上阵更是毫不畏惧。

前389年，秦国又一次调集了50万大军大举进攻西河郡。吴起率领5万名兵士和秦军在阴晋（在今陕西省华阴市东）展开大战。经过精心操练的魏军士气高昂，勇猛无敌，所向披靡。5万魏军击败50万的秦军，保住了河西地区，这场战役就是历史上著名的以少胜多的“阴晋之战”。

直言谏君

除了打仗，吴起也经常给魏武侯提一些好的建议。

有一次，魏武侯在西河郡巡视，感叹说：“如此多的险峻河山，不就代表有很坚固的边防吗？”旁边的大臣都附和说：“这就是魏国强大的原因啊！我们有坚固的边防，还有陛下的英明统治，自然也就有称霸天下的资本了。”

可是吴起却说：“这样的话就是亡国的论调了，河山的险固是不可靠的，霸业从来不会因此而诞生。过去的三苗（传说中黄帝至尧舜禹时代的古族名）、夏桀（jié）、殷纣王，无不是处于险峻与坚固的地方，反倒被讨伐。您看我们自己也曾经攻克过无数天险，那里也是城厚兵多，但就是因为政治腐败，不管怎样也防不住被攻破啊！”听了吴起的话，魏武侯心服口服，更加放心地将河西的政事全托付给吴起。

还有一次，魏武侯问吴起，国君继位后第一年为什么要称“元年”。吴起回答说：“这是提醒国君必须行事谨慎。君主必须端正自身，要明智，要广开言路、赏罚分明、宅心仁厚，多为百姓着想，这样就不会失去民心。君主自身作风必须正派，亲信要亲自挑选，不要让管理国家的权力落在某一个家族手中，如此一来，君主就不会失去权力。这都是《春秋》中的嘱托，就是君主即位后第一年必须做的大事。”

吴起还曾经用楚庄王的话来劝诫魏武侯，让他不要因为自己处理政事很有能力就沾沾自喜。因为楚庄王说：“诸侯中可以得到师傅的能称王得天下，能得到朋友的可以称霸诸侯，能有提出疑问的人可以保全国家。但若出现只有国君自行谋划、无人能及的情况，那国家就要灭亡了。”吴起的劝诫让魏武侯很受教，他起身对吴起拜谢说：“一定是上天派先生来挽救我的过错的！”

因才被嫉

尽管这样有才能的吴起，还是没能长久地留在魏国。国相田文去世后，公叔痤（cuó）做了国相，他怕吴起的才能会让自己相位不保，便想方设法挤走吴起。

公叔痤先是对魏武侯说：“我们靠着吴起的才能才抵御了秦国的侵略，可是我们国小势微，吴起恐怕不愿久留。”

魏武侯果然焦虑地问应该怎么办。公叔痤接着说：“大王不妨告诉吴起，说您愿意将公主嫁给他，如果他接受，就表示他愿意长久地留下；如果他拒绝，那就是说他肯定会走。”

魏武侯同意了这个方法。在魏武侯召见吴起之前，公叔痤先请吴起来自己家赴宴。因为公叔痤的妻子就是魏国的公主，宴会中，公叔痤故意激怒妻子，妻子将他好一顿骂。吴起看了，忍不住皱眉头。

第二天，魏武侯果然对吴起提起这门亲事，吴起立刻想起昨日宴会上公主跋扈（hù）的样子，便婉言谢绝了。经过这件事，魏武侯便对吴起产生了猜疑的心思，认为他对魏国并不忠心。

很快，吴起意识到了魏武侯的疏远，他失望地离开了魏国，投奔了楚国。好在楚国的楚悼王一向仰慕吴起，他的才能得以继续施展。吴起在楚国国内进行了大刀阔斧的改革，历史上称为“吴起变法”。经过改革后的楚国国力日渐强大，楚国的疆域也因此得到了扩张。

但是，吴起的改革触动了楚国贵族的利益。前381年，楚悼王去世，楚国贵族趁机发动兵变，将吴起乱箭射杀。

吴起虽然有过杀乡人的不仁，有过杀妻的不义，也有过拒绝探亡母的不孝，但他的才能却是不能被抹杀的。他在魏国和楚国两国军事、内政方面的成就，对当时的社会发展有深远的影响。

吴起一生通晓兵家、法家、儒家三家思想，尤其是他的军事才能颇为卓著，后世将他和孙武并称为“孙吴”。《吴子兵法》与《孙子兵法》又合称为《孙吴兵法》，在中国古代军事典籍中占有重要的地位。

孙膑：围魏救赵的千古奇才

怀才遭妒

孙膑是战国时期的齐国人，他的祖先就是赫赫有名的军事家孙武。也许，孙武的军事才能也遗传给了孙膑，自小孙膑就有很高的才气。

当年，孙膑和魏国人庞涓都拜在纵横家鬼谷子王诩（xǔ）的门下学习。就才能来看，孙膑比庞涓要强一些。庞涓是一个嫉妒心极强的人，所以他并不喜欢孙膑，但表面上却和孙膑"哥俩好"，孙膑一直被蒙在鼓里。鬼谷子对这两个徒弟的品性、能力看得一清二楚，相比较来看，孙膑更得他的心，于是鬼谷子便将兵法传给了孙膑。这一事件无疑更加重了庞涓的嫉恨心。

庞涓学习三年期满后，魏国的魏惠王立刻召他回去做官。庞涓下山之前告诉孙膑："如果将来有机会，我一定会向魏王推荐你。"

后来，庞涓的确推荐了孙膑，不过并不是出于帮忙，而

■ 孙膑像

是出于嫉妒。他的举荐是为日后做准备的，为了实现“除掉孙膑”和“拿到兵法”这两个目的。庞涓在孙膑展现才能之后，便捏造罪名在魏惠王面前诬陷孙膑，说他与齐国私通，有谋反之心。魏惠王一怒之下，将孙膑打入大牢，并砍掉了双脚，还在他脸上刺了字，并用墨涂黑以示羞辱。

很多人一直以为孙膑受到的是剜（wān）去膝盖骨的刑罚，其实并不是这样的。上古时代的确有膑刑，也就是挖去膝盖骨的刑罚。但是到了周朝，膑刑就已经改为砍去双脚的刖（yuè）刑了。孙膑生活在东周战国时期，此时的膑刑也早已改成了刖刑，所以孙膑是被砍掉了双脚。

对于一个有才能也有抱负的人来说，从此终身不能行走、哪里都去不了，是一件很悲哀的事情。而庞涓的意图就是想要让孙膑就此永远不为人知。

孙膑哪里知道庞涓的心思，他还一直以为是魏惠王看他不顺眼。庞涓假意去牢房里看望孙膑，骗取了孙膑的信任。孙膑以为是庞涓的求情，才让自己只是被砍了双脚而没有被处死。在庞涓的假意关怀之下，孙膑决定将兵法默写出来，报答庞涓。

但是，不久之后，一个偶然的机会让孙膑得知这不过是庞涓的奸计罢了，庞涓的目的只是想要拿到他手中的兵书。他这才恍然大悟，伤心失望之余，他决定要逃出去。深思熟虑之后，孙膑决定“装疯”。他毁掉了自己之前默写好的兵书，时哭时笑，口水鼻涕弄得到处都是。后来还“发展”成大小便失禁，身上屎尿横流也毫不在意。

庞涓得知孙膑的情形，既吃惊又怀疑，为了验证真假，他派人把孙膑扔进了猪圈中。孙膑毫无顾忌地吃起了猪食，连粪便都塞进了嘴里。自此，庞涓相信孙膑是真的疯了，对他也就放松了警惕，最后干脆把他赶出了牢房。

赛马扬名

后来，齐国使者淳于髡（kūn）出使魏国，孙膑找了机会秘密与淳于髡见面。淳于髡觉得这个人虽然身有残疾，但言谈之中却不同凡响，再加上他讲述的内容令人心动，便决定帮助他。结束出使将要离开魏国时，淳于髡偷偷地将孙膑藏在车上带回了齐国。

到齐国之后，在淳于髡的帮助下，孙膑得到齐国名将田忌的赏识，并在田忌的门下做了一名门客。

当时，田忌很喜欢与齐国的公子们赛马，并以重金作为赌注。在一次与齐威王和诸公子的赛马中，孙膑让田忌加大赌注，并调整了赛马的上场顺序。他让田忌用下等马与齐威王的上等马比赛，接着用上等马与齐威王的中等马比赛，最后用中等马与齐威王的下等马比赛。结果田忌两胜一负，赢了齐威王的千金赌注，孙膑也借此事而声名大震。

齐威王因此知道了孙膑的名字，田忌趁机将孙膑推荐给齐威王。交谈期间，齐威王对孙膑的军事才能颇为欣赏，便让他担任自己的兵法老师。

围魏救赵

前354年，魏国以庞涓为主将，率领军队围攻赵国都城邯郸。第二年赵国向齐国、楚国求救。齐威王召集大臣们商议对策，大臣段干朋建议兵分两路，一路向南攻打襄陵以让魏军疲惫，另一路去救援赵国，这样既解了赵国的围也削弱了魏国的兵力，而赵国和魏国经此一战，都会元气大伤，这对齐国是有利的。

于是，前353年，齐军兵分两路，一路去围攻襄陵，另一路则由田忌、孙膑率领去救援赵国。到达齐国与魏国边境之后，田忌想要直接与魏军主力开战，但孙膑却认为，直接开战会导致两败俱伤，而魏国长期攻打赵国，大部分兵力都被用在了外围，国内兵力一定是空虚的。若是此时去攻打魏国首都大梁（位于河南省开封市一带），那么魏国也就不得不从赵国撤军，赵国自然也就得救了。

在孙膑的建议下，田忌派出两支队伍假装要攻打魏国的平陵（在今山东省定陶县东北）。平陵是大梁以东的战略要地，但夹在宋国和卫国之间，很容易被切断粮道，并不是个好的进军路线。这个佯攻（与主攻相对应，为了掩盖主攻力量的攻击，即向敌人发动虚假攻击，以让对方辨别不出真假虚实），孙膑就是要让庞涓产生“齐军主将指挥无能”的错觉。

庞涓果然上当，率领魏军主力直扑这两路的齐军，想要轻松取胜。可就在这时，齐国又派出了轻装战车，直接开到了魏国首都大梁的城郊。

得知齐军的这一举动，庞涓匆忙率军回援。孙膑此时安排田忌派出少数部队假装应战，且边战边退。庞涓误以为齐军害怕了，便命令军队轻装急行，昼夜兼程向大梁赶。孙膑带领齐军的主力部队，在庞涓回程路上的桂陵（位于今河南省长垣县西北）设好了埋伏，庞涓一举被擒。这就是历史上有名的“桂陵之战”。在这一场著名的截击战中，孙膑创造了“围魏救赵”的战法，这一战法在后来两千多年的军事战争中成为诱敌就范的最常用手段。

前351年，魏惠王与赵国的赵成侯结盟，魏军撤出了邯郸，齐国也放回庞涓，各国间暂时算是休战讲和。

施计复仇

可这和平并没有持续几年，前342年，齐国又收到了韩国的求救。孙膑再次随田忌率军援助韩国，而魏军将领也还是庞涓。于是，孙膑与庞涓这对宿命对手，又一次展开交锋。

面对自恃（shì）勇猛的魏军，孙膑认为他们一定会轻视向来有怯阵名声的齐军，于是他决定采用诱敌深入的战术，将魏军引进埋伏圈再加以歼灭。

齐军进入魏国境内之后，两军刚一相遇，孙膑就命令军队立刻后撤，而且每天都在后撤。后撤的同时，他又命令每天都要减少地上灶台的数量。

庞涓带领魏军一路追下去，他发现每过一处齐军营地，地上灶台的数量都会减少一些。庞涓便认为，这是齐军的士兵在减少，当了逃兵。他很果断地对魏军宣布说："齐军都是胆小鬼，没打就都已经跑掉了，就这样让他们一路跑回齐国太可惜了，我决定挑选3千骑兵，连夜追赶下去，要让他们一个都逃不掉！"

庞涓到底没猜透孙膑的计谋。原来，孙膑减少灶台的数量就是为了迷惑他，齐军的主动撤退，也只是为了将他引入埋伏圈。

庞涓丢下步兵，只带着3千骑兵一路追下去。孙膑早就算好了他的脚程，在马陵（在今山东省莘县境内）这个地方设好了埋伏。马陵道路狭窄，两边又都是陡崖险隘，像是一个狭窄的峡谷。孙膑命令士兵们砍去路边一棵大树的树皮，在底下露出的白木上写上“庞涓死于此树之下”，然后命令一万名弓弩手在道路两旁埋伏好。

庞涓一路骑马而来，到达马陵时已经天黑了。他看不到马陵此地的状况，只是看见远处大树上似乎有字，待骑马靠近，点起火把才看清楚那几个字。可还没等庞涓看完，四周突然下起了“箭雨”，魏军的精英骑兵死伤惨重。庞涓咬牙切齿地说：“我真恨当初没把孙膑杀死，否则如今他也就不能成名了。”眼看大势已去，庞涓拔剑自杀。齐军则一路追击，歼灭了魏军10万人，并俘虏了魏国主将。

经过这一战，魏国元气大伤，齐国开始称霸东方。孙膑不仅报了自己的仇，也成为齐国成就霸业的大功臣。

著书立说

上了年纪之后，孙膑辞官隐居了。他开始专心著述并收徒教学，将自己领悟的军事理论与当年自己的战场实践相结合，整理出了《孙膑兵法十六篇》。

作为一名优秀的军事家，孙膑两次击败魏军，并用自己的军事才能帮助齐国成就霸业。《孙膑兵法》集合了孙膑的所有军事思想，为后世留下了重要的军事理论。尽管曾遭受到庞涓的迫害，变为终身残疾，但孙膑并没有就此消沉，他坚强应对，并凭借自己的智慧击败了庞涓，既报了仇也成就了齐国的大业，这种身残志坚的精神值得后人称赞与学习。一代伟人毛泽东评价他时说："攻魏救赵，因败魏军，千古高手。"

乐毅：所向无敌的战国名将

统帅三军

乐（yuè）毅是中山灵寿（今属河北省）人，战国时期，魏国著名将领乐羊是他的先祖。

少年时的乐毅很好学，也很有学习的天分，而且自小就喜欢兵法。长大后，因为在兵法上很有见解，有人便推举他去赵国做官，但是赵武灵王最后不得善终，乐毅便离开赵国来到了魏国，投奔魏昭王。

当时，齐国正与秦国同处霸主地位。当政的齐闵（mǐn ）王经常挑起战争，先后灭掉了曹国、宋国，还攻入燕国杀掉了燕昭王的儿子。打垮过赵国、魏国，也战胜过楚国，还曾联合韩、赵、魏三国一起攻打过秦国，赵国领土因此扩展了一千多里。

燕昭王因为儿子被杀而怨恨齐国，总想向齐国报仇雪恨。但是燕国地处偏僻，国力弱小，并不能与强大的齐国相对抗。燕昭王便四处招揽贤士，以期达到自己报仇的目的。

正在这个时候，乐毅代表魏昭王出使燕国。交谈之间，燕昭王发现乐毅颇有才能，便请求他留下帮助自己。燕昭王的诚恳打动了乐毅，他决定留在燕昭王身边。燕昭王当即任命乐毅为亚卿，也就是副相，并让他统率三军以伐齐。

联盟攻齐

当时有很多小诸侯国都归附了齐国，可是自大骄横的齐闵王对这些小国家并不友好，所以小诸侯国们对齐国颇有怨言，齐国国内也因为齐闵王的暴政而变得不那么太平。燕昭王想要趁着这个时机伐齐，但乐毅建议说：“齐国原本就是大国，现在尽管有些混乱，但依然实力雄厚。如果一定要打，也应该联合其他国家的军队。赵国、楚国、魏国都曾经吃过齐国的亏，不如联合他们一起来对齐国发起进攻。”

燕昭王觉得他言之有理，便派他去赵国与赵惠文王结盟，又派人去楚国、魏国寻求结盟。诸侯们都认为，齐闵王骄横暴虐，留着他对各国都是个祸害，便同意与燕国联合讨伐齐国。于是，一个伐齐联盟很快就建立起来了。

燕昭王得知这个消息后很激动，他当下动员了全国的兵力，任命乐毅为上将军，赵国也将相国大印授予乐毅。于是，乐毅便成为统领赵国、楚国、韩国、魏国、燕国五国军队的大将军。前284年，乐毅率领这支“多国部队”浩浩荡荡地向齐国进发了。

得知有大军来向自己挑战，齐闵王一开始并不以为然，但是，当大军开进齐国境内时，他才发现这次来的军队是一支联合军队。他匆忙任命将领，率领全国军队主力西进迎战。

齐军再怎么勇猛善战，但终究只是一国的军队，乐毅率领的五国联军都是兵中强将，哪里是那么容易就抵挡得了的？齐军被打得落花流水，齐闵王强迫将士们必须死战到底，甚至用挖祖坟、不战就杀死来威胁。可是，齐军面对这样强大的联军，本就有些害怕，而连年征战，也早已经让很多士兵产生了厌战情绪，所以整体士气不是很高。再加上齐闵王这种残暴的"鼓动士气"的方式，很多将士立刻产生了不战之心，斗志也变得更消沉。在联军不断进攻之下，齐军很快就阻挡不住了。最终，齐闵王在残兵败将的保护下，退回都城临淄（今属山东省淄博市）。

这时，齐国精锐部队已经被打散击垮，正是乘胜追击的好时机。乐毅将其他联军遣回，自己率领燕国军队直接开进临淄，齐国彻底溃败。乐毅攻下临淄之后，将齐国宫殿内的珍宝财物以及宗庙祭祀的器物全都运回燕国。燕昭王得到战胜的喜讯，亲自在济水岸边迎接大军，并犒（kào）赏三军。

但是燕昭王的野心也不小。乐毅带兵打了大胜仗，燕昭王封他为“昌国君”，把昌国（位于今山东省淄博市东南）给乐毅做封地。可他并没有让乐毅就此乐享封地，而是让乐毅继续带兵进攻齐国那些还没被拿下来的城池，自己则带着战利品回国了。

于是，乐毅带领军队在齐国巡行作战五年，一连攻下70多座城池，只剩下莒（jǔ）（今山东省莒县一带）和即墨（今属山东省青岛市）两座城没有攻下。攻下来的城池都归燕国所有，燕国迎来了前所未有的强盛。

除了武力攻占城池，乐毅也采取了攻心策略。他知道，如果民心不服，被攻下来的城池也不会稳固。而他已经攻下了70多座城，如果这些城池里的人不能心服，也无法巩固政权。所以，他对那些已经攻下来的地区实行减免赋税的政策，并废除了原来的苛政，对当地的风俗习惯、文化传统都予以保留，还对各地的名流名士都以礼相待。对于还没有被攻下来的莒和即墨，他命令军队围而不攻，并采取怀柔政策劝降。

反间之计

前279年，燕昭王去世，太子继位成为燕惠王。燕惠王从做太子的时候就对乐毅很不满，尽管乐毅为燕国立下大功劳，可燕惠王依然不喜欢他。

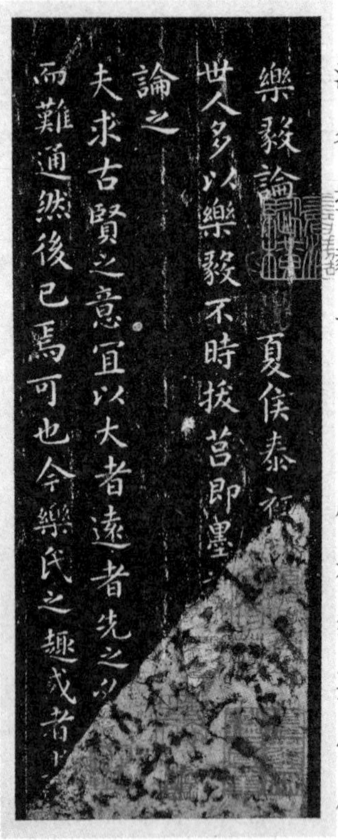

■《乐毅论》局部　王羲之书

齐国仅剩的莒和即墨两座城池一直在坚守，尤其是即墨，一位名叫田单的人率领全城军民顽强抵抗。在听说燕惠王与围攻即墨的乐毅将军有矛盾之后，田单便想到了一个反间计。

田单先是命人四处造谣说："现在齐国没有被攻下来的只有两座城邑了，其实不是拿不下来，而是乐毅与燕国新继位的国君有仇怨，所以他这是故意拖延时间，想要留在齐国称王。齐国现在只是担忧燕国会再派别的将领来，到时候就顶不住了。"

燕惠王本来就对乐毅不信任，现在听了这些谣言，更是信了七八分，他立刻派人取代乐毅，让乐毅回朝。乐毅知道燕惠王这样做是不怀好意的，如果自己就这样回去应召，估计刚回燕国就会被杀死。为了保住性命，乐毅在回城的路上直接转道西去，投奔了赵国。

赵王早就知道乐毅的名气，见他来投奔，就把观津（位于今河北省武邑县东）赐给他做封地，封他为"望诸君"。赵王希望借由乐毅的名气来震慑燕国和齐国。

没有乐毅坐镇，燕国的其他将领也就不足为惧了。田单趁此机会设骗局迷惑燕军，在即墨城下大败燕军。自此之后，田单一路率军北上，竟然收复了被乐毅攻下的所有城池。

乐毅辛辛苦苦打下的战果，只因为燕惠王的嫉贤妒能被葬送了。燕惠王后悔之余，依然对乐毅很怨恨，因为乐毅没有回燕国而是去了赵国，他也怕乐毅会带着赵军再打回来。

终老赵国

燕惠王派人去赵国对乐毅说："先王可是把整个燕国都托付给了将军啊！当年将军为燕国打败齐国，为先王报了大仇，我们不敢忘记先生的功绩。现在我不过是刚刚继位，又受了奸人的误导，才做出错误的决定。派人代替将军，的确是因为将军常年在外，我只是想要召回将军好好休整一下，还想继续与将军共商朝政大计。可是将军误听了传言，觉得和我之间有矛盾，就这样丢下燕国反倒投奔了赵国，将军这样做怎么对得起先王的信任呢？"

面对这样的无端指责和颠倒是非的说辞，乐毅干脆写下了一篇《报燕惠王书》，明确表明自己对先王的一片忠心，又针对燕惠王的各种无端指责和虚情假意进行了驳斥，表明自己对功败垂成的愤慨。乐毅明确表示，自己绝对不会去效忠昏庸无能的人，也不愿意被冤屈致死，自己的出走只是一种抗争。

燕惠王为了挽回乐毅，将他留在燕国的儿子乐间封为昌国君，继承乐毅原来的封号。乐毅并没有为之所动，依旧留在赵国。后来，燕、赵两国都任用他为客卿（春秋战国时授予非本国人而在本国担任高级官员的人），最终乐毅在赵国终老。

乐毅是一个很有谋略的人，他审时度势，总能在关键时刻做出正确的选择。同时，乐毅也是一个勇猛的人，他以一人之能，率领大军夺下齐国70多座城池，真可谓是一员猛将。既有勇又有谋，难怪当时的各个诸侯国都那样尊重他，仰慕他的威名。

廉颇：负荆请罪传佳话

一战成名

廉颇是战国末期赵国的名将，真正让他名扬天下的，还是他带兵破齐这件事。

赵惠文王初年（前298年），正是齐国最为强盛的时候，力压东方其余几个国家。与此同时，秦国在西方诸国中实力最强。但是，秦国并不甘心放弃东方这片沃土，仍想要扩大地盘。于是，在秦国扩张的道路上，赵国成了首要障碍。

为了扫除这个障碍，秦国多次派兵对赵国发起进攻，而负责率兵抵御秦军进攻的，正是廉颇。因为有猛将廉颇，秦军几次进攻都没能攻下赵国，屡屡大败而回。为此秦国不得不改变扩张策略，由原来的靠武力扩张，变为合纵。合纵就是联合许多弱国共同抵抗一个强国，以防止被强国兼并，而秦国主张合纵，要对付的强国自然就是与它势均力敌的齐国。

赵惠文王十四年（前285年），秦国在中阳（今属山西省吕梁市）与赵国讲和，并联合韩、燕、魏、赵四国军队共同讨伐齐国。两年后，廉颇带领赵军长驱直入齐国境内，一举攻下阳晋（位于今山西省永济市），廉颇因此一战成名。班师回朝后，赵惠文王拜他为上卿，他成为赵惠文王手下重要的大臣之一。

将相和

前283年，赵惠文王得到举世闻名的宝玉“和氏璧”。秦昭王知道后羡慕不已，便派使者过来说，秦国愿意用十五座城池来交换“和氏璧”。赵国同意了秦国的交换条件。宦者令（主管宦官内侍的头目）缪（miào）贤向赵惠文王推荐了自己的门客蔺相如为使者，前去交换。蔺相如带着玉去了秦国，没想到秦国突然反悔。关键时刻，蔺相如施展巧计保住了和氏璧和自己的性命，还给了秦国一个下马威。这就是历史上著名的“完璧归赵”的故事。

因为和氏璧的事，秦王咽不下这口气，后来还是举兵伐赵，攻城略地不说，后来还杀了两万赵军。赵国与秦国的关系也一时间紧张起来。

前279年，秦王约赵惠文王在渑（miǎn）池（今属河南省三门峡市）相会，意思是想要两国和好，不要再因为一块玉而彼此有矛盾。临行前，廉颇与赵惠文王约定，由蔺相如陪赵惠文王一起去见秦王，而廉颇就调重兵守在赵国边境。若是赵惠文王30天内依然没有回国，那廉颇就拥立太子为新王，以免秦国用赵惠文王做要挟向赵国勒索。

廉颇严谨果敢的安排为赵惠文王壮了胆子，等见到秦王，蔺相如又不卑不亢地与之来回周旋，几次化解赵惠文王的危机，并对秦王的手段毫不示弱地予以回击。秦王在会谈中占不到一点便宜，又听说廉颇已经重兵集结在边境上，他只得放赵惠文王与蔺相如离开。

负荆请罪

这一次，赵惠文王亲眼见识到蔺相如的胆识，看着他在秦王面前对秦王毫不畏惧的表现，赵惠文王觉得自己的性命和国家的威严都是靠蔺相如保下来的。于是，回国之后，便将蔺相如也封为上卿，就地位来说，比廉颇的还要高一些。

这样一来，廉颇就不满意了。蔺相如只不过是动了动嘴皮子，就得到比自己还高的地位，这让他很不服气。要知道他廉颇的官位可是实打实地在战场上打下来的。

廉颇生气地对朋友说："我有攻城野战的大功劳，他蔺相如就靠一张嘴立了一点功，如今地位却在我之上，这让我难以忍受。更何况，蔺相如不过是个平民，我现在连个平民都不如，真是令我感到羞耻。"不仅如此，他还放出话来说：

“日后我若是遇见蔺相如，非羞辱他一番不可！”

蔺相如听说后却什么都没说，只是日后都设法躲开廉颇。有时候上朝也称病不去，以避免和廉颇去争位次的高低。平时坐车出门，只要远远看见有廉颇出现，就立刻调转车头回避。

看到蔺相如这样躲着廉颇，他的门客和随从就有些不解。有人便对蔺相如说：“我们佩服先生的勇气，仰慕您高尚的节义。可廉颇将军那样说您，您还要怕得躲起来，您和将军有相同的官位，怎么还害怕他呢？我们跟着您也觉得太丢脸了，要不您还是辞了我们吧。”

蔺相如连忙挽留说：“诸位先别走，先来回答我一个问题，廉将军与秦王比较的话，他们谁更厉害一些呢？”底下人想了想说：“那当然是秦王厉害了，廉将军也比不了啊！”

蔺相如一笑说道：“这就是了，秦王那么厉害，可我却敢在朝堂上指责他，也没有把他的秦国放在眼里，还能狠狠地羞辱他。我蔺相如就是再无能，还会真的怕廉将军吗？只是诸位想想看，现在那么强大的秦国之所以不敢来进犯我们赵国，不就是因为有我和廉将军在吗？我和廉将军一文一武才能稳固赵国的政局，若是我们两个人斗了起来，势必会两败俱伤，那岂不是给了秦国可乘之机？我躲着廉将军，只是不想与他起冲突罢了，我觉得一切都应该以国家大局为重，个人的私怨还是放在以后慢慢解决吧！”

这一番话不仅打动了一众门客与随从，后来也传到廉颇的耳中。廉颇后悔不已，他觉得自己小肚鸡肠，太过自私，如此不够忠心宽厚，被蔺相如比下去也是输得心服口服了。

大受感动的廉颇脱掉上衣，露出上身，背着荆条，一路来到蔺相如门前躬身请罪，并跪在蔺相如门前说："我就是一个粗人，还请先生不要与我一般见识，我没想到您如此宽厚，请原谅我之前的行为吧！"

蔺相如连忙从屋子里跑出来，用双手扶起了廉颇。两人冰释前嫌，从此结为至交。廉颇负荆请罪的故事，也成为当时的一段佳话。

长平之战

前266年，赵惠文王去世，赵孝成王继位。秦国此时又不安分了，这一次他们采取了"远交近攻"的谋略，一面与齐国、楚国交好，一面不断攻打临近的小国。

前262年，秦国一直在进攻韩国的上党（位于今山西省东南部）。上党守军眼看无法坚守，可又没有援兵来解救，于是太守冯亭果断地将上党献给了赵国。秦国被惹恼了，将怒气发泄到赵国身上，两国为上党的归属问题展开了战争。

此时廉颇尽管上了年纪，但依然宝刀未老，赵孝成王命令他率领20万赵军在长平（今山西省高平市西北）阻击秦军。

秦军切断了长平的南北联系，士气正盛，赵军长途跋涉，原本就很疲惫，而兵力也不如秦军强盛，心理上也多少处于劣势。廉颇便命令赵军凭借山险筑起壁垒，不管秦军如何挑战，赵军也绝不出战。时间长了，秦军总是求战不得，却又没有别的办法，秦军的士气也渐渐弱了下去。就用这样的方法，廉颇硬是和秦军耗了3年，他的目的就是要挫败秦军想要速战速决的士气。

在长平驻扎时，廉颇查看阵地时发现，周围有一座名叫摩天岭的大山，山腰处有很多黄沙，看到这些黄沙，廉颇计上心来。他命令兵士用牛皮和苇席在山中修建了“粮仓”，又命令士兵每到晚上就拉黄沙运进仓中。秦兵的探子发现赵军居然有这样多的军粮，也就不敢轻易来犯，生怕对方打起持久战，那吃亏的可就是自己。

秦军为了对付廉颇可谓是绞尽脑汁，既然正面动不得，他们就使用反间计。于是秦军开始散播某种谣言，让赵孝成王相信，秦国最担心害怕的不是廉颇，而是名将赵奢的儿子赵括，只要赵括上阵，秦军立刻就败了。

赵孝成王求胜心切，当下就要换掉廉颇，他也觉得廉颇固守3年都不战，是胆小的表现。尽管赵括的母亲力谏说，赵括只是纸上谈兵，没有实战经验，不适合上阵，但赵王却根本不听，他强行罢免了廉颇的将职，直接就把赵括派到了前线。赵括就这样带领着20万援军，一路浩浩荡荡地开到长平，趾高气扬地接任了廉颇的主帅之职。

廉颇临走前告诉赵括："秦军要的是速战，所以我们只要守住就好。"哪知道赵括对他和他摆出来的"守势图"却冷眼相待，廉颇大怒之下丢下帅印，离开大营，上马奔去。一路上百姓纷纷挽留廉颇，因为他们亲眼看到廉颇正确的判断与做法，而且也都信服他勇猛的威名，对他的离开依依不舍。

反观赵括，就只是个照本宣科的人。他到任后，只是照着兵书所说，完全改变了廉颇制定的各种战略部署，还撤换了许多重要军官。

秦军早就为赵括准备好应对之计，派出武安君白起率兵攻赵。赵括率领的大军与秦军在长平交战，最后赵军全军覆灭，赵括被射杀，40多万赵军被秦军残忍坑杀。

待到第二年，秦军迅速包围赵国都城邯郸。接下来一年多的时间里，赵国都无计可施，几近灭亡。后来，幸亏有楚国、魏国出兵救助，这才解除了邯郸的危机。

将军老矣

经过这一连串的打击，赵国元气大伤，燕国此时也趁机来进攻。前251年，为了抵抗燕国的进攻，老将廉颇又一次披挂上阵。这一次，廉颇采用各个击破的策略，率领同仇敌忾（kài）的赵军一路冲杀，打败燕军，并斩杀主帅。廉颇更是一路追击败退的燕军，进入燕国境内，打到了燕国都城蓟（jì）（在今北京市西南）。燕王不得不割让五座城邑以求和。这一战让廉颇又一次成了赵国的大功臣。

前245年，赵孝成王去世了，赵悼襄王继位。这新任的赵王竟然听信奸臣郭开的谗言，解除了廉颇的军职。受到排挤的廉颇愤怒不已，直接离开赵国投奔了魏国。魏王虽然收留廉颇，却并不重用他。而赵王那边经历过几次秦军围困之后，又想起了廉颇的好，还想要再起用廉颇。

于是赵王便派使者去慰问廉颇，看他是否愿意回来任命。但是郭开可不愿意廉颇回来，便暗中给使者很多贿赂。使者回来就对赵王说了假话，说廉颇虽然可以吃不少饭，可以披甲上马，但和他坐在一起没多大工夫就去厕所解了三次大便，可见他已经老了。如此一来，赵王对廉颇也失望了，廉颇再也没有得到为国报效的机会。

尽管后来廉颇又被楚国接去做了楚将，可是他却一心想念故国，并没有什么建树。而赵国再也没有想起他来，郁郁不乐的廉颇最终在楚国去世。

廉颇一生征战沙场，有勇有谋，并不居功自傲，他所做的一切都是为了能更好地为国家效力。尤其是他知错就改、负荆请罪的表现让后人钦佩不已。只可惜，这位忠心耿耿的勇猛武将却被奸人所陷，尽管为赵国奋斗了大半生，去世后却没能身归故土，实在是件憾事。

白起：千古第一战神

平民出身

白起是战国时期秦国人，出生在郿（méi）县（今陕西省眉县）。当时秦国国力正强大，正需要各种人才来巩固和继续发展日渐变强的国力，尤其是军事人才。

也许正是身处这种环境，白起从小就对军事产生了极大的兴趣。在山野中玩耍的时候，他就会将自己周围的一草一木想象成军队，然后在心中排兵布阵，来一场双方对战。白起15岁的时候如愿进入军队，从此可以真刀真枪地上阵杀敌了。因为卓越的军事才能，在一次次战斗中，白起屡立战功，渐渐地引起更多人的关注。

秦昭襄王十二年（前295年），秦国制定了一个大战略，要东进击败三晋（韩国、赵国、魏国合称“三晋”）以图谋天下。要击败这些国家，秦国迫切需要更多的精兵强将。秦昭襄王很有野心，他在全国推行军功爵制，一些平民出身的人才他也尽数提拔，这就给了平民出身的白起一个最好的成名机会。

面对强大的秦国，韩、赵、魏三国都无法凭借自己的力量与之对抗，所以只能结盟。秦国一对三，一时间也有些不好攻破。秦昭襄王十四年（前293年），韩国与魏国就联合了起来，韩魏联军在伊阙（què）（今河南省洛阳市南）与秦国军队对峙，秦军数量还不及联军的一半多，这便处于弱势。

伊阙之战

秦国丞相魏冉一直很看重白起的军事才能，便推荐他做主将。白起上任后，对当时的局势进行一番观察与分析，他发现伊阙是秦国向东出中原的必经之路，伊阙这个地方两座山相对，中间是伊水流过，地势险要，正面攻击的话是绝对没有便宜可占的。

再看韩魏联军，韩国军队位置靠前，魏国军队位置靠后，而根据情报显示，韩国主将暴鸢（yuān）与魏国主将公孙喜彼此并不信任，两国军队貌合神离。

根据这些情况，白起决定采取避实击虚、先弱后强的战斗策略。白起用少量军队牵制着前方作为前锋的韩军主力，这些疑兵举着旌旗飘带，把阵地弄得暴土狼烟，好像有很多兵将在布阵一样。韩国军队不知道虚实，主力部队便将所有注意力都集中在这里。

■ 白起像

而白起却带着秦军的主力部队绕到联军的后方。后方是魏国的军队，有韩国军队做前锋，他们相对来说要松懈一些。白起率领大军突然对魏军发起攻击，毫无防备的魏军被杀个措手不及。前方的韩国军队听说魏军在后方受敌，一时间不知道秦军到底来了多少人，他们阵型一乱，自己的侧翼便暴露在强大的秦军主力面前。白起抓住时机，指挥军队果断地冲了上去。韩魏联军被杀得丢盔弃甲，溃败而逃。

最终，白起率领秦军全歼韩魏联军24万，还俘虏了魏军主帅公孙喜，将伊阙及其他五座城池划归秦国所有。这一次伊阙之战，白起一举成名。

前292年，趁着伊阙之战给韩魏两国带来的影响，白起率兵攻打魏国，一举夺下魏国大小61座城池，这就为秦国东出崤（xiáo）函（指崤山与函谷关，都位于今河南省境内）奠定了基础。紧接着，白起又参与了一系列帮助秦国扩张的战斗，他的名气渐渐在诸侯国传开。

再立大功

秦国经过伊阙之战的胜利，便想要继续扩张，这一次它的目标是南面的楚国。为了自保，楚国想要讲和，也一直表示自己会服从于秦国。但在前281年，一位主张合纵的纵横家对楚顷襄王指出，曾经辉煌的楚国如今被秦国压制到这个地步，岂能甘心，这激起了楚顷襄王的斗志，他决定要向秦国报仇。于是，楚顷襄王向诸多诸侯国派出了使臣，希望他们能和自己一起来合纵伐秦。

楚国这样大的动静自然也惊动了秦国，秦昭襄王立刻派白起攻楚。前279年，白起率领秦军攻占了楚国都城郢（yǐng）（位于今湖北省江陵县附近），还烧了已故楚王的坟墓。楚军一败涂地，不得已，保着楚顷襄王退到陈（位于今河南省淮阳县一带）。虽然后来楚顷襄王又聚集人马向秦国反扑，但楚国的势力早已被消磨殆尽，很快就灭亡了。

白起为秦国灭楚立下了战功，秦王封他为武安君，意思是他在军中威名远扬，战无不胜，有他在，秦国的百姓就能得到安宁。在这之后，白起又率领秦兵攻陷了韩国的诸多城池，他已经成为秦国战无不胜的标志，并从此名震天下。

残忍杀降

前263年，白起率军攻占了韩国野王（今河南省沁阳市），截断上党通往都城的道路。但是上党郡守冯亭主动将上党郡17座城池尽数献给赵国。赵国接受了上党这块“烫手山芋”之后，便派廉颇在长平屯兵驻守，以应对即将到来的秦国军队。连续三年下来，秦军都没能攻破廉颇的壁垒，但这次对峙，秦军并没有派白起上阵。

面对这一个僵持的局面，秦国果断转换了战略，用反间计调走廉颇，诱使赵国将纸上谈兵、狂妄自大的赵括换了过来。

就在赵国换将的同时，秦国也悄悄地把对阵主帅换成了白起，只不过严令所有军兵不得走漏消息，目的就是要用白起打赵括一个措手不及。

赵括上任后十分轻敌，彻底推翻了廉颇设定好的以守为主的战略原则。在得知秦军将领不是什么著名人物之后，更是决定主动出击。

面对这样鲁莽轻敌的年轻将领，白起不慌不忙，采取后退诱敌、分割围歼的战法，命令秦军兵分两路，一支队伍轻装上阵，绕到赵军的背后，另一支军队则在长平的正面战场，与赵军假意交锋，并做出一副连连败退的样子。赵括只知道进攻，将主力全放在了前线，秦军趁机攻占赵军空虚的后方，断绝了赵军的粮道，也切断了主力军与后续军队的联系。

赵括一心求胜利，看到正面战场上秦军一直败退，便有些忘乎所以，指挥着赵军毫不犹豫地向前冲。秦军暗中又展开两路人马，一路人马出其不意地插入赵军先头部队与主力之间，另一路则出现在赵军主力背后，利用地形将整个赵军逼入包围圈。

至此，赵国军队被分成三段，先头部队、主力部队、后续部队都被秦军包围了。赵括这时才知道与他对战的是秦国名将白起，他陷入白起的圈套之中。无奈之下，赵括率军用回廉颇的办法，构筑壁垒坚守，等待救援的到来。

但这一次，秦国势在必得，秦昭襄王在国内征调更多的人参军应战，他自己也亲赴前线督战，彻底断绝了赵国的粮草和兵力支援。

赵军变得孤立无援，军心日渐涣散，赵括派兵几次突围都失败了，他不得不亲自率精兵出战，可刚杀出去，他就被秦军飞箭射杀了。主帅阵亡，赵军大败，40万赵兵投降，秦国取得长平之战的胜利。

接下来要如何处置这40万的赵军降兵，白起做了一个很残忍的决定，为了防止降兵反叛，他决定杀掉全部降兵。

白起先假意以好酒好肉安抚赵军降兵，告诉他们会把身强体壮的带回秦国，年老体弱、伤残以及幼小的人则将被放回家。但转过脸来，他就命令所有的秦军都用白布包上头，吩咐道："只要看见头上没有包白布的人，就是赵国降兵，要立刻杀掉。"

赵国投降的士兵没有丝毫防备，仅仅一个晚上，40万赵军降兵便被秦军杀光，并随地掩埋，仅有240名年纪幼小的赵兵被放了回去，据他们描述，坑杀的惨剧震惊天下。

长平一战赵国损兵折将，而最后白起坑杀40万赵军降兵，更是彻底打垮了赵国人的意志，从此赵国再也没能东山再起。

英雄末路

秦军获得大胜，白起又成了最大的功臣，秦昭襄王对他赏赐有加，可这却招致秦国宰相范雎（jū）的嫉妒。白起原本想要借着长平的胜利一举灭掉赵国，可是范雎却收了韩国和赵国的贿赂，也生怕白起继续立功会压过自己，便劝秦昭襄王说秦兵连年征战，需要好好休养。秦国这才接受韩国、赵国的割地，并休兵不再战。因为这件事，白起和范雎两人结下了仇怨。

后来秦昭襄王忽然又想要发兵攻赵了，但是白起却认为，当初已经错过了乘胜追击的时机，如今秦国正在休整，赵国也会有外援策应，这个时候并不适合发兵。但秦王不听劝，发兵围攻赵国都城邯郸，反倒被楚国派兵10万攻击，秦军伤亡惨重。

白起听到消息后忍不住叹道：“当初大王就是不听我的计策，看看现在，结果出来了吧？”而在秦昭襄王听来，白起这就是在讽刺他。他因此大怒，强迫白起立刻带兵出战，但白起有病在身，并不方便带兵。秦军战败的消息不断传回国内，秦王更加迁怒于白起，一道道命令强迫他必须立即启程。

白起没有办法，最终只得拖着还未痊愈的身体上了路。白起刚走，范雎就不停地提示秦王，让他认为白起之所以总是推托并不愿意领命，就是对国君不满意、不服气。本来心情就不爽的秦昭襄王，对白起起了杀心。

于是，还在路上的白起，突然收到了秦昭襄王派使者送来的一柄剑，这是要赐他自刎而死。白起拿着宝剑忍不住仰天长叹：“我到底有什么罪过，竟然落得这个下场？”可想了一会儿，他却无奈地摇了摇头说：“也罢，我也的确是该死。当年长平一战，赵军投降的兵卒四十多万，我却用欺骗的手段把他们全杀了。如此想来，这也真是报应啊！”

秦昭襄王五十年（前257年）11月，一代名将白起拔剑自刎。

白起一生指挥过很多重要的战役，算起来大小70余战，没有一场败绩。长平之战虽然结局很残忍，但是这一战开创了中国历史上最早、规模最大的包围歼敌战的先例。而白起在指挥作战过程中，颇讲究战术战略，他用兵善于分析敌我形势，每次进攻都能给予敌人毁灭性的打击，这不能不说他的确是个军事能力极高的人，也不愧为一代名将。只不过，白起杀戮太重。根据考证，整个战国期间共战死200万人，而死在白起一人手下的就有100万之多，难怪世人称呼他为“杀神”，也许这也是他最终心甘情愿以死谢罪的最主要原因吧！

李牧：一心为国的赵国名将

妙计守边

李牧是赵国人，大约出生于赵武灵王后期。赵国当时与很多游牧民族相邻，东北是东胡，北边是匈奴，西北则是林胡、楼烦，这些游牧民族经常以骑兵侵犯赵国。

赵武灵王是一个胸有大志的人，为了能振兴赵国，他实施了一系列改革，军事力量逐渐变得强大。但与此同时，匈奴各部落的军事力量也在发展，赵国北部边境经常受到匈奴的骚扰。从赵惠文王中期开始到赵孝成王时，李牧便长期驻守代地雁门郡（在今山西省右玉县南），以防备匈奴的入侵。

作为领兵的将领，李牧对军队付出了很多心血。自从他来到边境，便根据需要设置合适的官吏，驻防地区的租税都被他用作军队的经费。李牧对待士兵也毫不吝啬，每天都要命人做好吃的犒赏兵士，只要自己有时间，就会认真地教兵士们练习骑马和射箭。在边境防务上，他也嘱咐手下小心看守烽火台，平时多派侦察敌情的人员，密切关注匈奴等外族

■ 李牧像

的动向。

但是，李牧却有一个奇怪的规定，他制定出规章要求："如果有匈奴来入侵，所有人都要快速退回到营垒固守不出，如果有谁敢不听命令，跑出去与匈奴对抗，那就斩首！"所以，一旦有烽火传来警报，李牧就会立刻收拢所有散在外面的人马，退进营垒。

对于李牧的这种做法，很多人都不理解。匈奴人认为李牧是个胆小怕事的人，不足为惧。李牧手下的官兵也有人觉得他胆小怯战。后来连赵孝成王都知道了，也责备他胆小，但李牧却并没理睬这些话，依旧严格执行定好的规章。赵孝成王一看自己的话不管用，一怒之下把李牧从边境召回，转而派其他人代他去领兵。

奇兵制敌

在接下来的一年多时间里，每次匈奴来，新去的将领都领着军队去应战，可是屡次出兵，屡次失利，边境军队的伤亡损失越来越重。后来，边境的百姓总要时时防备匈奴来犯，田地草场也荒废了。眼看着边境的正常生活都要被打乱，赵孝成王只得再次去请李牧。

李牧却借口说自己身患重病，闭门不出，赵孝成王不得不几次登门。李牧这时才说："如果一定要用我，那我回去以后可依旧还是像以前那样做，大王不要再干涉，这样我才敢奉命前去。"有了那一年多的前车之鉴，赵孝成王哪里还敢反对，连忙答应了。

回到边境，李牧又恢复了以前的规矩，匈奴又是好几年没有进展，气得牙根痒痒，一边说着李牧胆小，一边却无计可施。

李牧手下的官兵每天吃着俸禄拿着赏赐，有时候也还是觉得自己没有用武之地，不过，再也没人像之前那样说李牧胆小了，只是纷纷表示自己很愿意去和那帮嚣（xiāo）张的匈奴人打一仗。

李牧看看时机也差不多了，便准备战车1300辆，战马1.3万匹，勇于冲锋陷阵的勇士5万人，善于骑射的兵士10万人，然后将这些人马全组织起来训练作战。待到这些人都训练得差不多了，李牧便开始了他的作战计划。

前244年的一天，李牧先是和当地牧民商量好，买来大批牲畜在周围的山上随意放牧，待到匈奴小股人马入侵时，赵军这边只出动很少一部人假装抵抗一下，然后很快就又假装失败跑了回去，这一堆牲畜和放牧的人就都留给了匈奴。匈奴人将这种情况上报给单于，单于觉得这样既能得到牲畜又能掳来人，真是太便宜了，便丝毫不考虑后果地率领大批人马入侵边境。

哪知道，李牧早就布置好了奇兵，待到匈奴人跑到包围圈，原本埋伏好的赵国军队迅速展开包抄反击，匈奴十多万人马死的死、伤的伤，匈奴大败而归。

有了匈奴的先例，赵军又陆续开始对抗其他外族。在李牧的率领下，积蓄了许久力量的赵军个个奋勇杀敌。边境外的襜（chān）褴（lán）被灭族亡国，东胡被攻破，林胡则彻底降服，匈奴单于也灰溜溜地逃跑了。在此后的十多年里，匈奴都不敢再接近赵国的边境城镇。

护国良将

实际上，正是由于李牧的努力，才使得赵国君臣可以一心一意地应对强大的秦国。而在赵国朝中，蔺相如、廉颇、赵奢等名臣的一系列政治军事活动，以及他们所取得的各种成功，无不是借由李牧在边境的驻守与协作而完成的。可见，李牧是赵国的外在保护盾，有了他在外围奋勇杀敌，朝中的大臣才能全心全意地做自己应该做的事情。

前245年，赵孝成王逝世，赵悼襄王继位。但是赵悼襄王气走了廉颇，而当时赵奢、蔺相如等一干能臣也都去世了，朝中仅剩下李牧这一员重臣。从那以后，李牧受到加倍的重视，尤其是在后来，李牧大败趁火打劫的燕国，他的地位更加不容撼动。

前235年，赵悼襄王去世后，赵王迁继位。从赵王迁继位的第二年开始，秦国大将桓（huán）齮（yǐ）就屡次进攻赵国，攻占城池，杀死赵军十余万人，甚至一路杀到赵国的大后方。眼看着秦军直逼国都邯郸，赵王迁赶紧把李牧从边境调回来，任命他为大将军，让他全权指挥大军反击秦军。

面对连连获胜、士气高涨的秦军，李牧决定筑垒固守，避免与气势正高的秦军当下决战。李牧的这一做法，还真是让桓齮头疼不已。因为秦军毕竟是远来作战，持久战于己不利，只有速战速决才是上上策。于是，桓齮决定去攻击肥（位于今河北省晋州市西）这个地方，以诱惑赵军去救援。桓齮的想法是，让赵军脱离坚固的壁垒，在运动作战中再给予他们打击。但是李牧却完全没按照桓齮设定的“剧本”来，根本就是按兵不动，对秦军攻击肥无动于衷。

更让桓齮没想到的是，李牧居然趁着此时秦军军营兵力薄弱发起了突然袭击。本来面对赵军连日不应战的情况，秦军就变得很懈怠，再加上兵力不足，结果被打了个措手不及。秦军大营被占领，留守的秦军全部被俘虏，辎（zī）重也全部归赵军所有。

桓齮连忙回军解救，但李牧早已预知了他的行动，兵分三路包抄秦军。一番激烈的战斗之后，十多万的秦军全部被歼灭，桓齮逃亡，肥之战以李牧的胜利而告终。

经过这一战，秦国的气势受到沉重的打击，赵国则借此获得了喘息的机会。赵王迁对李牧更是器重不已，由于秦国著名将领白起的封号是“武安君”，在击退秦军之后，赵王迁感慨地说：“李牧就是寡人的白起啊！”于是也将李牧封为了“武安君”。

南守北攻

赵王迁四年（232年），不甘心失败的秦王嬴政再次派大将王翦（jiǎn）领兵，兵分两路攻击赵国，一路为南路向赵国都城邯郸进发，另一路为北路主力部队，则由王翦亲自率领向番（pó）吾（位于今河北省平山县东）方向进发。

李牧再次受命，率领大军迎击。当时邯郸的南面有漳水和赵长城，借助这些地势优势，秦军一时半会儿不可能攻破，李牧便决定采取“南守北攻”，集中兵力各个击破的方针。

李牧先是让部下司马尚据守邯郸，自己则率领主力向北挺进，并与北路秦军在番吾一番激战。勇猛的赵军将秦军打了个落花流水，可李牧却在此时立刻将部队又拉回邯郸，与司马尚合力，攻击南路秦军。此时，南路的秦军已经得知北路大败，自己无力和赵军主力相抗衡，只是稍一接触，便撤军逃走了。

这一次的番吾之战，虽然是李牧获得胜利，赵国又一次重创秦国，可实际上这却是赵国最后一次取得胜利。肥之战和番吾之战两次大战，秦赵两国都损失惨重。而与实力强大的秦国相比，这些损失对赵国来说是致命的，赵国再也没有足够的能力进行远程追击与反攻了。所以，赵国只是打跑秦国，并退守邯郸暂时自保而已。

可就在此时，已经依附于秦国的韩国、魏国却并没有放弃机会，他们趁机也发动对赵国的进攻，李牧不得不再次披挂上阵抵御外敌。

赵王迁七年（前229年），连年战争加上地震、饥荒这样的天灾人祸，赵国的国力已经非常衰弱了。誓要拿下赵国的秦国，自然不能放过这个大好时机，大将王翦与杨端和率军进攻赵国。这一次李牧与司马尚几乎将赵国全国的兵力都用上以抵抗入侵的秦军。

自毁城墙

王翦深知李牧的厉害，便决定再用反间计。之所以说“再用”，是因为他们之前就曾经用反间计将廉颇“赶”走。

现在他们又一次买通曾经诬陷过廉颇的郭开。收受贿赂之后，郭开四处散布流言，说李牧和司马尚与秦军勾结，看赵国不行了就要去投奔秦国。

赵王迁听信了郭开的谎话，当下提出要换将，而李牧根本不理会这件事，他心中想的全是自己手下的军兵、赵国的百姓和赵国的江山社稷。

可就这样的一番热血忠心，却还是抵挡不住赵王迁的怀疑。李牧的不理会让赵王迁对他起了杀心，赵王迁暗中布置下圈套，将李牧抓住并斩杀，而司马尚则被废弃再也不用。

赵王迁自己亲手摧毁了支撑赵国军事力量和赵国安危的最后一根支柱，自此之后，赵国便被秦国玩弄于股掌之间，直到最终彻底灭亡。

李牧是战国末年东方六国中，唯一可以与秦军抗衡的杰出将领，在一系列的作战中，他屡次重创敌军，而且无一失败，可见他具有高超的军事思想和精湛的军事指挥艺术。尤其是破匈奴之战和肥之战。破匈奴之战是中国战争史中以步兵大兵团全歼骑兵大兵团的典型战例，肥之战则又是围歼战的典范。李牧前半生的主要作战对象是民族外敌，所以，作为一位保卫民族的英雄，李牧理应获得后世更多的敬重。

王翦：鲜得善终的大秦名将

早年经历

战国时期，秦国能够平定六国，统一中原，靠的不仅是雄厚的国力，还有就是秦军有一批善于作战的将领，在这些将领中，大将王翦（jiǎn）是最为著名的一位。

王翦是频阳东乡（陕西富平）人，出生于秦昭王二十年（前287年）左右，死于秦始皇十一年（前211年）左右。

王翦小时候家里非常穷，并没有什么可供借助与依靠的亲戚与财力。他好舞枪弄棒，尤喜兵法谋略，力气大得可以轻松抱起一头牛犊过河。但他这个人又不流于武勇与蛮横，在家农闲时常对人挥舞着双拳说："凭我这双拳，何愁富贵哉？"

他20岁时投身于军旅，从此以后，王翦大部分时间就在军营里度过。王翦年轻的时候办事沉稳，机智聪颖，加上作战勇敢和出色的武功，很快就在军队里崭露头角，尤其是得到秦军统帅白起的青睐。白起把他调到自己身边做亲兵，不

■ 王翦像

久便将他升为将军。

在秦赵长平大战中，王翦作为一名青年将领，表现得十分出色。白起常对人说："要是我战死了，秦国要想统一天下，除非由王翦来率领军队，否则一定会失败。"后来，白起将王翦推荐给秦昭王。

后来白起因为和秦昭王有了矛盾，矛盾激化后，最后被赐自杀，同时王翦也没有得到秦昭王的重用，一直是个普通将领。这时，王翦正当壮年，他曾经献计宰相范睢捉拿他的仇人魏齐，后来，秦国未费一兵一卒而得魏齐之首，王翦从此获得"智勇将军"的美誉。

前251年，秦昭王死了，他的儿子安国君继位。不到一年的时间，安国君也死了，儿子异人继位，史称庄襄王。3年后，庄襄王又死了，他的儿子嬴政继位，就是秦始皇。

秦昭王时，中原六国被秦将白起打得基本没有多少战斗力了。到秦昭王晚年，六国已被秦国攻得支离破碎。秦统一中国已是大势所趋了。

秦嬴王政即位后，统一中国的步伐加快了。秦王嬴政在即位的第八年，派兵进攻赵国，其中一路是他的同父异母的弟弟长安君成峤为主将，樊于期为副将。结果，在路上樊于期劝说长安君反叛，王翦用计谋平定了这场叛乱，因此而得到秦王的重用。后来，他又辅助秦王平定权相吕不韦和嫪毐（lào ǎi）之乱。这样，王翦便逐步成为秦王嬴政一生的心腹大将而受宠不衰。

横扫三晋

解除吕不韦的相位和嫪毐之乱后，秦王嬴政正式亲政。经过周密部署，秦国统一六国的战争正式开始了。这场战争以前236年秦军伐赵拉开序幕，前后持续15年。这时的王翦已经是古稀之年了。

前230年，王翦率10万大军攻打韩国。韩国是一个小国，长期受秦国的骚扰与攻击，已经非常衰弱。王翦很快就将韩国阳翟（今天的河南新郑）包围了起来。但是阳翟的城墙非常坚固，王翦久攻不下。最后，他采纳将军蒙骛（wù）的建议：用河水灌城。韩王安抵挡不住，最终只好出城投降。

秦王嬴政十一年（前236年），王翦带领军队攻打赵国的阏（yū）与，王翦领军只18天，就让军中不满百石（dàn）的校尉回家，并从原军队的10人中选出两人留在军中，结果所留下来的都是军中精锐。王翦就用这支士气很高的精锐部队攻下阏与，同时一并攻取了赵国的九座城邑。

秦王嬴政十八年（前229年），王翦率20万大军攻打赵国。部队出发的时候，秦王对王翦说："寡人受苦于赵，差点就死了。秦、赵誓不两立，希望将军为寡人雪耻。"但是，王翦在进攻赵国的时候，碰到了一位强硬的对手，那就是赵国名将李牧。李牧的纵深防御使王翦几次进攻都没有起到作用。几十万大军暴露于荒野之上，如不能尽快突破对方的防线，时间一长，就会师老兵疲，不战而自败，后果极为严重。

正当王翦无法可施时，他的副将李信给他出了主意："现在赵国的宠臣郭开执掌国政，这个人贪财庸鄙，将军为什么不效法武安君（白起）战长平的办法呢？"王翦一听，觉得这个主意不错，在征得嬴政同意后，决定用反间计除掉李牧，为秦军攻赵扫清障碍。

一方面，他派人前往赵营提出休战议和，李牧不知道这是诡计，见王翦求和，求之不得。于是双方休战，并和王翦书信来往。另一方面，王翦派人到赵国，出黄金1万斤收买赵王的宠臣郭开，让他在暗中散布谣言，离间赵王与李牧的关系，还把李牧与王翦的书信往来作为证据，说李牧与秦军议和是为投降秦国做准备。

赵王本来就是平庸之辈，加上听到流言蜚语和宠臣的挑拨，就真的怀疑李牧通敌，于是就解除了李牧的兵权，起用无能的赵葱为将。李牧不服气，赵王就授意赵葱把李牧给杀了，可怜一代名将，就这样冤死了！

赵葱一上阵，改防御为进攻，结果被王翦打得大败，赵葱被杀，赵军溃败，死伤8万。王翦乘势包围赵都邯郸，一个月后，邯郸被破，赵王被俘，赵国灭亡。

秦王嬴政十九年（前228年），燕王喜看到秦军破韩灭赵，眼看秦军就杀到家门口了，非常恐慌，就命太子丹想办法阻止住秦军的进攻。此时太子丹也无力回天，就命壮士荆轲携带燕国的地图和匕首去秦国刺杀秦王。这就是著名的“荆轲刺秦王”！结果刺杀失败，惹得秦王大怒，他随即就命王翦率军北上攻燕。

王翦在易水河畔大破燕国10万大军，燕国很害怕，要求割地求和。秦王道：“一定要杀了太子丹才谈和。”燕王只好把自己的儿子——太子丹给杀了。但秦军并没有因此而停止进攻，他们一直追击燕军到了蓟（jì）北（今天的北京），燕军损失惨重，几乎全军覆没，燕王只好逃往辽东。到这时，秦军已全部占领燕蓟之地。

这时，除了东边的齐国、南方的楚国外，剩下的基本上为秦国所有。秦王又派王翦的儿子王贲（bēn）攻打楚国，楚兵战败。王贲在返秦的时候又去攻打魏国，魏王投降，最后平定了魏国。

急流勇退

王翦率军北上，一路得胜，打败了韩、赵、燕等国。消息传到咸阳，秦始皇不断地派出使者给他各种的奖励和赏赐，对他不断地加官晋爵。很多人都为王翦高兴，可是王翦心里却充满忧愁。

王翦的儿子王贲对父亲一脸愁相非常不理解，就问道："您为国家立下战功，大王对您如此地信任，在别人看来都是值得高兴的事情，为什么您却如此忧愁呢？"

王翦对王贲说道："孩子，有些事情你不知道啊！秦王这个人，心胸像老鹰一样凶狠，脑袋像黄蜂一样，说话像豺狼一样，眼睛细长，这种人没有感恩的心，只能和他共患难，不能够同处富贵。他囚禁自己的母亲，杀了弟弟，用车裂把他的假父处死，又用毒酒杀了宰相，他做的事情，说起来都让人寒心啊！我现在率领着几十万精兵强将，他能放心吗？表面上是慰问，其实是对我不放心。"王翦说完又长叹一口气说，"但愿我不要得到和白起一样的结局吧。"

攻燕一结束，王翦就主动交出了兵权。这时，秦国的统一大业已经完成一半，他向秦王推荐由其他将领来完成。他自己则回家养老，以消除秦王的猜嫌。

攻灭楚国

秦始皇灭掉韩、赵、魏三国，赶走燕王，同时多次打败楚军，接下来是解决貌似强大的楚国了。嬴政觉得，与楚国交战，还需借用老将王翦的力量。他把王翦从老家招来，问他攻楚需要多少人马。王翦回答："非60万不可。"嬴政又问青年将军李信，李信回答："20万足矣。"

于是，秦始皇就派李信及蒙恬带兵20万向南讨伐楚国。王翦的意见不被采用，因此就推托有病，回家乡频阳养老了。

李信攻打平与，蒙恬攻打寝邑，大败楚军。李信又攻打鄢郢（yān yǐng），并拿了下来，于是又率军向西挺进，与蒙恬在城父会师。楚国人乘机紧随秦军，三天三夜没有停息，最后大败李信的部队，攻破了两个军营，杀死了7个都尉，秦军大败而逃。

秦始皇听到这个消息，大为震怒，亲自驱车赶往频阳，向王翦道歉说："我因为没有采用您的计策，李信果然使秦军遭受了耻辱。现在听说楚军正一天天向西逼近，将军虽然病了，难道忍心丢下我吗？"

王翦推辞说："老臣疲弱有病，昏聩糊涂，希望大王另择良将。"

秦始皇再次表示歉意说："好啦，将军不要再推辞了！"

王翦说："大王如果非要用我，那么非要60万人不可。"

秦始皇答应说："一定听从将军的计策。"

于是王翦率领60万大军出发，秦始皇亲自送到灞（bà）上。王翦临行时，请求赐给他许多良田、美宅、园林池苑等。秦始皇说："将军出发吧，为什么担心贫穷呢？"

王翦说："替大王带兵打仗，即使有功劳，最后也难以封侯赐爵，所以乘着大王还倚重我，我也得及时请求大王赐予园林池苑，以给子孙后代置份产业吧。"

秦始皇听了哈哈大笑。王翦出发到了函谷关，五次派使者回去请求赐予好田。有人说："将军请求赏赐，也太过分了吧。"王翦说："这么说不对。秦王性情粗暴，对人多疑，现在把秦国的军队士兵全部派给我，我不多多请求田宅替子孙经营产业，来表示我对秦国的忠贞，反而让秦王因此怀疑我吗？"

王翦代替李信，开始进攻楚国。楚王得知王翦增兵而来，就调用全国的军队来抗击秦军。王翦抵达战场后，加固营垒防守，不肯出战。楚军屡次挑战，他始终坚守不出。王翦让士兵们天天休息洗浴，供给精美的饮食抚慰他们，亲自与士兵同饮同食。过了一段时间，王翦派人询问军队中正在玩什么游戏。士兵回来报告说："正在投掷石块和跳远比赛。"

于是王翦说："士兵可以用了。"

楚军屡次挑战，秦军不肯应战，就领兵向东去了。王翦趁机发兵追击他们，命令精锐的士兵出击，大破楚军。追到蕲（qí）南，杀了楚将项燕，楚军于是大败而逃。秦军乘胜夺取楚国的土地城邑。一年后，俘虏了楚王负刍，终于平定了楚地，改设为郡县。这时，王翦的儿子王贲同时也与李信攻克齐、燕的领地。

楚灭亡之后，秦王有意让王翦再率兵荡平燕赵的残余势力，但这一次，王翦坚决推辞，要求返回故里颐养天年。

秦始皇二十六年，秦国吞并了全部诸侯国。秦始皇论功行赏，王氏父子战功赫赫，无人能及。王翦被封为武成侯，凡频阳周围之10万户，都为王翦所属，秦始皇对王翦以师相称。王贲被封为万户侯，王氏父子于是荣归故里。

亡秦必楚

相传，楚国的将领项燕在临死的时候曾经说："我被秦将所灭，秦将将来一定没于楚后。楚虽三户，亡秦必楚。"所以，王翦隐居后，坚决反对他的后代投军。他对孙子王离说："道家忌讳一家人三代都做将领，因为杀戮太重。我家已经有三个人做了大将，杀戮的人太多，现在天下已经平定，投军已经不是最好的选择了。"

世界上的事情就是如此难以预料，王翦坚决反对他的孙子当兵，可他的孙子王离最后还是成了秦国的将军。陈胜起义反秦时，秦二世派王离攻打赵国，把赵王和张耳围困在巨鹿城。当时有人说："王离是秦朝的名将，现在他率领强大的秦军攻打刚刚建立的赵国，攻克它是肯定的。"一个过客说："不然。那些做将领的世家，到了第三代必定会败亡。为什么呢？因为他家杀戮的人太多了，后代就要承受不吉祥的惩罚。现在王离已是第三代将领了。"没过多久，项羽救援赵国，攻打秦军，果然俘虏了王离，王离的军队于是投降了诸侯军。

司马迁说：王翦作为秦国将领，平定六国，功绩卓著，在当时已是元老将军，秦始皇尊他为师。然而他不能辅佐秦始皇建立德政，以巩固它的根本，苟且迎合，以求容身，直至死去。最后他的孙子王离被项羽俘虏，不也是理所当然的吗？

蒙恬：守义而死的忠信将军

忠信为国

蒙恬出身于官宦世家、武将世家，他的祖先是齐国人，但是祖父蒙骜（ào）和父亲蒙武都是秦国将军。秦王嬴政二十三年（前224年），蒙武担任秦国的列将，和王翦一同攻打楚国，大败楚军，杀死了项燕。

蒙氏家族为秦国攻城略地，出生入死，对秦国疆土的开拓和统一六国，立下了汗马功劳。到了蒙恬这一代，更是青出于蓝而胜于蓝。秦始皇外出时，蒙恬的弟弟蒙毅陪同，与始皇共乘一车，在朝时又侍从始皇的左右。蒙恬兄弟二人，一个负责对外军事，一个谋划国内政事，有忠信为国的美名。秦国的其他将相都不能与他兄弟二人争宠。

前221年，蒙恬由于出身将门，做了秦国的将军，率大军攻破齐都，实现了秦始皇梦寐以求的大一统，秦始皇授予他内史的官职。在统一六国的战斗中，蒙恬虽没有立下赫赫战功，却积累了足够的战争经验，他的才华也得到了秦始皇的

■ 蒙恬像

认可。

北击匈奴

蒙恬最大的军功，要数他曾经北逐匈奴七百里，让匈奴在很长一段时间内没有再来侵犯。后来，他又负责修筑长城，真正做到了“不教胡马度阴山”。

说到蒙恬和匈奴的关系，好像就是上天注定的势不两立。蒙恬生活的年代，边境经常受到逐渐强大起来的匈奴的掠夺，秦政权受到极大威胁。而且，在秦朝还没有统一六国前，匈奴就常常掠夺内地人民的牲畜、财产，与其相邻的燕、赵、秦等国更是深受其害。尤为严重的是，在秦征伐六国的最后阶段，匈奴乘机占领了河套地区，即所谓的“河南地”。

这给心怀忠君爱国抱负的蒙恬以很大的施展空间。在随后的河套战场上，这位中华勇士让匈奴尝尽屡战屡败的滋味。蒙恬带领30万人的庞大军队，向北驱逐戎狄，收复了黄河以南的土地。

修筑长城

蒙恬打败匈奴、拒敌千里之后，他带兵继续坚守边陲。蒙恬根据“用险制塞”以城墙来制骑兵的战术，调动几十万军队和百姓筑长城，把战国时秦、赵、燕三国北边的防护城墙连接起来，并重新加以整修和加固。建起西起临洮、东到辽东的长达5千多公里的万里长城，用来保卫北方农业区域，免遭游牧匈奴骑兵的侵袭。蒙恬在修筑万里长城中，起了主要的作用，绵延万余里的长城给后人留下了巨大的文化瑰宝。

同时，蒙恬沿黄河河套一带设置了44个县，统属九原郡，还建立了一套治理边防的行政机构。前211年，蒙恬又发遣3万多名罪犯到兆河、榆中一带垦殖，发展经济，加强军事后备力量。这些措施对于边防的加强，起到了积极的作用。

另外，蒙恬又派人马，从秦国都城咸阳到九原，修筑了宽阔的弛道，解决了九原交通闭塞的问题。这不但加强了北方各族人民经济、文化的交流和融合，更重要的是对于调动军队，运送粮草器械等物资具有重要战略意义。风风雨雨、烈日寒霜，蒙恬将军驻守九郡十余年，威震匈奴，受到始皇的赞誉和信任。

文武双全

蒙恬虽然出身武将世家，但他并非像多数武将那样仅仅是一介武夫，而是一位非常有谋略、才能和智慧的武将。

因为家庭的优越环境，蒙恬从小就接受了良好的教育，是一个很有才学的人。历史上还有一段关于他和毛笔的传说。

前223年，蒙恬带兵在外作战，他要定期写战报呈送秦始皇。当时，人们都用竹签写字，很不方便，蘸了墨没写几下又要蘸。一天，蒙恬打猎时看见一只兔子的尾巴在地上拖出了血迹，心中不由来了灵感。他立刻剪下一些兔尾毛，插在竹管上，试着用它来写字。可是兔毛油光光的，不吸墨。蒙恬又试了几次，效果还是不行，于是随手把那支“兔毛笔”扔进了门前的石坑里。

有一天，他无意中看见了那支被自己扔掉的毛笔。捡起来后，他发现湿漉漉的兔毛变得更白了。他将兔毛笔往墨盘里一蘸，兔尾竟变得非常“听话”，写起字来非常流畅。原来，石坑里的水含有石灰质，经碱性水的浸泡，兔毛的油脂去掉了，变得柔顺起来，这就是传说中的第一支毛笔。

英雄饮恨

蒙恬不仅打拥有英勇威武的大将气概和卓越的战略指挥才能，在治理边塞和巩固国防等方面也是一把好手，可英雄背后往往都隐藏着各色的小人，致使很多英雄经常不是战死在沙场，就是饮恨不能善终。

蒙恬的弟弟蒙毅治法严明。有一次，秦始皇的宠臣赵高犯了大罪，蒙毅依法判其死罪，最后被秦始皇给赦免了。从那时起，赵高便对蒙氏兄弟怀恨在心。

前210年冬，秦始皇在巡游浙江会稽的途中得了一场病，于是派蒙毅去祭祀山川祈福。不久，秦始皇在河北沙丘病死。临死前，他留下遗诏让大公子扶苏继承皇位。赵高担心扶苏继位后，蒙恬得到重用，对自己不利，就扣住遗诏不发，与胡亥密谋篡（cuàn）夺帝位。他又想了各种办法，迫使李斯和他们合谋，假造了遗诏。假遗诏指责扶苏在外不能立功，反而怨恨父皇，便派遣使者以捏造的罪名赐公子扶苏、蒙恬死罪。老实善良的扶苏真的以为是父皇怪罪他了，含恨自杀。然而，久经沙场、精明干练的蒙恬却心存疑虑，请求复诉。

使者把蒙恬交给官吏，派李斯等人来代替蒙恬掌兵，把蒙恬囚禁在陕西安定县北的阳周。胡亥杀死扶苏后，便想释放蒙恬。他的儿子，也就是后来的秦三世子婴也力保蒙氏兄弟。但是，奸臣赵高非常害怕蒙氏再次得宠执政，对自己不利，就坚持要消灭蒙氏。他便散布谣言说，在立太子问题上，蒙毅曾在秦始皇面前毁谤胡亥。胡亥信以为真，于是先杀死了蒙毅，又派人前往阳周去杀蒙恬。

使者对蒙恬说："你罪过太多，况且蒙毅当死，连坐于你。"蒙恬说："从我的先祖直到子孙，为秦国出生入死已经有三代人了。我统领着30万大军，虽然身遭囚禁，可是我的势力足以反叛，但我知道，我应当守义而死。我之所以这样做是不敢辱没先人的教诲，不敢忘记先主的恩情，请您将此言转呈皇帝。"使者说："我只是受诏来处死你，不敢把将军的话传报皇上。"

蒙恬长叹道："我怎么得罪了上天？竟无罪而被处死？"沉默良久又说，"我的罪过本该受死，起临洮，到辽东筑长城，挖沟渠1万余里，这其间不可能没有挖断地脉，这便是我的罪过呀！"于是就吞药自杀了。

前210年，蒙恬含冤而死，部下将士无不悲愤痛切。将士们将其遗体埋葬在陕西绥（suí）德城西大理河畔，数万将士用战袍兜土成墓，形状好像一座山丘。

清朝人阎秉庚有一次到这个地方来游玩，有感于此，于是在蒙恬的墓前题写了一首诗：

春草离离墓道侵，千年塞下此冤沉。

生前造就千支笔，难写孤臣一片心。

读来真是令人感慨万千啊！

韩信：忍辱负重，国士无双

韩信大约出生在前231年，淮阴（今属江苏省淮安市）人。韩信很小的时候父亲就去世了，家里穷得叮当响，生活过得很凄苦，没多久母亲也病逝了。韩信自己既不会种田，也没有其他谋生之道，整天只是四处游荡，靠着别人的接济糊口度日。

一饭之恩

当时下乡南昌亭长和韩信有一定的交情，韩信便经常去他家里吃闲饭。但时间长了，亭长的妻子很不高兴。一天早上，亭长妻子特意提早煮好了饭，早早地就把饭吃完了。韩信在开饭的时间又来了，等了半天也没吃上饭，这时他也明白了，从那之后再也没去过亭长家里。

后来，韩信便去淮阴城下钓鱼，如果钓到了鱼，就去市场上卖，换几个小钱糊口。但是大多数时候，韩信钓不上来鱼，还是整日饿肚子。

韩信钓鱼的河边，每天都有很多人在漂洗丝绵，其中有一位大娘，有时候看到韩信一坐好久，一直饿着肚子，就会把自己的饭分一半给韩信吃。一连几天，韩信觉得很感激，便对大娘说："真的太谢谢您了，日后如果有机会，我一定好好报答您。"

哪知道那大娘却生气了，厉声说道："我不过是看你可怜才给你饭吃，你堂堂大丈夫，却潦倒成这个样子，连自己谋生都做不到，我可不是希望你报答。"韩信听得目瞪口呆，仔细一想，更加惭愧不已。

胯下之辱

韩信家中有一把宝剑，每次出去的时候，他都喜欢把宝剑挂在腰间。有一天，韩信又挂着宝剑在街上闲逛，一个小混混突然跳出来当着满街的人嘲笑他说："别看你块头那么大，还挂着宝剑，我看你就是个胆小鬼！"韩信不想理他，可他却继续说道，"如果你不怕死，就拿你那破宝剑刺我一下，否则你就要从我这裤裆下面钻过去！"说完，小混混撑开两腿，指了指中间的空当，笑得不怀好意。

韩信盯着他看了好一会儿，却一句话都没有说，真的趴在地上从小混混的胯下爬了过去。满街人都笑话韩信是个胆小鬼，但韩信却依旧什么都没说，爬过去之后，站起来，拍拍身上的土，直接离开了闹市。

但也正是这样一件事，让韩信更加意识到自己的无能，他决心一定要做一番事业。当时项梁正集结起义军，韩信带着宝剑投奔过去，可是他在军中却一直默默无闻。项梁死后，他又成了项羽的部下。韩信也看出来项羽是个不凡的人物，他曾经多次给项羽提过各种计策，可项羽却不予采纳，这让韩信非常郁闷。

月下追逃

等到刘邦成为汉王之后，韩信离开项羽投奔了刘邦。他满以为刘邦会和项羽不同，哪知道他来到刘邦这里之后也只是做了个管理仓库的小官，依旧是个默默无闻的人。

有一次，韩信和几个人酒后发牢骚，因此被认为是谋反。同案的13个人都已经被斩首了，轮到韩信的时候，他举目仰视，看到了夏侯婴（西汉开国功臣之一，与刘邦是少时的朋友，跟随刘邦起义，立下战功，后封为汝阴侯，封地在今安徽省阜阳市），他不甘心地抬头对监斩官说道："不是说汉王想要得天下吗？为什么还来杀死壮士？"夏侯婴一听，这个人说的话不同凡响，而且样貌也很威武，就向刘邦报告了这件事。之后虽然韩信的死罪被免还被升了一级官，但依然是个不起眼的小官吏，刘邦并没有发现他的与众不同之处。

■ 韩信像

其实此时刘邦也不好过，被西楚霸王项羽封为汉王，但他对自己的封地并不满意，可自己兵力弱小，根本没法与项羽抗衡。更让刘邦烦恼的是，在去往封地的都城南郑（今属陕西省汉中市）的路上，不知道是不是嫌弃他能力弱小，还是其他什么原因，几乎每天都有人开小差逃走，急得刘邦饭都吃不下去。

这一天，刘邦忽然听手下人说："丞相也逃走了。"这可把刘邦吓坏了。他的丞相是萧何，萧何可是他的左膀右臂，这真是晴天霹雳。

就在刘邦急得不知道应该怎么办的时候，萧何却在走后第三天又回来了。刘邦看见他回来，又高兴又生气地问："怎么连你也逃走呢？"

萧何则说："我哪里是逃走，我那是去追逃走的人了啊！"

刘邦一愣，仔细一问才知道萧何追的是韩信。萧何和韩信有过几次交谈，也知道他颇有大志，认为他将来一定有所作为。可是萧何几次推荐韩信，刘邦却都没有重视起来。萧何知道韩信一定是心灰意冷了，他可不愿意看见这么一位能人就这样跑掉，所以连招呼都没打一个就急忙骑马追上去了。连追了两天才把韩信找了回来。

刘邦这时才回忆起来韩信是谁，不高兴地说：“那么多将军逃走了，也不见你去追，这个韩信到底有什么本事，能让你连招呼都顾不上打，还追了两天才追回来！”

萧何则说：“一般的将军随便去哪里都找得到，可是韩信这样的人才，那才叫举世无双。如果大王是准备在这汉中待一辈子，那我就放韩信走；可如果您要是准备打天下，还非用他不可。我就想问问，大王您到底想如何？”

刘邦很不服气地说：“我当然是不可能一辈子待在汉中了！”

“那就是了！”萧何赶紧说，“如果您要争天下，就赶紧重用韩信，留下这个人才，否则他日后还是会走的，到时候您可就损失惨重了。”

刘邦也是个明白人，想清楚利害之后，他答应萧何，任命韩信为大将军。不仅如此，他还选了个黄道吉日，为韩信举行了隆重的拜将典礼。

终于受到重视的韩信，不仅对萧何感激不尽，对能信任他的刘邦也更为忠心了。韩信再见到刘邦，刘邦说：“丞相多次推荐将军，想必将军一定有好计策，还请将军指教一二。”

韩信也不推辞，不仅将项羽与刘邦的区别分析得头头是道，还将应该如何称王也给刘邦讲解得清清楚楚。刘邦听着韩信的话忍不住点头，因为韩信所说的种种都非常合他的心意。他越听越高兴，不禁后悔没有早发现这个人才。而韩信的这一番话，也相当于为刘邦定下了东征以夺天下的方略。之后，刘邦对韩信更为器重，并按照韩信所说积极部署东进。

暗度陈仓

韩信为刘邦立下的第一件大功，就是与张良一起合谋“明修栈道，暗度陈仓”的计策。原来刘邦当年在去南郑途中要经过栈道，张良建议刘邦通过栈道后将其烧毁，以表明自己再无意向东扩张。

但刘邦在韩信的帮助下，兵力逐渐雄厚，自然还是想要东进的，这时韩信便有了“暗度陈仓”的计划。刘邦要进关中，就必须要经过陈仓，但他又不能直接去，因为去往陈仓的路上不仅有险崖陡山阻隔，更有雍王章邯率领重兵把守。

刘邦按照韩信的计策，先派遣大将樊哙（kuài）带人去修栈道，但这却只是做给章邯等人看的。与此同时，韩信则带领精锐部队悄悄地摸着无人知道的小道翻山越岭，向着陈仓进发了。

直到有一天，忽然有人传急报给章邯说：“汉军已经到达陈仓了！”章邯根本都不相信，他每天都看着那栈道的进展，这栈道可离修好还差得远，汉军是从哪里冒出来的呢？

但现实情况也容不得他多想了，韩信率领大军如猛虎下山一般冲进了陈仓。章邯一时手忙脚乱，来不及应付，最终败走。打败章邯之后，韩信率领大军一举平定三秦，夺取关中宝地，这是汉军取得对楚的第一场胜利。自此，刘邦占据了富饶且地形颇适合攻守的关中地区，与项羽逐鹿天下。而韩信的威名也因为这一战而名传四方。

名震天下

从那之后，韩信尽心尽力为刘邦一路灭掉魏国、赵国、燕国、齐国，可谓是帮助刘邦开国定邦的大功臣。在平定齐国之后，韩信向刘邦上书说：“齐国是个狡诈多变的国家，它的南边就与楚国相邻，如果没有人好好管理，万一其中有人想要谋反，那刚平定的齐国必定不会安定。所以我希望自己能做齐国的代理齐王，我觉得这会很有利于形势的发展。”

当时刘邦刚好被项羽困在荥（xíng）阳，正处在形势危急的时候，一听韩信要自立为王，他气得骂韩信只想自己，竟然都不知道要来帮他解围，这是要反的节奏。但张良等人在旁边劝道："现在汉军处境如此不利，您怎么还能这样对待手下功臣呢？倒不如就此机会立他为王，您善待于他，想必他也能固守一方，这不也就相当于少了变乱了吗？"刘邦这才反应过来，连忙派张良前去，干脆直接任命韩信为齐王。

后来，项羽眼看齐国失利，又听说韩信做了齐王，便派人去游说他，想要让他联合楚国反了刘邦，然后三分天下称王。但韩信却拒绝了，直接表示自己对刘邦忠心耿耿，绝对不会背叛刘邦，让项羽断了念头。

而经过这件事，有一位名叫蒯（kuǎi）通的人敏感地察觉到，这天下大局举足轻重的关键，似乎就握在了韩信的手中。蒯通求见韩信，认为他以臣子之位却有震主之功，这样名高天下，其实是非常危险的，如果不自立起来，恐怕会招来大祸。韩信听了许久，自然也听出了其中的意思。可是他一方面感恩刘邦对他的好，另一方面又认为刘邦不可能会不仁不义地来夺取他的功劳，便把蒯通的话丢在了一边。

报答恩人

前202年，刘邦突然对楚军发动了战略追击，随后又以韩信军为主力，率领五路大军与楚军在垓（gāi）下展开决战。最终西楚霸王项羽兵败自刎，韩信又立下大功一件。可这一次，刘邦收回了韩信的兵权，只封他为楚王，让他统领楚地。

在楚地做楚王的韩信回到故地，特意找来当年分给他饭吃的那位漂洗丝绵的老大娘，给了她千金的赏赐。又召来当初的南昌亭长，却只给了他一百钱，因为韩信觉得他是个小人，做好事有始无终。韩信还把当初让他受了胯下之辱的小混混找来，并封他为中尉。韩信对众人说："这可是一位壮士，当年他侮辱我，我是可以杀了他的，不过杀了他也不能让我扬名。但也幸亏有他，我才能忍辱负重，并有了今天的成就。"

矛盾显露

项羽麾（huī）下有一个叫钟离昧（mèi）的逃亡将领，与韩信交情不错，听说韩信当了楚王，便来投奔他。但是刘邦对这个钟离昧却颇为嫉恨，因为钟离昧曾经多次在交锋中给刘邦以沉重的打击。得知钟离昧投奔了韩信，刘邦便命令韩信捉拿钟离昧。哪知道，韩信不仅没有捉拿钟离昧，反而派军队把他保护了起来。

于是，"楚王韩信要谋反"的传言由此传到了刘邦的耳中，这让刘邦很不高兴，便采取了谋臣陈平的计策，用出游为名准备偷袭韩信。韩信原想要起兵进行反抗，但是觉得自己又没有罪，这一起兵可就又有罪了；又想着要去拜见刘邦，可又怕自己这一去要是真被抓住了，可就真没命了，毕竟这“谋反”的罪名可不好听。

这时，身边有人劝道：“你之所以到了这个地步，就是因为身边有个钟离昧。你不如杀了钟离昧，皇帝也就不会再怪罪你了。”韩信立刻找到了钟离昧，把这件事讲了出来，钟离昧听后失望地说：“刘邦之所以不攻打你的楚地，就是因为我在你这里，如果你真的要把我送到刘邦面前以示讨好，那么今天是我死，明天就该轮到你韩信了。看来，我真是看错人了，你也并非德行高尚啊！”

说完，钟离昧自杀而死。韩信果然带着钟离昧的首级去见了刘邦，但刘邦也并没有很高兴，反而是命令手下人把韩信绑了起来。韩信悲凉地说：“这果然是狡兔死，良狗烹（pēng）啊！”意思是说，他韩信为刘邦打下了天下，但反过来刘邦却要杀掉他这个功臣。刘邦听了也有些不高兴，但在这之后，他杀韩信的心思没有了，只不过是降了他的职，封他为淮阴侯。

谋反失败

自此，韩信算是深知刘邦对他的心思了，刘邦畏惧他的才能，而他也的确是功高盖主，所以他的地位变得越发尴尬起来。韩信感觉自己的人生还是有些憋屈，所以当他过去的部将陈豨（xī）因为被任命为巨鹿郡守而来辞行时，韩信便和他密谋要谋反。

韩信说出了谋反的话，曾经亲自领略过韩信智慧的陈豨，深知他的雄才大略，对此深信不疑，并承诺："我一定听从您的指教！"

前197年，陈豨真的谋反了，刘邦御驾亲征。韩信称病没有跟随，却在暗中告诉陈豨自己将会协助他。同时，韩信假传诏书赦免官府服役的罪犯和奴隶，打算发动他们去袭击刘邦的皇后吕雉（zhì）和太子。

全都部署完之后，韩信便只剩等待陈豨的消息了。但是时运并没有站在韩信这边，韩信的一位家臣因为得罪过韩信而被囚禁等待被杀，这位家臣觉得反正自己也要死了，临死也不能让韩信好过。于是，他指使弟弟去向吕后告密，将韩信准备谋反的事情全讲了出来。

吕后向来性格刚毅，她深知在这朝中要有自己的势力才能站得住脚。为了巩固权势，她原本就想要立一立自己的威信，而韩信这事一出，她感觉这正是震慑一众功臣的好时机。吕后找来萧何，与他一起谋划应该如何除掉韩信。

萧何当年能举荐韩信，正是看到了他的才能，如今他自然也看透了韩信的不安分，既然他萧何能招进韩信，也同样能除掉他。于是，萧何便和吕后密谋，假意通知韩信说，刘邦已经平叛回来了，陈豨被俘并被处死，诸位诸侯群臣都要去祝贺。

没想到，韩信刚一迈进宫门，就立刻被埋伏好的武士捆绑起来，接着就被架到长乐宫的悬钟室，直接斩杀而死。

临死前，韩信遗憾地说："我真是后悔没有采纳蒯通的计谋，以至于被女子小人所欺骗，也罢，这也是天意啊！"

后世景仰

韩信谋反事件败露，不仅仅是他自己赴死，其三族都被处死了，这个结局可以说是悲惨至极的。

韩信的死或许是历史的必然，或许是当时宫廷政治的特点所导致的，当然与他自身的作为脱不了干系。不过作为一位杰出的军事家来说，韩信依旧值得后人敬仰。

韩信是中国军事思想"谋战派"的代表人物，被后世尊称为"兵仙""战神"。既能为王侯，也能为将相，可见韩信是个文武全才。从率兵出陈仓开始，韩信一路打下来，直到垓下全歼楚军，他从没有打过败仗，这不能不说是个伟大的功绩。

作为战术家，韩信为后世留下了大量的战术典故，如"明修栈道，暗度陈仓""背水为营""拔帜易帜""四面楚歌”“十面埋伏”等等，都是经典的用兵之道。他堪称是中国战争史上最善于灵活用兵的将领。

韩信还曾经和张良一起整理了先秦以来的兵书，这也是中国历史上第一次大规模的兵书整理，为中国军事学术的研究奠定了科学的基础。

周亚夫：拯救汉室的大功臣

周亚夫（前199—前143），沛郡沛县（今江苏丰县）人，西汉时期名将，官至丞相。历仕汉文帝、汉景帝两朝，以善于治军领兵，直言谏诤著称。

命中的侯爵

前179年，汉文帝即位，当时周亚夫不过是一个河内郡守。由于他的父亲周勃曾经帮助汉文帝登基，所以，汉文帝连带着对周亚夫也很喜欢。

有一次，汉文帝将善于相面的鸣雌亭侯许负请到宫中，让她为周亚夫和另一位宠臣邓通看相。

在看到周亚夫时，许负说："您三年后一定会被封侯，等到封侯之后再过八年，您一定可以成为将相，地位会比现在显贵得多，而且在人臣中也再没有能胜过您的人。不过，在您做了将相九年之后，您就会被饿死。"

三年之后，周亚夫的哥哥因为杀人而被剥夺了侯爵之位，汉文帝一想到周勃为汉朝建国立下的赫赫战功，便不忍心剥夺周家的爵位，于是下令让人推选周勃儿子中最好的一位来继承爵位。巧的是，大家一致推举了周亚夫，果然如许负所说，周亚夫在三年后继承了父亲的爵位，成为绛侯。

治军严明

前158年，匈奴进犯北部边境，汉文帝连忙调兵遣将镇守防御，同时也派出了三路人马到长安附近守卫，以便更好地拱卫京师。第一路是宗正刘礼，在灞上驻守；第二路是祝兹侯徐厉，在棘（jí）门（位于今陕西省咸阳市东北）驻守；第三路就是河内太守周亚夫，负责守卫细柳（位于今陕西咸阳西南）。

为了鼓舞士气，汉文帝亲自到守卫京师的三路军队去犒劳慰问。汉文帝先去了灞上和棘门，皇帝的车驾到的时候，这两处军营门口都没有通报就直接放行了。两位主将刘礼和徐厉是在皇帝到了之后才得到消息，慌慌张张地跑出来迎接；文帝走的时候，他们则是亲自率领全军在营寨门口恭送。

等汉文帝到了周亚夫驻守的细柳营地，却和前两处大不相同了，刚走到门口，汉文帝就发现守营的士兵各个都表情严肃，仿佛随时都要与人决一死战一般。开道的人刚走到大门就被拦住了，尽管他们明确说是皇上要来慰问军队，可守门的都尉却说："将军有令，在军中只听将军的命令，就算是皇帝的诏令也是不能听的。"无奈，汉文帝只得派使者拿着自己的符节（古代朝廷传达命令的凭证）进去通报，周亚夫这才命令都尉打开营寨大门放他们进来。刚一进营寨，守营的兵士就严肃地告诉文帝的随从说："将军有令，在军营中不允许疾驰车马。"车夫只得控制好缰绳，不让马走得太快。

■ 周亚夫像

汉文帝的车马一路慢慢地来到中军大帐前，只见周亚夫一身铠甲戎装，还挂好了武器，站在大帐前只行了个拱手礼说："臣有甲胄（zhòu）在身，不便下跪参拜，还请陛下允许臣以军中之礼拜见。"

慰问完毕，汉文帝的车驾刚出营门，军营大门立刻就关闭了，周亚夫也没有亲自来送。周围人觉得周亚夫对皇帝态度太傲慢了，可汉文帝反倒夸赞起周亚夫来，直说："这才是真将军啊！灞上和棘门的营寨那好像是儿戏！如果敌人也像我们那样直接进去，恐怕砍了他们脑袋，他们还在毫无察觉地睡大觉呢！再看看周亚夫这里，这么森严的营寨，根本不可能给敌人偷袭的机会！”

一个月以后，匈奴大军退去了，汉文帝也撤回了守卫京师的三路军队，同时升任周亚夫为中尉，掌管京城的兵权，全权负责起了京师的警卫安全，可见周亚夫的细柳营给汉文帝留下了深刻的印象。

甚至多年之后，汉文帝病重弥留之际，还拉着太子的手嘱咐说：“周亚夫是个值得信赖的人，关键时刻你可以放心用他，不必多疑。”

平定七王之乱

汉文帝去世后，汉景帝即位。前154年，刚即位不久的汉景帝便开始削夺王侯的封地。吴王刘濞随即联合其他六个诸侯国发动了叛乱。汉景帝想起了父亲的嘱咐，便提升周亚夫为太尉，命他领兵平叛。

周亚夫很有自己的谋略。当时叛军正在猛攻梁国，周亚夫没有直接与叛军正面决战，没有去救援梁国，而是选择绕到叛军的背后，伺机而动。

梁国受到叛军的轮番攻击，抵挡得颇为艰难，梁王向周亚夫求援，周亚夫却率领军队到了昌邑城（位于今山东省巨野县城南），并坚守不出。不管梁王怎么请求，周亚夫就是不予理会，即使是汉景帝下诏要周亚夫进兵，他依旧不为所动。与此同时，周亚夫在暗中派人劫了叛军的粮食，断了叛军的粮道。

一看粮草被劫，叛军便转来攻打周亚夫。可是几次挑战，周亚夫都不出战，任凭叛军怎么叫嚣，他就是按兵不动，就连底下的将士们都有些不耐烦了。

几天之后，叛军大举进攻军营的东南方向，将士们无不摩拳擦掌，但周亚夫却判断叛军是要进攻军营西北。主力部队被他集中在西北，果然打了叛军一个正着。

但这还不是让叛军最头疼的事情，缺粮才让他们急得抓耳挠腮。周亚夫趁着这个机会，派出精兵去追击，叛军被打得节节败退，最终首领刘濞的人头被送了上来，一场七国叛乱仅用了三个月就平息了。

这一场平乱，让大家都对周亚夫刮目相看，并对他称赞有加。只不过，这一场漂亮仗却有一个不和谐的小插曲，那就是梁王因为周亚夫当时不及时救援自己，而与他结下不小的仇怨。

拜相罢相

前 152 年，周亚夫接替病逝的陶青成为丞相。当时汉景帝和新得宠的妃子王夫人感情非常好，为了讨好王夫人，汉景帝就想废掉当时的太子刘荣，改立王夫人的儿子为太子。

周亚夫认为很不妥，便去劝景帝，让他不要随便换掉太子。可汉景帝觉得周亚夫管得太宽，处处都想为自己求功劳。这时他对周亚夫已经有些不满了，再加上梁王每次来京城都要到太后面前说周亚夫的坏话，太后再给景帝吹吹耳边风，景帝和周亚夫的矛盾也就越来越大。

后来汉景帝还是废了太子刘荣，改立王夫人的儿子为太子。王夫人母凭子贵，摇身一变成了皇后。这位王皇后自己富贵了，也想要为家人求富贵，便请求景帝封自己的哥哥为王侯。

封王侯是大事，汉景帝找来周亚夫问他的意见，哪知道周亚夫却毫不留情地否定了，直接说："这是绝对不可以的！当年汉高祖立下了规矩，'不是刘姓的不可以封王，没有立下功劳的不能封侯'，这王信若是被封侯，岂不是违背了先祖的誓约？"

汉景帝无话可说，因为汉高祖当年为了防止大权落入外人手中，的确说过这些话。可是周亚夫不留情面地指责他的皇后是外人，指责皇后的家人没有功劳，这让他更加不喜欢周亚夫了。

没过多久，匈奴的五位将军来投诚。汉景帝自然很高兴，便想要给他们封官，让他们替自己效力。周亚夫听说之后，却对汉景帝说："这些人既然能背叛自己的祖国来投降，那么他们的本性就是不忠诚的。对于这些不忠的人，您不仅不处罚反而奖励他们，将来您又如何要求臣子对您忠心呢？”

汉景帝又被周亚夫说得哑口无言，到这时他已经非常反感周亚夫了，便直接对周亚夫厉声道：“丞相所说的话真是迂腐透顶，朕是不会采纳的！”不仅如此，汉景帝还以最快的速度封了这五位匈奴将军的官。

无奈之下，周亚夫提出辞呈，称自己有病不能再做丞相。没想到景帝连挽留都没有，直接批准了他的要求。尽管汉景帝越发不喜欢周亚夫，可周亚夫毕竟是平定叛乱的大功臣，汉景帝对他有着颇为复杂的感情。

饿死狱中

为了试探周亚夫的忠心，也为了看看他的脾气在辞官后是不是有所改变，汉景帝便请他进宫赴宴。可席间并没有给周亚夫筷子，周亚夫立刻就想到，这是景帝故意戏弄他，他不高兴地问一旁的侍从要筷子，但周围的人却没有理他。汉景帝此时开口说：“怎么，朕请你吃饭你还不满意？”一听这口气，周亚夫知道景帝不喜欢自己，不得已离开座位跪下谢罪。可是景帝刚说了个“起”字，周亚夫就立刻站了起来，还没等景帝再说话，就直接转身离开了。这种行为引得汉景帝连连叹气摇头，算是彻底对周亚夫失望了。

后来，周亚夫的儿子看他日渐年老，就背着周亚夫偷偷地托主管皇帝用品的官员买了五百副甲盾，以备日后周亚夫去世后出殡时护丧用。这甲盾可是国家禁止个人买卖的，周亚夫的儿子却毫不在意。不仅如此，他还贪图钱财，不想按时付钱，被雇来帮忙的人心有怨气，就告发了这件事，说周亚夫私自买国家违禁品，想要造反。

汉景帝派人来询问情况，周亚夫本来就什么都不知道，这一问，他也不知道应该怎么回答。负责询问的人也深知周亚夫的脾气，误以为在赌气，便将这情况向景帝作了报告。景帝一气之下，将周亚夫交给了最高司法官廷尉审理。

廷尉问周亚夫："你为什么要造反？"

周亚夫回答说："儿子买来给我出殡用的，怎么能说是造反呢？"

廷尉却讽刺地说："就算你不想在地上造反，到了地下也会造反吧，你不必多说了。"

人死了哪还能造反？周亚夫觉得受到了极大的侮辱，于是绝食抗议。如此五天之后，便吐血而亡。

周亚夫是个军事家，但不是个政治家。他平定"七国之乱"挽救了大汉王朝的命运，但鸟尽弓藏，兔死狗烹，周亚夫的悲剧，责任一半在景帝的薄情寡恩，另一半在于他对自己的能力判断不清，未能及时隐退。

李广：戎马一生的飞将军

林暗草惊风，将军夜引弓。

平明寻白羽，没在石棱中。

这首诗是唐代著名诗人卢纶写的《塞下曲》。这是一个传奇的故事，诗句中的“将军”指的就是汉将军李广。

世家子弟

李广是陇西成纪（位于今甘肃省秦安县境内）人，他的先祖李信是秦朝名将，曾经率军击败过燕太子丹。李广家族世代都任“仆射（yè）”这一官职。汉代时期人们尚武，李广从小就跟着家人学习武艺，尤其是射箭，这是李广家族世代传习的好本领。

前166年，匈奴大举进犯边境，李广以一个平民的身份参了军，加入到抗击匈奴的队伍中。因为从小练就的骑马射箭的本领，李广在战场上表现得颇为显眼。他勇猛无畏，斩杀了很多匈奴兵，很快就升任中郎将。

汉文帝知道李广擅长骑射之后，便经常让他跟着自己外出打猎。看到李广勇猛又矫健的身手，汉文帝对他很欣赏，不止一次地称赞他说：“很可惜，你就是没有遇到好的时机，如果你生在高祖的时代，就凭你的身手，封个万户侯不在话下！”

汉文帝去世后，汉景帝继位。他继位没多久，就开始削弱诸侯国的势力，引发了吴楚七王之乱。汉景帝任命周亚夫为大将军，率兵平定叛乱。李广就在周亚夫的旗下效力，担任骁骑（xiāo qí）都尉。李广一身的好武艺，这时候又一次发挥了作用。尤其是在昌邑城下，李广一举夺取叛军军旗，立下大功。

在匈奴这边，李广也是个“名人”，因为他曾经担任过陇西等边境城池的太守，与匈奴久打交道，匈奴在李广这里吃了不少亏，一提起他的名字，都是又恨又怕。

智勇双绝

李广做上郡（位于今陕西榆林境内）太守时，汉景帝曾派亲近的宦官跟随李广一起整顿士兵，以更有力地抗击匈奴。

这一天，这位宦官带着几十名骑兵出行，路上遇到了三个匈奴人，几十名骑兵被这三人尽数射杀。宦官拼了命才跑了回来。他把情况和李广一说，熟知匈奴情况的李广觉得他们一定是匈奴的“射雕手”。射雕手就是指匈奴人中射箭最好的大力士。如果总是与这样的人对战，那汉军这边一定会吃亏。

于是李广点了一百名骑兵，沿着宦官指的路线，一路追上了这三人，杀死两人、活捉一人。带着活捉的俘虏，李广领着骑兵原路返回。可刚走到一个山坡，李广突然发现不远处有数千骑兵正一路飞奔过来。显然对方也看见了他们，不过匈奴没有马上冲过来，而是勒住了马。原来他们以为李广这一小队人马只是诱敌的奇兵，怀疑山上已经布下埋伏。

但李广这边才是最为惊慌的，有人想要调转马头立刻跑掉。李广却稳住所有人说：“我们离自己的大军还有几十里，这里只有一百骑兵，如果现在转身就跑，要不就是被匈奴追上，要不就是被他们的射雕手射死，所以现在，我们倒不如留下。你们看匈奴大军也停下了，说明他们也摸不透我们的来意。倒不如就让他们认为我们是诱敌，这样他们才不敢来袭击我们。”

听了这一番话，骑兵们都慢慢镇定下来，并按照李广的命令继续前进。一直走到距离匈奴营地不过二里地的地方才停下来。他们不仅停下来不走了，李广居然还下令让他们解下马鞍。有骑兵犹豫地说：“我们离敌人这么近，如果遇到紧急情况，我们连马鞍都来不及绑上去，到时候还跑得掉

■ 李广像

吗？”

李广却胸有成竹地说：“你想走，那些匈奴人也认为我们会走，可是我们偏偏不走。解下鞍就是为了麻痹他们，让他们一直有我们就是来诱敌的判断。”

而事实也的确如此，匈奴人看着这一百来人，不仅骑马到了离自己非常近的地方，而且还解下了马鞍，并很悠闲地随便躺卧。匈奴人可就更说不准了，不知道这些人到底有什么意图，因此也不敢贸然出击。

可是李广觉得就这么待着也不是好对策。于是当有一个骑着白马的匈奴首领出来检阅军队时，李广立刻跳上马，飞一样地冲了出去，接着搭弓射箭，一箭射穿了那个首领的胸膛，之后立刻拨马回到了原地，又把马鞍解下来，毫不在意地开始休息。

匈奴原本自恃的长处——射箭，却被李广用得如此娴熟，这般百步穿杨的本事也让他们吃了一惊。即便自己的人死了一个，可匈奴还是不敢乱动。

这时天也渐渐黑了，匈奴兵始终保持着高度的警惕。待到夜半的时候，周围什么都看不清楚，匈奴兵实在不能判断汉军是不是有伏兵出现。原本他们是想冲到汉军阵地大闹一场的，可现如今却被这一百来人折腾得进退两难。最终，匈奴兵为了保险起见，还是全部撤走了。待到他们走得看不见影子了，李广这才松了一口气，带着一百人的骑兵队回到了自己的大营。

汉军驻地留守的大军也是一头雾水，因为不知道将军去了哪里，根本也不敢乱动。待听说李广将军仅和一百名骑兵就退了几千人的匈奴大军时，无不称奇。

无功脱险

前141年，汉景帝驾崩，汉武帝即位。但是汉朝与匈奴的对战并没有因为汉朝换帝而停歇。

前129年，汉武帝派遣李广、公孙敖、公孙贺和卫青四人率领四万大军分别从四个方向同时出击入侵的匈奴军。匈奴单于早就听说了李广的大名，下令要求如果遇到李广，一定要活捉回来。匈奴将大部分兵力都集中在了李广所在的雁门方向，沿路也布置好了埋伏，就为了能一举拿下李广。

匈奴费了这样一番大力气，终于捉住了李广。因为李广受了重伤，匈奴人便将他装进大网兜，挂在两匹马的中间，运往单于的大营。李广躺在网兜里一动不动，就好像昏死过去一样，匈奴兵看了他几次，也没再多注意了。

就在这时，李广看准时机，忽然一个发力窜上旁边匈奴兵的马背，夺了弓箭的同时又一把将那人推下马，接着两腿一夹马肚子，飞快地跑走了。为了防止匈奴兵追上来，李广边跑边回身放箭，一连射杀几个追在前面的匈奴兵，这才一路逃了出来。

虽然李广脱了险，但是损兵折将和被俘虏的过失使得他被判了死罪。后来虽然李广交钱赎了死罪，却也只能回家做平民了。

引弓射虎

匈奴依然不断在边境骚扰，汉武帝的将军虽然也同样骁勇善战，但若是李广还在的话，无疑会成为消灭匈奴的中坚力量。几经权衡之后，汉武帝重新起用李广，任命他做右北平郡（位于今内蒙古自治区宁城县西南）太守。

在右北平一带，有很多老虎会跑出来伤人，为保一方百姓平安，李广便经常带着兵士去射杀老虎。有一天，天色将晚，李广和随从四处巡逻，忽然瞧见前面山脚下的草丛中蹲着一只猛虎。李广连忙张弓搭箭，使尽全力把箭射了出去。可之后几个人跑过去一看，哪里有什么老虎，分明是一块大石头，因为天黑，又隐藏在草丛中，远远看去，还真像一头大老虎。而李广射出去的那支箭，则深深地扎进了石头里。有人想要把箭拔出来，可是使出了吃奶的劲也拔不出来。这个故事，就是开头提到的那首《塞下曲》中所讲到的内容。

作为官员来说，李广是个好官，他为人清廉，经常把自己的赏赐分给部下，家里没有多少多余的财物，就连家产也不购置。李广平时与士兵同吃同饮，共进退，深得士兵的爱戴。而且李广爱兵如子，凡事都身先士卒，从来不让自己手下的兵单独去受苦。有时候行军缺水断粮，当得到了水和食物，士兵们如果没全部喝到水、吃到食物的时候，李广绝对不会先吃先喝。特别是在战场上，李广从来都身先士卒，射杀敌人时要求自己箭无虚发，而且一定要到十步之内才放箭。虽然很多时候因为距离敌人太近而受伤，但他从不畏惧。正是李广的这种表现，才让士兵们尊重有加，甘愿为他出生入死。

多年来，李广一直驻守在北方，大部分时间都投入抗击匈奴的事业之中。由于他行动迅速，箭法精准，在打仗的时候别人很难摸准他的路子，加上身经大小七十多次战斗，颇有战斗经验，匈奴人给他起了个外号，叫“飞将军”。时间久了，匈奴畏惧他的威名，连续几年没再骚扰他驻守的地区。

李广难封

其实要说起来，李广抗击匈奴这许多年，打过大大小小的战役无数次，可是他就是立不了功，最好的也不过是功过相抵而已。李广自己也曾经和星象家王朔聊起过这件事，他说："自汉朝攻打匈奴以来，每次战斗我都参加，可是你看，那些才能连中等人都算不上的校尉军官，都因为攻打匈奴有了军功，几十人都被封了侯。论功劳我自觉并不比他们差，可我却总也不得封，这到底是为什么啊？难道是我天生命该如此吗？"

王朔则说："您想想以前有没有做过什么悔恨的事？"

李广想了想回答说："当初做陇西太守的时候，羌人闹反叛，那时候我诱骗了800多人投降，后来又用欺诈的手段在一天之内杀光了这800多人。现在想来，我最后悔的一件事就是这个了。害死那么多人命，我也觉得很不安。"

王朔点了点头："把已经投降的人杀死，这也算是一件大事了。我认为正是这件事带来的灾祸，才使得将军至今都不能获封。"

这事说起来虽然有些玄妙，但做了坏事必定不能逃过报应，因果报应之说，也许可以用在"李广难封"这件事上吧！

遗恨自尽

前119年，汉武帝发动漠北之战，由大将卫青、霍去病各自率领5万骑兵跨过大漠直抵匈奴大本营。李广此时年事已高，但却依然想要为国家效力，几次请求之后，汉武帝终于同意他出任前将军，随军一起出征。

汉军出塞之后，卫青从捉到的匈奴俘虏那里得知了单于的驻地，于是自己带着精兵去追逐单于，并命令李广与右将军合兵一处从东路出击。这让李广很不高兴，他请求说："我既然担任了前将军，就应该做前锋，与单于决战，而且我从少年时就与匈奴作战，现在好不容易有了与匈奴对阵的机会，怎么能不去？"

在临行之前，汉武帝已经提醒过卫青，说李广上了年纪，而且似乎时运不好，不要给他与单于对阵的机会，否则可能就无法俘获单于了。所以尽管李广百般要求，卫青坚决不改调令，要求他必须跟随右将军走。

李广带着怒气走了，和右将军汇合后一路前行，但大军却没有向导，很快就迷失在大漠之中。不仅没有赶上卫青的大队，反倒落在后面。卫青这边与单于交战也不顺利，单于逃跑后，卫青只得先收兵。在南行渡过沙漠时，卫青遇到迷路的李广，李广这才返回到军中。

李广迷了路，卫青必须要向汉武帝上报军情。李广说："校尉们无罪，是我自己迷了路，我自己去受审对质就好。"在临走前，李广对自己的部下说："我从少年时就与匈奴作战，如今有幸随大将军一起出征，终于有机会能和单于军队交战。但是，大将军却调我去迂回绕远路，而我又偏偏迷了路，可见这也是天意。如今我已经60多岁了，我可不想受到那些刀笔吏的侮辱！"说完，李广竟然拔刀自尽。

李广这一死，他军中的将士都放声痛哭。周围的百姓们听说了这个消息，也都觉得很悲痛。有的人尽管不认识李广，却都听说过他奋勇抗击匈奴的事迹，所以，不论老少都悲痛不已。

飞将军虽然没有被封王侯，可并不意味着他没有功绩。相反，李广英勇善战，不管是汉军还是匈奴军，都对他佩服得五体投地。

李广为国有尽忠之心，对兵士有爱惜之情，在打仗方面又有勇有谋，所以尽管"难封"，却也不失为一个流传千古的大英雄。

卫青：七击匈奴，一生功勋

汉朝时期，在抗击匈奴的道路上，尽管征战一生的李广渐渐老去，但仍有层出不穷的后起之秀，卫青就是其中之一。

因姐姐受宠

卫青的童年并不幸福，他的母亲卫媪（ǎo）是汉武帝的姐姐平阳公主的婢女，原本已经出嫁了，但是因为丈夫早亡，她不得已带着几个孩子又回到了平阳公主府中做佣人。后来卫媪又与平阳府的下人郑季生下了一个孩子，就是卫青。

卫青从小被送到了亲生父亲家里，那时候他随父姓叫郑青。但是父亲并不喜欢他这个私生子，父亲名正言顺的儿子们也没把他当兄弟看，所有人都像对待牲畜一样虐待他。郑青后来实在忍无可忍，便从父亲家里跑了出来，投奔了母亲卫媪，希望母亲能帮助自己。

卫媪领着郑青去求平阳公主，平阳公主看郑青相貌堂堂，身形也很魁梧，就留下他做了仆人，每次公主出门的时候，郑青就骑马跟在后头护卫。虽然从身份上来说依然是仆人，但比起在郑家强得太多。从那以后，郑青便改了名字，随了母姓为“卫青”，以表示和郑家一刀两断。

■ 卫青像

卫青是一个很知道上进的人，除了尽心尽力做好自己手中的事，闲下来的时候他就勤学读书、锻炼身体，还一心一意地研究起了兵法。因为不断地充实自己，卫青很快就交到了不错的朋友，在朋友的帮助下，他得以被介绍去汉武帝朝会、理政的建章宫做事。

卫青的三姐名叫卫子夫，不仅人长得漂亮，还有一副好嗓子，在平阳公主府中做歌女。有一次，汉武帝做客平阳府，一眼便看上了卫子夫。平阳公主便做了个顺水人情，将卫子夫送给了汉武帝。如此一来，卫青等一众亲人，也算是成了皇亲国戚。

但是，陪伴皇帝并不是一件轻松的事情，尤其是后宫争宠这件事。卫子夫入宫之后，反倒被冷落了一年，直到前138年，她才再次被皇帝宠幸，还有了身孕。这又引起了皇后的嫉妒，皇后的母亲馆陶公主便意图从卫子夫的亲人下手，给她一个下马威。于是在建章宫做事的卫青便成了他们攻击的目标。馆陶公主不仅派人捉了卫青，还想要杀死他。幸亏卫青的同僚公孙敖得知了消息，赶紧带人把卫青救了下来。后来连汉武帝都知道了这件事，他勃然大怒，为了安抚卫子夫，将她封为夫人，并给予卫青赏赐，还将他封官。

诚然，这其中确实有卫子夫这一层亲戚关系在，但是不能否认的是，卫青的确是有才干的。他跟随在皇帝左右，听闻朝政，也能分析一二，并没有靠亲戚关系仗势欺人，是踏踏实实地有所表现，所以汉武帝对他颇为信任。

车骑将军

前129年，匈奴再次兴兵南下，进攻上谷（位于今河北省怀来县）。卫青被任命为车骑将军，率领一万骑兵迎击匈奴。与他同时出击的，还有其他三路军马，同样是一路一万骑兵。

这算是卫青第一次征讨匈奴。这次征讨，卫青充分展现出了他的作战指挥才能，不仅果敢冷静，而且心细大胆。他带领大军深入险境，直捣匈奴的祭天圣地龙城（位于今蒙古国鄂尔浑河西侧和硕柴达木湖附近），一次作战就俘虏700人。而其他三路大军，两路失败，一路无功而返。卫青第一次出征匈奴就取得了唯一的胜利，这样的功绩使他在汉武帝面前变得举足轻重。更重要的是，这次胜利是自汉初以来对战匈奴的首次胜利，这为汉朝日后的进一步反击打下了良好的基础。

前127年，匈奴大举入侵，不仅攻破辽西，杀死辽西太守，还大败渔阳守将，劫掠两千多百姓做俘虏。卫青领命反击，采用迂回侧击的战术，先是绕到匈奴后方，迅速切断匈奴彼此之间的联系，然后又通过包围战术，活捉敌军，夺取牲畜，重新夺回河套地区的控制权。

河套地区水草丰美，地势险要。汉武帝在卫青夺回这个地方的控制权之后，便加紧时间修筑朔方城，设立朔方郡、五原郡。还从内地迁徙10万人在这里定居，将边塞和沿河的防御工事也都加固修复，让河套地区成为反击匈奴的前方阵地。而且，有了这个地区的存在，匈奴骑兵对都城长安的直接威胁也得以解除。卫青打了一场漂亮仗，汉军的损失也很小，立了大功的卫青被封为长平侯。

卫青打了大胜仗，匈奴自然不能善罢甘休，在这之后的几年里，匈奴又陆续侵犯边境，烧杀抢掠，无恶不作。

兵马大将

前124年春天，卫青再次出兵，一路直攻匈奴右贤王的大营。被打了个措手不及的右贤王连夜带着他的爱妾和几百名精壮骑兵突围北去。主将逃跑了，右贤王手底下的男男女女1.5万余人，千百万头的牲畜，就这样归了汉军所有。这又是一件大功劳。汉武帝接到这个战报，当下派特使到军中，直接拜卫青为大将军，所有将领都归他指挥，连带他手下的将领也因此而获得了丰厚的赏赐。

接下来的时间里，卫青两次率领10万骑兵出击匈奴，歼灭敌军过万。前119年，卫青又与霍去病各领兵五万，兵分两路，跨大漠出征匈奴，这就是有名的漠北之战。这一战虽然没有活捉单于（chán yú），但是却击溃了匈奴在漠南的主力，迫使他们逐渐向西北迁徙，在后来的十几年里，匈奴再也没有南下的能力。

卫青不仅作战有功，在对待部下的问题上，也很有公断。在扫荡漠南时，苏建（西汉将领，最初以校尉身份跟随大将军卫青出征匈奴）率领的3000骑兵意外遭遇了单于的上万主力，前将军赵信临阵倒戈，一番大战之后，只有苏建一个人跑了回来。当时有人觉得，苏建是败将，而且卫青从来没有做过杀裨（pí）将的事情。此时若是能杀掉这个败将，自然会立威；可有人又觉得，苏建以少敌多，尽管全军覆没，但也没有二心，不该被杀。卫青却说，自己因为天子的恩宠为大将军，不患无威，手里尽管有权力，却也不敢擅自专权，所以还是把苏建用囚车押回都城，由天子来定夺。汉武帝最终放了苏建，将他贬为了庶人。

不过随着卫青的功劳越来越大，获得的赏赐越来越多，有些人便起了歪心思。一个叫宁乘的人就曾经对他说：“大将军之所以如此显贵，全是因为卫皇后。可是皇帝现在很宠爱王夫人，如今王夫人刚刚受宠，家里还不那么富贵，大将军不如把皇帝赏赐的千金都送给她以示好。”卫青一时难以抉择，最后将赏金折半送给了王夫人。汉武帝知道后，便去询问卫青，卫青一五一十地讲了出来。汉武帝也是个明白人，知道卫青绝对不会是拉拢宠妃的人，便把其中捣乱的宁乘调出了长安。

尚主

关于卫青还有一件事不得不提，那就是他的婚事。与卫青结为秦晋之好的人，就是他原来的主人平阳公主。

平阳公主的丈夫去世了，她想要再嫁良人，便问周围人：“在当朝列侯之中，谁最为贤能呢？”下人们根本都不用想，直接就说：“当然是卫大将军了。”

听了这个回答，平阳公主既满意却也有些发愁，她无奈地说：“卫大将军以前可是伺候我骑马的佣人，我和他怎么可能呢？”

手下有人便说：“现在的卫大将军可是和从前大不一样了，如今他身为大将，姐姐还是皇后娘娘，您觉得除了皇帝之外，还有谁比他更尊贵呢？”

如此一想，平阳公主也觉得有理了，于是就央求皇后卫子夫做媒，最后如愿以偿地与卫青结成了恩爱夫妻。

前106年，卫青病逝。汉武帝为纪念他，特地为他修了一座阴山形状的墓冢，赠予谥号“烈”，以表彰他为国家建立的大功。

卫青虽然出身不好，但他却懂得自强，抓住机会展现能力，用自己杰出的军事才能来证明自己对国家的忠心。他奇袭龙城，使得汉朝开始反攻匈奴；他七战七捷，接连收复失地，开拓了北部疆域。更重要的是，他恪守为人臣的本分，在自己的岗位上尽职尽责，对待君王则进退有度，对待同僚大度有礼，不愧为大将军、真英雄！

霍去病：纵死犹闻侠骨香

霍去病（前140—前117），西汉中期名将、军事家，我国历史上著名的民族英雄，官至大司马骠骑将军，封冠军侯。汉武帝皇后卫子夫以及名将卫青的外甥，权臣霍光同父异母的兄长。

少年将军

霍去病的身世说起来有些复杂，在前面提到卫青的时候，说到过他的家人。卫青的二姐名叫卫少儿，跟着母亲一起在平阳公主府中做事，时间久了，与一位名叫霍仲孺的小吏产生了感情，两人结合生下了霍去病。卫青的三姐卫子夫后来嫁给了汉武帝，还成了皇后。

如此算来，霍去病的舅舅是大将军卫青，舅母是平阳公主，三姨是皇后，姨夫更是汉武帝这位当朝皇帝，霍去病也算得上是关系铁硬的皇亲国戚了。

不过，霍去病和舅舅卫青一样，不全是凭借着关系进入的朝堂，他自小也很喜欢军事兵法，擅长骑射，头脑也很灵活，从来不死记硬背书上的东西，而是能根据实际情况灵活运用。

前123年，霍去病被任命为骠（piào）姚校尉，跟随舅舅卫青出兵攻打匈奴。霍去病和其他800名骑兵一路杀进匈奴大营，不仅斩获两千多名敌人，还俘虏了单于的叔父，勇冠三军。战后论功行赏，他被封为冠军侯。

两年后，霍去病被任命为骠骑将军，春夏两次出兵匈奴，最终突破匈奴防线，占据河西地区，歼敌4万余人，俘虏了包括匈奴王在内的120多人。

同年秋天，霍去病奉命迎接率众投降汉朝的匈奴浑邪（hún yé）王，可是投降的人中不全是心甘情愿投降的，有一部分人忽然挑起变乱。眼看压制不住的时候，霍去病率兵杀进了匈奴军中，将发动变乱的人直接斩杀，他的威严彻底震慑了所有投降的匈奴兵。从此以后，汉朝控制了河西地区，打通了西域通道，解除了来自西北的威胁。

经过这一战，匈奴也彻底领教了霍去病这位年轻将领的厉害，还编了一首悲歌唱道：

失我祁连山，使我六畜不蕃息；

失我焉支山，使我嫁妇无颜色。

这首歌谣很快便从匈奴传到了大汉境内，一时间，霍去病的名字响亮无比。

忠孝两全

前119年春天，为了能彻底消灭匈奴的主力部队，汉武帝发起了规模空前的“漠北大战”。在这一战中，霍去病遭遇了匈奴左贤王率领的大军，两军交战间，尽管汉军损失1万，却消灭了7万多匈奴军，还俘虏了包括匈奴三位王爷在内的83人。不仅如此，霍去病一路追杀下去，直接打到狼居胥山（今蒙古国境内肯特山）一带，并在狼居胥山率领大军进行了祭天大典，在姑衍山举行了祭地大礼。这就是历史上有名的“封狼居胥”。后来，这一典礼也成了对将军们最高战功的表彰。

别看霍去病年纪轻，但是他为人很沉稳，而且颇有担当，是一个忠孝两全的人。

说他忠，是因为作为大将军，他为国上阵杀敌，英勇无畏。汉武帝很是喜欢他，为了奖励他，汉武帝曾经想要为他修一座豪华的府第，但是霍去病却拒绝了。他说：“匈奴未灭，何以家为？”意思就是，匈奴还没有被消灭，我又怎么能安心地为自己安家呢？可见他时刻都以国家大局为重，将国家的安危和建功立业放在最前面，自己的事情反倒无足轻重了。

说他孝，就要再说说霍去病的身世了。虽然他的母亲和霍仲孺生下了他，但是霍去病并不是霍仲孺正式承认的孩子，霍仲孺也没有尽过一天做父亲的责任。霍去病并没有抱怨，在一次出征途中，还顺道去拜见了父亲，跪拜说道："早先我并不知道大人是我的父亲，所以多有怠慢，还请父亲大人谅解。"霍仲孺惭愧不已，对这个如今已是国家重要功臣的儿子，他愧疚地说："我得以有将军这样的儿子，是老天对我的恩赐。"

后来，霍去病还为霍仲孺置办了田宅仆人，将他接来颐养天年。不仅如此，更将父亲后来娶妻生下的儿子霍光也一并接来，对他像亲弟弟一样，还为他请老师认真教导，将他栽培成才。霍光后来辅佐汉昭帝、汉宣帝两任皇帝，也成为历史上一代名臣。这也算得上是霍去病为国家做的另一件大事了。

英年早逝

世间总是充满遗憾，霍去病如此年轻有为、战功赫赫，却并不长寿。前117年，年仅24岁的霍去病病逝了，汉武帝悲伤不已。他下令将霍去病的坟墓修成祁连山的样子，以表彰他力克匈奴的大功劳。到了安葬的时候，他又调来铁甲军，从长安一路列阵排到霍去病的墓前，以示对这位为国征战一生的将军的纪念。

霍去病虽然年轻，却也当得起“军事家”的称号，因为他在汉朝军事发展方面做出了重要贡献。他促进了骑兵的建设与使用。汉武帝时期是我国军制历史上从车骑并用，到以骑兵为作战主体的重要转折阶段。这一时期汉军战胜匈奴的主要原因之一，就是大规模地使用了骑兵集团。骑兵逐渐成了汉军的主力兵种，而霍去病率领骑兵作战，进一步促进了这一转折的发展。

同时，霍去病的种种作战方略，可谓是对汉军战术观念的革新，他作战采取了迂回纵深、穿插包围的方式，从最薄弱的环节对匈奴实施毁灭性的打击。

另外，霍去病用人不疑。在他的队伍里有许多匈奴裔的士兵，但是他并没有怀疑、嫌弃他们，而是委以重任，这才从他们身上领悟到了“取食于敌”“千里奇袭”这样的重要战略。

马援：誓要马革裹尸还

马援的祖上本来不姓马，他的先祖是赵国著名将领赵奢，赵惠文王因为赵奢的赫赫战功以及善于驾驭马匹，而赐他爵号为“马服君”，所以赵奢的子孙便改以“马”为姓。

名将之后　牧马边郡

马援12岁的时候，父亲便去世了，好在他的三个哥哥已经成年，有了哥哥的帮助，马援的生活还是有保障的。马援不想听老师死板地讲课，对哥哥说想要去社会上闯荡一番。三个哥哥都很支持他的想法，大哥马况鼓励他说：“只要努力，你一定会成大才，你可是我们马家最有希望的人了。”

马援来到了边郡，以放牧为生，并慢慢发了家，手底下管着几百户人家，牛羊有数千头，粮食也有数万斛（hú）（旧量器名，亦是容量单位，一斛本为十斗，后改为五斗）。在马援看来，自己发达了，就要救助他人，不然就是守财奴，所以他把自己的钱财尽数分给了弟兄朋友，只为让大家都过上好日子，而他自己则依旧两袖清风地在田野垦牧过活。

投靠隗嚣　出使光武

新朝末年，王莽当政，天下一片大乱，群雄并起，一心也想要做一番事业的马援也因为王莽“广招天下豪杰”的告示，而投靠了王莽的弟弟王林。但是，王莽只是个篡权夺位的人，新朝很快就灭亡了，建武（东汉开国皇帝汉光武帝刘秀的第一个年号，也是东汉的第一个年号）元年（25年），马援转而投靠了割据陇西的隗（wěi）嚣。

就在同一年，马援的老乡公孙述在蜀地称帝。隗嚣派马援去会一会公孙述，想要从他那里探探虚实。马援原本以为，他与公孙述是同乡，见面就能握手言欢。可哪知道，这公孙述摆着皇帝的架子，一副居高临下的样子。后来，公孙述想封马援为侯爵，授予他大将军的官位。马援的随从宾客都认为是受到了皇帝的礼遇，纷纷表示愿意留下来，可是马援拒绝了。回来之后，马援告诉隗嚣：“这个公孙述妄自尊大，就是个井底之蛙，我觉得您还不如与刘秀经常往来，搞好关系。”

建武四年（28年），马援带着隗嚣的书信，来到洛阳求见刘秀。刘秀见到马援后便说：“你这样在两个皇帝之间来回周旋，真是令人感到羞愧。”

■ 马援像

马援却说：“现在的世道，可不仅仅是君主选择臣子，我们这些做臣子的也要好好选一选君主。现在臣远道而来，陛下难道不怀疑我会是刺客或者奸人吗？”

刘秀笑着摇头：“你可不是刺客，我看你不过就是个说客。”

马援回答说：“这天下反反复复，想当帝王的人很多，但是如今见到陛下，看到您宽宏大量的样子，与当年的汉高祖一般无二，我才算知道这帝王也是分真假的。”

听了这话，刘秀先是很惊讶，但随即又很佩服马援的胆识，认为他相当与众不同。

在这之后不久，刘秀便带着马援去南巡，这让马援更坚信刘秀是个可托付的帝王。

待回到隗嚣身边之后，马援将自己与刘秀见面的情景一五一十地讲给隗嚣听，并毫不保留地夸奖刘秀。隗嚣心里有些不高兴地说：“按照你的说法，那现在的陛下倒是能胜过高祖了？”可尽管再不高兴，对于马援的话，隗嚣还是相信的，便同意归顺汉朝，为了表示诚意，他还将自己的儿子隗恂

（xún）送去洛阳做质子。

屯田上林 堆米论兵

马援随着隗恂一起到了洛阳，因为一直没有任命官职，他便主动请求去上林苑屯田。就在马援安心屯田，等着隗嚣彻底归顺的时候，事情又起了变化。

原来已经同意要归顺刘秀的隗嚣突然变了卦，手下人从中一番挑拨，就让隗嚣归顺的心变成占据陇西称王称霸的心了。马援知道后火急火燎地写信好意相劝，哪知道隗嚣又想起之前马援夸赞刘秀的话，认为马援早就背离了自己。看见马援的来信，他更加生气，干脆就直接起兵要与朝廷相抗衡。

看到隗嚣如此冥顽不灵，马援倒也不留情面，直接上书刘秀，将如何消灭隗嚣的计策一五一十地讲了出来。刘秀采纳了他的计策，便让他率领五千骑兵去游说隗嚣的将领，分化瓦解隗嚣的部下集团。

建武八年（32年），刘秀亲自带兵上阵征讨隗嚣。大军行进途中，很多将领都觉得前方道路情况不明，如果贸然前进，恐怕会陷入险境。说的人多了，连刘秀自己也觉得不那么确定。

马援这时奉命赶来，听到众将的担心之后，果断对刘秀说："隗嚣与他的部下已经离心离德，此时若是能趁机进攻，一定会大获全胜。"说着，他还命人拿来用米堆成的山谷沟壑，将山形地势、敌我双方的形势，以及各部队进退往来的道路一一标示了出来，并把当时的战局分析得透彻明白。

听了这样的分析，刘秀很是高兴，直说："敌人的一切已经在我眼中了！"因为胸有成竹，所以刘秀不再犹豫，第二天便挥军直接向隗嚣的地界进发。最终结果果然如马援所料，隗嚣的13员大将和名下10万名部下不战而降，隗嚣战败逃跑，原本隗嚣所占的天水（今属甘肃省）16属县也被攻破。

这一场漂亮仗的大功臣就是马援，他的"堆米为山"就是这一战取胜的重要原因，这种类似于近代沙盘一样的战术部署，成为我国古代战争史上的一个创举。

主政陇西 请复五铢

建武九年（33年），被任命为太中大夫的马援，作为大将军来歙（xī）的副手，率领大军驻守长安。当时塞外的羌族不断作乱侵犯大汉边境，很多羌族更是趁着中原混乱的时候跑到塞内明目张胆地骚扰，边境金城（今甘肃省兰州市）一带的很多属县都被羌人占领。

在来歙的推荐下，马援被任命为陇西太守，开始对羌族展开反击。在与羌族交战中，马援身先士卒，上阵杀敌从不退缩，就算自己被飞箭射穿了腿，也毫不畏惧。听说马援受伤了，刘秀派人带着数千头牛羊来慰问，马援却转眼就把这些赏赐都分给了部下。在他看来，手下的将士们与自己一样也是拼了命在杀敌，所以奖励他们才是最重要的。

但是，金城破羌（今青海省海东市乐都区）再往西的地方，本来离都城就远，还总是变乱不断，治理起来相当困难，再加上还要分兵力长途跋涉去维护边境安全，一出兵就要出人、出物资、出军费，朝中很多大臣都觉得很不值，商量着要放弃这块地区。

马援一听立刻上书表示，绝对不能放弃国土，破羌以西的很多城堡完整牢固，非常适合固守，而且那里土地肥沃，有便利的灌溉条件，是很好的发展地区。如果就这样放弃，羌人就会更加肆无忌惮，日后也将祸患无穷。

刘秀觉得马援说的更有道理，便将原本从金城迁过来的居民再放回原籍，又在马援的建议下安排了官吏，重新修缮城池，建造工事，并鼓励他们发展农牧业生产，尽快让他们的生活走到安居乐业的轨道上来。

在做陇西太守期间，马援一直尽职尽责地保护着百姓。几年之后，他被召回京城，担任虎贲中郎将（汉朝官职，相当于现在的中央警备团团长，负责保卫国家最高领导人）。在京城，马援也以国事为重，发现有问题的地方，从来不回避，即便有刁难，他也从不退缩。

比如有这样一件事，马援在陇西时就发现，由于王莽篡权导致的社会动荡，以至于当时的币制也变得很混乱，使用起来相当不方便，便上书朝廷，提出应该像过去一样铸造五铢（zhū）钱。但是三府（国家最高行政长官）却认为马援的建议并不可行，结果这件事就被搁置了。马援看到了批复的奏章，发现上面很多只是刁难的意见，便重新整理了自己的奏章，针对那些非难意见，动情动理好好解释了一番。这一篇奏章重新递了上去，刘秀觉得他说得非常有道理，便采纳了他的意见。也正是因为马援的这个建议，才使得天下货币流通变得便利起来，五铢钱也成为我国钱币史上使用时间最长的货币。

两征岭南 马革裹尸

后来，岭南发生叛乱，马援奉命出征，一举攻破叛军，大获全胜。建武二十年（44年），马援凯旋回京。可没过一个月，匈奴、乌桓又进犯边境。听到这个消息，马援说："方今匈奴、乌桓扰北边，欲自请击之。男儿要当死于边野，以马革裹尸还葬耳。"意思是，现在朝廷面临着匈奴、乌桓的骚扰，身为男儿，就应该志在边疆，要为国英勇作战，就算是死，也要死在边疆战场上，用马皮包裹尸体运回内地埋葬就是了。

说完这番话，马援便自请出征，此后便马不停蹄地转战战场。

建武二十四年（48年），岭南一带又发生暴动，征讨的汉军全军覆没。当时马援已经60多岁了，一听说这个情况，当即去向刘秀请命，要求带兵南征。

刘秀担心马援的身体和他的安全，不忍心让这样一个老者去操心繁琐的军务，所以一直没有答应。马援也知道刘秀的顾虑，便当面对刘秀说："如果您不相信，还是来亲眼见证一下的好，老臣如今依然能够披甲上马。"

刘秀只得让他试试看，马援迅速地穿戴好，直接飞身上马，手扶马鞍，须发飘飘。稳稳当当的样子让刘秀刮目相看，忍不住说道："这可真是个威武的老翁！"出于信任，也出于对马援如此高龄却还想为国立功的心感动，刘秀最终还是派马援去了。

出征前，亲友们都来给马援送行，马援则说："我一直受着国家的恩惠，总是想要为国家做些什么，如今我年事已高，眼看时日无多，总是担心不能好好报答国家，如今我又有了出征的机会，真是死了也瞑目了！"

马援一路前行，冲锋陷阵，不管是路经险途，还是遭遇暑热，马援从来不叫苦叫累，反而壮心不减。有敌人来时，尽管年高体病，他也依然亲自瞭望敌情，让手下众将士感动不已。

然而马援终究年岁大了，常年的征战也让他的身体不如以前那么强健。赶上暑热天气，马援染上了暑疫，最终病死军中，这冥冥中也回应了他当初所说的“马革裹尸还”的豪言。

马援的大半生都是在战场上度过的，他为国尽忠的心毫无保留，勤于国事的表现也无可挑剔。更难能可贵的是，马援的每一个官职，都是靠他自己努力得来的，没有人推荐，没有人帮衬，全靠自己的一腔爱国之心和一腔忠君之意。尽管居于高位，也从不结党营私，年老也还想着为国尽忠，不能不说，马援真乃一代良将也！

祖逖：闻鸡起舞，一心为国

少年倜傥　闻鸡起舞

祖逖（tì）字士稚，东晋军事家。小时候他的家庭环境还是很不错的，祖上也留有很多田产，世代都有人做高官。

虽然出身于贵族，但是祖逖并不是那种守财吝啬的人，相反的，从小他就是个豪放、大度的人，从来不拘小节，与钱财相比更重视义气。对周边的穷苦人家，他总是很关心，经常拿出自家的吃喝穿用来周济贫困。这一善良举动，得到了众人的一致称赞，乡党宗族对他也格外敬重。

不过祖逖也深知，小时候的富贵生活只代表家族的富贵，并不是他自己的本事。所以他发奋读书，边读边思考边融会贯通，了解他的人都说他日后一定会有一番作为。

祖逖有一个好朋友，名叫刘琨（kūn），两人一同出任司州主簿，关系非常好，有很多共同话题。他们经常在一起讨论国家大事，讨论怎么才能在政治上有所作为，怎样应对当时混乱的局势。有时候谈到兴起，甚至夜深也不睡，两人拥着被子坐在一起继续讨论，并且相互勉励说：“若是天下大乱了，到那时豪杰并起，你我二人也一定要在这中原干出一番事业来！”

有一天晚上，祖逖和刘琨两人正睡着觉，忽然荒野中传来了公鸡的鸣叫声。祖逖一下子就被惊醒了，他一脚踢开被子，叫醒刘琨说：“快起来吧，这公鸡的鸣叫声不就是提醒我们早起发奋的吗？我们应该早早锻炼身体，以备日后报国之用！”

当时正是冬天，鸡叫的时候天还黑着，但祖逖和刘琨两人却已经起身穿好衣服，拿着剑，对着寒风，认真地舞了起来。从那之后，每天公鸡一叫，哪怕天还没亮，他们两人也立刻起床舞剑锻炼身体。周围有熟悉的人觉得他们两个人有毛病，大冷的天不在被窝里多睡会儿，自己出去找罪受。但是这两人却毫不在意，毕竟没有像他们那么远大志向的人，又怎么能理解的两人的雄心壮志呢？

总揽人心　击楫中流

元康元年（291年），八王之乱（发生于西晋时期的一场皇族为争夺中央政权而引发的动乱）爆发，出身大族且本身也颇有本领的祖逖受到了各位王侯的重视，很多王侯都想要将他收在自己旗下，让他为自己效力。但是，虽然先后效力过几个王侯，也许是时机不对，他的才能并没有得到表现。后来，恰逢母亲去世，祖逖索性不再接受任何王侯的要求，乖乖在家守孝不出。

永嘉五年（311年），京师洛阳陷落，祖逖率领数百家亲戚朋友南下避乱。一路上，祖逖自己选择步行，将车马都让给老弱病人，他还把自家的药材、衣物、粮草等物资尽数与众人分享，乡邻乡亲对他都非常感激。路上遇到土匪，众人都十分慌张，但祖逖却好心地收留他们，就像对待自己兄弟一样对待他们。有人担忧地对祖逖说："我们可都是良民，这队伍里要是混进了土匪，那你的名誉岂不是要受到损害？"祖逖完全不在意地说："这有什么呢？他们做土匪也都是被逼的啊！"结果一路上，不仅队伍人越来越多，祖逖也获得了包括土匪在内所有人的拥护。

318年，琅琊王司马睿在建业（今江苏省南京市）自立为帝，史称晋元帝，东晋王朝建立。晋元帝登基，完全沾了祖上的光，他不过是顺应形势做了皇帝罢了，没有雄才大略，更没有强国富民的梦想。这位晋元帝是只想偏安在江南，只想能从百姓手中抽税以保证自己的吃喝玩乐了，要说让他北伐统一，他还真没那个想法。

祖逖投奔晋元帝之后，曾经满腔热忱地对晋元帝说："西晋灭亡的原因，并不全是因为君主的不得民心，最重要的是因为诸王之间争斗不休，自相残杀，这才给了夷狄可乘之机。现如今，北方的百姓不满被胡人统治，所以如果您能发兵到北方，并派我为统领，那么江北豪杰也会响应我们，沦亡的百姓一定也会感到很高兴，而且我们也可以一雪国耻。”

可事实上，晋元帝并不想北伐，就当时情况来说，军费和军队都是个问题。晋元帝显然也不愿意当面反对，便任命祖逖为奋威将军、豫州刺史，拨给了他1千人的粮饷、3千匹布帛，连兵器铠甲都不给，全让他自己去想办法。

如果换了别人，可能就此一筹莫展了，但祖逖可不是这样知难而退的人。虽然从晋元帝的态度里，祖逖感觉到了皇帝的消极，但他要北伐的决心从来没有动摇过，他将自己从家乡带来的宗族都带去参加北伐，毅然渡江北上。船在大江中一路前行，祖逖拿着船楫（jí）用力敲击船舷（xián），大声说道：“我发誓，我祖逖要是不能扫清中原，就如这江水一样一去不返！”祖逖的豪言壮志也感染了他的同伴，尽管大家都知道以这样并不精良的装备去应战，成功的可能性很小，但是大家还是选择跟随祖逖，都要拼死一战。

联合坞堡　对峙石勒

祖逖渡过长江之后，暂住在淮阴，支起炉子开始冶铁，铸造兵器的同时，又在当地招募到了两千多士兵，这支军队完全是靠祖逖自己组建起来的。

在中原地区，诸多豪强纷纷筑坞自保，坞堡就是他们藏身的所在。所谓坞堡，就是当时西晋皇室南迁之后，留在长江以北的汉人为了自保而建造的防御性的建筑。这些坞堡都各自为政，也都有一定的军事力量，还从事粮食生产，因此力量较大。祖逖到了这里，选择和这些坞堡合作，获得了他们的大力支持，这就使他清扫中原的行动变得容易了许多。祖逖将黄河以南的大部分地区都收了回来，和一直称霸北方的后赵明帝石勒隔河相对。

收复之后，祖逖对将士们论功行赏，他不仅礼贤下士，而且体恤民情。同时，他还带头发展生产，劝耕农桑，保证百姓的生活。还有一点最深得民心，他将已经故去的人妥善收葬，这让死者的亲属们对他更加尊重。晋元帝特地下诏，晋封祖逖为镇西将军。

对于这样一个对手，石勒也是既惧怕也尊敬，并不敢贸然南侵。祖逖的老家被石勒控制着，祖逖母亲的坟墓也在老家，为了表示友好，石勒特意嘱咐人重修祖逖母亲的坟墓。石勒希望两方互市，祖逖没有明面答应，可他也没有阻止两方互市，为此东晋这方获利十倍，有了这样的“资助”，祖逖也能更好地经营自己的兵马。后来，石勒还斩杀了祖逖手下一名叛逃的降将，进一步示好。祖逖便与石勒修好，边境也暂时得到了和平。

朝廷疑忌 报国不已

当祖逖一直在中原努力的时候，东晋朝廷却发生了内乱。不仅如此，晋元帝居然担心祖逖如果收复中原，威望会超过自己，于是在321年忽然派戴渊为总督，坐镇淮阴，命令祖逖要听从戴渊的命令和指挥。经过一番观察，祖逖发现戴渊虽然有才也有名望，却并没有足够的远见卓识，并不是个好领导。反观自己，如此辛苦地奋斗了8年，当初甚至无兵无将无武器，全靠自己努力，就为收复中原，做到如此地步却还得不到朝廷的信任。祖逖内心变得越发烦闷，后来甚至忧愤成疾。

虽然身患疾病，祖逖并没有放弃自己的志向，他依然想要为国家效力，带病坚持在前线。当时，祖逖担心虎牢城的城南没有坚固的壁垒，会很轻易被敌军攻破，便带着众将士们修筑壁垒。然而壁垒还未完成，祖逖却先病逝了，时年56岁。

可以说，祖逖直到临死前想着的依然是国家。他的去世，令整个河南的百姓都悲痛不已，纷纷为他修建祠堂以表纪念。

祖逖自小就有为国建功立业的志向，所以他闻鸡起舞。长大后他总想着要为国家多做些事情，不管多困难也毫不退缩，所以他中流击楫。尽管遭遇不信任，可祖逖却自始至终都不曾改变过爱国的心，即便临死也不忘国家，难怪百姓都对他念念不忘。

谢玄：文武兼备的东晋名将

芝兰玉树　应召出仕

谢玄是魏晋名门陈郡谢氏家族的子孙，父亲是安西将军谢奕，叔父则是东晋著名政治家谢安。出身名门的谢玄从小就聪慧过人，理解能力非常好，叔父谢安对他很是器重。

谢安曾经这样问谢玄这群孩子说："我们家的子侄，其实并不需要出来参与政事，可为什么长辈们还是希望每个人都努力学习，并希望每个人都有才能呢？"对于这个问题，其他孩子都皱着眉头想不出来，可谢玄却说："就像对待芝兰玉树一样，总希望能成长在自家的阶前庭院中。"谢安听了大为欣赏。

这个故事就是成语"芝兰玉树"的来历，用来比喻德才兼备有出息的子弟。简单来讲，谢安所说的长辈们对子侄的期望，就是希望谢家的孩子能成为德才兼备的人，不会让家族蒙羞，能给祖上带来荣光。

年纪尚小的谢玄能有这样的回答，当然让谢安刮目相看。谢玄长大后，果然变成了“芝兰玉树”，显示出了在治理国家方面的才能，但是朝廷几次征召，都被他推辞了。后来，谢玄受到了东晋权臣桓温的礼遇和器重，接连又担任司马等诸多官职，这才算将自己的才能一点点展现出来。

谢安荐侄 北府雄兵

当时，前秦苻（fú）坚势力日渐强盛，曾经多次骚扰东晋边境，朝廷下令征召良将，以抵御苻坚的侵扰。谢安思考再三，果断向皇帝推荐了自己的侄子谢玄。

朝中有一位名叫郗（xī）超的中书郎，原本与谢玄颇为不和，可是听到谢安的这个举荐之后，也叹息着说：“敢于冒着触犯众怒的危险，毫不犹豫地举荐自己的亲侄子，谢安这一招也的确是英明。谢玄的确是难得的人才，相信他一定不会辜负叔叔的推荐。”

朝中很多人不赞同郗超的看法，疑惑他为什么忽然转了性子。可郗超却说：“我曾经和谢玄一起在桓将军驾下做事，也亲眼见识到他的才能。在用人方面，他的确可以做到各尽其才，即便是一些细小的事务，他的人事安排也是非常妥当的，所以这一次若是能派他去，他也一定能成功。”

太元二年（377年），谢玄被派到了广陵（今江苏省扬州市）任职。谢玄到任之后，便开始大规模招揽人才，许多著名的将领比如刘牢之、何谦、诸葛侃、高衡、刘轨、田洛、孙无终等人，就是在那时候应选并被选上的，后来这七个人成为谢玄手下的七大猛将。

两年后，谢玄又去了京口（今江苏省镇江市）。由于当时的京口又叫北府，所以他统领的这支军队，号称“北府兵”，因百战百胜而令敌人闻风丧胆。

淝水大捷　鹤唳风声

谢玄率领的北府军，打过一场非常著名的战役，那就是淝（féi）水之战。太元八年（383年），苻坚亲自率领号称百万的雄兵向东晋进发。危急时刻，晋武帝下诏命令谢玄为先锋，统领8万军队，与苻坚的80万大军在淝水对峙。

因为苻坚的军队在淝水沿岸布阵排兵，所以谢玄的军队不能过河。谢玄派人对驻扎的前秦将领苻融说：“你们离开自己的家乡走那么远才来到我们的疆土，可如今却在淝水边上列阵，难道你们不想速战速决吗？如果你们能稍微退后一点，让我们的军队顺利渡河，也就能和你们真刀真枪地拼一拼了。你们带了那么多人，难道还不能和我们好好对战一番吗？而且身为军人，难道不觉得只有痛快地打一场才爽快吗？”

苻融将这一番话告诉了苻坚，苻坚的一众部下都说：

“可不能被谢玄几句话扰乱军心。我们人多，他们人少，只要我们能凭借淝水将他们堵在河的对岸，那情势一定是有利于我们的。”可是苻坚却被谢玄的这样一番话激起了“斗志”。他说：“怕他们做什么？既然想来，那我们就退后，让他们过河，等他们过来了，我们那数十万铁骑也不是好对付的，把他们全赶回河里，彻底消灭他们！”

■ 谢玄像

但是，后退哪是那么容易的事情？后退命令一发，好几十万的军队不得不动，阵脚早就乱作了一团，而且难以控制。

趁着这个情况，谢玄果断率领8千精兵渡过淝水，一路杀过去，前秦众将士们本来在撤退中就手忙脚乱，忽然发现晋军居然已经渡过了河，只得仓促应战。再加上这80万军队实际上是“杂牌军”，是几支军队联合在一起的，并不团结，有了危险，都先顾着自己逃跑。一番混战下来，苻坚中箭，军心动摇，几十万大军溃散奔逃。

虽然有的前秦将士逃了出去，但却被这情形吓坏了，以至于听到风声都觉得有军队在后面追击，听到鹤鸣也觉得是有军队已经杀到耳边。就算已经逃跑的士兵，也因为挨饿受冻、心理恐慌而死去了大半。

最终苻坚几十万大军败给了谢玄的8万军队，不仅如此，谢玄这边还收获了前秦军队混乱中丢下的车马、器械、军资、珍宝等无数，牲口也有10万余头。这一仗，谢玄以少胜多，收获颇丰，晋孝武帝原本想要加封他高官，但谢玄却坚决地推辞了。

欲退不能 英年早逝

淝水之战过了没多久，谢安上奏朝廷，说前秦军队经过淝水一战的大败，正是衰弱的时候，应该趁有利时机，再派军队去做进一步的“清扫”工作。

谢玄原本是想要坐镇彭城（今江苏省徐州市），因为这个地方向北可以巩固河北一带，向西则可以援救洛阳，而向内则可以捍卫朝廷的安全。可是朝廷内的众大臣却议论着说，国家征战已久，应该戍守边关，然后休兵养息。谢玄最终又因为没有安抚好河北之地的骚乱，觉得自己并不适合坐镇指挥，便请求辞职。

谢玄后来回到了淮阴，不小心染上了疾病，即便如此，朝廷也不愿意解除他的职务，还想派他继续工作。尽管谢玄说怕荒废军务，朝廷还是没有应允。可谢玄的身体状况越来越差，即便朝廷派了医术高明的医生，也只是起到缓解病情的作用。

谢玄反复上了十多道奏疏，等来的回复却是让他去会稽郡（与秦朝时的郡治有所不同，西晋时的会稽郡在今浙江省绍兴市、宁波市一带）继续任职。无奈之下，谢玄只得拖着病体去了会稽。但他真的是累了，太元十三年（388年），46岁的谢玄因病去世。

谢玄的前半生，立志挽救危亡，创建“北府兵”，自己也能吃苦耐劳、能征善战，正是有他的带领，北府军才变成东晋最为精锐的武装力量。

尽管谢玄的最后几年看上去有些消极，但换个角度来思考的话，也不得不说这是谢玄的无奈。生病无法出兵打仗，占着位置却不能发挥能量，这恐怕才是谢玄最担心的事情。这也正是体现了他的为国忠心。

，

陈庆之：棋盘里走出来的无敌将军

南北朝是一个战火纷飞的朝代。数百年来，漫长的长江分界线两端，无数热血男儿怀着光复山河的报复，一次又一次渡江而上，兴师北伐，然而却在胡人骑兵军团的冲锋下屡战屡败。在那个骑兵决定成败的时代，南朝汉族政权在北方骑兵的持续打击下疲于奔命，只能凭借长江这条天然的障碍勉强维持。骑兵，是南朝士兵心中解不开的疙瘩，如梗在喉，积郁在胸。就在这样的时代里，一个叫陈庆之的将军脱颖而出，写下了一段让南朝汉人扬眉吐气的神话。

出身庶族

公元484年，一个南朝梁国未来的战神呱呱坠地了，他的名字叫作陈庆之。

陈庆之，字子云，义兴国山（今江苏宜兴）人。这个襁褓中的婴儿绝非阿瑞斯般天生神力的神将，却曾以七千兵力对抗百万军师，并大获全胜，将洛阳等32座城池悉数收复，由此可见其是何等骁勇。也正是因为此战，陈庆之所带领的七千人军团被称为“白袍军”。民间还流传着“名师大将莫自牢，千兵万马避白袍”这一说法。

虽说英雄不问出处，大家一定会认为陈庆之要么出身于官宦之家，要么出身于书香门第，要么出身于武将之家，但陈庆之的出身说出来恐怕会让大家有些失望。陈庆之出身庶族，庶族这个阶层又称寒族。在那个还没有开创科举制度的时代，庶族出身，顶多能混成个小地主。要想当官，得豁出命上战场拼出个军功来。更悲惨的是，陈庆之的体格注定不能上战场与敌人搏命。这就意味着陈庆之只能老老实实在家务农。不过话又说回来了，以陈庆之的体格，注定了他也不是个好农民。年少的陈庆之似乎一无所能：身体文弱、不善骑射、难开弓弩。陈庆之眺望前路，心灰意冷。

半生伴棋

好在陈庆之聪明敏捷，能下一手好棋，这就让他有了谋生的资本。在很小的时候，他就跟随着梁武帝萧衍，那时萧衍还没有举兵反抗齐国，陈庆之也只是萧衍身边的一个小书童而已。

内心充满了挫败感的陈庆之就这样开始了自己的职场生涯。

萧衍这个人，爱好非常广泛。首先，他是一个儒者，对儒学非常有研究；其次呢，他是一个史学家；再者呢，他对佛学有很高的造诣；还有萧衍的第四大爱好，是爱写乐府诗。陈庆之自问，对儒学没啥研究，对史学也没啥心得，对佛学又没悟性，作诗又不行，绝望之际，陈庆之发现了萧衍最后一个爱好，自己还勉强能比划比划。这个爱好就是围棋。

为了取得萧衍的信任，陈庆之投其所好，苦练棋艺，并将兵法运用于围棋之中。

有一天半夜，萧衍一时兴起，要下围棋，周围亲随都酣睡不醒，唯有陈庆之随叫随起，而且精神抖擞。无论何时，两人总是棋逢对手，下得不亦乐乎。陈庆之善于博弈，懂得人心，口才又好，所以萧衍一直将他视为心腹，极其亲善。

这棋一下就是20年，其间不知道萧衍和陈庆之的棋艺是否有所长进，只是蓦然回首，两个人的脸上都写满了沧桑。

一步登天

本以为自己将老死于棋盘之上，谁知道机会已悄然而至。

齐明帝去世后，萧宝卷继位，南齐最荒诞的时代开始了。萧宝卷有一个别称，叫作“东昏侯”。他是一个荒淫无道、滥杀无辜、贪图享乐、不理朝政的皇帝。

下了多年围棋的萧衍突然发现，起兵比下围棋还要简单。公元502年，萧衍举兵反齐，随后称帝，建立南梁。就这样，萧衍顺风顺水地完成了身份的转变——从南齐的雍州刺史摇身变成了南梁的开国皇帝。

眼看自己的棋友一夜之间成了皇帝，这让陈庆之好一阵子缓不过神来。但他很快就感受到了棋友成为皇帝的好处——萧衍称帝后，认命陈庆之为主书。顾名思义，主书一职就是一个文职，是南北朝时期一个重要的职务。出身寒门的陈庆之此时堪称一步登天。虽说，陈庆之在武力方面还不至于是手无缚鸡之力，但与那些武官比起来，差的确实不止一点。陈庆之在职期间散尽钱财，召集将士，梦想将来成为“战国四公子”那般，使南朝在南北战争中不再处于被动，并伺机统一全国。

陈庆之的一步登天，被士族将士们所不齿，也被民间庶族所不容。为什么呢？你想啊，靠下棋当官，这有什么说服力啊？

梁武帝对此也有耳闻，人家骂陈庆之，不就是骂自己是一个昏君吗？所以，梁武帝比陈庆之更想让世人知道，陈庆之是个旷世奇才。

不鸣则已，一鸣惊人，屈居主书的陈庆之静观时变，等待大展宏图之日。终于，在他41岁之际，为国家效力的机会来了。

初战徐州，千人胜万敌

公元525年，因叛乱而走投无路的北魏徐州刺史元法僧请求归降南梁。也许是梁武帝萧衍想给跟随自己多年的陈庆之一次表现自我的机会，于是认命他为威武将军前去接应。此次接应任务并非难事，所以陈庆之顺利地完成了。回军后，陈庆之被任命为宣猛将军、文德主帅。

既然徐州已经被纳入版图，萧衍决定委派次子萧综接管徐州。刚还朝的陈庆之也被委以重任，领两千步兵护送皇子萧综上任。

北魏岂肯白白将徐州拱手让人，于是派两位宗室元延明、元彧领两万骑兵杀气腾腾地攻向徐州。

在当时，一个骑兵相当于20个步兵的战斗力。也就是说，北魏的2万骑兵，相当于40万步兵。面对这样的兵力，陈庆之的两千步兵，简直是以卵击石。

陈庆之知道在陆地上交战一定会被打败，于是领着两千步兵到山中的高地上伺机伏击北魏的骑兵。北魏看到陈庆之的军队在山上扎营，知道自己的骑兵在山上没有优势，于是命令军中大将带领部分骑兵与陈庆之对垒，瞅准时机进攻。

北魏的士兵建造了一天堡垒，人困马乏，准备在夜间好好休整一番，第二天再攻打陈庆之的军队。而陈庆之这边要求士兵在营里多点灯火，多扎稻草人，用疑兵之计迷惑对手。

当天夜里，狂风大作，伸手不见五指。陈庆之带领士兵偷偷潜入敌营附近，一声令下，两千名士兵如洪水猛兽般杀入敌军阵营。北魏的士兵被这突如其来的敌军袭杀得人仰马翻，血流成河，只有极少数士兵成功逃脱。

天亮后，北魏剩余的大军赶到，将陈庆之的兵马团团围住，发动了一次又一次进攻。陈庆之要求士兵不要出战，守着高垒，用箭射击这些骑兵。于是，一波又一波骑兵倒在了堡垒前面。北魏无计可施，只好退后十里扎营。

陈庆之趁其士气低落，在后来几次交手中打得对方丢盔卸甲，2万骑兵所剩无几。就这样，从未打过仗的陈庆之竟以两千步兵击溃了敌军。

可谁知道，萧综因与梁武帝有矛盾，关键时刻竟独自投了北魏，并把梁军的虚实向魏军如实汇报。陈庆之只好带领部属有序地撤退，将自己的军队安全地带回了梁朝。

虽然此战以撤退收场，陈庆之却表现出了卓异的军事才能。此后，陈庆之在公众视野中逐渐由一介文弱书生转变成一个骁勇善战的连胜将军，开始了自己在战场上的不败神话。

涡阳之战，百骑破前锋

为报徐州之仇，梁武帝派曹仲宗和陈庆之联手率军攻打北魏的涡阳城。北魏派元昭率15万（一说5万）大军增援涡阳。双方的军队苦战将近一年，不分胜负。这时，北魏军队突然在梁军的后方修筑营垒，梁军得知这一消息后，军心大乱，连曹仲宗都打算退兵。

关键时刻，陈庆之拿出梁武帝秘密赐给他的节杖，对将士们说："国家出钱出粮，是要我们建功立业，现在有人却想当逃兵。今天大家只有两个选择，要么跟鲜卑的军队决一死战，要么就做罪囚！"就这样，包括曹仲宗在内的全军将士打消了撤退的念头。

当时北魏修筑了13座营垒，陈庆之带领精锐骑兵趁夜突袭，一夜之间就攻下了4座。涡阳守将被梁军的威势所吓倒，开城投降。陈庆之亲自擂鼓督战，将士们一鼓作气，剩下的9座营垒中的魏兵如潮水般退去，尸横遍野。

涡阳大捷打出了梁军的威风，更打出了陈庆之的威名。梁武帝自然喜不自胜，下诏犒赏陈庆之，陈家从此成为了豪门大户。而最终奠定陈庆之战神地位的，要数接下来我们将要谈到的这47战。

战神出世，所向披靡

公元529年，北魏国内动荡，有实力者纷纷割据称王，力有不逮者如北海王元颢只有投靠萧衍，想借助南梁的力量保住残山剩水。

梁武帝只想敷衍一下，堵住众人之口，草草命陈庆之护送元颢入洛阳。这一路阻碍重重，梁武帝给了他多少人呢？7千。

让我们来看看敌军的阵容和下场：

一、丘大千部队：7万，筑9座营垒，降。

二、济阴王元晖部队：2万，驻扎考城，此城易守难攻。结果主帅被生擒，同时丢了7800百辆战车作为对方的战利品。

三、魏军围剿部队：30多万。这大概是最为关键的一次作战，陈庆之又一次展现了他的口才：

“兄弟们，我们这一路北上，不知道杀了多少北魏人，敌军早已将我们视为死敌。

“如今他们号称30万，渐渐进行围攻，我们唯有背水一战！事不宜迟，趁着敌军还没集结——

“诸君无假狐疑，自贻屠脍！”

受到激励的将士，士气大振，立誓背水一战。陈庆之率

3千骑兵背城逆战，大破魏军。魏军骑兵将领在战场上投降示弱，其他将士仓皇逃窜，伤亡惨重。

此役梁军不但没有被击溃，还缴获了大量战利品。陈庆之的威名，从此令敌军闻风丧胆，甚至不战而降。最终元颢被顺利送到洛阳城，洛阳也开始四处传诵着陈庆之的事迹：

“名师大将莫自牢，千兵万马避白袍。”

这一路陈庆之率领7千人究竟打了多少场仗呢？

4个月之间，历47战，拔城32座，皆以少胜多，皆完胜。

最后一战

然而危险也随之而来。

元颢入主洛阳城65天后，尔朱荣带着从洛阳逃走的北魏孝庄帝，挥师洛阳。为了争取战略上的主动，陈庆之带领自己的7千人渡过黄河，驻守中郎城，和北魏大军展开鏖战。陈庆之处于绝对劣势，但仍然在中郎城阻截了尔朱荣三天，最终还是因损失惨重而被迫撤兵。

最终，尔朱荣击败了元颢政权。

陈庆之只好带领手下的人马开始向南梁撤退，不料在蒿高遇到了山洪暴发。正在渡河的军队被洪水吞没，陈庆之本人幸免于难。失去军队的陈庆之乔装打扮为一个僧人躲过了尔朱荣大军的搜捕，到了豫州，在豫州得到当地人的帮助，才辗转返回南梁。回到南梁后，萧衍对陈庆之大加封赏，升陈庆之为右卫将军，永兴侯，封邑一千五百户。

同年，这位英雄走到了生命的尽头，结束了一生的传奇，享年56岁。梁武帝以其忠于职守，战功卓著，政绩斐然，追赠他为散骑常侍、左卫将军，赐鼓吹一部，谥号“武”，还诏令义兴郡发500人为其会丧。长子陈昭继承他的职位。

陈庆之的大半生都在等待，结果换来了几个月间横扫中原，创造了中国历史上的战绩神话，也使得他一战封神。最难能可贵的是陈庆之“本非将种，又非豪家”，却能“开朱门而待宾，扬声名于竹帛，岂非大丈夫哉”！

假如梁武帝有进取之心，给陈庆之不只7千骑兵，南北朝的历史会不会改写呢?

李靖：走出神话的李天王

神话原型　王佐之才

提起李靖，很多人最先想到的一定是《西游记》《封神演义》中那个威风凛凛的托塔李天王，但这只是小说将这个人神话了。真实的李靖出生于571年，雍州三原（今陕西省三原县）人。

李家是个官宦之家，李靖的祖父和父亲都曾在朝为官，他的舅舅更有名，是隋朝平定南方陈朝的大将军韩擒虎。在这样的家庭中成长，李靖受到了熏陶，从小他就颇有文武才略，而且很有进取心。

还是青少年的时候，李靖就曾经对父亲说："如果遇到圣明的君主和时代，那身为男子汉大丈夫，就应当为国家建功立业。"而和舅父韩擒虎在一起时，他又能有理有据地和舅父谈论军事，舅父从来没有将他看成是小孩子说胡话，反倒说："可以与我尽情讨论兵法的人，看来只有你了！"

长大后，李靖先是做了一些小官，虽然官职不算大，但他都尽心尽力，脚踏实地展现才能，渐渐地他的名声也传开了。隋朝的朝堂上很多人都对他交口称赞，礼部尚书牛弘就称赞他有“王佐之才”，而隋朝的左仆射（yè）杨素则感慨地对李靖说：“我这个位置，迟早也会由你来坐。”

临刑不死 平叛奇功

隋朝末年，李靖在后来的唐高祖李渊的手下任职，一直与外敌突厥相抗衡。这时候隋朝因为隋炀帝的暴政而屡屡发生叛乱，很多地方都举起了起义的大旗。李渊也在暗中招兵买马，动了起义反抗朝廷的心思。李靖在李渊手下做事，发觉李渊也有“造反”之心。趁着李渊不注意，颇有忠心的李靖将自己伪装成了囚犯，跑去向隋炀帝告密。

可是，李靖刚走到长安，关中就已经大乱了，去往长安的道路被阻塞，李靖哪里也去不了。后来李渊果然在太原起兵，一路杀过来迅速攻占了长安，李靖被李渊抓了个正着。李渊痛恨他是个告密的叛徒，当即就要处死他。

如果就这样赴死，李靖忽然觉得自己那满腹的才能岂不是白白浪费了？他也是个有雄心壮志的男人！马上就要被斩首时，李靖忽然大声喊道：“您既然兴起了义兵，就是为了要除暴乱而安天下，现在您连大事都还没有完成，就想要因为私人恩怨而斩杀壮士，这岂不是有失您的威名？”

■ 李靖像

这一番话，反倒让李渊对李靖有了欣赏之情，李渊的儿子李世民对李靖的胆识和才气也有了赞赏之意。就这样，李靖免于被处死，并跟在了李世民身边。

武德元年（618年）五月，李渊称帝，大唐王朝登上了历史舞台。李渊的儿子李世民被封为秦王，并于武德三年（620年）平定了在洛阳称帝的王世充，李靖在这场战役中立下了赫赫军功，从这时候开始，李靖的才能得到了进一步的展现。

不过，李渊一直对李靖曾经是叛徒这件事耿耿于怀，他对李靖并不完全信任。直到不久后，李靖仅率领800名士卒，就打败了唐军久攻不胜的开州（今重庆市开县）蛮兵。这一捷报让唐高祖李渊高兴极了，他对公卿说："朕听说，用人若是用有功劳人，不如使用有过失的人。如今看来这话不假，李靖果然立了大功。"后来他发下玺书（专指皇帝的诏书）告诉李靖说："你竭尽全力对国效忠，如今有了卓越的功绩。真是日久见人心，我这才发现你的无限忠诚。你也不必担心功名利禄了，我会尽量给你嘉奖。"不仅如此，他还给李靖写了一封亲笔信，信上说对李靖过去做过的事情既往不咎（jiù），他已经忘记了以前的事情。

从那之后，李靖得到了唐高祖的信任，凭借着自己杰出的军事指挥才能，灭掉了江南最大的割据势力南梁。后来朝廷又派李靖安抚一直被各个首领占据的岭南诸州。因为李靖的威名，各个首领都表示愿意归顺，不仅如此，一路上李靖还亲自安抚百姓，了解百姓疾苦，得到了当地人民的拥护。

武德六年（623年），原本已经投降归顺的起义军将领杜伏威和辅公祏（shí）二人不和，辅公祏叛逃，再一次举兵反叛唐朝，李靖以副帅的身份和主帅李孝恭一起平定起义军。但是，辅公祏也不是那么好对付的，手下大将也颇有能耐。李靖冷静透彻地分析了敌我形势，以准确的判断出击，迅速平定了叛乱。这一次战役过后，李渊对李靖的军事才干更是赞不绝口，认为他的能耐，连古代名将韩信等人都比不上。

屡建奇勋 一雪国耻

李靖最大的战功，是对抗东突厥。唐高祖武德八年（625年），突厥就曾经进犯过太原，李靖率领1万余名将士也参与到了对抗突厥的战斗中。当时几路兵马，只有李靖的军队可以应对突厥。

到了第二年，突厥又趁着唐太宗李世民刚刚登基政局不稳，派出了十几万的精锐骑兵再次进犯泾州，一路长驱直入，甚至还派人进入朝堂来观探虚实。当时唐太宗不得已与突厥颉（jié）利可汗结盟，才让突厥退兵，但在这之后，为了以防后患，唐太宗便决定要给突厥一些颜色看看。

贞观三年（629年）8月，唐太宗派出以李靖为首的唐朝大军，对突厥发起了强大的军事攻势。李靖率领3千精锐骑兵，向恶阳岭（位于今内蒙古自治区和林格尔县）进发。

李靖用离间计策反了可汗的亲信康苏密，康苏密带领唐朝大军一举攻进了定襄（今内蒙古自治区和林格尔县）城内，颉利可汗狼狈逃脱，李靖再一次打了一个大胜仗。看到这份捷报，唐太宗高兴地说："汉朝李陵率兵5千进攻匈奴，最终落得个投降的下场，也能留名青史。如今，我大唐李靖用3千骑兵深入敌境，攻克定襄，给了突厥人这样一个下马威，这可是古今都没有的奇勋，如此一来，足可以一雪我当年被迫与突厥结盟的耻辱了！"

无路可走的颉利可汗嘴上说要举国归附唐朝，但他实际上是在给自己争取时间。如果有机会逃到大漠以北的地方，他就能得到卷土重来的机会。

另一边，唐太宗听说颉利可汗要归顺，便派人去安抚。李靖对张公谨将军说："看见朝廷的使者，突厥一定会放松戒备，我们就应该趁这个机会，派遣精兵去袭击突厥。"

张公谨却说：“陛下已经下诏准许颉利可汗归降了，而且我们的使者也在那里，如果去袭击岂不是连自己的使者都搭进去？”

李靖坚定地回答道：“这等用兵的良机绝对不可错过，当年韩信灭齐国就是这个道理。我们不能因为几个使者就错过灭掉突厥的大好时机！”

后来，李靖率军进入了阴山（位于今内蒙古自治区中部），因为天降大雾，突厥方面又只顾着面见使臣，完全没有发觉这支精兵。直到大军走到牙帐附近，颉利可汗才发觉，慌忙之中他骑马逃走，突厥军队也早已乱作一团，四散奔逃。随着主力部队赶到，李靖大败突厥军队。后来颉利可汗也被抓住，东突厥从此宣告灭亡。

东突厥的灭亡，让唐太宗大为振奋，太上皇李渊也欣喜万分。如此一来，唐朝西北边境的祸患就此解除，还洗刷了当年唐高祖与唐太宗向突厥屈尊降驾的屈辱。李靖的这一次战功，让他攀登到了人生中的最高点。

温恭克让　壮心不已

虽然在战场上勇猛善战，但是在平时，李靖却是个性格温和的人，平时在朝堂上谈论政事的时候，他也很少说话。

在攻破东突厥之后，御史大夫萧瑀（yǔ）曾经弹劾他治军无方，说他的手下士兵将颉利可汗帐篷中的珍宝文物都一抢而空，并要求司法部门对李靖进行严格审查。李靖并没有多说，只是叩首谢罪。没过多久，唐太宗调查清楚了这件事，从始至终，李靖都没有为自己辩解一分一毫，也没有反过来说诽谤他的人的坏话，这足见他的确是个宽厚的人。

贞观八年（634年）10月，已经是宰相的李靖因为脚病而辞职，他觉得自己不能占着位置勉强为官，影响朝政。唐太宗对此感慨万分，因为很多官员都巴不得手中的职权能一直攥在手里，可是李靖却如此有自知之明，如此识大体，唐太宗对他更加赞誉，给了他很多赏赐。

对于唐太宗的礼遇，李靖感激在心。所以当吐谷（yù）浑进犯凉州（今甘肃省武威市）时，李靖顾不上脚伤和年纪，直接去求见了宰相房玄龄，要求自己亲自挂帅远征。唐太宗原本很犹豫，一听说李靖自己来请命，高兴地当即任命他为西海道行军大总管，让他率领大军出兵吐谷浑。一路打下来，李靖的大军连战告捷，经过两个多月的浴血奋战，彻底攻灭吐谷浑。

贞观十八年（644年），李靖听说唐太宗准备征伐高句（gōu）丽（lí），李靖原本只是被找去询问意见的，但是他却想要亲身出征。念及他的身体和年岁，唐太宗还是没有答应他的请求。尽管没能去成，李靖却格外关注征讨高句丽的战事，真是无时无刻不挂心国家。

将星陨落 兵法遗篇

贞观二十三年（649年），79岁的李靖病逝，唐太宗悲痛不已，将他的坟墓修筑成突厥和吐谷浑境内山的形状，以彰显他的显赫战功。

在民间传说中，李靖死后经常显灵，为百姓化解危难，所以百姓们纷纷为他建庙供奉。到了晚唐时期，李靖渐渐被神话了，也许这正是日后那些关于托塔李天王的传说的由来。

作为著名的将领，李靖勇敢善战，指挥了几次大的战役都取得了胜利。而之所以有这些胜利，则是因为李靖有着卓越的军事思想与理论。

根据一生的实践经验，李靖写出了许多优秀的军事著作，只可惜后来都失传了，但这并不影响他的军事理论传于后世，比如他的《李卫公兵法》。虽然原书不见了，可是散篇却出现在《通典·兵典》等书籍中，其中描写了李靖治军、行军、作战、扎营斥候等的原则方法，都很值得后人学习与研究。

郭子仪：老当益壮郭令公

郭子仪出生于697年，华州郑县（今陕西渭南市华州区）人。早年间他曾参加过武举考试，并以“异等”的成绩被选中，不过一直担任的是下级军官的职务。真正让郭子仪崭露头角是在“安史之乱”爆发后，那时候的郭子仪已经50多岁了，所以才说他老当益壮。

武举异等　再造国家

天宝十四年（755年），安史之乱爆发，郭子仪奉命率部讨伐安禄山。尽管人马不多，但是郭子仪却一路斩杀周万顷等叛军将领，一时间声威大震。在郭子仪的影响之下，河北各个郡县都奋起杀敌，叛军守将纷纷被斩杀。

就在郭子仪想要继续向北时，接到了“太子即位灵武”的消息，这位即位的皇帝便是唐肃宗。郭子仪赶到灵武后，成为唐肃宗手下最主要的战斗力量。

至德二年（757年），郭子仪率兵打通了潼关到陕州的通

■ 郭子仪像

道，安禄山手下的人被打得落花流水。没过多久，安史之乱的始作俑者安禄山被自己的儿子安庆绪杀死了，叛军内部也产生了分裂。郭子仪这时刚好奉命去收复长安及洛阳两处都城。他请来回纥（hé）兵做后援，在唐军与叛军交战时，回纥兵突然出现在叛军背后，叛军遭遇前后夹击，全线溃败，长安城和洛阳城被收复。

这一战，河东、河西、河南的大部分失地均已收复，郭子仪立下了汗马功劳。回朝时，唐肃宗命人到霸上迎接，诚恳地对郭子仪说："虽然这是我的国家，但是它能再造，全靠你的功劳啊。"

屡遭谗言　忠心不二

至此，叛军就只剩下了安庆绪和史思明等人的残部。唐肃宗下诏，要求包括郭子仪在内的九位节度使合力讨伐安庆绪，但是这支队伍没有设定元帅，唐肃宗派了宦官鱼朝恩作为观军容宣慰使，算是监军。

郭子仪的军队在后来的作战中大败安庆绪，安庆绪被围困在相州（今河南省安阳市），向史思明求救。史思明的救援部队来了，便与另一位将军李光弼率领的前军交战，而处在后方的郭子仪正在布置阵势。哪知道，忽然一阵狂风大作，刮得昏天黑地，连大树都被连根拔起，两军都被老天“打败”了。就是这样一场败绩，被鱼朝恩抓住了把柄。

原来，鱼朝恩一直很妒忌郭子仪的功劳，他很不喜欢郭子仪的军功压在他之上的感觉，所以，他趁此机会，便将相州失败的责任全都推倒了郭子仪身上，还在唐肃宗面前讲郭子仪的坏话。唐肃宗听信了谗言，解除了郭子仪的兵权。郭子仪的部下觉得很气愤，纷纷劝他用武力抵抗不公，郭子仪没有听从，依然对国家忠心耿耿，以大局为重，交回兵权。

后来，史思明又一次攻陷洛阳，西戎也趁机入侵，朝中百官都知道郭子仪是最合适的将帅人选，这才使得郭子仪重新执掌了兵权。

没过多久，唐肃宗病逝了，唐代宗即位。这时的朝堂上，除了原有的鱼朝恩看郭子仪不顺眼，另一个宦官程元振也自恃拥立新皇即位之功，变得不能容忍郭子仪这样的老将了。程元振经常在唐代宗面前离间诬陷郭子仪，唐代宗也担心郭子仪真的功高盖主无法控制，便免了他的副元帅之职，派他去当了个肃宗山陵使，督建皇陵。

郭子仪好歹也是一代名将，也是保下了大唐江山的功臣，此时却被派去修陵墓，不能不说是大材小用。郭子仪也意识到了唐代宗的担忧，索性将唐肃宗赐他的一千多件诏书全都呈给了唐代宗，以此来表明自己的忠心。郭子仪的这个做法让唐代宗感到很惭愧，可是他身边都是进献谗言的小人，他左右摇摆不定，除了对郭子仪心有愧疚，却没法给他实质性的补偿。

宝刀未老 临危受命

直到广德元年（763年），原本在郭子仪手下的仆固怀恩，因为被宦官陷害而加入了反叛的队伍，他勾结回纥、吐蕃（bō）入侵河西。这时候朝廷才慌了神，一看朝中只有郭子仪能担此反击重任，只得再请他出山。虽然这时候的郭子仪已经60多岁了，可依旧宝刀未老。

郭子仪率领大军屯驻在泾阳（今属陕西省咸阳市），回纥的大军很快包围了城池，郭子仪一马当先出现在回纥兵面前，很多回纥兵都奇怪地问前沿的唐军："这个人是谁啊？"

唐军不屑地回答说："这当然是郭令公！"

回纥兵大吃一惊："郭令公难道还在世吗？可是仆固怀恩说，大唐的天子已经驾崩了，郭令公也去世了，朝内无人主持，我们这才发兵的啊！既然郭令公还健在，那大唐天子呢？”

唐军有些气愤地说：“我们皇帝当然也好好的！”

回纥兵这才说：“原来我们是被仆固怀恩骗了啊！”

这时郭子仪派人对回纥兵说道：“想当年，你们不远万里赶来帮我们平定叛贼，助我们收复长安、洛阳，我们和你们是共患难的战友。可现在，你们如此抛弃旧友，帮助叛变的人，这对你们又有什么好处呢？”

回纥兵连忙回答说：“事实并不是这样的，我们原本以为郭令公已经死了，不然怎么会出兵来到这里？既然郭令公还活着，那能让我们见他一面吗？”

听了这样的回话，郭子仪当下就要出城见面，部下纷纷劝阻，说这些外族人都是狡猾无比的，贸然出去，恐怕会被暗算。

郭子仪却说：“敌军的数量是我们的几十倍，就算正面抵抗，胜算也很小，既然如此，我倒不如用诚意去感动他们。”说完，郭子仪只带着几十名骑兵就出了城。见到回纥兵的首领之后便说：“我们曾经一起共患难的交情，如今你已经忘记了吗？”

回纥首领看见郭子仪，再一听这话，立刻带着手下人放下了兵器，下马跪拜说：“果然是您！您真的是我们的父辈啊！”

如此一来，唐军和回纥军已经再没有交战的意思。郭子仪将回纥首领带回了自己的军营，双方把酒言欢，再次发誓要和以前一样友好。接着郭子仪又说：“你们怎么能和吐蕃一起攻击大唐呢？吐蕃原本是与我们和亲的国家，但是这一次，他们无端侵略我们，就是不认亲人，对于这样的人，我们难道不应该一起对付他们吗？而且，吐蕃的牛马牲畜遍地都是，如果你们能反击吐蕃，属于他们的这些东西最终都会属于你们，这就像是上天的恩赐一样，可不要失去这样的良机啊！况且你们这也是赶走了异族，还能和我们大唐继续交好，这不是一举两得的事情吗？”

一番话说的有理有据，再加上之前回纥与郭子仪的“战友”交情，回纥人决定立刻退兵。就这样，郭子仪不费一兵一卒，便平定了回纥这边的战乱。

应付了回纥，对面还有吐蕃。仆固怀恩在这时候暴病而亡，而吐蕃也得知了回纥与唐军来往的消息，已经怀疑两方会结盟，再加上一直撺（cuān）掇（duo）他们进攻大唐的仆固怀恩也已经死了，所以他们也没有了再留下来与唐军对抗的必要。为了不让回纥趁此机会和自己为敌，吐蕃大军连夜撤退。

然而早已经商量好要对付吐蕃的郭子仪和回纥大军，并没有放过吐蕃，他们一路追击，并最终击破吐蕃大军。后来的时间里，郭子仪又陆陆续续讨伐了吐蕃几次，每次都大败吐蕃而归。唐代宗干脆就将郭子仪调派到了吐蕃经常侵犯的地域做节度使，郭子仪“一夫当关，万夫莫开”的架势，着实让吐蕃心惊胆战了许久。

不怨不尤 年高德勋

就在郭子仪这么努力地保护国家不为外族所侵的同时，那个不怀好意的宦官鱼朝恩又做了坏事，他指使人挖了郭子仪父亲的坟墓。得知这个消息后，朝中大臣都害怕极了，谁不知道郭子仪是当下朝中首屈一指的大将军，这要是激怒了他，他一下子反了朝廷，谁能对付得了他啊！

郭子仪领兵归来后，代宗如实地将这件事讲了出来。出乎所有人意料的是，他只是哭得很伤心，说道：“我长期在外带兵，可能没有注意到有士兵损毁过百姓们的坟墓。现如今，有人挖了我父亲的坟墓，这可不是有人和我过不去，一定是上天对我的惩罚！”

郭子仪就是这样宽以待人，就算是敌人也对他尊敬有加。但是对自己，郭子仪向来是严于律己。唐代宗曾经想要任命他为尚书令，却被他拒绝了，他说：“太宗皇帝曾经担任这个职位，所以历任皇帝都不任命这个职位，不能因为我得到偏爱，就违背这重要的规定。而且这时候，冒领赏赐的人很多，贪图升官而不顾廉耻，此时已经平定了叛贼，正是端正法纪、审查官员的好时机，所以应该从我开始，严格审查！”就是这一件事，被代宗记入了国史，以表彰郭子仪的高尚品格。

郭子仪是在85岁高龄时去世的，当时的皇帝已经是唐德宗了。为了纪念这位为国奋斗一生的老将军，唐德宗不仅给了郭子仪高规格的葬礼，还废朝5天，命令群臣都要去吊唁。又亲临安福门为他送葬，甚至违反礼制，将郭子仪的坟墓加高了一丈。可见，为人忠厚而忠心，如此得民心的人，直至死去也依然为人所敬仰。

郭子仪建功立业的时候已经上了年纪，可谓大器晚成，但这并不影响他为国奋斗的雄心。既然国家需要，他便义不容辞，戎马一生，为安史之乱后的唐朝安定作出了巨大的贡献。而且郭子仪并不只是上阵杀敌的武夫，他有头脑谋略，善于观察思考，为人又宽厚，有容人之量。这样的人又怎能不立大功，又怎能不为众人所称道？

杨业：无敌将军，一门忠烈

《杨家将》的故事出现在很多地方，小说、评书、电视剧、电影、戏曲，其中讲述的故事曲折离奇，听来、看来都让人热血沸腾。这些故事有些是真实的，有些则是人们美好的愿望与梦想，但不管怎么说，其中都寄托了古往今来的人们对英雄的崇拜与敬仰。

绰号无敌　太宗爱将

杨业，就是杨家将中的一员。杨业是并州太原人，从小就是个洒脱且有侠气的人，最擅长骑马射箭，因此也就很喜欢打猎。他曾经对自己的随从说："将来我要做大将军，日后我用兵，也要像用猎鹰、猎狗追逐那些猎物一样。"

待到杨业成年之后，他开始辅佐北汉主刘旻（mín），因为骁勇善战，刘旻很是喜欢他，还赐他姓刘，名继业。当时因为多次立下战功，北汉的百姓就给他起了一个绰号，叫"无敌"。

■ 杨业像

979年，宋太宗征讨北汉，因为一直都听说杨业骁勇善战，便重金悬赏，以尽快找到这一员猛将。此时的北汉到了刘继元这一代，已经是强弩之末了，而北宋的兵马又很强悍，在这样强烈的攻势之下，杨业也快守不住城了。一番思考之后，杨业找到北汉皇帝刘继元，劝他投降以保全性命。刘继元也知道北汉早就大势已去，便同意了杨业的提议。

刘继元带着一众手下投降之后，宋太宗立刻派人找来了杨业，对他的英勇大加赞赏，并命他不要再叫“刘继业”这个名字，而是改回杨业。又因为他熟悉边关之事，便任命他为右领军卫大将军，长驻代州（今山西省代县）以抵抗辽兵的入侵。不仅如此，宋太宗还赏赐了杨业很多财物，以示自己对他的欣赏与信任。

980年3月，辽景宗发兵10万攻打雁门（位于今山西省代县），杨业与北宋开国将领潘美一起前后夹击，大败辽兵。经此一战，杨业的威名不仅在北宋军中传开，在辽军中也声威大震，辽军只要见到杨业的旗号，就恨不能立刻逃走。

杨业原本就是降将，北宋朝中镇戍边关的很多将领看他并不那么顺眼，现在再看到他取得了那么大的功绩，甚至其威名都已经让自己遥不可及，这些人因此产生了嫉妒心理，有的人甚至还暗中上书，以各种罪名诽谤杨业。可是宋太宗却认准了杨业的为人，关于那些诽谤的罪名，他一项都没多问，反而封好了那些奏章如数交给杨业，以表示自己对他的信任。有了皇帝的信任，杨业也就对北宋更加忠心了。

奸臣误国 英雄殉国

986年，宋太宗北伐辽国，决定要收复燕云十六州（今北京、天津全境，及山西、河北北部地区的16个州）。这次发兵，忠武军节度使潘美任西路军主将，杨业为辅助将，西上阁门使王侁（shēn）和军器库使刘文裕为护军。

当时云州、应州、寰州、朔州这4个州刚被宋军攻下，朝廷下诏将4个州的百姓都迁到内地，命令潘美带领手下的军队保护这些百姓。就在此时，辽国萧太后又命人率领十多万的大军再次攻陷了寰州。

杨业的建议是："现在辽兵兵力正强，士气也正旺盛，此时交战很不利。而朝廷的命令是让我们护送几个州的百姓，所以我们目前最重要的事情，就是要掩护这些百姓退入雁门关。我的部队驻扎在应州，为了防止被辽兵袭击，可以派一千名弓箭手抵挡追兵，并派骑兵在中路支援，这样就能保护百姓万无一失了。”

但王侁却不同意这个建议，他说：“我们带着好几万的精兵，怎么能这么胆小懦弱呢？我看你应该直接带兵出雁门关，大张旗鼓地前进。”

王侁的建议得到了刘文裕的赞同，但杨业并不同意，他觉得这样做一定会失败。王侁冷冷地说：“将军号称‘无敌’，大敌当前，竟然如此犹豫，莫不是别有用心？”

杨业很生气，但是王侁的身份是护军，而且杨业也知道他对自己的不信任，他站起来说道：“我并不是怕死，也没有什么用心，只是时机对我们很不利，直接出击会让将士们白送性命，更别提立功。既然您责怪我胆小，那我自然是应该去打头阵了！”

临行前，杨业觉得很难过，他流着泪对主帅潘美说：“这次行动对我们大为不利。我身为降将，本应被处死，可受陛下隆恩，不仅没死还做了将帅，统领兵权。我时刻都希望自己能立功以报恩。今天我并不是要放过敌人，只不过是想要等一个合适的时机罢了，如今我既然已经受了责怪，也只能拼命杀敌以证明我的忠心了。”

说完，杨业指着前方一个叫陈家谷的地方对潘美说：“各路军马可以在那里摆开步兵、弓箭，以支援左右翼的兵力，当我转战回来之后，就用步兵夹击敌人，如果没有这个支援，我想我恐怕是活不了了。”

潘美和王侁率领兵马在陈家谷的谷口布好了阵，而接下来的时间里，王侁不停地派人去打探眺望，半天都没有动静。王侁忽然想到："别是杨业自己把辽国军队打得落荒而逃，那他岂不是要独享大功？我们在这里傻等，莫不是杨业故意把我们困在这里？"

想到这里，王侁决定率兵去查探，潘美想要阻止，怎奈护军的权力可是比他主帅的权力要大得多，潘美只能随着他率兵离开了陈家谷口。

王侁兴冲冲地向前冲了20里，忽然前探回报说："杨业大败，都快顶不住了，正往陈家谷方向来，后面全是杀气腾腾的辽兵。"一听这话，贪生怕死的王侁不顾潘美的建议，直接下令撤退，带着大军逃离了陈家谷。

杨业从中午一直战斗到傍晚，已经筋疲力尽，可到了陈家谷却发现没有任何支援，内心悲痛不已。此时他手下的兵马也早已死的死、伤的伤，就连他的儿子杨延玉也在激战中阵亡。但是杨业并没有就此放弃，他凭借着内心的一股力量，杀退了一拨又一拨的辽兵。

最终，杨业自己身受数十处伤，战马也重伤不能再跑，他只得躲进了一片树林。但还是被辽将发现，一箭射来，身受重伤的杨业被辽军擒获，杨业的军队全军覆没。

被绑进了辽军大营之后，杨业说："大宋皇帝对我恩重如山，我本指望靠自己讨伐敌人、保卫边疆来予以报答，哪知道，却反被奸臣逼迫出兵，致使军队遭遇如此惨败，我如今还有什么脸面活在这个世界上呢？”

后来，杨业绝食三日，饿死殉国，终年60岁。

太宗追赠　万古流芳

陈家谷之战的战报很快传回了朝廷，宋太宗悲痛不已，将不予以配合的潘美连降三级，王侁和刘文裕都免官发配。杨业被追赠太尉、大同军节度使，杨家后代也被赐予官职。但是，不管怎么说，忠臣已死，还是被逼无奈而死，这不能不说是宋朝的一大损失。

杨业是个有勇有谋的将军，不管是演练还是打仗，都与手下兵士同甘共苦。处理军务简明果断，对部下也颇为宽容，这才是兵士们都愿意追随他为他效力的原因。

据说，当时兵败时，杨业的手下还有100多人，他劝他们说：“你们都有父母妻子，没必要和我一起死在这里，不如赶快跑回去，把这一战况报告给皇上。”手下的人感动不已，都不忍心离去，并和他一起血战到底，无一生还。这不能不说是杨业的个人魅力，才使得周围的兵士对他以死相报。所以，杨业和他手下的兵士，都是值得后人敬仰的真英雄。

岳飞：精忠报国，万世流芳

文武兼修 精忠报国

1103年，相州汤阴县（今属河南省安阳市）一个很普通的岳姓农家出生了一个男孩，他就是岳飞。

岳飞少年时是个沉默寡言的孩子，很喜欢读《左氏春秋》《孙子兵法》这样的书，还曾经拜师学习骑射，练得一身能左右开弓的好本领。后来他又拜师学习刀枪之法，再加上他天生神力，可称得上是全县无敌。

宣和四年（1122年），由于北宋军队被辽国打败，需要招募一批“敢战士（民间招募的武者，不是正规军）”来抵御辽兵。岳飞秉着为国报效的心也去参加了选拔，正是因为他有一身好武艺，不仅被选上了，还成为了敢战士中的一名分队长。就这样，20岁的岳飞开始了他的军旅生活。

刚一参军，岳飞就立下了大功一件，他仅带着一百名骑兵，用伏兵就将在相州作乱的陶俊、贾进两名贼寇生擒。立功没多久，因为父亲病故，岳飞不得不离开军队回到家乡为

■ 岳飞像

父亲守孝。直到宣和六年（1124年），岳飞才又投入了军中，参加了河东路平定军。

一年之后，大金灭了大辽，可是完全没有收手的意思，而是挥兵南下大举入侵北宋王朝。懦弱的宋徽宗将皇帝的位置禅让给了儿子，也就是宋钦宗。次年，宋钦宗改元靖康。皇帝虽然换了，但是对抗金国的能力却并没有什么变化。虽然宋钦宗任用李纲守卫京城，可最终还是选择求和割让太原等三镇土地以保全自己的安危。

可仅过了一年，宋钦宗就又后悔了，想要收回土地。金国也生气了，立刻派了两路人马，先是攻破太原，然后又二次南下直接围攻开封。这就让宋钦宗慌了神，他一边再次求和，一边招兵买马。康王赵构被他任命为河北兵马大元帅，负责征召各路兵马，在相州城中，武翼大夫刘浩则负责招募义士。

岳飞亲眼目睹金人入侵后对大宋子民烧杀抢掠、奴役凌辱的情形，心中愤慨不已，也想要加入抗金的队伍。但是父亲去世了，岳飞就是家中的顶梁柱，如此毫不犹豫地走掉，对家中的亲人有些不负责任。

母亲姚氏深明大义，她鼓励岳飞不要想太多，男子汉就应该从戎报国。据说，为了能激励儿子，也为了能时刻提醒他不要做出背叛国家的错事，母亲拿来毛笔和针，在岳飞的背后刺上了“精忠报国”四个大字，带着这样沉重的嘱托，岳飞告别亲人，跟随刘浩投身到了抗击金兵的前线中去。

靖康之变　报国无门

北宋靖康元年（1126年）冬天，康王赵构到了相州，岳飞也被划归到了大元帅府管辖。

有一次，刘浩命令岳飞带领三百人的小队去李固渡（位于今河南省滑县西南）进行侦察，与金兵碰了个正着。以往宋军看见金兵就害怕，所以金兵向来也看不起宋军。可这一次令他们没想到的是，岳飞选择主动出击，一举杀死敌将，迅速击退了金军。

还有一次，岳飞与金兵在滑州（今河南省滑县）南遭遇，他又一次一马当先，仅以百余骑兵，击败了叫嚣的金兵。经过这两次小战，勇敢杀敌以及拥有超强武艺的岳飞，令众人刮目相看。后来，岳飞一路上阵杀敌，与金军交战数次，均大胜而归，从此，岳飞成了宋军对抗金兵的一员猛将。

尽管岳飞如此努力，1127年5月，金兵还是攻进了汴京（今河南省开封市），将宫中珍宝洗劫一空，俘虏了宋徽宗和宋钦宗。至此北宋灭亡，历史上则将这一段屈辱称为“靖康之耻”。

难道就眼看着宋朝这样被金兵一点点吞掉吗？康王赵构可不这么想，就在北宋灭亡一个月之后，赵构在应天府（今河南省商丘市）即位，建立了南宋，他就是宋高宗。

岳飞原以为，只要有皇帝在，就有主心骨在，对抗金兵就没问题，可哪知道，赵构偏向投降派，采取了投降派所谓的避战南迁的政策。

得知宋高宗如此躲避不应战，岳飞既失望又气愤。当时他也不过25岁，正是血气方刚的时候，便不顾及官职卑微，直接向宋高宗上了一道奏疏，意思是说：“既然皇上已经登基，那现在我们足以对抗金国，而金人以为我们软弱，此时也很松懈，完全可以趁着这个机会给他们迎头痛击。那些投降派不能顺承皇上收复旧山河的心愿，反而只想着要南迁，恐怕会伤了中原百姓的心。臣希望陛下能趁着敌人还没有站稳脚跟的时候，亲自率领大军北渡黄河，如此一来将士们的士气肯定会受到鼓舞，收复中原也就大有所望了。”

宋高宗很不喜欢这番话，因为这戳到了他的痛处，可他又无法反驳。再一看，这位敢对他说这么多话的人居然只是个微不足道的小官，恼羞成怒之下，宋高宗索性以“小臣越职，妄言国事”的罪名，直接罢免了岳飞的军职、军籍，将他逐出了军营。

投奔张所 收复失地

无处可去的岳飞，投奔了正在四方招揽人才的招抚使张所。张所听说了岳飞多次从军的经历，又了解了他的遭遇，对他同情又看重，尤其是在见识过岳飞高超的武艺和非凡的见识之后，就对他更为器重，破格提拔了他。

然而，岳飞的抗金之路还是走得不顺利，宋高宗为了向金人乞和，竟然开始打压朝中的抗金力量，李纲、宗泽、张所等主张抗金的朝臣或被罢官，或被发配，或激愤而死，南宋北伐的计划也夭折了。

后来，宋高宗跑到建康（今江苏省南京市），接替宗泽守卫京师的杜充也准备放弃开封。岳飞说：“中原土地一寸都不能放弃，如果今天我们跑了，那这块地就再也不是我们的了，就算日后再想要取回来，除非牺牲10万大军。”可不管岳飞说得多么现实与残酷，杜充等人还是选择放弃。

1129年秋天，金兵兵分多路继续向南进犯，其中由完颜兀术率领的军队更是直逼宋高宗所在的临安（今浙江省杭州市），想要一举将南宋消灭，占领整个大宋朝。由于宋朝廷不愿抵抗，建康很快也沦陷了，而杜充干脆投降了金国。

这一次，岳飞被激怒了，自己转战到了后方，士兵们都被他的拳拳报国之心感动了，都愿意随他作战。

完颜兀术自从占领了建康，便一直在后面追着宋高宗，而岳飞则在完颜兀术的后面，不断地骚扰他，并在广德（今属安徽省）境内与金兵交战，且六战六胜，着实打了几场漂亮的大胜仗。

这时候岳飞手下的军队已经颇具规模了，人们都称他的军队为“岳家军”。岳家军不仅战功赫赫，纪律也严明，岳飞明令要求，不得骚扰普通百姓，这一点很得民心，岳家军的名气也渐渐传开了。

岳飞治军相当严格，岳家军中有这样一个信条“冻杀不拆屋，饿杀不打掳（lǔ）”，意思就是就算冻死了，也不能拆百姓的房屋来取暖，就算饿死了，也不能去劫掠百姓以填饱肚子。只要不违反规定，岳飞对待士兵还是很宽厚的，他恩威并施、宽猛并济，和士兵们一起操练，一起生活，同甘共苦，大家也都愿意跟着他。

1130年5月初，由于之前金兵也被韩世忠等名将杀得惨败，完颜兀术想放弃建康，准备早日过江回家。在离开建康之前，完颜兀术命人在城中大肆抢劫破坏。就在这时，岳飞指挥着军队冲进城中，赶走了金军，同时还消灭了没来得及渡江的金军，收复了建康。

在这之后，从1131年至1133年，岳飞先后平定了多处游寇的叛乱，再加上之前大败金兵的功绩，宋高宗赐给岳飞一面“尽忠岳飞”的锦旗，还扩充了岳家军的队伍。

事实上，前面所提到的“岳母刺字”的典故，可能就是因为宋高宗赐给岳飞这面锦旗而传出来的。

1134年，岳飞带着16岁的儿子岳云又重返战场，胜利收复襄阳六郡。这一次是南宋首次收复大片失地，更是南宋进行局部反攻的一次大胜利。

秦桧议和 岳帅两捷

南宋与金国之间的纠缠还没有完结，南宋朝中又出了一个大奸臣秦桧（huì）。秦桧擅长拍马，且又与金人勾结，在他的“撮合”下，宋金两方达成了和平协议。岳飞尽管大力反对，可却也没能阻挡协议的签订。但和平协议仅执行了两年，金国国内就发生兵变，完颜兀术控制了金朝军国大权，而拿到了大权之后，他做的第一件事就是南侵大宋。

宋高宗当初签订协议的时候根本不理会岳飞所说的“金人绝对不可信，协议绝对不可靠”的话，现在眼看着金人单方面撕毁了协议，又一次发兵大宋，无奈之下，只得又召回岳飞来抵抗。

1140年，完颜兀术仅派出骑兵1.5万人直扑岳飞驻守的郾城（今属河南省漯河市），他认为那里人马不多，所以想要趁此一次攻击消灭岳家军的指挥中枢。金兵以“铁浮图”为主力进行正面进攻，左右则以“拐子马”夹击，这些都是金兵的精锐部队。

若是寻常宋将还真想不出应该怎么应对，可完颜兀术的对手是岳飞。岳飞命令儿子岳云率领两支骑兵迎战，负责往来冲杀。同时，他又命令步兵使用麻扎刀、大斧子做兵器，上砍敌军，下砍马腿。

铁浮图是将三匹马用皮索相连，外披厚重护甲，攻坚能力相当强。岳飞命令步兵冲入阵营之后，专心砍马腿，一匹马受了伤，另外两匹也就被牵制了，结果铁浮图发挥不了作用，拐子马也被岳云的骑兵冲来杀去，损失惨重。

这一仗结束，完颜兀术忍不住痛哭，因为自他开战以来，靠铁浮图和拐子马取得了不少胜利，但这一次岳飞却将他的法宝全破了。在这之后，岳飞又和其他部队联合，继续追杀完颜兀术和他的军队，直逼得他退回到开封。

完颜兀术将自己的10万大军驻扎在开封西南的朱仙镇（位于今河南省开封市），希望卷土重来。而岳飞则将军队驻扎在距离朱仙镇不远的尉氏县，将那里作为“制胜之地”。岳家军的前哨与金兵的一次交锋就打得对方全军溃退，完颜兀术就剩下最后一条路可走了，那就是放弃开封，渡河北遁。这时完颜兀术忍不住感慨道：“撼山易，撼岳家军难！”此时的他已经准备要将黄河以南还给宋朝了。

十年之力 废于一旦

眼看着靖康之耻就要还报，岳家军和全国百姓都兴奋不已。可就在此时，又出了状况，原来秦桧可不会坐视岳飞就这样把金兵打回老家去，如此一来，他勾结外敌的罪名可就坐实了。他早就暗中策划好让岳飞撤军的事情了，就在岳飞的捷报一封封上报朝廷的时候，秦桧却串通了一群投降派上奏说："兵微将少，民困国乏，岳某若深入，岂不危也。愿陛下降诏，且令班师。"

宋高宗竟然答应了这样的上奏，随即便向岳飞发了金牌班师诏令。当时的局面对于宋军来说真是太好了，只要再一战就可以完胜，岳飞当然不会错过这样的好时机，于是便上书争辩。但他不仅没有等来回复，反倒在一天之内又收到了另外11道金牌班师诏令。看着如此荒唐的诏令，岳飞悲愤不已，此时他忍不住掉下泪来，无奈地说："十年之力，废于一旦。"

完颜兀术得到了这个喘息的机会，回去之后重整大军，又迅速将已经被岳飞收复的河南地区再次夺了回去。得知这个消息时，岳飞还走在回朝的路上，他不由长叹："社稷江山，难以中兴！乾坤世界，无由再复！"

受到这一打击，岳飞原想不再任军职，可宋高宗没有放他走。1140年，岳飞又被派去与金军交战，而这一次则是岳飞最后一次参与抗金战斗。

莫须有罪 风波亭遇难

也就在这一年，金国和南宋重新议和。朝廷在秦桧的搅和之下开始打压手握重兵的将领，岳飞成了首要被打击的人。完颜兀术在给秦桧的书信中曾经说过：“必杀岳飞，而后和可成”。于是，岳飞便被秦桧等人设计陷害，先是被罢了官，后来又被诬陷谋反。为了斩草除根，岳飞的儿子岳云也没能逃脱这些诬陷的罪名。

1140年10月，岳飞被投入大理寺狱中，面对审讯，他毫不畏惧，义正辞严地为自己辩解，并露出身上刻着的“尽忠

■ 岳王父子墓

报国”四个大字。主审官何铸也被他感动了，认为这一案件有冤情，还将案件审讯情况上报给了秦桧。

秦桧当然知道有冤情，这就是他做的，所以他换掉了何铸，重新任用了一位主审官，想把岳飞屈打成招。但岳飞宁死不自诬，甚至以绝食来抗争。眼看着逼供不成，为了除掉岳飞，秦桧指使主审官干脆给他罗织了一堆莫须有的罪名，将他定为死罪。

朝中正直的大臣纷纷为岳飞伸冤，可是全被秦桧挡了回去，有反抗特别强烈的，就被秦桧下令处死。最终，宋高宗还是相信了秦桧编造的罪名，下令赐死岳飞。

岳飞被害于风波亭，时年39岁，他的儿子岳云也被斩首。岳家父子的死震惊了全国，百姓们都痛哭不已。直到1162年，宋孝宗即位，岳飞的冤狱才得以平反。

虽身死，但岳飞给后人留下的民族气节却永垂不朽。他坚持抗金的正义斗争，为汉民族的文明绵延作出了重要贡献，自家国土寸土不让的爱国之心，更是后人学习的典范。

韩世忠：有勇有谋有骨气

小头目威震西夏军

韩世忠出身于普通农民家庭，从小他就很喜欢练习武术，也许正是因为练武的原因，少年时的韩世忠就很有一把子力气。十六七岁的时候，韩世忠已经长得十分魁梧高大了，再加上一身好武艺，家乡的人都认为他是个勇士。

后来，有人对韩世忠说："既然你有这样的好身体、好武艺，何不去当兵呢？也好为国效力啊！"于是，18岁时，韩世忠加入军营成了一名士卒。

韩世忠一开始加入的部队驻扎在西北地区，是北宋与西夏的交界处。刚入伍没多久，韩世忠就参加了与西夏的战斗。作战中他异常勇猛，而且因为武艺高超，很快立下战功而升任了小队长。虽然年龄小，也只是管十几个人，不过韩世忠却也表现得很积极负责，而且处事公正，很讲道理，再加上武艺不错，大家对他也是心服口服。

有一次，宋军攻打西夏的一座城池，双方势均力敌，久攻不下的局面让韩世忠看着很着急。打红了眼的他，干脆一个人爬上了城墙，直接冲过去杀死了守城的敌军首领，并将首领的脑袋丢出了城。宋军看到这一幕，受到了极大的鼓舞，纷纷冲了上去，与剩余的士兵展开对战，最终一举攻下城池。

西夏军自然咽不下这口气，监军驸马亲自率领西夏军队发起了反击，宋军上下又紧张了起来。韩世忠了解到驸马的情况之后，果断请命，率领着几名和他一样的敢死士卒，直接冲进了西夏军的营地。突然袭击搅乱了西夏军营，韩世忠带着几个人直接冲到了元帅大帐，还没等西夏人反应过来，他抓过西夏监军驸马，直接斩杀。西夏军队群龙无首，宋军趁此机会一举攻破。

韩世忠的勇敢果断让大家刮目相看，而且能在危急时刻想到这么果断的办法，也证明他不是个莽夫，他的行动是成功的，也证明他是经过了深思熟虑并考虑到了结果。由此，众人都认为韩世忠虽然年纪小，却是个不可多得的将才，上级将领很快上报朝廷，请求破格提拔韩世忠，要让这个人的才能得到真正全面的发挥。

但是当时朝廷中主持边关事宜的人是童贯，这个人也是历史有名的奸臣，他最终只给韩世忠升了一级官了事。

出奇计逞勇抗金兵

宣和三年（1121年），宋军和金兵在燕山南交战，几路兵马都被金兵打败了，宋军有些气馁（něi）。

这一天，韩世忠率领几十名骑兵在滹（hū）沱（tuó）河边上巡逻，不巧与金兵一支2千人的主力骑兵队相遇了。

韩世忠的脑子飞快地思考着，他率先冷静下来，提醒周围的士卒们："不要慌张，否则就等于是送死。一切都听我安排就好，不要轻举妄动。"接着，他命令一个名叫苏格的小队长率领一部分人先抢占了一处高坡，并在其上列开阵势，只观望而不要有所动作。然后，他又派出了十多名骑兵，组织了数百名原本就在河边的散乱宋军，让他们也列起阵来，并擂鼓呐喊，营造一股气势出来。

最后，韩世忠自己率领几名敢死骑兵，直接冲进金兵的队伍之中，凭着精湛的武艺，看见打旗子的金兵就杀，将他们举着的大旗一面面放倒。而河边那些擂鼓呐喊的宋兵则不断击鼓高声喊道："金兵败啦！金兵败啦！"

金兵的士气受到了影响，韩世忠的冲杀也让他们有些混乱，趁着这个机会，苏格率领骑兵迅速冲杀下来。金兵以为宋军来了大部队的支援，丢下同伴的尸体纷纷逃跑。韩世忠仅凭几十人的骑兵队就战胜了金兵两千人的主力骑兵，又立下战功一件。

当然，金兵是不肯善罢甘休的。靖康元年10月，金人派出数万大军将在滹沱河执行防守任务的韩世忠逼进了赵州（今河北省赵县）城内。眼看着大军围困，城中兵少不说，粮草也不够用，有人劝韩世忠："别守了，弃城逃跑还能保住一条命。"韩世忠却当即就传下了命令："凡有敢说弃城者，一律斩首！"

发出命令的当天夜里，天降大雪，韩世忠精选了300名士卒，悄悄地出了城门，摸进了金兵围城的主帅大帐中，出其不意地杀死了主帅。接着，他又带着人挑起了金兵内部的矛盾，暴躁的金兵内部开始厮杀起来。内里的人是在解决内部矛盾，可外围的金兵却不明原因，还以为宋军杀出来了，也挥刀砍了过去。

等到了天亮，经历了一夜大战的金兵死伤已经过半，可仔细一看，这死的居然全都是自己的弟兄，再去主将的帅帐一看，主将早就死去多时了。满地的尸体，鲜血染红了雪地，这等惨景彻底扰乱了金兵的军心，无奈之下只得整理残部，仓皇撤退。

就这样，韩世忠这位官阶并不高的小军官，带领着人数不多的军队一直在河北一带坚持抗金斗争。就是这么一小股势力，却攻无不克、战无不胜，一提起韩世忠的名字，金兵心里也都会抖三抖。

平叛乱救驾成亲信

靖康二年（1127年）4月，金兵攻陷了开封城，宋徽宗与宋钦宗父子被擒，康王赵构在建康做了皇帝，成为宋高宗。但宋高宗的不抵抗政策并没有让政局稳定下来，没多久大将苗傅、刘正彦因为对朝廷不满而发动了“苗刘兵变”，逼迫宋高宗让位。正是在这时候，韩世忠成了解救宋高宗的大功臣。

当时苗傅、刘正彦占据了临安，韩世忠先是假装说自己休兵，不再前进，然后暗中做好了攻城的准备。而对面的叛将们却抓了韩世忠的妻子梁红玉做俘虏，以威胁韩世忠不要攻城。这时有人对苗、刘二人说，与其这样逼迫韩世忠，倒不如把梁红玉放回去让她劝一劝，有了妻子的抚慰，韩世忠没准儿会投降。一心只想让韩世忠投降的苗、刘二人，竟然把梁红玉放了回去。但梁红玉可不是个软弱女子，而是一位巾帼英雄，回到韩世忠身边，夫妻二人便联手直接攻进了被叛军占领的临安，大败苗、刘二人，救出了宋高宗。

对于宋高宗来说，韩世忠对他是有救命之恩的，这位有大功劳的将领也就成了宋高宗的亲信，也正是经过这一次平乱，韩世忠在南宋将领中的名声和地位更稳固了。

黄天荡八千胜十万

建炎三年(1129年)，金兵又一次南下突破了长江天险，建康这样重要的城镇也被攻破了。躲在临安的宋高宗一看情形不对，又想要跑。韩世忠忍不住说道：“现在我们的河北、河东、山东那一带的土地已经被金人占领了，如今若是再丢掉江淮，那哪里还有我们的立足之地啊！”宋高宗可不管那些，他只觉得自己先安全了再说，并命令韩世忠防守镇江，以防敌人追上来。

韩世忠带着8千人的军队紧急赶往镇江，金兵当时在江南刚好抢掠完毕要撤退，韩世忠抓住时机，分兵把守要地，趁机斩杀撤退的金兵，有一次还差点活捉金兵的元帅完颜兀术。

完颜兀术是个好战的人，这次差点被捉的经历让他觉得很不爽，便给韩世忠下了战书，和他约好日子再战一次。韩世忠精明的脑子一转，便定下了江中会战。会战时，金兵的船只都很轻，韩世忠命人打造了铁钩，只要轻轻一钩，船就翻了，再加上金兵对水战极其不熟悉，韩世忠封锁了长江，大败金兵。完颜兀术一看情形不对，不敢再战，带着10万兵马仓皇间冲进了黄天荡(位于今江苏省南京市东北)。

黄天荡是长江中一条早已废弃不用的港口，只能进不能

■ 韩世忠像

出，韩世忠抓住了这个机会率兵封锁了出口，夫人梁红玉亲自擂鼓指挥，命令宋军将金兵死死围困在了黄天荡之内。

眼看着突围不成，粮草不多，马上就要被困死在这里，完颜兀术只得派使者与韩世忠讲和。哪知道，不管完颜兀术提什么条件，韩世忠一概不答应。完颜兀术急得抓耳挠腮，但也许真的是天不绝他，完颜兀术用重金买通了一个奸细，从他那里得到了一个计策。

按照奸细的指点，金兵挖通了黄天荡一条经久不用的淤塞河道，他顺利地向建康逃去。但韩世忠一路追击，逼得完颜兀术又退了回来。

这时，有一个人献了计策说，在船中装上土，上面铺上平板，以加重船的重量，防止被钩翻，在船的两侧放置船桨，可以加快行船速度。等到没有风的时候，金兵出击，又不断地用火箭射向宋军的船帆，这才勉强打开了一个口子，完颜兀术趁机冲出了黄天荡，逃过了一劫。

韩世忠这一次仅用8千人的军队，就将金兵的10万兵马围困在黄天荡，一围就是48天，且歼敌上万人。虽然最终完颜兀术逃跑了，但韩世忠打的这一战，却给南宋人民打了一针强心剂，让更多人认识到了韩世忠的忠勇。

大仪镇大捷添军功

1134年，完颜兀术卷土重来。韩世忠一听是老熟人又来了，便领命去阻止金兵渡长江。与此同时，宋朝派出了工部侍郎魏良臣去向金兵讲和。韩世忠决定将计就计，他亲自率领军队从镇江来到大仪镇，放魏良臣他们过去的时候，假装出示避敌守江的指令，又做出要班师回镇江的样子。等到魏良臣刚一走，他立刻率领人马回到了大仪镇，在一片沼泽地中拉开了阵势，设好了埋伏，准备迎接金军。

求和的魏良臣将韩世忠撤退的消息也带给了金兵，金兵自然不会放过这个“既能躲开韩世忠，还能攻城略地”的机会，他们立刻起兵向大仪镇打来。韩世忠亲自率领轻骑兵不断引诱敌人，直到将金兵引进了沼泽地伏击区。看到，宋军伏兵四起，金军大乱，加上四周都是沼泽地，行动很不方便。韩世忠带领兵士们拿着长斧，上砍人的胸口，下砍马的蹄子，金兵伤亡惨重，跑都跑不掉。大仪镇大捷，又给韩世忠添了一笔军功。

暗夺权辞官离前线

但是，宋高宗也有自己的打算，他担心一旦金兵被打败了，那他的父亲宋徽宗和哥哥宋钦宗就会被迎接回来，那自己的帝位岂不是不保？所以他支持主和派秦桧的做法，收了韩世忠、岳飞、张俊这三位抗金大将的兵权。并且在一天之内，连发12道金牌催回岳飞，又放任秦桧将岳飞父子送进了监狱。韩世忠因为对宋高宗有救命之恩，所以才没有遭受迫害，用“明升官，暗夺权”的方式，让他远离了抗金战线。

可韩世忠也是有血性的人，他当然知道岳飞父子是被冤屈的，便直接找到秦桧当面训斥他。可是秦桧却用“其事体莫须有”的话来搪塞他。韩世忠愤怒地骂秦桧：“‘莫须有’三个字怎么能让天下人服气！”

有朋友劝道：“如今秦桧正得势，你这样得罪他，日后可小心他报复你。”

韩世忠却说：“若我因为怕得罪就附和他，那日后我死了，又有什么脸面去见太祖皇帝？”

尽管韩世忠仗义执言，却依然没能阻挡岳飞父子被处死的事实。眼见着大好的抗金形势就这样被白白浪费掉，而自己又没有能力挽回，韩世忠彻底失望了。最终，他辞去了官职，并于1151年忧愤而死。

韩世忠一生忠诚爱国，无愧于他“世忠”的名字。战场上他有勇有谋，不管是抗击西夏还是大金，他都立下了汗马功劳；官场上他为人正派，不为权贵所动，忠心耿直，坚决不与奸臣为伍，不愧为有勇有谋有骨气的大将军。

徐达：明朝开国第一功臣

起微末戎马展雄才

1332年出生的徐达和朱元璋是从小一起长大的好朋友，也是农家出身。虽然家里生活并不富裕，但徐达却是个不甘居人下的人。他自幼习武，也练就了一身好功夫。

元朝末年，社会动荡不安，很多人起来反抗元朝的残暴统治，很多起义军也在这时举起了反抗的大旗，这其中就有郭子兴率领的红巾军。明太祖朱元璋最早投奔的就是郭子兴的队伍，因为战功卓著而颇受重用。

1353年，朱元璋奉命回乡招募兵士，他找到了好朋友徐达，徐达一身武艺也正愁没地方施展，欣然应允，徐达的戎马生涯正式开启。

后来，郭子兴的队伍分裂了，朱元璋拉着徐达、汤和等24名将领自成一派。后来郭子兴也带着自己的军队与朱元璋合兵一处，等到他去世后，他的军队则全部为朱元璋所掌管。

在朱元璋的队伍里，徐达的表现颇为抢眼，凡遇到冲锋陷阵的时候，他都一马当先。他威猛无比，颇有战斗力，屡立战功，甚至在危急时刻，徐达敢于用自己的生命去换取朱元璋的人身安全，这就让朱元璋对他更为信任。

鄱阳湖击溃陈友谅

1356年2月，朱元璋带领自己的队伍攻下集庆（今江苏省南京市），并改名为应天府。与朱元璋同时的起义军还有许多，其中陈友谅和张士诚的队伍最让朱元璋头疼。显然他并不能忍受这样的势力分配与面临压迫的局面，一番权衡之后，他决定先灭掉陈友谅的势力，然后再消灭张士诚的队伍。

作为首领的朱元璋确定了战斗方向，接下来就是徐达大显身手的时候了。在攻打陈友谅的时候，徐达不仅杀敌英勇，而且颇有计谋。

安庆（今属安徽省）是陈友谅的领地，地势重要，所以陈友谅派大将赵普胜镇守。徐达先是用离间计除掉了赵普胜，接着采取了诱敌伏击的战术。

徐达让老弱残兵守着池州（今属安徽省），陈友谅一看自然想要趁机去抢夺，而徐达则带着精兵埋伏在陈友谅大军的必经之处。待到大军靠近，徐达一声令下，伏兵四起，城中也冲出来许多精兵，陈友谅的大军遭遇内外夹击，立刻一片大乱，徐达大胜。

■ 徐达像

从这之后，徐达与陈友谅的大军数次交战，每次都以徐达的胜利告终，算起来陈友谅也算遭遇到了劲敌。

1363年，徐达随朱元璋渡江北上安丰（今安徽省寿县），走到半路遇到了张士诚的队伍，陈友谅趁着这两股势力交锋，也对朱元璋发起了大规模进攻。后来，朱元璋找到了反击的时机，和陈友谅的军队在鄱阳湖展开了一场激烈的战斗。

在战斗一开始，陈友谅不管是兵力还是财力都占有明显优势，因为他有60万兵马，数十艘巨舰，朱元璋这边只有20万人且都是小船。这种不对等的实力让陈友谅觉得自己这一次应该不会再输了。

可哪知道，陈友谅还是低估了他的对手。两军第一天交战，上战场的又是徐达，他指挥将士们奋勇拼杀，一举击溃了陈友谅的前锋部队，不仅歼敌1千多人，还缴获了一艘巨舰。眼看着徐达又要取得胜利，陈友谅怎么肯善罢甘休，他命令兵士拼死抵抗，这时，不知道是谁一把火点着了徐达的战船。

危急时刻，徐达奋不顾身扑灭了那火，接着转过头来继续战斗，丝毫不在意自己的船已经被烧得焦黑不坚固了。就是这股顽强果断，让他手下的士兵也上下一心，作战更加勇猛了。

朱元璋对徐达取得的战绩自然是满意的，分析眼前的形势，他觉得完全可以打败陈友谅。于是，善战的徐达又被委派了新的命令，他被派回应天府坚守，以防止张士诚的偷袭。原本张士诚的确有这样的想法，可一看守着应天府的居然是徐达，他们自然也听说过徐达的英勇战绩，有他镇守，谁敢轻举妄动？保证了后方的安全，朱元璋一鼓作气，全力对付陈友谅，全歼陈友谅的大军，取得了鄱阳湖战役的胜利。后来，随着残余势力被铲除，陈友谅这一势力也算是销声匿迹了，不得不说，这其中徐达有着不小的功劳。

平江城逼死张士诚

解决了陈友谅，按照朱元璋的计划，接下来便要对付张士诚了。要说张士诚的势力，从1353年起兵以来，便总和朱元璋作对，不停地骚扰他。朱元璋要对付的敌人，张士诚一定会派援军去帮忙，久而久之，朱元璋的势力和张士诚的势力也就成了敌对的两方。

就同对付陈友谅的军队一样，徐达依旧一马当先，每次与张士诚的军队交战，都毫不留情地予以打击，直到大败张士诚的队伍。

从朱元璋的角度来看，对付张士诚他分了三步走，先是逼迫张士诚的势力收缩到长江以南，接着再扫荡浙西，算是折断他的羽翼，最后再合围平江（今江苏省苏州市）以彻底消灭他。为了更迅速稳妥地解决掉张士诚，朱元璋又将这个任务交给了他最信任的大将徐达。

徐达果然不负他所望，一番缜密安排，再加上他进退得当的指挥和奋勇杀敌，很快就将张士诚逼进了平江城中，尽管张士诚仍然想要反击，可是他早已无力回天。最终，张士诚在城中自刎身亡，这一股势力也被彻底消灭。

覆大元开国第一功

1367年，徐达被任命为征虏大将军，率领25万大军开始北伐，意在消灭元朝势力。徐达率军一路向元大都进发，除了有些妄图抵抗的城池，大部分城池中的元军只要听见是徐达的军队，都望风而逃直接献城。再加上元朝内部也没有了可用之将，就算是皇帝派兵，也没人愿意领兵，所以徐达这一次北伐真可谓势如破竹。洪武元年（1368年）7月，徐达攻克通州（今北京市通州区），几日后，元大都被包围，但实际上这里早就已经无人守卫，待攻进元大都，元朝也就彻底灭亡了。

为了将元朝的统治彻底颠覆，徐达立了不少功劳，可以说在明朝建国初期，徐达的大部分时间都是在战场上度过的，过五关斩六将的事更是常有。元朝人也都知晓了徐达的厉害，与他对战要么干脆逃跑，要么就提着十二万分的小心，可不管怎样，徐达大军的胜利都是不可阻挡的。

对于这员爱将，朱元璋也颇为喜爱，只有封赏，从不苛责。徐达大军偶尔也会出师不利，朱元璋并不责怪他，仍然很信任他，因为徐达最终总会取胜归来。

徐达作为领兵大将，不仅作战勇猛，治军也格外严明。他一方面要求部下必须完全听从他的号令指挥，同时又与他们同甘共苦，而且颇善于安抚，所以将士们对他既畏惧又感激，都愿意为他效力。对待百姓，他禁止军队肆意骚扰，有违令者，一定会处死以正军纪。对待俘虏，他要求不能严苛，而是要宽厚对待，其实他是想用怀柔的政策来瓦解敌人的内心。对于俘获的敌军将士还有间谍、密探，徐达从来不一杀了之，而是给他们优厚的待遇，让他们感受到温暖，从而放下戒备，转而效忠大明朝。所以，徐达带兵出征的这一路上，以武力镇压而逼迫人降服的时候很少，更多人都是被他宽厚且明事理的人格魅力所吸引而归附。

尽管战功赫赫、身份地位也变得显贵起来，可徐达却并没有变得居功自傲，他依然保持谦虚处世的态度。每次大功归来，他都会立刻把帅印交上去，然后安心地待在家里，从来都不会四处张扬自己的战功。更难能可贵的是，徐达从来不结党营私，他还经常提醒朱元璋注意那些心怀不轨的人。

洪武十八年（1385年），徐达因病去世，朱元璋悲痛之余，将他列为开国第一功臣。用朱元璋的话来说，“令行禁止，不居功自傲，不贪图女色财宝，处理问题不偏不倚，没有过失，当世有此美德者只一徐达”，可见徐达的确是个真英雄。

常遇春：横行天下常十万

明朝的建立，有赖于朱元璋和他手下一众将领的共同努力，徐达是朱元璋阵营中不可或缺的一位，而常遇春也同样是不可多得的人才。曾经有人评价说，徐达是帅才，常遇春是将才，那么这位将才常遇春是个怎样的人呢？

精于骑射　弃暗投明

常遇春出生于1330年，是南直隶凤阳府怀远县（今属安徽省蚌埠市）人。和徐达一样，他也出身于贫苦农民家庭，但也同样不甘心就这样一辈子面朝黄土背朝天。虽然家贫，但他用多做勤工来换取学习的机会，也学到了一身好武艺。他不仅精通骑射，任何兵器也都能用上一用。

元朝末年，起义军和盗匪遍地可见。整日忍饥挨饿还要提防蛮兵盗匪的生活，激起了常遇春的叛逆心，于是他投奔了绿林大盗刘聚，想要换一种生活。

从那之后，常遇春开始跟着刘聚拦路抢劫、入宅偷盗，整日吃肉喝酒还能拿银两，这样的生活让穷苦出身的常遇春感到既新鲜刺激又满足。可是几个月之后，常遇春也觉得腻了，从日常的观察和交谈中他也发现，刘聚没什么远大的抱负，只想趁着乱世不劳而获。

■ 常遇春像

常遇春没事的时候也会想，难道我就这样一直碌碌无为下去吗？当然答案是否定的，于是他开始计划着另寻出路。

至正十五年（1355年）4月，常遇春如常与刘聚一起拦路抢劫，这一次他们在和州（今安徽省和县）刚好遇上了率军打过来的朱元璋。常遇春听说朱元璋为人豪侠仗义，是个很有作为的人，便想要好好观察一下。

没事的时候，常遇春就和其他好奇的百姓一起，在朱元璋的队伍旁边转悠。他发现，朱元璋平易近人，和手下士卒亲如兄弟，对百姓却秋毫无犯，同时他的队伍还很有规矩，纪律严明。两相对比，常遇春决定舍弃刘聚，投奔朱元璋。

最初朱元璋对来投奔的常遇春很冷淡，问他：“你是不是只因为自己挨了饿，就想要到我的队伍里找饭吃？”

常遇春毫不避讳地说：“我就是打家劫舍的人，所以吃穿用度并不愁。我跟着的盗匪头子刘聚，不是什么有大志的人。但我听说将军是位贤明的智者，这几天也看到了你的所作所为，所以想要来投奔，我会为你拼死效力的！”

朱元璋又问：“你能跟着我过江去打仗吗？”

常遇春立刻回答：“将军指到哪里，我就愿意打到哪里，如果你要渡江，那我愿为先锋。”

话说到这里，朱元璋感到很满意，便留下了常遇春。从那时候起，常遇春从土匪变成了举起反抗大旗的起义军。

采石神威　衢州奇兵

刚加入起义军两个月，一直想要立个大功以证明自己的常遇春终于迎来了表现的机会。当时朱元璋率军渡江南下，与元军在采石矶（jī）（位于今安徽省马鞍山市西南）相遇。采石矶这个地方扼守长江天险，历来都是兵家要地，元兵派了水军元帅蛮子海牙重兵把守，只要有人想攀上去，就立刻万箭齐发。

最开始，朱元璋命令手下战船向采石矶靠近，可是刚一近前，就遭遇到了火炮箭矢的攻击，即便竖起了盾牌也难以抵挡。很多人抵挡不住只得撤退，这时常遇春大吼一声：“我今天若是拿不下采石矶，我就誓不回师！”

吼完，常遇春便举着枪和盾牌强行登上了岸。元将拿着长矛猛力向他刺来，他直接扔掉盾牌，一把捏住对方的矛，另一只手上的枪随即就插了过去，这一系列的动作也就在一瞬间，元将直接被他打倒在地。有了常遇春打开元军的缺口，将士们士气也都上来了，纷纷效仿常遇春，也都快速地跃上了岸。

元军一看这和自己当初设想的完全不同，也都慌了神，很快朱元璋的大军有越来越多的人都跳了上去。没有了天险做屏障，元军纷纷丢掉武器逃跑了，逃不掉的，不是被杀就是被俘，朱元璋取得了采石矶一战的大胜利。据说，现在采石矶上还有一个大脚印，就是常遇春当年强行登岸时留下的。

这一战结束后，朱元璋论功行赏，第一个就提到了常遇春，他说："常将军奋勇在先，元兵多少人都抵御不住，如此我就拜你为正先锋。"

采石矶之战后第二年，朱元璋率领大军攻占集庆，改名为应天府。这一阶段的战斗，常遇春也展现了更多的实力，他的勇猛让朱元璋和越来越多的将领对他刮目相看。因为一直锋芒尽显，且屡立战功，朱元璋对常遇春越来越信任，没过多久就将他从先锋的位置升为了元帅。在这之后，常遇春作战更加勇猛，同时也更有谋略了。比如他攻打衢（qú）州（今属浙江省）时，就不只是简单地领兵强攻，而是经过仔细分析，根据战场情况制造合适的武器，抓住关键时机，用奇兵迅速攻破了城池，从而消灭了衢州的元朝统治势力。

箭射敌将 浅滩救主

元至正二十年（1360年）初，常遇春与徐达一起率重兵镇守池州。当时陈友谅率大军意图夺取池州，徐达派出去的侦察兵侦查到了陈友谅的行动与计划，接着便命令常遇春设下了埋伏，大败陈友谅。而后几次交战，常遇春和徐达都没有给陈友谅留情。

1363年，陈友谅率领60万大军倾巢出动，在鄱阳湖与朱元璋的军队进行决定生死的水上大战。陈友谅仗着自己装备精良，想要好好治一治朱元璋。在一次交战中，朱元璋的船被损坏，搁浅了。陈友谅抓住这个时机，迅速派大将张定边率船队过来围攻。就在这时，常遇春一箭射中张定边，先让他们那边忙乱一会儿，接着又指挥自己的战船撞击朱元璋的战船，让船脱离搁浅的浅滩，只要船动起来，就不会被围困挨打，朱元璋这才解了围。在战斗中，常遇春也表现出勇猛机智，他奉命组织火攻，充分发挥了小船的优势，在陈友谅的大船中间穿来穿去，让陈友谅的军队难以捉摸，很多大船都被火点着了。大船着火后，船上的人自然惊慌，再对付起来也就容易了许多。

鄱阳湖一战使得陈友谅的势力覆灭，朱元璋成为了当时起义势力中的强者，而常遇春也因为作战勇猛果敢，获得了很大的军功。

十万雄兵 横行天下

在这之后，常遇春又和徐达一起，为朱元璋扫平了诸多障碍，将元朝的残余势力一点一点地清除出去，为大明朝的建立立下了赫赫功勋。

洪武二年（1369年）7月，常遇春病逝于军中，年仅40岁。这一员猛将的离世，在朱元璋看来就是一个巨大的损失。

常遇春的一生也称得上豪迈，他曾经说过，如果给他10万大军，他就能横行天下。军中无人将他的话当成戏言，还给了他一个“常十万”的称号，这是因为他的确有勇有谋，的确善于征战，且一生都不曾品尝败绩。最重要的是常遇春对朱元璋的忠心，尽管号称“常十万”，但他想到的是要为朱元璋打天下、效命疆场，也难怪朱元璋夸赞常遇春“虽古名将，未有过之”，意思就是即便是古代的著名将领，也没有能超过常遇春的人。

戚继光：抗倭名将，民族英雄

将门虎子 百战百胜

1528年，明朝著名将领戚景通的家里多了一口人，戚景通的儿子降生了，他给儿子起名为“继光”。仅看这名字，也不难看出戚景通对儿子的期望，他希望儿子能继承祖上遗风，可以光宗耀祖，为保家卫国负起应尽的责任。

也许正是由于有这样的期许，所以从戚继光很小时候起，就一直受到父亲的严格教育，稍有做得不好的地方，父亲都会严厉批评教育，他希望将戚继光培养成行得端、走得正的顶天立地的男子汉。

由于出身将门世家，所以戚继光从小也受到了父亲的影响。在父亲的教育下，他对行军打仗的学问颇感兴趣。随着慢慢长大，他并不为书本上的知识所束缚，而是在实践中去吸取经验，更注重实际有效的军事学问。同时，戚继光重视自身本领的提升，他向俞大猷（yóu）学习棍法，向唐顺之学习枪法，这种虚心学习的态度，让戚继光的军事才能逐渐累积，并远远超过了寻常人。

嘉靖二十七年（1548年），戚继光被推荐入朝为官，他的言行举动、为人性格都颇为得当，也得到了内阁首辅张居正的信任，看到戚继光在军事上颇有才能，便让他任登州（今山东省蓬莱市）卫指挥佥（qiān）事，后来又调任浙江，在那里招募新兵进行训练。而也正是在浙江这段时间，让戚继光带出了一支世界闻名的军队——戚家军。

说到戚继光，就必须要提戚家军。这支队伍是戚继光在浙江义乌招募当地的矿工、农民编练而成的，成立于嘉靖三十八年（1559年），总共有4千人。

戚继光对戚家军倾注了不少心血，他为戚家军创立了“鸳鸯阵”，这个阵法可以随机应变，在任何狭窄地形都能使用。戚家军有严明的军纪，严格且高水准的训练，还有当时东亚地区最先进的武器装备。自从成军开始，戚家军经历的大小数百场战斗，没有一次失败的。这种百战百胜的战绩，让戚家军被誉为是“16—17世纪东亚最强军队”。

编练新军 台州九捷

戚继光之所以要建立这么一支强悍的军队，与当时明朝的边境状态有很大关系。从元末明初开始，倭寇作乱就成了朝廷挥之不去的一块心病，到了嘉靖年间，这种祸乱猖

■ 戚继光像

（chāng）獗（jué）到了极点。倭寇们在沿海岸边烧杀劫掠，有的还从事走私贸易，给边境的百姓生活和明朝政局的稳定都带去了不小的冲击。而且，倭寇作战向来凶狠，赤身裸体地冲上来，挥刀就砍，明军有时候都来不及反应就被杀死了。

更令人气愤的是，一些地方贪官、恶霸、奸商和逍遥法外的罪犯，纷纷与倭寇勾结，使得倭寇毫无顾忌地烧杀抢掠，浙江、福建、广东沿海一带的百姓每日都生活在恐慌之中。

1553年，大批倭寇和明朝内的海盗头子勾结，从浙江、江苏登陆，向上海、绍兴等几十个城市一路祸害过去。朝廷接到当地的求助，立刻派了官员和军队去围剿，虽然也打过一两场胜仗，但是朝廷却听信了当地奸商与贪官污吏的诬陷，将致力于抗倭的能臣处死了，反倒派无能的人去祭奠海神，这让倭寇觉得明王朝真是软弱至极，他们的气焰更嚣张了。

就在这种情况下，朝廷在1555年秋天，将戚继光从山东沿海调任到了江浙一带，让他镇守那些倭寇经常出没的城池，希望他能改变这种现状。

戚继光刚接手军队的时候，就发现了问题，明军纪律性差，平时的训练就是走个形式，整个军队士气不旺、素质也不高。士兵们却还总是仗着一点能耐就邀功。

有一次，刚结束一场战斗，立刻就有一个士兵拎着人头来报功，但是很快另一个士兵哭着就跑进来了，指着那个人头说："那是我亲弟弟！他不过是受了伤，还没有断气，就被他砍了头……"这事还没处理，又有一个士兵拎着人头来请赏，哪知道一查，这被杀的竟然只是一个十几岁的无辜少年。

面对这样的士兵，戚继光感到很痛心，查明真相后，他处死了两个想要冒领军功的士兵，同时他下定了决心，要建立一支全新的、纪律严明的、训练有素的军队。戚家军就是在这种前提下建立起来的，因此不难看出戚继光想要抗倭的决心。

戚家军只经过了短短几个月的训练，但是他们的表现却比明军军容状况好上许多。这支军队所到之处，对百姓秋毫无犯，而且还以保卫百姓为己任，百姓们对他们也非常感激，纷纷拿着食物和水欢迎他们。

嘉靖四十年（1561年）4月，倭寇向浙江沿海发起了攻势，戚继光率领主力部队一路追杀，哪知道有三路倭寇趁着台州兵力空虚准备杀进台州（今属浙江省）府城。戚继光经过分析发觉了倭寇的心思，便赶紧率兵回援台州。

在接下来的一个月里，戚继光率领戚家军在台州附近的新河、花街等地方连续九次挫败了倭寇的进攻，彻底消灭了侵犯台州的倭寇。最为令人称奇的是，这九次战斗中，戚家军每次只损失几个人，几乎可以算是零伤亡了。这次胜利，历史上称之为“台州九战九捷”。在这之后，尽管倭寇又妄图进犯温州，但都被戚家军迅速击败。至此，浙江的倭患也算是彻底平息了。

扫清倭患 镇守北疆

消灭了浙江的倭寇之后，戚继光又带着戚家军进入了福建，在福建的第一战，便是著名的横屿之战。

横屿是宁德（今属福建省）城东北海中的一座小岛，一伙两千多人的倭寇在这里已经盘踞了3年之久。这个小岛虽然四周环水，但是周围水很浅，根本不能行大船，水退之后，岛周围又都是浅滩沼泽，不管水军陆军都无法攻破。

面对这种情况，戚继光先派人探查了小岛的地理位置，又了解了地形、水道、潮流的特点，然后制定了进攻方案。戚继光命令每个士兵都带一捆干草，天黑之后，在横屿对岸将草抛进沼泽中，就这样铺出一条路来。

岛上的倭寇怎么也想不到明军会这样上岛。强登上岛的大军对这群有恃无恐的倭寇发起了强攻，歼灭了300多人，600多人跑到了海上被淹死，剩下的都被俘。这一仗是戚家军在福建胜利的第一仗，大获全胜的战绩让明军士气大振。

在这之后，戚继光又带着戚家军接连在沿海一带很多城市打了许多大胜仗，倭寇对戚家军闻风丧胆。1566年，位于广东、福建交界处南澳岛的上的海盗被戚家军一举消灭，切断了倭寇与内陆的最后一丝联系，到这时，对东南沿海侵扰数10年的倭寇，被消灭了个干净。

戚继光抗倭斗争的胜利，实现了他“封侯非我意，但愿海波平”的抗倭志向。在一系列战斗中，他都身先士卒，率领兵卒与百姓和平共处，他善于思考，善于创新，善于灵活运用武器，以有效地打击敌人。戚家军的抗倭斗争，是留给后人的一份宝贵军事财富。

戚继光扫平了倭寇祸患之后，又在北方抗击蒙古部族内犯，保障了蒙汉民族的和平发展，可见他的确是一位伟大的民族英雄。此之，戚继光还是个杰出的军事理论家、兵器专家与军事工程家，他将自己的作战经验加以总结，写成了18卷本的《纪效新书》和14卷本的《练兵实纪》。为了能更好地抗击倭寇，他改造、发明了各种火攻武器，建造大大小小的战船、战车，还在长城上建造空心敌台，可攻可守，是个颇具特色的军事工程。

不允外敌欺我民，也许这才是戚继光整个军事生涯最重要的信念所在吧！

郑成功：收复台湾逐荷夷

御赐国姓　誓死抗清

郑成功是福建南安人，出生于1624年。郑成功的父亲郑芝龙是一个海上商人，同时也做着海上走私的头目。这个身份让郑芝龙受到了当时日本政府的重视。郑芝龙到日本做贸易的时候，和当地一位田川氏女子结了婚，生下的孩子便是郑成功。

6岁以前，郑成功都和母亲住在日本平户（位于日本长崎县西北部），父亲被明廷招安后，郑成功才被接回福建读书。其实当时的读书人之所以刻苦读书，无不是想要考取功名，然后为国效力。但是郑成功所在的年代并没有给他那个机会，当时明朝的政权岌岌可危，清军已经挥师南下，清王朝的建立已经初见萌芽。

清朝廷占领了江南，并在江南施行残酷野蛮的高压政策，百姓们纷纷奋起抵抗清廷的统治。郑芝龙当时手握重兵，成为了南明隆武政权可以依靠的主要军事力量。这时，郑成功已经长大成人，学了满腹的知识和一身的武艺，郑芝龙便将他推荐给了隆武帝。隆武帝对这个“将门虎子”颇为欣赏，将最尊崇的“朱”姓赐予了郑成功，实际上，“成功”这个名字也是这时候才改的，在这之前，郑成功的名字是郑森。

■ 郑成功像

皇帝帮着改了名，郑森也就成了朱成功，因为明朝“朱”是国姓，所以百姓们也称呼郑成功为“国姓爷”。

从1646年起，郑成功就开始领兵与清军作战，因为作战勇猛而颇受隆武帝器重。但是与郑成功的一心护国不同的是，父亲郑芝龙却并没有全力抗清的意思。当时，郑芝龙想投降清朝，郑成功屡次劝阻父亲，想打消他的想法。但父亲已经决定，郑成功无法改变父亲的想法，最终与父亲决裂。

原本郑芝龙想的是，投降清朝可以保命，也可以保住自己的官帽。可哪知道，刚投过去，他便被清军挟持到了燕京，家乡闽南南安也立刻被清军攻占了。郑成功的母亲田川氏当时住在南安，战乱之中她自刎身亡。母亲的死刺激了郑成功，让他更坚定了抗清的决心。从那之后，郑成功便率领着父亲留下来的旧部队，在东南沿海一带积极抗击清军入侵，成为了南明后期的主要军事力量之一。

率军北伐 南京受挫

郑成功一直坚持抗清的原则，坚定自己是明朝人，坚决不投降清朝。隆武帝去世了，他就保着永历帝，保证明朝不灭。尽管郑成功有完善的军备，对百姓也远比残暴的清军好得多，归附的人也不少，可怎奈历史的车轮不会停止，朝代的更替是必然。以郑成功为首的明朝军队占据的领土太少，军队又太庞大，筹集粮饷就成了问题。

其实清政府一直都想要拉拢郑成功，尤其是在几次被郑成功打败之后，清顺治帝给了郑成功各种封号，可是郑成功却很坚决，从来不接受，依旧对永历帝忠心耿耿。1659年，郑成功率领大军北伐，一路接连攻克镇江等城池，并包围了南京。

从一开始的战场走势来看，郑成功本该是士气大振，他也以为自己能一直胜利下去的。可是，清军却对郑成功用了缓兵之计，他遭遇了清军的突然袭击，最后大败，损兵折将不说，很多重要的将领都在这一次战役中死去了。兵败的郑成功，也曾试图反击，但长江的阵地却久攻不下，不得不全军退回厦门。

南京这场战斗，是郑成功的作战生涯中最辉煌也是最重要的一次战役，可是这场战役的走向却从盛到衰，最终以大败结束，这让郑成功的“反清”大业遭遇了巨大的挫折。

驱除荷夷 光复台湾

虽然在抗击清军的道路上，郑成功走得磕磕绊绊，但是说起郑成功，他最大的功绩是将被荷夷掳走的台湾收复回来。

从1647年开始，郑成功的军队在东南沿海多个地区连续转战，除了抗击清军，还多次帮助明朝宗室与民众渡过海峡，到台湾及东南亚各地定居以避开战乱。为了保证华人在海外经商的安全，郑成功将自己郑府的令牌与“国姓爷”的旗号派发给大家，让人们得以安全出海。但如前所说，郑成功仅从内陆的一小块南明领土，是无法获取庞大的军饷的，为了解决后勤给养问题，他将目光放到了被荷兰人占领的台湾岛上。事实上，看着国土被荷兰人占领，郑成功内心也觉得是个屈辱，于是，他听从了手下何斌的建议，决定收复被荷兰殖民主义者侵占的台湾岛。

1661年4月，郑成功将儿子留下防守厦门、金门，自己则亲自率领2.5万名将士和数百艘战舰，横渡台湾海峡，向台湾进军。

一开始，郑军很多人因为得知西洋人有大炮而感到害怕不已。郑成功鼓励大家说：“这些荷兰蛮夷的红毛火炮没什么可怕的，你们看，我的战船在最前面，大家只要跟着我的船前进就没问题。”说完，郑成功安排自己的战船在所有船的最前面，以安抚大家的情绪。将士们一看，主帅都这样奋不顾身，自己的害怕真是令人惭愧，队伍里的怕战心理渐渐地不见了。

荷兰人在台湾岛西南建有两座防御要塞，一个是位于大员（位于今台湾省台南市安平区）的热兰遮城，另一个则是位于赤嵌（位于今台南市中区）的普罗民遮城。听说郑成功要进攻台湾，荷兰人也连忙将军队集中在这两座要塞，做好了防御。

最开始，荷兰人认为自己驻扎的这片地域海岸线曲折，加上有两座要塞的炮台，应该能阻挡住郑军的登陆。哪知道，郑成功掌握了当地的潮汛规律，利用海水涨潮的时机，驶进了鹿耳门（位于今台南市安平镇西北），一举登上台湾岛。

刚一上岛，郑成功的军队与荷兰人的军队之间就充满了剑拔弩张的气氛。为了阻止郑成功的队伍继续登岸，荷兰侵略军调动自己当时最大的一艘军舰“赫克托”号气势汹汹地开了过来。郑成功并不着急，沉着冷静地指挥着自己这方的60艘战船，将赫克托号团团围住。因为郑军的战船小，行动起来非常灵活，郑成功一声号令下来，数十只战船一起开炮，赫克托号船大行动笨拙，躲都躲不开，船身中弹后迅速起火，整个海面被火光照得通红。很快，赫克托号便再也坚持不住，渐渐沉了下去。荷兰船队一看，自己最大的一艘船都被击沉了，剩下的三艘船也明显意识到形势不妙，吓得立刻调转船头逃跑。

这一战让荷兰侵略军心惊胆战，吓得他们缩在两座城堡中不敢再出来应战。为了改变眼前的局面，荷兰人偷偷派人去巴达维亚（今印度尼西亚首都雅加达）搬救兵，并派出使者去郑军大营以求和，对郑成功说，只要郑军能退出台湾，他们将会送上10万两白银以作慰劳。

郑成功对荷兰侵略军的做法嗤之以鼻，他呵退了荷兰使者，表示坚决不接受他们的条件，并派兵猛攻赤嵌的普罗民遮城。但是这座战略要塞并不好被攻破，荷兰军也是顽强抵抗。眼看着郑军久攻不破，台湾当地百姓当然不能坐视不管，有熟悉赤嵌地形的人跑来告诉郑成功，普罗民遮城的水都是从城外高地流下来的，一旦水源被切断，敌军在城里也就待不住了。郑成功依计执行，果然不出三天，荷兰人就因为城中断水而不得不出城投降。

尽管丢了普罗民遮城，但热兰遮城中还有异常顽强的侵略军，一边抵抗，一边等待援军。1661年7月，荷兰援军赶到台湾岛，带来了600多名士兵、11艘战舰，还有大量的补给品和火药。但这批援军也没能起到什么作用，而且还遭遇了暴风侵袭，天灾再加上强敌，荷兰人慢慢坚持不住了。被围困8

个月之后，荷兰人只得同意和谈。

1662年初，荷兰侵略军头领来到了郑成功的大营，在投降书上签了字，夹着尾巴灰溜溜地逃离了台湾岛。至此，被荷兰侵略者占领了30多年的台湾岛，终于回到了祖国的怀抱。

忧劳忧愤 英年早逝

尽管郑成功做了如此一件大事，但他毕竟是“反清人士”，清朝廷绝对不能容忍他的存在。于是，一番应对郑成功的策略开始逐步实施，断绝经贸财源，毁坏沿海船只，杀掉郑成功的父亲，挖开郑氏祖坟，拆分郑军部队……郑成功听闻消息后悲愤交加，加上在台将士们的水土不服导致人心惶惶，他的儿子又做了不可原谅的错事……

可以说，郑成功收复台湾后，并没能放松多少，反而陷入了内外交困的境地。这种现状很快让他的身体负荷不，郑成功病倒了，而且病情发展很快。1662年5月，这位民族英雄就这样因病而逝，年仅39岁。

作为一员武将，郑成功作战勇猛，有勇有谋，是不可多得的人才。他坚守自己的信念，不为利益所动，不失为一条好汉。他收复台湾岛，完成了一件让人热血沸腾的大功绩。他不允许国土流落外敌手中，不接受外敌的威逼利诱，这种为保国土而抗争的精神，让他成为了一位真正的民族英雄。

袁崇焕：一腔正气，一世冤屈

袁崇焕出生于1584年，字元素，号自如，东莞人，明末名将。官至兵部尚书兼右都御史，督师蓟、辽，兼督登、莱、天津军务，多次击败后金军的进犯。在抗击清军的战争中先后取得宁远大捷、宁锦大捷。一生忠诚，却惨遭凌迟。

文官忧国勇自荐　丹书盟誓守宁远

1619年，袁崇焕考中了进士，经朝廷任命，成为福建邵武知县。从上任之后，袁崇焕就非常喜欢和人谈论兵法，特别愿意和退伍的老兵一起讨论，他向他们了解边塞的事情，听他们讲打仗的经过。随着对边塞的了解越来越多，袁崇焕觉得，自己应该有镇守边关的才能，如果能去镇守边关似乎要比在内陆任职更能体现自己的价值。

天启二年（1622年），广宁（今辽宁省北镇市）被后金军队攻陷，朝廷上下商议，想要派个人去镇守山海关（今属河北省）。得知这个情况之后，袁崇焕便一个人先跑去了关外调查地形，然后带着足够的一手资料，他回到了朝廷。他直接对皇帝说：“我已经了解了关外的一切，只要给我足够的兵马粮草，哪怕只派我一个人过去，也能镇守山海关。”袁崇焕的才能有目共睹，皇帝也看了他的调查，便将镇守任务交给了他。

■ 袁崇焕像

天启三年（1623年）九月，大学士孙承宗镇守宁远（今辽宁省兴城市），袁崇焕一起前往。一到任，袁崇焕就先重修了城墙以加固防卫，正因为有了坚固的城墙，百姓感到安心，将士们也有了戍边的信心，宁远也变为了关外重镇。

1625年，在孙承宗与袁崇焕的努力下，明军逐渐将锦州（今属辽宁省）等宁远以外两百里的土地收复，宁远也因此从边关变为了内地。但是就在这年的10月，孙承宗被罢免了，高第接替了他。高第上任后第一件事就是命令军队全部撤出锦州等地，原因是高第认为关外一定守不住，抵挡不住外敌的入侵。

但是，如果就此撤出的话，已经在锦州等城市安居的百姓就必须迁移，而这些原本收回来的疆土，将面临再次被抢回去的危险。在袁崇焕看来，即使让出这些地方，也并不一定能保得住内地的安危，所以，袁崇焕极力进言，要求派良将守卫宁远。

但高第也是个倔强的人，铁了心要撤掉宁远的军队，袁崇焕则比他更倔强，表示死也要死在宁远，坚决不撤离。高第一看自己说不动袁崇焕，干脆就不再理他，自顾将锦州等地的军民尽数撤离。而这一撤退，不仅锦州等地的粮食财宝被丢弃，迁徙路上也有很多人因为长途劳顿和疾病而死去。一时间，百姓和将士们都怨声载道。

第二年正月，努尔哈赤得知孙承宗被罢免，便觉得是个进攻的好时机，于是率领大军渡过辽河，一路到了宁远。高第将重兵压在山海关，就是不去解宁远危机。袁崇焕看了越发着急，自己的国土，怎么能就这样让给后金呢？袁崇焕索性写下血书，并与手下大将盟誓，要以死守城。

宁锦大捷摧敌志　阉党弄权愤辞官

努尔哈赤曾经抓了很多明朝他百姓，为了能打动袁崇焕，将这些人放回宁远，原想利用他们让袁崇焕投降，但袁崇焕根本不理他的茬儿。见软的不行，努尔哈赤便决定来硬的，他直接率领大军进攻宁远，士兵们纷纷举着盾牌攻凿城墙。但袁崇焕的应对则更直接，他命人指挥西洋巨炮，直接对准后金军的队伍开火。结果，金兵连续攻城两天，不仅没有攻下城来，反倒损失惨重。

宁远城的顽强保卫战以明军胜利告终，朝廷上下一片欢喜，有功的袁崇焕被升了官职，而一味逃避也不曾支援的高第等人，被罢了官。

宁远大捷后不久，后金努尔哈赤病死，皇太极接替了他的位置。尽管皇太极曾经答应袁崇焕的议和请求，但由于之前袁崇焕帮助朝鲜抵御过后金的征讨，这也许让皇太极感觉很不舒服，所以后来他率兵直抵锦州，将原本的议和丢在了一边。

守护锦州的将领一边派遣使者讲和，一边关闭城门坚守。可是使者跑了三个来回都没有带回什么有用的信息。后金军开始不管不顾地猛烈进攻。不仅是锦州，后金后来还分出了一部分兵力去进攻宁远。袁崇焕本想派兵全力应对锦州的后金军，现在看到后金军向宁远进发，不得不加重守城的兵力，与后金军陷入了苦战之中。

然而，后金军兵分两路的进攻显然并不奏效，两边都攻不下，锦州那边明军又来了援军，这使得后金的进攻更加受挫。眼看锦州那边攻击力越来越弱，后金从宁远撤军转而增加锦州的攻势，可是这番来回折腾，让后金军疲惫不堪，大明的顽强的抵抗，也让后金大军伤亡惨重，最终不得不狼狈撤兵，这也就是历史上著名的“宁锦大捷”。

宁锦大捷是众人合作的功劳，可是除了袁崇焕之外，所有人都得到了与自己的战功相称的赏赐，而袁崇焕只增加了一级官阶了事。原来，当初袁崇焕与魏忠贤有矛盾，袁崇焕做辽东巡抚时，魏忠贤原本派了党羽想要与他一起镇守，可是袁崇焕却并不同意，还上书要求撤回魏忠贤的人，这让魏忠贤对袁崇焕怀恨在心。

所以，这一次尽管袁崇焕指挥大军死守宁远，立下了守城的大战功，但却因为魏忠贤的阻挠，而导致袁崇焕的军功被故意忽视了。倍感委屈的袁崇焕，不愿意就这样被魏忠贤和他的党人压制，干脆辞官回乡。

五年复辽竟成空　忠良遇害气不平

天启七年（1627年），明熹宗驾崩，明思宗朱由检即位。新皇帝即位后做的一件重要的事，就是设计除去大奸臣魏忠贤。奸臣被除去，袁崇焕又被人提及，最终他得以被重新启用。

崇祯元年（1628年）5月，崇祯帝召见了袁崇焕，想要向他了解在复辽这件事上有什么意见。袁崇焕说，自己只要5年就可以复辽。崇祯帝听到这样的回答感到很高兴。袁崇焕上奏说："5年复辽的计划，并不是说完成就能完成的，但既然是陛下的委托，所以臣不敢推辞，尽管艰难，我也一定会尽全力。不过，我需要陛下给我权利，那就是5年之内，不管我要做什么，朝廷各部都必须事事配合，这样才可能有所成功。”崇祯帝欣然应允。

当然袁崇焕考虑得也很多，他对崇祯帝说：“臣这一去，制辽没有问题，可是却不能让朝中所有人满意。我这一去，离家万里远，唯恐那些奸佞小人做出对我不利的事情。”崇祯帝为了打消袁崇焕的顾虑，赐予他尚方宝剑，足见皇帝对他的重视。

袁崇焕将自己恢复辽地的策略和盘托出：以辽人守辽土、以辽土养辽人，以防守作为正规策略，以攻战为变通策略，并用和议作为辅助。崇祯帝对袁崇焕的计策颇为赞赏，并赐他重赏让他放手去做。

这边袁崇焕复职，更努力为国家做事。另一边皇太极却有了忧虑，要彻底颠覆明朝还需要时间，而宁锦防线就是明朝的铜墙铁壁。袁崇焕领兵一次又一次击退了皇太极的进攻，后金进军更加不易。

同时，后金所占的领地发生了十年不遇的旱灾，颗粒无收，国力锐减。为了解决粮食问题，皇太极只能率领大军采取“抢”的方式来补充国库，缓解危机。

袁崇焕对于皇太极来说，就是前进道路上最大的拦路石，为了除去他，皇太极采用了避实就虚的战略。皇太极先是装作要攻击北京城，袁崇焕连忙回兵救援，皇太极并不恋战，直接撤军。当时袁崇焕只有几千精兵，不敢直接追杀过去，也就跟着撤了军。

而崇祯认为皇太极是因为惧怕他大明朝的兵力才撤军的，与袁崇焕没有什么关系，他反而还觉得袁崇焕没去追杀皇太极，这可不是什么好事。

随即，皇太极便给崇祯施了一个反间计，再加上周围的阉党奸臣在一旁煽风点火，崇祯认为皇太极这次之所以打到了京城，其实就是袁崇焕通敌引来的。而且朝中还有魏忠贤的遗党，当然也不会放过这个逼死魏忠贤仇人的机会。

最终，崇祯帝似乎完全忘记了袁崇焕之前的功劳，也完全不记得袁崇焕为国家所做的努力，反而以擅主谋和之罪让其下狱，并在1630年凌迟处死了袁崇焕。

死后不愁无勇将 忠魂依旧守辽东

凌迟是一种很残酷的刑罚，行刑人要用刀片在犯人身上一刀刀将其肉割下来，总共割3600刀，还要保证在割最后一刀时使人断气，如果还没有割到3600刀犯人就死了，那行刑的人也要受罚而死。不过，当时的刽子手没有一个能做到，因为刮不到3600刀，人就没命了。后来经过擂台比武，有一个十分“厉害”的刽子手整整刮了3543刀，还差57刀就到3600刀的时候，人断气了。这也创下来当时《大明律》的最高纪录，于是《大明律》就有了新规定：凌迟最重之刑，要刮3543刀，而此后这个纪录再也没有被打破。

袁崇焕被判凌迟处死，满朝上下没有人同情他，因为从皇上那里发出来的罪名就是通敌卖国，这是百姓最痛恨的。可怜一代忠臣名将，却在百姓痛骂他“卖国贼”的声音中死去。据说，当时袁崇焕被执行凌迟的时候，京城近万百姓甚至一哄而上争抢他的肉，以吃他的肉来表现自己对他的痛恨。

但是袁崇焕是怎样的心情呢？他也许是难过的，是委屈的，是悲愤的。他在临行前念了这样一首诗：

一生事业总成空，半世功名在梦中。

死后不愁无勇将，忠魂依旧守辽东。

即便是死，他也依然不忘辽东，不忘国家，依旧想要为国尽力。只是最终却落个冤死下场，不能不令人感到痛惜。也可以说，在袁崇焕身上刮的那3543刀，是一个民族的千古之痛。

左宗棠：满腔血洒向空林

屡试不第 绝世奇才

左宗棠是晚清军事家、政治家，湘军名将，洋务派代表人物之一，与曾国藩等人并称“晚清中兴四大名臣”。

左宗棠从小天资聪慧，颇有悟性，学习也很刻苦，5岁开始跟着父亲在长沙读书。他不仅攻读儒家经典，对于经世致用的书籍他都爱不释手，尤其是将那些涉及历史、地理、军事、经济、水利等方面的名著都视为珍宝。有了这些知识做基础，日后左宗棠不管是带兵打仗还是施政理财，都游刃有余。

但左宗棠在科场上的运气并不算好，曾经连续6年3次会试都不中。这使左宗棠没法通过“正当途径”，也就是科考，而进入社会上层来实现自己的抱负。但是，左宗棠的才干没有因此而被埋没，当时很多名流显贵对他的才学都颇为赏识，给了他大力的推荐。

比如，林则徐对左宗棠就十分器重，林则徐在长沙的时候，曾经和左宗棠彻夜长谈。林则徐发现，左宗棠虽然年轻，但与他对西北军政的见解不谋而合，而其他一些治理国家的根本大计，左宗棠也能说得头头是道。由此，林则徐对左宗棠更加看重，并认为将来“西定新疆”这件大事，一定得由左宗棠来完成。为此，林则徐还把自己在新疆整理的宝贵资料都交给了左宗棠。后来林则徐多次和别人谈论起这个年轻人，总是称赞他是“非凡之才”“绝世奇才”，甚至在自己临终时，还要嘱咐儿子代写遗书，一再推荐左宗棠。

湖南不可一日无左宗棠

咸丰二年（1852年），太平天国围攻长沙，左宗棠接受了湖南巡抚张亮基的邀请，毅然投入到了保卫大清江山的战斗中。左宗棠到达城中的时候，正炮火连天，张亮基高兴极了，并将全部军事事务都交给了左宗棠。而左宗棠连休息都顾不上，连夜开始看资料、想对策、听建议，并将决定好的事项予以实施。有了左宗棠的坐镇，太平军围攻长沙三个月都没有结果，不得不撤退而去。保卫长沙的胜利，成为左宗棠一生仕途的开始。

两年后，左宗棠又来到了湖南。这时候清王朝在湖南的统治几乎要崩溃了，太平军占领了长沙周围多个城池，战乱和清政府的无能，让湘东、湘南、湘西的广大农民不断举事，没有一天平静的日子。

就在这种时刻，左宗棠进入湖南巡抚幕府，日夜筹划、百般思考，帮助巡抚苦撑湖南的政局。一边是维护，一边则是改革。左宗棠到湖南之后，革除弊症，开源节流，稳定货币，筹措军购，进行一系列的大刀阔斧的改革，并很快收到了成效。百姓生活变得安稳了，军政形势也慢慢好转。有了强大稳定的后勤，军队出兵抗击太平军也有了保障，士兵士气大振，作战也就连连报捷，湖南的面貌很快得到了改善。

■ 左宗棠照片

一时之间，左宗棠的名号在湖南一带传得响亮，朝中上下也对他格外关注，甚至传出了“天下不可一日无湖南，湖南不可一日无左宗棠”的话。左宗棠依靠自己的努力做出了成绩，再加上朝中显贵对他的大力推荐，咸丰皇帝对左宗棠产生了极大的兴趣。

正所谓“树大招风”，左宗棠风头越来越盛，自然也会招来他人的嫉妒，朝中开始有人构陷他，差点让他丢了性命。

好在有贵人相助，左宗棠才得以逃过一劫。从那之后，左宗棠意识到自己要更加努力，让自己有更多的功绩才能在朝中站稳脚跟。所以在那之后，他奉命平息太平军之乱的心也就更坚定了，而且动作更迅速。最终太平天国的覆灭，与左宗棠的努力不无关系。

首开船政 平定西北

1866年，左宗棠以敏锐的眼光上疏奏请朝廷设局建造轮船，并派人出国买来机器、船槽，创办船政学堂，培养造船技术人才和海军人才。经左宗棠提议开办的福州船政局成为了中国第一个新式造船厂。

进入朝廷之后，左宗棠就变得非常忙碌，参与平定太平军、建造造船厂，接下来他又平定了陕西回民发动的叛乱。而同时，林则徐之前提到的新疆之乱也同样“热闹非凡”。

当时新疆各地豪强割据，各自为王。1867年，阿古柏还建立了“哲德沙尔汗国”盘踞新疆。清政府对新疆的混乱局面很是头疼，左宗棠此时觉得没完没了地想，倒不如直接去干。于是1872年7月，他直接率领大军进驻兰州，准备收复新疆。

到达新疆之后，左宗棠积极治军，增强军队的战斗力，同时合理分配军费开支，以保证不乱用浪费。在武器方面，左宗棠在兰州建立了兰州制造局，修造枪炮，为军队的武器保障提供了巨大的支持。

其实朝廷内部，关于出兵收复新疆的问题一直分为两派，一派是想放弃塞防，以将主要精力投注到海防上去；另一派则是主张保护边塞，以免西北方向招致外国列强的渗透。显然，左宗棠属于保护边塞这一派的，而且他还是主力。也正是因为有了左宗棠的大力坚持，才使得后来收复新疆成为可能，并保证了边塞国土不被丢失。

左宗棠决定好了战术和战略后，仅用一年多的时间，就指挥西征军攻克了外寇侵占的南疆八城，收复了除了伊犁以外的所有新疆领土。1884年11月，在左宗棠的多次努力之下，清政府设立了新疆省，使得这一块土地正式成为大清国土不可分割的一部分。

督办闽海 怒斥求和

从1884年6月开始，左宗棠就已经是军机大臣了。当时正值中法战争时期，南洋水师在马尾海战中大败，战局对清政府非常不利。左宗棠在9月开始督办闽海军务，以挽救战局。尽管交战中，清政府这边始终处于弱势，但左宗棠没有放弃继续努力。

1885年正月，清军在镇南关得胜，夺取了谅山，这件事导致法国茹费里内阁倒台。法国认为这是奇耻大辱，随即便向在越南的法军拨款5千法郎，表示自己绝对没有屈服，想要继续与清军对战。当时清军损耗过大，不想再战，便与法国进行密谈，最终由李鸿章与法国签订了《中法会订越南条约》，约定中否定了中国对越南的宗主权，改由法国全权管理。因此，时称“法国不胜而胜，中国不败而败”，左宗棠认为李鸿章的求和是误苍生的做法，“比十个法国将军更坏事”。

左宗棠上书请求再战，最终也没能改变清政府的方针。而此时左宗棠的下属被诬陷治罪，左宗棠气愤不已，急火攻心让他的身体出现了大问题，只能让步求退。

1885年（光绪十一年）7月29日，病重的左宗棠连上两折，其一请求专设海防大臣，其二请求将福建巡抚改为台湾巡抚。不久，清廷成立总理海军事务衙门，台湾设省也终于实现。 同年9月5日，左宗棠在福州病故，享年73岁。

左宗棠作为晚清重臣，经历了一系列的重要事件，但不管是参与平定太平军，还是为国开办造船厂、纺织厂，又或者是有勇有谋地收复新疆，他都义不容辞，都做到了尽心尽力。单就为人来说，左宗棠博览群书、知识渊博，为人刚毅宽厚，自始至终都是一片忠心为国家，就连同是晚清重臣的曾国藩都夸说：“国幸有左宗棠也。”

中国历代圣贤故事集

中国历代大儒故事

爱华文 著

团结出版社

图书在版编目（CIP）数据

中国历代圣贤故事集 / 爱华文等著. -- 北京：团结出版社，2019.8

ISBN 978-7-5126-7253-6

Ⅰ. ①中… Ⅱ. ①爱… Ⅲ. ①故事－作品集－中国－当代 Ⅳ. ①I247.81

中国版本图书馆CIP数据核字(2019)第165301号

出版： 团结出版社

（北京市东城区东皇城根南街84号 邮编：100006）

电话：（010）65228880　65244790（传真）

网址： www.tjpress.com

Email： zb65244790@vip.163.com

经销： 全国新华书店

印刷： 三河市祥达印刷包装有限公司

开本： 140×210　1/32

印张： 62.25

字数： 600千字

版次： 2020年9月 第1版

印次： 2020年9月 第1次印刷

书号： ISBN 978-7-5126-7253-6

定价： 220.00元（全11册）

目录

荀子：战国最后的大儒

战国大儒

荀子，名况，字卿，战国末期赵国人，儒家代表人物。著名思想家、文学家、政治家，被人尊称为“荀卿”。在西汉时，荀子的“荀”与汉宣帝刘询的“询”字音相同，为了避免与汉宣帝使用同音名，所以人们又称荀子为“孙卿”。

荀子是中国历史上最先用问答体写赋的人，和屈原一起被称为“辞赋之祖”。

荀子的文章论题鲜明，结构严谨，说理透彻，具有很强的逻辑性。语言丰富多彩，善用比喻、排比、对偶，有他特有的风格，素有“诸子大成”之美称。

荀子去齐

荀子小时候就很聪明，勤学好问，10岁便被称为神童。长大后，来到燕国游说，但是燕国国君不识人才，所以荀子在燕国没有用武之地，只好离开了燕国。

荀子在50岁那年来到齐国，当时的齐襄王正在广纳人才，荀子很快就得到了齐王的赏识，于是他就在齐国开始了讲学。

当时齐国人对邹衍、邹奭（shì）、淳于髡（kūn）的评价很高，称颂他们："高谈阔论的是邹衍，精雕细刻的是邹奭，智多善辩、议论不绝的是淳于髡。"荀子在他们中年龄最长，学问又好，曾先后三次被众人推选为"祭酒"。有些气量狭小的人见荀子当了"祭酒"，就非常眼红，到处说荀子的坏话，齐王听信小人的话，便不再相信荀子了。

荀子决定离开齐国，可当时他已经81岁了，不知往哪儿去，心情非常沉重。听说楚国的春申君爱好贤士，荀子便去了楚国。

在楚为官

春申君很赏识荀子，让荀子当了兰陵令。兰陵地方不大，荀子也很敬业，竭诚恪尽职守，把兰陵治理得地肥物丰，使百姓安居乐业。

时间久了，又有人心生妒忌，在春申君面前说荀子的坏话。春申君听信小人的话，把荀子辞退了，荀子只好离开了楚国。

他经过秦国，拜见了秦昭王。秦昭王问他："儒者对于人世间的国家没有什么益处吧？”

荀子回答说：“儒者在朝廷上当官，就能使朝政完美；在下面做个老百姓，就能使风俗完美。儒者做臣民时就像这样的啊！”

■ 荀子像

秦国宰相范雎问荀子：“您到秦国看见了什么？”

针对范雎提出的问题，荀子先是对秦国的各个方面进行了一番赞美，接着又指出秦国需要忧虑的一些方面，并提出秦国需要一个儒者来治理国家。但由于秦国正实行法治，所以荀子以儒治国的思想得不到认可，荀子只好离开秦国，回到了赵国。

过了一段时间，有人对春申君说：“从前伊尹离开夏地到了殷地，结果帮殷王统一了天下，使夏朝灭亡；管仲离开鲁国到了齐国，使鲁国衰弱而齐国强盛了。由此可见，贤人在哪里，哪里的君王就能显达，国家就能荣耀。荀子是天下的贤人，他来到齐国是一桩好事，您怎么能把他辞退呢？”

春申君听后，于是立刻派人去赵国，想请回荀子。这时荀子写了一封辞谢信，并附上一首诗，斥责春申君不分好坏。诗的末尾引用《诗经》中的句子“上天甚神，无自瘵（zhài）

也”，意思是“天神的眼睛最明亮，不要自取祸殃”。春申君知道自己错待了荀子，于是反复派人去请，并且多次向荀子道歉，荀子终于又回到了楚国当兰陵令。

春申君摆酒设宴欢迎荀子回来，乐工在一旁演奏优美的乐曲，歌女展示曼妙的舞姿，春申君的两个爱妾佩珠、琼玉也来作陪。春申君举起酒杯说：“荀老夫子重回楚国，这是楚国的大事，黄歇（春申君）今日为你接风洗尘。”

荀子说：“不敢，我作为一介儒士，只希望在当今乱世中，能为百姓排忧解难，助楚国繁荣昌盛。”

春申君再次举起酒杯与荀子痛饮，众人也举起酒杯一饮而尽。荀子连连拱手：“谢谢各位！”

春申君还亲自为荀子夹了一块大鼋（yuán）鱼，并对荀子说：“荀老夫子，明日大王请你入宫，他那里的鼋鱼比我的还要好吃呀！”众人一片欢笑。歌舞酒宴之后，春申君与荀子坐在庭堂一端的幽静处，促膝长谈。

春申君向荀子请教如何治理国家，荀子回答说：“君子者，欲使国家安定，任何办法也不如平政安民。若想使国家兴旺，任何办法也不如崇尚礼义。若想建功立业，任何办法也不如尊重贤才。”春申君连连点头称是。

春申君死后，荀子被罢官，此时的荀子已经98岁了，便在兰陵安了家。此后荀子写了32篇文章，这就是留传后世的儒家名著——《荀子》。

学生李斯

荀子的学生李斯后来在秦国任丞相，李斯去秦国之前曾给老师荀子写过一封信，信的内容大致为："老师，您好！我就要离开楚国前往秦国了，临走之前想和您说几句话。您平常总是教育我要爱国，可现在是各国激烈竞争的时代，有能力的人无论在哪里都会有用处，关键是要抓紧时间，不能错过时机。我知道您对秦国的霸权不满意，说秦国总是欺负周边国家，可是在我看来，我爱国家，国家并不爱我，我在自己的国家不能施展自己的抱负。我是个出身卑微的人，父母都是底层的普通人，我若是年轻时不去追求功名利禄，那我就对不起自己的一生。您这一辈子既没钱也没地位，我大好年华，一身本领，不愿像您这样窝囊地过一辈子。"

看到这封信后，荀子对李斯非常失望。

荀子憎恶乱世的黑暗政治，他希望自己的学生能够淡泊名利，发扬儒家思想。李斯最初是一名小吏，后来辞职去找荀子学习帝王权术。荀子问他的想法，李斯毫无掩饰地说出了自己的野心，于是荀子立即断定李斯将是他最出名的学生，同时李斯也将没有好结果。

李斯虽然实现了自己的人生抱负，享受到了荣华富贵，可最后却被赵高陷害而死，这正好验证了荀子的推断。

荀子对各家学说都有所批评，唯独推崇孔子的思想，认为儒家思想是最好的治国理念，荀子对儒学经典的传承起到了很大的作用。在人性问题上，荀子主张性恶论，与孟子的看法针锋相对，孟子主张性善论。性恶论是荀子最著名的思想理论。在荀子看来，人的本性是恶的，因而不可能有天生的圣贤，只有通过一定的教育，才能矫正和约束人性，使人性朝好的一面发展。凡是善的、有价值的东西都是人后天努力的结果。蒙恬、李斯、韩非等，都是荀子的弟子。

董仲舒：罢黜百家，独尊儒术

董仲舒，西汉思想家、政治家、教育家，唯心主义哲学家和今文经学大师。董仲舒的学说以儒家宗法思想为中心，提出了天人感应、三纲五常等重要儒家理论。董仲舒任江都易王刘非国相10年，后来又任胶西王刘端国相，4年后辞职回家，著书写作。这以后，朝廷每次有大事商议时，皇帝就会让使者和廷尉去董家问问董仲舒的建议，这表明董仲舒辞职后仍然受到皇帝的尊重和厚爱。

三年不窥园

董仲舒出生于大地主阶级家庭，家中有大批藏书。他从小就很聪明，酷爱学习，读起书来常常忘记吃饭和睡觉。父亲董太公看在眼里急在心上，为了让孩子能歇歇，他决定在宅后修筑一个花园，让孩子能有机会到花园散散心、歇歇脑。

第一年，董太公一边派人到南方学习，看人家的花园是怎样建的，一边准备砖瓦木料。头一年动工，园里阳光明

■ 董仲舒像

媚、绿草如茵、鸟语花香、蜂飞蝶舞。姐姐多次邀请董仲舒到园中玩，而他手捧竹简，只是摇头，继续看书，学孔子的《春秋》，背先生布置的《诗经》。第二年，小花园建起了假山，邻居、亲戚的孩子们纷纷爬到假山上玩。小伙伴们叫他一起玩，他动也不动地低着头，在竹简上刻写诗文，头都顾不上抬一抬。第三年，后花园全部建成了。亲戚朋友们携儿带女前来观看，都夸董家花园建得精致。父母叫董仲舒去玩，他只是点点头，仍然埋头学习。中秋节晚上，家人在花园中边吃月饼边赏月，可就是不见董仲舒的踪影。原来董仲舒趁家人赏月之际，又找先生研讨诗文去了。这就是董仲舒三年不窥园的故事。

三十授徒讲学

随着年龄的增长，董仲舒的求知欲越来越强烈，他遍读了儒家、道家、阴阳家、法家等各家书籍，后来成了儒学大师。董仲舒在30岁时开始招收大批学生，精心讲授。董仲舒讲学时，在课堂上挂上一幅帷幔，他在帷幔里面讲，学生在帷幔外面听。他还经常叫得意门生吕步舒等人转相传授学业。这样，很多学生跟随董仲舒学习多年，却从没见过老师的面。通过讲学，董仲舒为汉王朝培养了一批优秀的人才，他的学生后来有的当了诸侯王国的国相，有的成了长吏。由于董仲舒广招门生，宣扬儒家经典，他的声誉也日益扩大，在汉景帝时期当上了博士，掌管经学讲授。董仲舒也曾走出家门，设坛教授，课讲得十分精彩。他的行为举止都遵循礼节，很多读书人都尊他为师。他一门心思教学，甚至三年都没回家看一下。汉武帝即位以后，董仲舒当上江都国的国相。后来，由于一些原因，他被废为中大夫。

“天人三策”论

汉武帝即位后，让各地推荐贤良的文学人士，董仲舒被推举参加策问。汉武帝连续对董仲舒进行了三次策问，基本内容是天人关系问题，被称为“天人三策”。第一次策问，汉武帝问的主要是巩固统治的根本道理；第二次策问，汉武帝主要是问治理国家的政术；第三次策问主要是问天人感应的问题。董仲舒在策问中，详细阐述了天人感应，论述了神权与君权的关系，并提出了“罢黜百家，独尊儒术”的建议，这个建议是指在政权和国家上层建筑中完全使用儒家思想。

规劝江都王

董仲舒对策后，被汉武帝派到江都易王刘非那里当国相。刘非是汉武帝的哥哥，这人粗暴、蛮横，是一个武夫，但因为董仲舒当时声望很高，是举国知名的大儒，所以刘非对董仲舒非常尊重。而且刘非还把董仲舒比作辅佐齐桓公称霸诸侯的管仲，也就是希望董仲舒像管仲辅佐齐桓公一样来辅佐自己，帮助他篡夺朝廷政权。但董仲舒主张“春秋大一统”，认为要维护政治统一，必须在思想上统一。他宣扬天是万物的主宰，皇帝是天的儿子，即天子，天子代表天统治臣民，全民都要服从皇帝的统治，诸侯王也要听命于皇帝。因此，对于刘非的发问，他借古喻今进行了规劝，指出：“所谓仁人，是‘正其道不谋其利，修其理不急其功’（端正自己奉行的道义而不谋求眼前的小利，修养自己信奉的理念而不急于取得成果）的人。致力于以德教化民众而使社会风气大变，才是仁的最高境界！所以孔子的弟子即便是小孩也羞于提到五霸，因为五霸先行欺诈后行仁义，都是些手段而已，所以不足以被真正有道义的人提及。”以此来暗示刘非不要称霸。

罢官教书

汉武帝建元六年，皇帝祭祖的地方长陵高园殿、辽东高庙发生了大火。董仲舒认为这是宣扬天人感应的好机会，于是带病坚持起草了一份奏章，以两次火灾说明上天已经对汉武帝发怒。结果奏章还没上，正巧主父偃到董仲舒家做客，看见奏章，因为嫉妒董仲舒的才能，就把奏章草稿偷走，交给了汉武帝。汉武帝看后大发雷霆，决定将董仲舒斩首。但因为怜惜董仲舒的才能，随后又下令赦免董仲舒，但董仲舒的王相一职却被罢免了。从此，董仲舒不敢再说灾异的事。被罢免后的董仲舒又干起了老本行，继续从事教学活动。

辞官归家

后来，公孙弘又推荐董仲舒做胶西王刘端的国相。刘端也是汉武帝的哥哥，他比刘非更凶残、蛮横，过去不少做过他国相的人都被他杀掉或毒死。因为董仲舒是知名的大儒，所以刘端对他还比较尊重。作为胶西王刘端的国相，董仲舒一直提心吊胆，万分谨慎，生怕时间长了会遭到不测，于是他在四年后以年老有病为理由辞职回家。从此，董仲舒也就结束了他的仕途生涯。晚年的董仲舒对什么事情都不过问，只是埋头读书、写作。董仲舒虽然辞去了官职，但朝廷一有大事，皇帝还经常派人到他家向他请教，对于每件大事，董仲舒都会有很明确的看法。后来，张汤把请教董仲舒的部分材料整理为《春秋决狱》一书。董仲舒虽然养病在家，但仍然十分关心国家大事，甚至在临终前还写奏章给汉武帝。

董仲舒在家中病逝，葬于西汉京师长安西郊。有一次，汉武帝经过董仲舒的墓地，为了表彰他对汉王朝的贡献，特下马致意。由此，董仲舒的墓地又被称为“下马陵”。

扬雄：衣冠渺尘土，文字烂星辰

扬雄，字子云，西汉官吏、学者。少年好学，有口吃，博览群书，擅长辞赋。40多岁时开始游于京师长安，凭借文章得到皇帝召见，奏《甘泉》《河东》等赋。扬雄是继司马相如之后西汉最著名的辞赋家。刘禹锡在《陋室铭》中提到的，“西蜀子云亭”的西蜀子云就是扬雄。扬雄曾经撰写《太玄》等著作，将源于老子之道的“玄”作为最高范畴，并在构筑宇宙生成图式、探索事物发展规律时，以玄为中心思想，是汉朝道家思想的继承和发展者，对后世来说意义重大。

沉静好学无甚嗜欲

扬雄家族世代以耕种养蚕为职业。从扬季到扬雄，五代只有一子单传，所以扬雄在蜀地没有别的亲族。扬雄小时候很好学，博览群书无所不读。他为人平易宽和，因为口吃不能快速讲话，所以常静默爱沉思，没有什么嗜好欲望，不追逐富贵，不担忧贫贱，不靠故意修炼品性以在世上求取声名。

家产不超过十金，穷得没有一石余粮，却很安然。自身胸怀博大，不是圣哲的书不喜欢，不符合自己意愿的事，即使能富贵也不干。

甚爱辞赋

他很喜欢辞赋，汉武帝时，蜀地有才子司马相如，作赋壮丽典雅。扬雄心中佩服他，每次作赋，常把他作为榜样模仿。又惊讶屈原文才超过相如，却不被容纳，作《离骚》，自己投江而死，为他的文章感到悲伤，每次读时都没有不流泪的。扬雄认为，君子时势顺利就大有作为，时势不顺就像龙蛇蛰伏，机遇好不好是命，何必自己投水呢？于是他便写了一篇文章，摘取《离骚》中的句子而反驳它，从竖山投到江水中来哀悼屈原，名为《反离骚》；又根据《离骚》重作一篇，名叫《广骚》。

后来，大司马车骑将军王音召见扬雄，让他成为自己的门下史。后经蜀人杨庄推荐，汉成帝任命他随侍左右。元延二年，扬雄与汉成帝前往甘泉宫，作《甘泉赋》讽刺汉成帝的铺张作风。后来又作《羽猎赋》，仍然以劝谏为主题。被封黄门郎，与王莽、刘歆等同在一处做官。前10年扬雄作《长杨赋》，继续对汉成帝的铺张奢侈提出批评。扬雄后来认为辞赋是雕虫小技，不是成年人该做的事，转而研究哲学。模仿《论语》作《法言》，模仿《易经》作《太玄》。提出来以“玄”作为宇宙万物根源的学说。有人笑他，于是他写了一篇《解嘲》。为了宽慰自己，他又写了一篇《逐贫赋》。

■ 扬雄像

扬雄跳阁

王莽当政时，刘歆、甄丰都做了上公，王莽因自己是根据流传的符命夺取西汉政权的，因此想从此禁绝符命，以防止别人利用符命来反对自己。恰在这时，大臣甄丰的儿子甄寻和刘歆的儿子刘棻（fēn）又上书献符命。王莽便来个杀一儆（jǐng）百，下令把甄丰、甄寻父子杀了，将刘棻发配到边疆充军。同时，王莽下令说：“凡是和甄丰父子及刘棻有牵连的人，刑部可以直接将他们逮捕归案，不必向我禀报。”于是，刑部立即派出大批捕头到处捕人，一时间弄得整个京城人心惶惶，和甄丰父子及刘棻关系密切或和他们有过交往的人，人人自危，担心突遭逮捕。

扬雄跟甄丰父子及刘棻十分相熟，刘棻还跟扬雄学习过古文字。扬雄听到王莽的命令，心中惴惴不安。一天，他正在天禄阁校勘书籍，刑部的捕头突然来到。扬雄听到手下的禀告，自认为这次难逃一死，决定跳阁自杀。于是，他奔到窗口，打开窗，纵身一跃，从数丈高的天禄阁往下跳去。谁知跌得巧，扬雄非但没死，伤势也不是很严重，刑部便把扬雄收入狱中。不久，王莽得知扬雄跳阁的事，便问："扬雄这个人向来不过问政事，为什么要收捕他？"刑部官员回答说："他曾教过刘棻古文字，关系很密切。"王莽又问："刘棻献符命的事，扬雄知情吗？"刑部官员说："根据查问，扬雄确实不知情。"王莽听了，说："扬雄是个书呆子，白白从阁上跳下，吃了不少苦头，你们将他放了，让他回天禄阁继续校勘书籍去吧！"于是，刑部释放了扬雄，扬雄总算逃过一劫。

是非评判，留予后人

后来，扬雄因为生病被免去职务，后又被召见为大夫。扬雄家境一向贫寒，他又爱喝酒，当时有多事的人带着酒菜跟他学习。巨鹿人侯芭常去跟扬雄一起居住，跟他学了《太玄》《法言》。刘歆知道后，对扬雄说："白白使自己受苦！现在学者有利禄，还不能通晓《易》，何况《玄》？我怕后人用它来盖酱瓿了。"扬雄笑而不答。

扬雄活到71岁，在天凤五年死去，侯芭为他建坟，守丧三年。当时大司空王邑、纳言严尤听说扬雄死了，对桓谭说：

“您曾经称赞扬雄的书，难道他的书能流传后世吗？”桓谭说：“一定能够流传，但您和我看不到了。人们一般都轻视近的重视远的，亲眼见扬雄地位容貌不能动人，便轻视他的书。从前老子作虚无之论两篇，轻视仁义，驳斥礼学，但后世喜欢它的还认为它超过《五经》。现在扬雄的书文义很深，论述不违背圣人，如果遇到明君当政，再经过贤明多智的人阅读，被他们称道，便必定超过诸子了。”

儒者群中有的嘲笑扬雄不是圣人却作经，好比春秋吴楚君主僭越称王，应该是灭族绝后的大罪。从扬雄死后40多年，他的《法言》大行于世，但《太玄》到底没有得到彰显，但篇籍都在。

扬雄融会儒、道两家思想，创造了一个严谨而精细的哲学体系，在中国哲学发展史上是极为罕见的。与此同时，他也在一定程度上依据唯物主义观点，对当时流行于世的天人感应、鬼神图识等宗教迷信思想进行了批判。在某种意义上可以说是企图恢复先秦儒学注重理性和道德实践的精神，对东汉杰出的唯物主义哲学家王充有较大的影响。而《法言》和《太玄》两部著作，使他在中国哲学史上也占有独特的地位。

刘歆：古文经学的宗师

刘歆（xīn），字子骏，后改名为刘秀，汉高祖刘邦四弟楚元王刘交的后代，刘向的儿子。

刘歆是西汉后期的著名学者，古文经学的真正开创者。他不仅在儒学上很有造诣，而且在校勘学、天文历法学、史学、诗等方面都堪称大家，他编制的《三统历谱》被认为是世界上最早的天文年历的雏形。此外，他在圆周率的计算上也有贡献，刘歆计算出的圆周率是3.1547，和后世一直沿用下来的圆周率只略微差了0.0131，人称“刘歆率”。刘歆最终因为谋划诛杀王莽失败而自杀身亡。

古文经学的真正开创者

刘歆在经学史上的第一个贡献是发现了一批晚秦经书，使它们免于丢失。由于刘歆的倡导宣扬，这批古文经书被社会和士人广泛得知，于是才互相学习。刘歆在经学史上的第二个贡献是开辟了以文字和历史解经的新方法。为了发扬古文经，刘歆等人重视解释古代汉语中字词的意义，不仅凭此来读经，而且根据古文的字体笔意来解经。刘歆在经学史上的第三个贡献是打破了今文经学对儒学的垄断，开启了古文经学的发展道路。如果说是董仲舒开创了以微言大义说经的今文经学的话，那么刘歆就开创了重视名物制度的古文经学。

刘歆对“五经”古文经典的整理做出了很大的贡献，他所特别爱好且最有研究的是《左传》。汉哀帝即位时，刘歆建议将《左传》及《毛诗》《仪礼》《古文尚书》都列于学官。哀帝下诏征询臣下对立《左传》博士的意见，同时让刘歆去跟今文经博士们讨论经义。

完成图书整理编目工作

刘向、刘歆父子经过20多年的努力，圆满地完成了中国历史上第一次由政府组织的大规模图书整理编目工作。在这次校勘整理群书的工作中，刘歆创造出一整套科学的方法。为了对书籍的篇章文字等进行校正和勘定，他们首先罗列各种版本，广泛搜集珍贵而不易获得的版本；然后选定篇目，去除重复；再审查处理文字次序错乱的地方，校勘文字；最后勘定书名，誊清新本，总共整理出图书33090卷，收藏于天禄阁、石渠阁。建立了第一个国家图书馆，并为先秦古籍的流传以及图书由官府收藏走向民间普及做出了重大贡献。他们系统的古籍整理方法，使校勘、辨伪、考据等学问开始产生。

刘氏父子典籍整理的一个重要工作是编制目录，首先是在每一本书校勘誊清后，由刘向父子集中整理篇目，叙述旨意，写成叙录，也就是现在所说的提要。然后，又将各书的叙录集合在一起，按部类抄成一书，称为《别录》。这项工作主要是刘向完成的。刘歆在他父亲刘向编纂《别录》的基础上进一步加工，编成了一部综合性的图书分类目录《七略》，这是中国第一部图书分类目录，是具有学术史价值的著作。

《七略》共有七卷，其中《辑略》是全书的叙录，其余六卷分别为《六艺略》《诸子略》《诗赋略》《兵书略》《术数略》《方技略》，将著录的图书分为六个大类，38种，603家，13219卷。《七略》对每种每类都加小序，说明学术源流、类别含义等，不仅对当时的学术发展有很大的推动作用，而且对后世的目录学更有着深远的影响，成为中国目录书的典范。刘歆著《移书太常博士》，这是经学史上的重要文献。

振兴古文经学

从西汉晚期开始，古文经学的振兴与刘歆的积极倡导是分不开的。他在长期校理中秘书籍的过程中，接触到大批外人无法看到的古文经籍，从而产生了浓厚的研究兴趣，并做出了空前的成绩。具体地说来，有以下几点：

第一，重新排列了六艺的次序，把《易经》提到首要的地位。同时，协助刘向将内朝秘藏中发现的《古文易经》校对当时通行的《易经》各种隶书本，把费氏《易经》定为古文经典。自孔子以来，六艺次序总是以《诗》《书》为先，然后是《礼》《乐》《易》《春秋》。刘歆对《易经》很有研究，认为《易经》是由上古伏羲、中古文王、下古孔子三位圣人完成的，《易经》的道理很深，它的产生要归功于伏羲、文王、孔子三大圣人，其发展经历了上古、中古、下古三个时期，因此，六艺之首当数《易经》。从此以后，历代志书和目录关于六艺的次序，都是以刘歆的说法为准。至于《易》的流传，西汉施氏、孟氏、梁氏、京房、费氏、高氏《易》等等，都是隶书的抄写本子。刘向、刘歆父子发现了战国遗存的古文本，拿来校对各种隶书本，结果只有费氏《易》与古文本相同，于是确定费氏《易》为古文经典。

第二，首次披露了《古文尚书》和《逸礼》的来历，将秘藏的古文经本传出内朝，使更多的士人有机会学习。鲁恭王从孔子旧宅中发现了古文《尚书》与《逸礼》，后由孔安国献给朝廷，藏在秘府。刘向、刘歆父子整理时，发现古文《尚书》比今文本多出16篇，并对欧阳氏、大小夏侯氏三家今文本作了校对、核查，发现了一些少字的地方。刘歆在《移让太常博士书》中首次披露孔壁书的事实，使朝野士人都知道还有《古文尚书》与《逸礼》的存在。这对推动古文经典的广泛流传起到了重要作用。

第三，首次把《毛诗》归于古文经典。刘歆少年时通习今文《诗》学，后来才读到《毛诗》。他根据内朝秘府的资料，知道又有毛公（鲁国毛亨和赵国毛苌）所辑录和注释的《诗》，自称是子夏传下来的，河间献王非常喜爱，但它没能被列为官方正统书籍。

第四，首次把《周官》称为“经”，列入古文经典。《周官》名称，始见于《史记·封禅书》，原来不称“经”，与儒家经典没有什么关系。刘向、刘歆整理时，开始把它归入“六艺略”礼类，称它为《周官经》六篇。

第五，重新整理《左氏春秋》，探求全书的义理。从汉初直到汉成帝时，传习《左氏春秋》的有北平侯张苍、贾谊、赵人贯公、张禹、尹更始及他的儿子尹咸、翟（zhái）方进、房风等人。刘歆校“中秘书”时，看到《左氏传》的古文本十分好，便向丞相翟方进和亟相史尹咸学习《左氏春秋》。

编制三统历

刘歆任天文官时，做了一项很重要的天文工作，就是编制了三统历，他对天文学的贡献都记载在三统历之中。三统历是根据太初历改编的，其中加入了许多新的内容。太初历是汉初天文学家邓平、落下闳等人编制的，从太初元年一直使用到西汉末年。刘歆系统地叙述了太初历的内容，又补充了很多原来简略的天文学知识，并仔细分析考证了上古以来的天文文献和天文记录，写成了《三统历谱》。

刘歆最早提出了“岁星超辰”计算法，岁星就是木星，岁星超辰就是：它在恒星背景上约每11.86年自西向东运行一周。刘歆还是中国古代第一个提出接近正确的交食周期的天文学家。交食包括日食和月食。交食周期的最早记载是在司马迁的《史记》中，但由于可能是某些数字的错乱，在刘歆所处的年代很难确定它的周期值。刘歆坚信日食月食都是有规律可循的自然现象，他通过分析各种书上的月食记载，提出了135个朔望月有23次交食的交食周期值。

深陷政治漩涡

当刘歆初入仕途做黄门郎不久，以勤劳俭朴、恭谨谦逊而声名盛高的王莽也因王凤临终之托而做了黄门郎。两个出身豪贵而又博学的年轻人从此结下了较深的情谊。经过几十年的奋斗，野心勃勃的王莽终于在和他同一档次的官员行列中脱颖而出，接续他的四位伯父、叔父辅佐朝政。哀帝死后，他更被推举为大司马，独掌政权。为了给最终篡权做准备，王莽胁持上下，设计诛灭政敌，选拔提升党羽。失意的刘歆成为王莽拉拢的对象。王莽把刘歆召回京师，先任命他为右曹太中大夫，很快迁官为中垒校尉。不久，王莽成为公汉公，随即任刘歆为羲和、京兆尹，封他为红休侯，让他主管儒家学者群中的官员，这时的刘歆也就成为学术文化事业的最高领导人。

王莽为了实现政治欲望，也需要有一种新的学说作为自己的理论武器，而刘歆所鼓吹的古文经学，尤其是其中的《左传》和《周礼》，都有一些利于王莽篡汉夺权的内容，所以他利用政权的力量大力支持刘歆推行古文经学，同时换取刘歆等人利用古文经学巩固地位、篡权和托古改制、制造舆论等。

元始四年，王莽给皇上上书修筑一座用来颁布政令、接受朝觐和祭祀天地诸神以及祖先的建筑，让刘歆主管这件事。这座建筑非常恢宏，无与伦比，从而赢得天下儒生学士的好感。他们纷纷上书，认为这是有着重大意义的事业，要求封给王莽在诸侯王以上的官位。于是皇帝赐给王莽一捆丝织品，再加上美玉，大国乘车、安车各一辆，骊马二驷。王莽得到了皇上的最高礼遇，成为没有加冕的帝王。刘歆陷入政治漩涡后，又想极力挣脱，于是谋划诛杀王莽，结果事败自杀。

最终被连累

刘歆是西汉今文经学的另一股力量，是东汉古文经学的宗师。刘歆的卓越学识确实是为古今学者同声赞誉的。然而，他又是帮助王莽篡夺汉室江山，建立新朝的最主要人物之一，政治上与王莽不光彩的事业捆在一起，而受到后人的唾弃。

王充：博大求实的唯物主义哲学家

王充，东汉唯物主义哲学家、无神论者，字仲任。王充以道家的自然无为为立论宗旨，以“天”为天道观的最高范畴。以“气”为核心范畴，由元气、精气、和气等自然气化构成了庞大的宇宙生成模式，与天人感应论形成对立之势。他在主张生死自然、力倡薄葬，以及反叛神化儒学等方面彰显了道家的特质。他以事实验证言论，弥补了道家空说无着的缺陷，是汉代道家思想的重要传承者和发展者。

王充虽是汉代道家思想的主张者，但他的学说与先秦的老庄思想及西汉初年王朝所标榜的“黄老之学”（黄老之学是产生于战国时代的哲学、政治思想流派）以及西汉末叶民间流行的道教都不同。《论衡》是王充的代表作品，也是中国历史上一部不朽的唯物主义哲学著作。

少年博学独成一家

王充少年时父亲就去世了，他对母亲很孝敬。后来他到

■ 王充像

了京城，在太学学习从业的本领，拜扶风班彪为师。王充爱好广泛，浏览书籍而不拘泥于某些段落和句子。由于家境贫穷没钱买书，他经常去逛洛阳街上的书店，看人家卖的书，看一遍就能背诵，因此也广泛地接触了众多流派的学说。后来他回到家乡，教书讲学。

王充擅长辩论，开始说的话好像很诡异，最后却又得出实在的结论。他认为庸俗的读书人做学问，大多都失去了儒家的本质，于是闭门思考，谢绝一切来访、庆贺、吊丧等，窗户、墙壁上都放着刀和笔。最后，他写出了《论衡》85篇，20多万字，解释了万物的异同，纠正了当时很多人们疑惑的地方。

家道中落

王充说自己出自“孤门细族”（指一般的人家，血统不高贵），但种种迹象表明，王家祖上还是比较风光的。在汉代，王充祖先因功受封会稽阳亭。亭侯是汉代军功爵之一，亭的大小，约相当于后世的堡或村。级别不高，但可坐食其税，是个中小地主。可惜好景不长，有一年，王充家在一次突发事变中失掉了爵命和地位，无爵可继，有家难归，王充的祖先们只好就近安置下来，男耕女织，以农桑为业，成了普通的会稽郡人氏。失掉了封爵的王充祖先，奋力谋生，结果与人结了很多仇怨，众人都怨恨王家。一遇天灾岁歉，王充的祖先们又干些拦路抢劫、杀人越货的勾当，惹了众怒。王充的祖父王汛掌家时，正值西汉末年天下动荡，秩序大乱，王汛担心乱中被仇家绑票，于是收拾起那些精细而易于携带的贵重物品，肩挑车载，离开了阳亭。先迁到会稽（今浙江绍兴），最后留在钱塘县，靠转手倒卖，经商贩卖为业。王充的家世，由先秦王孙，到西汉封侯，再到农桑贩卖，真是江河日下，一代不如一代。

王充的父辈共有二人：王蒙、王诵。王诵即是王充的父亲。王充祖辈好逞勇武、处事纵任、不加约束的习性，到了王蒙、王诵这一代更是有过之而无不及，最终又与地方豪强丁伯家结下深仇。钱塘也待不下去了，于是又举家迁入上虞。这个十足的破落之家，到王充出世时，已是贫穷得没有地方安身，确实是一个“孤门细族”。在这个家里，迎接王充降临的，不仅没有任何财产、名誉和地位，而且更让他背上了一个先人无德、祖宗无行的沉重包袱。以至后来王充成名后，还有人以此来讥讽他。王充在《论衡·自纪篇》中详尽地记载了这些家庭状况，是比较真实的。

正儒根基

王家祖上尽管在社会上大要无赖，勇猛好斗，但到王充时，还是十分注意培养他的。王充年少时，不喜欢那些戏弄侮辱的无聊游戏。其他小孩喜欢掩雀捕蝉、戏钱爬树，王充从来不去参与，而且表现出耿直方正、端庄严整的气质。王充6岁便开始读书写字，8岁进学堂上小学。书馆中的学童有100多人，都因过失和书法不工整遭到先生体罚，只有王充书法日进，又无过错，从没受过责罚。学会写字后，王充告别了书馆，开始了儒家经典的学习和儒家道德的修炼。王充接受的正规教育仍然是儒家的理论，使用的系统教材仍然是儒家的经典《论语》《尚书》，与常人并无两样。完成乡学后，王充就背着书箱远行，在京都洛阳一带游学。

太学深造

在洛阳，王充入太学、访名儒、阅百家、观大礼，大开了眼界、大增了学问，初步形成了他博大求实的学术风格。

东汉的京师在洛阳，当时是全国政治、经济、文化的中心。东汉的开国皇帝刘秀（汉光武帝）原本是南阳的一位书生，夺得天下后，特别注重文化推广，特别是儒家学术。为了安抚这批饱学通经之士，光武皇帝特起太学，设博士，用他们来教授生徒，造就人才。太学是当时全国的最高学府，典籍丰富，名流荟萃，是全国最权威的学术活动中心。因此，四方郡县都挑选优秀青年进入太学深造，王充也因成绩优异被保送到太学学习。

王充到京师时，已年满18岁，风华正茂，正是学知识、长见识的大好时机。不过，当时太学受今文经学的影响，盛行章句之学。传经注重家法师承，先生们将先师的遗教记下，章有章旨，句有句解，称为“章句”。弟子们反复记诵，味同嚼蜡；恪守师训，不敢越雷池一步。加之光武皇帝沉迷纬书谶（chèn）记，事情不分大小，都取决于图谶，神学迷信充斥学坛。太学教育不仅方法僵死，而且内容空虚荒诞。好在这时王充的前辈学者社林、郑众、桓谭、班彪等人都在京师，他们都是古文经学家，博学多识，号称大儒。在数家之中，王充对桓谭和班彪最为推崇，受他们的影响也最深。在思想方法上，王充得益于桓谭。

桓谭，字君山，是两汉之际著名学者，著有《新论》一书。他治学的特点也是“训诂举大义，不为章句”（解释古代汉语中字词的意思，通晓主要意思，不死记硬背一章一句），与班氏父子学风相同。在思想方法上，具有求实精神，喜好古文经学，常与刘歆、扬雄辨别分析不同的意见，尤其反对当时盛行的谶纬神学。他曾在光武皇帝面前冒着杀头的危险非议谶纬神学，对那些庸俗儒者的鄙俗见解更是深恶痛绝，常常调笔讥讽。桓谭求实的治学精神，王充特别欣赏。

心系兰台

当时在京师的青年学者还有贾逵、傅毅、杨终等，都曾在兰台做官，王充也与他们有所往来。兰台是东汉的皇家图书馆和国家史馆，在那里读书作文，都由公家供应纸墨，条件优越，待遇优厚，是一个清高又实惠的学术机构，因此当时的人们称进入兰台为登蓬莱，世以为荣。然而到了晚年，王充穷居陋巷，还希望朝廷有朝一日也把他征在兰台，这样不仅可以满足自己生前的愿望，也可以报答皇上的恩惠。

一生坎坷，晚年悲凉

王充一生业儒业道，仕路不亨，只做过几任郡县僚属，且多坎坷艰难。从事迹上看，既无悲歌慷慨之行，也无惊天动地之业，因此，无论是他自己写的长篇自纪，还是范晔为他作的正史传记，事迹都非常少，实在无法引人入胜。

郑玄：遍注群经的大儒

郑玄，字康成，汉朝思想家、经学家、大司农。郑益（字益恩）的父亲，郑小同（字子真）的祖父。少年时学习《易经》《公羊传》，有“神童”的美誉。18岁任乡啬夫，与卢植同拜马融为师，学习古文经学，曾经游学于幽、并、兖、预诸州。因党锢事件而被禁后，专心著述。后又博通今文经学，遍注群经，是汉代集经学之大成者，世人称“郑学”。善饮酒，可饮一斛（hú），遍注群经。

家境贫寒的小神童

郑玄出生时，郑氏家族已经败落了，他的祖父郑明、父亲郑谨都没有做官，只在乡间务农，家中生活也比较贫寒。郑玄自幼天资聪颖，性喜读书，勤奋好学。他从小学习书数之学，到八九岁时就精通加减乘除的算术，不但一般的大人比不过他，即便是读书人，如果不是专门学习书数的人也赶不上他。到了十二三岁时，他就能诵读和讲述《诗》《书》

《易》《礼记》《春秋》这儒家“五经”了。同时，他还喜欢钻研天文学，并掌握了“占候”“风角”“隐术”等一些以气象、风向的变化而进行推测吉凶的方术。

少年奇才天资秉异

郑玄自少年时就一心向学，并确立了学习经学的志向，终日沉湎于书卷中，孜孜以求。他不尚虚荣，天性务实，有一件小事很能说明这个问题。十一二岁的时候，他随母亲到外祖父家做客，当时客人很多，在座的十多位客人都衣着华美，打扮得焕然一新，一个个言语清爽，夸夸其谈，显得很有地位和派头。唯独郑玄默默地坐在一旁，似乎身份和才学都赶不上人家。母亲见到这种状况，感到面上无光，便暗地督促他出头露面，显露点才华，表现点阔绰和神气。郑玄却不以为然，说这些庸俗的场面不是他的意向，不是他所愿意见到的。

郑玄16岁的时候，不但精通儒家经典，详熟古代典制，而且通晓谶纬方术的学说，还能写得一手好文章，在当地声名远播，被大家称为神童。当时朝廷的统治者相信灾异、符瑞之说，把各种自然灾害视为上天对人类的惩罚和警告；把自然界罕见的一些现象，如禾生双穗、出现珍禽异兽等，看作是上天对人们的奖励和对“政治清明”的赞赏。为了证明统治者的行为符合天意，朝廷便鼓励地方官府将“符瑞”逐级上报，借神化来歌颂封建统治，麻痹人民。

但当时官吏的作风腐朽，州、县官吏大都不会做文章。恰巧这一年民间有人献瑞，不同的两棵秧长到一起结了一个瓜，称为“嘉瓜”；一枝禾稻结了两个稻穗，称为“嘉禾”。县里要讨好上级，就将“符瑞”的情况写成公文并加上颂辞上报，无奈官吏鄙陋无文，写的东西实在拿不出手，只好请神童郑玄来改写。郑玄写好了公文，又写两篇颂辞，备受县吏的赏识。郡守认为郑玄是少有的奇才，不愧是神童，后来亲自为他主持了冠礼（男子20岁时为表示成年而举行的加冠典礼）。

郑玄对术数之学的研究也很有心得，成名很早。据《玄别传》记载，郑玄17岁时，有一天正在家读书，忽见外面刮起了大风，他根据自己掌握的一些方术来推算，预测到某日、某时、某地将要发生火灾。于是，他立即到县府去报告，让政府早早做好抗灾准备。到了某日某时，某地果然发生了火灾，但由于早有准备，并没酿成大害。这件事不胫而走，郑玄又被当地人视为“异人”。

青年才俊初绽头角

伴随着知识和学问的增长，郑玄步入了青年时代。虽然

■ 郑玄像

他立志于潜心钻研经学，并已具有了一定的经学造诣，但由于家境贫寒，生活困苦，已没有条件继续专门攻读了，父母兄弟迫于生计问题，也都不允许他再不事产业而长年读书了。在18岁那年，他不得不出仕，任乡啬夫之职。乡啬夫是乡一级的地方小吏，掌管诉讼和税收等事务。对于自己主管的工作，郑玄勤勤恳恳，十分认真，他抚恤孤苦，甚得乡里的好评，不久便晋级而成为乡佐，大约相当于副乡长的职位。虽然上司器重，乡亲拥护，但郑玄却不安于乡吏的工作，不愿为吏以谋生，而一心向往研究学术。因此，他在做乡吏的同时，还利用一切可以利用的机会刻苦学习，每逢休假日也不回家，而是到学校向先生请教各种学术问题。他的父兄对此极为反对，并一再督责和训斥他。但父兄的反对也改变不了他的志向，他仍坚持不懈努力学习。到21岁时，他已经博览群书，具有了深厚的经学功底，并精通历法图纬之学，也精通算术，成为一名满腹才学的年轻学者。

当时有一位名士名叫杜密，和大胆反对宦官的“天下名士”李膺（yīng）齐名，并称为“李杜”。杜密升任太山太守、北海相，到高密县巡视时见到郑玄，认为他是一个不可多得的人才，就把他升调到郡里为吏录，使他得到了学习和深造的机会。从此，郑玄便结束了他的乡仕生涯。

参访明师而立不倦

到了北海郡不久，郑玄又辞去吏职，入太学授业。他的老师名叫第五元先（第五是复姓），是当时京兆平陵（今陕西长安）的大姓，曾任兖（yǎn）州刺史，是一位很有学问的经学博士。郑玄从师第五元先，先后学了《京氏易》《公羊春秋》《三统历》《九章算术》等，都达到了胸有成竹的程度。其中《京氏易》和《公羊春秋》这两部书是今文经学的重要典籍。《三统历》和《九章算术》这两部书都属历法之学的重要著述。

郑玄师从第五元先后，又跟从东郡张恭祖学习《周官》《礼记》《左氏春秋》《韩诗》《古文尚书》等，其中除《礼记》和《韩诗》外，均为古文经学的重要典籍。郑玄学习今古文经学两大学派的重要经籍后，仍然没有感到满足，又跟从陈球学习《律令》。在此期间，他还以明经学、表节操为目的，游学于幽、并、兖、预各地（相当于今山东、河北、河南一带），遍访名儒，转益多师，虚心向他们学习，共同探讨学术问题。

读万卷书，行万里路，不辞劳苦，孜孜求道，郑玄的青年时代，就是这样匆忙而充实地过去了。到了而立之年后，郑玄已经成为一名有着很深造诣的经学家。他的学问在山东（指崤（xiáo）山或华山以东，今河南、河北、山东一带）已经可以说是首屈一指了。

拜师扶风马融

郑玄虽然学富五车，但他自己却仍不满足，因为学无止境，越学反而越觉得知识不够用。当他感到关东（指函谷关以东）学者已经无人再可请教了的时候，便通过友人卢植的关系，离开故国，千里迢迢西入关中，拜扶风马融为师，以求进一步深造。这一年，郑玄33岁。马融是扶风茂陵（今属陕西兴平）人，是当时全国最著名的经学大师，学问十分渊博。他遍注儒家经典，使古文经学达到了成熟的境地。门徒上千，长年追随在身边的就有400余人，其中优秀者达50人以上。

马融为人比较骄贵和讲究，虽然门徒众多，但他只亲自面授少数高材生，其余学生则由这些高材生转相授业。郑玄投学门下后，三年不被马融看重，甚至一直没能见到他的面，只能听他高足弟子们的讲授。但郑玄并未因此而放松学习，仍旧日夜寻究诵习，毫无怠倦。有一次，马融和他的一些高足弟子在一起演算浑天（古代一种天文学）问题，遇到了疑难而不能自解。有人说郑玄精于数学，于是就把他召去相见。郑玄很快就圆满地解决了问题，使马融与在场的弟子们都惊服不已。马融对卢植说：“我和你都不如他呀！”从此以后，马融对郑玄十分看重，郑玄便把平时学习中发现而未解决的疑难问题说出来一一向马融求教。对于书卷文籍的深奥主旨深入探索，无不精研，终得百尺竿头再进一步。

因才招妒

郑玄在马融门下学习了7年，因父母老迈需要回家奉养父母，就向马融告辞回山东故里。马融此时已经感到郑玄是个了不起的人才，甚至会超过自己，他深有感慨地对弟子们说：“郑生今去，吾道东矣！”意思是说，由他承传的儒家学术思想，一定会由于郑玄的传播而在关东发扬光大。但有这样一种说法，据说郑玄学业学成后辞别老师回归故里时，马融心里忌恨郑玄。郑玄怀疑有人追赶他，于是坐在一座桥的下面，将穿着木屐的脚放在水面上。马融用“式”这种卜具推算出他离去的方位，带领人去追杀郑玄。看见郑玄后，对跟他一起来追杀郑玄的人说：“郑玄在土下水上而依靠着木（木屐代木。此为古人迷信说法，在土下水上，即是棺木），这回他必定会死。”于是不再追杀郑玄，转身离去。郑玄这才免去一死。

还有一种说法，马融感慨地说："诗书礼乐，郑玄都精通啦！"心中暗暗产生杀机。郑玄觉察出老师有杀他的想法，便偷偷离去。马融用计数的竹制筹码，推算出郑玄此时的方位应在土木上，便亲自骑马去暗杀他。郑玄见老师骑马追来，慌忙跑到一座桥下，全身卧伏在桥柱子上躲藏起来。马融追到近前，下马来回寻找，不见郑玄，自言自语地说："郑玄此时应当在土木之间，就是这个地方啊，可这里还有水，看来不在这儿。"于是，马融骑马走了，郑玄躲避了一场追杀。

从马融那里学成回乡后，郑玄40多岁，这时他已成为全国著名的精通今古文经学的大师了，于百家之学无所不通。远近有数百上千人投到他的门下，拜他为师，听他讲学。当时他家里还很贫穷，便一面种田维持生计，一面教授门徒。东莱在今山东即墨县东南不其城南山下，环境十分优美，山上有古井不竭，井边有一种细而长的草，和薤一样一尺多长，很有韧性，时人称之为书带草，又叫康成书带。郑玄与弟子们隐居在这里，过着清贫而安逸的生活。

党锢之祸

本来像郑玄这样学问好名声大的经师，是会被推荐或征召入朝为官的，他本人也未尝不是这样打算的。但谁知正在此时，朝廷却发生了“党锢之祸”。党锢之祸是东汉后期统治阶级内部宦官、外戚两派长期斗争的产物。外戚当权，杀戮和罢免了一大批宦官，而提拔重用他们的同党；反之，宦官掌权，则屠杀外戚集团，罢免和压制外党。

桓帝时，一批比较正直的士家豪族和“名士”出身的封建官僚，联合3万多太学生，一起反对宦官集团。此时宦官控制了桓帝，捏造罪状进行反击，于是桓帝下令逮捕李膺、陈实、杜密等200余人，并对逃亡者悬赏追捕。这就是发生于延熹九年的第一次“党锢之祸”。后来，由于外戚集团的拥护，桓帝开赦了李膺等200人。不久，外戚与党人又联合起来谋划诛杀宦官。泄密后又被宦官先发制人，阴谋陷害，将李膺、杜密等200余人一并下狱处死。之后，又在全国各地陆续逮捕“党人”。

灵帝建宁元年，下诏各州郡查究党人，凡“党人”及其门生、故吏、父子、兄弟现居官位者，一概免职禁锢，这就是所谓的第二次党锢之祸。所谓“党锢”，也就是视为党人而予以禁锢，断绝他的仕途之路，永远不许为官。郑玄正是杜密原来的下属官吏，又曾受杜密的赏识与提携，所以也被视为党人，和同郡孙嵩等40余人全部被禁锢。这一年，郑玄45岁。

集经学之大成者

郑玄被禁锢后，断绝了仕进之路，便闭门不出，隐修经学事业，集中全部精力来进行遍注群经的工作。郑学的主要成就都是在这一时期完成的。

汉代经学有今古文之分。秦始皇焚书后，汉代有一些老儒生凭记忆背诵出来一些经文，用当时通行的文字记录并整理出来，叫作“今文经”。今古文经不仅经文有所不同，更重要的是它们的解说和观点差异很大。两派各按自己的观点注经立说和收徒讲学，渐成水火不相容之势，发展到相互指责、论辩，相攻如仇。后来，古文经也被立于学官，取得了合法的地位，两派的斗争更加频繁和激烈了。

到东汉时，今古文经并行，古文学派的影响迅速扩大。郑玄进入经学界，正是处于今古文学派激烈斗争的形势之下。今古文经学派的相互攻击，在本质上并没有什么进步意义，虽然两派都各自有一些长处。郑玄起初跟从第五元先学习《京氏易》《公羊春秋》，是属于今文经学派的。后来他又跟从张恭祖学习《周官》《左氏春秋》《古文尚书》，这是属于古文经学派的。可见他并不专守一师之说，尊一家之言，而是博学多师，兼收并蓄。他在马融门下学习多年，而马融是古文经学大师。总的来看，他是倾向于古文经学一边的，即以古文为主，多方面采取今文，择善而从。

在受禁锢的14年中，郑玄遍注群经。郑注出现以后，原来各守门户的今文经学与古文经学，便逐渐不再为人们所信了。他在当时不仅集古文经学之大成，而且使古文、今文融为一体，独创了一个新的学派——郑学。人们转而崇尚郑学，使之逐渐成为天下人所尊崇的儒学。郑学的出现，使经学的发展产生了重要的变化，使经学进入了一个“统一时代”。

当时有位著名的今文经学大师名叫何休，他用17年的时间写成了《公羊春秋解诂》一书。从他的《公羊墨守》《左氏膏肓》《谷梁废疾》三文中可见，他认为《春秋》三传中只有《公羊》义理深远，像墨子的城防一样无懈可击。而《左氏》与《谷梁》二传则存在严重的缺点，根本不值得研究。郑玄针对他的观点，著《发墨守》《针膏肓》《起废疾》来驳斥他。他认为三传各有优缺点，《公羊》并非十全十美。何休读了郑玄的文章，带着叹服的口气说：“康成入吾室，操吾矛，以伐我乎！”意思是说郑玄能从他的文章中找出矛盾，用他自相矛盾的说法来驳倒他的立论。由于郑玄对何休的批驳十分有力，使经师和学者们十分惊服。据说当时京师的人称何休为“学海”，而称郑玄为“经神”，郑玄的声望远远超过何休。当时求学者不远千里投到郑玄门下者甚众，他的子弟遍布天下。

深谙时势，不为五斗米折腰

黄巾农民大起义爆发后，东汉王朝为了平息地主阶级内部的纷争，一致镇压农民起义，乃大赦党人，这时郑玄已经58岁了，才获得自由。郑玄曾先后游学十几年，走遍了各地，连大经师马融都自叹不如。他著述丰富，弟子又众多，在当时是有相当大的声望的。解除党禁后，朝廷当政者对郑玄的大名已早有所闻，于是争相聘请他入朝担任要职。但郑玄求名而不求官，羞与外戚为伍，不愿涉足仕途，便屡次拒绝征召，一心一意从事著书讲学的学术工作。

灵帝中平二年，执掌朝廷权柄的外戚大将军何进为了笼络人心，首先征召郑玄入朝为官。州郡官吏胁迫起行，郑玄不得已，只好入朝去见何进。何进为表示礼贤下士，对郑玄礼敬有加，设几、杖之礼来款待他。郑玄为保其名士节操，拒不穿朝服，只穿普通儒者的便服与何进相见。仅隔了一夜，未等授予官职就逃走了。

三司府曾先后两次征召郑玄，他都借故婉言谢绝了。第二年，郑玄与荀爽、申屠蟠、襄楷、韩融、陈纪等14人一起被征为博士，他因为父亲去世而未去。后将军袁隗举荐郑玄为侍中，他仍以守孝为理由而拒绝做官。

灵帝死后，少帝刘辩继位，不久董卓废少帝而立献帝，迁都于长安。这时，公卿们又举荐郑玄为赵王乾之相，但因战乱道路不通，他仍没有接受召见。郑玄屡次拒绝征召，其间除避乱于徐州外，大抵是在家乡隐居，聚集学生讲学，专心研究经术，著书立说。他的弟子遍布天下，有许多人从远方而来投至他的门下，比如河内赵商、崔琰（yǎn）、公孙方、王基、国渊、郗（xī）虑等都是其间著名者。

袁绍做大将军时，一次他大宴宾客，郑玄应邀出席。郑玄在席上对一些所谓“豪俊”的提问进行了一一的答对，语惊四座，使宾客无不折服。袁绍于是举荐郑玄为茂才，郑玄却毫不为之所动，婉言拒绝了。

献帝建安三年，献帝征郑玄为大司农，这是位列九卿的高官，发车一乘，所过郡县长吏送迎。郑玄在家拜受后，便乘安车至许昌，但马上又借口有病，请求告老还乡。他虽然并未到任就职，但已经拜受此命，所以世人称他为郑司农。

在汉末黑暗的社会情况下，郑玄有意保持其名士的清节，不肯与他所鄙视的那些外戚、宦官及唯利是图的假名士们为伍，而一心在学术上发挥自己的才智。以布衣而雄视世人，不愧为真名士。

战乱颠沛，不忘节义

郑玄不受征召，最初是领着学生们隐居在山里，进行注经和讲学活动。由于黄巾起义，天下大乱，后来导致粮食断绝，无法维持下去了，只好与学生们痛哭一场，分手各奔东西了。黄巾军攻占青州，郑玄在高密也待不下去了，便逃到徐州避乱。徐州牧陶谦曾大破黄巾军，境内比较安定，他听说郑玄到来，极为欢迎，以师友之礼接待他。郑玄安顿在南城之山栖迟岩下的一所石屋里，很少出头露面，仍然夜以继日，孜孜不倦地研究儒家经典，注释《孝经》。

郑玄在徐州住了五六年，当时孔融为北海相，对郑玄特别尊崇，他一面为郑玄修葺故居庭院，一面再三派人邀请郑玄回郡。郑玄便从徐州返回高密。据《后汉书》本传记载，郑玄在回高密的路上曾遇到大批黄巾军，但他们却对郑玄十分尊重。

黄巾军尊重士人，这在历史上是有记载的，而郑玄是一位真正的名士，在颠沛流离中非礼不动，也是他能够获得黄巾军尊重的原因。据《后汉纪·献纪》记载，高密一县竟未受到黄巾军的抄掠，郑玄以自己的人格和名望保护了乡梓。

老年丧子

回到高密后，孔融待郑玄甚厚，告诉手下职员称他为郑君，不得直呼其名。这样，郑玄在70岁时算是结束了背井离乡的流亡生活。老当益壮，他仍终日精研经典，并时常睹览秘密书籍和纬书之学。可就在这一年，他竟惨遭人伦大变，经受了老年丧子之痛。他只有一个儿子，名叫益恩，23岁时被北海相孔融举荐为孝廉。这一年春夏之间，袁绍之子袁谭率黄巾降兵攻北海，围孔融于都昌（今山东昌邑），情势万分紧急。益恩受父命率家兵前去营救，结果反被围杀，当时年仅27岁。益恩死后，生有遗腹子，郑玄因他手纹与自己相似，取名叫小同。

日落西山

献帝建安五年，郑玄已经74岁了，饱经沧桑，身体常常感到不适。这年春天，他梦见孔子对他说："起，起，今年岁在辰，来年岁在巳（sì）。"这一年是农历庚辰年，即龙年，而来年是辛巳年，也就是蛇年，旧说龙、蛇之年对圣贤不利。所以他醒来后情绪低沉，认为自己活不了多久了。

这一年，袁绍与曹操的大军在官渡（今河南中牟县东）会战。袁绍为壮声势，争取民心和士望，叫袁谭逼迫郑玄随军。郑玄无奈，只好抱病而行。走到元城（今河北大名县城），病势加重，不能再走了，不久后在这里病逝。病重和临危之时，他还在注释《周易》。

郑玄死时正处于大战乱之际，所以葬礼从简，但自郡守以下的官员和受业弟子也有1千多人，全部披麻戴孝送葬。

郑玄的学生们十分景仰这位老师，为了纪念恩师的教诲，他们像孔门弟子为纪念孔子而编辑《论语》一样，也把郑玄平时和弟子们问答五经的言论编辑为《郑志》，共有8篇。

总括郑玄的一生，是为整理古代文化遗产而鞠躬尽瘁的一生，是献身学术与教育的一生，在他身上集中了正派知识分子不慕权势、守死善道、忧民敬业等众多传统美德！

王肃：一代经师

王肃和他的父亲王朗，在曹魏时期不但位高权重，而且都致力于经学研究，是当时颇有名气的学者。王肃父子著述颇丰，有流传于世。王肃更是青出于蓝而胜于蓝。他继承家学，在学术和著述上远远超过了父亲王朗，独步学坛数十年，被誉为“王学”，名闻天下。

建言献策　仗义执言

王肃，字子雍，东海郯（tán）（今山东郯城）人。为人们所熟知的《三国演义》中与诸葛亮对阵的王朗之子，司马昭的岳父。

汉献帝兴平二年（公元195年），正是军阀混战剧烈的时期，王肃在会稽降临到了人世。上天似乎有意让王肃一出生就在灾难中受到磨炼。他还在襁褓之中时，作为会稽太守的王朗就遭到孙策的进攻，兵败逃到东冶，孙策乘胜追击，王朗走投无路，只好投降。孙策把他们安置在曲阿。不久，曹操征召王朗。不甘寂寞的王朗，展转流离，过了数年终于到了中原，被任命为谏议大夫。到了此时，王肃一家才开始过上较安定的生活。

王肃18岁时，师从宋忠读《太玄》，并为这部深奥的经书重新作了注释。太和二年，王朗去世，王肃继承兰陵侯。魏明帝太和四年（公元230年），大司马曹真率军伐蜀，大军自长安出发，从子午谷向南入蜀，且逢秋雨连绵，栈道断绝，无法继续前进。时任散骑常侍的王肃上疏劝阻，认为：“劳师远征，加上秋雨绵绵，粮食不继，这是兵家大忌。应当休战，与民休息，然后民才能乐于效命。”加上太尉华歆也上疏谏止，明帝听从，令曹真等班师回朝。

王肃又曾上书陈说为政之本：“裁撤多余的冗官，减少不急需的俸禄，禁止白吃白喝的费用，合并闲散的官职，这让每一个有事的官员都有丰厚的薪俸而各尽其责。这是古代的常法，也是今天应该实行的。结果不只会减少国家的财政开支，还可避免无事扯皮、互相争斗，或互相倚仗，朋比为奸的现象发生。只用少量的官员治国，效果会更好。官吏们各逞其能，互不依赖，他们详细地报告自己的供职情况，君上则认真地考核他们的治绩，谁能干谁不行，全记在君上的心里。”

魏明帝青龙二年（公元234年），山阳公刘协于三月去世，明帝穿素服致哀，并派特使参加葬礼。王肃上疏请求应

■ 王肃像

当给其“皇”谥号，明帝不同意，于同年8月20日以汉天子礼仪葬于禅陵，追谥为孝献皇帝。

景初年间，魏明帝喜好大兴土木。兴建了宏伟的许昌宫和洛阳宫，继而又修建昭阳殿、总章观。总章观高十余丈。由于不断征发百姓服役，使农地桑田几乎无人收种。王肃上疏说：“魏国立国不久，战乱未平，百姓需要休养生息。然而现在的宫室还没有建成，丁夫疲于劳作，农民离开农田，种地的人很少，吃粮食的人很多，粮食青黄不接，这可是国家的大隐患啊！我诚恳地希望陛下，颁下英明的诏令，深切同情服役的辛苦，多加体恤老百姓的辛苦，征用那些吃国库粮的士兵，把其他的人遣返回去。并轮流服役，使民宽心。”魏明帝因而减少了兴建费用。又奏请将各种飞鸟走兽等无用之物全部遣散，希望以此来缓解百姓的负担。

魏明帝性情急躁，主持修建宫殿的官吏如果拖延工期，他就亲自责问。有时官吏们嘴里还说着话，脑袋已经搬了家。时任散骑常侍的王肃劝阻说：“陛下设置刑法的原因，主要是用来处罚犯罪的人。但是人的性命最重要，生长困难而杀死容易，所以自古圣贤都很重视。孟子认为：‘杀一个无辜的人，而取得天下，仁爱之人也不愿意这样做。’从前汉武帝要杀一个冒犯了圣驾的人，廷尉张释之说：‘如果当时陛下杀了他也就罢了，现在交给廷尉，而廷尉是维护法律公正的，不能偏私。’我认为张释之的话太有道理了。廷尉是天子的官吏，尚且不能失去了公正，而天子自己反而可以不要公正吗？”

一日，明帝与王肃讨论东汉白马令李云曾上疏给汉桓帝之事。王肃认为李云的言辞虽然有些偏激，但忠心为国，没有私心。然而汉桓帝杀李云是一种不宽容的表现，应当不杀李云，以示乐于直言纳谏，广布德泽。顺道谈及了司马迁，明帝认为司马迁受宫刑后，心怀怨恨，就写《史记》诋毁汉武帝。而王肃认为司马迁是良史之才，刘向、扬雄都对他实事求是的作风极为赞叹。汉武帝自己看完汉景帝和自己的本纪后心怀怨恨，借司马迁为李陵辩护之事，将司马迁投入监狱。心怀怨恨的是汉武帝，而不是司马迁。

不避权贵　忠直立朝

魏齐王正始年间，王肃出任广平太守。钜鹿人张臶，博学多识，但是隐居修身，没有出来做官，袁绍、曹操多次征召不去。王肃在京城就已听到他的名字，非常佩服他为人高洁。来到广平担任太守后，却发现他已经去世了，觉得十分可惜，于是写信派遣使者慰问他家人，并且赐予他的家人荣耀，希望以此来勉励后人。

不久之后，王肃被召回任议郎。不久，任侍中，能够自由出入皇宫，很受人尊重。接着又升任太常，掌管宗庙祭祀，成为国家重要官员的九卿之一。当时大将军曹爽专权，重用何晏、邓飏等，一时间，何晏等人朋比为奸，为非作歹。王肃曾与太尉蒋济、司农桓范论及时政，他严厉地说："何晏等人就是汉代奸人弘恭、石显一类的人。"曹爽听到后，便告诫何晏等人说："大家今后都要小心谨慎！公卿大臣们已经把你们比作前代的恶人了啊！"自此，曹爽一伙的行为有所收敛。

不久，王肃又因宗庙祭祀问题被免职。后来又东山再起，做光禄勋，掌管宫廷门户，仍为九卿之一。

曾有人报告王肃说，有两条一尺长的鱼出现在武库的屋顶上的祥瑞。王肃认为是凶兆，说道："鱼本应生长在水里，为何会出现在无水的屋顶之上，难道是边关会有丢兵卸甲的事情发生？"果然，诸葛诞、胡遵率领7万人攻打东关，由于轻敌，却被东吴4万人打败。

王肃善于发现人才，曾征引敦煌人周生烈和弘农人董遇。周生烈曾在何晏《论语集解》著有义例，对后世产生一定的影响。董遇早年遭遇东汉末期战乱，但是从不放弃读书，其兄嘲笑他读书在战乱年代起不了作用，他依旧不改。

在魏明帝时官至大司农。董遇读书主张自求其解，认为“读书百遍其义自见”。同时认为读书应该充分利用时间。有人曾经抱怨说，苦于没有多余的时间读书，董遇说“怎么没有？冬天是一年的农余时间可以读书，夜晚是白天的多余时间可以读书，下雨的日子一年四季都有余也可以读书”。读书成才，名显身贵，自古以来都是这个道理。

高平陵事变之后，司马氏一族逐渐掌握曹魏政权，尤其是嘉平六年，齐王曹芳发动政变，想铲除把控朝政的司马兄弟，反被司马兄弟废黜。司马氏兄弟综合朝中意见之后，决定派遣王肃前往迎接高贵乡公曹髦来京城即位为帝。王肃没有拘泥于俗儒旧框，欣然前往。而且，王肃一如既往地向朝廷献可替否，向主政的司马家族提出种种治国理政的建议，还将最疼爱的女儿王元姬嫁给司马昭。后升任中领军、加散骑常侍，可谓一生得意。王元姬通《诗经》《论语》，嫁司马昭后竭尽妇道、谦虚谨慎，颇有远见，曾预言钟会谋反之事。后来成为一代贤后——文明皇后。

阐述孔学　遍注群经

曹魏遇有礼仪方面的疑难问题，常常派遣尚书向王肃询问。正由于王肃兼通今古、学问渊博，他才能不囿旧说、遍考诸经，自成一家之言。这使得他所持的学术成为官方学术，略胜于郑学。

王肃擅长贾逵、马融之学，广闻强记，知识渊博，在学术上与郑玄所创立的“郑学”相抗衡。时称王、郑两派。王肃曾辑录《圣证论》以指摘郑玄，在当时引起剧烈反响。出于郑玄门下的孙叔然，人称东州大儒，也著述反驳王肃。

郑玄是东汉时期经学的集大成者，而反对郑玄最有力的却是王肃。他曾在《孔子家语·自序》中说：“郑学自创立以后已经盛行了50年之久。我小的时候，就开始志于习郑学。但是通过上下文相互考证，却发现讲求儒家经义的学问错误之处非常多，因此就萌发了取代郑学地位的想法。”但是又害怕后人指责他，又进行了一番自我辩解，说道：“世人不明白其中深意，却说王肃这种行为是驳难曾经的老师来获取名声。我于是慨然地叹息道：‘难道是为了驳难老师吗？我是不得已才这样做的啊。前往孔子之学的路上，荆棘满路。难道后来人不能开辟和创造新的流派吗？如果是没有来由的，也不是我的罪过啊。’”

作为一个经学家，王肃的学术活动不仅使人们开始怀疑郑玄经学的权威性，更影响了王弼、何晏等魏晋玄学的代表人物，助推了儒学的新发展。

王肃花费了大量的心血，对各家学说进行了综合，遍注群经，阐述见解。他凭借渊博的学识，训解了《尚书》《诗经》《论语》《三礼》《左传》等经典。他还订正了其父王朗的著作《易传》。南朝著名学者陆澄曾经说过："王肃处在在郑玄、王弼之间。"王弼是魏晋时期玄学重要代表人物之一。此外，他还撰写了百余篇驳论朝廷典制、祭祀、宗庙、表纪、轻重等的文章，论述与见解均不乏精辟独到之处。

王肃把道家的思想融合到儒家的学说之中，又遍注众家经典，目的是借儒家学说的传统影响力，宣扬他自己的治国安邦的思想。面对三国鼎立，战乱连连，人民亟待天下统一、安定的局势，也需要一个统一的认识，一整套具体的措施。所以，在他的奏议和《孔子家语》《孔丛子》中，煞费苦心地进行设计。在他的设计中，首先要解决的是礼义道德的问题，其次才是人君的作为和人才的选拔与任用。同时因为王肃是晋武帝司马炎的外祖，故借助朝廷势力的支持，因而一度压倒郑学，在西晋时期一度成为官学。

生死由命　富贵在天

甘露元年（公元256年），王肃去世，他的门生为他披麻戴孝的有数百人。由儿子王恽继承兰陵侯的爵位，但王恽无子而亡，此后封国因绝嗣而除。直到魏元帝景元四年，王肃的另一个儿子王恂又重新被封为兰陵侯。咸熙元年，魏元帝开建五等诸侯时，王恂因为王肃的功劳被封为第四等的丞县子。

王恂通达文章义理、知识渊博。在朝中为官忠诚正直，经屡次升迁任河南尹，任内设立二学，尊崇儒家五经（即《周易》《尚书》《诗经》《礼记》《春秋》）。鬲县令袁毅曾经送王恂骏马，但王恂没有接受。后来袁毅被揭发，以前接受他贿赂的人都被废黜，唯独王恂没有。这与他的兄弟，曾与富商石崇斗富的王恺是截然不同的两人。

据说，精通相面之术的朱建平，给人相面非常准确。曹丕、曹彪曾找他相过面，后来之事都与他所说的相对应，十分明验。时人将他与平原郡相士管公明并称为“朱管”。一日，朱建平给王肃相面，说他可活到70多岁，官至三公。但王肃于62岁就得病了，大夫们都束手无策。王肃之妻害怕他就此撒手人寰，就忙问他有什么遗言。王肃对其妻说：“朱建平说我可活70多岁，官位可达三公。现在我还未到70岁，说遗言还为时尚早，不值得担忧！”然而不久，王肃就病逝了。

西晋重臣刘寔（shí）认为王肃是“方于事上而好下佞己，此一反也。性嗜荣贵而不求苟合，此二反也。吝惜财物而治身不秽，此三反也”。就是说王肃，侍奉上级正直，但是喜好下级向自己谄媚，这是王肃的第一个自相矛盾的特点。本性嗜好荣华富贵但是不会没有原则地附和别人，这是王肃的第二个自相矛盾的特点。爱惜财物但是不会让自己因为财物陷于污秽之地，这是王肃的第三个自相矛盾的特点。这三点恰好概括了王肃的一生。

王通：隋朝大儒

王通出身于儒学世家，在龙门白牛溪讲学授业教徒，著书立说，以“明王道、复周孔”为己任，推行王道政治，培养了一批佐世贤才。有《文中子》（也称《文中子中说》《中说》）传于世。

天资聪明，异于常人

王通，字仲淹，道号文中子，是“初唐四杰”之一王勃的祖父。隋河东郡龙门县（今山西万荣县）人。王勃博学多才，留下了“落霞与孤鹜齐飞，秋水共长天一色”等许多千古名句，传唱至今。

王通出生在太原王氏的官宦世家。太原王氏在魏晋南北朝时期逐渐形成了以儒学传家、忠君孝悌的家风，这对王通思想、性格的形成都起到了至关重要的作用。其父王隆曾在隋朝开皇年间，以国子博士待诏云龙门，向隋文帝上奏《兴衰要论》七篇，奏疏主要论述前代得失，受到隋文帝的称道。

隋文帝开皇四年（公元584年），据说王通的母亲路过山梁，踏过巨石而怀孕，不久之后便生下了王通。王通出生时，父亲王隆为他算卦，得出“坤之师”，他的祖父王杰认为这是“必能通天下之志”，因此替他取名为通。

■ 王通像

王通自小聪颖过人，又刻苦用功。开皇九年（公元589年），隋朝攻下陈朝，江东得以平定。父亲王隆叹息着说：“王道仁政还没有推行，隋朝为何能统一天下呢？”文中子侍奉在父亲身边已有10年了，听到这句话，就面带忧色地回应说：“夏商两朝以后的几百年时间，常常是天下一统的。魏晋以后的几百年，常常改朝换代。为政者不实行王道，老百姓流离失散，遭受苦难已经很久了。一时是那样，一时是这样，局势哪里有固定不变的时候呢？父亲您的叹息，大概是忧虑朝廷所制定的法律和制度得不到整顿，百姓为朝廷的横征暴敛所苦，因而将会导致天下大乱的局面吧？”父亲对儿子的见识感到惊异。

开皇十八年（公元598年），父亲王隆闲居在家，吟诵《诗经·伐木》篇（该篇是周宣王时期，大臣们为了消除周厉王导致的混乱，安定人心、消除隔阂，从而增进亲友情谊而作），叫人请来王通。王通来后，恭敬地作礼，然后问他父亲："敢问父亲大人的志向是什么呢？"父亲说道："你到我跟前来。上至天子下至百姓，没有谁不是靠着朋友的帮助而能立业成事的。古人讲为人处事有礼敬君、父、师的道义，道义不被尊奉以来，从师而学的风尚也被废弃很久了，然而现在的局势不会恒定不变啊，你要努力求学，详察博采啊！"王通听后，从此有了求学四方的志向。先后向东海人李育学习《尚书》，向会稽人夏琠学习《诗经》，向河东人关朗问《礼记》，跟北平人霍汲研讨《乐经》，向族父仲华考正《易经》，以至于忙到多年不解衣而眠。他聚精会神研究学问，到了如此地步。

心怀大志　报国无门

隋文帝仁寿三年（公元603年），王通正值弱冠之年，也就是20岁，而且考中秀才，于是壮志满怀地游历京城长安，觐见隋文帝，上奏《太平十二策》，建议隋文帝上尊王道，下推霸略，以今证古。隋文帝看过《太平十二策》之后，大为惊喜，并在太极殿接见他，说："我与先生相见恨晚那，上天是要把先生赐给我啊！”于是把他的奏疏下发给朝廷的公卿们讨论，公卿们看后却不以为然。王通知道自己的谋略谏言不会被采纳，作了一首《东征歌》表达自己内心的想法。他这样写到：

“我思国家兮，远游京畿；忽逢帝王兮，降礼布衣。遂怀古人之心兮，将兴太平之基，时异事变矣，志乖愿违。吁嗟！道之不行兮，垂翅东归；皇之不断兮，劳身西飞。”

诗里表明了他最初的“致国家太平”志向和决心，也说明了他有志难酬的原因。他本想做一番事业，所以才游历长安，打算像古代的仁人志士那样为苍生立命。可不曾想到时移势易，天下将变，皇帝又不能察断时局，他的主张和志愿终是没有机会施展了。

王通就此回家了。隋文帝看到这首诗后，后悔听信谗言，没有重用王通，便再次征召王通。此时王通已经无心为官，心归宁静，决计从此以著书讲学为业，后来为初唐培养了大批忠国兴邦的志士能人。

当时同乡薛道衡不忍心埋没了人才，向朝廷推荐，于是王通被授以蜀郡司户书佐。王通志在治国，何在为官？何况司户书佐是个主办文书的佐吏，无法施展他的才能，于是便嗤之以鼻，拂袖离去。

此后隋朝仍多次征辟王通，王通都借故不去。隋炀帝即位后，改元大业，曾因一句“空梁落燕泥”而杀死曾举荐过王通的薛道衡。隋炀帝素知王通的声名，在大业年间曾三次征召王通为官，王通都一一拒绝。王通深知隋炀帝不是一个好侍奉的君主。古话说，伴君如伴虎，何况隋炀帝性情不定，刚愎自用。

辅佐隋炀帝登基的杨素，权倾朝野，许多趋炎附势之人纷纷投到他的门下。一天，向来敬重王通的杨素对王通不愿出来为官，产生了很大的疑问，便问王通道："你为什么不出仕为官呢？"王通回答说："家乡有先人留下的房屋田产，我可以自给自足，可以弹琴著书，讲道劝义。虽然我不愿做官，但我希望您能正身修德辅佐君王，使得国家安乐，天下岁谷丰登，我也可以从中受益了。承您的恩惠，我就更不愿意出来做官了。"后来有人在杨素面前中伤王通，说道："其实王通是慢待杨公您啊，您为何还要敬重他呢？"杨素一听，觉得有理，便去询问王通。王通说道："如果杨公您可以被我慢待，那我就得偿所愿了（指不用做官）。如果杨公您不能被我慢待，由于我的错，就失去了做官的机会。所以说，得与不得都是我的错，杨公您又何必参与进来呢？"杨素听后，不再说什么，一如既往地敬重王通。

其实，王通深知杨素的为人，曾对人评价杨素是只知道作威作福锦衣玉食而不知道其他事情的人。而且游历京城之后，更加认识到隋朝君臣上下无道、尸位素餐，看不到任何希望，甚至认为儒者一生追求的王道没有复兴的可能。所以，王通不愿意出仕为官也就在情理之中了。

著书立说　培养贤人

王通弃官归乡后，由于他家学深厚，从小就受到儒学的熏染，便潜心钻研儒学，以“圣人”自居，并模仿孔子，以“王孔子”自诩。

对于隋炀帝多次征召不去的原因，王通曾对自己亲近的人说：“王道得不到推行，天下能安定太平吗？我只是归隐而专心阐发我自己领悟的儒家之道罢了。”于是著《礼论》25篇、《乐论》20篇、《续书》百有五十篇、《续诗》360篇、《元经》50篇、《赞易》70篇，谓之《王氏六经》，后世称为《王氏六经》（也称为《续六经》）。《王氏六经》完成后，王通名声大噪，求学者从很远的地方来拜师求学，不计其数，盛况空前。来向他学习的人中有河南人董常，太山人姚义，京兆人杜淹，赵郡人李靖，南阳人程元，扶风人窦威，河东人薛收，中山人贾琼，清河人房玄龄，钜鹿人魏徵，太原人温大雅，颍川人陈叔达。隋朝时代，王通的教育思想从河汾兴起，一时蔚为大观。

宋朝范浚曾说：“自秦汉以来，唐代人物杰出者最盛。其中隋朝王通在河汾地区大力推行儒学之术，许多学生纷纷慕名而来，当中就有房玄龄、杜如晦、魏徵、薛收、李靖、温大雅等著名人物。这些人大都成为李唐王朝的王佐之才，功勋卓著。”后来人称房玄龄、杜如晦、魏徵、薛收、李靖、温大雅等为“河汾门下”（后用以比喻名师门下杰出弟子众多）。王通虽不曾为官，但是出自他门下的大多是辅佐一代明君的人才。

王通教学，注重因材施教，分门授受，门人窦威、贾琼、姚义受《礼》；温彦博、杜如晦、陈叔达受《乐》、杜淹、房乔、魏徵受《书》；李靖、薛方士、裴晞、王珪受《诗》；叔恬受《元经》；董常、仇璋、薛收、程元备闻《六经》之义。通过“通学”和“兼学”两种形式，培养出一大批出色人才。可以说，造就“贞观之治”的唐初名臣半数都出自王通门下，这使得儒家的历史地位新增了一个高度。

世间再无文中子

在王通隐居河汾的十余年间，隋朝曾经四次征召而不应。不是他无意于天下，而实在是不能遇到好的时机，这一点，王通异常清醒。

然而在他33岁那年，各地起义不断，天下大乱，群雄并起。他意识到澄清天下的机会来了，可他此时却卧病在床，不得不含泪道：“天下万民已经很厌烦战乱了，上天或许将开启唐尧虞舜那样的太平之世。可惜我不能看见了，这是命啊。”

王通没有等到王道复兴的一天，于大业十三年（公元617年）5月15日卧病身亡，终年33岁。

当时，王通感觉时日无多，召弟子薛收前来，对他说：“我梦见颜回传达孔子的命令说：‘该回家了吧？’大概是孔夫子要叫我回去了。何必要求活到高龄呢？我将要一病不起了。”生病七日后逝世。颜回是孔子最得意的学生，王通说他梦见颜回听孔子的吩咐叫他回去，俨然是说，王通也是孔子除了颜回之外最得意的学生。

王通门人弟子几百人聚会商议说：“我们的老师恐怕是世上难得的学问道德近乎完美的人吧？自孔子以后，还没有这样的人呢。孔子去世之后，儒家文化的发扬光大不正是在老师这里吗？请求给老师谥号为文中子。”于是弟子们追谥老师为“文中子”，为其披麻戴孝，举行葬礼。

同一天，唐太祖李渊在太原起兵反隋。为后人所津津乐道的大唐盛世即将到来，他的门生子弟们也为复兴王道纷纷投身于大唐的政治建设中。

王通死后，门人依据《论语》体例将其言行辑录成《文中子》一书，分王道、天地、事君、周公、问易、礼乐、述史、魏相、立命、关朗十篇。但是《王氏六经》却早已佚失。

宋朝朱熹曾讲过：《文中子》是王通子弟记录他的言行的书。《文中子》中所反映的王通的思想，还是有许多可贵之处的。王通在政治上，以恢复王道政治为目标，倡导实行“仁政”，主张“三教合一”。基本上是符合时代潮流的，有进步性。在哲学上，王通致力于探究“天人之事”，围绕“天人”关系这个核心，阐述了他关于自然观、发展现、认识论和历史观等方面的思想，表现了朴素唯物主义的倾向和主变思想。在文学上，王通论文主理，论诗主政教之用，论文辞主约、达、典、则，主张改革文风。这些都有一定的进步意义。

孔颖达：与先圣并辉齐明的经学家

孔颖达，字冲远，孔安的儿子，孔子第32代孙，唐朝经学家。他8岁就学，曾跟从刘焯学习，日诵千言，熟读经传，善于词章。隋朝末年，天下大乱，孔颖达在虎牢（今河南省荥阳汜水镇西北）避难。唐朝建立后，孔颖达任国子监祭酒，曾奉唐太宗之命编纂《五经正义》，这本著作融合了南北经学家的见解，是集魏晋南北朝以来经学大成的著作。贞观二十二年去世，终年75岁。

圣贤之后　天资秉异

孔颖达8岁时，北周外戚，权臣杨坚取代北周，建立隋朝，是为文帝。隋文帝初年很重视儒术，在京城范围内，大兴学校，广招学生。孔颖达也在这个时候走上了正规学习的轨道，史称他“八岁就学，日诵千余言”，悟性特佳。还在少年时代，孔颖达便明悉了服虔所注《左传》，郑玄所注《尚书》《礼记》，所笺《毛诗》，王弼注《周易》；在儒经之外，

■ 孔颖达像

还连带涉及诸子的学说；同时也善于历算，更长于属文，彬彬焉俨然一少年老成之儒士矣！

师从名儒 满载而归

少年时代，孔颖达曾师从当代大儒刘焯为学。刘焯字士元，信都昌亭人，和孔颖达同郡。刘焯聪明深沉，学通五经及诸家注解，并对《九章算术》《周髀算经》以及天文推步，测量山海之术，有精致的研究，著作有《五经述议》，见解独到。在数百年以来的学者中，没有比他更博学通儒的了。但是，刘焯性情孤傲，怀抱不广，不仅吝啬钱财，还要求前来求学的学生奉赠礼物，而且非常自负，藐视他人，时常凌辱学生。

孔颖达刚来时，很受刘焯轻视，并不以礼相待。但是经过孔颖达手捧经书向他提出疑难问题并发表意见后，刘焯见他答难问对，出人意料，能发现别人没有发现的，于是便改变了对他的态度，对他另眼相看。孔颖达在名师门下兢兢事学，虚心求教，在从前所学的诸经注解外，百尺竿头更进一步。学业有成后，刘焯想留下孔颖达和他一起教授学生，切磋学问。孔颖达谢绝了老师的好意，满载而归，拉下帷幔给学生讲课，当时他仅有20余岁。

顺时出仕　才大招妒

隋文帝晚年“不悦儒术，专尚刑名”（不喜欢儒家学术，专门重视刑名学说），关闭了天下的学校，只留下中央国子学一所，生员72人，于是欣欣向荣的儒教事业，一朝又回到了萎缩的状态。

隋炀帝即位后，重视教育，大兴文学，又加上他生性喜爱文学经籍，于是再次开设学校，重兴儒学事业。孔颖达积极而出，参加明经科考试，在对策中名列前茅，授任河内郡学博士。大业年间，隋炀帝广征天下宿儒，集中在洛阳，由门下省主持，模仿当年汉宣帝石渠议经、汉章帝白虎论礼的故事，下令在洛阳举行大规模的儒学讨论大会。

孔颖达凭借考试成绩突出参加了这一盛会。为响应皇帝明诏，各界人士都纷纷从四面八方聚集到洛阳，以文会友，研经讨古，为统一的隋朝政权添上教化大兴的浓墨重彩。孔颖达少年老成，英才俊发，斩关夺将，舌战群儒。门下省纳言（侍中）杨达评第高下，以孔颖达为最，并上奏给皇帝。炀帝任命孔颖达为太学助教，陆德明为国子助教。当时孔颖达年方32岁，是应诏诸儒中最年少的大师。

被孔颖达击败的“先辈宿儒”都心怀羞耻，愤愤不平，暗中派遣刺客想要加害孔颖达，幸好得到爱才思贤的礼部尚书杨玄感出面保护，将孔颖达藏在府中，才使少年才子幸免于难。孔颖达凭着自己的渊博学识终于进入国家中央的教育和学术机构，在更好的环境、更高的层次上进行经学研究工作。

新朝重臣　文化良史

隋朝末年，天下大乱，孔颖达在虎牢（今河南荥阳）避难。李渊建国，海内一统。唐高祖武德年间，李世民崇尚儒教，重视文学，特设文学馆，招揽天下文士，为治国平天下储备人才。文学馆位于宫城西面，地静景幽，没有车马的喧嚣声；典籍充栋，有兰台的盛势。这年10月，孔颖达等18人同日被授为文学馆学士，号称“十八学士”。十八学士都是当时经学通明、文采飞扬的优秀人物。李世民用隆重的礼仪来接见他们，给他们丰厚的俸禄，凡是入阁的人士，都享用五品珍膳。李世民处理完军事，经常引见学士，与他们讨论典籍，商略前载。

武德九年，玄武门之变，李世民杀李建成、李元吉，被立为太子，十八学士也被加官晋爵，杜如晦为太子左庶子，房玄龄为右庶子，虞世南为中舍人，褚亮为舍人，姚思廉为洗马，孔颖达则擢授国子博士，成为全国最高学府的高级教官。

即位后的李世民改年号为贞观，论功行赏，孔颖达受封曲阜县男，转任给事中。给事中是门下省要职，掌管封驳政令，议论得失，孔颖达随侍皇帝左右，备受皇帝信任。唐太宗李世民对孔颖达寄以厚望，将储君的教育委任给他，任他为太子右庶子，与左庶子于志宁一道，共同掌教太子李承乾。孔颖达兢兢业业，恪尽职守，无奈太子承乾爱好声色，漫游无度，不听劝教；又因太宗偏爱魏王李泰，造成了嫡庶相争之祸。承乾被废后，其他东宫属官多被黜退，只有孔颖达、于志宁等由于平时对承乾犯颜直谏，尽心尽职，太宗对他们奖赏有加，信任如故。作为当年秦王亲信的几个文臣之一，孔颖达在后来的政治生活中，不像房杜等人功业卓著，位至公卿。他在太宗朝的主要贡献不在于政治，而是体现在文化事业方面。他学识渊博，文采出众，每当遇到朝廷议论礼历、商榷经义时，他常发高论，多被采纳。他曾与魏徵、颜师古等人修订《隋书》，有“良史”之称，被加位散骑常侍；又修订五礼，晋爵为子。

关西孔子　齐辉先圣

贞观十四年，孔颖达为国子祭酒，太宗亲临国学，举行祭祀先圣孔子的释奠大礼。会上，群儒手捧经书宣讲仁义道德。孔颖达主讲《孝经》，他声若洪钟，口若悬河，义理分明。太宗下令让群儒提出质问来辩驳，都难以攻破孔颖达的讲学。他在讲学中排难解纷，令众儒师大为折服。太宗称赞他为“关西孔子”“西汉伏生”，与先圣先师并辉齐明。

贞观二十二年，孔颖达病死，孔颖达墓现存于河北衡水境内。

邵雍：淡泊安逸的宋代大儒

邵雍，北宋哲学家、易学家，有内圣外王的美誉，字尧夫，谥号康节，自号安乐先生、伊川翁，后人称他为百源先生。他少年立志，在苏门山百源上读书。邵雍创立了“先天学”，认为万物都是由“太极”演化而成的。著有《观物篇》《先天图》《伊川击壤集》《皇极经世》等。

邵雍曾多次被授予官职而不赴任。38岁时迁居洛阳，与司马光等人交往密切。邵雍根据《易经》关于八卦形成的解释，同时和道家的相关思想体系相关联，论述了《易经》中的宇宙构造图式和学说体系，成为易理中的象数之学，也叫先天学。传说他的卜术很准。

刻苦求学游历拜师

邵雍年少时期，自称是有雄才大志的人。他酷爱读书，学习艰苦而勤奋，冬天不生炉子，夏天不打扇子，夜里睡得很晚，这样刻苦学习了好几年。他在苦读中叹息说：“过去

■ 邵雍像

的古人们为了求学四处访友拜师，只有我没有四处游走学习。”于是他就越过黄河、汾河，涉水过江淮、汉江平原，游历了很长时间。归来后感叹地说道：“道就在这啊！”

当时北海李之才担任共城县令，听说邵雍好学，便亲自造访他家。问邵雍说：“你知道万物中的道理和性质、性命的学说吗？”邵雍回答说：“如果我有那个运气的话，愿意接受先生您的传授教育。”于是邵雍便侍奉在李之才左右，系统学习了《河图》《洛书》以及伏羲氏八卦六十四图像。

安乐窝里的安乐先生

邵雍刚到洛阳的时候，非常贫寒，他所居住的房屋四面都是用蓬草做成的，不能挡风避雨。在这样的环境下，邵雍亲自打柴、烧火做饭来侍候自己的父母。他的生活总是很穷苦，什么也没有，可那安然自得的样子，使周围的人不能理解。母亲去世的时候，为尽孝道，他倾其所有安葬了母亲，变得一贫如洗。当时的前宰相富弼、做过高官写《资治通鉴》

的司马光、大学问家吕公等都退居洛中，他们敬重邵雍的儒雅品质和高深的学问，为了大家在一起交流方便，就筹钱为邵雍置办了一座宅院。从此，邵雍根据时节耕种收获，过着自给自足的生活。他给自己的宅院起名叫“安乐窝”，自号“安乐先生”。

邵雍时常一大早就安静地坐着（思考问题），到吃完饭时总要喝三四杯酒，微醉时就不再喝了，兴起的时候就自己吟咏作诗。春秋农闲时节，常出入城乡游历，风雨天一般不出门，出门就乘坐小车，一个人推着，随意地走。当官的人听到他那独特熟悉的车声，争相来迎接他，连小孩子、老妇人以及那些仆人、衙役们都会欢愉地说：“我家先生来了。”他有时候留下连住两夜才离开。有人在洛阳周边专门建有别致的小屋，以方便他到来时居住，名字叫“行窝”。

学问深时意气平

司马光像对待兄长一样对待邵雍，他们二人具有纯正的品行，成为四周乡里学习的楷模。父亲训斥儿子、哥哥教育弟弟时都会说：“不要做不好的事，要是被司马端明、邵先生知道了怎么办？”

有读书的士子来到洛阳，有不去官府的，但必到邵雍处拜望。邵雍德行气质纯粹，看上去就知道他的贤良，但邵雍自己从来不表露自己。他为人随和，不摆架子，常和大家一起谈笑风生，和他人没有区别。他与人交谈，乐意说人家的长处而隐晦人家的缺陷。有靠近他向他请教问学的，他总是尽力地为人解答，从不以强迫的方式来告诉别人。他待人不分贵贱，不论年纪大小，都一样诚恳地接待。所以，贤良的人喜欢他的德行，不贤良的人也佩服他的感化力。一时间洛阳人才盛行，忠厚之风传遍天下。

隐居著书

邵雍一生不求功名，过着隐逸的生活。嘉祐年间，皇帝下诏求天下散失的贤才。西京留守王拱辰上荐邵雍，任命他为将作监主簿，吕海、吴克推荐他补任颍州团练推官，他都以种种理由推托了。他勤于著书，著有《皇极经世》《观物内外篇》《渔樵问对》《伊川击壤集》等书。他的思想源于道家思想，已成为定论，众家都有论述。

邵雍的经典诗作是《一去二三里》：

一去二三里，烟村四五家。

亭台六七座，八九十枝花。

这首诗用一二三四五六七八九十连成，是一首启蒙诗，许多两三岁的小孩都会吟唱，尤其是邵姓本家儿童。这首诗的大意是：一个小孩牵着妈妈的衣襟去姥姥家。一口气走出二三里；眼前要路过一个小村子，只有四五户人家，正在做午饭，屋顶上冒起炊烟。娘俩走累了，看见路边有六七座亭子，就走过去歇歇脚；亭子外边花开得繁茂，小孩越看越喜爱，伸出指头点数，嘴里念叨着："一枝，两枝……八枝，九枝，十枝……"他想折下一枝来，戴在自己的身上。刚要动手，他的妈妈便喝住他，说："你折一枝，他折一枝，后边的人就看不到美丽的花儿了。"后来，这儿的花越来越多，数也数不过来，变成了一座大花园。

宋神宗熙宁年间，王安石的新法正在推行，州县之间都骚动起来。邵雍隐居山林间，一些做官的门生旧友，都想自举罪状辞官回乡，因而写信问邵雍的看法。邵雍回答他们说："现在正是你们应当尽力的时候，新法固然严厉，但能宽松一分，人民就能受到一分实惠，自举罪状辞职有什么好处呢？"后来，王安石被免去宰相的职位，由吕惠卿继任。富弼见到邵雍，神色十分忧虑。邵雍问他："难道因为吕惠卿比王安石还要凶暴吗？"富弼说："是的。"邵雍说："不必忧虑，王安石与吕惠卿本来是因权势名利相结合，如今权势名利起了冲突，彼此间互相仇恨都来不及了，哪有时间害别人？"不久，吕惠卿果然反叛王安石。

预知时至

熙宁十年的夏天，邵雍开始感觉到自己的身体有些不适。有一次他和司马光等人闲谈，忽然笑着说："我要回去观看万物轮了。"程颐担心地说："先生的病他人爱莫能助，您自己可要想办法调养调养。"邵雍坦然地说："调养也没用啊。"到了秋天，邵雍的病更加厉害了，一天到晚躺在床上。司马光、富弼、张载和程颐、程颢等几位朋友天天来看望他，守候在他的身边。邵雍虽然四肢不能动弹，头脑却十分清楚，谁来了就和谁谈这谈那的，讲起学问来滔滔不绝。有一回程颐来看望邵雍，临走时邵雍说："看来我们要永别了。"程颐不免有些心酸，问邵雍："先生有什么话要留给我吗？"邵雍说："要使面前的道路宽阔一些，路窄了连自己的立身之地都没有，怎么能使人行走呢？"程颐点头称是。

冬季的一天，邵雍已经奄奄一息了，亲戚朋友们都赶来，开始给他准备后事。二程兄弟和司马光、吕公著等人聚在外屋商量着如何办丧事，你一言，我一语，一时也难以定夺。躺在里屋的邵雍听到了他们的议论，就把儿子伯温叫到床前，对他说："我有三个要求，一定要满足我。"伯温哭着说："您就讲吧。"邵雍断断续续地说："第一，我死后不能把我埋在洛阳，要葬在伊川先人茔地。第二，墓志铭要由程额来写。第三，不要陪葬任何东西，头枕辘（lù）轳（lú）头，身穿粗布黑衣，衣服要抹上油。入殓时把李家的小秃闺女找来，让她看着。”说完，等伯温一一点头答应，邵雍便闭上双眼，离开了人世。

家人和朋友们按照邵雍的遗嘱，入殓的时候把李家的小秃闺女找了来，让她看着给邵雍穿上粗布黑衣，在衣服上抹上油，然后装进棺材，枕上辘轳头，又让小秃闺女看了看里面随葬什么东西，才钉好棺盖，送往伊川墓地。送葬的路上，两边站着许多人，男女老少一个个哭天抹泪，不住地念叨着邵先生的种种好处。棺椁由八个壮小伙抬着，起初他们觉得重得很，肩膀压得生疼，所以走得特别慢。可是出去十来里地以后，越往前走越轻巧，抬着一点也不费劲，觉得很奇怪。后来，人们发现遇到上坡的时候，里边“咕噜咕噜”地响，声音由前往后，下坡的时候，里边也“咕噜咕噜”地响，声音由后往前。有人害怕起来，自言自语地说：“啥在响？”一个人说：“像是那辘轳头在来回滚动。”那辘轳头怎么会滚动？老人们说，那是邵夫子得道升天了，棺材里没人了，空荡荡的，只剩下辘轳头。

一晃六七十年过去了，那个小秃闺女嫁人了，生了儿子，儿子又娶了媳妇，生了孙子。孙子长大以后不成器，专干那些偷棺劫墓的勾当。有一天，竟和别人嘀咕着要去偷邵雍的坟墓，恰巧被小秃闺女听见了，赶忙阻拦说：“你们可别去，邵先生入殓的时候，我看得清楚，里面什么东西也没装，连衣裳也不是好的，还抹了油。”孙子问：“是真的吗？”“千真万确，我亲眼看到的。”就这样，邵雍的坟墓便没有遭劫。原来，邵雍死前就料到，小秃闺女的孙子是个偷棺劫墓之人。

邵雍墓位于洛阳伊川县境内，那里群山环抱，风景幽静，墓碑上刻着“宋儒先生康节邵夫子墓”。

周敦颐：宋明理学的开山鼻祖

周敦颐，又名周元皓，原名周敦实，字茂叔，谥号元公，北宋人，他终生没有离开过庐山濂溪，所以号濂溪先生。周敦颐是文学家、哲学家、宋朝儒家理学思想的开山鼻祖，著有《周元公集》《爱莲说》《太极图说》《通书》。

年少好问思维迥异

周敦颐从小聪明好学，勤于思考，遇到什么问题，喜欢寻根究底，不搞明白决不罢休。他会经常提出一些看似稀奇古怪的问题，如天上的星星是怎么来的，太阳为什么东起西落，月亮为什么有盈亏圆缺，为什么会刮风下雨，地上的万事万物是怎么形成的，等等。对于周敦颐提出的这些问题，父亲周辅成总是不厌其烦，尽自己所知给予解答。当然，这其中的很多问题，周辅成是没有办法回答清楚的。一方面，受周辅成的知识所限，另一方面也是受当时的科技水平所限。但周辅成非常喜欢周敦颐的性格。

■ 周敦颐像

有一年的重阳节，周辅成同几位兄弟一起聊天，共度重阳。当时秋高气爽，远处青山如黛，近处田野里的禾根豆一片金黄。特别是村前的五个土墩子，引起了大家的兴趣。大家商量着要为这五个土墩子起名字，但一时又想不出合适的名字。这时，正在旁边玩耍的小敦颐，看到大人们沉思的样子，就脱口而出，说这五个土墩就像五颗星星，那东边的叫木星，南边的叫火星，西边的叫水星，北边的叫金星，中间的叫土星，合在一起，干脆就叫作“五星堆”。大人们听了，都觉得他讲得有道理，于是就将这五个土墩子正式命名为“五星堆”，并作为当地的一景。

心性高洁独爱白莲

随着年龄的增长，周敦颐的知识也在不断地增长，学业大有进步。到十二三岁时，周敦颐已经读完了《四子书》（即《四书》）和《书经》《诗经》《礼经》《春秋》等儒家典籍，有的还能背诵得滚瓜烂熟。同时，周敦颐还能写出一手好文章，不仅立意新颖，而且有着自己的独特见解。

周敦颐8岁时，父亲就过世了，父亲病逝三年后，他与同母异父的哥哥卢敦文随母亲投靠衡州的舅父、龙图阁学士郑向。周敦颐聪慧仁孝，深得郑向喜爱。他酷爱白莲，郑向就在自家宅前西湖凤凰山下种植白莲，周敦颐便在其间读书，参经悟道。盛夏的夜晚，莲花怒放，香气袭人，美不胜收。因为爱莲，所以创作了《爱莲说》，这是周敦颐脍炙人口的散文名篇，其中表明了自己不慕名利、洁身自好的生活态度，以此表示自己对追逐名利、趋炎附势的世风的鄙弃。原文如下：

水陆草木之花，可爱者甚蕃。晋陶渊明独爱菊。自李唐来，世人甚爱牡丹。予独爱莲之出淤泥而不染，濯清涟而不妖，中通外直，不蔓不枝香远益清，亭亭净植，可远观而不可亵玩焉。

予谓菊，花之隐逸者也；牡丹，花之富贵者也；莲，花之君子者也。噫！菊之爱，陶后鲜有闻。莲之爱，同予者何人？牡丹之爱，宜乎众矣！

这篇散文的大意是：

水中和陆地上各种草木的花，值得喜爱的很多。东晋的陶渊明唯独喜爱菊花。从李氏唐朝以来，世人很喜爱牡丹。我唯独喜爱莲花，（因为它）从淤泥里长出来却不被沾染，在清水里洗涤过但并不显得妖媚，它的茎中空外直，不横生藤蔓，不旁生枝茎，香气传得很远，（使人觉得）越发清幽，笔挺而洁净地立在那里，可以在远处观赏却不能靠近玩弄它啊。

我认为菊，是花中的隐士；牡丹，是花中富贵的花；莲花，是花中的君子。唉！对于菊花的喜爱，陶渊明之后就很少听说了。对于莲花的喜爱，同我一样的还有谁呢？对于牡丹的喜爱，应该是很多人了。

月岩悟道

距周敦颐故居约7公里处，有一岩洞，名叫“月岩”。月岩位于都庞岭东麓，岩洞内四周削壁千仞，白石璀莹。这个巨大的岩洞，有东西两座洞门，最为奇特神秘的是，在这个岩洞内的不同位置，可以看到不同的景物变化。如果你从东洞门进，朝西洞门行走，往头上的洞口看去，开始只能见到一弯“残月”，形似峨眉，如下弦月。再往前走，那“月亮”像镰刀、像小船，由缺而圆。到了岩洞中央，当顶便是一轮“皓月”，成为“望月”。继续往前走，这轮“皓月”又逐渐由圆而缺，最后又是娥眉一弯，成为“上弦月”。正是由于这种不同方位引起的景物变化，使月岩在人们的心目中充满了神秘感，月岩的名气也不胫而走。

相传周敦颐14岁时，曾筑室于月岩，在那里读书修学，并悟得“无极而太极”的道理（无极而太极说的是宇宙发展中的一个阶段，太极是天地未开、混沌未分的状态，无极是连

混沌未分都还没有的虚无状态，无极而太极是指从什

么都没有的虚无状态发展到天地未开、混沌未分的状态)，为其后来学术思想的发展奠定了基础。这就是周敦颐月岩悟道的故事。

宋明理学的开山祖师

周敦颐20岁时，离开衡阳随舅父郑向迁到润州丹徒县。29岁时，二程的父亲程珦在南安认识了周敦颐，见他的气质和长相都很出众，与他交谈，更知其学问很深，便同他成为朋友，随即将两个儿子程颢、程颐送至南安拜周敦颐为师。

程颐在后来回忆说，他年少时就是因为听周敦颐讲道，因而厌倦了科举仕途，立志要学习和探索儒学。周敦颐死后，随着程颢、程颐对他的哲学的继承和发展，他的名声也逐渐显扬。南宋时许多地方开始建立周敦颐的祠堂，人们甚至把他推崇到与孔孟相当的地位，帝王们也因而将他尊为人伦师表。周敦颐生前的确也以他的实际行动成就了一代大儒的风范，他的人品和思想千百年来一直为人们敬仰。

周敦颐在治学中提出许多新问题，并作出新的论断，把儒学推进了一步。他所提出的无极、太极、阴阳、五行、动静、主静、无欲、顺化等理学基本概念，为后世的理学家反复讨论和发挥，构成理学范畴体系中的重要内容。周敦颐成为宋明理学的开山祖师。

张载：为天地立心，为生民立命

张载，字子厚，北宋思想家、教育家、理学创始人之一，世称横渠先生，尊称张子。张载青年时喜欢谈论兵法，后刻苦学习儒家“六经”，曾任著作佐郎、崇文院校书等职。后来辞职，在关中讲学，所以他的学派被称为“关学”。宋神宗熙宁十年，张载在返家途中病逝于临潼，年仅58岁。张载与周敦颐、邵雍、程颢、程颐合称“北宋五子”，有《正蒙》《横渠易说》等著述留世。

少怀大志

张载的名字出自《周易·坤卦》的“厚德载物”。人如其名，张载从小天资聪明，10岁时外出学习，就表现出不同常人的品格。少年丧父，使他成熟较早。当时西夏经常侵扰宋朝西部边境，宋朝朝廷向西夏“赐”绢、银和茶叶等大量物资，以换来边境和平。这些国家大事对于少年就喜欢谈论兵法的张载刺激极大，张载近21岁时，写成《边议九条》，向当时任陕西经略安抚副使、主持西北防务的范仲淹上书，陈述

■ 张载像

自己的见解和意见，打算联合焦寅（陕西永寿人）组织民团去夺回被西夏侵占的洮（táo）西失地，为国家建功立业。

弃戎从儒颇有建树

范仲淹在延州军府召见了这位志向远大的儒生。张载谈论军事边防，保卫家乡，收复失地的志向得到了范仲淹的赞扬，他劝张载，作为儒生一定可成大器，不须去研究军事。于是勉励张载去读《中庸》，在儒学上下功夫。

张载听从范仲淹的劝告，回家刻苦攻读《中庸》，仍感不满意。于是读遍佛学、道家的书籍，但觉得这些书籍都不能实现自己的宏伟抱负。于是又回到儒家学说上来，经过十多年的攻读，终于悟出了儒、佛、道互补互通的道理，逐渐建立起自己的学说体系。

张载38岁时赴汴（biàn）京（今开封）应考，正值欧阳修任主考官，张载与苏轼、苏辙兄弟一同考中进士。在等候诏书之际，张载受宰相文彦博支持，在开封相国寺设虎皮椅讲《易经》。期间遇到了程颢、程颐兄弟，张载是二程的表叔，但他虚心待人，静心听取二程对《易经》的见解，感到自己学得还不够。第二天，他对听讲的人说：“易学中的道理，我不如二程懂得多。你们可向他们请教。”二程由此在京城中声名大震。

在和二程谈论道学的要义后，张载很自信地认为自己已经求得道义，没有什么其他的事再值得追求，于是他抛弃了所有曾经研习过的学说，专心致志学道。他的著作《易说》就是在这个时期写成的。

婉拒参与新政

后来，宋神宗召见张载，问他治国为政的方法，张载说出了自己的观点，宋神宗非常满意，想派他到二府（中书省枢密院）做事。但张载认为自己刚调入京都，对朝廷王安石变法了解甚少，请求等一段时间再作考虑，之后他被任命为崇文院校书。当时王安石执政变法，想得到张载的支持。

有一天，王安石见到张载，对他说：“朝廷正要推行新法，我恐怕不能胜任，想请你帮忙，你愿意吗？”张载一面赞同政治家应大有作为，但又含蓄地拒绝参与新政的行为，这引起了王安石的反感。张载上奏辞去崇文院校书职务，没有获得批准。不久，他被派往浙东明州（今浙江省宁波）审理苗振贪污案，案件办完后回朝。这时，张载的弟弟监察御使张戬因反对王安石变法，与王安石发生激烈冲突，被贬去公安县（今湖北江陵），张载估计自己要受到株连，便辞官回到了横渠。

耕读讲学，施行井田议

张载回到横渠后，依靠家中数百亩薄田生活，整日讲学读书。在这期间，他写下了大量著作，对自己一生的学术成就进行了总结，并亲自带领学生进行恢复古礼和井田两项实践。为了训诫学者，他作《砭愚》《订顽》训辞（即《东铭》《西铭》），书写在大门两侧。张载对推行“井田”用力最多，他曾把自己撰写的《井田议》主张上奏皇帝，并与学生们买了一块地，按照《周礼》的模式，划分为公田、私田等分给无地、少地的农民，并疏通东西二渠，以证明井田制的可行性和有效性。至今横渠这一带还流传着“横渠八水验井田”的故事。

传说张载在横渠镇设馆教学，却在四川食宿。每到放学的时候张载总是最后一个离开，而吃完饭总是比学生先到。有一个学生很好奇，这天放学躲在门后，想看个究竟。张载以为学生走完了，于是将手杖往胯下一夹，口中念念有词，手杖变成了一头驴，只见这头驴摇头摆尾，一瞬间，腾空而起，驮起张载往南飞去。源于这个传说，驴便成了张载后裔们膜拜的对象。

时运不济西归辞世

秦凤路（今甘肃天水）守帅吕大防认为，张载的学术继承了古代圣贤的思想，可以用来复兴古礼、矫正世风，便上奏宋神宗召见张载回京任职。这时张载正患肺病，但他不愿错过施行政治理想的机会，便带病入京。宋神宗任用张载担任同知太常职务（礼部副职）。当时有人向朝廷建议实行婚冠丧祭之礼，下诏礼官执行，但礼官认为古今习俗不同，无法实行过去的礼制。只有张载认为可以实行，并指出反对者的作为不是儒生博士所应该做的。因此，张载十分孤立，加之病重，同年年底，一天晚上，他住在馆舍，沐浴就寝，翌日清晨离开人世，年仅58岁，临终时只有一个外甥在身边。

张载是北宋重要的思想家、教育家，宋代四大学派之一，关学的创始人，宋明理学的奠基人之一。他在中国哲学史上第一次建立了比较完整的气一元论哲学体系，开辟了朴素唯物主义哲学的新阶段，是中国哲学史上第一个从思维与存在关系的哲学理论高度批判佛教唯心主义的哲学家。张载哲学思想的内容十分丰富，对中国哲学史和关中思想文化史的贡献是多方面的，在中国学术思想发展史上占有突出的地位，并对11世纪后的哲学思想发展产生了积极的影响。

程颢：北宋理学的奠基者

程颢，字伯淳，学者称他为明道先生，北宋哲学家、教育家、诗人以及北宋理学的奠基者。程颢反对王安石新政。宋哲宗即位后，召程颢为宗正丞，可是他还没任职就去世了，年仅54岁。程颢曾和他的弟弟程颐跟从周敦颐学习，世人称他们为“二程”。他们同为北宋理学的奠基者，他们的学说在理学发展史上占有重要地位，后来被朱熹继承和发展，世称程朱学派。程颢的作品有《定性书》《识仁篇》等，后人搜集他的言论所编的著述书籍《遗书》《文集》等都收入《二程全书》。

以儒学为基础的二程理学

程颢的家族世代做官，曾祖父程希振任尚书虞部员外郎，祖父程遹（yù）曾任黄陂县令。父亲程珦曾任黄陂（pí）县尉，后来升职为太中大夫。二程就是在父亲任黄陂县尉时所生，从小便深受家学熏陶，在政治思想上尤受父亲程珦的影响，以反对王安石新法著称。

程颢任御史时因为与王安石政见不合，不受重用，于是潜心研究学术。他与弟弟程颐开创了“洛学”，奠定了理学基础。他先后在嵩阳、扶沟等地设立学校，并潜心研究教育，有很多教育论著，形成了一套教育思想体系。程颢提出，教育的目的要使受教育者遵循天理，仁爱百姓，爱惜万物，谨慎守护人与人之间的伦理道德。且强调教育必须以儒家经典为教材，以儒家伦理作为教育的基本内容。和他的理学思想一样，程颢的教育思想对后世影响深远。

英明断案

传说担任监察御史的程颢曾经寥寥数语就破了一件讹诈案。当时，有一个张姓财主得急病死了。棺木埋葬后的第二天，有一个老人到他家门口，对着财主唯一的儿子说：“我是你父亲，现在我年纪大了，无依无靠，来和你一起生活。”接着，老人一五一十地向财主的儿子说明了来由。财主的儿子非常惊讶，于是两人一起到县府，请县令程颢判决。老人说：“我是个郎中，因为家中贫困，四处流浪，为人治病，一年中很少回家。妻子生下儿子，无力抚养，只得狠狠心肠把儿子送给财主。某年某月某日，由村上的李某抱去，邻居阿毛亲眼看见。”事隔多年，怎么还能记得这样详细？老人说：“我是从很远的地方行医回村后才听说的，当时记在处方册的背后。”并从怀里掏出处方册递给程颢，上面用毛笔写着，某年某月某日，某人把小儿抱走，给了张三翁。程颢问知财主的儿子才36岁，死去的财主76岁，于是判定真伪。程颢对老人说：“财主儿子出生的时候，他父亲才40岁，这样的年纪，别人怎么会称他为张三翁呢？”老人听后无法狡辩，不得不承认自己冒认儿子、只想讹诈财主家的钱物的事实。案子就这样破了。

心若不动风奈我何

程颢在京城任御史期间，正逢宋神宗安排王安石在全国推行“熙宁变法”。“熙宁变法”一经铺开，便立刻激起众多士大夫的反对。在北宋士大夫之间，即使是反对变法者，反对的程度和态度也都不相同。右谏议大夫司马光、翰林学士范镇、御史中丞吕公著等人对新法明确表示反对，其中司马光最为激烈。司马光和王安石势同水火，不共戴天。程颢作为反对者阵营中的一员，态度上却温柔敦厚多了。王安石作为朝中炙手可热的人物，也对程颢表现出异乎寻常的尊敬，尽管王安石比程颢还年长11岁。

王安石与大臣们讨论变法事宜，一遇到思想不一致的地方，王安石必定是声色俱厉，暴跳如雷，严重时会拽掉那些人的官帽。一次，恰巧程颢受命前来议事，听后不慌不忙地劝王安石说："天下事并不是光由哪一个人私下议论的，希望您能平心静气地听取别人的言论。"由于这是程颢所说的话，又很有道理，因此王安石只好听取了。程颢说话做事，有理有节，不动真气，但他反对变法的态度却是一直都很明确的。他在任御史期间，曾多次上书宋神宗，指出不可变法的理由。他认为变法的反对者太多，总有反对的理由，天下没有反对者过多而能成功的改革。他以支持和反对改革人数的多少来预测改革的成败，这倒与其他士大夫或批评王安石的长相、或贬低王安石的品格不同。不过，程颢这一反对的理由最终也确实被事实所验证了。变法的对错好坏暂且不说，程颢在变法中的表现温柔敦厚，具有君子风度，使得那些像王安石一样刚烈火爆的人也十分尊敬他。

直言奉公真明道

后来，宋神宗接受御史中丞吕公著的推荐，提拔程颢为太子中允和权监察御史里行。监察御史是言官，他的职责是规劝皇帝、纠察百官。然而对于士大夫来说，纠察百官没什么难处，但规劝皇帝却不是一件容易的事。因此，很多监察御史在履行职责时，或碍于情面，或担心权威，或害怕打击，往往形式重于内容，走走过场，只不过是让皇帝表现一下纳谏的姿态而已，至于纳不纳、纳什么、怎么纳，都不会去深究。程颢任御史，却比较执拗、较真，他常常以诲人不倦的态度直言数落宋神宗，不厌其烦。某日已过了午餐时间，程颢仍旧絮叨述说，宋神宗饥肠辘辘，又不好明说。侍从便正色对程颢说："御史您不知道皇上还没有吃饭吗？"皇上还没吃午饭呢！程颢这才意犹未尽地退了出来，这件事一时被传为美谈。

程颢作为一代大儒，对中国的政治思想和哲学思想产生了重大而深远的影响。他不仅仅是一位理学家、思想家，还是精通治道的地方官员、实干家，他心怀天下，政绩卓然。

程颢逝世时，年仅54岁。他逝世后，宰相文彦博为他题写墓碑，送给他"明道先生"四个大字。

朱熹：儒家思想的集大成者

朱熹，字元晦，又字仲晦，号晦庵，晚年称晦翁，谥号文，世称朱文公。宋朝著名的理学家、思想家、哲学家、教育家、诗人，闽学派的代表人物，儒学集大成者，世人尊称为朱子。朱熹是唯一一位并非孔子亲传弟子而被祭祀在孔庙的人，位列大成殿十二哲中，受后人祭祀礼拜。朱熹是“二程”（程颢、程颐）的三传弟子，李侗的学生，与二程合称“程朱学派”。朱熹的理学思想对元、明、清三朝影响很大，成为三朝的官方哲学，是中国教育史上继孔子后的又一人。

志在圣贤

朱熹出生儒学世家，自幼受教于父亲，《宋史》本传说，朱熹幼年时就很聪明，理解力强，很会说话。父亲指着天说，这是天，朱熹问，天上是什么。这说明朱熹自幼就是一个具有强烈求知欲望的人。朱熹4岁时，他的父亲朱松指着太阳对他说，这是太阳。朱熹又问，太阳依附在哪里？朱松

■ 朱熹像

回答说，依附在天上。朱熹又追问道，天依附在哪里？一席话问得朱松惊讶不已。8岁时便能读懂《孝经》，并在书上题字自我勉励说，如果比不上书中所说的，那就不是人了。

朱松是在二程理学思想教育下成长起来的儒生，他对儿子的要求自然是按照儒家学做圣贤的目标去实行。据《朱子年谱》中记载，朱熹在10岁时就专心学习圣贤的学说，每天如痴如迷地攻读《大学》《中庸》《论语》《孟子》。他自己回忆说，我在10岁时，读《孟子》，读到"圣人与我同类者"时，高兴得无法言说，从此，便立志要做圣人。后来他也教育学生说，我们都要以圣贤为自己的学习榜样。

朱熹10岁时父亲就去世了，临终前把朱熹托付给崇安（今武夷山市）五夫好友刘子羽（朱熹义父），又写信请五夫的刘子翚（屏山）、刘勉之（白水）、胡宪（籍溪）等三位学养深厚的朋友代为教育朱熹。刘子羽视朱熹如己出。

相传朱松曾求人给自己算命。算命先生说，富也就这样了，贵也就这样了，生个小孩儿，就如同孔夫子。也许这是后人编出来的，但朱熹学成大儒是事实。

建阳近邻有个南剑州（今南平市），是道学最初在南方的传播中心，朱熹早年涉略佛道之学。这种环境对朱熹的一生有着深远影响。后来他师承当时的洛学一脉“南剑先生”李桐的教诲，开创闽学，集理学之大成，与“南剑三先生”并称为“延平四贤”。

初入仕途“社仓”济民

朱熹18岁时，在建州乡试中考取贡生，19岁考中进士。曾任江西南康、福建漳州知府、浙东巡抚，做官清正有为，整顿书院建设。有一年，福建崇安发生大水灾，朝廷派他前往视察灾情，他曾遍访于崇安各山谷之间。由于灾情严重，粮食无收，地方官不认真救济，到次年青黄不接之时，就在崇安发生了饥民暴动。这时，朱熹与知县诸葛廷瑞发起，要求地方豪富用收藏的粮食来救济饥民，他又请求朝廷用六百斛粮食来救济饥民，这才平息了饥民的暴动。

由此，朱熹便想出了建立“社仓”的办法，并建议朝廷广为推行，作为解决农民在青黄不接之时的口粮问题的机构。他规定“社仓”的任务，是在青黄不接之时贷谷给农民，一般取息20%，这样农民就可以不向豪民高利贷粮。若发生小饥，利息可以减半，若发生大饥，则可免除利息。设立社仓的最大好处是可以防止农民暴动。为此，朱熹在他的家乡首创了“五夫社仓”，作为试点，并上书朝廷，建议按他的办法在全国范围推行。由于这种办法给官僚地主和高利贷者带来了不利，因而未能广为推行，只有极少数地方，如福建建阳和浙江金华等地实行了这个措施。

参访贤圣

朱熹年轻时，从建阳到泉州同安县赴任，路经莆田时，在夹漈（jì）草堂见到了郑樵。年过五旬的郑樵对他以礼相待。吃饭的时候，桌上只有一碟姜和一碟盐巴，朱熹的书僮看到后心中暗暗不乐。朱熹取出一部手稿，请郑樵过目指正。郑樵恭敬地接过，放在桌上。接着，他燃起一炷香，室内顿时异香扑鼻。这时，恰好窗外吹来一阵山风，把手稿一页一页地掀开。郑樵一动不动地站立着，像被清风吹醉了一般。等到风过去后，他才慢慢地转过身子，把手稿还给了朱熹。两人促膝而谈，一连谈了三天三夜，朱熹十分高兴，特地写了一副对联表示感谢。朱熹离开草堂后，步行到前次下马的地方才上马。

他的书僮不满地说：“这个老头子算什么贤人？他对您太无礼了。没有酒没有菜，只有一碟姜一碟盐，亏他做得出来。”朱熹说：“那盐不是海里才有的吗？那姜不是山里才有的吗？尽山尽海，是行大礼啊！”书僮说：“您的手稿，他连看都不看……”朱熹说：“你没看到吗？我送他手稿时，他特地燃起一炷香，这是很尊重我啊！风吹开稿页那阵子，他已经把稿子看完了。他跟我提了不少好意见，还能把手稿里的原句背出来，令人钦佩。”书僮说：“您大老远跑来见他，可今天离开时，他送都不送一程。”朱熹说：“他送到草堂门口，就已尽礼了。一寸光阴一寸金，我们做学问的人，每刻时间都很宝贵啊！”

正说着，前面草丛里突然哗啦一声响，一只五色雉鸟从头顶飞过。两人不由得回过头来，却看见郑樵还站在远处的草堂门口，保持着原先送客的姿态，手里还拿着一本书。朱熹笑着说：“你看，他还在门口站着，连送客都不忘读书，真是个贤人啊！”

朱陆之争

在南宋的理学家中，陆九渊也是名气很大的人物。陆九渊与朱熹同时期，小朱熹9岁。二人在治学目标上基本一致，但他们的思想方法和认识途径却大不相同。从哲学观点上讲，朱、陆两家是南宋时期唯心主义理学内部的两个不同学派，由于观点不同，两家在学术问题上进行了长期的争辩。朱陆二人的辩论方式，主要是通过书信的往来进行争论，然而鹅湖之会却是一次例外。

为了调和朱陆之间的分歧，由另一位著名学者吕祖谦发起，邀请了朱熹和陆九渊、陆九龄兄弟在信州鹅湖寺（今江西铅山县境内）集会，讨论的主要问题是治学的方法。这便是中国学术史上有名的“鹅湖之会”。鹅湖之会5年过后，陆九渊来到白鹿洞书院拜访朱熹，请朱熹为他的哥哥陆九龄撰写墓志铭，二人一见如故，十分友善，并且表现了互相仰慕之情。朱熹不仅接受了陆九渊的请求，同时还邀请陆九渊为书院师生讲学，陆九渊也欣然同意。他讲解的是《论语》中的一章，听者深受感动，这次讲学给师生们都留下了良好印象。这件事说明朱、陆的观点虽有分歧，但他们在学术交往和待人处事的态度上都有宽豁大度的君子之风。

朱张会讲

张栻，字敬夫，师从胡宏，学有专长，自成一派，号称湖湘学派，朱熹对他早有敬仰之心。朱熹和张栻进行了一次中国学术史、教育史上最著名的会讲——朱张会讲，开创了会讲的先河。两人的讨论从太极之理上展开并最终趋于一致。朱、张会讲地点在岳麓书院，从各地赶来的听者达数千人。在岳麓书院讲堂，朱熹手书“忠孝廉节”四个大字，后被书院奉为校训。在经过两个月的岳麓讲学后，朱熹在张栻的陪同下游南岳衡山。在一路的游览中，眼前的无边风景，不时牵动他们的诗兴，他们一边游览一边吟唱。几天里，他们共作诗149篇，合编为《南岳唱酬集》。

下了衡山，从岳宫到槠州180里，朱熹和张栻就还有争议的问题进行了临别前的讨论。两人朝夕在船中，讨论《中庸》之义，三天三夜没有合眼。朱熹与张栻分手后，携弟子范念德、林择之东归，一路轮流更换唱和。

卓越的文学素养

朱熹有足疾，曾有一个江湖郎中来为他治疗。针灸以后，他感到腿脚轻便了不少。朱熹十分高兴，重金酬谢的同时，还送给这个郎中一首诗，诗意为："好多年走路靠一根瘦竹撑动，想不到针灸还真有神奇之功。扔开拐杖出门，儿童看了发笑，这难道就是从前匍匐的老翁？"郎中拿了朱熹手书的诗章，就离去了。没几天，朱熹足疾重新发作，且比没针灸前更厉害了。他急忙派人去追寻郎中，却已不知道郎中逃到哪里去了。朱熹叹息说："我不是想惩罚他，只是想追回赠给他的那首诗，怕他拿去招摇撞骗，误了别人的治疗。"

朱熹有很高的文学成就，为后人留下了许多诗词作品。朱熹的代表作有《菩萨蛮》（一）、《水调歌头》（一）、《南乡子》《忆秦娥》（二）等。其中以《菩萨蛮》（一）最有特色，这首词运用回文，每两句互为颠倒，八句共四对，十分自然和谐，毫不牵强，而且很有意境，构思极其精巧，足见朱熹对语言的驾驭能力。朱熹的词结有《晦庵词》。除词外，朱熹还善作诗，《春日》和《观书有感》是他最脍炙人口的诗作。由于父亲和老师的影响，朱熹在道学中对文学的评价是比较公正的，他也写过一些富于生活气息的好诗。这两首是说理之作，前一首写人的修养往往有一个由量变到质变的阶段，一旦水到渠成，自然表里澄澈，无拘无束，自由自在。后一首以池塘要不断地有活水注入才能清澈，比喻思想要不断有所发展提高才能活跃，免得停滞和僵化。这两首诗以鲜明的形象表达自己在学习中悟出的道理，既具有启发性，也不缺乏诗味。

陆九渊：“心学”的开山之祖

陆九渊，字子静，南宋哲学家，陆王心学的代表人物。因书斋名“存”，世称存斋先生。又因讲学于象山书院（位于江西省贵溪县），被称为“象山先生”，学者常称他为“陆象山”。陆九渊逝世时年仅54岁，谥号文安。陆九渊为宋明两代“心学”的开山之祖，与朱熹齐名，然而两人的见解多有不合。明代王守仁继承发展了陆九渊的学说，成为“陆王学派”，对后世影响极大。陆九渊著有《象山先生全集》。

九世同居家学深厚

陆九渊出身于一个九世同居、阖门百口的封建世家，他的八世祖陆希声曾在唐昭宗时任宰相，五代末因避战乱迁居金溪，在那里买田谋生，成为乡里的富户和当地有名的豪门大族。金溪陆氏家族经过几代变迁，到陆九渊出生时，经济已经衰落，只有10亩左右的菜田和一处药铺、一处塾馆。但至此，陆门已经有200多年的历史，仍保留着宗族大家的风度。

■ 陆九渊像

陆氏有家学渊源，陆九渊的八世祖陆希声有很多论著，高祖陆有程很博学，博览各类书籍。到陆九渊父亲这一代家业已经衰落，只靠经营医药和教书授学来维持家计。陆门家风整肃，闻名乡里，甚至受到孝宗皇帝的称赞。陆门治家依靠严格执行宗法伦理，同时，也靠家庭成员发挥各自的积极性、主动性，各自发挥自己的才能，各自负责掌握自己的职责。生在这样的家庭氛围中，从小耳濡目染，长大成人后亲自管家，这样的生活经历促进了陆九渊对社会国家参与意识的形成。

少思秉异独创心学

陆九渊出生时，他的父亲因为儿子多，打算让乡人收养他。正好长兄陆九思的妻子生了儿子，陆九思便让妻子喂养陆九渊，而将自己的儿子给了别人喂养。陆九渊后来侍兄嫂如侍父母。

陆九渊自幼好学，他的好学不在于博览群书，而表现在善于思考上。三四岁时，他曾问父亲天地为什么无边无际，父亲笑着不回答他，他竟为这个问题费尽思索而到了废寝忘食的地步。后来他读书孜孜不倦，又常在书中发现问题。例如读《论语·学而》，就对“有子”三章表示怀疑；读二程书，就发现伊川（程颐）所说的话与孔子、孟子不一样，甚至有矛盾的地方。

陆九渊13岁时，有一天对自己少儿时思考的问题忽然有所领悟。这天，他读古书读到“宇宙”二字时，见解释说，天地之间叫作“宇”，是指空间，古往今来叫作“宙”，是指时间。于是他忽然省悟道：原来“无穷”便是这样啊！人与天地万物都在无穷之中。他提笔写下，宇宙内的事，就是自己分内的事，自己分内的事，也就是宇宙内的事。《陆九渊年谱》中说他因为想弄明白宇宙的含义，便专心致志地学习，并从宇宙二字中悟出了人生之道。

陆九渊立志要做儒家的圣人。他认为，做圣人的道理不用到处求索，其实就在自己心中。他说，宇宙就是我心，我心就是宇宙，东海有圣人出世，这和我心中的想法是一样的，也是符合道理的。对宇宙无穷与对圣人之心广大的体悟，使陆九渊进入了一种新的人生境界。陆九渊官位不算显要，学术上也无师承，但他融合了孟子“万物皆备于我”（万事万物都为我所具备，指世上的一切完全为我所有）和“良知”“良能”的观点，所谓“心”即是孟子所说的我，认为我生万物生，我死万物死。他提出“心即理”的哲学命题，形成一个新的学派——“心学”。

辞官讲学弟子云集

陆九渊在34岁时中进士，最初任隆兴府靖安（今江西靖安）县主簿，后来调任建宁府崇安（今福建崇安）县主簿。大约10年后，他被推荐为国子监正，不久又升任敕令所删定官。陆九渊少年时曾读三国、六朝史，有感于当时的夷狄入侵中原。后来又听长辈讲靖康年间发生的事，于是剪断指甲，学习骑射，慨然要为大宋朝廷复仇。在任删定官时，他探访得知一些勇士，便与他们一起讨论恢复疆土的方略。在接受皇帝咨询时，陆九渊陈说五论：一论仇耻未报，愿皇帝广求天下的俊杰，并与之完成复国兴邦的计划；二论愿皇帝至诚遵德乐道；三论知人之难；四论做事当循序渐进，不可忽冷忽热，心血来潮；五论人主不应当忙于细琐小事，而应当着力于大政方针。

不久，陆九渊被除去将军做了监丞，但被给事中王信反驳，被差管台州崇道观，因这只是个管理道观的闲职，于是他便归江西故里讲学。陆九渊还乡时，学者云集他的门下，每次开席讲学，屋里屋外都挤满了听众，甚至有些年老的人也拄着拐杖前来听课。他的弟子遍布于江西、浙江两地。他自号“象山翁”，学者尊称他为“象山先生”。

他在长期的讲学实践中，形成了一套独特的教育思想理论。他认为教育对人的发展具有存心、养心、求放心和去蒙蔽、明天理的作用。他主张学以致用，目的是培养出具有强烈社会责任感的人才，以挽救南宋王朝衰败的命运。在教育内容上，他把一般知识技能技巧，归纳为道、艺两大部分，主张以道为主，以艺为辅，认为只有通过对道的深入体会，才能达到做一个堂堂正正的人的目的。因此，他要求人们在“心”上做功夫，以发现人心中的良知良能。

陆象山的学生，最著名的是杨简、袁燮、舒璘、傅子云等，其中杨简进一步发挥了他的心学。今天南昌城内的象湖，相传是陆九渊当年在南昌开坛讲学的地方，“象湖”就是由他的号（象山先生）而得来的。

断案神人

光宗即位后，陆九渊被派遣做了知荆门军。在任职期间，只要有老百姓喊冤诉苦，他就随时开庭受理。先让诉苦的人自己拿着状子追查，然后约定日期再行办理。陆九渊根据实际情况加以裁决，大多以调解为主。如果涉及人伦关系，陆九渊就让那人自己把诉状毁掉，以尊重人世间的风俗，对于那些着实不可训导的人，才绳之以法。对于境内官吏的贪污和清廉，民间风俗习惯的善恶，陆九渊都能了如指掌。

有人说某人杀了自己的儿子，陆九渊断定，不至于这样。及时追查，那人的儿子果然安然无恙。有人说遭遇偷窃但不知是什么人干的，陆九渊列出两个人的名字，抓来审讯，这两人果然认罪，他们所偷窃的东西最终归还给了告状的人。陆九渊宽恕了窃贼的罪过，责令他们改过自新。

有一次，陆九渊对一个下属官吏说，某人在某地施展暴力，第二天，果然有人诉说遭遇抢劫，抢劫的人正是陆九渊所说的人，于是便加以追究惩治。那个下属官吏惊叹陆九渊的预断能力，一个郡的人都把陆九渊看作神人。

鹅湖之会

陆九渊的学说独树一帜，与当时以朱熹为代表的理学相抗衡。有一次，陆九渊与朱熹在江西上饶的鹅湖寺会面，研讨治学方式与态度。朱熹主张通过博览群书和对外物的观察来启发内心的知识；陆九渊认为应先启发人的内心，再让他博览群书，所谓“心即是理”，不需要在读书穷理方面过多地费功夫。双方赋诗论辩。陆九渊指责朱熹的学说太分散，朱熹讥讽陆九渊的学说偏向佛教禅宗的教理，两派学术见解争持不下。这就是史学家所说的“鹅湖之会”，“鹅湖大辩论"。

学问万千唯此一心

绍熙三年十二月的一天，陆九渊对亲近的人说："我有想为天下人做点事的志向，竟得不到施展就要离开人世了。"又对家人说："我将要死去。"还对僚臣说："我将离开人世。"那时正逢人们祈祷下雪，第二天，雪花果然飘飘而下。陆九渊沐浴更衣端坐，两天后安然去世。

棺殓时，官员百姓痛哭祭奠，满街满巷充塞着吊唁的人群。出殡时，送葬者多达数千人，棺椁埋葬于金溪青田。嘉定十年，朝廷赐陆九渊谥号"文安"。明正德十六年，政府在金溪县城衙门前为陆九渊建有"百世大儒"坊，两侧镌刻"学苟知本六经皆注脚，事属分内千经有同心"的对联，对联的意思是：做学问假如能求得根本，就不必拘泥于对古代经书的追根究底，所谓的六经都是为我做注脚的；世间事都属于我分内的事，即便是千种经书，讲的也都是同一个道理。

陆九渊一生为官清廉，为学精深，不喜欢空谈，乐于务实。明代王守仁发展了他的学说，成为中国哲学史上著名的"陆王学派"，对近代中国理学产生了深远的影响。

陆九渊的思想经过后人充实、发挥，成为明清以来的主要哲学思潮，一直影响到近现代中国的思想界。

陈亮：创立永康学派的南宋大儒

陈亮，原名汝能，后改名为陈亮，字同甫，号龙川。他所作政论气势纵横，他的词作豪放，有《龙川文集》和《龙川词》。陈亮力主抗金，曾多次上书孝宗，痛斥秦桧奸邪，倡言恢复中原，完成祖国统一大业。

生有光芒

陈亮出生在一个没落的地主家庭。陈亮在他的祖父代，家境富裕，人丁兴旺，之后便没落下来。陈亮的曾祖父陈知元在北宋徽宗年间死于抗金战斗之中。他的父亲陈次尹刚成年就为全家生活而四处奔波，陈亮的母亲，14岁便生下了陈亮，主要由他的祖父母来哺养教育他，他们把复兴陈家的希望寄托在陈亮身上。

《宋史·陈亮传》说陈亮“生而且有光芒，为人才气超迈，喜谈兵，议论风生，下笔数千言立就”，意思是说陈亮降生时一睁眼，眼睛里就有奇特的光芒，仿佛是带着使命来到人世间的，长大后才气过人，喜欢谈论兵事，一谈起来就滔滔不绝，写起来就是洋洋洒洒几千字。从青少年开始，就显示了他是一位聪颖精明，才华横溢和志量非凡的人。在18岁时，他就考查了历代古人用兵成败的事迹，写出了《酌古论》3篇，讨论了19位风云人物。当时的婺州郡守周葵看了这部书，对他十分赏识，赞誉他是以后的国士，并把他作为贵宾来招待。然而，周葵所欣赏的是陈亮博通古今的才华，周葵期望把这位有希望的青年人纳入道德性命学说的轨范中去。周葵便教陈亮学习《中庸》《大学》，对他说："谈此可精性命之学"（学习《中庸》《大学》可以精通性命学说）。但令周葵失望的是，陈亮对这些不很感兴趣，经过学习，陈亮虽然对道德性命的学说有所了解，但他却认为那种空谈心胜的道德性命学说对解决实际问题没有帮助，更不能解决抗金统一事业，所以他没有按照周葵为他设计的道路去实行，而是继续研究前人的历史，并且又撰著了《英豪录》和《中兴遗传》两部著作，希望从历史的经验和教训中总结出中兴复国的经验。

斩马盟誓

陈亮与辛弃疾是志同道合的好朋友，辛弃疾也是当时的抗金爱国人士，他们的结交颇具武侠色彩。辛弃疾刚从北

■ 陈亮像

方投奔南宋朝廷时，居住在江南，陈亮特地前去拜访辛弃疾。辛弃疾家门前有座桥，陈亮所骑的马由于害怕水而不敢过桥，驱赶它三次都退了回来，陈亮一发怒，拔剑斩下了马头，徒步走过桥去。辛弃疾当时正在自家楼上，看见陈亮这样的行为，大为惊异，便立即派人去询问这是哪里来的英雄。正好这时陈亮已来到门口，两人一见如故，成为了好朋友。陈亮和辛弃疾的这次会面，一起在瓢泉饮酒，一起游览鹅湖，长歌相答，畅谈国家大事，陈亮在这里住满了十天后离去，成为文坛佳话。后人为了纪念这两位爱国志士，将他们的这次会面称为第二次“鹅湖之会”，将这座石桥称为“斩马桥”，并在桥旁建了斩马亭。至今，当地还流传着陈亮和辛弃疾“斩马盟誓”的故事。

多次上书

陈亮在青壮年时期，曾两次参加科举考试，都没有考中。他说，我听说对于古人中的文人来说，特别是当官的人，做官是为人推行自己的政治主张，写文章是为了说明道理，而道理不在我这里，那么即使做官了又有什么用呢？暗示自己不想当官，没考中也不奇怪。

之后陈亮给孝宗皇上上书，慷慨激昂地对当时朝廷上的一些政策进行了批判，指出现如今南北正互相对抗，如果废弃了军威使人心懒惰，使人们安于现状，忘记国家的仇恨，对中原大地不管不顾，这样就只能投合那些昏庸者的意愿，那么皇上您将会失去好的治国政策。皇上您为什么不能倡明大义，果断地与金人断绝往来呢？陈亮的这番话感动了孝宗，孝宗于是贬损车驾，坐上正殿，进行自我反省，发誓一定要为国家复仇，这样做是为了激励朝廷中的大臣，振作起天下人的士气，鼓舞每一个中原人的复仇之心。这样一来，虽然没有出兵，但是人心不敢懒惰了，有才华的人纷纷而出，等待皇上起用。

陈亮35岁时又给孝宗上书，对孝宗说："我不是奸佞的臣子，从小就有驰骋四方的志向，曾多次到行都。行都虽然有很多人物，但他们所谈论的都不能发人深省，因此我感到皇上您的远大志向没人理会。我开始觉悟到，如今的这些儒士实际上都是些麻木的不知痛痒的人，面对国家大仇，这些儒士还在那里拱手作揖空谈性命，他们真不知道什么才是性命，皇上您如果容纳他们却不任用他们，我因此而佩服皇上您的仁爱；如今那些自以为懂得富国强兵战术的大臣，实际上都是一些没有真本事的狂妄者，他们平时不讲究立国之道，而喜欢信口开河地大谈国家富强，他们真不知道什么才是富强，皇上您如果洞察他们而不完全任用他们，我因此佩服您的圣明。皇上您励志复仇足以感动上天，胸怀仁爱可以得到民心，拥有仁爱和圣明就可以改变大臣们的偏激理论，如果这样您就是数百代以来的明君啊。然而到现在，皇上您任用庸人，笼络小人的心，拖延自己大有作为的岁月，我因此十分愤怒，也就顾不上自己身份的卑贱而向您提出建议。"陈亮上奏后，孝宗皇帝十分震动，打算将他的奏章张贴在朝堂，用来激励大臣们，并召陈亮上殿，准备起用陈亮。许多大臣不知如何是好，只有曾觌理解陈亮，并想会见陈亮。因为曾觌名声不好，所以陈亮不想见他，最后翻墙而逃。曾觌因陈亮拒绝见自己，显得很不高兴，其他大臣都特别厌恶陈亮的直言不讳，因而都抑制陈亮。宰相按照皇上旨意找陈亮询问情况，因为话不投机而产生隔阂。

后来陈亮又连续三次上书，由于奏书直言不讳，大胆揭发了一班大臣退让求和，苟且求得安生和儒士们脱离实际的空谈作风，遭到了许多人的忌恨。回乡之后，就有人向刑部控告了他，刑部侍郎何澹一直以来都忌恨陈亮，以陈亮的言论涉及犯上作乱的罪名，逮捕了他，并对他用了酷刑。这件事被孝宗知道了，下诏赦免了陈亮。陈亮回乡后，又发生了家僮杀人的事，恰巧被杀的那个人曾经辱骂过陈亮的父亲，因此被害者家人怀疑是由陈亮指使的，就把他告了官。考虑到陈亮的威望和特殊身份，执法的官员不敢轻易做出判决，便把他交给了大理寺。当时的丞相知道皇上不想杀陈亮，而且又有辛弃疾等人在极力营救，所以陈亮最终没有被追究责任。这件事说明了陈亮人缘极好，生死关头，不但皇上不想杀他，而且连包括辛弃疾在内的许多社会名流都替他说话。

忧老去世

经过两次下狱，经受严重打击之后，陈亮并没有对恢复中原的志向有所改变。此后陈亮还亲自到建康（南京）京口（镇江）观察地形，作词《念奴娇·登多景楼》，主张不要把长江天际仅仅当作是隔断南疆北界的门户，而要把它作为北伐中原，恢复失地的跳板，长驱直入，不要回头看。并且再次上书，建议孝宗由太子监督军队，驻在建康（南京），向天下昭示恢复中原的锐气。这时正遇上孝宗决定内禅，他的奏书没能上报，这次上书不但没有到孝宗皇帝手上，反而因为上书内容指陈时弊，触怒了许多官僚。

陈亮回乡后，一次参加乡人宴会，有人在杯中放了胡椒末，他的家人诬告陈亮下了毒，陈亮再次吃了官司，下了大理狱。在这之后因少卿郑汝谐在光宗面前求情，才免去陈亮一死，这次下狱，从表面上看，属于刑事案件，实际上在这背后隐藏着政治原因。

陈亮忧于国事，为国家民族的复兴操碎了心，他通过多次上书，向朝廷提出了很多好的建议，虽然也曾得到孝宗皇帝的赏识，但最终没能被任用。直到陈亮51岁时，参加礼部的进士考试，考中了状元。他在中状元后的报恩诗中说，复仇是我一生的志向，不要说我鬓发苍白。陈亮考中状元后，在建康（南京）任职，然而终因长期忧国忧民，耗尽精力，于52岁就病逝了。陈亮死后40年，他的著作被编辑为《龙川集》行世。

叶适：永嘉学派的集大成者

叶适，字正则，号水心，世称水心先生。南宋时期著名思想家、文学家、政论家，永嘉学派代表人物。他所代表的永嘉事功学派，与当时朱熹的道学派、陆九渊的心学派并列为南宋三大学派，对后世影响深远。叶适的著作有《水心文集》《水心别集》《习学记言序目》。

从小艰难

叶适出生在浙江瑞安县城。叶适的少年时代，家境贫困。父亲性情开朗，有大志却没能进入仕途。母亲杜氏嫁到叶家的那一年，正逢水灾，家中器物被大水冲尽，自此更为艰难，居无定所，先后迁过21处。11岁时，有名的大儒陈傅良在县城林元章家执教，叶适经常在林家嬉戏，他得到机会跟从陈傅良学习。据他自己的回忆，从此受教、请求于陈傅良的时间，前后有40年之久。

韩侂胄做宰相时，曾经礼请叶适。一天，叶适已坐在相府里，忽然门外有人投送名片拜见，名片上写着：水心叶适要求接见。这时，在座的人都感到非常惊奇。韩侂（tuō）胄（zhòu）就让叶适躲到另一间房子里，然后邀请那个求见者。见面后，韩侂胄逐个提问叶适过去文章中的句子。那人答道："这些文章都是我年轻时写的，现在我已重新修改。"他诵读被修改过的文章，语句比以前更加精妙绝伦，韩侂胄诧异地说："已有一个水心先生在这里了，难道天下真有两个相同的水心吗？"那人回答说："像水心先生那样有才识的读书人，天下真是多得像车载、斗量那样，但是，我今天不借用水心先生的大名，恐怕未必能受到您亲自款待吧！"韩侂胄笑了，承认他说得有理，后来就选拔那个去深造了。

13岁时，叶适跟随父亲从瑞安迁到永嘉（今浙江温州）。15岁起，开始学诗，学时文，这些对他一生的学术都深有影响。16岁时，叶适在温州乐清白石北山小学讲舍讲习，他的讲习生活一直维持到乾道三年，其间从学与结交的师友，除陈傅良外，还有王十朋的门人叶士宁与林鼐（nài）、林鼒（zī）兄弟等。

婺州游学

从19岁开始，一直到28岁，叶适的主要活动是在婺州地区游学，曾从学于郑伯熊，结识了陈亮、吕祖谦、周必大等。

这十年间，叶适到过临安。淳熙元年，叶适上书叶衡，叶衡当时是签书枢密院事。叶适在这封《上西府院书》中，纵论天下大势，指出天下的祸患在于，在朝廷之上，忽略儒生的论说，轻视仁义之学，摈弃贤人而不自保，人人都使自己高高在上。因此他希望叶衡能够考虑古今的变化，衡量其中的利害，先使国家安定下来。

叶适33岁时，任武昌军节度推官。因少年时的老师史浩推荐，叶适拒绝了升迁的召见，改任浙西路提刑司干办公事。叶适在苏州游览了许多名胜古迹，写下《虎丘》《齐云楼》《灵岩》《葑门》等诗篇。叶适36岁时，经宰相推荐，改任京官，之后又授予他宣教郎太学正，改任太学博士。浐熙十五年，朱熹被兵部侍郎林栗弹劾。叶适上书《辨兵部郎官朱元晦状》，激烈抨击林栗以政治权力来压制学术的恶劣行径。

淳熙十六年，孝宗禅位，太子赵惇即位，是为光宗。光宗是个有隐疾的皇帝，在请立嘉王赵扩为太子等问题上，与退位在重华宫的太上皇孝宗有矛盾。再加上皇后李氏以及陈源等人从中挑拨离间，父子之间隔阂很深，从此光宗不朝拜孝宗。朝廷危机加深，国事艰危，群臣为敦促请求光宗朝拜重华宫的太上皇，可谓是费尽心机，陈傅良痛哭于朝廷，赵汝愚甚至引裾求光宗朝拜重华宫，太学生也上书。绍熙三年，叶适等上书，请求光宗朝拜重华宫，光宗没有听从。光宗很长时间以称病为由，不朝拜重华宫。宫廷矛盾使朝中大小事都废了。叶适尽力上言，对光宗说，父子之间亲爱出于自然，不能没有事实而生疑忌。光宗有所动心，曾两次赴重华宫，都城临安人听说后，都为之欢悦。但光宗父子之间的矛盾没有解决，群臣请光宗朝拜重华宫成了朝政的焦点。

绍熙五年，太上皇孝宗死去。光宗称病不执丧事，又引发出朝政危机。赵汝愚及叶适等人，通过韩侂胄请太皇太后吴氏垂帘，尊光宗为太上皇，立嘉王赵扩即帝位，是为宁宗。宁宗即位后，朝中又展开新的斗争。赵汝愚为宰相，韩侂胄自负地认为自己立宁宗有功，为自己仅仅升迁为枢密院承旨，很不满意。韩侂胄、赵汝愚的斗争不断升级。韩侂胄及其周围一批人，排斥打击赵汝愚、朱熹、叶适等。赵汝愚被贬死于衡阳，叶适也受到牵连。

庆元元年，叶适被御史胡纮（fú）弹劾，降两官。庆元二年，叶适被差遣到衢州。第二年，朝廷建立“伪学”的薄册，名单上共有59人，叶适在其中。嘉泰元年，叶适被起用为湖南转运判官，嘉泰二年，解除禁令，迁往泉州，次年，赴任。同年，叶适受到皇帝召见，叶适对宁宗说，对于国家来说，治理国家要以国家、民族、人民的和谐、和气、和睦为根本；对于个人来说，与人相处的最终目标，是要使家庭、亲属、朋友都十分平等、平和、友好。

这番话被宁宗所称许。韩侂胄发动开禧北伐，叶适说这件事事关重大，一定要考虑周密，要考虑战事给各方面带来的后果。开禧二年，韩侂胄进行北伐，是要利用叶适的声望。但如叶适所料的一样，这次北伐条件不充分，也没有周密的准备，加上用人的不当，吴曦的背叛投降，虽然战争初期，获得一些胜利，但很快战争的形势发生变化，金兵南下，形势危急。叶适节制江北，在和州、滁州等地战斗中，他用劫寨等灵活的战术，给金人以重创。兵退，叶适进宝文阁等待诏命，兼任江淮制置使。

叶适一生倡导重教兴学，以培养人为己任。少年时期，他边读书边讲学。中年时期，在求学之间，从政之暇均设私塾教授学生。晚年居住在水心村，悉心讲学，培养了大批复合型人才。于嘉定十六年辞世，终年74岁。

真德秀：朱熹之后的理学正宗传人

真德秀（1178年-1235年），原名慎德秀，后因避宋孝宗赵慎讳改姓真。始字实夫，后改为景元，又为希元，号西山。福建路建宁府浦城县（今福建省浦城县）人。南宋后期著名理学家、大臣，后世学者称其为“西山先生”。

他学宗朱熹，与魏了翁齐名，创立“西山真氏学派”，是继朱熹之后的理学正宗传人，在确立理学正统地位的过程中起到了重大的作用。他所修撰的《大学衍义》，是元、明、清三代皇族学士的必读之书，并被朝鲜王室效法。

少年勤学不倦　胸怀报国大志

真德秀出身贫寒，但自幼聪颖、喜好学习的他仍然被父亲送去私塾读书。他4岁时便能过目成诵，记忆力惊人。

真德秀没有辜负自己的天赋，反而勤学过人。据《行状》记载：他“入小学夜归，尝置书枕旁。”夏天蚊虫颇多，于是他拿着蜡烛到蚊帐中读书学习，一直到深夜才止，以至于蚊帐都被薰成了黑色。其他小伙伴都在玩水嬉戏时，真德秀仍在读书，他把“儿童读物”都一一读熟了。

15岁时，真德秀丧父，这对本就贫寒的真家来说犹如雪上加霜。读书明理，孝亲敬友的真德秀当时或许有过弃学养家的念头。但吃苦耐劳的母亲吴夫人担起了家庭重任，在贫困中操持家计，供他读书学习，抚养他长大成人。

真德秀勤奋刻苦，进步飞快，他没有辜负父母的期望，也没有让母亲的辛苦白费。他18岁中举人，19岁进士及第，和魏了翁同榜，此后入仕授南剑州（今福建南平市）判官。开禧元年（1205年），中博学宏词科，为福州知州，旋召为太学正，宁宗嘉定元年（1208年）擢升太学博士。此后，他又历任秘书省正字、校书郎、兼沂王府教授、秘书郎、著作左郎等官。

真德秀虽是一介文臣，但他自从政之后，便胸怀忧国忧民之志，力图让内外交困的宋王朝摆脱危机，重新振作。他对朝廷向金国投降，每年缴纳岁币十分不满，在金使前来之时，他上奏请求朝廷取消缴纳岁币。

他的治国方案主要以理学思想为指导来正君心。基于此，在面对金国的侵略上，他极力反对纳贡称臣，主张巩固内部，进而达到自治自守的政策。其实，当时的实际形势是，南宋朝廷已日暮途穷，根本说不上恢复疆土。开禧二年（1206年），身任平章军国事的韩侂胄未作充分准备，贸然

■ 真德秀像

出兵北伐，最终惨败。面对这一教训，真德秀主张整治腐败，严肃政纪，收服民心，这对当时的宋王朝来说，不失为一项正确的决策。

嘉定元年（1208年），真德秀首次向宋理宗谏言，不要贪图一时的和平，要认识到隐藏其中的祸患，思图拯救之法。他提出“崇尚理学，奉行正道，褒崇名节，以明示好尚”的方法来拯救祸患。同时，他认为，韩侂胄制造“庆元党禁”，禁止理学，迫害理学士子，使正道不得推行。当时，宋理宗恰有改弦更张的意思，他便趁机劝理宗重兴理学，以正人心、转移风气、矫正士习。

嘉定三年（1210年），真德秀又向宋理宗提出两条建议。其一，“开公道，窒旁蹊，以抑小人道长之渐”。他认为宋理宗应广开言路，倾听中正之人的意见，禁止邪说，以抑制小人。其二，“选良牧，励战士，以扼群盗声张之锐”，他认为从当时的内外情势来分析，朝廷的首要任务是稳定国内的局势，以加强统治。

真德秀特别强调“公议”。他将“公议”提到“天理”的高度，以获得皇帝的重视。“天理”不可泯灭，作为“天理”表现的“公议”当然也是“万世由一日”，不可泯灭的。根本原因是“公议”存于人心，有权有势的人或许可以暂时颠倒黑白，但终究会被世人所不容。真德秀主张“公议”就是“天道”，顺应“天道”，则“人佐之，天助之”。这种“天人一体”的思想正是儒家的“顺天应人”思想的表现。

嘉定六年（公元1213年）冬10月，真德秀受命为特使，前往金国庆贺金国新主即位。11月，达到盱眙（今属江苏），有消息传来，说金国正发生内乱，于是返回京师。

这次经历让他感触颇深，归来后，他便对宁宗谏言应大修垦田，充实粮库，在边地推行什伍制度，这一建议对于巩固北方边防来说是再好不过的策略。但当时的南宋王朝政治腐败，从中央到地方，官吏大都是文恬武嬉，没有国家大局，极力搜刮民脂民膏，贪图一时之乐，致使沃野荒芜，农田荒废，水利失修，边关要塞戍守松弛，兵士训练懈怠，武将不被招用，一旦出现危险，只能侥幸寄希望于长江天险。

长江以北的大片土地和人民对宋王朝安危至关重要，当时的统治阶层对上述问题视而不见，这些真德秀都看在眼里。面对这样的形势，他认为，可以在长江以北的南宋辖区设立专门的机构，派人前去，一面大修垦田，解决生产问题，一面就地组织爱国民众，编制什伍，进行军事训练，进而足食足兵，达到巩固边防、抵御北方敌人的效果。只可惜真德秀的满腔热情和谏言，不能被腐败的朝廷采纳。但他不甘于此，不久再进忠言："国耻不可忘，邻盗不可轻，幸安之谋不可恃，导谀之言不可听，至公之论不可忽。"（《宋史》）可谓是竭尽忠忱，以尽人臣之责。

真德秀忧心不改，宁宗朝的后期，他多次进言，在短短的几年之间，便上奏数千万言，当时的权相史弥远权高位重，他对真德秀的这些建议十分记恨。

自从韩侂胄北伐失败之后，朝廷大权便落到了"主和派"史弥远的手中。史弥远利用手中权力结党营私，重用小人，排除异己，真德秀对此异常憎恶，因此，史弥远对他更加厌恶。

但另一方面，因为真德秀的言论说出了当时正直的士大夫的心声，引起巨大反响，很多人抄录他的论奏，这让他成为名重一时的政论家和理学大家。

这时，主张重用理学派大臣的史弥远又想笼络他。真德秀明白，史弥远重用理学大臣，并不是想振兴宋王朝，只是想用官位收买人心，使之为己所用。于是真德秀不想再拘于庙堂，想去地方上做些实事，主动请求到地方上去任职。尽管史弥远多次挽留，真德秀最终于嘉定六年（1213年）十一月外任江东路转运副使。

专注百姓生计　实施惠民政策

真德秀刚上任的时候，江东路正遭受异常严重的旱灾和蝗灾，广德、太平两军州最为严重。再加上当地贪官污吏中饱私囊，百姓苦不堪言。他一到任，便开始赈灾，分派官员到其他州县治理荒政，而他亲自到广德、太平，协同当地官员体察灾情，开仓赈济，及时解救了灾民。当他妥当处理救灾事宜，准备离开广德时，当地的数千百姓把他送至郊外，依依不舍。接着，他下令废除太平州私设的大斛，减轻了对农民的剥削。还弹劾了新徽州的知州林琰以及宁国知府张忠恕贪污赈济粱的罪行。经过这件事，真德秀政誉始著，以前讥讽他迂儒的言论烟消云散。

嘉定十二年（1219年），真德秀以右文殿修撰出知泉州，泉州是中国同西方商人通航的一个大港口。在南宋中期，它是最繁荣的海外贸易中心，每年都有很多阿拉伯等外国商人在这里进行商业活动。但是，到南宋后期，繁重的商税，以及官员以“和买”的名义低价收购外商货物的出现，因而外商海船进港数量锐减，最后到了一年只有三四艘的地步。

如此重要的经济贸易港口，就这样在贪官污吏的管制下，从繁荣走向衰败。真德秀上任后，公开税额，开放港口，减免了许多不合理的征税，给予外商一定优惠，最终才使得这个重要的贸易城市重新兴旺起来。在泉州任职期间，他抑制了当地富豪大族迫害百姓的情形，减轻了百姓的负担。在边防上，他镇压海寇，整顿、加强了海防。

嘉定十五年（1222年），真德秀以宝漠阁待制的身份出任湖南安抚使知潭州。一到任，他便着手整顿政风，以“廉仁公勤”四字勉励下属，以周敦颐、胡安国、朱熹、张栻等人的学术勉励读书人。任职期间他对百姓实施惠政，先是废除“榷酤”（政府所实行的酒专卖制度），免征苛刻的酒税；接着停止加收斛面米，废除对百姓的额外剥削。同时，对严重贫困的百姓，给予救济。另外，他还模仿朱熹创立义仓的办法，创立惠民仓5万石，在青黄不接之时，以平价卖给缺粮的百姓。他在自己管辖的12个县内普遍设立新仓，以救济饥民之急。还专门创立了慈幼仓，储备粮食，专门赈济鳏寡孤独。

绍定五年，真德秀复出任泉州知州。次年，史弥远去世，他升任福州知州、福建安抚使。端平元年，召为户部尚书，改任翰林学士兼侍读。端平二年，他被擢升参知政事，位至副相，但是因为身体有病未能有所建树。同年，因病去世，享年58岁，追赠银青光禄大夫，谥号“文忠”。

撰写《大学衍义》 确立理学正统

在思想上，真德秀非常推崇朱熹，尊其为“百代宗师”。他用大半生的时间，积极宣扬理学，撰写了一大批关于理学的著述，《西山真文忠公文集》《读书记》就是其代表作。

收录在《读书记·乙记》中的《大学衍义》，是他在作缠经待读的时候进献给宋理宗的一部重要著作，他希望以此来指导人君用理学思想治理国家。

后来，《大学衍义》成为元、明、清三代皇族学士的必读之书，并被朝鲜王室效法。元武宗说 “治天下，此一书足矣”，明太祖命令将其写在大殿两壁，可见此书影响之大。

与真德秀齐名的还有与他同时的魏了翁。他们“志同气合”，都有很高的理学素养，而且有很高的政治地位，在当时声望极高。魏了翁屡次上书，力陈尊崇理学的必要；真德秀以经筵侍读之便，大力向理宗推崇理学思想，深得理宗信赖。最终使得理学得到朝廷的褒扬和肯定。黄百家说：“从来西山鹤山并称，如鸟之双翼，车之双轮，不独举也”。意思是说，真德秀和魏了翁就像鸟的双翼，车的双轮，从来都是一起并称的。

许衡：元朝一人

百里抄书

1209年，中原大地战乱不断。金国灭掉北宋，占据中原北方，蒙古崛起，又来攻击金国。

北方一个普通农民叫许通，为了躲避战乱从河南焦作逃到新郑，居住在隗山麓附近一个小村子，这个村子常年缺少阳光，所以叫“阳缓村”。许通生了个儿子，叫作许衡。他虽然大字不识，儿子许衡却自幼聪颖，善于读书，而且进步非常快。

许衡曾经请教老师：“读书是为了什么？”

老师说：“为了科举考试，学而优则仕。”

许衡又问：“难道只是为了这样吗？”

老师无言以对，不知道怎么回答。老师找到许通，说：“你儿子很聪明，以后一定能成大事。我学问有限，当不了他的老师了，请另谋名师吧！”

许通只能接着再给许衡找老师，连续找了三个，每个老

■ 许衡像

师都觉得许衡天赋太高，不敢收他做学生。因为缺乏老师监督，许衡只好凭着自己的兴趣爱好读书。不过他家里太穷，买不起多少书，所以到处借书看，有时候步行百里借书，白天借过来读，晚上接着抄书。

到了10岁的时候，许衡的舅舅当上了一个县里的小吏。官和吏是两种截然不同的职位，官是国家公务员，吏只是普通的工作人员。金国朝廷修建皇陵，许衡舅舅被分配了一部分任务，他便帮助舅舅干活。舅舅有意培养他，希望他以后成为小吏。许衡在帮忙期间，看到服徭役的百姓工作非常辛苦，徭役繁重，自己却无能为力，内心总是不能平静，于是对舅舅说："舅舅，我不想当吏了。"

舅舅很纳闷，问："那你想干什么呢？"

小小年纪的许衡认认真真地说："我想继续读书。"

但是，为了生存，他不得不学习占卜术，当算命先生维持生计。有一次他在一个算命先生家里看到一部解释《尚书》的书，他非常喜欢，就借回家细细研读。这本书对他的人生产生了重大影响，他经常说："我对此书，敬若父母和神明。"当时虽兵荒马乱，许衡仍坚持日读夜思。

许衡心主

1233年，蒙古灭掉了金国，统一了黄河以北的地区。这年许衡25岁，他渡过黄河去老家寻找在战乱中失散的亲人。路过河阳时正值三伏，天气炎热，许衡和其他的逃难百姓一样，非常口渴。大家顶着炎炎烈日行路，路过了一片梨树。所有人喜出望外，争先恐后地去摘梨子吃，许衡只是坐在树下休息却不吃梨子。

有个同伴很奇怪，就问许衡："你不口渴吗？"

许衡擦了擦脸上的汗，说："渴啊，都快渴冒烟了。"

同伴又问："你不喜欢吃梨子吗？"

许衡老实地回答："喜欢。"

同伴皱着眉头问："那你怎么不摘梨子吃呢？"

许衡笑道："这些梨树不是我的，我怎么能随便摘别人的梨子吃呢？"

同伴笑他迂腐："现在是乱世，哪里管得了那么多，说不定这梨树根本没有主人。"

许衡认真地说："虽然梨树没有主，但是我心中有主。"

众人纷纷赞叹，但是依旧摘梨子吃。不过许衡不食道旁梨的故事很快传开了，人们都敬佩许衡的高贵品质，传为千古佳话。

五诏五辞

许衡常年手不释卷，名气渐长，曾经到河北大名府讲学。他学识渊博，深受学生爱戴，人们给他的书房送一块匾，名曰“鲁斋”，他干脆号称“鲁斋先生”。

他的名气渐渐传到忽必烈耳中，忽必烈请他到京师当官，他来到京师，同时就地广建学校，教人读书启蒙。忽必烈当上皇帝后，思考着该如何治理这片辽阔的疆域。在此之前，他一直用蒙古的文化传统治国，那边都是游牧民族，但是中原北方是农耕民族，和蒙古文化格格不入。许衡认为对待中原汉民族，应该使用汉法，而朝廷里大部分人认为应该统一使用蒙古法。

许衡不忍心看到中原农田变成牧场，迫切想对忽必烈陈述自己的想法。不久后，姚枢和窦默两位大臣推荐许衡当丞相。现任丞相王文统非常不满，暗中使坏，让他当了没有实权的太子太保。许衡又伤心又失望，很快就称病辞官回家。

几年后，忽必烈又召许衡入朝当官，许衡当朝提出五项治国建议，全部被忽必烈采纳，许衡感动于忽必烈的知遇之恩，此后一生都兢兢业业为忽必烈服务。

后来阿拉伯人阿合马当上宰相。忽必烈很喜欢他，接着让阿合马的儿子做最高军事长官，文武大臣都随声附和，只有许衡不同意。他从朝臣里站出来，对忽必烈大声说："陛下，朝政大权分兵、民、财，如今阿合马掌管民财大权，您又让他儿子掌管兵权，这成何体统？"

忽必烈考虑到阿合马能为朝廷捞钱，对阿合马极为重视，因此忽略了许衡的建议。然而，阿合马的敛财政策给汉人百姓带来沉重的灾难，许衡又上疏列举阿合马欺上瞒下损国害民的种种犯罪行为，但是奏折被阿合马拦下，忽必烈根本没有看到。许衡以为忽必烈不重视自己，再次称病辞官。

好在他当太子老师的时候，和真金太子建立了良好的师生关系。在他的影响下，真金太子仰慕汉儒文化，对朝中的汉臣关怀备至。朝臣渐渐分为两派，一派是以真金太子为首的汉法派，一派是以阿合马为首的敛财权臣派。许衡用自己的学识征服了真金太子，真金太子认为应该轻徭薄赋、休养生息，对一心敛财的阿合马深恶痛绝。有一次，真金太子用弓殴打阿合马，打得他头破血流，阿合马敢怒不敢言。上朝的时候忽必烈问阿合马："你脸上的伤是怎么回事？"阿合马谎称："不小心被马踢的。"

太子一派的武官王著联络上一个武艺高强的僧人高和尚，设计刺杀阿合马，事成之后被捕。许衡连忙上疏为王著和高和尚求情，并且陈述阿合马所犯的罪行。忽必烈调查后发现阿合马罪恶滔天，盛怒之下，将阿合马开棺碎尸。

此后，真金太子和许衡的关系更加密切。可是许衡的朝政意见难以被忽必烈完全采纳，每次和忽必烈出现重大分歧，他就辞官泄愤，最终又被忽必烈召了回来，这种情况多达五次，这就是历史上的五诏五辞。在许衡的努力下，忽必烈在一定程度上采用了汉法。

特立独行

1273年，元朝和南宋进行了5年的襄阳攻防战结束，元军攻占襄阳。忽必烈打算趁机大举南下消灭宋朝，一统天下。他让朝臣们商议攻取之策，文武百官们斗志昂扬，纷纷献策，朝堂之上只有许衡一个人默默无语，就好像当年旁观他人摘梨子一样。忽必烈问许衡："许卿有何想法？"

许衡心系百姓，说："治理天下，应该以德服人，少做杀孽。微臣建议陛下对南宋君臣进行劝降，而非作战。若是两国交战，必定生灵涂炭，苦的还是百姓。所以，微臣不赞成用兵！况且，南宋仍有一战之力，贸然出兵不一定能打赢。"

忽必烈正在兴头上，听到许衡泼冷水，顿时非常不高兴。朝中其他大臣都不同意许衡的观点，许衡泰然自若，不被他人意见影响。其实此时的许衡并不受欢迎，大臣们都抵触他的汉法。他在国子监传授汉学，学生的伙食费经常被大臣们克扣。忽必烈最终还是要打仗，许衡脾气又上来了，对忽必烈说："陛下，我年老多病，家中先人还没安葬好，我想回家。"

忽必烈咨询众臣意见，许衡好友姚枢和窦默已经很了解他的脾气，建议忽必烈再一次批准他辞官。他回到老家，不再参与朝政，与太史令郭守敬等人合作，研制新观象仪，制作新历法《授时历》，颁行天下。

享尽哀荣

许衡为了宣扬元朝统治的合理性，篡改《论语》，杜撰了一句"华夏入夷狄则夷狄之，夷狄入华夏则华夏之"。他名气太大，导致后来很多人认为这句话就是孔夫子说的。他一心一意辅佐元朝，殚精竭虑，元朝也大方地给予回赠。

1281年，许衡自知大限将至，临死前对儿子说："我这一辈子都被世间虚名所累，我死后就不要立碑了，随便写个许衡之墓就行。"他儿子想照做，忽必烈却不同意，他赐许衡墓墓田130亩，敕建牌坊一座，享堂三间，谥号"文正"。

许衡享年73岁。被谥号"文正"的大臣，往往都是功劳最大的顶级文官，宋、元时代只有范仲淹、司马光、耶律楚材等极少人有此殊荣。朝廷还下诏许衡从祭孔庙，让他站在孔子身旁，受天下儒生祭祀，这是古往今来所有儒者的最高荣誉。

许衡死后，享尽哀荣。他的品德言行为人们所推崇，被誉为“元朝一人”。

薛瑄：明代理学大师

在中国古代，一个读书人最高的荣耀，不是考中状元，不是贵为帝师，而是去世以后能够入祀孔庙。

孔庙，是祭祀孔子和他的弟子的庙宇，象征着儒家文化的最高殿堂。自汉至清两千年的历史中，在孔庙享受祭祀的共有172位，其中包括孔子的72弟子和孟子的弟子，剩下的仅仅90余人，都是中国古代的世之楷模、思想大家、古圣先贤。这些人中，宋代仅有5人，明代仅有4人，清代仅有3人。

明代从祀孔庙的4人，分别是薛瑄、王阳明、陈献章、胡居仁。4人之中，第一个入祀的是薛瑄。薛瑄是谁？他又凭什么成为明代入祀孔庙第一人呢？今天，我们就来了解一下，这位被誉为“明代第一廉吏，一代理学大师”、继孔孟张载朱熹之后，儒家思想的明代代表人物。

出生教育世家的“超级学霸”

薛瑄（1389—1464），字德温，号敬轩。河津（今山西运城）人。世称“薛河东”。清人视薛学为朱学传宗，称之为“明初理学之冠”，“开明代道学之基”。明末东林党领袖高攀龙认为，有明一代，学脉有二：一是南方的阳明之学，一是北方的薛瑄朱学。可见其影响之大。

薛瑄出生在一个教育世家，他的祖父薛仲义精通经史，因逢元末大乱，不愿为官，大半生在家乡教书。他的父亲薛贞于洪武十七年（1384年）中举，之后在河北、河南等数县担任儒学教谕达30余年。出生在这样的家庭，薛瑄从小就熟读经典，十一二岁就能够写诗作赋。

永乐元年（1403年），薛瑄的父亲任荥阳县教谕，当时河南布政司参政陈宗问前来巡视，在船上偶有感触，随口吟出“绿水无忧风皱面”，但一时想不出对句，便求教在场官吏，结果没有一人对得上。父亲回家将此事告诉薛瑄，他稍加思索便道出“青山不老雪白头”。陈宗问得知后，颇感惊奇，便亲临学舍看望，还索阅了他平时的诗作，称他才学出众，长大一定能成大器。

不过，广泛研究经史的薛瑄对科举之业却不敢兴趣。（另一个大咖王阳明也是如此哦！）。可是，他为什么又考中进士了呢？永乐十七年（1419年），当时朝廷规定，一个地方如果多年没有人考中举人、进士，教谕就要发配边远地区充役。薛贞没有办法，只有命令自己的儿子去应试。

1420年，庚子年，薛瑄听从父命在河南参加乡试，考中解元（乡试第一名）。第二年，薛瑄赴京师参加全国会试，登甲榜赐进士及第（王阳明还曾经落第呢！）。一般人考中进士，无不是“春风得意马蹄急，一日看尽长安花”，兴高采烈，踌躇满志。薛瑄却很淡定，觉得这没有什么！

当时内阁大学士杨士奇（明代不设宰相，内阁大学士相当于宰相）听说薛瑄的名字，想邀请他到自己家里给儿子们训导训导，这么好的机会，换一般人还不乐开了花！可是，薛瑄却坚持推迟了。（没想到吧！）但是，杨士奇却因此更加敬重他的人品。恰好这时薛瑄的祖父去世了，于是他就回家陪父亲“丁忧”了。这一年是1421年。之后几年，薛瑄都在老家陪伴父亲。

四年后，1425年，薛瑄的父亲薛贞去世。《明史》记载说“居父丧，悉尊古礼”。直到1427年，薛瑄“丁忧”期满，朝廷下令让他回京，他才开始了他的政治生涯。

不遵循“潜规则”的“大明第一廉吏”

1428年，40岁的薛瑄赴京。三月，授官监察御史，正七品。当时，“三杨当国”（当时内阁大学士杨荣、杨溥、杨士奇），想要见下薛瑄，薛瑄拜谢后，竟然不去见。（实在是官场另类！）

当时明宪宗拟重整风纪，在内阁首辅杨士奇等的举荐下，薛瑄被任命为广东道监察御史，并监湖广银场。薛瑄不久就从京城出发，巡差湖广银场。僚友有人诵唐诗“此乡多宝玉，慎莫厌清贫”，薛瑄非常感激他的规诫。湖广银场即沅州银场，辖湘西十余县二十多处银矿，有民夫50余万人。这里多年管理混乱，贪污成风，亟待整治。薛瑄初上任时，深知肩负责任重大，便以僚友所诵唐诗自警。他轮流驻于沅州、辰溪和泸溪等处，往复巡视，明察暗访，承办要案，特别是对贪污受贿者都一一上报革除官职，依法严惩。从而使府县及银场秩序井然，民众夸赞不已。他在任三年，未回过一次家。离任时两袖清风，正如他在诗中所说的那样：“莫言白笔（代称自己）南征久，赢得归囊一物空”。

1432年，薛瑄的继母许氏去世，他回到荥阳，居忧，第二年又回到故里。这个期间，后来担任吏部尚书的李贤特意去看了他。之后，薛瑄还做过云南道监察御史、山东提学佥事等官。在这些任上，他无不是恪尽职守，清廉正直。

1441年，薛瑄进京担任大理寺右少卿。当时正是英宗朝，宦官王振当权。身为司礼太监、把持朝政的王振，为了达到结党营私、培植亲信的目的，很快便派人向薛瑄赠送礼物并约请相见，但都被薛瑄托辞谢绝。朝中重臣杨士奇等见薛瑄性情耿直，恐被王振怪罪，都屡次劝他前往王府道谢。而他却正色回答道：“哪里有受爵公朝，到人家私室谢恩的道理？我不干这种事情！”当时，群臣到东阁议事，见了王振都行跪拜礼，而唯有薛瑄行拱手礼，王振因此对他怀恨在心。

薛瑄担任大理少卿后，尽心尽职，平反冤案。4个月办了锦衣卫发生的十多起冤案。事有凑巧，当时锦衣卫有个军官去世后，小老婆美貌风流，与王振之侄、锦衣卫行事校尉王山私通，两人想马上成亲，但军官大老婆贺氏从中阻拦。结果引起两人不满。王山便唆使那小老婆状告贺氏谋害丈夫，由都察院御史狱审讯判成死罪。薛瑄发现其中有冤，多次要对办案官员复查平反。最后，这件引起了锦衣卫指挥马顺和都察院都御史王文的强烈不满，二人立即向王振大进谗言，王振听后大怒，便令谏官弹劾薛瑄，以对当今朝廷不满为由，定为死罪，下于锦衣卫狱中。薛瑄蒙冤，震动朝野，就连王振的老仆人也为之痛哭不已。王振见众怒难犯，只好作出退让，免了薛瑄死罪，将他削官为民，放回故里。7年后，即正统十四年（1449年），这一冤案才得以平反。

1443年秋天，免于一死的薛瑄归于乡里，这一年，他55岁。他知道，这个邪恶的世道容纳不了他的正直，于是他居家，闭门读书，一连几年都是如此，连他家的邻居，都难得见他一面。

直到1449年，这年8月15日，大明王朝发生了一件大事——“土木堡之变”，御驾亲征的明英宗被瓦剌部抓走了，宦官王振也被击杀。太后让英宗的弟弟郕王朱祁钰监国，命于谦担任兵部尚书（就是那个写“石灰吟”的于谦。）九月初六，郕王即位，就是景泰帝。薛瑄也很快得到平反，十月初七，他被任命为大理寺右丞寺。

当时，面对瓦剌部的进攻，于谦带领众臣保卫北京、拯救危难，急需军饷，第二年春，薛瑄被派往四川、云南督运粮饷，在于谦等人力战之下，瓦剌被迫求和，被俘虏的太上皇英宗也被送回。回京以后，薛瑄请求退休回家，没有得到批准，后被升任为南京大理寺卿。

1453年，朝廷又将他提拔为大理寺卿，他从南京又到了北京。这样，直到1457年，薛瑄多次请求退休回家，没有得到批准，这年发生了“夺门之变”，英宗复辟，于谦等人被下狱处死，从此，他对振兴朝政已毫无信心。想到还是“见几而作”，致仕还乡为好。薛瑄乞求归老，英宗答应了他的请求，至此，他终于结束了他的官宦生涯。踏上归程的那一刻，他高兴地说：“我所推崇的道学思想可以顺利地弘扬了！”。

创立“河东学派”，弘扬道学至临终时刻

回到家乡后，薛瑄开始为了他的讲学生涯。这一年，他已经69岁了。岁月留给他的时间已经不多，而对于一个儒者来说，弘扬大道正是时候。

薛瑄从青年时候起就学习宋明理学，曾经拜元末著名学者徐怀玉、魏希文、王素亨等人为师，颇有造诣。他推崇

程朱理学，但是又不是简单的延续，而是进一步完善了理学。他批判和改造了朱熹“理在气先”和“理、气决是二物”的唯心主义理气观，明确提出了“理在气中，以气为本”的新观点。他反复强调：“理只在气中，决不可分先后。”

他一贯倡导求实理、务实用的实学思想和学风，不但明确提出了“实学”的概念，而且赋予了丰富的内涵。他说：“人于‘实’之一字，当念念不忘，随时随处省察于言行居处应事接物之间，心使一念一事皆出于实，斯有进德之地。”

由于薛瑄长期讲学，他按照自己的思想体系，培养造就了大量学者，创立了著称于史的“河东学派”。他的学说对当时和后世的影响都很大，清人视他的学说为朱学传宗，称之为“明初理学之冠”，“开明代道学之基”，和后来王阳明的“心学”一起成为明代的两大学脉。

1464年（天顺八年）6月15日，薛瑄忽觉身体不适，遂将所写文稿作了一番整理，之后伏案写诗道：“土炕羊褥纸屏风，睡觉东窗日影红。76年无一事，此心唯觉性天通。”通字尚未写完，天空响起巨大的雷声，一团白气上升，一代大儒就兹归去，薛瑄与世长辞，时年76岁。

薛瑄逝世后，朝廷遣使谕祭，并命有关官员为其办理丧事。次年春又颁下《奉天诰命》，根据薛瑄生前的功绩，赠他为资善大夫、礼部尚书，谥号“文清”。因此，世称他为“薛文清公”。薛瑄去世后的第七年——隆庆五年（1571年）九月，朝廷降旨准予薛瑄从祀孔庙，称其为“先儒薛子”，为明朝建立以来第一人。

积一生学问精华，留下理学经典《读书录》

作为一代理学大师，薛瑄留下了大量的著作，有《薛瑄文集》《读书录》《理学粹言》《从政名言》《策问》等，今人整理为《薛瑄全集》。其中，《读书录》是他平生所作读书笔录或读书心得之集中总汇，更是他理学思想的集大成之作。

早在永乐年间，青年时期的薛瑄注重记录读书笔记，从政以后，他更是勤学不辍，一有空闲，便亲自抄录《性理大全》一书，认真读诵，经常深夜才眠。《读书录》就是他在几十年之间不断积累而成的，可以说凝聚了他一生的心学和治学精华。

《读书录》分为11卷，此外还有《续录》12卷。这部书刊刻以后，很快受到学林的重视，不久就成为国子监学生的诵读教材。之后，这部书在明清两代经过多次刊刻，成为人尽皆知的理学经典。

明末清初的大儒黄宗羲如此评价薛瑄：“河东之学，悃愊无华，恪守宋人矩矱，故数传之后，其议论设施，不问而可知其出於河东也。若阳明门下亲炙弟子，已往往背其师说，亦以其言之过高也。”对其赞誉，超过阳明心学。

明清史学大家孟森评价说："文清（薛瑄）殁后百年，吾国共以能从祀为人品之至高，亦悬一人格以为士大夫之标的而已。"

一代高僧弘一大师对薛瑄的《读书录》尤其喜欢，大师走入佛门以后，还辑录了《读书录》中的经典格言，编辑成《佩玉编》，劝导人将其作为修身的指南带在身边。

王守仁：文武双全的“心学”大师

王守仁，幼名云，字伯安，别号阳明，学者称他为阳明先生，也称王阳明。明代著名的思想家、文学家、哲学家和军事家，陆王心学之集大成者，精通儒家、道家、佛家三种学术，谥号文成，所以后人又称他为王文成公。王守仁（心学集大成者）与孔子（儒学创始人）、孟子（儒学集大成者）、朱熹（理学集大成者）并称为孔、孟、朱、王。

五岁开口说话

王守仁出生在浙江余姚一个显赫的家庭，天生有特殊的际遇。他的母亲怀孕超过10个月才分娩，在他诞生之前，他的祖母梦见天神穿着绯玉，在云中击鼓吹乐，抱着一个婴儿从天而降，所以祖父为他取名为“云”，并给他居住的地方起名为“瑞云楼”。他出生后，5岁仍不会说话，但已经默记祖父所读过的书。有一位高僧经过他家，摸着他的头说，好一个小孩儿，可惜道破了。祖父当即便悟，遂根据《论

■ 王守仁像

语·卫灵公》里提到的，如果不能坚守仁义，虽然得到了，也必定会失去，为他改名为“守仁”，在这之后他就开口说话了。他的父亲王华喜爱绍兴的山水，才举家离开余姚，搬迁到绍兴。幼年的王守仁有着良好的家世，也因此拥有非常优越的学习环境。

少年气魄

12岁时，王守仁正式就读师塾。13岁时，母亲郑氏去世，幼年丧母，这对他来说是一个很大的打击。但他志存高远，心思也不同常人。一次，与塾师先生讨论什么是天下最要紧的事时，他就不同凡俗，认为科举并不是最要紧的事，天下最要紧的是通过读书成为一个圣贤的人。当时国家朝政腐败，义军四起，英宗正统年间，英宗被蒙古瓦剌部所俘，朝廷赔款求和。这件事情在王守仁幼小的心中投下了巨大的阴影，他发誓一定要学好兵法，为国效忠。他在15岁时就多次上书皇帝，献策平定农民起义，却没有收到任何回应。同年，他去居庸关、山海关云游一个多月，纵观塞外，那时已经有经略四方的志气了。

守仁格竹

17岁时，他到南昌与诸养和的女儿诸氏成婚，可在结婚的当天，大家都找不到他。原来这天他闲逛中遇见一个道士在那里打坐，就向道士请教，道士给他讲了一回养生术，他便与道士相对静坐，忘了回去，直到第二天岳父才把他找回去。18岁时，他与夫人诸氏返回余姚，他们乘坐的船经过广信，王守仁拜谒娄谅。娄谅向他讲授“格物致知”（穷究事物原理，从而获得知识）的学问，王守仁十分欢喜。之后他读遍了朱熹的著作，思考宋儒所说的“物有表里精粗，一草一木皆具至理”（事物的外表里内有精有粗，一草一木中都具有真理）的学说。为了实践朱熹的“格物致知”，有一次，他下决心穷究竹子的原理，于是盯着竹子，“格”了七天七夜，结果什么都没有发现，自己却因此而病倒了。从此，王守仁对“格物”学说产生了极大的怀疑，这就是中国哲学史上著名的“守仁格竹”。

以落第动心为耻

20岁时，王守仁第一次参加乡试，考中举人，学业也大有长进。他越来越喜欢谈论军事，并且很会射箭。然而，22岁时考进士没有考中。内阁首辅李东阳笑着对他说："你这次虽然不中状元，下一次科举必定会中状元，不妨为下一次科举作个状元赋。"王守仁拿起笔就完成了，朝堂上的元老们都很惊奇他的天赋才能。而嫉妒他的人就开始议论说，这个年轻人如果中了状元，一定会目中无人。王守仁25岁再次参加科举考试，再次落榜。他的状元父亲王华开导他说，这次不中，下次努力说定就中了。但他笑着说："你们以考不中状元为耻，我以考不中状元却为之动心为耻。"

龙场悟道

28岁时，王守仁参加礼部会试，因成绩出色，举南宫第二人，赐二甲进士第七人，观政工部。明武宗正德元年冬天，宦官刘瑾独揽朝政，并逮捕了南京给事中御史戴铣（xiǎn）等20余人。王守仁上书皇帝论事救人，而触怒刘瑾，被打40军棍，谪贬至贵州龙场（贵阳西北70里，修文县治）当龙场驿栈驿丞。同时，他的父亲王华也被赶出北京，调任南京吏部尚书。

路途中，王守仁被刘瑾派人追杀，他假装跳水自尽躲过了一劫。逃过追杀的王守仁暗中到南京和父亲王华会面，王华对他说："既然朝廷委命于你，就有责任在身，你还是上任去吧。”随后他便踏上路途，经过长途跋涉，终于来到贵州龙场。这里还是未开化的蛮荒地区，山上瘴气严重，到处都是丛生的草木，人们杂居在一起。王守仁没有因此而怨天尤人、自甘堕落，他趁着这里幽僻的环境，开始潜心研究学问，并根据当地风俗开化教导当地人，受到民众的爱戴。

在这个时期，他对《大学》的中心思想有了新的领悟。王守仁认识到，所谓圣人，就是觉悟自己的内心是一切事物的根源，而向外物寻求真理是错误的。他在这段时期写了“教条示龙场诸生”，史称“龙场悟道”。

南赣剿匪

正德五年初，王守仁谪戍期满，恢复官职任庐陵县（今江西吉安）知县。八月，刘瑾被杨一清联合宦官张永设计除去。王守仁随即被召入北京，担任吏部验封清吏司主事。

兵部尚书王琼对王守仁的才能十分赏识，在王琼的推荐下，王守仁被提拔为都察院左佥都御史，巡察安抚南（安）、赣（州）、汀（州）、漳（州）等地。当时，南中地带盗贼蜂拥四起。谢志山占领横水、左溪、桶冈，池仲容占领浰头，各自称王，与大庾的陈曰能、乐昌的高快马、郴州的龚福全等遥相呼应，攻占、剽掠各处府县。而福建大帽山的盗贼詹师富等又起兵。前任巡抚文森借口有病而辞职。谢志山联合乐昌的盗贼夺取大庾，进攻南康、赣州，赣县主簿战死。

王守仁到任后，知道官府中有不少人是盗贼的耳目，于是责问年老而狡黠的仆役，仆役浑身哆嗦不敢隐瞒，如实坦白。王守仁赦免了他们的罪过，让他们反来侦探叛军的情报，王守仁因此掌握了盗贼的动静。随后他传檄福建、广东会兵一处，首先讨伐大帽山的盗贼。王守仁用兵诡异、独断，向来有“狡诈专兵”的称号。王守仁亲自率领精干勇敢的部队在上杭屯兵，并假装撤退，然后出敌不意进攻，一下连破40多寨，共俘获7千多人。

王守仁向朝廷上书，称自己权力太小，无法命令将士。王琼上奏皇帝，给了他旗牌，以方便从事。此后几个月的时间里，王守仁先后进兵大庾，攻克左溪、横水，破巢84处，俘获6千多人。战争结束后，他在横水设置崇义县，随后师还赣州，讨伐利头的盗贼。王守仁率领书生和偏裨，在短时间内荡平了为患数十年的盗贼，附近的人都惊呼王守仁是“神”。

镇压叛乱

正德十四年，宁王朱宸濠发动叛乱。据说，消息传到北京后，朝中大臣震惊不已，只有王琼却十分自信地说：“王守仁在江西，肯定会擒获叛贼。”当时，王守仁正准备前往福建平定那里的叛乱。行至江西吉安与南昌之间的丰城时，王守仁得到朱宸濠叛乱的消息，立即赶往吉安，征集义兵，发出檄文，出兵征讨。一开始，王守仁来了个疑兵之计。他深知如果宁王顺长江东下，那么南京肯定保不住。作为留都的南京丢了，叛军在政治上就会占有一定的主动性，平叛就会有困难。王守仁平定盗贼后兵符已上交兵部，手中无兵。在江西境内的朝廷官吏都来帮助王守仁，又在袁州（今江西宜春）聚集各府县士兵，征调军粮、制造兵械船只。王守仁假装传檄各地到江西救援皇帝，在南昌到处张贴假檄文迷惑朱宸濠，声称朝廷派了边兵和京兵共8万人，会同自己在南赣的部队以及湖广、两广的部队，号称有16万士兵，准备进攻宁王的老巢南昌。为争取时间集结军队，又写蜡书让朱宸濠的伪相李士实、刘养正劝朱宸濠发兵攻打南京，又故意泄露给朱宸濠。这时，李士实、刘养二人果然劝朱宸濠进兵南京，朱宸濠疑心大起，按兵不动。

宁王犹豫不决，等了十多天，探知朝廷根本没有派那么多的兵来，才沿江东而下，窥伺南京。这时，王守仁已经率领仓促组建的8万平叛军，直捣宁王的老巢——南昌，迫使朱宸濠回援。当时有人建议王守仁往救安庆，他不肯，并分析说：“如果救安庆，与宁王主力相持江上，而南康和九江的敌人就会乘虚攻我后背，我们腹背受敌；而我们直捣南昌，南昌守备空虚，我们的军队锐气正足，必可一举攻破；宁王必定回头救援，到时我们迎头痛击，肯定会取胜。”

后来的事实证明王守仁分析得十分正确。此时王守仁的大军已经集结完毕。朱宸濠的精锐士兵都前往安庆，留守南昌的兵力空虚，王守仁率兵攻打南昌，朱宸濠调回兵力救南昌，最终双方在鄱阳湖决战，经过三天的激战，宁王战败被俘，宁王叛乱历时35天后宣告结束。然而，王守仁的平叛大功却没有得到武宗的认同。武宗身边的奸佞之臣平时与宁王交往密切，心态极其复杂。一些奸佞之臣希望王守仁将朱宸濠释放，然后再让已经南巡的武宗亲自“擒获”朱宸濠，以满足武宗英勇神武的虚荣心。面对这样复杂的情势，王守仁急流勇退。他将朱宸濠交给当时比较正直的太监张永，然后称病，以避免卷入更多的政治事端中。所以，在武宗时期，王守仁平叛之功并没有得到朝廷的封赏。直到世宗即位后，王守仁才加官晋爵。

功成身退，归乡讲学

正德十六年，明世宗即位，他对王守仁有过短暂的赏识。在世宗即位之际，王守仁因父亲年老而请求回归故里，世宗说王守仁有擒贼平乱的大功劳，正要论功行赏，不许他辞官。世宗先给王守仁升职为南京兵部尚书，不许他推辞，稍后又特许他顺路回去探视父亲，不久，又加封王守仁为新建伯，世袭。嘉靖元年，父亲王华去世，王守仁回乡守孝。

王守仁在54岁时辞去官职回到家乡，在绍兴、余姚一带创建书院，宣讲“心学”，并在天泉桥留下心学四句教：

无善无恶心之体，有善有恶意之动，

知善知恶是良知，为善去恶是格物。

（心体是没有善没有恶的，有善有恶是你的思想在活动了。知道善知道恶是良知在起作用，保留好的行为而去掉恶的行为是对事物原理有了深刻认识。）

总督两广，再次平乱

嘉靖六年，思恩、田州的民族首领卢苏、王受造反。总督姚镆不能平定，于是下诏让王守仁以原先的官职兼左都御史，总督两广兼巡抚。黄绾借此机会上书争辩王守仁的功绩，请赐给他铁券和岁禄，并记载为平定宁王叛乱的功臣，世宗都答应了。王守仁带兵到思恩，卢苏、王受早就听闻王守仁平定盗贼和叛乱，十分害怕，便向王守仁投降了。

嘉靖七年，王守仁率湖广兵抵达南宁，那时卢苏、王受刚投降，愿意立功赎罪。王守仁于是派遣大臣商议，并命令湖广佥事汪溱、广西副使翁素、佥事吴天挺及参将张经、都指挥谢佩监察湖广士兵，袭剿断藤峡叛军。此后总督仍然分永顺兵进剿牛肠等寨，保靖兵进剿六寺等寨，约好在同一时间各自抵达地点。当时，叛军听闻明军传檄湖广士兵抵达，都纷纷逃匿在偏僻险要的地方；又听闻卢苏、王受投降，王守仁进驻南宁，所以以为王守仁以散遣诸兵布阵，于是防备松弛。至此，湖广兵全部偃旗息鼓骑马抵达，与明军一同突进，四面夹击。叛军大败，退守保仙女大山，在险要地势建立山寨。官军攀木缘崖仰攻，随后连续攻破油榨、石壁、大陂等地，直击断藤峡。随后，王守仁又秘密传檄各位将领移兵进剿仙台等贼，分永顺兵、保靖兵各自进剿，约定在同一时间抵达巢穴。叛军退守永安力山，仍然被王守仁的大军打败，溃军被副将沈希仪斩杀。至此，断藤峡叛军几乎全部被消灭。

此心光明，亦复何言

平乱后，王守仁因肺病加重，向朝廷上书乞求告老还乡，推荐勋阳巡抚林富代替自己，没等朝廷的批复下来他就回去了。

嘉靖七年，王守仁病逝在江西南安府大庾县青龙港（今江西省大余县境内）舟中。临终时，弟子问他有何遗言，他说："此心光明，亦复何言？"送葬的队伍经过江西境内，军民都穿着麻衣哭送王守仁。

王守仁先前因平定宁王叛乱封特进光禄大夫、柱国、新建伯。隆庆年间被追赠为新建侯，谥号文成。

顾炎武：心怀天下的思想家

顾炎武，原名降，字忠清，明朝灭亡后改名为炎武，世人尊称他为亭林先生，明末清初著名的思想家、史学家、语言学家，被称作是清朝“开国儒师”、清学“开山始祖”。

天下兴亡匹夫有责

“天下兴亡，匹夫有责”，这句激励中华民族奋进的爱国口号，出自明末清初思想家顾炎武之口。

他曾参加抗清斗争，后来致力于学术研究。晚年侧重经学的考证，考订古音，分太古韵为10部，著有《日知录》《肇（zhào）域志》《音学五书》等。他是清代古韵学的开山祖。顾炎武为学以经世致用的鲜明旨趣，朴实归纳的考据方法，创辟路径的探索精神，以及他在众多学术领域的成就，宣告了晚明空疏学风的终结，开启了一代朴实学风的先路。他还提倡“利国富民”，并认为“善为国者，藏之于民”（善于治理国家的人，隐藏在人民当中），他大胆怀疑君权，并提出了具

■ 顾炎武像

有早期民主启蒙思想色彩的“众治”主张。

顾炎武与黄宗羲、王夫之并称为明末清初三大儒。当时，明朝已经灭亡，清朝刚刚建立，顾炎武认为明朝灭亡仅仅是换了一个皇帝，这叫“亡国”，但是清朝的统治是要更换原来的生活方式和思想文化，这叫“亡天下”。他号召人们不必为某个皇室的兴亡而战斗，要为民族的存亡而战斗。这一思想的提出具有跨时代的进步意义，这句话也成为激励中华民族不断奋进的精神力量。

归奇顾怪

顾炎武生于昆山千灯镇，原为顾同应的儿子，之后过继给去世的堂伯顾同吉为嗣。寡母是王逑的女儿，16岁未婚守节，独力抚养顾炎武成人，教给他岳飞、文天祥、方孝孺的忠义气节。顾炎武14岁取得诸生资格后，便与同里挚友归庄共同进入复社。两人个性特立耿介，时人称他们为“归奇顾怪”。从27岁起，顾炎武断然弃绝科举中迂腐守旧的学说，遍览历代史乘、郡县志书，以及文集、章奏之类，辑录其中有关农田、水利、矿产、交通等记载，兼以地理沿革的材料，开始撰述《天下郡国利病书》和《肇域志》。

手不释卷

“自少至老手不释书”的典故也源自顾炎武。他出身名门，少年时勤奋读书，10岁的时候就跟着祖父阅读《资治通鉴》。他每天给自己规定相应的篇数，不仅读完还要背诵，坚持了三年，最后终于读完了这部巨著。顾炎武对待读书做学问非常踏实、严谨，喜欢阅读那些有实用价值的书籍，不以科举考试作为唯一目标。每次外出，顾炎武都有许多马和骡子载书随行。到了一个地方，他就会向附近的居民打听当地的地形、风俗等情况，并记录下来。如果这个地方没什么值得留意的，顾炎武就在马背上默默地背诵之前读过的内容。他还四处搜集农田、水利、交通等方面的书籍，一边阅读，一边校正。正是以这样的精神，顾炎武完成了长达120卷的历史地理著作——《天下郡国利病书》，这本书记载了明代各地区社会政治经济的基本状况，对于边疆形势和沿革也作了详细的叙述。

“众治”主张

清军入关后，顾炎武在朋友的推荐下，在南明朝廷任职。他殚精竭虑，积极为朝廷出谋划策，希望可以光复大明。后来，他奔赴南京就职，但还没到达，南京便被清兵攻占。南明军崩溃后，顾炎武仍然坚持抗清，国仇家恨使顾炎武的思想产生了激烈的震动。和其他进步思想家一样，他开始遍访名山大川，潜心治学，反思社会的痼疾和明朝灭亡的原因。在《天下郡国利病书》中，顾炎武对土地兼并和赋税繁重不均匀等社会积弊进行了批判。他大胆怀疑君权，认为“君”并不是封建帝王的专称，并提出了“众治”的主张，即要把天下的权利交给全天下的百姓，而不是给皇帝一人独断，他的这些思想均具有早期民主启蒙色彩。

身招人祸避难远行

顾炎武的昆山老家有个名叫陆恩的世仆因见顾家日益没落，顾炎武又久出不归，于是背叛主人，投靠叶方恒，两人图谋以“通海”（即与闽浙沿海的南明集团有联系）的罪名控告顾炎武，打算置他于死地。顾炎武回到昆山后，秘密处决了陆恩，而叶方恒又与陆恩的女婿勾结，私下将顾炎武绑架关押，并胁迫顾炎武，让他自杀。幸好顾炎武的挚友路泽博（字苏生）和松江兵备使者有旧交，为顾炎武说了情，顾炎武的案子才得以移交松江府审理，最后以“杀有罪奴”的罪名结案。

顾炎武出狱后，叶方恒仍不甘心，竟派遣刺客跟踪他。仲夏时节，顾炎武返回钟山，经过南京太平门外时突然遭到刺客袭击，幸好遇救。事后，叶方恒还指使歹徒数10人洗劫顾炎武的家，抢尽他家中的财物。这之前的几年当中，顾炎武曾多次准备南下，赴福建参加沿海地区风起云涌的抗清复明事业，但由于各种原因，最终都没能去成。于是他决定北游，去结交各地抗清志士，考察北中国山川形势，希望实现复明大业。远行避祸当然也是一个原因。

患难中的真情

多年后，顾炎武又回到昆山，将家产全部变卖，从此便离开故乡，一去不归，当时顾炎武45岁。后来，他去了山海关，凭吊古战场。此后20多年间，他孑然一身，游踪不定，足迹遍及山东、河北、山西、河南，结识了许多志同道合的朋友。晚年，定居陕西华阴。

康熙年间，顾炎武因山东黄培诗案牵连，入狱济南，关中友人李因笃接到他的来信后，风尘仆仆赶到北京，四处托人情，找关系，竭力为顾炎武辩诬伸冤，此后又到济南探视狱中的顾炎武。那时正值盛夏，笼罩济南的政治气候更是压得人喘不过气来，李因笃每天亲自到狱中为顾炎武送饭，并在他人眉高眼低中不放弃任何机会，积极为他打通关节。后来李因笃因中暑病倒，不得不返回关中。临行前和顾炎武告别，顾炎武虽然没有出狱，但他的案子已有了转机，他当时作了一首诗赠给李因笃，以表达对李因笃的感激之情。诗的大意为：炎凉世态中，只有你李因笃像春秋时期墨子听说楚国进攻宋国那样，不顾长途跋涉和劳累，赶到京城来搭救我，现在虽说我还在狱中，但因为你和其他好友的努力，还没定案，从而留下了洗冤出狱的机会。

康熙十九年，顾炎武的夫人于昆山去世，他在妻子的灵位前痛哭祭拜。康熙二十一年，顾炎武在山西曲沃韩姓友人家，上马时不慎失足，呕吐不止，不久便离开人世，这位明末清初著名的思想家享年70岁。

王夫之：百科全书式的学者

王夫之（1619—1692），字而农，号姜斋、又号夕堂，湖广衡州府衡阳县（今湖南衡阳）人。他与顾炎武、黄宗羲并称明清之际三大思想家。因晚年隐居于石船山著书立说，被称为船山先生。

书香之家　忠孝立身

王夫之出生在湖南衡阳一个世代书香之家。他父亲叫王朝聘，号武夷先生。王夫之是武夷先生的第三子，长子叫王介之，次子兰参之。王朝聘也是兄弟三人，弟王延聘，字蔚仲，号牧石。二弟王家聘，字子翼。除父亲以外，在这些人中对夫之影响较大，感情较深的是仲父牧石先生和长兄王介之。

王家世代都对《诗经》有很深的研究，夫之的两位叔父在诗歌方面都有成就，他开始接触声韵、对偶这些作诗的基础知识时，牧石先生就是他的启蒙老师。王朝聘是他们兄弟

■ 王夫之像

三人中唯一进入国子监的举人，他在北都燕京大约蹉跎10年之久。崇祯辛未（1631年），他终于得到一个外放做官的机会，但是功败垂成。那时正值温体仁当权，吏部的选郎遵照他的心意索取贿赂，这在崇祯朝的官场上已成为不成文的规矩，然而却使这位老监生做出令人吃惊的抉择——愤然撕碎吏部文牒，踏上返乡的程途。这件事情不仅使王朝聘对功名看得更加淡泊，而且使他对官府产生深深的厌恶，从此，凡地方官吏登门请见，他一概托病谢绝。这些身教对王夫之的成长产生了潜移默化的影响。

王夫之4岁时就随长兄介之入塾学习了。他对古文化的兴趣和悟性令人不敢置信，7岁时他就初步通读了文字艰深的十三经，10岁时他父亲还在做监生，教他学了《五经经义》，14岁考中秀才。两年后，他开始致力于诗文，在短短的两年间，阅读了《离骚》、汉魏《乐府》历代诗人的佳作名篇约10万余首。

他少年时攻读的书籍多数是儒家经典，对于学问之道，这个家庭教给他的最重要的东西就是独立思考和求实精神。家庭成员笃行礼教，所以忠孝二字在他思想上是牢不可破的观念。古来把忠孝与爱国看做是一件事，他后来以一介书生，招募义兵，抗击清军，也不是一时冲动的结果。

激浊扬清　志图匡复

崇祯已卯（1639），王夫之20岁，在乡学读书时，他与同乡人文之勇、 郭凤跹、管嗣裘等人效仿东林、复社，成立了一个旨在抨击时弊，评论朝政，议论改革的团体，叫做“匡社”，这几个人都是他父亲武夷先生的弟子，自幼意气相投。次年，东林著名党人高攀龙的侄子高世泰督学湖广，他本人崇尚理学，督学湖广时曾在衡州立朱熹、张载祠堂，令学子们礼拜，这样的人掌管湖广的学政，诸生很容易习染东林党人激浊扬清的风气。高世泰在评价王夫之的应试文章时大加赞赏，称之为：“忠肝义胆，情见乎词。”

明朝的科举，每逢子、午、卯、酉之年秋八月，各省照例要举行乡试。崇祯壬午（1642年），王氏三子都准备赴武昌应试，结果，次子王参之因父母年事已高，遂留在家中服侍双亲，王介之、王夫之兄弟二人同榜中举。那一年，衡阳共有7人中举，王氏占了两个名额，其余5人除了武夷先生的门人，就是王夫之兄弟的好友。不过这时候明朝的江山已经危在旦夕，李自成、张献忠的义军横行大江南北，督抚州县都无能为力。崛起山海关外的清军屡犯边关，守军节节败退，而贵戚官僚却仍在争权夺势，贪污受贿。一些政治敏感性较强的士大夫已经察觉了亡国的兆头，内心充满了忧惧和不安。

这年冬天，王夫之与哥哥王介之到南昌作北上入学的准备。不料第二年（1643）5月，张献忠由南京沿江而上攻占武昌，杀死楚王，当时长沙还有一部分兵力，湖广巡抚王聚奎率军驻守袁州，承天巡抚王扬基所部千余人驻岳州，长沙推官蔡道宪募练乡勇5千余人，他们先守岳州，但二王畏敌如虎。8月，张献忠兵至岳州，很快就攻陷城池，他们只好退守长沙。坚守三日，王聚奎为了保全实力，以出战为名，抽身逃跑了。不久城破，张献忠进占长沙。接着，又分兵经略衡州、永州。王氏兄弟闻讯，哪里还有进取功名的心思，于是赶回衡阳。衡州失陷后，稍有资财的人都逃到山中避兵去了，王氏三兄弟也簇拥着70多岁的父母逃到南岳莲花峰下。张献忠在长沙拆桂王府起造宫殿，选拔官吏。王氏兄弟既然是新中的举人，正好是起义军物色的人才，但是长期受儒家思想熏陶的他们把起义军视为贼寇，不肯为他们服务。

张献忠撤离湖南入蜀，次年3月从北方传来消息，李自成攻陷北都，崇祯皇帝自杀，明朝灭亡了。紧接着山海关总兵吴三桂引清兵入关，把李自成逐出北京，清人福临登基做了皇帝。南京的守臣马士英伙同东林党死敌阮大铖在南京拥立福王，建号弘光。

南京的弘光政权崩溃以后，湖广的明军归福建继立的隆武政府节制，当时何腾蛟守长沙，堵胤锡守武昌，章旷为湖南监军屯兵湘阴。堵胤锡由湖南学政拔为督抚，各部军帅不肯听命。李自成在湖北九宫山遇难后，余部高一功、李过降明，改称 “忠贞营”。堵胤锡打算以忠贞营作为主力，但忠贞营不肯放弃自己的独立地位，若即若离，。

隆武间也是王夫之忧患生涯的开始，他的仲兄王参之于甲申之变的次年因病早夭。长王兄介之奉侍父母避居在友人李继体的宅上，衣食全靠李氏的接济。隆武二年（1646），王夫之原配陶孺人离世，长子尚在怀抱之中，然而这些并未影响他对国事的关切。这一年，他曾几次到湘阴去见章旷，为他筹划兵食，并力请章旷出面调和南北二帅，以防演变。但是当时的局势已不是任何个人可以挽回的了。福建隆武政权很快就瓦解了，于是瞿式耜拥立桂王又在端州（广东肇庆）建立南明最后一个朝廷，建号永历。永历元年（1647）孔有德兵至长沙，何腾蛟退驻衡阳，旋退永州。章旷悲愤绝食死于永安，湖南成为永历政府与清兵交战的前沿阵地。

这年11月，王夫之的父亲于兵荒马乱中忧愤成疾病逝。这时堵胤锡正在筹划收复湖南的事情，王夫之与童年挚友管嗣裘等决定募集义师与官兵协同作战，收复家乡失地。经过几个月的奔波，他们终于招集起一支义军，并于永历二年

（1648）秋在衡阳起义了。这支义军的领导是一伙缺乏行伍生活经验的书生，战士是一些未经训练的农民，孤立无援，失败的结局从它开始组织的那天起就已注定，他们苦撑数月，初冬时被清军打败。

南明任职 挂冠而去

举义第二年，王夫之在永历流亡政府与家乡衡阳之间奔波大半年，永历四年初春他被瞿式耜推荐做了行人司行人。

永历小朝廷虽然还是汉族士大夫一点侥幸的希望，其实已不像一个政府的样子了。湖南省有三四十万军队，各部都保存实力，相互观望，没有能够统一指挥和调配军队的统帅；大批官僚集中在岭南弹丸之地，没有居住的地方，家眷僮仆不得不泊居在船上。他们还没有接受腐败亡国的教训，往日没有机会体验过封爵滋味的藩将，趁机要挟天子，各地请封的公文不断，一班文臣们总要援引典故计较半天。张献忠的部将孙可望驻军贵州，自认为奇货可居，竟然提出请封秦王。宰辅宦官如王化澄、王坤之流因为拥戴皇帝有功，都占据着重要位置，收购纳赂，排挤贤良。有实力的镇将都想把皇帝控制在自己手中，天子行辕在数年内搬迁了五六处……这些事情都让王夫之感到非常失望。

永历朝廷当然也有一些直言敢谏的人，最出名的有金堡、袁彭年、丁时魁、金都御史刘湘客、户科给事中蒙正发，当时的人将他们称为“五虎”。这年4月，“五虎”因得罪奸臣，朝廷将其逮捕入狱。王夫之为了搭救五虎，力伸正义，差点给自己带来杀身之祸。

这次诏狱之祸并非偶然事件激成，它从永历二年（1648）金堡上疏就隐伏了祸端。金堡字卫公，浙江仁和人，南京陷落后他跑到浙东追随鲁王，不久发现鲁王并不是可以指望复兴大明的君主，于是又去福建见唐王。永历二年，湖南广东一带的局势略略稳定，金堡应诏来到桂林。永历政权是恢复明王朝最后的希望，他不能再缄默不言了，于是上疏痛陈国事。朝廷看到奏疏后，一片哗然，袁、丁、刘、蒙这些忠臣对此大加喝彩，陈邦傅、马吉翔这些奸臣却恨入骨髓。永历三年，孙可望求王封，朱天麟、王化澄等都想以孙可望作为自己的靠山，总揽朝政，而金堡却极力反对，所以朱天麟、王化澄等也成了他的死敌。

永历四年东粤不保，朝廷弃肇庆奔逃梧州，陈邦傅、马吉翔、朱天麟、王化澄指使谏官吴贞毓等数十人一齐上疏，攻击金堡等把持朝政，谋国无方，以致此败。于是“五虎”同日被锦衣卫缇骑逮捕入狱，严刑拷打。在王夫之心目中，金堡等人是孤忠济难的士人，没有死于敌人之手却死在了奸人的诬陷，正义感使他忘却了自身的安危，他直奔大学士严起恒的官船长跪，恳请这位众望所归的重臣能够救下这五个人。没想到，严起恒非但没有救得这五人，自己反而被弹劾身陷党祸之中。严起恒只好请求免职谢罪。王夫之又联络好友管嗣裘、董云骧一起上疏为严起恒诉冤，奏疏连上了三次。他们怕事情闹大，没敢上报，释放留用了严起恒。而金堡等五人因高必正的努力被释放出狱。这次事件结束以后，王夫之与好友董云骧等人灰心悄然隐退。

隐遁江湖　自作墓志

王夫之离开梧州的时间是永历四年七月，算来他在行人司只待了半年。从永历五年（1651）起，王夫之开始了为时40余年的隐居生活。 最初10年间，为了躲避清人的缉拿，他流徙不定，在祁州、邵阳朋友家中寄居了二三年。顺治十一年（1654）移居常宁西庄园，由友人王文俨提供饮食，为乡人讲授《春秋》。 顺治十四年（1657）返回衡阳。由于在张献忠入湘时，他避兵南岳，结识了不少佛家弟子，于是长期居住在双髻峰寺院之中，直到顺治十七年（1660），才定居到湘西金兰乡茱萸塘。初造小屋，名叫“败叶庐”，次筑“观生居”。12年后，再搬迁到石船山下，离观生居二里多地，在同乡的旧址上建了湘西草堂，并自号“船山”。

在他的亲属中，幸存者只有长兄王介之，王介之居住在武水之滨石师岭东耐园草屋。王夫之常去看他，常常是在夜间，由学生们轮流驾车而往。1686年，王介之以81岁的高龄卒于耐园，王夫之亲治丧事。王夫之的友人绝大部分是明朝遗老，也有不少友人削发为僧，永历朝曾以东阁大学士、礼部尚书征召的编修官方以智，后来做了青原主寺的僧人，他与王夫之长久保持着书信往来，彼此以诗词赠答。方以智屡次写信给王夫之催促他出家，王夫之无意出家，于是派弟子拿着书信，以老母生病加以谢绝。

王夫之以大明遗老自命，从不与当时仕宦之家联姻。王夫之的学生，有些是明朝死难者的遗孤，有些是王氏家族的世交之后。这些人大多一生都不出来做官，宁愿老死在田园中。

康熙三十一年（1692）农历正月，王夫之逝世于石船山下的湘西草堂，终年74岁。他去世之前曾担心后人过誉失实，自作墓志铭，并作跋文嘱咐儿子说："可以不必树立墓石，你们兄弟商量着办就可以了。只是我自作的墓志铭，不可以随意增损一个字。行状原本就是为了请人写墓志铭而作的，既然已经有了铭文，可以不必赘述了。如果你们兄弟能够自始至终的好学不倦，就可以不必用赞誉我的方式毁弃我，能够简略记载一下生平，数十年后让后人知道就可以了，不用求世俗的名誉。如果违背了我的遗愿，就等于辜负了我的心志。"

王夫之是唯物主义学者，不相信鬼魂，因此遗命禁用僧道追荐亡灵。只是让家人在墓碑上写道："明朝遗臣王夫之之墓"，以表明他的忠义品格。

别开生面　哲学高峰

自36岁以后，王夫之便避居湘西，"晨夕著书，萧然自得"，潜心从事学术研究，撰写出许多著作。据统计，船山著述流传至今的，还有70余种、401卷、470多万字。这些著述构成了他精深缜密而又博大的学术体系，多方面地发展了中国传统学术思想。

在经学方面，王夫之别开生面，贡献超卓。其治经的主要特色是言而有征，他的儿子王放说："家父从少年时代起就喜欢跟别人寻问四方之事，对于江河山川的险要、兵士马匹粮草货运、典章制度沿革兴废等方面都特别仔细的加以研究；读史书、读经典的注疏，以至于史书里面的传记年表，都会考察它们之间的同异。别人容易忽略的地方，一定会审慎地加以搜罗，并且以实际的见闻加以证明。"可以看出王夫之做学问实事求是的严谨态度。

王夫之的史学思想博大深邃，在《读四书大全说》《尚书引义》《春秋世论》以及上文曾征引的著述中随处可见其对历史的评说。而成书于晚年的《读通鉴论》31卷和《宋论》15卷，更是系统的史论巨著。王夫之还建立了"势、理、天合一”的历史哲学体系。“势”即历史发展的趋势，“理”指这种趋势中蕴含的规律性，“天”就是物质世界的客观规律。在这一体系的规范下，王夫之力图从人的精神动力背后去探求追索历史发展的深层次动因。

王夫之一生以“六经责我开生面”自期自许，为传统学术文化的发展，作出了历史性的总结和创造性的贡献，努力开创了古代哲学的新纪元。毛泽东评价王船山时说，“西方有个黑格尔，东方有个王船山”，王夫之也因此与黑格尔并称为东西方哲学的两大高峰。当代著名学者张岱年先生称王夫之是“中国古典哲学唯物主义的最高峰”。

戴震：前清学者第一人

戴震(1724—1777)，字东原，又字慎修，号杲溪，休宁隆阜(今安徽黄山屯溪区)人，清代著名语言文字学家、哲学家、思想家。胡适认为，戴震建立起“清朝学术全盛时代的哲学”；梁启超称之为“前清学者第一人”。

大器晚成　盘根问底

戴震的祖上没有什么显赫的人物，父亲是一个商人，走南闯北，见过一些世面。文献记载戴震大器晚成，10岁时才开始说话。就在这一年，他去拜师读书。他的记忆力非常出众，有“过目成诵”的能力，每天能记诵数千言，甚至更多。

戴震自幼养成了独立思考、盘根问底的学习习惯。有一天，塾师在讲授《大学章句》，至“右经一章”以下，戴震问：“怎么就知道是孔子的话而又经过曾子引述的呢？怎么知道是曾子的见解而又经过门人的记录的呢？”塾师回答说：“这是朱熹夫子说的。”他问：“朱熹夫子是什么朝代的人？”塾师回答说：“宋朝人。” 他问：“孔子、曾子是什么朝代的人？”塾师说：“周朝人。”他问：“周朝、宋朝相距多少年呢？”塾师回答说：“将近两千年啦。”他又问：“那么朱熹夫子是怎么知道的呢？”塾师也无法解答，只得夸戴震说“这是一个不同寻常的孩子。”

戴震读书，有一种“每一字必求其义”的习惯。塾师的授课方式很教条古板，往往照本宣科前人的传注训诂。戴震不喜欢人云亦云，何况前人传注中往往谬误百出。因此，他要探本溯源，花了三年功夫穷究近代字书及东汉许慎的《说文解字》，把握了其中的精髓。在此基础上，他又“参照《尔雅》《方言》以及汉儒所作的传、注、笺这些现存的文献加以考究，一个字的字义，一定按六书的造字法为本源，以可以贯穿群经作为确定的结论，通过这个方法，他的学问通达了。”这为他以后在学术思想更上一层楼打下了坚实的基础。“先通训诂”成为戴震及其后学的一个很重要的治学方法。

《十三经注疏》卷帙浩繁，达数百万言。可17岁的戴震已能“全举其辞”。他后来对段玉裁说：“余于疏不能尽记，经注则无不能倍（背）诵也。”又说：“经之至者道也，所以明道者其辞也，所以成辞者字也。必由字以通其辞，由辞以通其道，乃可得之。”在他看来，宋儒重义理而轻文字、音韵、训诂，专尚空虚无用之学，是没有在基本功上用力。

师从名家 避祸京师

离休宁不远的婺源县有一位老先生姓江名永字慎修，是一位著名的学者，治经数十年，精通三《礼》（《周礼》《仪礼》《礼记》）以及步算、钟律、声韵、地名沿革，戴震久闻其大名，就拜在他的门下。

在这以后，戴震学术大进，尤其是在筹算、名物、训诂等方面的研究上，提出了很多真知灼见。22岁时，他写成《筹算》（后更名为《策算》）一卷；23岁撰成 《六书论》三卷；24岁撰成《考工记图注》；25岁时写成《转语》二十章；到27岁左右，撰成《尔雅文字考》十卷。作为一位青年学者，他已在学术上取得了令人瞩目的成就。但是，学问越进步日子却越难熬，戴震的经济状况日益窘迫。29岁时，他才被补为休宁县学生。

乾隆十七年（1752），戴震30岁，进入而立之年。这一年，休宁发生大旱，“斗米千钱”，戴震家中没有吃的，于是就跟面铺的人约定，“你们每天供给我米面，帮助我专心完成《屈原赋注》这部著作”。面铺的人答应了。当时戴震在学术界虽小有名气，但名望还不够，因此他作《屈武音义》，署了一个假名叫汪梧凤。另外有著作《勾股割圜记》”，利用西洋算法进行注解，假名吴思孝。

一场家族财产纠纷迫使戴震入京避祸。乾隆二十年，戴震状告一个强横子弟侵占祖坟，不料这个强横子弟倚仗财势打通官府，反诬戴震不法，县令准备抓他治罪。戴震闻讯，“乃脱身挟策入都”，只带了一些书籍和本人的著述入京，其他行李、衣服都没有。京师之行，是戴震学术生涯中的一件大事。纪昀、王鸣盛、钱大昕、王昶、朱筠、秦蕙田、姚鼐、王安国、卢文弨等一大批学术名流都与戴震相识。这些人对戴震的学识都很推赏，为他广为延誉。戴震与这些堪称海内硕儒的人交往，扩大了眼界，增长了见识，学术上也更为成熟。

在京师期间，戴震出入名儒硕彦之门，朝夕讲论。他写了《周礼太史正岁年解》二篇，又有《周髀北极璇玑四游解》二篇，这些都是他的重要著作。他还跟这些人写了不少书信，在这些书信中反复阐述了自己的学术主张。此外，他应王安国之邀，到其家塾为其子王念孙授课。王念孙、王引之父子后来成为一代考据大师，与戴震的教授和影响是分不开的。

开宗立派 著作等身

戴震在京师滞留了两年，声誉鹊起，名扬海内。乾隆二十二年（1757），南还，在扬州结识了惠栋。惠栋是清代汉学吴派的开创者，而戴震则是皖派宗师，二人在学术见解上有很多相似之处。戴震说："惠君跟我意气相投，大概是因为我们都不喜欢穿凿虚浮的解经风气吧"。扬州的学术氛围非常浓厚，是当时的一个学术中心。戴震结识惠栋以后，在扬州客居达4年之久。

从31岁到41岁期间，戴震撰写了一系列学术著作，比较重要的有《原善》上、中、下三 篇，《尚书今文古文考》一篇，《春秋改元即位考》三篇。据段玉裁记载，戴震曾说过："作《原善》首篇成，乐不可言，吃饭也觉得特别有味道。"又说："作《改元即位考》三篇，假如能够作数十篇这样的文字，《春秋》全经的大义也就都发挥出来了。"又说："《尚书今文古文考》，此篇极认真。"可见戴震对自己的这些作品还是十分重视的。

戴震一生中最重要的著作是《孟子字义疏证》。该书撰成于乾隆三十一年，戴震44岁时。戴震此作是要从根本上抽去宋代理学的哲学基础。如果说戴震的文字、音韵、训诂之学一方面是为了打倒理学权威而作的基础工作，另一方面也是为了建构新的哲学体系而进行的必要准备，那么《孟子字义疏证》一书就标志着戴震哲学体系的形成。

戴震精通舆地之学。在京师期间，他应直隶总督方观承的聘请，纂修《直隶河渠书》111卷。此书尚未修成，方观承就去世了，接任者对戴震不能礼敬，他于是辞去了这份差事。后来又游山西，修成《汾州府志》34卷及《汾阳县志》，这部书的详细严谨程度可以说是前所未有的。

屡试不第 参修四库

戴震从37岁开始参加乡试，40岁时才考中举人。此后10年，他一直汲汲科举，希望能在科场上获得成功，但每次都失望而归。由于屡试不第，戴震只好南下，在浙江金华书院担任教职，这一年他已经50岁了。直到乾隆三十八年（1773），戴震的命运才稍稍有些转机。

其实，早在乾隆三十七年，清高宗弘历就打着考察总结古代经验的旗号，命各省督抚、学政购访遗书，第二年，又命儒臣从《永乐大典》等书中钩辑佚书，并开四库馆，准备修纂《四库全书》。四库馆网罗了一大批著名学者。戴震当时已名重海内，乾隆帝也听闻过他的大名。这时，纪昀、裘修等人在乾隆面前力荐，于是特召戴震入京，充四库馆纂修官。

戴震进入四库馆后，参加了校订群书的工作。当时由于大量书籍已经散佚，而明代所修《永乐大典》保存了大量的珍贵文献，由此《四库全书》中很大一部分书籍都需从《永乐大典》中辑录。

戴震在乾隆三十九年完成了《水经注》的校勘工作。他把经和注分别出来，并归纳出三种原则来订正经、注的真伪问题。《永乐大典》本《水经注》较胜各本，又有郦道元《自序》，他用以校勘通行本，共补其缺漏者2128个字，删其妄增者1448个字，正其进改得3715个字。该校本颇获乾隆帝的嘉赏。

戴震除校勘《水经注》外，还校勘了《九章算术》等古代数学著作。他在四库馆中所校之书还很多。据段玉裁《年谱》记载，从乾隆三十八年戴震入四库馆，到乾隆四十二年去世，这5年时间里，他还校勘了《海岛算经》《仪礼识误》《周髀算经》《孙子算经》《夏侯阳算经》《张丘建算经》《仪礼释宫》《五曹算经》《仪礼集释》《项氏家说》《蒙需中庸讲义》《大戴礼》《方言》等官书，并撰写《提要》。

戴震所校官书大体上都是天文、算法、地理、水经、小学、方言、礼制诸书。他的校勘态度非常认真，悉心考订，正伪、补脱、删衍，力求其实，堪称乾嘉学风的榜样。

隆四十年，他已经53岁了，这年秋闱，他去会试，又一次落第。乾隆皇帝格外开恩，准许他与本年贡士一起参加殿试，被赐予等同进士的出身，授官翰林院庶吉士。两年后，戴震在北京去世，终年55岁。

纪昀有诗怀念："披肝露胆两不疑，情话分明忆旧时。"洪榜为戴震写行状称："抱经世之才，其论治以富民为本"。卢文弨为《戴氏遗书》作序，认为戴震的学问足以与前辈学人顾炎武、阎若璩、万斯同相匹敌；钱大昕后作《戴先生震传》详细记录了戴一生行谊及学术成就。

戴震卒后，他的小学，由王念孙、段玉裁继承发扬；测算之学，由孔广森继承发扬；典章制度之学，由任大椿继承发扬。胡适之先生在《戴东原的哲学》一书中，认为戴震建立起“清朝学术全盛时代的哲学”，“可说是宋明理学的根本革命，也可以说是新理学的建设—— 哲学的中兴。”

中国历代圣贤故事集

中国历代名医故事

爱华文 著

团结出版社

图书在版编目（CIP）数据

中国历代圣贤故事集 / 爱华文等著. -- 北京：团结出版社，2019.8

ISBN 978-7-5126-7253-6

Ⅰ. ①中… Ⅱ. ①爱… Ⅲ. ①故事－作品集－中国－当代 Ⅳ. ①I247.81

中国版本图书馆CIP数据核字(2019)第165301号

出版： 团结出版社

（北京市东城区东皇城根南街84号 邮编：100006）

电话：（010）65228880　65244790（传真）

网址： www.tjpress.com

Email： zb65244790@vip.163.com

经销： 全国新华书店

印刷： 三河市祥达印刷包装有限公司

开本： 140×210　1/32

印张： 62.25

字数： 600千字

版次： 2020年9月 第1版

印次： 2020年9月 第1次印刷

书号： ISBN 978-7-5126-7253-6

定价： 220.00元（全11册）

目录

扁鹊：开创脉学的神医

春秋战国时期，卢国渤海郡有一个叫秦越人的医生，因为医术高明，学识渊博，走南闯北治病救人，被世人尊称为“扁鹊”。“扁鹊”是指黄帝时期，一只长着人脸人手，却有着鸟身和长尾巴的鸟。由于这只鸟能够为人民祛除病痛，妙手回春，深受人民爱戴，此后人们便将医术高超的人都称作扁鹊。

少年拜师

扁鹊年轻的时候，是家乡一家旅店的主人。当时旅店里有一名长期居住的客人长桑君，和扁鹊关系很好。有一天，长桑君把扁鹊叫到跟前说：“我这里有一些秘方，我已经老了，现在想把这些秘方传授给你，但你要保密，不要对外宣扬。”扁鹊高兴地答应了。然后，长桑君又拿出一瓶药给扁鹊，并告诉他：“你要用花草树木上的露珠来服药，坚持30天，一定会有神奇的效果。”扁鹊伸手接过这瓶药，长桑君就不见了。自那以后扁鹊就按照长桑君说的方法开始吃药，30天以后，他竟然能看到墙那边的花匠了。

扁鹊认真钻研长桑君给他的秘方，不久就成为了远近闻名的医生。鲁国的公扈（hù）和赵国的齐婴听说了扁鹊以后，就一起去找扁鹊治病。扁鹊对他们说："公扈你志向远大，身体却很虚弱，有计谋做事却不果断；齐婴没有远大的目标身体却很好，做事没有谋略过于执着。如果把你们的心脏互换，志向和身体就能达到平衡，你们的病也就好了。"公扈和齐婴听从了扁鹊的建议后，遵照扁鹊的吩咐喝了药酒，之后昏睡了很多天。扁鹊就在他们昏睡的时候，将他们的心脏互换了位置，并给他们吃了药。过了没多久，公扈和齐婴就醒过来了，而且身体也恢复了健康。

行医诸国

扁鹊医术成熟之后，就开始周游列国，治病救人。他高超的医术、谦虚的作风和治病救人时无畏的精神，一直被人民津津乐道。

一次，扁鹊路过虢（guó）国，见到所有人都在祈祷，一打听，才知道是虢国的太子早晨去世了，还没有下葬。扁鹊急忙找到太子的随从，对他说："让我进去看看，你们的太子还有复活的希望。"随从觉得扁鹊是在说胡话，人都死了，哪里还有复活的道理呢？扁鹊见随从不相信他的话，但他着急救人，灵机一动就跟随从说：“你要是不信我的话，那么你可以去看看太子，他的鼻翼一定还在扇动，大腿内侧也还是温热的，还能听到他耳鸣。”

■ 扁鹊像

侍从半信半疑地将这些话转告给了国王，国王十分诧异，赶紧把扁鹊接到了宫里，一边哭一边对扁鹊说：“早就听说您医术高明了，今天幸亏您来到这里，不然我的儿子只有死路一条了！”扁鹊一边安慰国王，一边让弟子磨制石针，然后把石针刺进太子头顶的百会穴，不多久太子就醒了。太子醒了以后，按照扁鹊开的药方进行调理，过了20多天身体就康复了。

这件事很快传扬开了，人们都说扁鹊是神医，能够起死回生。但是扁鹊却说：“我哪里有这种本事呢，太子本身并没有死，只是得了尸厥症，我只不过是让他醒过来罢了。”

公元前357年，扁鹊到了齐国的都城临淄（zī），蔡桓公派人招待他。拜见蔡桓公的时候，扁鹊看着蔡桓公的脸色，然后告诉他：“大王，您皮肤上有点小病，不治疗的话恐怕会更加厉害。”蔡桓公一脸不高兴地说：“我没病。”扁鹊走后，蔡桓公非常自以为是地对身边人说：“医生就喜欢给没病的人治病，并把这个当作自己的功劳！”

过了十天，扁鹊再来拜见蔡桓公的时候，跟他说：“大王，您的病已经到了肌肉里，再不治疗会加重的！”蔡桓公很不高兴，没有理睬他。

又过了十天，扁鹊来拜见蔡桓公的时候，又对蔡桓公说：“大王，您的病已经到了肠胃了，不治疗会很危险的。”蔡桓公更不高兴了，一样没有理睬他。

又过了十天，扁鹊见到蔡桓公就吃惊地溜走了。蔡桓公特地命人去问他原因。扁鹊说：“病在皮肤上，用烫熨（yùn）的方法可以医治；病在肌肉里，用针灸的办法可以治疗；病到了肠胃里，可以用汤药治疗，但是病到了骨髓里，就连掌管人生命的神仙都没办法了。现在大王的病已经深入到骨髓了，所以我不再说话了。”

没过几天，蔡桓公果然浑身疼痛，他立刻派人去请扁鹊治疗，可是扁鹊已经逃到秦国了。蔡桓公最终因为病情深入骨髓，无药可治去世了。这就是“讳疾忌医”这个成语的由来。

扁鹊从齐国逃往秦国的路上，经过魏国。魏文王接见了扁鹊，并问他：“你们兄弟三个都会医术，那么谁的医术最高呢？”扁鹊思考了一下，回答道：“大哥的医术最高，二哥的医术稍微差一点，我是最差的一个。”魏文王十分不解，让扁鹊说得更详细些。

扁鹊解释道：“我大哥治病，是在病情发作之前，别人不知道他能提前除去病因，所以他的医术难以被大家认可，名气无法传扬出去，只是在我们家里备受推崇；我二哥治病，是在病人刚开始觉得不舒服的时候，这时候病人的症状还不太明显，虽然二哥能药到病除，但大家都觉得他只是治小病很灵，只有乡里人知道他；我治病，都是在病情十分严重的时候，一般的人都只看到我在病人身上动手术，所以认为我的医术很高，我的名气自然也就传遍全国了。”魏文王听完之后深受启发。

扁鹊来到秦国时，正赶上秦武王和武士们进行举鼎比赛。秦武王不小心扭到了腰，疼痛难忍，太医李醯（xī）束手无策，一直治不好。于是，秦武王就派人请了扁鹊来医治。扁鹊观察了秦武王的脸色，仔细查看了他的脉搏，又在他的腰上推拿按摩了几下，秦武王立刻感觉好了很多。接着，扁鹊又给秦武王服用了一服汤药，秦武王的腰就不疼了。秦武王非常高兴，想封扁鹊做太医令。

李醯知道后，担心扁鹊抢了他的风头，就悄悄派人去刺杀扁鹊。但这次的刺杀失败了，扁鹊躲过一劫。李醯并不甘心，又派人乔装成打猎的人，在路上埋伏，最后杀害了扁鹊。

扁鹊去世后，路过的好心人就地掩埋了他。后来人们为了纪念他，修建了很多的庙宇。每年农历三月，全国各地很多人都去扁鹊庙纪念他。

名留青史

扁鹊奠定了我国传统医学的基础，他的方法和理论对后世中医学的发展影响深远。

中医著名的四诊法：望、闻、问、切就是扁鹊发明的，当时扁鹊把这四种诊断办法叫作望色、听声、写影和切脉。扁鹊是第一个用脉诊来判断疾病的医生，而且他特别擅长根据人的气色看病，这也是他能准确预见蔡桓公病情的原因。

扁鹊还善于根据当地的需要，及时开展医疗活动。据说，当他到赵国邯郸（hán dān）时，看到当地人特别重视妇女，就开始做妇科医生；当他到周国洛阳时，觉得当地人都十分敬重老人，便开始给老年人治疗耳朵和眼睛；当他游历到秦国时，听说当地很多小孩都生病了，就开始专门为小孩子看病。

扁鹊在医学诊断、治疗和病理上做出的卓越的贡献，对我国传统中医的发展产生了极大的影响，被后世人称为“古代中医奠基人”。《扁鹊内经》和《扁鹊外经》就是他在认真总结前人经验的基础上，结合自身实践编写的，不过现在都已经失传了。

司马迁在《史记》中夸赞道："扁鹊言医，为方者宗。守数精明，后世修(循)序，弗能易也。"意思是说，论医术扁鹊应该被医学家尊奉，他医术精细高明，后世的人应该遵从他治病的方法，不要轻易改变。

淳于意：中医医案的创始人

淳于意是西汉时期临淄（今山东淄博）人，出生于公元前215年，姓淳于，名意。因为做过齐地的太仓长，管理过齐地的仓库，被人们尊称为“太仓公”。淳于意医术精湛，是继扁鹊之后又一位著名的医学家。司马迁在撰（zhuàn）写《史记》的时候，还把他和扁鹊写在了同一篇传记《扁鹊仓公列传》中。

苦心钻研　师出名门

淳于意天资聪慧，自小喜欢医学。他先是拜淄川的公孙光为师学习医术。公孙光见这个徒弟勤奋好学，求知欲强，对于学到的东西见解独到，就把自己的医术和收藏的药方，毫无保留地传授给了淳于意。看着徒弟的医术一天天进步，公孙光觉得他这个徒弟以后一定可以成为“国医圣手”。等淳于意学会了公孙光所有本领的时候，公孙光便把淳于意推荐给了他同父异母的兄弟公乘阳庆做徒弟。这个时候的淳于意已经36岁了。

■ 淳于意像

公乘阳庆是当时特别有名的医学家，家境富裕，他虽然医术高超，但很少给人治病，也不收徒弟。由于淳于意谦虚好学，殷勤懂事，对待老师侍奉周到，阳庆便想把他的医术都教给淳于意。

这一日，公乘阳庆把淳于意叫到跟前，对他说：“我想把收藏的医书和秘方全都教给你，但是你要忘记之前学过的医术，那些都不正确。我这里有古代先祖留下来的黄帝、扁鹊的诊脉书，通过观察人的脸色来诊断病情的方法以及药剂理论方面的书籍。你学会了这些，就能预计出病人未来的生死状况、判断疑难杂症、判断病人的病情是否能够医治。”淳于意听完立刻起身离开座位给公乘阳庆磕头，表达谢意。

淳于意用了三年的时间，跟随公乘阳庆学习《脉书》《上经》《下经》等珍贵的书籍与药理、听诊术、砭石术、观色诊病等医术。第一年，他在理论学习的基础上，反复实践琢磨，慢慢有了自己的见解。第二年他试着给病人看病，虽然有效果，但并不理想。第三年，他已经能准确判断病人的病情，独立给人诊病了。

淳于意学习医学经典，并不拘泥于古人的医学论断，也不断章取义、生搬硬套，他能根据病人的具体情况提出具体的治疗方法。齐王身边有一名叫遂的保健医生，在知道自己生病以后，就炼制五石散服用，结果病情越来越严重，于是他找到了淳于意。淳于意仔细审查他的脉象后，说："你这是内热的症状，但你所服用的药石药性刚猛，服用之后会让你小便不通，加重病情。"遂不以为然，反驳他说："扁鹊曾经说过'得了内热可以用寒凉的药石治病，得了内寒可以用温热的药石治病'。"淳于意笑笑说："话虽然是这样，但病情变化多端，看诊时要详细诊察病情，再结合医理灵活用药，这样才能做到药到病除。你若继续服用那些药石，不久身上就会长出毒疮。"

遂没有听从淳于意的劝告，仍一意孤行，继续服用他自己炼制的五石散。果然，三个多月后，遂胸上长出了毒疮，最后不治而亡。

不事权贵 缇萦救父

淳于意成名以后，赵王、胶西王、济南王、吴王、齐王等先后都想请淳于意到府中做侍医，但淳于意想学习前人四处游学，为平民百姓看病。于是就采取了迁移户籍和到全国各地行医的办法推脱掉了。就在他四处行医的时候，齐文王出现了肥胖、气喘、头痛、眼睛看不清东西的病症。淳于意听说以后，认为齐文王的病并不严重，只需要调节饮食、运动筋骨、开阔胸怀、疏通血脉便可痊愈。但有一位庸医，用灸法治病，导致齐文王病重去世。于是，之前那些被淳于意拒绝的贵族就迁怒于淳于意，诬告他“不为人治病，导致许多病人病情恶化，还医死了人”。官府听信了这些，判了淳于意肉刑。肉刑包括在犯人脸上刺字、割鼻、斩足、处死等，刑法相当残酷。

西汉初期，法律规定凡是做过官的人接受肉刑，必须要押到长安执行，因此淳于意要被押送到长安接受刑罚。

官差来羁（jī）押淳于意的时候，他的五个女儿都跟在囚车后不停地哭泣。淳于意对着几个女儿无奈地呵斥道：“没有男孩子，关键时刻都没有可以用的人！”他的小女儿淳于缇萦听到这话很伤心。就在淳于意马上要被带走的时候，淳于缇萦决定要随他父亲一起去长安，一路上照顾她父亲，并为父亲伸冤。于是，淳于缇萦给官差打点了一些银子，求官差允许她同行。

来到长安以后，淳于缇萦写了一封言词恳切的信简，上传给了汉文帝刘恒。信上说：“我父亲是朝廷命官，百姓都称赞他清廉，现在他却被判肉刑。我痛心的是假如一个人本来有改过向善的机会，就因为被砍了头不能复生，被割掉的脚或者鼻子不能复原，就算他要改过自新也不可能了，我愿意进入宫中做奴婢，为我的父亲赎罪，使我的父亲有改过自新的机会。”汉文帝看到信之后，被缇萦的孝心感动，赦免了淳于意，并废除了肉刑。因此，淳于缇萦也成了历史上废除肉刑的一大功臣。

大约在公元前140年，淳于意去世。他死后被葬在了南依群山、东临时水，风景优美的临淄。由于缇萦救父的壮举，他的墓又称“救女坟”。“缇萦救父”的故事也被后世人收录到“二十四孝”中，成为现在父母启蒙孩子孝心的必讲故事 。

创立诊籍 发展医学

淳于意被赦免以后，回到故乡，一边行医救人，一边拜师学艺，终其一生救活了很多人，促进了我国中医学的发展，其中最大的功绩就是创立了“诊籍”，也就是医案（病历）。

被释放后，淳于意多次被汉文帝召见，询问他学习医术和给人治病的经过，“诊籍”就是在回答汉文帝问题的过程中创立的。《扁鹊仓公列传》中介绍了25个病历，这些病历详细地记载了病人的姓名、职业、籍贯、疾病症状、脉象、诊断、治疗方式和预后推断等情况。这也是我国目前发现的最早、最完整的病历记录，因此淳于意被推崇为“医案创始人”。

诊籍记载，当时齐国有个姓淳于的司马拉肚子，每天十多次，非常严重，就请淳于意诊治。淳于意切脉之后说：“你这是‘洞风痛’，症状为吃了、喝了以后会立马会拉出来。之所以会生这种病是因为你刚吃饱就跑步。”这个司马欣喜地回答道：“是的，昨天我去君王家吃马肝，当时吃得很饱，但正好遇到家中有急事，便快马加鞭地跑回家，结果刚到家就开始拉肚子了。”淳于意告诉他只需要喝一些稻草烧的米汁，七八天就会好了。病人按照淳于意的说法每天服用米汁，果真七八天就痊愈了。

值得一提的是，淳于意在诊籍中不仅记录了成功的病历，也记载了病患死亡的病历。这种对病历记载的认真和严谨态度，对于后世医家重视医案记录有很大的影响。

济北王曾传唤淳于意给宫女们诊病，轮到一名叫竖的宫女时，淳于意告诉济北王：“竖虽然表面上看起来没有病，但是她的脾脏受到了损伤，以后不能太劳累，按照病理推断明年春天她就会吐血而亡。”过了一些时候，济北王又叫竖来找淳于意诊病，这时竖的脸色依旧红润没什么变化。济北王就认为淳于意说得不准。结果到了第二年春天，竖捧着剑陪济北王去厕所的时候，她倒在厕所旁边，吐血而死。

淳于意不仅精通望、闻、问、切的诊脉法，还擅长内服、外用、针灸物理疗法等多种治病方法。淄川王病了，出现了高烧、头疼、心情烦躁等症状，急急地传召淳于意去看诊。淳于意诊脉之后，告诉淄川王，这是得了“蹶”病，由于洗完头发没有擦干就直接睡觉，热气逆行侵入头部和肩膀引起的。于是就找来了毛巾给淄川王的头部冷敷，并用银针刺入他的脚底经脉，淄川王很快就退烧了，头也不再疼了。

收徒授艺 桃李天下

在我国古代，有一技之长的人大多数都比较保守，只是在自己要老去的时候选特定的人秘密传授。医术也是一样，医家一旦掌握了秘方很少外传。淳于意学习医术的时候，公乘阳庆也嘱咐过他不要轻易外传。但淳于意并没有这么做，他破除了这个陋习，因材施教，把学到的医术悉数传给了弟子。史料记载的就有临淄人宋邑（yì），济北王的太医高期、王禹，淄川王太仓马长冯信，高永侯家丞杜信，临淄召里唐安等7人，可谓是桃李满天下，为齐派医学的发展、壮大立下了汗马功劳。

医圣张仲景在《伤寒杂病论》序文中说：“上古有神农、黄帝、岐伯；中古有长桑、扁鹊；汉有公乘阳庆、仓公；下此以往，未之闻也。”意思是说：说起医术高超的人，上古时代有神农、黄帝、岐伯，中古时代有长桑君、扁鹊，汉朝时期有公乘阳庆和太仓公淳于意，这之后就没有再听说过其他人了。

淳于意在我国医学上的重要作用被后世人用“守先待后”来形容。他不仅承袭了先秦医学的活水源头，还在行医过程中不断丰富临床经验，为东汉末年我国中医学发展的另一个高峰奠定了基础，也为我国医学史画上浓墨重彩的一笔。

华佗：不事权贵，济世救人

投师学医

东汉末年，谯城（今安徽亳州）北边小华庄有个叫华文的青年，在重阳节这天迎来了一个新的生命，他给这个儿子取名华佗。华文祖上并没有什么基业，到了他这一代更是连田地都没有，终年靠做苦力维持生计。华佗3岁的时候，华文因为瘟疫离开人世，留下孤儿寡母相依为命。

华佗8岁时，母亲将他送去私塾。华佗聪明过人，几乎过目不忘。先生所讲的课文，他听一遍就能明白，看过的书，念一两遍，就可以背得一字不差。但这时候的华佗非常贪玩。母亲知道以后，把他叫到跟前，指着蚕茧说："你看这蚕，为了生存不断地吐丝结茧，如果一个人连一点儿本领都没有，那不是连蚕都不如吗？你现在不读书，不学习一些技能，将来怎么办呢？"听了母亲的话，华佗深受启发，自此以后勤奋用功。"浪子回头金不换"，为了表达对他改变后的欣喜，私塾老师给他赠字"元华"。这也是华佗"元华"一名的来历。

华佗生活的村庄极度贫困，卫生条件差，缺医少药，经常有人被病魔夺去生命。想到自己的父亲就是因为生病得不到医治而故去，华佗立志要学医。但是“父母在，不远游”的训诫时刻提醒着他，如果离家游学，母亲便无人侍奉，故而迟迟做不了决定。母亲知晓华佗的心意和顾虑后，鼓励他道：“你去学习医术，将来能够为父老乡亲消除病痛折磨，也算是行善积德了，如今我身体依然硬朗，你就放心地去吧。”母亲的肯定，更加坚定了他学习医术的心。

华佗听人说，谯城以西的琼林寺有个叫治化的长老，医术出神入化，远近闻名。他决心前去拜师学艺。拜见治化长老，说明来意以后，长老对华佗说：“你如果真心学习医术，就先在这边干三年的杂活吧！”随后把华佗带到一个满是病人的院子，吩咐他照顾这些病人，服侍病人的吃穿用度。华佗毫无怨言，耐心地干了三年杂活。他在给病人端屎端尿，打扫卫生的过程中，还细心观察病人的症状变化。

时光弹指一瞬，三年后，长老召见了华佗，称赞他将来会大有作为，并把他带到藏书阁，指着大殿里的书说：“你要想学成医术，还须苦读几年医书，这些都是你需要读的药书，尤其是《黄帝内经》必须了然于胸。”从那以后，华佗更加勤奋刻苦，夜以继日地在大殿研习药书。长老见华佗学习用功，也会不时地指点一二。

寒来暑往，又三年过去了，华佗已经熟读了所有的医书。一天夜里，有人慌忙来找华佗，告诉他长老生病了，口吐白沫，不能讲话。想到这些年长老的悉心教导，华佗匆匆跑去长老的卧房，看到长老被一众师兄弟围着，双目紧闭，直挺挺地躺在床上，嘴里不停地吐着白沫。华佗仔细观察了长老的脸色，又认真为长老切了脉搏，然后如释重负地对一众师兄弟说："长老没有生病，大家不要着急。"没想到师兄弟们听完心情不但没有放松，反倒责骂起华佗了："耽误了长老的病情，你负责吗？"就在大家吵吵嚷嚷的时候，长老自己坐了起来，笑笑说："我并没有生病，只是为了考验一下大家的医术。"然后又对华佗说："你的医术已经学成了，可以下山去了。"师兄弟们各个面面相觑（qù），羞愧不已。

决断生死

华佗医术有成以后，就开始四处游历治病。这天，有一个不服他医术的布店学徒，刚吃过午饭，坐在布店门前的门墩上揉肚子。见华佗经过便和布店掌柜商量说："待会儿我假装肚子疼，你请华佗为我诊病，咱们试试他的本领。"说完，他就跳进柜台，捂着肚子在地上打滚号叫起来。布店掌柜急忙请华佗来为他医治。华佗仔细地诊断了学徒的脉搏，又观察了他的脸色后，摇摇头跟掌柜说："没办法医治了，快

■ 华佗像

准备后事吧。”布店掌柜冷笑，故意问道：“那你看他还能活多久？”“熬不过今天晚上12点。”说完华佗叹息着离开了。

随后，掌柜嘴中一边念叨“华佗医术也不过如此”，一边对学徒说“快起来，他走了”，可是无论他怎么说，学徒依然抱着肚子大声哭喊，额头不断冒出冷汗。原来，这学徒刚刚在往柜台后跳的时候，挣断了肠子。学徒试医丢命的事，不胫而走，来找华佗诊病的人也越来越多。

广陵太守陈登，因为总是脸色赤红，心浮气躁，于是便找华佗来医治。华佗先是准备了十几个盆子，然后给他开了药。服了药以后，陈登吐出来十几盆红头的虫子，病慢慢就好了。华佗告诉陈登，这个病三年以后还会复发，到时候还需要再吃一服药才可以根治。临走前，华佗给陈登留下了他家的地址。三年后，陈登旧病复发，差人去华佗家里取药，正好赶上华佗上山采药，不知道什么时候才能回来。因为没有及时服药，不久陈登便去世了。

华佗还很擅长治疗妇科和儿科的疾病。当时，在东阳（今安徽天长）有一户人家的小孩，总是拉肚子，父母为他遍访名医还是不见好，最后只好找到华佗。华佗看了孩子和他母亲的情况后，要求赶紧把给小孩吃的药停了，并指出："小孩的病根在他母亲身上。由于母亲的乳汁有虚寒之气，所以小孩才会拉肚子。这个药以后给孩子母亲服用就好。"小孩的母亲服用了几服药以后，小孩果然就不拉肚子了。

"子病治母"是中医最典型的特点，中医并不是头痛治头，脚痛医脚。中医认为人是一个五脏六腑、骨骼经脉上下相连、内外互通的整体，一个脏腑的疾病有可能会关联到其他的器官。

麻沸散

东汉末年，战乱频仍，许多官兵受伤，都请华佗医治。华佗来者不拒，只要有人请，他都会用心治疗。但有时遇到需要截肢、缝针等外科手术时，病人通常疼痛难忍。即使是一个见惯了生死的医生，华佗依然不忍心看到病人受这样的痛苦。他下定决心要研制出一种药，病人服用后可以短时间失去知觉。功夫不负有心人，华佗最终研制出了麻沸散，也是迄今为止发现的世界最早的麻醉剂。

最初，华佗用尽了各种方法，还是没有配置出麻醉剂，就在华佗心灰意冷的时候，有一名妇人来请华佗为她相公看病。华佗到了这名妇人家里后，看到她相公双眼圆瞪，紧咬牙关，口吐白沫躺在地上。华佗上前诊察了这人的神色、脉搏，摸了摸他的体温，觉得一切正常，但是无论如何都叫不醒他。华佗就问这名妇人："病人曾经得过什么疾病吗？"妇人回答："他之前身体非常健壮，没生过什么病，只是今天吃了几朵花，就变成这样了。"

听了妇人的讲述，华佗好像明白了什么，欣喜若狂，请妇人赶快把花拿来给他瞧一瞧。接过花以后，华佗闻了一闻，又摘了一朵花尝了尝，顿时头晕目眩，满嘴发麻。他意识到这农夫肯定是中毒了，便开了清热解毒的方子，农夫服了药不多时便清醒了过来。这次诊病，华佗并没有收取诊金，而是向农夫要了一捆使他中毒的花。

把这种花拿回家之后，华佗便开始继续研究麻醉剂。他把这种植物的花、果、叶、根、茎分别进行了实验，经过多次不同的配方炮制，最后发现果子和热酒配制麻醉效果最好。华佗给它取名为"麻沸散"。

制成麻沸散以后，华佗再给病人做手术的时候，便先让病人服用一些麻沸散，这样手术过程中病人就不会痛苦了。有一个肚子痛的病人，找华佗治病。华佗检查后，就告诉病人说："你之所以会肚子疼，是因为你的脾脏已经腐烂了，必须把脾脏切除了，不然你会有生命危险。"随后就让病人服用了麻沸散，等病人失去知觉，华佗才实施了脾脏切除手术。手术后一个多月，病人就恢复了健康。

除了麻沸散，华佗还发明了许多其他的药，如青苔膏。传说，青苔膏是华佗观察马蜂和蜘蛛后，受到启发，利用青苔炼制而成。这天华佗正好看到一只马蜂粘在了屋檐下的蜘蛛网上。蜘蛛与马蜂搏斗的过程中，被马蜂蜇到了肚子。华佗心想："这蜘蛛怕是中毒快死去了。"正想着，就见蜘蛛慢慢爬到一块长满青苔的石头上，把肚子放在青苔上。只见一会儿工夫，蜘蛛竟然没事了，又顺着蛛丝爬到了网中间。看着无事的蜘蛛，华佗若有所思："难道青苔可以克制马蜂的毒？"知道青苔的药效后，华佗又增加了白芍等几味草药，熬制了治疗马蜂毒素的青苔膏。

五禽戏

华佗非常善于观察周围的事物。他见经常转动的门轴不会腐烂，流动的水不会变质，就提出人也要经常锻炼，活动筋骨血脉，帮助消化吸收，达到增强体质、预防和治疗疾病的目的。在这种观念的驱使下，华佗根据动物的行为习惯创编了一套体操，命名为"五禽戏"。

五禽戏即虎戏、鹿戏、熊戏、猿戏、鸟戏，分别模仿了老虎扑动前肢、鹿伸转头颈、熊伏倒站起、猿脚尖纵跳、鸟展翅飞翔等动作，借以锻炼人的四肢、颈椎、躯干、关节和胸部肌肉。他的学生吴普，坚持每天做五禽戏，活到了90多岁依然耳聪目明，牙齿完整。五禽戏一直流传到后世，直到今天一些民间医疗体操中还保存着五禽戏的个别动作。

被杀之谜

华佗治好了很多的疑难杂症，医名远扬。曹操患上了头痛的病，听说华佗妙手回春的事迹后就传召他来治病。华佗诊脉之后说："这种病在短时间内很难根治，我先缓解你的疼痛，再为你慢慢治疗。"恰巧这时候，华佗收到家书，思乡心切的华佗，在为曹操做了简单的治疗之后，便回到了家乡。

由于华佗厌恶被官吏驱使的生活，所以此后曹操三番五次写信催他的时候，他都以妻子生病为借口推托了。长此以往，曹操很生气，就派人前去华佗的家里了解情况，并吩咐官兵道："如果华佗的妻子真的生病了，就赐给他小豆四千升，并准许他在家照顾妻子，如果他撒谎就把他抓起来。"结果，官兵发现华佗撒谎了，犯了欺君之罪，就把华佗抓了起来。有人向曹操求情说："华佗医术高明，这样杀掉太可惜了！"曹操说："不用担忧，天下会治病的人很多！"华佗最终在监狱中被拷打致死。

据说，华佗去世前曾经拿出一卷医书对看管他的狱卒说：“你看了这书，就可以救活很多人了！”狱卒怕触怒了曹操，没敢接受，于是华佗便把这书烧掉了。

关于华佗被杀，民间还有一种说法。据说，曹操患头痛病以后，请华佗医治。华佗认为要治好这个病，曹操就必须先服用麻沸散，然后打开头颅实施大手术。这样一来，生性多疑的曹操，就认为华佗是要趁机杀害他，便以刺杀君王的罪名逮捕了华佗，并将他拷打致死。

华佗被害至今已经一千多年了，但人们还在怀念他，依然以“华佗再世”夸赞医术高超的医者。他是我国古代杰出的医学家，被人们称为“神医”，在内科、外科、妇科、儿科、针灸、寄生虫病和医疗保健方面，都有独到的见解和精湛的医术。

他不慕功名，不事权贵，潜心钻研医术药理的精神、以治病救人为己任的高尚情操和观察细致入微的行事作风，永远是后世学习的榜样。

张仲景：悬壶济世的医圣

张仲景是东汉医学家。南阳涅阳（今河南邓州）人。相传曾任长沙太守，后因瘟疫流行，他毅然辞官选择从医。他一生为民医病，医术高超，医德高尚，深受百姓爱戴。

勤求古训　博采众方

张仲景年轻的时候，就立志救死扶伤。一天，邻村一位农民得了伤寒，请张仲景前去医治，张仲景治了两天，这位农民的病情仍未好转。张仲景十分着急。这时，恰巧同乡名医张伯祖外出看病回来，张仲景赶紧去向他请教。经过他的治疗，病人的病情很快好转。张仲景对他赞叹不已，就赶紧向张伯祖请教，张伯祖给他一个建议："要想成为医生，必须勤求古训，博采众方。"

"勤求古训，博采众方"，从此这八个字被张仲景牢记。在张伯祖的指导下他刻苦研读了《黄帝内经》《难经》《胎胪药录》等书籍。平时他还处处留心观察，搜集了许多民间治病的良方。

隐姓埋名　救济四方

青出于蓝而胜于蓝。张仲景的医术越来越好，找他治病的人也越来越多，他的知名度也越来越高。

有一年夏天，张仲景想去一个山区采药，在经过一个村庄时，听到阵阵哭声。一打听，原来这个村庄正闹瘟疫，死了不少人。突然附近传来一个老妇人的哭声，他走上前看到一位母亲正抱着她的儿子泣不成声。周围有人说："多好的一个后生，可惜没指望了。"

张仲景不由分说走进屋里对老妇人说："老妈妈，不要哭，让我给他看看病好吗？"

老妇人的丈夫看到一个眉清目秀的年轻人走进来，赶紧给他让座，此时，也只能死马当活马医了。张仲景给病人诊了诊脉，又摸了摸肚子，沉思了片刻对老妇人说："您儿子得的是伤寒，因耽误了病情，病已入内，不过，我给他开点药吃吃还是会好的！"

老两口听了连声说好。果真，病人吃了两天药病就好了。

很快，村里有了个神医的消息就传遍了。村民们哀求张仲景留下来给村里的病人治病，张仲景也爽快地答应了。而当大家得知他就是南阳有名的张仲景时，个个伸出大拇指称赞："怪不得，怪不得！"

年轻的张仲景医术已经十分高明了，但仍虚心好学。有一年，张仲景的弟弟要去湖北襄阳做生意。出门前他问张仲景："我这次出门前，你给我看看，可有什么暗疾？"

张仲景给弟弟搭了下脉说："哟，明年只怕会长个搭背疮！"弟弟听了十分苦恼，长在背上自己又看不到怎么治？

张仲景安慰弟弟："不要怕，我给你开个药方，到时候这个疮就会移到你屁股上的软肉上。到时如果有哪个医生识得这是搭背疮就一定是个名医，等疮治好后，捎个信来，我好拜访这位名医。"

果然，张仲景的弟弟在湖北的第二年，有一天突然觉得脊背疼痛，他知道是长搭背疮了，就赶紧按照哥哥的处方抓药，不几日，疮就转移到了他的屁股上。他找了许多医生，有的说是疖子，有的说是毒疮，最后只有同济药堂的一位姓王的医师认出这是搭背疮。在王医师的治疗下，张仲景弟弟的病很快就好了。

张仲景得知王医师治好弟弟的病之后，当天就打点好行装向襄阳赶来，亲自向王医师求教。

张仲景向王医师请教的方式也很有趣。他怕王医师知道自己的姓名，便隐瞒了自己的身份。由于长途跋涉，张仲景就扮成一个落魄书生，他向同济药店掌柜央求道："我从外地来，生活没有着落，请收下我当个伙计吧？”王先生看这小伙子虽然衣着落魄，却年轻利落，便高兴地答应了张仲景的请求说：“那你就帮我制药吧。”

张仲景就这样在同济药堂住了下来。他制药熟练内行，王医师很快将他升作司药。张仲景在抓药之余，一时兴起时也会给病人抚脉看病，凡被他瞧过病的，都药到病除。王医师又惊又喜，又让张仲景做了自己的帮手。从此，张仲景处处留心。王医师如何用药、如何把脉、如何开方都被他看在眼里并记在本子上，以不断提高自己的医术。

有一天，一个老汉匆匆来到药店，说他儿子病得厉害，把王医师请去了。过了半个小时，老人拿着王医师的处方来药店取药。张仲景看到药单上记载了“藤黄五钱”，他猜到病人肚子里有虫。过了一阵子王医师回来了，他刚想进屋休息就被张仲景拦住：“先生稍等一下吧，看那老人还来不来请？”

王医师十分疑惑：“药都吃了，还会来请吗？”张仲景直言不讳道：“恕学生直言，我在担心藤黄用量不足呢！如果药量不足，虫没杀死的话，病人反而因为虫的挣扎而更痛苦，甚至还有性命危险……”

张仲景还没说完，只见刚才那个老人就大汗淋漓地跑进来：“王医师，你快去看看吧，病人痛得死去活来！”

王医师头上直冒冷汗，情急之中，张仲景主动请缨：“学生愿意去试一试！”

张仲景来到病人家中，此时病人正在地上直打滚，他询问了下病历，然后进行了诊断，确认是一只没被毒死的大虫在作怪。张仲景赶紧把病人衣服扒开，并掏出一枚银针，摸准穴位，一针扎了下去。

这一扎把病人给扎得大叫一声，然后便昏了过去！病人家属慌作一团。然而，过了一会儿奇迹发生了，病人呻吟了几声便不再疼痛。

随后张仲景给病人开了服泻药，病人喝下后很快就排出了一条大虫。

王医师知道后，再也按捺不住自己的疑惑，道：“二先生，你到底是什么人？”

张仲景知道长期隐瞒下去也不太好，于是承认自己就是张仲景，这次是来拜师学艺的。

这可吓了王医师一大跳：“哎哟，久仰大名，拜师学艺可不敢当！”

从此，他们俩成了好朋友。

一代医圣　名垂千古

张仲景中年时，医术更加高明，治好了许多疑难杂症，人称“医圣”。

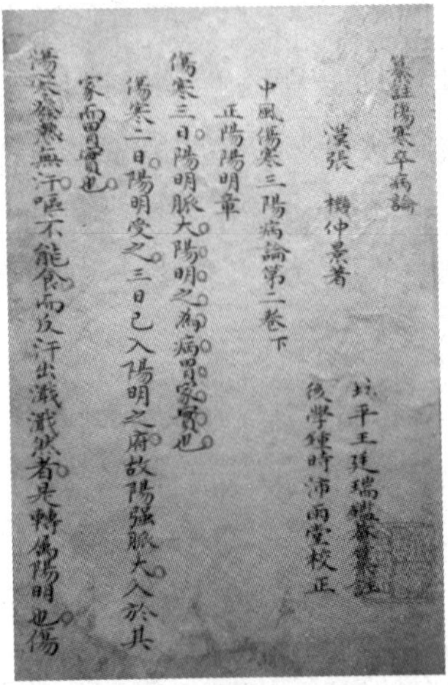
纂註傷寒卒病論
漢張 機仲景著
妐平王廷瑞鑑纂集註
後學鍾時沛雨堂校正
中風傷寒三陽病論第二卷下
正陽陽明章
傷寒三日陽明脈大陽明之爲病胃家實也
傷寒二日陽明受之三日已入陽明之府故陽強脈大入於其
家而胃實也
傷寒發熱無汗嘔不能食而反汗出濈濈然者是轉屬陽明也傷

■《伤寒杂病论》 书影

有一天，张仲景的好友宁远闲来无事到他家下棋闲聊。谈话间，张仲景突然一直看着宁远的脸，半晌说不出一句话来。

宁远觉得事情不妙，就追问起来。张仲景严肃地说：“你患了消渴之病，现在初发，不易觉察；三月之后，头痛不眠，尿量增加；六月之后，饥渴难忍，小便浓稠；一年之后就会背发疽疮而死！幸亏现在发现及时，还可以医治。”于是开了个药方给他。

宁远回到家，大笑不止：“怪不得人家说医生最会大惊小怪，吓唬人，我的这位朋友看来也是如此。”说完把药方一撕就去睡觉了。

三个月之后，宁远开始感觉头痛失眠，但他仍然不以为然，六个月后病势来得更厉害了，每日饥渴难耐，并且小便浓稠。他这才慌了手脚，赶紧跑去向张仲景求救。

可张仲景见了直摇头哀叹，让宁远去准备后事。

张仲景被人称为“医圣”，医圣都说不能治，本来就不会有什么奇迹了。但这世间还真有比医圣还厉害的人物。

也是宁远命大，他想：反正自己不久命将归西，还不如临死前游遍祖国大好河山。巧的是他走着走着在茅山遇到了一位仙风道骨的道士。道士见宁远神色不对便询问他。宁远一五一十地把他的病情告诉了道士。

道士给他把脉，微笑着说："这我也无药可治，但你可以下山买几担梨，每天吃一颗，还可以取干梨泡汤喝试试。"

一年之后，宁远回到家去拜访张仲景。仲景大吃一惊，只见宁远不但没死，脸色还越发好看，脉息平和，甚至年轻了许多。

宁远把遇到茅山道士的事情告诉了仲景。仲景不禁感叹："真是天外有天，人外有人啊！"

他下定决心要前往茅山拜访道士，然后遍游天下，寻访名师。张仲景这一出去就是三年。

后来张仲景的医术更加高深，成为东汉著名的医学家，著有《伤寒杂病论》《金匮要略》等书。成为一代医圣，名垂千古！

皇甫谧：针灸鼻祖

皇甫谧（mì），小名叫静，字士安，自称为玄晏先生，出生于安定郡朝那县（今甘肃灵台县）皇甫湾，是三国两晋时期著名的医学家、文学家、史学家和哲学家，贡献卓著，对我国历史影响深远。

迷途知返

皇甫谧出生于名门望族，祖上人才辈出，但是到他父亲这辈，家族渐渐没落。他父亲皇甫叔候也仅仅是被推举为孝廉，但一辈子没有做过官。皇甫谧出生后不久，他母亲就去世了。由于无力抚养，父亲将他过继给叔父。叔父格外疼爱皇甫谧。

皇甫谧从小贪玩不上进，不愿意读书，经常和同村的孩子用树条编制盾牌、用树干做矛，分成两队像士兵一样相互攻打。到了20岁仍然整日游手好闲，不知学习，很多人都认为他是傻子。

皇甫谧虽然贪玩，但很孝顺。有一次，他闯了祸，刚回到家就被一向宠爱他的叔母赶了出来。见叔母是真的生气了，皇甫谧找了一些甜瓜之类的水果送给叔母，希望叔母能够原谅他。但是叔母并没有收下这些瓜果，而是哭着对他说："《孝经》里面说，即使每天用牛、羊、猪这三种牲口来奉养父母，仍然是不孝的。你今年快20岁了，眼中没有学习，心思不入正道，拿什么来安慰我？"不等皇甫谧说话，叔母又接着说："从前，孟子的母亲连续三次搬家，使孟子成为仁德的儒学家；曾子的父亲以杀猪来教训曾子做人要信守诺言，难道是我没有选择好邻居，或是我的教育方法有误，不然你怎么会鲁莽、愚笨到这种程度呢？修身立德，用功读书，最终受益的还是你自己，跟我有什么关系呢？"看到叔母如此伤心，想到自己以前的所作所为，皇甫谧十分愧疚，立志痛改前非，用功读书。

洛阳纸贵

皇甫谧转变性格以后，拜了同村的席坦为师，发奋苦读。那时候他家里还很穷，经常要帮叔父种田劳作。为了抓紧每一分每一秒的学习时间，他在田间劳作的时候也带着儒家经典著作，利用休息时间读书。

功夫不负有心人，在不断地努力下，他终于熟读了诸子

■ 皇甫谧像

百家的经典著作和古代先贤的典籍，走上著书立说之路，成为魏晋时期写书最多的人，也是我国历史上著名的史学家和文学家。他先后写出了《帝王世纪》《年历》《高士传》《逸士传》《列女传》《郡国志》《国都城记》等文史著作。他详细地整理了三皇五帝到曹魏几千年间的帝王世系及重要历史事件，对《史记》中的历史事实进行了考证和补充，并且第一次对历代人口、土地的变迁进行了详尽的统计和分析。

皇甫谧的文学造诣极高。他的文章对仗工整、结构严谨、人物故事生动有趣，在当时备受推崇，左思的《三都赋》就是因为有了皇甫谧所写的序而被大家认可，进而广泛流传的。

左思身材矮小、貌不惊人、说话结巴，连他父亲都瞧不起他。他不甘心受到这种鄙视，故而越发勤奋刻苦。后来受班固的《两都赋》和张衡的《西京赋》启发，决心依据事实和历史发展写一篇《三都赋》。经过了十多年的努力，他终于写成了《三都赋》，但当他把自己的文章交给别人看时，反而遭到了讥笑，认为他写的《三都赋》只能盖酒坛子，看都不看一眼就弃之如敝屣（bì xǐ）。

就在左思心灰意冷的时候，皇甫谧看到了他的文章，并给予了极高的评价，欣然提笔写下了《三都赋序》。有了皇甫谧的推荐，《三都赋》很快在京都流传起来，懂得文学的人都称赞不已，一时间大家都竞相传抄，洛阳的纸也因为供不应求而纷纷涨价。

这就是成语"洛阳纸贵"的来历，也正是因为皇甫谧为人正直，虚怀若谷才成就了左思的《三都赋》。

拒不入仕

皇甫谧成为著名的学者之后，魏国的宰相司马昭征聘他做官。他写下《释劝论》，表明自己非常崇拜扁鹊、张仲景等名医，希望能专心读书，拒绝了官位。到51岁的时候，晋武帝又封他为官，为了躲避诏书，他还在陕西的陇县龙门洞和平凉的崆峒山住了一些时日。此后，皇帝多次下旨封他为官，他都婉言谢绝了，并向皇帝上书说："听说您那里有许多我心仪许久的典籍，能借我阅读吗？"晋武帝听了之后很高兴，送了皇甫谧一车书供他阅读。从此以后他沉醉于书籍中，废寝忘食，被当时的人称为"书淫"。

因病成医

42岁的时候，不幸降临到皇甫谧身上，他患上了半身不遂，发病时苦不堪言，只能躺在床上，就连听力也严重下降。家里人为他四处求医，正好遇到一位游学的老中医。老中医除了用汤药治疗外，还辅助针疗和艾灸。就这样三个多月以后，皇甫谧的病症得到了缓解。

当时，社会上有很多人或是为了治病，或是为了强身健体，都在服用五石散（又叫寒石散）。为了去除中风带来的痛苦，皇甫谧也开始服用五石散。没想到服用后，不仅没有缓解皇甫谧的病情，反而诱发了其他的问题。他时常感到身体燥热难当，“冬天都可以裸露着身体服食冰雪，夏天更是烦闷不安，并伴有咳嗽气喘，一会儿像是得了瘟疫疟疾，一会儿像是得了风寒，四肢酸重没有力气”。

这次生病不仅让皇甫谧领略到了针灸的神奇之处，还让他意识到生逢乱世掌握医术的重要性。于是，病床上的皇甫谧开始研习医理，勤修医学。他一边用针灸在自己身上治疗，一边阅读古人留下的医学专著，如《伤寒杂病论》《黄帝内经》《灵枢》等。但是这些医书不仅内容深奥难懂，而且存在重复和相互矛盾的问题。发现了这些问题以后，皇甫谧决定编撰一部系统的介绍针灸的书籍。于是，他找来《素问》《灵枢》《明堂孔穴针灸治要》等古代医学著作，加以综合比较，删繁就简，取其精要，并结合自己的临床实践写出了《黄帝三部针灸甲乙经》，也称《针灸甲乙经》。

《针灸甲乙经》收录了穴名349个，针灸处方500个，疾病治疗经验200多种，是继《灵枢》之后对针灸学的又一次系统总结，也是我国现存最早的一部理论联系实际的针灸学专著。他奠定了针灸学科理论基础，为针灸学以至整个中医事业的发展做出了不可磨灭的贡献。

《针灸甲乙经》一经问世，就受到广泛关注，在国外也备受重视。唐朝曾经专门设立针灸科，将其作为教材；晋以后的针灸学著作大多以它为基础；日本的《大宝律令》中也将《针灸甲乙经》列为必读参考书之一。皇甫谧因此被誉为“中医针灸学鼻祖”。

68岁的时候，《针灸甲乙经》刊印，皇甫谧含笑而终。

司马炎评价皇甫谧说：“男子皇甫谧，沈静履素，守学好古，与流俗异趣。”意思是说皇甫谧性格沉静，平凡自安，坚持学习，喜好古文典籍，与世俗之人有完全不同的志趣。

尽管皇甫谧一生经历了三个朝代、七位皇帝，战乱频繁，社会生活环境残酷，但是他依然勤学苦读、矢志不渝、淡泊名利、安贫乐道，即使身患重病仍手不释卷，这样坚强的意志和高尚的品格正是当今社会所欠缺的。

徐之才：名医良相

出身世家 自幼聪慧

南北朝时期，东海徐家、馆陶李家、高阳许家都是赫赫（hè）有名的医学世家，其中，东海徐家影响最大，徐之才便是东海徐家的第八代传人。俗语说“医不三世，不服其药”，意思是说不是世代行医的医生，他的医术通常都不精湛，服用他开的药有一定的危险性。但实际上在中国古代，医术传播并不广泛，世代行医的大家族十分稀少，直到魏晋南北朝时期，医学世家才渐渐进入人们的视野。东海徐家自晋代徐熙起，到徐之才已经是第八代了，这为徐之才积累了深厚的家学渊源，也为徐之才成为名噪一时的中医大家奠定了基础。

徐之才，字士茂，是东海徐家徐柏文的孙子，徐雄的第六个儿子，出生在山东，在安徽长大。他聪明伶俐，天赋过人，5岁能背诵《孝经》，8岁能大概知道《论语》的释义，琴棋书画之类的技艺，看一遍就能掌握了，被人们称为“神童”。有一次，他与堂兄徐康到梁太子(萧衍)的詹事，汝南人周舍家聆听讲习《老子》。听完之后，周舍为他们准备了精美的食物。见到徐之才，周舍便起了逗他的心思。于是周舍对徐之才说：“你不用心思考刚刚听到的学问精义，就只想着吃饭？”徐之才想了想对周舍讲道：“圣人老子在《道德经》中说既要虚其心也要实其腹。”周舍听完之后直夸徐之才聪明机智。“虚其心，实其腹”实际是说贤明的君主治理国家，应该使百姓心无所求，肚子有食物，衣食无忧。

徐之才13岁的时候，基本通晓了《礼记》《周易》等经典书籍，被召为太学生。裴子野、刘孝绰等人经常和他一起讨论《周易》和《丧服》仪式等，徐之才都对答如流。刘孝绰还曾说徐之才有着定远侯班超一样的相貌。可见小时候的徐之才已经展示出他不凡的气度了。

能言善辩 口若生风

徐之才极其机敏，不仅医术了得，而且口才非常好，能言善辩。

北齐武成帝长了智齿，牙齿非常疼痛，传召太医医治。医治的太医，实话实说：“大王，人成年的时候就会长出尽头牙，这是正常现象。”听了太医的回答，武成帝十分不高兴，认为太医是在奚落他以前做事不成熟，就命人打了太医一顿板子。然后又传召徐之才看牙。徐之才看完武成帝的牙齿后，笑着对大王说："恭喜大王，人长了这颗牙齿就会更有智慧、健康、长寿，这叫智齿。"齐王听了非常高兴，赏赐了徐之才很多的金银珠宝。

有一次，王欣与徐之才互相开玩笑。徐之才分析王欣的姓名说："王字有言则讧，近犬则狂，加头足而为马，按上尾和角则成羊。"意思是说，王这个字，加上言字旁就是讧字，加上反犬旁就是狂字，加上头和脚就是马字，加上尾巴和犄角就是羊字。王欣听完，一脸无辜，无言以对。

这天，徐之才在他府上举行宴会，宴请宾客，卢元明也去了。他戏弄徐之才的姓名说："你的姓是个徐字，还没有入人呢！"（指徐是"彳"不是"亻"）徐之才听完，并没有很生气。相反，他语气平淡地说："'卢'（繁体字为盧）安亡为虐（nüè），在丘为虚（xū），生男成虏（lǔ，同现在的虏），配马成驴。你这名字'元明'，去头则是兀明，出颈则是无明，减半则是无目，变声则是无盲。"卢元明听完，脸都红到脖子了，静悄悄地吃起桌上的菜来，再也没有敢出声了。

仕途得意 官运亨通

徐之才19岁的时候，在扬州江都县担任豫章王国常侍一职，管理侍卫奴仆。后来又被调任豫章王下属的镇北主簿。21岁时，他追随豫章王投奔北魏。投奔的过程中，三军将士走散了，徐之才带领部下撤回吕梁，最终被北魏统军石茂孙俘虏，押解到彭泗关押。

豫章王萧综到达北魏一个月以后，就被北魏孝明帝授予司空官职，并命令他收留以前的旧部下。萧综四处打听，知道徐之才被关押在彭泗，就向孝明帝上奏折说："徐之才不仅医术高超，而且为人机智，能言善辩。"孝明帝批阅奏折以后，传召徐之才，先后授予他了散骑常侍、左员外、尚药典御、转通直散骑常侍、将军、金紫光禄大夫等职位，主要负责管理尚药局。由于徐之才治病用药疗效显著，学识广博、机警善辩，一时间，朝廷内外的贤人雅士都想结识他，他的名声也越传越广。

徐之才49岁的时候，文宣帝高洋想取代东魏建立北齐。但在当时，关西的宇文家族实力强大，是文宣帝强劲的对手。为此，文宣帝高洋十分忧心。于是，徐之才开解文宣帝说："一千人追赶兔子，只要一人得到，其他人都会放弃（千人逐兔，一人得之）。如果要干大事业，怎容得别人在后面追撵。"听了徐之才的话，文宣帝仔细思考其中的道理，于是发动政变建立了北齐取代了东魏。从此以后，徐之才同北齐皇室建立了更紧密的联系。

尤善方术 中医胎教

徐之才自小就受到良好的教育，不仅熟读经、史、子、集，还擅长医术药理。

成武帝晚年的时候，得了一种奇怪的病，总是精神恍惚，出现幻觉。有一次病发，他看到空中云里有发着五种颜色的东西，慢慢靠近，这五光十色的东西又变成了一个十分美丽的女孩，在距离地面几丈远的空中，笔直地站着。一顿饭的工夫，这女孩又变成了观音菩萨。成武帝被这种症状折磨得十分痛苦，他传召徐之才治病。徐之才仔细把脉之后，对成武帝说："这是因为您纵身酒色，身体太虚所导致的。"之后他马上开药进行调理。成武帝仅服用了一次，便觉得这些幻觉离他远了一些。接着服用，成武帝的病慢慢就好了。病好之后，好了伤疤忘了疼的成武帝继续喝酒作乐，沉迷于女色，病情又复发了。但是这时候徐之才已经被调往外地做官了。接到成武帝的圣旨之后，徐之才迅速赶往皇宫，但就在他回到皇城的前一天，成武帝不治身亡。

徐之才在药学和妇科、儿科上也有很高的造诣（yì）。他归纳前人对草药和药方的研究经验，写下《雷公药对》《小儿方》《徐王方》《徐王八世家传效验方》《徐氏家秘方》等书。可惜的是，这些书都没有流传下来。此外，他还提出了著名的逐月养胎法，指出在怀孕的各个阶段，要注重饮食调节，注意劳逸结合，讲究衣饰穿着，重视调节心情、陶冶情操和实施胎教。这些关于孕妇养胎和胎教的想法，在中医史上是创造性的，标志着中医胎教思想的初步确立。

徐之才一生经历了南梁、北魏、东魏、北齐四个朝代，先后侍奉了多位皇帝，他本人官职也不断晋升，从常侍，到西阳王，再到尚书，是我国历史上唯一一位集“良相”与“名医”于一身的医学家。此外，徐之才的活动踪迹也遍布南北不同的区域，某种程度上对南北朝时期我国中医学的交流与发展起到了桥梁的作用，也对东海徐家的昌盛以及徐氏医术的传承起到了重要的作用。

孙思邈：被皇帝封为“药王”的名医

陕西省铜川市耀州区境内有一座十分有名的山，叫药王山，因孙思邈晚年在此隐居而得名。每年农历二月初二，都会有很多善男信女来这里焚香祈福，祭拜“药王爷”，祈求百病脱身，健康长寿。人们所祭拜的“药王爷”正是我国隋唐时期著名的医学家、药学家孙思邈。

圣童终南探仙道

孙思邈出生于京兆华原（今陕西铜川）一个十分贫穷的农民家庭，父母以耕织为业。他小时候因为受风寒经常生病，父母为了给他治病，几乎散尽家财，把田地都卖了。看到父母如此艰难，孙思邈立志一定要学习医术，救济像他们这样的穷人。

孙思邈自幼聪明过人，7岁时进入私塾读书，每天能背诵上千字的文章。洛阳总管独孤信夸他是“圣童”，十分器重他。20岁时，他已经熟读《老子》《庄子》等道家经典，并开始为左邻右舍的穷人治病。

公元579年，30多岁的孙思邈因为战乱和社会动荡隐居秦岭终南山，潜心修道。日出而作，日落而息的隐居生活，他过得有滋有味。他一边苦心钻研前人留下的医学著作，如《黄帝内经》《伤寒杂病论》《神农本草经》等，一边广泛收集民间流传的药方。

孙思邈平时会亲自去山里采集草药，并用这些草药免费为村民治病。他给村民治病的药都十分普通常见，经济实惠。如用萝卜治疗哮喘，用动物肝脏治疗夜盲，用米糠（kāng）、麦麸（fū）预防和治疗脚气。在山里居住的时间长了，他发现山里很多人都有甲状腺肿大（大脖子病）的症状。为了帮助村民治好这种病，他仔细研究了当地的水质，发现饮用水存在杂质是主要原因，于是他呼吁人们饮用干净的水，并用羊的甲状腺治好了村民的大脖子病。

治病的过程中，孙思邈积累了丰富的临床经验。后来他将这些经验同前人的理论结合起来，写出了著名的《千金要方》和《千金翼方》，记录了800多种药物和5300多条药方，对中国医药学的传承发展影响深远。

木人石心弃荣华

孙思邈隐居终南山的时候，北周的杨坚曾传召他做国子

■ 孙思邈画像

博士。他认为做官就必须要懂得人情世故，不能随心随意，以自己生病为借口推脱了。

唐太宗时期，长孙皇后怀胎十个多月仍然没有生下小孩，还生了很严重的病。太医换了一批又一批，都束手无策，长孙皇后的病情也一直不见好转。这时候，大臣徐功茂便把孙思邈推荐给唐太宗。抱着试一试的态度，唐太宗命人即刻前往华原，接孙思邈入宫为皇后医治。

封建社会，讲究“男女授受不亲”，即使是医生也要避嫌。孙思邈作为一介布衣平民，是不能接近皇后“凤体”的。为了不冲撞皇后，孙思邈一边向皇后身边的宫女询问病症，一边吩咐宫女准备干净的丝线，并将丝线的一头系在皇后的手腕上。在了解了大致的病情以后，他站在屏风后，拉着丝线细细把脉。一会儿工夫，便让宫女把丝线收起来，并向唐太宗禀报说：“皇后这是小儿扳心引起的生产困难，不过皇上不用忧心，只需要让我在皇后的手指上扎一针，便可安然无恙了。”唐太宗听完，急忙吩咐宫女将皇后的手腕扶近珠帘，孙思邈用银针在皇后的指头上狠狠地扎了一下，皇后便醒了，不多时便生下了一名健康的皇子。

唐太宗非常高兴，赏赐了孙思邈很多的金银珠宝和绫罗绸缎，并让他留下执掌太医院。但孙思邈不想做官。他将自己想四处行医治病救人和写书济世的想法如实禀报给唐太宗，婉言谢绝了皇帝赏赐的官位。唐太宗十分欣赏孙思邈，后来还去华原五台山（今药王山）拜访过他。

唐高宗李治即位以后，再一次召见了孙思邈，请他做谏议大夫，又被他拒绝了。

妙手回春艺高超

孙思邈四处行医、治病救人，从来不强收诊金，世人都传他是神仙。

有一次，孙思邈在赶路的时候，正好遇上有人出丧，棺材下面还有血迹。他见棺材后面跟着的老妇人哭得极其伤心，就上前询问缘由。老妇人抽抽噎噎，说出了事情的原委。原来这名老妇人的女儿两天前因为难产去世了。孙思邈听了以后对老妇人说：“你先不要伤心，我刚才查看棺材滴下的血迹，发现你的女儿还有救。”老妇人半信半疑地打开棺材。孙思邈找准穴位，给少妇扎针。不多时，少妇便全身抽动，慢慢苏醒过来，并顺利产下一名男孩。

又有一次，孙思邈打算上山采药，正好遇到一名带着许多随从和马匹的青年。青年见到孙思邈，立刻前来拜谢，说道：“我的弟弟承蒙先生搭救，父母想见见您。”孙思邈救过的人很多，他并没有放在心上。但是这名青年再三恳求，于是孙思邈便上了青年准备好的马匹。马跑得飞快，不多时，到了一处庄园。这庄园雕梁画栋，门庭气派，像极了王侯将相的府邸（dǐ）。

孙思邈刚下马，主人就十分热情地出来迎接他了，对他说道：“十分感谢道长，所以才让我的孩子去迎接道长。不久前，我的小儿子外出被愚笨的人伤害，幸好道长救下了他，才保全了他的性命。”正说着，一名穿着青色衣服的美丽妇人拉着一个小孩急急拜见孙思邈，再三感谢他的救命之恩。这时候孙思邈才想起来，不久前，他曾救下一条小青蛇。为了证实猜想，他偷偷向侍女打听：“请问这是什么地方？”宫女回答道：“这是泾阳龙宫。”原来那迎接他的主人正是泾阳龙王。龙王召来下属，在龙宫里大摆筵席，款待孙思邈。孙思邈以他正在辟谷为由，只饮用了少许的酒。

临走之前，龙王问孙思邈想要什么谢礼。孙思邈说：“我出生在山村，只喜欢学习医术，参悟道法，除此之外无欲无求。”坚决拒绝了龙王赠送的珍珠、黄金，只是收下了珍藏在龙宫的30篇药方。据说，后来他为了让这些药方能够流传后世，将其收录在了《千金方》一书中。

大医精诚泽后世

孙思邈医术精湛，至少开创了我国中医史上20多个先例。如，写下第一部临床医学百科全书《千金方》；第一个倡导建立妇科、儿科；第一个发明手指比量取穴法；第一个麻风病专家；第一个提出复方治病；第一个提出并试验成功野生药物变家种；第一个发明导尿术等。

更为难能可贵的是，孙思邈是我国历史上第一个对医德做出完整论述的人。他在《大医精诚》一文中说，凡是大医治病，必定安神定志，无欲无求，先有了怜悯恻隐之心，再立志拯救众生。这时候如果有人前来求医，不管白天还是黑夜，寒冷还是酷暑，下雨还是下雪；不论求医人是达官显贵还是贫穷百姓，貌美如花还是奇丑无比，至亲好友还是累世仇敌，聪敏还是愚笨，同种族还是不同种族，都应该积极医治，一视同仁。

此外，孙思邈还十分注重养生，并身体力行。他认为人应该保持心态平衡，不能总是追名逐利，要多运动，且应该在饮食上有所节制，不能暴饮暴食。也正是这个原因，他才能活到100多岁。唐太宗第一次召见孙思邈的时候，见他虽然已经70多岁，但容貌气色、身形步态还和青少年人一样，十分惊奇，夸赞道："有道之人值得尊敬呀，像羡门、广成子这样的人物，原来是真的有啊！"孙思邈不仅自己崇尚养生，还教村民养生。村民们识字少，看不懂前人留下的医学著作。于是他编制了如"饭后百步走，活到九十九"等许多脍炙（kuài zhì）人口的俗语，帮助村民预防疾病。

孙思邈去世时已经100多岁高龄了。他曾经留下遗嘱，要求子孙对其薄葬，不用陪葬器物，祭祀的时候也不用杀牲畜。传说，他的尸体停留了一个多月，仍然脸色红润，尸身不腐。子孙将他的尸体抬进棺材的时候，发现衣裳里面空空如也，人们都认为他成了神仙。

孙思邈一生勤奋好学，知识广博，精通道家学说，不仅精于内科，还擅长外科、妇科、儿科、五官科、眼科、药学，而且对养生、食疗、针灸、炼丹以及疾病预防都有研究，治疗过许多的疑难杂症。

他的传世著作有80多种，其中最有名的就是《千金要方》和《千金翼方》。除此之外还有《枕中素书》《养生杂录》《五脏旁通道养图》《医家药抄》《唐书》等。《千金方》影响极大，不仅起到了上承汉魏、下接宋元的历史作用，而且还在海外广为流传，日本甚至出版过《千金要方》一书。

宋徽宗曾敕封孙思邈为"妙应真人"。到明清时期，民间开始尊奉孙思邈为"药王"，时常供奉祭祀，表达祛除百病的美好愿望。

葛洪：悬壶济世的葛仙翁

眼前多少难甘事　自古男儿当自强

葛洪出生于284年，是丹阳郡句容人，字稚川，号抱朴子，是我国东晋著名的道教学者、炼丹家和医学家，被尊称为“小仙翁”。

葛洪很小的时候家境还算富裕。他的爷爷曾在三国时期的吴国担任御史中丞、吏部尚书等重要官职，还被赐封为寿县侯。他的父亲最初也在吴国担任官职，吴国灭亡以后，便在新建立的晋朝做邵陵太守。葛洪在家排行第三，是他父亲最疼爱的孩子。天有不测风云，葛洪13岁的时候，他父亲死在邵陵太守官任上。自此以后，葛家渐渐没落，葛洪必须早出晚归辛勤劳作以维持生计。

因为贫穷，葛洪请不起仆人，门前的篱笆也得不到修理，他时常需要自己用手拨开杂乱的草木出门，再推开杂草野树回家。葛洪家多次失火，他之前收藏的经典著作都被烧毁了，为了读书，他总是背着书箱，不远千里去借书抄写。为

■ 葛洪像

了能买到足够的纸张和笔墨，他总是白天上山砍柴，再把柴火卖掉，买了纸张和笔墨回来以后，晚上点燃火把抄写、阅读。由于实在没有太多的钱买纸，每一张纸他都反复使用，旁人很难看明白那些纸张上的文字。

葛洪16岁时，刚开始读《孝经》《论语》《诗经》《周易》等儒家经典，对“神仙导养的方法”特别感兴趣。为了能学到更多的知识，他拜了郑隐做师傅，学习炼丹术。郑隐是葛洪祖父的哥哥葛玄的徒弟。葛玄年轻时曾跟着炼丹家左慈学习道术，被当时人们称为“葛仙公”。葛洪因为聪慧机敏、勤劳刻苦很受郑隐器重。他在《抱朴子·内篇》中写道：

“弟子五十余人，唯余见受金丹之经及《三皇内文》《枕中五行记》，其余人乃有不得一观此书之首题者。”意思是：“师傅郑隐有五十多名弟子，但是师傅只传授给了我炼丹方法、《三皇内文》《枕中五行记》等，其余的弟子中，甚至有人连这些书的第一页都没见过。”

公元302年，郑隐见战乱四起，纷争不断，于是带着行李和入室弟子，在霍山归隐了，只有葛洪依然留在丹阳郡。304年，张昌、石冰在扬州起义，一腔热血的葛洪毅然决定参军。他加入了吴兴太守顾秘的军队，并被任命为将兵都尉，由于镇压起义军有功，被封为“伏波将军”。第二年，战乱平息之后，葛洪不愿意争功领赏，辞去官职去洛阳搜寻炼丹制药的书。但正碰上“八王之乱”，陈敏驻军江东，葛洪回家的路被阻断了，被迫在徐州、豫州、荆州等地流浪。这时候他收到老朋友嵇含的信。嵇含刚被任命为广州刺史，请他做参军。想着正好借此机会躲避江南的战乱，葛洪欣然前往。

不料，葛洪刚到，嵇含就被仇人杀害了。他又在广州滞留了很多年。这些经历让他意识到，高官厚禄、荣华富贵，就像春天的花一样，很短的时间便凋谢了。他开始修身养性，弃戎从医，拜鲍靓为师，继续学习道术和医术。鲍靓十分器重葛洪，还把他擅长针灸的女儿鲍姑许配给葛洪。此后，葛洪回到家乡，继续编写《抱朴子》。

东晋元帝司马睿继位之后，因感念葛洪当年平乱有功，封他为关内侯，司徒王导征召他做参军，干宝也推荐他做散骑常侍，编写国史，他都一一拒绝了。但是之后，他听说勾漏（今广西北流县）出产炼丹的主要材料丹砂。于是请求皇帝允许他做勾漏县令。皇帝允许后，他率领家人前去赴任。经过广州时，他见到了广州刺史邓岳。邓岳告诉葛洪：“我管辖的地界上有一座山叫罗浮山，这座山被当地人称作‘神仙洞府’，据说曾经有一个住在这山里靠吃九节菖蒲为生的人羽化升仙了。”葛洪听了以后，决定归隐罗浮山，不去做县令了。从那以后，他在罗浮山朱明洞前面建起了几间庵堂，开始专心修炼道术，并著述讲学。随着时间的发展，听他讲学的人也越来越多。

有一天，邓岳突然收到葛洪的信，信中写道：“当远行去寻找仙师，即刻就要启程。”邓岳慌慌张张跑去罗浮山，到了中午的时候，就见葛洪坐在椅子上去世了，像睡着了一样。那一年葛洪81岁。

采得百花终成蜜　为谁辛苦为谁甜

葛洪一生写了很多的书，如《抱朴子》《隐逸传》《神仙传》《金匮药方》《肘后备急方》《玉函方》等。唐朝房玄龄在《晋书·葛洪传》中赞扬他“著述篇章，富于班马”。意思是葛洪生平所写的书目，比班固和司马迁还要多。这其中对后世影响最大的就是《抱朴子》和《肘后备急方》。

《肘后备急方》是葛洪自《玉函方》中摘录而来的。《玉函方》是葛洪阅读了大量医书，广泛搜集民间药方，在实践中不断总结临床经验编著而成的。由于《玉函方》内容较多，比较繁复，为了方便携带，他便摘录部分内容写成《肘后备急方》。

《肘后备急方》书名的意思是“可以挂在手肘后面的急救书”，也就是急救手册，主要介绍了一些常见疾病，尤其是对急性传染病的简便疗法和急救疗法。书中所写急救药物都是相对容易寻找、价钱便宜的。他特别强调灸法的作用，明确注明了各种灸的使用方法，即使不懂针灸的人也可以使用。它是我国中医学史上第一本“临床实用手册”。我国著名的中医学家、诺贝尔医学奖的获得者屠呦呦，就是在《肘后备急方》中发现青蒿的药性，进而提取出“青蒿素” 的。

葛洪认为修道的人必须要学会医术，否则自己生病了，得不到医治的话就会死去。外加炼丹本身就与医药有着密不可分的关系，因此葛洪在医药方面也颇有建树。那时候，有一种从西方流传到我国的病，最早发现于作战被抓捕的战俘中，被称为“虏疮”。“虏疮”刚开始发病的时候，从头、脸上开始，然后全身长疮。疮的形状看起来像火疮，但最上面会有白色的脓液，等这脓液流出来以后，有很快会长出新的疮。如果得不到及时治疗，生病的人多半会死去，即使是治疗好了，也会在身上留下紫黑色的痕迹，至少要一年的时间，那些痕迹才会慢慢消失。“虏疮”也就是今天我们所说的“天花”，这在之前的医学典籍中从来没有记载过。葛洪的记载为后世人诊断和治疗“天花”奠定了基础。

除了“天花”葛洪还在书中记载了沙虱病。“岭南地区的山水中有很多的沙虱，人们在洗澡或者下雨天在草中行走的时候，就会沾上这种虫子。这种虫子一旦沾到人的身上，就会钻进人的皮肤里。开始的时候，人的皮肤会有红肿症状，用手碰触会感觉到疼痛。后来越来越严重，会长疮溃烂，等这种虫子钻进骨头的时候，人可能会死亡。”葛洪不仅仔细观察了这种病的具体症状，还研究出了治疗方法，“用针挑出虫子，并在伤口灸三到四次”。其实这是一种由外形同小红蜘蛛相似的恙虫的幼虫，传播的急性传染病，流行于我国东南沿海一带。这种虫子极细小，肉眼几乎看不见，在当时的条件下，葛洪能如此细致地认识到这种病的病原和治疗，是十分了不起的。

对于狂犬病的治疗，葛洪创造性地提出了“以毒攻毒”的办法。葛洪发现，人一旦被疯狗咬了，就会非常痛苦，受不得一点点刺激，只要听到一点声音，就会浑身抽搐，即使是倒水的声音，也会使病人抽风。当时的人们把这种病叫作“恐水症”。前人典籍中并没有记载对于这种病症的有效疗法。葛洪不忍心见病人受折磨，于是想了用毒来治疗毒的办法，将疯狗的脑子敷在得狂犬病的人的伤口上。没想到病人果然痊愈，不再复发了。这就是免疫思想的萌芽。免疫就是免于得传染病，注射预防针就是一种免疫方法。葛洪把疯狗的脑子敷在被咬的人身上，使被咬的人的身体，能够获得排斥和消灭狂犬病毒的能力，免于生病。与葛洪有着相同想法的，欧洲免疫学之父巴斯德，后来在兔子身上成功试验了免疫理论，比葛洪晚了1千多年。

纵观葛洪的一生，可以发现其主要的活动就是求道和行医。他曾在《抱朴子》一书中对道家思想做了深入的论证，首次尝试对儒家和道家思想进行融合，在道教历史上具有重要的意义。

于炼丹术来说，他也是我国炼丹史上一位承前启后的炼丹家。他发现了化学反应是可逆的，他指出对丹砂(硫化汞)加热，可以炼出水银，而水银和硫磺化合，又能变成丹砂。他出生士族，后来家道中落，一生命途多舛（chuǎn），但勤学好问、矢志不渝、笔耕不辍，留下大量的经典著作，对后世的医学、药学、道学、化学、炼丹术等都产生了极大的影响。

钱乙：中医史上的儿科专家

幼时孤苦　医者仁心

钱乙字仲阳，宋代东平（今山东）人。他出生不久，母亲就去世了，只能和父亲相依为命。父亲本是一名游方郎中，但一心修仙，希望能够得道飞升。

钱乙的故乡靠近蓬莱岛，那里流传着很多关于蓬莱仙山上住着仙人的故事。为了能够寻找到仙人，许多人争先恐后，冒着极大的生命危险，东去海上，钱乙的父亲也不例外。就在钱乙3岁那年的某一天，父亲默默地收拾了包袱，随后拿起酒葫芦一连喝了几口酒，像是下定决心似的，从荷包里掏出些许的碎银子塞给了小钱乙，嘴里一边不停地念叨着"对不起"，一边头也不回地走出了村子。丢下钱乙一个人，自此以后再无音信。

3岁的孩子，还照顾不了自己，善良的村民及时把他送去了姑姑家里。

钱乙的姑姑，早早就嫁给了当地一名姓吕的医生，两人只有一个女儿。钱乙搬去姑姑家以后，姑姑和姑父把他当作自己的孩子一样宠爱。姑父每次出诊、上山采药的时候都会带着钱乙，慢慢地，钱乙认识的中草药也就越来越多。后来有人拿着不同的药草请教他，他总能对答如流，细细说出草药的生长环境、形状、习性和药用价值。有不相信的人，查阅资料核对，发现钱乙说得竟然和书中一模一样。

■ 钱乙像

小时候的钱乙不爱说话，显得有些沉默和忧郁。细心的姑父发现，每次见到生病的小孩子，钱乙总是表现出很悲痛的样子。察觉了钱乙的内心特点以后，姑父开始有意无意地教钱乙医术，并将一本中古时期巫医仿写的《颅囟经》传授给钱乙。《颅囟经》是为数不多的记载治疗儿童疾病的书。

自此以后，钱乙一边研究《颅囟经》《伤寒杂病论》之类的医学经典，一边跟随姑父学习医术。钱乙刻苦努力，勤奋好学，为了能够更好地领悟《黄帝内经》上所说的“五运六气”，弄清楚人和自然之间的关系，他经常夜晚坐在东平王的墓上观察天体运行，一坐就是一个多月。

春去秋来，滴水石穿，随着年龄的增长，钱乙的医术也在不断地提高，20多岁的钱乙已经是一个小有名气的儿科医生了。这年春天，姑父去世前告诉钱乙，他的亲生父亲应该还活着。钱乙听完大哭了一场，并发下誓言，一定要找到父亲，并将他接回来养老送终。

钱乙以亲生父亲的礼仪安葬了姑父，之后又将表姐嫁了出去。随后他卖掉了姑父的房子，并把钱送到表姐那里，自己开始了一边行医，一边寻找父亲的日子。

去海上十分辛苦，而且前途未卜。钱乙索性在海边建起了一座小茅屋住了下来。一遇到天气晴好的时候，他就会驾着船，向东出发。这样往返了五六次，钱乙才找到他的亲生父亲。同父亲相认之后，他将父亲接回了村里，尽心奉养。村里人听说钱乙将失踪许多年的父亲接回来了，纷纷前来道贺，还写了诗歌赞扬钱乙的孝行。

不忘前志 二度辞官

钱乙擅长治疗儿童疾病的名声越传越远，来找他看病的人也越来越多。

这年，长公主的女儿生病了，许多的太医都束手无策，眼看着孩子越来越虚弱，长公主整日以泪洗面。后来有人告诉长公主说："听说东平的钱乙尤其擅长治疗儿童疾病。您不妨请他来试一试？”听完，长公主急急地派人去请钱乙。但当时的钱乙刚刚喝了酒，被长公主的侍卫带来的时候，还满身酒气。不明所以的钱乙，直到见到躺在床上的小女孩时，才清醒过来。他很仔细地观察了小女孩的脸色，又询问了生病的症状之后，长吁一口气说：“请公主放心，孩子已经没事儿了，明天她的身上就会长出红疹子。”长公主听了之后半信半疑，再闻到他身上的酒气，顿时就生气了，认为他信口雌黄，直接把他轰了出去。

结果到了第二天，长公主真的发现女儿身上长出了红疹，她又急忙请钱乙前去治疗。在钱乙的治疗下，长公主的女儿很快康复了。为了感谢钱乙，长公主授予了他翰林医官院中“医学”的官职。

他刚上任不久，就有一个皇子得了很严重的抽风病，太医们用尽了各种方法也没有治好。这时候长公主向皇上推荐了钱乙。钱乙仔细观察了皇子的脸色，认为要用“黄土汤”来治疗。“黄土汤”就是先把土灶炉膛里被火反复烧灼的，砌炉灶用的土熬成水，再用这水熬制药。皇子服用了钱乙的药之后，病很快就好了。皇帝召见了钱乙，并询问钱乙“黄土汤”为什么能够治疗皇子的病。钱乙不假思索地说：“用土去克制水，就使水平复下来了，于是风也自然就止息了。”皇帝听了很高兴，提升他做了太医丞，赐给了他金鱼符和紫色的官服。

从这以后，钱乙越来越忙，他开始专门为王公贵族的小孩诊治疾病。有个王爷的第七个孩子生病了，王爷就请了钱乙去诊治。钱乙看过这个小孩后，对王爷讲："您的这个孩子没事儿了，过不了多久就会好的。"说完，他停顿了片刻，又指着王爷的另外一个儿子说："这个小孩，不多时会得令人惊恐的暴病，但是三天以后的下午就没事儿了。"王爷看了一眼活蹦乱跳的儿子，生气地对钱乙说："你不过是想多得些利益罢了！"

到了第二天，那个小孩子真得开始四肢抽搐，情况很危急。王爷又急忙请了钱乙医治，三天后的下午，这孩子的病果然就好了。

忙忙碌碌为皇家孩子诊病的日子里，钱乙总是想他立志学医时发下的誓言："使幼子免横夭之苦，使老者无哭子之悲。"年少时期，他立志用医术尽量避免小孩夭折，导致白发人送黑发人的人间悲剧发生。可是做了太医，他的医术就不能惠及更多的百姓了，于是钱乙向皇帝辞去了官职。

此后，年仅9岁的宋哲宗继位，他又传召钱乙回太医院任职。钱乙本来身体就很虚弱，寻找父亲的时候又留下了病根。他自己给自己治疗，将病症转移到了手和脚上，以至于后来他的左手和左脚弯曲不能伸直了。在做了几年太医丞之后，钱乙再一次称病辞去了官职。

回到家乡以后，钱乙不戴帽子、不穿鞋子、穿着宽大的衣袍，几乎不出门，在家里著书立说，并给父老乡亲的孩子医治疾病。在那段时间里，他写了很多的书，如《伤寒论发微》《婴孺论》《钱氏小儿方》，可惜的是，这些书现在都已经遗失了。

不拘成规 自成一家

古代医学家将小儿科称为“哑科”，认为给小孩子医治疾病是相当困难的。因为小孩子多半都不会说话，即使会说话也表达不清。中医多使用切脉法确定病情，小孩子又不配合医生诊脉，所以很难确定小孩子的疾病类型。加上，儿童本来脾脏脆弱与大人不同，用药稍微一错就会出现大问题。

就以钱乙生活的宋朝来说，宋神宗一共有14个儿子，10个女儿，但只有8个儿子、3个女儿活了下来。可见那之前，小孩子的存活率是比较低的，这跟幼儿疾病难以医治有着极大的关系。在这种情况下，钱乙要攻克幼儿病，简直难上加难。

钱乙用了将近40年的观察实践，在前人医学的基础上总结了一整套新的诊治方法——小儿面部诊病法。他认为，医生可以从小孩的脸上和眼睛诊察出小孩子内脏的疾病。比如，小孩子的眼球如果非常红是心热，呈淡红色是心虚热，呈青色是肝热，呈黄色是脾热。这种诊疗方法能够不用切脉就看出小孩的病灶在哪里，并对症下药。

钱乙给孩子治病的时候，用药非常灵活。一天，钱乙和他的弟子正在给患者治病，有一名医生带着一张之前钱乙开的药方找上门来，略带嘲讽地对钱乙说："钱医生，我记得张仲景《金匮要略》中记载的八味丸，一共有八味中草药。而你开的这个方子上只有六味，肉桂和附子这两味药您老忘了吧？"听完，钱乙笑笑，耐心地解释道："我并没有忘记，张仲景这个方子是给大人用的。小孩子阳气足，而肉桂和附子都是益火的药，所以我减去了，用剩余的六味药制成六味丸，避免小孩子吃了以后流鼻血，您看我说得对吗？"这名医生听了很是惭愧，夸赞道："钱医生视情况而下药，用药灵活，老朽十分敬佩。"钱乙所说的六味丸也就是现在我们所说的六味地黄丸的前身。

钱乙去世的时候82岁。他去世以后，他的弟子阎季忠搜集了他生前的医学理论、医案和药方，编撰了《小儿药证直诀》一书。《小儿药证直诀》是我国第一部系统完整的儿科专著，也是世界上最早的儿科著作，是后世人研究儿科的必读医书之一。

钱乙一生致力于研究儿科疾病的治疗，奠定了中医史上儿科的专业地位。明朝著名医学家薛立斋评价钱乙说："有太医承钱仲阳氏，贯阴阳于一理，合色脉于万全，伟论雄才，迥迈前列，可谓杰起而振出者也。”意思是说太医丞钱仲阳，能够用辩证的方法看待问题，仔细辨别病人的外在症状和脉象，找到疾患所在。他高明超卓的言论和出众的才能，远远走在当代人的前面，可以说是当时杰出的人才了。

王惟一：制作第一尊针灸铜人像的医官

在北宋仁宗时期，皇宫中出现了一个新奇特殊的玩意儿，那就是一个跟真人同等大小的铜人。这尊铜人制作工艺十分精巧，上面还用小孔标注着人体的穴位，可以用来做针灸演示。这可是当时世界上第一尊针灸铜人像，是我国古代一个名叫王惟一的医官制造出来的。

整理穴位画出人体图

众所周知，针灸是中国的传统医术之一，也是中医的重要组成部分。皇甫谧和许多医学家们一起总结出了针灸疗法，后广为推行，它在临床治疗中的效果也非常显著。然而，王惟一却是解决针灸疗法推广问题的重要人物。

他深知，针灸疗法在实际运用中存在着许多的问题，比如，人的身体到底有多少穴位，扎在什么穴位分别有什么功效，在扎针的时候扎多深比较合适。当时，这些问题医书中记载的都不尽相同，很多都是经过多次抄写，发生了很多的错处。如果按照着错误的医书去针灸，就很容易让病人产生危险。

此外，王惟一是在医学院给学生授课的。在教授学生的过程中，他也发现了很多医书上记载不一致的地方。如果没有统一的标准，把错误的方法教给学生，也是对学子们的不负责任。于是，作为医学院的医官，王惟一向仁宗皇帝启奏，希望能把人体的穴位和各种扎针的手法进行全国统一。然而，他的请求却一直没有得到皇帝的批复。最后，王维一决定亲自动手来执行此事。

他先是翻阅各种书籍，再结合自己的实际操作经验，对所有的人体穴位一一进行考订。这个做起来并不容易，花费了王惟一许多的时间与精力。他都是边考订边用文字记录下来，后来他发现文字还不够形象具体，于是他画出了一张人体图。他画了人身体的正反两面，并在这张人体图上，把每一个穴位对应的位置标注出来。

在授课的时候，他用这张图给学生们指出穴位，并一一指点如何针灸。学生们看到这张图，理解起来非常容易，效果很好。

制铜人模型配说明书

后来，王惟一对这张图也不满意了，图纸跟真正的人

■ 王唯一像

体毕竟还有很多差距，对于细微的穴位难免会有一定误差。他想，这张图如果能变成立体的，该有多好啊。这样，不仅能让所有的学生清清楚楚地看到每一处穴位，也可以长久保存下来。于是，他产生了一个念头，那就是制作出一个人体模型。

王惟一把这个想法跟其他医官说了，大家都觉得很好，十分赞同，有人提出可以用铜来铸造，这样易于保存。王惟一听了之后也觉得可行，就去找了有经验的工匠询问，看是否能够做出来。

工匠们表示，在技术上是可以完成的，不过会花费很多的时间和财力。最重要的是，要做出一个医学标本，必须得到朝廷的同意。王惟一马上给皇上写了一封奏章，这一次，仁宗皇帝很快就批复了，同意了他的请求，还特别指定他为这个项目的负责人。

王维一接到任务后，马上开始行动，出图纸，做方案。他在画出图纸以后，还一再核对每个穴位以及穴位名称和人体构造，确保无误以后才交给工匠去制作。

在工匠制作期间，他每天都去监督进展，了解工程的进度。有一次，他看着工匠们工作，忽然想到，这份铜人制作出来以后，要告诉每个人所有的穴位以及针灸方法，那真是太难了，为什么不出一本说明书呢？到时候由朝廷统一颁发到全国，成为一本专门的针灸书籍。

很快，他就把这本书写了出来，随后，不到一年的时间，这个针灸铜人也制作出来了。

精细化教具指导学生

王惟一的愿望成真了，工匠们打造出来的两具男性铜人躯体，看起来栩栩如生，标注的穴位也很清晰。他请来皇帝观看，仁宗皇帝看到之后，也觉得很有趣，五尺三寸高的铜人打开之后，还能看到肺腑，十分逼真，因此留了一具保存在皇宫里。另外一具就交给了太医署供教学使用。

医官们用这个针灸铜人来教学，讲授课程，指导学生们进行针刺训练，很是方便。很快，这具铜人就成为了重要的医学教具。

王惟一也用这个铜人来教学，但是他发现，这个铜人还可以改进一下。王惟一找来黄蜡，在铜人身上涂了薄薄一层，将上面标注的字体遮挡住，并把每个针孔里注入水。当学生们练习针灸时，扎对了，孔穴当中的水就会流出来。假如刺入的位置有一点点偏差，水就出不来。这就很好地考察了学生们的学习情况，帮助他们更好地掌握针灸技术。

但让人倍感遗憾的是，这具针灸铜人并没有在宋朝保存下来。宋金交战时，宋朝经常兵败，只好向金朝低头，割地赔偿。金朝向宋朝勒索了很多财物，他们还特意提出来要这具针灸铜人。可想而知，这具世界上唯一的针灸铜人是多么的珍贵。而另外一具铜人，后来在宋朝南迁国都时，遗失了。

到了明代，金朝勒索走的那具铜人，由于年代久远，上头的文字渐渐模糊了，不能辨清每个穴位名称，因此又重新打造了一具新的。这两具铜人一直保存到了清朝时期，后来八国联军攻入北京，它们也被掠夺走了！

宋慈：世界法医学之父

这天傍晚，衙门上下都准备休息的时候，突然有人慌慌张张地跑来禀报说东边巷子里发生了火灾，火虽然已经扑灭，但有一名农夫不幸丧生。刚刚还坐在书案后面静静看书的官员，听到衙役的禀报，急急站起来，顺手拿了放在一边的官帽，大步往门外走，边走边吩咐衙役带路。

这官员赶到现场一看，房间已经烧毁了大半，火显然刚刚扑灭，很多被烧过的地方还冒着青烟。一名妇人正跪在地上抱着已经烧焦看不出面目的尸体，哭得十分伤心，嘴里断断续续地喊着：“你怎么抛下我就去了呢？你不是说小睡一会儿，让我去买点菜煮晚饭吗？”围观的众人听了，都为这位妇人感到惋惜，感叹她年纪轻轻就守了寡。士兵已经仔细勘察了现场，一切现状都表明是这名男子自己不小心引燃了房屋造成的悲剧。

事实已经很清楚了，按说官员应该安排士兵清理现场，做好妇人的慰问工作了。但这官员依然目不转睛地盯着妇人抱着的尸体。只见他命士兵拉开妇人，走上前去蹲在尸体身边，先是打量了尸体的状态，然后掰开尸体的嘴看了又看，随后将尸体翻了过来，见尸体背部并没有前面烧伤厉害。检查完毕，他沉默了几分钟，随后站起身严肃地对士兵吩咐道："将这妇人抓起来，这是杀人放火毁尸灭迹！"妇人大呼冤枉，周围的人也开始议论纷纷，替妇人抱不平，指责官员草菅人命。

见妇人不肯认罪，官员清了清嗓子说道："死者嘴里并没有烟尘，且正面明显比背部烧伤严重，四肢无扭曲，这说明死者是被杀死后遭遇到火灾的！"妇人听到这里，就放弃了挣扎，老实地交代了犯罪经过。原来，她与人通奸，伙同奸夫一起杀死了丈夫，再伪造成火灾。周围的群众见凶手果然是这名妇人，直夸官员断案如神，英明公正！

故事中的这名官员，就是我国南宋时期著名的法医学家宋慈，这个故事也是真实发生过的故事。

少年聪慧 师出名门

宋慈（1186-1249），字惠父，南宋建阳(今属福建南平)人，与程朱理学的代表人物朱熹同乡。

宋慈出身名门，祖上曾是唐朝著名的宰相宋璟，他的父亲曾做过广州节度推官，是节度使幕府掌管刑狱的官员。宋慈从小聪明过人，父亲对他寄予厚望，期望将来他能够成为一个恩德慈及百姓，贤名被永世传颂的父母官，所以对他要求极其严格，并亲身传教。

10岁那年，宋慈拜朱熹的高徒吴雅为师，得到了吴雅以及吴雅同窗黄干、李方子等建阳著名学者的指点。

开禧元年（1205），他进京入太学，因为所写文章发自内心，感情充沛真实，被当时主持太学的真德秀赏识，并收为徒弟。真德秀是当时著名的理学家，在宋慈读太学的时候传授给了他很多的知识。

嘉定十年（1217），宋慈考中乙科进士，被授予浙江鄞县（今浙江宁波）县尉的官职，但正好遇上他父亲生病，于是就没有上任。

文武兼济 四任提刑

宝庆二年（1226），40岁的宋慈初入官场，做江西省信丰县主簿，负责典颁文书，办理事务。他刚上任不久，就遇到江西南部三峒里少数民族发生变乱。当时安抚使郑性之赏识他的才华，要求他参与平定"三峒贼"战乱。他先开仓赈济饥民，然后率兵攻破敌方寨门，活捉了叛乱的首领。主簿任期满以后，他被江西的提点刑狱史聘为幕僚。

不久，他又在老师真德秀的推荐下，进入福建路招捕使陈韡（wěi）的幕府。此后又凭借卓越的军事才能平定了闽中

■ 宋慈像

叛乱。绍定四年（1232），陈韡上书皇帝，赞扬宋慈的才华和功绩，并请求任命宋慈为长汀知县。皇帝应允。

履任长汀知县的时候，宋慈发现，长汀境内盐价居高不下，百姓苦不堪言。经过调查，盐价之所以这么高是因为长汀的盐是从海口运过来的，运一次盐需要半年的时间。为了解决盐价高的问题，宋慈仔细勘察了当地地形，改进运盐的路程，大大节省了运费，降低了盐的价格，解决了困扰百姓多年的问题。

嘉熙三年（1239），宋慈被提拔为广东提点刑狱使，主管司法刑狱和监察。他发现很多官员不认真履行职责，累积着大量没有判断清楚的案件、关押着大量的犯人。为了解决这些积弊，他一到任，立刻着手处理这些悬案和积案，亲自勘查现场，调查取证。仅仅用了8个月就处理了200多个案犯，使得一大批犯人沉冤得雪，还处理了一些贪赃枉法、不作为的狱吏。他的事迹在民间被广为传颂。第二年，他又被任命为江西提点刑狱使，严惩了很多违法的盐贩。

淳祐元年（1241），宋慈任常州军事，淳祐五年

(1245)，又任常州知州，主张重修《毗陵志》。任期满以后，宋慈再一次被任命为广西提点刑狱使。淳祐七年(1247)，上任直秘阁、湖南提点刑狱使，正是这年冬天完成了《洗冤集录》的编撰工作。淳祐八年(1248)，他被封为宝谟阁直学士，掌管刑狱事务，第二年他的官职被提升为焕章阁直学士、广州知州与广东经略安抚使。这年三月，64岁的宋慈与世长辞。

办案严明 古代神探

宋慈20多年的为官生涯中，先后四次被任命为提点刑狱使，也就是高级刑法官员，几乎一生从事司法刑狱工作。这样的工作历程使宋慈积累了丰富的法医检验经验。他认为“狱事莫重于大辟，大辟莫重于初情，初情莫重于检验。盖死生出入之权舆，幽枉曲伸之机括，于是乎决”。意思是说，“杀头，是最重的刑罚，这种刑罚则是由犯罪事实决定的，而犯罪事实必须经过检验才能认定，所以检验的结果往往是生死攸关的。他特别重视现场勘验，要求定罪量刑必须以充足的证据为根据。

有一天，宋慈在翻阅案宗的时候，注意到一名农夫自杀的案件。农夫自杀的案件通常很少，除非迫不得已，否则没有哪个农夫会选择自杀。他想再仔细查阅案宗，却找不到更为详细的情况说明了。于是，他决定趁案发不久，重新审理。他先是打开死者的棺材，重新验尸，发现了许多的可疑之处。之后，又走访死者的亲戚、朋友、邻居，终于查出冤情，牵出一桩强掳良家妇女、杀害无辜的命案。

原来当地有个叫吴良的地痞，仗着有一个做户部尚书的父亲，平日里欺男霸女，无恶不作。这日，他四处闲逛，看上了死者的新婚妻子，于是心生歹念，抢来了死者的妻子，并杀害了死者，再伪装成死者自杀的样子，企图逃过法律制裁。吴良本就有父亲撑腰，又使用了大量的银子贿赂地方官员，所以案发时，这件事就被草草结案了。宋慈重新审理以后，逮捕了吴良，严惩了地方官，这才使得枉死的农夫得以洗刷冤屈。

有一次，衙役来报说有人死亡，死者全身十多处伤，都是镰刀造成的，查来查去毫无头绪。于是宋慈吩咐衙役挨家挨户搜集镰刀，之后将这些镰刀放到空旷的地方晾晒。全村一共有七八十把镰刀，这样真能找出罪犯吗？村里人都抱着怀疑的态度前来围观晒镰刀。

只见不多时，这些镰刀中有一把上面围满了苍蝇。宋慈看到后就派人抓住了这把镰刀的主人，并指着镰刀对大家说："这把镰刀虽然已经清洗过了，但是上面还有血腥气没有散掉，现在是盛夏，镰刀上的气味很容引来苍蝇聚集，因而可以断定杀人者是这把镰刀的主人。"经过审理，被抓的人终于交代了他犯罪的事实。

笔大如椽 千载扬名

宋慈从不轻信口供，凡事讲究实事求是，表现出极强的唯物主义倾向。那时候，在“非礼勿视、非礼勿听、非礼勿言”的观念下，仵作验尸的时候一般都会把隐秘部位遮盖起来以避嫌，这样往往有许多的问题检验不出来。为了能够确实查清真相，还原事发经过，宋慈主张验尸时不能遮盖隐蔽处，所有地方都应该细细检查，看是否有针、刀等致命痕迹。这种做法在当时被视为异类，但是对防止有关人员利用伦理观念掩盖事件真相是非常必要的。

宋慈还发明了很多的尸体检验方法，如用透明的油纸伞检验尸骨伤痕。即先用酒糟、醋浸泡尸骨，露天存放，用新的油绢或者透明的油纸伞遮盖在尸骨上，迎着太阳仔细查看，然后根据出现的相关痕迹判断伤情。如果骨头上有红色纹路，则是骨头被打的地方；如果是骨头断的地方，两边都应该有血晕开的颜色；如果骨头上的痕迹，在阳光下看到的颜色是红色则表明是生前被打的，没有的话骨头即使有折损也是死后造成的。这种检验骨头损伤的方法与现在用紫外线照射有异曲同工之妙，都是利用了光学原理。

晚年宋慈将当时传世的尸伤检验著作加以综合、核定和提炼，再结合自己丰富的实践经验，编撰成《洗冤集录》。《洗冤集录》涉及内科、外科、儿科、妇科等众多领域，材料充实，内容丰富，说理简明，分析透彻。全书约7万字，是我国也是世界史上第一部法医学专著，比意大利人菲德利的《医生的报告》早了整整350年。

《洗冤集录》一经问世，就成为当时甚至是现在的刑狱官员的必读之书，在世界范围内备受关注，先后被翻译成朝、日、英、德、俄等多种语言，成为各国法医学习的蓝本，宋慈也因此被称为“法医学之父”“东方的福尔摩斯”。

宋慈为人勤奋好学、谦虚谨慎，为官公正廉明、有勇有谋。本是儒家出生的他，为了能够掌握相关医学知识，刻苦钻研医药巨著，并坚持将生理、病理、药理、毒理等中医学知识运用于死伤检验的实际中。他用实事求是的态度和一丝不苟的精神对待尸检工作，为我国法医学的发展立下了汗马功劳。

清朝陆心源在创作《宋史翼》时，将宋慈列入了《徇吏传》中，认为其能与辛弃疾比肩。

李时珍：医中之圣

屡试不第，弃儒就医

李时珍（1518—1593），字东璧，湖北蕲（qí）州（今湖北蕲春县蕲州镇）人，是我国古代伟大的医学家和药物学家。

李时珍出生于医药世家，他的祖父是游方郎中，父亲李言闻也是当时的名医，曾做过太医院例目。据说李时珍本名“石珍”。他出生的那天，也就是明武宗正德十三年（1518）5月26，李言闻正在雨湖上打鱼。他连续撒了好几次网都一无所获，垂头丧气，心里盘算着“这最后一网要是还没有收获的话，就收工回家”。没想到最后一网拉起来的时候感觉沉甸甸的。“应该是条大鱼”，他这么想着，便迅速地将网拉了起来。

结果打开一看，竟然是一块大石头。李言闻看着石头感叹道：“石头啊石头，你也来气我啊，何苦这样捉弄我呢？”刚说完，石头竟然开口说话了：“石头是前来贺喜的，先生的

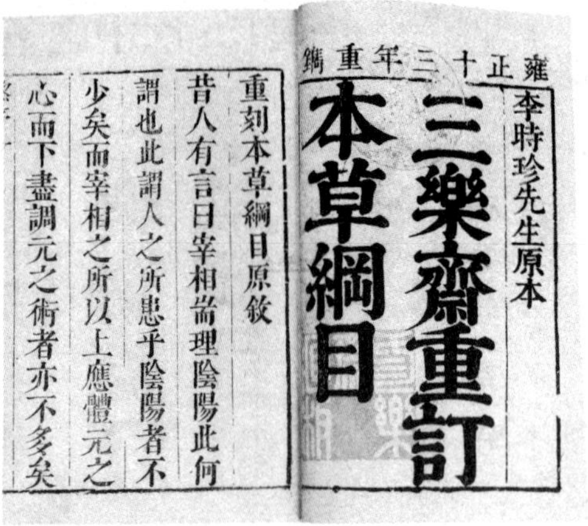
雍正十三年重鐫
李時珍先生原本
三樂齋重訂
本草綱目

重刻本草綱目原敘
昔人有言曰宰相當理陰陽此何
謂也此謂人之所患乎陰陽者不
少矣而宰相之所以上應體元之
心而下盡調元之術者亦不多矣

■ 《本草纲目》书影

娘子不是马上就要生小孩了吗？”原来这石头竟然是雨湖神变化而来的。李言闻听完，匆匆赶回家，正好儿子出生，于是起名叫“石珍”。

李时珍生活的年代，医生的地位比较低，生活艰苦，所以李言闻很反对李时珍学习医术，希望他认真学习儒家经典著作，有朝一日能够金榜题名，光耀门楣。但是李时珍并不热衷于科举考试，14岁的时候随父亲到黄州府考试中了秀才，从那以后，他又三次去武昌参加考试，可惜都名落孙山了。于是他放弃了做官的打算，决心学习医术。

为了说服父亲，他给父亲写了一封信，信上说：“身如逆流船，心比铁石坚。望父全儿志，至死不怕难。”意思是：“父亲，我做什么都能坚定目标，毫不动摇，求您成全我的愿望，再苦再难我都不害怕。”看到儿子义正词严的话，又想到他三次考试均未及第，李言闻也就打消了要求李时珍学习八股文参加科举考试的念头，开始教李时珍学习医术。

李时珍有个哥哥叫李果珍，小时候父亲经常带着兄弟俩出诊，偶尔也会让他们帮忙誊抄一下药方。李时珍耳濡目染，渐渐地知道了不少医学知识和技能。有一天，父亲带着哥哥去行医，只留下李时珍一个人在家。这时，来了两位病人，一位火眼肿痛，一位腹泻不止。正在读书的李时珍见到有病人来求医，赶紧放下书，礼貌地跟病人说："父亲要到晚上才回来，你们还是去找别的医生看吧！"但是这两位病人十分痛苦，苦苦哀求。心软的李时珍思考了很久，对他们说："那要不我先给你们开个药方试试？"病人实在难受，就同意了。李时珍果断开了药方，抓了药，就送病人回家了。

傍晚父亲回来，发现李时珍给病人开了药方，心一下子提到嗓子眼儿了。严厉地责问他道："病人是什么症状，你都开了哪些药？"李时珍小心翼翼地将药方递给了父亲，又细细讲述了病人的症状以及用药的药理。等李时珍讲完，父亲长吁一口气，夸奖李时珍用药恰到好处。他的哥哥在一边，看到父亲对弟弟赞不绝口，十分羡慕。

赶巧，没过多久父亲带着李时珍出诊的时候，独自在家的李果珍也遇到了眼睛肿疼和拉肚子的病人。他想要获得父亲的赞扬，就把之前弟弟开的药方原封不动地给了病人。结果第二天，这两个病人都找上门来，说病情加重了。李言闻这才知道大儿子给人私自开了药方，狠狠责罚了他。李果珍很不服气，质问父亲："为什么我给病人用这些药是错的，而弟弟就是对的？"父亲说："这两次的病人看起来症状差不多，但实质上病灶部位却不一样，当然要用不一样的药方。”

这件事让李言闻意识到李时珍学习医药的天赋，更加坚定了教他医术的想法。在父亲的精心教导下，李时珍的医术突飞猛进，22岁已经能给病人看病了。

明世宗嘉靖三十年（1551年），33岁的李时珍因为治好了富顺王的儿子，一时间名气大盛，被楚王任命为王府的“奉祠正”，主要管理良医所。五年后他又被推荐为“太医院判”。在太医院工作没多久，他就以潜心著述为由辞掉了官职，开始四处行医，积累本草知识。

躬行实践　遍尝百草

有一次，李时珍正在给病人看病的时候，突然一帮人推搡着一名郎中来找他。他细细盘问才知道，原来为首的年轻人的父亲吃了这个郎中开的药，病情不仅没有好转反倒加重了，但是郎中又坚持说用药没错，于是大家商量着找他来评评理。知道缘由以后，李时珍对年轻人说：“把给你父亲煎药的罐子和药渣拿来。”年轻人连忙把药罐递给了他。拿到药渣以后，他抓起药渣仔细闻了闻，又放在嘴里嚼了嚼，然后告诉大家：“这是古代医书上的错误，古书上将漏篮子和虎掌混为一谈，你们别责怪这名郎中了。”大家这才在李时珍的劝说下，把郎中给放了。

这件事让李时珍发现，古代本草书目中药物名称不准确、药性不明晰、许多药物没有记载等问题越来越多。有生之年一定要编撰一本完整准确的本草书目成了李时珍最大的愿望。《本草纲目》就是在这样的情况下诞生的。

即使准备充分，真正动笔的时候也困难重重。"读万卷书不如行万里路"，为了验证前人的记载，李时珍背起药篓，穿上草鞋，开始走访民医宿儒，搜求民间药方，收集和观察药物标本。

李时珍听人说北方有一种叫作曼陀罗花的药物，吃了以后会让人手舞足蹈，剂量大的话还会失去知觉。为了能够验证曼陀罗花的药性，他多次去北方寻找，后来终于看到了曼陀罗花—— 一种只有一根长长的茎，叶子像茄子叶，花朵早上绽放晚上闭合的植物。他还亲自尝了尝这种植物的药性，认为这种植物可以作为麻醉剂，先给病人服用后再给病人针灸、割去疮口，这样病人就不会感觉到疼痛了。

医书中记载蕲（qí）州产的白花蛇又叫蕲蛇，能够医治风痹（bì）、惊搐（chù）、癣癞（lài）等疾病。李时珍多次跑去蛇贩子那里观察这种蛇。后来有人告诉他蛇贩子那里的并不是真正的蕲蛇，只是从江南兴国州山里捕捉来的，外形很像而已。为了弄清楚真的蕲蛇的药用功效，他特意找了捕蛇的人请教。捕蛇人说："真的蕲蛇牙尖有毒，如果不小心被他咬伤，要立刻截肢，不然就会中毒身亡。虽然蕲州很大，但它只在龙峰山上活动。”在李时珍的再三恳求下，捕蛇的人答应带李时珍上龙峰山。龙峰山上有个狻猊（suān ní）洞，洞的周围生长着茂盛的石楠藤。蕲蛇喜欢吃石楠藤的叶子，所以经常在这周围活动。李时珍跟着捕蛇的人上山，躲在狻猊洞里，仔细观察他们捕蛇、制蛇的过程。后来他将捕捉、炮制蕲蛇的过程，以及蕲蛇同外地白花蛇的区别等十分详细地记载到了《本草纲目》中。

还有一种叫鲮鲤（líng lǐ）的动物，也就是现在我们所说的穿山甲，是常用的中药。陶弘景在《本草经注》中介绍它是水陆两栖动物，白天爬上岩石，打开鳞甲，装出已经死去的样子，引诱蚂蚁进入甲肉后闭上鳞甲，回到水中再打开鳞甲，让蚂蚁浮出水面，慢慢吞食。为了证实这种说法，李时珍亲自去山里观察穿山甲，最后发现穿山甲确实以蚂蚁为食，但它是先打开蚁穴，随后舔食蚂蚁的。了解了穿山甲的习性后，李时珍在《本草纲目》中对陶弘景的说法做了进一步的修改和完善。

李时珍以《证类本草》为参考，翻阅了八百多部古代医学书籍，走遍湖南、湖北、广西、直隶等名山大川，亲尝百草，用了近40年的时间编写《本草纲目》。《本草纲目》全卷约190万字，收纳本草1892种，记录药方1100余种，附药物形态图1100余幅，是明朝以前我国最完整、最系统、最科学的一部药学著作。万历二十一年（1593）李时珍去世，三年后这本书刊印，先后被翻译成日、朝鲜、拉丁、德、英、法、俄等多种文字，在全世界广为流传。被英国生物学家达尔文称为“中国古代的百科全书”。

李时珍极具批判性和创新性思维，他发现古籍上除了草药记载有纰漏外，关于脉学也存在缺憾甚至谬误。于是他在完成了《本草纲目》的编写工作之后，又以他父亲所写的《四诊发明》和历史上名医对于脉学的观点为参照，编著了《奇经八脉考》《濒湖脉学》《五脏图论》等多部著作。

作为一名医术高超、学识丰富的医生，李时珍不慕名利，敢于挑战古代医学权威，对医学典籍提出质疑，且为了编写《本草纲目》等书籍不惧路途艰难、不畏严寒酷暑亲身实践的精神是永远值得后人学习的。他为中医的发展和传播做出了极大的贡献，被后世人称赞为“药圣”。

陈实功：精通内外科的医学名家

在中国古代，外科医生并不受社会重视。外科医生被称为“外科医”，外科医疗技术被当作“小技”，足见地位之低下。随着时间的推移，外科著作逐渐增多，人们逐渐发现外科的重要性，也出现了一些水平高超的外科医生，这个职业才逐渐得到更大的尊重。其中，值得一提的是，明代出现过一位名叫陈实功的外科医生，他高超的外科技术拯救了许多生命，还著作了有名的《外科正宗》，对中医外科学做出了巨大的贡献。

喜爱医学的少年

少年时期的陈实功就展现了对医学的浓厚兴趣，并励志以此为职业，成年之后，他如愿成为了一名杰出的医学名家。他不仅精通外科，对内科也颇有研究。要知道，内科的病不一定需要外治，但是外科病却需要内治。明代著名的文学家李攀龙就说过：医治外科的病，比医治内科的病要难。

在诊治病人时，一定要先判断他的病况，弄清楚先外治还是先内治，还有的是需要同时外治和内治。因此，医生本身的医术和临床经验就很重要。正是因为掌握了这些，陈实功才成为医学名家。

他曾经遇到一个病人，得了花柳病，身上有两个地方都溃肿了，疼痛难忍。陈实功通过检查作出了诊断，要先做手术泄去毒气。然而，那个病人因为害怕做手术，抱着侥幸的心理去服用解毒的药物，结果身上的溃肿不仅没有消失，反而更严重了，甚至开始化脓，筋骨也开始疼痛起来，连走路都困难。

他再次找到陈实功。这一次，陈实功根据病人病情的变化，给出了新的诊断，要先内治，补足病人流失的元气，然后再进行外治。谁知道，这个固执的病人又没听从陈实功的建议，回去仍旧服用解毒的药物。这样一来，可想而知，病情越来越严重。病人的元气不断流失，身体越来越虚弱，最后卧床不起，甚至无法入睡。情急之下，他赶紧又让人去找陈实功来治疗。

第三次，陈实功先是给他开了一些增加元气和安神入眠的药物，他吃了之后，果然恢复了一些精神。随后，陈实功又给他服用解毒的药物。就这样，经过半年的调养，病人终于恢复了健康。

自制器械做高难手术

在古代医疗条件落后的情况下，要做高难度的外科手术是非常困难的。陈实功做到了，而且他还会自已制作医疗器械，来辅助完成手术。

曾经，有一户人家因为遇到了强盗，几口人都被割断了喉管，奄奄一息。旁人见了，都认为这必死无疑。陈实功听到了这个消息，他马上赶到了现场。通过检查，他发现这些人还有气息，身上也还有热量。因此，他果断地决定马上进行外科手术。要知道，这种喉头吻合的外科手术难度极高，一不小心就会失手。当时的绝大多数医生都没有这个胆量敢实施这个手术。

他先拿丝线帮病人缝合了伤口，然后撒上了伤药，然后拿出四五层绵纸护住伤口不让药粉散落。接着，他把病人的头部用一个高高的枕头垫起来。在经过了初步的抢救之后，病人们都恢复了生机。这时候，陈实功开始给他们服用汤水和药物。就这样，濒临死亡的病人们都逐渐恢复了。

在后面的护理阶段，陈实功也处理得很完美。换药时，他会先用葱汤来洗一下创口再来涂抹膏药，极大减轻了病人的痛苦。很快，病人的伤口长出了新的肉芽。他又让病人开始调理身体。通过服用陈实功开的药物，一到三个月的时间，几个病人都痊愈了。

还有个得了鼻痔的病人，鼻孔当中长了一些如同石榴子一样大小的瘤子。这些瘤子开始触碰也不痛，因此病人并没有在意，任由它长大。后来，瘤子越来越大，露出鼻孔，鼻子被撑得变形，已经影响到了呼吸。他找到陈实功之后，得知要接受手术，把瘤子割掉，内心十分紧张。

这时候，陈实功耐心地安抚病人，并且拿出了一个自己制作的医疗器械，给病人解释手术的原理。这个医疗器械很简单，只不过是把两根细小的铜筋两头钻了小孔，然后穿入丝线。只需要把铜筋伸到病人的鼻子内，找到肉瘤的根部，然后拉动丝线，就可以去除肉瘤了。

他先把麻醉药粉放入病人的鼻孔，等药性起来后，才实行手术，将肉瘤一粒粒摘除。随后，又用头发灰和象牙末给

■ 陈实功雕像

病人止血。手术结束后，病人恢复了正常的呼吸，跟得病之前一样，一点也不难受了。

治病一视同仁

尽管陈实功的医术高明，逐渐被人们所推崇。但是他并没有因此而抬高身价，提高诊金，在治疗的时候更不会去挑选病人。他明确提出做医生一定要尊崇“五戒”和“十要”。“五戒”主要是医生不能计较诊金多少，不能离开医务岗位，病人只要有气息就要抢救，要一视同仁不能区分穷人和富人来治疗等等。另外，“十要”的主要内容是医生要专心研读古代医术并且细心领会以此来提高医疗水平，要精心挑选药物，不可以粗制滥造等。

要知道，制定规矩很容易，但是要做到却很难。陈实功却是用行动来实践自己提出的“五戒”和“十要”。他对待所有的病人，态度都是一样的。如果遇到贫穷的病人，或者是游历的和尚道士来求医，他还经常免除诊金，甚至免费送药给他们。假如他们生活上有困难，他也会尽力帮助。另外，陈实功还出钱修路搭桥，收留无家可归的难民。他真正做到了“医者父母心”，以仁心来行医做事。

曾经有一个苏州的高官，他是一位孝子，因为母亲背部化脓而心急如焚，他请遍了江南的名医也没有治好。最后，他得知了在通州也就是今天的江苏省南通市，有一位远近闻名的外科专家陈实功，于是，马上派人去请。

陈实功到了之后，病人已经呼吸薄弱，危在旦夕。但他并没有放弃，他竭尽所能，最终把老太太救活了。高官十分感激陈实功，因此送了他许多财物和丝绸。陈实功拒绝了这些赏赐，只提出希望高官能把通州南门的一座木桥改成石桥，来方便百姓。高官听了之后十分感动，马上同意了。就这样，陈实功的高尚医德也逐渐传遍了江南地区。

傅青主：德艺双馨的“医仙”

在古代，人们经常会把医术高超的人神化，来歌颂他医术的高明。其中，有一位民间医生，被老百姓们称为“医仙”，他就是傅青主。大家这么称呼他，完全是出于对他的喜爱和赞美。他这个人多才多艺，你说他的字写得好，但是他的诗却更出色；你说他的诗写得好，但是他的画却画得更好；你说他的画画得好，却远比不上他的医术高明；你说他的医术高明，却比不上他的人品好。总而言之，傅青主就是一位德艺双馨的大好人，被大家所推崇。

为人正义不抢功

傅青主，出生于一个地主阶级知识分子家庭。从小就饱读诗书，15岁就考上了秀才，此后仍在追求学问这条路上孜孜不倦。29岁时，傅青主进入山西三立学院深造。当时，这家书院的院长袁继咸因为对宦官弄权、官场腐败的现象发表不满，因此得罪了山西巡按御史张孙振。张孙振为了报复袁

■ 傅青主像

继咸，竟然刻意给他编造了一个罪行，告到朝廷，使得袁继咸被押解到京城查办。

正义的傅青主为了救出袁继咸，号召全省的秀才们一起到京城帮院长申诉冤情。等到了京城，他写好了诉状，组织大家一起签名，并呈交到上头。当时，通政司这个部门就是专门接收百姓的诉状，但因为通政司的负责人和张孙振的关系很好，就刻意阻扰这次的上书。

在这种情况下，傅青主并没有放弃，而是印制了很多传单，跟所有的秀才们一起在街上分发。他希望能通过百姓的言论让皇上知道这件事，找机会伸冤。功夫不负有心人，朝廷派到民间打探民情的官员将这件事情转告给了崇祯皇帝。

皇帝派人严查此事，果然查出了张孙振贪污的事实，于是派人将他抓进了大牢。为了推进案件的审理，傅青主带着秀才们一起去找宰相请愿，甚至包围了宰相的轿子。最后，这件事情终于得到了圆满解决，院长被放出来，张孙振被定罪。

到了第二年秋天，新上任的山西提学使因为是主管教育行政这一块的，他想提拔傅青主为“优生”，以此来褒奖他的正义行为。然而，傅青主却拒绝了，他认为，救出袁继咸是所有秀才的功劳，不应该让他一个人来领走这个功劳。

巧思妙计治百病

到了公元1644年，也就是崇祯皇帝十七年，明朝首都北京被攻破。清王朝当政以后，要求所有的男子都不能留辫子。傅青主认为这是一种极端的民族压迫，为了留住自己的头发，他选择出家当道士。

成为一名道士以后，傅青主就四处流浪。因为他擅医理，精通内科、外科和妇科，其中尤其擅长妇科，所以他每到一个地方就有人请他看病。

傅青主跟一般的医生不同，他善于运用巧思来治病，有时候只是一两味普通药材，甚至是随处可见的东西，就能轻易地帮病人治好病。

有一次，有一个妇人因为劝阻自己的丈夫赌博被打，因心情郁闷而得了气鼓。她的丈夫急匆匆地来找傅青主，请他帮忙医治自己的妻子。傅青主随手抓了一把野草，并跟他说：“你回去以后，在妻子面前，用小火慢熬它，熬制的时候必须要和颜悦色。每天吃完饭就开始熬制，每天熬制个十几次。”那男人回去照做，不出三天，他妻子的病情就好了。

有好奇的人去问傅青主，为什么普通野草也能治病。傅青主解释道：“因为她本来就只是跟丈夫怄气，并不是得了什么病。当她看到丈夫低声下气地给他熬药，她的气也就慢慢消除，自然就好了。”当然，傅青主肯定不会随便选择野草给病人，他会根据病人的情况选择，不过他并没有说是什么草药。

傅青主还会诊脉，他只需要用两根手指头按一下病人的脉搏，即使是病人难以启齿的病因，他也能诊断出来。曾经山西有个巡抚的母亲生了病，托一位县官请傅青主来治疗。傅青主提出不愿意见贵人，于是由县官陪同他给巡抚的母亲治病。

把完脉之后，傅青主生气地说：“这位病人真奇怪，这么大年纪怎么得了这个病？”县官不好直接问，只好侧面打听。傅青主告诉他，巡抚母亲得了相思病，而且是昨天中午得的，随后开了个药方就离开了。

县官把傅青主的话转达给巡抚，巡抚就去询问母亲最近可是有什么心事。巡抚母亲知道了傅青主的诊断，感慨地说道：“这真是神医啊，我昨天收拾东西，看到你父亲的一双鞋子，就开始思念他。”巡抚母亲服用了傅青主开的药方后，没多久就好了。

曾经还有位年轻人得了很严重的感冒，到了傅青主那里，他却没有开任何药方。当时，因为城里没有水井，居民需要用水就必须到买水处去买。卖水处是指一个人拉了一辆牛车，上放着一个大水箱放，水箱上有个木塞子，把木塞子一拔出来，水就流出了。傅青主让那年轻人第二天一大早把水箱的木塞拔下来，迅速跑到他那里换药方。

第二天，年轻人果然一大早就去卖水处拔了木塞，马上奔跑到傅青主那里。到的时候，他已经是满头大汗，傅青主看到了很开心："你的重感冒就是要出汗，现在你已经好了一大半，快去给人家付水钱。"说完还给年轻人开了药方。原来，傅青主的药方就是要在病人出汗之后服用才有疗效。

傅青主也极其擅长妇科，还特别写了一本《傅青主女科》，在书中详细介绍了妇人的血脉、妊娠、小产、难产、正产等各种产前产后问题以及如何护理、调养的方法等。此外，他在书中记载的生化汤，几乎是每一位产妇都会服用的。

拒绝入仕远喧嚣

在傅青主47岁的时候，遭遇了一个劫难。因为他的朋友宋谦偷偷地进行反清活动被捕，在被审理时，他提到了傅青主。事实上，傅青主并没有参与宋谦的反清活动，但表示了支持的态度。

很快，衙门就将傅青主抓了起来。但傅青主又不甘心就这么被杀掉，因为宋谦被捕后不久就被杀了，傅青主利用朋友宋谦已死，无人知道事实真相的情况，为自己进行辩驳。无论官府如何拷问他，他都坚称自己与宋谦无关。而且他声称宋谦曾经邀请他去给一个官员子弟治病，被他拒绝后怀恨在心，因此故意诬陷他。

几次审讯无果，官府上报之后，又对傅青主进行复审，最后判定他无罪，释放了他。他也因此逃过一劫。

后来，清政府巩固政权之后，开始改变政策，积极吸纳汉族知识分子，予以高官厚禄，广招贤才。皇帝亲自下令，只要是有才能有学问的人，不管是在任的官员还是普通百姓，只要得到一定品级的官员推荐，在他亲试后，就可以被朝廷提拔和录用。

傅青主的才华、人品和医术早就在民间广为流传，很快就有官员推荐他。但傅青主不想入朝当官，就借口自己有病，无法去京城考试。但他的拒绝并没有被接受，很快就来人将他抬到了京城。到了京城，傅青主又借口旅途劳累，无法去参加考试。当朝宰相十分欣赏他，坚持到皇帝面前推荐傅青主。因此，皇帝依旧赐予了他官职。

傅青主从京城回去后，当地官员都来拜见他。谁知，傅青主态度十分冷淡，谁提及他的官名，他更是爱搭不理。县官得了命令，要在他家门上悬挂一个牌匾，傅青主也不肯。为了躲避这些烦扰，从那以后，他还搬到了农村，从此远离喧嚣，更不与官员们接触。

朱震亨:“滋阴派”先驱

生性慕侠义

1281年11月28日,丹溪绕村而过的婺(wù)州义乌赤岸镇一处庭院内,张灯结彩,下人四处奔走,忙得不亦乐乎。一打听才知道是这家的主人刚添了个儿子,取名朱震亨,表字彦修,为了庆祝,主家正在大宴宾客。

朱震亨小时候极其聪明,看过一遍的文章就能背诵,先生教习的东西很快就能掌握。长辈都很看重他,认为将来他一定能够考取功名,光宗耀祖。然而,15岁那年,他父亲因病去世,家里的叔伯长辈也相继去世,家境从此没落。

那时候如果家里没有主事的男丁,孤儿寡母的很容易受欺负。没了父亲遮风挡雨,朱震亨必须自己坚强起来,于是他放弃了学习儒家学说,开始崇尚侠义,性格也变得争强好胜了。如果同乡的名门望族仗势欺负朱家,他必定会一纸诉状将其告到官府去,如果官吏置之不理,他就会召集朋友去衙门围堵。一时之间,大家都不敢再欺侮朱家了。

■ 朱震亨塑像

除了维护自己家族的利益，朱震亨还积极为人民谋福祉，扶贫济弱。他住的村子里有一处叫蜀墅塘的大水库，修建于南宋时期，四周总长约3600步，能够灌溉6000多亩田地。但当时水库的堤坝被损坏，不能储存水了，多次造成旱灾，连续好几年人们都颗粒无收。眼看着挨饿的人越来越多，朱震亨决定带领村民修筑堤防、开凿水渠，解决了很多百姓因为干旱造成庄稼没有收成的问题。

朱震亨22岁那年，郡府要求各州县村民上交“包银税”。村民本就十分贫苦，一日三餐都极难保证，哪里来多余的银子上交呢？一时间怨声载道，见村民都为“包银税”愁眉苦脸，寝食难安。朱震亨便带领乡亲抗命，并大胆地建议地方官员向富户豪绅多征税。官员采取了他的建议，并减少了村民的交税数量。

十多年后，30多岁的朱震亨再一次迎来他人生的转折点——他的母亲生病了。尽管四处求医，散尽家财，依然没有治好母亲的病。不忍心母亲受疾病折磨，朱震亨决心钻研医术，亲自为母亲治病。

拜师苦求学

下定决心学习医术以后，朱震亨找来许多前人的医学典籍，夜以继日、废寝忘食地研究起来。虽然他本人十分聪慧，但此前并没有正式接触过医学，很多的东西都看不明白。这时他听人说东阳八华山上隐居着一位擅长儒学和医学的大师许谦，是儒学大家朱熹的第四代弟子，虽然终年卧病在床，但远到河北、山东，近到荆州、扬州等地方的书生，都不怕路途遥远前来听他讲课。于是朱震亨便收拾衣物前去八华山求学。

许谦本人不慕名利，对待学生因材施教，讲学内容生动有趣。朱震亨听了许谦老师的教导后，十分后悔自己以前没有认真学习，于是更加勤奋刻苦了。他每天与同学讨论问题或者研习书本直到深夜。就这样过了几年，朱震亨学有所得，自己抓药治好了母亲的疾病，并打算参加科举考试。

遗憾的是，第一次参加乡试他就落榜了。于是朱震亨放弃了通过科举考试求取功名的想法，在他祖上所建的"适意亭"的旧址上，重新建造了几间祠堂，开始在祠堂中仔细研究诸子百家的经典著作。

当时全国非常流行陈师文、裴宗元所编撰的《和剂局方》，朱震亨阅读之后，发现这本书中还存在许多的不足之处，但他家乡并没有好的老师可以请教。于是他收拾了行李，拜别了母亲，开始周游四方，寻访名师。凡是听人们说哪里有著名的医生，他一定前去拜见访问。

他走过了许多的地方都没有遇到理想的老师，直到44岁那年，听人说钱塘（今浙江杭州）有一名叫罗知悌的医生，便上门拜访。

罗知悌医术十分高超，是刘完素的学生荆山浮屠的徒弟，曾在南宋朝廷做御医，宋朝灭亡了以后便隐居钱塘，继续钻研医术。朱震亨前去拜师的时候，他已经82岁了，感到自己时日无多，整日在家整理医学著作，很少见人，更不收徒弟，甚至以为朱震亨是想窃取他的医学心得，十分不待见朱震亨。

但朱震亨并没有放弃，坚持每天都上门拜谒，拱手站在罗知悌的门前，静静等候接见。就这样风雨无阻的过了三个月，罗知悌终于肯接见朱震亨了。见面后朱震亨礼貌地对罗知悌说："我学习的医术多来自于扁鹊的《素问》《难经》两部书，但生活中患湿热病的人很多，光从这些书中找不到答案，而张从正等医家的理论，或重外伤，或重内伤，都不是最好的治疗办法。还请先生教教我。""治疗湿热病应该滋阴降火"，罗知悌答道。二人就这样你来我往地交流了许久，相谈甚欢，一见如故。不多时，朱震亨便拜了罗知悌为师。

几年后，朱震亨学成回到家乡，乡里的医生都为朱震亨学到了高超的医术感到震惊，仔细研究了他开的药方，很多人都嘲笑他学的医术不伦不类。朱震亨并没有跟大家辩驳，而是治好了许谦的病，帮助许谦站了起来。从那以后，上门来求医的人络绎不绝。朱震亨不论严寒酷暑、雨雪天晴，总是有求必应。

功绩标青史

朱震亨晚年整理自己的行医经验和心得，为后世人留下了一大批重要的医学著作，如《格致余论》《局方发挥》《金匮钩玄》《本草衍义补遗》等，对杂病的治疗和医学理论的传承做出了重大的贡献。

朱震亨开创了"滋阴派"，提出"阳常有余，阴常不足"的主张。阴是指精血，阳是指气火，即由于精血亏损所产生的虚火。他认为正常人体是有火存在的，可以通过人的各种活动表现出来，而这火可以分为属于五行之火的君火，和源于先天之无的相火。要去火必须饮食清淡，清心寡欲。朱震亨利用这种理论治疗病症，通常一服药就能根治疾病，因此他也被世人尊称为"朱一贴"。

朱震亨的养生理论，在今天依然有极大的现实意义。他认为饮食过于油腻、辛辣，都是盛阳气，衰阴气的，年轻人应该多吃五谷杂粮，以及蔬菜、水果等生长在自然界中的食物。此外朱震亨还认为人要多运动，才能保证身体康健。

据说，有个姓冯的财主，本有三个儿子，但只养活了老三，因此对这冯老三是极尽宠爱。冯老三很喜欢吃肉，几乎到了无肉不欢、无肉不吃饭的地步。顿顿大鱼大肉，很快他就胖得路都走不稳了。为了医好儿子的病，冯财主四处打听。听说义乌有一个叫朱震亨的医生，很擅长治疗疑难杂症。冯财主便带着儿子前去求医。朱震亨详细询问了冯老三的症状和生活起居特点以后，对冯财主和他儿子说："这种病只有一种叫'妙灵丹'的药可以治，但这种药只生长在大安寺塔后的乱石堆里，且必须生病者本人去采集才会管用。"

这以后冯老三就按照朱震亨所说，每天上山去找妙灵丹。日复一日，年复一年，始终没有找到"妙灵丹"，但冯老三却因此体重越来越轻，人越来越壮实，身体也一天天灵活起来。直到有一天，他在乱石堆里发现了一张纸条，上面写着"活动就是灵丹"。冯老三这才明白，朱震亨给他治病的药方就是"活动"二字。

1358年，78岁的朱震亨去世。他并没有留下任何遗嘱，只是将正在学医的侄子叫到床前，对他说："医学亦难矣，汝谨识之！"意思是："学习医学是一件非常艰苦的事情，你一定要谨慎认真对待！" 说完这句话，他就端坐着去世了。

朱震亨学医虽然晚，但刻苦努力，不仅开创了"滋阴派"，还提出了以气、血、痰、郁辩证治疗杂病的方法，对明清医学的发展有深刻的影响。其医学理论更是远传海外，备受日本医学家的推崇。朱震亨也因此与刘完素、张从正、李东垣一起被尊称为"金元四大家"。

吴有可：著《瘟疫论》的明代大医

“瘟疫”在我国古代就出现了，患病之后，重则几天内死亡，轻则留下严重后的遗症。直至现代，瘟疫仍然是最令人感到害怕的病症之一。

在现代，瘟疫分为烈性传染病和一般的急性传染病。古代，人们的医疗条件并不先进，对瘟疫缺乏了解和治疗经验。直到明朝末年，出现了一位有名的医学家吴有可，他通过深入研究、总结自己的经验所得，写出了《瘟疫论》，从而使得世人对瘟疫有了新的认识。

弃官从医 救济世人

明朝末年时，连年的战乱使得民不聊生，很快又爆发了大规模的瘟疫。最严重的一次，瘟疫蔓延到了江苏、浙江、河北、山东等几个省份，死亡人数高达几十万。吴有可的故乡位于江苏省吴县，在古代称为姑苏洞庭。他目睹了瘟疫的可怕场景，许多人得病之后传染给家里人，一家十几口人都没能活下来。场面之悲惨令人震惊，吴有可暗自下定决心，要放弃科考，改而从医，希望能通过医学来救济世人。

其实，在吴有可之前，历代的医学家们也研究过瘟疫，但是他们的研究并没有抓住根本，不管是对瘟疫产生的原因、传播途径、特点和治疗方法，都缺乏系统的研究。正因为这个原因，以前的医师们都将瘟疫当作伤寒来治疗，这从根本上就是错误的，最终只会让病人因得不到正确的治疗而失去生命。在封建的朝代，竟然还有愚昧的医师将瘟疫看作是老天降下来的恶魔，又害怕被传染而拒绝接触病人。

吴有可在从医之后，始终对瘟疫保持着极高的关注。瘟疫到底是怎样产生的呢？如何才能对它进行有效治疗呢？他觉得，只有接触了瘟疫病人，通过观察研究才能发现原因，找到治疗方法。因此，这位胆大的医生决定深入到疫区研究。

深入疫区 研究病症

吴有可到达瘟疫区之后，去看望了很多病人，观察他们的症状，记录下他们的病情。通过大量的医疗实践，他发现，瘟疫具有极大的传染性，只要是瘟疫爆发区，不论是男女老幼都会感染上。而且，如果不及时治疗，三两天之内就会死去。

随后，他走访了一些得瘟疫的村落，又发现尽管每个地方得病的人数、性别和年龄都不相同，但只要是被传染了，都有相似的症状。

在所有的瘟疫病人中，最容易被传染的是小孩。体质不同的话，也会产生差异化。假如说，有三个人在同一天早上的浓雾天气出门，空腹的那位患病后死了，喝过酒的患病后却没有死，吃饱饭根本没有被感染。

瘟疫也会在动物中爆发。但是吴有可又发现，在同一个瘟疫区里头，总是羊不得病，牛却得病了。鸭不得病，鸡却得病了。这些牲畜不得病的话，人却得病了。

这是什么原因呢？吴有可认为，这可能是因为“气”不同。而这种“气”他称之为“戾气”。

有一次他到一个村庄去治疗一位瘟疫病人，发现他是六月间得病的，症状主要是口干舌燥，而且舌苔上生出了像锋芒一样的刺。这个病人不断地喘气，说自己的喉咙肿痛，腹部胀气，口渴时想喝冰水。晚上排便时，小便是红色的，全身冰冷。给他把脉时，发现他的脉搏微弱地如同丝一般。

之前有医生给出了诊断，认为这是阴症。吴有可给出不同意见，认为病人是阳症，应该用大承气汤来治疗。病人的妻子听到了不同的诊断，犹豫不决，于是又请了一位医生。这位医生认为病人是阴毒症，应该给肚脐之下的丹田针灸。没办法，病人的哥哥又请来三位医生，他们都认为是阴症。

最后，家属们就决定听从大多数的医生意见，按照阴症的方法来治疗，结果病人吃了药之后，喉咙如同火烧，没多久就因误诊而死亡。

在经历了很多这样的调查和治疗后，吴有可认为，应该写一本专门的著作，给后来的医学家们一些指导，以防再发生这样的误诊事件。当年，张仲景就是觉得伤寒的危害大，于是写出了《伤寒论》这本著作。

著《瘟疫论》 造福后人

在那之后，吴有可开始著作《瘟疫论》。在这本书里，他提出了自己的核心观点——戾气学说。

其实，这个观点虽然没有明确指出“戾气”就是细菌、原虫、病毒之类的病原体。但是，他提出了“戾气”是有物质基础的，这才是造成瘟疫的原因。在当时没有显微镜等先进手段的情况下，能提出这种见识是非常了不起的。它从根本上纠正了前人们认为瘟疫是由风、寒、旱、湿等引起的这种错误见解。这种先进的观念也成为了世界传染病史的先例。

吴有可还发现，在不同地区、不同季节，瘟疫的临床表现不同，这说明是有不同“戾气”存在的。如果是同一种“戾气”所造成的病症，那么症状是相似的。而且，瘟疫具有传染性，这种“气”一旦传开，不管是男女老少，接触到它都会被感染得病。

在《瘟疫论》中，吴有可还提出了瘟疫的传播方式是通过空气，如果人的口鼻呼吸到瘟疫病人的气体就会被感染。所以，不能因为发病的人少，还没有流行开来，就认为它不是传染病，那只能说明你还没接触到它。

那么瘟疫有什么治疗方法呢？吴有可在书中提出，瘟疫是可以通过药物来战胜的。不过不同的疫病要分而治之，他罗列出了九种瘟疫传变特点，并提出了不同的治疗方法。此外，他还总结了前人的经验，创制了很多治疗瘟疫的方剂。

比如，他提倡用藕汁、梨汁、甘蔗汁、西瓜汁等凉性水果汁来治疗内热烦渴等病，后来，温病学家们在此基础上延伸，提出了用增汤来解决因为高热而引发的脱水问题，临床上显示是可行的。其实，这就跟现代打葡萄糖或者盐水的原理是相同的。

此外，这本书中还第一次将瘟疫和外科的传染性疾病联系起来，这个观点比英国科学家李斯特的同类发现要早两百多年。它明确提出，疔疮、痈疽、流火以及丹毒这些外科感染性疾病，并不是火毒引起，而是因为“戾气”传染而引起的。

吴有可的这本《瘟疫论》改变了传统用伤寒症来治疗瘟疫的谬误，为温学病的形成奠定了基础。也成为了首个中国古代医学对于瘟疫病研究的独立学说。

崇祯十五年，也就是公元1642年，吴有可的《瘟疫论》终于完成。这本书中也收集了一些他的治疗案例来辅助验证他的观点。两年后，这本著作的印本问世，随后不同的版本络绎不绝。在100多年后，日本也将此书在国内出版。

叶天士：医者仁心

传说，这一日，有位神仙下凡体察民情，他发现人们都在夸一位医生，说这名医生“堪比华佗再世，能够起死回生”。这位神仙听了，觉得不太可信，“区区一介凡人真能妙手回春？”为了试探这名医生，神仙摇身一变，成为一名路人，来找这名医生看病。谁知，医生把脉后，只说了八个字：“六脉调和，非仙即怪。”羞得那位神仙急忙逃跑。故事中的这名医生就是清朝著名的神医：叶天士。

谦虚好学，成就名医

叶天士也就是叶桂，字天士，号香岩，今江苏苏州人，清代著名的医学家，四大温病学家之一。

叶天士出生于医学世家，他的祖父叶紫帆和父亲叶阳生都是当地的名医。小时候的叶天士，白天学习四书五经，熟读《素问》《难经》以及汉唐名家的论著，晚上则跟随父亲学习医术，可以说是满腹经纶、学富五车。然而，这样幸福的日子并没有持续多久。叶天士14岁的时候，他的父亲就去世了。

父亲去世后，叶家家道中落，为了维持生计，叶天士开始行医问诊，做起了江湖郎中，并且拜了他父亲的一位姓朱的学生为师，继续学习医术。他勤奋好学，聪明过人，没几年就超越了师傅，声名远播。

■ 常遇春像

但叶天士并没有因此而感到骄傲自满，他开始向更多的人学习医术。从12岁到18岁，叶天士先后拜了17位恩师学习医术，为他以后成为世人所称赞的“天医星”打下了坚实的基础。许多他拜师的故事至今还被传为美谈。

据说，有一位进京赶考的秀才，因为每天都感到口渴而去找叶天士看病。叶天士看了这秀才的症状后，跟秀才说：“你还是不要去考试了，你内热太重，活不过100天了。”“十几年的寒窗苦读，怎么可以说放弃就放弃呢？”秀才赶考心切，并未听从叶天士的劝告，坚持要上京赶考。

一年以后，秀才功名加身，回乡探亲，路上又遇到了叶天士。叶天士一看这秀才面色红润，就上前询问原因。秀才说，他在赶考的途中，遇到了一名老和尚，老和尚的诊断和叶天士一样，但老和尚说："既然有病就有治病的方法，从今以后，你每天吃梨，饿了吃梨渴了还吃梨，坚持100天就好了。"秀才听了以后照做，病果然慢慢好了。

叶天士听了秀才的讲述后，知道老和尚比他的医术高明，于是就乔装打扮成穷人，隐姓埋名，称自己叫张小三，拜了老和尚为师。叶天士一边挑水砍柴，一边认真研习医术，由于他勤奋聪颖，深得老和尚喜爱，每次出诊定会带着叶天士。就这样过了几年，老和尚对他说："你已经学到了我所有的本事，可以下山了。你现在的医术，已经超过了江南的叶天士了。"叶天士听了以后，立刻跪在地上磕头，告诉老和尚他就是叶天士，老和尚感动不已。

叶天士不仅好学，对待同行也很是谦虚。遇到治不了的病的时候，他都会认真听取同行的意见，吸取其诊病的长处，即使这个同行并不有名。有一次，叶天士的老母亲生病了，他多次治疗都没有效果，又请了城内外有名的医生诊治，母亲的病情依然没有好转。后来，他听人说，后街的章医生，平日里总是自夸比他医术高超。他听了以后，觉得这个章医生一定是有真才实学的，不然不会这样大言不惭。于是将章医生请来为他的老母亲看病。章医生替叶天士的母亲诊完病之后，比对了叶天士开的药方，加上了"黄连"这样一味药。叶天士的母亲吃了药以后，病就好了。叶天士喜出望外，并重金酬谢章医生，这以后，他还经常对病人说："章医生医术比我高明，可以找他看病。"

叶天士求知若渴，广采博取，医术精进，不到30岁就声名远播，慕名而来找他医病的人越来越多。

医术精湛，仁者存心

有一位孕妇难产，很多医生都束手无策。于是这妇人的家人就陪伴她去找叶天士求医。妇人去的时候，叶天士正在和朋友下棋。叶天士看了这个妇人一眼之后，就埋头继续和朋友下棋。孕妇疼得死去活来，再三请求叶天士救她，就连和叶天士下棋的朋友都看不下去了。见妇人哀求声不断，叶天士忽然将棋子全部扔到地上，生气地说道："你急什么，给我把棋子全部捡起来！"妇人只好弯腰躬身一颗一颗地把棋子捡起来。捡起来全部的棋子之后，奇迹发生了，这名妇人竟然要生了。等妇人平安生下孩子以后，见朋友满脸疑问，叶天士就向朋友解释了他这么做的原因。原来他一眼就看出来了，这名孕妇是胎位不正，而捡棋子的过程中，孕妇弯着腰，慢慢就使胎位变正常了，也就能顺利生产了。朋友听完，更加钦佩叶天士了。

这天，又有一名衣衫破烂的人，来找叶天士看病。询问病症的时候，这病人就说："我没有什么不舒服，就是家里穷困，你会治吗？"不等叶天士说话，就有其他的病人喊道："这是无理取闹！"哪知叶天士听了以后，哈哈大笑，说道："贫穷就吃不饱饭，吃不饱饭营养就不均衡，自然就伤了元气，也算是病。这样，我给你几枚橄榄，你只可吃肉，并把这橄榄种下，耐心等待，你这病自然也就好了。"这名穷汉半信半疑，但还是照着叶天士的话做了。他回去将橄榄核种下。橄榄长出苗木后，并没有结果，但是叶子很是茂盛。正在这名穷汉觉得这药方无用的时候，就来了很多人买他的橄榄叶。因为这橄榄叶，这个穷汉发了小财，后来他用这笔钱做了生意，慢慢富裕了起来，便准备了厚礼去跟叶天士道谢。这才知道，原来叶天士早就看出会有瘟疫发生，而治疗这瘟疫的药方就有"橄榄叶"。

温病专家，治学严谨

其实叶天士还很擅长治疗痧痘和瘟疫，是我国历史上最早发现猩红热的人，在温病学上成就突出。

有一年，苏州发生瘟疫，他救活了很多的人，其中一名是打更的更夫。更夫去看医生的时候，已经浑身浮肿，被医生断言无药可医了。更夫失望至极，只好拖着伤病的身体回家。碰巧叶天士经过，看到了病怏怏的更夫。询问了更夫的症状后，叶天士递给了更夫一张药方，嘱咐更夫按照药方服药。更夫只服用了两天，病就好了。

叶天士去世以后，他的徒弟们将他治疗瘟疫的思想和临床案例整理成书，《温热论》就是其中之一。在这之前张仲景的《伤寒杂病论》一直是中医们治疗瘟疫的依据。但是到叶天士治疗瘟疫的时候，他在《伤寒杂病论》的基础上，结合自身所学，大胆尝试，打破了当时人们对瘟疫的固有认知，提出“瘟疫是靠口鼻传染的，先在肺经出现症状，如果不及时治疗，就可能再传到心脏等器官”，并总结出新的治疗方法。这在一定程度上弥补了张仲景《伤寒杂病论》的缺漏。

作为一名医生，叶天士不仅精通医术，而且博览群书，治学严谨。他去世之前曾对儿孙和徒弟们说：“有些人可以做医生，而有些人不能做医生，能做医生的人，必定天资聪颖，悟性高，这样才不会因为误诊而伤了病人性命。”

可见他这一生都怀着治病救人的仁者之心的，他谦恭好学、更名换姓求师学艺和敢于突破创新的精神是永远值得我们学习的。

黄元御：一代宗师

弃儒从医 大器晚成

《射雕英雄传》中黄蓉的父亲、桃花岛岛主—— 黄药师，医术精湛，天文地理、五行八卦、奇门遁甲、琴棋书画，甚至农田水利、经济兵略等无一不晓，无一不精，江湖人称“东邪”。“东邪黄药师”虽是金庸虚构的人物，但我国历史上也确实有这么一名医生，因为医术了得、才华横溢被世人尊称为“黄药师”，这个人就是黄元御。

黄元御（1705-1758），名玉璐，字元御，别号玉楸子，是清代著名医学家。

明清两朝，黄氏家族人才辈出。其中最有名的是曾在明朝初期辅佐过五代君王的黄福。黄元御就是黄福的第十一代孙。黄福在当地的声望很高，他的思想和功绩对黄元御产生了极大的影响。

黄元御从小就被他父亲寄予厚望，希望他能考取功名，光耀门楣。而黄元御自己也希望有朝一日能够高中状元，像他的先祖黄福一样报效国家。他聪明过人，勤奋刻苦又善于钻研，对所学到的知识不仅能迅速领悟其中的含义，还能提出独到的见解。《易经》《尚书》《河图》《列子》《庄子》《管子》等众多书籍都是他最喜欢的读物。少年时期的黄元御，踌躇（chóu chú）满志，学识渊博，上知天文，下知地理，中和人事。是大家眼中公认的未来的国家栋梁（“世推国器”）。

天有不测风云，人有旦夕祸福，就在他29岁那年，变故发生了。黄元御由于过于用功，得了眼病。这年八月，他的左眼睛突然开始发红、干涩，眼白部分像充血了一样。不得已，家人赶紧给他四处寻访名医。也就是这位医生的出现，彻底改变了黄元御的一生。

黄元御自己回忆到，这名医生第一次来给他看病的时候，戴着很高的帽子，表情非常严肃，说起话来唾沫横飞（“口沫泉涌”）。虽然这位名医的出场看起来很威风，但医术其实并不怎么样。他没有查出黄元御生病的真正原因，在第一次开药没有治好黄元御的情况下，第二次又加大了药量。这样一来，不仅没有治好黄元御，反而因为误诊，使黄元御的左眼彻底看不见了。再加上，是药三分毒，黄元御在这名庸医的治疗下，吃了很多伤身的药，身体也越来越虚弱了。

黄元御左眼失明，也就意味着自此以后他再也不能参加科举考试了。清朝时期，五官不端正的人是不能参加科举考试的。仕途被断送，身体也不如以前强壮，这样的打击，对于黄元御来说，几乎是灭顶之灾。他在回忆中这样写道：“玉楸子盛壮之年，误服庸工毒药，幸而未死。”

■ 《伤寒悬解》书影

治国理政成为空谈，满腔抱负无处伸展，黄元御苦闷极了，他经常跑到周围的山坡上，放声大哭。就在他十分难过的那段日子，他的好友、当地名医刘太吉劝他学习医术。在朋友、亲人的劝说下，黄元御慢慢从悲伤中走了出来，他立志要扼住命运的咽喉，发誓“生不为名相济世，亦当为名医济人”。这以后，黄元御就开始苦心钻研医术，那时他已经30岁了。

妙悟岐黄　药到病除

除了好友刘太吉的认真传授，黄元御还认真研读张仲景的《伤寒杂病论》《金匮玉函要略》，皇帝、岐伯的《内经》，扁鹊的《难经》等中医典籍。这些典籍，含义深奥，即使是有着深厚文化功底的黄元御，也觉得有些晦涩难懂。为了弄懂《伤寒杂病论》，黄元御到处搜寻，翻阅前人所写的《伤寒杂病论》释义，“纵观近古伤寒之家数十百种”。苦心人天不负，经过多年的努力，他终于领会了《伤寒杂病论》的要义，这也为后来他编著《伤寒悬解》一书打下了坚实的基础。

黄元御一边研究中医典籍，一边四处游学，行医救人。这年秋收的时候，有个农夫因为日夜劳作，生病了，不停地咳血。本来就没有什么钱，更请不起名医诊治，因此他的病就一拖再拖。后来，家里人看他实在是病得很重了，就商量着说：“要不咱们请黄元御医生看看吧，他本来就是读书人，不会要很高的诊金的。”于是这家人，就请了黄元御去给这个农夫看病。黄元御进门的时候，正赶上这个农夫吐血。黄元御赶紧为病人诊脉，并细细查问这个病人的具体症状。随后给这个病人开了几味很平常的药，并嘱咐病人说：“你这并不是多大的病，按照我的这个方子抓药服用，要不了多久你就好了。”农夫听了，照黄元御说的做，果然，后来再也没有吐血，身体也一天天好起来了。黄元御治疗农夫的方法，就出自他著名的脾胃论。

黄元御游学到北京的时候，正好遇到乾隆皇帝生病，许多太医都束手无策。就在宫里宫外一片胆战心惊的时候，有人向乾隆皇帝推荐了黄元御。于是乾隆皇帝就宣黄元御进宫。黄元御听到圣旨后，急忙告诉传话的太监：“我是一介平民，而且左眼睛失明，这样面见圣上，恐怕会吓到圣上啊。”太监将黄元御的话禀告了皇帝。皇帝特允许黄元御进宫时只需要行叩首礼，不必行君臣之礼。皇帝还赐给了他很多的珠宝和绸缎，都被他一一拒绝了。

乾隆皇帝为了考验黄元御的医术，专门选了一个手臂粗壮的宫女，命宫女躺在纱帐中，露出一只胳膊供黄元御把脉。黄元御把脉之后，就说“龙生凤脉，无药可医，恐不久于人世”。意思是，皇帝的脉象跟女人的脉象一样，这病没有药可以医治，过不了多久就会死去。乾隆皇帝听到这话后，心悦诚服，夸赞黄元御医术精湛，并命黄元御诊脉。黄元御诊完脉以后，告诉乾隆皇帝：“您这是小病，七分是之前服药的毒素残留，三分是病，只需要先服用两服药清除体内毒素，再服用一服药治疗病症就好了。”乾隆皇帝按照黄元御的药方，吃了三服药，果然病就好了。

乾隆皇帝非常高兴，将黄元御封为御医，在太医院任职，又赐给他了楸木棋盘、玉石棋子一副，并常常同他下棋。这也就是黄元御别号“玉楸子”的由来。后来乾隆皇帝下江南的时候，还让黄元御随侍左右。这一路上，黄元御总是药到病除，皇帝赞赏他的医术，亲自书写牌匾“妙悟岐黄”，悬挂在太医院的门头。

黄元御做御医的时候，还被皇帝派去解决军队对川藏地区水土不服的问题。清朝军队第一次进入川藏地区的时候，清军因为水土不服，疾病缠身，战斗力低下，伤亡惨重。于是乾隆皇帝特派遣黄元御建立黄元御署理川军军医馆——久真堂，调理官军身体。

黄元御临危受命，他仔细研究了青藏地区的气候特点，运用特殊的方法提高了官兵的免疫力，治好了官兵缺氧、感冒、咳嗽、容易疲倦等问题。直到黄元御去世之后，清军还沿用这个方法来强身健体。因此，后来的军医都自称是黄元御的学生。

笔耕不辍 著作等身

自学习医术开始，黄元御就用了大量的时间，研读古人的医学典籍，其中仅《伤寒杂病论》就耗时3年多。将这些典籍研究透彻以后，黄元御并没有立刻着手写这些典籍的释义。他一边行医，一边学习，用医书上的理论来治病救人，并在治病的过程中实践医书中所记载的理论。经过刻苦钻研和大胆实践，他的医学水平很快提高，对前人的医学典籍的理解也越来越透彻。在这样的情况下，他才开始着手将这些经验和理解整理成书目，供后世人学习。

1748年，黄元御写出了《伤寒悬解》。1753年，黄元御又结合他的临床经验，写出了《四圣心源》《金匮悬解》《长沙药解》三本书。1754年写《伤寒说意》《素灵微蕴》《玉楸药解》等书。自36岁开始著述起，黄元御苦心经营近20年，呕心沥血共写了14本书，约200万字，为后世留下了珍贵的财富，被誉为“一代宗师”。

据说《伤寒悬解》是黄元御在他朋友郊外闲置的房子中写成的。这间闲置的房子周围景色非常好，“北枕长河，南踞崇山，修树迷空，杂花布地”。当时的黄元御站在这所房子前，极目远眺，北边是一条波澜（lán）壮阔的大河，南边是崇山峻岭，房子附近绿树成荫，花草茂盛，远远看去各色花草争奇斗艳。在这样的环境下，黄元御集中精神开始写书，仅仅三个月就完成了这本书的编写工作。

1758年，黄元御因行医、著述过于劳累，积劳成疾，抱病回到故乡，同年九月去世，年仅53岁。乾隆皇帝得知黄元御去世的消息，感到非常痛惜，亲自书写了“仁道药济”缅（miǎn）怀黄元御的医术和医德。

黄元御志向高远，矢志不渝，敢创新说的精神难能可贵。纵观其一生不难发现，这些成就，离不开他敢于同命运挑战的不服输精神和刻苦勤奋的优良品质。

黄元御中年遭逢变故，矢（shǐ）志报国的理想成为空谈，但他并没有自暴自弃，而是坚定地认为越是艰苦的环境，越会磨炼出杰出的人物。他苦中作乐，积极面对人生，用屈原和司马迁的精神勉励自己奋发图强，一刻都不曾停息。

徐大椿：名世鸿儒

若果有救世真心，还望你读书明理。

做不来，宁可改业营生，免得阴诛冥击。

——徐大椿·《洄溪道情》

无心仕途 潜心学医

1693年，徐大椿出生于苏州府吴江县松陵镇，父亲给他取名灵胎。徐家本是书香门第，徐大椿的爷爷是翰林院史官，参与了《明史》的编写工作，父亲徐养浩，也是文采斐然的读书人。

徐大椿自小聪明伶俐，被长辈们寄予厚望，希望他将来能够通过科举考试，谋得一官半职，继承家业，光耀门楣。然而徐大椿却淡泊名利，极其不喜欢八股文章。14岁的时候，他的老师看出他厌烦学习八股文，便启发他说："八股文的学习是有尽头的，但是经学的学习是无止境的。"自此以后，他一心扑在经典的学习中，仔细研读诸子百家的经典

■ 徐大椿像

著作和前人留下的诗词歌赋，最终在诗文、书画、天文、历法、音律、算法、水利等方面都取得了成就。

徐大椿快30岁的时候，下定决心学习医术。此前他三弟、四弟、五弟都因病不治去世，父亲更是由于接连丧子一病不起。这让他深深体会到掌握医术的重要，于是他找来家里珍藏的医书，开始自学。他废寝忘食，夜以继日，熟读《内经》《本草纲目》《金匮药方》《伤寒杂病论》《千金要方》等医学著作。遇到不懂的地方，便四处求教，直到弄懂为止。

徐大椿读书的时候，始终抱着“取其精华，弃其糟粕”的原则，比如，他读《难经》的时候，就坚持将原文与《内经》对照，这样逐字逐句的校勘之后，发现《难经》中有许多错误。发现错误后，他再重新整理，做出新的解释。功夫不负有心人，在徐大椿的不断努力下，他的医术不断提高，来找他诊病的人也越来越多。

当时，他附近有个病得很厉害的人，已经连续六天不能吃饭和说话了，但是两只眼睛却一直睁得大大的，直愣愣地看着前方。家人急忙请徐大椿去医治。徐大椿诊完脉后告诉病人家属说：“先给他服用一服药，等他眼睛能闭上且能够说话了，再给他吃一服药就好了。”家属按照徐大椿的方子，抓了药喂病人吃下，结果不多时病人果然能闭上眼睛，还能够说话了。等第二服药服用不久，病人就能坐起来了。人们觉得很惊奇，询问病人的感觉，病人说：“我病重的时候，感觉有红色和黑色两个小人在纠缠，但突然黑色的小人被雷击死，不久红色的小人又被白虎叼走了！”徐大椿听了之后，哈哈大笑，说道：“雷击是我投用的附子霹雳散，白虎是我施用的天生白虎汤。”

人们听了之后觉得十分神奇，都说徐大椿是神仙。

善巧方便 慈悲救世

有一年，苏州发生了瘟疫，很多人都因为瘟疫去世了，一时间人心惶惶，谈瘟疫而色变。官府组织了很多医生救治，但见效甚微。徐大椿见官府一直找不到药方遏制瘟疫，心急如焚。于是他七天七夜没有合眼，针对这次瘟疫研制了一种特效药丸。但当时他的名声只是在当地传播，尚未出名，他担心官府不信任他，不接受他研制的药。苦苦思索之后，他终于想出了一个办法。

他带着自制的药丸，在吴江城隍山上的道院里接连住了好几天，直到农历十月十八城隍山庙会的时候，他见四处的信徒都来道院进香祈福，便抓住机会，对信徒说："天快亮的时候，我梦见纯阳仙师（吕洞宾）告诉我，他今日云游到此，看到百姓遭受瘟疫之灾，于心不忍，想借我的手救治病人。纯阳仙师说完，就把葫芦里的药丸倒在了我的床头，并告诉了我药方。我惊醒一看床头果然有一堆药丸。乡亲们有谁想要这药丸的，免费赠送。"

香客一听这药丸是八仙之一吕洞宾所制，纷纷上前讨要。拿回家后第一时间给生病的人服下，果然药到病除。如此一来，徐大椿得到吕洞宾亲传药方的事，就传到了官府。官员立即请徐大椿前去治疗瘟疫。一场瘟疫就这样慢慢平息下来，徐大椿的名声也越传越远。

1760年，文华殿大学士蒋文恪生病，乾隆皇帝下诏，广泛征集名医。有人便把吴江的徐大椿推荐给了皇帝。乾隆皇帝立刻下诏宣他进京为蒋文恪治病。徐大椿仔细诊视了蒋文恪的症状后，对乾隆皇帝说："这病已经治不好了，过了立夏最多七天就会去世。"后来果然如他所说。皇帝十分赏识徐大椿的医术和他敦厚诚实的人品，想留他在京师做官。但是他坚决辞去了皇帝授予的官职，请求回到故乡。

医术精湛 百代留芳

回到故乡后，徐大椿继续研究医术。他一边研究前人留下的著作，一边治病救人。徐大椿治病的时候不套用古方，用药灵活，方法多样，见效显著。

有一个得了乙型脑炎的病人，病情十分严重，高烧不退，还总说胡话，大小便都失禁了。徐大椿看诊过后，立即派人准备了补气温阳的汤药，以童子尿为药引给病人灌了下去。不多时病人就醒了过来，但是头脑依然不清醒。正巧徐大椿有事离开，走之前吩咐病人家属，如果病人清醒了，立即差人去寻他。

过了三天这个病人果然清醒过来，能说话了。在场的其他医生觉得徐大椿之前的药方十分有效，于是就打算继续给病人吃。药都熬好了，正准备给病人喂药的时候，徐大椿急急赶来阻止了，并告诉这些医生："病人现在阳气已经回来了，但是炎症还很大，如果再吃之前的药，会起到反作用。接下来多吃几个西瓜降降火就可以了。"家属听完，立刻去买了几个西瓜，病人吃了之后，病慢慢就好了。

有个叫张雨村的人，儿子出生的时候没有皮肤，人们看了都觉得恶心，他准备把这个孩子抛弃了。徐大椿知道以后，告诉张雨村说你可以先用糯米磨成粉，撒到孩子的身体上，再用绢布包好，将他埋在土中，只露出小孩的头，按时用母乳喂养，两三天他的皮肤自然会生长出来的。

当时，特别流行明代以来的“温补法”，许多的医生不论寒、热、虚、实，都采用温补的药方治疗，如此一来，很多病人因为没有得到正确的治疗而去世。面对这种情况，徐大椿不断地劝谏学医的人要多读书，多研习医术。他还指出人参某种程度上虽然能够起死回生，但服用时一定要判断病人是实症还是虚症，是不是能够缓解病情，服用之后有没有副作用。

晚年，徐大椿隐居洄溪著书立说，编写了《难经经释》《医学源流论》《神农本草经百种录》《医贯砭》《兰台轨范》《伤寒类方》等书。 写《伤寒类方》的时候，他已经67岁了，完成后又钻研了7年，先后5次修改手稿。

1771年，乾隆皇帝再一次召见徐大椿。那时候徐大椿已经79岁了，他感到自己时日无多，便吩咐儿子抬着空棺材，陪同他进京面圣。到京城的第三天，他就去世了。去世前自拟墓门对联一副：“满山灵草仙人药，一径松风处士坟。”

乾隆皇帝感到十分惋惜，赐金赠官之后安排徐大椿的儿子护送棺椁回乡，后被葬在吴江县。今天，在江苏省吴江县徐大椿墓园内，依然能看到这副墓联，墓正石牌坊上的提额“名世鸿儒”四个大字，是由兵部尚书彭启丰所提。

徐大椿本人勤奋好学，刻苦努力，是精通诗、书、画、天文、音律、算法、水利等方面的全才。他其对医学也有着独到的见解，治学态度严谨，敢于质疑前人的结论，另辟蹊径。他一生所写书目众多，医学观点以及对古典医学名著的评论，是我国医学史上宝贵的财富。

王清任：致力了解人体结构的名医

古人云：身体发肤，受之父母，不敢毁伤。因此，古时候是不允许解剖尸体的，他们认为这是大逆不道。假如有人敢这么做，在当时必定会受到严厉的惩罚。

南朝时候有个名叫南赐的人，他得了不知名的病，腹痛难忍，最后竟然吐出了二十多条虫子。后来还因为这病情一命呜呼，临死前，他嘱咐家里人在他死后把他的肚子剖开，看看得的到底是什么怪病。家人遵从他的遗嘱打开了他的肚子，谁知道被官府和族人知晓后，竟然把他们都抓了起来。官府判决他们是犯了逆伦，随后竟然把他们都凌迟处死了。

因此，古代的医生们想要了解病人的身体非常困难。但清代时候，有个名叫王清任的医生，为了能够更好地为人治病，他想尽办法，寻找一切机会来了解人体内部的构造。

寻机会观察人体构造

王清任20岁就开始行医，他主张“诊病要先明了肺腑”，他认为如果给人看病不了解人体的五脏六腑，就跟瞎子走路没什么区别。因此，他也特别留意所有医书中提到的关于人体构造的内容。

然而，他并不是一个盲目相信医书的人，而是会细心观察，判断对错，假如有矛盾或者不确定的地方，他就会提出合理的怀疑。

比方说，曾经有一部古代医书上提及了脾胃，说它是属土的，古人认为土是静的，不适合动，一动的话人体就会不安宁。但另一个地方却说，脾胃动是因为在消化食物，假如不动食物就不能消化。那么，脾胃究竟是动好还是不动好呢？

再比如，提到肺的时候，有一个地方说肺部底下有24个孔，人就是通过这些孔来呼吸的。但是在另一个地方却记载着肺部底下并没有孔。那么，肺底到底有没有孔呢？

还有，提到肾时，有个地方说肾是两个，在两个肾中间动气的是人的“命门”。另一个地方却说，左边是肾，右边是“命门”。这样说来，到底哪里是“命门”呢？

正因为古代无法解剖尸体，所以医书里关于这样的矛盾处很多。王清任为了搞清楚这些，每当听说有人因为车祸或被杀而死，就会马上赶到现场，观察他们应意外而破损在外的内脏。然而，这些机会毕竟很少，也不是每一次意外，人的器官都会暴露在外，让他观察。

■ 王清任像

在他29岁的时候，迎来了一次观察尸体的机会。他的家乡爆发了麻疹，很多小孩子都为此而死。穷人家没钱来下葬孩子尸体，就用草席随便一卷，然后在荒芜的坟地处浅浅一埋。

有一天，王清任给人看病回来的时候，经过一块坟地，发现野狗们把埋葬很浅的尸体都拖了出来，其中不少的尸体都露出了肺腑。他觉得，这是个观察尸体的好机会，于是也顾不上天就快黑了，立刻走入坟地观察。没过多久，天就黑了，他就在附近找个地方住下了。

到了第二天，他又赶到了坟地去观察尸体。上百具尸体暴露在外头，散发出腐烂的臭气，而且因为被野狗撕咬过，很难发现一具完整的。王清任并没有因此而灰心，他拿着树枝挑拨，一个一个检查。

就这样，一连十天，他每天都去坟地观察，晚上住在附近旅馆。每天观察完了之后，回去还要把观察到的细细描绘下来，然后跟自己在医书中看到的比较，看有没有什么不同的地方。

为找横膈膜位置耗费一生

王清任把自己观察到的，跟过去医书上有所不同的地方，都记录了下来。这样日积月累，他也收集下来很多材料。最后，他决定写一本书，书名叫做《医林改错》。有一位商人听说之后，十分感兴趣，找上门来提出要出版这本书。他们谈好了，等王清任把这本书写完，就交给商人刻印成书，发行到市场上。

然而，令30多岁的王清任没想到的是，当写到横膈膜的时候，遇到了难题，他没办法确定横膈膜究竟是在人的心肺之上还是心肺之下。为了搞清楚这个问题，他耗费了几十年的时间，也耽搁了这本书的出版。

其实，这也不怪王清任。因为横膈膜这个东西很薄，一旦破碎，就很难看清楚在哪里。王清任始终没有机会观察到横膈膜的位置，只好一直等待着。

两年之后，王清任到了奉天，也就是今天的辽宁省沈阳市，他在行医的时候听说有个妇女因为犯了大罪被判凌迟处死。这是一次难得的机会，他想到现场去看能不能观察到完整的横膈膜的位置。

到了现场之后，这里挤满了人，他只好垫着脚尖，睁大眼睛，努力观察。然而，直到刽子手结束之后，拿着犯人的心肺从他身边走过去，他依然只能看出它和坟地上观察到的小孩的心肺没什么区别，仍不能看到横膈膜的位置。后面，他又找了几次机会去观察死刑犯，始终还是没有看清楚。

著《医林改错》造福后代

时光飞逝，20多年后，王清任已经是个头发斑白的60多岁老人。关于横膈膜位置的问题，始终放在他的心头。《医林改错》这本书也等待着把这个问题解决，添加上去，才能出版。

在一次偶然的机会，王清任给病人看病，闲聊时，听说京城里有个武官，早些年征战沙场，见过许许多多的尸体。王清任想，也许他会知道横膈膜在哪个位置。

于是，他便上门去求见那位武官。到了之后，才发现人家位高权重，门庭森严。王清任虽然也是京城里的名医，但是衣着朴素，十分不起眼，因此一走到门口就被门房拦了下来。但王清任并没有因此而放弃，依然一次次上门求见。功夫不负有心人，他终于见到了那位武官。跟他长谈之后，王清任的问题也得到了解决。这一次，他终于知道横膈膜的具体位置其实是在心肺之下。回家之后，他立刻把答案写进了书稿中。

到了第二年，王清任的《医林改错》终于出版发行了。尽管这本书只有寥寥的两万五千字，然而却耗费了王清任40年的心血。这本书对以前医书中人体构造的错误处进行了纠正，对于中国的人体解剖学有着非同一般的意义。

《医林改错》出版后的第二年，王清任就去世了。王清任一生都用十分严谨的态度来对待医学事业，对中国医学行业的发展做出了不可磨灭的贡献。

中国历代圣贤故事集

中国历代淑女故事

爱华文 著

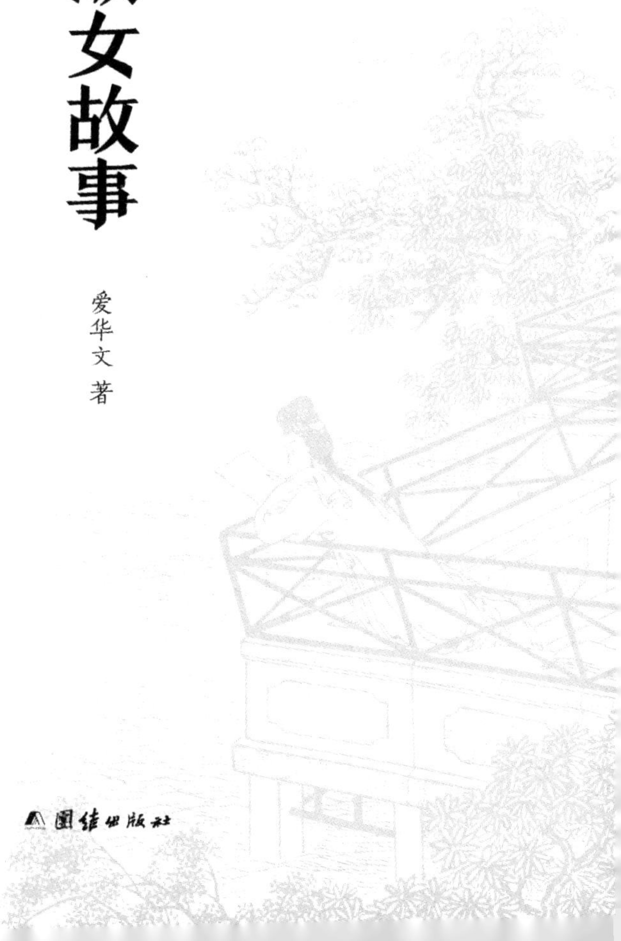

团结出版社

图书在版编目（CIP）数据

中国历代圣贤故事集 / 爱华文等著. -- 北京：团结出版社，2019.8

ISBN 978-7-5126-7253-6

Ⅰ. ①中… Ⅱ. ①爱… Ⅲ. ①故事－作品集－中国－当代 Ⅳ. ①I247.81

中国版本图书馆CIP数据核字(2019)第165301号

出版：团结出版社

（北京市东城区东皇城根南街84号 邮编：100006）

电话：（010）65228880　65244790（传真）

网址：www.tjpress.com

Email：zb65244790@vip.163.com

经销：全国新华书店

印刷：三河市祥达印刷包装有限公司

开本：140×210　1/32

印张：62.25

字数：600千字

版次：2020年9月 第1版

印次：2020年9月 第1次印刷

书号：ISBN 978-7-5126-7253-6

定价：220.00元（全11册）

目录

周朝三太：女子懿德的典范

三太的由来

尊称老婆为“太太”是有由来的，这个称呼源于周朝的三位母亲，她们分别是：太姜、太任和太姒（sì），因为他们的名字中都有一个“太”字，所以合称为“三太”。三位都是周朝开国先君的夫人和母亲：太姜是周太王古公亶（dǎn）父（fǔ）的正妃，西伯侯季历的母亲；太任是季历的正妃，周文王姬（jī）昌的母亲；而太姒是周文王的正妃，周武王姬发和周公姬旦的母亲。他们为后世树立了母仪天下的典范，辅佐和教化了开周朝六百年盛世的几位圣王，因此“太太”的尊称里面，也有对为人妻、为人母者的赞叹和期待。

有圣母方有圣子

《诗经·大雅·思齐》中开篇写道：“思齐大任，文王之母，思媚周姜，京室之妇。大姒嗣（sì）徽（huī）音，则百斯男。”这首诗把周朝三太都赞美到了，先说雍容端庄的太任，是周文王的母亲；贤淑美好的太姜，是住在周朝都城的太王夫人；太姒能继承他们的美德，生了好几个贤德的男孩子，使家门兴旺。

太姜是有邰（tái）氏家的女儿，后来周太王古公亶父娶她做了正妃，她是一位贤良淑德的女子，而且深明大义。太王遇到像部落迁徙（xǐ）这类重要的事情，总是与太姜商量，她总能顾全大局，做好太王的贤内助。

太姜后来生了太伯、仲雍和季历三个儿子，太姜对儿子们言传身教，使他们从小到大都能友爱谦让，在品德行为上没有什么过失。季历和他的儿子姬昌都很贤明，太王因此有立季历为继承人的想法，以便季历以后传位给姬昌。太伯知道了父亲的心思，就想成全父亲，于是他便和二弟仲雍商量，一起逃奔到今天的江浙一带去了，并且在身上刺上花纹，剪短了头发。古时的君主是不能文身断发的，两兄弟正是用这样的方式，来表明自己要让位给弟弟季历的决心。这个故事也成为历史上兄弟谦让友爱的一段佳话。这一切与母亲太姜对儿子们的良好教育是密不可分的。

她的儿媳妇太任和孙媳妇太姒，也在太姜的感染下，效仿她相夫教子，把女性的温润如玉和厚德载物的品质发挥得淋漓尽致，共同奠定了周朝的伟大基业。

太任是季历的正妻，周文王姬昌的母亲，她是商朝末期贵族挚（zhì）任氏的二女儿，自幼长得端庄美丽，且聪明善良，性格温顺，很守礼仪道德，是个远近闻名的乖乖女。长大后，周王季历娶她为妻，季历在迎娶她时，举行了非常隆重的婚礼。

太任嫁到季历家后，对公公婆婆非常孝顺周到，她很仰慕婆婆太姜的美德，并谦卑向太姜学习，同时协助夫君教化百姓，以身作则，遵循礼仪。太任虽然身份尊贵，却勤俭仁厚，她经常亲自去采摘织布用的原料，和周围的人一起劳动。

中国历史上最早的胎教

太任应该是历史上有记载的最早实施胎教的妈妈。她知道自己有了身孕之后，时刻都诚意正心，连睡觉姿势都很讲究。坐着时始终挺直身子，站立时也保持端庄。不吃有异味的食物，眼睛不看糟糕的事物，耳朵不听靡（mí）靡之音。她经常让乐官为她吟（yín）诵诗歌，弹奏雅乐，或者讲述历史上的名人故事。她说话时也注意有礼有节，从不说狂妄自大的话。

古人非常相信心灵感应，母亲在怀孕时，与外界接触的事物和内心的所想，都要是善良美好的，那么生下来的孩子也是善良美好的。如果母亲感受到的外界是凶险暴力的或内心萎（wěi）靡消极，生下来的孩子在性情上也会受到影响。因此，太任一直小心翼翼地选择接触到的环境，并使自己的内心保持仁爱平和的状态，好让胎儿在妈妈肚子里就受到良好的熏（xūn）陶。

一天，太任正在做家务，忽然感觉到肚子阵痛，回到屋里便生下了姬昌。姬昌出生时，屋外飞来红色的小鸟，嘴里衔（xián）着一封丹书，周太王和太姜都认为这是瑞象，所以就给他取名为“昌”，希望他能使周王室兴旺昌盛。姬昌果然从小就天资聪颖，学习知识可以举一反三，大家都觉得这与太任当初严谨的胎教有着密切的关系，从此，古人就重视起孩子的胎教了。作为母亲，太任很注重对姬昌的品行教育，因此姬昌从小言谈举止就处处周到谨慎，是一名人人都称道的杰出少年。

“文母”太姒

《诗经·大雅·大明》是一首史诗级的诗歌，讲述了季历娶了太任，生下英明伟大的周文王，而文王又娶了太姒，生下武王，武王最终讨伐商纣暴君的故事。“挚仲氏任，自彼殷商，来嫁于周，曰嫔（pín）于京。乃及王季，维德之行。大任有身，生此文王。”这段在讲：太任是挚国任家的女儿，来自殷商的贵族，嫁到周王的封地上，到京都做了季历的新娘。

太任和季历在一起，共同推行德治的好主张。太任怀孕后，生下了周文王。之后又有一段讲到了太姒："有命自天，命此文王。于周于京，缵（zuǎn）女维莘（shēn）。长子维行，笃（dǔ）生武王。保右命尔，燮（xí）伐大商。"意思是说：上天为文王做了安排，在周地的京都，娶来了莘国姒家的姑娘。生下了长子伯邑考和次子姬发，伯邑考很早就过世了，姬发继承了王位。上天保佑武王姬发，前去讨伐殷商。

这段诗讲到了周朝的第三位太太——太姒。太姒是有莘国姓姒家的姑娘，传说她是一位大美女。人们说，天上的神仙长什么样子，我们没见过，可太姒就像人间的仙女一样！太姒不但长得漂亮，而且心灵手巧，她纺纱织布的本领堪称一绝。太姒还是个心地善良、乐于助人的姑娘，她经常帮助左邻右舍的老人，大家都夸这个姑娘不但人美，心更美。另外，太姒生活也很俭朴，从不贪慕虚荣。

太姒的美名被广为传颂，连远在西岐（qí）的西伯侯姬昌也听说了。有一次，姬昌途经渭（wèi）水河边，遇到了太姒，他被太姒的美貌和气质深深打动，两人一见钟情。在征得父母同意后，姬昌与太姒订下了婚事。有一个成语叫作"天作之合"，是形容上天安排了一桩完美的婚姻，这个词最早就是用来形容姬昌与太姒的姻缘。等到迎亲的那一天，姬昌带了很多聘（pìn）礼和亲朋好友，相当热闹。但渭水河上没有桥，大批的人马无法通过。于是姬昌便命令把所有的渡船连在一起，搭起一座浮桥，让人们从上面经过，声势浩大，最后把太姒迎娶到了周的都城。

太姒成为文王的夫人后，同样非常仰慕祖母太姜和婆婆太任的德行，并以她们为榜样，早晚勤勤恳恳，辛苦操劳。她孝敬长辈，尽到了当媳妇该有的责任，几乎没有一点儿过失。文王在外处理国家大事，太姒就在内料理好家中的事务，照顾老人和孩子。太姒是夫君的贤内助，德行和事迹成为天下女子的典范，所以被尊称为“文母”。

女子是天下太平的根本

太姒一共生了10个儿子，为周王室的兴旺做出了很大的贡献，其中包括讨伐商纣的周武王姬昌，以及巩固周朝基业的周公姬旦。太姒对孩子们的教导都很严格，他们不但文武双全，而且品行端正、学问渊博。太姒继承了太姜和太任的美德，以妇德教化天下，还教育出了武王和周公两位划时代的伟大人物。周公制定了周朝的礼仪规范，被后人尊为儒学的奠（diàn）基人，他同时也是孔子一生推崇备至的古代圣人之一。

要想世间出现一位圣人，就要先出现圣人的母亲。周朝的三位母亲，都教育出了伟大的儿子，成为后世母仪天下的模范，难怪有人说，“对女子的教育是天下太平的根本”。

周宣姜后：辅佐宣王中兴的皇后

贤良淑德“周宣姜后”

周宣姜后，是西周宣王姬静的王后，她是齐侯的女儿姜氏。从年幼的时候起，父母就对姜氏严格要求，教育她要读圣贤书，要勤劳、知礼，还专门请了教导她礼仪行持的傅母，所以，她从小就有着良好的家庭教育。成年后，她不但拥有姣好的容貌，还具有贤良的品性。凡是不合礼仪的话就不说，不合礼仪的事情也一定不会做。

西周后期，有个周厉王，他忽视先王的礼乐教化，贪财争利，对百姓没有仁爱之心，结果发生了平民暴动，不得不逃到了晋国，之后就在晋国去世了。他的儿子被藏在大臣召公的家里，这个儿子就是太子姬静，也就是后来的周宣王，姜氏正是嫁给这位周宣王，成为了他的正妃，所以后世称她为“周宣姜后”。

深明大义，善巧劝谏

周宣王即位之后，吸取了父亲的教训，在召公等大臣的辅佐下勤于政事。但好景不长，没过多久他就开始偷懒懈怠，常常早睡晚起，并留在后宫和嫔（pín）妃们享乐，不按时上朝听政。周宣姜后见宣王因贪恋女色，连朝堂上的政事都耽误了，从小知书达理的她十分忧虑。她心中暗想：夫君身为天子，肩负着振兴周室，造福天下的大任，却因为留恋后宫女子，而不能做个英明君主。长此以往，很可能会重蹈（dǎo）周厉王的覆辙（zhé），甚至还会断送了周朝几百年的基业。如果宣王因为后宫而误国，自己作为他的王后，也有不可推卸的责任。

想到这里，她决定要去劝谏周宣王，但又不能太直接，要用善巧的办法才好。于是，她摘去了头饰、首饰、耳环等象征王后地位的饰品，换上了普通人家女子的衣服，站在后宫宣王经常出入的一条长巷子里等待宣王。同时，姜后请傅母转告宣王说："正是因为臣妾的德行不够，滋生了享乐的心思，以至于让君王您也受到拖累，常常待在后宫享乐而延误上朝，给大臣们留下了君王好色失德的坏印象。一旦迷恋女色，就容易穷奢极欲；而不理朝政，就会使诸侯大臣们不信服，以至于众叛亲离。所有这些灾祸的原因，都是从臣妾这里开始的，所以请君王您治我的罪吧。”

■ 周宣姜后像

虽然是夫君有错，但姜后没有直接去批评，而是通过批评自己的方式来点醒宣王，希望他能看到贪恋女色疏于朝政的可怕后果。宣王听了这番话，明白了姜后的良苦用心，自己反省之后也觉得惭愧，就问傅母，王后现在什么地方。傅母回答说，王后站在长巷等待君王治罪。周宣王立即赶到长巷，看见姜后脱去王后的衣冠，把自己降为平民来谢罪，心中既怜惜又感激。他对姜后说：“晚起耽误上朝是我自己的过失，幸好有王后及时提醒，以后我一定励精图治，做个好君主。”

谦卑大度，助夫成德

从此以后，周宣王果然没有再晚上朝，不但早朝按时听政，平时也勤于政事。姜后作为后宫的主人，规定后宫嫔妃晚上去陪伴君王时，要等天黑后举着蜡烛进去，一进宣王的卧室就把烛火熄灭，及早休息。早上一听到鸡叫的声音，就马上起床，并且身上要戴着玉佩等饰物，穿衣时会发出叮当的敲击声，然后迅速离开。宣王听到声音，也会醒来，及时梳洗赶去上朝。在姜后和各位大臣的辅佐下，周宣王果然在执政的45年间振兴了周室，继承了祖先留下的礼乐教化精神，将国家恢复到周厉王之前的繁荣安定局面。一时间，各诸侯国也纷纷前来朝见，历史上称这一时期为“宣王中兴”。

姜后品貌双全，也因为能够深明大义、居安思危，以天下万民为重，并能及时提醒和感化周宣王，使他从懈怠中觉醒，成为有建树的君王，而被后世所称赞。

樊姬：谏夫强国的奇女子

茹素觐见

在春秋时期，周王室越来越衰微，已经不能令天下诸侯臣服，出现了“礼崩乐坏”的动荡局面，一些强大的诸侯国在各自的地盘上兴起，最突出的五位诸侯王被称作“春秋五霸”。按照司马迁写的《史记》上说，他们分别是：齐桓（huán）公、晋文公、楚庄王、秦穆公和宋襄（xiāng）公。我们今天要讲的，正是春秋五霸之一的楚庄王的王后——樊姬。楚国的史书上说：楚国之所以能称霸，樊姬功不可没。

樊姬的童年时光，没有太多记载，只知道她一到可以出嫁的年龄，就嫁给了后来的楚庄王熊侣。楚庄王刚刚继位时，玩心很重，十分喜欢打猎，不太热衷于处理国事。樊姬看到后心里很着急，她想，作为一国之君，成天去打猎，就会玩物丧志，把国家大事给荒废了，所以她多次劝谏楚庄王。但楚庄王毫无悔改之意，仍是我行我素，樊姬只好自己不吃肉，以此来继续劝说楚庄王，再加上楚庄王身边的贤臣也频频进谏打猎的事，楚庄王终于戒掉了打猎的瘾（yǐn），把更多的时间精力投入国家政事上。

识体不妒，以智慧稳坐正宫

当时一位诸侯王娶很多个嫔妃是正常的事，楚庄王也是如此，樊姬也并没有因此而嫉妒不高兴，反而很用心地从各地寻找德才兼备的淑女，推荐给楚庄王。樊姬想：一定要找到一些品德和容貌都很好的女子陪王伴驾，这样一来，庄王身边都是有道德修养的人，才能使他“近朱者赤”，而不致于误入歧途。樊姬也确实找到了不少令楚庄王满意的嫔妃，这一举动深深地感动了他，使他对这位夫人尊敬有加，同时也杜绝了无德的女子留在君王身边。

据说，后来楚庄王要从众多嫔妃中选一位正宫夫人，他要求后宫女子要在三天内献上一份礼物，谁送的最合他的心意谁就能成为正宫夫人。其他嫔妃们纷纷忙着去筹备礼物，只有樊姬没有准备。三天的期限到了，每位妃子都献上了精心挑选的礼物，只有樊姬两手空空。楚庄王问樊姬说：“你给我准备的礼物在哪儿呢？”樊姬说：“大王，我没有给您准备礼物。”庄王有些惊讶地问：“你难道不想做我的正宫夫人吗？”樊姬回答说：“我当然想做您的正宫夫人，所以我才没有准备礼物。大王当下最需要的，不就是一位正宫夫人吗？

而不是其他任何贵重的礼物啊！”楚庄王觉得她答得很智慧，非常合自己的心意，于是就立了樊姬为正品夫人。

智慧劝谏，为夫君觅得安邦贤才

楚庄王一直比较宠信一位叫虞（yú）邱子的大臣，并任命他为楚国的令尹，令尹是当时楚国最高的官衔，具有“一人之下，万人之上”的权力。但樊姬打听到虞邱子的学问德能都不算称职，但他却很得君王的欢心，楚庄王经常和他在一起废寝忘食地交谈。樊姬就思考怎样才能巧妙地提醒庄王呢？

有一次，楚庄王散朝回来晚了，樊姬听说又是和虞邱子在一起聊天。于是樊姬就在庄王下朝的路上恭迎他。远远看见庄王过来，就问道：“不知道是什么重要的事情让您经常这样废寝忘食呢？”楚庄王得意地说：“和贤能的忠臣谈论事情，真得感觉不到饥饿和疲倦啊！”樊姬故意问道：“不知您说的是哪位贤能的忠臣啊？”楚庄王回答说：“当然是我的令尹虞邱子啦。”

樊姬听后忍不住捂着嘴大笑起来。楚庄王很纳闷，就问道：“夫人为什么事这么高兴呢？”樊姬收敛笑容，认真地说：“如果说虞令尹是一个聪明人倒没错，但要说他是贤能的忠臣，我看未必。”楚庄王听了很好奇，追问她说：“此话

■ 樊姬

怎讲？”樊姬慢条斯理地说：“您看，我服侍大王有11年了，我曾经访求过多位品貌俱佳的女子，推荐给您。现在比我贤明的有两位，和我差不多的也有7人之多。我为什么不独占您的恩宠，还要给您推荐其他嫔妃呢？”说到这里，樊姬故意停顿了一下。楚庄王果然露出疑问的神情，想知道个究竟。于是，樊姬接着说：“因为臣妾知道，您是一国的君主，需要更多的贤德女子来陪伴服侍，我不能只考虑自己的利益，而更应该以您和国家的利益为重。”楚庄王连连点头称是。樊姬接着说，“虞令尹担任楚国的丞相也有十多年了，但除了他自己家里的子弟宗亲外，从来没有保举过一位贤能的大臣，也没有罢免过什么不贤之人，贤能的忠臣难道会这样做吗？他不尽心尽力为大王搜寻真正贤德有才的人，就是在蒙蔽君主、耽误国事，这是不忠，发现不了治国安邦的人才，就是缺乏智慧。所以，我刚才笑他，可不能算是个贤能的忠臣啊！”楚庄王听完樊姬的一席话，觉得很有道理。

第二天上朝时，楚庄王把昨天樊姬说的话告诉了虞邱子。虞邱子听完后，吓得赶紧起身离座，心中感到羞愧难当。回家之后，虞邱子马上派人四处寻访德才兼备的贤能之士，最后找到了善于治水的大贤人孙叔敖（áo），并把他推荐给了楚庄王。楚庄王经过多方面考察后，任命孙叔敖做了楚国的令尹，充分发挥了他在治水、治国和治军等方面的才能。在他的辅佐下，楚国独霸南方，楚庄王也成为"春秋五霸"之一。

干预政事 却成为一代名妃

历史上干预朝政的后妃有不少，但很少像樊姬这样，做到以社稷为重，深明大义的"贤内助"，她宽容谦让，成为后宫女德的典范。作为一代名妃的樊姬，以她的聪慧机敏和贤良淑德，劝导楚庄王戒除玩乐，励精图治，勤于政事，并促成发现和任用孙叔敖担当重任，最终使楚国成为春秋时期的霸主。难怪史书和后代文人都对她多有赞誉。

钟离春：外丑内智的贤后

无盐丑女

中国历史上有四大丑女，她们虽然长相丑陋，却因品行高尚、才华出众而闻名：第一位是嫫（mó）母，她是始祖黄帝的次妃；第二位就是这里要讲的战国时期齐宣王的王后钟离春；第三位是东汉隐士梁鸿的妻子，与他举案齐眉的孟光；第四位是东晋名士许允的妻子阮氏。

钟离春是战国时期齐国人，她复姓钟离，名春，因为家住在齐国无盐县这个地方，所以又被称为钟无盐，后来又被叫作钟无艳，无艳除了与无盐谐音外，也暗指她没有美丽的容颜。古书上常常会用“貌比无盐”来形容一个女子长得不好看，正好跟夸人长得漂亮的“貌如西子”一词相对应，貌如西子是指长得像西施一样漂亮。

人丑德不丑

钟离春虽然容貌奇丑无比，却德才兼备，才智过人，是位有学识、有见地的女政治家。她到底长什么样呢？书上说，她的额头和眼睛都凹陷下去，手指粗长，骨节很大，鼻孔朝上翻翘着，脖子特别粗，还长着和男人一样的大喉结，头发稀少还有些秃顶，鸡胸驼背，皮肤黝（yǒu）黑！因为长得太难看，所以到了40岁还没有出嫁，也没有人家愿意娶她做媳妇。

当时的齐国在齐威王死后，他的儿子田辟疆继位，也就是齐宣王。齐宣王继位后，先是重用田忌和孙膑（bìn），增强军事力量并整顿国政，后来大败魏国，并杀死魏国大将庞涓（juān）。齐国的声名大振，各诸侯国都很震惊，纷纷前来建立友好关系或者谈判讲和。这时的齐宣王就开始骄傲了，经常沉湎（miǎn）于饮酒作乐。他在城里建造渐台吃喝玩乐，还在郊外围了40里的地方用来打猎，对国事越来越不上心。忠臣逐渐寒心而去，奸臣却乘机钻营，齐国出现了衰败的景象，国势岌岌（jí）可危。

钟离春虽然是个普通女子，却心系国家的安危，知道这些事后，心急如焚，于是决定冒着杀头的危险，去都城临淄（zī）面见齐宣王。

外丑内智　勇敢谏四危

这一天，齐宣王又在渐台大摆宴席，欣赏着歌舞，款待各地送来的美女。钟离春来到宫门外，说有事要面见齐王。守门的卫士见她长得丑，不让她进去，还问她为什么要见大王。钟离春心想，如果不说得令大王意外，是很难有机会进谏的。于是她就说："我是齐国一个嫁不出去的女子，叫钟离春，听说大王很有圣德，所以希望能够被大王收入后宫，做大王的妃子。"守门的卫士听了，于是进去禀报齐宣王。

齐宣王正在饮酒作乐，左右的人听到守卫的话，都捂着嘴笑起来，说："还没见过天下有这么厚脸皮的女子啊！"齐宣王反倒十分好奇，于是便宣召钟离春上殿。齐宣王问道："我后宫佳丽众多，你一介布衣女子，在乡里都无人迎娶，却想要侍奉君主，难道有什么特殊的本领吗？"钟离春并没有因为大王嘲讽的口气而退缩，她不卑不亢地说："我没什么特殊的本领，只是会一点儿隐语而已。"齐宣王说："好啊，那就来几个隐语让我们猜猜看。"于是，钟离春先是抬起眼睛向上翻，之后咧开嘴露出参差（cēn cī）不齐的牙齿，然后举起一只粗壮的手，最后又拍着膝盖说："危险啊，危险啊！"齐宣王和身边的美女们看到她滑稽的样子都忍俊不禁。宣王问群臣，也无人能理解其中的意思，于是就让钟离春解释一下。

■ 钟离春

钟离春说："请大王先赦（shè）我不死，我才敢说。"齐宣王同意了。钟离春镇定自若地说："我隐语表达的是大王面临的四大危险。我向上翻眼睛，代表有战火的危险，是想提醒大王外面有强国包围：齐国的西面是国富兵强，擅用武力的秦国，南面是强大的楚国，对齐国虎视眈眈（dān），可我们的边防却日渐松弛。大王成天和妇人们在一起，忽略了军政大事上应该依靠的人，这是第一个危险。我露出牙齿，代表有拒谏的危险，是想提醒大王要多任用敢于直言进谏的诤（zhèng）臣，'君有诤臣，不亡其国'，还要多了解和倾听百姓的疾苦，这是第二个危险。我举手代表有奸佞（nìng）之臣的危险，是想提醒大王不要任用那些巧言令色、阿谀（yú）奉承的人，这些奸佞小人会投大王所好，却会害主误国，还会让贤明的人隐退而不再辅佐大王，这是第三个危险。我拍打膝盖，代表有穷奢极欲的危险，是想提醒大王兴建这样的高台，还雕琢镶嵌这么多奇珍异宝，只为沉迷于声色犬马之中，不仅耗费国家财产和百姓劳役，还会玩物丧志，这是第四个危险。” 钟离春停顿了一下，接着说：“齐国现在同时有这四个危险，我很替大王担忧，所以才冒死来向您进言，希望您能好德不好色，将我收入后宫，辅佐您治理国家。”

丑女也能做皇后

齐宣王听完钟离春的一席话，非常赞叹她的真知灼见。他说：“无盐女的一番话，说得很有道理啊！” 于是齐宣王立刻撤散酒宴，回去认真地思考钟离春的建议。不久，他就选了良辰吉日，把钟离春迎娶入宫，并拜为王后。之后，又命人拆除高台，将美女舞伎送出宫外，节省不必要的浪费。他从此励精图治，专心政务，加强边防，充实府库。他罢免了朝中的奸邪小人，鼓励前来直言进谏的人，还去民间寻访有才德的贤士。齐国因此日益强大起来，为日后成为战国七雄之一奠定了坚实的经济和军事基础。

钟离春以她的勇气和智慧，还有忧国忧民的胸怀，用巧言直谏的方式，让齐宣王幡然悔悟，并在那个群雄逐鹿斗争频发的年代，为齐国百姓带来了和平、安宁，因此在史书中留下美名，被后世尊称为“丑娘娘”。

颜徵在：圣人之母

书香出身　知书达理

说起“至圣先师”孔子，无人不知，无人不晓，但提到孔子的母亲颜徵（zhēng）在的名字，却很少有人知道。颜家的先祖是伯禽，他是周公姬旦的长子，鲁国的始祖，伯禽分封他的一支后代在颜邑（yì）做首领，后来就用封地的名字做姓，改姓了颜，并且世代相传，孔子的母亲颜徵在正是鲁国颜氏家族的一位女子。颜徵在的父亲是一位博学的读书人，她是家里三个女儿中最小的姑娘，从小父亲就教她们读书识字，颜徵在长到十几岁时，出落成一位长相俊美、知书达理的花季少女。

芳玲十八　嫁于老翁

孔子的父亲叔梁纥（hé）的祖先是商纣王的异母哥哥微子启，在周朝初年被分封到宋国做国君，传到叔梁纥时已经

■ 颜徵在雕像

有十几代了。作为宋国国君的后代身份是高贵的，但由于家道衰落，叔梁纥后来迁移到鲁国定居，他曾经担任过鲁国的陬（zōu）邑大夫，还是“鲁国三虎将”之一，身高2米多，威武英俊，力大无穷。他的第一个妻子姓施，一连生了9个女儿，因为没有儿子，所以叔梁纥又娶了一个妾，虽然生了个儿子，却天生腿有残疾，是个瘸（qué）子。这时叔梁纥已经72岁了，他还想再娶一个女子来为家族延续香火。他听说附近的颜氏家中有三位没出嫁的姑娘，是远近闻名的有教养又贤德的女子，所以尽管年纪大了，但凭借祖上的贵族血统和自己勇武的体魄，他主动向颜家提亲。

颜徵在的父亲就问三个女儿说：“陬邑大夫叔梁纥来向咱们家提亲，他的父亲和祖父都是卿，祖上曾是国君的后代，个子有两米多高，武力绝伦，我很喜欢他。虽然年龄有点大，但为人正直，跟咱们家还是门当户对的。你们三个谁愿意做他的妻子？”大姐、二姐先是默不作声，之后分别表示，不想嫁一位比父亲年纪还大的祖父辈的人。颜父本来很看好这门亲事，希望与叔梁纥联姻，看两个女儿这么坚决，脸上露出为难的神色。小女儿颜徵在看出了父亲的心思，她心里暗暗地思考着，本来她还未满18岁，两位姐姐应该先嫁，但她们都不接受这门亲事，会不会轮到自己了呢？父亲最后看着颜徵在说："这叔梁纥年纪是大了些，可他并不是因为好色才来提亲，他是为了家族的后嗣才要再娶亲，这是个有责任心的男人。况且他文武兼备，身体健康，你对这件事怎么看呢？"说着，父亲将目光停在了三女儿脸上。颜徵在看了一下两位姐姐，都低头不语。她想父亲看好的人应该是值得托付的，于是，抬头郑重地答道："一切听从父亲的安排，父亲不用再问了。"两位姐姐见小妹真的要嫁一个大她50多岁的男人，多少有些担心。

青年丧夫　携子守寡

颜徵在嫁给叔梁纥时，叔梁纥家里已经比较穷困了，但她一点儿都没有嫌弃，而是安心过清贫的生活。两人成婚后，曾经专程去尼山祈祷求子，可能是他们真诚恭敬的心感动了上天，颜徵在很快就怀了孕，不到一年便生下了一个男婴。他们为了答谢尼山的神灵，给孔子起名为丘，字仲尼。"仲"是排行第二的意思，"尼"指尼山。但很不幸的是，孔子3岁的时候，叔梁纥就病故了，刚刚21岁的颜徵在就守了寡。叔梁纥的原配妻子施氏竟然因为孔子母子的身份低微，不允许他们参加叔梁纥的葬礼和祭祀仪式，所以，颜徵在连夫君的墓地在哪里都不清楚。颜徵在一边忍受着失去丈夫又不能送葬的痛苦，一边思量如何将年幼的孔子抚养成人。

叔梁纥去世后，颜徵在就被迫带着孔子离开了陬邑，到鲁国都城曲阜（fù）单独生活。在那个年代，守寡的母亲带着年幼的孩子度日是极为艰难的，但颜徵在却没有考虑再嫁。她理解丈夫70多岁还坚持娶妻生子，就是为了孔家有个能够顶门立户、光宗耀祖的好儿孙，即使吃再多的苦，她也要将儿子培养成知书达理、德才兼备的人。

含辛茹苦　育子成才

为了维持生计，颜徵在把父亲家的书简都搬到了新家，在狭小的房间中，专门腾出一间做书房。因为她自幼跟随父亲读书，又懂礼仪通音律，所以收了5个小孩子来自己家，教孩子们认字、算术、音乐和礼仪等功课，得到的学费，养活了母子二人。孔子很小就开始跟着学习，因为颜氏教得好，又慕名来了几位小朋友，孔子从小就做起了母亲的帮手，不但分担家务，还辅助母亲教学。在《论语》中，孔子跟弟子们说过，为什么他擅长这么多事情，那是因为他家里比较贫贱，所以从小就什么事情都要学会做。“穷人家的孩子早当家”

这句话说的真是一点都没错。

经过颜徵在悉心的童蒙教育和言传身教，不到10岁的孔子不但热爱学习，记忆力超群，还耐心地帮助别人，喜欢独立思考。从小耳濡（rú）目染母亲办家教的经历，对孔子长大后收弟子办私塾，也起到了一定的影响。颜徵在用心地教导别人的孩子，也换来了自己孩子勤学聪慧的回报。

在当时，孩子到了10岁就要到外面拜师学习了，颜徵在本着“再穷不能穷教育”的想法，把孔子送到了官办学府，当时称作“庠（xiáng）”的学堂去念书。这里集中了鲁国最博学的老师，只有贵族或有身份家庭的孩子才能去上，因为颜氏和鲁国国君是同宗，孔子才能以贵族子弟的身份进入学堂。孔子在学堂经常无师自通，学习也毫不松懈，而且长得和父亲一样身材高大魁梧。

生命虽短　运载无际

孔子17岁时，颜徵在却因积劳成疾过世了，年仅34岁。近代有大德说过，因为有了圣人的母亲，才会教育培养出圣人来。孔子是儒家的创始人，是影响了中华文化几千年的伟大思想家和教育家，作为抚养和教育出孔子的“圣母”颜徵在，年轻守寡，以一己之力将儿子教育成一代圣人，是一位无可争议的伟大母亲。

孟母仉氏：天下贤母的典范

法太姒，育圣人

孟子是儒家的代表人物，被尊称为“亚圣”，在儒家学说中的地位仅次于孔子。孟子与孔子的经历很相似，都是贵族的后裔，传到他们这里却家道衰落，又都是幼年丧父，主要靠母亲抚养教育成人。孟子的母亲似乎比孔子的母亲更加著名，“孟母三迁”的故事被广为流传，大家都耳熟能详。孟子的成就与母亲对他的教育是密不可分的。

孟子的母亲仉（zhǎng）氏，是鲁国大夫党氏的后代，到了出嫁的年龄，就嫁给了鲁国贵族的后代孟激，也就是孟子的父亲。不久仉氏怀孕了，她严格遵循周文王母亲太任传下来的胎教方法，眼睛不看糟糕的事物，耳朵不听靡靡之音，不说狂妄自大的话，自然也不做不符合礼的事。孟子的父亲虽然是鲁国贵族的后代，但当时家道已经衰落，他也成为一介平民。孟激是一个怀才不遇的读书人，他希望外出游走，找到仕途做官的机会，于是就告别仉氏和儿子。谁知三年后，却传来了噩耗，孟激过世了，只留下孤儿寡母艰难度日。仉氏在安排好丈夫的丧葬后，下定决心，不管多难，都要凭自己的双手辛勤劳动，把孟子养育成人。

孟母三迁

《三字经》中有“昔孟母，择邻处；子不学，断机杼（zhù）”的名句，这里面就包含着孟母两个脍（kuài）炙（zhì）人口的故事：一个是“孟母三迁”，一个是“断机教子”。

孟母在孟子小时候，非常注重选择他的生长环境和周围的玩伴。那时孟激刚去世不久，孟子和母亲要为父亲守丧，所以居住的地方离墓地很近。村里的孩子们嬉戏时常看到办丧事的仪仗，孩子们就模仿出殡的人群，做起了抬棺材，掩埋死人的游戏，还学大人们跪拜号哭的样子。孟母见到了就很担心：孟子从小就很聪明，学东西又快，但不能只学这些东西呀！于是就决定搬家到远离墓地的繁华集镇。这次的家离一个市场非常近，每到开市的时候，人来人往，异常喧嚣（xiāo）。孟子很快就和周围的孩子们玩熟了，经常在一起玩做生意的游戏，有时学商贩们叫卖的声音，有时学屠夫卖肉的样子，有时学着讨价还价。孟母很快感到这里也不是适合孩子成长的居所，每天纷乱嘈杂，孩子怎么静得下心来读书呢？孟母又决定搬家了。这一次他们搬到了学校的旁边，平时有先生讲学，还会传出琅琅（láng）的读书声，天资聪慧的孟子被书院的气氛深深吸引。读书人每天出入学校，大都谦逊恭敬，谈吐文雅，给附近人家的孩子许多潜移默化的影响。孟子和小朋友们常聚集在树下，互相作揖（yī）行礼，并跟着学校传出来的读书声，咿咿呀呀地学着读。孟母远远地看着孩子们，心中非常高兴，终于给孩子找到了理想的居所，可以从此安定下来了。等孟子长大些后，孟母就把他送到学校里读书，孟子从此走上了求学之路。

子不学，断机杼

孟子天资聪颖，学习并不费力，但小时候也很贪玩。有一天，他在上学的时候，竟然逃课到外面玩了半天。回到家时，孟母先是不动声色地问他："今天学习得怎么样？"孟子敷衍地回答说："还是那个样。"孟母当时正坐在织布机前织布，却忽然拿起剪刀，将花了一天时间好不容易织成的布拦腰剪断成两半。孟子被母亲这一行为惊呆了，因为他知道，家里生活贫寒，母亲从来不会无缘无故损坏东西的。就在他疑惑不解时，孟母说道："学习就像织布一样，靠一根线一根线不断地积累起来，必须持之以恒，才能学有所成。你不专心用功读书，随便荒废学业，就好像我织了一天的布，剪断了就白织了。现在你不珍惜时间发奋学习，以后就会任人使唤，挨饿受冻，再想学习也没机会了，就像这断了的布再也接不起来了。”说完，孟母趴在织布机上伤心地哭了。孟子虽然淘气，却是个孝顺的孩子，他明白母亲辛苦劳作供自己上学是多么不容易，浪费了一天的劳动成果，就是为了教导自己学习要坚持不懈。从此之后，他牢记母亲的教诲，孜孜不倦地勤学苦读。

■ 孟母教子图

孟母不但关注孟子的学业，更重视他品格的培养，在日常生活中，更是以身作则，言传身教。有一次，邻居家里磨刀霍霍，正准备杀一头小猪。孟子听到声音就非常好奇地问母亲：“邻居在做什么呢？”孟母回答说：“在杀猪。”孟子又问：“杀猪干什么呀？”孟母笑着随口说道：“给你吃猪肉啊。”话才一出口，孟母就后悔不应该和孩子开这样的玩笑，邻居不是为了他而杀猪，这样做不是欺骗他吗？为了弥补这句随口而出的话，孟母真的跑到邻居家买猪肉给孟子吃，即便在那样艰难的岁月里，也要花钱教孩子学会诚实。

送子拜师

战国时期有很多思想流派，百家争鸣，令人眼花缭乱，孟母从小听老人讲过孔子的忠孝仁义之道，就想找到孔子的后人，让孟子去拜师。她打听到孔子的孙子子思已经过世，但子思的一位门生在曲阜开馆收徒，于是就让孟子追随子思的门人学习。经过几年的刻苦学习，孟子将孔子的思想融会贯通，成为当时儒家学派的传承者。

孟子成年后娶了妻室，一年夏天，天气非常炎热，妻子从外面忙完农活，进屋就脱了上衣想凉快一下。这时正好孟子回家，推门一进屋，看到妻子光着身子，很不高兴，转身就离开了。他认为妻子不守礼节，甚至有了休妻的念头。孟母知道后，叫来孟子并询问他说："你进门之前有没有先敲门或问一下屋里有没有人？"孟子说："没有。"孟母继续说："你没有打招呼就推门而入，是你失礼在先，怎么还能用礼节来责备别人呢？"孟子立刻感到自己行事鲁莽，并对休妻的想法感到惭愧，于是主动向妻子道歉，一家人和睦如初。孟母在与儿子和儿媳的相处中并没有偏袒（tǎn）自己的儿子，而是利用机会教导孟子，严以律己，宽以待人。

成就圣儿，寿终正寝

孟子后来到齐国做官，他是位孝子，就带上母亲和家人一起住在齐国。孟母虽然一生为家庭操劳，但身体还比较健康。当时孟子担任的只是齐国的一个闲职，他曾经多次向齐宣王提出政治上的建议。齐宣王想留住贤人，于是赏赐他十万钟的俸禄，却并不推行他的政治主张。孟子并不贪图钱财，而是希望施展自己的政治抱负。

有一天，孟子面带愁容地回到家，孟母看到了就问："你有什么忧虑的事情吗？"孟子忙回答说："没有，母亲。"之后的一天，孟子闲待在家时，靠着柱子长叹一声，正好被孟母听见，就问道："上次看你忧虑的样子，今天又靠着柱子叹气，这是为什么呢？"孟子回答说："我听说，君子应该根据自己的才能去就任官职，不能得过且过地求封赏，现在齐国不能推行我的主张，我想去别国找个用武之地。但母亲您年事已高，不想让您随我奔波，又怕您无人照料，所以我感到很为难。"孟母说："礼对于女人的要求就是做好饭，暖好酒，赡养公婆，缝制衣服罢了，只料理家中的事，不问家外的事。因此女人从小要听从母亲，嫁人后要听从丈夫，丈夫死了要听从儿子，这就是女人的礼了。现在你长大成人了，我已经老了，你去做你该做的事，我尽好我的礼。"孟子听了非常感激母亲对自己的理解和支持,他把之前的担心和纠结全都放下了。不久,孟子便离家去周游列国,劝导各诸侯做仁义之君,并将儒学思想在各地传播。

孟母身体一直都很好,76岁过世,当时人的平均寿命都比较短。“人活70古来稀”,所以70岁被称作“古稀之年”,孟母已经是位长寿的老人了。母亲过世后,孟子将她和父亲一同葬在邹国老家。至今山东邹城县北的马鞍山下,还留有孟母墓和纪念孟母的祠堂。今天,当我们有机会读到四书之一的《孟子》时,也应该记得,在这位圣人背后,有一位一生默默奉献的伟大母亲。

淳于缇萦：上书救父的孝女

天降横祸，打破安逸

西汉时期，山东临淄（zī）这个地方有个小姑娘名叫淳（chún）于缇（tí）萦（yíng），复姓淳于，名叫缇萦。缇萦是家中五姐妹中最小的，没有兄弟，父母和姐姐们都很爱护她，从小过着无忧无虑的生活。缇萦的父亲淳于意是当时有名的医生，年轻时因为爱好医术，曾经拜名医公乘阳庆为师。由于他聪敏好学，得到了公乘阳庆师父的真传，有着妙手回春的精湛医术。淳于意曾经担任过齐国的太仓令，就是负责粮仓的官员，但他对做官没有兴趣，也不想在仕途上有什么发展，还是更喜欢行医治病。于是他就辞去了太仓令的职务，回去继续做一名悬壶济世的医生，一家人就这样过着平静安稳的生活。

所谓天有不测风云，因为淳于意医术高明，名声在外，当时不少王公贵族都曾派人去找他治病，但他喜欢无拘无束地自由行医，不想成为专门为这些权贵服务的医生，因此屡召不去，得罪了不少有权势的人。

汉文帝十三年，有一位大商人的妻子生了病，请淳于意医治，病人吃了他开的药，不但没见好转，过几天竟然去世了。大商人在权贵们的支持下，向官府状告淳于意，说他医术不精，害人性命。根据刑律，淳于意被判处肉刑，肉刑是一种伤害人身体的刑罚，包括在人脸上刺字，割去鼻子，砍下脚等非常残忍的酷刑。这一噩耗对淳于缇萦全家来说犹如晴天霹雳，本来和睦安定的生活，被突如其来的灾祸全都毁灭了。

■ 淳于缇萦像

孝勇之心，不输男子

按照西汉初年的法律，凡是做过官的人都要押解到京都长安执行肉刑。那一天，狱吏准备把淳于意押送去长安，要离开时，五个女儿出来送行，一路上哭个不停。淳于意心中不禁懊恼，回头对五个女儿说："可惜我没有生下一个男孩，到了这样的危难关头，竟然连一个能帮我的人都没有。"其他四个女儿哭得更厉害了。缇萦止住哭，内心暗想：父亲行医这么多年，救过无数人的命，很多还是没钱医治的穷苦人，父亲不应该受到这样残酷的惩罚。自己虽然没有兄弟，但在危难的时刻，女儿也应该为父亲挺身而出啊！于是，缇萦下定决心，一定要随父亲同去长安，竭尽全力帮助父亲脱离苦海。家人都劝阻，说她年纪小又是女孩子，去了也帮不上忙，缇萦却坚定不移地要跟着父亲走。

她立刻向官府的官吏们请求，起初他们不肯答应，毕竟路途遥远，带着一个女孩子多有不便，而且身体不够强健的人，可能跟不到长安就病死、累死在半路了。缇萦痛哭流涕，苦苦哀求，希望能成全她的一片孝心，官吏们也被她的诚意打动，便勉强答应她一同前往。

书谏汉文帝，为父伸冤

在去长安的路上，缇萦陪着父亲和两位解差一起风餐露宿，她的鞋子破了，脚走肿了，从来不喊疼。只有十几岁的小缇萦失去原来养尊处优的生活，不但吃苦耐劳，还小心翼翼地照顾父亲的身体，连两位差役都对她暗挑大拇指。经过长途跋涉，他们终于到了长安。缇萦为救父亲，想了很多办法，最后，知书达理的她写好一封奏章，到宫门口恳请门人帮她呈递给皇上。门人也被她远道而来，为救父亲的一片孝心所感动，帮她把奏章呈递进去，最终上呈到汉文帝手中。

汉文帝接到这封奏章，还听说是一位十几岁的小姑娘写的，倒很认真地读起来。上面写道："我是淳于缇萦，是原来齐太仓令淳于意的小女儿。我父亲做官的时候，齐地的人都夸他清正廉洁，现在他犯了法，被判处肉刑。我不但为父亲难过，也为所有受到肉刑的人感到伤心。一个人如果砍去了脚或割去了鼻子，就终身残废，即使以后改过自新，身体却再也不能恢复了。我自愿被官府收为奴婢，替父亲赎肉刑之罪，让他有一个改过自新的机会。"

一人之孝，福及天下

汉文帝自己就是一位有名的大孝子，他宅心仁厚，看完缇萦的信，被她的孝心完全打动了，于是赦免了淳于意的罪。同时缇萦提到的残酷的肉刑，也触动了文帝，他说："朕听说当年舜帝时期，在罪犯的衣服帽子上涂画特别的颜色，让他们穿的跟别人不一样以羞辱他们，让看到的人引以为戒，不敢再犯罪，而且国家治理得很好！现在刑罚中有五种肉刑，奸邪的行为仍然不能禁止，这是谁的错呢？难道不是因为朕仁德不够，施教不明吗？朕深感惭愧啊！《诗经》里有一句，‘恺悌君子，民之父母’，意思是说平易近人的君子，是百姓的父母官。然而当人们有了过错，还没有等教化他们就先用刑罚去加害他们，致使被伤害的肉体终身不能复原，这是多么痛苦而没有仁德的事情啊！难道能称得上是百姓的父母官吗？”

因为缇萦的上书，汉文帝下令废除了肉刑，而改用鞭打等较轻的处罚办法。政令一颁布下来，百姓们欢呼雀跃，称赞汉文帝的仁爱之心。

淳于缇萦为父亲上书申诉，并遇到一代仁君汉文帝，最终使父亲得以被赦免刑罚，脱离了苦难，可以说是一个极具勇气和胆识的女子。虽然她只有十几岁，而且在当时女子是不能出闺门的，但她却有着比男子更坚定的信念和敏锐的智慧。

缇萦和父亲回到家乡后，缇萦上书救父的故事被传为佳话，听到的人无不交口称赞。更可贵的是，缇萦用自己至诚的孝心，感动了汉文帝，致使他免除天下的肉刑，使更多人不再受身体被残害之苦，也让更多家庭摆脱了悲剧的命运。

王昭君：出塞和亲

平民生有倾城貌

王昭君原来的名字叫王嫱（qiáng），是西汉时期南郡秭（zǐ）归人，这里也是战国时期著名诗人屈原的故乡，在现在的湖北省宜昌市附近。王昭君和战国时期的西施、东汉末年的貂蝉，还有唐朝的杨贵妃并称为中国古代四大美女。

王昭君出生在一个普通百姓家庭，家里有一个哥哥和一个弟弟。她出生时正值汉朝比较鼎盛的时期，风调雨顺，百姓丰衣足食。秭归相对比较偏僻，王昭君的父母，带着两子一女，耕种几块山坡地，勉强能维持生计，有时父亲还要去江边当纤夫，拉纤贴补家用。

生活虽然贫苦，但昭君家依然保持着书香门第的传统。她和兄弟在父亲的教导下，读书习文，她还跟着母亲学习纺织、缝纫等手艺，到了十几岁时，出落端庄，犹如空谷幽兰，很有大家闺秀的风范。

青春韶华，误藏深宫

当时的汉元帝下诏征集天下美女，以充实后宫。王昭君年方二八（16岁），长得端正秀丽，被选入宫中，在掖庭做一名宫女。由于从全国挑选入宫的美女实在太多了，皇帝没机会见到每一个人，于是就让宫中的画师给每人画一幅像，呈给皇帝看，汉元帝再“按图索骥”，挑选貌美的女子，以备宠幸。当时宫中的画师毛延寿是个贪图钱财的人，他向宫女们索要贿赂，给钱多的就画得好看些，给得少的就画得一般些。因为王昭君家境清寒，就没有给画师送钱，结果画师就把本来美貌的她画得不太好看。

就这样，昭君在宫中待了5年，还是个没有被皇帝诏见过的普通宫女，但她却把这些时间用在读书写字，学习绘画音乐和舞蹈上，尤其把琵琶弹得炉火纯青，日子也还算过得平静充实。偶尔在清冷孤寂的夜晚，昭君会感叹自己青春的消逝和前途的茫然。

自愿和亲，回报家人

汉朝时期，北方少数民族经常侵扰边境，汉朝常以和亲的方式，来维持边疆的安宁。当时的匈奴首领之一呼韩邪

■ 王昭君像

（yé）单（chán）于来到长安，要求与汉朝和亲，汉元帝答应了。汉朝与匈奴和亲，一般是挑一位公主或者皇族的女子嫁给单于，但皇亲国戚家的女子都不愿意嫁到外番去。汉元帝决定挑一个宫女嫁给他，就吩咐人到后宫去传旨：宫女如果愿意嫁到匈奴去，皇上赐给她公主的封号，并赏赐她的家人。宫女们都是从民间选来的，虽然进入皇宫就如同关在精致笼中的鸟儿，但也都不愿意嫁到寒冷荒蛮的匈奴去。

王昭君想到自己入宫5年多也没有得见皇帝一面，而这次远嫁他乡，如果能给父母和兄弟换来一些荣华富贵，也算报答亲人的养育之恩吧！于是她自愿到匈奴去和亲。汉元帝知道后很高兴，赐予王昭君公主的封号，还答应接她家人来长安，赐宅赐地，妥善安顿。呼韩邪单于和王昭君临行前向汉元帝辞行，此时汉元帝才惊讶地发现，原来王昭君长得如此明艳动人，灿若桃花，她的美貌简直让六宫粉黛都失了颜色，元帝心中后悔不已，却已经晚了。

王昭君告别故土，登程北上，一个柔弱女子却要骑马奔驰在风沙弥漫的大漠之中。这一路上，雁南飞马嘶鸣，勾起了她对故乡的不舍之情。她拿出琵琶弹奏了一首苍凉的离别曲，连南飞的大雁听到这动听的琴声，都落到她身边，所以王昭君还有“落雁”的美称。

红颜是祸，难敌命运悲苦

呼韩邪自从得了汉廷的绝色美人之后，心中大快。他封王昭君为“宁胡阏氏（yān zhī）”，经常置酒作乐，并不再侵犯汉朝边境，以报答汉天子的恩赐。嫁到匈奴没两年，王昭君就为呼韩邪单于生下儿子，又过了一年，年迈的呼韩邪就去世了。

王昭君想借此机会回到大汉，于是向当时的汉朝皇帝汉成帝上书，请求返回中原。但汉成帝拒绝了她的请求，要求她遵从匈奴的习俗。在匈奴的习俗中，老单于死后，新单于可以娶老单于留下来的妻妾。以昭君的美貌，继承王位的呼韩邪的长子复株累单于非常高兴地娶了王昭君为妻。但在汉族女子的观念中，如果夫君去世是要守节的，即使改嫁也不能嫁给他的儿子，所以王昭君带着非常矛盾的心情嫁给了复株累单于。王昭君的悲剧还在继续，她与复株累单于生活11

年，并生育了两个女儿后，第二个丈夫也先她而去了。

一代佳人，命殒他乡

此时，已经30多岁的王昭君极其想回到中原老家，结束在他乡漂泊的生活，但她又被命嫁给新单于，也就是呼韩邪的孙子。这一次王昭君实在承受不住内心的屈辱，她选择了服毒自尽，结束了自己的生命。一位绝代佳人，无法抗拒自己的命运，只能命丧异乡。

在王昭君嫁到匈奴之后，她一面劝两位单于不要打仗，一面把中原的文化在匈奴人中传播，使得匈奴和汉朝保持了几十年的和睦局面。直到王莽篡权改新朝，匈奴和中原的关系才又恶化起来。

“千载琵琶作胡语，分明怨恨曲中论。”这是大诗人杜甫咏怀王昭君的诗句。王昭君一生奉献了自己，为亲人和国家尽了自己的绵薄之力，在诗人看来，她内心或许是很悲凉的吧！

班婕妤：文质彬彬

出身名门世家

班婕妤（yú）原名班恬（tián），婕妤是后宫嫔妃的等级名称，她是汉成帝刘骜（áo）的妃子，也是西汉著名的才女，擅长撰写辞赋。当时的后宫除皇后外的嫔妃分为14等，从上到下依次是：昭仪、婕妤、娥、容华、美人、八子、充衣、七子、良人、长使、少使、五官、顺常、舞涓等，由此可见班婕妤在后宫中的地位还是比较高的。

班婕妤出生在一个名声显赫的官宦世家，她的父亲班况任左曹越骑校尉，曾驰骋疆场，抗击匈奴，立下过汗马功劳。她的兄弟班稚有一个儿子叫班彪，班彪有一对儿女分别是班固和班昭，是东汉著名的史学家，撰写了《汉书》。班彪还有一个儿子叫班超，是东汉名将和外交家。

班婕妤就是在这样家庭中成长，她从小受到良好的教育，知书明礼，气质高雅。

班姬辞辇

17岁那一年，汉成帝刘骜即位，班婕妤也在这一年被选入后宫，开始只是一名少使，从上面的等级来看是不高的。皇帝被她的聪颖和美貌打动，对她非常宠爱，不久就把她提升到“婕妤”的位置，还专门为她扩建了宫殿。

班婕妤的文学造诣很高，不但熟读经典和历史，还能出口成章，妙笔生花。她常常能引经据典地开导汉成帝，让他遇到不顺心的事可以开怀一笑，还能增长见闻。同时，班婕妤还精通音律，既会作词又能谱曲，能让汉成帝在优雅的丝竹声中，释放政务繁忙的压力。她不但是汉成帝的爱妃，更是他的良师益友。不久，她还为皇帝产下一个男孩，只可惜没几个月这个孩子就死在襁褓之中了，之后班婕妤再也没有生育。

班婕妤不但有学识和文采，她的贤德也是有口皆碑的。在《龙文鞭影》里有一则“班姬辞辇（niǎn）”的故事。汉成帝为了能够与班婕妤形影不离，曾为她专门打造了一辆黄金色的大车，用绫罗做帷幕，用锦褥当坐垫，以供两人一起出游时乘坐，但却被班婕妤婉言拒绝了。她说道：“看古代留下的图画，圣贤的君主身边都是名臣在侧，只有夏、商、周三代的末主夏桀、商纣和周幽王，才有娇宠的妃子在旁边坐着，最

■ 班婕妤像

后竟然落到亡国毁身的地步，我如果和您同车出入，那皇上就跟他们几个末代君主便很相似了，这能不让人恐惧担心吗？”汉成帝虽然有些悻悻（xìng）不乐，但也认为她说得很有道理，就打消了同车出行的念头。

此事之后，班婕妤贤良淑德便传言开来。汉成帝的母亲王太后听说她以理制情的故事后，也称赞她说：“古有樊姬，今有班婕妤。”王太后把班婕妤与春秋时代楚庄公的夫人樊姬相提并论，樊姬因辅佐楚庄王成为春秋五霸而得贤名，这一句肯定给了班婕妤很高的赞誉。在当时，班婕妤也成为了后宫贤妃的典范。班婕妤从此更加注重自己在妇德、妇言、妇容、妇工方面的修养，希望用自己的言行影响汉成帝，助夫成德，使他成为一位有道的明君。

赵氏专宠　身正免祸

可惜好景不长，能歌善舞的赵飞燕和赵合德姐妹入宫之后，两位绝色娇艳的美人很快取代了班婕妤受宠的地位。赵飞燕是大户人家的舞女，自幼学习歌舞，杨柳身姿，苗条轻盈，后人把她与唐代的贵妃杨玉环，并称为“环肥燕瘦”。

汉成帝自从有了赵飞燕和赵合德两姐妹后，便与她们朝夕承欢，疏于政事。在皇帝眼中，只有让他心猿意马的赵氏姐妹，即便是他昔日心宜的班婕妤，也早就抛到脑后了。从此，班婕妤便开始了寂寞空虚的后宫生活，曾经的两情相悦转眼成空，这是才情无限、洁身自爱的班婕妤始料不及的。赵氏姐妹得宠后，在后宫飞扬跋扈，正宫娘娘许皇后十分痛恨她们，竟想出在寝宫中设置神坛，使用巫蛊（gǔ）之术诅咒赵氏姐妹的馊主意。事情很快败露，赵氏姐妹诬告许皇后阴谋加害皇帝，汉成帝盛怒之下便废了许皇后。

赵氏姐妹想利用这个机会一并除掉最大的威胁班婕妤，诬陷班婕妤也参与到许皇后的阴谋之中。汉成帝听信谗言，质问班婕妤，她从容地对答说：“我知道人的寿命长短是命中注定的，人的贫富也是上天注定的，不是人为能改变的。规规矩矩做善事，都不见得能有福报，难道做了坏事，上天还能相助吗？如果鬼神有知，也不会听不正直的诅咒，万一鬼神无知，诅咒又有什么用处呢？所以我不会做这样的事！”

汉成帝虽然有点鬼迷心窍，却也不是十足的昏庸，他想到班婕妤一向品行端正，从无伤害他人的言行，不但没有治她的罪，还厚加赏赐，以弥补心中的愧疚。

团扇自喻　诗歌衷肠

不久，赵飞燕被册封为皇后，赵合德也成了昭仪，两人的等级都在班婕妤之上。此时的班婕妤早已厌倦了后宫的明争暗斗，对皇帝的沉沦堕落也是束手无策，她主动要求远离是非之地，去长信宫侍奉王太后。太后虽然年事已高，但身边的宫女也很多，并不需要班婕妤去服侍，她想到太后身边，一是为了避祸，二是为了替汉成帝尽一份孝心。

在长信宫那些心如止水、形同槁（gǎo）木的寂寥时光里，班婕妤以团扇自喻，写下了流传千古的伤感之作《团扇诗》。诗中写道：

新裂齐纨（wán）素，鲜洁如霜雪。裁作合欢扇，团团似明月。出入君怀袖，动摇微风发。常恐秋节至，凉飙夺炎热。弃捐箧（qiè）笥（sì）中，恩情中道绝。

这首团扇诗通篇以物喻人，以齐纨素的皎洁如雪比喻自己的珍爱名节，以扇子的团圆形态比喻当初被君王恩宠的欢娱，以秋天的凉风吹走炎热比喻赵氏姐妹入宫后自己受到的冷遇，以团扇被弃之不用比喻自己与皇帝的恩断义绝。全诗精妙地抒发了班婕妤内心的失落，形象贴切、诗意盎然。后世常借“秋凉团扇”比喻失宠的女子。

汉成帝因为醉生梦死的后宫生活，在45岁时突然去世，驾崩于未央宫。汉成帝死后，群臣把罪责的矛头都指向赵氏姐妹，赵氏姐妹最终被迫自杀。班婕妤要求到汉成帝陵守墓来了却余生，王太后恩准了她担任守护陵园的职务。从此，班婕妤天天聆听着墓地的松涛阵阵，枯守着供桌上的香烟缭绕，没过几年也病逝了，享年47岁。

文质彬彬　然后君子

唐代诗人崔道融专门以《班婕妤》为题，作了一首诗写道：

宠极辞同辇，恩深弃后宫。

自题秋扇后，不敢怨春风。

作者将班婕妤在受宠时推辞不与皇帝同车而行，后来失宠时用秋天的团扇借喻自己的命运，描写得淋漓尽致。

孔子说过一句话：“质胜文则野，文胜质则史，文质彬彬，然后君子。”这句话的意思是说，一个人的质朴胜过文采就会粗野，文采胜过了质朴就会虚浮，文采和质朴兼备的人，才能称得上君子。班婕妤虽然难逃后宫女子的空虚寂寞冷，却是一位文采和质朴品德兼备的人，配得上“文质彬彬”的赞誉。

阴丽华：谦德皇后

阴丽华是东汉开国皇帝刘秀的第一任妻子，第二任皇后，谥号光烈。她一生虽然常在最高权力左右，却不曾干预朝政，丈夫是东汉开国明君光武帝刘秀，儿子是开启了明章之治的汉明帝刘庄。阴丽华因谦逊和礼让赢得了史书上“性仁孝，多矜慈”的美誉。在以争宠夺权为能事的后宫中，恭谨俭约的阴丽华不但未受伤害，还在丈夫和儿子两位帝王的尊重下，度过了完美显赫的一生。

仕宦当作执金吾，娶妻当得阴丽华

阴丽华出生在一个血缘高贵的名门望族，据说她的祖上是辅佐齐桓公“九合诸侯，一匡天下”的春秋名相管仲，传到第七代的管修是位医术高明的大夫，被封为阴大夫后从齐国迁居到楚国，以后就改成了“阴”姓。秦末汉初时，阴家又举族迁到了河南南阳新野这个地方定居下来，是新野富甲一方的豪门大户。阴丽华从小在富足的家境中长大，读诗书、习礼仪，还天生丽质，是南阳远近闻名的美女。而当时的刘秀，虽然是汉高祖的九世孙，但却家道没落。刘秀的父亲只是个县令，还在他9岁时就去世了，他由叔叔抚养长大，只称得上是一介布衣百姓。

■ 阴丽华像

有一次，刘秀在长安做太学生时，无意中看到执金吾（yù）出行，那个华丽的仪仗深深地震撼了刘秀。执金吾，相当于守卫皇城的最高统帅，负责巡视皇宫，常常和皇帝一同出行，地位相当显赫。刘秀不由得发出感叹："仕宦当作执金吾，娶妻当得阴丽华。"他想要是能做到像执金吾一样的高官，还能娶到像阴丽华这样的女子，人生就完美了。但以当时刘秀的家境和地位，他没有贸然向阴丽华求婚，而此时，不少名门少年纷纷向阴家求亲，却都没能得到阴家的青睐。

盼得新婚忍离别

正所谓乱世出英雄，当时正值王莽新朝改制失败，全国豪强揭竿而起，刘秀跟随哥哥刘縯也趁乱起兵，准备兴复汉室，建立一番事业。刘秀凭借过人的胆识和智慧取得了昆阳一战的大捷，这场以少胜多的战役，敲响了王莽政权的丧钟，刘秀也一战成名。随刘秀作战的阴氏兄弟，都预感到刘秀前程远大，就劝说家人，想把阴丽华嫁给刘秀。此时刘秀的哥哥刘縯以莫须有的罪名被更始帝刘玄杀害，为了掩人耳目，刘秀强忍痛苦，主动谢罪，同时迎娶了倾慕多年的阴丽华，让刘玄以为他不过是个及时行乐的纨绔（kù）子弟，以此躲过和哥哥一样的杀身之祸。

新婚的阴丽华只有19岁，本来对自己的婚姻充满期待，却敏锐地发现刘秀的强颜欢笑。她理解丈夫失去兄长的痛苦，一边与他配合骗过刘玄的眼线，一边宽慰他的伤心难过。新婚不久，刘秀就奉命远征，阴丽华支持他远离更始帝，去开拓自己的地盘和势力，还顺便回到新野娘家去住，让刘秀免去后顾之忧。

深明大义体夫难

谁知这一别就是两年多，在这段时间里，刘秀出生入死，遭遇不少磨难，还因为政治利益不得不与真定王刘扬联姻，娶了他的外甥女郭圣通。等到刘秀入主洛阳称帝之后，便派人去新野接阴丽华，当他们再次团聚时，本来应该是最幸福的时刻，阴丽华却怅然地发现刘秀不但有了另一位妻子郭圣通，郭圣通还为他生下了一个皇子。但阴丽华是个非常识大体顾大局的女人，她明白丈夫再娶不是因为好色，而是为了得到真定王的支持，她放下了自己的委屈，表现出了宽容和大度。

阴丽华和郭圣通同样被封为贵人，汉光武帝刘秀在立后的事情上左右为难，阴丽华是自己的原配夫人，又是仰慕多年的心爱之人，而郭圣通背后所代表的政治力量也不可小觑（qù），同时她也为自己生了儿子，这对后宫的地位是至关重要的。光武帝在立后这件事情上，还是更倾向于结发妻子，不嫌弃自己卑微，共同经历过生死考验的阴丽华。为了不让光武帝继续在立后的事情上为难，阴丽华主动推辞不愿做皇后，这在历代的后宫中是极为罕见的。嫔妃们都为争夺皇后之位而无所不用其极，阴丽华却主动让出这个位置，这一举动令光武帝更加敬重她。虽然郭圣通被立为皇后，同时也立了她的儿子刘疆为太子，但光武帝对她一直比较冷淡，即使御驾亲征，也是带阴丽华在身边。

后来郭圣通的舅舅刘扬谋反被诛杀，使得郭圣通失去了重要的政治依靠，再加上她为人居高自傲，盛气凌人，光武帝很想废掉她，另立阴丽华为后。但是，善良的阴丽华却劝光武帝说，郭皇后并没有做什么失德的事，自己也无心争夺后位，为了保持良好的国君形象，还是不要轻易废后了。阴丽华就这样做了十几年的贵人，过着节俭的生活，但一直受光武帝的宠爱，先后生下了刘庄、刘苍、刘荆、刘衡和刘京五个儿子。

郭圣通虽然贵为皇后，却并不得宠，便渐渐对阴贵人滋生出不满和嫉妒，还经常刁难她。阴丽华本性谦让，又深明大义，处处忍让，息事宁人。光武帝是一位明君，他把这一切看在眼里，有时也很为阴丽华鸣不平，废掉郭皇后的想法日渐强烈。

守得云开见月明

当时东汉刚刚建立，天下盗贼还很猖獗，阴丽华的母亲和弟弟都不幸被强盗杀害了，此事给阴丽华带来了非常沉重的打击。母亲辛勤抚养自己长大，后来却因跟随光武帝而不能尽孝道，母亲最后竟然死于非命。光武帝令大司空前往阴家慰问家属，还写了份诏书说：朕微贱之时，娶阴氏为妻，后来因领兵出征，与她分离两年，幸亏两人都平安无事。阴贵人有母仪之德，本应立为皇后，但她一再推辞，宁愿屈居妾位。朕欣赏她的谦让，许诺分封她的兄弟。不料未及封爵，母子二人同时死于非命，实在令人悲伤。

从这份诏书中可以看出，光武帝对阴丽华这些年的辛苦付出是看在眼里记在心上的。在阴丽华深受打击、郁郁寡欢的时候，郭皇后却依然不肯放过她。光武帝终于忍无可忍，将她废黜，并立阴丽华为皇后。

在这样一位贤淑的皇后支持下，光武帝的后宫一直清俭安宁，使得他能够专心理政，没有后顾之忧。光武帝驾崩后，阴丽华的儿子刘庄即位，就是后来的汉明帝，尊阴丽华为皇太后。又过了7年，阴丽华也病逝了，享年60岁，与光武帝合葬。

谦德可颂留佳名

阴丽华一生尽到了做妻子的本分，她深明大义，尽力随顺丈夫，从来不干涉朝政，也不为家人争取任何利益。《后汉书》中记载她性格恭谨俭约，不好赏玩珍品，不喜欢嬉笑戏谑（xuè）。她一生相夫教子，主理后宫，尽心辅佐光武帝，可谓谦德可风。

明德马皇后：以德服人的勤俭皇后

少年时的不幸

明德马皇后是汉明帝刘庄的唯一一位皇后，史书上没有留下她的名字，她是伏波将军马援的三女儿，也是最小的女儿，长得清秀端庄，还很有主见，深得父亲的喜爱。马援虽然是一员武将，却很重视子女的教育，经常在征战之余给孩子们讲故事，并让他们读诗书习礼仪。

在马皇后11岁那年，父亲马援在外征战时病逝，死后还被人诬陷，被光武帝刘秀剥夺了爵位，马家因此每况愈下。马皇后的哥哥因思念父亲而早亡，她的母亲蔺夫人承受不了丈夫和儿子前后离世的打击，一病不起，神志不清。马皇后小小年纪就开始处理家务，指挥家中的婢仆，把里里外外的事务管理得井井有条。她本来和同为名门的窦家有婚约，但因为窦家对马援被冤枉的事不明就里，也不敢与马家来往了。他的堂兄马严看到窦家如此势利眼，就和马皇后的奶奶太夫人商量，取消了她和窦家的婚约。

入宫为婢 初展才能

有一次，马皇后突然生了病，而且很长时间都好不了，太夫人就请来算命先生占卜吉凶。算命先生说："小姐虽然现在卧床不起，但将来必定会大贵，可我不能说得太明白。"后来，马家又请来一位会看面相的先生，他见到马皇后，惊讶地说："我一定会对这位女子称臣的，她未来虽然尊贵但却少有子嗣，如果能好好抚养别人生的孩子的话，比自己亲生的孩子还要好。"不久，马皇后的病就痊愈了，堂兄马严就上书光武帝，请求让马援的女儿入宫。当时马皇后只有13岁，她被选中进了太子宫。

据史书上记载，马皇后长相端庄，头发秀美异常，就算是不化妆，也很漂亮。但想成为太子妃，在美女如云的后宫，仅凭长得漂亮是远远不够的，还要有足够的德行和智慧，马皇后恰恰就是这样一位既美丽智慧又品行高洁的女子。刚入宫时，她先在皇后阴丽华身边侍奉，对阴皇后极为恭敬周到，深得阴皇后的喜爱。在与其他妃嫔相处时，她也能谦恭礼让，上下和睦，获得了良好的口碑。

阴皇后为人温婉，很有耐心，处理后宫事宜有条不紊，马氏因为管理过家务，做事成熟稳健，很快成为阴皇后的得力助手。渐渐地，她出众马的品格广受赞誉，引起了太子刘庄的注意，并逐渐得到太子的宠爱。

为后勤俭，德化内外

公元57年，光武帝刘秀驾崩，皇太子刘庄即位，成为汉明帝，马氏顺理成章地被封为贵人。当时后宫还有一位贾贵人，是马氏同父异母的姐姐的女儿，也就是她的外甥女，她已经生了皇子刘炟（dá），还有一位阴贵人，是皇太后阴丽华的侄女。马贵人没有生孩子，汉明帝就把刘炟交给马贵人抚养。马贵人对养子宽爱慈和，并尽心尽力抚育。刘炟虽然不是她亲生的，关系却犹如亲子一般。公元60年，有官员上书建议，后宫不能无主，应该选立皇后。汉明帝询问母后的意见，阴太后便说："马贵人在后宫品德最佳，就选她吧。"于是，马贵人便荣升为了马皇后。

马贵人成为马皇后之后，依然保持着勤奋、谦恭、俭朴的本色，对所有人都礼数周全，也从不奢侈浪费。她常穿粗丝制的衣服，裙脚也不加修饰。每月初一、十五，嫔妃和公主们进宫请安时，看见皇后衣着简单粗糙，有的还暗暗嘲笑她。马皇后毫不在意地说："这种布料适合染色，所以我爱用它。"她的言传身教也影响了后宫的女眷，大家纷纷崇简约，戒奢靡，以至于达官贵人家也不再讲究排场。

马皇后一生没有生孩子，这在古代是女人最大的憾事，因为母以子贵，不生下儿子，就难坐稳皇后的位子。但她却以慈悲的母爱和宽广的胸怀，从容应对自己的困境。后宫之中不管谁生了孩子，她都非常疼爱，而且一视同仁，多多益善。她积极鼓励嫔妃们生儿育女，从来没有嫉妒之心，凡是能给皇帝延续血脉的，都给以奖励，提高她的待遇，只要生了儿女就是有功的。因此，后宫女子间很少有互相倾轧、争风吃醋的事情发生，皇子之间也能和睦相处，这令汉明帝完全没有后顾之忧。

■ 明德马皇后

满腹才学，安守本分

有一年，楚王刘英企图谋反，事情败露后，刘英自杀身亡。明帝认为应该把党羽一并处置，因此办案的官员抓了很多人，并严刑逼供，屈打成招，受诛连株连的人不计其数，下狱和流放的官员多达几千人，案件审了几年都没有结束。有大臣建议汉明帝罢手，但他不听。马皇后知道后十分忧虑，趁一次汉明帝回宫的机会，她神情凄楚地请求明帝不要把案件无限扩大。明帝很快醒悟到自己冤枉了不少人，经过思考，他听取了马皇后的建议，释放了许多人，并快速了结了此案。马皇后的一番劝谏让许多家庭免于灭顶之灾。

马皇后喜欢读书，一有空闲，便会读《易经》《春秋》《楚辞》《周礼》等书。她最喜欢的是《周官》《董仲舒书》这两本，这也成就她后来写下《显宗起居注》一书，开创了“起居注”这一史书体例的先河，成为中国历史上第一位女史学家。

马皇后因为从小爱读书，钻研历史，还受到父亲马援的熏陶，因此对于治国之道有比较成熟的见解，她实际上还是汉明帝的事业伙伴。汉明帝勤于政事，凡事亲力亲为，但国事实在太烦琐，遇到棘手的问题，一个人也疲于应付。百官上书中有难以处理的事，汉明帝常常请马皇后出谋划策，而马皇后学识渊博，往往给明帝看待问题以新的视角，因此明帝对她更为敬重。但马皇后深知后宫干政的弊端，从来不为亲戚家属谋取任何便利，只是默默地隐藏在明帝后面，从不抛头露面，因此百官并没有感觉到她在国事方面发挥作用。

严禁外戚干政

公元75年，汉明帝驾崩，汉章帝刘炟即位，尊马皇后为皇太后。在明帝新丧之际，马太后的三个弟弟自认为是皇亲国戚，不顾国家法令，非要强行入宫吊丧不可。把守宫门的卫士杨仁坚守原则，不放任何人进去。事后，几位国舅找汉章帝告状，说杨仁作为一名小小的卫士妄自尊大，竟敢对国舅这样无礼。汉章帝将此事告知马太后，马太后不但没生气，反而高兴地称赞说："杨仁执法公正，不避权贵，这才是国家的忠臣啊！"章帝就提拔了杨仁。

按照汉朝的制度，皇帝死后，他的嫔妃宫女们要搬到南宫去住，马太后感念大家曾一同侍奉过先帝，每人都赐予了车马布匹和黄金。

马太后在亲自撰写汉明帝的起居注时，特意把自己哥哥马防分管医药事务时，侍奉明帝医药的事删去。汉章帝疑惑地问道："舅舅为先帝侍奉医药有一年多，不但没有得到奖励，反而连辛苦的记录都要被删掉，会不会太过分了呀？"马太后回答说："我是不想让后人觉得先帝重用外戚，所以才没有加进去。"

明章之治背后的推动者

汉章帝没有像父亲汉明帝那样事必躬亲，他希望别人能够代理一部分他的权力，所以多次想加封马太后的哥哥们。马太后深知西汉就是因为外戚专权导致王莽篡位，所以坚决反对加封自己的哥哥。不但如此，她还更加严格地管束自己的亲属，有车马衣服很朴素的，她会大加赞赏，并且赐给钱财；对那些衣着车马过分奢侈的，就去除他们入宫的资格。连马太后的母亲去世，家人把坟墓砌得高了一些，超过了礼仪的规定，马太后立刻命令削去超高的部分。

马太后41岁时因病过世，她当皇后和皇太后总共20年，去世后与汉明帝合葬在显节陵。

马皇后一生勤俭朴素，谦逊好学，明理达观，在她的倡导下，全国上下都以简朴为荣。她作为天下最尊贵的女人，却能严于律己，不谋私利，给官员百姓做出了典范，为汉明帝、汉章帝两朝的政治清明、国泰民安做出了贡献，并辅佐两位明君开创“明章之治”，因此赢得了后世史家的赞誉。

班昭：儒林女圣

出身书香，少年博学

班昭是东汉时期著名的女史学家，她在哥哥班固去世之后，续写了二十四史之一的《汉书》，她还被汉和帝召入宫中做皇后和嫔妃们的老师。她在过去两千年里被誉为“儒林女圣”，从这么高的评价中，可见她是位博学且德行很高的女子。

班昭又名班姬，字惠班，出身书香门第、儒学世家，她的父亲班彪是远近闻名的学者，她的两个哥哥班固、班超，在历史上也赫赫有名。班固被认为是《汉书》的作者，是继司马迁之后又一位杰出的史学家，此书凝结了班彪、班固、班昭两代三人的心血。班超是著名的军事家和外交家，投笔从戎，出使西域，促进了东汉的民族融合和边境安宁。家庭气氛的熏陶使得班昭从小就熟读儒家经典和史书，后来又学习了丰富的天文、历史、地理等当时女孩子学不到的知识，成为通儒通史，博学多才的女子。

少年守寡，续写汉书

14岁时，班昭嫁给了同郡人曹世叔，从性格上来看，曹世叔活泼外向，班昭温柔细腻，夫妻二人和谐融洽，生活得十分美满，还先后有了一个儿子和几个女儿，儿子名叫曹成，字子谷。可惜没过几年丈夫就去世了，班昭很早便成了寡妇。当时的观念中女子在丧夫后要守节至死，不可再嫁，方可称为“贞洁”。班昭一直秉承这一信条，严格自律，举止合乎礼仪，终身没有改嫁。

班昭的父亲班彪曾经写成了《史记后传》，有60多篇的史学著作，父亲过世后，她的哥哥班固在此基础上修订史料撰写《汉书》。就在《汉书》快要写成的时候，突然发生了变故，班固因为曾经跟随过窦宪大将军，后来窦宪因擅权的罪名被杀，班固也受到牵连，死在了狱中。班昭听到这个消息后悲痛万分，之后她痛定思痛，猜想也许完成哥哥未竟的事业才是对他亡灵最好的安慰，于是她继承了班固的遗志，立志要完成这部史学巨著。幸好班昭在班固在世时，就曾经帮助哥哥一起从事此书的编写工作，后来又得到汉和帝的恩准，可以到东观藏书阁查阅资料，所以写起来还算得心应手。

班昭在原稿基础上补写了八表：《异姓诸侯王表》《诸

侯王表》《高惠高后文功臣表》《景武昭宣元成功臣表》《外戚恩泽侯表》《百官公卿表》《古今人表》等，这些都是班昭在她哥哥班固去世后完成的，但班昭仍将全书署上了班固的名字，把自己的工作低调隐藏起来。

《汉书》是我国第一部纪传体断代史，是继《史记》之后的重要史学著作，书成后获得了极高的评价，当时的读书人争相传阅。当时著名的经学家马融和他的哥哥马续都曾经在东观藏书阁外，跟随班昭学习，聆听她的讲解呢！后来马续还对《汉书》做了一些补充修订的工作。

汉和帝知道班昭博学多才，就召她入宫，教授皇后和嫔妃们诵读经史，后宫中尊她为女师。当时人们对年长女子的尊称是“大家（tài gū）”，又因为班昭是嫁到曹家，所以人们尊称她为“曹大家”。由于班昭的文采出众，撰写的词赋也非同凡响，遇到各地进贡珍贵稀奇的物品，皇帝有时还会让班昭作赋赞扬一下。

情谏汉和帝，请兄归乡

班昭的另一位哥哥班超有着非凡的政治和军事才能，他被长期派到偏远的西域，从事着外交和边境安全的工作。他智勇过人，为当时西域的安宁做出了巨大的贡献。但班超当时已经60多岁了，年迈时更加思念故土，希望落叶归根，于

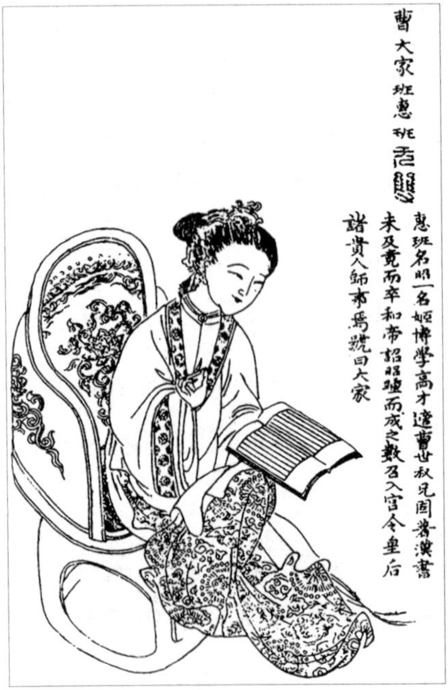

■ 班昭像

是就派他的儿子班勇跟随进贡的使者回到洛阳，上书皇帝请求回国。但奏章递上去之后，三年也没有回音，班昭眼看着哥哥已经70岁了，一年年地衰老，还不能与家人团聚，安享晚年，就向汉和帝上了一份奏折。里面说到：哥哥班超被封为定远侯，已经是天恩浩荡。班超刚出塞时，就立志为国捐躯，中间遇到一些变故，班超都凭一己之力，转危为安，每次打仗都身先士卒。幸亏有陛下的福德庇佑，才能活到今天，至今已在西域驻守30年了。当初跟随他一起出塞的人都已经过世了，现在班超也年满70，衰老多病，扶着拐杖才能走路，即使想竭尽报国，已经力不从心。如果有突发事件，以班超的气力，也不能再为国效力，势必损害国家的功业。我听说古人15岁从军，60岁才可以还乡，中间还有休整的时候。因为陛下以至孝治理天下，所以我才敢冒死请求陛下让班超归国，让他衰老的时候不被遗弃在荒凉空旷的原野上。

在奏书的最后，班昭还引用了两个典故，一个是周文王到徐灵台，挖地看到死去战士的骨骸就厚葬之；另一个是魏文侯的老师田子方看见文侯丢弃的老马，就收养它到老死。班昭通过典故委婉地提醒皇帝不要亏待有功的老臣，说得入情入理，丝丝入扣，汉和帝看完了也被感动，就派遣任尚出任西域都护，班超终于告老还乡。班超回到洛阳没几个月，就病逝了。幸亏班昭的奏书才让哥哥不致客死异乡。

汉和帝在20多岁时就去世了，邓太后临朝听政，因为她一直敬重班昭，就让她参与政事。班昭对太后交代的事项非常勤勉，成为邓太后的得力助手，并破格加封班昭的儿子曹成做了关内侯，官至齐国的国相。当时的大将军邓骘（zhì）是邓太后的兄长，主理军国大事，颇受倚重，后来他在母亲去世时，上书请求守丧三年，邓太后犹豫不决，就询问班昭的意见。班昭认为：最高尚的品德莫过于谦让，连孔子都说："能以礼让为国，于从政乎何有？"意思是说：如果能用礼让来治国，从政还有什么可为难的呢？如今大将军功成身退，坚守孝义，如果以边关不宁为由拒绝了，日后如果国舅稍有过失，只怕谦退的名声都不可得了。邓太后认为言之有理，就批准了邓骘辞官还乡守丧的请求。

儒林女圣，实至名归

班昭晚年体弱多病，家中晚辈女子们又正当出嫁的年龄，班昭担心她们不懂妇女礼仪，将来出嫁到夫家会不能适应，做出有损颜面和辱没家族的事，于是写下了《女诫》七章，教导她们做女子的规矩和与人相处的原则。《女诫》作为“女四书”之一，成为后来几千年女德教育的范本，内容包括卑弱、夫妇、敬慎、妇行、专心、曲从、和叔妹七章。本来是班昭写来教导自家女孩子的家训，不料当时的京城世家都争相传抄，不久便风行全国各地，成为上至宫廷下至百姓家女子都来学习的女德教材。

班昭享年70多岁，还是很长寿的。班昭故去后，连皇太后都亲自为她素服致哀，还为她举行了国葬，由使者监护丧事。后代虽然也有很多才女佳人，但能做到如班昭一样的史学成就，却是很少见的，尤其之后不少女德方面的文章著作，也都无法超越《女诫》的高度。她一生清心寡欲，虽然博学却从不倨傲，以谦逊守礼著称。她开了女子四德：妇德、妇言、妇容、妇工的先河，用一生的经历成就了四德的表率，难怪能得到“儒林女圣”的赞誉呢。

范滂之母：深明大义的范母

范滂（pāng）的母亲是东汉人，具体的姓名已经无从考证了，十几岁时嫁给了范显，范显是位孝子，后来做官做到了龙舒侯相。范母的有名也是因为教育出了一位孝廉清节、刚正不阿的儿子——范滂。在范滂短短33年生命历程当中，母亲起到了重要的作用，范母自幼教导范滂读圣贤书、做大丈夫，范滂也因此长成了一位志向高远、才华横溢的青年，是当时的“江夏八俊”之一。

东汉年间，宦官专权，吏制混乱，官场风气混浊，贪赃枉法的官员遍布全国，朝廷向各地要求推举贤才，希望可以缓解一些腐败的状况。范滂家当时在河南漯河市附近，他从小读圣贤书，志向高远，主张学而优则仕，希望可以有机会报效国家。因为范滂的名声很好，乡里都敬佩他的品行，就推举他为孝廉，入朝做官。

送儿复命，救百姓于水火

朝廷任命范滂当清诏使，到河北冀州巡察。当时那里正在闹饥荒，而当地的豪强和官吏却依然盘剥百姓，逼得民怨沸腾，民不聊生，以致盗贼四起，惊动了朝廷。范母得知儿子被任命到那里做官，很是担心。她深知儿子疾恶如仇，一定会对贪官污吏毫不手软，也很有可能因此遭人嫉恨和暗算。范母思考了几日，还是决定不管前途有多坎坷，都要支持儿子前去，因为那里还有生活在水深火热中的黎民百姓。读书人的志向是修身、齐家、治国、平天下，就不应该贪图安逸，而应该尽力救助苦难。

临行那天，范母一早起来为儿子打点好行装，因为放心不下，还净手焚香，虔诚叩拜，希望神灵能保佑儿子平安顺利。范滂临走时，询问母亲还有没有什么要叮嘱的事。范母有些不舍地看着儿子说："你这次受朝廷重托，身赴灾区，安抚百姓，任重道远，要好自为之啊！"范滂连连点头称是。范母知道儿子是个孝子，又接着说道："听说那里的官员在朝中与权臣交好，他们倚仗自己的势力，欺压百姓，作威作福，不少为政清廉的官员都被他们诬告而罢官，甚至下狱，很可能会性命难保。你去那里，不管有多大的困难，也要为民请命，为好人伸冤，严守法纪，惩恶扬善啊！"范滂压抑不住内心的感动，回答道："孩儿一定会谨记母亲的教诲，勇担道义，不畏艰难。"范母满意地点点头，之后便与范滂依依惜别，目送儿子远去。

范滂带着要还天下一个清明的志向，来到了冀州境内。当地很多官员感到自己的罪行将要败露，于是把地方官印留下，望风而逃。范滂在当地细心体察民情，明察秋毫，把百姓们反映的情况全都记录在案，经过调查核实后，并如实向朝廷报告。在这一项任务中，范滂以自己的凛然正气，深得民心，化解了一方危难，得到了广泛的赞誉。

血书教儿

之后范滂经历了几次调任，他都一直坚守原则，严厉整肃不良风气，从不向任何权势低头。后来，范母有好一阵子没有了儿子的消息，她知道儿子是孝子，不会忘记写信而让母亲担忧的，就有些担心焦虑，日思夜想，希望能尽快收到儿子的家信。有一天，忽然来了一位信使，范母喜出望外，她打开信一看，却是心痛不已，原来儿子在信中说，他被人诬陷而不幸入狱。范母心急如焚，泪水夺眶而出，但她自知没有能力为儿子做什么，她相信儿子一定没有做伤天害理的事，并祈祷他能平安渡过这一劫难。这时，她正在为儿子缝制一件过冬的棉衣，因为心情苦闷不小心扎破了自己的手指，鲜血瞬时流了出来。于是她就借着手上的血，在棉衣里面写下了自己儿时读的《孟子》里的一句话：“富贵不能淫，贫贱不能移，威武不能屈。”把这句话告诉儿子，是范母唯一能做的，她想让儿子相信，道义是要坚守的，即使在最艰难的时刻。范母缝好棉衣后，就请人给狱中的范滂送去了。

狱中的范滂收到母亲送来的棉衣后，无意中看到了里面那殷红的血字时，他心潮澎湃，泪如泉涌。他看到了母亲的关怀、理解和肯定，他知道母亲没有怪他入狱，而是让他坚守道义。临行前母亲的教诲仿佛又声声在耳，这使范滂有了勇气和力量，这对于一个牢狱中的人来说，是莫大的支持。最终范滂被宽释回家，家乡的亲朋故人闻讯奔走相告，在路上欢迎他的车子都有上千辆。

成儿大义之名

过了几年，汉灵帝继位后，由于只有十几岁，朝政都被宦官们把持着，政治更加黑暗。宦官为了消除自己的政敌，把一批有节操的名士都列为党人，并有一网打尽的打算，范滂也被列在抓捕名单中。奉命捉拿范滂的督邮在家中大哭，因为他知道范滂是清白的。范滂知道此事后，便和母亲商量，准备去投案，不要让督邮为难。此时县令郭揖来到范滂家，想要同他一起逃走，并说：“天下大得很，哪里不能躲一躲呀！”范滂却说：“如果我死，祸就了结了，那怎么还敢连累您，还要我的老母亲流离失所呢？”

范母心中虽然悲痛万分，却也支持儿子做个堂堂正正的人。她忍住悲痛说：“你如今能和李膺（yīng）、杜密这样的名士一同赴死，也算死而无憾了！既然有了美名，再想要长寿，还能兼得吗？如果美名和长寿不可兼得，那还是舍生取义吧！”之后，母子二人洒泪诀别。范滂留下来的孩子由范母悉心教育抚养。

宋朝大文豪苏轼在年少时，母亲程氏教他读《后汉书》，读到《范滂传》这部分时，苏轼就问母亲，如果自己以后成为范滂这样的人，母亲会怎么想。程氏毫不犹豫地回答说：“你如果能像范滂一样，我难道就不能像范滂母亲一样吗？”由此可见后世的人们对范母的深明大义有着极高的评价，连苏轼母亲也同样敬重爱戴她！

独孤皇后：开基立隋

宫中二圣

独孤皇后是隋朝开国皇帝杨坚的皇后，她堪称是南北朝末期到隋朝时期一位杰出的女政治家，有巾帼不让须眉的大气魄，在她的积极辅佐之下，隋文帝结束了南北朝时期的分裂局面，实现了华夏民族的又一次大统一，开启了隋唐盛世的序幕。她反对奢侈，喜爱读书，兼备鲜卑族和汉族文化之长，性格柔顺又率真，谦卑又进取，是隋文帝开基立隋的得力助手。

独孤皇后很有政治才能，她与隋文帝议论国家大事，看法常常不谋而合，隋文帝拿不准的治国方略都愿意和她商量，如有不妥之处，她会直言相劝，因此宫中把她和隋文帝并称为“二圣”。

杰出的家庭体系

南北朝时期独孤家族堪称北方最大的门阀家族之一，独孤皇后的父亲独孤信是鲜卑族，关陇集团的重要人物，西魏的八柱国之一。独孤信的三个女儿个个不同凡响，大女儿是北周明帝的皇后；四女儿嫁给唐国公李昞（bǐng），生下李渊，李渊后来成为唐高祖；七女儿独孤伽罗正是本文的主人公独孤皇后，独孤皇后身世绝对系出名门望族。当时社会普遍崇尚佛教，独孤信也不例外，他给七女儿取名为伽罗，在梵语中有沉香木的意思。

她的母亲崔夫人出自被称为“五姓七望”的“清河崔氏”家族，是首屈一指的汉族政治文化门阀，世代重视儒家教育和文化传承，文武兼具，人才辈出。从小崔夫人就以汉家文化教导女儿，使得她雅好读书，识达古今，再加上鲜卑族都是女人主持家政的风气，妇女有充分施展才能的空间和话语权。因此，独孤伽罗既有父亲游牧民族的勇敢直率，又有母亲汉文化的儒雅谦和，还生长在尊重女性才能的北方少数民族家庭。再加上当时战争频发，社会动荡不安，这样的成长环境给了独孤伽罗不一样的眼界和舞台，练就了她独立果敢，心怀家国兴亡的性格。

婚配杨坚，幸免家难

独孤信非常宠爱这位聪慧伶俐的小女儿伽罗，到了要成婚的年龄，他就一直用心为女儿物色一位德才兼备的如意郎君。当时杨坚的父亲杨忠与独孤信同朝为官，而且关系非常密切，独孤信注意到杨坚气度非凡，性格稳健，于是两人决定结为亲家，让17岁的杨坚和14岁的独孤伽罗喜结连理。两人结婚才不到两个月，两家政治豪门的命运就发生了大逆转。独孤信在一场政治斗争中失败而被逼自尽，妻子、儿子都被流放到四川，幸好独孤伽罗已经出嫁，否则也会跟随家人一同流放。但独孤家却从此退出了权力中心，杨坚也因为与独孤家联姻的关系，8年都没有得到升迁，在政治气氛紧张时，还有过生命危险。在这段如履薄冰的岁月里，独孤伽罗和杨坚两人低调谦恭，互相鼓励支持，成为彼此的精神依靠。

就这样，20年过去了，政局几度动荡变化，却朝着越来越有利于杨坚的方向发展，他虽然极力谦让，也因功勋卓著而被封为北周上柱国，掌握全国兵马，在朝中很有威望。此时，独孤伽罗为杨坚生了一女五子，他们的大女儿杨丽华长大后做了周宣帝的皇后，然而周宣帝对杨坚的猜忌从未减少，甚至有一次要赐杨丽华自尽。千钧一发之际，独孤伽罗只身进宫见皇帝，并叩头到流血为女儿请罪，最终使杨皇后和杨家免于飞来横祸。这一次独孤伽罗充分展示了女性的坚韧和果决。

与君相伴相知的女政治家

很快周宣帝暴病而死，只有9岁的周静帝继位，杨坚作为辅政大臣，已是重兵在握，羽翼丰满，他却陷入了是做权臣还是代周自立的两难抉择之中。在这个紧急关头，独孤伽罗审时度势，认为已经形成了骑虎难下的局面，只能前进不能后退，她给了杨坚巨大的推动和确立开基立隋的决心。很快，周静帝把皇位禅让给了杨坚，杨坚建立了隋朝，成为隋文帝，并册封独孤伽罗为皇后，这一年隋文帝41岁，独孤皇后38岁。

隋文帝总结前朝衰败的教训，改革吏制，整顿朝纲，独孤皇后一面帮助他出谋划策，一面管理后宫的大小事务。她每天和隋文帝同辇（niǎn）而行，到了上朝的大殿外就停下来，静静地一直等到他下朝了，再一起同辇回宫，正是她日复一日的坚持陪伴，隋文帝从未在朝政上懈怠。独孤皇后不但要照顾隋文帝的饮食起居，而且一有空就博览群书，希望能在国家大事上给他更多有价值的建议。因此开皇年间的政治决策，很难分得清到底是隋文帝还是独孤皇后的主意，也许更多时候，是两人达成的共识吧。

独孤皇后虽然参与国家管理，直接走到政治前台，但她并没有为个人或家族谋利的私欲，并且严于律己，以身作则。当时突厥人与隋朝开通了相互交易的集市，有人出售一箧价值八百万钱的明珠。有人劝独孤皇后买下来把玩，她却说："这不是我必需的东西，现在边境经常有戎（róng）狄（dí）来犯，将士们很辛苦，还不如用这钱去赏赐有功的将士呢！"独孤皇后对她的亲戚采取封官加贵，却不委以实权的原则，不让他们有地盘和军事权力。亲戚若触犯法律同样当斩，也毫不留情。

万千宠爱集一身

隋文帝常被后人贴上"怕老婆"的标签，因为独孤皇后在几千年封建史上，是唯一一位实现能令皇帝专宠她一人的皇后。隋文帝的六宫形同虚设，而且废除了三妃六嫔的惯例，皇后还禁止宫中女子浓妆华服，不允许她们随意亲近皇帝。隋文帝的五儿五女全是独孤皇后一人所生，作为九五至尊的皇帝，如果不是与独孤皇后确实有深厚的感情，只是因为皇后的任性霸道，是不可能专宠一人的。

独孤皇后在59岁时因病过逝，这对于进入垂暮之年的隋文帝是一个重大的打击，她与隋文帝整整做了45年的恩爱夫妻。平日里一向节俭的隋文帝以异乎寻常的高规格办理了独孤皇后的丧事，请了五十多位高僧大德进宫，举行了七七四十九天的超度法会。隋文帝还亲自奔波数百里，把爱妻的遗体送到太陵，送心爱的人走完最后一程。

作为隋朝的开国皇后，独孤皇后堪称母仪天下的典范，她的博学、智慧和胆略，为开基立隋，以及开启隋后的“盛唐”做出了卓越的贡献。

长孙皇后：贤德助贞观

三代贤德者，长孙氏为最

在中国的历史长河中，有很多后宫女子名垂青史，长孙皇后堪称其中近乎完美的一位，她既有才女的柔美睿智，又有男子的勇敢果断。她是一代明君唐太宗的“嘉偶良佐”，在李世民登基前处境危险时，与他共赴患难，又在他登基后，适时匡正皇帝的冲动和过失，且终生保持着节俭自律的作风。长孙皇后36岁就因病过世了，谥号文德皇后，她短暂的一生却助推了“贞观之治”的盛世。

在不同历史时期的文人、史家眼中，对长孙皇后一生的评价几乎是一致的赞美和肯定，“三代以来，皇后之有贤德者，唐长孙氏为最。”意思是说从夏商周三代以后，有贤德的皇后当中，长孙皇后是最贤德的，这是一个极高的评价了。

父择佳婿，成就良缘

长孙皇后没有留下确切的名字，小字观音婢（bì），是个与佛教有关的名字，当时佛教的盛行可见一斑。长孙皇后的祖上是北魏拓跋氏皇族的宗室之长，所以尊称“长孙”，后来就用这个称谓当作姓，家族传承着鲜卑皇室的高贵血统，从北魏到隋朝都人才辈出。长孙皇后的父亲长孙晟（shèng），是隋朝的右骁（xiāo）卫将军，当时的北方贵族子弟，不但博览群书，更要精通骑射武功，长孙晟擅长军事，还有一箭双雕的本领。长孙皇后的母亲高氏是北齐乐安王高劢（mài）的女儿，所以长孙皇后自幼接受严格的教育，聪颖好学，知书达礼。

长孙皇后是长孙晟的小女儿，从小他就对这个小女儿非常疼爱，所以很早就考虑她的婚事。长孙皇后的伯父长孙炽（chì）十分欣赏唐国公李渊妻子窦氏的人品，认为窦氏这样优秀的母亲一定能教育出优秀的孩子，因此劝说长孙晟为幼女与李渊的次子李世民定下姻亲。但此后不久，长孙晟就去世了，随后，长孙皇后和她的同母哥哥长孙无忌以及他们的母亲被同父异母的兄长赶回娘家。幸好长孙皇后的舅舅高士廉对他们三人照顾得很周到，而且长孙无忌和李世民还是好朋友。高士廉知道他们之前有婚约，就在长孙皇后服丧期满后，让13岁的长孙氏嫁到唐国公府，成为李世民的妻子。

战战兢兢，助夫成大业

长孙皇后虽然在豆蔻（kòu）之年就出嫁了，但从小良好的家教和礼仪，使她能尽行妇道，悉心侍奉公婆。此时的李世民是个军事天分出众且英勇善战的青年，他18岁时就冲入阵营救出陷入重围的父亲，21岁随父亲在太原起兵，后来率领部队打败隋军，攻克长安，李渊登基称帝后，改国号为唐，封李世民为秦王，长孙氏受封为秦王妃。之后的几年，李世民又忙于南北征战，扫平了各地方割据势力，完成了建立伊始的大唐王朝的统一。在丈夫这段戎马生涯中，秦王妃一面提心吊胆地担心着丈夫的安危，一面抚养着年幼的孩子们，并替丈夫孝敬父皇，深得皇帝公公的认可。由于秦王长年带兵打仗，在军中威望甚高，功高震主而受到父亲的猜忌，再加上太子等人借机进谗言，唐高祖几次险些想将李世民处死。秦王妃尽可能多地进宫与后宫嫔妃交往，努力缓和矛盾，消除父子间的误会。太子李建成视李世民为自己继承皇位路上的绊脚石，几次想谋害他都没有成功，兄弟间矛盾到了水火不容的地步。

6月4日凌晨，在决定发动“玄武门之变”之际，李世民率领秦王府800将士在玄武门设伏。通常站在秦王身后谦卑恭顺的秦王妃出人意料地出现在了丈夫身旁，她慷慨陈词，从容勉励将士，她的出现令将士们更加义无反顾。看到自己的妻子生死相随、绝不独活的勇气，李世民受到了极大的鼓舞。此次政变以秦王的完胜和太子李建成、齐王李元吉兵败身死而告终。三日后，李世民被立为皇太子，两个月后，李渊禅位给了李世民，做起了“太上皇”。李世民登基成为唐太宗，册封长孙氏为皇后，开启了一段琴瑟和鸣、共创盛世的明君贤后时代。

谦德孝顺，德化后宫

做了后宫之主的长孙皇后，一如既往地保持着谦卑、孝顺的美德，对于年事已高的太上皇李渊，她像普通人家的儿媳妇一样，每天早晚都去请安，还细致地询问老人的生活起居情况。贞观年间文治武功都非常强盛，周围的少数民族部落都来称臣，有一次，太上皇在两仪殿设宴，招待西突厥（jué）的使者，十分高兴。唐太宗和长孙皇后给太上皇进献御膳，还送上衣物，最后，长孙皇后亲自拿着梳子给李渊梳头整冠，看到太上皇头发已经花白，心中不禁有些伤感，暗自流下眼泪。

虽然从小就出生在官宦世家，如今又富有天下，但长孙皇后却一直是个非常简朴的人，衣服用品都只讲求合礼数，不讲究奢华贵重，饮食宴会的安排也尽量丰盛但不铺张。同时她还要求皇子学会节俭，她的长子李承乾被立为太子，太子的乳母遂安夫人管理太子的日常花费，她比较偏爱太子，多次向长孙皇后要求增加费用。长孙皇后为了避免助长东宫奢侈风气，拒绝了遂安夫人的请求，并对她说："太子身为储君，应该担心德不立，名不扬，而不应该担心东西短缺和用度不够啊！"长孙皇后以身作则，也带动了整个后宫的崇简风尚，为大唐开国时期的励精图治做出了贡献。

长孙皇后对后宫的妃嫔非常宽容、和气，还常劝唐太宗要公平善待每一位嫔妃，从来不希望争得皇帝的专宠，因此，整个后宫的气氛十分和睦，很少发生争风吃醋的事情。长孙皇后把后宫打理得井然有序，使唐太宗能不受宫内是非的干扰，专心致志地处理国家大事，自己则兢兢业业地尽到皇后和妻子的责任。

唐太宗登基后生过一场大病，卧床休养了很久，长孙皇后日夜不离地尽心照顾。他们夫妻二人是少年结发，情投意合，共同经历过生死和磨难，感情至深至固。长孙皇后看到唐太宗身体一直没有好转，曾将毒药系在腰间，准备"若有不讳（huì），亦不独生"，也就是如果唐太宗不幸病逝了，她也会跟随他一同去死。

谨言慎行著女戒

长孙皇后自小就喜爱看书，在后宫有时一边由宫女们梳妆打扮，一边也手不释卷，每当太宗和她谈古论今时，她都很有见地，从容以对，给唐太宗不少启发。长孙皇后为了提醒告诫自己要谨言慎行，亲自编辑了一本《女则》。她写这本书并不是为了著书立说，或者教导别人如何做，只是用来提醒自己要做一个好皇后。《女则》一共有十篇，书中摘录汇集了历代著名女子的言行，并加上长孙皇后自己的评论，用以时时督促自己做一个称职的皇后。长孙皇后去世之后，有人拿这本书给唐太宗看，他才知道长孙皇后在世时写过这样一本书，并且流泪哀叹自己失去了一位贤内助。

由于长孙皇后正直善良还博学睿智，唐太宗非常看重她的想法。夫妻这么多年，唐太宗也习惯了同皇后商量重要的事情，因此唐太宗回到后宫，会经常与她谈起军国大事和朝政商议的细节。长孙皇后虽然博古通今，也很有见地，但她不愿意以皇后的身份参与政事，她多次对太宗说："牝鸡司晨，终非正道，妇人预闻政事，亦为不祥。"表明自己不应该讨论国事，鼓励皇帝多与贤臣良将们商议，认为男女有别，应该各司其职。如果唐太宗坚持要她说一说自己的看法，长孙皇后会经过缜密的思考，给出原则性的见解，并向太宗强调，我只知道居安思危和任贤纳谏是做明君的关键，其他细致具体的建议还是应该多听朝臣的意见。

朝服进谏

长孙皇后虽然不干涉朝政，但当唐太宗在冲动的当下，意气用事时，她会使用善巧的办法劝说皇帝，最有名的就是“朝服进谏”的故事了。

唐太宗从十几岁就南北征战，非常喜欢打猎，有一次，他兴致来了，就带上一些护卫近臣，准备去郊外狩（shòu）猎。正要出宫的时候遇上了大臣魏征，魏征了解情况后，就劝说唐太宗：“眼下正是春天，万物生长，禽兽也会哺育幼崽（zǎi），不适合去打猎，还请陛下返回吧！”唐太宗当时兴致正浓，一心想去，就客气地请魏征让到一旁，自己还是坚持要出游。魏征却一点儿面子也不给，站在路中央拦住唐太宗的去路，还不停地说，明君应该如何如何的道理，唐太宗一下子兴趣全无，怒不可遏（è）地返回宫中。

他一见到长孙皇后，就气势汹汹地说：“我一定要杀了魏征这个乡巴佬，才能泄我心头之恨！”长孙皇后温和地问明了事情的原委，什么都没说，只是默默地退下了。不一会儿，她换了一身庄重的、只有在典礼上才会穿的皇后礼服，来到唐太宗面前，并行大礼叩拜，这让皇帝非常惊讶。长孙皇后说："我要恭喜陛下！"唐太宗满头雾水，不知道她这么隆重是有什么要紧事，疑惑地问："何事如此慎重？"长孙皇后神色庄重地回答："臣妾听说只有明君身边才有直臣，今天魏征敢这么直接向陛下进谏，足以说明陛下是一位明君，所以臣妾要恭喜陛下。"唐太宗听了先是一愣，很快就领悟了皇后的良苦用心，刚才的满腹怒气也烟消云散了，明白像魏征这样的直臣对自己的江山社稷是非常必要的。之后，长孙皇后还派使臣送给魏征不少赏赐，并传话说："听说您是一位正直的大臣，希望您能一直保持这颗忠直的心，不要改变。"正是长孙皇后的蕙质兰心和机智过人，及时提醒皇帝，才帮助了像魏征这样能犯颜直谏的大臣，免于性命之危。

还有一次，唐太宗一匹心爱的宝马突然死了，唐太宗认为是养马的人没有尽心，非常生气，要把养马的宫人杀了。这时候，长孙皇后向他提起两人曾经一起读过的历史故事。春秋时期的齐景公因为马死了要杀养马人，晏子就请求指出养马人的罪过，他说："你养的马死了，这是你的第一条罪；你让国君因马死而杀人，传扬出去，一定会以为国君不仁，这是你的第二条罪；诸侯听到这个消息，必定轻视我们的国家，这是你的第三条罪。"齐景公听后就赦免了养马人的罪。长孙皇后婉转地提醒太宗，是否还记得这个故事？唐太宗何等聪明，立刻领悟了她的言下之意，也赦免了养马的宫人。

像养马人这样身份卑微的普通人，长孙皇后都能用仁爱之心相待，珍视他们的生命，不滥伤无辜，正是她的宽和、明理，也影响到唐太宗虽手握生杀大权却能谨慎行事。

贤德助贞观

有一年，长孙皇后陪同唐太宗巡幸九成宫这个地方，游玩时皇帝用手杖杵地竟冒出了泉水，所以让魏征撰文，欧阳询书写后刻成《九成宫醴（lǐ）泉铭》，也就是现在欧体楷书最常被临摹的《九成宫》。贞观八年时，他们又来到九成宫避暑，长孙皇后在回来的路上受了风寒，引起旧疾复发，病情日渐严重。皇太子李承乾请求父亲大赦天下，并送囚徒入道观，为母后祈福消灾。大臣们也感念皇后盛德而极力附和，就连耿直的魏征也没有异议，唐太宗立即答应。但长孙皇后却坚决反对，她说："死生有命，富贵在天，不是人力所能左右。赦免囚徒是国家大事，道观是清静之地，不能因为我而乱了天下的法度！"唐太宗只好请了法师入宫念经祈福，也许是皇帝、太子和大臣们的诚意所致，长孙皇后的病情很快好转了。

贞观九年，长孙皇后的母亲和太上皇李渊先后离世，这给了她非常沉重的打击。守丧期间，长孙皇后因哀伤过度，诱发了之前的病根，第二年，病情变得更重了，太医用了很多药都不见好转。

贞观十年的夏天，长孙皇后最终病逝，享年36岁。她在弥留之际还殷切地嘱咐唐太宗，要善用贤臣，不要重用外戚，死后一定不要厚葬等。长孙皇后的一生虽然有些短暂，但她的贤明厚德却赢得了朝野的广泛赞誉，并对盛唐开国的“贞观之治”起到了重要的作用。她被后代史学家们肯定并流传后世，称她为“贤德助贞观”。

文成公主：远嫁吐蕃的大唐公主

汉藏和亲风俗

史书上没有记载文成公主的名字，她虽然是公主，却不是皇帝的女儿，史书上也没有记录她的父亲是谁，大多认为父亲是江夏王李道宗。李道宗是唐高祖李渊的堂侄，因为立下战功被封为任城王，文成公主就出生在任城，在今天的山东省济宁市内。文成公主作为唐朝宗室家的女儿，被封为公主，远嫁吐蕃（bō）（今天的西藏），为促进唐蕃间经济文化的交流，增进汉藏两个民族的感情，做出了历史性的贡献。

文成公主自幼受家学熏陶，研读经典，知书达礼，并信仰佛教，长得优雅美丽。当时皇帝的女儿们大都嫁给朝廷重臣的儿子，而不愿意远嫁外族异邦，但为了保持边境的安宁，又常要与周围的番邦和亲，于是就会封一些同姓的李氏王族家的女儿为公主，让她们远嫁到外番去。16岁时，文成公主被唐太宗李世民封为公主，并将她嫁给当时吐蕃族的君主松赞干布。

天赐良缘

松赞干布是藏族历史上的英雄，他统一了藏区，建立吐蕃王朝。当时正值唐朝初年的鼎盛时期，周边的国家都与唐朝保持经济文化的交往，松赞干布就派吐蕃外交家禄东赞，带着黄金和珍宝，来长安向唐朝请婚。可巧的是，天竺、格萨、霍尔的国王也派使者来求婚，唐太宗就准备了一些考题，测试各国大使的智慧，最后禄东赞技压群雄，完成了“六试婚使”的任务，为吐蕃王朝得到了迎娶文成公主的机会。这段“六试婚使”的故事，后来被描绘成壁画，至今保留在拉萨的大昭寺中。

贞观15年，文成公主17岁，她在江夏王李道宗和吐蕃迎亲大使禄东赞的护送下，从长安出发前往吐蕃。当时选择在寒冬出发，因为从长安到西藏要走一个多月的时间，沿途还要经过几条大河，只有隆冬季节河水被冻住，才能让送亲的队伍通过。这支送亲的队伍豪华隆重，除了常规的嫁妆之外，还带了书籍、乐器、佛像、丝帛、粮食种子、药材、烹饪用具等，同时还带上了一批文人、乐师、铁匠、木匠和石匠等。文成公主嫁入藏地，不但有着唐蕃和亲的政治使命，还将大唐的文化送到藏地，推动了吐蕃的经济和文化发展。

玉树小住

经过一个多月的艰苦跋涉，在春暖花开的时候，文成公主一行来到了位于青海省内的黄河发源地——河源。初春时节，这里水草丰茂，牛羊成群，没有了一路风沙荒凉的景象，让人心情立刻舒朗起来，文成公主的送亲队伍准备在这里休整几日。

松赞干布与大唐公主和亲的夙愿终于实现，他十分兴奋地亲自率军远行到河源来迎亲。见到大唐的送亲队伍后，他拜见了江夏王李道宗，行了子婿之礼。此时两位新人终于相见了，松赞干布被文成公主华美的盛装、端庄优雅的气质所倾倒，大唐的金枝玉叶果然与高原质朴的吐蕃女子不可同日而语。

松赞干布和文成公主在经过青海玉树时，看到这里风景优美，气候宜人，就在一条山谷里小住了一段时间。文成公主拿出从中土带来的粮食种子和蔬菜籽等，和工匠们一起向当地人传授种植的方法和酿酒等技术。玉树人非常感激文成公主，一直保留着她的帐房遗址，还为她雕刻了石像，年年膜拜。

松赞干布的贤妻，吐蕃文明的使者

送亲和迎亲的队伍浩浩荡荡地进入了拉萨，在李道宗的主持下，松赞干布与文成公主按照汉族的仪式，举行了盛大的婚礼，吐蕃族的民众载歌载舞地庆贺。松赞干布非常喜欢美丽智慧的文成公主，专门为公主修筑了美轮美奂的布达拉宫，共有1千间宫室，亭榭（xiè）精美雅致，建筑是模仿大唐宫苑的模式，借以安慰她的思乡之情。

当时唐朝佛教兴盛，文成公主是位虔诚的佛教徒，她想在藏地建寺弘法，于是主张修建了大昭寺和小昭寺，现在大昭寺正殿上供奉的释迦牟尼佛像，还是文成公主从长安带去的。文成公主一方面弘扬佛教，为藏民祈福消灾，另一方面还拿出从汉地带来的粮食和蔬菜种子，教藏民们种植玉米、土豆、大头菜等能够适应高原气候的农作物。在松赞干布和文成公主的授意下，农技人员向吐蕃人传授农业耕种技术，让他们在游牧之余，还能收获到大量的粮食，同时还把种桑养蚕的技术也教给他们，吐蕃也逐渐有了自制的丝织品。文成公主还带来了车、马、骡、骆驼等牲畜，药材、针灸、药方和各种诊疗方法等汉地的医学成就，提升了当地人抵御疾病的能力，促进了吐蕃的社会进步。

文成公主以汉族女子的款款柔情对待松赞干布，使得

■ 文成公主与松赞干布塑像

有道理，就下令废除了这项习俗。松赞干布受文成公主的影响，学习汉语，偶尔穿上精致的丝织唐装，还常常派年轻人到大唐学习汉地文化。

可惜在文成公主26岁这一年，松赞干布不幸去世，之后文成公主在思乡的孤独中度过了30年，56岁时因患天花而去世，吐蕃王朝给她举行了隆重的葬礼。

文成公主远嫁吐蕃，不但以自己的博学多才将汉民族文化传播到藏地，还巩固了唐朝初年的西北边防。文成公主嫁给松赞干布是作为唐朝与吐蕃，甚至是汉族与藏族之间的重大事件被载入史册的。文成公主以一名出身贵族的弱女子，承担起国家安全的政治期望，经历长途跋涉的艰辛，远离亲人和故乡，为藏汉民族的友好团结做出了卓越的贡献。

侯氏：二子俱贤的程母

圣贤的母亲

侯氏祖籍山西太原，家族是河东的大姓，出身书香门第，父亲侯道济曾担任江苏镇江的县令。侯氏最出名的是她的两个儿子，被世人尊为“二程”。二程是指程颢（hào）和程颐（yí）两兄弟，程颢又称明道先生，程颐被称为伊川先生。他们是宋明理学的奠基人，后来南宋的朱熹继承和发展了他们的思想。作为圣贤的母亲，侯氏的持家教子之道被后人广泛称道。

侯氏自幼就聪慧过人，在她七八岁时，侯道济教给她一首古诗说：“女人不夜出，夜出秉明烛。”从此以后，只要天一黑，侯氏就足不出闺阁。她喜爱阅读儒家经典和史书，博古通今，同时女孩子要求会做的手工活也无所不能。侯道济非常疼爱这个女儿，常常和她讨论要处理的政事，女儿的回答大多能合乎父亲的心意。侯氏的母亲刁夫人得了一种风厥病，都是在夜里发作，侯氏经常在母亲发病的时候独自照顾她，有时连续几晚都不能睡，所以很长时间里大家都不知道刁夫人生病的事。

菩萨心肠

据说，有一次侯道济带着女儿侯氏去湖北黄陂游学，受到二程的祖父程遹（yù）的款待，彼此很投缘，就结成了儿女亲家，于是19岁的侯氏就嫁给了比她小两岁的程珦（xiàng）。

嫁到程家后，侯氏对公婆孝顺谨慎，与丈夫相敬如宾，因为德行与仪表都很出众，亲戚们都很敬爱她。丈夫程珦也非常敬重她，她却保持着谦顺自律的态度，哪怕是小事，也要请教丈夫后才做，不会独断专行。侯氏待人温和宽厚，抚育家族中其他兄弟的孩子，就像对待自己孩子一样。她还不准家人们打骂婢仆，常告诫孩子们说："贵贱虽然有不同，但作为人是一样的。"

侯氏心地非常善良，有一个小商人外出做生意，他的妻子忽然暴病而死，几个孩子都分散被家里亲戚领走了，只有最小的孩子刚3岁，没人收养，侯氏就让人抱回来抚养。当时程家人口众多，生活也并不宽裕，大家都不愿意收留这个孩子，因此侯氏就自己出钱买吃的养这个孩子。等到商人回家时，侯氏便把孩子归还给了他，商人非常感激，想把孩子送给侯氏。侯氏婉言谢绝道："我原本就打算等你回来把孩子还给你，并非是想要这个孩子。"

侯氏擅长配制药品，在需要时周济生病的人。有一回，天气极其寒冷，有个卖炭的人生了病，来敲程家的门求助。家人想把他赶走，侯氏赶忙劝阻说："千万不能这样做，穷苦人陷入了困境，如果还把他赶走，他没钱治病恐怕要断了活路啊！"于是拿出药来给卖炭的人治病。

贤母教子之道

侯氏一共生了6个男孩，只剩下三子程颐和四子程颢这两个，其他都夭折了，兄弟俩相差1岁。她还生育了4个女孩子，也只有次女和四女长大成人。侯氏对孩子们甚是疼爱，但是在教育方面却十分严格，从不姑息袒护。她说："孩子之所以不成才，常常是母亲遮掩孩子的过失而不让父亲责备造成的。"只要孩子犯了错，她就会告诉丈夫，让他来指正孩子。

程颐刚学会走路时，偶尔摔倒了，乳母赶紧上前扶抱，生怕孩子受到惊吓。侯氏就会制止，并且教导孩子说："你要是慢慢走，怎么会跌倒呢？"孩子们吃东西的时候，侯氏都让他们坐在自己旁边，当孩子挑食的时候，侯氏会教训他们说："小时候就讲吃讲喝，连一盘菜的欲望都不能战胜，长大了能怎么样呢？”所以程氏兄弟从小就养成了节俭的习惯，饮食、衣服从不挑剔。

当自己的孩子与其他人发生争斗时，就算有道理，侯氏也不会袒护儿子，她说：“我担忧孩子能伸不能屈。”所以，侯氏从小就注重挫折教育，让孩子遇到逆境不气馁，做个能屈能伸的大丈夫。当时程氏一大家族住在一起，又赶上丈夫和小叔都解除了官职，赋闲在家，听候调任。家中收入一下子骤减，多亏侯氏很会持家，才不至于匮乏。侯氏长年安贫若素，穿着使用很是俭朴，对于奢华富贵的亲戚们，她也不会羡慕嫉妒。她告诫家人说：“见到别人好，应当如同自己好一样替人高兴；对待别人的东西，应当如同自己的一样爱护。”

博学多才，一身正气

侯氏读史书，每读到奸邪逆乱的故事，常愤然兴叹；每读到忠孝节义的故事，就会钦佩不已，她曾经称赞唐太宗思虑高远，是位明君。二程的舅舅侯可是当时的名儒，才智很高，他却自称不如姐姐侯氏。程氏兄弟小时候，侯氏为了鼓励他们用功读书，就在本子上亲笔写道：“我惜勤读书儿。”每个孩子都希望得到父母的表扬，侯氏却对儿子说：“儿子，你是希望我现在天天表扬你，还是长大了到朝堂上，进士及第后，让国家和皇帝去表彰你呢？”

侯氏喜好诗词，却很少写文章，程颐唯一记得的是住在安徽时，父亲一人回去省亲，母亲夜晚听到大雁的叫声有所感慨而写下：

何处惊飞起？雍雍过草堂。

早是愁无寐，忽闻意转伤。

良人沙塞外，羁（jī）妾守空房。

欲寄回文信，谁能付汝将？”

从这首五言律诗中，也能品到侯氏出色的文学才能。

常守中道，芳名远流

侯氏从小身体不好，但她精通养生，喜欢用药物调理保养，很有效果。中年时她跟随丈夫到岭南做官，不慎得了恶性疟疾，在北归的途中病情加剧，最后在南京附近过世，享年49岁。去世前一天，侯氏还嘱咐程颐说："今天是寒食节，你替我祭祀我的父母，明年我就不能再祭祀他们了。"古代寒食节有扫墓和祭祀父母的习俗，临终前侯氏心里还挂念着慎终追远的祭祀礼仪。朝廷最初封侯氏为寿安县君，后来又追封为上谷郡君。

侯氏虽然饱读诗书，才貌出众，却能一生安守俭素的生活，做女儿、做妻子、做媳妇、做母亲，都做得恰到好处。尤其在对子女的教育上，她言传身教，慈爱却不溺爱，宽厚却不袒护，能在慈母和严母间找到一条中庸之道，绝对不是件容易的事。后来，朱熹和吕祖谦在合编的《近思录》中，把侯氏的事迹放入了“齐家之道”篇。到了明清时代，山西地方志中也为侯氏立传，成为家乡人的骄傲。侯氏作为二程两位先哲的母亲，至今为人们传颂。

明太祖马皇后：患难贤后

患难相扶

马皇后是明太祖朱元璋的原配妻子。朱元璋曾是一介草民，要过饭，当过和尚，在元末的乱世中加入白莲教，投靠了马皇后的养父滁（chú）阳王郭子兴。当时朱元璋的名字叫朱重八，长相虽然奇特，但为人英武不凡，郭子兴就把养女马氏嫁给了他。马氏跟随他出生入死，还曾经多次救过朱元璋的命，并以一双大脚而闻名，并流传下来“露出马脚”的俗语。朱元璋成为明太祖后变得残暴异常，却对患难相扶的马皇后深情如初。虽然谁也不能阻挡明太祖的杀戮，但马皇后一直以自己的慈悲和仁爱感化皇帝，是历史上有名的贤德皇后。

特立独行

史书记载，马皇后名叫马秀英，祖上是安徽宿州的富

■ 明太祖马皇后像

豪。父亲马公是个仗义疏财、乐善好施的人，所以家里财富日渐减少。母亲郑媪（yùn）在生下马氏后不久就去世了，马秀英很小就没有了母亲。马公没有儿子，把马秀英视作掌上明珠，当时的妇女都有裹小脚的风俗，马氏却坚决不缠，所以脚比当时的女孩子都要大许多，因此被称为“马大脚”。但她自小就聪明勤奋，能诗会画，尤其爱看史书，性格坚强开朗。

马氏的父亲马公因为杀人避仇，逃到外地，临走前把爱女秀英托付给了生死之交郭子兴，郭子兴对马氏就像自己的女儿一样。不久马公也死在了异乡，失去父母的马秀英成了孤儿，郭子兴把她认作义女，教他学问，夫人张氏教她刺绣等女孩子的手艺。她学东西很快，一点就通，郭子兴夫妇二人都非常喜欢她，想着一定要让她嫁个好人家。郭子兴左挑右选也没有合适的人选，马氏快20岁了，长相端庄，身体强健，气质温婉，处事从容，除了一双大脚外，很有大家闺秀的风范。

胆大心细

元朝末年，天下大乱，郭子兴在安徽起兵，成为白莲教首领。这时有个叫朱重八的人前来入伙，他打仗身先士卒，获得的战利品全部上交给郭子兴，得了赏赐分给大家，因此在部队中赢得了好名声，也深受郭子兴的器重。后来郭子兴就将自己的义女马秀英嫁给了朱重八，并给他改名为朱元璋。

“朱”通“诛”，“元”是指元朝，璋是玉器，意思是诛灭元朝的玉器，这个名字的确变成了现实。朱元璋成了主帅的女婿，在军中的地位也大大提高。朱元璋很早就成了孤儿，与马氏同为天涯沦落人，志同道合，感情深厚。马氏在生活中给朱元璋无微不至的关怀，在事业上也不断鼓励丈夫，让朱元璋有了自信和勇气。马氏还随朱元璋南征百战，她胆大心细，深谋远虑，忧勤相济，成了朱元璋的得力助手。

郭子兴性情急躁，他有两个儿子忌恨朱元璋，于是在郭子兴面前诬陷朱元璋谋反。郭子兴开始猜疑女婿，马氏也常常在义父面前说好话，但有一次郭子兴还是把朱元璋关了禁闭。郭子兴的儿子命令兵士不许给朱元璋饭吃，马氏得知后心急如焚，就在厨房拿了刚烙好的烧饼，想偷偷给丈夫送去。她刚出厨房，恰巧与郭子兴的夫人张氏相遇，马氏忙把烧饼放在怀中。张氏看见马氏神情慌张，就故意与她说长论短，最后马氏伏地大哭，说明苦衷，张氏赶忙叫马氏拿出烧饼，那热气腾腾的烧饼烫伤了马氏的乳头，烧饼粘在肉上，好不容易把烧饼拿出来，马氏的胸部已经被严重烫伤了。张氏也不禁泪下，一面找大夫给马氏敷药，一面送食物给朱元璋。当晚，张氏就劝说郭子兴，才使得朱元璋脱离险境。

当时朱元璋的势力和陈友谅、张士诚相比并不算强大，朱元璋在前线打仗时，马氏亲手为将士缝衣做鞋，并照料他的起居。在与陈友谅对战中，朱元璋曾经受伤，还被对方军队追击，马氏亲自背着重伤的朱元璋逃跑，全凭处乱不惊的勇气和一双稳健的大脚。在敌军占据优势，兵临城下，局势危急时，马氏把自己的金银首饰都拿出来犒赏兵士，稳定军心，最终取得了胜利。那段战乱时光里，马氏常常提醒朱元璋要减少杀戮，“定天下以不杀人为本”，因此朱元璋带兵也较宽厚，深得人心。

节俭奉身，谦德守己

攻下元朝大都后，朱元璋得到了宫中的所有宝物。马氏意味深长地对朱元璋说：“元朝有这些宝物却不能守住江山，可见这些东西很不可靠，作为君王，贤能的大臣才是真正的宝物啊！你今后可不能奢侈，不要忘了创业的艰难，要和贤人一起治理天下。”马氏37岁这一年，朱元璋在南京登基，改国号大明，册封马氏为马皇后。

马皇后虽然贵为皇后，却依然保持着节俭朴素的生活习惯，她亲自带着公主和嫔妃们刺绣纺织，平时也都是粗茶淡饭，穿自己亲手缝制的衣服。她听到元世祖察必皇后煮弓弦织帛衣的故事，就命人在后宫架起织布机，亲自织些衣料、被面，然后以皇家的名义赐给那些年纪大的孤寡老人。一次，朱元璋视察国子监回来，马皇后问道：“这几千太学生，是国家未来的栋梁，可是他们的妻子儿女靠什么生活呢？”后来马皇后得到皇帝应允，征集了一批钱粮，设置了20多个红仓，专门储粮供养太学生的妻子、儿女，被这些贫寒读书人颂德不已。而对于皇室的子女，马皇后勉励他们勤奋学习，并要求他们生活一切从简，不能忘了先辈创业的艰难。

马皇后一心一意地辅佐丈夫，管理后宫，每天亲自操办明太祖的膳食，连皇子皇孙的饭食、穿戴，她也事必躬亲。作为女人，她毫无妒忌之心，后妃中有怀孕的，马皇后倍加体恤，有时还接到自己宫中亲自照料。马皇后在管理后宫时讲求古训，喜欢借鉴前朝的经验，她觉得宋朝有许多贤德的皇后，就命女史官摘录她们的家法。有人对她说，宋朝的皇后太过仁厚了，马皇后反问道：“过于仁厚，难道不比刻薄更好吗？”明太祖想寻找马家的后代进行封赏，马皇后谢绝道：“分封爵禄偏爱外戚之家，不合乎法律。”她深知外戚干权的弊端，不愿给夫君添麻烦。

善巧方便，导夫仁恕

明太祖做皇帝后，性格越来越暴虐，马皇后常常晓之以理、动之以情，委婉劝阻他，并减免了不少人的刑罚。诸王的老师李希颜有时会因为小王顽劣不听话，用体罚来严加管教。有一次，他用笔管戳了一下某位小王的额角，小王就哭着去找父皇告状。明太祖一听就大怒，正要下令惩罚，马皇后急忙劝解道："老师以圣人之道教训我们的孩子，怎么能怪罪于老师呢？"朱元璋觉得有理，不但没有惩办李希颜，反而提拔了他。

明初文人之首宋濂因为孙子宋慎卷入了胡惟庸案，明太祖要杀他，而宋濂早就告老还乡，跟胡案毫无瓜葛，而且他还曾是太子的老师。马皇后劝皇帝赦免了宋濂，明太祖没同意，于是吃饭时，马皇后就不吃肉，明太祖奇怪地问原因，马皇后说："普通人家请了一位先生，还知道一日为师终身为父，不忘恩师的礼节。现在宋濂有罪，我不近荤酒，就是要为他祈福，希望他能免祸。"明太祖一下子心就软了下来，第二天就赦免了宋濂。

明太祖曾经让重刑犯去修建城墙，马皇后担心犯人们身体吃不消，就说道："通过罚劳役来赎罪，这是国家对待重罪囚犯的恩惠，但本来就体弱多病的囚犯如果再做这么沉重的劳役，恐怕是活不成的。”于是明太祖就赦免了刑犯的重体力劳动。苏州有个巨富沈万三，听说明太祖要建南京城，就主动要求出钱修筑，后来还要求犒赏三军。朱元璋自小贫寒，对这样狂妄的有钱人非常反感，于是大怒道：“匹夫还想犒赏天子的军队，一定是个乱民，应该杀。”马皇后劝谏说：“我听说法律是只杀不守法的人的，沈万三虽然富可敌国，但是他没有犯法，杀他没有道理。如果他因为财富太多而不祥，老天自会给他灾祸的，还是不杀的好。”明太祖最终把沈万三发配到云南，免了他的死罪。

蜡炬成灰泪始干

51岁这一年，马皇后在睡觉的时候突然得了病，卧床不起，连明太祖也乱了方寸。他答应群臣的请求要祈祷祭祀，并让太医院的大夫们一起诊治，但马皇后却坚决不肯。她对明太祖说：“生死是命运的安排，祈祷祭祀有什么用处呢？况且世上的良医也不能起死回生，如果我吃药还是不能好转，恐怕会因为我而降罪给各位医生，这会加重我的罪过啊！”马皇后临终前，还想着不能让祭祀和医治的人，因为她的死而获罪。病情加重时，明太宗问她有没有什么愿望，马皇后说：“我跟着陛下从布衣做到了皇后，已经很知足了。希望我死后，陛下能够重用贤德的人，听取别人的意见，希望子孙个个贤能，百姓安居乐业，江山万年不朽。”马皇后去世后，明太祖伤心欲绝，从此不再立皇后。

马皇后几十年如一日的俭朴、勤勉，把朱元璋照顾得无微不至，不主动干预朝政，却尽力照顾天下的黎民百姓，把自己的慈悲、仁爱传递给身边的每一个人。虽然她未能阻止明朝初年几次杀戮很重的命案，但她以一个女子的微薄之力，像蜡烛一样照亮了身边的人，连残暴的皇帝都对这位患难贤后深情款款，并在历史上留下了很多赞誉。

明成祖徐皇后：文韬武略的名将之女

有其父必有其女

徐皇后是明朝第三位皇帝明成祖朱棣（dì）的皇后，真实姓名史书上并未记载，她在朱棣还是燕王时，辅助朱棣，做了20多年的燕王妃。朱棣登基称帝时，她被册封为皇后。她曾在朱棣外出打仗，北平遭到突袭时，以燕王妃的身份沉着指挥，死守城池，使北平守军坚持到朱棣回师救援。她曾编写《内训》20篇，成为著名的《女四书》之一，为后世留下女性教育的传世之作，还写过《劝善书》，号召天下人修德行善。她一直劝谏明成祖朱棣要爱惜百姓，广求贤才，还培养出宅心仁厚的皇子朱高炽，也就是后来的明仁宗。

徐皇后的父亲是为明朝开国立下不朽功勋的军事奇才徐达，她出生在元末的战乱时期，那时父亲徐达长年在外征战，主要是母亲谢氏照顾她。徐皇后幼年时便很喜欢读书，性格娴静，有“女中儒生”的美誉。父亲徐达虽然是一名武将，却也喜欢读书，他看到女儿的求知欲和天赋，对这位长女格外疼爱，给她请老师，教她习诗书。作为明朝第一功臣的徐达，是个严于律己、行事谨慎的人，朱元璋曾盛赞他“不居功自傲，不贪图女色财宝，处理问题不偏不倚，当世有此美德者只有徐达”。因此父亲的言传身教和良好的家庭教育，对徐皇后的修养和性格起到重要作用，十几岁时，她已经成为一个开朗乐观、聪慧孝顺、好学上进的小姑娘。

将门虎女

明太祖朱元璋听说徐达家的长女素有贤淑美名，就对徐达说：“朕与你是当普通百姓时就结下了友谊，自古以来君臣关系相投的，一般都要结成姻亲。你有这么好的女儿，朕想让儿子朱棣娶她为妻。”徐达连忙叩头谢恩。于是15岁的徐氏就遵旨嫁给了燕王朱棣，并被册封为燕王妃。

当时明太祖的马皇后非常喜爱这位燕王妃，像对待自己的孩子一样，朱棣也对这位嫡妃宠爱有加，她不但性格随和，孝敬恭谦，还在复杂的皇室家族里表现得游刃有余。在她21岁这一年，马皇后去世了，燕王妃非常悲伤，虽然当时她有孕在身，还是决定为婆婆吃素守丧三年，以致哀思，燕王妃甚至都能背得出来马皇后的遗言。

燕王朱棣当时承担了北方要塞的军务，经常率兵出征，燕王妃一次次地送别丈夫出发，既为他的雄姿英发感到骄

■ 明成祖徐皇后像

傲，又为他的个人安危揪心不已。同时，燕王妃一直作为朱棣的重要支柱，不但管理家务养育子女，同时兼备文韬武略，更能辅佐军政要务，令他没有后顾之忧。

明太祖朱元璋驾崩后，由于太子朱标在他之前病故，因此传位给皇太孙朱允炆（wén），史称建文帝。建文帝初登大宝就感觉到明太祖时分封的几位藩王叔叔势力太强，开始大力削藩。先后将周王、代王、岷王、湘王、齐王的王位剥夺，其中，除了湘王自焚外，其余都被废为庶人。燕王朱棣是对建文帝威胁最大的，自然也随时处于危险之中，最后他只得以“靖难”为名，起兵造反。当时燕王妃不但在精神上支持朱棣，更在实际行动中，表现出非凡的政治军事才能。

燕王朱棣正率领精锐部队袭击大宁，朝廷派了李景隆带着几十万大军乘虚围攻北平，当时北平城中只有一万多老弱兵力，朱高炽以世子的身份驻守，但军事部署和城防大事，都会与母亲商议后实行。燕王妃深深明白北平城的重要性，如果城池被攻陷，靖难之役将一败涂地，朱棣敢于率领大部队出袭，也是把守城的重任交付给了燕王妃。由于攻城的兵力强劲，城内兵士不足，燕王妃拿出将门虎女的风范，亲自披挂甲胄应战，并激励将士的妻子和百姓都穿上铠甲，登城御敌。燕王妃的登城助战，使守军士气大振，正值隆冬时节，燕王妃命令士兵向城墙泼水，使北平城墙冻上了一层厚厚的冰甲，给李景隆部队的攻城计划制造了巨大的困难。就这样北平城久攻不下，一直固守到朱棣带着收编的宁王军队回师，并在郑灞大破李景隆的部队。

贤良体贴

后来朱棣登基称帝，燕王妃自然成为母仪天下的徐皇后，在武定天下之后，徐皇后又充分发挥自己文治方面的才华。徐皇后采集《女宪》《女诫》等女德教育文章的内容，亲自编写了《内训》20篇，旨在推行针对女性的教育，后来成为女教范本的《女四书》之一。她还分类编写了古人的嘉言善行和因果报应，写成《劝善书》颁行天下，教导百姓修德行善，同时为丈夫赢得了重文修德的好名声。

明成祖称帝后，对于之前支持建文帝反对他的人大开杀戒，徐皇后就婉转地劝皇帝说：“每年南北征战不止，兵民都已疲惫不堪，现在应当让他们休养生息了。”还说：“当今贤才都是父皇留下来的，陛下不应当用新不用旧。”并以先贤的例子告诉皇帝，尧帝施行仁政都是从自己的亲人开始的，希望明成祖不要赶尽杀绝，皇帝对她的进言总是给予嘉许。

明成祖治理天下非常需要笼络贤才，徐皇后就问丈夫：“陛下与什么人一起治理国家呢？”明成祖回答说：“有六卿管理政务，还有翰林研究政事，草拟文书。”于是徐皇后就在宫中隆重接见几位大臣的夫人，这在当时是了不起的殊荣，还赐给她们服饰和金银，并希望她们劝夫君勤于政事，以百姓生计为念。徐皇后正是通过这样的方式，做好贤内助，帮助明成祖巩固君臣之间的联系。

徐皇后为明成祖生下了三个儿子，长子朱高炽性情温和仁厚，喜欢读书，而另外两个儿子朱高煦和朱高燧都性格比较暴躁，习武不好文。明成祖比较喜欢朱高煦，因为他曾经跟随父亲身边打仗，英勇杀敌，很像明成祖。但徐皇后却屡次指出朱高煦杀气太重，主张立适合做仁君的朱高炽为太子。后来几个儿子的表现，果然都在徐皇后的预料之中，明成祖却在徐皇后过世后，几次险些废了忠厚的太子，最终才醒悟过来。

在46岁这一年，徐皇后得了重病，临终时，她还不忘劝谏明成祖爱惜百姓，尊重贤才，善待宗室，不要提拔自己的亲戚。她还对太子朱高炽提到，当初帮助他们守住北平城的将士和家人们，本来想亲自找机会去看望和抚恤他们，但现在成为一件憾事，希望太子可以代她完成这个遗愿。

明成祖唯一的皇后

不久徐皇后就撒手人寰（huán），只做了5年皇后，明成祖对结发妻的离去感到十分悲痛，为她举行盛大的祭祀仪式，之后，再也没有立过其他皇后。后来明成祖迁都北京，为自己死后营建陵寝，就是位于现在北京昌平区的长陵，并千里迢迢把徐皇后的灵柩从南京运到北京来安葬。

徐皇后出身将门，是后宫女子中难得的文武双全，有着巾帼不让须眉的英武，又具备女子的温婉柔顺，还能顾全大局，心系天下黎民百姓。明成祖朱棣一生勇武过人，却也杀戮很重，但对这位夫人，却是敬爱有加，尊崇备至。

徐皇后亲自培养出来的太子朱高炽，后来成为明仁宗，他平反冤狱，废除苛政，偃武修文，与民生息，是一位恭俭爱民的好皇帝，并开创了“仁宣之治”。

孝庄皇太后：清初女诸葛

草原的女儿

孝庄皇太后原名博尔济吉特·布木布泰，小名大玉儿，她的父亲是蒙古科尔沁部的忠亲王布和，她与自己的姑姑和姐姐都先后嫁给了清太宗皇太极。孝庄皇太后一生经历过努尔哈赤、皇太极、顺治皇帝福临、康熙皇帝玄烨（yè）四代帝王。皇太极是她的丈夫，顺治帝是她的儿子，康熙帝是她的孙子，她对清初政治格局的形成起着不可估量的作用，尤其是培养、影响了顺治、康熙两代君王，是一位杰出的女政治家，同时也是历史上有名的贤后。

孝庄皇太后生长在蒙古科尔沁草原的博尔济吉特部落，蒙古语中，科尔沁的意思是“造弓箭者”，她的祖上都是科尔沁草原的部落首领。当时正在崛起的建州女真族，也就是后来建立清朝的满族日益强大起来，为了壮大女真族的军事力量，满蒙和亲成为一个重要的外交策略。努尔哈赤与皇太极的两代人中，一共迎娶了50多位蒙古女子，这种联姻

■ 孝庄皇太后像

关系成为北部的一道安全屏障，也为后来清朝的建立奠定了军事联盟的基石。

孝庄皇太后自幼就有马背民族的勇敢豪迈，还喜欢读汉家诗书，尤其对历史故事耳熟能详，是个伶俐大气的草原姑娘，还有着倾国倾城的美貌。

豆蔻出嫁

在13岁这一年，布木布泰接受部族的安排，嫁给了比自己大21岁的皇太极，此前，她的亲姑姑哲哲已经做了皇太极的大福晋，她成为皇太极的侧福晋。14岁时，公公努尔哈赤因宁远之战失败受伤，抑郁而终，皇太极继承了父亲的汗位，封布木布泰为西侧妃，她的姑姑哲哲是大妃，布木布泰此时暂居后宫第二的位置。之后陆续又有包括布木布泰姐姐海兰珠在内的三位蒙古女子成为皇太极的侧妃，尤其海兰珠宠冠后宫，与皇太极感情至深，布木布泰在后宫的地位逐渐下降，她在其中多少有着失宠嫔妃的怅惘之情。

布木布泰24岁时，皇太极在盛京称帝，盛京就是今天的辽宁省沈阳市，当年册封了五宫后妃，布木布泰被封为庄妃，是西侧福晋，在后宫位居第五。出嫁后这十多年来，布木布泰过得并不顺遂，徒有美貌和智慧，却并没有得到夫君的热情相待，但她冷静地观察着前朝后宫的风云变幻，从一个无忧少女成长为颇有城府的庄妃。26岁这一年，庄妃继之前生了三位公主之后，终于生下了一位皇子，因为孩子出生时有一些奇异的瑞相，所以取名为“福临”，他就是后来的顺治帝。

智勇劝降

庄妃30岁这一年，皇太极与明朝大军作战，时任明朝蓟（jì）辽总督的洪承畴（chóu）是抗金前线八路总兵的主帅，却不慎在一次战役中被清军抓了。当时，皇太极早有吞并中原的野心，正在寻找明朝重臣作为入关的引路人，因此，不惜一切代价要招降洪承畴。汉臣范文程用尽金钱美女，软硬兼施，洪承畴却不为所动，令皇太极愁眉不展，庄妃于是主动请缨，愿意亲自去做劝降工作。

据说，庄妃在洪承畴绝食三日后，身着汉族侍婢的服饰，来到囚禁洪承畴的地方，并动情地陪他流泪叹惜，让他放下戒备，有了同病相怜的感觉。庄妃劝说洪承畴，以他的能力威望把两败俱伤的僵局扭转过来，可以造福天下百姓，还能保全性命。在他有所松动之后，庄妃亲手将人参汤喂给虚弱的洪承畴喝，并以天下百姓和江山社稷劝说他。最后，当洪承畴担心无法与大清皇帝沟通条件时，庄妃才亮出自己是皇太极妃子的身份，令洪承畴彻底折服。庄妃在这一次攻心谈判之中，显露出非凡的谋略和魅力，令皇太极刮目相看。

扶儿登基

庄妃31岁时，皇太极意外突发脑溢血而死，因走得仓促未能就皇位继承的问题留下遗诏，皇太极的长子肃亲王豪格与弟弟睿亲王多尔衮都对皇位虎视眈眈（dān），展开了一场激烈的权力角逐。由于双方势均力敌，无论谁称帝都将难免展开一场血腥内战，于是庄妃为了大清江山和儿子的利益，权衡利弊，暗中筹划。她劝说多尔衮放弃自己称帝的想法，转而支持6岁的福临做皇帝，只有这样才能保全大清的实力，化解各方的冲突矛盾。最终在多尔衮的扶持下，福临继位，庄妃与姑姑两宫并尊为皇太后，成为孝庄皇太后。

在顺治登基的同时，关内的明朝正面临空前的内乱，李自成攻陷北京，崇祯皇帝自缢煤山，明朝灭亡。消息传到清廷，震动朝野，为了完成努尔哈赤和皇太极入主中原的遗愿，多尔衮与孝庄皇太后当机立断，趁机大举入关，完成一统中原的霸业。她劝说多尔衮，入关后要严明军纪，笼络人心，之后两人又商议迁都北京，顶住满族王公贵族的反对，迁都燕京，清朝从此从一个偏居北方的地方政权，转变为统治全国的中原王朝，顺治也成为入主中原的第一位清朝皇帝。

顺治初年，在经历了战乱的洗劫之后，中原大地一片破败不堪的景象，孝庄皇太后带着6岁的儿子治理这个百废待兴的国家。她一面要竭力使国家休养生息，百姓能安居乐业，一面与势力强大的摄政王周旋，以保住顺治帝的权力不旁落。可惜，顺治帝虽然是孝庄皇太后的亲生子，却与她并不和睦，亲政后，在立皇后等事上与孝庄有着强烈的对立情绪。与董鄂妃的感情又到了无以复加的亲密程度，在董鄂妃病逝之后，顺治帝一蹶不振，24岁时因染上天花而病故。49岁的孝庄皇太后，不得不伤感地送走英年早逝的儿子，同时还要扶助8岁的皇孙玄烨登基，这就是后来开创“康乾盛世”的康熙皇帝。孝庄皇太后从此成为了太皇太后。

辅佐勤勉刻苦的康熙帝

康熙帝自幼就由祖母太皇太后培养教导，她试图将汉、满、蒙的三种文化精华都教给康熙帝，所以少年天子从小勤学好问，修文习武，即使生病时，痰中带血都不会停下学习。对于孙儿的勤奋苦学，太皇太后既感欣慰，又十分心疼，她曾经劝告小皇帝说：“哪有像你这样贵为天子，却像书生赶考一样苦读的呢？”太皇太后51岁时，康熙帝的生母也过世了，此时失去父母的10岁小皇帝彻底成了孤儿，只有在祖母的关心呵护下成长。

顺治帝临终时定下的四位辅政大臣鳌（áo）拜、苏克萨哈、遏（è）必隆、索尼之间矛盾重重，各有野心。孝庄太皇太后对四人既要重用，又要平衡，以免造成冲突不合。在蒙古察哈尔部布尔尼起兵造反时，孝庄太皇太后果断起用已被免职的大学士图海为将，从而平定了北方，稳定了大局。总之，在康熙帝亲政之前，太皇太后既要忙于教导小皇帝，还要担当处理朝政的重任。

康熙帝果然不负众望，在14岁就正式亲政，并在太皇太后的协助下，一举粉碎了目无幼主的鳌拜集团，完全掌控了朝政大权。几年后，吴三桂、耿精忠、尚之信三位藩王作乱，在撤藩的决定上，太皇太后支持康熙力排众议，还多次拿后宫节省下来的份银犒（kào）赏出征的将士。太皇太后一生俭朴，不讲奢华，每逢荒年歉岁，她还会把宫中积蓄拿出来赈灾。

女政治家的陨落

76岁这一年，太皇太后突然病倒，言语不清，康熙帝天天探望祖母的病情，还步行到天坛为祖母祈福，但太皇太后的生命之烛还是燃尽了。孝庄皇太后是皇太极聪明颖慧的侧妃，是顺治帝又爱又伤的母亲，是康熙帝慈爱稳重、感情至深的老祖母。她在清初百废待兴时，成功辅助了两位幼年天子登基执政，并教育培养了顺治帝和康熙帝两位明君，对扭转明末清初中国的分裂局面起到了重要作用。她从来没有为自己的私心争取过权力和财富，更没有像慈禧那样垂帘听政，而是始终处于幕后支持者的角色，是位公认的杰出女政治家。

中国历代圣贤故事集

中国历代文人故事

张合宝 著

团结出版社

图书在版编目（CIP）数据

中国历代圣贤故事集 / 爱华文等著. -- 北京 : 团结出版社, 2019.8

ISBN 978-7-5126-7253-6

Ⅰ. ①中… Ⅱ. ①爱… Ⅲ. ①故事-作品集-中国-当代 Ⅳ. ①I247.81

中国版本图书馆CIP数据核字(2019)第165301号

出版: 团结出版社

（北京市东城区东皇城根南街84号 邮编: 100006）

电话: (010) 65228880　65244790（传真）

网址: www.tjpress.com

Email: zb65244790@vip.163.com

经销: 全国新华书店

印刷: 三河市祥达印刷包装有限公司

开本: 140×210　1/32

印张: 62.25

字数: 600千字

版次: 2020年9月 第1版

印次: 2020年9月 第1次印刷

书号: ISBN 978-7-5126-7253-6

定价: 220.00元（全11册）

目录

屈原：上下求索的伟大诗人

贵族出身

每年的农历五月初五端午节，中国自古都有吃粽子、赛龙舟的习俗，这些习俗方式都是为了纪念一个人—— 屈原。

公元前340年正值战国时期，战国七雄中的楚国，有一个贵族世家，恰好在这一年，家中出生了一个婴孩，他的名字叫屈原。

屈原自幼博览群书，年纪轻轻便精通历史、文学与神话，而且善于分析各国形势，对于治世之道有一定的见解。在当时的楚国贵族中，屈原堪称是一位杰出的人才。

屈原虽然出身贵族，但并没有贵族的架子，再加上他从小就生活在民众之中，所以他对普通百姓的生活非常了解，也很同情贫穷的百姓，有时候也会周济大家的生活。年纪轻轻，却如此体恤民众，周围的百姓也都很喜欢他。

入朝为官

20岁那年，也就是公元前321年，屈原就已经做了一件大事。

当时秦军侵犯楚国边境，正处于热血年纪的屈原便组织当地的青年奋力抗击。屈原一边用自己的所学对青年们进行爱国思想教育，一边又飞快地动脑筋想出各种战术来，巧妙地给敌人以沉重的打击，非凡的才华一下子便展露无遗。

很快，楚怀王就听说了屈原的才华，盛情邀请他来辅佐自己执政。带着满腔的报国热情，屈原入朝为官，担任了楚怀王的左徒（楚国官名）。做官后的屈原，终于有机会施展自己的才能了。对内，他与楚王讨论国家各个方面的大事，根据不同的问题制定相应的政令；对外，他从容且有礼有节地接待各国使节，处理楚国与各诸侯国的外交事务。楚怀王对屈原的表现很满意，对他也越来越信任。

为了回报这份信任，屈原更加努力了。为了能让国家变得更加富强，他向楚怀王提出改革，并从公元前317年起，制定并出台各种法令，开始了改革的步伐。

因才遭嫉

屈原推行的改革，让楚国形势发生了巨大变化，国家也有了新面貌。但是，这个改革却让一些旧贵族的利益遭受了损失，旧贵族们对屈原很是不满。

不仅如此，看到屈原很得楚怀王的信任，旧贵族们也非常嫉（jí）妒（dù）他，上官大夫靳（jìn）尚就是其中之一。他看到屈原有才能，就觉得很来气，总是想要做点什么，好压一压屈原的风头。

有一次，屈原按照楚怀王的命令制定国家法令，刚写完草稿，靳尚就跑了过来，想要拿走草稿，去楚怀王面前邀功。一来这时草稿并没有成型，很多地方还要调整，二来屈原也知道靳尚的本意，当然是不能给他。于是气急败坏的靳尚就跑到楚怀王面前污蔑屈原自夸其功，甚至连楚怀王都不放在眼里。楚怀王果然听信了靳尚的话，很是生气，便慢慢疏远了屈原。

排挤流放

当时，屈原主张楚国与齐国联合起来共同对抗秦国，这本是很好的建议，然而因为楚怀王的疏远，屈原的建议也就

■ 屈原像

没法再继续了，因为楚怀王并不想听他说话。

秦国那时候正想拉拢楚国，就趁着楚怀王疏远屈原的时机，派遣（qiǎn）宰相张仪来到楚国，重金收买了上官大夫靳尚、楚怀王的小儿子子兰、楚怀王的妃子郑袖等人充当内奸，诱骗楚怀王与齐国断交，以阻止楚国与齐国的联盟。

屈原极力阻拦，但已经被迷惑的楚怀王对这样的劝说很反感，而且楚怀王也发现屈原总是反对自己的一些决定，便对他越来越讨厌，最后干脆把他流放到了汉北地区。

直到42岁这一年，屈原才从流放地被召回。此时秦国又带着不可告人的目的邀请楚怀王会面。屈原依旧一心为国，和其他正直的大臣一起劝怀王不要去赴会。屈原说：“秦国就是虎狼之国，不能轻易相信，您千万别上了他们的当，此次决定不能去啊。”

但楚怀王的小儿子子兰担心，如果怀王不去，会让秦王生气并迁怒于他，就不停地在楚怀王耳边说秦国的好话，最终楚怀王还是被说得动了心，真的去了秦国。

哪知道，楚怀王刚到秦国就被秦军扣留了，并最终死在了秦国。楚国太子继位成为楚顷襄王。诸侯认为，秦国不仅骗走了楚王，还强迫楚国割地，又发兵攻打楚国，是极不讲道义的国家，这时才和秦国彻底断绝了来往。

但是，秦国日渐强大起来，根本容不得楚国这样不听话。在楚顷襄王继位后的第六个年头，秦国借着攻下韩国的势头，又给楚王送去了书信，反说道："楚国当初背叛了秦国，所以秦国准备率领诸侯去讨伐楚国，请您赶紧整顿好军队，我们等着与您痛快地打一仗。"

顷襄王看了这封书信，立刻忧虑起来，他知道秦国的强大，认为自己的军队根本不能与秦国抗衡，就想着要与秦国讲和。一听说顷襄王要讲和，屈原当然不能容忍，他写诗劝诫顷襄王，让他不要对秦国抱有幻想，甚至拿出楚怀王死在秦国的下场来提醒顷襄王，不要被那些不忠不贤的人所欺骗。

屈原说的这些话被子兰听到了，作为秦国的奸细，子兰觉得屈原处处都在针对自己，对他更加怨恨。于是，子兰指使靳尚又去顷襄王面前讲屈原的坏话，顷襄王也听信了谗言，把正直的屈原又一次流放了。这一次，屈原被流放到了南方荒凉偏僻的地区。

屈原非常痛苦，既为国家、百姓担忧，又因为自己如此为国为民着想却反遭排挤而感到难过。为了抒发这复杂的情感，他将自己的真实情感写成了诗句，寄托自己对故土的眷恋，和想要报效祖国的一片忠心。

以死殉国

时光飞逝，屈原迟迟没有等到楚王召他回去的消息。有时候感觉太过烦闷了，屈原就会去附近的汨（mì）罗江边散心。

因为心情烦闷，屈原吃不好、睡不好，整个人都瘦了一大圈，头发也懒得梳理，走起路来没精打采。

有一次，一个认识他的渔夫看到他这个样子，忍不住劝道：“先生啊，楚国人都知道您是个大忠臣，您何必把自己弄成这样子呢？您也和其他人一样过平常日子就好了啊！”

屈原却悲愤地摇摇头说：“大家都那么糊涂，只有我最清醒啊！我并不是因为自己的遭遇而难过，而是看到现在楚国受人欺压的样子，看到百姓生活那么悲凉，我心里难受啊！如果能救楚国，就算是死一万次，我都心甘情愿啊！可是我被流放到这种荒凉的地方，想要做什么都做不了，君王更听不见我的呼声，我又怎能不痛苦啊！”

眼看着楚国的大好河山被秦国一点点吞掉，百姓的生活更加困苦不堪，屈原越发忧愁了。有人也劝他离开楚国，去别的地方施展抱负，屈原却坚定地说：“我怎么可能抛弃我的家乡，我的父母之邦呢！我想要拯救楚国啊！”

一连18年过去了，屈原就在流放地经受着煎熬与苦闷。时间来到了公元前278年，终于有一个重要的消息传到了屈原的耳边—— 楚国最终被秦国攻破，都城郢（yǐng）都（今湖北省江陵县附近）被占领，楚顷襄王被迫迁都。

这个消息就像是晴天霹雳，把屈原满心的希望都击碎了，也彻底击垮了屈原的意志。已经63岁的他放声痛哭，别说为国报效了，这下连国家都灭亡了。但是，眼睁睁看着国家落入敌人手中，绝对是屈原不愿意看到的，他誓要与楚国共存亡。于是，就在楚国被秦国攻陷的那一年的五月初五，屈原在汨罗江边抱着石头，投进了滚滚江水中，以死殉（xùn）国。

永远的纪念

屈原的死讯迅速在江边百姓中传开，大家都不忍心看着他死，便纷纷划着小船去救他。但是，在滚滚江水之中，哪里还有屈原的身影？大家连续找了很久都没有结果。有人担心，万一江里的鱼吃掉了屈原的身体怎么办？因此，人们又在竹筒里装上米饭，投入江中，希望水中的鱼儿别再啃食屈原的身体，大家都希望这位为国为民操劳了一生的忠臣能走得安心。

后来，江面上划小船变成了划龙舟，投竹筒米饭也变成了投粽子。从此，五月初五这一天，也成了人们纪念爱国诗人屈原的日子，吃粽子、赛龙舟的纪念仪式也被保留了下来。

屈原虽然走了，但是他的爱国精神却被留在了文字里，而且永久地被保留了下来。《离骚》《九歌》《天问》《橘颂》等作品，直到今天还在被人们广为传诵。

屈原的作品，内容豪迈奔放，毫不留情地揭露社会的黑暗面，同时也寄托了自己浓烈的忧国忧民的情感。也许正是因为有了这样的情感，他的作品并没有像之前的《诗经》那样总是以相同的格式为主，而是出现了字数的变化，读起来非常有韵律。这样的内容和形式，体现了屈原作品极大的创造性。由屈原创造的新诗体《楚辞》，用词华丽、隐喻唯美，成为了中国文学史上第一部浪漫主义诗歌总集。

屈原是一位伟大的爱国主义战士，他有着强烈、深厚、坚定，甚至宁死不屈的爱国精神。尽管总是遭遇残酷的待遇，但他依然坚持理想、追求真理，这些都成为后世学习的典范。而他抒发爱国情怀的文字，不仅是为我国古代文学史增光添彩，更是为华夏民族带来了巨大的精神力量。

贾谊：开汉赋先声，名一代鸿文

少年奇才

河南省洛阳市孟津县的上古村，是个神奇的地方，当年三皇之首伏羲得“龙马负图”，并创造出八卦，地点就是在村子的南边；伯夷叔齐叩马谏（jiàn）武王的地方，又位于村子的东边；周武王与八百诸侯会盟的地点，则是在村子的北边；而从北边再远一点，就是孕育了中华民族的母亲河——黄河。

上古村就是一片颇具厚重文化历史气息的沃土。公元前200年，贾谊便出生在这片神奇的地方。也许真是“地灵人杰”的效应，家族地位显赫的贾谊也颇具天赋奇才。自少年时期开始，他便很有读书的天分，学习也非常刻苦，先秦诸子百家的书籍无所不读，很小的时候就已经学识渊博，“神童”的美誉远近闻名。

17岁时，贾谊被太守吴公收为徒弟。吴公是秦国丞相李斯的学生，而李斯又是思想家荀子的学生。有了这样深厚的师承，再加上贾谊自身对知识的融会贯通与博采众长，他的思想深度和广度也很快得到了提升。

后来，在吴公的推荐下，贾谊又投在了刘邦手下重臣张苍的门下。当时，年纪轻轻的贾谊，在学了《春秋左氏传》之后，就开始作《春秋左氏传训诂》。要知道，这可是一件很了不起的工作。朝野上下，在感到震惊的同时，也对贾谊给予了极高的关注。

初入官场

公元前180年，汉文帝下诏“举贤良”。贾谊因为“颇通诸子百家之书”，被招为博士（官名，秦汉时是掌管书籍文典、通晓史事的官职）。他的职务就是借助古今知识来为皇帝排忧解难，也就是皇帝的贴身顾问。当时的贾谊不过21岁，是所有博士中最年轻的一位。

不得不说，这个职务真的非常适合贾谊。贾谊初入官场，没有任何的实战经验，只有一肚子的学问，这个职务刚好充分发挥了贾谊的长处。他博古通今，总是能从过去的历史事件或典故中找到说辞，给皇帝提出非常好的建议。良好的表现让他在一众博士中迅速脱颖而出，在职不到一年，他就直接跳过中大夫这一级别，升任到太中大夫一职。

官职升了，贾谊对自己的这份工作更加尽心尽力了。在国事方面，他给皇帝提出了更多的主张和建议，这些内容不仅对皇帝治国颇有帮助，也在当时的朝野产生了巨大反响。

树大招风

西汉文帝时代，是一个相对的“太平盛世”，但是，贾谊却没有和其他众人一样，轻松地享受这盛世。凭借敏锐的观察力，贾谊发现了这表面太平之下所潜伏的危机。当时的西汉王朝，权贵豪门压迫百姓，苛（kē）捐重税和残酷的刑罚也让百姓苦不堪言。统治阶级与百姓之间的矛盾日益严峻，如果这个矛盾无法被调和，那么统治者的地位也将越发不稳。

出于想要调和矛盾的想法，贾谊写下了著名的《过秦论》，这篇文章也成为他的成名作。在文章中，贾谊用劝诫的口气，一边总结历史经验教训，一边向皇帝提出了改革政治的建议。再加上之前贾谊针对礼仪废弛而写的《论定制度兴礼乐疏》，以及为强调以农为本而写的《论积贮（zhù）疏》等文章，让汉文帝也有了警醒。此后汉文帝所施行的一系列政策，为西汉帝国的经济复苏带来了极大的益处。可以说贾谊为日后的盛世——“文景文治”立下了巨大功劳。

贾谊的出色表现，让汉文帝想要好好地奖励他。原本是准备提拔他坐到公卿的位置，这已经是高级官员的职位了，

■ 贾谊像

足见汉文帝对他的重视。但贾谊风头太盛，正所谓树大招风，所以他招来了许多人的嫉妒。不仅如此，贾谊的一些建议，也极大地得罪了当朝的一大批实权人物，很多人恨不得立刻除掉贾谊。

所以，汉文帝刚提及要给贾谊升官，就立刻有人跳出来反对。有人说，贾谊就是小孩子捣乱，他的那些提议不过是孩子的胡言乱语罢了，会搅乱朝廷。同时，那些向来看贾谊不顺眼的人也纷纷找各种理由说贾谊的坏话，竭尽全力地在汉文帝面前败坏贾谊的形象。

被贬长沙

即便汉文帝对贾谊再信任宠爱，他也不能不顾及众人的感受。而且，如果他执意提拔贾谊，那么日后贾谊在朝堂上难保不会被众人排挤。于是为了安抚这群暴躁起来的大臣，汉文帝将贾谊派到了外地，让他离开京城去往长沙国（西汉时期湖南历史上的第一个诸侯封国）做太傅。

公元前178年，贾谊带着郁郁不乐的心情来到了长沙国，这是个极其偏僻、人口稀少，且国力贫弱的地方。贾谊所担任的太傅没有参与王国具体行政事务的权限，但是却有教导、监管诸侯王的责任。学识渊博的贾谊到了这里之后，能力也得到了施展。他协助稳定了南部边境地区的局势，让长沙国的政治走向始终与汉王朝保持一致。他重视农业、提倡教育，并积极举荐人才，这使得长沙国一扫过去的贫弱模样，逐渐也变得繁荣兴旺起来。

尽管被外放，但贾谊可不是自暴自弃的人，他依然时刻关心汉王朝的兴衰，依旧愿意为国出谋划策，而且不计个人恩怨。他从国家福祉、社会安定的角度出发，对皇帝提出诸多建设性的意见。尽管他不能确定自己的前途到底会如何，但他也没有患得患失，而是乐观宁静，还写了《鹏（fú）鸟赋》宽慰自己。

外放的六年对贾谊来说也是一种成长，这让贾谊的阅历渐渐丰富起来。经过长时间的磨炼，他再也不像年轻时那么锋芒毕露了。慢慢地，他懂得了沉稳，要有所收敛。他一边积极引导长沙王的发展，一边也不断修正自己的学说，使这些学说的表达更加圆融，陈述起来不再那么犀利，也不会那么轻易就被人挑出破绽，让这些内容变得更加有益于当时社会的现实。

梁怀王太傅

公元前173年，贾谊从长沙国被召回。在他到达长安时，汉文帝在祭神用的宣室殿中接见了他。这时汉文帝刚祭过神，整个人都还沉浸在祭祀的氛围中，便直接和贾谊聊起了与鬼神相关的话题。贾谊对鬼神方面的内容也能侃侃而谈，说得头头是道。汉文帝听了，觉得很合自己的心意，对贾谊的表现大加赞赏。两天之后，贾谊新的任命下来了，他成为汉文帝小儿子梁怀王的老师。

从官职上来说，贾谊得到的是并不怎么重要的位置，但他并没有因此灰心。可汉文帝总和他讨论鬼神之事，这让他觉得自己满腹的民生大计根本没有地方施展，他依然想着要为国家贡献心力。所以，当汉文帝向他寻求治国良策时，贾谊便将自己在长沙国从政这段时间里积累的经验，总结后写成《治安策》，并献上去。

英年早逝

如果事情一直这样发展下去，如此有才能的贾谊也许会在某天得到重用，或者他的才华会创造出更大的成绩。可是世事难料，公元前168年，梁怀王从自己的封地入朝拜见汉文帝时，一不小心从马上摔了下来，这一摔可不得了，梁怀王竟然就此丢了性命。作为梁怀王老师的贾谊，对这件事感到无比伤心和愧疚，他认为自己身为老师，没有尽到照顾梁怀王的责任，于是整日以泪洗面、郁郁寡欢。没过多久，贾谊也撒手西去，年仅33岁。

贾谊的人生虽然短暂，但他留下的《过秦论》《治安策》《论积贮疏》等精彩的政论文章，有透彻的说理和缜密的逻辑，而且气势强烈，词句铿锵（kēng qiāng）有力，也成为供后人借鉴参考的治世宝典。对于长沙国的人民来说，贾谊更是带给他们幸福的恩人。而作为文人来说，贾谊又为中华文化留下了宝贵的文化遗产。作为骚体赋的代表作家，他的文章奠定了汉代骚体赋的基础。他的政论散文也在西汉政论散文中有着非常重要的地位。

司马相如：大汉赋圣 一代辞宗

一篇赋换来的官职

少年朋友们，你们能说出历史上哪些复姓司马的名人呢？史学家司马迁、军事家司马懿……今天，就给大家再介绍一位司马家的名人，那就是写得一手好汉赋的西汉文学家司马相如！

司马相如原本并不叫这个名字，他出生在四川成都，由于小时候酷爱读书，又对剑术有兴趣，所以他的父母就给他取了个小名，叫作“犬子”。后来“犬子”两字就变成了对自己儿子通用的谦称，被广为使用。不过司马相如觉得这名字难登大雅之堂，再加上他把蔺相如作为自己的学习榜样，于是长大后就把名字改成了“相如”。

但与名相同名却并没有给司马相如带来大好的仕途。虽然家中富有，花钱买到了一官半职，但由于当时汉景帝对创作并不感兴趣，使得司马相如的才华无处可用。直到梁孝王进京朝见帝王，司马相如与其身边的一批文人很是投缘，一见如故，于是借病辞官，跟着梁孝王到封地梁国定居。在梁国时，司马相如终日与好友一道切磋文字，一住就是好几年，并写出了一篇改变命运的《子虚赋》。

这《子虚赋》是如何改变司马相如命运的呢？这还要从汉武帝身边的一名狗监杨得意（主管猎犬的官员）说起。有一回，汉武帝读到《子虚赋》，觉得这文章写得太好了，感叹自己和作者不是一个时代的人，否则就能见上一面。杨得意听了，就说："我有个同乡叫作司马相如，他自称这赋是他写的啊！"汉武帝爱才，当即就命人召见司马相如，询问他是不是真的写过《子虚赋》。在皇帝面前展现才华的机会来得虽然突然，但司马相如并不慌乱，只是说："《子虚赋》确实是我所写，不过这篇赋只是写了诸侯的事情，不值得看。请陛下让我再写一篇关于天子游猎的，进献给您。"汉武帝当然不会不答应，当即命令尚书给他笔和木简。于是司马相如大笔一挥，作成了著名的《上林赋》。承接《子虚赋》的内容，以虚构的人物来规劝帝王要节俭，文采斐（fěi）然，构思巧妙，汉武帝看了赞不绝口，立刻就封司马相如为郎官。

笼络蛮夷有一手

司马相如在担任郎官期间充分发挥了自己的才华。大约是在公元前136年，由于中郎将唐蒙奉命打通夜郎国以及其西面的地区，所以从巴、蜀征发了官吏和士卒上千人，又从西郡征调了各类运输人员一万多人。在征发的过程中，唐蒙按照作战时候的法规，斩杀了大帅，令巴、蜀两地的百姓都十分惊恐。汉武帝听说了此事，就派司马相如去斥责唐蒙，同时向百姓们传达唐蒙的做法并非自己授意的。司马相如非常聪明，利用自己善做文章的优势，写了一篇《谕巴蜀檄》的公告，下发到百姓手里，很快就安抚了百姓的情绪，立刻回京向汉武帝复命了。

后来，唐蒙成功开通了夜郎国的道路，想要继续修建通往西南蛮夷之地的道路，他再次征发了数万人的修路队伍。然而这路一修就是两年，由于西南各地并不配合，导致非但道路没有修成，士卒也多有死伤，耗费的钱财更是要以亿来计算。为此，蜀地的百姓和汉朝的当权者中多有反对的声音。这时，邛（qióng）、筰（zuó）地方的长官听说南夷因为和汉朝交往，都得到了大量的赏赐，所以也都想做汉朝的臣子，希望汉武帝能按照给南夷的待遇，给他们官职与封赏。汉武帝问司马相如怎么看待此事，司马相如就说了：“邛、筰等地都离蜀地很近，修路方便，而且秦朝时就在这些地方设置郡县，到了汉朝才废除。现在真能重新沟通这些地区，设置郡县，开发的价值是超过南夷的！”

汉武帝觉得司马相如说得很有道理，就再次任命司马相如为中郎将，命他持节出使，将邛、筰等地全部笼络到汉朝。因为之前对巴、蜀两地事件的妥当处理，司马相如很受蜀人的欢迎，受到了热情的款待。再加上，他写了一篇《难蜀父老》，以解答问题的行文方式，成功地说服了众人，使少数民族与汉朝合作，一道开发西南边疆。

随着西南夷各地的长官纷纷归顺，打通汉朝与西南夷的道路就变得简单许多。汉朝很快就拆除了过去的关隘（ài），边疆得以扩大，又加上修路建桥，最终直通邛、筰两地。这件事情办得漂亮，司马相如回京复命，汉武帝可谓欣喜万分。

司马相如满心以为自己此番必能升官，谁料竟有人告他在出使蜀地过程中收受了贿赂，结果惨遭免官。过了一年多，司马相如才被重新召回任用，官位不变，还是郎官。

才子佳人结良缘

尽管被告发受贿，但司马相如在将西南夷收归大汉疆域一事上，依旧功不可没，故而被人称为“安边功臣”，为后世所传颂。除此之外，司马相如与卓文君两人打破封建礼教束缚的传奇爱情故事，也是被后人津津乐道的佳话。

那时，赏识司马相如的梁孝王去世，以梁孝王为中心的文人宾客集团自然解体。无人继续供养，大家只得各奔东西了。没有更好去处的司马相如只好返回成都老家。一时找不到合适的职业来糊口，好在他与临邛的县令王吉素来交好。王吉欣赏他的才华，主动向他发出了邀请：“你之前背井离乡，现在乍一回来，人生地不熟，求官任职肯定不太顺利，不如来投奔我吧。”于是司马相如前往临邛，暂住在城内的一座小庭中。王吉天天都来拜访相如，时间久了，司马相如难免不耐烦，索性谎称有病，让随从拒绝王吉的拜访。这一“拒之门外”，倒反而让王吉对司马相如的态度更加谨慎恭敬了。

■ 司马相如弹琴图

后来临邛县里的两位富人卓王孙和程郑听说了这事，就合计道：“咱们县令既然这么看重这位贵客，不如我们筹备一次酒席款待他，把县令也一并请来。”宴会就设在卓王孙的家中，当王吉到了卓家后，卓家请来的客人也已经陆陆续续到场，足足有上百人之多，场面十分壮观。可一直到了中午，司马相如却还称病不肯来赴宴。王吉看司马相如不来，也不敢自己享宴，只得去司马相如的住处请他。县令亲自来请，这面子司马相如不能不给，便去卓家走了一趟。司马相如一到，在场的客人都为他的风采所折服，包括在屏风后窥视他的卓文君。这卓文君正是卓王孙的女儿，刚守寡不久，早就听闻司马相如的才名，所以才躲在屏风后，微微探出头来一睹其风姿。只是她的一举一动与娇羞神情，都没能逃过司马相如的眼睛。

后来，酒过三巡，王吉突然起意，给司马相如搬来一把琴，请求道："我听说公子特别喜欢弹琴，不知能否有幸听公子弹一曲，给这宴会助助兴。"司马相如便趁机弹奏了一曲《凤求凰》给卓文君听。卓文君见司马相如气度不凡，早已动心，再加上这琴曲传情，更是芳心暗许。直到宴会结束，司马相如又托人用重金赏赐文君的侍者，再次让卓文君确定了彼此的心意，非君不嫁了。于是卓文君做出了一个大胆的决定——乘夜逃出家门，与司马相如私奔。

两人不敢留在临邛县，急忙赶回成都，过上了家徒四壁的贫穷生活。很快，东窗事发，卓王孙勃然大怒，扬言说："我这个女儿太不像话了！我虽然不忍心伤害她，但也不会资助她的生活！"很多人都劝卓王孙还是要多多接济女儿的生活，可卓王孙就是铁了心肠，不肯给卓文君一分钱。

卓文君是富人家的小姐，过惯了富裕的日子，始终不能适应穷困潦倒的生活，时间越长，心中越是郁闷。终于有一日，卓文君忍不住对司马相如说："你同我一起回临邛，找兄弟们借点钱做买卖，也完全可以养家糊口。我们也就不用困苦成这样了啊！”司马相如听了，就和卓文君回到临邛，变卖掉了自己的马车，盘下一家酒店，以卖酒为生。夫妻二人分工合作：卓文君在前台，负责酌酒、招呼客人，司马相如则与雇工们一起洗酒器。

卓王孙听说自己的女儿抛头露面，跑去卖酒，感觉实在是奇耻大辱，太过丢脸，索性闭门不出。见此情形，长辈与亲戚们又出来劝说卓王孙：“你就只有一个儿子，两个女儿，家里最不缺的就是钱。现在，文君已经是司马相如的妻子了。司马相如虽然穷了点，但确实是个不可多得的人才，完全靠得住。而且他还是县令的贵客，你为什么这样看不起他呢？”卓王孙想了想，只好把家中的一百个家奴分给卓文君，又给了她一大笔钱做嫁妆。有了这笔钱，司马相如和卓文君当然不用再卖酒讨生活，于是回到成都，置地买房。

相如的遗书

娶得娇妻，过上富庶日子的司马相如，很快又得到汉武帝的赏识，当了官，生活条件自然是极好的。然而不久，反倒得了古代的富贵病——消渴症，也就是现代人所说的糖尿病。后来司马相如因为病重而辞官在茂陵休养。汉武帝还惦记着他的作品，吩咐一位名叫所忠的官员前往茂陵，说道：

“司马相如如今病得厉害，得去把他的书全部取回来，如若不然，这些作品以后就可能遗失了。”等所忠到的时候，司马相如已经去世，家中空空如也，并没有汉武帝想要的众多书卷。所忠询问卓文君，卓文君回答说：“他经常写书，别人就时不时来取走，所以家里总是没什么书留下。不过他还没走的时候，特意写过一卷书，叮嘱我，要是有使者来取书，就把它奉上。除此之外，是再没有别的书了。”

司马相如的这篇遗作名为《封禅书》，写的是历代帝王封禅的事，以此劝说汉武帝进行封禅。汉武帝看了，大为感触，果真在司马相如死后五年，进行了多次封禅活动。

司马相如这个人，生活在汉代文学由初期进入盛期的转折点上，尤其是汉武帝，喜好文学，才给了众多的文人墨客施展才华的空间与机会。司马相如抓住这个机会，脱颖而出，成为西汉盛世——汉武帝时期，杰出的文学家、政治家，也成为中国文化史、文学史上杰出的代表，以“赋圣”之名，名垂青史。

司马迁：《春秋》之后，一人而已

在中国历史上，史官是重要的历史记录人。汉代有一个家族姓氏司马，司马家族世代掌管着太史的官职，专门负责记载史事，编撰（zhuàn）史书。

家学渊源

汉景帝中元五年（前145），司马氏家中又添新丁，家中长辈给这个新出生的孩子起名为司马迁。司马迁很小的时候就在父亲司马谈的教导下习字读书，10岁时他跟着父亲来到了京师长安（今陕西省西安市）继续学习，后来又跟当时著名的学者董仲舒学习《春秋》，还跟经学家孔安国学习《尚书》。司马迁学习十分刻苦，又很有钻研精神，因此进步非常快。

行万里路

稍微长大一点儿后，司马迁的学业大有进步。司马谈看到儿子学业有成，并没有让他继续留在身边，而是让他去行万里路，去遍访名山大川，搜集各种古事轶闻。

公元前 126 年，20 岁的司马迁遵从了父亲的指示，开始游历天下。他从京都长安出发，有时候骑马，有时候乘船，一路上四处探访游览，考察历史遗迹，寻访各地老人，搜集各种历史资料。

司马迁去过屈原投江处的汨罗江边，去过大禹疏通九江的地方，游览过春申君（战国时期楚国大臣，战国四公子之一，著名政治家）的宫室，目睹过孔夫子的遗风，还去过楚汉相争的战场……一路行来，司马迁遍览历史遗迹，追忆历史事件，收获颇丰。

经过这样的一次远方游历后，司马迁最终回到京城，先补为博士弟子（汉代博士所教授的学生），后来因为考试成绩优异，他被封为郎中（分管各司事务的高级官员）。

接受遗命

司马谈一直准备要写一部贯通古今的史书。在司马迁成

■ 司马迁像

为郎中后的第二年，也就是24岁这一年，司马谈便开始动手写作《太史公书》。而司马迁则一直在自己的官位上勤勤恳恳、任劳任怨。父子俩也算各有各的事业，但就在司马谈满心以为自己的心愿可以逐渐达成时，他的人生却出现了谁都没有预料到的变故。

公元前110年，汉武帝举行大规模的巡行封禅。作为参与制定封禅礼仪官员的司马谈，本应该跟随皇帝出行，但他因为突然患了重病而不得不留在洛阳。这一次的重病来势凶猛，让司马谈的身体眼见着衰弱了下去。原本奉旨西征的司马迁，在完成任务后也赶来参加封禅大典，刚巧遇到了养病的父亲。对于父亲的病，司马迁忧心忡忡，更让他悲恸不已的是，和父亲才待没多久，父亲就病逝了。

就在临终之前，司马谈紧紧地拉着司马迁的手，流着眼泪说："我死以后，你一定会接着做太史，千万不要忘记我想要写一部通史的愿望。我希望你能继承我的事业，完成一部伟大的史书。"

司马迁被父亲的使命感和责任感深深震撼。听到父亲将他毕生未竟的事业交托给自己，他坚定地回应道："父亲，您放心吧，我虽然没有什么才能，但是我一定会尽力完成您的愿望。"

专心著述

公元前108年，38岁的司马迁正式接任了父亲太史令的官职，这也使得他有机会接触到更多的历史文献。他可以阅览朝廷中所藏的一切图书、档案，可以翻阅所有的史料，这些资料为他日后编写《史记》提供了极大的便利。

42岁这一年，司马迁开始主持历法修改的工作，参与制定中国第一部历法书《太初历》，与此同时，他也投入到完成父亲的遗愿，编写《史记》的工作中。第二年，《太初历》制定完成并颁布实施，司马迁便开始专心著述，甚至不见宾客，不理家事，将全部的心思投入到《史记》的编写之中。

但是，编写这样一部宏大的史书并不容易。尽管可以参阅很多民间看不到的史籍与重要资料，可由于当时的藏书和国家档案杂乱无序，没有可供参考的目录，而且当时的书并不像现在是纸张印刷的，而是一堆堆的竹简和绢书。为了翻找资料，司马迁不得不从一大堆的竹简、绢书中去查找线索，把零零散散的史料进行整理。有些不能确定的，还要反复查阅考证，他几乎天天都绞尽脑汁、呕心沥血。不过好在早期时，司马迁曾四处游历，所搜集的资料也成了此时整理和编写内容的重要参考。

飞来横祸

如果一直这样下去，司马迁的全身心付出原本能顺利地看见成果，但是，一件扭转了他人生命运的大事件，正悄无声息地向他袭来。

46岁这一年，出使匈奴的苏武被扣下，汉武帝决定发兵讨伐匈奴，希望能救回苏武，同时也想要给匈奴一些警告。第二年夏天，汉武帝派遣李广利将军领兵讨伐匈奴，又派名将李广的孙子李陵来为李广利护送辎（zī）重。但是李陵却不愿意只做护送部队，便直接找汉武帝，要求率领5千步兵去与匈奴抗衡。汉武帝欣赏他的勇气，答应了他的请求。

李陵的设想是美好的，但是当他的五千军兵与匈奴的八万骑兵遭遇之后，他也不得不紧张起来。经过八昼夜的战斗，尽管李陵率领部将斩杀了一万多匈奴兵，可是由于缺少主力部队的后援，李陵的军队最终弹尽粮绝，李陵被俘投降。

战败的消息很快就传回了长安。这样的消息原本就令汉武帝很恼火了，可当他得知李陵不是战死而是降敌了，更是勃然大怒。满朝文武官员前一阵子还称赞李陵英勇，但是如今看皇帝这么生气，他们也就立刻像墙头草一样一边倒，纷纷指责起李陵来，说他是个反贼，毫无为国效力的本事。满心的愤怒再加上大臣们的煽（shān）风点火，汉武帝的情绪就更加激动了。时任太史令的司马迁一直都很沉稳，汉武帝便想要听听他对这件事的看法。可是令皇帝完全没想到的是，司马迁却给出了另外一种观点。

司马迁虽然和李陵没有什么深交，但在他看来，李陵平时对父母非常孝顺，对朋友也很讲义气，对人谦虚礼让，而且他骁（xiāo）勇善战，对部下也颇为爱护，甚至他振臂一呼，底下兵士就能为他赴汤蹈火。司马迁觉得，这样仁义的人应该不会是像大家猜测的那样会叛国。他一面安抚着暴怒的汉武帝，一面尽力为李陵辩护说："李陵只率领五千步兵，就与匈奴的八万骑兵对抗，在救兵不到、弹尽粮绝、走投无路的情况下，他却依然能奋勇杀敌，立下赫赫战功，就算是古代名将也不过如此吧。我想他兵败后没有自杀殉国，而是选择投降，一定是想要寻找合适的机会再报答皇上您对他的信任与重用，所以他还是想要为国效力的。"

哪知道，司马迁的一番话，却被汉武帝误解，认为司马迁居然替"叛徒"李陵讲话，这就已经很让他不高兴了，而那话语中似乎还明里暗里地贬低了远征却战败而归的李广利将军。要知道，李广利将军的身份可不一般，他是汉武帝最宠爱的李夫人的哥哥。汉武帝想到这一点，便看司马迁非常不顺眼了，于是盛怒之下立刻下旨，把司马迁打入大牢。

不久后，汉武帝又听说李陵曾经帮助匈奴练兵，就是为了要攻打汉朝。这下，汉武帝更认定李陵就是个叛徒，他甚至还没来得及确认这件事，便草率地将李陵的母亲、妻子和儿子都处死了。而为李陵说话的司马迁自然被判定为与叛徒一党，也没能逃过厄运，被判了死刑。

不过按照汉代的刑法，却有两种方法可以减免死刑，一种是用金钱买，一种则是用腐刑来代替。所谓“腐刑”，就是把身体变成和宫中的太监一样，这不仅摧残身体和精神，对人格也是一种极大的侮辱。

司马迁官小家贫，自然是拿不出那么多钱来赎罪的，如果想要保住性命，就只能承受屈辱的腐刑。可一想到要承受这身心的痛苦，司马迁又感到悲痛欲绝，想着“就这么死了算了，何必要受那样的屈辱”。可是，一想到自己还有未竟的使命，就这样死了，虽然名节是保住了，但父亲的遗愿没有完成，自己也还没有做出一番事业，而且还是背着一个冤罪而死的，这样的死也太不值得了。

想想过去的伟人们，周文王被囚禁却演绎（yì）了《周易》，孔子困顿窘迫却写成了《春秋》，屈原是在被放逐的时候作的《离骚》，左丘明双目失明却写出了《国语》，孙膑是在失去双脚之后完成的《孙子兵法》。这些人无不忍辱负重，无不有坚定的信念，这才有了这些伟大的著作。不知不觉地，司马迁把自己的遭遇同这些伟人的遭遇联系在一起。

想到这里，司马迁感觉自己眼前又有了希望。最终，他毅然选择用腐刑来代替死刑，尽管身体受到了摧残，但他毕竟活了下来，而父亲的理想此时则成为他坚持下去的最大动力。

史家绝唱

待身体好一些之后，司马迁就将全部精力都投入到编撰《史记》的工作之中。从公元前108年整理资料时起，一直到公元前91年脱稿完成，历经18年的漫长时间，一部伟大的《史记》终于完成。这是一部用生命写就的光辉著作，全书包括十二本纪、三十世家、七十列传、十表、八书共五个部分，约52万字。

《史记》最初写完之后，一直被司马迁的女儿珍藏。后来，她嫁给了西汉宰相杨敞（chǎng），有了两个儿子，大儿子杨忠和小儿子杨恽（yùn）。杨恽自幼聪明好学，母亲便将自己珍藏的《史记》拿出来给他阅读。从一开始，杨恽就被这部书中的内容深深吸引了，用心地将书读完之后，内心久久不能平静。后来杨恽又将书反复读了几遍，每次读都会激动得热泪盈眶。

待到日后，杨恽被封为平通侯，看到朝政清明，他便想着要让外祖父司马迁的心血著作重见天日，于是便向皇帝上疏，将《史记》献了出去，这才使天下人得以领略这部伟大著作的真容。

司马迁撰写《史记》，每一个历史人物或历史事件都经过了大量的调查，对史实进行了反复的核对。这就使得他的文章颇为公正可靠，不隐瞒坏事，但也不会空讲好话，这般严谨的态度，让《史记》这部书充满了实录精神。而且整部著作中爱憎分明，他赞赏忠于国家、热爱人民的英雄人物，也歌颂为了反抗强暴而置自身性命于不顾的刺客，以及那些见义勇为的游侠，同时揭露残暴统治者的丑恶面貌。

整部著作中，司马迁用进步的历史观来讲演历史，给予历史正确的评价，同时也充分肯定了“历史是不断发展的”这一结论。另外，司马迁栩栩如生地刻画人物，入木三分地描写场景，将一段段历史活灵活现地展现在众人面前，可见他有高超的语言驾驭能力。

《史记》是中国历史上第一部纪传体通史，被列为“二十四史之首”，司马迁首创的纪传体编史法也被后世的众多“正史”类书籍所传承。

司马迁在遭受了无辜迫害之后，没有选择悲观消沉，而是一心坚持奋发图强，化悲愤为力量，写下了中国历史上最伟大的史书。其坚韧不拔的意志和顽强不屈的精神是非常值得我们赞扬和学习的。

班固：良史之才，著作《汉书》

少年存志

班固出生在建武八年（公元32年），自幼接受的便是儒学世家的良好教育与熏陶。天资聪颖的他9岁时就能写文章、诵诗赋了。

班固的父亲班彪（biāo）是当时远近闻名的学者，很多人都会慕名来到班家，有的要向班彪拜师学习，有的人则是想要和他探讨学问，父亲和这些人经常交流好久，很多或熟悉或新鲜的知识内容都会被班固听进去。在这样的家庭环境熏陶下，班固的眼界大开，不知不觉就学到了很多更为深入的知识，学业也日渐长进。

除了钻研学问，班彪还有一个愿望，那就是有意续写《史记后传》。司马迁所写的《史记》，从传说中的黄帝写到了当时的汉武帝，而从太初年间（前104——前101）之后就没有记录了，后来很多学者都曾经想要继续将历史记录下去，但是文笔内容却总不能和《史记》相比，称不上是《史记》的后续之作。班彪则想要好好地继续写下去，开始大量阅读汉朝的典籍。向来好学的班固也没有放过这个可以学习历史的好时机，在父亲的影响下，他也开始留意起了历史。

私撰《汉书》

渐渐长大后的班固对知识越发渴求，为了进一步深造，16岁时，他进入了洛阳的太学（古代的国立大学）学习。在太学里，他得以翻阅更多的经书典籍，并进行深入钻研。

班彪努力修著《史记后传》，共完成了60多篇内容，在这些内容中，他斟（zhēn）酌（zhuó）前史，纠正得失，倒是也为历史做了一番贡献。可是班彪毕竟年岁大了，多年的操劳也让他的身体一天天衰弱下去，最终，52岁的班彪在官位上去世。

班彪的去世，让班家的生活陷入了困难之中，为了生计，班固便带领全家从京城迁回了老家居住。虽然一下子从京城官家降成了乡里平民的地位，让上进心极强的班固有些受打击，但是他并没有因此就放弃父亲的遗志。自从父亲去世后，班固就已经决定要继承父亲未竟的事业。于是，回到老家后不久，班固就在父亲已经写好的部分内容基础上，利用自家所藏的丰富典籍，开始正式撰写《汉书》。

公元62年，就在班固一直为了《汉书》而全力以赴的时

■ 班固像

候，忽然有人向朝廷告发他，说他“私修国史”。要知道这可是重罪，普通人是不能随便写国史的，更何况是私下里进行修订！最重要的是，班固可是个平民，尽管他是外戚后代，也是儒学世家子弟，可他毕竟不是当朝官员，怎能如此大胆？结果，班固被抓进了监牢之中，书稿也被官府查抄一空。

班固身陷囹（líng）圄（yǔ），也不知道自己将会被判什么样的罪名，他只不过是想要继承父亲的遗志。在班固看来，有着210多年历史的西汉一代，其中的治乱兴衰着实令人感慨，也能给人启发，所以他将写一部汉史看成是自己的重要责任。如果不及时做这件事，后人能借鉴的史料岂不是越来越少？原本是一件好事，反被人诬告，而他自己也面临被处死的危险，这种眼睁睁看着父子两代人的心血付诸东流，以及无法掌控自己命运的无奈，让班固忧愤交加的同时又十分心痛。

班固被下入牢狱后，班家上下自然也都焦急万分，生怕朝廷突然一道命令就把班固直接处死了。班固的弟弟班超觉得不能忍耐了，他立刻骑上快马向京城进发，上书汉明帝请求为哥哥洗清冤情。因为涉及国史的问题，汉明帝对这一案件也相当重视，特意召见了班超，允许他在朝堂上禀告实情。班超将父亲和哥哥两代人修史的辛劳以及他们立志要宣扬“汉德”的意向全都讲了出来。与此同时，班固被查抄的书稿也运抵了京城，汉明帝翻阅书稿，一下子就被班固的才华深深感染，忍不住称赞说这就是一部奇作。

汉明帝当即下令释放了班固，同时也对他的志向表示了极大的赞赏，对他在历史方面的才华大加肯定，不仅给予了奖赏进行抚慰，还拜他为兰台令史，让他立即到京都皇家校书部供职。

新官上任的班固，变得忙碌了起来。他上任之初，就参与到了编撰东汉光武帝的《世祖本纪》工作之中。由于班固出色的表现，汉明帝对他相当满意，提拔班固做了郎官，负责整理校雠（chóu）皇家图书，又称为“校书郎”。

班固这个郎官尽管官阶很低，但是职务之便，却让他与汉明帝有很多见面的机会，再加上班固着实是个非常有才华的人，汉明帝对他越来越器重。日子久了，汉明帝也会关心一下班固的家庭生活。

受诏修史

这一天，汉明帝忽然想起班固当年被下入监牢之后，有一个为了救他曾经冒死觐（jìn）见上疏的弟弟，便问班固："你的弟弟现在做什么呢？"班固倒也没隐瞒，如实回答说："家里贫穷，所以弟弟也就一直替官府抄书，多赚点钱才能养活老母亲。"

听了班固的话，汉明帝深感可惜，他对班超当年敢于上殿直面君王的勇气和为哥哥洗清冤情而表现出来的辩才颇为欣赏，觉得这样的人才竟然没有得到重用实在可惜，于是当即下诏，封班超为"兰台令史"，掌管奏章和文书。

如此一来，班固不仅自己官职稳定，家人的生活也有了一定的保障，再加上他也有机会接触到皇家那丰富的藏书，这就为他日后完成《汉书》提供了重要的条件。

经过长时间的接触，汉明帝越发赏识班固。他发现班固是个很认真的人，而且性格沉稳、志向高远。思考过后，汉明帝特别下诏，允许班固继续完成他没有著完的史书。

这一次，班固不再是以个人的名义"私自"修史了，而是受皇帝委托编修国史，这无疑给班固的史书撰写开了全面的绿灯。从此，班固不再担惊受怕，而是名正言顺地使用国家的资料，并能全身心地投入到这一伟大事业中去了。如此一来，班固撰史的进度也随之大大加快。

东汉政权自建立后，洛阳便被定为首都，但是到了明帝时候，很多上了年纪的士绅颇为怀念当年西汉建都长安时的热闹景象，并认为建都洛阳是个错误，更希望朝廷能迁都回到长安。班固此时作了那首著名的《两都赋》，盛赞东都洛阳，驳斥那些不合时宜的议论，澄清人们的模糊认识，也算是起到了一个稳定人心的作用。

公元75年，汉明帝驾崩，汉章帝继位，因为他对经学文章同样怀有极大兴趣，班固也因此更加受器重，还被提拔为玄武司马，成了主管玄武门的官员。

奉旨撰书

公元79年，有人向汉章帝提议，应该召集有权威的学者来讲论五经，把经义统一，从而稳定经学的传播和发展。汉章帝采纳了这个建议，并在白虎观召开了诸儒大会，班固作为史官出席会议，并将会议内容记录下来，整理成了《白虎通德论》，也就是现在的《白虎通义》，这是汉代讲论五经同异的一部重要著作。

班固的努力终于在公元82年看见了成果。这一年，他基本完成了《汉书》的撰写，这部跨越25年时间完成的巨著，也实现了父子两代人的心愿。《汉书》受到了当朝重视，学者们都为这部书所折服，纷纷争相诵读。

但是，《汉书》的完成跨越时间太长，尽管人们知道这部书，可它迟迟未见天日，因此并没有产生广泛的社会影响。作为它的作者，班固一直过着默默无闻的生活。尽管有皇帝和一部分有识之士的赏识，但班固依旧是个不重要的官员。看到那些才能不如自己的人都纷纷进阶，风光无限，班固到底还是不那么甘心的。

北征匈奴

在当时，建立军功是建功立业最好的途径，再加上班氏家族一直都有与边疆事务打交道的经验，于是班固便想通过边境事业来获取功名，以更好地施展才能。

公元89年，班固的母亲去世了，58岁的班固辞官在家守孝。在这期间，他得知“云台二十八将”之一的窦（dòu）宪被朝廷任命为将军，率领大军攻伐匈奴，求功心切的他果断投附了窦氏家族，随大军去北攻匈奴。

但是，班固没有意识到，窦宪仗着自己妹妹做了皇后，变得专横跋扈，无恶不作，已经成了朝廷的危险势力。公元88年，汉章帝去世，年仅10岁的汉和帝即位，窦太后临朝，窦宪成了国舅，这让他变得更加肆无忌惮。最终，窦宪因为滥杀无辜而被治罪，为了赎罪，这才请求率兵北征。

毫不知情的班固担任了窦宪军队的中护军，参与军事谋划，就这样随军出发了。窦宪后来讨伐匈奴立下了战功，原来的罪名被抵消了，他也变得更加有权势，窦氏家族几乎把持了整个朝政，甚至还妄图自己称帝。不过汉和帝还是察觉了他们的阴谋，一举拿下了窦宪。

窦宪的倾覆，牵连到了班固，原本班固并没有参与到窦氏家族的阴谋中，但是班固与窦宪关系密切，自然也难逃干系，班固又一次被投入了监牢。不巧的是，负责关押班固的洛阳令和班固还有私仇，结果班固被狱吏酷刑拷打折磨，最终死在监牢之中。尽管后来汉和帝处死了害死班固的人，但是这位对中国文化史作出杰出贡献的人物还是就这样惨淡地离开了。

班固的一生，可谓成就斐然，他的《汉书》，是重要的“前四史”之一，他的辞赋又让他晋身为“汉赋四大家”之一，尤其是他的《两都赋》，更是开创了京都赋的又一范例。而作为经学理论家，班固编撰而成的《白虎通义》也成为经学的集大成之作。

左思：洛阳纸贵《三都赋》

左思是西晋著名文学家，他的父亲左雍（yōng）曾做到御史，却对儿子左思并不满意。因为左思生来就身材矮小，相貌平平，还说话结巴，有一点儿呆呆傻傻的样子。左思在书法、鼓琴等方面都不擅长，左雍对这个儿子很失望。左雍还曾失望地对朋友们说："别看他已经是成年人了，可他现在掌握的那些知识和道理，还比不上我小的时候学的东西多！"

其貌不扬　志向远大

面对父亲的这般失望，左思却有远大的志向，他也想将来能出人头地。他下定决心要好好学习，在博览群书的过程中，他渐渐对描写皇朝都城的文章产生了兴趣。在读到东汉班固写的《两都赋》和张衡写的《二京赋》之后，赞叹之余，他觉得这两篇文章有华丽的文辞和宏大的气魄，但显得虚而不实。左思想，历史上的都城有那么多，如果自己也能写

■ 左思像

出一篇都赋来，一定要扬长避短，弥补那些遗憾。

一番思考之后，左思决定以三国时的蜀国都城成都、吴国都城建业（今江苏省南京市）和魏国都城邺城（主体位于河北省临漳县境内）这三都为写作对象，开始都赋的创作。左思要写《三都赋》的消息立刻在洛阳街巷传开来，有人称赞，觉得他很有勇气，更多的人却是抱有怀疑的态度，他们觉得“一个貌不惊人的无名小卒，还想要写都赋？班固的《两都赋》和张衡的《二京赋》，这可都是大家之作，这个人真是不知天高地厚，太不自量力了”。

听到这些人的冷嘲热讽时，左思更坚定了要写好《三都赋》的决心。很快，左思开始四处搜集与这三都相关的历史、地理、物产、风土人情的资料，并进行反复比对确认，以确保资料的真实准确。为了创作好《三都赋》，平时左思闭门谢客，从天刚蒙蒙亮一直到夜深人静，都废寝忘食地在创作。他还在家中各个角落都摆放好了桌子和笔墨纸砚，只要想到好的句子就立刻记录下来，连吃饭、睡觉，他满脑子也都是写作。

不负痴心

日复一日，年复一年，仅仅是为了要写出一篇好文章，左思竟然耗费了10年时间，两鬓都染上了白发。著名的文学家陆机原本也想写《三都赋》，但是听说左思这个名不见经传的人居然已经写出来了，便四处挖苦他不自量力。等读到了左思的《三都赋》，陆机从心底叹服，认为自己无法超过左思，就搁笔不写了。

后来，左思找到机会把《三都赋》拿给了在洛阳很有声誉的皇甫谧看，皇甫谧认真读过之后感慨万千，还亲自提笔为文章写了一篇序言，并请来著作郎（官名，主管编修国史）张载为文章中的魏都赋做注，还请来中书郎刘逵（kuí）为蜀都赋和吴都赋做注。读过《三都赋》后，刘逵也忍不住在说明中感叹道："世人总是重视古人的东西，新生事物、新生成就总是被忽略，这也是《三都赋》这样好的一篇文章在最开始不能流传于世的原因啊！"

洛阳纸贵

有名人作序推荐，再加上有著作郎和中书郎给书做注，左思的《三都赋》很快就在京都尽人皆知。凡是懂得文学的人，无不对它称赞不已。《三都赋》在很短的时间里，成了洛阳城最畅销的文章，人们争相传抄，因为传抄的人和传抄的文章数量太多，结果导致洛阳的纸张价格也跟着暴涨到了之前的两三倍。再后来，洛阳的纸张几乎卖空，就算有钱也买不到了，不得已纷纷去外地买纸。也正是左思的一篇《三都赋》，才有了“洛阳纸贵”这个成语。

尽管从一开始就不被看好，尽管一路都默默无闻，尽管还总是受人嘲笑，但是，有志者事竟成。左思用敢于超越前人的勇气，以坚忍不拔的毅力，认准了自己的目标，一路努力，这才最终留下了传世千载的名篇。

谢灵运：钟情山水的大诗人

出生于公元385年的谢灵运，自小就长得非常灵秀，而且颇有天资，也十分好学，祖父谢玄对谢灵运也格外偏爱。谢灵运4岁时，谢玄病重，临终前，他不断嘱咐家人，一定要把谢灵运培养成才。

家世显赫

要说谢灵运，得从他的祖父谢玄开始说起。谢玄是东晋的大功臣，曾经在著名的淝（féi）水之战中立下赫赫战功。战后论功行赏，谢玄被封为康乐公。谢玄有两个儿子，大儿子谢瑍（huàn）天生迟钝，生了 4 个儿子，最小的儿子就是谢灵运。

谢玄去世后，谢家发现，谢瑍愚钝，儿子谢灵运年幼，颇有一门单传的可能。因为子孙难得，谢家便索性将谢灵运送去了钱塘道士杜子恭的道馆中寄养。杜子恭是位能给人治病的道士，谢灵运在道馆中一直长到15岁，才回到家中。因此，谢灵运的小名叫作“客儿”，就好像是去别处做客了一样。

■ 谢灵运像

只身赴京

谢灵运回家之后，并没有在家中久待，而是从家乡来到了京城，住在乌衣巷（位于今江苏省南京市秦淮区）内的谢氏家族老宅里，在族叔谢混的带领下，经常和谢家同宗弟子一起，有时清谈玄理，有时吟诗作文，还时常宴饮歌咏。相比之下，在一众子弟之中，谢灵运颇为出众，这些人经常在一起就形成了一个谢氏家族文人团体，世称“乌衣之游”，而核心人物正是谢灵运。谢混对谢灵运等子弟们悉心管教，经常借助游宴的机会，或鼓励子弟们创作，或评价他们的才能品行，或纠正他们的缺点。而这其中，他尤其对谢灵运格外看重，并称赞谢灵运的文章之美是“江左莫及”。

谢灵运18岁的时候承袭了祖父康乐公的爵位，两年后他就走上了仕途，开始做起了东晋的官。但是谢灵运并不以仕途为重，相比官场上的用心，他更喜欢经营园林、游山玩水、写诗会友，生活过得很惬意。

公元420年，刘宋王朝建立，谢灵运被皇帝降为康乐侯，官职降了，俸禄也降了。刘宋王朝对谢家并没有那么友好，不过两年时间，谢灵运又被从京城建康调离，降为永嘉太守。

恃才傲物

谢灵运自出生就一直觉得门第高贵，有些恃才放旷，自认为凭借自己的才能和出身，不管是哪朝哪代都理应受到重视。这般骄傲的心，让谢灵运怎么也无法忍受被朝廷排挤，对于从京城调离这件事更是感到心情烦闷。他即便到任永嘉太守，也只是一味地纵情山水，没事的时候就写写诗文，将政事完全抛到了脑后。过了一年，谢灵运索性称病辞了官。可还没等他消停多久，公元426年，宋文帝为了巩固统治，又开始对世家大族采取笼络政策，名声在外的谢灵运又一次被启用，皇帝不仅征召他为秘书监，还指定他撰修晋史。

谢灵运写的诗歌有很强的艺术性，得到同时代文人雅士们的广泛喜爱，有时候，一听说是谢灵运的诗歌，人们都竞相抄录。宋文帝对谢灵运的才能也很赏识，还把他的诗作和书法并称为“二宝”。特别是在有宴会举行的时候，宋文帝常常会让谢灵运来作陪，并让他即兴写诗作文以调节气氛。

才高八斗

谢灵运原本就是很骄傲的一个人，得到了宋文帝如此的赏识，让他也对自己更加自信了。有一次，不知道是不是喝醉了的缘故，谢灵运对周围人说了这样一段话："魏晋以来，天下的文学之才算起来有一石（dàn）（容量单位，一石为十斗），其中曹子建（即曹植，三国时期曹魏著名文学家）可以占八斗，我可以占一斗，剩下的一斗就是天下的文学之才共分了。"这段话正是成语"才高八斗"的来历。

没过多长时间，谢灵运就看出，皇帝对他只不过是表面的尊重罢了，并没有加以重用的意思，那些名望才干远不如他的人反倒受到了皇帝的重用。因此，谢灵运这一次做官的时间依旧不长，很快他再一次辞官并回到了始宁，和朋友们在一起，游山玩水，探奇览胜，往来吟咏。

但宋文帝显然并没有就此罢休，公元431年，谢灵运又一次被授予了官职，可他依旧不理政事，终日出游赋诗。地方官员看他不顺眼，便向朝廷弹劾（hé）他，要求治谢灵运的罪。谢灵运自然不服气，把纠缠他的官员扣押了起来，他还作诗来明志，将刘宋王朝比作残暴的秦王朝，将自己比喻成张良，似乎暗示要为被灭的故国复仇雪耻。

下诏被杀

在一个新王朝里说要为旧王朝复辟，这样的言论是无论如何不能被允许的，所以谢灵运很快就被判了重罪，尽管免去了一死却要被流放广州。可刚到广州，朝廷的公文紧接着就到了，说谢灵运犯有叛逆罪，要就地正法。这罪名放在谢灵运身上算是莫须有的，但他放荡不羁的性格以及那些像要谋反的诗句，还是让他遭了罪。公元433年，谢灵运在广州被当街斩首，年仅49岁。

谢灵运的死虽然让人唏嘘不已，但这不能磨灭他对中国文学史所作出的贡献。作为一位文人，他在中国山水诗题材方面作出了突出的成就，正是有了他的努力，唐代的山水诗才有了迅速成熟的可能并直至登峰造极。所以，有人说谢灵运如一颗流星，在中国文学史上划过的是一道短暂的灿烂。

刘勰：《文心雕龙》垂青史

痛失双亲

南朝宋明帝泰始初年（465年），一个名叫刘勰（xié）的孩子出生了。这个孩子和很多有志之士一样，从小就对未来充满了憧憬。

刘勰7岁的时候，曾经梦见一片像锦缎一般美丽的五彩祥云，他努力地向上攀爬，想要把那漂亮的祥云采摘下来。古人都很信梦境的预示，刘勰也认为，自己既然做了这样的梦，未来也应该会有很好的前途吧。

说起来，刘勰也算是少有大志，但8岁时家中却出了重大的变故，父亲不幸去世了，只留下了他们孤儿寡（guǎ）母。母亲的陪伴成了刘勰的精神支柱，但母亲在他20岁左右的时候也去世了。家庭的变故让刘勰变得举目无亲，为母亲守孝3年后，他来到了京城建康（今江苏省南京市）。机缘巧合之下，他进入钟山上的著名古刹定林寺，跟随大德高僧僧祐修行。虽然并没有剃度出家，但刘勰在定林寺里待了十几年，每天只是青灯素茶，扫地念经。因为这里清净，他可以安心读书，他曾经帮助僧祐大师整理佛经，所以翻阅过大量的佛经书籍。长此以往，刘勰最终也成了“博能经纶”的佛学家。

夜梦圣贤

刘勰在30岁的时候做了一个梦，梦见自己捧着红色的祭祀（sì）用器，跟在至圣先师孔子的身后向南走。身在佛家寺庙，却梦到了儒家孔夫子，不得不说这也是一件很玄妙的事情。古人说：“太上有立德，其次有立功，其次有立言。”也就是“三不朽”，但是刘勰发现自己已经过了而立之年，要像孔夫子那样立德，自然是还远远不够资格，但若要立功，身处于寺庙之中的他，又哪里来的机会去立功呢？所以刘勰决定从“立言”开始下手，他立志要写一部前无古人后无来者的不朽作品。

呕心著述

从498年开始，刘勰就开启了他的创作，一直到502年，历经大约4年的光阴，刘勰将所有精力都倾注在撰写自己的论文上。就在定林寺这一方净土中，刘勰最终写出了自己呕心沥血的著作，他为自己的这部书命名为《文心雕龙》，意思就是写文章一定要用心，要像雕刻龙纹那样精雕细刻，这样才能创作出美好的作品。

《文心雕龙》成书时，正好是南齐与南梁朝代更替的时候，公元502年3月，齐和帝交出了皇帝的位置，4月，萧衍便成了梁武帝，改元天监。尽管对于定林寺来说，谁做皇帝并没有太明显的影响，可是对于居住在寺庙里的刘勰来说，这却是个能扰乱他心情的消息了。

南北朝时期，朝代更替频繁，刘勰30多岁的年纪，便已经历经南朝宋、南齐、南梁三个朝代。可一直到如今，刘勰在定林寺住了十多年，并没有出家为僧，朝代更替没有给他带来什么出头的机会，屈指算算，自己也正一步步迈向不惑之年，人生之路到底在何方，对于刘勰来说还是一片渺茫。

愿望实现

尽管用心血写出了《文心雕龙》这部巨著，但刘勰自认是个无名小辈，无法为世人所肯定，也是没有用的。当时，沈约是齐梁文坛的领袖，被称为“一代辞宗”，他与谢朓（tiǎo）等人创立了永明新体诗，推动了永明文学的发展，对文学相当精通。重要的是，沈约身处官场数十载，时常提携新人，也受到诸多文人学子的敬重与爱戴。所以，刘勰将希望寄托在了沈约的身上，他想让沈约看看他写的《文心雕龙》，并希望能从沈约那里得到肯定。

当时的沈约地位显贵，只是平民百姓的刘勰根本没有机会与他结交，于是刘勰想了个看上去很愚笨的办法。他每天背着自己的书稿，在沈约可能出现的地方徘徊，等到沈约的车马出现，便装作卖东西的样子到车前请求。刘勰终于找到机会把自己的书稿呈给沈约，沈约一看，立刻被里面的内容深深吸引，认为内容“深得文理”，并将其放在书案上，只要有时间就会取来翻看。沈约对这部书给予了极高的评价，对刘勰的文采也表现出了极大的赞赏。正是沈约的推荐，才让这部书渐渐为天下人知。

天监初年（502年），刘勰担任 “奉朝请”，这并不是官职，而只是“奉朝会请召”而已，也就是有参加朝会的资格。没过多久，刘勰就成了中军将军，临川王萧宏的记室，是一个掌管文书的官职。后来，随着萧宏成为征讨北魏的北伐元帅，刘勰成为车骑将军夏侯详的仓曹参军，职位与记室略相同，职掌仓账出入等事务。天监六年（507年）6月，夏侯详被征为侍中、右光禄大夫，刘勰也随即成为太末（今浙江省龙游县）令，他为官清廉，政绩清明。

几年后，刘勰又成了仁威南康王萧绩的记室，兼太子萧统的东宫通事舍人。萧绩是梁武帝的第四个儿子，萧统则是梁武帝的长子，又是他最疼爱的太子。也许正是因为刘勰之前那部书的“深得文理”和后来的政绩清明，才使得他能有此殊荣。萧统本身对文学非常感兴趣，有刘勰这样的人在身侧陪伴，他们也可以好好探讨一下。

直心进谏

天监十六年（517年）4月，对佛教正满心崇敬的梁武帝下诏要求“不得用牺牲（家畜）来作为祭祀品，而改用蔬果”，众人都反对，刘勰却上表一章，肯定了梁武帝的这种想法。梁武帝感觉终于有人认同自己的想法了，所以心情大好，当下便把已经52岁的刘勰一下子升职为步兵校尉，同时还兼任东宫通事舍人。步兵校尉是六品官，一般都是士林名流担任，所以刘勰的升任可谓是“一步登天”了。

天监十八年（519年）4月，梁武帝受了佛戒，全国上下也掀起了崇佛的高潮。梁武帝把刘勰的官职解除，要求他回到定林寺继续去编纂（zuǎn）经藏。在受了戒的梁武帝心目中，想必整理藏经要远比国家军政重要得多吧。

魂归西方

公元521年，整理佛经的任务完成之后，刘勰上表请求出家，出家不到1年，俗名刘勰、法名慧地的56岁老人，便与世长辞。世间再无那个自小有志一路努力的刘勰，但一部独树一帜的《文心雕龙》却永久流传。

在距今1500年前，刘勰就已经可以提出诸多精辟的修辞理论，这是相当难能可贵的事情。而且他所提出来的修辞理论，既能理性地阐释道理，还有诸多例证。刘勰建立起选择继承、据实创新的修辞观，时至今日，也是文人们遵循的一条修辞美学原理。

萧统：编撰《文选》的仁爱太子

萧统是梁武帝萧衍（yǎn）的长子，萧衍原本是南齐的官员，后来趁着南齐内乱的时候，起兵夺取了帝位，并在建康建立了梁朝。萧统出生于公元501年，一年后，他就被立为皇太子。

博览群书

萧统自小酷爱读书，而且记忆力超强，5岁的时候就读遍了儒家五经，而且读书的时候，一目十行。萧统身边，集结了一大批有学识的知识分子，萧统很喜欢和他们在一起，大家经常互相讨论文章，彼此谈论古今。不仅如此，萧统的太子宫中藏书达3万卷，足见萧统有多么爱学习。

但是，萧统并不满足于自己宫中的藏书，他想走出去博览天下群书。于是他离开了都城，走进了远离城市的一座大山之中，这座“招隐山（位于今江苏省镇江市）”，风景秀美，环境幽静，萧统非常喜欢这里的环境，便想要在这里建造房

■ 萧统像

屋，并住在这里读书写文章。

当时，梁武帝觉得在这样的山上除了盖个房子之外，其他什么都没有，那环境也太简陋了，他的儿子可是太子，理应享受舒适的生活。由于不想让儿子受这样的苦，梁武帝便派了很多宫娥彩女与太监侍从，还让他们给萧统带去许多珍珠古玩和山珍海味，他希望儿子即便不在宫里，也能过最好的生活。

以书会友

但萧统却明确表示自己并不是到这里来建造"行宫"享乐的，便只留下了几个太监来照料生活，其他的宫娥彩女和那些用来消遣把玩的东西都被送了回去，但他却请求父亲把东宫的3万卷藏书给运过来了。很快，读书台就造好了，萧统便经常与一众好友在这里读书谈心、编选文章，好不惬意。

萧统在文学方面颇有见地，他主持编选了《昭明文选》，这是我国现存编选最早的汉族诗文总集，整部总集中所选的内容，都遵循“事出于沉思，义归乎翰藻”的标准，也就是情义与辞采内外并存，如果只是偏于一面就绝对不收，这样的标准保证了这部文选中所收录的都是好作品。

宅心仁厚

萧统自年少时起，就很讲究礼仪，性情非常仁厚。12岁的时候，萧统观看司法官员对犯人的审判，经过对案卷的仔细研究之后，他说：“我觉得这个人的过错情有可原，由我来判决他可以吗？”负责审讯的官员看萧统还是个孩子，但他毕竟身份显贵，所以不得已便答应了萧统的请求，只是告诉他：“这些人都要被判重罪的。”但萧统却没有听从官员的建议，而是统统给予这些罪犯“杖五十”的从轻判决。从官员的内心来说，是不大接受这样的判决的，可萧统是太子，官员只得将这件事如实上报给了梁武帝。没想到的是，萧衍对儿子的做法颇为赞许，笑着让官员就按照萧统的判决去办理了。

后来萧统行了冠礼，意味着成年了，梁武帝便让他独自处理国家事务。面对奏事的内外百官，萧统有很强的分辨能力，只要有人说错，或者花言巧语用假话想要蒙混过关，他都能立刻分辨出来，并进行剖析，指出正误。对于犯了错的官员，萧统都会要求他们慢慢改过，但却从来没有向梁武帝举报过一个人。就算是审理案件，萧统也多会从宽处理，有的甚至会直接赦免，一时间，天下人都称颂太子萧统颇有仁德。

萧统对母亲很是孝顺，也很是依恋。16岁的时候，母亲病重，原本住在东宫的萧统便立刻搬到了母亲居住的宫殿，朝夕侍奉，端汤喂药，每日侍奉母亲到了衣不解带的地步。尽管萧统想要用自己的悉心照料来让母亲病情有所好转，但遗憾的是，母亲还是没能战胜病魔，最终去世了，萧统悲痛欲绝，食不下咽。

奉旨进食

梁武帝很心疼儿子，就派人宣旨强迫萧统吃饭。梁武帝说：“你母亲虽然去世了，但你不能过分悲伤以至于失去本性。如果你因此伤害了自己的身体，那还是等于不孝顺。你母亲虽然去世了，可是你的父亲我还在，你不爱惜自己的身体，那怎么能行？如果你再不吃，我就要强迫你吃了。”

梁武帝下旨命令萧统进食，萧统不得不勉强进食，但也不过是一天喝一碗玉米粥而已。看到这种情况，梁武帝不得不再次对萧统下达了要求：“听说你吃得很少，身体变得很虚弱。我原本身体还不错，没什么毛病，可是你总是不吃饭，总是这么折磨自己的身体，现在我的胸口也像是堵着一块东西，很不舒服了。你还是要好好吃饭，养好身体，不要总让我为你挂心。”

尽管梁武帝一再下诏，就为让萧统吃饭，可是萧统还是因为过度悲伤，根本没有胃口。等到守丧期满之后，原本身材健壮的萧统已经变得瘦弱不堪，看见他这个样子，不管是官员还是民众都深受感动，有的人甚至落下了眼泪。

苛己厚民

当时的世风喜好奢侈，很多贵族大臣都锦衣玉食，可是萧统却想倡导大家简朴，他经常穿旧衣，吃饭的时候也从来不要山珍海味，就连肉食也只有一种，他从不流连于歌女演奏，更喜欢去大自然中聆听。

有一年，由于战争爆发，京城粮价大涨，很多百姓和难民的生活变得更为困苦，萧统就命令东宫的下人们每日节衣缩食，一遇到雨雪天寒的时候，他就派人把节省下来的衣物和粮食送去救济难民。后来萧统主管军服事务，每年都要多做3千件衣服，到冬天的时候发给那些贫苦得买不起衣服的人。

公元519年以前，池州（今属安徽省）一直大旱，颗粒无收，萧统目睹了池州一带发生的严重饥荒，不忍心看到百姓遭受这样的苦难，便多次向父亲上书，请求帮助赈灾。不仅如此，他还亲自安置送粮赈灾，这才让池州的百姓得以度过劫难。池州的百姓对这位仁慈的昭明太子颇为尊重，并视他为神明。

梁武帝时期，全国大兴佛教，作为太子，萧统代替父亲在全国各地选择地方建造寺庙。当时，浙江义乌的萧皇塘村一带天遇大旱，庄稼没有收成，偏还赶上瘟疫流行，百姓不是饿死就是病死，很多村落就此衰败萧条。萧统听说了这场大灾，便立刻赶来赈灾。

一路走来，萧统果然看见很多百姓纷纷外逃谋生，尽管他尽力劝说这些往外逃的百姓回乡居住，可是百姓们却过怕了这样的生活，并没有几人相信他说的话。等到了萧皇塘附近的村落时，萧统只见所有村落都变得破败不堪，十户人家中九户都没有了人烟，那些还留在村子里的村民，都是无力再外逃的人，比如老人、孩子，还有生活不能自理的人，缺衣少食，家徒四壁。看到这样的悲惨场景，萧统赶紧放粮赈灾，可是解决了饿肚子的问题，瘟疫又来了，但萧统并没有带着很多草药，为了能消灭瘟疫，萧统亲自去村子西边的大山中寻找草药。

大山中植被众多，草药也并不好找，可萧统却很执着。山路崎岖，好多路都在悬崖边上或者深沟边上，一不小心就会跌落，山中遍地都是荆棘，有些地方根本没有路，人走过去，露在衣服外面的皮肤就会被荆棘刺破、划伤。

萧统丝毫不在意这些，他一心想着：一定要找到药，救活更多的百姓。他带领随从专心致志地寻找那救命的药草，由于太过专注，走山路时不小心扭伤了脚。随从们都劝他下山休息，先把脚伤治好，可他却一点不在意，只是嘱咐大家，一定要找到药。好在众人的努力没有白费，治疗瘟疫的草药终于被找到了，萧统立刻率领随从马不停蹄地回到村子，亲自为村民熬药、送药。萧统和众人的及时救治，让弥漫在村子中的恐怖瘟疫得到了控制。

感天降雨

但是，盘旋在这一带的苦难并没有完全过去，除去了瘟疫，还有大旱，村民们逃过了病魔的魔掌，却依然被困在旱情中毫无办法。萧统不忍心看村民这样痛苦下去，便在村子西北面的圆塘边搭建了法坛，每日亲自诵经、做法事求雨。萧统不辞辛苦，连续做了七天七夜的法事，奇迹出现了，天开始转阴，但是雨却还没有降下来。

萧统心想："老天应该是听到了我的心声，可是不是我心还不够诚，所以大雨才没有降下来。"想到这里，萧统便向村民打听，哪里还有更清净的地方。在村民的指引下，萧统一瘸一拐地拖着伤脚又一次进了山，他一口气登上了山顶，跪在岩石上开始诵经求雨。这一次，老天果然听见了萧统内心的祈求，大雨倾盆而下，旱情终于得到了缓解。

做完了这些事，萧统并没有就此离开，他发现这一带原本有18个村庄，但是灾情导致了人口流失。于是萧统动员所有活下来并且还愿意住在这里的村民们搬到一起集中居住，他亲自为村民选择合适的安家之处，并帮忙规划村子的布局。村民们对太子感恩戴德，不仅供奉他的塑像，还把萧统求雨的地方改名为“萧皇岩”，并把他做法事的那口塘和村子的名字都改名为“萧皇塘”，以感谢太子的恩德。

公元531年3月，萧统在乘船游池的时候，不小心掉进了水里，救出来的时候，大腿受了伤。为了不让梁武帝担心，萧统并没有告诉他受伤的事，直到他卧床不起时，梁武帝才知道，而且情况已经非常严重了。没过多久，萧统的身体终于还是抵挡不住病魔的侵袭，最终去世了。

年仅31岁的萧统辞世，朝野上下都为太子的死震惊不已，京城百姓都跑到宫门口去哀悼，一时间京城哭声震天。除了京城，四方庶民和边疆的各族民众也都悲痛于这位好太子的离世。梁武帝更是痛苦不已，赐予萧统谥号“昭明”，这便是昭明太子的故事。

李白：天纵英才诗中仙

“天生我材必有用”是李白写的一句诗，意思就是“上天生下我一定有需要用到我的地方，一定有需要我去做的事”。从这一句诗中也足以看出，李白是个非常自信的人。李白的人生的确颇具传奇，他高傲，天性豪迈，即便面对皇帝也毫不畏惧，这样的人说出“天生我材必有用”这样的话，其实并不显得突兀。

少年天才

李白的出生地一般认为在西域碎叶城（今吉尔吉斯斯坦北部），他在周岁抓周时抓到了一本《诗经》，父亲觉得儿子长大后一定能成为有名的文学家。

李白7岁那年春天，一家人正在院子里赏花，父亲想写一首春日绝句，但只想到了两句，“春风送暖百花开，迎春绽金它先来”，后面两句怎么也想不出来了，他便向妻子儿子求下文。妻子想了一阵子说：“火烧杏林红霞落。”而她话音刚落，儿子就指着院中正盛开的李树说："李花怒放一树白。"父亲一听，为儿子的这句诗拍手称赞，口中反复琢磨着这句诗，这句诗的开头是家姓"李"，"白"正说出了李花的圣洁高雅，用得非常妙，于是就给儿子取名叫"李白"。

■ 李白像

铁杵磨针

李白从小就在学习方面颇有天资，也因此而变得很骄傲。一天，逃学的李白在一条小河边遇到一位白发苍苍的老婆婆，只见她正费力地蹲在小河边的一块石头旁边，一下一下地磨着一根铁棍。李白好奇地走过去问道："老婆婆，您在做什么呢？"老婆婆连头都没抬，手下动作依旧没停，只是嘴里回答说："磨针啊！"李白觉得在听笑话，他忍不住脱口说："用这么粗的铁棍子要磨成细细的绣花针，这得什么时候才能磨出来啊？"老婆婆这时才抬起头来，很认真地回答说："铁棒虽然粗，但只要我天天来磨，它就总有变细的时候。既然水滴能把石头打穿，铁棒怎么就不能磨成针呢？"

听了老婆婆的话，李白的脑中像是打了一道闪电，他想：这位老婆婆说的一点儿都没错，只要有恒心、不怕困难，什么事都能做好，读书不也是同样的道理吗？从那之后，李白在读书上再也没有偷过懒。等到李白15岁时，已经创作了多首诗赋，当时社会上很多名流对他也颇为推崇。

旅途中的诗仙

李白从书上看到了张良、荆轲等豪杰的故事，对于行侠仗义的事很感兴趣，于是就跑到外面找教剑术的老师，一面读书一面练剑。

天性豪迈的李白在24岁时就离开了故乡，去外面开眼界。他一路走到了扬州，当时刚好是开元年间最繁华鼎盛的时期，扬州处处都是亭台阁榭，满目的茶肆酒楼和来往的商人，再加上络绎不绝的游人，构成了一幅热闹非凡的景象。面对这样的景象，李白既惊讶又惊喜，他从没有见过这样的景象，他在这热闹繁华的扬州生活了一年的时间，其间和很多官员富商相结交，生活过得相当惬（qiè）意潇洒。

后来他又到了山东，并很快结交了一群好友，与山东名士孔巢父等五人格外要好，世人称他们为“竹溪六逸”。大家凑在一起在徂（cú）徕（lái）山下的竹溪隐居，没事就一起尽情地喝酒、吟唱诗歌。有时候坐在泉水边石头上闲聊，有时候又聚在一起对酒赏月，彼此交流诗歌感想，很多名诗名句就是在这样惬意的情况下诞生的。很快，李白的诗歌与名气渐渐传开了。

初入仕途

30岁的时候，他因为一些琐事被人向官府进了谗言，尽管他为自己极力辩解，最后也无济于事。

后来，李白来到都城长安时，已经穷困潦倒。35岁这一年，西游的李白趁着唐玄宗狩猎的机会，献上了一篇《大猎赋》，文中夸耀唐朝远胜于汉朝，结尾处又讲到了道教的玄理，刚好契（qì）合当时唐玄宗崇尚道教的心情，因此给唐玄宗留下了一个非常好的印象。

这一年，李白又在长安结识了卫尉张卿，通过他向唐玄宗的妹妹玉真公主也献上了一首诗，用“几时入少室，王母应相逢”的诗句来祝福公主能得道成仙。而在送给卫尉张卿的诗句中又直接陈述了自己当前的状况，希望能得到引荐，并表明了自己愿意为朝廷效劳的志向。

同时，李白也结识了当时著名的诗人贺知章，并向他呈上了自己随身携带的诗本。贺知章翻过之后，对李白那瑰丽的诗歌和他潇洒的风采大加赞赏，尤其是读到《蜀道难》这一篇的时候，还没读完，贺知章就不住地赞叹说：“你是不是天上的神仙下凡到了人间啊？”为了能跟李白结交畅饮，贺知章不惜用自己喜爱的金龟配饰来换酒家的美酒，足见他对李白的重视。贺知章是当时文坛的元老，有了他的赞赏和推荐，李白的名号与他的诗歌也传得更广了。唐玄宗看到了李白大气磅（páng）礴（bó）且颇符合他喜好的诗篇，再加上玉真公主、贺知章等人的交口称赞，便对李白产生了仰慕之心，随即就把他召到了宫中。

御用文人

李白进宫那一天，唐玄宗甚至从玉辇（niǎn）（天子乘坐的车）上下来亲自迎接，还亲手为他准备羹（gēng）汤，足见对他的重视。李白在被问到当时一些政事事务时，凭借半生所学，以及他长期在社会之中的观察，都能对答如流。唐玄宗爱惜李白的才华，便给了他一个“供奉翰林”的官职，李白要做的，就只是经常陪侍在皇帝身边，在合适的时机写诗文娱乐。

从那之后，唐玄宗只要有宴请或郊游的活动，都会叫上李白陪在一旁，让他用敏捷的诗才随时赋诗，用诗歌的形式将历史记录下来，以流传后世。43岁时，李白进入翰林院，初春时，李白受诏写了一篇《宫中行乐词》，得到了皇帝赏赐的宫锦袍；到了暮春，唐玄宗与爱妃杨玉环一起赏牡丹，李白又奉诏作了《清平调》三篇，但有人认为李白的三篇《清平调》是在讥讽杨玉环。

李白慢慢对自己的这种“御用文人”的生活感到厌倦，他开始日日纵酒，甚至连唐玄宗的召见都不去了。有一次更是在喝醉的时候替皇帝起草诏书，还曾让唐玄宗的宠臣高力士来给他脱鞋子。李白的放荡不羁让人抓住了把柄，那些不喜欢他的人开始向唐玄宗进谗言，再加上唐玄宗的眼见为实，很快就疏远了他。李白也发觉自己并不适合在这朝堂之中，便辞去官职，依旧像以前一样四处游荡。

晚年潦倒

44岁时，李白在东都洛阳遇到了比自己小11岁的杜甫。当时李白已经名扬天下，而杜甫尽管风华正茂但却穷困潦倒，两人都抛开了自己之前的身份，很快就建立起深厚的友情。李白和杜甫经常相约一起访道求仙，短短一年多的时间，便有两次相约，三次会见，一旦谈到诗歌创作，彼此就切磋交流，取长补短，因此两人也因诗歌方面的爱好建立了深厚的感情。

55岁这一年，安史之乱爆发，原本在庐山隐居的李白，也想靠自己的能力为国家做点儿事。这时恰好永王李璘（lín）邀请他加入自己的阵营，于是李白便投靠永王，想借此施展自己的能力。当时天下大乱，永王发动叛乱，想要自己划一块地盘做皇帝，但是，没过多久就失败了，李白自然也被连带入狱，最后被流放到夜郎。

59岁时，关中大旱，朝廷宣布大赦天下，被流放的李白还没有走到夜郎，便获得了自由。这时，他年近花甲，生活窘迫，只能依靠友人的帮助生活，最后在62岁时病逝。

传奇人生

李白的一生可谓充满传奇色彩，有肆意放纵的潇洒，也有穷困潦倒的窘迫，可那信手拈来的诗句却总能触动人心，即便是醉中，也依然毫不费力地遣词造句。他的人生充满了诗歌的浪漫气息。作为唐朝最著名的诗人，李白在乐府、歌行、绝句方面的成就最高，他的诗歌中经常将想象、夸张、比喻、拟人等手法综合来使用，这让他的诗歌读来总有飘飘欲仙的感觉。他的遣词造句既自然明快，又任意随性，用最直白简洁的语言却能表达出说不尽的情思，不管是五绝还是七绝，李白都能将其做到极致。

李白的诗歌具有“笔落惊风雨，诗成泣鬼神”的艺术魅力，他周游四方，踏遍名山大川，因此他的诗歌便也有了豪迈奔放的个性，是典型的浪漫主义诗歌。他的作品对后世也产生了极为深远的影响。中唐时期的韩愈、孟郊、李贺，宋朝的苏轼、陆游、辛弃疾，甚至明清时代的高启、龚自珍等人，他们文学成长之路也都受到了李白诗歌的巨大影响。

杜甫：一生穷困的“诗圣”

公元712年，杜甫出生于襄阳，杜氏一家属于北方大士族京兆杜氏的分支。杜甫的曾祖父杜依艺当年从湖北襄阳到巩县（今河南省巩义市）去做县令，所以也就连带着将一大家子人都迁居到了巩县，到了杜甫这一代，杜氏这一分支家族在巩县居住有80多年了。

年少发奋

杜甫小的时候，拥有优越的家庭环境，他过着无忧无虑的生活。但也许是生活太过安定富足了，杜甫逐渐养成了贪玩的坏习惯。杜甫的爷爷是唐朝有名的诗人杜审言，在爷爷的严厉管教之下，杜甫一身的坏毛病慢慢收敛（liǎn）了，改掉了贪玩的习惯，并开始发奋读书。

杜甫从7岁开始就能写诗了，他当时写的内容是关于神鸟凤凰的，能以这样高贵大气的动物为写作题材，人们都感叹杜甫小小年纪便有大志向。而慢慢长大后的杜甫，也的确心系国家，想要为国效力。

仕途坎坷

杜甫学习一直很用功，十几岁的时候他的诗作就已经得到众多人的夸奖了。后来杜甫去参加了京城的科考，原本他认为中榜应该是没问题的，可哪知道，当时是宰相李林甫掌权，他很排斥读书人，于是欺骗唐玄宗说：“这次参加考试的人考得都非常糟糕，没有一个够资格的。”唐玄宗原本还感到很奇怪，认为天下之大，不可能没有一个有才学的人。但李林甫却说：“这件事说明，有才能的人都已经被陛下您重用了，所以民间也就再没有遗留下来的贤能之人了。”唐玄宗听了自然很高兴，便听信了李林甫的话。

当时的读书人都以能够科举中第为自己的出路，杜甫也不例外，当得知自己没有中榜的时候，心情懊丧得很。此时的他家道没落，四处漂泊，虽然身在长安，但是生活却相当窘迫。亲眼看到长安权贵的奢（shē）华与穷人受冻挨饿的强烈对比，杜甫内心的愤慨也随即而起，所以他才写下了“朱门酒肉臭，路有冻死骨”这样的名句。不幸的是，杜甫的小儿子因为营养不良而死，杜甫和妻子悲恸不已，却无能为力。

43岁这一年，他给唐玄宗献上了《三大礼赋》，唐玄宗一直对文人很看重，读过杜甫的文章之后，唐玄宗发现他果然才学不凡，便召见了他，一番考核之后，封了他一个兵曹参军的官职。但第二年，安史之乱就爆发了，长安一带的百姓们纷纷外逃避难，杜甫一家也在难民的行列之中。一家人随着难民大潮跑了许久，吃尽了苦头。杜甫亲历难民生活，让他更能体会百姓的痛苦，因此他也就更想能为百姓做些事。于是，杜甫决定去投奔在灵武（今属宁夏回族自治区）即位的唐肃宗。在投奔的路上，杜甫遇到了叛军，看到叛军的烧杀抢掠，看到百姓在叛军的残暴之下无力生存，杜甫将这种痛苦与悲愤都写进了诗句之中。这一时期杜甫写出的诸多诗篇，被后人誉为“诗史”，因为这些诗篇都真实地反映了国家的动荡和百姓的痛苦。

最终，杜甫还是见到了唐肃宗，只不过此时的他一身破衣，脚上也是一双破鞋，一副又脏又破的乞丐形象。在乱世之中，杜甫还能如此长途跋涉来投奔朝廷，唐肃宗心里对他颇为赞赏，却并没有要重用他的意思，只是给了一个左拾遗的官职，这是一个谏官的位置。

忠言遭贬

杜甫刚到任不久，就赶上了一件大事，唐肃宗毫不留情地撤掉了宰相房琯（guǎn）的职，只因为房琯的门客收了别人的红包。杜甫觉得唐肃宗这件事做得不对，房琯是个很有才能的人，因为他的门客收了红包这么小的一件事就撤了他的官职，这惩罚也着实太重了。于是杜甫立刻上了奏章向皇帝进谏，一番道理讲出来就为了请求皇帝能留下房琯。唐肃宗刚好在气头上，杜甫此时的劝谏无疑是撞了枪口，唐肃宗因此迁怒于杜甫，他立刻传令刑部、御史台、大理寺三司，对杜甫展开了联合调查。

■ 杜甫像

这时，另一位宰相张镐（gǎo）连忙出来给杜甫解围，劝唐肃宗道：“杜甫如果因此而获罪，那以后可就没有人敢向陛下谏言了，这不是相当于陛下自己断了言路吗？”这一番话让唐肃宗的火气小了一些，可自己的决定刚出来就被杜甫直言不讳地反驳，还是让唐肃宗觉得很丢了面子。最终，房琯被贬为豳（bīn）州（今陕西省彬州市）刺史，杜甫也连带着被贬为华州（陕西省华县境内及周边地区）司功。杜甫这时想起了还在农村的家人，于是决定暂时远离官场，向皇帝请假回家看看。

回家路上，杜甫路过一个叫石壕（háo）村的地方，借宿在一个穷苦人家。这家人中有一对年迈的老夫妇带着年轻的儿媳和年幼的孙儿，原来老夫妇的三个儿子早就已经被抓走了，可是，到了半夜，官府又来抓人了。老大爷从窗户上跳了出去，老婆婆无奈一个人应付着官差，她哭着对官差说："我的三个儿子都已经被你们抓去打仗了，前两天才刚收到一个儿子的信儿，说他两个兄弟已经战死了。我的命已经这么苦了，家里只有一个儿媳和吃奶的孙儿了，你们还想要抓谁？"但是官兵并没有听她说什么，反正就是一定要抓走一个人。最终，老婆婆无奈只得自己跟着官兵走了，去军营给兵士们做饭。待到天亮，来送杜甫出门的只有先前逃走又回来的老大爷，好不容易躲过一劫的年轻儿媳只能带着孩子躲在屋子里低声哭泣。亲眼看到这样的凄惨情景，杜甫心里非常不是滋味，他将这些经历写成了"三吏三别"六首诗，这些内容也成了"诗史"重要的一部分。

西南漂泊

回到自己家之后，杜甫发现自己家的生活也同样凄惨不已，吃不饱穿不暖的妻子，带着孩子生活也是胆战心惊。最终，杜甫只得辞官，带着一家老小流亡到成都。48岁这一年的冬天，靠着朋友的帮忙，杜甫在成都西郊的浣花溪边建造了一座草堂，在这草堂之中，杜甫一住就是四年，看似隐居般的生活，却并没有隐居那样的惬意。杜甫一家的生活依旧穷困潦倒，茅屋草堂根本无法遮风挡雨，他此时所作的《茅屋为秋风所破歌》，反映的就是他当时的生活：

八月秋高风怒号，卷我屋上三重茅。茅飞渡江洒江郊，高者挂罥长林梢，下者飘转沉塘坳。南村群童欺我老无力，忍能对面为盗贼。公然抱茅入竹去，唇焦口燥呼不得，归来倚杖自叹息。

俄顷风定云墨色，秋天漠漠向昏黑。布衾多年冷似铁，娇儿恶卧踏里裂。床头屋漏无干处，雨脚如麻未断绝。自经丧乱少睡眠，长夜沾湿何由彻！安得广厦千万间，大庇天下寒士俱欢颜！风雨不动安如山。呜呼！何时眼前突兀见此屋，吾庐独破受冻死亦足！

后来，杜甫在朋友严武的帮助下，被推荐为参谋检校工部员外郎，杜甫也因此被后人称为“杜工部”。可是严武去世后，成都一片大乱，杜甫不得已也离开了。从此以后，杜甫的生活都是在朋友的帮助下维持的。但年岁越来越大，杜甫对故土的思念之情也就越重，于是他便想坐船回故乡。

江舟长逝

59岁这一年，杜甫原想去郴州（今湖南省郴州市）投靠舅父，但坐船行到耒（lěi）阳（今湖南省耒阳市）时，刚好赶上江水暴涨，被洪水围困的他哪里都去不了。杜甫一连好几天都没有吃东西了，身体疲惫孱弱到了极点，一代“诗圣”杜甫就在这时病逝了。

杜甫的内心充满了对国家、民族的历史责任感，所以他才能忠实地描绘出当时社会的残酷面貌，也能将自己悲痛的内心表达得淋漓尽致。

他的诗歌也同样来自现实生活，他用最精练的文字为世人展现一个不容被忽视的“悲惨世界”。杜甫的诗成为了时代的一面镜子，让当时社会的苦难无所遁形。杜甫的诗歌标志着唐诗内容与风格的重大转折，并深深影响了中唐之后直到宋代诗歌的发展。

王维：诗中有画，画中有诗

天资聪颖

王维出生于公元701年，是唐朝河东蒲州（今山西省永济市）人。他很小就显露出过人的才华，不仅能写得一手好诗，擅长书画，还有一定的音乐天赋。王维多才多艺的资质，在当时的贵族世袭社会中很是受人赞赏，他的名气也渐渐传开了。15岁时王维去京城参加科举考试，结交了很多名门贵族和有名的艺人。当时唐玄宗的弟弟岐（qí）王李范也喜欢诗文和音乐，所以在听说王维的名气之后，便很仰慕他的才华。两人一见如故，很快成为好朋友。

有一天，王维对岐王说："我想去参加进士应考，依你之见，我能不能考第一名呢？"岐王没有正面回答他，反倒告诉了他一个秘密说："有一个叫张九皋（gāo）的读书人，最近风头很盛，正在四处托熟人走门路也想要考取第一名。他还找了公主，公主写信给主考官，说是要帮他取第一名呢。"

看到王维着急的样子，岐王决定帮帮他。于是在岐王的引荐下，王维也见到了公主。只不过王维扮成了演奏琵琶的伶人，一曲琵琶曲弹奏之后，包括公主在内的全屋人都感到震惊，真是太好听了。岐王趁机将王维引荐给了公主，而王维则顺手将自己写的诗文也呈了上去。读过《竹里馆》的“深林人不知，明月来相照”，再看过《山居秋暝》的“明月松间照，清泉石上流”，公主忍不住赞叹起王维的才华来。后来公主将考官们都召集到了自己的府上，向大家介绍了王维，王维也不怯场，当众就向诸位考官献上了一首《送朱大入秦》的诗。看到眼前这个人不仅会诗文，又懂音律，听说还擅长书画，在诸位考官心中这无疑就是一个才子的最佳形象，考官们对王维的印象非常深刻。

最终，王维果然不负众望，在21岁时就考中了进士。没过多久，王维又有了机会得以结识宰相张九龄等人，在众人的提拔之下，他一路做到了右拾遗及监察御史等官职。

参悟生命

王维很早就信奉佛教，29岁时，王维拜道光禅师为师，开始正式学佛。一年之后，王维在一次出差途中遇到了神会大师，他向大师请教怎样才能找到“解脱之道”。神会大师告诉他，众生本自清净，若是天天都想着要修道求解脱，那本身就有了妄心，那又怎么可能得到真正的解脱呢？王维将这番话记在了心间，几经生死攸关时刻之后，他才算真正领悟了大师所说的话到底是什么意思。“本自清净”，不求解脱而自然解脱，这样理解，自然就是解脱之道了。再加上在山林中隐居生活，王维更体会到了自然生命的灵动，而这也是他钟情于山水自然的重要原因。

■ 王维像

40多岁的时候，王维利用官僚生活的空余时间，在京城的南边选了一处幽静的住处以修养身心。这里原本是初唐诗人宋之问的别墅，是一个宽阔且有山有水有林有溪谷的好地方。在朝廷，王维是官员，可一旦脱下官服，他就成了和朋友们一起悠闲的闲散隐士。这半官半隐的生活在王维看起来倒也很是惬意，而隐居的生活又让他写了更多山水田园类的诗歌。

幸免于难

55岁这一年，安史之乱爆发，举国上下处在一片混乱之中，唐玄宗带领一众大臣匆匆逃往四川。王维没来得及走，被叛军抓住了。因为王维的才气在京城如雷贯耳，叛军首领安禄山硬是给了他一个给（jǐ）事中的官职。尽管并不是王维的本意，但这却成了他日后怎么也逃不开的一个污点。

按道理来讲，投靠叛军是要被问斩的，好在王维的弟弟正担任刑部侍郎，曾经跟随皇帝一起出逃，弟弟用自己的官位来换取哥哥的性命，王维才得以免于一死，而且还被给了个太子中允之职。世事无常，王维慢慢变得更沉静，开始了吃斋念佛的生活。

61岁这一年，王维去世了。他的人生也算是跌宕起伏，甚至险遭杀头之祸，不过好在王维没有被生活所压垮，他依然创作了大量山水田园诗歌，影响巨大，也成了这一派诗歌的领袖人物。

诗歌传世

王维的生活一直都伴随着“隐居”的状态。他经常会登山拜寺，求道问禅。王维对隐居山林也是有向往之情的，他曾经去终南山隐居过几年，住在山中的石洞里，关上石门安心打坐，打开石门就在山中漫游。也许正是这种超脱的心态，才让王维的诗作与画作都显出一些超然的闲适感。诗歌的言词间，仿佛能看到一幅幅恬静的画卷，而画中又蕴含着种种诗韵玄理，难怪后世的苏轼称赞他“诗中有画，画中有诗”。

王维原本就颇有智慧，对佛理又有很深的感悟，他将佛理表现在了诗歌中，所以他的诗歌中自然就流露出了一种空灵的境界。再加上他在音乐与绘画上的天赋，他经常以画入诗，这种生机勃勃而又空灵玄妙的诗画结合，让他的诗歌也成为中国诗歌史上一道独特的景观。

韩愈：文起八代，道济天下的一代文宗

困苦童年

唐朝诗人韩愈的祖辈都曾为官，所以要说起来，韩愈的家族也算是官宦世家。但是韩愈自己的身世却并不顺利，公元768年出生的韩愈，3岁时就成了孤儿，全靠他的堂兄堂嫂抚养他长大。也许正因为自己是孤儿，还想要继承祖父、父亲的事业，从7岁开始，韩愈便刻苦读书，而且根本用不着他人的催促，完全靠自觉的努力。13岁时，他就已经可以自己独立写文章了。只不过，韩愈少时的生活真的是很苦，因为堂兄没过多久也去世了，只剩下寡嫂郑氏带着他颠沛流离地讨生活。

科举之路

待到19岁时，韩愈便离家来到了京师长安。他看中了独孤及、梁肃身上深厚的学问气息，希望自己也能有这样好的学问，并能脱颖而出有所建树。但是，韩愈的运气并不算好，他三次参加科举考试，都以落第告终，好在他没有因此而消沉下去，反倒是越挫越勇。直到25岁时，韩愈第四次参加进士考试，这一次他终于考中了进士。韩愈又连续参加了三次“博学宏词科”的考试，也同样没有成功。他的文章被前宰相郑余庆看好，因此有了一定的声誉，可是他几次三番的考试失败，对他着实是不小的打击。

■ 韩愈像

后来在宣武（治所在今河南省开封市）节度使董晋和节度使张建封的推荐下，韩愈两度成为幕僚。33岁时，他第四次参加了吏部的考试，韩愈终于通过了铨（quán）选，并很快被任命为国子监四门博士，后来还升任为监察御史。

屡遭贬谪

在韩愈刚晋升为监察御史时，关中地区大旱，灾民四处逃难，流离失所。韩愈在查访的过程中发现，灾情甚至严重到了整个关中都饿殍（piǎo)遍地。但令他吃惊的是，负责京城行政的京兆尹（治理首都地区的官员）李实却封锁了消息，反向朝廷上报说“关中粮食丰收，百姓也安居乐业”。这明摆地谎报实情惹恼了韩愈，他一怒之下写了《论天旱人饥状》的文章。哪知道那李实却恶人先告状，先他一步向上层说了他的坏话，最终，做坏事的李实没事，满腔正义的韩愈却反被听信谗言的皇帝贬了职，从监察御史的位置降到了连州阳山（今属广东省）县令的位置。

尽管后来韩愈获得赦免，又回到了京城，但这次以后，他正直的性格让他在不同的官位上起起伏伏，尽管有高深的才学，却屡次遭受贬谪。后来，韩愈写了一篇《进学解》来自喻，刚巧宰相看到了这篇文章，大为欣赏的同时也很同情他，在发现他史学方面的才识之后，便积极提拔他为比部郎中（唐代刑部官职）、史馆修撰（唐代负责掌修国史的官职）。

韩愈后来又晋升为中书舍人，总有人因为不喜欢他而诋毁他。比如，韩愈曾经受到荆南（治所在湖北省荆州市）节度使裴均的礼遇厚待，但是裴均的儿子裴锷并不是什么好人。韩愈偏偏在为裴均写的文章的序中对裴锷也表现出了尊重，这就让有心的人抓住了把柄，认为韩愈好坏不分。这在朝官中居然还产生了巨大反响，大家纷纷表示不能让这样好坏不分的人留在朝堂上。最终，韩愈又一次被降了职，改授为太子右庶子。

谏迎佛骨

说起来，韩愈的政治生涯也真的是坎坷，他因为性格太过耿直，还得罪过唐宪宗。唐宪宗是位虔（qián）诚的佛教徒，公元819年，唐宪宗曾经派人到长安西边凤翔府法门寺的护国真身塔中，去迎取佛祖释迦（jiā）牟尼佛非常珍贵的一节指骨，并下令要求在宫中供养三天，再送往长安各个寺庙轮流供奉。结果整个长安城中人人都放下了手中的工作，一心只为供奉佛骨。有人倾家荡产也要捐给寺庙，甚至有更极端的人用火烧自己的身体，以表示自己对佛祖的诚心。

韩愈当时是刑部侍郎，看到百姓们倾家荡产、火烧身体，他觉得如果再长此这样下去，就绝对不再是对佛祖的尊敬了，而会演变成伤风败俗，百姓们也会荒废了家业，甚至无法保证正常的生活。于是，韩愈立刻写了一篇《论佛骨表》上奏给唐宪宗，直言佛是不可信的，并说上古时期没有佛，但天下太平、百姓长寿，后来有了佛，反倒国运都不长久，所以请求皇帝毁掉佛骨，以绝后患。他还表示，如果真的有了灾殃，他将一人承担。

原本就对佛事颇为看重的唐宪宗，看到如此言辞激烈的言论，认为韩愈是在诅咒自己早死，恨不得立刻就处死韩愈。当时一干正直的皇亲国戚纷纷为韩愈求情，这才保住了他的性命。不过，死罪可免，活罪难逃，韩愈又被贬了职，成了潮州刺史。

病逝于家

后来唐宪宗冷静下来想想，韩愈是忠心进谏，只不过是想要让自己不要太过于沉迷于此，以至于荒废了国事，甚至于误导了百姓。唐宪宗想要重新起用他，然而，韩愈心直口快的性格还是得罪了不少权臣，有人以“狂放粗疏”为理由，劝说唐宪宗不要将韩愈招回重用。

57岁这一年，韩愈在家中去世，尽管他一生官运不算好，但他最大的成就是以一个文人的身份提倡文以载道，让文学又回归到了伦理道德的正道上。而他自己的文章，则大力宣扬儒家的种种道德理论，后人称赞他为“文起八代之衰，道济天下之弱”。

作为古文运动的倡导者，韩愈主张继承先秦两汉散文传统，重视文章的内容。韩愈和同为唐宋八大家的柳宗元所倡导的古文运动，开辟了唐代以来古文的发展道路。韩愈大力提倡儒学，可谓是开了宋代明理学家的先声。

刘禹锡：陋室难掩真诗人

刘禹锡（772-842），字梦得，河南洛阳人，出生于一个儒学传家的书香门第，自幼读书很有天分。唐朝时期大臣、文学家、哲学家，有“诗豪”之称。

仕途坎坷

19岁时，刘禹锡在长安游学，仅过了两年，21岁的他就与后来著名诗人柳宗元同榜考中了进士，同一年，刘禹锡还考中了“博学宏词科”。博学宏词科的考试是当时官府给那些科举出身等待入仕的人准备的，既要有精深渊博的学识，又要能写出优美恢宏的文辞，足见刘禹锡的确是个有才华的人。

但是，刘禹锡的仕途也并不是那么一帆风顺的，成为监察御史之后，他因为参与王叔文那不成功的“永贞革新”而被贬为朗州（今湖南省常德市）司马，迁连州刺史及安徽和州（今安徽省和县）通判。

在做朗州司马期间，刘禹锡经常深入民间，了解民众的生活，用乐观豁达的心态创作了许多诗篇。从内心来讲，他依然期盼能通过改革来获得天下的长治久安，百姓的安居乐业。34岁这一年，唐德宗驾崩，唐顺宗即位，改元永贞，改革家王叔文此时上台受到重用。王叔文掌管朝政之后，积极推行改革，抑制藩镇势力，加强中央权力，贬斥贪官污吏，整顿税收，并试图收回宦官和藩镇手中的兵权，这一系列的改革史称"永贞革新"。但是，永贞革新最后以失败告终，热心参与改革的刘禹锡受到牵连，被贬到和州当通判。

遭受排挤

刘禹锡在和州当通判的时候，当地的长官策知县是个势利小人，他知道刘禹锡是被贬来的官员，便从心底看不起他，而且处处刁难他。按照规定，做到通判的人在衙门里可以住三间大房子，策知县却告诉刘禹锡，说衙门里的房子又破又旧不好住，便叫他去南门外住。

刘禹锡二话不说就搬到衙门外去住了。他住的地方刚好对着一条名叫历水的大江，每天江面上船来船往，非常热闹。刘禹锡并没有因为自己被贬就心情低落，看到大江上的热闹景象，他干脆在自己门口贴了一副对联"面对大江观白帆，身在和州思争辩"。这副对联刚贴出去不久，策知县就知

■ 刘禹锡像

道了，他气得胡子都要立起来了，便立刻命人去通知刘禹锡，让他从南门搬到北门去住，房子也由原来的三间减少到一间半，而且没有任何理由。

刘禹锡不屑与这样的人多说，二话不说立刻搬到北门去了。巧的是，北门有一条德胜河，而刘禹锡那一间半的房子又正好在河边。这条河不那么波涛汹涌，河岸两边还有一排排翠绿的杨柳。刘禹锡对这个生活环境也相当满意，于是一副新的对联又出现在了门两边，“杨柳青青江水平，人在历阳心在京”，这个历阳就是和州。策知县知道后又一次命令手下去城里找一间最小的房子，然后派人告诉刘禹锡，让他立刻搬到那里去。因此，刘禹锡在和州连半年时间都不到，就不得不搬了三次家。而这最后一次的房子也着实太小、太破旧了，房间里只能放下一张床、一张桌子和一把椅子，堪称是“斗室”了。这一次，刘禹锡干脆写了一篇名为《陋室铭》的文章，写完之后，还将文章刻在了石板上，立在了房门前，“斯是陋室，惟吾德馨”。这次，策知县再也想不到用什么方法打击报复，便只好作罢。

性坚心宽

刘禹锡担任连州刺史时，因为写了“玄都观里桃千树，尽是刘郎去后栽”这样的诗句，讽刺那些新贵，被贬到更远的播州（今贵州省遵义市）去。好在有正直的裴度、柳宗元等人的帮忙，这才改播州刺史为连州刺史，免于去偏远荒僻的地方受罪。但不管去哪里，刘禹锡的创作热情始终都没有被埋没，他一直用积极乐观的心态去面对自己的人生，用自己手中的笔写下最情真意切的诗。

尽管刘禹锡年轻的时候官路非常坎坷，到了晚年，他还是被调回了京城，并做到了检校礼部尚书。他71岁病逝之后，还被追赠为户部尚书，这也算是给这位老人一个美好的结局吧！

作为文人来说，刘禹锡的山水诗，以其刚毅的性格，写出了含蓄深沉的内涵，开阔舒朗的境界，更表达了他积极向上的情感。刘禹锡从来没有因为被贬谪而绝望，也没有因为自己遭受的种种打击而消沉，他的文字富含深意、简洁明快，读来颇有一种催人向上的力量。

附刘禹锡古诗二首：

浪淘沙·九曲黄河万里沙

九曲黄河万里沙，浪淘风簸自天涯。

如今直上银河去，同到牵牛织女家。

竹枝词

杨柳青青江水平，闻郎江上踏歌声。
东边日出西边雨，道是无晴却有晴。

白居易：有文如此，居亦何难

唐代是我国诗人辈出的时代，继李白、杜甫之后，白居易是当时最具影响力的一位了。在杜甫去世后的第三年，也就是公元772年，白居易出生于河南新郑的一个世代习儒的家庭中。

生于乱世

白居易出生在动乱年代，他出生后不久，家乡就发生了战争，战火导致民不聊生。他两岁时，祖父逝世了，没多久祖母又病故了，再加上父亲的调任，白居易一家搬离了家乡，在宿州符离（今安徽省宿州市埇桥区）住了下来。白居易从小也是个很有读书天分的人，五六岁就开始学习作诗，每天都认真刻苦地读书，到十几岁的时候在自家所住的一带已经颇具“神童”之名。

为了有更好的发展，白居易16岁时带着自己平日里写好的诗文去求见文学家顾况。顾况是当时很有影响力的一位诗人，很多读书人都会带着自己的诗作去向他求教，而且如果能得到顾况的提点，那么日后的发展会更好些。

白居易带着作品来拜见顾况时，顾况却在心里嘲笑了一声："不过是一个乳臭未干的小毛孩子，也敢来找我顾况指点吗？"带着轻慢的心理，顾况看到白居易的名字时，更是觉得可笑，忍不住说道："米价方贵，居易弗易。"意思就是都城长安的米价很贵，在这里住着很不容易，其实就是在嘲讽白居易不自量力。面对顾况的嘲讽，白居易并没有辩解，他更想听到的是顾况对他诗句的评价和在学问上的提点。

顾况毫不在意地打开了白居易的诗文，上来就看见了"离离原上草，一岁一枯荣。野火烧不尽，春风吹又生"这几句诗。顾况眼前一亮，忍不住站起来高声称赞道："好诗！真是好诗！"这时他一改之前的态度，郑重其事地对白居易说道："道得个语，居即易矣。"意思就是，能写出这样的内容来，在长安居住也容易了。顾况对白居易大为赞赏，甚至说出"我本来以为文章之道已经断绝，现在可由你来继承"这样的话。经过顾况的推荐，白居易的诗作和名气日益在京城传开了。

仕宦生活

白居易在长安看到了繁华，也看到了上升的机会，他决定继续刻苦读书，积极准备投考科举，以期能在政事上有所作为。白居易便开始昼夜苦读，甚至读到嘴唇、舌头上都长了疮，手肘也因为反复与书桌摩擦而出了茧子。但是功夫不负有心人，公元799年，27岁的白居易终于如愿以偿，进士及第，担任秘书省校书郎，掌管文字校对工作。

■ 白居易像

白居易有一个好朋友，名叫王质夫，王质夫曾提醒他不要浪费了一身才华，建议他写一首长诗，歌咏一下唐玄宗与杨贵妃那缠绵悱（fěi）恻（cè）的爱情故事，这个题材一定会引起轰动。白居易听从了王质夫的建议，经过一番思考琢磨之后，他最终完成了那首旷世杰作《长恨歌》。这首长诗一出，整个天下都轰动了，其中“在天愿作比翼鸟，在地愿为连理枝”的美丽诗句，深入人心。普通百姓纷纷传唱这首长诗歌，王公贵妇们也对它爱不释手。甚至远在海外的日本国，文学的发展也受到了这首长诗歌的影响。

此外，白居易还创作了许多其他作品，其中乐府及杂诗尤其多。唐宪宗对他也更有兴趣了，便想要召他进宫。白居易这时刚好任职要期满了，于是他便参加了由皇帝亲自主持的策问，也就是制科考试。凭借自己的才华，最终，他以第二名的成绩升官，成了左拾遗。尽管官阶并不高，但作为一名重要谏官的生活，给白居易讽喻诗的创作带来了契机。

白居易上任左拾遗之后，便希望能尽言官的责任以报答皇帝对他的知遇之恩，因此对自己谏官的身份很是认真，并不断地向唐宪宗提出谏言。不仅如此，白居易还借助自己擅写诗歌的才能，写了大量反映社会现实的诗歌，他甚至在某些时候当面指出皇帝的问题，还曾经说出"陛下错了"这样的话来。尽管白居易给皇帝提的很多建议都被采纳了，但这种直接挑战皇帝威仪的做法，还是令皇帝非常不满。

有一次，被白居易直言不讳地指出自己的问题之后，唐宪宗愤怒地说道："白居易是被朕提拔上来的，这是吃准了朕不会对他怎么样吗？他怎么能对朕如此无礼？朕是再也没办法忍耐了！"唐宪宗正想要找个由头好好处罚一下白居易时，翰林学士李绛（jiàng）赶紧劝道："正是因为陛下您开放了言路，您愿意听从他人的建议，所以群臣才敢在您面前直言不讳，甚至不惜触怒于您。如果您只因为白居易的表现就将他逐出朝堂，那岂不是直接告诉群臣不可以再进谏吗？如果那样可是有损陛下的盛德啊！"

唐宪宗当然知道有谏言对一个皇帝来说是多么重要，毕竟他的先祖唐太宗可是将魏徵的谏言当成明镜来用的，更何况要认真听取谏言也已经成为皇家的古训。被当面指责是件很不舒服的事情，唐宪宗最终还是不再让白居易担任左拾遗，而是给了他一个“太子左赞善大夫”的官职，这是一个专门陪太子读书却不得过问朝政的闲官职。

贬谪江州

44岁这一年，堂堂的当朝宰相武元衡被刺身亡。白居易得知之后，那股正义的热血又沸腾了，他立刻给皇帝上疏一封，要求一定要立刻逮捕凶手以正国法。但是有人认为，白居易已经是不能干涉朝政的东宫闲官了，还敢直接发言干涉朝政，是越权行为，不能被容忍。再加上白居易之前因为谏言得罪过很多权贵，他们也趁机落井下石，诽谤白居易。说他的母亲因为赏花不慎而跌入井中去世，他却还作了赏花的诗，更写了与新井有关的诗，这是大不孝的表现，等等。

唐宪宗原本就因为白居易屡次谏言而对他心有不爽，现在白居易又背上了不孝的严重罪名，于是唐宪宗就把白居易外放做了江州（今江西省九江市）司马。这个司马又是一个闲官，这无疑让白居易变得更闲了，他不能再接触政事，即便有一腔为国为民的热血，也发挥不了什么作用了。

在被贬谪的日子里，有一次，白居易送客人到渡口，忽然听到渡口泊船上传来一阵琵琶声，几人一时兴起，便让弹琵琶的女子也给他们弹奏一曲。女子弹琴，白居易细细观察，这个女子已经上了年纪，可是为了糊口，却不得不四处漂泊卖艺。听着情感丰富的琵琶曲，看着年老色衰的琵琶女，白居易内心忽然想起了自己“忠心为国，反被贬谪”，再加上他因为长期郁闷导致身体也不那么硬朗了，和琵琶女的漂泊生活、憔悴容颜有同病相怜的感受。将心比心之下，白居易写出了《琵琶行》这首著名的诗，与《长恨歌》一样，很快这首诗也成了为天下传唱的名诗。

抱负东流

49岁这年冬天，被贬谪在外的白居易终于奉召回京，重新成为皇帝身边的近臣。他满以为这一次终于可以施展才华了，于是依然像以前一样，对皇帝知无不言、言无不尽，直接指责皇帝的错误，毫不避讳。但是，唐宪宗不久就去世了，继位的唐穆宗年幼无知，对待臣下很是傲慢。白居易提过几次建议不被采纳，而当时朝堂之上宦官又非常猖狂，面对这样的官场，白居易感到很失望，于是便请求到外地去任职。白居易后来成了杭州刺史，他兢兢业业、尽职尽责，修筑西湖堤防、疏浚（jùn）六井，政绩斐然，深受杭州老百姓的爱戴。

但是随着年纪阅历的增长，白居易越发看出朝廷的没落，对时局也越来越失望。尤其是到了晚年，他开始向往做隐士了，和一众朋友游山玩水的同时，创作诗歌。白居易的诗歌题材广泛，形式多样，而且读起来都非常好懂，相传他每写一首诗，都会拿去念给老婆婆听，如果连不识字的老人都听得懂他的诗说了什么，这样的诗句他才会保留下来，否则就会一改再改。后来白居易把自己的作品整理起来，亲自编排校正，竟然有3840首之多，有“诗魔”和“诗王”之称，可算得上是唐朝作品最为丰富的诗人了。

文内存情

白居易的思想以儒家为主导，并综合了佛、道两家，他对孟子那种“穷则独善其身，达则兼济天下”的思想颇为尊崇，这也是他一生都遵循的人生信条。白居易不仅留下诸多诗歌，还总结出了一整套诗歌理论。他认为诗歌创作离不开现实，而“情”则是诗歌创作的根本条件。他还提出了一个著名的现实主义创作原则“文章合为时而著，歌诗合为事而作”，促使诗人更多地正视现实、关心百姓生活。

柳宗元：谁人不识柳河东

柳宗元出生于公元773年，祖上世代为官，他的母亲卢氏同样也出生官宦家，所以，柳宗元自小便受到了家庭的熏陶。4岁时，母亲卢氏对他开启了启蒙教育，从那时起，柳宗元便对知识产生了强烈的兴趣。

深受家庭影响

柳宗元的生活并不是那么平静，小时候住在长安城中，他亲眼看到和感受到了朝廷的腐败无能，也看到了社会生活的动乱。9岁时，建中之乱爆发，13岁时，柳宗元的父亲到江西做官，柳宗元便跟着父亲一路前行，这让他有了直接接触社会的机会，不仅知识面拓宽了，也让他与很多人结为了朋友，柳宗元的才气渐渐地在人群中被传开。

柳宗元的父亲长期在府县任职，他常年跟随父亲，对父亲的言行举止耳濡目染。父亲积极地为民众奔波，身在官场也依旧保持刚直不阿的好品德，且能诗擅文，母亲一心向

■ 柳宗元像

佛，来自家庭的良好熏陶，都为柳宗元日后的人生成长奠定了基础。20岁时，他被选为乡贡，有机会参加进士科的考试，第二年，他便进士及第，从此名声大振。

24岁时，柳宗元被安排去秘书省任秘书郎，26岁时，他又参加了博学宏词科的考试，中榜之后成了集贤殿书院正字，是一个九品官。柳宗元才气过人，而且沿袭了父亲清廉刚直的作风，和众人一起讨论时，他总能旁征博引古今故事、经书、史书，诸子百家名言更是张口就来，他的发言常常能震慑全场。所以，自从柳宗元进入官场之后，很多王公大臣都想要将他网罗到自己门下，并以和他有好交情为荣。

随着在官场中的时间越来越长，与高层官员的交流越来越频繁，官场政治的黑暗腐败也在他面前铺展开来，这对于从小就目睹父亲正直为官的柳宗元是一个不小的心理冲击。也正是从这时开始，柳宗元渐渐生出了想要改革的愿望。

左迁永柳

柳宗元33岁时，改革家王叔文开始积极推行改革，就是前面提到的刘禹锡也参与其中的“永贞革新”。柳宗元支持大刀阔斧改革且又有实权的王叔文，可是改革并不顺利，王叔文改革失败，连带着一群和他一起的人都跟着贬官获罪，柳宗元最终被贬为永州（今属湖南省）司马。

柳宗元在偏僻的永州一待就是10年，他除了正常的公务，还专心钻研哲学、政治、历史、文学等各方面的学问，有闲暇时间就去游历山水，和当地的文人士子结交。柳宗元有一部《柳河东全集》，记录了他所写下的540多篇诗文，而其中有317篇都是在永州创作的，同时他还写了《永州八记》，这也是我国古代山水游记的名作。刘禹锡与柳宗元是好朋友，也因为参加王叔文的永贞革新而被贬职。后来两人虽然一起被召回了京城，但不仅没有被再次启用，反而又一次遭到了贬谪。柳宗元被贬到更偏远的柳州去做刺史，刘禹锡则被贬到播州（今贵州省遵义市）。

听到好朋友要去播州，柳宗元忍不住掉下眼泪说：“播州地远偏僻，梦得（刘禹锡的字）还有老母亲在，我不忍心让他去那么偏远贫穷的地方。”思来想去，最终他决定向皇帝上书，请皇帝准许将自己与刘禹锡要去的目的地进行交换，让自己去播州，让刘禹锡去情况稍微好一点的柳州。好在后来有裴度等人的帮助，刘禹锡才改去了连州（今属广东省），通过这件事，可以看出柳宗元对朋友的肝胆相照。

来到柳州之后，尽管是被贬之人，柳宗元也没有因此就得过且过，他专心政事，为百姓做了不少好事。柳宗元发现当地沿袭着一种残酷的风俗，如果借了钱还不上，借钱的人就要沦为债主的奴隶，而且一朝为奴终身为奴。很多人只是因为贫穷，就不得不一辈子给有钱人当奴婢。柳宗元当即发布政令，改革这一不人道的“乡法”，让那些沦为奴婢的人，可以出钱来赎回。那些已经沦为奴婢的人，在为债主做活的时候，可以按照劳动时间来折算工钱，用工钱抵完债后，奴婢便可以恢复人身自由，回家与亲人团聚。

这个政令一出，当地的穷苦百姓纷纷称好。后来，柳州以外的州县也参考了这个方法，使得更多的穷苦百姓得以获得自由。柳宗元想：改变一个地方的蛮荒状态，教育是最好的方法，于是，他大力发展柳州的文化教育事业。柳宗元上任之后，创办了很多学堂，鼓励当地的孩子们读书，还耐心地接受当地学子的拜访，对他们提出来的问题给出认真的解答。他还禁止江湖巫医骗钱害人，在当地推广医药学，帮助当地培养出专业的医生，来更好地为民众服务。

在柳宗元到柳州之前，百姓吃水只能背着小口大肚子的罐子，走过狭窄的崖路往返柳江边汲水。如果赶上大旱的天气，江水变浅就很难打水了；如果是赶上雨季，泥一路，水一路，汲水就有了危险，一个不小心脚下一滑，就容易被江水吞没。

柳宗元决定在当地打井，当地人却认为挖井破坏风水，触犯神灵，不敢做这件事。柳宗元命令部下率领数十名军士，在城北开凿了第一口水井，百姓们喝到清冽的井水时，都欢呼雀跃起来。自这之后，柳宗元投入了大量的物力、人力，为村民打出了更多的井，解决了喝水的问题。

作为唐宋八大家之一，柳宗元与韩愈并称。也许是因为在永州游历的经历，他在考订、游记等方面颇为擅长，而且还创作了不少寓言故事，《捕蛇者说》就是其中著名一则。另外，在诗歌、辞赋、散文等方面，他都有很好的作品。

柳宗元47岁时病逝在柳州。他一生不仅做官一心为民造福，在文学史上也留下了精彩生动的文字。

李煜：才子薄命做君王

身为皇帝，理应承担起治理天下的重任。不过，有的人因为身不由己成为皇帝，又不能好好地尽职尽责，反倒是在“副业”上颇有成就，南唐后主李煜（yù）就是这样一位皇帝。

天生奇貌

李煜是南唐中主李璟（jǐng）的第六个孩子，最开始他叫李从嘉。和皇帝其他的儿子不同，李从嘉最喜欢诗文、写字、绘画，其实从他内心来讲，对政事是没有渴求的。

李从嘉自小就长着一副很奇特的样貌：天庭饱满、额头宽大，牙齿参差不齐，有一只眼睛还是双瞳仁。古时候的人们都讲究面相，而李从嘉的这副面相就是“帝王相”。这样的相貌受到了他的哥哥，当时的太子李弘冀的猜忌。为了避祸，李从嘉赶紧向众人表明自己并不想过问政事，只愿意一心扑在经籍、诗文上，而且自封“钟峰隐者”“莲峰居士”。

■ 李煜像

登基为帝

23岁这一年，一直忌惮（dàn）李从嘉的太子李弘冀病逝了，李从嘉被封为吴王，并住进了东宫。当时大臣钟谟（mó）却奉劝李璟说：“李从嘉信奉佛教，又太懦弱，而且德行不够，所以还是立他的弟弟纪国公李从善为太子更好。”听了这话，李璟大怒，将钟谟流放，并封李从嘉做了太子。李从嘉25岁时，父亲李璟病逝，李从嘉于是成了南唐皇帝，并在登基后，改名为李煜。

做了皇帝之后，李煜依然延续先皇的做法，向宋朝上供，还以非常卑微的姿态上表给宋太祖，表示自己一定不会反。南唐有一员名叫林仁肇（zhào）的猛将，他对南唐忠心耿耿，并意识到宋朝不可能容忍南唐的存在，尤其是宋朝当时刚刚灭掉了南汉，他要趁着宋朝刚刚打完仗元气还没有恢复，出兵先发制人，也好挫一挫宋朝的锐气。向来对宋朝唯唯诺诺的李煜是绝对不敢的，宋太祖赵匡胤听说之后，也知道林仁肇是一员猛将，便设计要除掉他。

宋太祖先是派人贿赂林仁肇的随从，得到了他的画像，并将画像挂在了一个房间里。李煜的弟弟李从善来朝贡时，宋太祖故意带李从善来看这幅画像，并说：“这位将军前来投降，先用这幅画作为信物。”之后，他又指着一处空大的别馆对李从善说，“这是我为林仁肇将军准备的住处。”

李从善回国之后，一五一十地将这些都告诉给了李煜，李煜原本就胆小怕事又多疑，他二话不说就把林仁肇毒死了，正中了宋太祖的反间计。

奉宋正朔

李煜38岁这一年，宋太祖以祭天为由下诏要李煜进京。之前李煜的弟弟李从善就被宋太祖扣下了，李煜自然不敢再去了，就推托身体不好。宋太祖索性以此为借口，要征讨南唐。李煜一听说宋太祖要南征，就派吏部尚书徐铉（xuàn）做使者，希望他能劝说宋太祖取消南征的计划。徐铉见到宋太祖之后，口若悬河，说明李煜像儿子侍奉父亲那样对待宋太祖，在没有做错任何事的情况下，宋太祖没有理由讨伐他。但是宋太祖却只淡淡地回答了一句：“有可以不同姓氏的父子吗？”一句话就堵住了徐铉的嘴。

宋太祖迅速采纳了大臣樊（fán）若水的建议，在长江建浮桥以方便向南唐运送军队。李煜听说此事后向臣子询问，但手下人却很不屑地说："自古以来都没听过长江上能搭什么浮桥，就是儿戏罢了。"李煜就听信了，前方战事吃紧的军书，他也从来不关心，每天依旧写写诗、作作画、念念佛。直到有一天，李煜登上城楼赏风景，看见城外已经聚集了大批宋朝军队。李煜吓得腿都软了，一时心慌意乱，这才知道自己被身边这群无用的大臣坑苦了，宋军一路攻下了南唐京城。

国破人降

眼看大势已去，李煜原本想要在宫殿中点柴焚（fén）火自尽，但最终李煜还是没有寻死，而是选择了投降。来到宋朝之后，他开始了被软禁的生活。作为一国皇帝，李煜没有雄心壮志，更别提治国才能，他不够果敢，没有主见，这些都是他最终成为亡国皇帝的必然因素。但是作为一个文人，李煜的光芒是不可被掩盖的。

李煜最广受好评的词，大部分是在他亡国之后写的，表达了他对故国的思念之情，李煜多愁善感的情绪也借助文字表达了出来。李煜出色的诗词创作，却也给他带来了危机。宋太宗读过李煜写的"小楼昨夜又东风，故国不堪回首明月中"之后，觉得他总是不忘旧国，这就是很明显对宋朝不忠的表现，最终赐了毒药给他，42岁的李煜含恨客死他乡。

历代有较高成就的诗句，无不是能将感情与艺术手法融为一体的，李煜的词就是如此。他语言自然、精炼而又富有表现力，在生命最后时期里的词达到了登峰造极的程度，感情已经完全深入到了每一个字中。李煜词中多数作品是直抒胸臆，倾吐对身世家国的感触，使词的内容摆脱了花间词曼声吟唱，形成言怀述志的新风格。李煜的词取得了极高的艺术成就，进一步促进了两宋期间词（宋词）的发展。

欧阳修：开创新文风的文坛领袖

早年生活

欧阳修出生在1007年，吉州永丰（今属江西省）人。他出生那年父亲已经56岁了，老来得子给这个家庭带来了不少幸福快乐的时光。

不幸的是，父亲在欧阳修4岁时就去世了。父亲并没有给家里留下什么遗产，欧阳修的母亲郑氏与欧阳修的生活一下子陷入了困境。在叔叔的接济下，欧阳修母子也只能勉强度日。不过，母亲郑氏知书达理，颇有文采，是受过教育的大家闺秀，从小，她用芦苇秆在沙地上教欧阳修读书认字。

郑氏靠给人洗衣、缝补衣服来养活全家人的生活，这样的家境实在是艰难。一直到10岁，欧阳修虽然连一本书都没有看见过，却因为母亲的教导认识了很多字，还背会一些《诗经》《左传》中的内容。

欧阳修自幼喜爱读书，有一位名叫李尧辅的孩子家里很富裕，藏书也非常多。他就常从李尧辅家借书抄读，他天资

■ 欧阳修像

聪颖，又刻苦勤奋，往往书不待抄完，已能成诵。

有一天，欧阳修偶然在李尧辅家发现了唐代韩愈的《昌黎先生文集》，他对这本书爱不释手，李尧辅干脆就将这本书送给了欧阳修。欧阳修就像拿到了珍宝一般，他很喜欢韩愈文字中的那种气魄，从此，欧阳修对古文的兴趣越来越浓厚，这为日后北宋诗文革新运动播下了种子。。

母亲郑氏经常用欧阳修的父亲的品行教导欧阳修："你的父亲是个很孝顺的人，我刚嫁到欧阳家时，你的父亲刚刚脱去孝服一年。逢年过节，他都会忍不住哭着说：'以前吃不饱穿不暖，母亲受了很多苦。现在衣食无忧了，但母亲却已经不在了，我没来得及奉养母亲啊！'当时我以为，你的父亲只是因为母亲刚去世不久，所以还心有怀念。可后来日子久了，发现他每次吃到美味的时候，总是会食不下咽，特别是年节的时候，他一定会黯然神伤，我这才知道，他一直想着自己的母亲。"

母亲还告诉欧阳修，父亲在做官的时候，总是批改公文到半夜，还会想办法将死刑犯从轻处理。母亲每次说起这样的事，都会眼泪汪汪地陷入回忆之中，不断地提醒欧阳修要努力，你父亲是个如此孝顺仁厚之人，你也要做一个像父亲那样的好人。

科举之路

欧阳修少年时候写的诗作、文章，就已经有像成年人那样的文笔了，他的名气渐渐地在家乡传开，被周围人称为“神童”。后来他决定参加科举考试，想要将自己的所学都贡献给社会，并报答母亲对他的养育与教导之恩。17岁时，欧阳修信心十足地走上考场，考试的题目是《左氏失之诬论》，就是要应试者合理地指出《左传》这部书中的缺点。早在10岁时，欧阳修就可以背诵《左传》了，他对此相当有心得，就写出了一篇文理俱佳的文章来。但遗憾的是，胸有成竹的欧阳修却名落孙山。母亲不停地安慰鼓励他，欧阳修很快重新拾起信心继续准备参加3年后的考试。

步入官场

经过3年苦读，20岁的欧阳修第二次进入了科举的考场，但没想到，这一次欧阳修竟然又落榜了。这一次的落榜，几乎击垮了他所有的斗志。看到伤心的欧阳修，母亲却坚定地说：“古来成大事者，少年时哪个没有经受过逆境的考验？你不过是两次科举不中罢了，现在就灰心丧气，将来怎么能担当大任呢？”母亲的教诲点醒了欧阳修，两次失败让他变得更加坚毅。经过不懈努力，23岁时，欧阳修参加了第三次科考，这次果然考中了。从此，欧阳修踏上了仕途，他牢记母亲的教诲，努力担负起自己应尽的责任。

仕途崎岖

30岁时，任吏部员外郎的范仲淹大力整顿朝政，但是他的举动触犯了当朝宰相吕夷简的利益，两人一番争论之后，范仲淹被贬去了饶州（今江西省鄱阳县）。欧阳修与范仲淹素来交好，结果也被从馆阁校勘（kān）的官位上贬去了夷陵（在今湖北省宜昌市）做县令。

范仲淹后来被重新启用，就想把欧阳修也调任回来，但欧阳修却回绝了他的美意。他对母亲说，自己可以和范仲淹同退，但不能同进，不然就真被当成朋党了。范仲淹看到欧阳修的回信，觉得他是个光明磊落的正人君子。

34岁时，欧阳修回到了京城，又做回了馆阁校勘，后来进入谏院成了谏官。37岁这一年，范仲淹提出了改革措施，欧阳修也成了范仲淹革新派的重要成员，他还提出了对吏治、军事、贡举法等方面改革的主张。但是，范仲淹的改革以失败告终，被贬官，欧阳修自然也没能幸免，被贬职做了滁州（今属安徽省）太守。

欧阳修把滁州治理得井井有条，闲下来的时候，他也喜欢游山玩水，生活倒是也惬意得很。欧阳修在滁州认识了琅（láng）琊（yá）山琅琊寺的住持智仙和尚，两人很快成为知音。智仙和尚在琅琊山山麓（lù）上建造了一座小亭子，欧阳修为这个小亭子写了一篇记，这就是有名的《醉翁亭记》。后来欧阳修调任颍州（今属安徽省阜阳市）太守，在那里他同样寄情山水，创作出大量高品质的诗词作品。

后来，皇帝任欧阳修为翰林学士，开始修撰史书，他的文笔通达，喜欢简单平实的写作。文学家宋祁当时也参与编撰修史的工作，负责写列传，他就总喜欢用生僻的字眼。

有一天早上，欧阳修故意在门上贴上了8个字："宵寐（mèi）非祯（zhēn），札（zhá）闼（tà）洪休。"宋祁看见了，端详了半天才明白到底什么意思，笑着对欧阳修说："这不就是那句俗话'夜梦不祥，题门大吉'吗？怎么写成了这样？"欧阳修笑笑说："我不过是模仿了一下您修《唐书》的笔法，您写列传的时候，不是也把'迅雷不及掩耳'写成了'雷霆无暇掩聪'了吗？"宋祁听后，明白了欧阳修的意思，随即笑了起来。而从那之后，宋祁的文章也开始向平易近人转变了。

主考礼部

51岁时，欧阳修成为礼部贡举的主考官，主持进士考试。欧阳修以他独到的慧眼，录取了苏轼、苏辙、曾巩等一批人才，这些人后来为北宋文风的转变都作出了不小的贡献。北宋文风从那之后摆脱了艰涩的风气，清新、自然、朴实的文风开始盛行。

66岁时，欧阳修过世。作为宋代文学史上最早开创一代新文风的领袖人物，欧阳修领导了北宋诗文革新运动，将韩愈的古文理论很好地继承发扬了下来，并将这种理论运用到了他自身的散文创作之中，不仅对文风进行了改革，对诗风、词风也进行了有力的改革。

张载、程颢、吕大钧等旷世大儒的出名与欧阳修也有密不可分的关系。欧阳修一生桃李满天下，包拯、韩琦、文彦博、司马光等人，都得到过他的激赏与推荐。

苏轼：人间有味是清欢

苏轼字子瞻，号东坡居士，出生于1037年，是历史上著名的文学家、书法家。在北宋这个文人辈出的时代，苏轼是一个举足轻重的角色。苏轼的父亲苏洵就是个很了不起的人物，他从27岁时才开始奋发努力，并最终成为“唐宋八大家”之一。

年少有志

在27岁之前，苏洵不好读书，喜欢四处游历，苏轼当时还小，一直是母亲程氏在家教导他。程氏当时正教苏轼读《后汉书》，书上记载着后汉时期朝政不稳，宦官专权，一些正义的书生儒士纷纷奋起反抗，甚至不惜冒着生命危险去弹劾奸党，其中包括范滂（pāng）。宦官将读书人都列为“党人”，并大批逮捕诛杀，范滂也没能幸免，县官劝范滂赶快逃，他却不愿意连累众人。范滂赴死前，母亲来看他说：“你能留下好名声，我就已经很满意了，你为正义而死，也是值得的。”程氏给苏轼讲解《范滂传》时万分感慨，极力赞扬范滂的为人。苏轼便问母亲：“如果我长大了，也学范滂，做他那样的人，母亲愿意吗？”程氏的回答却是：“你既然能做范滂，我难道就不能做范滂的母亲吗？”

苏轼16岁的时候对经史已经很精通了，写起文章来总是洋洋洒洒，下笔如有神。苏轼的文笔变得旷达自然，与他喜欢看《庄子》有关，他发现其中的闲情逸致正是他所喜爱的，其中的豪放自由也正是他所追随的。

进京应试

21岁时苏轼参加了科举考试，他清新洒脱的文风一下子吸引了当时的主考官欧阳修。考试的试卷都是密封的，欧阳修乍一看还以为是自己的弟子曾巩写的，他出于避嫌的考虑，原本是给这卷子第一名，便改成了第二名。哪知道，等拆开密封条之后，欧阳修才发现竟然是一位他不认识的人。从那时候起，欧阳修便对苏轼格外关注。

放榜之后，苏轼来拜谢欧阳修的提点。欧阳修顺口问他：“我看你在卷子里引用了一句话，是说尧帝三次劝止皋陶给一人判死刑的事，这段典故你是从哪里得来的？”苏轼随口回答说：“是从《三国志》中得来的。”可是欧阳修后来翻遍了《三国志》，压根儿没找到这一句。再问苏轼，他竟然

■ 苏轼像

回答说："这是我杜撰的，不过我觉得如果是圣明之君，一定会这样做的。"欧阳修听了，忍不住大笑起来，但还是对苏轼的勇气连连夸赞，甚至对朋友说："苏轼这个人善于读书，也善于用书，有朝一日，这个年轻人的文章必然会名扬天下。我读苏轼写的东西，有时候会高兴得流泪，看来我应该给后来的新人让一让了，真该让他们出人头地了。"

苏轼和弟弟苏澈均考取了功名，在前途正看似一片光明之际，二苏的母亲程氏却去世了，按照古训，兄弟俩要回家为母亲守孝。待丧期满后，苏轼才开始出来做官，被任命为大理评事、凤翔府（在今陕西省凤翔县）判官。

不料，天意弄人，治平二年（1065），苏轼的父亲苏洵也因病去世。兄弟二人再次扶柩还乡，守孝三年。三年之后，苏轼还朝。然而，等他这次回朝的时候，朝堂上已经开始涌起了波澜—— 从1069年开始，宰相王安石发动了震动朝野的变法。苏轼的许多师友，包括当初赏识他的欧阳修在内，都因反对新法被迫离京。朝野旧雨凋零，苏轼眼前所见，已不再是他20岁时所见的“和平世界”。

致命一击

王安石的变法让很多人感到不满，苏轼向皇帝上疏谈论王安石颁布的新法的弊病，这让王安石很愤怒，他暗示御史谢景去皇帝面前述说苏轼的过失，想要借此打压苏轼。苏轼看到这样的情景，深感凄凉与无奈，便主动请求出京任职，以躲开这太过紧张与纷乱的朝堂。

43岁时，苏轼被调任到湖州（今属浙江省）做知州，上任后他例行公事，给宋神宗写了一封《湖州谢表》。有心的人便抓住苏轼文章中的话，比如“愚不适时，难以追陪新进”，意思就是“自己愚笨，跟不上朝廷革新的脚步”，还比如“老不生事或能牧养小民”，意思就是“老了没有什么作为”等大做文章。他们认为苏轼说这样的话就是在愚弄讽刺朝廷，就是妄自尊大的表现，是对皇帝的不忠。结果，苏轼才当了不到三个月的湖州知州，就立刻被御史台的吏卒逮捕，从湖州押往京城，同时受牵连的多达数十人。这便是历史上著名的“乌台诗案”（乌台，也就是御史台，因为那里的柏树常年都栖息着乌鸦，因此也被称为“乌台”）。

乌台诗案给苏轼带来了巨大的打击，变法派里的很多人都想要置苏轼于死地，而与苏轼政见相同的朝堂元老则纷纷上疏想要保下苏轼，就连一些变法派的有识之士也劝谏皇帝不要错杀。当时变法的王安石已经退休，听说苏轼的事情之后，他也给皇帝上疏说：“怎么能在盛世之下去杀有才的人呢？”最终，皇帝听从了王安石的劝阻，苏轼得以被从轻发落，贬为黄州（在今湖北黄冈）团练副使，要受到黄州官员的监视。这个官职地位很低，也没有任何的实权，苏轼闲暇时便去黄州城外的赤壁游览散心，心情与山水、历史重叠，让苏轼写下了《赤壁赋》等许多千古名作。

被贬瓜洲

后来，苏轼原本想在常州养老，可是宋神宗驾崩了，继位的宋哲宗太过年幼，王安石为首的变法派受到了打压，以司马光为首的保守派重新上台，苏轼自然重新得到重用。可苏轼看到那些守旧势力拼命压制原来变法派的人，甚至还将新法全部废除，便认为这些人与当初的变法派也没什么不同，他随即就向宋哲宗抨击了守旧派上台后的种种腐败现象。因为和司马光发生了激烈冲突，苏轼又被贬去了瓜洲（在今属江苏省扬州市）。纵观苏轼的一生，仿佛一直都是在被贬谪的路上，但天性乐观旷达的苏轼，不管到了哪里，都能演绎出自己的乐趣。

佛寺趣事

这不，与瓜洲一江之隔的金山寺有一位佛印禅师，苏轼信仰佛教，决定去山上会一会他。在庙里，苏轼与禅师侃侃而谈，从皇帝讲到文武百官，从对国家的治理讲到做人的道理，佛印禅师只是静静地听着，一句话都没有说。

佛印禅师是佛门高僧，为人仁厚，但苏轼绝对是一个自我感觉非常良好的人，于是，苏轼总想借机占点儿便宜。

有一次，苏轼与佛印禅师两人一起打坐，出定之后，苏轼突然问佛印禅师："你看我像什么啊？"佛印禅师回答说："我看你像尊佛。"苏轼自然很得意，接着就笑着问佛印禅师："你知道我看你坐那儿像什么吗？哈哈哈！活像一堆牛粪啊！"佛印禅师微微一笑，双手合十说："阿弥陀佛！见心见性，心中有眼中就有。"

又过了一段时间，苏轼自认为禅定功夫修得不错，在一次出定之后，很开心地写了一首诗："稽首天中天，毫光照大千，八风吹不动，端坐紫金莲。"写完之后，苏轼迫不及待地让书童过江将这首诗送给佛印禅师看。苏轼的本意是想让佛印肯定一下自己禅定的功夫，顺便再夸两句。佛印禅师看过之后，却只一笑，拿过笔来在苏轼的诗上写下两个大字"放屁"。书童拿回诗来交给苏轼，苏轼原以为佛印会写些赞美之词，没想到却看到了这斗大的两个字。苏轼立刻火冒三丈，当下决定过江与佛印禅师理论。

佛印禅师料定苏轼会来找他，早就在江边等着他了。苏轼到了之后，气呼呼地下船，见面就说："我们是至交道友，你不赞赏我的诗和我的修行也就罢了，怎么还骂人呢？"佛印禅师哈哈大笑道："你不是说自己'八风吹不动'吗？怎么一个'屁'字就打过江了呢？"

听了这话，苏轼的脸一下子红到了脖子根，同时他也自叹自己的修行还是不够。与佛印禅师的结交，成了苏轼生活中难得的快乐时光，而且两人经常一起参禅悟道，一起讨论诗文，成了莫逆之交。

建筑苏堤

53岁时苏轼做了杭州太守，在杭州，他为百姓做了不少好事，最重要的一件事就是疏浚西湖。苏轼派人将西湖中的淤泥挖出来修建了长堤，并在长堤上栽种树木，又在湖水最深处建立三塔，这就是著名的"三潭印月"。除此之外，苏轼还疏通盐道，整顿盐价，建立公共设施，在杭州的日子里，百姓无不爱戴他，甚至把他的画像供奉在家中。

流落儋州

自此之后，苏轼的官运也如坐过山车，突升陡降，最惨的一次是苏轼62岁时被流放到儋（dān）州（海南岛）。海南岛与大陆海水相隔，交通不便，流放到海南是当时仅次于满门抄斩的处罚。但是苏轼在儋州创办学堂，成了儋州文化的开创者，甚至有人不远千里去儋州向他求教学问。后来宋徽宗即位，他很欣赏苏轼的才华，在大赦天下时趁机召苏轼回京。然而不幸的是，在北归的路上，65岁的苏轼病逝了。

文学巨匠

苏轼在诗歌、宋词、散文、书画等方面都取得了很高的成就，在后代文人的心目中，苏轼是一位天才的文学巨匠。他的诗清新脱俗却又充满豪迈气势，词则是豪放派的代表，散文更是有宏伟的著述，而书法又被称为是“宋四家之一”，绘画方面则擅长画墨竹、怪石、枯木。多才多艺的苏轼，是宋代文学最高成就的代表。苏轼还继承了欧阳修的传承精神，重视发现和培养人才。有一批青年文人众星捧月般地围绕在他周围，其中成就较大的有黄庭坚、张耒、晁补之、秦观四人，合称“苏门四学士”。

李清照：千古女词圣

琴瑟和鸣

李清照的家庭是顶级的书香世家。她的曾外公王拱辰19岁考得状元，是宋朝最年轻的状元之一。她的外公王圭中过榜眼，是北宋名相。她的母亲写得一手好文章，连《宋史》都称赞她的文采。她的父亲李格非，是北宋大文豪苏轼得意弟子，也是当朝进士。

在如此家庭背景下，李清照被熏陶得灵襟秀气，超越恒流，很早就以词作名震京师，吸引了当时在太学读书的赵明诚。李赵两家都是朝廷要员，门当户对，二人很快便结合在一起。

二人都是有学问的人，经常在一起讨论诗词，互相考究对方。每天饭后闲暇时分，他们喜欢玩一种叫“赌茶”的游戏。先由一人出题，说出某个历史典故，让第二个人迅速指出这个 典故出自哪部书籍，甚至还要说明在哪一卷哪一页，答对了有茶喝，答错了有惩罚。不过赵明诚输多胜少，自叹不

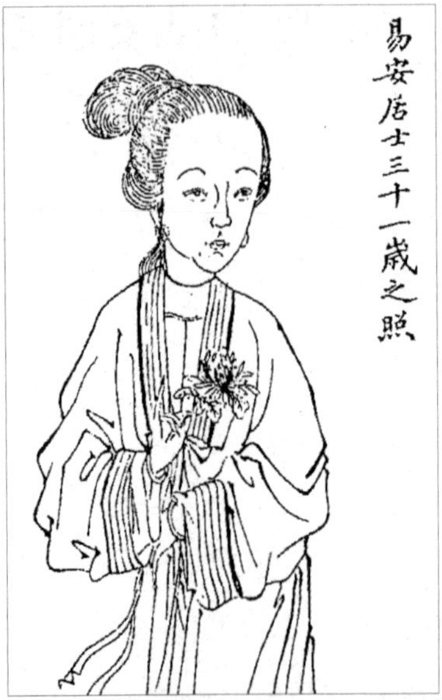

■ 李清照像

如。有时候赵明诚对李清照并不服气，比如在诗词方面，他觉得自己的文采不比夫人差，总想找机会比一比。

有一年，赵明诚在外地做官，李清照因故没有一起去。她非常思念丈夫，写了一首词托人捎给他，用来表达对丈夫的思念之情。赵明诚收到夫人的词作后非常感动，也打算写几首词回赠。他准备好笔墨纸砚，正要提笔时，突然想起来：“我是宰相之子，文采怎么能总被夫人盖过去？我得超过她才行。”他苦思冥想，闭门想了好几天，一口气写了50首词，接着把李清照的词抄写一遍混在自己的作品里，然后找人来评判。

正好他的朋友陆德夫来了，连忙把51首词都拿出来给他欣赏。等陆德夫读完最后一首词，赵明诚颇为紧张地问：“你看，我的这些作品，哪一首最好？”

陆德夫摸着胡子笑道：“难分高低啊！可见赵兄的功底不弱。”

赵明诚继续问：“总有几句写得最好吧！你再看看？”

陆德夫又翻了翻词作，说："依我看，有三句写得最为拔尖。"

赵明诚像等待揭榜的学子似的，问："敢问是哪三句？"

陆德夫摇头晃脑，唱道："莫道不销魂，帘卷西风，人比黄花瘦。"

这三句正是出自李清照写给赵明诚的《醉花阴》：

薄雾浓云愁永昼，瑞脑消金兽。佳节又重阳，玉枕纱厨，半夜凉初透。

东篱把酒黄昏后，有暗香盈袖。莫道不销魂，帘卷西风，人比黄花瘦。

巾帼英雄

1129年，赵明诚被调任到南京做知府，李清照一同前去。李清照作词婉约，但是为人豪放，喜欢写文章指点江山、激昂文字，因此也得罪了不少人，赵明诚颇有怨言。

有一天，赵明诚的下属来告状，说一个叫王奕的将领要造反，让赵明诚赶紧采取措施。可惜赵明诚的警惕性不强，不以为然。李清照劝他："现在天下大乱，人心不稳，你要提前部署才是。"

赵明诚埋头于金石的研究，根本没有把这事放在心上，说："男人的事女人少管。"

李清照不再多言，她自己找到告状的下属，请他们多多防备。当天晚上，王奕果然造反！南京城内火焰冲天，王奕大杀四方，甚至冲到李清照卧室门口。好在李清照和部分军官有所提防，李清照跟着他们趁黑逃走。在南京城守军的努力下，王奕被击败。天亮后，李清照和军官一起去找赵明诚，讶然发现赵明诚昨天晚上早就用绳子从城墙上逃跑了。

军官嘲笑道："赵知府身手不错啊，勇敢地抛弃了我们。"

李清照面红耳赤。但是担心丈夫安全，她和军官们一起寻找赵明诚，最终找到他。赵明诚逃跑的事情传到朝廷，被革职查办。李清照被丈夫的临阵脱逃彻底伤透了心，夫妻间的感情从此有了隔阂。

之后两个人一路往江西方向逃窜，中途路过乌江，这是当年项羽宁可自刎也不愿过江的地方。李清照有感而发，遂作《绝句》一首：

生当作人杰，死亦为鬼雄。

至今思项羽，不肯过江东。

用此诗来讽刺软弱的南宋统治者。

千里运书

李清照夫妻二人的所有收入几乎都用来买书了，因此家里有许多珍藏典籍。然而靖康之变爆发，金兵进犯京师。全城人都要逃难，李清照面对整座大院的书籍十分着急，她对丈夫说："怎么办？这么多书，肯定搬不走啊！"

赵明诚也很心痛，说："只能搬一部分了。"

他们左挑右选，先把厚重的印本扔掉，又把藏画中重复的几幅画去掉，再把古器中没有落款的放弃掉，仍然还剩很多。李清照咬咬牙，把书籍中的国子监刻本、画卷中的平平之作及古器中又重又大的几件扔掉。赵明诚又流着泪扔掉一些，剩下的古书古画依旧装了15大车。

李清照说："不能再扔了，这都是我们大半辈子的心血。"

赵明诚同意。他们雇了好几艘大船渡过淮河，又渡过长江来到南京。刚刚稳定下来，李清照想起青州老家还有十多间房屋的书，打算来年春天再搬走。但是到了12月，金兵南下，一把火将这些书都烧成了灰烬，李清照哭了好几天。

后来赵明诚被任命为湖州知州，要进京面圣，遂让李清照运书去湖州。他们去坐船的时候，再次面临分别。李清照情绪很不好，大喊道："听说城里局势紧急，怎么办？"

赵明诚走到湖边，远远地答应道："跟随众人吧。万不得已，先丢掉包裹箱笼，再丢掉衣服被褥，再丢掉书册卷轴，再丢掉古董，只是那些宗庙祭器和礼乐之器，必须抱着背着，与自身共存亡，别忘了！"

李清照艰难运书，路上听赵明诚赴任途中感染疟疾，重病不起。她连忙去探望，一昼夜行了八百里。但是赵明诚已经病入膏肓，一命呜呼了。李清照伤心过度，也得了重病，差点儿丢了性命。

病愈后，她带着古书古器去南昌投奔妹婿，但是金兵又打来了，十几艘船的古籍几乎被抢光，只剩下一两船。李清照把这些东西搬到卧室里，睹物思人，不禁泪流满面。

但是她依旧不得安宁，有人怀疑她藏着许多古器意图出卖给金国。她只好横跨小半个江南，把这些藏品送给皇帝。但是皇帝忙着逃命，无暇顾及，珍贵的文物在路上被乱兵抢走一半。她安定下来后，把硕果仅存的古籍藏在床底下，却被小偷挖穿墙壁偷了一半。原来15车的古书只剩下薄薄的三五册。

遇人不淑

没多久，金兵又打过来了，李清照跟着皇帝逃跑，随身带着赵明诚念念不忘的文物古籍。国破家亡，李清照心中的悲痛可想而知。她已经50多岁了，经不起多少奔波。

此时一个叫张汝舟的文人对李清照嘘寒问暖，关怀备至。李清照感受到久违的温暖，思索再三，她嫁给了张汝舟。

婚后没多久，李清照发现张汝舟似乎不太对劲，总是旁敲侧击问她关于赵明诚的遗物。李清照觉得既然身为夫妻，就该以诚相待。当张汝舟再次询问遗物的时候，李清照告诉他："我带着遗物跟着皇帝逃难，路上丢了九成，没剩多少了，剩下的东西也不值钱。"

张汝舟脸色一变，勃然大怒："没钱？那你还有心思整天吟诗作对？"自此，张汝舟每天对李清照冷眼相对，非打即骂。

李清照十分后悔，没有早点儿认清楚这个人的真面目，但是木已成舟，只能步步忍让。过了段时间，李清照察觉到张汝舟竟然贪污军饷，大发国难财。她完全无法忍受这种行为，提出离婚，并且要去朝廷揭发张汝舟。

张汝舟警告她说："按大宋律法，妻子告丈夫要判刑三年！"

李清照冷笑一声，选择高昂着头颅与张汝舟对簿公堂！李清照获准离婚，但是身陷囹圄。好在她才名远播，不少人给她求情，所以只坐了九天牢就出来了。她这段不幸的婚姻不满一百天。

此后她漂泊无依，更加孤苦寂寞。她一门心思继续赵明诚生前的事业：编纂《金石录》。当这本书完成时，她的脸上已经饱经沧桑。她回顾自己后半生经历无数的痛苦煎熬和寂寞，吟出奠定她婉约派风格的《声声慢》：

寻寻觅觅，冷冷清清，凄凄惨惨戚戚。乍暖还寒时候，最难将息。三杯两盏淡酒，怎敌他，晚来风急。雁过也，正伤心，却是旧时相识。

满地黄花堆积，憔悴损，如今有谁堪摘。守着窗儿，独自怎生得黑。梧桐更兼细雨，到黄昏，点点滴滴。这次第，怎一个愁字了得！

此后，她在极度的孤苦与凄凉中度过20年，悄然去世。

陆游：重情重义陆放翁

陆游出生于江南藏书世家，属于名门望族，从小就颇为聪慧，12岁就能吟诗作文了。祖父陆佃（tián），曾拜王安石为师，精通经学，官至尚书右丞。

陆游的母亲唐氏是北宋宰相唐介的孙女，也是名门出身。陆游出生的时候，父亲陆宰正带着家眷由水路进京。但是，陆家刚进京没多久，金兵就南下攻入大宋，两年后，北宋灭亡，陆宰不得不带着家眷逃回老家避难。陆游5岁时，宋高宗南逃，陆宰也带着家眷投奔东阳，到这时才算安定下来。陆游一出生就处于南宋与北宋交替之时，经历了国家的动荡和颠沛流离的生活。

两小无猜

陆游的第一任妻子名叫唐婉，是他的表妹，两人从小一起玩到大，可谓青梅竹马。待到20岁时，两人如愿结为夫妻，亲上加亲，情意深厚。但是，陆游的母亲唐氏却非常不喜欢唐婉，尽管陆游和唐婉夫妻恩爱，但在唐氏看来，并不是一桩令她满意的婚姻。

■ 陆游像

有一次，唐氏去郊外的尼姑庵散心，并请大师为儿子儿媳算上一卦。大师告诉唐氏夫人说："唐婉与陆游八字不合，如果长此以往，终将性命难保。"唐氏夫人听后大惊失色，回家后叫来陆游，把算卦的事说了一遍，命令他立刻休掉唐婉，如果他拒绝，那自己就会死在他面前。

陆游听得心如刀绞，不由得为那些莫须有的"不是"而替唐婉心疼，可面对态度坚决的母亲，向来孝顺的他又不能忤逆。最终，陆游只得先把唐婉送回娘家，又偷偷买了一处别院安置唐婉，一有机会就去探望。名正言顺的夫妻二人，却只能如此偷偷摸摸地相见。很快，这件事被唐氏知道了，她干脆逼着陆游写下休书，并用最快的速度为陆游找好了新媳妇，是一位温顺本分的王姑娘，并且逼陆游成了亲。

天妒才华

陆游内心烦闷、幽怨，为了不再陷入对唐婉的思念之中，陆游干脆埋头苦读，并在3年后离开家乡，前往都城临安参加考试。考试阅卷过程中，陆游扎实的经学功底和才华横溢的文思都让考官陈子茂颇为赏识，陈子茂随即将他的卷子录为魁首。可是，这一举动却惹恼了当朝宰相秦桧。因为这样他的孙子秦埙（xūn）只能屈居第二名。秦桧怀恨在心，第二年春天礼部会试的时候，秦桧干脆借故把陆游的试卷剔除了，结果陆游就榜上无名了。

落榜之后，陆游回到家乡，他独自一人游走来到了沈园，沈园是一个布局典雅的花园，当地人经常在这里赏花。在这里，陆游遇到了唐婉，此时的唐婉也已经再嫁他人，丈夫赵士程陪着她一起来游园。两人相见，尴尬地避开了视线，交错而过，陆游失魂落魄地坐在石凳上，心中酸涩无比，忍不住提笔在墙壁上题下了那首传诵千古的《钗头凤·红酥手》：

红酥手，黄滕酒，满城春色宫墙柳。东风恶，欢情薄。一怀愁绪，几年离索。错、错、错！

春如旧，人空瘦，泪痕红浥鲛绡透。桃花落，闲池阁。山盟虽在，锦书难托。莫、莫、莫！

宦海浮沉

陆游的个人情感不算顺利，仕途也很坎坷，他只好在家里晴耕雨读，直到宋孝宗即位。宋孝宗很欣赏陆游的文采，便赐他进士出身，陆游怀着满腔的爱国之情，尽管不能金戈铁马征战沙场，还是想为国家尽一份力。后来，直言相谏的陆游并不讨皇帝的喜欢，他前后五次被罢官，官运起起落落，可以说是“功名富贵两茫茫”。但陆游将满腔爱国心融进了文字之中，即便南宋朝廷节节败退，尽管朝中腐败黑暗，但他始终坚持爱国立场，并把自己的所有情感都用诗文表达了出来。

临终示儿

75岁时，陆游告老还乡，他又想起了沈园，想起了早已故去的唐婉，同时心中还萦绕着“国土不还”的悲哀。临终前，陆游叮嘱儿子“王师北定中原日，家祭无忘告乃翁”。重情忠义的陆游，带着对爱人的思念，带着对故土的难舍闭上了眼睛。

陆游一生都笔耕不辍，在诗、词、文章方面都有建树，尤其以诗的成就最为令人瞩目。他自己都说“六十年间万首诗”，而如今存于世的就有9300多首。

陆游的诗歌早年更注重文字形式，逐渐发展成了奔放的风格，开始充满爱国激情，而晚年他的诗风又向田园风转变，这也流露出了作者对人生起伏变化的感慨。在这其中，他那饱含爱国热情的诗句最为后人所推崇。

辛弃疾：豪放的爱国词人

生逢乱世

1140年，辛弃疾出生在山东东路济南府历城县（今山东省济南市历城区），当时南宋正处于风雨飘摇的年代，北方大部分地区已经归大金朝所有，百姓颠沛流离。

辛弃疾还很小的时候，父亲就去世了，是祖父辛赞把他抚养大。当时朝廷南渡，但是辛赞拖家带口无法去南方，不得不留在被大金占领的“沦陷区”，并担任了金朝的开封府知府等官职。辛赞不得已成了金朝的官员，却一心向往大宋。他经常带着辛弃疾爬上高山，望向远处的土地河山，提醒辛弃疾时刻记着这是大宋的国土，他更希望孩子们能够看到大宋恢复中原。

辛弃疾从小就一边学文一边习武，在祖父辛赞的悉心培养下，他不仅诗文写得好，还练出了高超的剑术。他曾经豪迈地说：“我要用词骂尽天下的贼，用剑杀尽天下的贼！”

辛弃疾稍微长大一点儿后，就开始跟着田园诗人刘瞻读书。他读书很用功，老师对他也非常器重。后来，大金皇帝完颜亮迁都燕京（今北京市），也效仿大宋朝的科考制度，每三年就举行一次进士科考试。辛弃疾参加了考试，并一举及第。主考官对这个少年颇为欣赏，原想将他提拔进官场，但辛弃疾一直谨记爷爷的教诲，拒绝成为金人手下的官员。

起义反金

1161年，完颜亮率领大军南下，想要一举消灭南宋，中原百姓纷纷拿起武器起义。22岁的辛弃疾义愤填膺（yīng），揭竿而起，组织了两千多人的队伍，也加入了起义军的行列。后来，辛弃疾率领起义军投靠了山东的耿京，耿京是当时山东影响最大的农民起义军领袖。因为辛弃疾文武双，耿京对他十分器重，让他掌管全军的文件和大印。

第二年，完颜亮被杀，金世宗完颜雍即位，他对起义军采取了劝诱、瓦解和集结兵力残酷镇压相结合的政策。耿京的起义军如此出名，是金兵重点镇压的对象。几次战役之后，起义军不能和正规军队相抗衡，形势很严峻，辛弃疾劝耿京向南宋朝廷求援，接受南宋朝廷的领导。起义军若是能和南宋朝廷军队相配合，比自己单独抵抗要有效得多。耿京思量过后，派了辛弃疾等十一人作为代表，来到南宋朝廷。宋高宗亲自接见了他们，并对这些奋勇杀敌的勇士表示赞

■ 辛弃疾像

赏。高宗很快同意了辛弃疾提出来的联合作战计划，当下封耿京为天平节度使，辛弃疾也成了天平节度掌书记（掌管一路军政、民政机关之机要秘书）。

步入仕途

得到了朝廷的任命，辛弃疾等人兴奋地往回赶，他还没来得及把这个好消息告诉耿京，就传来耿京被手下人杀害的坏消息。原来耿京的部下张安国等人被金朝收买了，他们趁机杀死了耿京，起义军群龙无首，兵士们跑的跑散的散，还有一部分人跟着叛徒张安国一起去投降了金兵。辛弃疾悲愤交加，于是立即带上一队精锐人马，直奔张安国所在的济州（今山东省济宁市）。正美滋滋地喝着庆功酒的张安国，被辛弃疾提剑活捉，同时还劝降了不少在场的兵士。最终，辛弃疾带着人马，押着张安国一同回到了临安（今浙江省杭州市）。叛徒被斩首示众，宋高宗大为赞赏辛弃疾，随即派他去江阴（今属江苏省）任命。

1162年，宋高宗传位给宋孝宗，新皇帝即位之初想要做一番事业的，也曾重用主战派的官员，甚至发动过南宋的第一次主动出击。遗憾的是，南宋王朝的出击以大败而终结，不得已和大金王朝签订了“隆兴和议”，主和派又占了上风。

辛弃疾对当时宋金的对峙形势进行了详细分析，写成了《御戎十论》（又称《美芹十论》），共十篇论文，提出了南宋反攻的具体建议，以及克敌制胜的种种战略战术。这些见解独到的文章并没有被重视，这让辛弃疾感到极其悲愤苦闷，他只能用诗词抒发自己报国无门、壮志难酬的激愤之情。比如，他写了《水龙吟·登建康赏心亭》，一句“倩何人唤取，红巾翠袖，揾（wèn）英雄泪”，说出了他自身抱负得不到实现的难过心情。

人生起落

辛弃疾的仕途之路一直起起伏伏，从23岁开始做官起，13年间调换了14个官职。35岁时辛弃疾因为官职调动回到建康，这是他首次见到宋高宗的地方，后来任职也在这里。

辛弃疾感慨万分，他曾万丈豪情地想要尽展才华，可如今并没有什么建树，国家的统一也遥遥无期，内心半是豪情半是无奈。朝廷一直是主和派当道，屡次排挤辛弃疾，最终他不得不辞官，回到江西上饶，与山林为伴。

在上饶，辛弃疾建起了几座小楼，开辟了稻田，给自己居住的地方命名为“稼轩”，和朱熹、陆游、姜夔（kuí）等人一起吟诗、填词、作赋，宣泄热情。辛弃疾的诗词内容广泛，哲理、政治、山水、爱情等题材都有涉猎。他本来就学识渊博，再加上一腔热情与勇武的气魄，使他的诗作流露出一股不凡的气势。

壮志未酬

辛弃疾的词凸显了他豪放的性格，他将满腹的爱国热情与壮志不得酬的无奈都倾注了进去，他的词也有苍凉悲壮的气息。在当时豪放派词人中，辛弃疾与苏轼齐名，并称“苏辛”。68岁时，辛弃疾身染重病，朝廷再次起用他做枢密都承旨，让他到临安赴任。诏令到达时，辛弃疾已病重卧床不起，只得上奏请辞，不久就病逝了。

辛弃疾一生留存下来600多首词，是两宋存词最多的作家。代表作有《丑奴儿·书博山道中壁》《鹧鸪天·代人赋》《祝英台令·晚春》《永遇乐·京口北固亭怀古》《水龙吟·登建康赏心亭》《破阵子·为陈同甫赋壮词以寄之》等，有《稼轩长短句》传世。这些作品的中心思想大都是“抗金御敌，恢复中原”，都是满满的爱国情，同时又不拘一格，沉郁、明快、激励、妩媚，兼而有之。

关汉卿：曲中圣人

暗无天日

关汉卿生于金朝末年，此时南宋偏安一隅，蒙古铁骑横扫天下，不可一世的大金国也撑不了多久了。关汉卿的祖上是金国太医，本来他长大后要子承父业，但是蒙古灭了金朝，他一下子丢了饭碗。后来蒙古的马蹄又踏碎南宋的江山，一统天下，建立元朝。

元朝朝廷把全国百姓分为四等，一等人是蒙古人自己，二等人是西域以及阿拉伯世界的色目人，三等人是原来金朝境内的汉人金人，四等人是南宋的汉人，总之汉人的地位极其低下。元朝皇帝又取消了科举制度，绝大部分的底层读书人永无出头之日。关汉卿虽然饱读诗书，但是找不到出仕做官的路。好在他老家的戏剧氛围浓厚，他从小就掌握了大量的戏曲知识。为了谋生，他决定投身戏曲创作。

当时宋朝金朝兴起的娱乐商业场所——瓦舍勾栏，在元朝得到进一步发展。各路艺人们在瓦舍勾栏里表演杂剧、曲艺、歌舞等，竞争非常激烈。戏班子为了提高演出水平保住自己饭碗，大量招收读书人为他们创作剧本。与朝廷不同，他们仍然和宋金时代的百姓一样尊重读书人、重视读书人。关汉卿因此在戏剧中找到了存在感和成就感。

关汉卿随着戏班子走南闯北，深切而广泛地体会到社会最底层的普通劳苦大众的生活，亲眼见证他们的悲惨遭遇，切身体会到朝廷暗无天日的统治。他有感而发，创作大量的杂剧，为生活在水深火热中的百姓奔走呼号，站在百姓中间发出对朝廷黑暗的控诉，最终铸就无与伦比的艺术成就。

因为朝廷丝毫不在乎百姓的文化活动，而在传统文人眼里，吟诗作对写文章才是正途，小说和戏剧都是旁门左道，所以史书文献里，关于关汉卿的记载十分稀少。但是百姓们没有忘记他，他的故事和作品一直传诵至今。

为民呐喊

关汉卿创作了大量揭露社会黑暗、朝廷腐败的戏剧，在民间广为流传，感动了无数人。三教九流贩夫走卒之类的人都很喜欢他的作品，引起了当地衙门的警觉，县官下令逮捕他。关汉卿不愿意连累戏班子，也不愿意坐以待毙，于是就逃跑了。他趁着夜色逃走，却不幸地遇见了巡夜的捕快。捕快见他行色匆匆十分可疑，就抓住他质问："三更半夜，你想去哪？”

关汉卿学识渊博，对历史典故十分精通，他很快联想到春秋战国时期孙膑装疯卖傻骗庞涓的故事，于是他也假装是疯子，手舞足蹈地唱起戏来：“三五步走遍天下，七八人百万雄兵。”这句唱词是形容戏剧的舞台表现手法，顺便也能回答捕快的问题。捕快居然能欣赏关汉卿的唱词，便问他：“你是唱戏的吗？”

■ 关汉卿像

关汉卿猜测这个捕快平常也喜欢听戏，不然听不出他的功底。他决定通过唱戏博得对方的好感，又唱道：“或为君子，或为才子佳人，登台便见。”这句唱词仍然可以当作捕快问题的答案。

捕快的确喜欢听戏，琢磨着这么深厚的唱功不是一般人能掌握。他用火把照亮关汉卿的脸，有点儿怀疑他就是关汉卿本人，不由得说道：“你好像就是关……”

关汉卿心里吃了一惊，决定破釜沉舟，希望用自己的唱词博取对方的同情，他又唱道：“你看我非我，我看我，我亦非我；我装谁像谁，谁装我都像我。”

捕快又犹豫了。他虽然是个捕快，然而在上司眼中一文不值，整天都戴着虚伪的面具扮演上司喜欢的自己。他被关汉卿的唱词打动了。

关汉卿趁热打铁，继续唱："台上莫逞强，纵使厚禄高官，得意无非俄顷事；眼下何足算，到头来抛盔卸甲，下场还是一般人。"

关汉卿创作过大量英雄好汉的故事，比如讲述关云长义薄云天的《单刀会》。这部戏弘扬忠义，非常受群众喜欢，鼓起大量百姓心中的忠义之心。他刚才这几句唱词是说人生世事无常，片刻得意始终不能长久，不如多做点儿好事。捕快感叹自己生活的凄苦，不见得比关汉卿强多少，眼下朝廷不把百姓当人看，迟早要完蛋，不如多积点阴德做点儿好事……终于，关汉卿用他的才华、智慧和品行彻底征服了捕快。

捕快也很聪明，假装没有认出关汉卿，反而大骂他是戏疯子，说完转身离开，关汉卿这才得以逃命。

窦娥奇冤

南宋灭亡之后，大批的戏班子和剧作家南下，希望率先获得南方百姓的欢迎，关汉卿也不例外。他下江南，在扬州遇见了女演员朱帘秀。朱帘秀有些驼背，但是能歌善舞、风姿绰约，并且颇有风骨，极受人喜欢，红极一时。他们志同道合，一起创作。

关汉卿从朱帘秀的生活经历吸取了许多创作素材和灵感，他部分作品里的女主角都有朱帘秀的影子。朱帘秀出演了关汉卿的许多戏剧，如《救风尘》《望江亭》等。他们互相是对方黑暗生活中的明灯。

他曾经赞美朱帘秀：

攀出墙朵朵花，折临路枝枝柳。

花攀红蕊嫩，柳折翠条柔，浪子风流。

凭着我折柳攀花手，直煞得花残柳败休。

半生来折柳攀花，一世里眠花卧柳。

他们在扬州创作的时候，听到一则冤案。一个名叫朱小兰的青年寡妇被诬陷为杀人犯，贪官受贿，判她死刑。在押赴刑场的过程中，朱小兰一路喊冤，声嘶力竭，闻者落泪，最后还是被处斩。关汉卿义愤填膺，想为朱小兰申冤，但是他无权无势，贪官一手遮天，他只好通过创作戏剧将朱小兰的冤案昭告天下。

他的正义之举得到朱帘秀的支持。他以笔代剑，结合汉朝时期的传奇故事《东海孝妇》，把朱小兰的冤案写成杂剧《窦娥冤》，用来抨击贪官污吏的罪恶，表达对朱小兰等被诬陷、奴役、打压的底层百姓的同情。其中窦娥的人物形象和性格特点参照了朱帘秀。

朱帘秀和她的徒弟配合排练，准备公演。他在家推敲唱词的时候，一个混在戏剧界专门溜须拍马、卖友求荣的败类来找他。这人叫叶和甫，他对关汉卿说：“关先生，现在天下太平，你搞这些幺蛾子岂不是故意找朝廷麻烦？不如写点儿歌颂朝廷英明的戏剧，再署上我的名字，我推荐给达官贵人，咱们一起发财，你看如何？”

关汉卿笑道：“早听说叶先生的脸皮厚如城墙，我觉得这话不太准确，因为你这么厚的脸上，居然还能长出胡子，可见还不太厚……”

叶和甫恼羞成怒，骂道：“敬酒不吃吃罚酒，你等着坐牢吧。”他离开关汉卿家，去找宣判朱小兰死刑的县令阿合马告状。现在阿合马已经升官了，成为皇帝的宠臣。阿合马大怒，命令关汉卿修改剧本。

关汉卿知道不修改剧本的话肯定要大难临头，但是他宁死不屈，依然拒绝修改。第二天，朱帘秀坚持出演只字未改的《窦娥冤》。依靠关汉卿、朱帘秀的才华，窦娥的悲惨遭遇震惊了所有观众，舆论哗然，纷纷唾弃贪官的原形阿合马。

阿合马震怒，将关汉卿、朱帘秀二人打入死牢，择日处斩。虽然坐了死牢，关汉卿依然乐观，整天给监牢里的狱友唱戏，甚至乐呵呵地唱喜剧。由于关汉卿造成的影响实在太大，百姓们群情激奋，即将酿成大规模的骚乱，朝廷不得已改判主犯关汉卿流放千里，判朱帘秀去做歌伎。

关汉卿临走之时，全州百姓来相送。他满心愤恨，因为朱小兰冤案的始作俑者阿合马依旧逍遥法外，他忍不住唱起窦娥受刑时的词句：

有日月朝暮悬，有鬼神掌着生死权。天地也！只合把清浊分辨，可怎生糊突了盗跖、颜渊？为善的受贫穷更命短，造恶的享富贵又寿延。天地也！做得个怕硬欺软，却原来也这般顺水推船！地也，你不分好歹何为地！天也，你错勘贤愚枉做天！哎，只落得两泪涟涟。

游戏人间

在古代，伶人的社会地位非常低，被说成是下九流。关汉卿博学多才，却整天和伶人戏班子混在一起，为他们创作剧本。他相貌英俊，有时候还自己登台表演，所以很多人都笑话他。关汉卿为人诙谐幽默，性格乐观，对于他人的讥笑毫不在意，他用唱词来回应他人的讥笑：

我是个蒸不烂、煮不熟、捶不匾、炒不爆，响当当一粒铜豌豆，恁子弟每谁教你钻入他锄不断、斫不下、解不开、顿不脱慢腾腾千层锦套头。我玩的是梁园月，饮的是东京酒，赏的是洛阳花，攀的是章台柳。我也会围棋、会蹴踘、会打围、会插科、会歌舞、会吹弹、会咽作、会吟诗、会双陆。你便是落了我牙、歪了我嘴、瘸了我腿、折了我手，天赐与我这几般儿歹症候，尚兀自不肯休。则除是阎王亲自唤，神鬼自来勾，三魂归地府，七魄丧冥幽，天那，那其间才不向烟花路儿上走！

他一生颠沛流离，但是始终保持着积极向上的乐观精神，活了80多岁，可谓长寿。他一生创作杂剧67部，是中国戏剧界无可争议的大宗师，被后人称之为“曲圣”。只不过可惜的是，他的作品只有18部留存下来。

杨慎：明代三才子之首

明朝建国277年，在这段漫长的历史长河中，不仅绽放着古人的智慧，巩固着封建礼制，同时也有着开放的胸怀和资本主义萌芽的生发。在这一时期，程朱理学伴随商品经济共同发展，教条的八股与开放的文化共同繁荣。很多风流人物便由此诞生，比如，英明神武的洪武皇帝、永乐皇帝，比如，唐伯虎、文征明等风骚一代的才子……而在这其中，“明代三才子”之首的杨慎无疑是其中最闪耀的。他在有明一代风华冠绝，他的诗名流传天下，他的一生都在颠沛流离，他甚至至死都被皇帝厌恶……

少年成名　蟾宫折桂

杨慎（1488年-1559年），字用修，新都人，出生于书香门第，从小就受到很好的家庭教育，再加上他聪慧过人、好学勤奋，因此被世人称为“小神童”。杨慎的父亲是大名鼎鼎的明朝内阁首辅—— 杨廷和。7岁时，母亲便开始教他句读

■ 杨慎像

和唐代绝句，凡是教过的他都能一一背诵。11岁时，便会写近体诗。当时流传着很多杨慎小时候的轶事：

一天午后，天气十分炎热。天地间好像灶上的蒸笼，闷得人连呼吸都不快，大地像一大张烧烫了的铁板，路边垂柳的细枝一动不动，蔫蔫缩成一团，就连树上的知了也懒得鸣叫，都争相去寻找凉快的地方。一群小孩相约去池塘泡澡消暑。池水清凉，小孩们都欢喜异常，正当洗的起劲时，当地的县令碰巧从池塘前经过。按照当时的礼仪，县令过道，自然是敲锣打鼓，百姓回避。正在水池中洗澡的孩子都顾不上穿衣服，光着屁股就逃跑了。众人皆逃，唯有一个小孩好像什么事都没有发生，仍旧自顾自地洗澡。县令见了，顿时火冒三丈，心想，哪里来的毛头小孩，怎么见了我一点都不怕！于是，这县令非要打这小孩一顿板子，可小孩却钻在水里不上来。县令见状无可奈何，只好妥协。县令说，他出一联，让小孩来对，如果对不上来就要挨板子。小孩点头答应。县令说：“千年古树为衣架。”小孩答：“万里长江作澡盆。”县令大吃一惊，想不到这个毛头小孩竟然如此聪明，实在是让人佩服，马上便邀请小孩去衙门做客。据说，后来他们还成了特别好的朋友。这个小孩就是杨慎。

杨慎家附近有座寺庙，他经常去寺里游玩。有一天，小杨慎又到寺里去游玩，寺里的住持知道杨慎聪明，就想考考他，便故意不开门，要杨慎先对对联。对得上便可以从中门走，对不上就从侧门爬。

住持出上联："小犬摇头嫌路窄。"

杨慎不假思索便对了下联："大鹏展翅恨天低！"

于是，杨慎便正大光明地从中门走入。来到寺内，住持再次难为他，取来一幅画，让杨慎题诗。只见画中只有"一棵矮小松树"，杨慎看到画，便明白了住持是在讥笑他，因为小杨慎年纪小，个子不高，貌不惊人。

只见他饱蘸浓墨，挥挥小手写道：

"小小青松未出山，枝繁叶茂耐霜寒；

如今尚可低头看，他日参天仰面难。"

据说，杨慎有一次回家，正遇上他父亲和叔父在观赏一幅画，父亲便问杨慎："人们常说景色如画，又说画如美景，你是怎样认为的？"杨慎沉思了一下，答道：

"会心山水真如画，妙手丹青画似真。

梦觉难分列御寇，影形相赠晋诗人。"

这首诗，是从古至今中国画论的经典之作，就算是许多画了一辈子画的老画家，也说不出所以然来。

“青楼断红粉之魂，白日照翠苔之骨”之句是他12岁时，拟作的《吊古战场文》。

他13岁时，随父入京师，沿途写有《过渭城送别诗》、《霜叶赋》、咏《马嵬坡》诗等，轰动一时。茶陵诗派代表人物“李东阳”读后赞叹不已，便让他在自己的门下学习。

我们所熟知的《三国演义》的开篇词——《临江仙》，它的作者就是杨慎。

“滚滚长江东逝水，浪花淘尽英雄。

是非成败转头空。

青山依旧在，几度夕阳红。

白发渔樵江渚上，惯看秋月春风。

一壶浊酒喜相逢。

古今多少事，都付笑谈中。”

俗话常说“3岁看小,7岁看老”，就是说一个人小时候的作为，就可以看出他长大后的成就。从小就聪慧过人，才能卓越，还能写出如此豪放、高亢，含蓄而又深沉词的人，大家一定以为杨慎的一生会像他的这首词一样，辉煌气派，一展理想与抱负，建立一番丰功伟业，而事实却不尽人意。

21岁时，杨慎参加会试，对于从小才华出众的他来说，当然不在话下。当时的主考官已将杨慎的文章列为最优。不料，命运偏偏和他开了一个玩笑。烛花竟落到了他的考卷上并烧坏了试卷，以至于他名落孙山。这次意外的打击，并没有让杨慎灰心、失望。他更加努力刻苦，寒窗刻苦几年之后，在杨慎24岁时以第一名的优异成绩，考中了状元，被任命为授翰林院修撰，主要职责为掌修国史、实录，记载皇帝言行，进讲经史，以及草拟有关典礼的文稿。由此，杨慎开始了他的政治生涯。

就算是做了大官，杨慎仍坚持刻苦学习。据说他曾经奉命出使经过镇江，顺道拜见了“明代名臣”杨一清。在杨一清家中，杨慎认真阅读了他收藏的书籍，有不懂的地方就询问他，杨一清都能一一解明。杨慎非常惊叹，于是更加努力学习。

逆鳞廷杖　流放滇南

杨慎为人正直，不畏权势，而明朝却是中国历史上最黑暗腐朽的朝代之一，最初君主专制空前强化，知识分子遭受着严重的摧残和压迫。在这种情况下，一部分知识分子殉道而亡，另一部分则变成十足的奴才。而杨慎自然是这殉道而亡当中的一个。明武宗不理朝政，整日游山玩水。杨慎对于武宗的这种行为，自然是极力劝谏。武宗不是采纳贤臣谏言的明君，对于这番好言相劝，根本不予理会，依旧宴饮游乐，不问世事。百般无奈之下杨慎只好假装生病，辞官回家了。

后来武宗驾崩，明世宗即位，杨慎再次被启用，任命为翰林院修撰，经筵讲官。明朝的时候，进讲之官即是经筵讲官，其实就是皇帝的老师，由翰林出身的大臣兼充。明面上如此，其实进讲早已成为空文，这也为日后杨慎失欢于世宗埋下了伏笔。

杨慎性格耿直，常结合时局为世宗讲书，也会借机教育世宗。例如，当时世宗视国家法度为儿戏，破例赦免了一些大肆行贿的犯人，杨慎在经筵讲课时，便特地引用《尚书》里《金作赎刑》道："圣人赎刑之制，用于小过者，冀民自新之意；若大奸元恶，无可赎之理。"世宗听后十分恼火，自然对杨慎没留什么好印象。

不仅如此，杨慎还因"大礼议"之事，得罪了朝廷中的奸佞小人，为日后自己被流放，埋下了伏笔。

当时，世宗并非武宗的儿子，而是武宗的堂弟。因武宗无子，经皇后及杨廷和商议，便由其堂弟朱厚熜继位。按照皇统继承的规定，世宗要称自己的父亲为"皇叔"，武宗为"皇考"。

世宗心里自然不痛快，即位后没多久，就下令群臣议定其生父朱祐杬为"皇考"，并享受皇帝的祭祀和待遇。

在以杨慎和其父亲为首的内阁大臣看来，此举不符法度，自然是极力反对；而另一派，当时的奸臣张璁、桂萼等新贵趋炎附势、阿谀奉承，十分赞成、支持世宗。

张璁、桂萼等人势单力薄，难以服众，世宗无奈之下，只得暂时同意称父亲为“兴献帝”，母亲为“兴国太后”。但是他依旧没有打消自己的念头。三年后，世宗的地位已稳固，试图为父母的封号加上“皇”字。这时候张璁、桂萼上书并提出要重提当年的事情。世宗见状，急忙封张璁、桂萼为翰林学士，专门负责礼仪。

正反两方争执不下，世宗迫使杨廷和辞官回家。杨慎心怀国家，满腹志向，不惜任何代价也要维护皇室礼法，多次上书要辞官，宁愿不做此官，也不愿与无耻小人共事。这自然是激怒了世宗，世宗依旧固执己见，并正式下诏称生父为“恭穆皇帝”，想以此来警告杨慎。不料，杨慎又极力进谏，在同学士丰熙一起进谏没有被采纳后，又带着一批人跪在皇宫外，拦住皇帝哭谏。世宗更加生气，采用武力镇压，并下令“将执首的八人打入监牢”。

杨慎被廷杖两次，差点要了性命，最后充军云南永昌卫（今云南保山县）。

失之东隅　收之桑榆

杨慎结束了他的政治生涯，后半生迎接他的是30多年的流放生活。“如果生活向你抛来柠檬，你要勇敢地将柠檬榨成汁。”杨慎就是这样的人，就算是颠沛流离的苦难生活，也并没有将他打到，他寄情于山水，叙写云南风光，描绘祖国山河……

“苍山峡束沧江口，天梁中断晴雷吼。

中有不断之长风，冲破动林沙石走。

咫尺颠崖迥不分，征马长嘶客低首。”

描写的是气势雄伟的下关的风，出自他的《海风行》。

《龙关歌》中：

“双洱烟波似五津，渔灯点点水粼粼。

月中对影遥传酒，树里闻歌不见人。”

是他眼中清新细腻的洱海夜色。

前面提到过的《临江仙》便是他看见滚滚江水，江上渔樵饮酒对歌，而抒发的人生感慨。

生活关上了杨慎政治理想的门，却又为杨慎打开了另一扇窗——文学事业。他对文、词、赋、散曲、杂剧、弹词等各种文体，挥洒自如。他的作品数不胜数。例如，著名的散曲《和王舜卿舟行之咏》，他的长篇弹唱叙史之作《二十一史弹词》广为传诵。他的散文古朴高逸，《汉杂事秘辛》《新都县八阵图记》《碧峣精舍记》等都是记叙散文中的佳品。《升庵集》《江陵别内》《宝井篇》《滇池涸》都是他的代表作。

更为难能可贵的是，杨慎在此期间，仍然关心百姓疾苦，不忘国事。当时，昆明一带，豪绅勾结地方官吏强占民田，坑害百姓，他便写下《海门行》《后海门行》给云南巡抚，为当地百姓鸣不平。

杨慎还为云南地区文化做出了“前无古人，后无来者”的贡献。他悉心著述，为白族修史，为研究云南历史提供了许多宝贵资料。他还和云南当地有学识的人广泛的接触，到处讲学，创立诗社，不少的人因受到他的启迪和教益，成了知名人士。李元阳、张含、杨士云、王廷表、胡廷禄、唐琦便是当时很负盛名的“杨门六学士”。

漫漫的流放之路，还有一个对杨慎帮助很大的人，那就是黄娥。她是杨慎的第二任妻子，从小生在书香门第，饱读诗书，才华出众，再加上她天资聪颖，是当时有名的才女。杨慎对自己妻子的才学也是十分的赞叹。杨慎和黄娥刚结婚不久，就流放永昌，黄娥一路上护送杨慎去云南。后来，杨慎看到风尘满面，疲惫不堪的妻子，再也不忍心让她继续护送，黄娥这才返回杨慎的家乡新都照顾公公杨延和。余下的几十年两人只是靠书信传达思念，黄娥是杨慎余生的精神支柱，此生得此一人不离不弃，且如此忠贞不渝，是杨慎的幸运。

世宗朱厚熜对杨廷和、杨慎父子极其仇恨，杨慎被贬的几十年中，他总不会忘记杨慎，常常问及其近况，大臣回答道“老病”，朱厚熜才觉得心里宽慰，如此这般的惦记，杨慎哪里还会有什么出头之日。世宗一生有六次大赦，而杨慎始终不得还，按明律，年满60岁可以赎身返家，但杨慎的案子始终无人敢受理。

直到黄娥病故后，杨慎从开始的积极的政治参与者，变成了一个世俗的反叛者，《乐府纪闻》写：

“暇时红粉傅面，作双丫髻插花，令诸妓扶觞游行，了不为愧。”

闲暇时将脸涂脂抹粉，将头发梳成两个角髻,并插上花，命令几位妓女陪同，在闹市上闲逛喝酒，不顾形象，一点都不感到羞愧。真是让人为之心痛!

杨慎年近70时，在黔国公沐朝弼的帮助下，偷偷返回江阳（泸州），不久被人告发，又押解回永昌。最终，杨慎死于永昌，终年72岁。

“临利不敢先人，见义不敢后身”

是他去世之前，勉励后人而写的话。当时云南巡抚游居敬命人为杨慎殡殓入棺，附葬故乡新都其父杨廷和墓旁。

明穆宗隆庆元年，追赠杨慎为光禄寺少卿。明熹宗天启年间，追谥“文宪”。

杨慎一生颠沛流离！他体验过庙堂之高，也体验过江湖之远。但是，不管面对怎样的环境，他都保持一颗豁达的心胸，随遇而安。

他是天才，洒脱不羁，但又不骄傲放纵；他是臣子，敢于直谏，不惜前程尽毁也要坚守正道。这就是“明代三才子”之首——杨慎!

吴承恩：一部《西游记》成大家

1500年，淮安府山阳县（今江苏省淮安市淮安区）的吴家新添了一个男孩，父亲吴锐为其取名为“承恩”，字汝忠，意思是希望他将来可以读书做官，能够上承皇恩，下泽黎民，成为一个青史留名的忠臣。

天赋异禀

吴承恩小时候就有一个“生有异质”的美名，意思是说他很有天赋，是个神童。很小的时候，他拿着土块在墙上画画，邻居逗弄他说：“给我画只鹅。”吴承恩便随手画了一只在天上飞的鹅。邻居笑道：“鹅怎么会飞呢？”吴承恩却一本正经地说：“这是天鹅。”周围人都觉得很惊奇，因为这么小的孩子还没有见过天鹅，却能画出来，因此都认为他是“无师自通”。

心清性善

吴承恩非常喜欢读书，从正统的四书五经，到市井流行的志怪神异之书，他都会翻看。随着年龄增长，他对奇闻异事的兴趣也越来越浓厚，各地流传的历史故事和传说他都很好奇。吴承恩没有富裕的家境，家里生活很困苦，没有钱供他的读书，有时候甚至连纸都买不起。

有一天，父亲吴锐从湖边经过，发现有一堆被扔掉的蒲根，便捡了几根，回家后晒干，然后将根片一片片剥开再铺平，接着便叫吴承恩在这上面练字。吴承恩一开始是很不乐意的，说："在这上面写字太难受了，哪里有纸张的轻软舒服呢？"父亲自然知道在蒲根上写字是苦了孩子，便耐心地劝说道："苦是苦了点，不过你还记得我给你讲过的宋代文学家欧阳修的故事吗？他小时候家境可比咱们更苦，他的母亲是用芦草茎在沙地上写字教他读书的，他自己也是靠着在沙地上练字才成才的；抗金英雄岳飞，小时候也是用树枝在沙地上练字的。你有笔有墨，不过是在蒲根上写字，和他们相比，还有什么不满足的吗？"

听了父亲的话，吴承恩感到很惭愧，于是专心地在上面练起字来。后来，吴承恩自己主动去湖边寻找合适的蒲根，按照父亲的方法把根片整理好，在上面一笔一画地写字，不

■ 吴承恩像

知不觉中，他用过的蒲根片已经堆了一人多高。果然功夫不负有心人，经过这样的一番勤学苦练，吴承恩的字和文章都大有长进。

30岁这一年，吴承恩进入淮安知府葛木创办的龙溪书院读书，他的才气也得到了葛木的赏识。著名文学家朱应登也对吴承恩颇为欣赏，甚至不惜把自己家藏的书分一半给他。

为官为民

吴承恩从小就读志怪类的故事，也一直想创作神仙鬼怪之类的文章，30岁之后，吴承恩开始有了创作长篇故事的打算，直到50岁左右，他才开始撰写《西游记》这部传世名著。

吴承恩的仕途并不是很顺利，一直到51岁时，才补了一个岁贡生（明清时，每年或两三年都会从各府、州、县学中选送生员升入国子监就读，称为岁贡），进入京城等待分配官职却没有被选上。67岁时，年迈的吴承恩终于被委任了官职，成为长兴县（今属浙江省）的县丞。

吴承恩的官职主要工作就是辅佐知县，经管粮、马税收等方面的事情。收税粮是件很头疼的事情，因为年年都交不上，所以上级州县诸官都非常生气。吴承恩发现，长兴这个地方的粮税，也是由里长、甲长帮助督促征收的，而当地的里长、甲长多是由那些田多粮多的大户人家担任的，吴承恩很快就查清了收不上粮税的原因，原来是那些狡猾的大户在作怪。

太湖湾李家庄有一个叫李田的大户人家，家中原本就有几百亩的好田好地，但是他让亲友挂名分担家业。到了征粮的时候，能逃就逃，能少征就少征。他还串通衙役，让两户贫苦人家的人替他们做里长、甲长，一旦收不上来粮食，这两个人就替他们挨打受罚。这两户人家为了交齐罚款不得不典妻卖儿，最终落得家破人亡。了解情况之后，吴承恩便和正直的县令归有光一起，决定要在县里来一次改革。他们重新颁布了《长兴县编审告示》，告示要求，大户人家如果将自己的田地分给其他亲友，那么分出去的户头就要担任里长、甲长的职务。通过这样的方式来迫使那些大户人家带头缴纳粮食。

李田一伙人发现这个告示是针对他们这些大户人家的，便和周围的大户人家迅速勾结在一起。他们准备了很多绸缎、布匹还有黄金，分别送到归有光和吴承恩的家中。归有光和吴承恩都是正直清廉的人，看他们主动撞到枪口上，便当面训斥了他们一顿。

李田等人一看软的不行，瞬间就翻了脸，决定用硬的。他们聚集了一伙地痞（pǐ）流氓，只要遇到有来办税粮的人就上去暴打一顿。吴承恩彻底愤怒了，他把李田抓起来关进了监狱。李田有个在浙江察院做官的叔叔，这位叔叔几次派人来要求吴承恩放人，归有光却支持吴承恩不予理睬。

李田被关进了监狱，其他大户也就闹不起来了。富户们的嚣（xiāo）张气焰受到了打击，不得不按田地亩数交粮，很快长兴县征粮任务顺利完成了。另外，吴承恩还和归有光一起为民伸冤、改判罪犯，释放被冤枉的普通百姓，改掉错判的死刑，并量刑改轻等。一时间，长兴县上下都对归有光和吴承恩这对清廉正直的搭档赞不绝口。

深受爱戴

第二年，归有光离职进京去朝拜穆宗皇帝，原本应该由吴承恩代行县官的职责，但是察院与湖州府官相互勾结，趁着这个时机派了一位署印官来临时代行知县的职务。署印官不敢得罪上司，再加上又受了李田他们送的礼，自然是拿人手短。他到任后不久，就把李田从监狱里放了出来，接着又按照这些大户的要求，把归有光、吴承恩制定好的按里、甲收粮的办法推翻，很快，穷苦人家倾家荡产地交粮食，而富裕的人家却不用交多少粮食，甚至都不用纳粮。

李田出来之后，立刻勾结贪官并和浙江察院的叔叔串通好，当下就把署印官贪赃受贿、春粮征收不利的事情告了上去，同时也把吴承恩一起告了上去。最终，察院判决署印官和吴承恩一起被逮捕下狱，吴承恩的罪名竟然是“贪赃枉法”。后来，多亏长兴籍的一位官吏徐中行的帮助，他了解吴承恩的为人，上下疏通，多方申辩，再加上察院也查不到“贪赃”的真实证据，吴承恩最终被无罪释放。

后来，吴承恩补了一个“纪善”的虚职，负责“掌讽导理法，开喻古谊，及国家恩义大节，以诏王善”。吴承恩即将去京城上任，临走前，长兴的百姓们扶老携幼，对他依依不舍。

成就斐然

由于看不惯官场的黑暗，吴承恩上任不久便愤而辞官，回到了故里。闲下来的时间，吴承恩又开始了创作，他选择用写志怪小说的形式来表达自己内心的感受。他说过：“虽然我写的东西名为‘志怪’，但并不是写鬼神的，而是用它来记录着社会现实人间的种种，只是以此来有所寓意，引以为戒罢了。”带着这样的思路，吴承恩在继续创作《西游记》的时候主题更明确了，过去看过的那些神仙鬼怪、狐妖猴精一类的书，此时都成了他创作中必不可少的元素。

如今，《西游记》作为中国四大名著之一，广受读者欢迎。小说借助唐僧师徒四人取经路上的八十一难，将社会现实直白地展现在世人面前，折射出现实社会中的种种现状。整部小说用讽刺幽默的语言呈现出一个个颇具有独特风格的故事，引人深思。同时，小说也中创造出了诸多不朽的艺术形象，唐僧、孙悟空、猪八戒、沙僧这几个主角塑造得可谓是个性鲜明、活灵活现。

吴承恩的小说太抢眼了，以至于他在诗、绘画、书法方面的才华都被忽略了。就他的诗文来说，继承了前人的诸多优良传统，现存240余首作品，很多都具有浪漫主义气息，也都颇有历史、文学艺术价值。

蒲松龄：写鬼写妖高人一等

初露天分

鬼怪志异类的小说，古代很多人都写过，而其中最著名的一位恐怕就要数蒲松龄了。

1640年，蒲松龄出生在淄川（今属山东省淄博市）城外蒲家庄，这是个山清水秀、民风淳朴的山庄。蒲家家里兄妹五人，蒲松龄排行第三。

蒲松龄的父亲很有学问，却没有取得功名，为了能养活家人，父亲后来去做生意，可买卖并不兴隆，生活依旧很清贫。不过，父亲亲自用自己所学来教孩子们，在所有孩子中，蒲松龄对父亲的教学最为感兴趣，他本身也很有学习天分，父亲对他非常喜爱。

一天晚上，蒲松龄刚好读到一首描写月光的诗，“山明疑有雪，岸白不关沙”。这样的两句诗立刻吸引了他，他的脑海中也迅速浮现出了一幅山峦披着月光，河岸一片白茫茫的景象。他立刻拿出纸笔把这两句抄了下来，抄完后，又把与月有关的诗全找出来，都仔细地誊（téng）抄一遍。后来，蒲松龄在写诗方面颇有心得，而且写得也非常好，这与他小时候下的那一番抄诗的功夫有着不可分割关系。

轻松夺冠

顺治十五年（1658年），19岁的蒲松龄参加了县府考试，在县、府两次考试中，他都得了第一名，只要再通过院试，他就能成为秀才了。当时的科举考试是八股文，八股文就是指文章的八个部分，即破题、承题、起讲、入手、起股、中股、后股、束股，题目出自四书五经的原文。后四个部分每部分都有两股排比对偶的文字，加起来一共是八股。蒲松龄参加的这决定秀才命运的考试，主考官是当时著名的诗人施闰章。偏巧施闰章并不喜欢八股文，这次出的题目是《早起》，如果按照八股文那样动笔，文章肯定会写得死板枯燥。

考卷一发下来，很多考生眉头一皱，可最终还是按照规规矩矩的八股文继续了下去。蒲松龄果断放弃了那死板的八股写作模式，而是顺从了自己的心意和开放的思路去写。他从早起所见的景象开始入手，写的主要内容是那些大官早早起来，去朝廷上争权夺利；那些卑鄙小人早早起来，去富贵人家奉承拍马。言语间充满了讽刺，充满了对这丑恶社会现象的不满。主考官施闰章阅卷的时候，在众多八股的

■ 蒲松龄像

文章中，一眼就看中了这篇与众不同的文字，忍不住写下批语——好似在空中闻到了一股芬芳，把人们追逐权力、富贵的丑态集中在“早起”二字上。这样的文章让施闰章大喜，结果，蒲松龄果然又一次轻松地得了第一名。

越挫越勇

后来，施闰章见到了蒲松龄，他很喜欢这个有才华的青年，便收了他做学生。但世事弄人，他的好运似乎都在那几次第一名的时候被用光了。因为在那之后，蒲松龄几次参加乡试都没有中第，屡考屡败的命运给了蒲松龄不小的打击。身为读书人却总在科举之路上跌跤，这让他垂头丧气的同时也并不甘心，于是他就屡败屡考。

蒲松龄一直对奇闻趣事很感兴趣，他5岁时，刚好赶上满清入关，各地的农民起义战争频繁，很多稀奇古怪的事也就在民间四处流传。蒲松龄便陆陆续续地开始记录这些乡野杂谈、奇闻怪事。朋友写诗劝他说“聊斋且莫竞谈空”，意思是让他不要再写这些虚无的小说了，专心去应对考试就好。但是，蒲松龄并没有就此停手，而是依旧有了志怪来源就记录下来，他还会去古人的书里找素材，很多前人写的志怪小说，经过他的改动便成了一个更有味道的故事。

巨作诞生

40岁时，蒲松龄把自己写的诸多狐鬼小说集结在一起，整理成了《聊斋志异》这部著作。“聊斋”是他书屋的名字，“志”是记述的意思，“异”是奇异的故事。整部书收录了491篇小说，涉及的题材非常广泛，内容也相当丰富，人物形象十分鲜明，故事曲折离奇，结构巧妙严谨。

蒲松龄的作品也不单单只是在讲述鬼怪的故事，而是通过这种讲述狐鬼故事的方法，来批判当时社会上的腐败、黑暗的现象。这部书以简练的文笔、细腻的描写，成功地塑造了很多经典的艺术形象，堪称中国古典短篇小说的巅峰之作。

虽然成功写出了一部代表作，但蒲松龄的科举路依然不顺利，直到72岁时，蒲松龄才成为岁贡生。当时，新上任的淄州县官也发来了请帖，邀请蒲松龄去参加新官上任的宴请。几十年来，蒲松龄从来不去赴宴，但这一次，也许是“人逢喜事精神爽”，他竟然答应了衙役准时赴宴。

这个新上任的县官，两榜进士出身，也是苦熬了几十年，才考中进士当上知县的。酒宴上请的全是县里的财主、秀才和几个举人。宴会一开始，县官就命人给各位斟（zhēn）了一杯“状元红”酒，大家一饮而尽，纷纷称赞说“好酒”，可唯独蒲松龄只是咂了一口就放下了，并没有和其他人一样拱手致谢，只是低头不语。

性直清廉

县官也听说过蒲松龄的大名，而且蒲松龄的年纪也比自己大，出于尊敬之心，他连忙端着一杯酒走过来，问道：“蒲兄，这酒如何？”蒲松龄很直截了当地回答说：“苦涩。”县官一愣，说道：“这状元红可是天下名酒，人人都说好，怎么会苦涩呢？”蒲松龄则反问道：“这酒应该是富户人家送的吧？”县官点头说：“下官上任时，本县的富户送来这两坛酒来表示祝贺，下官这才拿来请大家一起享用。”蒲松龄这才说：“想必大人应该知道，无功不受禄，否则便是贿赂。若是没有有求于人，何必行贿？拿人手短，日后若是涉及官司之上，因为行贿了必定会有要求，到时候大人又将怎样应对呢？顺从歪理那就是无视法律，到时候受冤枉的就将是百姓，那如此一来，理不能直，天下又何来公平一说？大人岂不是就成了赃官？做官若是不能为民做主，满腹才学岂不是等于空空如也？大人你说，喝着这样的酒难道感觉不到苦涩吗？”听了这样一番话，县官无言以对，手里拿着的酒杯也显得格外沉重了。衙役这时过来说："大人，酒喝光了，但客人酒兴正浓，您看怎么办？"县官从身上摸出一块银子来递了过去说："拿着钱去街上打点酒来让客人们继续喝吧。"

三饮清明

衙役们很快就从外面又买回来三坛酒，但这三坛酒只是当地的普通酒，自然没有状元红那么美妙的滋味，所以客人们喝的也不如之前那么痛快了。可这时，蒲松龄却来了劲头，他大叫着让拿大碗来，连着喝了三大碗，并说："这才是天下第一美酒！诸位知道这是什么酒吗？这叫清明酒，县太爷用自己的俸禄买来招待大家的。"

后来，这位县官把官做得清明如水，不仅受到百姓的爱戴，也受到了上级的表扬。后来，县官要升调，临走时却听说了蒲松龄去世的消息，大哭不止。人们都疑惑不解，县官则说："升不升调是小事，但是失去了恩师的教导，才是令人痛心的大事啊！"

蒲松龄成为岁贡生后仅四年便去世了，享年76岁。尽管他没能进入官场，人们没有机会看到他的政治才能，但从这位县官的故事来看，如果蒲松龄真的做了官，应该也是个清官吧！而且，蒲松龄给后人留下了如此精彩的绝世著作《聊斋志异》，是一笔宝贵的精神财富。

纳兰性德：人生若只如初见

“人生若只如初见，何事秋风悲画扇”，这样充满凄凉美的词句，就出自纳兰容若。容若是他的字，更为世人所熟悉的是他的名——纳兰性德。

身世显赫

纳兰性德出生于1655年，正黄旗满洲人。他的出身可谓相当显贵，父亲是堂堂的武英殿大学士纳兰明珠，母亲是英亲王阿济格的女儿，一品诰（gào）命夫人。纳兰的家族是清初满族最显赫的八大姓之一，也就是后世所称的“叶赫那拉氏”。拥有这样显赫的出身，纳兰性德的一生注定荣华富贵，但他并没有纨绔子弟的作风，为人十分谦和。

小时候的纳兰性德在读书方面很有天分，因为家庭环境优越，他受到了良好的教育。父亲在家里设置了一间藏书阁，里面收藏着《左传》《春秋》《史记》等诸多历史书，给他博览群书创造了很好的条件。满族人的孩子自小都是文

■ 纳兰性德像

武双学的，纳兰也不例外，从小就开始练习拳术、刀枪、棍棒，父亲还为他请了专门的武术师傅。纳兰性德一直勤奋练习，风雨无阻，十几岁的时候就武艺超群，骑射也能百发百中，堪称文武全才。

17岁时，纳兰进入国子监读书，18岁时参加顺天府乡试，考中举人。但是后来，纳兰的身体出了问题，原本在19岁时就可以参加会试，却因病而没能参加。

纳兰还拜了清代著名学者徐乾学为老师，在老师的指导下，他主持编纂了一部1792卷的儒学汇编《通志堂经解》，康熙皇帝对这部书相当赏识。后来，纳兰把自己熟读经史过程中的见闻和其他同学转述的内容进行记录整理，又用三四年的时间编成了《渌（lù）水亭杂识》一书。整部书中从历史、地理到天文、历算再到佛学、音乐、文学以及考证等方面的知识应有尽有，足见纳兰性德拥有相当广博的知识和爱好。

寄情诗词

22岁时，纳兰参加了殿试，并获得二甲第七名，赐进士出身。再加上纳兰的确是文武全才，且风姿飘逸，康熙皇帝很喜欢这个与自己年龄相当的贵族才子，便加封他为御前三等侍卫，时常带在身边，不管是打猎还是出游都形影不离。

纳兰性德交过很多好朋友，大多为汉族布衣文人，只要有时间，他就和朋友们谈论诗文，交流心得。在满清时代，汉族文人并不得志，但是出身贵戚的纳兰放下身段，与这些汉族知识分子做好朋友，给他们真诚的帮助。

纳兰性德的原配妻子卢氏比他小1岁，19岁那年，纳兰无法考取进士，这让他很郁闷。不过虽然官场不得意，他却得了一个如意伴侣。卢氏是两广总督尚书的女儿，美丽贤淑，端庄秀美，纳兰尽管是在新婚之夜才见到自己的爱人，却一见钟情。后来，他忍不住记录自己和妻子的生活，二人一起弹琴，一起读书，一起品茶，甚至就连在回廊里窃窃私语，在黄昏里共看斜阳这样的小事，都成为纳兰甜蜜的回忆。

纳兰很疼爱妻子，但是身为皇家侍卫，他不得不跟着皇帝四处奔走。但是，他的心却一直挂念着妻子，在不能陪伴在妻子身边的那些日子里，他写下了大量的思念妻子的诗文。

思念欲绝

从23岁开始，纳兰就陪着皇帝四处巡游，那时卢氏已经怀孕了，等到5月，纳兰终于回到了家时，正巧赶上卢氏难产，虽然最终保住了孩子，但卢氏却去世了，死时年仅22岁。卢氏的去世，让一直深爱妻子的纳兰难以忍受，他的整个世界都崩塌了。“青衫湿遍，凭伊慰我，忍便相忘”，这是纳兰性德写给亡妻的千古绝唱《青衫湿遍·悼亡》。写这首词的时候，卢氏的灵柩（jiù）暂时存放在双林寺，这首词就是以双林寺为背景写的，字字都是血泪。

卢氏去世后的4年时间里，纳兰性德一直沉浸在悲伤之中，他写了很多词怀念妻子，他的词里不仅有怀念，更有愧疚，因为自己四处奔波，没有能够好好陪伴照顾妻子，这也变成了他无法排遣的伤感、悔恨与自责。在纳兰的心中，无论是谁都无法取代妻子卢氏的位置，他保留了妻子房中的种种小物件，并借此回忆当初和妻子在一起时的快乐时光。

纳兰不停地用文字排遣自己内心的情感，词中充满了一个男人对妻子的无限思念，而在他之前，没有一个文人敢于这样主动勇敢地表达对妻子的情感。27岁时，纳兰性德再婚了，虽然和续弦的妻子也很和睦，但是在纳兰内心深处，那块属于卢氏的位置依然无法被取代。

英年早逝

这期间，他的才名越传越远，仕途也越走越顺，29岁时，纳兰性德被升为一等侍卫。但是他突然又生病了，还是19岁时没能参加会试得的那种寒疾。这一次他的身体越来越差，即便是御医也没能妙手回春，最终，年仅31岁的纳兰性德英年早逝。巧的是，纳兰性德去世的那天恰好是卢氏的忌日。不禁让人想起纳兰的那首《画堂春》：

一生一代一双人，争教两处销魂？

相思相望不相亲，天为谁春！

不能同生共寿，但能同日而死，这也许是天意吧！

纳兰性德去世后，一百多人为他写悼词，康熙皇帝也痛哭了一场，来悼念这个他最喜欢的侍卫兄弟。

纳兰性德的一生虽然短暂，但却成就斐然，比如，他著有20多卷的《通志草堂》、辑有80卷的《大易集义粹言》、38卷的《陈氏礼记集说补正》，编选了《全唐诗选》《名家绝句抄》《今词初集》等书。他跟着康熙皇帝走遍了大半个中国，与无数的杰出文人结交。

纳兰性德虽然只经历短短31年的生命，却是清代享有盛名的大词人之一。《纳兰词》不但在清代词坛享有很高声誉，在整个中国文学史上也占有一席之地。他的词以“真”取胜，写景逼真传神；抒情婉约清丽，格高韵远，独具特色。

曹雪芹：一场梦醒在红楼

就好像是为一种玄妙的力量所致，与曹雪芹有关的一切一直被世人议论纷纷。他的籍贯不确定，他是汉族还是满族也不确定。关于他的出生有好几种说法，关于他是谁的儿子也不能定论，他去世的时间也不能确定。但不管怎么说，曹雪芹确有其人，那部《红楼梦》也是真实存在的。

出身豪门

1715年，江宁织造府（清代专门制造御用和官用缎匹的官办织局，位于今江苏省南京市中心，在原址复建江宁织造博物馆）的曹颙（yóng）（康熙名臣曹寅的长子）病逝，为了安抚曹寅，康熙皇帝特别恩准，将曹颙的堂弟曹頫（fǔ）过继给曹寅，继续接任江宁织造郎中。曹颙的妻子马氏当时已经怀孕7个多月，这孩子是个遗腹子，他便是曹雪芹。

曹家自曹玺开始做的江宁织造的首任郎中，他的儿子曹寅，孙子曹颙、曹頫也都相继接任此职。一直到雍正六年

（1728年），曹頫被罢官为止，曹家在这个位置上待了60多年。江宁织造府表面只是织造丝织品，但它还有一个功能是用密折向皇帝报告江南地区各处的情况。这个官职的地位仅次于两江总督，深受皇帝的信任，可以说是权势显赫。

■ 曹雪芹像

曹雪芹的曾祖母孙氏做过康熙皇帝的乳母（古代宫廷或贵族之家负责抚养子女的妇女），祖父曹寅则做过康熙皇帝的伴读与御前侍卫，后来担任的江宁织造郎中，还曾经兼任两淮巡盐监察御史。康熙皇帝当年六下江南，曹寅就接过四次驾。如此说来，曹家也称得上是家世显赫，大富大贵，堪称当时南京的第一豪门。

小时候的曹雪芹很淘气，并不喜欢读四书五经，也很讨厌八股文，对科举考试、仕途经济这些都很反感。尽管曹頫对他严加管教，还给他请了老师来家里的私塾，但是曹雪芹对这些都提不起兴趣来。好在曹家有足够的家学渊源，祖父曹寅就是个诗词大家，家里藏书3千多种，曹雪芹从小耳濡目染，学到了很多知识。曹雪芹不仅熟读传统的四书五经，还会读诗赋、戏文、小说，以至于戏曲、美食、养生、医药、茶道、织造等知识和技艺他也了解很多。

从小，曹雪芹享受着锦衣玉食般的生活，每天读书写字、弹琴下棋、作画吟诗，或描鸾刺凤、斗草簪（zān）花、拆字（古代的一种占卜方法，拆解汉字的偏旁笔画并作出解说，以此来占卜吉凶）猜枚（民间饮酒时一种助兴取乐的游戏，把瓜子、莲子或黑白棋子等握在手心里，让别人猜单双、数目或颜色，猜中者为胜，不中者罚饮，多用于酒令），在曹雪芹看来，这段生活是无比幸福的。曹雪芹还经常跟着长辈们走亲访友，苏州、扬州、常州、杭州，江南的山水风物都被他尽收眼底，那一段时光是曹雪芹一生中最快乐的记忆。

家族败落

但曹雪芹的幸福并没有一直持续下去，大约14岁的时候，做江宁织造郎中的曹頫被革职抄家，罪名是骚扰驿站、织造亏空、转移财产。曹雪芹跟着家人回到京城，而曹家也因此一蹶不振。为了偿还犯案时所欠下的银两，家中开始典房卖地，家中境况败落的形势一发不可收拾，最终沦落到门户凋零、人口流散。曹雪芹亲身经历了从富贵到没落的过程，这其中的世态炎凉，他也有了领悟。

广交名流

后来，曹雪芹渐渐长大，不再是只知道享受的性子，跟着长辈们学习挑起家庭重担，也能帮着料理家务了。曹頫被革了职也就懒于应酬，所以家中再有来人，曹雪芹便代为接待了，一来二去，他结交了很多政商名流和文坛前辈。随着和这些人的交往越来越深，曹雪芹有了著书立说、立德立言的远大志向，他想要为复兴家族而努力奋斗。后来，他也开始发奋读书，并四处拜访名师，结交更多有识之士。

曹雪芹22岁时，曹家被宽免了欠款，他自己进入了内务府做事，后来还到右翼宗学（学校名，专门教授皇族子弟的官办学堂）里担任了一个小职位。当知识阅历积攒到一定程度之后，曹雪芹开始创作《红楼梦》的初稿《风月宝鉴》。其中的很多内容都有曹雪芹过去生活的影子，特别是那段繁华时期的描述，几乎就像是他小时候的翻版。后来，曹雪芹在北京的很多地方都住过，一面领略市井文化，一面靠卖字画和亲友的救济为生。

隐居著作

曹雪芹最终听从了朋友的劝说，不再为朝廷效力，隐居西山十多年，对《风月宝鉴》“批阅十载，增删五次”，终于完成了巨著《红楼梦》的创作。《红楼梦》又名《石头记》《金玉缘》《脂砚斋重评石头记》，是一部古代长篇章回体小说，中国古典四大名著之首，也是世界文学经典巨著之一。

《红楼梦》以贾、史、王、薛四大家族为背景，以贾宝玉、林黛玉的情感悲剧为主线，着重描写了封建贵族家庭由盛到衰的过程，反映了当时的社会矛盾和阶级斗争。书中语言优美自然、精辟简练，人物个性鲜明、栩栩如生，故事情节错综复杂但紧密相连，全书规模宏大、人物众多、结构严谨。无论是在内容上，还是在艺术创作上，《红楼梦》都代表了中国古典长篇小说的最高成就，是民族文化遗产瑰宝。

贫病而逝

1762年时，曹雪芹48岁，因为幼子夭折而陷于过度的忧伤和悲痛，以至卧床不起，大约是在这一年的除夕病逝。

著名红学家周汝昌评价曹雪芹时说：他有老、庄的哲思，有屈原的《骚》愤，有司马迁的史才，有顾恺之的画艺和“痴绝”，有李义山、杜牧之风流才调，还有李龟年、黄旛绰的音乐、剧曲的天才功力……他一身兼有贵贱、荣辱、兴衰、离合、悲欢的人生阅历，又具备满族与汉族、江南与江北各种文化特色的融会综合之奇辉异彩。所以我说他是中华文化的一个代表形象。

中国历代圣贤故事集

中国历代科学家故事

爱华文 著

团结出版社

图书在版编目(CIP)数据

中国历代圣贤故事集 / 爱华文等著. -- 北京 : 团结出版社, 2019.8

ISBN 978-7-5126-7253-6

Ⅰ. ①中… Ⅱ. ①爱… Ⅲ. ①故事-作品集-中国-当代 Ⅳ. ①I247.81

中国版本图书馆CIP数据核字(2019)第165301号

出版: 团结出版社

(北京市东城区东皇城根南街84号 邮编: 100006)

电话: (010) 65228880 65244790 (传真)

网址: www.tjpress.com

Email: zb65244790@vip.163.com

经销: 全国新华书店

印刷: 三河市祥达印刷包装有限公司

开本: 140×210 1/32

印张: 62.25

字数: 600千字

版次: 2020年9月 第1版

印次: 2020年9月 第1次印刷

书号: ISBN 978-7-5126-7253-6

定价: 220.00元 (全11册)

目录

鲁班：木工的祖师爷

鲁班是我国古代最负盛名的能工巧匠，也是一位伟大的发明家。鲁班（前507— 前444），姬姓，公输氏，名般，春秋时期鲁国人。因为“般”和“班”同音，古时通用，所以人们常称他为“鲁班”。鲁班从小就喜欢劳动，制造木工活，在长期的生产劳动中积累了丰富的经验。他一生之中建造了很多桥梁、房屋，制造了很多机械、家具，发明了许多木工工具和生活中的常用工具，如曲尺、锯子、石磨、雨伞等，解决了人们生活、生产中的很多难题，他也因此被尊称为“木工的祖师爷”。

发明木工工具

鲁班出生在一个世代工匠家庭，从小他就跟随父亲和兄弟们参加手工制造，加上他自己的勤奋学习，长大后，鲁班逐渐掌握了生产、劳动的技能，也成了一个能工巧匠。

有一年夏天，鲁国让鲁班监工营造一座宫殿，期限为三

■ 《鲁班经》选图

年。但是建造宫殿需要大量木头，要到山上去砍伐，当时砍伐树木都是用斧头，既费力，速度又很慢，就是砍上三年也砍不够。

鲁班非常着急，因为如果耽误了工程进度，就会被处以很重的刑罚，甚至是杀头。接到命令后，他一连几天都睡不踏实。为了尽快砍够木头，鲁班和大家起早贪黑，挥动斧头，一天下来，一个个累得筋疲力尽，也只能砍几十棵大树。

一天，鲁班砍树砍得实在是太累了，就躺在山坡上想喘口气。忽然，他觉得手被什么东西划了一下，抬手一看，长满老茧的手被划出一道血口子。他仔细看了看周围，发现原来是丝茅草划的。鲁班很惊奇，他摘了一片草叶，发现草叶的边缘长着许多锋利的细齿。人的手只要被划一下，就会被划破。

就在这时，来了一只大蝗虫，一张大口一开一合，咔嚓咔嚓地吃着草叶。鲁班捉住蝗虫，仔细地看，他发现蝗虫的大板牙上也排列着许多小细齿。看看丝茅草的叶子，再看看蝗虫的大板牙，他脑海里出现了一个奇妙的想法：能不能仿照丝茅草和蝗虫的大板牙，制作一种工具来砍伐树木呢？

于是他用毛竹做了一条竹片，在一边刻了很多像丝茅草叶和蝗虫板牙那样的细齿。他用它在树上来回拉了几下，树皮就破了，坚硬的树干上也留下了一道拉痕。鲁班想，如果把竹片换成铁片，是不是会更加锋利呢？他跑下山去，请铁匠按照自己做的竹片，制作了一个带齿的铁条。他拿去在一棵树上来回拉，很快就拉出了一道深沟，再继续拉，竟然将这棵树拉断了。鲁班又给它安上手柄，然后给它起了一个名字，叫作“锯”。

鲁班和大家用锯去伐树，又快又省力。他们只用了几个月，就砍伐够了所需要的木头。

鲁班在做木工活的过程中，常常会碰到木纹粗和疤节多的木料。要把这些木头弄平整，人们都是用斧头一点一点地砍、一点一点地削。这不但麻烦，而且也不能完全弄平整。于是鲁班就天天琢磨，后来发明了刨子，将木头刨得既光滑又平整。

鲁班做木匠活时，常常遇到直角。虽然他手头有画直角用的矩，可用起来很不方便。鲁班便将其改进，做成一把“L”形的木尺，既能量出直角，同时又能量出长度，非常方便，人们把它叫作“鲁班尺”，也就是今天我们用的曲尺。

为楚国制造云梯

随着这些木工工具的发明，鲁班的名声也越来越大，不仅得到了鲁国的器重，其他诸侯国也常常请他为自己建造宫殿及各种工具，甚至制造兵器。

有一年，楚国攻打宋国，由于宋国都城非常高大，加上宋军的拼死坚守，楚国军队攻了几次都没有攻下来，楚王不得不下令撤兵。于是有人向楚王献计，说鲁国的鲁班是一个能工巧匠，如果花重金请他，可以让他制造一种攻城的工具，一举攻陷宋国都城。

楚王于是让人把鲁班请到了楚国，并给了鲁班优厚的待遇，让他制造攻城的工具。

这一天，鲁班亲自来到宋国都城进行考察。当他看到宋国城墙后，大为吃惊，他可是从没有看到过这么高的城墙。人站在下边往上望，有一种耸入云霄的感觉。原来，宋国听说楚国要来攻城的消息后，连忙组织人力，日夜奋战，将城墙增加到了这么高。过去攻城用的梯子，连宋国城墙的一半都够不到，难怪强大的楚军对弱小的宋国久攻不下。

看来要攻打宋国，首先是要制造出一种高大的梯子。但世上哪有那么长的木材做这么高、这么稳固的梯子呢？鲁班首先想到的是将两根木头连接在一起。那么如何将两根长木头接在一起，而且还要保证结实、稳定呢?

这可难不倒鲁班，他将两根木头连接在一起，接口处的两边分别用两根长木固定，一架高大的梯子很快就做好了。但是出乎意料的是，由于梯子过于高大，人们很难将其架到城墙上。在攻城战中，迅速登城是决胜的前提，如果用这样的梯子，士兵们还没有将梯子架起来上，就已经被城头的守军用弓箭射杀了。

怎么才能制造出又高又稳固又轻便的梯子呢?

鲁班苦苦思索着。一天，他外出看到一个农夫，要修理自家的屋顶，但是梯子太短了，够不到屋顶，农夫就在地上放了一个大方桌，然后将梯子撑在方桌上，由于方桌的面积较大，所以梯子撑在上面很稳定。鲁班顿时豁然开朗，有了一个好主意。

他赶忙回去，经过几十个日日夜夜地琢磨和设计，终于，一个便捷、轻巧的梯子制造出来了！因为这个梯子非常高大，所以被称作“云梯”。

云梯由两部分构成：梯身是一个呈直角的三脚架，底部装有车轮，能够推着快速移动。三脚架斜着的那一面是一架梯子，人可以爬上去。三脚架的顶端又是一架梯子，称为副梯，和三脚架用轴承连接，不用时就与三脚架斜面的梯子合在一起。

据说这种云梯十分厉害，它能折叠起来载在战车上，攻城时可以灵活地架在车上升得很高，士兵能顺着梯子越过城头攻进城去。

云梯造成后，楚王非常高兴，一切就绪后，他准备向宋国进发，攻打宋国的都城。

接受墨家的道义

当时墨家学派的代表人物墨子，不但精通手工技艺，可与鲁班媲美，而且主张和平，反对战争，并力所能及地将自己的技艺造福百姓，是一个备受人尊敬的道义之士。

墨子听到楚国准备攻打宋国的消息后，走了十天十夜，赶到楚国来拜访鲁班，希望能阻止这场战争。一见到鲁班，墨子就对鲁班说："我给你一千金，希望你能替我杀一个人。"

鲁班听了很不高兴，说："我讲仁义，不会因为你给我报酬就去杀人。"

墨子便责问道："可你接受了楚王优厚的待遇，为楚王制造云梯，帮助楚国攻打弱小的宋国，战争一旦发生，有多少无辜的百姓会因此死去？你标榜仁义连一个人都不愿意杀，却要帮助楚王杀害众多无辜的百姓，怎么能说是仁义呢？"

鲁班被墨子的一番话问得哑口无言。墨子看鲁班也做不了主，便让鲁班带他去见楚王。为了说（shuì）服楚王放弃攻打宋国，墨子以衣带围成城池，用筷子模拟攻城器械，与鲁班来了一场别开生面的沙盘演练，结果鲁班穷其所有，仍无法攻下城池。楚王最终决定放弃攻打宋国，宋国也因此消除了一场战争灾难。

云梯没有派上用场，鲁班觉得有点儿遗憾。于是，他便想办法和墨子进行辩论，来说明墨子的那套道义理论是没有用的，只有拥有强大的军事实力，才能在这纷乱的世道立足。就这样，两人再次进行了一场精彩的辩论。

当时，楚国与越国常常在长江上进行水战，楚军顺流而进、逆流而退，很难做到有利就进攻，不利就退却。但是越军逆流而进、顺流而退，很容易凭借水势做到有利就进攻，不利便很快退却，因此屡次打败楚军。

为改变这种状况，鲁班为楚国水军发明了“钩”和“拒”，当越军处于劣势时，“钩”能将敌军的战船钩住，不让其逃跑；当越军处于优势时，“拒”能抵挡住越军的船只，不让其进攻。自从楚军有了钩和拒后，就屡次打败越军。

于是，鲁班向墨子夸耀说：“我有舟战的钩和拒，你的义也有钩和拒吗？”

墨子回答说：“我是用爱来钩，用恭来拒。你用钩钩人，人家也会用钩钩你；你用拒拒人，人家也会用拒拒你。难道‘义’的钩拒，不比你铁制的钩拒强吗？”

鲁班听了，说不上话来，但他不甘心，他想用自己木匠技艺的技巧来说服墨子。于是，他又拿出他发明的木鹊，这只木鹊可以连飞三天而不落地。

墨子见了木鹊，却说："这木鹊还不如一个普通工匠制作的一个车轮，车轮一装在车轴上，车子就可以运送千斤之物，而你的木鹊有什么实际用处呢？一个真正的木匠做的东西，有利于人的称为'巧'，无利于人的，看起来再巧也只能叫作'拙'。"

鲁班听完，深深地为墨子的道义所折服，他突然有所领悟：一个真正的木匠，不应该将自己技艺的技巧用于战争，给百姓带来灾难，而应该用于促进生产、改善人们的生活上，只有这样，才能使天下和平，老百姓安居乐业。

解决百姓生活难题

为了解决人们生活中的难题，鲁班还发明了很多实用的东西，比如，过去人们磨面用的石磨就是他发明的。20 世纪 80 年代以前，石磨在我国农村曾被广泛使用。

在他生活的那个年代，人们吃的面粉，都是把粮食放在石臼里，用沉重的石杵反复去捣，才会捣出面粉来。石臼是一个大石盆；石杵是一根石头棒。这种办法既费时又费力，还要掌握力量的大小，用力太小，就难以捣碎；用力过猛，粮食颗粒则会溅出石盆，撒到地上。即便这样，捣出来的面粉还是粗细不均匀。

鲁班注意到这个情况后，便一直想找办法来解决。

有一天，他看到一个老婆婆正在捣麦子，由于手上没劲，举不起石杵了，老婆婆只好握着石杵用力研磨。鲁班看着看着，发现里面的麦粒都已经磨成了粉。他由此受到启发，一回到家里，他就让妻子赶紧找来两块石料。他把石料凿成两个大圆盘，为了增加摩擦力，他又在每个圆盘的一面凿出一道道凹槽。为了更省力，他还在上面的圆盘上安了个木把儿。

好奇的邻居都纷纷前来观看，只见鲁班把两个圆盘有凹槽的一面摞在一起，有木把儿的放在上面。这时，他又向圆盘中央倒上麦粒，然后，握着木把儿用力转动上面的石盘，这样，麦粒很快就被研磨成了又均匀又细的面粉。邻居们一看，用这种办法磨面既省时又省力，不由得对鲁班赞叹不已。

这就是两千多年来人们磨面时使用的石磨。今天我们用电力带动的磨面机，仍是用这种原理设计制造的。

后来，鲁班还发明了人们生产、生活中需要的很多东西。如他在一次游玩中，天忽然下起大雨，人们无处避雨，都淋成了落汤鸡，于是他发明了亭子；大热天，他看到孩子们在池塘中戏水，为避免太阳毒晒，将荷叶顶在头上，于是他受到启发，发明了伞，既能遮阳，又能遮雨；他发现有些地区的老百姓吃水很不方便,发明了打井;为防止有人随意出入仓储,财物被盗,他发明了只有用钥匙才能打开的锁……

鲁班因为自己的发明和创造,得到了人们的尊敬和爱戴。千百年来,鲁班的名字和有关他的故事一直广为流传。鲁班的名字已成为我国古代劳动人民智慧的象征,后世的土木工匠尊他为自己的祖师爷。

蔡伦：造纸改造留千古

在人类文明史上，造纸术的发明，无疑是一个划时代的发明，文化的传播从此变得无比便捷。而这位伟大的发明者，就是两千多年前我国东汉时期的蔡伦。他的名字与中国古代的“四大发明”紧紧地联系在一起，美国权威著作《影响人类历史进程的一百名人排行榜》中，他名列第七位，仅次于孔子。美国《时代》周刊公布的“有史以来的最佳发明家”，他也榜上有名。

年少进宫，扶摇直上

蔡伦，字敬仲，东汉桂阳郡（今湖南省耒阳市）人，出生于一个普通的铁匠世家。小时候，他在家乡一所被称作“石林”的乡学读书，习《周礼》，读《论语》。他对周边的生产、生活环境很感兴趣，比如冶炼、铸造、种麻、养蚕等。少年蔡伦，已经是满腹经纶，很有才学。

汉章帝即位后，常到各个郡县挑选长相英俊、才思聪慧的男孩到皇宫里去当太监。当时，只有15岁的蔡伦也被选中了，并在洛阳宫中接受培训。由于他聪明机灵，招人喜欢，第二年，就开始在宫中担任黄门侍郎。虽然黄门侍郎是宦官中较低的职位，但因负责的是宫内外公事传达，还有引导来拜见皇帝的人如何朝见、安排就座等事宜，所以地位很重要，与皇帝、大臣直接接触的机会也较多。

不久，窦皇后废掉了宋贵人的儿子刘庆的太子位，贬为清河王，改立自己的养子刘肇为太子。蔡伦被卷入这场宫廷斗争。汉章帝死后，10岁的刘肇登基，成为汉和帝，由于皇帝年幼，窦太后垂帘听政。蔡伦因在这场宫廷斗争中帮了窦太后的大忙，因此被提拔为中常侍，俸禄2千石，仅次于朝廷最高官员。此后，他跟随在年幼的皇帝左右，参与国家机密大事，权力非常大。

正是在这个职位上，蔡伦开始走上不平凡的人生之路。

掌管皇家制造

由于蔡伦才学出众，做事又极为认真，窦太后还让蔡伦兼任尚方令，掌管尚方。尚方是主管皇家制造业的一个机构，主要负责监督宫廷御用手工作坊中的工匠，从事宫中御用器物的制造。我们常说的“尚方宝剑”，就是尚方这个机构专门为皇帝制作的宝剑，所以尚方宝剑就成为最高权力的象征。

蔡伦担任尚方令期间，勤于政事，管理有方。皇宫作坊集中了天下很多能工巧匠，这也为蔡伦提供了一个极好的平台，使他的个性、爱好以及工程技术方面的过人天资，在这个工作岗位上得到极好的展现。由于他探索创新，大胆改进制作工艺，当时制作的刀剑等器物，“莫不精工坚密，为后世法”，达到极高水准，并长期居于制造业技术的顶峰。

据说有一次，蔡伦陪汉和帝在御花园练习剑法，和帝一剑击在一块大石头上，不巧天子剑拦腰折断，身边的人吓得全部跪倒在地。和帝大怒，下旨要惩罚铸剑的人。这时蔡伦赶忙上前奏请：“圣上息怒，因为铸剑工艺久未改进，就是惩办天下所有铸剑之人，也无济于事，臣愿意亲自督造天子剑，改进工艺，铸造出更加坚韧、锋利之剑！”和帝这才转怒为喜，并让蔡伦亲自督造天子剑。

为了督造上好的天子剑，蔡伦遍览天下工艺书籍，同时寻访民间高人。后来他打听到有一位铸剑技艺高超的老工匠，就当即前往请教。时值盛夏，炎热难当，蔡伦见到老工匠时已汗流浃背。蔡伦的精神感动了老工匠，于是亲自传授蔡伦自己的独门淬火技术。这一技术对于铸造一把上乘之剑十分重要。经过反复学习和实践，蔡伦在皇家御器坊终于督造出了一把质地坚韧，锋利无比的天子剑。

他将新铸成的剑献给和帝，和帝十分高兴，立即来到御花园，手起剑落，先前的那块大石头被辟为两半，而自己手中的剑却完好无损。和帝对蔡伦极为赞赏，要给蔡伦加官晋爵，蔡伦却推辞了，说这是他的分内之事。

此后，蔡伦又用这种方法督造了杯盏等皇家御用器物，全都非常坚固耐用，对发展当时的金属冶炼、铸造及机械制造工艺起到了不小的推动作用。

一个看似荒唐的想法

永平九年（97年），窦太后去世，汉和帝亲政。这年夏天，全国闹起了蝗灾，多个地方颗粒无收，灾情十分严重。刚刚亲政的和帝，立志要效仿先帝，他经常通宵达旦地批阅奏章，处理救灾事宜。

而当时的奏章，是由竹简编成的“册”，十分笨重。汉武帝当年批阅的奏章，每次必须由两名大力士将奏章抬到龙案上去。战国时宋国的“名家”代表人物惠施出门讲学访友，必带五牛车的书，后来人们如果称某人有学问，就说他“学富五车”。实际上，五辆牛车拉的也是竹简，其全部内容，充其量不过相当于现代几部长篇小说。由于当时灾情严重，各地奏章很多，每天都有大量的竹简抬进宫中，堆得像小山一样。每天这样下来，和帝累得浑身酸软。

蔡伦亲眼看到和帝的辛苦和劳累，十分感动，于是萌发了一个念头——用一种轻便的东西来代替竹简，书写奏章！这样不仅能使皇帝轻松方便地阅读，而且也能减轻书写者、运送者和储存者的劳苦。

其实，当时可供书写的东西除了竹简，还有缣帛、赫蹄和麻纸。但是这些东西都不是很理想，竹简虽然制造简单，成本很低，但是太过笨重；缣帛书写虽然轻便，但是制造起来费事，成本太高，属于奢侈品；赫蹄是生产缣帛时遗留的一层薄薄的残渣，有韧性，在上面可以写字，但是因为缣帛的生产量很小，因此赫蹄就更加难得；麻纸的原料为麻，工艺简单，但非常粗糙，根本不适合书写。

蔡伦查阅了大量关于这些书写材料的资料，并将其制作工艺、质地以及书写特点等逐一进行比较，他突然产生了一个极为大胆的想法：他要制作出一种集当时各种书写工具优点于一身的书写材料！这种材料的成本像竹简一样低廉，颜色像缣帛一样洁白，使用起来像赫蹄一样轻便，原料像麻一样容易得到。

这个念头在脑海里一出现，蔡伦自己也觉得不可思议，但是他觉得只要去摸索，就会有希望。于是，他将这个想法告诉工匠，工匠们听后惊讶地张大了嘴巴，然后告诉他这个想法太荒唐，根本不可能实现！

造纸术诞生

听到工匠们的回答，蔡伦并没有放弃。为了达到自己的目的，他开始四处奔走，寻访造出这种材料的途径和方法。此后，蔡伦常常深入民间，寻找能工巧匠，和他们一起探讨交流。

永元十五年（103年），机会终于来了！当时，京城洛阳一连下了数十天大雨。大雨刚过，蔡伦就去民间探访，他来到洛阳城外的洛河岸边，看到一副破败的景象：有好几棵大树倒在地上，大树已经腐烂，上面还缠绕着一些破渔网、破衣服、破麻布等。他不由得停住了脚步，心想，这场持续多日的大雨，又不知为多少百姓带来了灾难啊！

正当他感慨万千时，忽然，他在这些破树旁边的水面上，惊奇地发现了一层和赫蹄纸相似的东西。他赶忙打捞上来一些细看，这个东西薄薄的，好像棉絮一样，但摸上去滑滑的像缣帛。他又轻轻地揉了揉，撕扯了一下，还很有韧性，不容易撕破。他忽然意识到，这可能就是自己多年来想要的东西啊！真是踏破铁鞋无觅处，得来全不费工夫！

这种东西是怎么来的呢？他去向当地村民请教。村民告诉他，由于这几年年年大雨，洛河水位上升，河边的一些树，还有从上游冲下来的一些破衣服、破渔网等，便被浸泡在河水里，时间一长，就腐烂了，再被太阳一晒，过上几个月，就自然形成了这种东西。

对呀，这种材料十分常见，成本也低，完全可以制成书写工具！于是，蔡伦让人在洛河边搭建了一个临时作坊，开始了他的实验。他和工匠们一起动手，先把树皮、破布头、旧渔网切碎，放在水里泡。然后把杂物过滤掉，把剩下的纤维结构放在石臼中捣成白浆。最后用竹席把白浆挑起晾干，揭下来就是纸了。

公元105年，蔡伦把这种新的书写材料呈给汉和帝看。汉和帝先是用手摸了摸，然后又在上面写了几个字，觉得非常好用，他对蔡伦大加赞赏，并把这一技术在全国推广，让百姓们都能用上这种经济轻便的书写材料。当时，人们将蔡伦造的纸称为“蔡侯纸”。

服毒而死

就在蔡伦造纸成功的这一年，和帝驾崩，他还不满百日的儿子继位，邓太后把持朝政。不到两年，新皇帝驾崩。邓太后立13岁的皇侄刘祜继位，即汉安帝。而刘祜正是当年废太子清河王刘庆的儿子，蔡伦想到自己当年曾帮助窦太后废掉太子刘庆，十分不安。

由于当时邓太后把持朝政，蔡伦继续受到重用。邓太后喜欢绘画，而蔡伦不断改进造纸工艺，为邓太后解决了绘画材料的大问题，邓太后非常高兴，便封蔡伦为“龙亭侯”，封地在今陕西省洋县一带。

不久，蔡伦又被提升为长乐太仆，成为邓太后的首席近侍官。过了几年，因为宫中经史传记等文字大多没有核实确定，于是朝廷选拔有名的读书人，校正各种典籍，邓太后又派蔡伦专门主持这件事情。一时间，蔡伦的权位和名望达到了顶峰，受到满朝文武的奉承和追捧。

正当蔡伦的权力和地位达到了他人生的顶峰之际，邓太后去世了，安帝亲政。安帝亲政后的第一件事，就是查办了当年刘庆太子被废一事，所有参与者都被捕入狱，蔡伦也被审讯查办。他深感自己死罪难逃，当时有人给他出主意，让他亲自到廷尉那里认罪，说自己是受人蛊惑，加上他造纸有功，也许皇帝会免他一死。

可是，蔡伦不愿意因此受辱，他说：“好男儿自己做事自己当，岂能篡改原委，忍辱苟活！”公元121年，他沐浴更衣，穿戴整齐，服毒而死。他死后，爵位被削去，封地被收回。

蔡伦一生在内廷为官，身居列侯，位尊九卿，虽然以惨死告终，但他的科学成就却使他光耀后世。

论人品，南朝宋史学家范晔这样评价蔡伦：“伦有才学，尽心敦慎，数犯严颜，匡弼得失。”这句话是说，蔡伦很有才能学问，他辅佐皇帝尽心尽力，诚实谨慎，并不因为害怕触犯皇帝，而向他直言陈述得失的道理。

论贡献，蔡伦发明的造纸术对世界文明的传承和发展做出了巨大贡献，深刻地影响了世界历史的进程。美国《影响人类历史进程的一百名人排行榜》一书的作者麦克哈特说："如果没有蔡伦就没有纸，我们很难想象今天的世界将会是什么状况。"

这些也许是对这位伟大发明家最中肯的评价。

张衡：东汉全才，一代科圣

张衡是我国东汉初年的一位全才：他是杰出的文学家，他的作品在汉代文学中有优越地位，与司马相如、扬雄、班固并称“汉赋四大家”；他是伟大的天文学家，继承和发展了“浑天说”，首次提出宇宙无限的观点；他是一个发明家，发明了世界上第一台地动仪；他是一个数学家，写下了我国古代一部重要的数学专著《算罔论》；他还是地理学家、画家……当代文学家郭沫若这样评价他：“如此全面发展之人物，在世界史中亦所罕见，万祀千龄，令人景仰。”

出身名门望族

东汉建立53年后的一天，张衡诞生在南阳郡西鄂县一个破落的名门望族。

张衡的祖先在汉代是南阳郡的大族，有很高的声望和社会地位。张衡的曾祖父在王莽时代是一个富有的地主。由于张衡的父亲去世得很早，真正对张衡产生重要影响的，是他的祖父张堪。

张堪自小聪明异常，志向高远，品德超群，被人们称赞为“圣童”。他很早就成了孤儿，长大后，他把父亲留下的数百万家产让给了堂侄，自己去了长安授业学习。光武帝刘秀登基后，他被任命为蜀郡太守，随大司马吴汉讨伐公孙述，立了大功。张堪为官清廉，伐蜀时他首先攻入成都，却对公孙述堆积如山的珍宝分文不取。

蜀郡在当时号称富甲一方的天府之国，可是张堪在调离蜀郡太守时，却只有一辆破旧的马车和一套简单的铺盖。他是文武全才，领兵抗击北部匈奴时，打得匈奴不敢再犯。他还教百姓耕种，开荒种田，使一方百姓过上了好日子。所以当时流传的民谣歌颂张堪：“张君为政，乐不可支。”

张衡也像他的祖父，从小就刻苦好学，文采出众，做起文章来，才思泉涌，一气呵成。受祖父影响，他的兴趣非常广泛，不但对算学、天文、地理、气象等方面感兴趣，还对机械制造有着特殊的爱好。

17岁时，张衡离开家乡到外地游学，他希望在游历过程中有所收获。他先是到了当时的学术文化中心——长安，游览了那里的名胜古迹，考察了当地的宫廷建筑和民情风俗。这里给他将来的文学创作提供了丰富的素材。

后来，他又去了都城洛阳，在太学学习，并拜访名师，向他们虚心求教。由于虚心好学，他进步很快，很快就贯通五经六艺，成为一个学识渊博、才华横溢的人。虽然他才华出众，但他并没有因此骄傲自大。不久，张衡被推举为孝廉，但他拒绝入仕，后来官府又几次派人邀请他，他都拒绝了。

沉迷文学创作

早年，张衡把大部分时间投入到了文学创作上。在长安游学时，有一次，他经过灞桥，来到骊山，在骊山停留了多日，写下了《温泉赋》，这是他流传至今的最早的文学作品。

当时，汉和帝在位，东汉国力达到鼎盛，但是社会风气却越来越不好。张衡看到洛阳城和长安城里的王公贵族过着骄奢淫逸的生活，非常忧虑。于是，他仿照班固的《两都赋》，写下了著名的《二京赋》来讽刺这种现象。

据说，张衡为了写这两篇作品，殚精竭虑，前后花了10年的时间，经过反复修改，才最终完成。《二京赋》被认为是汉赋中的精品，它包括《西京赋》和《东京赋》两篇，二京指的是西京和东京，西京即长安，东京即洛阳。

公元100年（永元十二年），南阳太守鲍德邀请张衡做他的主簿（掌管文书的官），张衡敬仰鲍德的为人，便应邀前往。在任主簿时，他帮助鲍德兴修水利，发展农业生产。当时其他各地连年灾荒，南阳郡的庄稼却年年丰收，这使得当地的百姓不再缺衣少食，生活富足起来。

后来，张衡把南阳郡的繁荣景象写进了《南都赋》中，反映了当时的社会面貌、人们的生活情况和民间的风俗习惯。这篇赋不仅是一部优秀的文学作品，也是研究当时社会情况的珍贵史料。

张衡在南阳郡做了八九年主簿，鲍德升任被调回了京城后，张衡便辞官回到了家乡，开始潜心钻研学问。

这时，他接触到了西汉学者杨雄的著作《太玄》。《太玄》是一部关于宇宙论的哲学著作，书中发展了浑天说，并明确指出，天地万物和现实世界的一切生命都是“有生必有死，有始必有终”，批驳了当时的天命论思想。

张衡非常喜欢这本书，他对好朋友崔瑗说：“我看《太玄》，才知道扬雄的妙极道数，可与《五经》相比！”

完成不朽名作

张衡辞赋写得好，又精通天文、历法，名声很快被传播开来。汉安帝听说张衡很有才干，便让人邀请他进京做官。一开始，张衡在宫里做郎中，后来又被提拔为太史令，专门负责记录史事，编写史书，兼管国家典籍、天文历法和祭祀等。

这正合了张衡的兴趣。有了这个机会，他把全部精力放在了观察天象和历法、数学的研究上。每个晴朗的夜晚，他

■ 张衡像

都要登上高高的露台，观察天上星星位置的变化，月亮的圆缺，探索它们的运行规律。

经过长期的积累和研究，张衡获得了对宇宙的全新的认识，他把这些成果写在了不朽的天文学著作《灵宪》中。在《灵宪》中，张衡科学系统地表达了自己的天文学理论，讨论了宇宙的起源问题，比如：

天好像鸡蛋壳，包在地的外面；地好像鸡蛋黄，在天的中间，但是宇宙是无限的，这个“蛋壳”并不是宇宙的边界。

这个说法虽然不完全精确，但在当时能得出这种科学的见解来，真得很了不起！

他观测和记录了2500颗恒星，还提出月亮本身不会发光，是借助太阳的照射才反射出了光，而太阳光照不到的地方就会出现亏缺，这正是“月有阴晴圆缺”的道理。如果月亮进入地影，就会发生月食。

他认为，天体的运行是有规律的，并提出了关于太阳、月亮、金星、木星、水星、火星、土星这七个天体的运动速度、快慢原因的研究思路及方向。

此外，他还完成了天文学著作《浑仪图注》、数学著作《算罔论》等。在《浑仪图注》中，他得出“周天三百六十五度四分度之一”的结论，与近代天文学家所测的地球绕太阳一周约需365天5小时48分46秒的数字十分接近。

这些结论和成果，足以说明张衡对天文学的研究，在当时已经达到了比较高的水平。

制造浑天仪

公元117年，张衡根据自己的天文学理论，成功制造了一种测量天文的仪器—— 浑天仪。为了制造这架仪器，张衡花费了很大的心血。

有一次，他来到位于洛阳城外南郊的灵台（国家天文台，是当时用来研究天文、气象的专用建筑），登上灵台顶端，发现那些观测仪器非常陈旧，尤其是其中一架浑天仪连转都转不动了，便决定重修和改进浑天仪。

浑天仪是一种什么样的天文仪器呢?

浑天仪是一个天文模型，由浑象和浑仪构成，是西汉武帝时期的天文学家落下闳发明的。浑象类似现代的天球仪，用来演示天象的运行。浑仪是天文观测仪器，主要用来测量天体球面坐标，由早期四游仪和赤道环组成。

为了制造出更加先进的浑天仪，张衡在这架浑天仪的基础上，首先设计了一个天体模型图案，并按图案用竹篾制成一个模型，起名叫“小浑”。“小浑”制成后，他又经过反复试验，多次调整校正，才让工匠按照图案和“小浑”模型，开始正式铸造。

在张衡的精心设计和指导下，浑天仪终于完工了！这架浑天仪用铜铸成，主体是一个很大的空心铜球，上面刻有日月星辰、南北两极、赤道、黄道、二十四节气等图案。球的一半隐没在地平圈下面，另一半显露在地平圈上面，就像人们看到的天穹一样。

为了让仪器能够自己转动，他将古代计时器的漏壶与仪器连接，并利用漏壶用来计时的滴水的力量，推动齿轮，带动铜球缓慢运转，就可以把实际天象的运行演示出来。据说，什么星从东方升起来，什么星向西方落下去，都能在浑天仪上看得清清楚楚。

浑天仪的制造惊动了朝廷上下，这一天，官员们纷纷前来观看。有人质疑说，这么小的一个玩意儿怎么能模仿天象的运行呢？有人说，这恐怕只是一个骗人的玩意儿吧？

为了让大家信服，到了这天晚上星星满天时，张衡特意向大家做了一次演示，证明了浑天仪的运转和实际的天体运行完全相符。这时，那些怀疑浑天仪的人才彻底信服了。

发明地动仪

张衡的这些成就，在当时的人们看来，不过都是雕虫小技，但他全然不顾世俗的眼光，毅然将心思和精力继续投入到了科学研究上。

当时，由于地震发生得比较频繁，导致房屋倒塌、物毁人亡，死伤无数。由于人们缺乏科学知识，认为地震是不吉利的征兆，是上天主宰的。

但是，张衡不信这一套，为了掌握全国地震动态，他经过长期的考察和试验，发明了一个测报地震的仪器——“地动仪”。

这架地动仪是世界上第一架测报地震的仪器，它是用青铜制造的，像一个酒樽，周围刻铸着八条龙，头朝下，尾朝上，分别朝东、南、西、北、东南、东北、西南、西北八个方向伸着。每条龙嘴里含了一颗小铜球，龙头下面蹲了八个铜蟾蜍。蟾蜍个个昂头张嘴，等着接球。当哪个方向发生地震时，朝着那个方向的龙头就会张开嘴，吐出铜球。铜球掉到蟾蜍的嘴里，发出清脆的响声，于是人们就知道了地震发生的方向。

地动仪的灵敏度很高，据说，它曾预报过洛阳的一次地震。公元138年初春的一天，地动仪正对西方的龙嘴突然张开来，吐出了铜球，这说明洛阳城的西方发生了地震。当时洛阳城并没有感到地震，人们都责怪张衡是危言耸听。可是过了没几天，一匹快马从西北方飞一样奔驰来，向朝廷报告，说离洛阳一千多里的金城、陇西一带几天前曾发生了大地震。这个消息一下子就传遍了洛阳城，这时候人们才知道了地动仪的作用和价值。

地动仪是世界上的地震仪之祖，即使在科学发达的今天，人们也对它赞叹不已。1700多年以后，欧洲才有了类似的测报地震的仪器。

仕途经历

当时，东汉朝廷日益腐朽黑暗。张衡做太史令期间，曾多次向皇帝进谏简选人才、剔除奸佞、整顿学术，却遭到了一些权臣和宦官的排挤。

后来，汉顺帝欣赏张衡的才华，让他做了自己的侍臣。因为和皇帝走得很近，所以这个官职的地位相当高。

有一次，皇帝问张衡："天下人最痛恨的是谁？"那些平时做坏事的宦官都害怕张衡说出他们的名字，赶紧给张衡使眼色。虽然张衡并没有说什么，但那些宦官仍然觉得只要张衡在皇帝身边一天，就是他们的祸患，万一哪天在皇帝面前揭了他们的短，就麻烦了。

于是，他们联合诋毁张衡，在皇帝面前污蔑张衡。皇帝竟然听信谗言，将张衡调出了京城，让他去河间去当国相。

当时，担任河间王的是一个叫作刘政的人，他仗着自己是东汉宗室、皇亲国戚，便不遵守法令制度，骄横奢侈，还勾结其他豪族大户胡作非为。

张衡上任之后，整顿法纪，暗中查探奸党姓名，并将那些人统统逮捕。经过这样一治理，河间政治清明，上下都对他既敬畏又恭顺。

因病去世

在河间做了三年的国相后，张衡上书朝廷，要求辞官回家。皇帝没有批准，又把他调回京城，让他做了尚书。尚书权力很大，就是帮助皇帝处理政务。可是，外戚和宦官把持朝政，连皇帝都被架空了，尚书更是一个摆设。张衡看清了这一切，非常悲观失望，在任尚书不到一年后，便因病去世，享年62岁。

张衡一生献身科学，不求富贵，因此有人嘲笑他说："你能使机轮转动，木鸟自飞，自己为什么不能飞黄腾达呢？"张衡却说："我决不会为了谋求高官厚禄，而去奉承权贵的！"

张衡去世后，被葬在南阳郡的家乡，他的好友，东汉书法家、文学家崔瑗在张衡的碑文中这样写道："道德漫流，文章云浮。数术穷天地，制作侔造化。奇技伟艺，磊落焕炳。”

这也许是对张衡一生最好的总结和评价。

张衡因在科学上的杰出成就，被后世称为“科圣”。为纪念张衡在天文学上的成就，月球背面的一座环形山被命名为“张衡环形山”，小行星1802被命名为“张衡星”。

刘徽：古代的数学泰斗

在我们的日常生活中，记录和计算一些实际问题，就得运用一般的数学知识，比如加法法则、小数点、正数和负数，甚至是圆周率，等等。你知道吗？早在1750年前，我国就有一个叫刘徽的卓越数学家，对这些数学问题最先进行了研究和总结，并做出开创性的贡献：他发明了小数点，创立了十进制小数；他最早提出负数的定义，以及加法法则；他创立了割圆术，计算圆周率……每一项在当时都处于世界领先地位，而无论其中哪一项都足以使他载入史册，青史名留。

痴迷《九章算术》

刘徽是三国时期的魏国人，生活在山东邹平一带。他出身平民，从小就受到了良好的教育。童年时期，他就开始接触数学方面的知识，系统地学习了《九章算术》，并因此痴迷上了数学。这种兴趣和爱好伴随他到成年，甚至一生。

那么，《九章算术》是怎样一本书呢？刘徽为什么对这本书如此着迷？

《九章算术》是我国算经十书中最重要的一部，也是我国流传最早的数学著作之一。它系统总结了战国、秦、汉时期的数学成就，由许多学者在不同时期整理，大概成书于东汉初年。

■ 刘徽像

全书以应用题的形式展现，一共收录了246道应用题，并将这些题归为九章：方田、粟米、衰分、少广、商功、均输、盈不足、方程及勾股（即依次为田亩面积的计算、各种比例的算法、按比例分配、开平方与开立方的计算方法、各种形状的体积的计算方法、人口数量与赋税及工役等问题的计算方法、盈亏问题的解法及比例问题、联立方程组的解法、勾股定理的应用）。

这246道题，每道题都有题目、答案和解题步骤，有的是一道题一个解题步骤，有的是很多道题一个解题步骤，有的是一道题有很多解题步骤，还配有插图说明。

也许是这本书与其他经书不同，形式特殊有趣，内容实用，联系实际，所以才深深吸引了刘徽。他对于里面的有些题目，总是反复进行验算，并乐此不疲。

为《九章算术》做注

成年后，刘徽从事度量衡校考工作，研究过天文历法，还进行野外测量。在生产实践中，他发现有很多问题都需要用数学知识来解决，所以他不仅没有因为工作忙碌而放弃数学，反而对数学的兴趣越来越浓厚了，并开始了对《九章算术》的研究。

无论走到哪里，他都带着《九章算术》，而且一有闲暇就拿出来钻研。每一次，当他利用书中的公式或定理解决了一个难题，他就深受鼓舞，也更加坚定了自己对数学的钻研。

但是久而久之，他发现《九章算术》并不完备，还存在一些缺陷，比如，书中没有给出任何数学概念的定义，好些问题往往只给出了结果，却没有给出这个结果的推导和证明过程，如勾股定理；有些题目的结果，是人们根据现实情况总结出来的，没有经过严格计算和论证，因而精确度很低，如圆周率。

为了弥补这些缺陷，刘徽做出了一个决定——对《九章算术》进行充实和完善，对书中的题目逐一进行注解和证明，对其错误予以纠正，方法予以改进，内容予以补充，使这部书更加全面、系统和精准。

这是一项艰苦卓绝的浩瀚工程，这是一个改变刘徽一生命运的决定，更是数学史上的一个伟大决定，后来的成就充分证明了这一点。

公元263年左右，经过多年的刻苦钻研，刘徽终于完成了对《九章算术》内容的注释和完善。人们把经过刘徽充实和注解的十卷《九章算术》，叫作《九章算术注》。今天流传的《九章算术》正是刘徽的注释本。

刘徽为《九章算术》作注释，不是简单的对一部古老数学专著的注解，而是把他自己的许多研究成果充实到了里边。在注释本中，包含了他的许多天才性创见和补充。他严格定义了若干不明确的数学概念，精辟地阐明了各种解题方法的原理，给出了简要的证明，并指出了某些近似解法的精确程度和个别解法的错误。

尤其可贵的是，在注释本中，他开创了一些被后世长期使用的普遍数学方法，这些方法包括割圆术、齐同术、今有术、图验及棋验法、重差法等，显示了他在诸多方面的创造性贡献。

最早创立“割圆术”

刘徽最早创造了割圆术，计算出了圆周率，即“徽率”。

在《九章算术》中，关于圆的计算问题，提到了“周三径一”的说法，意思是说圆周率的近似值为三。刘徽自己画了很多图，进行了验证，结果发现这个数字不够准确，误差太大。但是如何才能得到一个比较精确的圆周率数值呢？有一段时间，他一直在为这个问题而冥思苦想。

一天，他看到石匠在切割石头，觉得十分有趣，就站在一边，细细地观察起来。一块方形的石头，石匠先是切去了四个角，四角的石头就有了八个角，然后再把这八个角切去……石匠把这些角一个一个地切去，直到无角可切为止。最后，原来那块方形的石块，在不知不觉中变成了一个圆石柱。

“原来是这样！”聪明的刘徽茅塞顿开，他从石匠切石块的做法受到了启发，联想到了计算圆周率的方法，这个方法就是数学史上著名的“割圆术”：从圆内接正六边形开始切割，然后是十二边形，这样一直切割下去，直到九十六边形为止，最后得出圆周率的近似值是3.14。

然而，刘徽对此并不满意，后来他继续深入切割计算，得出了当时世界上最精确的圆周率为3.1416。

刘徽创立的“割圆术”，为计算圆周率提供了一套严密的理论和完善的算法，使中国对圆周率的计算在世界上一直处于领先地位。后来的祖冲之，就是利用他的“割圆术”，第一次将圆周率精确到小数点后的七位数。

发明小数点

刘徽不但具有高度的抽象概括能力，还善于在深入实践的基础上利用数学原理，总结出简单的数学方法，来解决生产中的实际问题。小数点的发明就是一个典型的例子。

在从事野外测量工作期间，刘徽感到用传统方法对测量结果进行记录，非常麻烦，而且计算时也不方便。比如，测量一块土地，要写清楚长和宽是多少丈、多少尺、多少寸，然后计算是多少亩，多少分，多少厘。古代是用毛笔书写，不像现在的硬笔那么便捷，同时纸张也不是很普及，所以他就想，能不能将记录进行简化，这样既方便记录，又能节约用纸。

于是一有空闲，刘徽就在心里琢磨，他尝试了好多方法，甚至还设计了好几种表格，但都不能令人满意。

这一天，刘徽去野外测量完回到住处，也顾不上休息，就一边琢磨一边在纸上记录。他一连写了好几排数字：

8 3 5

13 6 8

29 5 6

……

这些数字是对几块土地的面积记录，分别表示：

8亩3分5厘

13亩6分8厘

29亩5分6厘

……

刘徽是一个勤奋且严谨的人，平常他记录得非常完整，是不会省略一些项目的，即便是研究一些问题的草稿。今天他实在是太累了，就省去了测量单位，而只将数字写在纸上，写着写着，就迷迷糊糊地伏在案头上睡着了。

第二天一早醒来，他的目光就落在面前的纸上。他看着他写的这些数字，不由得念了起来，并用笔轻轻地在每个数字之间点了一个小圆点，将之隔开。看着这些小圆点，他不由得眼前一亮，一个新奇的想法在脑海中浮现：能不能就用这些小圆点按顺序来代替单位呢？比如8.3.5.，就表示8亩3分5厘呢？

这样，每一位数字左边数字的单位是它的10倍，而反过来，它右边数字的单位又是它单位的十分之一……

经过多次尝试，刘徽觉得这样完全可以，既方便又清楚。又经过一番琢磨，他干脆只保留了表示亩的数字后面的小圆点，后面其他小圆点都不用了。他觉得这样更加简便，而且也很清楚：8亩3分5厘，写成8.35。小圆点前面的数字代表亩，后面的第一个数字代表分，第二个数字代表厘……

小数点就这样诞生了！

这一发明，因为既简单又方便，很快就被越来越多的人使用。就是这小小的一个小数点，使我国古代数学的发展向前迈出了一大步。西方人开始使用小数，比我们晚了1000多年。

完成《海岛算经》

《九章算术》本来有九章，刘徽又给它补充了一章作为第十章，当时叫《重差》。到了唐代，人们将《重差》这部分内容分离出来，单独成书，取名为《海岛算经》。这部书成为我国最早一部关于测量的数学著作，也为后来地图学的发展提供了数学基础。

在《海岛算经》中，刘徽同样是以应用题的形式，精心选编了九个测量问题，这些问题都是利用两次或多次测望所得的数据，来推算可望而不可即的目标（如高山、大海）的高、深、广、远。值得一提的是，书中提出的测量方法现代战争中还常常用到，比如炮兵要攻打目标，就需要计算目标的距离，以便调整大炮的射程。

这本书对我国乃至世界影响极为深远。到了明成祖时，此书被收录于《永乐大典》中。19世纪，来华传教士伟烈亚力最早向西方介绍《海岛算经》，称此书是“一部关于实用三角学的九个问题”。今天，《海岛算经》已经被翻译成日、法、美、俄等多种语言，被传播到了世界各地。

《海岛算经》的英译者和研究者，一个美国数学家认为，希腊测量术，重点在测量器具的运用，而其数学水准远不如刘徽《海岛算经》，直到文艺复兴时代，才勉强达到《海岛算经》水准。即使到了17世纪，意大利来华传教士利玛窦和中国徐光启合著的《测量法义》十五题，也未能达到或超越《海岛算经》。

悄然离世

公元295年，为数学奉献一生的刘徽悄然离世，留给了后世无比丰厚的数学遗产。

后来，人们将他的数学成就进行了归纳，其中仅领先当时世界的成就就包括：计算出圆周率、最早应用小数、最早提出负数的定义及加法法则、最早给出最小公倍数的定义、最早提出分数除法法则、最早提出一次方程的定义及完整解法等十多项。

刘徽治学大胆、谨慎、认真，不仅敢于修正前人的错误，而且对自己不能解决的问题毫不隐瞒。比如，他发现《九章算术》给出的球体积公式不精确，但他一时又难以解决，便坦然指出："我解决不了，留给以后的能人吧！"于是，在200多年以后，祖冲之的儿子祖暅在父亲祖冲之计算的基础上，对球的体积进行了多次计算，最终找到精确的解决公式，这就是著名的“祖暅原理”。

刘徽的一生是为数学刻苦探求的一生，他的数学思想对现代数学的研究有着很大的影响。我国当代著名数学家吴文俊曾坦言，他在数学上的成就，主要得益于刘徽思想的启发。他在《九章算术与刘徽》这本书中说，从对数学贡献的角度来讲，刘徽完全可与欧几里得相提并论。

刘徽不仅在中国有很高的地位，在世界数学史上也有崇高的地位，有人将他称作“中国数学史上的牛顿”“古代世界的数学泰斗”“中国的欧几里得”，他当之无愧！

李冰：修建都江堰，造就天府之国

战国时期，各诸侯国为富国强兵，纷纷大力发展经济，而兴修水利就是一项很重要的举措。许多国家在当时都搞了一些很有名的工程，也涌现了一批著名的水利专家，而其中最负盛名的就是李冰。李冰的主要贡献是修建了当时世界上一流的水利工程—— 都江堰，使旱涝无常的四川平原变成了富甲天下的天府之国。之后，四川的粮食、盐、铁等物资源源不断地运往秦国都城，为秦灭六国奠定了充足的物质基础。

流落蜀地，打井为生

李冰出生于山西解州，据说那里盛产井盐。李冰一家和当地人一样，以打井制盐为生。有一次，李冰和儿子随官府的盐车到蜀地送盐，没想到刚进入蜀境就遇上了盗贼，他们运送的数十车盐被一抢而光。食盐在当时是紧缺物品，这下可不得了，丢了食盐，回去官府是要治重罪的。于是，他们索性就留在了蜀地另谋生路。

古代蜀地属于非涝即旱之地，不是发生洪水灾害，就是发生旱灾，所以古人称其为“泽国”和“赤盆”。世世代代的蜀地百姓，不是同洪水做斗争，就是因为饮水问题而备受煎熬。遇到大旱时节，人们主要靠打井从地下汲水。由于李冰父子和乡亲们在家乡打井制盐，掌握了熟练的打井技术，他们便在蜀地以给人打井为生。

打井的关键是寻找水脉，如果水脉寻找错误，打出来的井不是水很少，就是旱井，一点儿水都没有。李冰读过一些书，懂得天文地理，熟悉各种地形地貌，认识水脉，他打的井从没有失败过，渐渐地在当地就有了很大名气。

接受使命，蜀地治水

秦昭襄王末年，秦国吞并了蜀国。面对广阔的蜀地，昭襄王却喜忧参半，喜的是秦国的疆域又扩大了不少，忧的是蜀地自然环境恶劣，旱涝灾害频繁，加之刚刚经过战争，人心不稳，社会矛盾非常复杂。如何将刚刚征服的蜀地进行有效治理，使其成为秦国向东发展的大后方，成为秦国急需解决的重大问题。昭襄王明白，蜀地最大的问题就是水患，涝时水多，泛滥成灾，旱时缺水，庄稼无法生长，所以对蜀地的治理主要还是治水。

就在这时，有人向昭襄王推荐了李冰父子，他便很快召见了李冰。他对李冰说："蜀地刚刚并入我们秦国，人心不定，现在蜀郡缺人，假如派你到那里去做太守，你会怎么治理？"

"大王，自古蜀地非涝即旱，本人以为治蜀即是治水，蜀地百姓世代深受水患之苦，如果大王能够变水患为水利，惠泽蜀地百姓，百姓定当感激、拥戴大王。同时蜀地广袤，有了水利，定会物产丰饶，为秦国的强盛和统一天下打好基础。"李冰胸有成竹地说。

李冰的见解与自己不谋而合，昭襄王非常高兴，紧接着又问："依你之见，如何变水患为水利？"

于是李冰侃侃而谈，他从大禹治水，讲到自己对治水的认识；从自己在蜀地的打井生涯，讲到自己对蜀地地形地貌的了解；从蜀地水域的分布状况，讲到自己对蜀地治水的基本设想……昭襄王听着李冰的讲述，有一种相见恨晚的感觉，他当即任命李冰为蜀郡太守，前往蜀地治水。

不畏艰辛，考察水情

李冰到蜀郡后，就和儿子立即对贯穿成都平原的岷江流域进行了全面考察。他们几次深入高山密林，追踪岷江的源头。不畏长途跋涉，沿江漂流，直达岷江与长江的汇合处，掌握了关于岷江的第一手材料。

■ 李冰父子雕像

他们发现，岷江发源于成都平原北部的岷山，那里沿江两岸山高谷深，水源丰沛，水流湍急；而到了灌县（今都江堰市）一带，江水一下子进入平坦的平原，浩大的水势失去了束缚，常常冲垮堤岸，泛滥成灾；同时，从上游挟带来的大量泥沙，也容易淤积在这里，抬高河床，又进一步加重了水灾的隐患；另外，在灌县县城西南面，有一座玉垒山，阻碍了江水的东流，特别是到了每年夏秋洪水季节，水流便无处排泄，常常造成四川东边大旱而西边发大水的情况。

李冰决心征服这条河流，为当地的老百姓谋福利，报答昭襄王的知遇之恩。他和儿子将考察到的情况进行了详细记录，并制作了精确的地图。为了得到科学的治水方案，他们饭也顾不上吃，觉也顾不上睡。除了认真研究考察资料，他们还阅读了大量关于治水方面的典籍和文献，同时还多次和当地有经验的老农交谈，希望能够得到灵感和启示。

经过几十个日日夜夜的思考和研究，他终于有了一套科学和系统的治水思路。

巧设鱼嘴，分流江水

为改变岷江在灌县一带被玉垒山阻挡，造成西面泛滥而东面缺水的状况，李冰独出心裁，将玉垒山凿开了一个宽二十米的大口子，后人称其为“宝瓶口”。让岷江水在此分成东西两股，西股按原来的河道奔流，叫“外江”，东股从宝瓶口流出，叫“内江”。

人们也许会问：从宝瓶口流出的水，最后去了哪里呢？这正是李冰的高明之处，他在宝瓶口外又修筑了许多大小水渠，组成了一个纵横交错的扇形水网。这样，从宝瓶口流出的水，不仅通过这个水网灌溉着成都平原的沃野农田，而且减少了岷江河道的水量，避免了洪水期泛滥给西面带来灾害。

不过，李冰还有更高明的手段。为了使岷江水在宝瓶口按照一定的比例分流，他又在宝瓶口附近的江心修建了一个分水堰，其形状就像一个鱼头，并且前端有一个开口，人们把它叫作“鱼嘴”。鱼嘴的大小和角度都是经过精密计算过的，它迎着岷江的上游，将汹涌而来的江水按比例分成两股，分别流向岷江正流的外江和宝瓶口的内江，流向外江的水占百分之四十，流向内江的水占百分之六十。分水堰两侧还砌起了用鹅卵石做成的护堤，内江一侧的叫“内金刚堤”，外江一侧叫“外金刚堤”，也叫“金堤”。

鱼嘴分流的江水比例，是根据正常年份春耕季节的灌溉需水量而制定的，但是到了夏秋季节，往往会随着降水量的增加，流入宝瓶口内江的水量也会增大，大片农田依然会有被淹的危险；同时，遇到降水量少的年份，流入内江的水量亦会减少，满足不了农田灌溉的需要。

为了稳定流入宝瓶口内江的水量，李冰又在鱼嘴分水堰的尾部，修建了分洪用的平水槽和“飞沙堰”溢洪道。飞沙堰也用竹笼填石的方法修筑而成，堰顶筑到适宜的高度。当内江水位过高的时候，洪水就经由平水槽漫过飞沙堰流入外江，从而保障了内江灌区免遭水淹的危险。而遇到降水量少的年份，就在外江截流，使外江的水又经过平水槽和飞沙堰流入内江，从而保证了内江充足的水量，满足大片农田的灌溉需求。

竹笼填石，石人镇水

在修建分水堰的过程中，李冰也遇到了难题。开始，李冰采用向江中心投扔石头的办法来修筑这道堰，但江水的力量实在是太大了，石头刚刚扔进去，就被冲走了，根本没有办法筑成堤堰。

但他没有放弃，开动脑筋继续想：单块的石头重量不够，会被水冲走，能不能把石头的重量增加一些呢？如果要增加重量，只有两个办法，增加单块石头的体积或增加石头的数量。增加单块石头的体积是行不通的，那么就只能增加石头的数量了。但是如何才能将数量众多的石头固定在一起呢？他看到竹工在编竹器，忽然眼睛一亮，想到了一个好办法：竹笼填石。

竹子是当地很常见的东西，将竹子编成筐后，用来装石头，既结实又耐用。而且这个办法既简便又高效，可以就地取材，施工方便，费用也低。于是他找来竹工，让他们编成了长三丈、宽两尺的大竹笼，将里面装满鹅卵石，然后封好。这些竹笼一个一个地被沉入江底，湍急的江水冲在上面，打了个漩儿又呼啸着流走了，而竹笼却纹丝不动。这样分水堰很快就修好了。

为了观测内江的水量，李冰还刻了三个石人，置于江心，作为观测水位的标尺，要求水位“竭不至足，盛不没肩”。意思是，如果水位浅到石人的脚部，用于灌溉的水量就可能不足，也就预示着会发生旱灾；如果水位升到石人的肩部，就表示水量已经过多，预示着会发生洪灾。

这个以足、肩作为水量的标志，是在长期经验积累的基础上总结出来的。有了石人的指示，人们就可以提前做好防涝或者抗旱的准备工作。

1974年和1975年，在外江的金刚堤、安澜索桥一带相继出土了两尊东汉时期刻凿的李冰石像。据考证，这很可能是依据李冰所立的石人而制，既能纪念李冰，又可作为水位衡量的标志。出土的李冰像高达二点九米，古尺折合约一丈余，这个高度很可能还有测量水位标示的作用。

天府之国，泽被后世

李冰父子十分重视都江堰水利工程的维护，以使它能够长期发挥作用。

据说，李冰父子制作过石犀，将其埋在内江中，作为岁修治理时淘挖泥沙深度的标准。所谓岁修，就是每年维护治理一次。当时李冰制定的岁修原则是“深淘滩，低作堰”，意思是说，每年淘挖江底淤积的泥沙要深，这样可使江水水量有适当的保证；而飞沙堰的堤堰不能筑得太高，以免影响内江江水的外溢与泄洪，从而保证内江不发生洪灾。

岁修的方法是，每年水量最小的霜降时节，在外江截流，使江水全部流入内江，然后淘挖外江和外江各灌溉渠道淤积的泥沙。到第二年立春前后，外江岁修完毕，又在内江截流，让内江水全部流入外江，然后淘挖内江河槽，进行平水槽和飞沙堰的岁修工程。清明节前，内江岁修完毕，撤除截流，开始放水灌溉。

前256年到前251年，李冰带领蜀地官吏和百姓，经过五年的艰苦努力，终于建成了这座震古烁今的伟大工程。都江堰的修成，不仅解决了岷江泛滥成灾的问题，而且从内江下来的水还可以灌溉十几个县，灌溉面积达三百多万亩。从此，广袤的蜀地结束了靠天吃饭的局面，洪涝灾害基本消除，大旱年份也到处都是绿油油的庄稼，四川由“泽国”和“赤盆”变为极其富庶的“天府之国”。就这样，秦国有了横扫六合、统一中华的稳固根基，大批粮草及各种军需物资被源源不断地从这里运送给在前线作战的秦军将士。

我国著名历史文化学者余秋雨在其《都江堰》一文中写道：“有了它，旱涝无常的四川平原成了天府之国，每当我们民族有了重大灾难，天府之国总是沉着地提供庇护和濡养。因此，可以毫不夸张地说，它永久性地灌溉了中华民族。有了它，才有诸葛亮、刘备的雄才大略，才有李白、杜甫、陆游的川行华章。说得近一点，有了它，抗日战争中的中国才有一个比较安定的后方。”这应该是对李冰成就的最高评价。

除都江堰外，李冰在蜀郡还主持兴办了其他一些水利工程。如对发源于蒙山的沫水（又名“青衣水”），组织百姓开凿河心中的山岩，整理水道，便利了航行。他还对管江、汶井江、洛水进行过疏导，又引绵水出紫岩山，到资中一带灌溉稻田。

李冰为蜀地的发展做出了不可磨灭的贡献，人们永远怀念他。两千多年来，四川人民把李冰尊为“川主”。各地还修建了“川主祠”，以表达对他的怀念。

祖冲之：南北朝最杰出的科学家

南北朝时期，政权更迭频繁，社会动荡不安，人们生活非常艰难。但是就在这种环境中，仍有一些科学家锲而不舍，刻苦钻研，创造了许多科学史上的奇迹。祖冲之就是其中最为杰出的一位。他把圆周率的值精确到小数点后第七位，这一纪录直到15世纪才被阿拉伯数学家卡西打破。他不仅在数学领域，还在天文历法，以及机械制造、音律、文学等诸多方面也有突出贡献，是历史上少有的博学多才的人物。

官宦世家

祖冲之，祖籍河北涞水。西晋末年，北方发生大规模战乱，中原地区的人口大量迁移到南方，祖冲之的先辈从河北迁徙到江南，并在江南定居下来。

公元429年，祖冲之出生在建康（今南京）一个官宦家庭。他的祖父祖昌任是朝廷里管理朝廷建筑的官员，父亲祖朔之学识渊博，常常被邀请参加皇室的典礼和宴会。

小时候，父亲经常逼着祖冲之背诵四书五经，可是祖冲之对经书没有兴趣，却非常喜欢看家里有关数学和天文方面的书籍，还常常缠着祖父给他讲解天文方面的知识。父亲看儿子这么喜欢数学和天文，也就不逼迫他了，有时甚至还和祖冲之一起研究天文知识。

在这样的家庭里，祖冲之受到了良好的教育，青年时期就有了博学的名声。后来，宋孝武帝听说了祖冲之的名气，便派他去专门研究学术的官署“华林学省”任职。但是，祖冲之对做官没有兴趣，他在那里开始专心研究数学和天文。

推算圆周率

当时，人们在生产实践中凡是遇到有关圆的一切问题，都要使用圆周率来推算。

事实上，早在先秦时期，人们就开始使用圆周率来解决一些生产和生活问题。那时，人们一般用“径一周三”作为圆周率，即圆周长是直径的三倍，后来人们把这称为“古率”。但是，随着生产和科学的进一步发展，人们越来越发现这个数值的误差很大，就改为“圆径一而周三有余”，可是这个“有余”到底余多少，却没有一个较为准确的值。

到了三国时期，数学家刘徽利用割圆术已经将圆周率从

■ 祖冲之像

东汉时期的近似值为3，精确到3.1416了。但是祖冲之觉得这个数字还可以再精确，于是他开始认真研究刘徽的割圆术。所谓“割圆术”，就是在圆内画个正六边形，其边长正好等于半径，再分十二边形，用勾股定理求出每边的长，然后再分二十四、四十八边形，一直分下去，所得多边形各边长之和就是圆的周长。

祖冲之觉得刘徽这个方法非常好，但刘徽的圆周率只得出3.1416的结果后就没有再算下去。他决定按刘徽开创的路子继续走下去，一步一步地将圆进行更多的分割，以求得更精确的结果。

当时，数字运算还没利用纸、笔，而是通过纵横相间地罗列小竹棍，然后按类似珠算的方法进行计算，极其麻烦。

祖冲之在房间的地板上摆开许多小木棍，开始计算起来，他还让13岁的儿子祖暅（gèng）一起帮忙。一开始，他算得非常仔细却没有得出满意的结果，因此以为刘徽算错了。可是经过再次计算，结果验证了刘徽是完全正确的。为了避免再出误差，祖冲之以后每一步都至少重复计算两遍，直到结果完全相同。

他日日夜夜、废寝忘食地钻研，从六边形一直计算到二、四、五、六、七边形，直到两者相差仅0.0000001，才就此停止，从而得出圆周率的准确值应该在3.1415926和3.1415927之间。这是世界上最早把圆周率数值推算到小数点后七位数字以上的伟大尝试，人们将他计算的这个值叫作“祖率”。这项纪录，直到一千年后才被一位名叫阿尔·卡西的阿拉伯数学家打破。

随后，祖冲之还和儿子祖暅一起，圆满解决了球体积的计算问题，得到了正确的球体积计算公式。这在当时也是一个了不起的成就。

编订《大明历》

不久，朝廷派祖冲之去地方做官。他先是到南徐州（今江苏省镇江市）刺史府，先后担任南徐州从事史、公府参军。几年后，他又被调到娄县（今江苏省昆山市东北）当县令。

在地方做官期间，生活很不安定，条件也非常艰苦，但是让祖冲之感到庆幸的是，他有了接触生产和生活实践的机会，他不但可以将自己的知识应用到生产实践中去，同时也从实践中学到了更多书本上学不到的知识。

刚到南徐州不久，祖冲之就发现了一个奇怪的现象，尽管当年风调雨顺，但是庄稼的收成却不好。经过多次与百姓交谈，他发现原来是因历法的测算不准，影响了农时，所以才导致收成不好。他这才发现，运用错误的知识，对人们生产和生活影响太大了！

当时，人们用的是天文学家何承天编制的《元嘉历》，但是经过实际观测，祖冲之发现里面有很多错误，比如，日月方位距实测值相差三度，冬至、夏至差了一天，五星的出没差40余天。于是，祖冲之便有了重新编订历法的想法。

此后，在繁忙的公务之余，祖冲之开始深入田间地头，同有经验的老农交谈，收集民谚和实际经验。与此同时，他把古今所有文献资料搜罗来进行了研究，并亲自观测日月星辰的运行，对此进行详细记录和精密的推算。

经过几年的努力和研究，一部新的历法——《大明历》终于编制完成了。这部历法的精确程度极高，它测定的每一回归年（也就是两年冬至点之间的时间）的天数为365.2428141，跟现代科学测定值仅相差46秒；测定的月亮环行一周的天数，跟现代科学测定的相差不到一秒！

新历受阻

公元462年，祖冲之请求南朝宋孝武帝颁布新的《大明历》，可是却遭到一个皇帝宠臣戴法兴的反对。祖冲之为坚持自己的主张，同戴法兴展开了一场激烈的辩论。

戴法兴认为，历法是古人制定的，后人不应该改动，祖冲之的行为是离经叛道。他认为冬至时的太阳总在一定位置，而不是如祖冲之认为的每年都会移动。

祖冲之一点儿也不害怕，他用自己研究的数据驳斥戴法兴，并严肃地说："现在我们既然已经知道了旧历法不准确，就不应该再继续延用，耽误农时。你如果有事实根据，可以拿出证据来说明。"

戴法兴当然拿不出证据，但他仰仗皇帝宠幸自己，依然不依不饶。孝武帝偏向戴法兴，就找了一些懂得历法的人跟祖冲之辩论，但都一个个被祖冲之驳倒了。戴法兴一看，竟然气急败坏地说："新历法再好也不能用！"

而且，宋孝武帝也没打算颁布新历。没过多久，宋孝武帝驾崩了，接着统治集团内发生变乱，改历这件事也就被搁置起来。这一搁置就是40多年，直到南梁天监九年（510年），祖冲之的《大明历》才得到推行。而这时，祖冲之已经去世10年了。

研究制造机械

完成《大明历》后不久，祖冲之被调到总明观任职。总明观相当于现在的中国科学院，是当时最高的教学和科学研究机构。总明观内分设文、史、儒、道、阴阳五门学科，实行分科教授制度，由各地有名望的学者任教，祖冲之就是其中的主要人员。

从这时起，一直到南齐，祖冲之的大量精力都花在了研究机械制造上。当时，齐高帝萧道成对指南车情有独钟，他希望祖冲之能够仿制一辆。

关于指南车的历史由来已久。相传远古时代，黄帝对蚩尤作战，曾使用指南车来辨别方向。三国时代的发明家马钧也制造过这种指南车，可惜后来失传了。南朝宋的开国皇帝刘裕率军打到长安时，也曾得到过一辆指南车。

祖冲之研究了以往关于指南车的资料，经过一番努力和研究，终于制作成功。为了使车子耐用且更加灵敏，车子的内部构件全部是用上等的铜材制作的。制成后的指南车构造精巧，运转灵活，无论怎样转弯，木人的手总是指向南方。齐高帝看后乐得合不拢嘴，直夸祖冲之是一代巧匠。

当时，北朝有一个名叫索驭驎的人，来到南朝，自称也会制造指南车。于是齐高帝让他也制造了一辆，与祖冲之所制造的指南车进行比赛。赛场上，祖冲之的指南车运转自如，而索驭驎的车子却很不灵活，车身已经转过好一会儿了，木人的手才笨拙地改变方向，而且有时还会失灵。

除了制造指南车，祖冲之还有其他的发明。他看到老百姓舂米、磨粉很费力，便想发明一种工具减轻百姓的劳动强度。在古代，很早就发明了利用水力舂米的水碓和磨粉的水磨。西晋初年，杜预曾经对其进行改进，发明了“连机碓”和“水转连磨”。一个连机碓能带动好几个石杵一起落地舂米；一个水转连磨能带动八个磨同时磨粉。

祖冲之便在杜预发明的这一器具的基础上进行了改进，发明了“水碓磨”。这种器具是把水碓和水磨结合起来，利用水力转动石磨，舂米碾谷子，使效率大大提高，舂米磨粉又快又好。

此外，祖冲之还根据春秋时代的文献记载，制作过一个“欹（qī）器”，送给齐武帝的第二个儿子萧子良。欹器是古人用来警诫自满的器具，器内没有水的时候，是侧向一边的；如果里面水量适中，它就会竖立起来；如果倒满水，它就会倾倒，把水全部泼出去。孔子当年就曾受过这种器具的启迪。这种器具，晋朝的学者杜预曾试制三次，都没有成功，祖冲之却仿制成功了，可见祖冲之在机械制造方面同样具有卓越的才能。

遗憾离世

南齐末年，江南一带又陷入战火，这时祖冲之已到了晚年，他对这种内忧外患、国无宁日的局面忧心忡忡，于是写了一篇《安边论》，建议政府开垦荒地、发展农业、增强国力、安定民生、巩固国防。齐明帝看到这篇奏疏，打算派祖冲之巡行四方，兴办一些有利于国计民生的事业。但是由于连年战争，这个建议始终没有实现。公元500年，这位卓越的大科学家带着遗憾，离开了人世，享年72岁。

祖冲之出生于南朝宋，去世于南齐，一生经历政权更迭和内乱之苦，但他以自己的聪明才智、超凡毅力和民生情怀，为人类科学事业做出了巨大贡献。为纪念他的丰功伟绩，1967年，国际天文学家联合会将月球背面的一座环形山命名为“祖冲之环形山”；1964年，紫金山天文台将国际永久编号为1888的小行星命名为“祖冲之小行星”。

郦道元：撰写《水经注》的杰出地理学家

南北朝大分裂时期，北魏诞生了一位著名的地理学家——郦道元。他一生仕途坎坷，博览奇书，为撰写《水经注》倾注了毕生心血。他的前半生，正值北魏的鼎盛时期，他跟随孝文帝，四处游历、巡访，致力于实现华夏民族的统一大业，并完成了地理巨著《水经注》；他的后半生，北魏政权跌宕，六镇叛乱，四方骚动，北魏王朝处于风雨飘摇，气数将尽之际，他遭人陷害，壮烈殉国……

继承爵位　立志注经

郦道元出生在一个世代为官、地位显赫的家庭，他的曾祖父、祖父都当过大官。他的父亲郦范也很有作为，在北魏朝廷做官长达40余年，前后经历了四位皇帝，从一个没有爵位的小官一直做到了尚书右丞，成为北魏朝廷重臣之一。父亲郦范刚直不阿，忠心为国，重视经济发展，带兵打仗屡建功勋，颇得北魏皇帝的器重，并最终获封外姓功臣的最高爵位“公”。

郦道元有弟兄五个，他是家里的长子，因此从小到大，父亲都对他抱有很高的期望，希望他长大后能有一番作为，能把他们家族发扬光大。

从小到大，郦道元一直跟随在父亲身边。他跟着父亲去过很多地方，北方各地的秀丽山川和壮美景色，给他留下了深刻的印象。受父亲影响，郦道元读了大量书籍，从而积累了丰富而广博的知识。

成年以后，郦道元继承了父亲的爵位，开始了仕途生涯。

有一天，郦道元的一位朋友从南朝回来，给他带了一本郭璞校注的《水经》，他一看大喜过望，一连几天手不释卷。《水经》是东汉时一个叫桑钦的人写的，是我国最早系统记述全国河流状况的书，由于文字过于简略，到了东晋时期，文学家郭璞专门为这本书作了注，来解释和丰富书中的内容。

自从有了这本书以后，他走到哪里都带着，一有空闲就拿来翻阅。后来他读着读着，就有了自己的想法。郭璞虽然为这本书作了注，但内容还是有点简略，我国地大物博，河流纵横交织，可是书中只记录了137条干流，这一点儿也不符合实际情况啊！

而且，他发现当时的地理著作非常少，就算有，也都不完善，存在各种缺陷，或荒诞杂乱，脱离实际，或过于简略，或过于琐细而欠周全，比如《山海经》《穆天子传》《禹贡》《周礼·职方》《汉书·地理志》等。

他由此萌发了一个念头：以《水经》为底本，以为其作注的形式，创作一部综合性地理著作！

此后，他便在闲暇之余搜集资料，并利用外出机会，在各地进行实地考察，为著书做充分的准备。

四方游历　实地考察

郦道元刚刚做官时，居住在北魏都城平城（今山西大同）。

当时的平城，从拓跋珪建都以来，已经营造了100来年，如今俨然成为一座繁华的都城。城内宫殿楼阁富丽堂皇，市井街道整齐热闹；城外的云冈村前、武州川岸，有雕刻规模庞大、气势壮观的石窟寺庙。

闲暇之余，郦道元常常外出游玩。他几乎踏遍平城郊外的武州川和桑干水两岸，仔细地考察了那里的火山、温泉和煤田，并逐一作了详细记录。

著名的大同火山群就分布在这一带，它是第四纪后期喷发的，但在当时，仍可看见残余的火山景象，正如郦道元所写：

“山上有火井……源深不见底，炎势上升，常如微雷发

■ 郦道元像

响。”

在1400年后的今天，虽然已经看不到这一景象，但他的记载为人们研究火山的活动提供了重要的科学依据。

有一年，孝文帝到外地出游，郦道元也随皇帝出行。他们先后两次出行，第一次出游了平城以南，直到河南洛阳、邺城（今河南安阳），最后从蒲地（今山西蒲州渡口）渡过黄河，返回平城；第二次出游了平城北部的阴山以及河套地区。

历时两年的游历，郦道元几乎走遍了北方的名山大川，积累了大量的资料。

在从蒲地横渡黄河时，郦道元专程溯流而上，到龙门天险考察形势，并记录下了惊心动魄的一幕：

“水流交冲，素气云浮……崩浪万寻，悬流千丈，浑洪汹怒，鼓若山腾，浚波颓叠。”

这段对黄河龙门的生动描述，可以在他日后所著的《水经注》中看到。后来，他又去考察黄河的支流渭水。他听说，西周时的姜太公曾经在渭水支流磻溪直钩钓鱼，等候周文王，便特地去察看了磻溪和当年姜太公住过的石屋。他又向当地的老人打听有关姜太公钓鱼的传说，掌握了很多前所未闻的新鲜材料。后来，他把这些也写进了《水经注》里。

此后，郦道元继续四方游历，足迹遍布秦岭、淮河以北和长城以南的大部分地区。凡是走过的地方，遇见的河流、沟渠，他都会留心勘察，探溯源头，并将搜集来的多种古籍和一些地图，逐一进行对照、研究，寻找异同，并将自己的见闻和体会也记录下来。

而且，每到一个地方，他都要去拜访当地阅历丰富的老人，采集民间歌谣、谚语、方言、历史故事和神话传说，然后把自己的见闻详细地记录下来。这给他后来撰写《水经注》打下了坚实的基础。

专心著述　成就伟业

后来，孝文帝去世了，宣武帝元恪和孝明帝元诩相继即位。由于政局变化，郦道元离开京城，到地方上任职。当时朝政腐败，世风日下，皇亲国戚过着花天酒地的生活，百姓却生活困苦，怨声载道。

郦道元秉性刚直，为政清勤，看不惯这样腐败的局面，便辞去官职，开始把精力转移到《水经注》的编撰上来。

他虽然活动在北方，但他对分布在南方的河流同样重视。他不仅热爱自己的故乡黄河流域，也喜欢长江流域。

在宣武帝时期，有一年，郦道元来到长江三峡，不由得被三峡雄奇险拔、清幽秀丽的景色所吸引，这里的山雄伟峭拔，水流湍急迅猛。然而，当他听到凄凉的猿鸣，心情也变得寂寥凄凉起来，又得知当地渔民的生活十分悲惨，便有感而发，写下了这篇著名的山水之作《三峡》：

“自三峡七百里中，两岸连山，略无阙处。重岩叠嶂，隐天蔽日。自非亭午夜分，不见曦月。……巴东三峡巫峡长，猿鸣三声泪沾裳。”

全篇只用了区区155个字，就描写出了三峡错落有致的自然风貌和壮美景色，让人赞叹！后来他将这篇文章收录在《水经注》中，也是今天初中语文教材里的一篇必背课文。

在撰写《水经注》的过程中，除了实地考察，他还参阅了437部古籍，从中摘录了汉魏以来的各类碑刻、民间谚谣、老人的记忆口述，旁征博引，并且订正前人记述中的错误，使得这本书的内容更加详实、准确。

经过几十年坚持不懈地努力，郦道元终于完成了《水经注》的撰写。这部书共40卷，洋洋洒洒30万字，记述了1252条河流的发源地点、流经地区、支渠分布、古河道变迁等情况，同时还记载了土地、物产、城市的位置和沿革，村落的兴衰、水利工程、前朝古迹等古今情况，不仅反映了一个地方的地理风貌，而且反映了当地的社会历史变迁。像这样内容丰富和规模庞大的地理著作，在当时的中国乃至世界上都是无与伦比的！

《水经注》不仅是科学名著，也是文学艺术的珍品，其以清丽隽永的文字开创了山水游记的先河，因此被称为我国游记文学的开创者。

郦道元生活的年代，正值南北朝分裂时期，山河破碎，战争频仍，百姓颠沛流离。郦道元虽然只活动在北方，但他却从南北大一统的视野出发，尽可能详细地描述无论南方，还是北方的所有山川以及河流水道等。在这样的时代背景下，能写出这样一部把支离破碎的祖国融合为一体的地理著作，并反映各族人民渴望结束战乱的美好愿望，其精神实在难能可贵！

得罪权贵　遭人陷害

完成《水经注》后，郦道元已到了天命之年，朝廷又让他出来做官，负责监察朝廷及地方上高级官员的廉政问题。

郦道元做官以清正廉洁、执法严猛著称。在地方做官时，官吏都怕他，奸人盗贼也敬畏他的威名，都不敢为非作歹，以至于纷纷逃亡他乡，使地方百姓生活得以安定、清宁。

这次在朝廷做官，郦道元又得罪了不少权贵。当时正值胡太后专权，皇帝的兄弟与亲族们滥用职权，为非作歹。郦道元上任后，刚正不阿，不畏权贵，即使是贵族犯法，他也毫不留情。

有一次，皇亲元微诬陷了叔父元渊，郦道元站出来主持正义，力陈事实真相，最后使元渊得以昭雪，可是却因此得罪了元微。

当时，孝文帝的儿子汝南王元悦地位极其显赫，他和亲信丘念背地里总干一些坏事。每次选举各个地方官，元悦一手遮天，总是他一个人说了算。可是，他并不以才能而论，而是根据丘念的喜好来定。大家都很痛恨这个丘念，但他总是藏在汝南王家里，别人也拿他没有办法。

郦道元得知此事，秘密察访后，让人在汝南王府门口暗中等候。这一天，当丘念一从汝南王府走出来，郦道元便将他抓了起来，投进了监狱。

元悦得到消息，又急又怒，急忙去向胡太后告状。可是，胡太后的圣旨还没有到，郦道元就先斩后奏杀了丘念，并以此上书弹劾元悦。元悦从此怀恨在心。

公元527年，雍州刺史肖宝夤在长安叛乱，当时叛乱的局势日渐严重。为了除掉郦道元，元微、元悦两人便乘机使出借刀杀人的阴谋，竭力怂恿胡太后任命郦道元去监视萧宝夤。

郦道元刚走不走，元悦便派了几个心腹，装扮成商贩到潼关一带散布谣言，说郦道元的坏话。萧宝夤果然被激怒了，便派人埋伏在郦道元进关的路上。郦道元一到阴盘驿亭

（今陕西临潼以东），就被肖宝夤的人围困。

当时，郦道元的营寨建在山冈上，食用的水井在山冈下，被围困后水源断绝。他让人在山冈上打井，寻找水源，但是打了十几丈深，仍然没有水，最后水尽力穷，叛贼攻陷了营寨，郦道元被俘。面对叛贼，他怒目厉声呵斥，最终被叛贼杀害，终年56岁。他的一个弟弟和两个儿子也死在了这次叛乱中。

郦道元去世了，但他的作品《水经注》却一直流传到了今天。这部书由于在地理、历史乃至文学上的极高价值，历代许多学者专门对其进行研究，并形成一门“郦学”。

对于地理学上的贡献，德国著名地理学家李希霍芬称郦道元是“世界地理学的先导”，英国科学史家李约瑟眼称他是“中世纪最伟大的地理学家”。

对于文学上取得的成就，明末清初大文学家、史学家张岱这样评价：

“古人记山水，太上郦道元，其次柳子厚，近则袁中郎。”

他的意思是说，古人写山水文章最好的是郦道元，其次是柳宗元，与自己同时代的是袁宏道。后世称郦道元是山水游记文学的鼻祖，是不无道理的！

李春：创造中国建造奇迹的桥神

还记得小学语文三年级课本里的那篇《赵州桥》吗？它节选自茅以升的《中国石拱桥》。如果不记得了，赶快来温习一下吧：

河北省赵县的洨河上，有一座世界闻名的石拱桥，叫安济桥，又叫赵州桥。它是隋朝的石匠李春设计和参加建造的，到现在已经有1300多年了。

赵州桥非常雄伟。桥长50多米，有9米多宽，中间行车马，两旁走人。这么长的桥，全部用石头砌成，下面没有桥礅，只有一个拱形的大桥洞，横跨在37米多宽的河面上。大桥洞顶上的左右两边，还各有两个拱形的小桥洞。平时，河水从大桥洞流过，发大水的时候，河水还可以从四个小桥洞流过。这种设计，在建桥史上是一个创举，既减轻了流水对桥身的冲击力，使桥不容易被大水冲毁，又减轻了桥身的重量，节省了石料。

这座桥不但坚固，而且美观。桥面两侧有石栏，栏板上雕刻着精美的图案：有的刻着两条相互缠绕的龙，嘴里吐出美丽的水花；有的刻着两条飞龙，前爪相互抵着，各自回首遥望；还

■ 李春雕像

有的刻着双龙戏珠。所有的龙似乎都在游动，真像活了一样。

赵州桥表现了劳动人民的智慧和才干，是我国宝贵的历史遗产。

赵州桥的建造

提到赵州桥大家应该都很熟悉，但，提到赵州桥的建造者李春，可能很多人都已经把他遗忘了。李春是我国隋朝时候的一位伟大的建筑师，河北省赵县城南五里的洨河上著名的大石桥，赵州桥就是由他设计和监造的。赵州桥原名叫“安济桥”，距今已经有1300多年的历史了，是我国、也是世界上现存的最古老的一坐石拱桥。

公元581年，隋文帝杨坚建立了隋朝政权，随后逐渐统一了南北分裂已久的中国，结束了国内长期兵戈相见的局面。他在位期间积极进行社会改革，发展经济，使隋朝国力强盛，疆域辽阔。当时的赵县是南北交通要道，从这里北上可达重镇涿郡（今河北涿州市），南下可到京都洛阳，交通非常繁忙。可是每当夏季洪水来临，这一交通要道就被城外的洨河破坏了，不但影响了经济发展，也阻隔了人们的正常交通。因此，隋大业元年（公元605年），政府决定在洨河上建造一座牢固的大型石桥，以彻底解决洪水给百姓生活带来的极大不便。

这时，一个叫李春的人被任命为大桥的设计和建造者。

李春接到任命后，对此事非常重视。他先是率领一批工匠来到洨河，对洨河及两岸的地理情况进行了细致的考察，随后认真总结前人的建桥经验，结合实际考察的情况，不分昼夜地进行研究设计。最后，李春终于设计出了一个别具匠心的方案，这套石桥方案不但可以防止桥梁因洪水的冲击而坍塌，还可以节省不少石料。按照精心设计的方案，李春立刻开始督造施工。经过一段时间的努力，这座造型独特，结构牢固的石拱桥终于建成了。

李春和他的建造团队出色地完成了任务，突破了前人传统的建造技术，不但造福了当代人民，也为后代留下了宝贵的文化遗产。

赵州桥的构造

古代石桥的桥洞，基本都是半圆形，赵州桥的桥洞却不是半圆，而是小于半圆的一段弧，样子非常独特、美观，形状就像一道彩虹。中国古代习惯把弧形的桥洞、门洞之类的建筑叫做“券”。券的两肩叫做“撞”。一般石桥的撞都是用石料砌实，而赵州桥券的两肩还有两个弧形的小券。这种形式的桥叫做“空撞券桥”。

为什么李春要把桥造成这样呢？当时的人都不理解。唐代的张嘉贞在给这坐石桥题铭时也说：“制造奇特，人不知其所以为。”

其实，李春的设计是非常符合科学原理的。他不把撞砌实，而是留出了四个小拱，这样极大节省了建筑材料，据计算，李春的设计共节省了180立方米的石料，共减轻了大约500吨的桥身重量。最重要的是，李春还考虑到，每当洪水季节，水位暴涨，水流的冲击力很大，如果把桥砌实了，水流不通畅，上游的水位急速上涨，石桥很容易就会被洪水冲垮。现在两边各留出两个小拱，水涨的时候，小拱可以使水流更加通畅，同时也减小了洪水对桥的冲击力，这也是为什么赵州桥在经历了多次水灾之后依然能够屹立不倒的重要原因。这种空撞券桥，在欧洲直到14世纪才出现，那就是法国太克河上的赛雷桥。赛雷桥比赵州桥晚了700多年，还没有李春设计的坚固，早已被毁坏了。

另外，赵州桥的设计还有许多别致的地方。例如，赵州桥的桥洞跨度很大，主拱有37.02米，高只有7.23米，坡度没有一般石桥那样陡。一般石拱桥的拱是半圆形，高度往往是长度的一半。但赵州桥如果也这样修，桥洞就得高18.51米，

■ 赵州桥

行人车马过桥，就像翻过一座小山，很不方便。李春为了使桥实用、美观，而且节省人力和材料，他悉心研究，打破传统形式，克服了技术上的困难，最终设计出了这种小于半圆的弧形桥洞，并在主拱上方各设计出两个小拱。

赵州桥宽9.6米。古代桥洞一般有两种砌法：一种是“纵联式”，像砌墙一样，一层一层往上砌，各层石块相互交错。这种砌法砌成的桥洞是一个整体，比较坚固。一种是“并列式”，并排砌成许多道窄拱，合成一个整拱。因为各道窄拱的石块相互没有联系，所以不如纵联式坚固。李春采用了并列式，用28道小拱合并成9.6米宽的大拱。他为什么不采用较坚固的纵联式呢？原来纵联式虽然坚固，但只要有一块石板坏了，整个桥洞就会受到影响，甚至全部坍塌，也不容易修补。而并列式，如果一块石板坏了，只不过是一个窄拱坏了，不会牵动全拱，修补起来也容易，而且在修补的时候，桥上的交通也不会受到影响。所以，建造赵州桥这样大石拱桥，还是用并列式的建法比较好。

为了弥补并列式的缺点，李春想了个好办法，就是给各个窄拱之间的石板加铁钉，使它们连成一个整体，这样就加固了整个桥拱。赵州桥之所以在经历了1300多年的历史，8次战乱和8次以上的地震，承受了无数人畜车马的重量，饱经无数风霜雨雪的冲蚀后，却依然雄姿不减地屹立在洨河上，主要功劳还是归于李春高明的设计。

默默无闻的李春

赵州桥两边的石栏上还有许多精美的雕刻，装饰得非常美观。桥面也很宽，中间是给车马走的，两边是供行人走的。隋代以后，中国相继出现了许多与赵州桥相类似的大型拱桥，有记载的就有十几座，如山西崞县的普济桥、晋城的景德桥、河北赵县的永通桥、济美桥等。赵州桥已经成为中国桥梁建设的典范。

然而像赵州桥这样突出的技术成就和像李春这样杰出的桥梁专家，在封建社会中却没有被当时的统治者所重视，史书中也没有留下多少关于李春的记载。我们无法查考他的生平，也无法得知除了安济桥之外，他是否还设计和监造了其他工程，不得不说，这是一个很大的遗憾。然而，我们可以想象得到，李春一定是一位不平凡的石匠，而具有过人的才智和创造能力。他虽然默默无闻，却用他的智慧和才华在我国建筑史上留下了辉煌的篇章。

赵州桥的传说

关于赵州桥还有一段美丽的传说。古代相传，赵州桥是鲁班所造，大桥筑好以后，身为八仙之一的张果老倒骑着毛驴，带着柴荣，也兴冲冲地赶去凑热闹。他们来到桥头，正巧碰见了鲁班，于是便问道："听说这座桥是你建造的，非常牢固，不知能否经得起我们两人的重量呢？"。鲁班心想："这座桥，牛马大车都能过，两个人又算得了什么。"于是就恭敬地请他们两人上桥。可万万没想到，张果老背着的布袋子里竟然装着太阳和月亮，柴荣推着的小车上竟载有五岳大山。所以，等他们上桥后，大桥被压得颤颤巍巍。鲁班一看，吓得急忙跳到桥下，用手使劲托住了大桥的东侧。由于鲁班用力过猛，大桥东拱下便留下了他的手印；桥上也因此留下了驴蹄印、车道沟、柴荣跌倒时留下的一个膝盖印和张果老斗笠掉在桥上时打出的圆坑。当然，这只是人们编造的一个美丽的神话故事，好让人们更好地记住这个古代留下来的杰出建造。赵州桥的建造者是李春，可跟鲁班一点关系都没有哦！

贾思勰：致力农学研究的“农圣”

我们知道，人类文明是从农业文明开始的，但自有文字以来，那些研究政治、军事的文献汗牛充栋，却很少有人将农业生产当作一门学问来研究。一直到了6世纪的北魏，才有人第一次对农业生产进行系统性的研究，并著书立说。这个人就是北魏时期籍籍无名的地方官员——贾思勰（xié）。他一生致力于农学研究，写出了我国第一部农业百科全书《齐民要术》，对后世的农业发展产生了深远影响，他也因此被后世尊为“农圣”。

世代务农

北魏之前，我国北方长期处于分裂割据的局面，农业生产遭到严重破坏，社会经济萧条，人们的生活非常艰难。后来，鲜卑族的拓跋氏建立了北魏政权，并逐步统一了北方地区，社会秩序逐渐稳定，经济也逐渐得到恢复和发展。

孝文帝即位后，大力实行改革，在经济上推行“均田制”，使农业生产逐步恢复，人们的生活有了一些改善。可是到了北魏末年，政治腐败，经济逐渐走向衰落，农业经济和生产受到了严重的影响。

恰在这时，出现了一位名叫贾思勰的农学家。

贾思勰，山东益都（今山东省寿光市）人，出生在一个世代务农的书香之家。他从小在田园长大，七八岁便常常跟父亲在田间参加农业劳动，因此掌握了大量农业科技知识和丰富的劳动经验。

他的家境虽然不是很富裕，却拥有大量藏书，使他从小就有机会博览群书，从中汲取各方面的知识，为他以后编撰《齐民要术》打下了坚实的基础。

亲事农桑

贾思勰曾经做过高阳郡（在今山东省淄博市）的太守。

当时，正值北魏由经济繁荣、社会安定走向经济衰落、政治腐败的时期，战乱频仍，社会动荡不安，百姓流离失所。出身农家的贾思勰，深知农业生产对百姓生活和社会安定的重要性。因此，做太守期间，他每到一处，都要认真考察和研究当地的农业生产技术，虚心向当地经验丰富的老农请教，从而积累了农业生产方面的知识。

他还常常深入民间，来到田间，督促百姓不要误了农时，抓紧生产。农民在生产中有什么困难，他都尽力帮助解决。为了提高农民的积极性，他甚至亲自下地，以带动农民的劳动热情和生产积极性。

有一次，他到一个地方考察农业情况，见到一个老农正在田间耕作，而这片田地旁却空着一大片土地。他感到很奇怪，便走上前去问老农缘由。老农告诉他说这叫“养田”，也就是说，在不同的季节轮换种植不同的作物，这样做可以使土壤养分均衡，防治病、虫、草害，还能调节土壤肥力。

贾思勰由此得到启发，后来经过在田间的多次试验，他提出了“轮作”的种植方法，并记录在后来的农书《齐民要术》中。

还有一次，他从一个农家小院门口经过，看到主人正弯着腰，认真地挑拣麦粒。他非常好奇，便走进院子去问究

■ 贾思勰雕像

竟。原来，主人是在挑选小麦种子，并把自己积累多年的选农作物种子的方法和经验告诉了他。比如选小麦种子，要在麦子成熟的季节，首选生命力强，穗大粒多，籽粒饱满的麦穗。晾晒，脱粒，再晾晒脱水后，再选用大而饱满，色泽光亮的麦粒。这样的种子种下去，庄稼长势才好。

贾思勰认真地听着主人的讲解，他这才知道，农业是一门很深的学问，仅选用种子这一项就有这么多门道啊！

辞官回家

据北魏均田制的规定，太守有十顷“职分田”，贾思勰便亲自从事农业生产劳动和放牧活动。他在这块土地上种粮、种菜、种树，还养鸡、养羊、养牛。在经营农牧业的过程中，他对农业生产也有了亲身体会，总结出了很多丰富而宝贵的经验。

有一次，他养的200多头羊因为饲料不足，不到一年就饿死了一大半。后来，他又种了20亩大豆，用大豆秆给羊做饲料，并且每天都向羊圈放很多大豆秆。他以为这下饲料充足了，羊就不会被饿死了。可是羊在大豆秆上踩来踩去的，屎尿都拉在了上面，根本不去吃。因此没过多久，羊又死了很多。

饲料少了羊会死，饲料多了羊也会死，这到底是怎么回事呢？贾思勰找到一个老羊倌，向他请教。老羊倌说："羊虽然喜欢吃大豆秆，可是因为是随便扔在圈里，大豆秆被弄得又脏又不新鲜，羊当然是不会吃的。"贾思勰这才恍然大悟，他按照老羊倌教的办法投放大豆秆，羊儿果然养得越来越肥壮。

除了养羊，他还养了牛、猪、鹅、鸭等，并多次向有经验的农人请教，由此总结出了一套家畜、家禽的饲养和疾病的预防措施。后来，他把这些经验都记录在《齐民要术》中。

当时，魏晋玄学正在兴起，一些达官贵族不关心社稷安危，不关心百姓稼穑，整天吟诗作赋，饮酒作乐，崇尚空谈，自视清高。如果愿意，贾思勰依靠丰厚的家底，也能过上这种闲适的生活，但他选择了一条更加艰辛的道路——研究农业。

在长期的农事活动中，贾思勰认识到，只有农业首先得到发展，国家才能富裕起来。如果人们吃不饱、穿不暖，基本生活都无法保障，日积月累，一定会爆发社会矛盾，国家也就难以维持稳定的局面了。

但是农业生产要想有发展，就必须先提高政府官员和农民的技术水平。如果农民不懂技术，就搞不好生产，官员不懂技术，就会指挥失当，影响生产。他由此萌生了编撰一部农书的想法，专门介绍农业生产方面的技术和规律，以供天下人学习。

经过一番认真的权衡，公元534年，贾思勰毅然辞掉官职，回到家里，决定开始全力以赴编撰农书。

专心著书

编撰农书是一项苦差事。贾思勰编书，不是坐在书斋里，而是亲自下地，和农民一起“锄禾日当午，汗滴禾下土”，亲自体会劳动的艰辛，学习耕作的技巧、方法和要领，总结当时的经验，研究前人的成果。

为丰富自己的农学知识，贾思勰还翻阅了大量古代农业典籍，熟悉农谚、歌谣，但他并不迷信书本，而是通过亲自实践，来印证书本上的知识。他看到西汉农学专家氾胜之在其《氾胜之书》中记载种植黍子的密度为“欲疏于禾”，他通过亲自种植，发现氾胜之的种植主张有偏差，并指出了更为科学的种植方法。

为使书中内容更为全面，范围更加广阔，他不辞辛劳，足迹踏遍大半个中国，向有经验的老农请教。比如，长着茅草的地要先让牛羊在上面踩过一遍，7月份翻地后，茅草才会死去；不同的地理位置，不同的气候环境，要选不同的作物种类等。他不仅总结汉族人民的生产经验，还深入塞北，了解游牧民族的畜牧技术，从而积累了丰富的农业生产方面的知识。

经过十年的摸索和积累，公元 544 年，贾思勰将自己搜集的古书上的农业技术资料、请教老农获得的丰富经验，以及亲身实践后的体会，进行分析整理和归纳总结，终于写成一部皇皇巨著——《齐民要术》。

当时的手稿封面上简单地写着两行大字：

齐民要术

高阳郡太守 贾思勰

为什么书名叫《齐民要术》，贾思勰这样解释说："齐，无贵贱，故谓之齐民者，若今言平民也。"从中不难看出，贾思勰对农业是多么重视，对劳动人民是多么尊重啊！

这是一部综合性农学著作，是我国现存最早的一部完整的农书，也是世界农学史上最早的专著之一，被誉为"中国古代农业百科全书"。

这部书共10卷，92篇，11万字，其内容丰富，涉及面极广，既包括各类农作物、纤维作物、油料作物、染料作物、香料作物、绿肥作物、饲料作物等田间作物，也包括水生植物、蔬菜、瓜果、实用木材等，就连养猪、养鸡、制造酱醋等农副产品，也都有详细说明。可以说，这部书为研究我国古代农业生产提供了极为真实和详细的史料。

《齐民要术》的最大成就是，使农业科学第一次有了系统的理论。贾思勰对当时各种农作物，从初始的开荒耕种，及生产前的各种准备，到生产后的加工、酿造和利用等，做了全面、详细的叙述。还对农作物进行了分类，对影响农作物生长的多种因素进行了分析。

这些成果，不但促进了当时的农业生产，就是在今天仍有重要的参考价值。

一代农圣，名垂千古

贾思勰所著的《齐民要术》为保留我国古代农业生产的宝贵经验，推动我国古代农业生产的发展，做出了重大贡献。

可是，由于他生前官职不高，无论是官方还是民间，都没有人为他树碑立传。因此，对于他出生何时，死于何时，史书中都没有任何记载。唯一留下来的，就是这部《齐民要术》，它以独特的方式向世人呈现着它不息的生命力。

唐朝初年，太史令李淳风写了《演齐人要术》一书，来推演《齐民要术》。因当时皇帝是李世民，为了避讳，所以把“齐民要术”改成“齐人要术”。后来武则天执政，下令编撰《兆人本业》，其中的“兆人”也是“齐民”的意思。唐朝末年，由韩鄂编写的《四时纂要》，里面大量采用《齐民要术》的资料。

从唐代到清代，我国出了不少指导百姓生活的书，如《山居要术》《齐民四术》《治生要术》等，仅从书名就能看出，它们与《齐民要术》有着千丝万缕的联系。后世几部在历史上有影响的农书，如元代的《农桑辑要》《王桢农书》，明代徐光启的《农政全书》，清代的《授时通考》等，都是在《齐民要术》的基础上写成的。

早在唐代，《齐民要术》就流传到了日本，并一直被大量刻印，后来又被译成其他文字，流传到了其他国家。

清乾隆年间，日本人山田罗谷对《齐民要术》进行校注时，称赞说："我从事农业生产30余年，凡是民家生产上、生活上的事，只要向《齐民要术》求教，依照着去做，经过历年的试行，没有一件不成功的。尤其是关于农业生产的切实指导，可以和老农的经验媲美的，只有这部书。"

即使在今天，日本和欧美一些国家，对《齐民要术》的研究也很流行，并将其称为"贾学"。

沧海桑田，世事变迁，时间已经过去了1400多年，但《齐民要术》这部书仍是人们研究农业史不可或缺的资料。它的作者，当年那个籍籍无名，却将农业作为国家安定和发展大计的官员贾思勰，将永远被后世怀念和敬仰！

僧一行：从一代高僧到大科学家

在1100多年前的唐代，诞生了一个传奇人物，他就是我国唐代最杰出的科学家—— 一行。一行的一生具有双重身份，他不但是著名的科学家，还是一位佛教高僧。作为一代高僧，他创立了中国佛教密宗，被称为密宗领袖。作为科学家，他创造了很多世界之最：他制作出了当时世界上最先进的天文测量仪器，他第一次用科学方法实地测定了子午线的长度，他创造了世界上当时最先进的历法——《大衍历》……无论是在佛教领域，还是天文、历法、数学领域，他都留下了浓墨重彩的一笔。

天才少年

唐高宗永淳二年（公元683年）的一天，随着一声响亮的啼哭，在陕西武功县县令张擅的府邸里，诞生了一个小男孩。他的父亲张擅为儿子起名为张遂，这个小男孩正是后来闻名天下的大科学家—— 一行。

■ 僧一行像

张遂可谓是出身名门，他的祖父张公瑾是唐朝著名的开国元勋，张氏家族曾盛极一时，声名极为显赫。可是到了他的父亲张擅这一代，开始衰弱，光景大不如从前。张遂自幼极其聪明，读书过目不忘，并且学习非常刻苦，喜欢钻研，读了大量的典籍，尤其是天文和历法方面的知识。

当时有一个道士叫尹崇，他学识渊博，德行很高，藏书丰富，是远近闻名的大学问家，张遂常常去向尹崇求教。

有一次，张遂去拜访尹崇，借了一本《太玄经》回去读。这是一本关于宇宙论的哲学著作，是汉代著名学者杨雄所著，道理深奥，很难理解。尹崇探究了很多年，都没有完全弄懂。可是没想到，没过几天，张遂就来还书了。尹崇很不高兴地说：

“这本书道理深奥，你应该试着多加钻研，为什么这么快就归还呢？”

“我读完了，而且已经明白其中的道理了。”张遂说着拿出自己撰写的阐释《太玄经》的著作《大衍玄图》和《义决》给尹崇看。

尹崇看后大为惊叹，于是和张遂交谈起其中精微的义理。望着眼前这个侃侃而谈的少年，对《太玄经》的精髓他显然已经了然于胸，尹崇不由得更加佩服。此后，尹崇常常向人夸赞张遂："这个后生就是颜渊啊！"颜渊是孔子最得意的弟子，也是孔门七十二贤之首。尹崇如此夸赞张遂，一方面给了张遂很大的鼓舞，另一方面也使张遂的名声一下子就传开了。

毅然出家

当时，有个叫武三思的人，是女皇武则天的侄子，他有权有势，但品德很不好，他仗着姑母武则天飞扬跋扈，在朝中为所欲为，世人皆知。那时人们认为通过天象可以预测凶吉，武三思听说张遂精通天文历法，就想和他结交，并千方百计地去讨好他。

张遂厌恶权势，知道武三思的为人，他不愿意和这样的人结交，便悄然逃离京城，来到了河南嵩山的嵩阳寺。在这里，张遂遇到了一个改变了他一生命运的人——普寂禅师。

普寂禅师学识渊博，佛学造诣很深，张遂听他讲了几次经后，毅然决定剃度出家，拜普寂为师。这时，张遂21岁。此后，世间再无张遂，而多了一个法名叫一行的和尚。在嵩阳寺，一行通读了很多佛经典籍，凭借过目不忘的本领，一行念诵经法，如印印泥，烂熟于心。

有一次，普寂禅师举行群僧大会，邀请四方名流莅临观礼。当时，普寂有位隐居嵩山的朋友卢鸿，他很有才干，朝廷屡屡召他，都被拒绝。卢鸿为群僧大会作了一篇千言祝词，想让一个弟子在会上诵读。普寂禅师于是找来一行，一行只看了一遍祝词便记住了，并在会上非常流畅地一字不差地说了一遍。

卢鸿非常震惊，他这篇文章文字古奥，用典生僻，一般的弟子需要做足功课才能照着诵读，而眼前这个弟子的不凡表现说明了他并非一般人。卢鸿好一阵才回过神来，郑重地对普寂说："此人非大师所能教导了，应该让他游学四方，遍参名师。"

从此，一行在普寂禅师的支持下，开始云游天下，遍访名师，求学问道。他曾先后到过天台山国清寺(今浙江境内)和当阳山玉泉寺(今湖北境内)去学习佛教经典和天文数学。这些地方离河南嵩山都有几千里远，但他不怕路途艰辛，遍访学者、名师，向他们虚心求教，最终成为一代高僧。一行为佛教的发展做出了巨大贡献，他曾翻译过多种印度佛经。在不断地修行中，一行的学问也在不断长进，这时候，他在五行、阴阳、历法等方面也达到了较高的造诣。

被迫入京

武则天去世后，唐睿宗李旦即位，他曾派人邀请一行入京做官，被一行坚定地推辞了。唐玄宗李隆基即位后，曾多次邀请一行进京，一行都没有答应。后来，唐玄宗便派一行的族叔张洽赍（jī），拿着皇帝的文书强迫一行进京。

一行只好来到京城长安，被请进了宫中。据说，玄宗皇帝一见面就问一行有什么本领。一行回答说："除了记忆力比较好，就别无所长了。"唐玄宗当即让人拿出一本宫中人员名册。一行看了一遍，便能将上面所有人的姓名、年龄、职责依次说出来，竟然没有半点儿差错。唐玄宗大为叹服，连连称赞一行为"圣人"。并当即决定让一行做自己的顾问，住在兴庆宫中的光太殿。

在兴庆宫中，一行一面研究佛法，一面研究天文历法。玄宗皇帝多次来拜访一行，向他请教治国方略。一行每次都是从黎民生计和国家安危出发，言辞恳切率直，没有丝毫的隐瞒。

后来，永穆公主要出嫁了，玄宗命令按照当年太平公主出嫁的标准置办。一行出面阻止说："高宗晚年只有一个女儿，所以特地增加礼节，而且太平公主比较骄横，僭越身份干涉朝政，最终死于非命，永穆公主不应去效仿她啊！"玄宗思虑再三，采纳了一行的意见，命令依照常礼置办嫁妆。

制造天文仪器

由于当时采用的历法（李淳风的《麟德历》）出现了很多次偏差，唐玄宗便下令修订新历法，并把这一任务交给了一行。

一行认为，只有在实测的基础上才能编订更加合理的历法。为了测量天体的准确位置，一行和当时著名的机械专家梁令瓒一起，经过反复研究，先制造出了黄道游仪，之后又设计制造出了著名的水运浑天仪。这架浑天仪依靠水力运转，能模仿天体运行，还可以测定时间。它改进了汉代科学家张衡的设计，但外形设计更加精巧、复杂，它既能表现星宿的运动，又能表现日升月落，堪称当时最为先进的天文观测仪器。

值得一提的是，这架浑天仪还可以自动报时。它上面设有两个木人，一个木人每刻（约14.4分钟）自动击鼓，一个木人每辰（约两个小时）自动撞钟。这是一个十分巧妙的计时机械，是现代机械类钟表的鼻祖，也是世界上最早的机械时钟装置，比西方的自鸣钟早了600多年。

所以，当水运浑天仪造成之后，文武百官无不为其而叹服。利用这些天文观测仪器，一行重新测定了150多颗恒星的位置，发现了恒星的位置并不是恒定不变的，而是一直在移动。

就这样，一行的才华得以施展，这也给他将来测量子午线、修订新的历法奠定了坚实的基础。

规模空前的测量

公元724年，为使新编的历法适用于全国各地，一行组织了中国历史上第一次大规模天文大地测量工作。

一行之所以要组织这次测量，首先是为了编修新历，验证自古以来“日影千里差一寸”传统观点，其次是为了计算南北昼夜时刻长度的变化，推算南北距离对日食、月食的影响等现象的规律变化。

“日影千里差一寸”是史书上的记载，意思是南北相距一千里的两个点，在夏至的正午分别立一八尺长的测杆，它的影子相差一寸。对此谬论，隋朝天文学家刘焯曾第一个提出异议，并极力主张用实测地球子午线来推翻这种说法，可是没有被采纳。

一行非常赞同刘焯的观点，他采用了刘焯的测量方法，将手下官员分派到全国各地的十三个观测地点，分别进行测量。

这是一次世界科学史上规模空前的测量。当时的测量范围非常广，北到北纬51° 的铁勒（今西伯利亚的叶尼塞河流域），南至约北纬16.7° 的林邑（今越南中部），南北之间纬度达34° 多，直线距离约4000公里之远，完全超出了现在中国南北的陆地疆界。

经过测量，一行最终得出了“北极高度差1°，南北两地相距351里80步”的结论，从而也彻底否定了前人的“日影千里差一寸”的错误。这个数据其实就是地球子午线一度的长度。子午线是人们假设的一条通过地球南北两极的经线，如果将这一结果换算成现在的表示方法，那么子午线一度长为131.11公里。与现代精密仪器测量的结果110.94公里相比，差20.17公里。尽管误差比较大，但它却是世界上第一次对子午线长度的实测，比西方实测子午线长度早了将近1000年。

一行组织的这次实测把地理纬度测量和距离结合起来，既为制订新历法创造了条件，又为后来的天文大地测量打下了基础，因此被学术界誉为世界科学技术史上具有“划时代意义的创举”。

编订新历

公元725年一行在大规模实地观测和吸收前人研究成果的基础上，开始编订新历。公元727年正月，经过两年的呕心沥血，终于完成了新历的编制，这就是《大衍历》，此后成为唐代通用的历法。

《大衍历》最突出的贡献是，比较正确地掌握了太阳在黄道上视运行速度变化的规律。古代天文学家一直认为太阳是匀速运动，而一行禅师通过测算得出了一个比较符合实际的结果：太阳在冬至运行速度最快，以后逐渐慢下来，到夏至最慢，夏至以后的情况和夏至前的情况相反。

在《大衍历》中，一行在古代历法的基础上，统一了历法的格式，并将其归纳为七个部分，内容系统而科学，堪称当时世界上最先进、最优越的历法。自唐玄宗开元年间（公元727年）《大衍历》问世以来，直到明朝末年，我国历代每次修订历法都是以此历法为基础。该历法还被传入日本、印度，在这两国沿用近百年。

悄然离世

在《大衍历》完成后的725年9月，由于常年劳累，一行禅师突然一病不起，玄宗皇帝听说后立即亲自前来探望。不久，一行身体痊愈，似乎没有大碍了。但是到了10月8日，一行禅师突然沐浴更衣，趺坐正念，安然圆寂，享年45岁。

一行禅师在京城近十年中，与玄宗皇帝建立了深厚的感情。玄宗皇帝听闻一行去世的消息，极为悲痛，长叹一声说：“一行禅师抛弃了朕啊！”他追赐一行谥号为“大慧禅师”，并亲自为一行撰写碑：“长无暇日，日诵万文。深道极阴阳之妙，属辞尽春秋之美。”以此表达对一代高僧一行深深的敬意和怀念。

今天，为了纪念一行在天文学方面的伟大成就，人们将小行星1972命名为“一行小行星”。这也许是对他最好的纪念。

毕昇：活字印刷术的发明者

一说起活字印刷术，我们就会想到一个光辉响亮的名字—— 毕昇（shēng）。毕昇发明的活字印刷术是世界印刷史上的一次伟大革命，它将人类从繁重的刻版印刷中解脱出来，极大地提高了印刷效率，它与蔡伦发明的造纸术，互为依托，相得益彰，使得人类长期积累的文化，得以低成本的大量复制，对人类文化的传播和交流起到了重要的推动作用。那么毕昇是怎样的一个人，他又是如何推出这项改变世界的大发明的呢？

出身布衣

公元970年，大宋王朝刚刚建立，国家重新获得了统一，新开国的皇帝实行轻徭薄赋的政策，让老百姓休养生息，一连数年，庄稼获得了丰收，从事各种手工制造的人也越来越多，社会逐步呈现百业兴旺的繁盛景象。

就在这一年的冬天，在湖北英山县的一个普通农家里，

■ 毕昇雕像

一个男婴呱呱坠地，他就是毕昇。毕昇的降生，给这个普通之家带来了无尽的希望和欢乐。

毕昇的父亲曾读过一些诗书，在这个人们思渴已久、好不容易才到来的太平盛世，他打算让儿子也读些书。他不奢望儿子将来能考中科举，求得功名，只要儿子将来能够识文断字，到公门里谋一份公差，可以领俸禄，吃皇粮，他就心满意足了。

在父亲的熏陶下，毕昇五六岁就开始读书识字了。他非常聪明，父亲教过的诗文，他很快就能熟读和背诵。过了几年，父亲觉得自己没法再教儿子了，就将毕昇送到家乡附近的一个私塾读书。

在私塾，老师教学生诵读经典的同时，也教学生练习书法。那时，写一手好字是一个读书人必备的技能。毕昇似乎对写字有一种特别的天赋，老师教写字时，他总是很快就能领悟到字的间架结构和运笔走势，落笔和提笔干净利落，写出的字苍劲有力、美观大方，让人看后忍不住啧啧称赞。

毕昇在私塾读书非常刻苦，不过几年，他就成为方圆几十里一个很有学问的人了。

刻字工匠

有一年，朝廷的印书坊招录一批刻字的工匠，要求熟读诗书，同时写一手好字。印书坊是朝廷印刷公文和书籍的机构，相当于今天的印刷厂，朝廷发往地方的公函、牒报、读书人为科举考试而熟读的四书五经等，都是由印书坊印刷出来的。民间也兴起了各种印书坊，能够印刷各种图文、书籍。

在印刷术还没有出现的秦汉之前，不管是书籍还是朝廷的公文，都是刻在竹简上。造纸术发明以后，虽然将文章书写在纸上，比刻竹简轻松和经济，但是抄写仍是非常费时费工的，远远不能适应社会的需要。

大约在隋唐时期，人们从刻印章中受到启发，发明了雕版印刷术。雕版印刷前，先在一块平滑的木板上，粘贴一页抄写工整的书稿，将书稿的正面和木板相贴，我们看到的透过纸张的字就成了反体。然后刻字的工匠用刻刀把木板上没有字迹的部分刻掉，木板上就有了凸起的字体。这块刻好字的木板，就成为印版。待印刷时，印刷工匠在凸起的字体上涂上墨汁，然后把纸覆在它的上面，再用干净的刷子轻轻地拂拭纸背，字迹就留在纸上了。最后将纸轻轻揭下来，一页书稿就印好了。雕版印刷，比起手工抄写要快得多，是印刷术的一大进步。

到北宋时候，雕版印刷已经非常普遍。不论是朝廷还是民间的印书坊，都使用雕版印刷。北宋建立后，社会安定，当时的矿冶、纺织、瓷器、造纸等手工业都有了很大的发展，国内外商业往来和文化的交流也更为频繁，这些都大大刺激和推动了印刷业的发展。

这些印书坊对刻字工匠的需求越来越大，要求也越来越高。朝廷印书坊招录刻字工匠，实行的是俸禄制，比民间书坊的酬劳高而且稳定。

毕昇非常希望自己能够被招录上，便去报了名。经过严格的选拔，毕昇依靠自己的博学和一手好字，如愿以偿地成了印书坊的一名刻字工匠。

进入印书坊后，毕昇很快就熟悉了印刷的工艺环节和流程，掌握了刻字的技艺，练就了一手扎实的刀功。他的印版刻得又快又好，而且错误率很低。不几年，他就成为印书坊刻字部门的骨干，之后不久还被升为刻字部门的总管。

灵光闪现

这时，大宋王朝经过几十年的发展，由于政治清明，出现了百业兴旺、国库充盈、百姓富足的局面。社会经济的发展，使人们对印刷的需求越来越大。

当时，读书人越来越多，需要大量的书籍教材；知识分子的思想不再受到禁锢，他们的创作激情得到大大释放，大量优秀作品在民间广泛流传；佛教、道教等得到进一步发展，信奉宗教的人越来越多，需要大量的教义典籍；商业和各种手工业的发展，需要大量的文书、账表等资料；随着各级政府体制管理的日趋完善，大量的公函、档案、简报等需要印刷。这巨大的需求，使印书坊的业务越来越多，工匠们常常加班加点，累得气喘吁吁，但常常是这一批活还没有干完，又有好几批活在排队等候。

毕昇对此深有体会，作为刻字部门的总管，对自己的业务，他更是非常熟悉。他知道，整个印刷业发展的瓶颈，就在刻版这一块。因为雕刻一块印版既费时又费力，如果印一般的文书，倒也没什么，如果要印大部头的书，刻版就要花费很长时间，甚至数年的时间。

宋朝初期，刻印一部5048卷的《大藏经》，自宋太祖开宝四年（971年）开始刻版，竟花了20余年的时间才完成。当时，光刻好的版就放了好几个房间。刻版不仅速度慢，一旦出现错别字，更改也比较困难，但是如果不改，印刷出来，就是质量问题。

另外，如果出版过的书不再重印，那些印版就成了废物，保存下来又很占用空间，所以只能当柴烧，造成了很大浪费。

而且，正因为刻版是印刷的核心环节，对刻字匠的要求也较高，不仅要能写一笔好字，有过硬的刀功技术，还要熟读诗书，所以，招录一个好的刻字匠并不容易。而随着印书坊业务量的增加，就只能由现有的刻字匠来扛鼎了。不像其他工匠，要求较低，人员不够时，可以随时招录、替代。为此，刻字匠的工作也就更为艰辛，由于长期劳累，不少人的身体状况越来越差，但仍不得不带病工作。

面对这种状况，毕昇非常焦急，他日夜都在想着如何提高刻版的速度，来减轻刻字匠的负担。他曾经尝试了好多办法，采取了好多措施，却没有一点儿进展。

有一天，毕昇看到儿子和几个小伙伴围在一起，吵吵嚷嚷，玩得不亦乐乎。他不由得走上前去，想看他们在玩什么游戏。原来，儿子正在用几个萝卜头，在地上变换着拓来拓去。儿子在每个萝卜头上像他在雕版上那样刻了凸起的反字，然后蘸水在地上拓。几个萝卜头每变换一次位置，就能拓出一个不同的词，时不时引来一阵孩子的欢笑声。

看着看着，毕昇的脑海里忽然有了一个新奇的想法：如果刻上好多个单独的字，然后在一块版面上进行排列，这样不就解决问题了吗？

制作活字

想到这里，毕昇非常兴奋，他立即开始钻研和尝试。经过反复地试验，他终于发明了一套超越前人的印刷技术——活字印刷。

这一技术操作很简单，具体方法是这样的：首先是制造活字。他选用细腻的胶泥，制成一个个小方块，并在上面刻上一个凸起的反体字，然后用火烧硬，成为单个胶泥活字。因为每个字要在同一个印版中重复使用，所以每个字都做了好几个活字，像“之”“也”等常用字，每个字要制作20多个活字。如果排版时遇到有些生僻字，就临时用胶泥刻制，用草火烧，很快就制成了。

由于汉字非常多，常用的就有三千多个。怎样才能把需要的字快速地挑选出来呢？

为了解决这个问题，毕昇考虑了很久，又向有学问的人请教。最后，他把这些字按音序归成十几类，一个韵部的字为一个类，同一类的字放在一个木格子里，并贴上纸条标明。这样根据字的读音，就能很快找出相应的字了。

接着是制版。他先准备好一块四周围有铁框的铁板，给铁框内的铁板部分涂上松香、蜡和纸灰，作为黏合剂，再按照文章的内容，将对应的活字排在铁框内，然后把铁板放在火上加热，使黏合剂熔化。待黏合剂稍微冷却，但还没有完全凝固时，用一块平板在排好的字上轻轻压一下，让平板和铁框重合，这样排好的字就在一个平面上了。待黏合剂完全冷却凝固后，就可以像雕版印刷那样付印了。

印完后，又把印版拿到火上加热，黏合剂会重新熔化，这时活字就可以轻易地拆下来了。将拆下来的活字分类放进原来的木格子里，待下次排版时继续使用。印刷时，可以准备两块铁板，一块印刷，另一块排版，两块交替使用。

这样一来，印刷效率大大提高了，而且，刻字匠再也不用长年累月一刻也不停歇地趴在那里刻字了，印书坊再也不用因为招录不到刻字匠而发愁了。

毕昇活字印刷的这个方法被同时代的沈括记录在他的《梦溪笔谈》中，后世才得以知道这一伟大的发明。

光耀万代

1052年，活字印刷技术还没有来得及推广，毕昇就去世了，享年81岁。

毕昇生前，虽然没能看到他发明的活字印刷术得到推广，可是在他死后不久，这一技术就被普遍应用，后来还相继传到朝鲜、日本、越南、菲律宾、伊朗等国，并于15世纪传到了欧洲。

1456年，德国人谷腾堡用铅活字印出《四十二行圣经》，这是欧洲第一部活字印刷品，比中国晚了四百来年。

后来，活字印刷术又经德国传到欧洲其他国家，为后来的文艺复兴提供了强大的技术支持。正是活字印刷术的普及，使知识的传播变得极为便捷，才使思想文化的猛烈传播以至大爆发成为可能。

毕昇布衣出身，史料对他的记载也极少，我们难以知道他更多的生平事迹，但仅就活字印刷术这一项发明，就足以使他的名字光耀千秋万代！

沈括：中国科学史中最卓越的人物

北宋宋仁宗时期，诞生了一位著名的科学家，他叫沈括。他一生致力于科学研究，在众多领域都有很深的造诣和卓越的贡献：他发现了地磁偏角；他为“石油”命名；他改良测绘，重修历法；他的著作《梦溪笔谈》集前代科学成就之大成，具有世界性影响。元代政治家、军事家脱脱称赞沈括：“博学善文，于天文、方志、律历、音乐、医药、卜算无所不通……他博物洽闻，贯乎幽深，措诸政事，又极开敏。”

书香门第

沈括，字存中，1031年出生于浙江杭州一个书香门第。他的祖父沈曾庆曾任大理寺丞，是掌握全国刑狱的最高长官。他的父亲沈周、伯父沈同也都是进士出身。

父亲沈周被安排在地方上做官，母亲许氏是一位大家闺秀，知书达理。由于父亲常年忙于公务，母亲便教导沈括读书识字。小时候，沈括勤奋好学，14岁就读完了家中所有藏书。后来，他又跟随父亲到过福建、江苏、四川和京城开封等地，期间增长了不少见识，表现了出对大自然的强烈兴趣和敏锐观察力。

18岁时，沈括的父亲被调往南京做官，他也跟随父亲前往江宁（今南京）。这时，他开始认真研读文学方面的书籍，并读到了唐代诗人白居易的诗《大林寺桃花》：

人间四月芳菲尽，山寺桃花始盛开。

长恨春归无觅处，不知转入此中来。

这是白居易在庐山大林寺游玩时即景吟成的一首七绝。沈括读到这首诗，非常惊讶，心想：山下诸花都已凋谢，山上的桃花怎么会才刚刚开放呢？难道大诗人也会犯这样自相矛盾的错误吗？

后来，有一年恰逢4月，沈括来到山上游玩，却看到了白居易诗中的奇景：山下桃花已经凋谢，可是山顶桃花却开得正艳。为了弄清其中缘由，他多次进行实地考察，终于解开了谜底：由于山上地势高，气温低，春季到来得比山下晚，所以花开得就晚，这是由气候条件决定的。

这种喜欢钻研的习惯和精神，一直陪伴了沈括一生。

发现地磁偏角

1054年，沈括在父亲去世后，继承了父亲的官位，被分

■ 沈括雕像

派到江苏沐阳县担任主簿。主簿相当于现在的副县长，主要是协助县令工作。这时的沈括，离开了家乡，从此开始了他近40年的仕途生涯。

宋英宗即位后，有一年，举行科举考试，32岁的沈括前往应试，一举考中进士。宋英宗见沈括相貌堂堂，学识渊博，又有实际才能，便调派沈括前往扬州，任司理参军，掌管刑讼审讯。

有一次，沈括前往宜兴考察，晚上寄宿在一户人家。当时，他们正在院中乘凉，忽然天空坠下一块陨石，落在庭院当中。大家都很害怕，觉得这是不祥之兆，而沈括却对这块陨石发生了浓厚的兴趣。

经过反复研究，沈括发现这个陨石有一些磁性，于是便拿来一块磁石，同这块陨石进行比较。为了得出结果，他花费了大量时间，将陨石和这块磁石磨成了磁针进行比较，结果有了一个重大的发现——陨石磨成的磁针灵敏度更高！

接着，他又将磁石磨成的磁针悬在半空，结果他发现磁针基本指向正南方向。然后，他又将陨石磨成的磁针悬在半空，结果磁针并非指向正南方向，而总是微微向东偏离。

沈括意识到，这是一个非常重大的发现，于是他又经过多次实验，得到的还是这个结果。也就是说，地磁的南北极与地理的南北极并不完全重合，存在一个夹角，这个夹角就是地磁偏角。

这个发现在当时是很了不起的！因为这个数字很小，只有几度，一般人很容易忽视。这一发现比1581年英国人罗伯特·诺曼发现地磁偏角现象早了四百多年。

后来，沈括将这一发现写在了《梦溪笔谈》中。在书中，他精辟地指出地磁偏角存在的原因—— 因为地球上的磁极不正好在南北两极。

指南针及地磁偏角理论对于远洋航行有着重大的意义，人类正是因为有了这一正确的指引，才获得了全天候航行的能力，从而可以第一次在茫茫大海中自由航行。此后，新航路不断开辟，缩短了航程，加速了航运的发展，促进了世界文化的交流与贸易往来。

改良测绘，重修历法

宋英宗在位没几年就死了，1067年，他的长子宋神宗赵顼（xū）即位。宋神宗任用王安石进行变法，沈括是王安石的支持者。王安石变法最终以失败告终，参与支持变法的人也纷纷被贬，沈括被贬到宣州任知府。

沈括虽然被贬，但并没有消极度日，而是积极处理公事，了解当地民情，尤其将治理水利、发展农业生产作为主要工作。由于在任时政绩显著，宋神宗非常高兴，便将沈括提升为司天监，让他负责观察天象、钟鼓漏刻计时、编制历书等工作。

主持司天监后，沈括发现司天监的官员由于历来世袭，不少都是不学无术、没有实际才能的人，甚至连基本的仪器观测都不懂，难怪当时的历法十分混乱。因此，他打破惯例，起用一些平民出身且具有实际才能的人。

他发现，前朝的旧历以十二次的月亮圆缺作为一年的标准，后来虽然经过多次修订，但仍与实际节令与气候变化误差较大，影响农时农事。

经过进一步的研究和推算，他对旧历法进行大胆革新，不再以月亮圆缺为标准定年，而参照二十四个节气定月：一年分为十二个月，并以立春日为每年的元旦。这就是著名的《十二气历》。

《十二气历》的原理和现今的阳历是一样的，它既可以和天文实际较好地吻合，又便于农时的掌握和安排，是一种既科学又实用的历法。但当时却遭到司天监庸官们的反对，因此新历法没有得到实施。

八百多年后，英国气象局用于统计农业气候的《萧伯纳历》其原理也与《十二气历》相同。

在司天监时，沈括还添置了一些天文仪器，为了观察北极星的位置，他一连三个月，每天夜里用浑天仪观察，计算出了北极星的正确位置。他还根据当时日食和月食的观测情况，分析出太阳和月亮是球状的，而不是平面的，从而推翻了古人对天体的模糊认识。

为"石油"命名

1076年初春，朝廷派沈括出使辽国。从辽国回来的路上，沈括每经过一个地方，都把那里的大山河流、险要关口画成地图，还把当地的风俗人情调查得清清楚楚。回到京城以后，他把这些资料整理起来，献给宋神宗。宋神宗见沈括立了功，就将他封为翰林学士，并让他编制《天下州县图》。

后来，有一年，沈括奉命前往陕西洛川和延安一带，防守边塞。当时恰逢隆冬时节，途中，他在一处河岸边发现，农户们烧火做饭，并不用柴火，而是用一种黑色液体。这种液体不但色黑如漆，而且黏稠如脂，点燃后像烧麻秆，火势猛烈，并冒出浓浓的黑烟。

沈括向当地农民询问，这种液体是什么，它是怎么来的。一个农民告诉他说，在村庄附近的河岸边，这种液体到处都是。它是从岩石缝隙中流出来的，流到了山间的小河，就漂浮在水面上了。有一次，当地人偶然发现它能燃烧，便把它捞起来采集到瓦罐，用来做饭、取暖，或者照明。由于这种液体燃烧时会产生浓烟，当地人将它称作石脂水、猛火油或石烛。

沈括对这种黑色的液体非常好奇，便研究起来。经过多次试验，他发现这种液体不但可以自用，还可以开采贩卖。于是，他便着手投入人力，进行大批量开采，然后再往各地推广。他将其正式命名为“石油”，这一名称一直沿用至今。

与此同时，沈括发明了文房四宝之一——墨。当他看到石油燃烧时冒出的浓烟将帐篷都熏黑了，他想将这种烟再利用，便试着将它制成了墨。结果，这种墨的光泽和亮度都非常理想，就是当时最好的松墨也比不上。于是，他就大量制造，还给它取名为“延川石液”，也就是墨。苏轼也曾用过这种墨，还评价说它“在松烟之上”（松烟即松墨）。

迁居梦溪园

1087年，沈括完成了《天下州县图》的编绘。早在宋神宗时期，他就开始奉旨编制这份全国地图。在此后的12年中，虽然多次被贬，环境不断变换，但他依然坚持一面考察地理，一面修订地图，并最终完成。

这是一套在当时最为精确的地图，他将全国郡县一共绘了20幅图，包括全国总图和各地区分图，其中大图一轴高一点二丈，宽一丈，比例为九十万分之一，并附有专书说明。这套地图除了有准确的计算比例——分率外，还设置了“准望、互融、傍验、高下、方斜、迂直”共7个方法，并按方域划分出“二十四至”，从而大大提高了地图的科学性。可是由于南宋战乱频发，这套地图毁于战火之中，成为千古遗憾。

不久以后，年过六旬的沈括辞掉官职，决定潜心著述养老，便举家迁往曾经购置的园子。这个园子是他托人在镇江买的，沈括将它称为“梦溪园”。

关于“梦溪园”一名的由来，还有一段故事。据说，沈括在30来岁时，常常梦见一处风景秀美的地方，那里环境清幽，山明水秀，草舍青青，置身其中，心情豁达舒畅，安闲自在，非常美好。他也因此常常对这个梦中之地念念不忘。

几年后，他第一次来到托人买的这处园子，发现这里分明就是自己梦中所见的园子，不禁又惊又喜。后来，年过六旬的沈括迁居此地，看到园子经过一番修整，环境更为清幽，非常欣喜。当他看到门前恰有小溪流过，便将园子起名叫“梦溪园”。

梦溪园著书

晚年的沈括，在梦溪园里潜心著书，他将自己一生的研究成果和前人的科技成就，记录在了《梦溪笔谈》里。这是一部堪称百科全书式的著作，共26卷，内容涉及天文、数学、地理等17个门类，反映了我国古代，特别是北宋时期自然科学的发展水平。

值得一提的是，在这本书里，详细地记录了活字印刷技术。

印刷术是我国古代四大发明之一。沈括生活的时代，早已有了雕版印刷术，但是雕版费时费料，而且刻好一块木板，一旦错了一个字，又要全部重刻。为了解决这个问题，一个叫毕昇的老工匠，自创了一套简单省事的印刷方法。他把一种细细的黏土做成许多小块，在上面刻上字，然后放在火上去烧，烧硬后，就会成为单个活字。用这种活字排版印刷，省时省力，非常方便。

沈括对此很感兴趣，并把它详细记录在《梦溪笔谈》里，后世读了这本书，才知道活字印刷技术出自一个叫毕昇的人。现在我们知道，活字印刷术的发明是印刷史上一次伟大的技术革命。它得以流传后世，沈括功不可没。

然而，在辛苦著书的同时，沈括却要遭受精神上的摧残。由于原配去世较早，他续娶的继室张氏，骄蛮凶悍，生性恶毒。她每当心情不好时，就大发脾气，对沈括连辱带骂，甚至拳脚相加。

有一次，张氏发脾气，竟将沈括的胡须扯下来很多，弄得沈括满脸是血，儿女们在一旁苦苦跪求，张氏才停了手。后来张氏去世，亲友们都向沈括道贺，可是此时的沈括因为张氏的长期虐待，终日精神恍惚，身体也越来越差了。

1095年，就在完成《梦溪笔谈》后不久，65岁的沈括因病离开了人世。

《梦溪笔谈》具有世界性影响，早在19世纪中期，日本就排印了这部著作，另外，它还被翻译成英、法、意、德等多种语言传到世界各地。英国科学史家李约瑟称这部著作是“中国科学史上的坐标”，称沈括是“中国整部科学史中最卓越的人物”。

郭守敬：元代科学奇才

郭守敬是元代著名的天文学家、数学家、水利工程专家，因官至太史令，世称“郭太史”。郭守敬是一个多学科、跨领域的科学奇才，他不满足前人的成功经验，悉心观测天象，修订历法，揭示苍穹奥秘，著有十多种天文历法著作。他又善于汲取前人的劳动成果，治水开渠，兴修水利，为百姓谋取福祉。他一生在天文、历法、水利和数学等方面，都做出了卓越贡献，堪称13世纪世界上最伟大的科学家。

少年时代　初露端倪

公元1231年，在邢州（今河北邢台）的一个书香世家，诞生了一个小婴儿，他就是我国元代著名的大科学家郭守敬。

郭守敬的祖父郭荣是当时很有名望的学者。他学识渊博，精通五经，熟知天文、算学，擅长水利技术。在祖父的影响下，郭守敬从小便受到了良好的科学熏陶，喜欢钻研天文和数学方面的知识。

■ 郭守敬雕像

少年时代，他的科学才能就已经显露出来了。有一次，他根据书上的一幅插图，用竹篾扎制出一架简单的天文仪器，做了一个土台阶，将仪器放在上面，还在晚上进行观测。

有一天，15岁的郭守敬偶然得到了一幅“莲花漏”图样，便一下子迷上了它。莲花漏是古代的一种计时器，由北宋科学家燕肃在古代漏壶的基础上改进制成的。到了元朝，这种计时器已经非常罕见了，人们很难再见到。莲花漏的原理和结构较为复杂，只看图样，很难明白它的原理，即使当时的学者要弄懂，也不是一件容易的事情。

然而，少年郭守敬似乎对此有着特殊的天赋，当他看到莲花漏的样图后，非常兴奋，竟然废寝忘食地钻研起来，很快就弄明白了其中的奥妙。当他将莲花漏的计时原理说给祖父听时，祖父非常惊讶，并认定了这个孙儿将来一定会有所成就。

当时，郭守敬的祖父郭荣的好友刘秉忠正在邢州西南紫金山讲学，郭荣便把年少的郭守敬送到刘秉忠那里深造。

说起来，刘秉忠可算得上当时数一数二的奇才，他不但擅长作诗、文、词、曲，还对天文、地理、数学无不精通。有了这样一个博学多才的老师，少年郭守敬如鱼得水，学问长进得很快。

受到举荐　西夏治水

公元1251年，郭守敬的老师刘秉忠受到可汗忽必烈的召见。刘秉忠临走时，把郭守敬托付给了自己的好友——大学问家张文谦。于是，郭守敬继续跟随张文谦学习。后来，张文谦到大名路（今河北大名一带）任宣抚司一职，郭守敬也跟着一起前往。

那时候，元政权还没有正式建立，由于连年战乱，很多地方的农田水利遭到了严重破坏，人口大量减少，生产急剧下降。忽必烈感到这种状况对统治很不利，便在开疆拓土的同时重视兴修水利，恢复和发展农业生产。

张文谦一上任，郭守敬就跟着他到各处勘测地形，制定水利方案。几年下来，郭守敬积累了丰富的科学知识和技术经验。与此同时，郭守敬继续钻研莲花漏，并且找到了制作莲花漏的方法。于是他亲自动手和几个工匠设计制作了一台铜质莲花漏。这台莲花漏造型精巧、计时准确，在当时引起了小小的轰动。

当时，恰好忽必烈征求整治水利方面的人才，张文谦便将郭守敬推荐给了忽必烈。张文谦这个看似小小的举动，却改变了郭守敬的一生。从此，郭守敬的才干有了得以发挥的地方。

1262年，郭守敬在开平府（今内蒙古正蓝旗东）受到元世祖忽必烈的召见。由于郭守敬对北方水利情况十分熟悉，当时就提出六条整治水利的措施。每提出一条，忽必烈都点头称是，对郭守敬极为赞赏，随机任命郭守敬为提举诸路河渠一职，掌管各地河渠的整修和管理工作。

过了两年，郭守敬被派到西夏去整治水利。当时，因蒙古与西夏连年征战，这里的水利设施遭到严重破坏，河道淤塞，土地荒芜，百姓无家可归，生活朝不保夕。郭守敬到了那里，沿黄河黄安勘察地势水情，走访百姓，绘制地图，最终提出了增开新渠、建立闸坝的方案。

方案上报经批准后，郭守敬便开始发动民工疏浚了一批原有的渠道和水坝，还开挖了一些新河道。郭守敬经过不懈的努力，不到一年时间，就修复了长达六百余里的渠道，使大量荒芜的农田得到了灌溉，粮食获得了丰收，百姓生活有了很大改善，塞北江南的盛景再次呈现。

这期间，郭守敬曾溯流而上探寻黄河的源头，这一伟大壮举使他成为我国历史上探寻黄河源头的第一人。

制作仪器　堪比第谷

公元1276年，忽必烈攻占南宋都城临安，统一了全国以后，更加重视农业生产的恢复和发展。农业生产要利用历法，但由于南北历法不一样，容易造成紊乱，元世祖决定制订新历法，并将这一任务交给了郭守敬和他的同窗王恂。

要制定新历法，必须有精密的天文观测仪器。可是，当时的天文观测仪器已经陈旧不堪了，而且观测的数据误差很大。于是，郭守敬决定亲手制作一批精密的天文仪器。

在此后的几年时间里，他一边进行天文观测，一边在旧有仪器的基础上，设计制造出了20多种新仪器，其中许多仪器在当时遥遥领先于世界水平。

在这些仪器中，最值得一提的是大明殿灯漏。大明殿灯漏是我国第一架与天文仪器相分离的独立的计时器，也是我国钟表史上最为著名的计时仪器之一。

明朝万历年间，意大利传教士利玛窦来到中国，当他看到郭守敬发明的天文仪器时，非常震惊，他说："郭守敬的天文仪器的规模和设计的精美，远远超过我在欧洲看到的任何这类东西。这些仪器虽经受了250多年的雨雪和天气变化的考验，却丝毫无损于它原有的光荣。"

16世纪，丹麦天文学家第谷也曾制造过许多天文仪器，因此被西方誉为“天文仪器之父”。然而，郭守敬创制的这些天文仪表要比第谷早300多年，因此当西方传教士汤若望在清朝初年来到中国，见到郭守敬创造的天文仪器时，赞赏地称郭守敬是“中国的第谷”。

四海测验　编订新历

郭守敬知道，在唐朝开元年间，天文学家一行禅师曾在全国设立了13个观测点，进行天文测量，如今的疆域比唐还要广阔，如果不分赴各地进行实测，就不能了解各地日月星辰的变化，日食、月食的时刻，这必然会影响编订新历法的精确程度。

公元1279年，他向忽必烈建议在全国范围内设立多处观星台，开展实测活动。于是，在征得忽必烈的同意之后，郭守敬和王恂等人开始了一次大规模的天文测量工作。经过充分规划和测算，他们在全国各地设立了27个观测点。这些观测点东起朝鲜半岛、西低川滇和河西走廊、南及南海（今西沙群岛上），北达西伯利亚的广大区域，并分拨派遣14个监候官员带领测量队伍到各地进行观测，最后再把各观测点测得的数据汇总到编订历法的机构太史局。

郭守敬亲自带人到几个重要的观测点去观测，他从大都出发，先到上都（今内蒙古多伦县），再折返向南，经过阳城等处，一直到达广州和南海。那时候，由于交通不便，从一个地方去另一个地方非常不便，但他不辞辛劳，沿途设计指导建设观测站，并在重要观测点亲自观测。

最终，他们在27个观测点分别测出了夏至的日影长度和昼夜的时刻数，及当地的地理纬度，同现代所测比较，有9处误差小于0.2°，20处平均误差0.35°，两处和现代完全吻合。

这是一次规模空前的测验，这次观测南北总长一万多里，东西绵延五千多里，比唐代天文学家僧一行的测量范围大一倍多，其地域之广、规模之大、参加人员之众，在我国乃至世界天文史上都是空前。后人将郭守敬这次测量称为“四海测验”。

根据这次实测到的大量数据，郭守敬又花了两年的时间，经过精心计算和推演，于1280年终于完成新历法的编订。忽必烈极为高兴，取“敬授民时”之意，将新历法定名为《授时历》。

《授时历》比以往历法都要精确，它推算出了一年有365.2425天，和地球绕太阳一周的时间只相差了26秒，和今天世界各国通用的格里历（即公历）一年的周期完全一致，但这个结果却比格里历早了300年！

作为一部我国古代最精确、影响范围最广的一部历法，《授时历》从元代一直到明代，共使用了360多年，而且还传到日本、朝鲜等国。

疏通运河　与世长辞

郭守敬劳累了一生，到了晚年仍然没有停下探索的脚步。

1291年春天，年过花甲的郭守敬接受了忽必烈修治大都至通州的运河的任务。这段工程是通州（今北京通州区）到大都积水潭（今北京什刹海）的大运河最北一段。到了1293年秋，郭守敬带领大家只用了一年半的时间就完成了这段运河的修浚。

这段运河长160里，从此江南的大批物资就可以一路浩浩荡荡，顺利北上，直抵京城。当忽必烈看到南来船只，结队停泊，桅樯如林的壮观景象时，非常高兴，便将这段运河赐名为“通惠河”，即“通达惠民”的意思。20世纪五六十年代，北京修建密云水库引水进京，走的仍是当年郭守敬设计的线路。

通惠河修好后，大都码头的积水潭商贾云集，岸边歌台酒榭林立，文人骚客吟风弄月，成为大都的繁华喧闹所在。500多年后，清乾隆帝到积水潭巡游，写下赞颂郭守敬的治水功绩的诗句，说其既有“长流济大通”的功能和“积水映遥空”的美景，也有“出郊即看麦苗芃”的灌溉之利。

公元1316年，辛劳了一生的郭守敬与世长辞，享年86岁。

郭守敬的一生，实现的是经天纬地的远大志向，追求的是国泰民安的美好理想。他的实践精神、科学态度、治学方略以及取得的成就，对后世影响深远。1970年，国际天文学会将月球上的一座环形山命名为“郭守敬环形山”。1977年，国际小行星中心将小行星2012命名为“郭守敬小行星”。

历史将永远记住这位大科学家的名字！

黄道婆：布业始祖

中国古代社会，历来是男耕女织，男子在外种田，女子在家放线织布。这种自然经济模式，虽富有田园诗意，但效率十分低下。到了元代，有一个伟大的女性，用自己的聪明才智和顽强毅力，对传统的纺织工具和技术进行改造，极大地提高了纺织效率，促进了中国纺织业的发展。人们将她称为“布业始祖”，她就是黄道婆。

乱世中的童养媳

宋元更替之时，到处都是兵荒马乱。蒙古军队一路南侵，眼看就要打到都城临安，可南宋王朝却是昏君和奸臣当道，无力抵抗外患，国家处于风雨飘摇之中。以往富庶的江南地区，变成了“人家如破寺，十室有九空”的败落景象。

伟大的发明家布业始祖黄道婆就出生在这样一个乱世。

她家在松江一个叫乌泥泾的小镇（今上海徐汇区华泾

镇）上，镇上有一千多户人家，八九千亩土地，后来有人从闽广地区将棉花籽带了过来，人们便开始大量种植棉花，可是棉花的收成不好，而且处理棉花的技术也非常落后，乌泥泾镇人的生活仍然很苦。

黄道婆从懂事时，便开始给家里干活，剥棉花籽，砍柴做饭。她的动手能力很强，十二三岁时，就已经学会了弹棉絮，卷棉条，纺棉纱，穿针用线，缝缝补补，几本上什么都会做了。可是由于连年战乱和疾病，她的父母双亲先后去世，黄道婆孤苦无依，只好去了一户富裕的人家做了童养媳。

黄道婆在婆家的日子更加悲惨，这家人心地歹毒，总是百般虐待黄道婆。每天天不亮，她就得起来干活，做家务，剥棉籽，弹棉花，非常疲累，并且还经常被打骂。

有一次，她因为干农活回来太累了，织布速度比较慢，便被公婆和丈夫毒打了一顿，还被锁在了柴房里。黄道婆欲哭无泪，再也无法忍受这种生活，她决心冲出牢笼。到了半夜，她逃出了家门，头也不回地朝江边走去。不知过了多久，她终于到了黄浦江边，躲在一条船上，随船漂泊，来到了海南岛最南端的崖州（今海南三亚西部）。

崖州学织

自古以来，海南岛因为孤悬海外、远离帝京，被称为

“天涯海角”。每逢战乱年代，江浙一带便有大量人口，克服重重困难到岛上来谋生。而位于海南岛南端的崖州，地势较为平坦，土地肥沃，黎族人很早便在这里休养生息。

■ 黄道婆雕像

这里气候湿润，适宜种植棉花，当地的植棉方法和纺织技术都比较先进。心灵手巧的黎族妇女，用棉花织出了漂亮的黎锦。黎锦服饰异彩纷呈，比如筒裙、头巾、床单等，在筒裙和头巾上，黎族妇女还镶嵌上各种装饰，穿在身上鲜艳夺目，非常好看。

当时，崖州远离战乱，由于很多过往商船都要在这里停靠，因此这里的商业比较发达。每逢大陆遭逢战乱，崖州便成为那些饱受战乱之苦之人的世外桃源。

黄道婆刚到这里，衣衫褴褛，面容憔悴，崖州百姓非常同情她，将她安顿在一所道观，让她有了安身的地方。由于黄道婆姓黄，又住在道观，人们就亲切地称她“黄道姑”，到她年长以后，又称她为“黄道婆”，而她的真名此后就再也没有人提起了，此后黄道婆便成了她的名字，流传到了今天。

黄道婆看到黎族人不仅棉花种得好，而且纱也纺得好，黎族妇女大都以织锦为生，她们个个是织锦能手。当黄道婆看到这些黎族妇女织出来的锦布五光十色，真是爱不释手，于是，她也加入了织锦的行列，她希望自己也能够织出这样漂亮的锦布。从此，她便开始学习黎族语言，并向黎族妇女学习纺棉技术，研究黎族的纺棉工具。

黄道婆非常聪明，又很努力，很快她就把一整套植棉方法和纺织技术都学会了，成为黎族妇女中纺棉技术的佼佼者。

重返故乡

时光飞逝，一转眼30多年过去了，如今的天下早已改朝换代，南宋灭亡，被元朝取代了。为了缓和社会矛盾，元朝统治者实行了一系列恢复生产的措施，这时的江南，经济已经开始慢慢复苏。

这些年，黄道婆在崖州不仅掌握了一套精湛的纺织技术，而且积累了一些财产，虽然过得衣食无忧，但她常常思念家乡。每当想起家乡的贫穷，她便百感交集，心中涌起一股难以抑制的思乡之情。于是，她决定回到家乡，同时将自己学到的织布方法传授给乡亲们，大家的生活一定会富裕起来。

这一天，黄道婆怀着难以割舍的感情告别了崖州，告别了几十年来朝夕相处的黎族乡亲，带了一套纺织工具和织布图案纹样，踏上一艘商船，回到了久别的故乡。如今，经历了战乱和时间的洗礼，她公婆一家人也都先后离世。此后，黄道婆无牵无挂，只抱着造福于父老乡亲的善良愿望，开始传授从黎族那里学到的技能。

当她听说家乡的农民种植了大量棉花，可还是缺衣少布，衣不蔽体，非常痛心。她顾不得旅途劳顿，就开始走乡串户，了解实际情况，向乡亲们传授自己从黎族那里学到的纺棉技能，展示她不远千里带回来的新式纺织工具，教他们学习如何使用这些工具纺纱织布，提高效率。

当一些乡亲看到黄道婆带回来的纺织工具和锦布时，都啧啧称赞。这个好消息很快就传开了，越来越多的乡亲知道了这件事情，都络绎不绝地前来听黄道婆传授技术，操作示范。

在黄道婆的指导下，松江一带的棉花产量不但逐年提高，而且人们的纺织技术也在不断提高，效率也大大提高了。许多妇女都学会了新的织布方法，跟着黄道婆，她们也能织出漂亮的花布了。

纺织革新

棉花虽然传入我国很久，但是由于制造棉货需要一些特殊的工序，在纺织之前要经过很多琐碎的程序，比如棉花要先去籽，接着要弹成棉絮，然后再卷成棉条，再接着纺成棉纱，最后才能纺织成布……这每一道工序都要耗费大量时间和劳力，而且对技术的要求又非常高。虽然当时黎族人的纺棉技术在全国比较先进，但仅限于崖州一带，而且在不断的实践中，这些技术也暴露出了很多问题。

于是，黄道婆又开始潜心研究，想制造出更便捷的纺织工具，以进一步提高纺棉效率。

当时，人们剥棉籽要用手指一颗一颗地剥，效率特别低，往往手指甲都剥得脱落了，也剥不出多少来。而且，人们弹棉花要用一尺半长的线弦小弓弹，还要用手指拨弦，费时又费力。她想，如果用这么落后的工具纺纱织布，乡亲们怎么会有衣服穿呢？怎么会有足够的布用呢？怎么才能有更好的办法来提高纺棉效率呢？

为了解决剥棉籽的问题，黄道婆请来了一位老木匠，经过商量和多次研究，制造出了一种称作“搅车”的木制轧棉车。有了这种轧棉车，人们再也不用手剥了，车上装有两根轴，用脚一踩，上下两个轴就向相反方向旋转，两个轴互相碾轧，使棉籽落在里面，把棉花碾到外面。搅车的出现，是棉花初加工技术上的重大突破，它完全改变了手工清除棉籽的方法，大大提高了轧棉效率。乡亲们看着这个新奇的玩意儿，欢呼雀跃，一个劲儿地赞叹黄道婆。

为了改进弹棉花的弓，黄道婆又找来弹棉花的师傅，和他商量之后，她又设计出了一种用槌击的大弓，使原来用手拨的小竹弓弓身从1.5尺增加到了4尺多长，弓弦由线弦改为绳弦，将手指拨弦变为棒椎击弦。这么结实有力的大弓，弹起棉花来铿锵有力，弹的棉花又松又软。不久，乌泥泾的家家户户都用上了这种大弓，这也是流传到今天，我们偶尔能见到的木制绳弦大弓。

接着，在纺纱工序上，黄道婆创造出了能纺三根纱的脚纺车，代替过去只纺一根纱的手摇纺车。脚踏的劲头大，还腾出了双手握棉抽纱，同时能纺三根纱，速度快、产量多，这在当时世界上是最先进的纺车，比西欧早了400多年。

为了让纺织品更加美观，她借鉴我国传统的丝织技术，汲取黎族人民织"崖州被"的长处，把花卉、鸟兽等各式各样的图案织进织物中，使织成的被、褥、带、帨（手帕）等，图案生动如画，色彩鲜艳夺目，她织出的"乌泥泾被"应运而生，不久便驰名全国。元朝诗人曾热情赞扬：

崖州布被五色缫，组雾紃云粲花草，

片帆鲸海得风口，千轴乌径夺天造。

就这样，黄道婆根据家乡的实际情况，结合黎族人的先进经验，对棉纺织工具与技术进行了大胆改进，制造了一套新的轧、弹、纺、织等工具和纺织技术，开启了江南乃至全国纺织业的新局面。

衣被天下

在黄道婆的热心帮助和指导下，乌泥泾的百姓掌握了先进的纺织技术，他们织的布不仅又快又好，而且花色品种越来越多。越来越多的人掌握了这种先进的纺织技术，据说，当时只松江一带，就有1千多户居民从事棉纺织业，百姓的收入增加了，生活也有了好转。

没过几年，黄道婆的纺织技术传到了杭州一带，后来又传到全国各地。到了明朝，乌泥泾所在的松江一带，已经成为全国棉纺织业的中心，松江棉布远销全国各地，赢得了“衣被天下”的声誉。所谓“衣被天下”，意思是说那里织的棉布，天下人都在穿用。那时候，国外棉纺织技术还不怎么发达，中国商人经常把松江一带的棉纺织品运到国外去卖，也很受外国人的欢迎。

黄道婆改进纺织工具和技术，使人们过上了丰衣足食的好日子。大家非常感激她，亲切地叫她“黄婆婆”。到了晚年，黄道婆更加受到乡亲们的关心和爱护，生活过得很幸福。

黄道婆去世后，人们非常悲痛，纷纷自动捐款，为她举行隆重的葬礼。前来悼念的人从早到晚络绎不绝，难以计数。苏州、杭州、泉州等地的大商号都派人送来了挽联。今天，她的墓地就在乌泥泾北面的东湾村。为了纪念她的功绩，人们在镇上建造了一座祠堂，叫“黄母祠”。

一个民间女性，由于特殊的际遇流落天涯，最后又携带领先的棉纺技术落叶归根，推动家乡乃至中国纺织业的发展，最终成就“衣被天下”的大功德。700多年后，联合国教科文组织称她是“世界级的科学家”。

黄道婆对棉纺织业的贡献，人们永远不会忘记。在她的故乡，至今还流传着一首歌谣：

黄婆婆，黄婆婆，

教我纱，教我布，

两只筒子，两匹布。

徐光启：具有经世之才的科学家

在我国明朝末年，有这样一个传奇的科学家：他思想开明，信奉天主教，取了英文名；他注重实用，引进西方科学，拜洋人为师，见识卓然；他进过内阁，当过内阁次辅，权倾天下；他是沟通中西文化的先行者，翻译西方数学名著《几何原本》；他是一个具有爱国情怀的军事家，为抗击后金侵略，挽救大明危局，付出巨大心血；他精通数学和天文历法，修订明朝末年的历法；他崇尚实践，关注农业科学，晚年撰写农业百科全书《农政全书》，以延长明朝微弱的呼吸……

出身农家　仕途坎坷

16世纪60年代初，正值明世宗嘉靖末年，徐光启出生在上海法华汇（今徐家汇）一个农民家庭。他的祖上一直居住在苏州，世代务农，后来迁到了上海。徐光启的祖父擅长经商，徐家一下子发达起来，可是徐光启的父亲比较老实，不懂得经商，家里的经济状况一年不如一年，所以又开始务农。

■ 徐光启像

小时候，徐光启聪明好学，喜欢钻研，他经常下地帮父亲干农活，对于不懂的农业现象，他总是要问清楚，并因此对自然科学萌生了兴趣。不久，他被父亲送到了离家不远的龙华寺读书。

19岁时，徐光启考中秀才，成为家乡私塾里的教书先生，从此摆脱了务农的命运。由于连年的自然灾害，父母又年过半百，家道每况愈下。他一边教学一边用功读书，准备参加乡试考取举人，改变生活状况。然而在私塾一待就是16年，他先后两次参加乡试，却两次落第。

几年后，他再次参加乡试。就在这一次，他遇到了一个改变自己一生命运的人—— 当时著名的学者、此次乡试主考官焦竑（hóng）。

有一天，焦竑在审阅一批未被录取的试卷中，看到了徐光启的应试文章，大为赞叹，随即将已经名落孙山的徐光启拔至第一名解元。可是，解元不能当官，还得继续参加会试，考取了举人才可以当官，光耀门楣。后来在又一次遭受了落第的打击后，他回到家乡继续教学，直到36岁时才中了举人。

功夫不负有心人，万历三十二年（1604年），徐光启参加殿试，考中进士，进入朝廷一个重要机构—— 翰林院，他被任命为庶吉士，主要负责起草诏书，为皇帝讲解经籍等。而这一年，徐光启已经43岁了。

一个寒门子弟，用几十年时间参加科举考试，虽然几经周折，颇为艰难，但终于如愿以偿了，这对于徐光启来说是极大的鼓舞。

钟情西学　拜师学技

早在万历二十八年(1600 年)，徐光启还未考中举人时，就认识了一个名叫利玛窦的意大利教士。利玛窦知识渊博，对数学、物理学、天文学、医学等领域都很有研究，而且擅长雕刻和绘制地图，并会制作日晷、钟表等先进器械。

当时在南京，利玛窦为了传教方便，向人们传播一些西方的科学知识。一些读书人都很愿意听他讲解，徐光启听说后非常好奇，也前去听讲，并因此认识了利玛窦。第一次真正接触到了西方科学，他对此产生了浓厚的兴趣。

后来，利玛窦来到了北京。那时候的明朝，教士是不能到北京传教的，除非得到皇帝的允许。因此利玛窦一到北京，就托人给万历皇帝送了很多新鲜玩意儿，像自鸣钟、《圣经》、圣母图等。皇帝对其他不感兴趣，倒是很喜欢自鸣钟，并召见了利玛窦。大臣们觉得这个人来历不明，害怕皇帝被骗，因此想让人把他撵走。可是皇帝却不以为然，不但奖赏了利玛窦，还让他留在京城传教。

就这样，利玛窦和徐光启此后便有了再次见面共事的机会。因为没过几年，徐光启也到了北京，在翰林院做了官，两人才真正结识，从此交往甚密。从利玛窦那里，徐光启深切体会到了西方科技对富国强兵的好处，于是拜利玛窦为师，向他学习天文、数学、测量、武器制造等方面的科学知识。

在宗教信仰上，他也找到了坚定的方向。万历三十一年（1603），徐光启在南京受洗加入天主教，并获教名“Paul（保禄）”。

首用“几何”　流传至今

闲暇之余，徐光启常常去拜访老师利玛窦。

有一次，他到利玛窦那里去学习，利玛窦跟他提到了西方的数学名著《几何原本》，并将书递给徐光启看。因为是外文写的，徐光启根本看不懂。

“这本书是欧洲数学的基础，是欧洲很多国家的教科书和考试必备内容。”利玛窦告诉徐光启说。

徐光启对这本书产生了极大的兴趣，他每两天去利玛窦那里一次，开始系统学习《几何原本》。凭借自己对数学的极高天分，没过多久，他就掌握了这部书的全部内容，并深深为这本书中严密的逻辑推理所折服。他发现，这正是我国古代数学所没有的。于是，他告诉利玛窦说：“这么好的一本书，希望我们两个人一起，把它翻译成汉语！”

一开始，利玛窦并不同意，他告诉徐光启说，这是一件浩大的工程，因为这部著作是用拉丁文写的，拉丁文和中文语法不同，书中许多数学名词在中文里都没有相应的词汇，要译得准确、流畅又通俗，是非常困难的。后来，在徐光启的一再劝说下，利玛窦最终答应了。

此后，他们便开始了紧张的翻译工作。每天，徐光启完成翰林院的工作后，都要到利玛窦的住所向他请教关于《几何原本》的一些问题。他们相互交流，每次翻译之前，都是先由利玛窦用中文逐字逐句地口述，然后徐光启记录下来，再逐字逐句地反复推敲，最后再由利玛窦对照原著进行核对。

徐光启非常认真，常常到了深夜，利玛窦已经休息了，他还坐在灯下加工、修改。有时遇到译得不妥当的地方，或者有时为了确定一个译名，他们两人便一起琢磨、修改，直到觉得最为恰当为止。

有了利玛窦的口述，徐光启的翻译工作进展很快，万历三十五年（1607），历时一年，《几何原本》译完六卷，并正式刊印发行。他抚摸着这部闪耀着光辉的数学著作，激动地说："百年之后，它必将成为天下学子必读之书！"

在最后确定书名时，徐光启可费了一番周折，因为这部著作的拉丁文原名叫《欧几里得原本》，如果直译成中文，不大像是一部数学著作。我国古代称几何学为"形学"，但是如果翻译成《形学原本》，他又觉得不太满意。

利玛窦告诉徐光启，"形学"的拉丁文是"geometria"(英文geometry)，意思是土地测量。徐光启便取"Geo"，查考了十多个词语，最后灵感闪现，想到"几何"一词。因为"几何"原意有"衡量大小"的意思，当时的读音又与"Geo"相近，便最终确定了下来。

除了在数学上最早使用"几何"一词，他还确定了几何学中一些基本术语的译名，如点、线、直线、平行线、角、直角、三角形和四边形等。直到今天，这些译名我们还在使用，并且影响到了日本、朝鲜等国家。

编撰农书　溘然长逝

就在翻译《几何原本》的这一年，徐光启的父亲病逝，他回到上海为父亲守丧。其间，他埋头致力于科学研究，运用《几何原本》的原理和方法，深入系统地研究了中国古代的数学，完成了《测量法义》《测量异同》和《勾股义》三部著作，把中国的数学向前推进了一大步。

第二年夏天，江南连日大雨，江湖泛滥，农田被淹没。水灾过后紧跟着就是饥荒、瘟疫，到处都是逃难的人群。徐光启为此非常着急，他苦苦思考着一个问题：如何能给老百姓一些帮助，让他们度过荒年呢？

后来，他偶然遇到了一个在福建经商的朋友，聊天时，他得知海外有一种叫作甘薯(红薯)的作物，非常高产。而且它的果实长在地下，不怕台风，不怕干旱，吃起来又香又甜，目前福建也有人种。徐光启非常高兴，立即请求这位朋友给他弄些秧苗，在上海试种。

不久，甘薯秧苗带来了，徐光启在荒地上试种起来。他天天挑着粪桶，拿着锄头，在田里忙得满头大汗。过了不久，甘薯长得十分茂盛，一亩收数十石，比稻谷产量不知高多少倍。

后来，他从甘薯的生长特点、性能、食用方法和副食利用等不同的角度，并结合自己的试种经验，编写了一本通俗易懂的小册子——《甘薯疏》，推广种甘薯的办法。此后，黄河流域也开始普遍种植起甘薯来，甘薯成为我国南北方一种重要的高产粮食作物。

万历四十六年（1618年），后金努尔哈赤不时发兵来犯，徐光启被朝廷召回，并被派往辽东抗敌，主持军务。他提出了练兵造炮的主张，很快就得到了批准。他满怀希望，督练新军，铸造大炮，可是没有多久，这件事情就做不下去了，因为朝廷太腐败，拿不出军饷，练兵造炮的计划只好搁置。他非常失望，便请求回天津养病。

当时，我国西北大面积荒地被废弃，后金的威胁越来越严重，使京城和军队需要大量粮食要从长江下游起运，这需要耗费极大的人力、物力。为了解决这个问题，徐光启提出在北方屯田的策略。屯田需要水利，为了探索解决南粮北调的问题，在天津养病期间，徐光启又一次进行农业试验，以寻找解决途径，巩固国防，安定百姓生活。

明熹宗朱由校即位后，徐光启又回到了京城。这时的明朝已经内忧外患，风雨飘摇，徐光启为此非常担忧，并竭力主张多造西洋大炮，可是他不但没有得到支持，反而被排挤。

1624年，徐光启不得不回到上海，这时他已经是60多岁的老人了。这么多年一直忙于政事，他一刻也没有忘记国计民生。如今闲暇之余，他经常亲自下地，参加劳动，试种农作物，并将自己积累多年的农业成果，写成了一部著作，这就是《农政全书》。

这本书共60卷，70余万字，在书里，对我国的农具、土壤、水利、施肥、选种、嫁接等农业技术都有详细的记载，同时又讲述农业的政策和措施，贯穿了徐光启治国治民的“农政”思想，这是以往大型农书所没有的。

因此，当人们阅读《农政全书》时，不仅仅能了解有关古代农业的百科知识，还能深深体会到一个古代科学家严谨求实、心怀天下的爱国情怀。

崇祯皇帝即位后，为了挽救明朝即将灭亡的危局，除掉了宦官魏忠贤，并重新召徐光启进京，想要重用他。由于当时历法多次出现错误，崇祯皇帝命徐光启主持修改历法。这时已近古稀之年的徐光启，仍以极大的热情投入历法修订的工作中。然而不幸的是，这部历法还没有修订完成，徐光启就病倒了。

崇祯六年（1633年），徐光启在上海的家中溘然长逝，享年72岁。

为了纪念这位伟大的科学家，人们将他的家乡改名为“徐家汇”。后来，他的墓地被改为徐光启公园，墓地石坊上雕刻着一副对联：

治历明农百世师经天纬地

出将入相一个臣奋武揆（kuí）文

这是对徐光启一生恰如其分的概括和评价。

徐霞客：千古奇人

我国明朝末年的地理学家、旅行家和文学家徐霞客，被人们称为“千古奇人”，因为他满腹才学，却不考科举，也无意做官；他放弃了一切，用一生的时间去游历名山大川；他出身平民，只依靠家中积蓄，足迹遍及大半个中国；他去过最荒凉最偏僻的地方，数次断粮，几乎饿死；他背着行李徒步跋涉，曾三次遭遇强盗，被劫去财物，身负刀伤；他尝尽了艰辛，受尽了白眼，但却毫不在意，临终前，他平静地说：“我不过一介平民，凭借一根竹杖一双草鞋，到黄河，达沙漠，登昆仑，过西域，能够做到这些，我死而无憾！”

受熏陶，立志向

徐霞客，名弘祖，字振之，号霞客，万历十五年（1587年），出生在江苏江阴一个很有名望的书香世家。

他的祖上都是读书人。早在北宋末年，徐氏一世祖徐锢携带大批中原文献随宋王室南迁。到九世祖徐麒时，徐家已

■ 徐霞客像

经成为“辟田若干顷，藏书数万卷”的江南望族。再到徐霞客高祖徐经时，因为家中藏书很多，还特地筑了一座“万卷楼”。

徐霞客的曾祖徐洽分家时曾得田1万多亩，是江阴有名的富户。到了祖父徐衍芳时，家道已经中落。徐衍芳去世时，徐霞客的父亲徐有勉18岁，分家产时，徐有勉将自己分得的宽敞明亮的正屋，坚决辞让给大哥，而自己却住在东面低矮阴暗的偏屋。后来，他和妻子艰难创业，使家道逐渐兴旺起来。

徐有勉虽然读书万卷，但心性淡泊，不愿做官，也很少和权贵交往。有人劝他捐资买官，他掉头就走。他隐迹田园，常常带着三五个家童，外出乘船游历，观赏湖光山色，品评甘泉新茗，悠然自得。

徐霞客自小受父亲影响，喜欢读书，他读遍了家中的藏书，凡是读过的书都能记住，别人若问起，他总能对答如流。每当看到好书，即使没带钱，也要把衣服脱下来去换书。在少年时代，他的好学多知便是出了名的，人们还叫他目空万卷的“博雅君子”。

由于看了很多历史、地理、游记之类的书籍，徐霞客非常向往去游览天下名山大川，在少年时期，他就立下了“大丈夫当朝游碧海而暮宿苍梧”的旅行大志。父亲非常支持儿子，他曾对朋友说：“这孩子眉宇间有英气，读书好客，看来可以继承我的志趣。”可见，徐霞客的父亲不但自己无意做官，也不希望儿子追求功名。

别母亲，游天下

徐霞客19岁时，父亲去世了，他虽然很想外出游历，但因母亲也已年过六旬他只好待在家里。他的母亲是一个心胸豁达的女人，她知道儿子的心思和志向。有一天，她把徐霞客叫来，对他说：“好男儿志在四方，你应该去天地间一展胸怀，怎么能因为我而留在家里，就像篱笆下的小鸡、马圈里的小马一样圈死呢？”

有了母亲的鼓励和支持，这一天，22岁的徐霞客头戴母亲缝制的远游冠，身穿粗布衣裳，背着简单的行李，依依告别了母亲，踏上了一条伟大而又充满凶险的旅程。

古人说“父母在，不远游”，徐霞客因为牵挂母亲，早期外出游历离家都不太远，并且每次都是春天出行，秋天回家陪伴母亲。由于徐霞客常年外出，母亲在家里支撑门户，打点家务，将一切处理得井井有条。她不但支持儿子游历，甚至在70岁的时候还亲自陪同儿子去游览山水。徐霞客每次游历回家，都跟她讲述自己的游历见闻和惊险经历，她总是听得津津有味，发出爽朗的笑声。

开始出游的几年，他泛舟太湖、洞庭山等名胜。后来，他又去游历了天台山、雁荡山、泰山、武夷山和北方的五台山、恒山等名山。

在游雁荡山时，徐霞客听说山顶有一个芦苇丛生的湖泊，《大明一统志》说，雁荡山上的大龙湫瀑布就源自这个湖泊，他很想去看看。后来，他去爬雁荡山，可是越往上越艰难，结果差点儿掉下悬崖。

这次登顶失败后，徐霞客一直没有放弃，19年之后，他重游雁荡山，并顺利登上了山顶，找到了他要寻找的雁荡湖。可他仔细查看了湖泊的出水口，发现它并不是大龙湫瀑布的源头。可是，大龙湫瀑布又是从哪里来的呢？为了弄清楚这个问题，徐霞客在雁荡山停留了很多时日，并四处探寻，最后终于找到了这条瀑布的源头，证实了《大明一统志》的错误说法。

访名胜，探奥秘

母亲去世后，徐霞客把全部精力放在了旅行上。

50岁的时候，徐霞客开始了一次漫长的旅行。他花了整整四年时间，游历了湖南、广西、贵州、云南四省，一直到我国边境腾冲。他跋山涉水，到过许多人迹罕至的地方，攀登悬崖峭壁，考察奇峰异洞。

徐霞客的游历，并不是单纯为了寻奇访胜，更重要的是为了探索大自然的奥秘，寻找大自然的规律。

在游历途中，徐霞客总是能对一些奇异的自然现象给予科学的解释。

有一次，他去广西浔州游览，途中遇上了一个道士。他听说附近有一个古洞，便让道士带他进去。于是，他们一人手持一个火把，来到洞里，发现洞底有个大而深的水潭。可就在这时，火把烧完了，洞里一片黑暗，水面上却闪着道道微光。

道士一见，便说："这一定是妖怪在作祟。"

徐霞客见到过很多次这种景象，他告诉道士说，这是洞中石壁上的孔透过来的光。道士说，以前村里人划竹筏去看过，石壁上根本没有孔，肯定是有妖怪。

徐霞客解释说："如果真有妖怪，我们怎么没有见到它呢？何况这里离来时洞口已经很远了，应该离附近洞口不远，所以光从水面反射过来了。"

在旅行途中，徐霞客几乎每天都要写旅行日记。在日记中，他详细记录了自己所到之处的所见所闻，包括对山脉、水道、地质和地貌等方面的调查和研究，以及人文风俗和心得体会。

不畏险，不服输

在游历中，徐霞客不怕苦，不怕险，风餐露宿，不论严寒酷暑，哪里有险峰，哪里有奇洞，他都会义无反顾地去寻访、探索、考察。

有一年秋天，徐霞客游览黄山。文殊院和尚告诉他说："天都峰是黄山最高峰，非常险峻，根本无路可走，只能远远看一看，莲花峰离这里较远，但是至少有路，你还是爬莲花峰吧！"

徐霞客却摇了摇头，说了一句话："越险峻，越奇异，就越应该攀登。"

最后凭借坚定的毅力，他终于爬上了天都峰峰顶。可是后来在爬了莲花峰以后，他发现天都峰并没有莲花峰高，莲花峰才是黄山最高峰，纠正了人们长期以来的错误认识。

当时，人迹罕至的深山老林，常常有豺狼虎豹出没，但是为了考察实际情况，徐霞客不放过一次机会。

有一次，他路过湖南茶陵云嵝山，听说山上有一座寺庙，常有老虎出没，还吃了山上庙里的和尚，现在寺庙都被废弃了，便想找到寺庙看看。当时，山上雨雾迷蒙，他边走便打听去寺庙的路怎么走，可是遇到的人都让他不要去。

走着走着，他遇到一个人拿着伞要出远门，见徐霞客问路，那人便说："你要去的那个地方，要几个人一起去，我给你带路吧！"

那人从村子又找了几个人，他们一起举着火把，拿着棍棒，冒着滂沱大雨，连夜曲曲折折走了十多里，终于找到那座古庙，考察了云嵝山，了解了当地的民情风俗和物产。他将这次的所见所闻，都详细地记录在了他的旅行日记中。

不怕难，探究竟

徐霞客不考功名，不求做官，一心只想"游山玩水"，游遍神州的名山大川，他的这种征服自然，探索未知事物的精神，人们是极其不理解的，所以都称他是一个"怪人"。

后来，他听说茶陵麻叶洞里有神龙和妖怪作祟，便要去看。他找火把时，当地人都愿意给他，可是没有人敢带他进洞，人们都劝他不要去，说是除非是法师才能降服那洞里的妖怪。

可是，徐霞客还是决意要去一探究竟，他花了很多银两雇了一个胆子大的人做向导。到了洞口，当向导知道徐霞客是个读书人，而不是什么捉妖怪的法师，就说："我可不能跟着你一起去送死！"说完这句话，向导就逃了。

徐霞客只好和仆人一起，一人拿了一个火把，进洞去了。

当时，洞口来了几十个看热闹的村民，但是没有一个人愿意跟他们进去。进入洞中，徐霞客发现，洞中幽深曲折，只是狭窄之处比较多，进去比较艰难，但是他和仆人都一一克服了。越往里走他越发现，洞中的美丽胜景，是他所游览过的洞中最吸引人的。他们在洞里越走越深，一直到火把快烧完了才出来。

这时，洞口看热闹的村民比先前又多了很多，一见到徐霞客，就连忙行大礼，还说："奇异呀，奇异！我们等了很久了，还以为你们早就被妖怪吃了！想进去看看又不敢，想离开又不能，现在看你们安然无恙地出来，我们就放心了。"

徐霞客一再感谢，再次踏上了旅程。这次麻叶洞探险更加坚定了他探索自然的决心。

重情义，踏归途

在旅游途中，徐霞客多次遇到强盗，盗走了他的衣服和路费，多次遭到生命危险，但都没有改变他游遍神州的决心和壮举。

崇祯九年（1636年），徐霞客再次踏上了旅程，这也将是他一生中最后一次旅程。这次远游，他不再陶醉于风景名胜和湖光山色，而是将考察江河水系的来龙去脉，山脉的走向分布与地貌特征，岩石的地质构造，及植物、动物、矿产、水文等地理现象，作为旅行的重点。

这次出行，与徐霞客同行的，还有一个名叫静闻的和尚。静闻出家20年，刺血写成《法华经》，一心将此经供奉在云南鸡足山的迦叶寺。当时，云南是蛮荒之地，行人稀少，交通闭塞，途中盗贼出没，静闻偶遇徐霞客，便与徐霞客结伴西游。

这一天，他们乘船要渡过湘江，就在船刚刚游到江心的时候，忽然跳上来一伙强盗，个个手持大刀，将他们的行李财物抢劫一空。静闻和尚因此受了重伤，没有多久就死了。

当时，徐霞客身上一文钱也没有了，有人劝他不要再走了，他却说："我带着一把铁锹来，什么地方不能埋我的尸骨！"

为了不负静闻所托，徐霞客找朋友借了一笔盘缠，辗转数千里，跋山涉水，终于来到鸡足山。他将静闻的经书供奉在迦叶寺，并亲手埋葬了静闻的骨灰，了却了静闻的夙愿。为了怀念静闻，他写下了诗作《哭静闻禅侣》六首，其中几句这样写道：

西望有山生死共，东瞻无侣去来难。

故乡只道登临少，魂断天涯只独看。

这段人生的约定曾经感动了无数人，也让徐霞客无比艰辛的旅程充满了传奇色彩。

此后，他溯金沙江而上，到达丽水，随后又折向西南，一年后到达滇西边陲重镇腾冲。到了腾冲以后，徐霞客本来还想去大理、缅甸，但他的身体状况越来越差，随身的仆人也跑了，他不得不踏上了归途，回到了江阴老家。

回家以后，徐霞客深感老之将至，时不我待，他不会客不访友，而是将全部精力投入到整理自己多年来写的旅行日记中。

崇祯十四年（1641年），躺在病榻上的徐霞客知道自己将不久于人世，他深情地望着这部耗尽一生心血的旅行日记，回忆起昔日旅途中的点点滴滴，不由得老泪纵横，他多想再次背起行李，出发远行啊！可是，这一次他的愿望再也无法实现了！这年3月8日，54岁的徐霞客离开了人世。

他死后，他的旅行日记被整理刊行，这就是闪着光辉的地理名著《徐霞客游记》。这部游记是徐霞客“驰骛数万里，踯躅三十年”而写成的，书中详细记录了他对祖国山脉、水道、地质和地貌等方面的调查和研究，被誉为17世纪最伟大的地理学著作，后来被翻译成几十种文字，流传世界。

《徐霞客游记》既是地理学上的珍贵文献，又是一部优秀的文学著作，因此，后人称赞它是“世间真文字、大文字、奇文字”“千古奇书”，称赞它的作者徐霞客是“千古奇人”。

宋应星：中国的“狄德罗”

明末清初，一部名为《中华帝国古今工业》的书，在日本、欧洲引起了巨大的反响，被称为中国古代科学技术的百科全书。这部书在中国的名字叫《天工开物》，他的作者是明代著名的科学家宋应星。宋应星一生致力于对农业和手工业生产的科学考察和研究，并最终完成了《天工开物》。这部书是世界上第一部关于农业和手工业生产的综合性著作，反映了中国明朝末年出现资本主义萌芽时期的生产力状况，被欧洲学者称为“中国17世纪的工艺百科全书”。

名门之后　早慧少年

宋应星，字长庚，明末清初人，属于名门之后。

1587年，他出生于江西奉新一个没落的大家族中。他的曾祖父宋景自幼聪颖好学，后来成为明代弘治年间重要阁臣。宋景为官清廉，曾推行“一条鞭法”的改革政策，史称其“有古大臣风”，对宋族后代有很大影响。

■ 宋应星像

宋应星的祖父宋承庆博学能文，但却在青年时期就去世了，只留下孤子宋国霖，也就是宋应星的父亲。宋国霖是一个秀才，一生没有做过官。在宋承庆时，宋家还是繁华府第，佣人前呼后拥，具有阁臣府第气派，但到了宋国霖时，宋家开始走向没落。

在四个兄弟中，宋应星排行第三。他自幼聪明伶俐，几岁就能作诗，有过目不忘的本领。为了重振家族的荣光，父亲将希望寄托在几个儿子的身上，宋应星很小的时候，就和大哥、弟弟一起被安排在叔祖开办的家塾中读书。

有一次晨读时，老师让每个人都要熟读一篇文章，可是宋应星起晚了连书也没有翻。老师知道后，狠狠地批评了他，并罚他放学后补读。没想到宋应星当场就流利地背诵出来，并且背得一字不差。原来，他在大哥宋应升背诵时听了几遍就记在心里了。

过了几年，宋应星和大哥宋应升同时考入奉新县县学。兄弟两人读书都非常努力，宋应星除熟读经史及诸子百家外，对宋代的关、闽、濂、洛四大学派也很有研究［关、闽、濂、洛四大学派，依次指的是讲学关中的张载学派、讲学福建的朱熹学派、居住道州濂溪的周敦颐学派和身为洛阳人的程颢（hào）、程颐学派〕。他们传授的学问都非常深奥，一般人很难读懂，但宋应星却能抓住文章的要领和线索，条分缕析，从中撷取精华。

宋应星的爱好极为广泛，除了研究先贤的学问，他对天文学、地理学、物理学、化学、医学、农学及工艺制造学也有浓厚的兴趣，还喜欢音乐、作诗，经常与同窗好友去踏青郊游，吟诗作赋，纵谈天下之事。他曾经熟读李时珍的《本草纲目》和沈括的《梦溪笔谈》，并且对此有自己独到的见解，并萌生了济世救民的想法。

年逾不惑　放弃科考

万历四十三年（1615年），宋应星与大哥赴省城南昌参加乡试。在一万多名考生中，宋应星考取全省第三名的举人，他的大哥名列第六。他的家乡奉新县来了几百名考生，只有他们兄弟两人中举，一时被人们传为“奉新二宋”。这年宋应星29岁。

这使兄弟两人深受鼓舞。这年秋天，兄弟两人前往京师（今北京）参加会试，但这次两人却名落孙山。按照明朝的规制，参加乡试考取举人的，连当县令的资格都没有，一般只能做县域内某一部门的小官吏，而且还要亲自前往京师吏部备案候补，待有空缺后，由吏部安排任命。

如果想要仕途通达，有一番作为，起码当个县令，就必须通过参加会试，考取进士。因此，当时很多读书人在中举后，为了谋求更加远大的前程，并不去吏部备案候补，而是进一步学习，参加会试。宋氏兄弟也决定下次再去参加会试。为了做好应试准备，兄弟两人前往江西九江府著名的白鹿洞书院求学。

然而，兄弟二人一连参加了五次会试，却五次失败。按明代的科举制度，会试是三年一次，兄弟两人从万历四十三年（1615年），经天启一直到崇祯四年（1631年），为中进士耗费了十几年的光阴，到最后一次会试，宋应星已经45岁了。他禁不住慨叹道："生命是何等的短暂，光阴是何等的珍贵，如果将大好光阴消耗在僵化的八股文上，是一种多么大的浪费啊！"

宋应星在多次应试失败的惨痛教训中，终于决定放弃科举考试。由于他兴趣广泛，之前在钻研八股文之余，也常常广泛涉猎哲学、天文、地理、数学、农业及手工业生产等领域的知识。如今，随着年龄的增长，他觉得研究这些实用的科学技术，对国计民生和社会发展才会有切实的作用。从此，宋应星开始了自己一生之中的重要转折。

而他的大哥宋应升，则仍继续准备参加会试。因为当时人们的思想长期受儒家传统观念的束缚，认为科学技术是雕虫小技，只有通过参加科举考试，进入仕途谋取功名才是读书人的最高追求。

县学教员　奋笔疾书

崇祯七年（1634年），宋应星的大哥宋应升去参加第六次会试，这次终于天遂人愿，中了进士。第二年，宋应升做了桐乡县县令。而这时，宋应星经过几年的努力，对我国农业和手工业的研究，已经有了相当的基础，并且在长期的考察中积累了丰富的资料，他准备动手写作一部这方面的著作。

由于长期读书，兄弟二人将祖上留下的家财渐渐消耗殆尽。为保证生活来源，安心写作，宋应星打算谋求一官半职，为此他去吏部备案，打算做一个小官吏。恰逢这时，他的母亲去世，按照封建社会习俗，他要守孝三年。

1634年，宋应星守孝期满，他获得本省袁州府分宜县一份县学教谕的职务。县学有20名学生，教谕类似于现在学校不坐班的教员。完成授课之后，闲暇时间较多，同时又能接触到一些图书资料。

得到这份职务，对于此时的宋应星来说，比考中进士还兴奋。他觉得，这正是他大展宏图的机会。于是，他充分利用这段时间，开始了极其紧张的著述工作。他翻阅了大量古代的参考文献，并虚心向周围经验丰富的人请教，及时记录有关工农业生产技术的知识。

1637年，宋应星终于完成了他一生中最重要的宏伟巨著——《天工开物》。这是世界上第一部关于农业、手工业生产和科学技术的百科全书，也是中国古代一部综合性的科学技术著作。该书于1637年刊发，记载了明朝中叶以前中国古代的各项技术。全书共18卷，附有123幅插图，描绘了130多项生产技术和工具的名称、形状、工序，收录了农业、手工业，诸如栽培、养蚕、纺织、染色、颜料、粮食加工、制糖、酿酒、榨油、烧瓷、造纸、采矿、冶铸、锤炼，以及兵器和舟车制造等，几乎涉及所有农业、工业部门的生产技术和生产过程，以及许多先进的手工业技术和工艺。比如，在冶炼方面，记录了炼铁联合作业，灌钢、炼锌、泥型铸釜、失蜡铸造等方法，还有在生产刀剪时使用的夹钢、钻钢技术，以及纺织方面的技术。当时这些技术在世界上都是首屈一指的，其中不少技术至今仍在使用。

《天工开物》书名取自《尚书·皋陶谟》中“天工人其代之”及《易经·系辞》中“开物成务”。“天工”表示自然的力量，“开物”表示人力对自然的开发利用。合在一起是说，只要提高自己的知识技能，遵循事物发展的规律，辛勤劳动，就能生产出胜过天然的精美物品。表达了人类要和自然相协调、人力要与自然力相配合的朴素的唯物辩证思想，揭示了人的主观能动性对社会发展的重要作用。

《天工开物》写成后，宋应星生活拮据，由朋友资助刊印，旋即引起巨大反响。后来清军入关后，为巩固统治，对所有古籍进行了集中整理、检查、修改和销毁，《天工开物》一度被销毁，埋没了三百年，后来由藏于日本的版本重印刊行中国，并先后被译为日、法、英、德、俄、意等多种文字。《天工开物》被后人誉为“中国科技史上划时代的著作”“世界科技史上重要的文献”。

身处乱世　仕途坎坷

由于宋应星在教谕的职位上，教导学生有方，又博学多才，著述颇丰，得到了人们的敬重，也得到了上司的器重。四年任满之后，破例升任福建汀州府（今福建省长汀县一带）的推官，掌管一府刑狱。由于他正直廉洁，在当地百姓中很有声望。但他一直希望安心研究科学技术，不愿在官场厮混，因此任期未满，就回了老家。

当时正值明朝末年，统治集团昏庸，各地农民起义此起彼伏，新兴的清政权对明朝屡屡进犯，大明政权处于风雨飘摇之中。国家危亡之际，宋应星出任南直隶凤阳府亳州知州。上任后，州内因战乱破坏，官署被毁，他集资努力重建，又把出走的官员招集回来，还自己捐资在城南买下一处宅院，准备建立书院。

然而，正当宋应星积极施政，挽救危局之时，第二年年初，农民军在李自成的率领下攻占北京城，崇祯帝朱由检在万寿山的一棵树上自缢身亡。随后，起义军攻破内城各门，进入皇城，大明政权就此覆亡。宋应星的心愿未遂，不得不辞官返回奉新老家。

不久，清兵进入山海关，包围了北京城。宋应星虽然已经挂冠回乡，但仍心系大明，他按捺不住激动的心情，挥笔草就《春秋戎狄解》一书，借古喻今，痛斥那些汉族大官僚、大地主投靠清统治集团，压迫广大百姓的可耻行径，在南方制造抗清舆论。

随后，南明福王朱由崧（sōng）在南京称帝，史称南明。宋应星被荐授滁和兵巡道和南湍兵巡道，但他均辞而不就。因为他眼中的南明，虽然是大明的延续，但朝廷却是由一群奸佞之人控制，自成立之日起，就一片乌烟瘴气。因此他对恢复大明已不抱任何希望，只想做一名隐士，专心科学技术的研究。

手足离去　晚景凄凉

明朝灭亡之前，宋应星的大哥宋应升已升任广州知府。但是明朝灭亡了，宋应升和弟弟宋应星一样，也对南明缺乏信心，便辞去官职，回到家乡。这对阔别多年的兄弟，却没有一点儿重逢的喜悦，动荡不安的时局给他们增添了无穷无尽的忧伤。

1645年5月，清军渡过长江，南明福王逃走，后来被俘处死，兄弟二人对明朝的前途更加绝望。第二年，与宋应星相伴多年的大哥宋应升题了两首绝笔诗后，服毒殉国。宋应星在安葬了大哥之后，拒绝到清廷去做官。

此后，他一直过着隐居生活，在贫困中度过晚年。康熙五年（1666年），80岁的宋应星去世了。他的两个儿子，长子士慧，次子士意，都很有才情，人称“双玉”。但宋应星生前教导子孙，一不要参加科举，二不要去做官。他的子孙也都尊奉父祖遗训，世代在家乡安心耕读。

宋应星远离官场，不恋权位；他反对不切实际的科举之学，提倡有实用价值的学问；他专心致力于科学技术研究，为促进中国乃至世界科技的发展做出了卓越的贡献。随着他的光辉著作《天工开物》的流传，他的名字也早已被世界上其他国家所熟知，英国科学史家李约瑟对宋应星非常推崇，并由衷地称赞宋应星是“中国的狄德罗”。

詹天佑：中国铁路之父

京张铁路让詹天佑名扬天下，但在京张铁路的修筑过程中，却充满了外国人的冷嘲热讽和不为人知的艰辛。詹天佑不依赖一名外国工程师，不使用外国银行一分钱，是一个铮铮铁骨的中国人。

小小机器迷

詹天佑，字眷诚，号达朝，祖籍徽州婺源人（今江西婺源）。詹天佑出生在一个普通的茶商家庭，小的时候十分聪慧，求知欲强，可是进了私塾以后，私塾里面的老师每天讲的都是些陈词滥调的东西，小詹天佑对这些腻烦透了。

他最感兴趣的是工程、机械知识，他经常用泥巴做小火车、做机器跟小伙伴们一起玩耍，别的小朋友书包里面装的都是课本和一些零食，只有詹天佑书包里装着小齿轮、发条、螺丝刀、镊子这些小零件，他一有空就摆弄着玩。小伙伴都叫他“机器迷”。

一天，小詹天佑对家里嘀嗒作响的闹钟突然产生了兴趣，他想，这个方方的东西为什么会一直走个不停呢？为什么每天到了那个时间就会自己发出响声呢？为什么它能保持匀速运动呢？

为了解开这个谜团，小詹天佑决定打开这个"方盒子"，看看其中的奥秘。

他把闹钟拿到隐蔽的角落，把里面的零件用自己随身携带的螺丝刀一个一个拆了下来。拆的过程中，小詹天佑不停地开动脑筋：这个零件有什么作用？那个零件为什么可以自己动起来呢？小詹天佑一边拆着一边思考，一直把整个闹钟拆到不能拆为止。直到弄清了闹钟的构造与原理，他才把零件一个一个装好，放回原处。

出洋留学

太平天国运动和第二次鸦片战争失败以后，清朝统治者终于看到了中国科学技术的落后，如果再这样下去，会危及清王朝的统治。

这时，清朝在美国留过学的爱国知识分子容闳（hóng）提出：派中国优秀的学生到美国学习先进的科学技术知识。

然而当时的中国传统观念则认为：父母在，不远游。所以招生官员根本就招不到学生，于是清政府的招生官员只好去农村做宣传。即使这样，依然没什么人报名，招生官员只好把眼光放在了当时毗邻港澳的广东地区。

■ 詹天佑像

就这样，长于广东的詹天佑考进了清政府开设的幼童出洋预备班。同年，便随着容闳乘轮船由香港出发抵达上海，在预备学校进行“番书”（英文）的强化训练。

留洋读书，路途遥远，前途未卜。这些预备班的孩子没有一个是官宦人家的孩子，他们都来自普通家庭。

詹天佑刚到美国的时候对一切都感到好奇，高高的楼房，川流不息的汽车，让詹天佑一行人感到更神奇的却是马路上飞驰而过、汽笛声声的铁箱子。那黑色的铁箱子里坐了很多很多人，大家都坐在长长的铁箱子里喝茶聊天。

詹天佑很是新奇，忙问容闳：“这个铁箱子是什么呢？怎么可以跑得这么快？”

容闳回答说：“这个铁箱子叫作‘火车’！不过我也不知道为什么火车会跑得这么快？”

年仅12岁的詹天佑对火车充满了好奇。

1873年，詹天佑考入美国西海文小学。他小小年纪，就知道自己的英文底子不是很好，于是像背四书五经似的天天背英语单词，然后大大咧咧地拉上外国同学来聊天，加强会话能力。

1876年，他以优异成绩考取了纽海文中学。

1878年，他又考入知名学府耶鲁大学，在土木工程系铁路专业进行深造。在耶鲁大学这样藏龙卧虎的地方，詹天佑从来不妄自菲薄，每天都刻苦钻研，各科成绩都很优秀，特别是数学，在大学一、三年级的时候，詹天佑还脱颖而出获得了耶鲁大学数学奖学金。

詹天佑20岁那年，就已经出色地完成了大学本科课程，成为当年归国的一百零五名留美学生中仅有的两位学士学位获得者之一。

中国人可以自己修铁路

然而，作为当时中国唯一一个掌握现代火车技术的工程师，詹天佑却被清政府调往船政局做一名教导员。

满腔热血的詹天佑空有一身本领，却毫无用武之地。

在马尾海战战败后，慈禧太后终于意识到铁路对战争物资运输的重要性，于是决定重新开始修建铁路。

1888年3月，詹天佑被招入位于天津的中国铁路公司，原以为施展自己技能的时刻到了，然而当詹天佑进入铁路公司之后才发现，事情跟他想的完全不一样。

这个铁路公司虽然是中国人创办的，但真正有话语权的却是外国人。

1905年，清政府决定兴建我国第一条铁路京张铁路（北京至张家口）。英、俄都想插手，由于中国人民的强烈反对，他们的企图最终没能得逞。

英、俄使臣威胁清朝政府说："如果京张铁路由中国工程师自己建造，那么到时候我们英、俄两国不会提供任何帮助，你们可知道这样做的后果吗？"

他们原以为这样一要挟，软弱的清廷就无法建造这条铁路了。正当慈禧太后想要答应英、俄使臣的时候，詹天佑站了出来，毫不犹豫地接下了这个艰巨的任务，全权负责京张铁路的修筑。

消息传来，一些帝国主义分子和英国一些报刊挖苦说："中国能够修筑这条铁路的工程师还在娘胎里没出世呢！中国人要想不靠外国人自己修铁路，少也得三五十年。"他们甚至攻击詹天佑担任总办兼总工程师是"狂妄自大""不自量力"。

原来京张铁路从南口往北过居庸关到八达岭这一路全都是高山深涧、悬崖峭壁，他们认为这样艰巨的工程，就算是英、俄两国著名的工程师也不敢尝试，更不用说当时科学技术远远落后的中国人了，那是无论如何也完成不了的。

詹天佑顶着重重压力，坚持不任用一个外国工程师，并表示：“中国地大物博,而于一路之工必须借重外人，我以为耻!”中国已经醒过来了，中国人要用自己的工程师和自己的钱来建筑铁路。

艰难地修路

1905年8月，京张铁路正式开工，紧张的勘探、选线工作开始了。詹天佑亲自带学生和工人，背着标杆、经纬仪，日夜奔波在崎岖的山岭上。

一天傍晚，狂风骤降，呼啸的寒风卷起了八达岭一带的沙石，刮得人睁不开眼睛，八达岭上空乌云密布。测量队的队员看到天气这样恶劣，害怕一会儿会下大暴雨，于是他们匆忙结束工作，随便填个测得的数字，就从岩壁上爬下来。

詹天佑接过本子，一边翻看填写的数字，一边疑惑地问：“数据准确吗？”

“差不多。”测量队员回答说。

詹天佑听到“差不多”这几个字，顿时收起脸上的笑容，严肃地说道：“技术的第一个要求是精密，不能有一点模糊和轻率，‘大概’‘差不多’这样的说法怎么能出自我们工程人员之口？”

接着，詹天佑背起仪器，冒着风沙，重新吃力地攀到岩壁上，认真地又重新勘测了一遍，修正了一个误差。当他下来的时候,手脚早就冻得失去知觉，连嘴唇也冻青了。

不久，勘探和施工进入最困难的阶段。在八达岭、青龙桥一带，山峦重叠，陡壁悬岩，要想在那里开四条隧道，十分困难。

詹天佑经过精确测量计算，决定采取分段施工法：从山的南北两端同时对凿，并在山的中段开一口大井，在井中再向南北两端对凿。这样既保证了施工质量，又加快了工程进度。凿洞时，大量的石块全靠人工一锹锹地挖，涌出的泉水要一担担地挑出来，身为总工程师的詹天佑毫无架子，与工人一同挖石，一同挑水，每天都弄得自己一身泥一脸汗。

保路爱国

1910年，英、法、德、美四国银行团逼清政府签订借款修路合同。1911年辛亥革命爆发，清政府向四国银行借银子镇压革命。随即，清政府发布了“铁路国有政策”，将已归商办的川汉、粤汉铁路收归国有。

收回路权的清政府并没有退还补偿先前民间资本的投入，因此遭到了四川各阶层的反对，从而掀起了轰轰烈烈的保路运动。

在保路运动发展过程中，詹天佑对清政府的腐朽没落有了更进一步的认识。在辛亥革命爆发前，广州城内十分紧张，有钱人大多逃往香港避难，商办粤路公司人员出现离散倾向，詹天佑的朋友也劝他早点离开广州，前去香港避避风头。

但詹天佑丝毫没有理会，他把各部门负责人召集起来，宣布他自己决定坚守岗位，但其他人想走随时都可以离开，不过走之前一定把经办工作交代清楚。在詹天佑的影响带动下，粤路公司没有一个人离开自己的岗位，在整个辛亥革命期间，粤汉列车照常开行。而邻近的广川铁路，因领导人员率先逃跑，铁路运输和财产损失重大。

燃尽生命里最后一点光

"一战"结束后，列强们为了向外扩张，纷纷将主意打到中国头上。1919年，在重新瓜分世界的巴黎和会上，大家争论不休的还是中国的铁路，为了分一杯羹，甚至还有国家提出：国际共管中国铁路。

面对如此情景，詹天佑病倒了。1919年，詹天佑拖着孱（chán）弱的身体参加了远东铁路会议。会议时间冗长不定，原本虚弱的詹天佑更加疲惫不堪。为了保护中国铁路主权，詹天佑据理力争，最终没有让日本人的阴谋得逞。然而不幸的是会议还没结束，詹天佑再一次病倒了，由于身体损伤严重，这一次病倒，詹天佑却再也没能起来。

1919年4月24日，詹天佑逝世，享年59岁。在他弥留之际，念念不忘的仍是他那未完成的铁路事业。

詹天佑曾说："各出所学，各尽所知，使国家富强不受外侮，足以自立于地球之上。生命有长短，命运有沉升，初建路网的梦想破灭令我抱恨终天，所幸我的生命能化成匍匐在华夏大地上的一根铁轨……"

中国历代圣贤故事集

中国历代书画家故事

爱华文 著

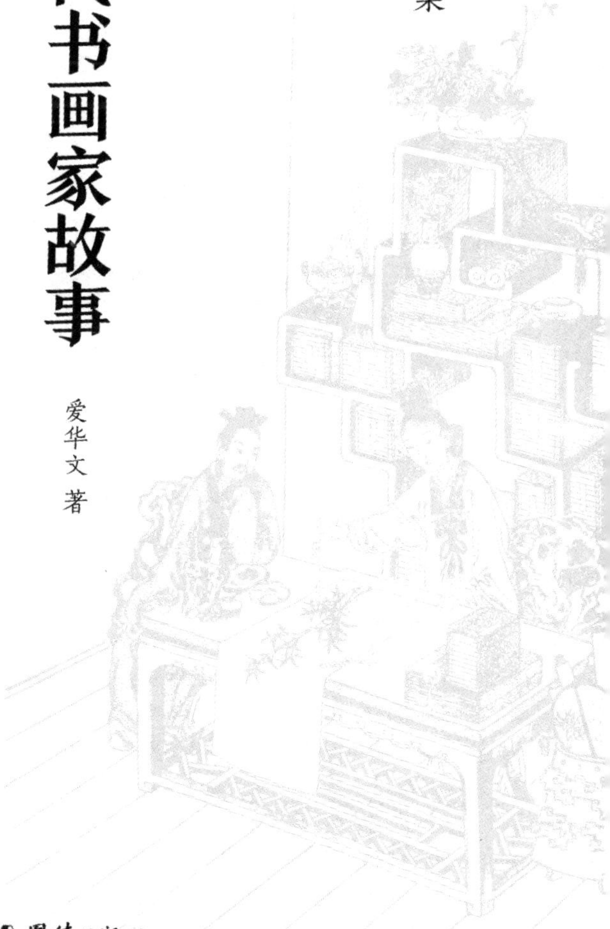

团结出版社

图书在版编目（CIP）数据

中国历代圣贤故事集 / 爱华文等著. -- 北京：团结出版社，2019.8

ISBN 978-7-5126-7253-6

Ⅰ. ①中… Ⅱ. ①爱… Ⅲ. ①故事-作品集-中国-当代 Ⅳ. ①I247.81

中国版本图书馆CIP数据核字(2019)第165301号

出版：团结出版社

（北京市东城区东皇城根南街84号 邮编：100006）

电话：（010）65228880 65244790（传真）

网址：www.tjpress.com

Email：zb65244790@vip.163.com

经销：全国新华书店

印刷：三河市祥达印刷包装有限公司

开本：140×210 1/32

印张：62.25

字数：600千字

版次：2020年9月 第1版

印次：2020年9月 第1次印刷

书号：ISBN 978-7-5126-7253-6

定价：220.00元（全11册）

目录

钟繇：楷书的鼻祖

钟繇（yáo），字元常，三国时期曹魏著名的书法家、政治家。他在中国书法史上有着极其重要的地位，他痴迷书法，博采众长，创立了楷书，后世称他为“楷书鼻祖”，并将他与东晋书法家王羲之并称为“钟王”。同时他在政治和军事方面亦有出色的成就，他忠于汉室，早年曾帮助汉献帝摆脱奸臣陷害，才使曹操能够“奉天子以令不臣”，后来又镇守关中，积极恢复和发展生产，为曹操统一北方提供了强大的后勤保障。

少年贵相　名传乡里

公元151年，钟繇出生在河南颍川长社（今河南省长葛市）一个显赫的世家。他出生不久，父亲就去世了，叔父钟瑜收养了他。他从小就聪慧过人，相貌不凡，叔父非常喜欢他。

有一次，他和叔父一起去洛阳，途中遇到一个相面的

■ 钟繇像

人。相面者一见到钟繇，便对叔父说：

“这个孩子面相富贵，将来一定能成大器，但是会有溺水之灾，因此遇水时一定要小心。”

钟繇和叔父继续赶路，走了十来里路，来到一条小河边。两人正打算从石桥上通过，可是钟繇骑的马不知为什么，突然惊慌嘶鸣，四蹄腾空，一下子将钟繇摔到河里。叔父和旁边的路人赶忙搭救，钟繇这才捡回了一条性命。

但是经过这件事，钟繇却因祸得福，他的名字很快就传遍了乡里，人们都知道了这个孩子有一副富贵相，长大以后一定会出人头地，便都对他刮目相看。他的叔父更是心花怒放，越来越看好这个侄子，并一心想把他培养成才。

叔父听说抱犊山有一个叫刘胜的人，此人学识渊博，书法了得，便托人将钟繇送到那里去学习。钟繇在那里学习儒家经典，也学习书法。

钟繇不负众望，刻苦用功，经过几年的努力，成为了一个学识渊博的少年。于是他离开那里，开始周游四方，开阔自己的视野。他结交当时一些很有学识和名望的人，增长自己的见识，他的名声也越来越大。

长大成人后，他被颍川太守阴修举荐为孝廉，在宫中任黄门侍郎，成为皇帝身边的侍从官。这个官职虽然不大，但是地位非常重要，职责是向皇帝转送大臣的奏章以及向大臣颁发皇帝的诏书，相当于皇帝和大臣之间联系的纽带。

忠于汉室　谋助献帝

当时的汉献帝还年幼，朝廷中外戚和宦官纷纷争权夺利，朝政昏暗，加上连年自然灾害，很多地方爆发了农民起义，此时的东汉王朝已经到了穷途末路。

公元189年，外戚和宦官的矛盾进一步升级，西凉军阀董卓趁机作乱，火烧洛阳城，挟持汉献帝迁都长安，钟繇以黄门侍郎的身份，也随汉献帝来到了长安。第二年，董卓被杀，他的部下李傕（jué）、郭汜（sì）等继续把持朝政。又过了几年，曹操任兖（yǎn）州牧，派遣使者来到长安，上疏汉献帝，向朝廷表达自己的忠心。但是李傕、郭汜觉得现在各路诸侯都想自己当皇帝，曹操派使者前来肯定是不怀好意，便不让使者见汉献帝，并准备将使者扣留。钟繇劝李傕、郭汜，说："当今群雄并起，确实有人是名为替皇帝分忧，实则独霸一方，但是曹兖州能够派使者前来，说明他心有汉室，如果拒绝了他，就会使那些忠于汉室的人失望。"李傕、郭汜觉得钟繇的话有道理，便厚待使者，让使者拜见了汉献帝。

不久，李傕、郭汜等人觉得将汉献帝留在自己手里是个累赘，便想杀害献帝。钟繇得到消息后，立即与尚书郎韩斌谋划，帮助汉献帝逃出了长安，回到洛阳。公元196年，在洛阳走投无路的汉献帝被曹操接到许都，从此曹操便开始“奉天子以令不臣”。

镇守关中　助曹有功

由于钟繇曾替曹操的使者说过话，使其拜见了汉献帝，以及后来又帮汉献帝逃离李傕、郭汜的魔爪，最后才使曹操得以“奉天子以令不臣”，所以曹操对钟繇非常器重，他任命钟繇为侍中兼司隶校尉，代表朝廷镇守关中，掌管关中的军政大权。

关中地势平坦，沃野千里，本来是一块富庶之地，但是由于长期战乱，关中的人口锐减，农业生产遭到严重破坏，社会经济非常萧条。而当时关中的大将马腾、韩遂等各拥重兵，互相攻打，更让本已残破的关中雪上加霜。钟繇了解情况后，便以朝廷的名义给马腾和韩遂各自写了一封书信。在信中，钟繇陈述祸福，晓以利害，最终说服了马、韩二人放下武器，言归于好，并表示将以汉室社稷为重，忠于朝廷。

镇守关中期间，为了充实人口，恢复农业生产和发展经济，钟繇实行了招降纳叛、保护流民、积极垦荒等举措。几年之内就使关中之地人口得到充实，生产逐渐恢复。几年后，在曹操与袁绍官渡大战的危急时刻，钟繇为曹操送去了两千余匹战马和大量粮草，使曹操取得了胜利。曹操对钟繇大加赞赏，亲自给钟繇写了一封信，信中说："关右地区平定，朝廷没有西顾之忧，都是足下的功勋。当年萧何镇守关中，粮草充足，以至大军获胜，也不过与您的功劳相当啊！"

由于长期战乱，洛阳的人口也大量减少，经济遭到重创，随着关中经济的恢复，钟繇便将关中的一部分人口迁到洛阳，洛阳的生产经济也逐步恢复和发展。钟繇的这些举措，为曹操的前线作战，并最终统一北方提供了有力保障。

率军平叛　大义灭亲

钟繇在军事方面也有着极高的才能。他曾多次亲率大军，参加战争，并取得胜利。甚至在一次战斗中，他以天下安定的大局为重，大义灭亲，失去了自己的亲外甥。

公元202年，袁绍的儿子袁尚在黎阳同曹操对抗。袁尚任命的河东郡太守郭援和并州刺史高干以及匈奴单于攻取了平阳，又派遣使者同关中的马腾联合，企图袭击曹操的后方。曹操派钟繇率军出击，打算夺回平阳，却一直没有攻下。

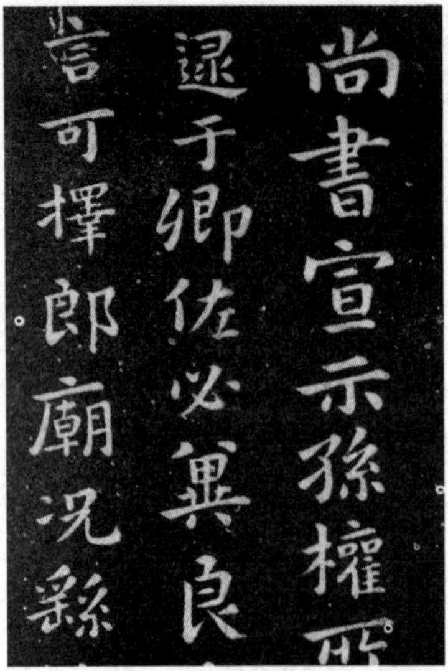

■ 钟繇书法

钟繇手下的将士看郭援骁勇善战，而且联军兵力强盛，便想放弃平阳。钟繇却镇定自若，不慌不忙，他对大家说：“袁尚现在力量强盛，郭援一来就和关中诸将暗中勾结，但是他们目前还没有明目张胆地背叛朝廷，因为他们还在顾忌我的威名。如果我们现在放弃攻城，自行败退，那么他们就会认为是我们害怕他们。而那个郭援刚愎自用，肯定会逞勇好强，要渡汾水作战，到那时我们再乘机出击，定会大获全胜！”与此同时，钟繇又派遣张既暗中说服马腾，说袁尚的力量现在已是强弩之末，让马腾不要背叛朝廷，跟随袁尚。马腾认为钟繇的话有道理，便派儿子马超率领精锐部队与钟繇会合，联合攻打郭援。

正如钟繇所料，郭援果然要渡汾水。钟繇让大家早已做好了准备，等到郭援的部队渡过一半时，马超等人率军出击，大破袁军，郭援本人也被马超的部将庞德斩杀，高干和匈奴的单于投降，平阳之战以曹军取胜而结束。

钟繇见到郭援的首级后，忽然失声痛哭，大家这才知道郭援原来是钟繇的亲外甥。斩杀郭援的庞德大吃一惊，非常害怕，连忙向钟繇请罪，钟繇却说："他虽然是我的外甥，但他是国贼啊！你杀了他，何罪之有？"

魏室元勋　楷书鼻祖

由于钟繇立下的汗马功劳，曹操被封为魏王后，拜钟繇为相国。曹操的儿子曹丕称帝后，钟繇又被拜为廷尉。当时，钟繇与司徒华歆、司空王朗都是曹魏政权的开国功臣。在一次退朝后，曹丕曾对左右说："这三位长者，都是一代伟人啊，后世恐怕很难有人与他们相比了！"

魏明帝曹叡（ruì）即位后，钟繇晋爵为定陵侯，被拜为太傅。这时，钟繇已经是76岁高龄的老人了，因为患有膝关节炎，跪拜不便，而华歆、王朗两人也都年迈，明帝便特许他们三人入朝不拜。而且每逢入朝觐见，皇帝都会派卫士抬着轿子将三人抬到大殿上，让他们就坐。这在当时是非常高的礼遇。

钟繇在繁忙的政务之余，还有一个很大的爱好，就是研习书法。他早年跟曹喜、刘德升等人学习书法，后来又博采众长，敢于创新，在篆、隶、行、草多种书体的基础上，创立了楷书。自钟繇开始，楷书逐渐成为社会通行的汉字规范，所以他被后世尊为"楷书鼻祖"。

钟繇对书法的研习到了痴迷的地步，他不分白天黑夜，不论场合地点，有空就写，有机会就练。晚上躺在床上，就在被子上写，时间一长，被子都被写穿了一个洞。有时看到花草树木、虫鱼鸟兽等自然景物，他也会与笔法联系起来，去厕所时，想到着迷处，竟然会忘了出来。他不但自己痴迷钻研，而且还不耻下问，甚至到了不惜性命的地步。有一次，他与曹操、邯郸淳和韦诞等人一起把酒言欢，讨论书法技巧。酒后，韦诞拿出大书法家蔡邕（yōng）的练笔秘诀《笔势》一书炫耀。钟繇一见，迫不及待地想要借来学习，却被拒绝了。钟繇不死心，又亲自上门用重金购买，还是被拒绝。钟繇求而不得，一气之下口吐鲜血，晕死过去，幸亏曹操用五灵丹给他服下，他才被救醒。

他不但对自己要求严格，对弟子门生要求也很严格。据说弟子宋翼学书极其认真，却毫无效果，经常被钟繇训斥。宋翼发奋练习，后来终于学有所成，成为当时有名的书法家。钟繇的幼子钟会在父亲的严格教导下，在书法上也相当有造诣，后人因此称钟繇、钟会父子为“大小钟”。

钟繇现存的传世作品主要是小楷，代表作有《贺捷表》《荐季直表》《宣示表》《力命表》等。遗憾的是，这些都不是钟繇的真迹，而是后人临摹的成就较高的作品。南朝庾肩吾将钟繇的书法列为“上品之上”，唐张怀瓘（guàn）则评其书法为“神品”。

公元230年，钟繇因病去世，享年80岁。临死的时候，他把幼子钟会叫到身边，交给他一部关于用笔之法的书，告诫钟会练习书法要刻苦用功，并让后代子孙永远铭记。

王羲之：中国书法史上的“书圣”

王羲之是东晋时期著名书法家，有“书圣”之称，他兼擅隶书、草书、楷书和行书。他笔力雄劲，力道入木三分，技艺炉火纯青。他的代表作《兰亭序》被誉为“天下第一行书”。

竹扇题字

日落西山，平日山阴城最繁华的街道上行人也渐渐稀少下来，城口那个卖扇子的老婆婆还在有气无力地叫卖着。她坐在小板凳上，面前摊开的破布上摆了不少扇子：竹扇、绢扇、羽毛扇、纸折扇、蒲葵扇……种类繁多，但是扇子上的花样却很单一，既无字也无画。老婆婆身旁有个竹篮，里面还堆着大半篮扇子，显然生意不好。越来越稀少的路人匆匆从旁经过，几乎没有人驻足看扇，老婆婆愁眉不展。

一个衣着干净的中年人路过老婆婆的摊位面前，停了下来。老婆婆正以为有生意可做，但一眼就看到那人腰间挂

■ 王羲之像

着更精美的扇子，身后还跟着个书童，目光瞬间又黯淡下来，那不是个寻常老百姓，不可能买她的扇子。

“您这扇子做工虽然好，但是既无字又无画，定然不好卖。我来给您这扇子题几个字，怎么样？”中年人温文尔雅，老婆婆觉得他是个好心的富人，呵呵笑着应了下来。中年人从书童手中接过笔墨，随手从扇子堆里挑扇题字，随性而写，小扇面上题两三字，大扇面上唰唰写上两句诗，隶、草、楷、行，挑、点、折、捺，没有哪一种笔法不是行云流水而又平和自然的，看得书童忍不住拍手大赞。

中年人题完一小堆扇子，收了笔墨准备走，书童乐呵呵地说道：“老婆婆，您在这儿吆喝着，就说扇子上的字是王右军题的！”老婆婆不识字，也没听说过这位“王右军”的名号，但还是把“王右军”三字给吆喝了出来。

老婆婆也不明白怎么回事，吆喝了不到一盏茶的工夫，只觉得恍恍惚惚，扇子摊周围就挤满了人，其中不乏衣着光鲜的纨绔子弟、谈吐文雅的读书人。

“翩若惊鸿，婉若游龙，这还真像是他琅琊王氏的笔法！你们看，这一点，普通人哪里点得出来？”一位儒雅的老者眼中放光，细细品味着扇子上的字，不住地赞叹。

“看这一笔，这得多少年的火候，我可写不出来……你们谁写得出来？”

老婆婆又惊又喜，寒酸的扇子摊不寒酸了，就因为那位“王右军”的几个字？众人围在扇子摊前品来品去，最终认定这就是“书圣”的真迹，纷纷抢着掏钱，一篮扇子很快就卖空了，连没题字的也被人稀里糊涂地给买走了。

这位在扇子上题字的、书童口中的“王右军”，就是名垂青史、人称“书圣”的大书法家王羲之！

笔山墨池

王羲之之所以能把字写得让任何人都叹服，原因有两个：兴趣与努力。

王羲之出身于东晋时期的琅琊王氏家族，王氏家族是真正的豪门望族，无论财富还是权势在整个东晋王朝都排得上号。王羲之的祖父是尚书郎，父亲是淮南太守，他的一位伯父王导是丞相，另一位伯父王敦是有名的军事统帅，其他的亲戚朋友在朝廷也多多少少有一席之地。实际上，连东晋王朝的建立和王氏家族也有莫大的关系，因此连东晋皇帝也对王家敬重有加。

这样的家族必定会重视家族文化素养，王羲之自然而然地受到了文化方面的熏陶，自小便对书法有浓厚的兴趣，父辈们泼墨挥毫，他常常在一旁观看。他7岁开始学习书法，10岁时已经写得很有水平了。

王家藏有一本珍贵的书法秘籍——《笔谈》，被王羲之的父亲王旷放在枕头底下，视若珍宝。王羲之偶然发现以后，就时不时地溜进父亲的房间偷看。父亲担心王羲之年幼不知保密，导致秘籍外传，便怒斥他，并说等他长大以后才能传给他。王羲之却比父亲想象的成熟得多，他当着家人的面跪下，恳求父亲道：“日出就能做好的事情，为什么非要等到日落才做呢？长大再学，那不成了日暮之学，我这大好的青春年华岂不白白浪费了？”王旷一听王羲之这番言论，十分惊异，认为这不是普通小孩能说得出来的，于是决定早点儿培养王羲之。父亲开始给王羲之逐字逐句地讲解《笔谈》，并且让他拜在当时著名的书法家卫夫人门下。

卫夫人练书法很勤奋，年轻时她曾在山上苦练书法，把山间的石头、树皮写满了字。后来下大雨，山上流下来的雨水饱含墨汁，附近的山民引以为奇，到处传言“山头下过墨汁雨”。王羲之跟随卫夫人练书法，刻苦程度和卫夫人一般。王羲之家中建有水池，每天练完字，他都要在水池中洗笔，久而久之，那水池看起来装的都不是水了，而是一池墨，至于练坏的毛笔，都可以堆成一个小山包了。后来，王羲之每到一个地方，基本都会练出一个“墨池”，他到很多地方任过职，因此今天的浙江永嘉积谷山、江西庐山归宗寺、抚州临川周学岭都留有他的墨池遗迹，这是后话。

王羲之还因练字刻苦闹出过笑话。据说有一次他在书房练字，丫鬟给他送来一盘馍馍和半碗蒜泥。丫鬟催了又催，馍馍都快凉了，王羲之却只顾练字，一口也没吃。丫鬟气呼呼去和夫人抱怨，说您儿子练字入了魔，饭都可以不吃了。夫人领着丫鬟正要来教训王羲之，却见王羲之一手拿馍，另一手还不忘练字，嘴上糊的满是墨汁。看得两人顿时哈哈大笑，王羲之竟然错把砚台当作蒜泥碗，还吃得津津有味。

东床快婿

王羲之在一天天的苦练中渐渐成长，书法技艺也越来越成熟，很快就超越父辈们。但是，王羲之仍然对自己的书法很不满意，因为他练来练去，一直没有突破卫夫人的樊笼，字体里始终留有卫夫人的影子。卫夫人曾教导王羲之，真正的大师要写出自己的“体”，仅仅模仿前人的笔法，练得再好也只能算是个会写字的人，并不算真正的书法大家。王羲之不愿一味仿古，想要自成一家，因此大多数时候都少言寡语，沉浸在练字与悟字之中。

东晋太傅郗（xī）鉴有一个女儿，已经到了嫁人的年龄。

■《兰亭序》

郗鉴和王羲之的伯父宰相王导是好朋友，他便想把女儿嫁给王家。王家若与郗家联姻，在政治上对双方都有好处。王导于是欣然答应，要郗家尽管来王家挑女婿。这天，郗家派人来了，王导便召集儿子、侄儿们来商谈婚事。儿侄们听说郗家小姐如花似玉，温柔贤惠，均表现得很积极，一个个更冠易服，精心打扮。王导与郗家的人本来谈得兴高采烈，但是看来看去，发现少了一个人，王家未婚配的儿侄有20人，这次却只来了19人，还有一个哪儿去了？那个没来的正是王羲之，他还穿着平日居家的衣服，躺在东边厢房的床上，琢磨自己的书法呢！

郗家派来的人回去以后向郗鉴报告说：“王府20个年轻公子都还不错，才华相貌没有哪个不好的。”郗鉴问他有没有表现比较突出的，那人回答说：“突出的没发现，倒发现一个奇怪的。公子里有个叫王羲之的，我们前去选婿，整个王家都热热闹闹以礼相待，可是那公子居然好像不知道此事，还像个愣头儿青赖在东厢房的床上若无其事地研究书法。”郗鉴惊讶道：“我听王家提到过他们有位公子书法造诣很高，想必就是这个王羲之了，我且去看他一看！”

不久后，郗鉴亲自来到王府见了众位公子，对王羲之格外留心。他觉得王羲之书法有成，却仍然含而不露，潜心钻研，不被外物干扰，日后必然会令人刮目相看。就这样，郗鉴很快就将王羲之招为女婿，王家其他公子又是羡慕又是嫉妒，都叫王羲之“东床快婿”，意思是他仅仅因为躺在东厢房的床上就被选中做女婿，后来这四个字不知怎么流传下去，成了“好女婿”的代名词。

入木三分

和郗家小姐成亲以后，书法在王羲之心中的绝对地位依然没有改变。因为家族的关系以及自身认真的个性，王羲之从来都不缺官位。短短20年里，他历任秘书郎、宁远将军、江州刺史，后来做上会稽内史，还兼任右军将军。右军将军在东晋已经是三品以上的官职了，权势显赫，这也是王羲之后来被叫作“王右军”的原因。

王羲之辗转多个地方任职，生活环境变了又变，但是琢磨书法的习惯从来不曾改变。日复一日，年复一年，中年时候的王羲之的书法便已经到了炉火纯青的地步，他的手笔在社会上有了相当大的名气，开始被人们传得神乎其神了。据说，有一年皇帝去北郊祭祀前，命王羲之把祭祀祝词写在木板上，以便让工人雕刻出来，做成祝版。那工人拿着写好的木板准备雕字，却发现王羲之笔力千钧，那祝词竟然一直透到木板深处去了。工人削了一层又一层，足足削进去三分深度，笔迹才见底，以至连皇帝都对王羲之惊为天人。

王羲之的名声越来越大，向他学习或求字的人越来越多。有一年，王羲之趁闲暇之时游山玩水，途中看到一群白鹅，这些白鹅身形矫健，羽色纯净，叫声洪亮，又漂亮又健康。王羲之本来就喜欢养鹅，他认为养鹅和练书法一样可以陶冶情操，并且从鹅协调的形态和动作中也能领悟到书法的道理。看到这么难得的一群好鹅，王羲之心里十分痒痒，于是在周边打听是谁养的，决定就算花再多的钱也要买下来。最终，王羲之找到了鹅的主人，那是附近的一位道士。道士一看原来是大名鼎鼎的王羲之要买鹅，喜不自胜，他跟王羲之商量说：“这鹅我万分喜爱，其他人我是万万不会卖的。但是，只要您王右军能亲笔为我抄写一部《黄庭经》，那这鹅直接送给您都行！”王羲之欣然答应，当即挥毫给道士誊下《黄庭经》，领走了这群漂亮的白鹅。

隐居会稽

通过以书换鹅的事情，足见王羲之的书法多么受人欢迎。他此时的书法已经摆脱了之前书法的樊笼，有了属于自己的风格，世人皆以藏有他的书法作品为傲。当然，这样的盛名也给王羲之带来过小小的不便。

每年除夕，王羲之都会亲自给自己的住处写春联，毕竟世上字比他好的人很难找出来。但是，王羲之的春联贴在门前的时间最多不会超过三天，因为大家都将他的笔迹当作至宝，总有人趁着四下无人，偷偷把他的春联给揭了收藏起来。甚至有好几年，王羲之除夕夜刚贴出的春联，还没到第二天早上就已经消失得无影无踪了。有一年除夕夜，王羲之担心没到第二天春联就被人揭，于是把上下联都只写下半截，然后贴了出去。夜里，不少人瞄上了他的春联，但是一看之下均是大惊，不愿去揭开。那春联究竟写的是什么呢？竟然是“福无双至，祸不单行”！这样的春联谁愿揭？要揭也不能在大过年的时候揭，实在是太不吉利了，于是这半副春联得以保留。但是，附近的人都很奇怪，王羲之不至于真贴着这副对联过春节吧！当然不会。到了正月初一寅时，王羲之早起补全了春联——“福无双至今朝至，祸不单行昨夜行”。春节一大早，大家看到春联的意思完全反转，无不拍手叫绝。

功与名二者皆有，但是王羲之绝对是个淡泊名利之人，年纪越大，他越觉得自己应该摆脱功名的牢笼。公元355年，年过50的王羲之称病辞了官职，和家人迁居金庭（今浙江嵊州）的会稽山，在那里开垦田园，植桑种树，建造书楼，放养白鹅，并教人习书作画赋诗。没有了官职的束缚，王羲之的时间更多了，书法造诣也更上一层楼，真正到了随心所欲、出神入化的地步。他的作品渐渐挂满了书房和厅堂，人们称他的住处为“华院画堂”，如今，那个地方所在的村子都叫作“华堂村”。公元361年，年老的王羲之在住处溘然长逝，葬在了这个山清水秀的地方。

王羲之的真迹如今已经少有人见过，留存于世的大多是后世书法家的摹本，但是他在中国书法史上的地位无人能撼动，他的《兰亭序》被誉为“天下第一行书”，实至名归。后世的大书法家诸如欧阳询、颜真卿、柳公权，无一不受到王羲之的影响，也无不对他心悦诚服，尊其为“书圣”，连唐太宗李世民看了王羲之的书法之后也感叹道：“心慕手追，此人而已（我心中钦慕的，笔下模仿的，也就是这个人了）！”

王献之：书法“小圣”，傲然才子

王献之是东晋著名书法家、诗人和画家，是“书圣”王羲之的儿子，与其父在书法史上并称“二王”。他在楷书和隶书上有深厚功底，以行书和草书闻名，并有“小圣”之称。

天赋异禀

公元344年的一天，会稽山阴一座美丽的庄园里传出声声啼哭。庄园的主人是“书圣”王羲之，这声声啼哭正是王羲之刚刚出生的儿子所发出的。王羲之早已官位显赫，声名远扬，如今最大的心愿就是多养几个儿女，看着这刚出生的儿子，他心中的幸福无以言表，这已经是他第7个儿子了！王羲之给儿子起名“献之”，献之的哥哥们有的已经成才，此时王羲之完全没有想到，很多年后最能继承他衣钵的竟然是这个最小的儿子。

王献之自小就非常聪慧，说话做事都有异于常人的地方。他才六七岁大的时候，有一次发现府上的门生们聚在一起下棋，便兴冲冲地跑过去观看，不过这棋才下到一半，他就能推断出输赢了。王献之觉得自己很了不起，便大声叫道：“南边的绝对会输！”俗话说“观棋不语真君子”，门生们正下得兴起，这一声叫难免有些扫大家的兴，下棋的和一旁看棋的都有些不满，就一边逗弄一边责怪地说：“嘿，你个小孩子懂什么？现在判断输赢就像从管子里观察花豹，只能看到豹子身上的一块花斑，看不到整个豹子。”王献之一听，气呼呼地说：“我真是远惭荀奉倩，近愧刘真长。”荀奉倩是三国时期的魏国名士，刘真长则是东晋很有名气的人物，这两人有一个共同特点，就是为人孤高，从不亲近下人。王献之这么说的意思就相当于“我真不该和你们接近”，门生们被一个孩子这样说当然有些尴尬，但是都觉得王献之能说出这样的话，脑瓜子不简单。

王献之的聪慧，让他从小就获得了很多夸赞。他出生在“书圣”之家，自然常常接触到笔墨，屋内挂着“书圣”的字画，门外贴着“书圣”写的对联，这使得他从小就对笔墨书画之类有了一种特殊的情愫。王献之是王羲之最小的儿子，但是却从父亲身上继承了最多的书法天赋，他才10岁笔法就已经掌握得不错，甚至能和大哥、二哥一较高下了。有一次，王献之正在聚精会神地练书法，碰巧被王羲之看到。王羲之经常跟儿子们讲“笔力”，便想试试小儿子笔力如何，于是就不声不响地摸到王献之背后，猛地将他手中毛笔一抽。结果，王献之胳膊都被带起来，但是笔却仍然稳稳地握在手中，半点儿脱落的迹象也没有。一试之下，连王羲之也觉得惊异，他不由得感叹说："以后你的书法也会有名气的。"

十八缸墨

10多岁时，王献之的书法已经十分成熟，在同辈人中很难找到和他一较高下的对手，父亲因此对他抱有极大的期望。这时的他自视甚高，甚至认为再练几年差不多就可以达到父亲的水平了。

有一次，王羲之去朝廷办事，家里人摆了个小酒席送行。出门时王羲之乘着酒兴在墙上画出几个字，意气风发地走了。王献之等父亲走远后，小心翼翼地把墙上的字擦掉，自己又就着模模糊糊的印子把字补了起来，左看右看，觉得补得挺好，跟父亲写得一模一样。等王羲之办完事回来，看到墙上的字，惊讶道："哟，我临走时喝酒还真喝迷糊了，居然写出这样的字来！"王献之一听父亲的话，如同被浇了一盆凉水，原来自己的书法水平和父亲还差得远呢。

有一天，王献之和妻子闲聊，正巧提到书法，王献之在一旁说道："再练个三年，我的字应该就够好了吧！"王羲之登峰造极的书法技艺靠的是自身几十年勤勤恳恳的努力，他不希望儿子仅仅捏着这一点儿靠天赋达到的小成果沾沾自

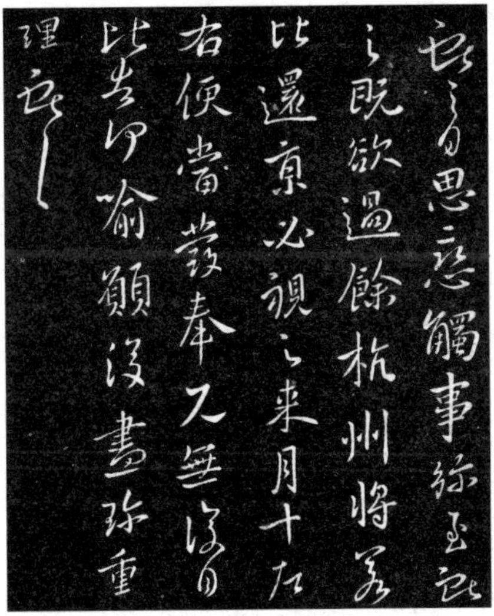

■ 王献之书法

喜，于是沉默不语。气氛有些尴尬，王献之望向母亲，母亲摇头笑着说：“三年，那还远着呢！”王献之说：“那五年应该差不多了吧。”母亲依然答道：“五年也不够！”王献之急了：“那得多久？”王羲之站起身来走到窗边说道：“书法不是凭一点点天赋就能一蹴而就的。你看窗外那口大水缸，如果用它来装墨，那你要写完这样大的十八缸墨，字才能有骨架子。”

王献之觉得父亲把书法说得太难了，心中并不服气，他暗下决心，定要证明自己很快就能练好字。他冲进书房，埋头苦练，一段时间后便觉得自己的字已经和父亲写的差不多了，心中有些洋洋自得：哼，我练好字可不需要那么久！他竭尽全力写了一大摞纸，兴冲冲地抱去给父亲看，谁知父亲翻了又翻，并不满意。

“看这个最简单的‘大’字，就写得没架势，上紧下松！”王羲之给他指点着，顺手拿起笔点了一点，“大”字变成了“太”字，但就这么简单地一点，这个字顿时就有气势多了。王献之对父亲的评价很不满意，又把作品抱去给母亲看。母亲对他呕心沥血写出来的字看了又看，说道："你练了这么久的字，只有一点比得上你父亲。"王献之欣喜若狂："哪一点？"母亲指着纸上某处说道："这一点！"王献之定睛一看，心中打了个颤，欣喜之情瞬间没了，原来母亲所指的正是父亲帮他写的那一点。

王献之这才相信，原来父亲说要练完十八缸墨并不是夸大其词，高超的书法技艺只有通过长年累月的练习和领悟才能获得，没有捷径可走。自此以后，王献之练字更加勤奋，书法水平越来越高超，也有了更开阔的视野，他不光局限于学习父亲的字，还常常研习其他书法大家的作品。

王献之对汉朝书法家张芝的字喜爱有加，他从中汲取营养，运用到自己的书法里，自成一体，别具一格。他的行书和草书写得尤其漂亮，自创的"一笔书"由上而下一笔连贯书写，看起来格外气派，获得了极高的评价。

心性傲然

天赋和才华让王献之一直活在旁人的称赞中，他因此养成了比较孤高的心性。

王羲之和当时的大政治家谢安是好朋友。有一次，谢安家里办喜事，王献之和哥哥王徽之、王操之作为晚辈去谢安家里拜访。两个哥哥和谢安以及其他客人有一句没一句地谈着世俗之事，王献之却静静地在一旁想着自己的事，和其他人打了个照面也只简单问候两句。等他们离开谢家后，谢安和客人们聊起了王氏兄弟，客人们问谢安觉得这兄弟几个谁更优秀，谢安很肯定地回答是王献之。客人问原因，谢安回答说：“大多数杰出的人都是少言寡语的，王献之心性孤高，不多说话，但是举手投足间又看不出来一点儿懒散的迹象，所以他肯定是个有所作为的人。”

有一年，皇帝的太极殿修整完毕，此时王羲之已经去世，谢安便想让王献之来题写匾额，但他知道王献之做事很随性，不好直说来强迫他。有一次，刚好王献之前来拜访，谢安就旁敲侧击地提示他：“我听说，曹魏时期凌云殿落成时，那匾额上‘凌云殿’三字还没题写好，但是工匠们没注意，把匾额给提前钉上去了。那匾额后来取不下来，大家只好委屈书法家韦诞站在筐子里，然后用辘轳吊他上去题写匾额。匾额离地面二十丈高，等韦诞心惊胆战地题写完，头发都白了，人衰老得不成样子。他回家后就告诫子孙，以后不要练习楷书了。最近太极殿也修整完毕……”话说到这儿，王献之已经明白谢安的意思，便回答道：“怎么会那样？如果真有这种事情，那只能说明曹魏功德太薄无法长久。”谢安知道王献之不愿题写匾额，只得作罢。

不过，纵然王献之才华横溢，也并不是所有人都能向谢安这样容忍王献之，他这种傲然的心性也让一些人忍受不了。当时的平北将军参军顾辟疆在苏州建了一座私人园林，很有名气。王献之路过苏州，听说了这里有一座美妙的园林，便直接带着随从进去参观了。那个时候，顾辟疆正在园林里宴请宾客，但是王献之却旁若无人地在园林里指指点点，评论哪里景色漂亮，哪里设计得糟糕。其实，王献之和顾辟疆根本就不熟，两人最多也只是互相听闻过对方的名字而已。顾辟疆生气地说道："对主人态度傲慢，这是失礼；因为高贵的地位而无视别人，这是无理。没有这两方面，不管怎样也只能算是个粗俗鄙贱的村夫罢了。"顾辟疆指责完王献之，还要求他的随从退出了园林。但是，王献之却泰然自若，依然自顾自地欣赏园林。最后，顾辟疆虽然迫于王家的情面让人恭敬地将王献之送了出去，但是心中却十分讨厌王献之这种对任何人都傲慢不屑的态度。

英年早逝

王献之一生心性孤傲、随性而为，从不在意旁人看法，但是有一个人他十分在乎也对其十分愧疚，这种愧疚甚至影响到了他的生命，这个人就是他青梅竹马的妻子——郗道茂。

郗道茂是东晋名臣郗鉴的孙女，郗鉴是王羲之的岳父。

郗、王两家自来交好，王献之和郗道茂从小玩到大，到了年纪就自然而然地结婚了。他们两人性格合拍，志趣相投，生活很幸福。既然如此，王献之的愧疚又从何而来呢？这要从一位名叫司马道福的公主说起。

司马道福是东晋简文帝的女儿，称新安公主。新安公主本来已经嫁给了东晋权臣桓温的儿子桓济，这当然不是公主的本意，而是被皇帝和权臣们安排好的，为的是政治上的稳定。但是，后来桓济密谋夺取兵权被发现，新安公主的这段婚姻便结束了。

重获自由的新安公主首先想到的就是王献之，王献之才华横溢，她仰慕已久。于是，新安公主便央求皇上和皇太后安排她和王献之的婚姻，皇太后和皇上当然还是疼爱公主的，而且王家的势力大，和王家联姻也可以巩固他们的皇权。于是，王献之和新安公主的婚姻就被皇帝和皇太后指定了。

王献之和郗道茂情深似海，心中万分的不愿，可是皇帝的话怎么能随便违抗？王献之想来想去，实在狠不下心离开妻子去娶根本不爱的公主，于是，他借口熏艾草治病，然后故意用艾草将双脚烧成了重伤，后半生只能拄着拐杖走路了。然后，他便向皇帝禀明自己已经残废，娶不了公主。然而，让王献之没想到的是，他的自残也没能改变新安公主的决定，公主是死心塌地要嫁给他，即使他是残废！

最终，王献之在皇权的强压之下和妻子郗道茂离了婚，娶了新安公主。王献之的地位更高了，心却死了。妻子郗道茂没过几年便郁郁而终，王献之对她的思念一天胜过一天，他的楷书名作《洛神赋十三行》表达的就是对郗道茂的思念。

王献之心中的愧疚一天天地累积，再加上脚上的伤，才中年的他憔悴得如同油尽灯枯的老人。终于有一天，王献之病倒了，家人感觉问题严重，请了道士来做法。道士让王献之坦白自己的过错，王献之虚弱地说："其他的事情还不不知道，我只记得和郗道茂离过婚。"

不久后，王献之就病逝了，年仅43岁。如果没有英年早逝，他或许还能登上书法史上更高的山峰。王献之在书法上的造诣已达到了和父亲王羲之相近的程度，为中国书法的传承和开拓做出了卓越贡献。人们尊王羲之为"书圣"，也尊王献之为"小圣"，父子俩被人们合称为"二王"。

顾恺之：才绝、画绝、痴绝

顾恺之是六朝四大家之一，他博学多才，诗赋和书法都很出众，尤其擅长绘画，精于人像、佛像和山水等题材。他沉醉于艺术文学，淡泊名利，在当时有才绝、画绝、痴绝的“三绝”之称。

为母作画

公元350年，顾家的小少爷顾恺之才刚学会走路，但他胆子很小，总是不敢迈步子，害怕摔倒，只能由丫鬟牵着，摇摇晃晃地走，没走两步就不愿意再迈步子，这时丫鬟只能无奈地抱起他，把他带回房间。

“你老这么惯着他，他会过于娇气，到时更不愿意走路了，老爷是会怪罪你的。”奶妈看见丫鬟如此娇惯顾恺之，无奈地摇摇头。这要是她自己的孩子，肯定放手让他走，哪怕摔上个一两次，也无大碍。总让人抱着，不近土气，怎么学得会走路呢？

■ 顾恺之像

丫鬟也是没有办法，自从夫人去世后，她就成了半个母亲，需要照顾小少爷的饮食起居。老爷又公务繁忙，根本就没时间过问小少爷的情况。她也是个没当过母亲的人，小少爷一旦哭闹，她可是招架不住的。

“奶妈，这孩子没走几步就哭闹，实在恼人，我也害怕日后老爷怪罪，这可如何是好呢？”丫鬟向奶妈求救。小少爷已经日渐长大，以后要是还不愿意走路，她可是抱不动他的。

“小孩子生性爱玩，你可以带少爷出去玩，他玩心大起时，自然不会让你再抱他，自己就会下地玩耍。”

丫鬟觉得奶妈说得有道理，向她道谢后就抱着小顾恺之去禀报老爷。顾恺之当然听不懂丫鬟和奶妈的对话，但当丫鬟把他抱出了顾府，他看见外面来来往往的人时很是开心，就挣脱着要下地自己走。丫鬟把顾恺之放下，又害怕他摔倒，只能时时跟在后面，眼睛一刻也不敢离开他。后来，顾恺之终于不再害怕走路，会说话后，就经常被丫鬟带着去找别家的小朋友玩耍。

有一次，顾恺之的父亲带着顾恺之到朋友家做客，朋友家里刚好有个和顾恺之年纪相仿的孩子。

“恺之，去和他玩吧。”

顾恺之向来不喜欢聚会，有小朋友跟他一起玩耍他当然乐意，只是这个小朋友好像有些腼腆，不太敢和顾恺之亲近。只见他一直拉着一位妇人的衣袖，小声地说：“母亲……”

那妇人摸了摸他的头，看向顾恺之，又低下头对自己的儿子说：“去和恺之玩吧。”

顾恺之抬起头看了看那位妇人，心里有种奇怪的感觉，为什么别的小朋友都有母亲，却唯独自己没有？别的小孩子在外面玩耍时都是被母亲叫回家的，却唯独他是被家里的丫鬟带回家的。

回家后，顾恺之就问他的父亲：“为什么别的小孩都有母亲，我却没有？”

“你怎么会没有母亲呢？”顾父一直刻意没有和顾恺之提起过他的母亲，即便是在他懂事之后，他以为顾恺之自己会慢慢明白。

顾恺之接着刨根问底道：“那父亲你告诉我，我母亲长什么样？”顾父不答，顾恺之就一直缠着他，他没办法，只好向顾恺之描述他母亲的样子。

知道了自己母亲的长相，加上那时的顾恺之已经有了绘画功底，于是他就照着他父亲描述的样子，将母亲画在了纸上。每画好一幅肖像，顾恺之就跑去问父亲画得像不像，父亲每次都在肯定后又表示遗憾，总有一些地方不够传神。又过了半年的时间，顾恺之再次拿着画好的画像请父亲过目，这次，父亲很高兴地说："很像！身材容貌都很像，只是眼睛不太像。"

顾恺之得到父亲的赞美，虽然很高兴，可是他一定要将母亲的样子分毫不差地画下来，因此他又花了一年的时间，完成了母亲的画像。这一次，父亲拿着母亲的画像看得都舍不得放下，连说："像，太像了！尤其眼神最像。"从此，顾恺之画人像的技术，尤其是"点睛"的功夫独步当时的画坛。

开光点睛

南京的瓦官寺新建成时，还需要一笔资金进行装修完善。于是僧侣就请一些官员和有钱人来进行募捐，但这些人的捐助没有一个超过10万钱的，这离募捐的资金还相差甚远。

数月已经过去，僧侣们都有些着急，但是捐助纯粹是个人意愿，他们也不能勉强任何人。尤其是那些官员和有钱人这时候偏偏都打马虎眼，没一个慷慨解囊的。

寺里一些有修为的僧侣倒是看得开："捐多捐少都是缘分，施主的钱也不是大风刮来的，这里是寺庙又不是黑店。"

话虽如此，但那些平日里花钱如流水的达官贵人们还是令人寒心，他们宁愿一掷千金博戏子一笑，也不愿意多布施一点儿给寺庙，捐助也是在做善事，却没有人愿意花钱行善，倒也奇怪。

小僧侣们正干瞪着捐资簿烦恼着，这时候来了一位年轻人，怎么看都不像是有钱人的样子，这位年轻人在捐资簿前驻足良久。

“这位施主可是要捐资？”小僧侣虽然看出这位年轻人囊中羞涩，但是师父常说出家人以慈悲为怀，万不能以貌取人。

“对啊。”说着年轻人提笔一挥，就在捐资簿上写下“捐资100万钱”，旁边还写上了自己的名字“顾恺之”。

那时，顾恺之不过20岁，自己囊中羞涩，却敢开出这样的空头支票，这让小僧侣疑惑不已。

“敢问这位施主，这100万钱从何而来？”小僧侣询问。

“难不成这钱还能从天上掉下来吗？”顾恺之笑着对比自己矮半个头的小僧侣说，“可否让我见见你们的方丈？”

小僧侣认真打量了顾恺之一番，想着反正他也只是想要见方丈，就答应他：“施主请随我来。”

见到方丈，小僧侣先是对方丈耳语了一番，而顾恺之的脸上始终挂着自信的微笑。

听完小僧侣所言，方丈也觉得奇怪，平日他也只听说顾恺之画得一手好画，没听说过他腰缠万贯、出手阔绰。怎么张口就是一百万钱的布施？

“大师，”顾恺之直接开门见山地说：“麻烦您在寺里帮我粉白一面墙壁，让我可以关起门来专心作画。”

小僧侣不能理解顾恺之怎么提出这种奇怪的要求，一面墙怎么筹集100万的布施？方丈虽然还没有猜出顾恺之的意图，但还是应允了下来：“老衲这就让人为施主准备墙面。”

“有劳大师了。”

顾恺之的画也算是声名远播，方丈想着：要是他能为寺院的墙上添幅画也不是什么坏事，只是不知道他的一幅画，还是画在墙上的画，如何能换来一百万钱？

近一个月的时间顾恺之都在寺院中闭门作画，不许任何人进来看，等到他画得差不多，只剩下眼睛还没有画时，他才让僧人们打开门供人参观。

僧人们觉得奇怪：“施主这幅维摩诘的画像尚未完成，怎么就开始供人参观了呢？”

“对，虽然画供人参观，但我还要立个规矩，”顾恺之笑着说，“记住，第一天来看的人布施10万钱，第二天布施5万钱，第三天随意布施。”

僧人们惊讶地看向屋里的维摩诘像，他们不太相信会有人愿意花钱来看这幅带不走的画像。虽然是这样，僧人们也还是按照顾恺之所交代的，放出了消息。顾恺之将在瓦官寺“开光点眼”的消息一出，不少人在第一天就慕名而来，只为看顾恺之为维摩诘像画上眼睛的神奇一刻，甚至不惜为寺院布施10万钱。

顾恺之看人来得差不多了，就开始提笔点睛。那间屋子里里外外都围满了人，100万钱的布施也早已集齐。

果然，在顾恺之为维摩诘画上眼睛后，整幅画大放异彩，惟妙惟肖，令人叹为观止。

月下咏诗

有一次，顾恺之在庭中漫步，不经意间抬头，发现那月亮又圆又亮，旁边还有几颗星星在闪烁。

“今晚月色甚好，也不知道是什么日子。”顾恺之自言自语道，他刚来这里任散骑常侍没几天，初来乍到，对这里的一切都还不熟悉。但在这样的夜色中，凉风习习，顾恺之倒觉得十分惬意：“好不容易有个清闲的晚上，这时候要是有酒有肉有诗，那该多好。”

想着，顾恺之便往厨房走去，准备拿一壶清酒，小酌几杯。可到了厨房一看，顾恺之就后悔自己从家乡来上任时没带几壶好酒，虽然他现在和谢瞻同在官署，但大晚上找人讨酒吃总归是不太方便。最后，除了几颗白菜，他什么也没找到。顾恺之摇了摇头，虽说没有酒肉，但也没能影响他此刻的兴致。

顾恺之回到庭院中，对着月光，独自咏诗。诗声传到了正在打水准备洗漱完就休息的谢瞻，谢瞻放下脸盆，寻着声音走过去，远远就看见一个人影。

“都这么晚了，还能是谁在庭院中吟诗？”谢瞻自问道，“这声音听着甚是耳熟。”他接着往前寻找，借着月光才看清那人的模样。那人正是顾恺之，没想到刚到任不久的散骑常侍是个喜欢吟诗作对之人。

“好啊，好诗！”谢瞻拍手叫好。他想着顾恺之既然有这么好的才情，也应该是个好相处的人，希望顾恺之不要有什么怪脾气。

顾恺之听到有人称赞自己，自然十分得意，更是诗兴大发，没有要停下来的意思。谢瞻本来就准备洗漱睡觉了，但他看顾恺之这般好兴致又不想扫他的兴。

这时，谢瞻刚好看见平日里为他捶腿捏肩的仆人走过，就小声招手让他过来，生怕打扰了顾恺之。那仆人走过去，就听见顾恺之的咏诗声，心里还在感叹这位大人可真是好兴致。

“我现在去睡觉，你就在这儿替我为他叫好，明白吗？”谢瞻小声交代仆人，还没等仆人反应过来，就离开了。仆人无奈，只好在那儿代替谢瞻为顾恺之叫好，而顾恺之却丝毫没有察觉他身后叫好的人已经换了一个人。

痴黠各半

话说顾恺之与他的老领导恒温的关系一直很不错，但对恒温的儿子恒玄，他总是看不上眼，觉得恒玄太自以为是，经常过分夸耀自己，还把自己比作英雄豪杰，实在浮夸。而恒温在恒玄七岁的时候就去世了，恒玄一直由他的叔父恒冲抚养。恒玄长大后，起兵攻入南京称帝，变得更加倨傲，不可一世。

顾恺之对恒玄一向是敬而远之，但恒玄称帝后权势滔天，顾恺之即便对恒玄有再多的不满，也不能表露，无奈之下，顾恺之只好佯装痴傻。顾恺之看不上恒玄，恒玄也不怎么看得上顾恺之，因此恒玄一直想找机会戏弄顾恺之一番。

相传，有一种叶子就叫“蝉翳叶”。如果有人拿“蝉翳叶”来遮蔽自己，就能隐身，别人也就看不见他。顾恺之竟然相信这个传说，还特地到郊外去觅求“蝉翳叶”。有一次，恒玄拿着一片柳树叶找到顾恺之，说：“我偶然得到一片蝉翳叶，听说你一直在寻找它，那我就把它送给你好了。”说完，恒玄就将手里的柳树叶递给顾恺之。

顾恺之听见这是他一直苦苦寻找的蝉翳叶，两眼放光，接过那片柳树叶细细地查看，还将柳树叶举起，问恒玄：

“现在还看得见我吗?”

“你在哪儿?”恒玄一心只想戏弄顾恺之,就假装自己看不见顾恺之,“我怎么看不到你?”他一边这样问,还一边把尿撒在顾恺之身上。

顾恺之被淋得满身臊味也没有生气,反倒像个小孩一样高兴地举起那片柳树叶:“太好了,看来这真的是蝉翳叶!”

恒玄笑而不语,心中对顾恺之满是鄙夷,他实在不懂,顾恺之无非是画技高人一招而已,怎么就这么得父亲看重?

“多谢陛下,我一定会好好珍藏这枚叶子。”顾恺之说着就用随身携带的布条将柳树叶包起来。“好啊,蝉翳叶何其珍贵,你可要好好保存啊。”恒玄嘴上这么说,心里却一直在嘲笑顾恺之。

顾恺之又怎么会不知道这只是一片柳叶呢?他不过是想借由痴傻之名躲开恒玄,让他以后都不会再来烦自己罢了。但是,表面功夫还是要做足,回到家后,顾恺之真就把柳树叶好生保存了起来。

所以说,恒玄看人还是太过表面,而他的父亲恒温才是真正慧眼识英才。恒温曾评价顾恺之是“痴黠各半,矜伐过实”。他看出了顾恺之的与众不同之处,所以对其另眼相看,而不单单是因为顾恺之的画作。

欧阳询：唐人楷书第一

欧阳询是唐朝著名书法家，他既是“楷书四大家”之一，也是“初唐四大家”之一。他创立了练习书法的“八诀”理论体系，系统总结书法用笔、结体和章法等技巧，为中国书法理论留下了宝贵遗产。

年少坎坷

天边是密密的云层，没有一丝阳光透下，灰灰沉沉的。看起来才十二三岁的欧阳询内心充满了痛苦，因为他刚刚惨遭灭门之灾。欧阳询出身于豪门望族，然而他的一生却不似众人所想得那样平坦顺利。他的父亲欧阳纥（hé）在33岁时因犯谋反罪而被杀，在全家得知这一消息时，朝廷的士兵也跟着来到欧宅。他们气势汹汹地闯进大宅，手上是明晃晃的刀枪，看起来吓人得很。大宅里的人十分惊恐，四处逃窜，桌子倒地、花瓶碎裂的声音接连不断，场面非常混乱。

就当士兵四处抓人时，聪敏的欧阳询趁乱躲藏起来，从

■ 欧阳询像

而幸免一死。但他总不能一直躲在原地，可只有十二三岁的他在没有亲人可以依靠的情况下又该如何生活下去呢？欧阳询看着凌乱的大宅，紧皱眉头思考着。在漫长的思索中，他想到了父亲生前的好友江总，他内心暗道：“江总与父亲关系很好，父亲也帮过他许多，他曾说如果我们有难定会施以援手。如今我的亲人都被处死，我也没有其他人可以依靠，不如去投靠他试试？希望他不会食言。”他怕江总告发他，又静静思考了一会儿，终于下定决心前去寻找江总。

他来到一座豪华的大宅前，这座宅子便是江总住的地方。他向看门的仆从说明来意，不一会儿，就有一个穿着粗布短衫的仆人前来带他进屋去。他穿过层层回廊，周围花草茂盛，然而他却目不斜视，只看前方。很快，他们便来到书房，江总一看到年幼的欧阳询，便想起了自己的好友，不免叹息：“你父亲一向与我交好，可惜他听信谗言谋反，失败被杀，每每一想到这些，我内心也是惋惜难过。你是我旧友之子，念你无可依靠，我便将你收养下来，也算是为你父亲做些什么。”欧阳询感激地点了点头，从此，他便在江总的教导下成长。

天资聪颖

江总不仅在政坛上地位很高，而且在文坛上也占有一席之地。一日，他教欧阳询读书识字，随意指着刚刚教过的文段，让欧阳询背一遍。没有想到的是，欧阳询不仅背出了他所指的那段，还背出了接下来的一段。江总大吃一惊，连忙追问：“你是第一次看这些文章吗？”欧阳询点了点头，怕江总不能理解，他进一步解释说：“刚刚您教我读书时，我看得比较快，已经看完下一段了。”

江总听闻，一时之间感到惊奇而不敢相信，于是他从旁边摆放得整整齐齐的书柜中抽出一本欧阳询从未读过的书，递给他，说：“在半盏茶的时间里，以你最大的能力背下所看到的内容。”欧阳询接过书，认真而专注地背了起来。为了不打扰他背书，江总走到门外，欣赏起院内苍劲挺拔的常青柏。很快，半盏茶时间就到了，欧阳询自觉地将书合上，微微摇着头，背了起来。他吐字清晰，速度不快不慢，背了将近一页半才停下。江总这才相信，这个其貌不扬的孩子原来天赋异禀，极其聪敏！

聪颖敏悟的欧阳询还很勤奋好学，常常在闲暇之时读书，用人们经常能听到从他的房间里传来琅琅的读书声，有时夜深了，还能看见他挑着灯在埋头苦读，沉浸在诗书的海洋里。因为他读书可以一目数行，并且也热爱看书，长久积累下来，少年的他便博览古今，通晓经史，尤其精通《史记》《汉书》和《东观汉记》三史。正是这丰富的读书经历，为他后来主编《艺文类聚》打下了深厚的基础。

正是晴朗无云的好天气，院内花草尽情舒展着，展现着春日的生机勃勃。江总同往常一般，在书房里专心致志地练字。练完十面纸后，他停下笔休息。忽然眼光一瞥，他看到自己随手放在桌边的一本手抄的《汉书》，这本《汉书》正是欧阳询抄写的。他拿起一翻，细细读着，没有发现一丝错误，而且字迹工整，没有一丝不耐烦的痕迹。江总不由得点了点头，对于欧阳询的天赋与刻苦非常满意。倏（shū）然，他心意一动，看着欧阳询写的字，心中有了一个想法。

他暗自沉吟："我虽学问不错，但最自傲的还是我的一手书法。欧阳询天资聪颖，并且也十分刻苦，我看他这一手字沉稳有力，是个练书法的好料子，我何不将自己最好的书法教授给他呢？也许将来他的成就会比我高呢！"身为书法家的江总一颗爱才之心已经压抑不住，他越想越觉得此法可行，于是此后他更加注重指导欧阳询的书法，将自己的经验与心得传授给欧阳询。在江总的教育与指导下，欧阳询受到了良好的书法熏陶，从而踏出了书法家的第一步。

■ 欧阳询书法

书法大家

不知不觉中，几年过去了，欧阳询的相貌渐渐显现出男子汉的刚毅，他不再像最初一样一天多半时间花在读书上，因为他已经迷上了书法。除了吃饭睡觉的时候，他剩下的时间十有九分用在练书法上。

已经是夏季了，毒辣的太阳蒸烤着大地，行走在街上的人们都汗流浃背，想要找一处阴凉的地方。即便是在树荫下的人们，也依然热得心烦气躁，寻常人家里养着的土狗吐出舌头哈气，一副蔫蔫的样子，窗外蝉鸣不断。就在这样热得令人烦躁的天气里，欧阳询依然故我凝神专注地提笔练字，仿佛感受不到四周的炎热。然而，他身上的衣衫已被汗浸湿，仿佛轻轻一拧便可以挤出不少水。

用人在门外请示了一声后，没有得到回应，便直接端着冰镇酸梅汤进来了。这种情况他并非第一次遇到，他看着认真练书法的欧阳询，既是嗤笑又不禁有些敬佩。自他开始服侍欧阳询起，便看到欧阳询无论春夏秋冬，每天都雷打不动地练字，一旦练起字来，便如同与世隔绝般，什么也听不到了。不过是最最简单的横竖撇捺，几年来他还照练不误，真不知该说他痴傻，还是该说他刻苦。

在练完规定的字后，欧阳询停了下来。他拿起酸梅汤，一边喝一边回忆江总的教导。江总常常同他讲，练书法一定不能贪快，要扎实，练好基础，同时还要多借鉴他人的书法，多临摹，从中汲取精华，逐渐形成自己的风格。

当时最流行的是王羲之的书法，欧阳询看了王羲之的墨宝也极为喜爱。听过王羲之入木三分、笔染墨池的传闻，他在极为佩服的同时，也明白想要成为书法大家，必然需要付出无数的汗水，于是他下定决心刻苦练字。想到江总对他的指导，他并不贪图一开始追求自己的风格，而是决定临摹王羲之的字，不断观察其中的神韵，取其长处。几年下来，他的书法已经有了长足进步。

喝完酸梅汤，欧阳询又开始了新的练习。日复一日，年复一年，无论是寒冬还是酷暑，只要能够提笔写字，他都会去练书法。经过长久不懈的刻苦与努力，欧阳询的书法越写越好，其字体在遒劲方面超过了王羲之，于是他将自己写的字称为“欧体”。与此同时，他的字体也流传开来，被人们当作摹本。因字写得极好，后来高句丽甚至派使者前来，想要求得他的墨迹。唐高祖听闻，虽是半开玩笑，却不免露出几分赞叹，道：“没有想到欧阳询的名声竟然大到连高句丽之人都听闻，但如果使者在没有看到他本人的情况下，先看到他的墨迹，肯定会以为他是一个长得魁梧而又英俊的人吧！”因为中国向来有一句话叫作“字如其人”，由此可见，欧阳询写的书法到底有多么出众、令人惊叹了吧！

观碑练书

欧阳询的书法并不是自己凭空创出来的，而是根据许多名家的作品，博采众长，融会贯通，最后再加上自己的思考与领悟，创作出来的。后人观他的书法，无不赞叹他写的字体严整遒劲。有人说，欧阳询的书法深受北派书风的影响，因为北派的书风多为“劲峭”。且还有一则故事能够证明他学习了北派的书风。

这是一个略显寂静的清晨，在一条两边长着荒草的路上，有马蹄“嘚嘚”声传来。随着声音渐渐变大，能看到一位相貌很丑的老人骑着一匹红棕色马前来，这位老人便是欧阳询。此时的欧阳询已经经历了南朝、隋朝两代，早已迈入暮年，而他写的字也到了炉火纯青的地步，但是他并不因此骄傲自满，依旧在脑海里想着如何让自己的书法更进一步。

在这条黄土小路上，除了头顶的蓝天白云，以及两边的荒草，便没有了过多的点缀，看起来单调得很。因此，不远处立着的石碑显得格外引人注目，路过这个石碑时，欧阳询不由得停了下来看了几眼。这石碑上是西晋书法家索靖的墨迹，欧阳询坐在马上，仔细看着石碑上的字。但令他失望的是，这字写得好像并没有什么出彩的地方，看起来普普通通，不过一般。他叹了口气，骑着马离去。

但才走了几步，他又渐渐让马停下。因为他的脑子里一直想的还是那块石碑，一个疑问逐渐升起。他暗自思量，西晋的索靖既然被人们称为一代书匠，受到许多人称赞，其中也不乏有名的书法家的夸赞，那么他的书法一定是有着过人之处，怎么可能会像我所看到的那样普通呢？也许是因为我太过匆忙，没有认真观赏才会这样觉得吧。

于是他掉头返回，从马上下来，伫立在石碑前认真而仔细地观看其中一笔一画。渐渐地，眼前的字似是化作了高山悬瀑，奔泻而下，又似有崇山峻岭，从中而裂。倏而场景变换，他仿若看到了常年无人登上的雪岭，上面有棵孤独矗立却挺拔不屈的松柏，又瞬间看到冰河中那块坚硬高大的巨石。一撇一捺无一不是遒劲，古今罕有人可以达到。

欧阳询越看越入迷，不由得赞叹出声。他站着看了很长时间，感觉有些看累了时，便拿出麻布铺在地上，坐下来继续观看。因为出门没有带纸笔，于是他就随意从身旁的荒草中折了几根，拧在一起，暂时当作毛笔来用。他一边摸索着石碑上的字迹，一边用草笔在地上比画练习。因为太过痴迷，他甚至直接在石碑旁边睡了下来，不肯浪费一分一秒的时间往返。

有路过的行人看到不修边幅、痴迷练字的他，纷纷躲了起来，以为他是一个疯子，哪里想到这竟是名扬天下的欧阳询呢？就这样观看练习了三天三夜，欧阳询终于领悟到索靖书法用笔的精妙所在，不由得痛快大笑道："能够看到这样好的书法，真是高兴啊！"也是这一次观碑练书，使得欧阳询的书法更加趋于完美。

欧阳询的书法很受人们喜爱。据不完全统计，在后世所见到的十几种欧阳询楷书中，只有四种才是真迹。而剩余的十几种字迹里，有一些甚至达到以假乱真的地步，这是因为有许多人喜欢欧阳询的楷书，以至于有人不惜花费大量时间、精力来模仿作假！

长久的练习不仅使欧阳询能够写出一手好字，还让他积累了深厚的书法经验。他从自己的书法实践中总结出系统的书法理论，创作了《三十六法》《用笔诀》等书，比较系统地阐述了自己对书法的见解，为后人练习书法提供了宝贵的经验。此外，他还在文献领域做出了突出成就。他与裴矩、陈叔达等人主编《艺文类聚》100卷，其中举例引证的古书典籍，有很多都已经在漫长岁月中失传，多亏有此书后人才能够知晓，可以说，它间接保存了许多珍贵资料。

阎立本：文臣中的“丹青神话”

阎立本是唐朝的著名大臣和画家，他的篆刻隶书也很精妙，对绘画和建筑更是擅长，他和父亲、兄长三人，都以工艺、绘画闻名于世。他尤其精于画人物，形象逼真传神，超越前人，被当时人誉为“丹青神话”。

遍学名家

公元601年，阎立本出生于雍州万年县，他自小在父亲和哥哥的栽培下成长，16岁，便已落笔不俗。即便是别人常常夸奖他，阎立本也没有因此骄傲自满，反而说：“我现在的技艺远不如以前的名画家，我还要继续虚心学习。”

有一天，阎立本在街上寻找想要临摹的样本，路过一处茶馆，一男子正与旁人交谈甚欢，那男子抬头看见阎立本，脸上浮现欣喜的表情，还举手招呼阎立本进来。

“这不是阎家的小公子吗，你来得正好！”

阎立本并不认识那位男子，但他当时已经名噪乡里，所以即便是有陌生人认得他，他也不觉得奇怪。所以，阎立本步入茶馆，问那位男子：“不知阁下招呼我进来，所为何事？”

那男子热情地招呼阎立本坐下，还为他倒上香茶，说：“这是这里最好的茶叶，小公子你尝尝？”

“我与阁下素不相识，不知为何请我吃茶？”阎立本觉得有些奇怪，就算是平常有人认识他，莫名其妙请他喝茶也是少有的事。

“我这里有一个消息，想必小公子会很感兴趣，请你吃茶无非是想交个朋友，仅此而已。”那男子与周围人相视一笑。

“哦？什么消息？”阎立本来了兴趣，能让他感兴趣的无非是一些关于名家画作的消息，如此一来，这杯茶确实该喝。

“是这样的，在长江之滨的荆州，新近发现了一块张僧繇的绘画石刻。”

“张僧繇？”阎立本眼睛一亮，张僧繇可是南北朝时期的“画圣”之一，要是能一睹他画作的风采，自己在绘画方面的造诣想必能精进几分。

阎立本喜形于色，喝了桌上的香茶，向那男子道谢之后，飞快跑回家准备远行事宜。

他带够盘缠准备好笔墨纸砚，即刻踏上去往荆州的旅程，经过两个多月的跋山涉水，阎立本终于平安到达了荆州。

刚到旅店落脚，他就迫不及待地找到店家："请问，您能不能带我去看看传言中张僧繇的石刻？"

店家面露难色，最近有好多人慕名而来失望而归，虽然他只是个门外汉，却也可以看出那个石刻没有那么精妙，他不想这个兴致勃勃的年轻人马上就被打击，就说："公子要不先缓一缓，舟车劳顿也累了，公子您先稍做休息，如何？那石刻就在原处，也不急于一时观赏。"

虽然阎立本大老远赶到这里，但他丝毫不觉得疲惫，只想马上见到那个石刻："不用了，我现在只想马上看见那个传闻中的石刻。"

店家拗不过阎立本，只好带他去看。

绘画石刻是在一家菜园的角落里，上面已被涂上了许多污泥，不少地方难以辨认。石刻旁边遍生杂草，看上去十分荒凉。

阎立本大失所望："这就是那个张僧繇的绘画石刻？店家你可不要骗我。"

"就是这个，我怎么敢骗公子你。"

"算了算了。"阎立本失望至极，他这两个多月的时间算是白白浪费了，看到的只是一块废石料。

阎立本觉得自己异常疲惫，也没有在菜园多逗留就回了旅店洗漱休息。

回到旅店稍做休息后，他忽然又觉得自己实在是太过草率，就决定第二天再去好好看看那个石刻有什么特别之处。

第二天一早，他回到原处，擦掉污泥，细看一番，才发现石刻中果然有不少妙处。他自言自语道：“我果然是错了，还好我再来确认一遍，不然真是白来一趟！”

第三天，他提来一桶水，把石刻认真冲刷了几遍，再细心端详，反复揣摩，更觉得张僧繇的技艺高人一筹。他连连道：“不虚此行！不虚此行！”他越看越入迷，白天看不够，晚上又提起灯笼继续观赏。就这样，阎立本在石刻前竟一坐就是十几天。

壮士捕射

阎立本是阎立德的弟弟，唐太宗在位时官至重位，与哥哥阎立德齐名，曾经奉太宗召令，亲自为唐太宗画像。从此，他就成了太宗皇帝的御用画师，专门为太宗皇帝作画。

有一次，南山出现一只凶猛的野兽伤人，唐太宗听说后震怒：“一只畜生也敢出来害人！”随后，他命令勇士去捕捉那只野兽。

但勇士带回的却是坏消息：他并没有捉到野兽。唐太宗

■ 唐 阎立本 《步辇图》局部

卿能为民除害、为朕分忧，朕重重有赏！”

唐太宗随王元凤一同到南山，准备亲眼目睹王元凤将那野兽杀死。

王元凤到南山与野兽打斗，野兽渐渐落入下风，王元凤直接一箭射死了那头凶猛的野兽，唐太宗拍手叫好，说：“朕即刻就命人将爱卿的勇猛画下来。”

阎立本就被传召到南山，他知道太宗皇帝十分喜爱王元凤的豪壮，他也乐于画王元凤这样的勇士。

“阎爱卿，朕让你把王爱卿射杀猛兽的场面给画下来。”

“是，陛下。”阎立本立刻就拿起画笔作画。

鞍马仆从，都栩栩如生。看过这幅画的人，没有不惊叹和佩服他技艺高超的。

阎立本的不少创作活动都与初唐政治事件有密切关

系。据记载，他画过《职贡图》《西域图》《外国图》《异园斗宝图》，都是通过对边远各民族及国家人物形象的描绘，反映唐王朝与各民族的友好关系，从而歌颂当时的政治环境。

他曾画《魏徵进谏图》，看似是表现太宗时名臣魏徵敢于直谏，实际上是歌颂唐太宗善于听取臣下意见。他曾画《永徽朝臣图》，是表现高宗时的大臣肖像；又画《昭陵列像图》，就是竖立在太宗陵墓两侧的各族首领石雕像的设计图。

另外，阎立本还画有《秦府十八学士图》《凌烟阁功臣图》等作品，属于光耀以前历代绘画名家的作品，还有《职贡图》《卤簿》等画，是跟他哥哥阎立德合作的。

李嗣真说：“阎立本的画，师承郑法士，实际上已经超过了郑法士。”

入宫绘鸟

一天，唐太宗在御苑和侍臣们一同乘舟游玩，晴空万里，唐太宗心情愉悦，他仰望着天空说：“朕看天气不错，爱卿们大可吟诗两首。”

侍臣们不敢推辞，唐太宗喜欢吟诗作对是朝臣皆知的，在他们将要开口作诗的时候，唐太宗忽然看见一只怪异的大鸟停在湖中心。

“那只鸟！”唐太宗兴奋得像个孩童一般，他从未见过长相如此奇怪的鸟，便叫他身边的侍臣都往湖中心方向看。

“这鸟生得好生奇怪。”侍臣们也看出这鸟的不同寻常，普通麻雀不过巴掌大，但这只鸟的体型和孔雀一般大小，但却没有孔雀那样美丽。

“是啊，而且一点儿也不害怕人。”一个侍臣附和道。

唐太宗听侍臣们你一言我一语，都没有说出个所以然来，便用手拍响船栏，说：“你们谁能说出这是只什么鸟，朕重重有赏！”

这时，侍臣们个个都禁了声，他们都是第一次见这种鸟，自然不知道这是个什么鸟。一位侍臣斗胆上前说：“陛下，宫中出现这种鸟，怕是好兆头啊，不如由臣等作诗为陛下助兴？”

“好！”唐太宗又拍船栏叫好。

又一位侍臣站出来说：“陛下，依微臣之见，当务之急是招画师来把这怪鸟的模样给画下来，以供陛下日后欣赏。”

“爱卿倒是提醒朕了。”唐太宗立即命宫人召阎立本前来作画。

宫人们当即向岸上传呼道：“召画师阎立本到青苑玉池拜见皇上！”

当时的阎立本任主爵郎中，听到传召后，他急忙跑步赶来，大汗淋漓，满脸羞愧。他跪在唐太宗面前行礼，行礼后起身又立即俯身池边挥笔绘画起来。

事后，阎立本告诫他的儿子，说：“我小时候爱好读书，值得庆幸的是我还不是个不学无术之人，我都是有感而发才写文章。在同行中，我的文章写得还算出彩。但我最知名的还是绘画，可是，它却使我像奴仆一样地去侍奉他人，这是莫大的耻辱。你应该深以为戒，不要学习这种技艺了。”

虽然阎立本如此教育他的儿子，但是阎立本的画作确实是最精妙的艺术品。

任贤为用

唐高宗永徽年间，阎立本任河南道黜陟使，身负对官吏的考察任务，平常这个职位最容易受到诱惑，阎立本也不例外，总有人想方设法让阎立本接受贿赂，阎立本都看在眼里，那段时间一概不赴宴席，不收礼物。

阎立本到了汴州，也保持这样的习惯，对官吏的考核极其严格，要是他知道有谁曾有心思想要贿赂他，他会对其更加严格地考核，那些被他考核的官吏个个叫苦不迭。

一天，又到了官吏考察的时候，那些官吏都聚集在门口等候阎立本召见，时间还没到，他们就先在门口闲聊：“听说这个新来的黜陟使，不太好应付啊。”

“是啊，”另一个官吏附和道，“我本想登门拜访，没想到他闭门不见，也不知是何方神圣。”

“我派人送去请柬，他也直接原封不动地退了回来。”

“等下考核还是小心为妙。”

官吏们你一言我一语地议论阎立本，唯有一人始终默不作声，不参与讨论，却是将官吏们议论的内容一字不差地听了进去。

“不见来客，不收请柬？”那人心想，“这个新来的黜陟使想必也是个刚正不阿之人。”那人对阎立本多了一丝敬佩。

考察开始，官吏们一个一个被叫进去，阎立本只问几个问题，就把这些官吏的品行摸了个八九不离十。

阎立本有些失望，这些官吏行事作风只能算是勉强及格，有些人甚至爱耍小聪明，阎立本并不欣赏。

最后一个进门考核的正是刚才没有参与讨论的年轻人，阎立本见一位年轻人面无怯色地站在自己面前，对他顿生好感。

阎立本向来是不怒自威，之前的那些官吏被他凝视多少都露出点儿胆怯，但这个年轻人没有，可以说是毫无畏惧之色。

“你就是狄仁杰？任职参军？”

“正是下官。”

阎立本开始正式问狄仁杰几个问题，狄仁杰沉着冷静地对答如流。阎立本对狄仁杰的印象又好上几分，狄仁杰虽然只是个小官，但不卑不亢，这点让阎立本很是欣赏。

“你可知道本官虽为官，但也是个画师？”

“在下虽对画作没有研究，但也略有耳闻。”

“我是一个画师，在我心中自有想画之人与不想画之人，在想画的人之中，见其第一眼便有冲动下笔的人更是少之又少，而你是极少数的我非画不可之人。”阎立本毫不掩饰自己对狄仁杰的欣赏，甚至说他是“非画不可之人”，可以说是对狄仁杰最高的表扬了。

之后，狄仁杰就被擢升为并州都督府法曹，满身抱负得以施展，成为一代名臣。

事后，阎立本常常向近臣提起狄仁杰，说：“我考察过那么多的官吏，被我凝视良久，除了这个狄仁杰，无不面露怯色。”

这就可以看出，阎立本不仅仅是绘画名家，还颇有政治才干，而且慧眼识英才，成为一代名臣狄仁杰的伯乐。

高宗显庆元年阎立德殁，阎立本由将作大将迁升为工部尚书，总章元年擢升为右相，封博陵县男。

当时，姜恪以战功擢任左相，因而时人有"左相宣威沙漠，右相驰誉丹青"之说。咸亨元年迁中书令，咸亨四年十月壬午日卒，享年72岁。

吴道子：唐朝的绝代画圣

吴道子是唐代著名画家，在绘画史上被尊为“画圣”，擅长佛教和人物的绘画，精于壁画的创作，他的画风被唐代和宋元以后的许多画家效仿和借鉴。

年少刻苦

天上还下着鹅毛大雪，阳光照在雪地上，反射出白色的光，一位十二三岁的少年在柏林寺前驻足，这便是年少时的吴道子。他仰望寺院大门上方的金字牌匾，不知被什么声音驱使，他抬脚跨过高高的门槛，步入寺中。

院子里，只有一位老和尚在拿着竹扫帚扫着院里的积雪，老和尚抬头就看见误闯院中的吴道子。

吴道子见老和尚注意到自己，反倒有些不好意思，他上前鞠了一躬说：“对不起，打扰了。”说完就想转身跑开，无奈他肚子饿得咕咕叫，之前又走了很远的路，路过定州城外，才到这座柏林寺。如今实在是走不动，只能又转回身，面对那老和尚，又鞠一躬。

“对不起，不知我可否讨口饭吃？”

老和尚看这少年脸色苍白，身体消瘦，知道他是因家境贫困，不得已出来讨生活。老和尚走向吴道子，手里的竹扫帚在地上拖出一道道痕迹。老和尚右手立掌，微微俯身，问：“小施主，你叫什么名字？”

“吴道子。”

“倒是个好名字，”老和尚又问，“可有什么一技之长？”

吴道子觉得有些羞愧，他抬手摸了摸后脑勺儿，说：“没有。”

“无妨，无妨，”老和尚微笑，“白纸一张，倒也不错。贫僧也没有什么一技之长，只会诵诵经，在白纸上画上几笔。”

吴道子听了，有点儿领悟到老和尚的用意，但又不敢确定，迟疑一瞬，就扑通跪在地上，叩拜老和尚，大声地说：“请您收我为徒，我愿意跟随师父您学习。”

老和尚欣慰地笑了，将吴道子从地上拉起：“贫僧与你有缘，就受了你这一声‘师父’。”老和尚把手中竹扫帚交给吴道子，自己转身走向寺中的前殿。

吴道子自知家境贫寒，自己又是孤身一人，没有一两个技艺实在难以在世上立足，既然今天他路过柏林寺，柏林寺

■ 吴道子雕像

又给了他一个容身之所，他当然要向老和尚认真学习。

他在寺中住了几天，发现老和尚除了让他清扫院子之外就没什么吩咐了，寺里还有其他的和尚，也会吩咐他做些事，无非就是洗洗菜、生生火之类的小事。虽然吴道子觉得自己继续在寺里这样蹭吃蹭喝也不是什么坏事，但他总觉得老和尚有什么东西想要教给自己，还是说自己太过愚钝，难以领悟？

冬天就快到尾声，地上也不再有厚厚的积雪，有的时候吴道子觉得无聊，就会拿着竹签在地上画上几笔，雪一融化，他的画作也就跟着消失。他忽然开始渴望，有一天，他能执笔画上一幅画，再在画的旁边题字，亲手盖上他吴道子的印章。

春天来了，地上的积雪都融化了。一天，吴道子跟着寺里的师兄去外面化缘，得到一支别人丢弃的毛笔，吴道子欣喜若狂。师兄看在眼里，他知道吴道子对绘画有浓厚的兴趣，回柏林寺的路上，他看吴道子小心翼翼地护着那支毛笔，无奈地摇了摇头。

吴道子不解地问："师兄，你为何摇头？是我不能配上这支笔？"

"笔是死物，人是活物，哪有人配不上笔的道理？师兄只是看你痴狂，想告诉你个秘密。"

吴道子来了兴趣，注意力从手中的毛笔移到了眼前的师兄身上。

"师父一直想为殿堂画一幅壁画，却落笔无神，我猜想他过几日会远行，你大可表明决心，跟师父一道去远行。"

吴道子听了师兄的话，道完一声谢，就头也不回地跑回柏林寺。

吴道子之前从未听说过师父会远行的事，就连师父想作幅壁画都不知道，他只叹自己粗心，还是师父未看出他的恒心和毅力才故意瞒着他？

回到柏林寺，吴道子就往老和尚的房间去，到了门口发现他房门未关，老和尚在房间里整理衣物，确实是一副要远行的样子。

吴道子并不想错过这次学习的机会，哪怕跋山涉水，他也是要跟着去的。吴道子便跪在老和尚房门外，请求道："师父若是要远行，徒儿请求一同前往。"

老和尚闻声回头，就看见吴道子跪在门口，目光灼灼，眼神坚定。老和尚十分感动，他走过去扶起吴道子："为师这一路，并非游山玩水，你跟着去，能干什么？"

“捡柴烧饭，洗衣化缘，无所不能。”

“好啊……那你就跟着去吧。”

听见老和尚答应了，吴道子欣喜若狂，不停地说，“谢谢师父！谢谢师父”，说完就兴冲冲回房间收拾东西。

老和尚无奈地摇了摇头，他也不知道带上吴道子是对是错，吴道子以后能学到多少，也要看他自己的造化。

之后，吴道子就跟着老和尚游历世间的江河湖海，学习画水。吴道子这才知道原来师父想画一幅《江海奔腾图》，只是一直画不出水流的神韵才想要远行，切切实实看一看奔涌的江河。

就这样过去了三年，吴道子画技大有长进，老和尚对他是赞赏有加，看到吴道子进步如此之快，老和尚觉得自己是时候回到柏林寺，完成那幅《江海奔腾图》。

替师作画

又是一年冬天，他们师徒二人回到柏林寺。

那一年，寺门外不远处的梅花开得格外红艳。

可谁知，他们回来的第二天，老和尚就病倒了。

吴道子在老和尚床前照顾，老和尚始终高烧不退，半梦半醒，嘴里叨叨着没人能听得清的话语。

“师父……”吴道子跪在老和尚床前，眼含泪水，“是徒儿没能照顾好您。”

老和尚双眼半闭半睁，嘴里一直念叨着什么，吴道子想听清老和尚在说什么，就俯下身把耳朵凑到老和尚嘴边。

“江海，江海……”

老和尚自始至终都惦记着要完成壁画《江海奔腾图》，只是他现在心有余而力不足，脑子也是一片混沌，就别提什么作画了。

吴道子铭记着师父的心愿，又在床前叩拜，对着床上躺着的老和尚说：“师父，我愿替您完成《江海奔腾图》！”

老和尚半梦半醒间听见吴道子的声音，也清醒了些，他一直牵挂的就是完成《江海奔腾图》，要是徒弟能替他完成，也算是了却了他的夙愿。

“好啊……好。”

吴道子认为，既然师父将作画任务交给自己，他就绝不能辜负师父的信任。吴道子开始一边照顾老和尚，一边到殿堂里构思壁画。

直到老和尚身体有所好转，他才正式进入殿堂中闭关，为了完成壁画，他整日面对墙壁，不断思索与构想该如何完成这幅作品。

他一直记得这三年来和老和尚一起观赏的江河湖海，它们或波涛汹涌，使得樯倾楫摧；或波澜不惊，倒映明月。江海奔腾，不仅要表现出水的汹涌，还要表现出水的柔美。

常言道，水滴石穿，《江海奔腾图》应该展现出一种坚韧的力量。

吴道子基本不出殿堂。冬天还没过去，他有时会在殿堂中被冻得瑟瑟发抖，甚至有时握笔的手僵直得难以驾驭画笔，每当这时他才不得不停下，活动下筋骨，借由运动让身体暖起来。

到了春天，他还没有完成壁画的三分之一。有时候他也会遇到瓶颈，有个地方，他不论用何种方法都表达得不自然，这时他会想去求助师父，但是转念一想，师父为了画好《江海奔腾图》花了三年时间，三年之前肯定还有许多个三年。而他花费的，仅仅只有那三年而已。

这样一想，他觉得自己应该花更多时间去回想那三年看到的风景、听到的水声，而不是向师父要一个答案。

春天过去了，老和尚的病情已经有了好转，他不用整日躺在床上等着别人伺候。他走出房门，才知道自他允许吴道子替他作画之后，吴道子从未离开过殿堂。

老和尚没想到，只有十五六岁的吴道子，不仅有志气，更有耐心和恒心，他知道自己可以放心了。

夏天，吴道子在殿堂里热得满头是汗，但炎热的天气也没能消融他作画的热情，反而使他更加投入到“大海”的浪花中。

吴道子完成《江海奔腾图》时，已经进入深秋。他历时

9个月，终于将画作完成，他高兴地打开殿堂大门跑去找老和尚。

老和尚的病情总是反复，到了深秋，他就虚弱得只能躺在床上，听见吴道子兴奋的声音，他的身体忽然有了力量。

吴道子一边推开老和尚的房门，一边说：“师父！我已完成《江海奔腾图》，请师父前去观看。”这时，吴道子才看见躺在床上正挣扎着坐起来的老和尚，吴道子由原本的神采飞扬，变成了一副担忧的表情，他扶起老和尚，老和尚却轻轻推开了他。

“师父还没有老到这份儿上。”老和尚只觉得自己浑身充满力量，病仿佛一下子全好了，他下床套上鞋，就去看吴道子在殿堂里画的壁画。

站在殿门口，老和尚看着扑面而来的浪花仰天大笑，冲着吴道子说：“孩子，你画的这幅《江海奔腾图》成功啦！”

传神之笔

老和尚病逝后，吴道子觉得自己也没有必要在柏林寺当半个和尚了，于是他告别了师兄弟，离开柏林寺，琢磨着走上仕途，去谋求个一官半职。

途中他觉得有些口渴，刚好想起从前他和师父云游的时候，路过此地，在附近的一间僧房里借住了一晚。吴道子就想去寻找当时的那间僧房，刚好可以拜访故人，顺便讨口茶吃。

吴道子顺着当年的记忆找到房子，他走上前去，叩响了屋门。不一会儿，门打开了，门后一个僧人探出头来："所为何事？"

"不好意思，可否讨口茶吃？"吴道子礼貌地问。

僧人先是用一种鄙夷的眼神上下打量了吴道子一番，然后皱着眉头，不耐烦地说"没有没有！"说着就要关门。

吴道子还没反应过来，就被拒之门外。他十分气愤，认为这个僧人是个以貌取人之人，他当即从包中取出笔墨纸砚，在僧房的围墙上画上一头驴。

谁承想当天晚上，他画在墙上的驴变成了真驴，这头驴恼怒异常，满屋地尥（liào）蹶子，把僧房的家具等物品都践踏得乱七八糟，弄得一片狼藉。

这僧人一看到墙上的画，就知道一定是吴道子画的，他只得去恳求吴道子将墙上的画擦掉。

"昨天是小僧冒犯，还希望你不要放在心上。"僧人被这头驴一闹，损失惨重，要是吴道子再不擦掉墙上的画，他怕是性命都会受到威胁。

吴道子看僧人态度诚恳，就将画擦掉，果然，这之后驴就从僧房消失了。

虽然"画驴成真"是民间传说，但也从一个侧面说明吴道子画动物有如神来之笔。

无诏不画

吴道子跟随著名的书法家张旭、贺知章学习书法，后来刻苦钻研绘画，年未冠之时，已能“穷丹青之妙”，正因如此，他在画坛上小有名气。

公元713年，他被唐玄宗召到京都长安，入内供奉，充任内教博士，并命他“非有诏不得画”，后官至“宁王友”。吴道子入内供奉之后，多在宫中作画，有时也随从玄宗巡游各地。

一天，他随驾去东都洛阳，会见了将军裴旻（mín）和书法家张旭。三人都是身怀技艺之人，自然被要求表演绝技。

将军裴旻是性情中人，他首当其冲，拔出佩剑，说：“我裴旻一介莽夫，在此献丑，为大家舞剑一曲助兴！”

周围观看的官员各个拍手叫好，将军裴旻舞剑，那可不是想看就能看到的。

舞剑结束，裴旻把剑收回剑鞘，对着周围的官员作揖后，就退到一边。

看完裴旻舞剑，张旭也在兴头上，他站起来，说：“裴将军的剑舞得干净利索，在下文弱书生手无缚鸡之力，惭愧，惭愧，没有什么绝技，只能是表演写字。”

笔墨早已为张旭准备好，他善于草书，立即挥毫泼墨，作书毕。

旁人对他的书法也是赞不绝口。

最后轮到吴道子，他在三人中年纪最小，理应谦虚再谦虚，他对着裴旻将军和张旭行礼，恭敬地说："论年纪，两位都是前辈，都身怀绝技，今日能在二位面前献丑，也是小弟我修来的福分，小弟别的不会，画画还算在行，望两位大哥能指点一二。"

张旭和裴旻纷纷客气道："不敢当，不敢当。"

吴道子这才奋笔作画，下笔有神，可谓"俄顷而就，有若神助"，众人纷纷为其叫好。

公元742年，唐玄宗忽然想起蜀中嘉陵江山清水秀，妙趣横生，遂命吴道子乘驿船赴嘉陵江去写生。

到了嘉陵江，吴道子漫游江上，纵目远眺，此地好山好水，一幕一景地掠过，当时的体会与感受，便铭记在心，并没有绘制一张草图。

他觉得草图是死的，但是心里的感受是活的，不能让草图限制了他的表达。

当吴道子游览了嘉陵江的山山水水之后回到了长安，玄宗问他绘画的情况时，他回答说："我并没有作草图将它带回来，而是全部都记在心里了。"

玄宗命他在大同殿壁上绘画。吴道子不是将嘉陵江山水表面罗列一番，而是把握住嘉陵江一山一水、一丘一壑引人入胜的境界，即把这一带山川的壮丽优美与自然特色做了高度的概括，凝神挥笔一日而成，嘉陵江三百里的旖旎风光跃然纸上，玄宗看了啧啧称赞。

在此之前，大画家李将军擅长山水画，也曾在大同殿壁上画嘉陵江山水，虽然画得也十分奇妙，但却用数月才完成，不如吴道子画得又快又好。

因此，玄宗颇为感慨地说："李思训数月的工夫，你用一天就完成了，真是奇妙至极。"

可见，吴道子画技高超，笔法娴熟。

颜真卿：书法界的忠正斗士

颜真卿是唐朝的名臣，也是著名的书法家，他擅长写行书和楷书。他的楷书端庄雄伟，气势浑厚，善用中锋，筋骨力道，被誉为“楷书四大家”之一。他的《祭侄文稿》被后世誉为“天下第二行书”。

正直遭贬

公元 752 年暮秋，山东德州平原郡外落叶纷飞，42 岁的颜真卿骑着马，慢悠悠地走在县外的小道上，身后两个随从无精打采地跟着。

此时的颜真卿百感交集，不知道该喜还是该悲——他被贬了，从朝廷调到平原县来做太守，可谓“悲”；但是从这一天起，他远离了那个混乱不堪、摇摇欲坠的朝廷，不用再受朝廷中那些小人的算计，能够静下心来研究平生最痴迷的书法，可谓“喜”。

孔老夫子说“四十不惑”，可心中为什么还是有那么多

■ 颜真卿像

不明了的事情呢？马儿不紧不慢地走着，颜真卿索性闭了眼，回想起自己平平淡淡的前半生。

公元709年一个普通的秋日，颜真卿出生于京兆万年（今陕西省西安市）敦化坊。颜家虽不是什么名门望族，但也算得上是书香门第，孔子门下“七十二贤”之首颜回便是颜真卿的祖上，颜真卿的五世祖颜之推、爷爷颜师古都是声名远扬的儒学大家。颜家世世代代受人尊敬，先辈们在朝廷做官的真不少，颜真卿的出身可比那些穷苦老百姓好多了，也可称得上是幸福。不过，颜真卿3岁时，他的父亲却因病去世了！

在那个时代，一个家庭中男主人的作用和地位比现在重要得多，失去了正值壮年的父亲，这个家就等于没了支柱。母亲殷夫人悲痛万分，不过孩子还年幼，除了苦苦支撑，还有什么办法呢？所幸殷夫人也出身于书香门第，自幼饱读诗书，教育起孩子来一点儿也不马虎，颜真卿不到五岁，殷夫人便开始教他读书了。

颜真卿12岁时，年老的爷爷奶奶相继离世，殷夫人在长安再无牵挂，便带着他南下苏州，寄居到外祖父家里。没有父亲的生活让颜真卿比同龄的孩子成熟不少，他懂得生活的艰辛，因此对母亲非常孝顺，学习也极其刻苦。

公元734年，颜真卿学有所成，此时的他饱读诗书，学识渊博，字写得不错，一手文章也写得格外漂亮。这年2月，颜真卿参加科举考试，一举考中进士，此后不到两年，便被朝廷任命为校书郎。颜真卿为人正直，做事又一丝不苟，之后的几年在仕途上走得格外顺畅，多次升迁。他先后做过醴（lǐ）泉县尉、临川内史、长安县尉、监察御史。公元749年，颜真卿做到殿中侍御史，这已经是比较大的官了，可以直接接触到皇帝了。

殿中侍御史是朝廷里类似“纪律委员”的职位，很得罪人，像颜真卿这样作风过于正派，又心口如一的人是做不长的，果然，他上任不到一年，连宰相杨国忠都给得罪了。杨国忠把他这里一调，那里一挪，终于在这一年把他调到了跟京师完全搭不上边的平原郡。

安史之乱

颜真卿忠心耿耿，为人正直，可年过40岁却还遭贬谪，心中难免有些惆怅。入职以后，他花了几天时间清理公事，便带着笔墨纸砚寻觅起平原郡周边的碑文来。颜真卿酷爱书法，被贬前不久他还向“草圣”张旭讨教过笔法。两人促膝长谈一夜后，颜真卿很有心得，如今他得罪当朝宰相，功名已不可求，索性静下心来，专心研习书法。

就这样过了些时日，颜真卿感觉受益匪浅，之前他始终觉得自己的水平与书法大成之间有一层隔膜，如今他隐隐感到这层膜已经到了将破未破之际了！然而，天不遂人愿，没等颜真卿突破这层膜，一重天大的磨难向他压了过来，这磨难他必须承受，因为关系到国家的命运和无数百姓的安危！

磨难来自唐朝两位将领——安禄山和史思明，他们都是长年镇守边地的节度使，手握重兵，颜真卿所在的平原郡也在他们的势力范围内。天高皇帝远，安禄山和史思明拥兵多年却无仗可打，于是就动起了叛乱的心思！当然，根本原因还是和中央的管理有关系。此时的皇帝是唐玄宗李隆基，唐朝经过“贞观之治”“永徽之治”“开元盛世”，在唐玄宗登位时达到空前的繁荣。晚年的唐玄宗安逸久了，已经完全没有了作为一国之主该有的危机感，他成天和贵妃杨玉环腻在一起，过着声色犬马的生活，还让杨贵妃的哥哥杨国忠把持朝政，纵容他胡作非为。安禄山和杨国忠一直都有嫌隙，杨国忠在朝中的势力越来越大，危及到安禄山的利益，安禄山自然要动心思了。可唐玄宗迷恋杨贵妃，杨国忠和杨贵妃的血缘关系又坚不可摧，动什么心思呢？安禄山和史思明拥有唐朝15万的正规兵力，坐镇边陲，皇帝却过得浑浑噩噩，当然是发动一场突如其来的战争最直截了当了！

为了增加胜算，安禄山和史思明暗中拉拢当时河北北部大片地区的少数民族，收买不少契丹、突厥的上层人物，势力越来越大。这一切都被身在平原郡做太守的颜真卿看在眼里，颜真卿预感有大事要发生，便偷偷招募兵士，准备粮草，疏通平原郡的护城河，并暗中把城墙加高了不少。平原郡这个地方就在安禄山眼皮子底下，为了不引起安禄山的怀疑，颜真卿经常召集一些宾客吟诗作对，游玩品酒，表现得很张扬。安禄山便对这个从京师调过来的书生放心得很，从来不觉得他会成为自己的阻碍。

公元755年的一天，颜真卿担心的事情终于发生了。安禄山和史思明以“忧国之危，讨伐杨国忠”为借口在范阳起兵，史称“安史之乱”——将唐朝逼向衰退的战争开始了！

固守平原

安禄山和史思明连同契丹等少数民族共计20万兵力，由范阳向河北各地碾压而去。唐朝安定太久，已经有好几代人没经历过战争了，人们一听说发生战乱，哪里还有心情沉稳应战，叛军一路势如破竹，所到之处，各个郡县望风瓦解。有的郡守吓得直接投降，有的自知不敌，干脆开门迎接

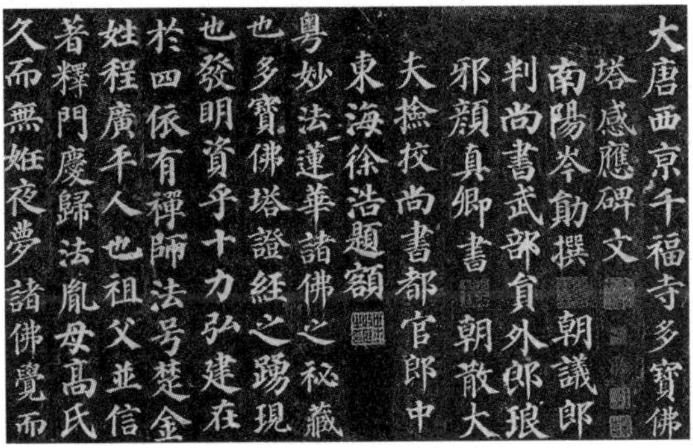

■ 颜真卿《多宝塔碑》局部

叛军或者弃城逃跑，少数敢于反抗的，也因为没有准备很快就被砍杀了。半个月不到，河北大部分区域都被安禄山控制了！

由于颜真卿的准备充分，平原郡暂时得以稳固。颜真卿知道仅凭平原郡这一点儿兵力是没办法坚持太久的，于是派人快马加鞭地去长安向唐玄宗汇报。当时的唐玄宗听说河北沦陷，正气不打一处来："难道我河北24个郡，就没一个忠臣吗？"等到颜真卿的消息送到，唐玄宗转怒为喜，对左右官员说："我以前真是不了解颜真卿啊，想不到他做事这么出色！"于是，唐玄宗很快就派出5千精锐士兵奔赴河北支援颜真卿。颜真卿加紧征召士兵，倾尽所有犒劳将士，将士们群情激奋，饶阳太守、济南太守、邺郡太守等不愿投降叛军的将领都领兵前来归附他，平原郡越发稳固了！

然而，叛军声势浩大，仅凭像平原郡这样的少数几个能固守的郡县根本挡不住他们的前进步伐，不出一个月，连洛阳城都被叛军攻陷了，李憕（chéng）、卢奕、蒋清等几位声名远扬的忠臣均被斩杀。为了扰乱平原郡的军心，安禄山想出一条恶毒的计谋，他割下李憕、卢奕、蒋清的头颅，把头颅沾满血污，然后派手下段子光将头颅送到平原郡。

颜真卿在朝廷任职多年，认识李憕、卢奕、蒋清，看到三人的头颅，悲愤交加。他为了稳定军心，直接把段子光给斩了，然后哄着将士们说："我一直都认识李憕、卢奕、蒋清，这根本就不是他们的头颅。"为了慰藉三位忠臣的在天之灵，颜真卿之后又偷偷把三人的头颅收了起来，用草编了人身接上头颅后装殓并设了灵位。

在颜真卿的力争之下，更多的郡县归顺了朝廷，誓死抗击叛军，他们推举颜真卿为盟主，颜真卿因此会聚了更多的兵力。朝廷发现颜真卿有抵抗叛军的决心和实力，便升他为户部侍郎，指望他能击退叛军。

然而，此时的朝廷已经岌岌可危了，唐玄宗早已没有了年轻时候的英明果决，奸相杨国忠又只考虑自身的利益。叛军兵临城下，唐玄宗只好带着皇子皇孙、贵妃公主以及杨国忠等一批近臣出逃。唐朝六军将士这时终于忍无可忍了，他们发动兵变杀了杨国忠，又逼着唐玄宗处死杨贵妃并退位。

以身殉国

公元763年2月，安史之乱宣告结束，大唐江山是保住了，但是却已经变得千疮百孔，唐朝开始由空前盛世转向了再也扭转不回来的衰败。此后，各地的小叛乱时有发生。

颜真卿在官场几经沉浮，最后在淮西使李希烈的叛乱中，因做使者传达朝廷旨意，最后尽忠而逝，享年76岁。颜真卿以身殉国的消息传来，朝廷震怖，有良知的大臣们均为之痛哭。半年后叛乱平定，颜真卿的灵柩才被运回长安，唐德宗觉得对不起颜真卿，为他废朝五日，并追赠他为司徒，赐谥号“文忠”。

铮铮颜体

颜真卿的书法初学褚（chǔ）遂良，后又得笔法于张旭，还与怀素一起探讨书法。他对王羲之、王献之、褚遂良等人的书法都进行过深入研究，吸取其长处。

颜真卿的行书遒劲郁勃，这种风格体现了大唐帝国繁盛的风度。他以数十年千锤百炼，使得“颜体”形神兼具，在书坛巍然屹立。《祭侄文稿》被后世誉为“天下第二行书”。后人范文澜曾说：“初唐的欧、虞、褚、薛，只是二王书体的继承人，盛唐的颜真卿，才是唐朝新书体的创造者。”

或许是颜真卿的书法造诣太高，人们提到颜真卿，首先想到的是他高超的书法技艺，他的“颜体”“颜筋”。但他在人格上的光辉是不能被忽视的，他不仅仅是一位超凡的书法家，更是一位为国为民的将领，一位永不屈服的斗士！

怀素:奇特的妙笔狂僧

怀素（737-799），俗姓钱，字藏真，永州零陵（今湖南零陵）人。唐代书法家，以“狂草”名世，史称“草圣”。

怀素自幼出家为僧，经禅之暇，爱好书法，与张旭齐名，合称“颠张狂素”，形成唐代书法双峰并峙的局面，也是中国草书史上的两座高峰。

入寺练焦

烈日当空，炫目的日光照得人直发晕。永州零陵一座寺庙外，一个年轻的僧人正站在芭蕉地里，手握毛笔，凝神静气，在芭蕉叶上写着字。豆大的汗珠从他脸庞上往下滚，但他并不理会，只是专心致志地写字，写满一片叶子，便上上下下地看，时而摇头，时而发笑，就像着了魔一样。

“怀素，快回来做事了。”远处一名老僧人大声叫道。怀素应了一声，收笔离开了芭蕉地，他是整个寺庙里最不像僧人的僧人。

怀素自幼喜欢书法，但是家里贫穷，拿不出闲钱给他买纸和书帖。不过，当时的他心性简单，有纸就在纸上练，没纸便在地上画，倒也自得其乐。他的舅舅钱起是个小有名气的穷诗人，字写得不错，来了兴致偶尔给怀素指点一二。

怀素渐渐长大，心智也在一天天变化，他慢慢懂得，在这样的生活条件下，自己的书法是永远成不了气候的。16岁时，怀素突然萌发出了一个念头—— 既然当下的生活不如意，何不放下它，开始新的生活呢？

怀素是个随性之人，这念头才一出现，他便跑去跟父母说了。父母一听，大吃一惊，万般劝阻，可是这念头就像在怀素心里生了根似的，十匹马也拉不回来了。怀素家住永州零陵，便就近在零陵的一所寺院做了僧人。出家不能改变怀素生活穷困的状况，却能改变他困扰的心境。婚姻、家庭的纷扰已经与他无关，自此以后，醉心书法即可。

怀素进了寺院，马上就成了整个寺院最惹人注目的和尚。为什么呢？因为他狂，他是整个寺院最不守规矩的。他很爱喝酒，一旦喝醉，便在墙壁上、衣物上狂练书法，他说：“饮酒以养性，草书以畅志。”其他人一度认为他精神有些不正常，因此，人们都称他为“醉僧”。

他仍然没有钱去买纸练字。有一天，他发现几个相熟的僧人在用廉价的白漆涂墙，心中一动。他找涂墙的僧人讨来白漆，又削了几大块木板，耐心修磨平整，然后便在木板

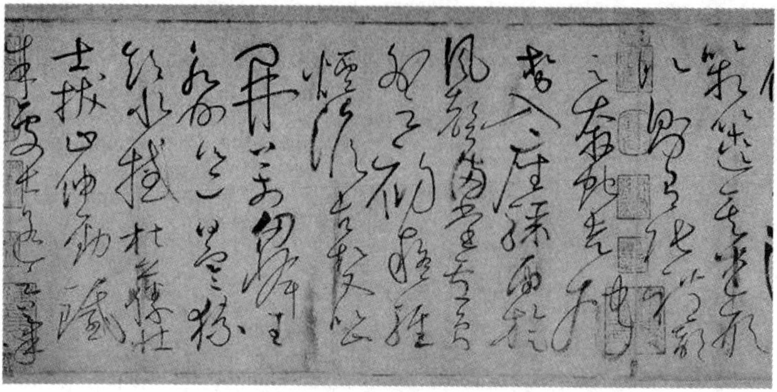

■ 怀素《自叙帖》局部

上练起字来。那一块木板仅能写下百来个字，不过他写满一块，便在板上刷一层白漆掩盖字迹，等白漆干了，又可以在板上写字了。如此写一层，漆一层，便可在木板上反复练字。这个发现让怀素欣喜若狂，他终日练个不停。可惜这个方案没能让怀素一直练下去，因为时间久了，怀素发现一个弊端。那木板多次刷白漆之后，表面变得又光又滑，墨汁不容易附着在上面，墨汁流动则字迹容易变形，与纸上写字的感觉相差太大，长此以往，有百害而无一利。

怀素意识到这一点，只得另寻法子练字，还有什么法子呢？他眼珠一转，盯上了寺里种的芭蕉树。芭蕉叶又大又平整，自己人种的也不需要花钱买，拿来练字岂不快哉？怀素当即挑几片最大的叶片扯下来，研墨，提笔，试着一写，感觉还不错！

不到两年，怀素把寺院近处几块荒地全种上了芭蕉树。

芭蕉叶长大，他便扯下来练字，他一练就入迷，没日没夜，老叶片扯完，新叶片却都还小，这几大片芭蕉地竟然不够他练。后来，怀素不扯叶片了，索性去芭蕉地练，他就在芭蕉树前，或坐或站，提笔在叶片上写。那芭蕉叶承受着风吹日晒雨淋，过不了几日上面的字迹便会淡去，如此便有写不完的芭蕉叶啦！

张颠素狂

日复一日，年复一年，怀素冬练三九、夏练三伏，对笔的控制能力早已超乎常人。一天傍晚，怀素躺在芭蕉地里，仰望着天空，空中云彩飘动，变幻无穷，无垠的天空如同一张巨大的宣纸，游动的云彩就像大师行云流水的墨迹。怀素看着看着，心中渐渐生出许多写字的感悟，看到入迷，他腾地站起身来，大笑着叫道："得草书三昧。"

怀素心中舒畅，出寺讨得几罐水酒，喝得晕晕乎乎才回寺院。同住的僧人们一脸不悦地瞪着他："怀素又发狂了，这样随性妄为真适合做我佛门中人吗？"怀素人称"酒僧"，早已对旁人异样的眼光习以为常，他乘着酒意提笔又在墙上唰唰地写了起来，一支笔在墙上随意挥洒，如行云流水般流畅。同住的僧人们虽然嫌恶怀素癫狂的模样，但嘴里还是情不自禁地赞叹："怀素人是疯癫了一些，但这一手字确实是妙不可言！”

随着时间的推移，怀素的字得到了越来越多人的认可，寺里寺外都有了一定的名气，寺里写祈文、抄经书都会找他，寺外也常常有人提着上好的纸来找他求字。

名气增大不仅没有使怀素改掉“狂”的毛病，反而使他越来越张狂了。大家都知道怀素好酒，找他写字的人便常常投其所好，献上几罐子美酒，怀素酩酊大醉的时候便越来越多了。最让人惊讶的是，这怀素和尚喝醉了酒，写字反而更有气势。他一手拿着酒杯，一手挥毫泼墨，笔走龙蛇，龙飞凤舞，一气呵成，直看得人目瞪口呆。纵然是在醉酒的状态下，怀素的草书也极少有失误的，不像其他练习狂草者，常常有漏笔、误笔之处。人们看怀素写字看得多了，渐渐将他与当时的书法“草圣”张旭相提并论。话说那张旭才华横溢，学识渊博，却和怀素一样洒脱不羁，是个好酒的人。他也常常在醉酒的状态下写字，一边大呼小叫，一边挥笔成书，写到兴起时甚至解开发带，用头发蘸墨写字，人们都觉得此人疯疯癫癫，便送他一个“张颠”的称号。人们觉得怀素身上有张旭的影子，便将两人合称为“张颠素狂”。

远游学书

此时的怀素还年轻，此前的书法练习大多靠死练和自悟，对于名家名帖的学习较少，从中国古代笔法传承的角度来看，他还没进入正统书法的大门。随着年龄的增长，怀素心性成熟，萌生出远游求师访友的想法，以便让自己的书法技艺更上一层楼。

这一年，关中地区遭受旱灾，皇帝为了向上天祈福，宣布大赦天下，“诗仙”李白结束了被流放的生活，秋游到了零陵。怀素一直都敬仰李白，听到这个消息后，连忙前往李白所在的地方求诗。李白和怀素性格相似，志趣相投，聊得分外投机。两人又都爱喝酒，于是找了酒肆，点三五个小菜，一边喝一边聊。喝到酣畅，怀素又狂性大发，取出笔墨龙飞凤舞起来。李白看到怀素的痴狂样，亦是诗兴大发，当即吟出一首《草书歌行》赠予怀素：

少年上人号怀素，草书天下称独步。

墨池飞出北溟鱼，笔锋杀尽中山兔。

八月九月天气凉，酒徒词客满高堂。

笺麻素绢排数厢，宣州石砚墨色光。

吾师醉后倚绳床，须臾扫尽数千张。

飘风骤雨惊飒飒，落花飞雪何茫茫。

起来向壁不停手，一行数字大如斗。

怳怳如闻神鬼惊，时时只见龙蛇走。

左盘右蹙如惊电，状同楚汉相攻战。

湖南七郡凡几家，家家屏障书题遍。

王逸少，张伯英，古来几许浪得名。

张颠老死不足数，我师此义不师古。

古来万事贵天生，何必要公孙大娘浑脱舞。

李白这首诗浪漫、奇特、夸张，点名道姓地赞扬怀素，把怀素醉酒后挥笔疾书的场景描绘得惟妙惟肖，也把他给夸到天上去了。怀素得了诗，喜不自胜，更加坚定了远游拜师、学习古人以提升书法技艺的想法。

公元762年，怀素由家乡零陵出发，取道衡阳，一直去到潭州，之后又绕到岳阳。这一路万里，怀素不断拜访名家，见识名帖，收获不少。游历过后，怀素用心写下了自己第一个正儿八经的书帖，内容是诗人杜甫的《永兴八首》。其实，这个时候怀素的书法已经有了不小的提升，但他游学途中的所见所闻也让他认识到了自身的不足，反而更彷徨了。于是，他又萌生了去长安学习的想法。长安是都城，是全国经济、文化最繁荣的地方，也是大师聚集的地方。

公元767年，怀素在潭州游历时结识的朋友张谓刚好要去京城任职，怀素便乘此机会同他一起去了京城。京城到底是大地方，果然不同凡响，怀素在这里大开眼界，他在此第一个见识到的碑帖便是著名的《曹娥碑》。《曹娥碑》是东汉大书法家蔡邕所写，在整个中华书法史上都具有很高的地位。王献之、王羲之的作品在京城保存得也不少，而这些都是怀素之前从来没见过的。

京城里书法名家不少，怀素有机会便去拜会。“草圣”张旭一直是怀素心中钦佩的人，可惜他已经逝世，幸运的是，他的弟子邬彤正好居住在长安。怀素便去拜会了邬彤，并且拜他为师。怀素的性子和行事作风都很像张旭，连提笔写字的姿态都和张旭相近，邬彤和他格外亲近，把张旭神鬼莫测的笔法技艺倾囊相授于他。

怀素沉醉于京城长安的名家名帖，这一待便是五年之久，他的书法便在这一日又一日的看与练中趋于成熟。

书法大成

公元772年9月，怀素启程返回家乡。按理来说，他离家多年，这时候返回家乡应该是迫不及待、马不停蹄，但是他对书法的喜爱似乎已经超越了一切，他选了一条经过洛阳但相当远的路。至于原因，则是当时最负盛名的大书法家颜真卿住在那里。

颜真卿官至吏部尚书，曾被皇帝封为鲁郡公，一手好字名扬天下。更重要的是，颜真卿曾拜张旭为师且跟他学了两年书法，对怀素钟爱的草书笔法知之甚多。两人见面聊得非常愉快，颜真卿被怀素的率性和才华打动，亲手为他作了一篇《怀素上人草书歌序》。

经过这么多年的游历，怀素把历代经典的书法作品赏了个遍，把当时有真才实学的书法家也结识了个遍，种种笔势、笔法在他心中经过累积、翻腾、沉淀后，绽放光芒的时候来临了！

公元777年8月6日，怀素提了壶好酒，自斟自酌起来。喝到微醺，又想写字了，写点儿什么呢？前半辈子的经历在他脑海中打起转来，他铺开一大轴纸，调了上好的墨，拿了最顺手的笔，唰唰唰地狂写起来。他挥笔疾书，流畅奔放，一气呵成，写完这一轴纸，共有126行702字。他到底写了多少笔很难说清楚，因为他人太狂，笔法太飘逸，他似乎不是待在书房之中，而是在战鼓雷动的沙场，他手中拿的似乎不是一支笔，而是一把剑。他肆意地舞动，那纸上是撇是捺，是横是点，已经不能用普通的笔法规则去揣度了。

怀素在文前提了个《自叙帖》，他前前后后审视一番，觉得不错，便在文末盖了个大印，书帖完成。怀素高兴地咕噜咕噜喝了几口酒，他知道，自己这几年来的苦苦追寻没有错，如今的书法和当初游历之前已经不可同日而语了。但是，他根本不知道，他酒后这一番挥洒，洒出的是中国书法史上多么浓墨重彩的一笔！自此以后，不知会有多少人将他这一帖视作模仿的典范，也不知道会有多少人为了这一帖中的笔意倾尽心血！

隶书扁，楷书方，行书草书长，但是都脱不了方块体的基础，怀素以前的书法一直如此。但是，怀素破了这个规则，他极度精简的笔画，超高的运笔速度，将“方”化成了“圆”，创造了他独有的书体。他的字时而大时而小，时而肥时而瘦，时而疏时而密，上下参差，左右错落，实在是乱，但乱中偏偏又能乱出章法来，乱得有味道，乱得好看！

怀素的年纪渐渐大了，书帖也渐渐多了，《自叙帖》之后的《苦笋帖》《论书帖》《小草千字文》《藏真帖》等无一不是精品中的精品。

公元799年，怀素在四川成都宝元寺圆寂，他留下来的只有那一卷卷书帖，当然，那比任何金银财宝都宝贵！

柳公权：心如字正

柳公权是唐代著名的书法家，以楷书著称，被称为“楷书四大家”之一，创立了独树一帜的“柳体”，在书法艺术史上，做出了突出的贡献。

树下书会

公元790年，唐朝京兆府华原县柳家塬柳家大院外，一群十多岁的孩子们正叽叽喳喳地围在一棵百年老树下。12岁的柳公权正站在树下的一张小桌子前，聚精会神地写着字，他的左手掌放在右胳膊肘下，右手稳稳地握着毛笔，一笔一画，不疾不徐，看起来有模有样。

“好好好，柳公权，这次算你赢了。老师以后也不会教训你了。”旁边的孩子们叫了起来，柳公权还没写完最后一笔，看到其他人都承认他赢了，瞬间没了严肃劲儿，呵呵笑了起来。他草草地题了个名字，就将这篇楷书作品举起，叫道：“看以后谁还敢说我写的字是鸡爪刨出来的，不服的就像我这样当着大家的面写出来看看！”

■ 柳公权像

柳公权得意洋洋的，总算扬眉吐气了一回！他出生在这一方最有名的柳家，祖父是邠州士曹参军，父亲是丹州刺史，论家庭条件，他的小伙伴们可是羡慕极了，可是他的字却经常沦为大家的笑柄。他并非不爱学习，吟诗、作赋、背书他样样在行，唯有那一手字没人敢恭维。老师是一视同仁教的，其他人的字练了一段时间后就有模有样了，唯独他的字还是写得歪歪扭扭。为此，柳公权没少受老师的批评，父亲也常常拿这事儿来数落他。一起玩的小伙伴们经常拿这事儿来说笑。柳公权在小伙伴们面前比较好面子，便下定决心好好练字以雪前耻。他苦练了一年多，连严厉的父亲也承认他的字大有长进了，他这才决定弄个“书会”，在小伙伴们面前好好展示一番，因此才有了上面那一幕。

孩子们在吵吵闹闹地办“书会”，一个卖豆腐的老人家从旁路过，被吸引了过来。柳公权想趁机让这个老爷爷承认自己的字写得好，这样小伙伴们不就更服气了吗？他又铺了张纸，提起笔稳稳地写了10个字——“会写飞凤家，敢在人前夸”。写完他就递给这位老人家，说道：“老爷爷，您看我这几个字写得怎么样？”

柳公权这几个字方方正正，笔画顺畅规范，和用模子印出来的差不过，在这群同龄人中没人能写出这种效果。但是，老爷爷看了看，却并没有如柳公权所愿地赞扬他，而是眉头紧皱地说道：“还算可以，但是并不值得在人前夸耀。你这字就像我桶里的豆腐脑一样，软塌塌的，既没筋，也没骨，写得规矩是规矩，却不好看！”

柳公权听得这话，自然不服，周围可还有这么大一群小伙伴们看着呢！他没好气地说：“大家都说好，就您说不好，不然您写几个字给我们看看？”老人家摆摆手直笑道：“不写不写，我这一个老粗人哪儿敢跟你们这些读书的娃娃比。不过，我常在华京城的巷子里卖豆腐，城头有个卖对联的老人家，人家用脚写的字都比你写的好看，不信你自己去看看！”小伙伴们一听都哈哈哈大笑起来，柳公权脸上红一阵白一阵，心中不是滋味。好不容易追回的面子，被老人家这么一说又丢了，真够尴尬的！

城头受教

老人家走后，柳公权仍对他的话耿耿于怀。那老人家看起来性子憨厚，说话实诚，不像是故意编个事儿说来看他笑话的。华京城离柳家塬有点儿远。第二天，柳公权索性起了个早，抓了两个馍馍就往华京城行去，他倒要看看，华京城里是不是真有人无聊到用脚去练书法。

等柳公权走到时，时间已经不早了，华京城里人来人往，好不热闹！柳公权进了城没几步，就看到了卖豆腐的老人家所说的人。看到的第一眼，他就被震惊到了。同样也是一位老人家，他的确是在用脚夹着毛笔写字，但原因却并不是无聊，而是他根本就没有手！老人家坐在一棵挂有对联的槐树下，身边围了不少人。他左脚稳着纸张，右脚趾夹着毛笔，唰唰唰地写着，遒劲有力的字在脚下一个接一个展现出来，引来一阵又一阵的喝彩声。

柳公权看得目瞪口呆，世上居然还能有这种事情！他愣了好大一阵子，心中不得不承认这位老人用脚写出的字比他自己引以为傲的字好了十倍不止。他想起自己在卖豆腐老人家面前卖弄的行为，顿时惭愧万分。

柳公权如痴如醉地看着老人家运笔，一看就是几个时辰，等到周围的人少一些了，他“扑通”一声跪倒在老人家面前，说道：“老爷爷，我叫柳公权，请您收我为徒，教我书法。” 老人家没法扶起柳公权，连忙放掉脚下的笔，坐直了身子说道：“老朽生来没有双臂，干不成活儿，勉强练成笔下这一点儿微末的本事糊糊口而已，哪里谈得上为人师，你快快起来。”柳公权哪里肯起来，跪在地上苦苦哀求。老人家很是无奈，他就用左脚麻利地铺开一张纸，右脚拾起毛笔又写了起来。书写完毕后，老人家将纸掉个头，对着柳公权，柳公权定睛一看，写的却是一首小诗：“写尽八缸水，砚染涝池黑。博取百家长，始得龙凤飞。”这二十个字犹如铁画银钩，笔力劲挺，柳公权终于明白卖豆腐的老人家为什么说自己的字“既没筋，也没骨”，和这位大师一比，自己写的字哪里只是没有筋骨，简直是什么都没有。

老人家语重心长地说道：“孩子，我教不了你什么，这二十个字就是我写字的秘诀。我自小练习用脚写字，当年我家那能盛八担水的大缸，我练尽了八大缸水，半亩地大的池子，池水也被我洗笔染得乌黑，至此书法才有一点儿起色。我至今已经练字50余年，可是仍然没能窥得真正书法大师的境界。你有一双好手，只需记住‘心沉笔则稳，心正字则正’。书法之路，除了‘勤奋’二字没有别的捷径可走。”

柳公权深受震动，失去双臂之人尚能将书法练到如此地步，更何况四肢健全的自己呢？他起身谢过无臂老人，回到家中，开始写字。字还是老样子，但是他的心已经变了，从这一天起，练字再与他人的批评和赞扬无关，和面子无关，只和自己的正心有关，和勤奋有关。

以笔为谏

公元808年，柳公权高中进士，被朝廷任命为秘书省校书郎。此时的柳公权29岁，经过近20年的练习，他的书法已经到了炉火纯青的地步。在朝廷任职这几年，连皇帝唐宪宗也被他高超的书法技艺所折服，并将他召到身边任侍书一职。

公元820年，唐宪宗驾崩，唐穆宗即位。唐穆宗也喜欢柳公权的楷书，他刚登基，便召见了柳公权。两人一见面，唐穆宗就一脸钦慕地说："朕曾经在一座佛寺里看到过你题的字，早就想见你了。"柳公权受宠若惊。这位刚登基的皇帝开始和柳公权促膝长谈，聊到酣畅处，当即决定升柳公权为右拾遗，并兼任翰林学士。拾遗这个职位是用来监察和督促皇帝的，皇帝平时做事有什么遗漏或者政策上有任何失误，拾遗便可以提出来，这个是和皇帝最亲近的职位之一了。翰林学士一职更不得了，在唐朝，翰林学士也被人们称为"内相"，相当于皇帝的顾问兼秘书，宰相通常就是从这个位置提上去的。

按理说，得到新任皇帝如此垂青，柳公权以后的日子应该会非常好过，但事实却恰恰相反，因为唐穆宗并不是盏省油的灯。

■ 柳公权《玄秘塔碑》局部

唐穆宗虽然很喜欢书法，也喜欢柳公权，但是最喜欢的还是“玩”！玩什么呢？骑马、打猎、游玩、酒宴、杂技、戏剧、养鱼……当然也包括书法，总之只要是新奇的、有点儿趣味的他都要尝试尝试，并且乐此不疲，至于政事，他一向是不管不问。

这年的五月初，先帝唐宪宗刚刚入土，丧事还没正式结束，唐穆宗便偷偷带了几个马术高超的亲信狩猎去了。六月，因为先帝去世的关系，太后要移居兴庆宫，唐穆宗便抓住机会在兴庆宫大摆宴席，一连就是好几天，完了又招人来演了几天的杂戏。七月，唐穆宗的生日到了，他又突发奇想，为自己设计了一套既热闹又好玩的庆祝仪式，准备大玩一场。柳公权和另外几个忠心的大臣百般劝谏，说自古以来就没有这种做法，对臣下、百姓以及后世的影响都不好，最后总算把唐穆宗那些想玩破天的计划给制止住了。

然而，唐穆宗那颗爱玩的心永远平静不下来，他有事没事就组织宴会，和大臣一言不合就要命人来演戏放松，觉得宫中有些闷便出去打猎散心。总之，没机会也要创造机会去玩，一旦抓住机会便要疯狂地玩。

柳公权身为拾遗，皇帝有错那是要提出来的，他也常常直言相劝，但基本上没什么用。他曾劝唐穆宗说：“陛下，您总是赏赐那些戏子，这赏出去的是百姓们的血汗钱，可那些戏子对国家并没有什么功劳，这样可不太好啊！”唐穆宗头点得飞快：“你说得对，我确实应该听你的。”然而一转身，他依然是我行我素。

有一次，唐穆宗玩累了回宫练习书法，于是把柳公权叫到身边问道：“到底怎样运笔才能把楷书写得尽善尽美，你可有什么不外传的法门？”柳公权淡淡地答道：“用笔先用心，这跟为政是一个道理，心正了，笔法才能尽善尽美！”唐穆宗定神一想，微微有些动容，明白柳公权是一片苦心借运笔来劝谏自己，在之后的几天他略作收敛，然而时间一长，继续我行我素。

或许是因为沉迷于享乐太过失德，唐穆宗登基后没几年，就得了中风，一命呜呼，柳公权的噩梦总算结束了。

侍奉文宗

公元826年，唐文宗李昂登位，同样将柳公权留在身边任职。唐文宗比唐穆宗靠谱多了，他勤于政事，而且善于纳谏。

有一次，唐文宗和几位学士聊天，刚好说到汉文帝刘恒，刘恒是比较有作为又崇尚节俭的一位皇帝。唐文宗当时正好穿着一件旧衣服，他便扯了扯自己的衣服说："这件衣服已经洗过好多次了。"学士们一听，纷纷开始拍马屁，颂扬皇帝的节俭品质，柳公权当时也在场，却沉默不言。唐文宗注意到这一点，就问他为什么不说话，柳公权义正辞严地说："君主真正的大节，在于任用贤良，罢黜佞臣，听取忠言，赏罚分明。至于穿旧衣服，做法很对，却只是小节，并不是拿出来宣扬的资本。"有两个学士听到柳公权这么说，吓得瑟瑟发抖，对他连使眼色，但柳公权丝毫没有动容。结果没想到，唐文宗并没有生气，反而对柳公权另眼相看，任他为谏议大夫，并且与他越来越亲近。文宗相信他的人品，喜爱他的书法，也钦慕他的才华，每次心中有所惑，就算是晚上正在沐浴也要招来柳公权请教问题，常常是蜡烛已经烧完了几根，两人还谈得兴致盎然。

有一年春天，唐文宗和柳公权到未央宫花园散步，两人谈到边境将士们的生活时，文宗很自豪地说："今年有件事很让我高兴，以前朝廷赠给边境将士的衣服，往往不能及时发下，今年经我安排，二月份将士们的春衣就发放完毕了。你应该作首诗为我祝贺一下。"唐文宗本是半开玩笑，但是柳公权应声就念了出来："去岁虽无战，今年未得归。皇恩何以报，春日得春衣。"文宗一听哈哈大笑，说道："当年曹植七步成诗，为人称道，如今你却只需要三步。"

随着时间的推移，功夫的日积月累，柳公权的楷书已经达到登峰造极的程度，再加上唐文宗的推崇，他的名声不仅享誉中原，甚至传到了外国。那些年，外国使者来访问或是属国来进贡，他们的礼品中都会有一份款项，专门注明是用来买唐朝书法大家柳公权大师的书法作品。

公元840年，唐文宗退位，唐武宗李炎即位。没想到，武宗对柳公权也是喜爱有加，包括后来相继登位的唐宣宗、唐懿宗。柳公权一生侍奉了六位皇帝，皇帝们无论昏庸还是贤明，有作为还是胡作非为，他们对柳公权的态度却是如出一辙的尊重和喜爱，足见柳公权的文化造诣和人格魅力。

公元865年，88岁的柳公权寿终正寝。他的一生勤奋、忠心，为君主和国家付出甚多，更为书法艺术的发展做出了卓越贡献。一千多年过去了，如今人们学习书法，仍然离不开柳公权这位书法大师所建立的楷书规范。

王希孟：北宋传奇的天才少年

公元1100年，赵佶当上了北宋的皇帝，史称“宋徽宗”，就是那位擅长“瘦金体”的皇帝书法家。《宋史》评价宋徽宗说：“诸事皆能，独不能为君耳！”作为皇帝，他应该是历史上最差劲的皇帝，但是作为艺术家，宋徽宗却是古代少有的艺术天才，他创立了“瘦金体”书法，和“院体”花鸟画，除了自身极高的艺术成就外，更重要的是他还通过皇家画院，指导和培养了一批年轻的艺术天才。其中最值得称道的，应当是那位18岁便画出传世名作《千里江山图》的天才画家——王希孟。

热爱绘画的纯真少年

公元1096年，未来的一位绘画天才出生了，他叫王希孟。他很喜欢画画，从小就有一个当画家的梦，学习非常勤奋，也很有绘画天赋。但有限的成长环境，也使他的才能不能到的充分的发展。渐渐长大后，他终于有了可以去京师学习的机会，他被召入当时宋徽宗创办的，最高级别的画院—— 翰林图画院学习。此时的他内心万分欣喜，那可是全国最顶级的书画院，还有可能得到领袖人物宋徽宗的指点。他想去看一看世上最美的辽阔山河，想见一见京城最繁华的万千景象，他想跟世上最厉害的画师学习。此时的这位年轻人满怀壮志，意气风华，当时的王希孟只有18岁。

王希孟一路跋山涉水，日夜兼程，终于，他抵达了汴京—— 大宋的都城。汴京城内如他所料，人头攒动，一片繁华热闹。商贩们积极叫卖，达官贵人们铺陈着自己的排场，歌舞杂耍、品茶赏乐，一时眼花缭乱。然而城外却是一番凄苦景象，贫者衣衫褴褛，饿殍、乞丐随处可见，儿童苦力、无家可归者比比皆是。然而，这就是真实的大宋。

王希孟若有所思，又不敢多做停留。他如愿来到翰林图画院，在衣食无忧的皇宫里，跟随大宋当时最顶尖的画师学习绘画。

得到宋徽宗的指点

在翰林图画院一呆就是好几个月，王希孟慢慢发现，这些画师们只是被召到达官权贵处绘制画像，很少画出什么特别的作品。但他一向不喜欢这种逢迎、侍奉的差事，与其伺候他们，还不如赏赏花，扑扑蝴蝶来的欢快。还有一件更令

■ 王希孟《千里江山图》局部

人郁闷的事，他把自己的画作一次次呈给皇帝后，总是得不到任何的回应。又是一夜的风雨，昨晚的画到现在还是毫无头绪，他开始感到有些烦闷。

日子就这样一天天过去了，终于，有一天傍晚，外面突然传来了响亮的马车声。原来是宋徽宗宣他入宫面圣的车马。王希孟兴奋不已，他随即整理衣装，跟随车马队伍来到了宋徽宗为自己建造的豪华园林——艮岳，需要乘坐小船才能到达住处。

王希孟跟随侍者，乘坐一艘豪华精致的兰舟缓缓前往徽宗的住处。一路上奇石耸峙，风景秀丽，福地洞天。不久，兰舟便靠岸，又经侍者引路才来到徽宗的住处。王希孟进去后，一下映入眼帘的景相更是令这位18岁的少年吃惊、感叹。宫殿装饰富丽典雅，殿内轻歌曼舞，侍者斟茶捧画，秩序井然而此时正在认真看画的那位便是传说中的宋徽宗。远远看去，他相貌清秀、气质文雅，一点都不像一位高高在上的君主，倒像是一位风度翩翩的风流才子。

王希孟连忙上前去参拜。其实宋徽宗早就留意到了王希孟，十分欣赏他纯净朴实的少年才情。徽宗与他赤城相谈，随后命他以少年之手笔绘制一幅《千里江山图》，此图代表着大宋亦如意气风发的少年和刚升起的红日一样，会冉冉升起、蒸蒸日上。

王希孟和徽宗彻夜长谈，徽宗指出了王希孟在绘画上的很多问题，并传授了他很多绘画方面的技巧和理念。转眼东方已白，王希孟仿佛被注入了一股巨大的能量，虽然彻夜未眠，但却精神抖擞。他匆匆告别了宋徽宗，回到了住所。

完成遗世名作《千里江山图》

王希孟对绘画的热情是无可厚非的，他更希望能画出自己心中理想的山水胜境。“我一定要实现心中的理想，成为名声响彻的大宋画家。”王希孟心想。从此王希孟开始专注于《千里江山图》的创作。

谢绝一切不必要的人事往来后，王希孟开始专心构思千里江山图。半年后，王希孟果然不负徽宗所托，最终绘制出了这幅惊世骇俗的传世之作——《千里江山图》。作品完成之后，他立刻献给了宋徽宗，宋徽宗看了王希孟画的《千里江山图》后，大为赞叹，心中也颇为得意：自己的确没有看错人，王希孟确实是个天赋异禀的绘画奇才。

宋徽宗将这幅画赐给了自己的宠臣蔡京，蔡京看了之后，连连称绝，并在这幅画的后面提了一篇跋文。

政和三年闰四月一日赐。希孟年十八岁，昔在画学为生徒，召入禁中文书库，数以画献，未甚工。上知其性可教，遂诲谕之，亲授其法，不逾半岁，乃以此图进。上嘉之，因以赐臣京，谓天下士在作之而已。

历史上关于《千里江山图》的记载很少，正是由于这篇跋，今天的我们才得以知道《千里江山图》的作者是18岁的王希孟。

《千里江山图》是用一幅整绢画成的，长1191.5厘米，宽51.5厘米。描绘的是祖国的锦绣山河，青绿着色，画面细致入微，笔墨精妙，有绵延山势，幽岩深谷，溪流飞泉，山林渔船，桥梁水车，亭台楼阁等景观以及捕鱼、游赏、摆渡之类的人物活动，成为千古青绿山水的经典之作。这幅作品现藏于北京的故宫博物院。

元代书法家溥光评价《千里江山图》说："独步千载，殆众星之孤月耳。"当代艺术家陈丹青说："这是只有18岁才能画出来的东西，多一天不行，少一天也不行。”“在这幅画面前，我像个傻子。”都足以看出王希孟的这幅作品在绘画界举足轻重的地位。

大自然的壮丽多姿也流露出了王希孟对美好生活的向往。然而，或许是天妒英才，令人万分惋惜的是，王希孟在完成《千里江山图》后没几年便离开了人世，关于他的死，历史上没有过多的记载，一直是个谜团。他的身躯虽然消失在了历史的尘埃里，但他的作品却让后世记住了那个永远的大宋少年郎。

黄公望：痴迷山水的老人

黄公望是元代著名的画家，他擅长山水画，写意山水尤为世人所称赞。黄公望作画寄情山水，这与他常年流连山水之间是分不开的，正因为如此，民间也流传着一些关于他的故事。

怪异的老翁

夕阳西下，在一个美丽的村庄外，一个牧童正赶着他的牛群回家，当他经过村口的湖边时，看见一位怪异的老翁正坐在湖边一动不动。

“好奇怪啊，怎么天天都能看见这个人？”牧童自言自语道，又像是在问他身边的牛。这个人也没有在垂钓，整天无所事事地坐在湖边，一坐就是一整天。“他该不会是上了年纪，得了痴呆症吧？”

牧童对这个呆坐河边的老翁很是好奇，要真是得了痴呆之症，他家里人也不管他，那倒是怪可怜的。牧童还担心他会不会哪天就不小心掉进湖里悄无声息地就消失了。

“牛儿啊牛儿，我先送你回家吧！”牧童抚摸了一下身边的牛，他现在还不敢贸然上前去找老翁搭话，所以他决定先把牛牵回家。把牛牵回家之后，太阳已经落山，牧童假借自己不小心把赶牛的绳索落在田地里，又从家里跑出来，到了村口的湖边。他看见那个老翁，果然还在那儿。

■ 黄公望像

牧童慢慢走过去搭话道：“老人家，您怎么一个人坐在这儿？”

那老翁抬眼一看是个小孩跟他搭话，也觉得新鲜，他天天来这儿坐着，虽不觉得无聊，却也没有一个人敢上前跟他说话，大多都是在背后议论他举止怪异。

“我坐在这儿看山、看水、看云霞，”老翁回答道，接着又问牧童，“那你怎么在这儿，还不回家吃饭？”

“我……我看你一个人坐在这儿怪寂寞的，就想着你是不是需要人陪你说话？”牧童也不敢说他以为老翁有痴呆之症，不过老翁一个人在这儿，说不定是儿女都远行，身边无人照顾。

“有湖水、山峦、云霞陪着我，又怎会寂寞呢？”老翁笑着摸了摸牧童的头，“快回去吧孩子，让父母担心可不好。”

“这……”牧童觉得这个老翁可真是怪异，湖水、山峦又不会说话，整天盯着它们不是很无聊吗？

老翁似乎看出了牧童心中所想：“湖水虽然平静，但是风一吹过，就会泛起涟漪，如果仔细观察，就会发现，每一次的水波都是不一样的。”

“鱼儿露出水面也会有水波，而且每一条鱼的水波都是不一样的，”老翁继续说着，“再说云霞，云霞并非静止不动，而是每时每刻都在变化，每一瞬间都有细微的差别，每一刻的形状都是不一样的。”

牧童听得似懂非懂，只觉得这个老翁好像没有那么怪异了，反而有几分有趣，可惜他不懂。

“观察事物每时每刻的变化怎么会无聊呢？”

“……也是，”牧童低下头，才发现老翁身边摆着画具，他顿时豁然开朗，“原来爷爷会画画？”

“就是会一些绘画技巧，又恰好兴趣在此罢了，”老翁说着，将画具收了起来，“时候不早了，我也要回去了，你也快回去吧！”

牧童点点头：“那爷爷您路上小心，我先回家了，爷爷再见！”

“嗯，再见！”

牧童不知道，那老翁就是当时已经归隐乡野的黄公望，他善于画山水，也善于观察山水。长时间以来，他不仅会坐在湖边看湖面上泛起的波纹，看天空中云霞的变化，有时也会只身一人在乱石竹林中行走，甚至在河流交汇处看河水波涛翻滚。下雨天也不打伞，就专心致志地观察大自然每时每刻的变化。

没有人上前和他说话，自然也就没人知道他究竟在做什么，唯有那个牧童，愿意上前倾听黄公望讲大自然的道理，也算是个忘年之交了吧。

正是因为黄公望对山水的细致忘我地观察，才使得他的画作能够更上一层楼，一幅幅栩栩如生的山水画也才能通过他的笔跃然于纸上。

牵连入狱

黄公望曾经也做过官，45岁那年，黄公望来到大都督察院，成为一名书吏。他当时的上司名叫张闾。事实上，黄公望不太喜欢这个上司，觉得他城府太深，不愿意和他多打交道。有一天晚上，张闾召见了黄公望，这让黄公望觉得很是奇怪，但是张闾毕竟是上司，不能不去，匆忙之下黄公望还没来得及准备什么礼物，只好两手空空地去拜访。

张闾看见黄公来了，先是高兴地让他坐下，而后让下人给他奉茶:“刚来大都,还习惯吧?”张闾一副关心下属的样子。

黄公望不知道张闾葫芦里卖的是什么药,就实话实说:“一切都挺好的,挺习惯的,就是这里其实有些干燥,不比南方湿润。”

“待久了你就会发现,这里的山水还挺养人。”张闾拍了拍黄公望的肩膀。

黄公望总觉得这个张闾话中有话,让他来,总不只是为了请他喝茶、慰问他两句而已吧。

“是吗?那有时间我要好好看看这里的山水了。”黄公望谨言慎行,生怕他不知不觉就得罪这位上司。

他尚未摸透张闾的性情,行事还是小心谨慎些好。

“你放轻松,不要这么拘谨,听闻黄老弟对绘画颇有研究,我这里刚好得了一幅画作,就想请黄老弟来品鉴一二。”张闾说着就拿出画轴,将画卷展开放到桌面上。

“不算颇有研究,只是略懂皮毛而已。”黄公望谦虚地说,眼睛已经转到画上。

这是一幅山水图。从旁边的印章来看,这幅画是出自名家之手,但黄公望总觉得这画还是缺些灵气。既然是出自名家之手,说明这画价值不菲,可是黄公望也没听说过张闾是喜好收藏书画的人,应该不太可能会一掷千金去买幅画。黄公望好像忽然明白了什么。

“黄老弟觉得这画画得如何？”张闾问。

“画出形，却没画出神。据我观察，这个名家擅长的是人物画而并非山水画，不过这位名家的山水画不常见，也算是价值连城。”黄公望客观点评画作，没有多说其他。

黄公望逐渐明白了张闾请自己来的目的，这幅画可能是他收受的贿赂，可惜他不懂画就不知道它的价值所在，所以请他来给自己做个鉴定。

果然，听了黄公望的一番话，张闾的眉眼更加舒展，他又留黄公望吃了些茶点，才让他回家。

回家后，黄公望无奈地摇摇头，张闾这也是在暗示他跟自己同是一条船上的人，明摆着就是要让他日后对他收受贿赂的行为睁一只眼闭一只眼。黄公望无奈地只能睁一只眼闭一只眼，但是张闾实在太过无法无天，竟因贪污掠夺他人田产而逼死九条人命。黄公望得知张闾的恶行后十分痛心，他自己也被张闾牵连，锒铛入狱。

在狱中，他供述了张闾贪污的一桩桩罪行，张闾也因贪污证据确凿受到了严惩。

卖卜为生

在杭州街头，一个衣衫褴褛的怪老头，盘坐在街边，面前摆了一个小木桌，上面画有八卦图。刚开始，路过的人还会好奇地上前询问，后来看这老头天天坐在这里无所事事，就觉得他是个江湖骗子，也鲜有人在他摆的摊前驻足。偶尔也会有一两个年轻人，会被怪老头的扮相唬住，停下脚步向怪老头求一卦。

这日就有一位年轻人，停在怪老头的摊前。

“老人家，你卜得准吗？”

“老人家？我已经是老人家了吗？”那怪老头反问道。

年轻人觉得有些莫名其妙，他不唤这怪老头“老人家”，难道直接叫他“老头”吗？那多没礼貌。年轻人仍保持风度说：“可是在下冒犯了？”

“没有没有，我确实是老了，”怪老头的脸上忽然出现一丝动容，但又很快消失不见，“年轻人，你刚刚问我卜得准不准，你想卜什么？”

“我想知道今年能否考中秀才。”年轻人回答道。

“哦……你想做官？”怪老头若有所思，面生悲痛之情，“做官好啊，只是一切命数天定，这就要看你有没有做官的命了。”

年轻人似懂非懂，感觉这怪老头说得好像很有道理，又像是在随意胡说：“那我究竟有没有这个命呢？”

怪老头抬眼看了看这个年轻人的样貌，又掐指一算。年轻人一脸期待地看着怪老头，想着他能说出什么吉利话，可最后，怪老头只是意味深长地说：“天机不可泄露。”

年轻人一脸失望，想不到这位看上去仙风道骨的老头，只是个故弄玄虚的江湖骗子：“我真没想到你只是个故弄玄虚的骗子，告辞！”

“唉，年轻人，赠你一言，‘官场水深，人心险恶，到头来都是一场空’。”

怪老头也不管那位年轻人能不能听见，他看天色已晚，就收拾收拾摊子，回家去了。这怪老头就是刚出狱不久的黄公望，此时他已经年过半百，对官场心灰意冷，遂绝了仕途的念想。现在还有些自暴自弃，在街头卖卜为生，但常常分文不取，因此过得十分落魄。

后来，他遇到了一位名叫金月岩的道士，拜为师父，入全真教，从此看破红尘，寄情山水，成了位清修的道士。

富春山居

顺帝至正七年，79岁的黄公望和师弟无用一起从松江来到浙江富阳，刚到富阳，黄公望就被富阳的山水景色给迷住了。

“师弟，你看这绵延的山峦、清澈的流水，不禁让人有种想把它留在画纸上的感觉。”黄公望对于美丽的景色，想的只是将它好好地画下来。

“是啊，但是想要完全将这里的景色画下来，需要耗

■ 《富春山居图》局部

费不少时日。”无用惋惜地说。虽然他也很想画下这样的美景，但他并不善于绘画。

黄公望看到富春江美丽的景色，激动得走不动道，根本没有心思再跟师弟一起四处云游。黄公望当即就坐在礁石上感叹说：“我要是能将这些景色全都画下来，也就不枉此生了。”

无用知道黄公望一心只想把美景留住，也就没有阻拦，只是他不会画画，在这里逗留也是浪费时间，倒不如自己独自去云游四海，回头再来与师兄会合。

“师兄，既然这样，那我就自己先上路了，你万事小心，等时间差不多我再来寻你。”说完，无用就和黄公望分开，独自云游去了。

黄公望每天都会坐在富春江边欣赏美景，常常沉醉其中而忘记时间。有一天，他正陶醉在美景中，冷不丁被人推了一下，落入江中。掉下江的那一刻，黄公望都还在想要用什么方法表现这里的美景，自然是毫无防备。黄公望在江里没挣扎几下，就沉了下去。

幸好黄公望命大，被路过的樵夫救起。樵夫看他是个八旬老人，一直昏迷不醒，觉得可能救不回来了，但还是把他拦腰抱起，头朝下，不停地拍打背部。不一会儿，黄公望把肚里的水全都吐了出来，然后在矶石上休息了一会儿就没事了。

“多谢这位兄台救命之恩。”黄公望感叹自己捡回了一条命。

“老人家，您怎么会落水？是不是不小心踩空了？”

“我想应该是被人推下去的。”黄公望想了一下，到底是谁想害他，他回想过往，结怨的人不多，唯有他曾经的上司张闾，想来应该是他的亲属想要加害于他。

“至于是谁，我心中有数。”

樵夫也是个心地善良的人，一听有人要害黄公望，就把他请到自己家：“老人家，你应该是外地人吧，要是不嫌弃，以后就住在我家吧。”

黄公望没有推辞，他毕竟一把年纪了，有个人照应也是好的。

经过这场劫难，黄公望捡回一条命，更加觉得生命短暂而珍贵，他只希望能在有限的时间里，把富春江的美景保留在纸上，这样不论时空如何变迁，世人都能目睹到富春江最美的样子。

黄公望每天继续到富春江边一边观察一边作画，偶尔也画幅画给樵夫，并题字“大痴道人”，让樵夫拿去换钱，这样才够解决他们每日的温饱。

历时七年，黄公望才完成这幅巨作《富春山居图》。他的师弟无用也曾在此期间回来找他，得知他曾遭奸人迫害后，心有余悸，便留在黄公望身边照顾他。

《富春山居图》完成后没过几年，黄公望就去世了，享年94岁。

王冕：诗画兼备的“梅花屋主”

王冕是元朝著名画家、书法家、诗人和篆刻家，他一生尤其喜爱梅花，所画梅花也最为传神。他用胭脂做梅花骨体，别具一格，还擅长画竹石和篆刻,传世的诗文也令人赞叹。

痴迷读书

王冕出身于一个务农家庭，他的父亲为了交纳赋税，维持一家的生活，一年四季都在田地里干活儿，非常忙碌。因为抽不出时间去放牛，所以王冕的父亲让王冕代替他去田埂上放牛。此时的王冕才七八岁，不过在当时贫苦人家的孩子这个年纪去放牛也并不少见。他驱赶着牛来到田埂上，口中叼着一根草，一副心不在焉的样子，因为他的脑子里一直在想着今天中午读的那本书。中午，他还没有读完那本书，就被父亲赶出来去放牛。小王冕叹了口气，看了看正在无忧无虑吃草的牛，眼中带着羡慕，喃喃道：“牛啊牛，如果我在读书时也能像你在吃草时一样没有人打扰就好了，唉……”他看向远处的学堂，那里有学生跟着夫子一起摇晃着头念书。王冕看着看着，感觉自己仿佛听到了那朗朗读书声，一颗压抑已久的心再也控制不住。他看了看四周，确定没有人后，欢快地跑向了学堂。在没人发现他时，王冕迅速地潜入学堂，在一个不引人注目的角落里坐下。他一边听着学生们读书的声音，一边默默地在心里重复一遍，记住它们。

■ 王冕像

直到快傍晚的时候，夫子才让学生们离去。王冕恋恋不舍地在原地回味着，但他明白如果继续待下去的话，很可能就会被人发现，于是他就只能在学生出学堂时趁乱走了。因为太过入迷，他走在路上时还在回想着今日所偷学到的知识，丝毫没有记起自己中午放牧的牛还在田埂上。回到家后，父亲看他两手空空，问道：“你不是去放牛了吗？牛呢？”王冕这才如梦初醒，他看了看四周，半晌才反应过来，自己忘记把牛带回来了！他只好如实回答，说自己因为去听别人念书而忘记把牛带回来了。他的父亲听到王冕把牛给忘了，顿时气得大跳。他怒气冲冲地找来平时用来教训孩子的藤条，狠狠地抽在王冕的身上，嘴里骂道：“叫你去放牛，你倒好，把牛给丢了！我要狠狠地打你，让你长长教训，看你下次还敢不敢这样做！”

被打了一顿的王冕虽然伤口还在疼，却还是不忘读书。他趴在床上，手中拿着一本书，这本书是好心人看他喜欢读书才送给他的。书的页脚已经卷得不成样了，看得出被人翻看过许多次。他津津有味地读着这一本已经被他看过无数次的书，眼里都是满足。第二天，父亲依旧叫他去放牛，再三警告他不许跑去听别人念书，把放牛给忘了。王冕敷衍地点点头，然后出门了。他如昨日一般把牛驱赶到田埂上，然后就趁无人注意时偷偷摸摸地溜进了学堂，把他父亲的话忘得一干二净。

在学堂听了一个下午的书，王冕满意又不舍地离去，再一次忘记了自己放牧的牛。这一次，他父亲既是愤怒又是无奈，找了个更粗的藤条想要打王冕。王冕的母亲心疼王冕昨日的伤口还未复原，就又要被他父亲暴打，于是连忙拉住了丈夫，劝道：“你这人真是目光短浅！别人都认为读书好，就只有你对孩子爱读书这件事那么生气。孩子对读书如此痴迷，若是让他安心去读书，说不定将来也有一番成就呢！反正让他去放牛他也会去听别人读书，你何不由着他，让他去读书呢？”王冕的父亲听了，觉得挺有道理，于是对王冕说：“既然你那样爱读书，那就跟着自己的喜好去做吧，我也不对你多加约束了。”王冕一听，自然高兴地连连应好。

应试不第

自从父亲答应不再干涉自己读书后，王冕有了更多时间去读书。但每到夜晚时，他因为家里贫寒没有钱点灯，只能早早合上书睡觉。喜爱读书的王冕为了能看更多的书，在外面找到一所寺庙，寄住了下来。每次到夜里，别人都睡着了的时候，他就偷偷地走了出来。在夜间，微弱昏暗的烛光下，泥塑的佛像个个变得狰狞凶恶，可怕极了，让人看了就心生恐怖，生怕它们突然化作厉鬼扑了过来。还是小孩子的王冕却像是没有看见这可怕的佛像一般，神色镇定安然得很。他来到离灯光最近的佛像跟前，坐在那佛像盘着的膝盖上。佛前长明灯虽微弱却也足够照亮书上的字，他翻开手中的书，认真而专注地读了起来。

有时他太过入迷，一直读到天明。过路的人看见了，又聚在一起谈论起了他。就这样，王冕夜间在凶恶佛像下读书的事情就传开来了。一日，安阳的韩性走在集市上，听到有人在议论这件事，感到好奇，前去询问。其中一人说：“你可知那离这儿最近的寺庙？那寺庙里的泥塑佛像夜间的时候看起来狰狞极了，那阴森的眼神看着人，连身为大人的我看了都害怕。可有个小孩，却偏偏挑夜里去那儿读书，神态安然，就像没看见那佛像一样，这到底是有多爱读书呀！”韩性听了，感到惊奇，于是专门在夜里去找王冕。果然如那人所说一样，王冕在佛前长明灯下读书，神情专注镇定得很。韩性走了进去，对王冕说：“你这样热爱读书，我打算给你个机缘。你可愿意做我弟子，由我来教导你读书？”王冕一听自己能够读到更多的书，学到更多东西，就高兴地答应了。从此，王冕就成了韩性的弟子，向他学习儒学。王冕非常刻苦，品行也很好，有很多人都很尊重他。后来，韩性去世了，韩性的门人对待王冕都像对待韩性一样敬重。

在长时间的刻苦学习下，王冕阅读了很多书籍，尤其精通《春秋》三传。年轻时的他很有雄心，热衷于功名事业，一直想要干出一番大事业，于是他沉下心来专门研究兵法，学习武术。他常常用诸葛亮、吕尚等名人来激励自己，渴望能够像这些人一样做出令人惊叹的大事业。但当时他所处元朝，元朝统治者实行民族歧视的政策，狠狠地打压着汉族知识分子，王冕的这一番热血很快就被残酷的现实浇灭了。他去参加科举考试，却总是止步于进士考试。因为屡次考试都没能通过，心灰意冷之下，他将自己所有的文章一把火给烧了，从此断了做官的念头。

四处游历

王冕做事与很多平常人不同，他常常戴着高高的帽子，身披绿色的蓑衣，脚上穿着木齿屐，手中提着自己用木头制作成的剑，走在集市上高声长啸，声音非常嘹亮。因为他的穿着颇为奇怪，而且行为怪异，所以常常能够引来旁人好奇的目光。有时候，他骑着一头黄牛，手里还拿着一本《汉书》，一边读一边背，心神专注于其中，丝毫不管其他人的目光，所以人们都把他当作狂放之人看待。

当时，有个叫李孝光的著作郎听闻王冕有些才气，在田间生活耕作，认为这样太过屈才，于是想推荐王冕去做府衙小吏。没有想到的是，这却激怒了王冕。他骂道："我有田地可以耕作，有书可以阅读，这样的生活我已经感到很满足了，为什么还要为了一点点小小的名利，整天抱着文卷站在官府里，受那群趾高气扬的人的奴役驱使呢？这不就是自讨苦吃嘛！"听闻王冕这些话，李孝光感到很羞愧，就没再提这件事了。

屡次应试不第的王冕在放弃继续参加科举考试后，开始了他游历天下的生涯。他打算去东吴看看，于是就雇了艘船前往。这艘船渡过大江，进入了淮、楚等地。在此期间，王冕见到了许多高大险峻的山峰，还有飞流而下的瀑布，奇观异景不断，引得他连连惊叹。他将自己在路上所听闻到的名山大川一一游历遍，在旅行中潜移默化间扩大了心胸与眼界。这一路上，王冕不仅看到了许多令人惊叹的美景，也遇到了许多的奇才侠客，有时与对方谈得来时，也会兴致大起地喝上几口酒。颇有才识的王冕在看美景时，不免与这些奇才侠客谈论起古时候那些豪杰的英雄事迹。说着说着，就不免为那些豪杰所遭受到的悲惨不公的待遇而感到悲愤，当即喝酒吟诗，抒发自己一腔的悲愤感慨之情。

在这一路云游之中，王冕经常看到有不少百姓即使生活困苦，也仍旧有官吏欺压剥削他们。因为深知百姓之苦与不易，王冕心中充满了对劳动人民的同情与关心。也正是这数千里的游行，令王冕有所感悟，做出的诗画更加不凡，其中的爱国思想也更加强烈。

梅花屋主

拒绝做官的王冕因生活所需，只能拿起锄头去做农活儿。有时做农活儿也无法维持生活所需时，他就会给别人画画，以卖画为生。他生性孤傲，视功名利禄为粪土，对权贵常常不屑一顾。受困境生活的影响，也因为心中有着一股不屈孤傲的精神，在他的诗里常常能让人感受到一股反抗的精神。在见到统治者的贪污腐败、对底层人民的欺压时，他将自己满满的愤怒倾注于诗里，深刻揭露了当时的政治黑暗与社会矛盾，表达了自己对祖国命运和劳动人民的深切关怀，也正是因为有着这样一种精神在其中，他做出的画也很令人赞赏。

在游历完天下之后，王冕回到了绍兴。因为一路上的所见所闻使他的眼界变得开阔，知识更加渊博，所以他知道这天下即将大乱。念及同在一块土地上生活的情谊，他对当地的人宣布了这件事。然而，当时国内非常平静，没有一丝一毫动乱的痕迹，于是有人骂他狂妄，胡乱说话。王冕知道无人会相信他，所以听了这番话后也不再多加解释，只是淡淡地道："我不狂妄，还能有谁狂妄呢？"为免受动乱的波及，他带着妻子和儿子隐居在九里山，种植了足够日常所需的农作物，以及养殖了需要吃的鱼等。因为王冕非常喜爱梅花，所以他种了一千株的梅花和五百株的桃杏。他在这隐居的地方搭建了三间茅屋，取名为"梅花屋"，自称"梅花屋主"。

王冕十分擅长画梅花，尤其是墨梅。他笔下的梅花用墨浓淡适宜，清新淡雅，简练洒脱，别有一番风骨。每次看他所画的梅花，人们仿佛都能透过那棕褐色的枝干看到隐藏于其中坚韧的力量，从含苞待放的梅花里看到其中暗含的勃勃生机。尽管受尽饥饿寒冷之苦，王冕依旧宁愿靠耕作和卖画为生，而不愿意投靠豪门乞求一丝一毫，这就如同他笔下的梅花一般，高洁不屈。也许王冕爱画梅花，正是因为这梅花寄托了他内心那高洁孤傲的情怀吧。

因为王冕画的梅花十分有名，想要求他画画的人很多。于是，他立下一个规矩，想要他的画的人，要用米来交换，而画卷的长短则决定了求画之人需要拿来交换的米有多少。有人听了这个标准，不由得讥讽道：“画画本是件高雅的事，也就只有像你这样的人才会这样庸俗，用画卷长短来换米的多少。”王冕听了，则是感到可笑，说：“我画画只是为了养活自己，若不是生活所迫，你以为我喜欢帮别人画画吗？”那人听了哑口无言，只好悻悻离去。

虽然下地耕种很辛苦，常常使王冕早出晚归，蓬头垢面，但他却不后悔，而且不时作诗描写自己田园隐居的安逸生活。他隐居的地方是在九里山的一个村庄里，村庄周围是挺拔秀丽的山峦，山上长着郁郁葱葱的竹子与树木，溪水清澈见底，像一条丝带一样流过田野间，山水相绕的九里山非常宁静美丽。在这样充满着诗情画意的山村里，王冕在写诗画画时，总会将自己热爱生活、热爱劳动人民的情感融入其中，他所作的诗画里也蕴含着浓厚的生活气息。

王冕隐居九里山后不久，汝颍发生了起义，一片动乱，和他之前所说的一样！人们四处奔逃离去，受尽苦楚，这才明白原来王冕所言并非狂妄，内心非常后悔，但已经晚了。

性如梅花

王冕73岁这一年，明太祖朱元璋即将进攻越城，他知晓王冕的名气，便请他做幕僚，任命他为咨议参军。王冕对朱元璋的大将胡大海说："大将军如果以仁义来服人，那天下还有什么人不会听从呢？可是，如果是要我来教你如何杀死我的父老兄弟，那可是万万不能的！"

没几天，王冕就突然生了重病，很快就去世了。他一生清贫，却留下了丰富的诗画作品，他也正如自己所爱的梅花一样，高洁清雅，不为生计而违背自己的心。

唐伯虎：博学多才，命运不济的才子

唐伯虎是明代著名的画家、书法家和诗人，在绘画方面是“明四家”之一，而在诗文方面又是“吴中四才子”之一。他的原名叫做唐寅，伯虎是他的字。他的山水画造型生动，墨色淋漓；人物画气质高华，独具神韵；写意花鸟画格调高雅，明净秀逸。他的书法俊秀挺拔，诗文也以才情取胜。

拜师学画

在一所豪华漂亮的大宅里，有一个看起来七八岁的孩子，手中拿着画笔，一边认真观察着不远处的竹子，一边像模像样地画了起来。他画竹子的次数并不多，然而令人惊异的是，他年龄虽小，可是画出的竹子却不显稚嫩，远远一看，仿若能够看到竹子在风中微微摆动的样子，逼真得让人以为是有人把真的竹子贴在了画上。不一会儿，这位少年就画好了。他将画笔放在一旁，待画上的墨迹一干，就兴高采烈地拿起画去找母亲，想要得到夸赞。

■ 唐伯虎像

母亲看到他画的画，果然大吃一惊。她连忙叫来孩子的父亲，两人看了以后纷纷赞叹。不一会儿，这件事就在府里传开了，全家人都知道家里有一个画画天赋极高的孩子，而他正是唐伯虎。

唐伯虎因为无师自通，画画天分极高，画出的画很多都很逼真、漂亮，所以有不少富人来找他画画。每次他画完，因他年幼，且画的水平确实不俗，所以他总会不出意外地得到众人的夸赞。年纪轻轻的唐伯虎并没有因为这些夸赞而自满，相反，每一次别人夸赞他，他都很谦虚地说："谢谢您的夸赞，不过我知道我的画还有很多不足。"

看着唐伯虎画的画越来越好，然而进步的幅度却越来越小时，唐伯虎的母亲开始在心中酝酿一个想法。她暗自思量："伯虎在绘画方面有着超出常人的才华，若是让他就这样自己画，很难将他的天赋充分发掘出来。我得给他找个老师教他学画画，这样他才能够在绘画这条路上走得更远。"

于是，她四处打听，得知当地有位大画家，名叫沈周。她对唐伯虎说："伯虎，我想你也发现了，你画画进步的越来越慢了，所以我给你找了个老师，他叫沈周，是一名大画家，你愿不愿意拜他为师，跟他学画画？”唐伯虎高兴地点了点头，说：“愿意。”于是母亲带着他来到沈周家里，向沈周说明来意。沈周看这孩子绘画天分极高，也就动了收徒之心，答应了她。在唐伯虎行过拜师礼后，母亲为了不让唐伯虎过于依赖自己而分心，于是离去了。

潜心学画

唐伯虎天资聪颖，而且勤奋刻苦，在沈周的指导下，很快就掌握了绘画技巧，画的画与以前相比，进步很大。

这是一个阳光明媚的早晨，鸟儿在枝头愉快地歌唱，阵阵花香透过窗子飘进来。屋内有两个人，一大一小。小的那个是唐伯虎，他站在沈周旁边，认真聆听着沈周的教诲。只见沈周手握画笔，一边在白纸上描画，一边偏头看唐伯虎，为他讲解。沈周讲完一遍后，问唐伯虎是否懂了，唐伯虎点了点头。于是他欣慰一笑，道：“那好，今日你就用我所讲给你的绘画技巧，创作一幅画出来，给我看看。”

说完，沈周就走了。唐伯虎看着桌上的纸，陷入了沉思。很快，他就有了灵感。他熟练地提笔，开始在纸上画画。不一会儿，一个似笑似嗔的美人在他笔下渐渐成形，这女子柳眉杏眼，身若蒲柳，衣袖微微飘起，仿若仙女下凡一般。只是唐伯虎横看竖看，怎么都不满意。他仔细琢磨着老师刚刚的教导，心想："老师说若是画想要如真的一般，那么这画就要有神。我以前画的画虽说乍看之下很逼真，然而却经不起细看，因为没有神在其中。但是，这神究竟要如何画出来呢？"他想了许久，还是丝毫没有头绪。

就在他苦苦思索之时，有一只小鸟飞进了窗户，在书柜上这儿跳跳、那儿跳跳的，眼睛亮亮的，看起来讨喜得很。唐伯虎脑子闪过一道光，像是抓住了什么，大笑道："哈哈哈！我懂了！"只见他飞快地拿起笔，迫不及待地在女子的面部稍加修改，不一会儿，这女子仿佛真的活了起来，似嬉笑，似嗔怒，看起来比之前灵动了许多。

他将成品拿给沈周看，一向严格的沈周也不免露出赞赏之色。他一手捋着胡须，一手拿着画，称赞道："好，好，好！这画上的女子一颦一笑宛如真人般灵动。伯虎啊，你这份悟性，怕是没多少人能够比得上你！"

之后，沈周又给唐伯虎布置了几个画画的任务，他都出色地完成了。对此，沈周也是不吝夸赞。然而，令人没有想到的是，一向谦虚的唐伯虎在沈周的夸赞下渐渐变得骄傲自满。唐伯虎看着自己的画，眼里有着隐隐的得意，心里想："如今我学有所成，连老师对我都夸赞有加，说我画画很有天赋，少有人能比，而且老师所说的那些绘画技巧我也已都掌握，看来我能够出师了。"认为自己已经能够出师的唐伯虎在上课时不再像以往那样认真，而是时有走神。沈周问他问题时，好几次都没有听见，但很快他就靠着自己的小聪明圆了过去。沈周看了，微微皱眉，却并没说什么。唐伯虎见老师没有说什么，就以为自己真的说对了，于是内心更加得意，渐渐觉得老师总讲些重复的绘画技巧，很没有意思，以为自己都已经掌握了。

唐伯虎这些天来的变化被心思细腻的沈周看在眼里，他暗自思量："水满则溢，月满则亏。伯虎到现在并没有全部掌握我所教授的绘画技巧，却在我的夸赞下变得如此自满，再这样下去，他可能还没学到什么真本事就止步于此了。可他毕竟年少聪颖，心性极高，直接教训反倒可能会令他生出叛逆之心，还无法真正认识到自己的错误。我得寻个法子委婉地让他知道，人外有人、天外有天，若想要有一番成就，必先沉下心来认真钻研，不可取得小小进步就骄傲自满。"

这是一个安静却有些燥热的傍晚，沈周叫唐伯虎来陪自己吃晚饭。吃到一半时，沈周和唐伯虎都感觉到有些热，于是沈周对唐伯虎说："伯虎，这样关着窗太闷热了，你去开下窗。"唐伯虎听了，立即放下碗筷走向窗子。他习惯性一推，却发现窗子丝毫不动。他觉得奇怪，又去推另外一扇窗，却发现依旧推不动。这屋子里一共三扇窗，他一一试遍，却一扇也没能推开。他感到疑惑，仔细地摸了摸那窗，却感觉像是纸做的，凝神一看，原来这不是真的窗，而是一张画！

天生聪颖的唐伯虎一下子就明白这是老师沈周画的，借此来敲打日益骄傲的他。他顿时满脸通红，感觉整张脸烧得火辣辣的。他感觉十分惭愧，走到沈周面前，向沈周鞠了一躬，感激地说道：“老师，谢谢您的提醒，我再也不敢有一点儿小成就就洋洋得意了！以后我一定认真学画画，不辜负您对我的教导！”

从此，唐伯虎收敛了自满情绪，认真踏实地学画画，让自己一颗心沉浸在对画画的钻研之中，不再把心思放在自己何时能够出师上。

博学多才

潜心学画的唐伯虎最终学有所成，顺利出师。一日，他外出游玩，流连于青山绿水间，不知不觉间到了黄昏。他看到不远处有个小客店，心想：“自己既然已经无法赶回家，不如就在那里住下好了。”于是，他来到客店里，吃了晚饭后就去睡觉了。

不料半夜似乎有男女啜泣的声音传来，他觉得熟悉，凝神一听，发现是店家的声音。他觉得好奇，所以下楼询问缘由。店主哭着说道：“我们老百姓做生意本就不容易，然而那官兵却还要紧逼不放。他们明日就要前来，在我们这里白吃白喝，再这样下去，我们可能还没赚到什么钱就被他们吃没了。可怜我们势单力薄，无法反抗得了，唉！”

唐伯虎一听，觉得非常气愤。他大手一挥，对店主说：“此事我有办法，你们只需给我纸笔，我便让这官兵不敢前来！”店主听了，虽然不太相信，但还是连连道谢，赶忙为他备好纸笔。唐伯虎很快就在纸上画了一只凶神恶煞的老虎，他让店家把画挂在树梢，面向官兵前来的方向。

第二日，远远就见到三两个官兵结伴前来，说说笑笑，嗓门极大。然而，当他们走近时，却发现一只凶神恶煞的老虎怒视着他们。他们顿时吓了一跳，连忙掉头狂奔，生怕被老虎捉到丢了性命。经此一吓，那些官兵再也不敢来这家店，就怕再一次遇到那老虎。

唐伯虎不仅画画厉害，而且还能够吟诗作对，写得一手好文章。他的才气很多人都知晓，许多人都为能得到他的墨宝而自豪。有一个大户人家的老太太过寿宴，她的儿子心想，唐伯虎颇有才气，若是能让他前来岂不是很有面子？于是他就给唐伯虎发了请帖。所幸的是，唐伯虎真的应邀来了。

寿宴上，大家都想知晓唐伯虎很有才气这件事是否真的，于是有人提议，让唐伯虎为老太太作首诗，当作贺寿礼。众人听了，纷纷应和。在一片喝彩声中，唐伯虎自己也觉得拒绝太过扫兴，因此答应了那人的提议。他挥笔写道：“这个老妇不是人。”

在座的宾客一片哗然，纷纷议论了起来。老太太听到有人念出这句诗，顿时脸都变绿了。那寿宴的主人听了心里也非常生气，正要斥骂他是不是来捣乱时，只见唐伯虎似未听见满座哗然，继续挥笔写了一句："九天仙女下凡尘。"

老太太面色转晴，眼里都是忍不住的笑意，那儿子也是笑开了。然而，唐伯虎下一句又写了出来——"儿孙个个都是贼。"

儿孙听了，刚笑开的脸顿时僵硬起来，袖子一甩，正要发作时，又见唐伯虎不急不慢地写下最后一句："偷得蟠桃献至亲。"

这首诗作完，在座之人没有不惊叹的。仔细一品，真是一波三折，趣味多多。有一位老者听了这首诗，忍不住摇晃着头赞叹道："唐伯虎作的这首诗真是好极了！文章就如同观赏群山般，若是平坦而无起伏，那么也就没什么乐趣了，而他的这首诗却是跌宕起伏，扣人心弦啊！"

才子遭挫

唐伯虎出身于商人家庭，一家人都希望他能够踏上仕途做官，衣锦还乡。当时，年轻的他心高志大，希望能报效祖国，于是发奋读书，想要通过科举考试考取功名。聪敏的他在29岁时在乡试中得第一名解元，许多人纷纷祝贺他，他的名气也因此而大大提高。

乡试过后就要进京去参加会试。在赴京赶考时，唐伯虎遇到了江阴富商的儿子徐经。两人认识后立即相见恨晚，决定结伴前行。来到京城后，两人多次拜访程敏政。恰巧那一年会试的题目出得十分冷僻，除了唐伯虎和徐经以外没人答出。清楚二人才华的主考官程敏政忍不住道："这肯定是唐伯虎与徐经的。"不料，此话被有心之人听到，加以利用。他们上奏皇帝说程敏政私下接受贿赂，将试题泄露给唐伯虎和徐经二人。得知此事的皇帝大怒，将他们三人打入大牢。入狱后，徐经因经不起拷打，连忙道："我的确买通了程敏政家的书童，窃取了试题，并且也泄露给了唐伯虎！"然而，在后来会审中，他却又说自己是屈打成招，被逼无奈才说出这番话来。

于是皇帝下旨"平反"，释放了程敏政和唐伯虎，此事便不明不白地不了了之。出狱后的唐伯虎受此事牵连，被贬谪到浙江做小吏，可他心高气傲，对自己被冤枉的事感到非常愤怒，因此对这个差事不屑一顾。他的妻子本来以为可以飞黄腾达，听他不想做官时立刻翻脸，与他吵了一架，最后两人不欢而散，他的妻子离他而去。

在卷入此次会试泄题风波中，唐伯虎见到了官场的腐败与险恶，从此对仕途失去了信心，再也不想做官，而是寄情于山水，决定这一生与诗画相伴。

徐渭：几间东倒西歪屋，一个南腔北调人

明代末年，艺坛上出现了一位全才大师，他在诗文、戏剧、书画等方面都造诣精深，与解缙、杨慎并称“明代三才子”。他就是有“中国梵高”之称的徐渭。缓缓地翻开历史的长卷，纵观徐渭的一生，两个“徐渭”跃然于纸上，其中一个他：自残、杀妻、精神错乱，离世时身边只有一条陪伴多年的狗和一床枯草。另一个他：工诗书、善文章，开创了明代大写意花鸟画的先河。同时，作为军师，坐镇国之东南。郑板桥戏言“是他家门下的走狗”；黄宾虹评价他“三百年无人能及”；齐白石“恨不能早生三百年，为他磨墨理纸”。在徐渭的双面人生中，他到底是一个疯子还是天才？或许只有走回时光交错中，才能读懂这位才子的一生。

身世坎坷　天才超逸

正德十六年（1521年），一生充满悲剧和传奇色彩的徐渭，在浙江绍兴一个趋向衰落的官宦家庭降生了。

■ 徐渭像

徐渭，字文长，号青藤老人、青藤道士。他的不幸，从出生后不到一百天就开始了。

徐渭的父亲徐鏓是当时夔州府的同知，官职正五品，因此家里的门规很是森严。徐鏓在原配童氏生下徐淮、徐潞两个儿子去世后，四十多岁时，先是娶无法生育的苗氏为妻，后又纳苗氏的贴身丫鬟为妾，这丫鬟就是徐渭的生母，但徐渭称她为姨娘，称苗氏为母亲。老来得子的徐老爷对自己这个小儿子颇为喜爱。奈何天有不测风云，徐渭出生尚未满百日，徐老爷就撒手人寰了。徐渭10岁时，家里发生了一个重大变故，大哥徐淮在外经商，亏了老本，欠下了一屁股债。没有了经济来源，苗氏只能狠心卖掉奴仆，卖来卖去，竟卖到了徐渭的生母头上。多年后，徐渭又费劲周折，找回了生母。这是后话。

不过，好在苗夫人自己尚无所出，对聪明伶俐的徐渭甚是疼爱，视为己出。在“爱”的浇灌下，徐渭茁壮成长。

但好景不长，徐渭14岁时，苗夫人就溘然长逝了。幼年丧父、少年丧母的经历使他养成了桀骜不驯、狂放不羁的性格，却也让他早慧，成为少有的神童。他6岁开始读《大学》，

9岁就能写文章，十多岁时仿照西汉辞赋家杨雄的《解嘲》作了一篇《释毁》，此文一出世人惊奇，纷纷将其与三国时的杨修和唐朝时的刘晏相比，少年天才的名声就这样在绍兴的大街小巷传开了。

他虽身世艰难，但小小年纪便显出天才之相，上天是不是开始垂怜他了呢？

青年丧妻 屡试不第

嘉靖十九年（1540年），徐渭20岁那年，考取了山阴秀才。后来，虽乡试落第，但在绍兴城乡已有文名。家境殷实的广东阳江主簿潘克敬看中了徐渭的人品和才华，有心将长女秀秀许配给他。

幸运的是，秀秀温柔可人、聪慧体贴、识文知理、精于女工。就这样，嘉靖二十年（1541年），21岁的徐渭入赘了潘家。当时，秀秀还没有官名，徐渭觉得她与自己的性情十分相似，于是给她起名“似”，字“介君”。潘似以一个女子特有的美丽和温柔，给予徐渭极大的慰藉，也给他的生活带来了新的气息。后来，他们有了一个儿子——徐枚。自徐枚出生后，家中不幸之事接踵而至。这年夏天，徐渭的长兄徐淮因服丹药中毒而死。冬天，徐家与豪绅毛家发生争讼，结果连老家的房产、田园也变卖掉了。更不幸的是，本来身体就羸弱的潘似生下枚儿后便患上了肺病，最终撇下了心爱的丈夫和年幼的枚儿含悲去世，年仅19岁。

徐渭经历了青年亡妻这一沉重打击，万念俱灰。那时，岳父潘克敬虽在生活上竭力给予资助，但徐渭因爱妻西去，自身又不得志，最终在28岁那年携子离开潘家，迁往山阴东城“一枝堂”，招收学童，教私塾以糊口。开始他“居穷巷，蹴数椽，储瓶粟者十年”的清苦生活。

五年的婚姻生活对徐渭来说是短暂的，但留给他的回忆却是甜美的，潘似成为了徐渭一生挥之不去的记忆。徐渭后来婚姻生活的种种不幸，也许与第一次婚姻的遗憾不无关系。

不过，按理说这些困厄也不能阻挡徐渭的腾达之路。他毕竟是远近闻名的大才子，诗文、书法都是无人能及的。毫无疑问，徐渭会继续参加科举考试，通过乡试考取举人。

然而，令人难以置信的是，这个锦绣文章令人叹服的徐渭，竟屡试不第，前后共考了8次。也许是他天性不肯受约束，八股教条的束缚让他难尽所长。但是，在“一举成名天下知”的科举制度下，文人几乎无他路可走。

投身抗倭　终始不渝

正当徐渭的人生跌至谷底时，他人生的贵人叩响了他的门扉。这个人就是闽浙总督胡宗宪。

胡宗宪何许人也？虽为文官，却气势非凡，甚是威严，手握闽浙两省军政大权。

嘉靖三十三年（1554年），倭寇进犯浙闽沿海，绍兴府成为烽火之地。徐渭博才，他一代文人骚客，手无缚鸡之力，只能出谋划策。徐渭先后在柯亭、皋埠、龛山等地为明军充当智囊。此举展现出了徐渭不可多得的军事才能。胡宗宪仰慕徐渭的才能，将其招入幕府，充当幕僚。入幕之初，徐渭为胡宗宪创作了《进白鹿表》，受到明世宗朱厚熜的赏识。自此，胡宗宪对他更为倚重。徐渭又为剿灭倭寇建言献策，在他的谋划下，不仅擒获了倭寇首领徐海，还招抚了另一个海盗头目汪直。

■ 徐渭画作

可想而知，仗着胡宗宪的赏识和自己的功劳，徐渭的小日子过得颇为滋润。

你以为命运之神就此放过了他？它只是打了个盹而已。

嘉靖四十一年（1562年），胡宗宪受大奸臣严嵩的牵连被捕下狱，但这次胡宗宪因抗倭有功被免除处分。怎奈朝中人容不下一个胡宗宪？三年后，胡宗宪再度遭受牢狱之苦，这一次胡宗宪没有那么幸运，惨死在了狱中。

春风得意马蹄疾，一日看尽长安花。

对徐渭来说，在胡宗宪帐下做幕僚这几年，是他人生中最光辉灿烂的几年，此后再也没有这么舒坦又能遂得其志的美好时光了。

壮志化尘土　书画慰余生

徐渭为胡宗宪被构陷而死深感痛心，更担忧自己受到迫害，于是对人生彻底失望，以致发狂，在给自己写好墓志铭后，九次尝试自杀：一次以利斧砍自己的脑袋，“血流被面，头骨皆折”，幸而不死；一次以三寸长的铁钉刺入左耳，又不死；还有一次用椎子戳碎自己的肾囊，仍然没死成……求死不能，徒留伤痛，弄得人不人鬼不鬼，更加疯癫。期间徐渭时常产生幻觉，在他疯癫症复发时，恍然间看到妻子与他人有染，故持刀行凶。等到清醒时已是血光一片，悔之晚矣。徐渭也因此被官府关押，这一关就是7年。

幸而后来在几位朋友的解救下，借明神宗朱翊钧即位大赦之机获释。此时已是隆庆年间，站在街头的徐渭孑然一身，仿佛不再属于这个世界。

人生过半，历经沧桑。当年的壮志凌云早已化为尘与土，剩下的时间是看八千里路云和月，书画慰余生了。在杭州，他与友人泛舟西湖之上，“诵明月之诗，歌窈窕之章”；在宣化边塞，他体会到了“大漠孤烟直，长河落日圆”的壮丽；在蒙古，他感受到了“天苍苍，野茫茫，风吹草低见牛羊”的辽阔……

几年遨游下来，他终于不再压抑苦闷。于是，他收拾好行囊，回到山阴老家，闭门深居，一个人看书、写字、作诗、作画。

在诗词方面，强调创作要注重个性，抒发个人情感，不雕饰和依傍古人，充分显露出个人豪放的特点，以及表达怀才不遇的无奈与伤悲的强烈情感；在书法方面，取苏轼、米芾笔意而自成一格，字体奔放，一如其人，代表作有《代应制咏墨草书轴》《代应制咏剑草书轴》等；在绘画方面，主观感情色彩强烈，笔墨挥洒放纵，从而把中国写意花鸟画推向了书写强烈思想情感的最高境界，把在生宣纸上随意控制笔墨以表现情感的写意花鸟画技巧提高到了前所未有的高度。成为中国写意花鸟画发展中的里程碑，开创了中国大写意画派的先河，为文人画的发展提供了广阔的空间。其画风对清代的八大山人、石涛、扬州八怪以及近现代的吴昌硕、齐白石等都产生了深远影响。代表作有《墨葡萄图》《山水人物花鸟》《牡丹蕉石图》《菊竹图》《杂花图》《榴实图》等；在戏剧方面，有杂剧集《四声猿》传世，其中包括《狂鼓史渔阳三弄》《玉禅师翠乡一梦》《雌木兰替父从军》《女状元辞凰得凤》四个独立的戏，打破了杂剧固定的格式，为戏剧形式的多样化开拓了门津。

1593年，荒草凄凉，山阴一间破旧茅草屋内，一位年迈的老翁躺在干草上猝然长逝，此时他的身边只有一条狗陪伴，屋里甚至连一张草席都没有。徐渭就这样静悄悄地离开了人世，尽管他死时无人知晓，但他的大名却传遍了之后的四百余年。

贫富贵贱，于晚年的徐渭都是过眼云烟。也或许，糟糕的精神状态已让他无暇顾及这些。他连年应试未中的郁愤、不肯低首乞食的狷狂、豪饮酒肆的酣畅淋漓，都倾吐成了一幅幅字、一张张画、一首首诗、一粒粒葡萄，在微风中不断摇曳。

八大山人：墨少泪多的末世皇族

八大山人，原名朱耷，是明末清初中国画的一代宗师，他将中国水墨写意画推向艺术高峰，对山水和花鸟两类题材的画都很擅长，对后世绘画影响深远。

无忧往事

清风拂过平静的水面，带起层层涟漪，柳树的枝条伴随着微风轻轻划动水面，扰得湖水更不平静了。湖光潋滟，泛着粼粼波光的水面上，倒映着蓝天白云。多么美丽的景色啊！看到此情此景，八大山人的父亲朱谋觐发出了一声赞叹。他情不自禁地停下脚步，静静观赏起来。许久，他闭上眼睛，在心里回味着，似乎是觉得自己已经将这美景牢牢记在了心里。朱谋觐睁开双眼，匆匆忙忙地离开，回到家中来到书房。他展平柔软的白纸，快速而沉稳地拿起画笔，凭着自己的记忆将刚刚的美景画了下来。

沉浸在画画中的朱谋觐并没有发现自己的书房里来了

■ 八大山人像

个“不速之客”，这个“不速之客”就是他年幼的儿子朱耷。朱耷刚刚在院子里就看到父亲一脸欣喜而匆忙地走来，手中动作夸张得很，不知在比画什么，看起来非常奇怪。他感到好奇，上前想问问父亲在做什么。没想到，沉浸在美景之中的父亲完全没有注意到他就匆匆忙忙进了书房。朱耷撇了撇嘴，觉得又好奇又委屈，于是也跟着进了书房，想看看父亲究竟在做什么。只见父亲拿着笔在纸上这点点、那抹抹，之后一涂一连一画，看起来好像并没有什么章法，可笔下的纸像是被仙人施了法术般，渐渐显现出了美丽的风景——水天相映，垂柳飘扬……

年幼的朱耷被这神奇的一幕吸引了，他没有出声打扰父亲作画，而是在一旁静静地观看。直到朱谋觐最终画完时，父子两人似乎才从画中的世界清醒过来。朱谋觐晃了晃脑袋想放松一下，结果眼神一瞥吓了一跳，儿子朱耷正两眼有神地注视着他！

朱谋觐正想询问儿子时，朱耷却抢先一步开了口：“父亲，您刚刚在做什么呢？”朱谋觐回答说：“我刚刚是在画画呀。”

“画画……”朱耷喃喃着这两个字，双眼渐渐发亮，他兴奋地说道，“父亲，我也想画画！您能教我吗？”一听到儿子谈自己喜爱的画画，还说要学，朱谋觐顿时高兴地大笑着说：“好好好！你想学画画，那父亲就来教你！”

于是，朱耷在父亲的教导下开始学起了画画。他很勤奋，人也很聪明，很快就学会了基础的绘画技巧。朱耷的叔父也是一位画家，得知朱耷在学画画，他也非常乐意来教导他。一次，朱耷拿着自己的画来请教叔父，这幅画他画了许久，并多次修改过，自己也相当满意。此次拿给叔父看，多半是为了得到夸赞。朱耷的叔父身处宗室家庭，见过的阴谋诡计多了，虽说还不能一眼看透人心，但对于朱耷的这点儿小心思他还是看得很清楚的。他偏不让朱耷得意以至骄傲自满，于是板着脸，严肃地指出了画中的许多不足之处。听到自己还有那么多的不足，朱耷感到非常沮丧，一张小脸耷拉了下来。他的叔父看了不忍，最终还是说出实话：“只不过比起同龄人来说，倒是好上许多。”朱耷明白这不过是叔父的安慰，于是更加刻苦地学习画画了。

朱耷的祖父是一位诗人兼画家，很会画山水画，在当时名气很大。他常常在闲暇之余教导朱耷读书认字，待他长大一些后，开始教他如何作诗、画画。身在艺术气氛浓厚的宗室家庭里，朱耷受到了良好的熏陶。聪明勤奋的他在八岁时就能作出诗来，大人们都对他赞赏有加。11岁时，他就能够凭着自己的所学，画出青山绿水，他的画作有着一番意蕴，让人不敢相信这竟是一个11岁的孩子画出来的。

然而，这样平静无忧的生活，一直到朱耷19岁时终于被打破了。

削发为僧

这是崇祯十七年。天边阴云笼罩，紧密而低沉，似乎整个天空都已不堪重负，随时都会塌下来一般。天最终没有塌下来，可在朱耷眼里，它却在清朝大军攻占京城时，瞬间坍塌了。

此时的朱耷已经19岁了。在得知明朝灭亡的消息时，即将及冠的他只觉得内心充满了对清朝皇室及军队的愤怒：正是因为他们的侵略，他的家国才会灭亡。愤怒之余，则是满满的悲哀与伤心。他知晓，从此以后，他就如同文天祥所作的诗句一样——“山河破碎风飘絮，身世浮沉雨打萍”。国家不再，他就如同那无处停放安根的浮萍一般，随这世间起起伏伏，心灵没有可归之处。朱耷仰头望着天空，第一次觉得天原来也可以这么暗，压得直叫人喘不过气来。

朱耷的父亲在中年时患了暗疾，身子骨早已不如从前。他躺在床上，听着家仆报告有关明朝灭亡的消息，心里全是对国家覆灭的悲愤与痛苦。他气急败坏道:“这群满洲人,灭我家国,欺我国民,还有那群出卖我大明之人,不配为明朝子民!这些人,一定会遭恶报的!咳咳咳……”因为太激动引发了身上的暗疾,他顿时剧烈地咳了起来。朱耷连忙给父亲顺气,扶他躺下。

因为本就有暗疾,再加上对亡国的悲痛之情,朱谋觐郁结在心,不久就离世了。父亲的离去无疑加重了朱耷内心的痛苦,他看着父亲死去时因忧愁而紧皱不开的眉头,留下了悲痛的泪水。他哭着说:“国家已经灭亡,如今父亲您也离我而去,我不知道还有什么可以依靠的了!”

因为过度悲伤,他哭昏了过去。清醒过来后,他没有急着睁开眼睛,而是静静地躺在床上思考着。如今清王朝建立,为了斩草除根,清皇室在不断地打压明朝皇室及其宗族成员。朱耷身为明太祖朱元璋的第十七子宁献王朱权的九世孙,身份尊贵,对于清皇室来说是一个隐患,他们必然会想尽办法除掉他。在这样艰险的环境下,他应该如何保全自己呢?

生性聪慧的朱耷立即想到借此次昏迷来做出一个假象。他睁开迷蒙的双眼,装作刚刚清醒的模样。家仆见他醒了,立刻欣喜地上前询问他身子舒服些了没,然而他却装作没听见一般毫无反应。最后,家仆终于有些难以置信地伸手碰了碰他。

只见朱耷茫然而略带怒气地转头，表情似乎在责怪他如此无礼，张口想要斥骂。然而，无论他再怎么努力，发出的声音也不过是“嗯嗯啊啊”之类的，压根发不出清晰的音节。朱耷的脸色顿时变得惊恐，他指了指自己的嘴巴，神色慌张不安。家仆连忙问道：“主子，您怎么了？”可是，朱耷仍旧一脸茫然地指着自己的嘴巴。半晌，家仆看到朱耷一副终于反应过来的样子，他指了指自己的耳朵，摇了摇手，似乎在说自己听不到。家仆一下明白过来，大惊失色，连忙跑了出去，大叫道：“不好了，少爷听不见啦，也说不出话啦！快去请大夫啊！”

经过一番折腾，朱耷终于让所有的人都知道他因为悲伤过度而变聋变哑的事情了。他装作对自己变聋变哑一事难以接受而忧郁悲伤的样子，拒绝别人来见他。实际上，他也的确忧郁悲伤，不过是因为思念故国与父亲所致。后来，朱

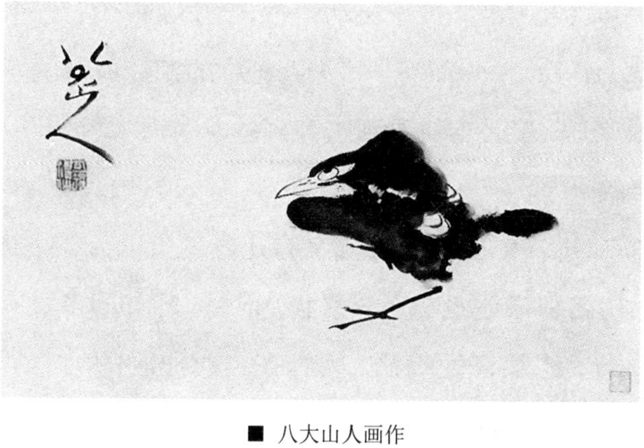

■ 八大山人画作

耷明白这还不足以消除清皇室对他的猜疑，于是他常常无故疯疯癫癫地仰天大笑，然而一丝笑声都不能发出，只能艰涩地发出“嗯嗯啊啊”的声音。倏尔，他又哭泣不止，就这样一会儿笑一会儿哭，看起来像是疯魔了一般。

最后，为了躲避清王朝的政治迫害，朱耷隐姓埋名削发为僧，来到山野之中，从此与佛法相伴。

醉后作画

朱耷很擅长绘画，他曾经画过一朵荷花。这朵荷花含羞半开，在水面上微微倾斜，好似有清风徐徐吹来，才使得它忍不住舒展了身体。许多人看到这幅画时，恍若能闻到清风徐徐吹过荷花时带来的那抹沁人心脾的清香，忍不住沉醉其中。朱耷也曾画过龙，这条龙在画中蜿蜒起落，仿佛随时会从画中飞出一般，样子灵动得很。据说，古代有一个叫叶公的人，很爱龙，然而有一日见到画中的龙变成真的龙时却被吓破了胆，想必当他看到朱耷画的龙时，也会被吓得尖叫着逃跑吧。

朱耷是一个非常有骨气又有几分傲气的人，对于金银珠宝、功名利禄他没有半分兴趣。但是，却如同多数有名的文人一样，他很喜爱喝酒。因为在当时他画的画非常受欢迎，很多人都想要求得他的墨宝，但当这些人拿金银来做交换时，朱耷却不屑一顾，挥挥袖子离去。后来，有人打听到朱耷喜爱喝酒一事，于是计上心来，拿了一壶好酒，来到朱耷的住处。

这人也不扭捏，直接道："我听闻你很喜爱喝酒，特意把我家珍藏了许久的好酒拿来一壶给你。不过呀，我特别喜欢你的画，如果我给你这酒，那你能否也给我画一幅画呢？"朱耷听了，直接拿过酒喝了起来，嘴里嘟囔道："好啊！"

但没喝多少他就醉了，想要求得他画的人急了，连忙道："哎，你答应给我画画的呀，怎么就醉了！"听到"画"时，迷迷糊糊的朱耷顿时哈哈大笑起来，疯疯癫癫地说："哈哈哈，画，我最爱画画了！我哪有醉，这不醒着的吗？快，快给我拿笔墨来！"那人一听，虽然不太相信，但还是拿来了笔墨还有画纸。

只见朱耷十分高兴，直接把墨泼到了宽大的画纸上，然后摇晃着身子仰头对着酒壶又喝了一口酒。这人本就不太相信没清醒着的朱耷可以画得了画，这下见他直接把墨给泼纸上，顿时气得跳了起来，大叫道："哎，你做什么呀！你这样直接把墨泼得一团糟，还画得了画吗？我果然不该在你醉时给你笔墨，这下好了，白白浪费了这画纸和笔墨呀！"当那人在一旁惋惜时，朱耷就不管不顾地画了起来。只见他提笔一抹，看似毫无章法，然而笔下却显现出了连绵群山，那些溅在纸上的墨点，也被他顺势画成了高山飞鸟。

原先气急败坏的求画之人被这一幕惊得说不出话来。从此，人们若是想要求得朱耷的画，大多都置办好酒来招待他。他们会事先备好纸墨，待朱耷醉后，就可以让他直接作画。他作画往往不拘一格，有时撸起袖子，伸长了胳膊，有时哈哈大笑，却又转瞬哭了起来，就是这样的癫狂。

八大山人

明朝灭亡一事对朱耷造成的影响很大，他常常将对故国的思念及对故国灭亡一事的痛惋之情融入自己的画中。在朱耷的画上常常会看到一种类似鹤形符号的签名与画押，许多人不解其意，觉得奇怪，并不知道这是由“三月十九”四字组合而成。甲申年的三月十九日是明朝灭亡的日子，朱耷借此来寄托自己对故国的怀念之情。

60岁时，朱耷开始用“八大山人”为署名来题诗作画。他在落款时，常常把“八大山人”四个字连接起来，乍一看仿若“哭之”“笑之”的字样。这种啼笑皆非的字样，显示出了八大山人内心难以言喻的痛苦。

因为身世特殊，且处在两朝交替的时代，八大山人作画时不能像其他画家一样直接抒发自己内心的情感，所以细看他的画时会发现，画中的事物往往是变形的。例如，他画的鸟和鱼的眼珠可以在任意位置转动，而在我们现实生活中所看到的鸟和鱼的眼睛却都是圆圆的，眼珠子也只能固定在中央，不会随意转动。此外，他在画上写下晦涩难懂的诗句，常常让人一头雾水，不知所云，似懂非懂。可他的内心却又非常渴望有知心之人能懂得他画中之意，能够明白他内心深处那无法言明的悲哀与痛苦。他常常在作画时，还未画多少就怆然涕下，故而题诗写道："墨点无多泪点多，山河仍是旧山河。横流乱世杈椰树，留得文林细揣摩。"意思是，自己画画用的墨很少，可是自己流的泪水却有许多，以此来表达对故国的思念之情。

因朱耷用"八大山人"署名题诗作画，故后人多称他为"八大山人"。

石涛：苦瓜和尚

石涛是清初著名画家，他本姓朱，是明朝皇室后裔，以书法和诗文见长。他的绘画风格多变，创作题材广泛，而且笔法新颖奇异，布局独特，极富创新，对中国绘画的发展产生了深远的影响。

帝王之后

1645年的靖江王府死气沉沉，往日的荣华富贵似乎在一瞬间就烟消云散。王府里一个3岁的婴孩放声啼哭，他睁开蒙眬的双眼，对外面世界发生的一切一无所知。他试图用哭声引起旁人的注意，用哭声告诉大家他饿了。平时，只要一哭就有一大堆人围过来，但这一次好像并没有起到什么作用。他听到外面传来噼里啪啦的声音，还有人们呼喊的声音，他蹬着小腿企图爬到门外去看看到底发生了什么事情。

这时候，“哐当”一声，房间的门被打开了，一阵急急忙忙的脚步声吸引了他的注意力。来的这个人平日里从未见

■ 石涛像

过，他是个小太监，急匆匆抱起这个眼里含着泪水的孩子，悲痛地说："小少爷，你可别哭了，我带着你赶紧逃出去吧！官兵已经快搜查到门口了，你的家人已经全部被杀害了。"他仿佛听懂了眼前这个陌生人讲的话，不再哭泣，小太监抱起他，小心翼翼地穿过一片血迹淋漓的大院。为了不引起官兵的注意，他们从后院逃了出去。靖王府在徐风中死般静谧，有谁能想到曾经热闹非凡的王府竟会变得如眼前这般狼藉。小太监怀里抱着的3岁孩童是靖王府的小少爷，也就是后来赫赫有名的一代画师石涛。

石涛其实并不姓石，而是姓朱，他的祖先可是位大人物，就是大明太祖高皇帝朱元璋的哥哥朱兴龙。朱兴龙的儿子朱文正，也就是朱元璋的侄子。由于朱兴龙英年早逝，朱文正就由朱元璋抚养。朱文正为朱元璋打天下，立下了赫赫战功，得到了朱元璋的重用。朱文正的儿子叫朱守谦，被封为广西桂林靖江王，这样传到第十代，也就是最后一代，就是石涛，名叫朱若极，小字阿长，字石涛。

1644年，明崇祯帝在李自成破京师时走投无路，无奈残忍地将后妃及子女（除太子外）尽数杀死，最后崇祯帝与太监王承恩于煤山上吊自杀。石涛的父亲—— 靖江王朱亨嘉身穿黄袍，南面而坐，为反抗异族的统治，在广西桂林自称监国，纪年用洪武287年。但最后因势力过于单薄，被丁魁楚、瞿式耜所擒，隆武二年（1646年）四月被唐王朱聿键处死，这次反抗以失败告终。一人反抗全家受难，朝廷下令捕杀与靖江王有关联的所有人，靖王府的上上下下几百号人都被残忍杀戮。靖江王临死之前将3岁的儿子托付给身边的一个小太监，也就有了上面这一幕情境。

清朝自开国至康熙初期，始终未放松对明宗室成员的搜捕、追杀，小太监知道桂林肯定已经待不下去了，只得带着小少爷躲避官兵的追捕，一路逃亡到了全州。小太监看着眼前这个懵懂的小少爷，又想起靖江王临死前的托付，他在心里暗暗下定决心：不管多么艰难，都要保护小少爷长大成人，延续朱家的血脉。两人无处可去，最后来到了湘山寺削发为僧，小太监改名为喝涛，小少爷改名为石涛，主仆两人在寺里相依为命。

黄山为师

寺里的生活较为平淡，石涛总算是平平安安长大了。但是，喝涛却不能放松警惕，他的生活环境依然是极其险恶的，一个不留神就有可能被抓捕，他只能一直隐藏在寺庙里。日复一日的诵经生活略显单调，石涛却能从中找到乐趣，他发现自己对绘画有着难以言喻的喜爱。

喝涛小太监看着石涛的画，惊呼："小少爷真是可造之材！小小年纪就可以画出这样的作品。"正是因为喝涛在旁边的不断鼓励，才让石涛对绘画的热情高涨。在年少时期，石涛就显露出绘画才华，这也足以证明他的血液中流淌着贵族的异禀基因。这个时期，他的画作大多是以白描画的方式呈现。

后来由于粤西战事不断，战火的硝烟使得石涛不得不离开全州，辗转来到了武昌，后来又在湘湖一带居住了一段时间。他与喝涛两人相依为命，以卖画为生，过着颠沛流离的生活。1666年，24岁的石涛和喝涛来到宣城游历。宣城地处安徽省东南部，东临浙江省杭州、湖州，南倚黄山，历史悠久，人文荟萃，自古便有"南宣北合"一说。他和喝涛来到宣城敬亭山中，在广教寺居留下来，结束了浪迹天涯的漂泊生活。在此期间，他多次到野外考察写生，以自然为师，与自然为友，逐渐在绘画上取得了一定的成就和名声。然而，"山中四月如十月，衣帽凭栏冷翠沾"，漫长寂寞的佛寺生活带给他的孤独与凄凉并没有减轻，他的内心无处安放。

说来也巧，在这一期间，石涛结识了对他在绘画道路上影响最为深刻的一个人—— 梅清。梅清素有"黄山巨子"之

■ 石涛山水画作

雅称，是宣城画派的代表人物。两人一见如故，仿佛多年的好友，结为画坛知音，这样的缘分令外人十分羡慕。从石涛的黄山代表画作中，能看到梅清对他的影响最为深远。如《独峰石桥图轴》《黄山八胜图册》，这两幅画是石涛早期从艺阶段最具代表性的作品，在很多画法上，他吸收了梅清的柔和，但个性中的恣意在多变的绘画风格下暴露无遗。

除了结识到挚友，石涛还对黄山情有独钟。他在宣城敬亭山及黄山住了10年左右，曾经三次游黄山，可见他对黄山尤其喜欢。他画了多幅《黄山图》，并且在画上题了同样的诗句，“黄山是我师，我是黄山友”。石涛在黄山居住期间，对眼前虬枝横空的古松、云雾缭绕的山峦、怪石林立的奇峰惊叹不已。这些景物在石涛的脑子里，飞旋，变化，消失，破碎，重组，在画作中最集中地表现了黄山的特点。石涛所画的《黄山八景》被后世广为流传。这些作品一方面表现了黄山的奇峰怪石，另一方面也表现了石涛的思想感情。

蛰居古寺

康熙时期，对前朝遗民的严峻政策有所松动，对明朝的宗室子弟也不再继续捕杀，一些隐姓埋名的末路王孙终于放松警惕，敢于公开活动了。这对于石涛而言也是一件值得庆幸的事情，他终于可以大大方方地见人了，可以走向广阔的世界，得到更高的发展。

1680年的夏天，他离开了居住多年的宣城山区，来到江南首邑南京。石涛之所以选择去南京而不是其他地方，主要是因为南京文化圈是江南文化区域中受教育程度最高的，在这里能看到更博大的世界，接触到更开放的文明。石涛到南京后，禅寄在城南的长干寺即大报恩寺中。当时，他虽在绘画上已有一定的名声，画作也得到了较高的评价，但是长干寺高僧云集，初来乍到的他并没有什么地位，即使驻足长干寺也还是由僧友引荐的。

他寓居在长干寺里的一间叫“一枝阁”的陋室。长干寺是当时南京规模最大的寺庙之一，“五色琉璃照耀云日”，极为富丽堂皇，可是一枝阁却狭小简陋，甚至没有一张像样的桌子。可见石涛在庙里的地位低下，石涛局促其间，过着“为佛茶一瓯，清冷犹未极。灯残借余月，钵空且忘食”的日子。

在长干寺期间，石涛除了给众人讲经论法，就是作画题诗，但这样的生活并不是他所追寻的。

这座明朝的故都山河依旧，百姓安居乐业。在夜深人静时，他想到自己抱负难伸，内心百感交集，夜不能寐。在南京这偌大的城区，石涛结交了不少权贵，跟诸多艺术名流也有交流，随着交往范围的扩大，也进一步拓展了他的视野。随着绘画成就的提高和社会影响的扩展，他的思想和心态就像萌发的新芽逐渐发生了变化，内心也焕发出积极奋发的豪气。

长干接驾

1684年，这是石涛命运的转折点，因为他在长干寺幸运地得到了一次接驾大清皇帝的机会，能够接驾皇帝是莫大的荣幸。这年9月，康熙帝第一次南巡，他乘舆自宿迁至清河(今淮阴)，路程二百里，走了整整12天，所到之处，见河工运土，特地多次停下车驾，步行外出，亲加慰劳，并面谕靳辅等治河大臣，严防有不肖官役侵蚀本已微薄的劳务工资，务必让人人都能拿到定额的银钱。11月，至南京时驾临长干寺巡幸，接见了一些僧人，石涛有幸被选中参与接驾。他虽是明宗室子弟，但明朝灭亡时他还只是幼儿，对前朝并没有多少感情与留恋，只是年少的遭遇令他无法遗忘。而康熙帝到南京后，拜谒明太祖孝陵，行三跪九叩礼，倒是让他对康熙帝有了新的看法。这次“甲子长干新接驾”在他的心里种下了一个叫作希望的种子，使他感到十分荣幸，在看到康熙帝后，让他燃起了心里的那盏灯，一直想寻找机会做点大事的他终于看到希望了。

1689年，康熙帝第二次南巡到达扬州，正在其地的石涛又有幸在平山堂参与接驾。接见过程中，康熙帝不但一眼认出了他，居然还叫出了他的名字。而此时距他们第一次在长干寺见面已过去5年了。石涛激动不已，内心久久难以平静：原来皇帝心中一直记着自己！两次接驾面君的荣耀，被皇帝记住的恩宠，不禁让石涛无比惊喜、激动。他想要表达自己的感激之情，在寺里满怀激情地绘制了一幅《海晏河清》，并以新朝属臣自称，署款“臣僧元济九顿首”，把康熙帝赞颂为尧、禹一样的帝王。

京师梦幻

一直想寻求发展机遇和空间的石涛，在两次接驾以后，就积极准备，满怀期望地北上京师。他在心里已经想好了未来的计划，他仿佛看到了光明的未来在向他招手，到了京城一定可以施展自己满腔的热血和抱负，大展宏图。

石涛到京城以后住在慈源寺，这个慈源寺虽然在京城，但却远远比不上长干寺。就地理位置而言，它不在香火缭绕的香山，也不在风景秀丽的西山，而在崇文门外金鱼池附近。那个地方在过去的北京，是一个很偏僻、很穷困、很脏乱的地方，平日也鲜有人来。他在慈源寺，没有暮鼓晨钟地做早晚功课，人们只是把他看作画家。他对众人谈禅，没有人感兴趣，而当时的康熙皇帝，对禅同样没有兴趣。

来到京城后，石涛结交了众多上层官吏，如辅国将军博尔都、大司寇图公等。石涛送给王公大臣一些绘画，希望他们能够把自己介绍给皇帝。可是，明显这些活动都是私人性质的，官方对他的到来并没有什么表示，而且在结交的这些达官贵人中，真正与他进行绘画交流的挚友是很少的，石涛当初的一腔热血慢慢被浇灭了。

在北京的境遇距他原先的期望差得太远了！他赶来帝都本是“欲向皇家问赏心，好从宝绘论知遇”的，岂料自己在京城的舞台上所扮演的角色，却只是一介画匠，一个“乞食者”。如今看着自己已步入老境，是时候该放弃幻想，为接下来的人生做一些准备了。

心灰意冷的石涛乘船南返，带着无限失落回到了扬州。他已经打算从此定居于此，并且继续从事卖画为生的老本行，平平淡淡地度过剩下的日子，让之前的一腔抱负就随风而去吧！

这次石涛回到扬州后，他的思想情感发生了重大的改变，本来是一个想要在仕途上有所发展的画家，当功名的幻想都破灭之后，他希望余生可以过上陶渊明般的田园生活。

石涛60岁之后，基本上闭门不出，静心创作。石涛在这一生中所做的最后一件事，就是收了一个徒弟，叫高翔。40年之后，高翔成为著名的“扬州八怪”之一。

在中国美术史的长河里，石涛是一颗闪闪发光的巨星，照亮了后来的人，如齐白石、张大千等。石涛的画作为后人所称赞不已，最重要的则是他独特的艺术理论，对后世产生了重要影响，也为中国画的发展做出了重要贡献，被称为“清代以来300年间第一人”！

郑板桥：清正孤傲的怪人

郑板桥是清朝著名书画家和文学家，是当时盛名的“扬州八怪”的重要代表人物。他一生喜画“四时不谢之兰，百节长青之竹，万古不败之石”，独具风骨，他的诗、书、画都非常出众，世称“三绝”。

生活艰辛

康熙三十二年的子时，虽然已是深夜，但有一户人家还没睡。他们一家人在门外走来走去，惴惴不安地等待着一个小生命的到来。直到一声嘹亮的啼哭声划破这寂静的夜晚，他们悬着的心终于轻轻落下。这个刚出生的孩子便是日后名扬天下的郑板桥。虽然刚生完孩子很疲累，可是郑板桥的生母汪夫人在看着自己怀里那小小的婴儿时，眼里满是温柔与爱意，连倦意都淡去许多。她抱着刚出生的郑板桥，又看了看这个破旧的家，心中有着淡淡的忧愁，因为郑板桥的出生意味着本就生活拮据的他们今后生活负担将会更重，但不管怎样，郑板桥的出生带给她的喜悦还是多过担忧。

然而不幸的是，汪夫人还未来得及陪伴孩子到长大成人，便在郑板桥3岁时过世了。临死前，她看着年幼的郑板桥，心里全是对幼子的不舍和牵挂。她将怀中的孩子递给乳母，脸上满是泪水，她哽咽地说：“儿子，母亲对不起你，不能再陪着你、照顾你了。”汪夫人贪恋地看着孩子，眼里满是不舍，最后终于支撑不住，闭上了双眼，彻底地离开了人世。那时的郑板桥年龄还小，以为是母亲熟睡了，于是调皮好玩的他淘气地上床钻入母亲怀中想要找奶喝，然而无论他如何乱动，母亲都不再像平常一样惊醒，笑盈盈地看着他了。懵懵懂懂间，他好像明白母亲再也醒不过来了，于是放声大哭。

早年丧母的郑板桥是在乳母费氏的照顾下长大的。有时候，小郑板桥嘴馋了，便会缠着他的乳母给他买烧饼吃，每当这个时候，他的乳母总会答应他的请求，疼爱地摸摸他的头，笑着说道：“好，乳母听你的。”然后，她便背着郑板桥穿过大街小巷，来到烧饼店给他买烧饼吃。

已经是夜深了，明月高悬，乳母还在洗着郑板桥的衣服。郑板桥看了很心疼，便对乳母说：“乳母，等我长大了，有钱了，我一定要买个大大的房子，雇上许多仆人来照顾你，让你不再这么辛苦。”乳母笑盈盈地说：“好啊！乳母等着你！”于是，郑板桥越来越刻苦努力地读书，希望能够考取功名做个大官。后来，郑板桥长大了，常常会记起乳母对他的好。有时实在太过思念，他就会作些诗来专门纪念乳母费氏，以表达自己对乳母的感激之情。

对影学画

郑板桥虽然出身于书香门第，但是那时家道已经中落，生活很拮据。因为没有什么钱请人教郑板桥读书，他的父亲就自己当郑板桥的老师。在郑板桥6岁的时候，郑之本在家里的草堂上办了一间私塾，给郑板桥等幼童开始启蒙教育。牙齿还未长齐的郑板桥拿起比脸还大的书，跟着父亲一句一句地读了起来。他虽然很聪明，却不引以为傲，而是认真地一遍又一遍地诵读着父亲让他学的书。勤奋学习的他很快便熟读了《三字经》《百家姓》等书，甚至到八九岁的时候他已经能够在父亲的指导下写文章、对对联了。因为郑板桥很聪明也很努力，他的外祖父见到他时总会眼里充满笑意，甚至亲自教导他朗读并背诵诗词歌赋，将自己所学尽可能地传授给郑板桥。

这是一个晴朗的白天，明亮的日光透过层层竹子洒到了窗纸上。那些被竹子遮挡的日光在窗纸上形成了杂乱的阴影，乍一看像极了一幅墨竹图。郑板桥看到此景，感到非常新奇，立刻放下了手中的书。他想："这个影子图真有趣，像极了我平日在别人家看到的墨竹图，看起来好像也很容易画，不如我试试看。”于是，他便对着这竹影画了起来。画完后，他放下笔，看起了自己的画。只见画上挺拔的竹子相互交错，看着颇有一种文人傲然的情怀在其中。郑板桥满意地点了点头，开心地说：“看来我画画还是很有天赋的，第一次画就这么像大人们所画的竹子。”从此，他就对画竹充满了兴趣，在闲暇之时总会忍不住画上几笔。

在大概13岁的时候，郑板桥跟随着父亲来到了真州的毛家桥读书。毛家桥是一个坐落于长江边上的村庄，周围有一片竹林，长得非常茂密旺盛，郑板桥看到这片竹林时十分欣喜，心想：“太好了，这里的竹子这样多，我可以更好地观察它们的形态了！”因为这片竹林离得很近，郑板桥只要有空，便会来这里观摩竹子作画。渐渐地，郑板桥觉得只画竹子实在太过单调，于是他也开始画起了父亲带来的兰花。因为兰花经常与假山摆放在一起，两者相映成趣，颇有一番意境，所以他也画起了石头。这一段经历为后来郑板桥多画竹、石、兰，成为大画家一事，埋下了伏笔。

开仓济民

郑板桥长大以后，不负众望，考取到了功名。他曾经在范县做过县令，因为深受“得志加泽于民”思想的影响，他

■ 郑板桥书法

对范县的百姓很爱护，待他们就如同对待自己的亲生孩子一般。郑板桥为官清廉，从不收取他人的贿赂，因此在其他官员家里装饰的都是名贵字画、吃的都是山珍海味时，他的家里却是简简单单，没有过多装饰，有时候别人在郑板桥一家吃饭的时候前来，看到吃着粗茶淡饭的郑板桥还会误以为这是个无权无势的小平民。

虽然身为一方官员，但是郑板桥却丝毫没有官架子。他经常身穿布衣，行走于田野间，与平民百姓们谈论生活日常。为了能够更好地服务于百姓，及时知道民众有什么苦难，他都会在新的公文来到后，第一时间快速地处理完，不会把今日的公文推迟到明日来看。有时候公文实在太多了，郑板桥便会点起油灯，在其他人都沉浸在香甜的梦中时静静批阅这些公文。即使有些困了，他也会强撑着，心想：“做官便是要造福百姓，不能辜负他们的信任。这些公文若是有要紧的而我却没有及时处理，给百姓带来损失就不好了。”如此一想，他便感觉疲倦都减少了许多，整个人也精神了一些。为了不耽误工作，接下来他又重新投入批阅公文这件事中。因为郑板桥勤政爱民，所以他的桌子上几乎没有遗留隔夜的公文。

如果某天公文比较少，郑板桥就会尽早处理完。这时候空闲下来的时间，他就会邀请好友来家里喝茶，与他们讨论有关书画的心得。有时候谈得开心痛快了，郑板桥便会哈哈大笑，挥手让仆人上自己珍藏的酒，与朋友一边喝酒一边高声背诵自己喜爱的文章或者诗词，率真朴实得让人都忘记了他是县里的长官。

后来，郑板桥被调到了潍县做官，刚好那一年遇上了天灾，许多农作物颗粒无收。因为没有食物可以吃，不少贫苦的农民只能含泪把自己的儿女卖给别人来换米吃。如果走在村间小路上，常常能看到不过五六岁大的孩子哭着要母亲，母亲却是哽咽着转身离去，因为她们不忍心看孩子被人带走。这一次的荒年比以往的都要严重，不少百姓为了生存，把草根拔了拿去吃。草根没有了以后，便去扒树皮。到后来甚至连树皮都没有了的时候，他们便只能去吃人了。郑板桥听到这些事时，非常震惊。他连忙来到官仓，命人开粮仓，把粮食都搬出来拿去赈济灾民。因为遇到荒年，食物十分稀少，有些唯利是图的商人勾结一些有权势的官员，控制粮食的流通，提高价格，发国难财。见郑板桥要把国家的粮食分发出去赈灾，这些人顿时急了，赶紧遣人去阻止郑板桥。他们借口赈灾需要上报，阻拦道：“郑大人，开官仓可是一件大事，弄不好可是会酿成大错，遭来圣上的怒火。这事我们还需要先向上申报，求得允许才是！”郑板桥听了，顿时气得大骂道：“这都什么时候了，还需要向上申报！向上申报开粮仓，这中间流程复杂烦琐得很，要是真的等上边允许才开仓，百姓不都得饿死了？如果圣上真的降罪了，到时候我一人承担。”那些人没有办法，只好开了粮仓赈济灾民。

正是因为郑板桥及时开粮仓，才使得上万人得以存活。后来，郑板桥任命到期要离去时，当地的百姓都非常不舍，纷纷拿出自家最好的瓜果蔬菜或者鸡蛋之类的送给他。郑板桥谨记为官清廉的准则，推辞着不肯接受。为了报答郑板桥对百姓的爱护，人们在他离去的路上与他道别，送他离去。有些深受郑板桥帮助的人在看到郑板桥离开时，甚至悲伤得当场落泪。

辞官卖画

为官清廉的郑板桥因为心存正气，不肯与那些贪官佞臣沆瀣一气，因此总是遭到打压排挤。在见到官场的险恶与污浊后，清正傲然的郑板桥明白即使为官也无法真正实现自己为民造福的理想，加上他喜爱农民的质朴生活，不想再过官场上尔虞我诈的生活，于是便潇洒地一脱官袍，摘了乌纱帽，

■ 郑板桥绘画

辞官走了。

辞官后的郑板桥生活十分贫困，不得不卖画为生。但生活清苦的他依然藐视权贵，视名利为粪土，从不后悔辞官。经历过人生百态的他，特别喜爱竹子、兰花这类拥有崇高气节的事物，因此他画的画最多的就是竹子。在画画时，郑板桥总会将自己对生活的感悟、理解以及自己的理想寄托于画中。每当看到郑板桥的画，人们总能感受到画中那傲然不屈的情怀。

曾经做过官的郑板桥虽然如以前一样又卖起了画，但身价、名气却不同以前，因此求他画画的人特别多。虽然身为一介文人，可郑板桥在卖画时却不像其他文人般扭捏，不敢直接标价，而是将自己卖画的标准写在一个木板上，不同的画要价不同，如大幅的画要卖六两、中等幅度的则要四两等等，颇为直接。此外，他还这样写了一段话，大体意思是：“来求画者，给食物或者是其他礼物做报酬的，总是比不得直接给银子好，因为众人喜好不同，你所喜欢的我不一定喜欢。此外，若是没有银子，书画也是可以的。来我这儿买画的，千万别赊账，不然就请宽恕我不能给你作画了。”

明明是俗不可耐的话，可由身为“扬州八怪”之一的郑板桥说出来却是令人觉得俗得可爱，这是因为他十分率真，毫不掩饰，不同于那些嘴脸虚假的人。

虽然以卖画为生，郑板桥却依旧有着自己的原则，并非什么人都可以买他的画。有一次，一个很喜欢附庸风雅的暴发户听闻曾经做过官的郑板桥在卖画，心想：“大家都说这郑板桥很会画画，画的竹子之类的别有一番风骨，而且他曾经做过县令，若是我能买到一幅他的画，摆在大厅最显眼的位置，别人问起时岂不是很有面子，说我很懂书画？”他越想越美，于是到郑板桥那儿买画。只见他大手一挥，丢下一锭金子，嚣张地说：“把你这儿最大张、最好的画拿出来，我买了！”

郑板桥生平最看不惯这种脑满肥肠的人，立刻冷笑道：“像你这种附庸风雅的暴发户，买了画也依旧遮挡不住你无知的内心，我才不想卖画给你呢！”之后，无论富商出多少钱，郑板桥都是坚持着自己的最初回答，甚至被骚扰得烦了，他干脆一看到那富商来就骂，最后那富商只好悻悻地离开了。

郑板桥还有个不同常人的特点，那便是每当他画完竹子后，从来不像他人一样在画的两边的空白处题字，而是喜欢在竹子之间的缝隙里题字，哪里有空就题哪里，性格怪得很！

中国历代圣贤故事集

中国历代音乐家故事

徐继东
爱华文 著

团结出版社

图书在版编目(CIP)数据

中国历代圣贤故事集 / 爱华文等著. -- 北京 : 团结出版社, 2019.8

ISBN 978-7-5126-7253-6

Ⅰ. ①中… Ⅱ. ①爱… Ⅲ. ①故事-作品集-中国-当代 Ⅳ. ①I247.81

中国版本图书馆CIP数据核字(2019)第165301号

出版: 团结出版社

(北京市东城区东皇城根南街84号 邮编: 100006)

电话: (010) 65228880　65244790 (传真)

网址: www.tjpress.com

Email: zb65244790@vip.163.com

经销: 全国新华书店

印刷: 三河市祥达印刷包装有限公司

开本: 140×210　1/32

印张: 62.25

字数: 600千字

版次: 2020年9月 第1版

印次: 2020年9月 第1次印刷

书号: ISBN 978-7-5126-7253-6

定价: 220.00元(全11册)

目录

伯牙：自然是最伟大的老师

不知道为什么，每次看到“伯牙”这个名字，我都有点紧张。都说“异人异象”，这个霸气外露的名字，让我直接就联想到，那个喜欢咬人耳朵的拳击冠军迈克·泰森。

伯牙是不会咬人的，他是我国战国时期的一位斯斯文文的音乐大咖。琴曲《高山》《流水》和《水仙操》等，都是他的代表作。

以讹传讹改了人家的姓

伯牙的原籍是在楚国的郢都，也就是现在的湖北省荆州市。也有人说“伯牙姓俞，名瑞，字伯牙”，这都是上了小说家冯梦龙的当，是以讹传讹的结果。其实，在古代，“伯”是一个很普通的姓。

也许有人会觉得好奇和不解。冯梦龙，那可是我国明代杰出的文学家、思想家、戏曲家。他一生著作丰厚，以话本小说“三言”（《醒世恒言》《警世通言》和《喻世明言》），享誉文坛。后人盛赞，冯梦龙“为我国文学做出了独异的贡献”，他的“三言”是中国白话短篇小说的经典代表。

一个治学严谨的大家，怎么会把伯牙的姓名搞错呢？有人考证，据说冯梦龙在编撰《警世通言》时，也曾专门到全国各地采集素材，可能由于方言口音等因素，他把民间流传多年的“子期遇伯牙，千古传知音”，误录为“子期俞伯牙”，后来整理创作了《俞伯牙摔琴谢知音》。也正是这篇流传甚广的话本小说，误导了很多的读者。

既然名字的来龙去脉已经搞清楚了，下面我们还是言归正传，讲讲伯牙老师高超的琴艺吧！

伯牙同学很刻苦

伯牙是当时赫赫有名的琴师，他擅长七弦琴演奏，琴艺非常高超。更为难能可贵的是，他既是弹琴高手，又是一位才华横溢的作曲家，素有“琴仙”的美誉。因为伯牙过人的才华和崇高的声誉，非常重视高雅艺术的晋国，就委任这位很有艺术修养的伯牙老师一个不小的官职。

要说伯牙老师的演奏技艺究竟有多高明？在《荀子·劝学篇》中，有这样生动传神的描述——伯牙鼓琴而六马仰秣（mò）。那意思就是说，每当伯牙弹琴的时候，美妙的音乐令人陶醉，就连那些正在吃草的马儿也会仰起头来聆听。

■《伯牙鼓琴图》 局部 王振鹏 （元）

据说，伯牙从小就非常聪明，酷爱音乐，他拜当地一位很有成就的演奏家成连为师。常言道，琴不离手曲不离口，伯牙同学冬练三九夏练三伏，经过几年时间的刻苦练习，伯牙的琴艺大有长进，已经成了当地一位小有名气的琴师。但是伯牙并没有因此而沾沾自喜。他一直在苦苦琢磨，如何才能突破瓶颈再上一个台阶。

成连老师说：“你的演奏技巧已经很不错了，致命的缺陷就在于你对音乐的理解还不到位。你一直都是在用自己的手弹别人的琴，并没有把音乐的喜怒哀乐融入到自己的生命中。说白了，就是不走心。这就好比是一个人穿着别人的衣服，不合身。这样的演奏，是很难引起听众共鸣的，很难去打动别人。”

伯牙一听，连连点头，他迫不及待地追问：“老师，那您说我该怎么办才能穿上自己的衣服呢？”

成连老师轻轻地叹了一口气：“孩子，我已经把自己能教的技巧全部教授给你了。如果你还想百尺竿头更进一步的话，那就跟我一起去拜访我的恩师吧。只是，这路途遥遥、舟车劳顿非常辛苦啊！”

“老师！您就放心好了。只要是为了学习，哪怕吃再多的苦，我也是乐意的。”少年伯牙毫不犹豫地做出保证。

成连十分欣慰地看着伯牙，他说：“我的恩师尊号叫方子春，老人家琴艺出神入化，极为玄妙，平时隐居在东海仙山。若能得到恩师的点拨，对你的琴艺提升一定大有帮助。”

于是，师徒两人备好了行囊与干粮，雇用一个船家就出发了。

用心感悟大自然

伯牙跟随着成连老师，风餐露宿、风雨兼程，终于来到位于黄海之中的音乐圣境——连岛。可是，师生两人寻遍了东、西连岛，也没有找到方子春大师。

“哎哟喂！看来我们来得不是时候。恩师一定是去其他的海岛上拜会朋友了。”成连老师长长地叹了一口气，满脸遗憾，他转身询问伯牙，“现在你有两个选择：要么你跟我一起回去，我们下次有机会再来。要么你就一个人留在这孤岛上等他，我过些日子再来接你。”

性情倔强的伯牙心想，我们千里迢迢来到这里，方子春大师还没有见到，怎么能说回去就回去呢？一心想要讨取真经的伯牙，毅然决然地选择了后者。

连成老师驾船离开了。伯牙一个人在孤岛上苦苦守候。他整天与海鸟相伴，与浪花交谈，沐浴海雨天风，渐渐就进入天人合一、物我两忘的境界。

这天，伯牙坐在岩石上，仰望天上云卷云舒，俯瞰海面烟波万顷，他触景生情，意趣勃发，觉得自己心中有美好的旋律如泉水般喷涌而出。伯牙席地而坐，即兴抚琴，他正弹得忘情之时，忽然感到琴弦上有异样的颤抖。莫非这就是传说中琴师与琴之间的心灵感应与交融？

一曲弹罢，伯牙忽然听到有人在一边大声喝彩。

“妙！真是妙不可言啊。”隐身在山林里的连成老师，欣喜若狂地跑了出来。

到了这个时候，伯牙才真正理解连成老师的良苦用心。原来老师把他一个人留在孤岛上，一来是为了测试他学艺的诚心，一来就是要让他感悟天地、道法自然，在大自然中找到创作灵感。

“其实我的恩师并不在这个岛上，他老人家已经仙逝多年了。我之所以千里迢迢带你来到这座海上仙山，就是想让你亲近大自然，融入大自然啊！我的恩师曾经对我说过，好的艺术都源于对大自然的领悟，大自然就是最神奇的导师。”

连成老师接着说：“好多学琴的新人，心浮气躁，急于求成，然而往往欲速则不达。你首先要让自己凝神静气，安静下来，才能感应天籁，师法自然，用双手，弹奏出自己心灵中流淌的音乐，你才能真正地打动听众。”

从此以后，伯牙的琴艺日益精进，后来终于成为一代大师。

关于“知音”的传说

在我们汉语词典里，有一个寓意美好的词叫作“知音”。

知音是指人与人之间能够彼此相知、互相赏识。这个词的典故就源于琴师伯牙与听众钟子期之间的交往与友谊。

话说伯牙经过多年的潜心研修，琴艺已经达到了炉火纯青的境界。他弹起琴来，琴声优美动听，仿佛置身美丽的大自然。但每次演奏，他听到的都是些不着边际的赞美。这让伯牙有种孤峰独立的寂寞与遗憾。他始终认为，还没有一个人能够真正听懂他琴声里的精妙寓意。

有一年中秋，伯牙漫游楚地，客船停泊在汉阳江边的一座小山下。那天晚上，音乐家伯牙身处异乡，仰望一轮明月，忽然琴兴大发，他取出随身带来的瑶琴，心无旁骛地弹起来。

正当伯牙在美妙的音乐中深深陶醉的时候，忽然听到岸边有人赞叹："真是太美了呀，多么巍峨险峻的高山啊！"

伯牙暗暗地吃了一惊，这是谁呀？我在意念之中刚刚想到了泰山，他居然就听出来了。在这荒蛮之地，还有人能听懂我的琴音？他该不会是巧合吧？

伯牙意念急转，弹起了波澜起伏的大海。那人好像是在自言自语："真是汹涌澎湃呀，这是多么浩瀚的大海啊！"

伯牙惊讶不已！这些年来，还是第一次遇到这样的高人，居然能够通过音乐读懂我的内心。

伯牙放下手中的瑶琴，恭恭敬敬地邀请这位陌生的朋友上船一叙。寒暄之后，伯牙才知道，对方叫钟子期，是一位砍柴的樵夫。伯牙万万没有想到，自己渴望已久的知音，竟然是一位樵夫。两人相见恨晚，把酒言欢，于是结拜为异姓兄弟，并约定来年中秋再到这里相会。

第二年中秋，伯牙如约来到了当初泊船的江边，可他一连等了好多天，始终不见钟子期前来赴约。伯牙非常纳闷，他几经周折才打听到确切的消息，原来钟子期已经不幸染病去世了。临终的时刻，钟子期再三叮嘱家人，一定要把他安葬在江边，在此守候远方的朋友，以便能够再次聆听他的琴声。

闻听噩耗，伯牙悲痛万分。他来到钟子期的坟前，把自己毕生所学的乐曲认认真真地弹奏了一遍。随后就把自己视若珍宝的瑶琴摔碎了。伯牙喟（kuì）然长叹："我的知音不在了，以后还能对谁抚琴啊？”

北宋时期，人们为了纪念伯牙与钟子期这一段纯真的友谊，在汉阳的龟山西麓（lù），月湖东畔，建起了一座琴台。古琴已经成为世界非物质文化遗产，如今，这里也成为了湖北省重点文物保护单位，武汉市著名的文物旅游景观之一，享有“天下知音第一台”的盛誉。古琴台园中有一副对联，上联是“志在高山，志在流水”，下联是“一客荷樵，一客抚琴” 。说的正式高山流水遇知音，伯牙与钟子期的故事。

师旷：神仙顺风耳

在“中国古代十大音乐家”排行榜上，名列第二位的师旷，绝对就是一个旷世罕见的奇人！他一介凡夫，居然能混进神仙的圈子里，了不得啊！在皇皇五千年中华文明历史中，又有几人能够享受这样的高级待遇呀？

师旷，字子野，山西洪洞人。他是我国春秋时期首屈一指的音乐家，更是一位杰出的政治活动家和博古通今的学者。

眼盲心不盲

师旷虽然是一个盲人，但他勤奋好学，博闻强记，多才多艺。他精通音乐，古琴演奏技艺出神入化。他的听觉更是十分了得，对音律的分辨能力极强，精准度极高。后世之人对“师旷之聪”的仰视，几近于对泰山的膜拜。

在我国道教的城隍庙大门口两侧，通常都设有千里眼和顺风耳的站立塑像。他们老哥俩都是道教里的护卫神，官职大体相当于佛教里的四大金刚。虽然这两位神仙的地位并不显赫，但是在民间的知名度却极高，拥有众多的忠实粉丝。

千里眼，顾名思义，就是眼睛特别厉害，极目眺望，能看到千里以外的东西。而顺风耳的绝活就是听觉倍儿棒，只要竖起耳朵侧耳倾听，就能听到千里之外的声音。其实，这二位大神都是由中国民间故事衍化而来。

元朝时期，在历史小说《武王伐纣平话》里，称呼千里眼和顺风耳为“聪明二大王”，并特别注明了这两位神仙在现实生活中的原型，“此二人，名离娄者是千里眼，名师旷者是顺风耳”。

师旷虽说是个盲人，但他精通音律，古琴弹奏技艺出神入化。据说当师旷弹琴时，就连马儿都会忘记吃草，仰起头来忘情倾听。正在觅食的鸟儿也会停止飞翔，有的还因为深深陶醉其中甚至丢掉了口中的食物。晋平公见师旷如此才华卓著，便欣然封他为掌乐太师。师旷凭借着满腹经纶和能言善辩的口才，赢得了晋国国君的高度信任。他以宫廷乐官的身份，参与了晋国内政、外交、军事等诸多事务。

《吕氏春秋》里有这样一段记述：晋国铸造了一口大钟，当时乐工们众口一词都说非常完美。唯独师旷连连摇头表示坚决不认可，他认定大钟还有缺陷，需要重新铸造。当时许多乐工都不屑一顾，认为师旷就是一个瞎子，还整天装神弄鬼地胡说八道，难道说我们这些眼睛看得见的，还不如你一个瞎子？后来经过齐国乐师的再三验证，证明师旷的判断是完全正确的。从此，人们对师旷都非常信服，认为师旷是稀世罕见的音乐专家。

远见卓识的政治家

说白了，师旷的身份，也就是一个皇家歌舞团的小领导，但他的地位却不同于一般的乐师。师旷对政治、军事、外交都有自己独特的见解，而且他口才极好，生性耿直，就是在国君面前也是实话实说，从不藏着掖着，所以王公大臣们对他都格外尊重，遇到事情都喜爱与他探讨商量，寻找对策。

师旷主张为政清明，德法并重。他说如果法令不能严肃执行，那些当官的就很容易走到邪路上去，老百姓也会跟着学坏，所谓上梁不正下梁歪。在官员任用方面，师旷多次谏言国君，一定要对德才兼备的人委以重任。如果连忠心耿耿的臣子都不用，尽用钻营拍马的小人，很容易给国家埋下祸根，最终殃及天下苍生。

师旷禀性刚烈，不畏权势，一旦听到不合规范的言行，他总是直言不讳地指出。

有一天，晋平公在宫殿里听师旷弹琴。他突发奇想，像师旷这样聪明绝顶人物，如果双目没有失明的话，岂不更加杰出？他半是怜悯半是遗憾地慨叹："唉！真是可惜了。师旷的命不好啊，偏偏是个瞎子，一辈子吃足黑暗的苦头。"

师旷的耳朵可灵着呢，他听了淡然一笑，意味深长地说："大王啊，我遭受的这点儿黑暗算得了什么呀？天下最可怕的黑暗有五种：一是国王看不到大臣干的种种坏事，老百姓有苦没有地方诉说，二是国王昏庸，选官不当，三是国王糊涂，分不清好人坏人，四是国王穷兵黩武四处征战，殃及老百姓，五是国王不懂得体恤苍生，不知道好好保护老百姓利益。"

在师旷的眼里，个人的苦难荣辱不足挂齿，苍生社稷才是需要时刻放在心上的大事。师旷的旁敲侧击，说得晋平公面红耳赤。

心直口快胆子大

人们都知道，师旷是一个脾气耿直的人，就连冒犯国君弄不好都有可能掉脑袋的事情，他都敢做。

有一次，晋平公和大臣们在一起喝酒，也许是小酒喝多了，晋平公说话也变得口无遮拦。他扬扬自得地说："哈哈！当国君还真是快活啊，就是说错了什么话，也没有人敢违拗。"

闻听此言，坐在旁边弹琴的师旷随手操起台上的古琴，

■ 师旷雕像

毫不含糊地就朝着晋平公捅了过去。幸亏晋平公反应敏捷，躲避及时，古琴撞到了墙壁上。由于有力过猛，琴都撞坏了。

惊魂未定的晋平公非常生气地说："师旷，你想干吗？"

师旷义正词严地说："刚才我听到有一个小人在这里信口雌黄胡说八道，我用琴去捅他，就是想让他给我立马闭嘴。"

晋平公哭笑不得："这儿哪里有小人？刚才说话的人是我呀！"

谁知师旷一听，故意大惊小怪地大叫起来："怎么可能？阁下贵为一国之君，怎么可能说出这样没有体统的话呢？"

旁边的大臣认为师旷是故意冒犯圣上，要求严厉惩戒。感触很深的晋平公却说："放了他吧，我需要以此人作鉴戒。"

还有一次，卫国的国君因为昏庸暴政，天怒人怨，卫国人忍无可忍，于是把他推翻并且驱逐出境。晋国的晋悼（dào）公听了这件事情，难免有些兔死狐悲，他问身边的师旷："卫国人也真是的，连自己的国君都敢驱逐，他们这样做岂不是太过分了吗？"

师旷义正词严地说："依我看，不是老百姓做得太过分了，而是他们的国君做得太过分了。贤明的国君当然懂得奖赏好人并且惩罚坏人，就像呵护自己的儿女一样呵护老百姓。这样的话，老百姓自然就会把国君当成自己的父母一样敬重。如果身为一国之君，只顾自己享乐，却不顾老百姓的死活，贪婪、残暴、胡作非为，从不关心爱护自己的臣民，只一门心思想着如何敲诈、盘剥，他已经让老百姓伤痛欲绝活不下去了，为什么人民就不可以赶他走呢？"

师旷发自肺腑的大实话，把晋悼公呛得哑口无言。

还有，"师旷劝学"的故事也非常有名。

有一天，晋平公问："我今年已经七十岁了，想要学习，恐怕也太晚了吧？"

师旷一听笑了："如果您觉得时候晚了，为什么不赶快把蜡烛点亮呢？"

晋平公认为师旷的玩笑开得很不礼貌，就不高兴地说："哪有臣子敢这样取笑国君的？"

师旷一听，就神情严肃地反驳道："我一个双目失明的人，怎敢戏弄、嘲笑国君啊？我倒是听前辈说过这样的话——在少年时期我们勤奋好学，就如同日出时的阳光。在壮年时期我们勤奋好学，就如同太阳在中午时的光明。在老年时候我们勤奋好学，就如同点亮蜡烛的光亮。一个是点亮了蜡烛，一个是在黑暗中摸索，您说相比之下，哪一个更好呢？”

晋平公听了，心服口服，他连声赞叹：“师旷，你的道理讲得深入浅出，真是妙啊！”

师旷一直认为，老百姓才是国家的根本，国君应该处处为老百姓着想。他甚至还当着国君的面说老百姓比国君更重要，国君要学会让利给百姓。也正因为如此，师旷在当时深受老百姓的喜爱与支持。

在后来的民间传说中，师旷逐渐被演化成了音乐之神和神仙顺风耳，并尊他为瞎子算命这一行当的祖师爷，这也是顺应了民心民意。

师旷的音乐思想是积极向上的，这一方面，对孔子以及后来许多历史人物影响很大。师旷认为，音乐具有教育熏陶作用，社会教育应该借助于音乐来传播美好的道德，弘扬正能量。他还说，健康的音乐可以使人身心振奋，而靡靡之音则会引导人们堕落。在那个年代，就能高瞻远瞩，提出这样的观点，确实难能可贵。

一个带有神话色彩的传说

要想深入剖析师旷的价值观，我们就不能回避下面这个带有浓厚神话色彩的民间传说。

传说，在晋平公新王宫落成的日子，要举办规模盛大的庆祝典礼。为了构建睦邻友好的双边关系，卫灵公亲自率领代表团，前往祝贺。卫灵公一行风尘仆仆地来到濮（pú）水河边，天色已晚，他们就在河边安营住宿。夜半时分，卫灵公忽然听到有一种新奇的琴声从河面传来，非常惊喜，就连忙招来他的宫廷首席音乐家师涓，让他悉心聆听，并把这奇妙的音乐记录下来。

卫灵公亲自率团前来祝贺，晋平公觉得很有面子，就在新王宫里摆下丰盛的筵席，热情款待。

在庆祝酒会上，卫灵公兴致勃勃地欣赏了晋国的歌舞后，就让他的首席音乐家师涓登台献艺助兴。师涓灵机一动，就演奏了从濮河边上记录下来的那首曲子。

师涓身为卫国宫廷首席乐师，可不是浪得虚名。他的琴艺十分高妙，他把那支新曲弹奏得恰如秋雨绵绵不绝，令人十分动容。

作为晋国的掌乐太师，师旷在一边作陪，他听着听着，脸上的笑容就凝滞了，神色也变得越来越严肃。

师涓将曲子弹到了一半，师旷就再也坐不住了，他大声制止：“快停下！快停下！先生您别再弹啦，这可是亡国之音啊！”

师涓听了吓了一大跳，他神情尴尬地望着卫灵公。卫灵公本是好心前来贺喜，被师旷这么一搅和，脸上有些难堪。

晋平公不想败坏大家的兴致，连忙打圆场："这琴曲蛮好听的呀，怎么就成了亡国之音呢？"

师旷神情凝重地说："这首琴曲名字叫作《清商》，是商朝末年乐师师延为暴君商纣王创作的靡靡之音。后来商纣王无道，被周武王剿（jiǎo）灭了。师延知道自己名声不好，害怕会被追究处罚，他终日惶惶不安，最后抱着古琴投身濮河，一命归西。我估计，你这琴曲一定是在濮河边上听来的。这琴曲真的很颓丧，也很不吉利，谁要沉迷于它，很有可能导致国家衰亡。所以我们不能让师涓再演奏下去。"

说到这里，师旷转过脸来，诘（jié）问师涓："你这支曲子究竟是不是从濮河边上听来的？"

"您说得一点没错，我正是从濮水河边听来的！"师涓非常吃惊地点头说道。

晋平公不想让贵客下不了台，就赶紧笑着说："现在早已改朝换代了，还提这些陈谷子烂芝麻干吗？今天演奏也就是消遣助兴罢了，能有什么大不了的呀？"

师旷毫不让步，他说："好的音乐，可以让大家身心振奋、积极向上，这种靡靡之音只能让人精神颓废、不思进取。陛下贵为一国之君，应该以此为戒！"

师旷一生创作的作品很多，但流传下来的很少。据说，《阳春》《白雪》《玄默》等名曲，都是师旷所作的。

秦青：战国时期的秦国歌唱家

爱徒将走悲别离

秦青是秦国一位有名的歌唱家。最近他有一个烦恼，那就是他最心爱的徒弟薛谭提出要离开。他内心十分不舍，茶饭不思，辗转难眠，但也不知道如何开口挽留。

尽管秦青门下有好几个学生，但薛谭却是他喜欢的一个。薛谭看上去很普通，20来岁的小伙子，中等身材，两肩开阔。不过他有着一副好嗓子，唱歌时声音宏亮，音色饱满。他的性格也很踏实，能够吃苦耐劳，平时练习也舍得下功夫。因此，在秦青的几个弟子中，他是最出类拔萃的。

每当外出表演时，秦青就会带着薛谭一起，要不跟自己合唱，要不给薛谭机会让他独唱。渐渐地，在咸阳城，秦青和薛谭这两个名字经常被一起提起。众所周知，秦青有个格外出色的徒弟和伙伴。

秦青知道，薛谭是以为自己的技艺已经学成，才提出离开的。此时，他梳洗完以后，取下了墙壁上的横笛，这个笛子是薛谭用家乡的竹子做成送给他的。他很喜欢这个礼物，平时教学生的时候会用这个笛子定音或者给学生们伴奏。此时，他眼前又浮现了薛谭演唱《击鼓》的情形。

这首歌的最后四句：

如今是天涯海角，思亲人不能归去。

如今是生死离别，千言万语都成空！

这几句高音难度很大，必须得唱得很高才能表达对亲人的思念之情。然而，薛谭的技艺并没有他自认为的那样高，每当唱到这里的时候，总是卡住。

秦青不忍薛谭离开，一方面是因为相处日久，情感上难以割舍，另一方面还为他感到惋惜，薛谭因为自满，技能还未学成就要走，以后就无法继续深造，无法在歌唱上取得更高的成就。秦青想去找他聊聊，想让他再留个一年半载。

“直接说的话还是不好，他如果真得想走，用言语挽留又有什么用呢？不如……”秦青边想边走到了菜园子里，看到薛谭正边给菜浇水边唱歌。

“田野里有草蔓延，上有露珠圆滚滚……”

路过的行人如果听到这歌声一定会为此停留的。

“多好的嗓子啊，可惜了……”然而秦青这时没心情欣赏歌声。他走上前，从薛谭手中夺走水勺，并对他说：“你都要走了，不要在这儿干活儿了，赶紧去收拾行李吧。我准备了一些酒菜，在西门外的长亭为你送行。”

听到老师的话，薛谭内心深感不安和难舍，他自幼就失去了父母，是叔父一手将他养大。

在他十五岁的时候，家乡遇到了大旱，迫于生计，叔父将他送到了广元的一家酒铺当学徒。他在酒铺中听到人们讨论歌唱家秦青，听说秦青不仅唱歌好，而且也极会作诗。薛谭从小就喜欢唱歌，于是对秦青心生向往，他开始攒钱想去拜师。等他历经千辛万苦找到秦青后，秦青不仅没有嫌弃他家贫，反而心疼他孤苦的遭遇，因此花了很大的心血来培养他。天长日久，薛谭感受到了别样的温暖，也渐渐把秦青当作了家人。

行歌技高留薛谭

薛谭很争气，日夜练习，在歌唱上进步非常快。有一天，他听到别人对秦青说："你这个徒弟真不错，简直是青出于蓝而胜于蓝嘛！真是恭喜你有这么好的徒弟。"他心里很得意，晚上睡觉前还想着自己已经把老师的技术都学得八九不离十了，更加飘飘然。

十天以前，他收到了故乡叔父的来信，上面写道：

谭侄亲览

从你走后，家乡一直风调雨顺，道路两边开垦出许多良田，而今农活繁重，盼你归来帮忙。街坊四邻有婚丧嫁娶，逢年过节请人吹奏演唱的，都问侄儿何时学成归来。愿你早归故里，与家人团聚。

叔允安笔

离开故乡三年，薛谭也很想念叔父。他想自己也不能在老师这里待一辈子，而且该学会的也学会了，于是提出了离开。秦青刚开始很错愕，考虑良久之后，还是答应了。

薛谭看老师走后，把菜园子浇完，才回房间收拾行李。回到房间，他从桌肚里拿出自己新作的“节”。这是一种敲击的乐器，他特意从竹园里挑选出最好的竹子，精心制作的，平时非常珍爱。临别之际，他想送给老师留作纪念。

收拾好之后，薛谭拿着行李看着房间里每个熟悉的角落，内心万分不舍。师兄弟们一直在门外催促，他才磨磨蹭蹭地走出来。师兄们帮他拿着行李，大家一起来到了长亭处，秦青早已准备好干果、熟菜和酒水在等待着。

落座之后，秦青先倒了一杯酒递给薛谭，说道：“我们相处了这么长时间，这次你离开，以后可能再也没机会相见了！”说完他感伤万分，开始击节唱歌：

渭河的水啊慢慢流，
离别情愁上心头。
师生情深如骨肉，
海角天涯难相守。
难相守，难相守，

千里明月人共有。

秦青的歌声是如此激昂而清亮，充满了离别的愁绪。歌声飞出了长亭，飞到了天地之间。万物仿佛也受到了感染，树叶轻轻拍打出沙沙声，仿佛在哭泣。天上的云朵停止了流动，好像也在感伤。

薛谭沉浸在老师的歌声中，久久不能发出声音。等他反应过来的时候，内心交织着悔恨和惭愧。他自以为已经学会了老师的所有本领，现在才发现原来差距还很远。他拿着酒杯，走到秦青面前，恭敬地说道："老师，我错了，我太自以为是了，我愿意留在您身边学习一辈子！"

秦青见薛谭回心转意，认识到自己的错误，十分欣慰。他扫视了所有的弟子，语重心长地说道："学海无涯，学问的道路是永远没有止境的。只有保持谦虚，坚持练习，才能不断进步。我也从不认为自己已经达到了顶峰。"边说他边给弟子们夹菜。

"既然薛谭不走了，不如我们在这里说会儿话。我想问你们，知道为什么雍门的人这么擅长'歌哭'吗？"秦青问道。

弟子们思索了半天，纷纷摇头。有一个性急的弟子率先问道："老师，您快给我们讲讲吧。"秦青笑着点点头，开始讲韩娥的故事。

韩娥故事感众人

很久以前，在韩国有个出名的歌手，叫韩娥。

韩国因为东边是魏国，西边又正好是秦国函谷关大道。因此，国内人民饱受战乱之苦，生活困窘。

这一年，庄稼长得很好，百姓都开心地盼望着丰收。谁知道，突然下了三天三夜的大雨，这瓢泼大雨毫不吝啬地倾洒着，完全不停歇。很快就爆发了山洪，坠落的巨石和河里溢出的洪水将村庄田地毁得乱七八糟。人们只好纷纷出走，投靠亲戚。韩娥准备前往齐国，去投靠自己的女儿。

然而，韩娥走到一半，手里的盘缠就用光了。没办法，她只好卖唱，来换取路费。

每当韩娥唱到一个地方，离开之后，那歌声还久久萦绕在屋梁之间。人们都忍不住停下步伐倾听，仿佛歌手就在眼前。“余音绕梁而三日不绝”就是用来形容韩娥的歌声的。

韩娥历经千辛万苦，终于到达了齐国城门雍门。这时候，她抬头看太阳即将落山，于是她准备找个旅社住一晚上。等她走进附近的一家旅社，店老板抬头打量了她一会儿，快速从柜台走出来，斥责到：“你快给我滚，我这里是给有权有势的人住的地方，不是让你卖唱讨饭的地方。”边骂还边推搡着，让韩娥离开。

韩娥受到这样的侮辱，内心的委屈和难过如同惊涛骇浪一般涌起。她无处可去，只好坐在路边的一棵树墩子上。回想着自己这一路的经历，又想到被毁灭的家乡，流离失所的乡民们，更增加了许多忧伤。等她站起来，拖着疲乏的身子和沉重的双腿继续行走时，忍不住歌唱起自己的悲伤的命运：

“秋风起，昏黄处，
寒鸦啼叫，落叶铺地。
我漫步行至雍门外，
无处投宿，内心凄凉。
抬头望，高墙内，
欢声笑语酒肉臭。
我这边，道路旁，
口干舌燥饿断肠。
背井离乡无人睬，
天涯漂泊路茫茫。
苍天啊，大地啊，
我的内心是多么忧伤，
我的内心是多么凄凉！”

这悲伤的歌声如同长了翅膀一般，四处飘荡。太阳敛去了光辉，躲在山谷后头，仿佛也在为韩娥的经历感伤。田野间干活的人们听到这歌声，停下来用衣服擦拭眼泪。孩子们也不再嬉戏玩耍，织布的妇人也停下了手里的梭子……这是谁？命运为何如此凄惨？歌声为何如此哀伤？

韩娥拄着一根棍子，埋着头，浑然不觉地继续行走。忽然听到身后传来了一阵马蹄声，她回头去看，有个20多岁的年轻人从马上下来，对她说道："这位歌者，还请你跟我回去。你的歌声如此哀伤，我们雍门的人听到之后都担心地吃不下饭，睡不着觉。现在大家让我带你回去，就请你跟我走吧！"韩娥这才知道，原来自己的歌声产生了这么大的影响，她感到很愧疚，于是就跟着年轻人一起返回了雍门。

人们都聚集到城门来迎接这位歌手，看到她回来了，开心地手舞足蹈。各家各户都杀猪宰羊，热情地邀请韩娥上门做客。看到此情此景，韩娥欣喜万分，感动不已，又忍不住歌唱起来。不过这一次是开心的歌声，不信你听：

"砍树响当当，
鸟儿嘤嘤啼，
飞出深谷外，
停在高枝头。
鸟儿为何叫不停？
为了来把朋友寻。
鸟儿也知情谊重，
人比鸟儿更知情。
明烛何光辉，
美酒扑鼻香，
主人盛款待，
杀猪又宰羊。
个个笑脸来迎接，
如火热情暖心房，
听我一曲来感谢。

树倒山坡上，
美酒溢出缸，
佳肴满桌摆，
满盘酱肥羊。
主人盛情来劝酒，
推杯换盏响叮当，
响叮当，情意长，
天涯海角永不忘。”

韩娥从每一家走过，一遍又一遍地歌唱着。这歌声是如此亲切、欢快和悦耳，让人们一扫脸上的愁容，露出了愉悦的笑容。小孩子们跟着这歌声哼唱着，年轻人跟着歌声手舞足蹈。就这样，雍门沐浴在欢乐的海洋中。

人们准备了丰盛的礼物，让韩娥带着去女儿家里。后来，传说雍门的人擅长‘歌哭’，这其实是模仿韩娥的悲歌。但是韩娥能唱得如此感染人，如此动听，也是因为日夜苦练啊。

听到韩娥的故事，秦青的弟子们都暗自下定决心，以后要更加勤奋地练习。

高渐离：擅长击筑的荆轲好友

隐藏身份躲小酒馆

在战国末期的时候，燕国有位勇敢的壮士，名叫荆轲，因为刺杀秦始皇失败而闻名天下。当时，这个刺杀计划是由燕国太子丹提出，他让荆轲把匕首放在地图卷轴的末端，在给秦始皇献上地图的时候，趁机刺杀秦始皇。没想到计划失败，秦始皇因此万分痛恨太子丹，派出大将王贲帮助他父亲王翦加大攻打燕国的力度。

没多久，燕国被攻破，太子丹被杀，秦始皇大仇得报。荆轲的朋友们听闻消息后，都纷纷改名换姓，担心哪天被牵连。毕竟，秦始皇势力强大，四处都布下了耳目。荆轲有个名叫高渐离的好朋友，在他刺杀秦始皇前，还击筑唱歌送了他一程。为了躲避秦始皇追杀，高渐离逃亡到了宋子城的一家小酒馆，化名燕大，做了一个酒保。

有一天，小酒馆里来了几位客人，他们喝酒喝得开心，就开始击筑唱歌。

高渐离本来是在旁边洗碗刷盘，听到了筑声之后，被吸引了，忍不住用筷子跟着音乐的节奏敲打碗碟。

这时候，酒馆的主人正好看到了这一幕，感到十分好奇。他按捺不住自己的好奇心，出声问道："燕大，你以前是不是学过击筑？我看你好像十分内行。"

听了这话，高渐离一下清醒过来，自己差点暴露身份。他赶紧擦干净碗筷，故作镇定地说道："我就是以前学过一点，不过学得不好，也好久没练习，现在也忘得差不多了。"

小酒馆的主人并没有相信这话，因为他早就发现了这个燕大很不寻常，不像一般人。于是，他让高渐离停下手里的活儿，说道："燕大，我有一些疑问想请你解答。"

"主人，你请问吧！"高渐离只好答应了。

主人询问道："我看你的性格斯斯文文的，倒不像个干粗活的佣人，你以前是做什么的？"

面对主人睿智的眼光，高渐离有些不知所措，但他还是尽力想伪装，毕竟真暴露了，连小命都保不住了。

他回答道："我就是个干粗活的，可能因为脑子比较迟钝，干活儿慢，所以看起来才斯斯文文的。"

为了伪装得更真实，他还故意手脚麻利地把刚才洗好的碗筷放进纱橱中，把盆子里的水倒了，然后反扣在木架子上。

主人依然不是很相信，他情真意切地说道："在我面前，你又何必伪装呢？其实不瞒你说，我最近一直在观察你，实在是觉得你的举动不一般。如果你不想说的话，我也不会勉强。不过我是赵国人，跟你的命运何尝不是一样悲惨呢！”

被秦始皇抓失去双目

听了这话，高渐离悲从中来，最好的朋友因为刺杀秦始皇失败而死了，国家也被秦国给灭了。如今自己只能如同蝼蚁一般躲藏在这小酒馆里，伪装成一个粗人，不能光明正大做自己喜欢的事情。

高渐离越想越伤感，忍不住说出了实情：“既然主人如此关心我，那我也不隐瞒了，其实我的真实姓名叫高渐离，燕大只是我的化名。”

酒馆主人露出了欣喜的笑容，他开心地说道：“原来你就是大名鼎鼎的高渐离先生啊，实在是委屈先生，在我这个小酒馆里当个酒保。”随后，他还上前亲自帮高渐离解开了身上的围裙。

旁边的客人当中，有耳朵尖的，听到了他们的对话，大声叫道：“这位就是高渐离先生啊！”

那击筑的人忙停了下来，走到了高渐离跟前，对他说道：“早就听闻了先生的大名，在荆轲动身去刺杀秦始皇之前，你给他奏的那首《易水歌》，已经传遍了天下。不知道今天有没有这个荣幸邀请先生为我们演奏呢？”

旁边的人也纷纷附和，高渐离只好答应。他请求客人们稍稍等待，转身去房间换了一身衣服，还从箱子里拿出很久都没有碰过的筑。

等他走出来之后，仿佛换了一个人。酒馆的客人们都被他与众不同的气质所征服，纷纷站起身来，邀请他坐到首座上。高渐离坐下后，开始挥动手里的竹尺，敲打筑弦，伴随着击筑声，他哼唱起来：“风萧萧兮易水寒，壮士一去兮不复还……”

激昂中带着悲怆，勇气中带着绝望，不禁让观众们都深深陷入其中。在这乐声里，他们不仅看到了高渐离的命运，还联想到了自身和国家。而高渐离在演奏的时候，他看到的是身披丧服的送行人，听到的是荆轲临走时伤感的歌声。等这一支曲子结束之后，他的脸上挂满了泪水。

这一闹腾之后，高渐离的身份再也隐藏不住了。原来，这小酒馆里人来人往，鱼龙混杂，除了有各个国家逃亡出来的爱国壮士，还有躲藏在各个角落的秦始皇密探。

没多久，秦始皇的士兵就来将小酒馆团团围住，把高渐离和酒馆的主人都给绑走了。

忍辱负重预谋报仇

秦始皇得知抓到了荆轲的好朋友高渐离，马上发出了命令：“来人，把他给我带上来，我要亲自审问他。”

高渐离被带到大堂上，他笔挺站着，不肯给秦始皇下跪行礼。旁边的士兵大声呵斥他：“快点跪下来！”

高渐离把头往旁边一扭，不予理会。

其中一个士兵使了个眼神，另一个士兵往他腿弯子那里使劲踢了一下，高渐离“扑”地一声跪了下去。

看到这情景，秦始皇乐得直笑：“你就是那个什么荆轲的好朋友高渐离吗？”

高渐离面无惧色，不卑不亢地回答道：“不错，我就是荆轲的朋友高渐离。”

秦始皇想羞辱他，所以故意说道：“你那个朋友荆轲倒是有志气的，还有胆量，竟然敢来刺杀我，我还挺佩服他的。至于你么，看你这软弱的样子，又没什么力气，风一吹就能吹倒，哪里像是荆轲的朋友啊？”

高渐离听了秦始皇的羞辱，一点也不生气，抬头望向远处，假装听不到。

这下可把秦始皇惹恼了，他接着说道：“你的国家灭亡了，你的朋友也死了，而你呢，就如同我手中的一只蚂蚁，我随时能把你捏死。还躲在小酒馆里当酒保，真没出息。你活着还有什么意义？”

高渐离从容地回答道：“我活着是为了击筑，只要有筑，我就心满意足了。”

秦始皇早就听说高渐离击筑很是厉害，天下少有人能比得上，有心把他留下。但是，他又担心高渐离会对他不利，因此他吩咐人把他的眼睛给弄瞎了。他还故意说道：“我听说，弹琴说唱的高手们大多都是瞎子，你这眼睛留着也没什么用，朕赐你一只好筑，以后你就专心击筑吧！”

受到这种屈辱，高渐离不仅没有悲观消极，一蹶不振，反而更加振作精神，日夜练习击筑，作出许多好听的曲子供秦始皇取乐。对他来说，虽然他眼睛里的世界看不见了，但是他的心越来越明亮，也坚定自己的目标和信念。这支撑着他成为在一个精神上无坚不摧的人，秦始皇的折辱又算什么呢？

自从秦始皇听了他击筑，其他人就看不上了。这高渐离的曲子是如此优美动人，让人沉醉。

刚开始，秦始皇只是让高渐离坐在台阶下面演奏，后来就让他走到上面来，好让自己听得更清楚。他只把高渐离当作一个废人，压根不认为瞎子能对自己造成什么威胁。

当高渐离距离秦始皇越来越近，近到自己都能听到秦始皇的呼吸声，他的内心非常喜悦，因为自己的计划就快要实现了。

雪夜击打秦始皇失败

秦始皇吞并六国、一统天下之后，他沉迷在高高在上的权利当中，还称自己为始皇帝。他心想：人为什么最多只能活一百岁呢？我好不容易统一了天下，没多久就要死去，这王位只能拱手让人，真是太可惜了。

于是，秦始皇派了很多人去民间寻找长生不老的方法，还请来了很多能人异士修炼长生不老的仙丹。

高渐离经常摸到炼丹的道士那里，找他们要一些修炼剩下的碎铅。今天跟这个要一两块，明天找哪个要两三块。大家都以为他是为了好玩，没放在心上，也就随手给他了。没想到他拿回去之后，把这些碎铅如同宝贝一样藏在箱子里。

有一天，秦始皇又想听高渐离击筑了，于是就派侍从去找他。侍从对高渐离说道："明天始皇帝要在偏殿里赏雪，让你去击筑助兴，你好好准备一下！"

到了晚上，高渐离锁好房门，抱出了箱子，从里面拿出那些碎铅，然后它们都藏到自己的筑里，自言自语地说道："这有十多斤了，够了吧？"说完，露出了开心的笑容。这一晚上，他兴奋极了，练了一会儿击打的姿势后，又在床上翻来覆去才睡着。

第二天，秦始皇在偏殿赏雪，下面有十几个舞者在表演，但秦始皇感觉乏味极了，一点都比不上高渐离的击筑。于是，让人赶紧带高渐离来演奏。

等高渐离来之后，秦始皇故意问他："你是荆轲的朋友，就是我的仇人，我却没有杀你，你要怎么报答我呢？"

高渐离毕恭毕敬地回答道："陛下的大恩我无以为报，只有用心作曲，把世上最好听的曲子献给您？"

秦始皇心满意足地点点头，命令他演奏新曲目。于是高渐离开始演奏起来。但秦始皇觉得不对劲："今天的曲子怎么如此沉闷，声音还有点小。"于是站起来走到高渐离旁边去听。

这时，高渐离突然停下了演奏，用手握住筑狠狠地朝着秦始皇打去。第一下没打中，他干脆站起来，不停地打，一边打还一遍咒骂："你这个暴君，我要打死你。"旁边的守卫连忙上前挡住。

秦始皇见状，气得满脸通红，立刻高喊道："快把他给我抓起来！"守卫立刻将高渐离抓了起来，夺过他手中的筑，发现里面装满了铅。秦始皇看了，愤怒地说道："你这个不知死活的东西，赶紧来人把他给我处以绞刑，然后把尸体拖到大街上烧掉。再去查查他有没有同党！"

就这样，士兵们把高渐离带了下去，等待他的是残酷的死亡。临走前，他大声骂道："你这个暴君，杀了我也没用，像你这种豺狼，全天下的人都想杀你，他们都是我的同党，你杀都杀不尽......”

李延年：才华难敌命运不济

毫无疑问，李延年是一个造诣极高的音乐大家。这样的评语，不仅仅局限于汉武帝那一朝一代，就是放在中华文明五千年历史里考量，他也是了不起的！

要想用简洁的线条勾勒出这位大师的神韵，有三个关键词必须牢记，一是“星二代”，二是“宫刑”，三是“乐极生悲”！

出身艺术世家

史料记载：李延年，生年不详，汉武帝太初年间（前104年—前101年）去世，是一位造诣很高的音乐家，代表作为《佳人曲》。

李延年出生在中山靖王刘胜管辖的诸侯国里，也就是今天的河北省定州市。他出身音乐世家，父母及兄弟姐妹都精通音乐，并且都是在演艺行业里谋生。

中山靖王刘胜是一个铁杆贵族音乐粉丝。他高度重视音乐舞蹈的愉悦和教化功能。他认为，王侯贵族，就应该天天欣赏音乐、舞蹈，不断提高自己的审美能力！也许正是因为受了太多的美好音乐熏陶，他先后生下了一百二十多个儿子。在今天可以说创造了一项举世惊叹的吉尼斯纪录。

有了慧眼独具的刘胜大力倡导与助推，在中山靖王的辖范围内，歌舞演艺行业非常发达。李延年一家凭借世代积累的演艺经验，平日里在歌楼茶肆献歌跳舞，大户人家遇到了红白喜事，都会来邀请上门唱堂会，日子还是过得有滋有味。

老辈人常说，宁为鸡头，毋为凤尾！年少气盛的李延年，自恃才艺过人，决定要到都城长安去搏一搏，谁料想，没逮到狐狸反而惹了一身骚！

李延年不但没有挣来一份锦绣前程，还惹上了一场不大不小的官司，这是他始料未及的。

因犯法被处“宫刑”

雄心勃勃的李延年怀揣着“出人头地”“一鸣惊人” 的美梦，来到了都城长安。也不知道是冒犯了哪一路神仙，李延年竟撞上了弥天霉运，他因犯法被处以腐刑。腐刑，就是宫刑，李延年转眼之间就成了太监。

从音乐家“华丽转身”变成了一名太监，更可悲的事是

■ 李延年像

李延年的职务是在宫廷里专门给皇上养狗！想当年的齐天大圣，最不济还是一个养马的，可是心高气傲的李延年却沦为狗倌，那一份沮丧与悲凉可想而知。

人们都说，学艺术的人，腰身的柔韧度都相当了得，而且善于审时度势把控局势。才华横溢、理想远大的李延年自然不甘久居洼地，他暗暗谋划，决定要抓住每一次机会推销自己。

一个养狗的低级太监，是很难有机会接近皇上的。心思活络的李延年抓到的第一根救命稻草就是平阳公主。平阳公主是汉武帝刘彻的大姐，她与汉武帝姐弟情深。更为难得的是，这姐弟俩都是一级的音乐迷。

在平阳公主的精心安排和推荐下，李延年终于有机会大大方方地为皇上献歌了。李延年演唱的是自己作词作曲的新调《佳人曲》。

那天晚上，李延年身着一袭素衫，飘飘欲仙，他边舞边唱："北方有佳人，绝世而独立，一顾倾人城，再顾倾人国。宁不知倾城与倾国，佳人难再得。"

汉武帝听着听着，就魔怔了，歌声已尽，他竟好半天才回过神来，幽幽叹息："世上果真能有这样的美人吗？"

平阳公主一听，窃喜，她连忙凑近皇上说："有啊！真当然有啊！李延年唱的就是他的妹妹！"于是，汉武帝迫不及待地召见了李延年的妹妹。

李家妹子自幼研修歌舞，眉目传情，极尽妖娆。汉武帝一见倾心，并纳其为妃，对她百般宠爱。于是就有了集万千宠爱于一身的李夫人。

李延年也因此成为汉武帝身边的红顶艺人，被封为协律都尉，全权负责皇家演艺集团的管理与调配。李延年的兄弟李广利也跟着沾光了，官运亨通步步高升，最后还当上了贰师将军、海西侯。

可以这么说，正是李延年的一首唯美抒情的《佳人曲》，彻底改写了李氏家族的命运。

绝世佳人李夫人

凡是看过电视剧《汉武大帝》的人，对汉武帝这个人一定印象深刻。

汉武帝刘彻，是西汉王朝的第七位皇帝，后世史学家分封他三顶桂冠——伟大的政治家、战略家、诗人。这是多么崇高的评价啊！就连旷世伟人毛泽东都盛赞他有"雄才大略”。

汉武帝16岁时登基，执政54年。他以卓越的胆识、气魄和才智，广开言路，选拔人才，矢志改革。他东并朝鲜、南吞百越、西征大宛、北破匈奴，开创了汉武盛世，使汉朝成为当时世界上最强大的国家，成为世界文明无可争议的中心。而汉武帝的时代，也成为中华民族历史上最值得自豪的伟大时代之一。

然而就是这么一位雄霸九州俯视天下的大帝，却对一位大美女朝思暮想，穷尽一生念念不忘。而这位大美女就是音乐家李延年的妹妹李夫人。

李夫人究竟有多美呢？有研究者举证，虽然李夫人未能入选中国古代四大美女，但她却是获得赞美最多的女性。成语“倾国倾城”“绝世佳人”“姗姗来迟”等都是源起于她。汉武大帝的《落叶哀蝉曲》《李夫人歌》《李夫人赋》等，也都是专门为她而作。由此可见李夫人的魅力和在汉武帝心中的地位！

唐代大诗人白居易，也曾写过一首诗歌《李夫人》，“伤心不独汉武帝，自古及今皆若斯”，吟唱的正是汉武帝与李夫人的爱情传奇。

据说，李延年的妹妹李夫人生得云鬓花颜，婀娜多姿，尤其精通音律，擅长歌舞，深得汉武帝宠爱，一直视若珍宝。

后人评述，李夫人不仅貌若天仙，而且冰雪聪明，颇多心计。她为了自始至终留给汉武帝一个美好的印象，在病危之际，多次拒绝了汉武帝的探视。她用锦被严严实实地蒙住自己的面孔，言辞凄婉恳切："身为妇人，容貌不修，妆饰不整，不足以见君父，如今蓬头垢面，实在不敢与陛下见面。"

汉武帝本来还想坚持要看一看，可是李夫人声泪俱下，始终不肯露出憔悴的面容。汉武帝心酸不已，也只得怏怏不乐地离开。

在《史记》《汉书》与《拾遗记》均有记载，李夫人离世多年之后，对李夫人一直念念不忘的汉武帝为解相思之苦，不惜请方士为李夫人设帐招魂，只求一睹芳容。

有一位叫作董仲君的方士，神通广大，他用一块奇石，刻成李夫人的模样放在轻纱帷幕之中，果然恍若李夫人复活。汉武帝在摇曳的烛光中，隐隐约约看到一妙龄女子的身影翩然而至，旋即又徐徐离去，便凄然吟唱："是邪？非邪？立而望之，偏何姗姗其来迟？"这就是汉武大帝写下的催人泪下的《李夫人歌》。

乐极生悲

有网友评选"中国历史上的十大草包将军"，李延年的兄弟李广利雄踞榜首。

汉武大帝为了得到心仪已久的汗血宝马，于太初元年（前104年）派出一个声势浩大的贸易使团，带着丰厚的财物，到汗血宝马的原产地大宛国去换马，可是由于双方意见不一致，起了冲突。不但生意没有做成，而且财物被抢，使臣也都被杀。

汉武帝龙颜大怒，就任命李广利为贰师将军，领兵2万大军讨伐大宛国（有人暗自揣测，也许汉武大帝就是看在李夫人的面子上，故意制造契机，以便能让大舅子李广利立功升迁。因为按照汉朝的祖制，外戚无功不得封侯）。可李广利出身演艺之家，唱唱跳跳耍嘴皮子还算本行，哪里懂得什么兵法战术啊？征讨的战况可想而知，在大宛军队的强力反击下，汉军一路溃败，尸横遍野。最后，李广利只带着几百残兵败将仓皇逃回。

汉武帝接到战报后，气得不行，就急令集结20万大军驰援西征。这次战争，汉军虽然取得了胜利，但也损失惨重，史料明确记载，“贰师将军损五万之师”。

征和三年，匈奴入侵，掠杀边民。汉武帝任命李广利率领7万大军出击匈奴。草包将军李广利又一次有负众望，屡战屡败。

所谓人无千日好，花无百日红。乐极常生悲，梦醒一场空。才貌过人的李夫人，在生下儿子昌邑王不久就病死了。倾国倾城的李夫人英年早逝，对于显赫一时的李家新贵来说，是致命的打击。

失去了李夫人这把光彩照人的保护伞，在激烈的外戚竞争中，李延年兄弟渐渐失宠了，他们的官运也就不再那么顺畅。

常言道，屋漏偏逢连夜雨，船破又遇龙卷风。没落的李家进入了多事之秋。李延年的小弟弟李季，为人放纵不羁，胆大妄为，他凭借哥哥的特权出入宫廷，居然不知死活，在后宫闯下了弥天大祸。接着，李广利又兵败投降了匈奴。汉武帝震怒，整个李氏家族包括李延年在内，都被一一诛杀。真是一荣俱荣，一损俱损。

一代音乐大家，就这么死于株连。更为可悲的是，在《史记·佞幸列传》中，把李延年与汉代佞臣邓通、赵同和等划归一类。斥责他们丧失人格，都是谄媚皇上的败类。这等于就是把李延年永远钉在历史的耻辱柱上了，想想真是可悲啊！

也有人为李延年抱不平，认为“李延年本身并无太多劣迹”，他的悲惨结局，都是因为受了兄弟恶行的牵连。包括史学家对他的刻薄评说，或多或少也有“殃及池鱼”之嫌。因此，我们研究者理当对他做出客观公正的评价。

平心而论，作为一名音乐家，李延年的艺术成就是谁也不能抹杀的。李延年不但善于演唱，还长于音乐创作。他的作曲水平很高，技法新颖。他曾经为司马相如等文人所写的诗词配曲。他还善于将旧曲翻新，利用张骞从西域带回《摩诃兜勒》编写出28首“鼓吹新声”，用来作为乐府仪仗之乐。

他是我国历史文献上最早明确标注作者、姓名以及作品曲名、借用外来音乐进行加工创作的音乐家。他还专门为汉武帝创作了《郊祀歌》19首，用于皇家祭祀乐舞。

李延年把乐府所搜集的大量民间乐歌进行加工整理，并编配新曲，广为流传，对当时民间乐舞的发展起了很大的推动作用。可以这么说，李延年对汉代音乐风格的形成以及我国后来音乐的发展，做出了卓越的贡献。

嵇康：魏晋时期的超级大帅哥

在魏晋时期，中散大夫嵇康，那真是一个牛气冲天的人物。在他短短的39年生命中，他在诗赋、音乐、书法、绘画、养生等方面，都有很大的成就。在他的名片上，可以印上这么三个顶级的称谓：著名思想家、音乐家、文学家。

嵇康精通音律，他撰写的《琴赋》，特别是洋洋七千言的《声无哀乐论》，鼓吹人与自然和谐，呼唤心灵回归，在当时音乐与自然、音乐与情感关系的大论辩中独树一帜，对后世影响深远。

美男子嵇康

嵇康幼年丧父，是母亲与哥哥把他抚养成人的。嵇康从小就特别乖巧、懂事，他酷爱读书，潜心研修琴棋书画。长大后的嵇康不仅很有学问，而且还是一个超级美男子，是那种男人女人都渴望交往的大帅哥。

嵇康究竟美到了什么程度呢？在“中国古代十大美男

子”中，他排名第五。有资料记载，嵇康身高有一米八几，器宇轩昂，风姿清秀。据说，有一次他在深山里采药，竟被人们误以为是仙人下凡。那一份超凡脱俗的风采由此也就可见一斑了。

魏明帝曹睿，贵为一国之君，也是嵇康的铁杆粉丝。这位皇上，一直仰慕嵇康的文采，居然误以为嵇康的文章是古人所作。当魏明帝第一次见到这位神仙一般的男子时，心中不禁慨叹，一个年纪轻轻的家伙，怎么能够写出如此精妙老辣的文章呢？一个文章写得极其精妙的青年才子，又怎么会长得如此帅气脱俗呢？

俗话说，肥水不流外人田，魏明帝曹睿已经迫不及待想当红娘了！可他前思后想，自己既没有合适的妹妹，又没有待嫁的女儿，你说这倒如何是好呀？为了切实表达自己对嵇康的青睐，热心的皇上又扩大了搜索范围，最后毅然拍板，把一位正值妙龄的侄女许配给了嵇康。

从此，才华横溢的嵇康，就成了曹魏皇室的驸马爷了。

怪异的“竹林七贤”

在魏晋时期，由于曹操的后人与司马懿的后人不和，两大势力集团争权夺利，闹得鸡飞狗跳，这可真是害苦了当时的文化人。你只要有投身仕途的打算，就要面临两难抉择。

■ 嵇康像

有心跟着曹家混吧，势必就要得罪司马家族。而如果你要是想拜司马家族为老大，曹家又会看你不顺眼了。在暗藏杀机的政治舞台上，跟赌场上押宝可不一样，这时一旦你押错了，弄不好就会惹来灭门之祸。

当时司马家族挟持皇权，血腥统治，恰是一个多事之秋。耿直的文化人对司马集团都抱着不合作的态度，敬而远之。许多人为了保住小命躲避灾祸，开始纷纷研究起道教与佛教文化，寄情于山水自然。

以嵇康、山涛为首的一班文化名人，就经常在山阳县一带的竹林里聚会，喝点小酒、唱唱小曲、写点诗歌、撒撒酒疯，倒也肆意酣畅。后世就把这群人合称为“竹林七贤”。

竹林七贤都是有才华的人，有才华的家伙一般都是很有个性的。要说竹林七贤的怪脾气，那真是一个比一个怪！

小个子刘伶身高不到一米五，个头矮小倒也罢了，偏又容貌奇丑。但他的性情豪迈，不拘小节。刘伶平日里沉默寡言，蓬头垢面，一听说朝廷要招聘他去当官，就赶紧把自己灌得烂醉如泥，还光着身子到处乱跑，活脱脱就是一个酒疯子。

大个子嵇康也是一个怪家伙。权倾朝野的司马昭，连皇上都要看他的脸色，司马昭想要聘请嵇康到自己这里任职。嵇康一得到这个消息，就吓得屁滚尿流地躲了起来。

还有一次，好朋友山涛推荐他去当一个很大的官。嵇康一听，立即奓（zhà）了毛。他不但不领情，还赌咒发誓要与山涛从此绝交。

嵇康生性狂放懒散，鄙视权贵。据说，他常常十几天不洗脸不洗头，这与脏兮兮的刘伶倒也是臭味相投。

嵇康还有一个特别的嗜好，那就是打铁。你实在无法想象，一个风度翩翩的文人拉动风箱、抡起大锤，这是一道多么奇特另类的风景。也不知道他是想锻铸倚天长剑还是屠龙宝刀？当然，也有可能就是想锻炼出好看的胸大肌。

试图远离官场“避祸于乱世”的嵇康，一辈子也没有得罪几个人，却偏偏得罪了一个毒性极大的小人，最终还是惹上了灭顶之灾。这个包藏祸心的家伙就是钟会。

官二代钟会

钟会是个货真价实的官二代，也有几分才气，更善于在官场里钻营。他少年得志，19岁就进入了国家公务员序列，而且是官运亨通、步步高升。但是嵇康一直不屑于和他交往。

钟会身出名门，他的父亲钟繇（yáo）是三国时期著名的书法家、政治家，历任廷尉、太尉、太傅等职，累封定陵侯。在魏文帝时期，钟繇与华歆、王朗并为三公。可以说是一位权倾朝野的重量级人物。

钟会的母亲张菖蒲是钟繇的小妾。张夫人温柔贤淑，又很有才学，因此很受钟繇宠爱。钟繇的正妻孙氏对张夫人非常嫉恨，曾经下毒想要毒死张夫人。

钟繇在70多岁时才生下钟会，老年得子，自然疼爱有加。可是钟会却没过上几年舒心的好日子。在他5岁那年，钟繇老先生就驾鹤西归了。张夫人与年幼的钟会无依无靠，在钟家大院里恐怕也没少遭受白眼和奚落。在这样的大院里长大，对钟会性格的形成，恐怕也是有不小的负面影响。

史料记载，钟会从小就聪明过人，记忆力超群，是一个远近闻名的神童。关于他的口才与机智，在《世说新语》里有一些记录。

说是有一次，魏文帝曹丕召见少年才俊的钟毓（yù）、钟会兄弟俩。见到了皇上，哥哥钟毓紧张得不行，满脸是汗，弟弟钟会却从容自如就像个没事人一样。

魏文帝问："钟毓啊，你怎么出了这么多的汗呀？"

钟毓战战兢兢地说："陛下天威，小子战战兢兢，汗如雨下。"

魏文帝又笑眯眯地问钟会："钟会啊，你怎么一点汗都没有呢？”

钟会灵机一动，学着他大哥的口气说：“陛下天威，小子战战兢兢，连汗都不敢出来。”

魏文帝一听哈哈大笑，从此对这两个小家伙刮目相看。

钟会博闻强记，多才多艺，尤其精通玄学。上至皇族下至大臣同僚都对他都颇为赏识，世人称赞他有“王佐之才”。少年得志的钟会，喜欢结交社会各界的名流。

与钟会的恩怨

钟会与嵇康是同龄人，而且钟会对仅仅年长自己两岁的嵇康仰慕已久，一直想递交名帖前去拜访。可他也听说了嵇康的臭脾气，所以迟迟不敢登门。

为了增加自身的砝码和说话的分量，钟会耐着性子等待成熟的时机。那一年，钟会的专著《四本论》终于完稿了，他长长地嘘了一口气，心想，如今有了这样厚重的作品做敲门砖，拜会嵇康的理由就非常充分了。可以借口说自己的拙作刚刚完成，尊请他多多批评指正，那嵇康定会对自己另眼相待。

《四本论》是一本讨论人的才能与品质之间关系的辩论文集，它剖析论述了才性相离还是相合的差异。魏晋时期，无所事事的文化人崇尚清谈，喜爱辩论。后来的学者都认为，《四本论》是魏晋时期玄学“正始之音”的代表作之一。

历史证明，钟会的《四本论》其实还是蛮有分量的。可是忐忑不安的钟会心里还是没底！也许是因为太看重了这次拜会，他的心里就越发紧张。钟会就像一个腼腆的毛头小伙去面见丈母娘一样，虽然怀里揣有《四本论》给他壮胆，可是走着走着，这一份胆气就渐渐挥发了。

其实，也难怪钟会一路忐忑不安。谁还不知道，嵇康那家伙脾气特别狂傲不羁，就连周公、孔夫子这样的大德圣贤，他都敢评头论足，不屑一顾，谁知道《四本论》这样的作品能不能入他的法眼呢？他该不会连一点面子都不给吧？钟会一边走着，一边在心里犯嘀咕。等来到嵇康家院子大门前时，惴惴不安的钟会连叩动门环的勇气都没了。

心慌意乱的钟会隔着院墙，把自己的大作《四本论》扔了进去，就像做贼一样，落荒而逃。第一次拜访嵇康以失败告终，钟会对此一直耿耿于怀。

钟会的第二次拜访，是在若干年之后。这时候钟会已经摇身一变成为朝廷新贵。当上了高官，钟会顿时觉得自己底气足了，腰杆也直了，他迫不及待想把当年丢掉的面子找回来。俗话说，在哪里摔倒，就要在哪里爬起来。

飞黄腾达的钟会，志满意得，他带着一大帮跟班随从，意气风发地来到嵇康的住处。他要亲眼看看，竹林领袖嵇康会用怎样的谦恭迎宾。

在《世说新语》里有记述，高官钟会大驾光临的时候，嵇康正光着胳膊在院子里的大树下专心致志地打铁，帮他拉风箱的是另一位大名人向秀。

有随从上前报上了钟会大人的名号，可嵇康连瞅都懒得瞅上一眼，他把手里的铁锤敲得叮叮当当火星四溅，仿佛除了自己手里锻打的铁器，啥都不值一提。

钟会耐着性子，在一边等待。可是等了老半天，依旧无人搭理一言半语。神情尴尬的钟会只得起身悻悻离开。

这时，哑默了老半天的嵇康终于开口说话了，他面无表情地问："嗨！你是听说了什么来的？又是看到了什么走的？"

嵇康不问这话还好，真是哪壶不开提哪壶，这相当于就是揭人家的伤疤呀。遭受如此奚落，伶牙俐齿的钟会冷冷笑道："我听到了所听的就来了，我看到了所看的就走了！"

这两次丢人现眼的拜访，极大地伤害了钟会的自尊心。从此他对这位昔日的偶像，可以说是恨得牙根都痒痒。后来他逮到了一个机会，借题发挥，毫不含糊就把嵇康判了死刑。

嵇康含冤入狱后，社会各界人士奔走呼号竞相营救。据《晋书》记载，行刑那天，有3千太学生聚集刑场为嵇康请愿，这在中国历史上是绝无仅有的。这让大权在握的司马昭左右为难，一个小小的嵇康，哪儿来这么大的社会影响力呢？

就在这时候，钟会不失时机地火上浇油："大将军您也看到了吧？嵇康就是一条可怕的卧龙呀！您可不能不小心防范。"

正是因为钟会的这句话，司马昭才做出了最后的决断。

所以人们都说，得罪了钟会，就注定了嵇康不会有好果子吃。鲁迅先生说，"这也是嵇康杀身的一条祸根"。

嵇康遭到横祸的一个重要原因就是，他得罪的不是一个君子，而是一个报复心极强的小人。

其实，我们也不妨换一个角度反思，在生活中，像嵇康这样恃才傲物的狂人，丝毫不顾及别人的颜面与感受，难道说他自己就没有责任吗？ 海纳百川，有容乃大！这是做人的智慧，更是成功的秘诀。

嵇康给人留下的帅气形象，不仅仅在于他的玉树临风，更可贵的是，他博学多才，能诗善赋又精晓音律，在竹林七贤中，就数这位大帅哥的艺术成就最高，对后世的影响力也最大。

嵇康弹奏的古琴曲《广陵散》与伯牙的《高山流水》并称"稀世之音"。嵇康创作的琴曲《长清》《短清》《长侧》《短侧》则被后世合称为"嵇氏四弄"，素有"旷世绝响"的美誉。

只可惜嵇康命运多舛，英年早逝，否则，他留存的杰作一定还要多得多。

李隆基：当上皇帝的音乐家

在中国历朝历代的皇帝中，如果单单就知名度来一次全民调查，毫无疑问，唐玄宗李隆基一定名列前茅，究其原因无外乎以下三点：

一、李隆基在执政44年间，无论是“课堂作业”还是“家庭作业”都做得不错，虽然说后来因为安史之乱闹得全国鸡飞狗跳，扣了不少分，但他初期的励精图治创造了前所未有的盛世景象。只能说他是一位功过都很突出的皇帝。

二、他与大美女杨玉环那段荡气回肠的爱情故事，很抓人眼球。就连许多乡村老爷爷老太太，说起这段掌故都是如数家珍，就像说自己年轻时的花花草草一样。

第三、李隆基不仅是个皇帝，他还有一个特殊的身份，是一位赫赫有名的音乐家。他以一位业余选手的身份，跻身“中国古代十大音乐家”排行榜。这是十分奇特的！

他是怎么当上皇帝的

李隆基，公元685年9月8日出生在东都洛阳。从公元712年亲政，当了44年皇帝，是唐朝在位最久的皇帝。

李隆基天资十分聪颖，他从小在宫廷就受到了良好的教育培训与艺术熏陶，在音乐、书法、诗词等诸多方面，都表现出了浓厚的兴趣。由于经常观看宫廷艺术家的歌舞演出，耳濡目染，据说他在6岁的时候，就能在金銮殿上从容自信地舞蹈献艺，不仅获得了祖母武则天的表扬与奖励，也赢得了满朝文武的好评与点赞。

唐朝的这一段历史有点儿乱：武则天（李显的母亲）死后，中宗李显懦弱无能，朝政大权慢慢就落到了韦皇后的手里。野心勃勃的韦皇后准备效法武则天，自己当皇帝。李唐王朝再次陷入吉凶莫测的关口。就在此时，原本默默无闻的李隆基与姑姑太平公主联手，秘密策划了一场宫廷政变，诛杀了韦后，拥立唐睿宗（李隆基的父亲）执政。

应该说，刚开始的时候，李隆基与姑母太平公主的关系还是很好的。他们就好像一根绳索上拴着的两个蚂蚱，命运相连，在诛杀韦后一党的六月政变过程中，两个人心有灵犀，配合默契。

可是一山容不得二虎。作为三皇子的李隆基被立为太

■ 李隆基像

子之后不久，作风强势的姑母太平公主就开始后悔了。她发现皇太子李隆基很精明，也很有政治主见。更让人警觉的是，他与一大批朝中重臣关系非常密切。

性格恬淡随和、近乎懦弱的唐睿宗是一个处境尴尬的皇帝。母亲武则天太霸道，妹妹太平公主太强势，儿子李隆基又太能干，在夹缝中生存的他如履薄冰，委曲求全。刚执政的时候，每每遇到拿捏不准的事情，唐睿宗都是先征求太平公主的意见，再听听太子李隆基的意见。到后来，他发现儿子李隆基的建议更靠谱。于是，再遇到难题，他就喜欢单独与太子李隆基商量。为此，太平公主就越发嫉恨，姑侄之间的矛盾就变得水火不容了。胆大妄为的太平公主，总想除掉太子李隆基。

后人打趣说“太平公主的一生很不太平”，她的血管里流淌着的血液极不安分。在这一点上，她和她的母亲武则天一模一样。太平公主骄横放纵，从小就极受父母兄长尤其是她的母亲武则天的宠爱。长大后，她变得益发喜欢专权，而且凶狠毒辣。

野心勃勃的太平公主大权在握，有恃无恐，她指使心腹在太子身边安插亲信，监视太子李隆基的一举一动。她甚至还亲自拦住上朝的宰相，公然要求大家废掉太子。

面对太平公主咄咄逼人的结党营私活动，李隆基深感不安，也在暗中做好了防备措施。

一边是自己的儿子，一边是自己的妹妹，双方就跟乌眼鸡似的斗，遇到一起不是你啄我，就是我啄你。

唐睿宗李旦真是不胜其烦，他怕这样折腾下去，刚刚稳定的李家江山又要出大乱子。于是，唐睿宗不顾妹妹太平公主的坚决反对，毅然下诏传位太子李隆基。

公元712年，李隆基即位了。大势已去的太平公主并未就此收手，她丧心病狂地勾结皇宫里的亲信在御膳中下毒，企图毒死李隆基。

公元713年7月，忍无可忍的李隆基出手反击了，他命令亲信率领家兵三百多人，杀尽了太平公主安插在身边的朋党，一不做二不休，他把太平公主也赐死了。

李隆基彻底清除了太平公主在朝中的党羽，这才取得了国家的最高统治权。李隆基当上了皇帝，他起用了一大批精明能干大臣，励精图治，开启了富国强兵的“开元盛世”。

李隆基与他的文艺爱好

有人说，李隆基与大美女杨玉环的爱情，是他一生中非常重要的转折点。

杨玉环，是唐朝著名的舞蹈家。她与西施、王昭君、貂蝉并称为中国古代四大美女。人们常说“闭月羞花之貌，沉鱼落雁之容”。其中“羞花”说的就是指杨贵妃。

杨玉环天生丽质、貌美如花，她性格和顺、体态丰盈，而且精通音律，擅长歌舞，这让才子皇上一见倾心。李隆基费了很大的周折，才把大美女杨玉环招聘到大唐皇家歌舞团里。

杨玉环与李隆基有不少共同的爱好，他们都喜欢音乐舞蹈、诗词歌赋。他们俩最热衷的事情，就是在梨园里一起吟花诵月、研修排练。

李隆基在皇宫里设立教坊“梨园”，相当于皇家艺术研修所，专门负责培养表演人才。他从全国各地选聘演唱、舞蹈、伴奏以及创作人才三百多名，营造了良好的艺术研修氛围。

天才的音乐家遇到著名的舞蹈家，踏歌起舞如影相随，这也极大地激发了李隆基的创作灵感，

李隆基亲自创作了《霓裳羽衣曲》。在召见杨玉环时，

就让皇家乐队专门为她演奏新曲。后世艺术家盛赞，都说《霓裳羽衣舞》是不可多得的传世佳作。

公元742年，北漂多年一直找不到称心如意工作的诗仙李白，经唐玄宗的妹妹玉真公主的推荐，也加入了大唐皇家文艺沙龙。李隆基非常欣赏李白的诗歌创作才华，授以翰林供奉闲职。从此，四处漂泊的李白，就成为一个有编制的专业诗人，专门陪着皇上谈诗论词。

天下第一作曲家、天下第一舞蹈家，如今又来了天下第一诗人，三个人在一起强强联手，玩起来真是酣畅至极。这可是中华五千年文艺史中的顶级配置哦！

这天晚上，听说御花园的牡丹开了，李隆基就兴致勃勃地牵着杨贵妃的手，一起去兴庆宫沉香亭赏花。

花好月圆，踏歌起舞，可是乐工们翻来覆去弹的都是耳熟能详的老词曲，“佳人赏花品美酒，怎能尽唱旧词曲”！李隆基脑袋一拍，连忙宣召诗仙李白到沉香亭侍奉。

大家费了好大的周折，才在长安街上一家小酒馆里，把早已喝得烂醉的李白连拖带拽请到宫里。

李白诗仙的名号可不是混来的。再说了，他也不能让大家伙儿小瞧呀！美人、美景加美酒，激活了诗仙的创作灵感，醉眼蒙胧的李太白才思泉涌，妙语连珠。他提起狼毫龙飞凤舞，一口气就写下了三首《清平调》：

云想衣裳花想容，春风拂槛露华浓。

若非群玉山头见，会向瑶台月下逢。

一枝红艳露凝香，云雨巫山枉断肠。
借问汉宫谁得似？可怜飞燕倚新妆。

名花倾国两相欢，长得君王带笑看。
解释春风无限恨，沉香亭北倚阑干。

李隆基一看，真是赞叹不已。于是，杨玉环，吟唱新曲，迎风曼舞起来。

玩物丧志 乐极生悲

有人打趣说，在玩音乐的角儿中，就数李隆基的官儿当得最大。在当官的老爷中，就数李隆基的音乐玩得最好！

也有人说，“玩物丧志，乐极生悲”这句话在皇上李隆基的身上淋漓尽致地应验了。

也许是早年的励精图治取得了太好的成绩，也许是因为听了太多的赞美，唐玄宗李隆基的心就渐渐开始膨胀起来，他太沉溺于个人享乐之中，丢弃了勤政节俭等很多美德，甚至连大臣忠心耿直的建议也听不进去了。

后来，秉性正直的宰相张九龄等人先后被罢了官，倒是口蜜腹剑的小人李林甫、杨国忠官运亨通，呼风唤雨。

为了讨得杨玉环的欢心，唐玄宗李隆基可以说是费尽了心思。杨玉环喜欢着装打扮，李隆基就配备七百多号人专门给她做衣服。杨玉环喜欢吃荔枝，李隆基就下令开辟了几千里贡道，把新鲜的荔枝快马加鞭送到后宫。

有了杨贵妃，整个宫廷的奢靡之风越来越盛。

一人得道，鸡犬升天。杨玉环的堂哥杨国忠也平步青云，被破格提拔为宰相。杨玉环的大姐被封为韩国夫人，三姐被封为虢（guó）国夫人，八姐被封为秦国夫人，亲亲友友俱享其荣。

皇上李隆基对于国家的危机丝毫没有察觉，反而向外发动了一系列的战争。政治腐败与黑暗，催生了戍边将领贪功求官的欲望。为了在战争中立功受赏，加官晋爵，边镇的很多将领肆意挑衅，使得边境战乱不断。好大喜功的李隆基对此火上浇油，于是，大唐初期边境安定的局面又被打破了，最终导致了安史之乱的发生。

公元755年，手握重兵的安禄山趁唐朝内部空虚腐败，起兵作乱。20万虎狼之师攻城略地，长驱直入，攻陷都城长安。

唐玄宗李隆基慌不择路，带着皇子、公主仓皇出逃。随行护驾的将士们在马嵬（wéi）坡发生哗变，杀死了祸国殃民的杨国忠及杨氏姐妹。为了不留后患，随即迫使唐玄宗李隆基赐死了杨贵妃。

作为一名君主，唐玄宗李隆基的结局令人唏嘘。但是作为一名音乐家，他的成就可以说是光彩夺目。

李隆基富有音乐才华，对唐朝音乐事业的发展与繁盛产生了重大影响。李隆基能够演奏多种乐器，琵琶、二胡、笛子、羯（jié）鼓，样样精通，演奏技艺十分娴熟。他擅长作曲，先后创作了《霓裳羽衣曲》《秋风高》《小破阵乐》《春光好》等上百首乐曲。李隆基还制定了《色俱腾》《乞婆娑》《曜日光》等92首羯鼓曲名，创作了很多羯鼓独奏曲。

其实，“玩”也是一门大学问。但是“爱玩”与“会玩”有天壤之别。很多人只能说是“爱玩”，有的小同学玩着玩着，就玩成了捣乱、玩成了折腾、玩成了恶搞，让人望而生厌，敬而远之。而“会玩”的人，却常常能够玩出成绩、玩出惊喜，甚至还能玩出世界纪录来。

酷爱音乐的李隆基后半生不能算是一位好皇帝，但确实是一个很会玩的人！

李谟：笛子演奏家

赫赫有名众人夸

在唐明皇时期，因唐明皇喜爱听音乐和戏曲，所以派人精心挑选出300名杰出的乐师和歌手，成立了梨园这个机构，专门来演奏。李谟就是其中一名乐师，他吹笛子的技巧可谓是无与伦比。

从小，李谟就很喜欢吹笛子，也格外愿意花功夫练习，因此他的技艺进步很快。功夫不负有心人，长大后他也如愿成为一名笛子演奏家。尽管在一个表演里，吹笛只是配乐，去配合歌手的歌声，但李谟的高超之处在于，他能够跟着歌者去调整笛音的强弱和高低。因而使得笛声和歌声完美融合在一起，呈现出精彩的表演。

好的乐器奏出的声音更加悦耳，李谟就有着几根质量上乘的烟竹笛。有一天，他外出去寻找好的材质制造笛子，经过一片竹林时，他一根根细细观看。终于发现了几根上好的烟竹，瞬间如获至宝。这几根烟竹不仅纹路清晰，质地坚实，竹身笔直而挺拔，长度粗细都刚刚好，正适合用来做笛子。等他小心翼翼地砍下这几根烟竹，带回家制作成笛子之后，吹出来的声音果然很悦耳动听。这无疑是给他的演出锦上添花，从此李谟的名声更大了。

随着名气越来越大，很多人专门从很远的地方来听李谟吹笛，更愿意出高价钱请他去家里表演。但众多的夸奖围绕着李谟，这就使得他逐渐迷失了自我，越来越骄傲自满。他自认为，这世间没人吹笛的技艺能超过他，因此再也不肯轻易演出了。寻常人想听到他的笛声也是很难的。

心高气傲拒表演

某日闲来无事，两位梨园的朋友邀请李谟一起去茶馆喝茶聊天。

喧闹的茶馆里坐满了茶客，品茶谈心，好不惬意。茶馆的茶房们手里提着水壶，随时准备给客人添水，肩头随意搭着一块抹布，看到桌子脏了迅速上前收拾着。还有一些小贩们拿着篮子，叫卖各色的吃食，穿梭其中，想买的客人们招招手，他们就赶忙上前。

李谟等人特意挑了个角落，买了一些花生瓜子，叫了茶水，然后就随意地谈论着最新的几首曲子，探讨着表演的技巧。

谁知道有个三四十的中年人，留着八字胡须，随意扫了下周围，就认出了他们，指着他们三人对身边的朋友说道：“你看，那边东北角靠窗户的三个人，怎么看起来这么眼熟啊？是不是梨园的几位名家？”他的几个朋友都抬起头看，旁边一个头戴方巾的年轻人听到声音也望了过去。他的眼神好，欣喜地说道：“可不是，这就是梨园的名角儿啊，弹琵琶的王保安，奏胡琴的陈全贵，还有吹笛子的李谟。今天真是运气好啊，居然能碰到他们！”

随着讨论声越来越多，茶馆里的人都注意到他们三位的存在。

“你说今天这么难得的机会，能不能请到几位名角儿表演啊？”

“想是这么想，怕是难哦，人家这么出名，哪能随意表演呢？”

“这么难得的机会遇到他们，要不去试试吧？”

“是啊，是啊，要不找个人上前去问问？”茶客们纷纷讨论着派谁去上前询问，最终最开始认出他们的中年人自告奋勇地朝着李谟等人走去。周围的人都没说话，就连商贩也停止了叫卖。

李谟等三人也听到了这些议论，察觉到周围的变化。等中年人过来之后，说出众茶客的请求，王保安站起来，礼貌地说道：“实在是对不起，也谢谢各位的抬爱，我们今天只是随意出门走走，因此并没有携带乐器……”

王保安的话还没说完，马上就有人恭恭敬敬地送来了琵琶、胡琴和竹笛。这样一来，王保安也不好说拒绝的话，因此演奏了一小段曲子。陈全贵看到大家如此热情，而且王保安也表演了，因此也跟着演奏了一段。

到了李谟这里，他只是皱着眉头，一言不发地喝茶。那位中年人双手送上了笛子，请求道：“还请李相公赏个脸表演一段儿吧，你看他们都演奏了。”

李谟嘴上不说，心里却责怪自己的两个朋友太好说话，不讲究面子，竟然愿意在这种小茶馆里随意表演，也很讨厌这些茶客们不通情理。

此时，周围人都开始鼓掌，盛情邀请李谟表演。王保安和陈全贵看到这场景，也抹不开面子，就劝说道：“大家盛情邀请，你就表演一小段儿吧！”

听了这话，大家就更加期待地看着李谟，掌声也更加热烈了。谁知道，李谟只是站起来说道：“不好意思，我今天没带笛子，这普通的笛子我用起来不习惯。”

大家都很失望，但是看着李谟冷漠的表情，明显是不想表演，也不好逼迫他，只好作罢。

“这个李谟可真是骄傲啊，有什么了不起的？”

“就是啊，不肯演奏就算了。这名角儿架势就是不一般，我们平民老百姓可请不动哟！”他身边的一位茶客边说还边斜睨着瞟李谟，一副很不满意的神情。

周围好像是故意把这些话传给李谟听的，也没压低声音。但是，李谟听了这话满不在乎，只当没听见一样。

从此以后，李谟的名声就更大了，大家都知道了他是个很骄傲的人。

前辈指教懂自谦

一次，李谟的姐夫黄伯泰邀请李谟到泰州游玩。李谟欣然前往。

此时正是夏季，黄伯泰为了欢迎李谟，特意在镜湖上办了酒席。他们边喝酒游湖，边欣赏美景，好不惬意。

傍晚时分，太阳将要落山，敛去了耀眼的光芒，只余下艳丽的红光，柔和而美丽。映衬着满湖的荷花，更加娇媚。只见这些荷花，红的红，粉的粉，在大片荷叶的衬托下，更添几分姿色。三三两两的船只飘荡在湖面上，掌舵的也不用力，随着水波让船儿摇摇晃晃。入夜之后，悬挂在船上的花灯被一一点亮，远远望去，更增添几分朦胧的美感。

李谟等人乘坐的是一只大船，船只行走了一会儿，最后停泊在一片竹林边上。主人和客人们推杯换盏，谈笑风生，其乐融融。黄伯泰的亲朋好友们早就得知今天宴请的是有名的笛子大家李谟，因此喝到酣畅淋漓之时就有人提议要李谟演奏一曲。

此时宴会的主人是自家姐夫，李谟自然不好推辞，于是就同意了。他拿出了烟丝笛，双手按好笛孔，下唇贴过去，上嘴微张，对准笛口，鼓起双腮，开始吹奏起来。悦耳的笛声如同行云流水一般游走在天地之间，令人赏心悦目。四周的船只闻声而来，忍不住靠近，想听得更清楚一些。

等到一曲结束之后，周围响起来了如雷一般的掌声与喝彩声。大家都被李谟的吹笛技艺所折服，纷纷用华美的辞藻赞扬。这让李谟开始洋洋自得，不禁有几分飘飘然。

正当他用眼光环顾四周，向大家回礼时，看到有一位老人家，坐在角落里，无精打采的样子，似乎马上就要睡着了。这让李谟有点生气，自己的笛声如此高超，大家都在夸奖，只有这个老人家根本不懂得欣赏，真不知道邀请这种人来是干什么的。

大家顺着李谟的目光也注意到了这个老人家，发现他的态度很冷淡。于是，有一位客人就主动询问道："老人家，你可是有哪里不舒服的？"这位老人家是黄伯泰的远方本家，他礼貌地回答道："我并没有不舒服，只是在考虑李相公吹的笛子有何不妥。"

周围人都十分惊讶，李谟这样的大家，吹奏的笛声如此优美，又怎么会有什么不妥呢？李谟成名以来，一直受人追捧，也许久没听到批评，此时面上有些难堪。但为了周全礼数，还是勉强自己开口询问老人家：“没想到您还是一位行家，不知道有什么指教的呢？”

老头儿转身面对众人，开口说道：“李相公的这首《凉州曲》，的确是技艺高超，只是在最高音的《十三叠》，却没能吹上去。李相公怕是自己也没发现吧？”听了这话，李谟的脑瓜子嗡嗡的，只是他吹得欢快，也没注意到，没想到却被这位老人家指出来了。

这时候，黄伯泰上前来解围，对老人家说道：“我记得小时候也听过二叔吹笛，不如今天请二叔赏脸给大家演奏一曲吧。”说着向李谟要来了烟丝笛，递给了老人家。

那老头儿并没有推辞，接过笛子，用舌头润了润嘴唇，就开始吹奏起来。只见他手指灵活而熟练，吹出来的笛声清亮而悠扬。

李谟细细听老人家演奏的《凉州曲》，发现前辈就是前辈，技艺果然比自己更胜一筹。

正当大家听得入神之时，老人家却停了下来，说道：“再吹下去，这笛子怕是要裂开了。”

李谟知道，这就是刚刚自己没吹上去的地方，于是他说道：“我正要请前辈指教，一支笛子不算什么，裂了就裂了。”

那老人家接着演奏，只听笛声更加高亢，却并不刺耳，反而给人一种激昂的感觉。这笛声仿佛有了生命，带动着湖面的水波、翠绿的荷叶也跟着轻轻颤动。忽然听到“叭”的一声，原来笛子真的裂开了。李谟看着这笛子张开口，仿佛是在嘲笑他的骄傲自满。

回去之后，李谟放下了骄傲的心，更加勤奋地练习，不管寒冬酷暑，还是吹风下雨，从此不停止练习。每每有一点进步而自满时，就想起那位老人家，便更虚心倾听别人的演奏，吸取优点，改进自己的技艺。

一天，唐明皇宴请群臣，邀来著名的歌姬永新来唱曲，请李谟来伴奏。只听到永新的歌声如同百灵鸟，千回百转，时高时低，李谟的曲声紧紧追随，相得益彰，融汇在一起，美妙极了。整个皇宫被这美妙的歌声和笛声包围，众人都听得如痴如醉。

当掌声响起之时，李谟发现手中的笛子也裂开了。这一次，笛子仿佛是在为他刻苦练习取得成就而开心地咧嘴在笑，他自己也发自内心地笑了。

李龟年：中国古代的歌圣

自从孔夫子被尊为中国文化的圣人之后，人们就沿袭了这一分封习惯，把各个专业领域内业绩卓著的标杆式人物，也都尊称为“某圣”。这等于就是设立了各行各业的“单项冠军”，比如：酒圣是杜康、诗圣是杜甫、医圣是张仲景、书圣是王羲之、画圣是吴道子、茶圣是陆羽、武圣是关羽，而乐圣（歌圣）就是李龟年了。

李龟年不仅是一位优秀的作曲家、演奏家，更是一位空前绝后的歌唱家。他以震撼人心的艺术表现力，被后人称为我国古代的歌圣、乐圣。

歌唱家赶上了好时代

在“中国古代十大音乐家”排名榜上，居然有三个姓李的——李隆基、李延年、李龟年，真是让人啧啧称奇。看来，还是老李家出人才啊！

李延年与李龟年，两个人的名字放在一起看起来非常接近，不少人都误以为他们俩是兄弟。其实，他俩并没有什么关系。李延年是西汉的宫廷音乐家，他因一首《佳人曲》名扬天下。而李龟年是唐朝的宫廷音乐家，他的《渭川曲》虽然也很有名气，但却以宫廷歌唱家的身份被载入史册。在这两位音乐家之间，相隔有八百多年的光阴。

李龟年赶上了好时代，当时正值大唐盛世，歌舞升平。皇上李隆基又很有文艺范儿，他酷爱音乐舞蹈，所以整个社会的歌舞、演艺、娱乐业都很发达。作为红极一时演艺大咖，李龟年和他的家人真是享尽了荣华富贵。

李龟年退场的时候，刚好遭遇了安史之乱。到处生灵涂炭，颠沛流离。一场内战打了七年零三个月，耗尽了盛唐的元气，也彻底毁灭了李龟年的生活与梦想。从锦衣玉食的宫廷歌唱家，到背井离乡的街头艺人，这位演艺大咖人生的巨大反差不仅他自己接受不了，就是别人看了都觉得格外揪心。

李龟年是唐朝开元初年的著名乐师。他家兄弟三人都很有才华，李彭年擅长表演舞蹈，李龟年和李鹤年都擅长歌唱。李龟年还会作曲，并且能演奏很多种乐器，他最拿手的绝活就是敲打羯鼓。他们兄弟三人联手，在中原民间音乐的基础上，吸取了西北地区民族音乐元素，创作了融秦声汉调于一体的《渭川曲》，在当时的都城长安的娱乐圈里反响极大。后来唐玄宗听到了，也连连称赞。

岐（qí）王李范，是唐玄宗李隆基的弟弟。他的原名叫李隆范，后为避李隆基的名讳改为李范。岐王生性儒雅，爱好音乐。他经常在府上设宴邀请志趣相投的文人雅士聚会。因此，他与王维、李龟年等很多诗人、艺术家关系都非常密切。

一天晚上，岐王又在家里举办一场别开生面的音乐聚会。李龟年作为嘉宾应邀出席。岐王府灯火通明，高朋满座。人们看到往日表演歌舞的戏台上，今天居然搭起了一顶云帐，都很纳闷。

岐王李范是一个很有情趣的人，因此也就很会玩。他在宽阔的舞台上设置八尺云帐，让表演者隐身于屏障中。这种表演形式，以往只有在表演口技时才会采用，可以借此增强神秘感。可是今天，岐王特地为音乐演奏者也设置了云帐，这也并非故弄玄虚。无须解释，心有灵犀的李龟年自然能够洞察其中的玄机，更能理解岐王李范的良苦用心。若隐若现的云帐，本身就有一份非常别致的朦胧美。在艺术家与听众之间设置一道屏障，可以最大限度地排除外界的纷扰，让表演者迅速进入忘我的艺术再创作境界。不仅如此，云帐还有效地阻绝了听众对艺术家容貌服饰的过多关注，可以更加专心地进入纯粹欣赏音乐的状态。

音乐会开始了。轻柔素雅的云帐里，琴音曼妙，如仙乐袅袅，余韵绕梁。酷爱音乐的李龟年听得如痴如醉，他忘情地双目微闭，两手和着节拍。听到妙处，嘴里就情不自禁地赞叹起来："哎呀！妙啊！这是秦音中的慢板。"过了一会儿，他又自言自语地说："真好，这是楚风中的流水板呀！"

李龟年的精辟点评，说得岐王很是信服。

音乐演奏完毕，云帐里的乐师撩起帷幕，出来答谢宾客。大家仔细一看，果不其然，一位是弹秦音的高手，一位是奏楚曲的名家，二人都是当时知名度很高的琵琶演奏家。人们对李龟年的博闻强记、见多识广非常叹服，对他细致入微的听力更是钦佩得五体投地。

晚宴结束了，岐王李范兴致很高，他特意取出价格不菲、而且市面上很难买到的"破红绡""蟾（chán）酥纱"等作为礼物，赠送嘉宾。李龟年接过之后，看也不看，就随手把它放在一边。李龟年的关注点显然不在这儿，他兴致盎然地钻进舞台云帐里，拿起人家的琵琶，就旁若无人地自弹自唱起来，完全不顾宾客之礼，真是让人大跌眼镜。

有的人在一边小声嘀咕，有的人则在一边惴惴不安，都担心岐王李范会见怪。谁知王爷李范谈笑风生毫不介意。对于一位爱乐成痴、不拘小节的艺术家，雅善音律的岐王自然是不会苛求他的。

据说后来李龟年之所以能够进入梨园，并赢得唐玄宗李隆基的青睐（lài）与器重，也多亏岐王李范的大力举荐。

与皇上成了好朋友

梨园，是戏曲班子的别称。《新唐书·礼乐志》载："玄宗既知音律，又酷爱法曲，选坐部伎子弟三百，教于梨园。声有误者，帝必觉而正之，号皇帝梨园弟子。"也正因为如此，直到今天，戏曲界供奉的祖师爷还是唐玄宗李隆基。

唐玄宗李隆基酷爱音乐舞蹈，他觉得老是那几个人在一起弹弹唱唱没有意思。为了培养演艺人才，注入新鲜血液，李隆基精心挑选了三百多个有悟性、有潜力的弟子，在皇家梨园里创办了一个高级艺术研修班，无论是谁有什么差错和不足，他都会亲自上前予以纠正。

由于皇上李隆基的高度重视与大力倡导，梨园的性质就有了变化，它由一个单纯的宫廷果木园圃，逐渐演变成大唐皇家戏曲学院的代名词。实际上也是我国历史上第一座集音乐、舞蹈、戏曲的表演与创作为一体的艺术学院。唐玄宗李隆基亲自担任艺术学院院长，由于皇上事务太多，难以事必躬亲，因此李龟年同志就行使了代理院长的权力。

身为九五之尊的唐玄宗李隆基，之所以能与乐师身份的李龟年成为惺惺相惜的知音，成为朝夕相伴的好朋友，主要是因为两人相同的爱好和相近的艺术家气质。君臣两个人都很喜欢写词，都擅长作曲，并且都以自己出神入化的羯鼓演奏技艺为自豪。

羯鼓是一种由西北少数民族传入内地的乐器。羯鼓的声音急促、热烈、高亢。唐玄宗非常喜欢，他说，羯鼓是八音领袖，在乐器中有王者风范。

唐玄宗酷爱敲打羯鼓，已经达到了非常痴迷的程度。他常常一个人在皇宫里苦苦练习。据说唐玄宗已经练到了极高的境界，他在击鼓的时候双手轮飞，鼓槌势如急雨，而他的头却保持纹丝不动。

后来唐玄宗听说李龟年的羯鼓演奏也很厉害，就特地找他来比试比试。当李龟年演奏了一曲《秋风高》之后，唐玄宗心里也就有了斤两。他笑眯眯地问："爱卿，你在这羯鼓上，一定下了不少功夫吧？"

李龟年非常自豪地说："回禀皇上，微臣打坏了无数羯鼓，光是鼓槌就敲断了50多根！"

唐玄宗一听，就笑了："你这并不算很多，实话对你说，我敲断的鼓槌，足足装满了三个大柜子！"

李龟年一听，脸儿一直红到了脖后根子。打这以后，李龟年说话就变得非常谦逊了。而在学习上，也变得更加勤奋、执着。说实话，身为皇上的李隆基只是一个业余选手，而且日理万机，都能够挤出极其宝贵的时间与精力，勤学苦练。而李龟年是一名专业选手，如果连业余选手都比不过，那才叫丢人呢！

由于唐玄宗的赏识与大力提携，李龟年在长安城演艺圈的身价一路飙升。他们兄弟三人组成了一个“连唱带跳”组合，就和当下火得不行的演艺组合一样，那真是活力、帅气挡不住。平日里，这三兄弟除了在皇宫梨园献艺，一有空闲档期，就跑到贵族豪门去走穴捞金。一场演出下来，动辄就是成百上千的赏钱。一时间，李家兄弟迅速暴富起来。你要问他们富到了什么程度？只需瞄一眼有关资料——据说李家兴建的豪宅，建筑面积与装潢的豪华程度，已经超过了公侯府第。大唐时期的“公侯”相当于今天的正部级高官，其奢华可见一斑。

晚年落魄 街头卖艺

对于红得发紫的李龟年来说，安史之乱是一场刻骨铭心的劫难。叛军一路烧杀掠夺，洛阳和长安相继陷落，唐玄宗带着老婆孩子仓皇出逃。

覆巢之下安有完卵？歌唱家李龟年仓促逃离，他几经辗转流浪到了湖南湘潭，开始了街头卖艺生涯。也就是在这里，一代歌圣李龟年与诗圣杜甫邂逅了，真可谓是“山河破碎风飘絮，身世浮沉雨打萍”。一个是名扬四海的音乐家，一个满腔忧患的诗人，如今都走投无路了，都神情恓惶地在异乡街头谋生，真是同病相怜啊。杜老先生感慨良多，写下了一首千古绝唱《江南逢李龟年》：

岐王宅里寻常见，崔九堂前几度闻。

正是江南好风景，落花时节又逢君。

当时，杜老先生过得也非常狼狈，所以吟唱的诗句充满了感伤。这首诗歌的大意就是：当年在岐王府上，我常常观看你的演出，在崔老爷的大院里，也曾多次欣赏你美妙的歌声。眼下正是江南的春天呀，真没想到啊，在这落花时节又遇到了你。

据说，歌唱家李龟年在湖南漂泊的日子里，依靠卖唱糊口，日子过得非常窘迫。李龟年最爱唱的两首歌曲，都是诗人王维的作品，一首是《红豆》，又名《江上赠李龟年》：

红豆生南国，春来发几枝。

愿君多采撷，此物最相思。

第二首是《伊州歌》：

清风明月苦相思，荡子从戎十载余。

征人去日殷勤嘱，归雁来时数附书。

李龟年每每唱得自己老泪纵横，唱得听众们唏嘘不已。

歌唱家李龟年一直在喋喋不休地歌唱，直至他生命的最后一刻。有人说他重情重义，念念不忘昔日的知音唐玄宗。也有人说他贪恋名利，是在一厢情愿地回忆昔日那段过眼云烟般的富贵与辉煌。

姜夔：词曲双绝的艺术家

研究中国古代音乐的人都说，南宋的姜夔（kuí）同学是一个了不起的音乐家。研究中国古代诗词的人都说，南宋的姜夔同学，是个一级棒的诗人、词人。而研究书法的人也说，南宋的姜夔同学，书法造诣极深。你再仔细听听吧，就连研究中国书法理论的人也跟着大声附和，说南宋的姜夔同学，是个大神级的人物。甚至有人言之凿凿地旁证——姜夔，不仅书法精妙，在当时堪称一绝，他的书法理论功力也十分雄厚，他效仿孙过庭的《书谱》，结合自己的创作经验、心得与思考，深入浅出地阐述了书法创作的技巧，创作了一部《续书谱》，这是南宋时期最为有名的书法理论著作。

命途多舛　空有才华

哎呀呀！这还了得？既然大家异口同声都说姜夔厉害，看来我们也要赶快改口尊称他一声姜夔老师！

作为一介平民百姓，居然在这么多的领域都能吃得开，

■ 姜夔像

拥有如此崇高的声誉，真是让人肃然起敬。怀着满心的好奇，我们就来好好认识一下姜老师吧！

姜夔，字尧章，号白石道人，汉族，饶州鄱阳（今江西省鄱阳县）人。南宋文学家、音乐家。

姜夔不仅在我国享有盛誉，而且还是一位世界名人。他是我国15位被国际天文学联合会用来为月球（水星）环形山命名的杰出人物之一。为了纪念这位生于鄱阳长于鄱阳，为后人留下了丰厚文化遗产的历史文化名人，鄱阳县依托韭菜湖，投入两个亿，精心打造了一个占地面积1千亩的姜夔公园。环湖开发建设集人文历史、生态景观、民俗风情、旅游休闲为一体的绿色文化水岸。主要建设项目包括：姜夔纪念馆、鱼浪吹香园、高柳晚蝉、码头游园等五大景区。由此可见，姜夔老师的影响力之大。

据说，姜夔长得十分帅气，用今人的话来说就是颜值很高！史料上对姜夔的评价是“人品秀拔，体态清莹，气貌若不胜衣，望之若神仙中人”。

按理来说，这样才华横溢、容颜俊美的偶像级人物，理应有一个荣华富贵的美好前程。然而，让人唏嘘不已的是，这位才貌双全的白面书生，一生落魄，游食四方。所谓的游食，也就是自己不掏腰包，四处蹭吃蹭喝的意思。

牛人屡试不第

姜夔出生在今天的江西省鄱阳，一个破落的官宦之家。 他的父亲叫姜噩，是绍兴十八年进士，先后出任新喻（今江西新余）等地的县丞。因此，姜夔勉勉强强也可以称为小码的“官二代”，家里生活虽然算不上富裕，倒也是衣食无忧。姜夔幼年丧母，因此，父亲调派到哪里做官，他就跟到哪里生活。天有不测风云，在姜夔尚未成年的时候，他的父亲又不幸病逝，家中从此就失去经济来源，生活日益清贫。

父亲去世后，14岁的姜夔只得投奔已经出嫁的姐姐，他在汉川县山阳村度完少年时光。

姜夔从19岁开始交游，开始只身闯世界，他先后出游扬州、合肥、湖南、浙江等地。

家境寒微的姜夔从小学习非常刻苦，他博览群书，潜心苦读，积累了丰富的知识，在诗词、文学、书法、音乐等方面都显露出让人刮目相看的才华，在当时赢得了“多才多艺”的美名。

姜夔也想通过科举考试，考个一官半职，改变个人的命运。无奈他一连考了四次，四次都名落孙山。

有人叹息说，姜夔是考场运气不好。也有人抱怨，说科举考试有黑幕。其实，我客观地说一句，要怨恐怕也只能怨姜老师偏科太严重了！这就好比是让一个音乐特长生，与重点班的同学去比试语、数、英，那结局可想而知了。

有人喜欢拿高考或者公务员选拔考试来形容古代的科举考试。其实，这是很不严谨的。我国宋朝的科考为三年一考，每次科举考试，全国上榜的进士也就在十人左右。能够金榜题名的，那真是凤毛麟角。相对于现在的高考，要难得多。

这样一说，大家也许就都明白了，姜夔难以获取功名，也是在情理之中的。

满腹诗书意气风发的姜夔，屡试不第后心灰意冷。在绝了仕途的念想之后，务农、经商、戍边，这些选项似乎也都不太适合自己，于是，姜夔毅然选择游历江湖，靠卖字和朋友的接济为生。姜夔在山水之中抒发自己的家国情怀，虽然清贫，日子过得倒也是无拘无束。

姜夔在江淮一带游学，结识了不少文化人，对他后期的音乐、文学与书法创作，产生了很大的影响。

雄踞词坛的大咖

在南宋时期，姜夔是与辛弃疾双峰并峙的词坛领袖。在中国文学史上，也一直享有崇高的声誉。特别是浙西派词人，一直把他奉为宋词中的第一作家，比为词中老杜。

姜夔的词境独创一格，艺术思维方式和表现手法也别出心裁。他善于用联觉思维，利用艺术的通感将不同的生理感受连缀在一起，表现某种特定的心理感受。他还善于侧向思维，写情状物，不是从正面直接刻画，而是从侧面着笔，虚处传神。他的词作清空高洁，极富想象力，语言灵动自然。他的贡献主要在于对传统婉约词的表现艺术进行改造，建立起新的审美规范。

姜夔所创立的“雅词”典范，诸如《扬州慢》《暗香》《疏影》《琵琶仙》，在唐宋诸多词家中显得别具一格，卓尔不群。在词的发展史上，具有开宗立派的意义，因而对后世词人产生了极其深远的影响。

扬州慢

淳熙丙申至日，予过维扬。夜雪初霁，荠麦弥望。入其城，则四顾萧条，寒水自碧，暮色渐起，戍角悲吟。予怀怆然，感慨今昔，因自度此曲。千岩老人以为有“黍离”之悲也。

淮左名都，竹西佳处，解鞍少驻初程。过春风十里，尽荠麦青青。自胡马窥江去后，废池乔木，犹厌言兵。渐黄昏，清角吹寒，都在空城。

杜郎俊赏，算而今重到须惊。纵豆蔻词工，青楼梦好，难赋深情。二十四桥仍在，波心荡、冷月无声。念桥边红药，年年知为谁生？

人们都说姜夔的词风清雅空灵，这首《扬州慢》堪称代表。此词作于1176年，当时作者只有20多岁。姜夔因路过扬州，目睹了战争洗劫后扬州的萧条景象，抚今追昔，悲叹今日的荒凉，追忆昔日的繁华，发为吟咏，以寄托对扬州昔日繁华的怀念和对今日山河破碎的哀思。

《暗香》与《疏影》是文学史上著名的咏物词，曾被誉为姜夔词中具有代表性的作品。创作于1191年。这一年冬天，姜夔踏雪访问好友范成大。他在石湖住了一个多月，词人感于红梅的傲雪迎霜，幽香袭人，借物咏怀，即景言情，写下了《暗香》《疏影》，令人耳目一新。张炎在《词源》中点评：“词之赋梅，唯白石《暗香》《疏影》二曲，前无古人，后无来者，自立新意，真为绝唱。”

自从柳永变雅为俗以来，词坛上一直是雅俗并存。无论是苏东坡、辛弃疾，还是周邦彦、秦观，都既有雅调，也有俗词。而到了姜夔这里则彻底反俗为雅，力求清虚淡雅。这别具一格的审美情趣令读者耳目一新，因而姜夔词被奉为雅词的典范，在辛弃疾之外别立一宗，自成一派。

朋友满天下

姜夔所处的南宋时期，虽说政局不太稳定，但江淮地区毕竟是富庶的鱼米之乡。老百姓安居乐业，一派平和景象。姜夔到处游历，空灵委婉的诗文作风，加上他在音乐上和书法上非凡才艺，使他赢得了极高的声誉，也结交了不少官大钱多的好朋友，这为他的长期游食奠定了坚实的基础。人们仰慕他的才华与美名，也都乐意掏腰包请他喝酒、听歌、看演出。

姜夔交友十分广泛，有人考证，说姜夔一生曾经与八位宰相有过密切交往。当然，这里所说的“八相”，并非都是宰相实职，而是相当于宰相的“参知政事”“同平章军国重事”“太师平章军国事”等职务 。姜夔一生津津乐道的“八相”，就是指范成大、钱良臣、楼钥、京镗（tāng）、谢深甫、吴潜、张岩、郑侨这些人。

姜夔虽然是一个文化人，但是他性情诙谐，是一个喜欢搞恶作剧的家伙。姜夔深知好友张仲远的老婆是个极品醋坛子，他故意写了一首情意绵绵的《眉妩》，编造张仲远的艳遇故事。张仲远的老婆一看，果真怒不可遏，和他闹得天翻地覆。这让老张同志在朋友圈里出尽了洋相。

音乐成就

姜夔是我国古代杰出的词曲双绝的艺术家。他能娴熟地运用七声音阶和半音，使曲调显得清越秀丽，这与他独具一格的清刚婉丽、典雅蕴藉的词风结合得天衣无缝。

他的作品在当时的社会上、特别是娱乐圈里传播甚广。他创作的词大多是自己作曲，他还亲自给那些要好的歌女示范演唱，这就意味着他不仅是词曲作者，还是音乐培训班的辅导老师。当时的人们都说，姜夔是继苏轼之后百年难得一见的大师。

自唐末战祸四起，经历长达近半个世纪的五代十国战乱时期，宫廷雅乐大受挫伤，大部分的宫廷音乐、乐人流入民间。为改进南宋十分混乱的音乐现状，姜夔呕心沥血撰写了一部《大乐议》，可惜并未引起朝廷的重视。《大乐议》代表宋代民间音乐艺术的最高成就，更为后人提供了一份了解当时音乐状况的宝贵资料。

姜夔对于音乐史的主要贡献是他留给后人一部有“旁谱”的《白石道人歌曲》六卷，包括他自己的自度曲、古曲及词乐曲调。其中代表曲有《扬州慢》《杏花天影》《疏影》等，成为南宋唯一有词调曲谱传世的杰出音乐家。《白石道人歌曲》被盛赞为“音乐史上的稀世珍宝”。

姜夔一生贫穷，但是他很清高很任性，一位姓张的好朋友主动提出要赠予他一笔巨款，还有人想出资帮他捐一个官当当，这些好意都被他一一拒绝了。

这就是姜夔，一个穷困潦倒却风骨傲然的音乐天才！

苏祇婆：音乐大师的“东游记”

在新疆小学地方课本五年级下册《历史的足迹》中，就有一个章节专门讲到音乐家苏祇婆。

苏祇婆，姓白，名苏祇婆。南北朝时期西域龟兹（也就是现在的新疆库车县）人，生卒年不详。著名的宫廷音乐家、琵琶演奏家。他把西域的“五旦七调”音乐理论引入中原，推进了八十四调音乐理论的创立，夯实了中国古典音乐的理论基础。他作为一位杰出的琵琶演奏家、音乐理论家，被载入中国音乐史册，是我国古代十大音乐家之一。

苏祇婆是男是女

首先我们必须承认，苏祇（zhī）婆这个名字起得很别致，也很有新意。一个女人味十足的“婆”字，成功地忽悠了所有人。就在今天的网络上，还是有人在满带疑惑地询问，苏祇婆究竟是男生还是女生啊？连网上“苏祇婆”的配图，都在乱点鸳鸯谱，居然画了一个抱着琵琶的大美女。你看

■ 苏祇婆雕像

看，这样的讹传是不是害死人啊？

然而，苏祇婆确实是位男子，如果你觉得还是不太放心的话，就不妨到新疆库车县龟兹文化广场上看一看，那里有苏祇婆的塑像。一个英俊挺拔的汉子，举着心爱的琵琶站在那儿。铁证如山哦，是一个地地道道的大老爷们。

苏祇婆是维吾尔名字SUJUP的汉文音译。他本姓白，不少研究人员认为，苏祇婆与北周大音乐家白智通，应该是同一个人。

苏祇婆出生于龟兹一个音乐世家。他的父亲就是当地很有名望的音乐家。当时正值公元6世纪，突厥部落崛起，控制了西域很多国家，其中就包括了龟兹。龟兹在这些国家中非常突出，这里不仅是往来商旅的必经之地，也是各种文化的传播地、交汇地。也正因此，龟兹的音乐得以集各家之精华，成为西域最流行的乐种之一。在这样的环境下出生，加上又有一个音乐家父亲，音乐神童苏祇婆进步很快。他很小的时候，就在龟兹地区出了名。他不仅琵琶技艺超群，而且精通音乐，因此就被突厥可汗招为专职乐工。

陪嫁到中原

成为突厥可汗的专职乐工后，苏祇婆怎么又背井离乡来到了北周都城长安呢？那时候可不比现在，千里迢迢的旅程，一走就是大半年啊。

要讲述音乐家苏祇婆的“东游记”，就必须从北周皇帝宇文邕（yōng）与突厥公主阿史那的那场盛大华美的婚礼说起。

看过电视剧《兰陵王》的朋友们一定都还记得，那位英武帅气的北周皇帝，可以说是我国历史上一位杰出的少数民族君主。

当时，突厥部落在北方崛起，势力日益壮大，拥有几十万雄兵，对中原地区虎视眈眈。阿史那俟斤是突厥帝国第三代大可汗。他一生征战，突厥在他的统治下达到了鼎盛。疆域东至辽海，西至里海，南至阿姆河以南，北至贝加尔湖以北。称霸整个东亚和中亚。

北周皇帝宇文邕为了集中精力对付邻国北齐，他对剽悍好战的突厥采取了和亲策略。

公元560年，宇文邕登上皇位，他就多次派遣心腹使臣，携带重礼，西出玉门关向突厥可汗求婚。可是突厥木杆可汗也有他的政治算盘，尽管他对雄才大略的宇文邕也非常看好，可是这国与国之间的联姻可不是儿戏，那是要精心核算投入成本和利益回报的。突厥可汗对北周和北齐此消彼长的前景一时拿捏不准，再加上北齐的使者屡屡离间，所以突厥可汗一时允婚一时悔婚，优柔寡断反反复复。

后来还是一场不期而至的天灾，帮了宇文邕的大忙。一场数十年罕见的暴雨雷电，给突厥部落造成了巨大的生命财产损失。一时间举国上下人心惶惶，都在疑神疑鬼地胡乱猜测，是不是阿史那俟斤可汗的屡次毁约触怒了天神啊？

阿史那俟斤可汗这才做出最后的决断，把他的掌上明珠——三公主阿史那许配给宇文邕。

阿史那公主不仅天生丽质，而且才华洋溢。她精通音乐，能歌善舞。突厥可汗对三公主宠爱有加，可以说是有求必应。如今爱女远嫁异国他乡，突厥可汗为三公主精心准备了一份特别的嫁妆——一个三百多人的，规模空前的皇家歌舞团。在龟兹首屈一指的音乐家、琵琶演奏家苏祇婆自然榜上有名。

所以有人开玩笑说：大音乐家苏祇婆，是作为阿史那公主一件特殊的嫁妆，开始了他的“东游记”。

史料记载：在公元568年的三月初八日，规模盛大的迎亲团带着三公主阿史那抵达北周都城长安。宇文邕亲自出宫迎接，并立她为皇后。“阿史那氏容貌美丽，举止有法度，宇文邕对她十分敬爱。”

周武帝大婚之日，举国欢庆。都城长安张灯结彩，鼓乐喧天。人们都被这节奏活泼欢快、充满异域风情的音乐舞蹈深深陶醉了。

而在这欢庆的人群中，苏祇婆率领的龟兹歌舞团更是成了众人瞩目的焦点。他们男男女女穿着色彩绚丽的民族服装，怀里抱着琵琶、弹拨尔、热瓦甫、艾捷克、胡西它尔等样式新奇的西域乐器，一路边弹边唱，边走边舞，节奏欢快喜庆热情奔放，许多市民被这欢乐的音乐感染了，也都跟着龟兹歌舞团的艺术家们一同翩翩起舞。

把西域音乐带到中原

以苏祇婆为杰出代表的龟兹艺术家们，把来自西域各个少数民族的乐器以及演奏技艺，带到了中原地区，促进民族文化的交流、融合、发展与共同提高，可以说是意义重大，影响深远。

唐代诗人王建在他创作的乐府诗《凉州行》里有这样的描述：“城头山鸡鸣角角，洛阳家家学胡乐。”

这两句意思就是：城上的山鸡已经在角角地报晓了，而洛阳城中，家家都还在演奏胡乐呢。

从这首诗我们可以感受到当时民族融合的程度之深。

胡人的汉化，是学习了汉人的农桑生产技术。汉人的胡化，更多的是学习了胡人的音乐歌舞。

从某种意义上来说，中华民族的文明发展史，就是56个民族相互交融和取长补短共同进步的历史。各民族在长期的交往中，形成了共同的文化。

从此以后，“女为胡妇学胡妆，伎进胡音务胡乐”，包容豁达、心胸宽广的大都市长安，不仅心无芥蒂地接纳了龟兹歌舞音乐，还渐渐形成了以“胡风”为美的社会审美风尚。

位于古丝绸之路上的龟兹，地处东西方文明的交汇带，在交流和借鉴基础上的融合与创新，使得龟兹成为名震一时的东方音乐王国。

读万卷书，行万里路！来到了繁华的都市长安，苏祗婆视野与眼界就变得更加开阔了，这给他的音乐研究与创新提供了一个更加广阔的舞台。

苏祗婆等艺术家带来西域音乐舞蹈，就像一股清新的风，吹遍了中原大地，生根发芽开花结果，极大地推动了中原音乐的融合与更新。西域的音乐舞蹈，最初以官方的渠道，引入北周的宫廷。苏祗婆琵琶演奏技艺高超，在他的示范和培养下，涌现出了一大批技艺精湛的演奏者。苏祗婆作为一名优秀的音乐家，他在传授西域演奏技艺的同时，也在虚心学习中原音乐的精髓，并把二者有机融合在一起。

宫廷音乐的发展与革新，是一道风向标，它也在影响着民间音乐的风尚与审美。来自龟兹的西域音乐，以其独特的异域色彩、强烈的穿透力与感染力、浓厚的娱乐性，很快就融入中原都市的茶楼、酒肆等休闲娱乐场所，人们的审美情趣也在潜移默化中发生了改变。

北周灭亡后，苏祇婆就流落到了民间。他以卖艺为生，游走各地，在民间广招门徒，传授技艺。

在音乐理论上的杰出贡献

公元581年，隋文帝杨坚统一了国家，建立了一个疆域辽阔的隋朝。开国皇帝杨坚很有远见，他在狠抓物质文明的同时，十分重视精神文明建设，特别是宫廷的歌舞演艺事业。可是经历战火洗劫，汉族传统的音乐史料散失，人才凋零。七拼八凑的宫廷乐队，操持着五花八门的乐器，演奏起来南腔北调不成章法，皇上听了很不满意。于是，隋文帝杨坚下令整顿国家乐队，规范宫廷音乐，要制定符合大隋王朝一统天下的国乐。

为了制定出理想的隋朝正乐，隋文帝召集通晓音乐的朝臣出谋划策。可在当时朝中，牛弘、辛彦之、何妥、郑译、苏威等几位拥有话语权的大佬，一个个才高八斗，自命不凡，谁也看不起谁，大家各执己见，毫不让步，聚到一起就吵架。以这样的态势，那结果也就可想而知了，改来改去皇上都不满意。

被音乐改革问题搞得焦头烂额的郑译，有一天晚上在大街上独自散步，忽然，他被路边一家龟兹酒店里传出的琵琶声深深吸引，琴音和谐，技艺精湛。也就是在这家其貌不扬的异域酒家，郑译终于见到了声名赫赫的龟兹音乐家苏祇婆。郑译喜出望外，当即提出要拜苏祇婆为师，虚心讨教苏祇婆从龟兹带来的“五旦七声”等调式理论。

郑译本人就是一位制笙专家，他与苏祇婆共同研究，以吹笙的高音来与琵琶在转调中的音高一一核对，经过长期的探讨研究，终于使西域龟兹乐律的“五旦七声”理论演变成“八十四调旋宫学说”。新的乐制终于出炉了，隋文帝听了非常满意。

《隋书·音乐志》记载：龟兹音乐家苏祇婆随突厥皇后入中原，给中国带来了“五旦七声理论”，给予中国后世音乐全新的概念。苏祇婆把五弦琵琶等诸多西域乐器引进中原，他还与好友郑译合力研究“旋宫八十四调”。因为这种音乐体系脱胎于苏祇婆琵琶的“五旦七声”，后人又把这八十四调直接称为“苏祇婆琵琶八十四调”。这在我国古代音乐史上，具有划时代的意义。它不仅在音乐技术上确立了规范，而且对后来的宋词、元曲乃至我国戏剧的发展，都曾产生了积极深远的影响。

从历史上来看，苏祇婆传授的龟兹乐律，对中国乐律体系的形成产生了巨大的影响。

万宝常：一个被饿死的音乐家

尽管万宝常老师的名字听起来，像财神爷似的，一副多财多福腰缠万贯的派头。但是，万老师的一生，是坎坷失意的一生，是穷困潦倒的一生，是心高命薄的一生！

尽管如此，郭沫若却给予他很高的评价，说他是“隋代大音乐家”。

命运不济 生逢乱世

万宝常生在南北朝时期的梁国，大约就是现在的安徽省砀（dàng）山县那一带。不过，也有资料说他是“江南人”。这究竟是史学家的记录有误，还是万老师自己故意摆迷魂阵呢？无法考证。有人怀疑，也许就是万老师自己杜撰出了一个江南户籍，借以提升自己音乐家的风雅品位。

要想讲述万宝常的坎坷人生，首先就要交代他出生的那个政局动荡、战乱不休的南朝梁国。

万宝常老师出生的梁国，是我国历史上南北朝时期南朝的第三个朝代。建国于公元502年，亡国于公元557年，可以说是一个短命的王朝。

公元502年，由雍州刺史萧衍取代南齐称帝，定都建康，也就是今天江苏省南京市，国号为大梁。

梁国的立国者梁武帝萧衍是一个文人气十足的皇帝。他博学能文，精通音乐、书法，在年轻时曾与谢朓(tiǎo)、沈约等名士一起被誉为“竟陵八友”，是当时文化界的名人。登上帝位后，他在执政前期也曾创造了良好的业绩。梁武帝在位48年，由于皇帝对文化事业的高度重视，举国上下充满了文化气息，艺术氛围十分浓厚。

梁武帝执政的后期，迷上了佛教，并且达到了走火入魔的地步。他大力兴建寺、滥用慈悲，还曾先后四次上演出家当和尚的闹剧，虚耗了大量的国家财力。由于朝政松弛，奸佞专权，后来发生了侯景之乱，这个不务正业的皇帝，最后竟然是被饿死的。

一个富甲天下的皇上，最后竟然会被活活饿死，别说是“菩萨心肠”的梁武帝自己始料未及，就是任何人听了也都觉得难以置信。

在梁武帝萧衍之后，才华卓著的萧纲继位，史称梁简文帝。可这为皇帝刚刚上任两年，就被侯景的亲信毒死了。

梁国的第三位皇帝是梁元帝萧绎（yì）。梁元帝早年因病导致一只眼失明，但他也是一个喜欢读书与爱好文学的儒雅君主，自称“韬于文士，愧于武夫”。这个独眼皇帝在位也只有三年，就被他的侄儿萧詧（chá）处死。

梁国的第四位皇帝是梁敬帝萧方智，在位仅仅一年，就被陈霸先亲信杀害，时年仅仅16岁。

公元557年，在讨伐侯景的战争中发展起来的陈霸先灭掉了梁国，自己当上了皇帝，建立了陈国。

在这样混乱不堪的国度里出生，真是莫大的悲剧啊！就连皇上都一个个死于非命，老百姓的生存状态就可想而知了。

在陈国消灭梁国的时候，父亲万大通带着年幼的万宝常，跟着梁国大将王琳一起投奔了北齐。不走运的是，后来王琳在抵抗陈国军队时战死沙场。失去了强大的靠山庇护，万大通在北齐过得郁郁寡欢。于是他在暗中串联志同道合的朋友，谋划着准备一起偷偷返回南朝。由于行事不密，走漏了风声，万大通被北齐的官府处死了。按照北齐连坐的法规，作为罪犯的儿子是要被连带处罚的。当时还不满10岁的万宝常，被宽大处理，判令收录为“乐户”。从此，无论他乐意还是不乐意，一辈子也没有别的选择了，只能夹着尾巴做人，当一名供人娱乐的乐师。

在当时的社会，乐师的身份非常卑微而且低贱。大家不要以为搞艺术的都像现在的钢琴演奏家、歌唱家那么光彩那么荣耀。在古代的户籍管理中，乐户属于贱民。《魏书·刑罚志》中有明文记载，乐师一般都是罪犯的妻子儿女，被抄没家产后收入官府，专门从事吹拉弹唱的服务业，供有钱有势的上等人消遣娱乐。他们的社会地位，在某些方面来看，甚至比乞丐还要低下。

音乐才子 技艺精湛

万宝常为人乖巧伶俐、聪明好学，后来被北齐音乐大家祖珽（tǐng）收为弟子。

既然提到了祖珽，就有必要多说两句。人们都说，祖珽是一个超级活宝，是一个稀世奇葩！他位高权重，是一位著名的诗人。他擅长音律，多才多艺，琴棋书画、医卜星相样样精通，确实是才华横溢。可是他人品很差，恶劣到了极点。他贪赃枉法，陷害忠良，放荡不羁，无恶不作。他特别喜欢偷东西，还有许多荒唐可笑的不良嗜好。

从老师祖珽那里，万宝常系统地学习了音乐演奏与创作技法。万宝常本来天赋就很高，有了名师指导，再加上自己的勤学苦练潜心琢磨，他逐步积累了丰富的创作经验，最终成为了一个精通音乐、擅长演奏各种乐器的音乐大师。

后来，北周消灭了北齐，万宝常又成为北周的乐工。再后来，杨坚受禅当上了皇帝，改国号为隋，万宝常又成了隋朝乐府的乐工。万宝常的一生，历经了四个朝代，颠沛流离，却始终只能是一个地位卑贱的乐工，屈辱苟且，贫困一生。

人们都说，万宝常是一个音乐奇才。有一次，他和几个朋友一起喝小酒，喝着喝着自然而然就聊到了音乐。万宝常和他们聊得非常投机，于是有了弹琴助兴的想法。可是小酒馆档次很低，店里什么乐器都没有。兴致正高的万宝常灵机一动，随手拿来十几个大大小小的碗碟杯盏。胸有成竹的万宝常气定神闲，只见他用手里的一双筷子，敲敲打打，居然奏出了五音俱全的乐曲。都说那声音，悦耳动听，不亚于一支小乐队。朋友们啧啧称奇，闻声而至的食客们更是赞叹不已。

民间传说把万宝常的学艺经过，已经提升到了神话的高度，都说万宝常在成名之前，曾经得到神仙的亲传。

有一次，万宝常在山野游玩，遇到了一群衣着华美的贵人，他们驾乘宝马香车，随从很多，好像是在那儿等待什么人。万宝常一看，自卑得连忙躲在树丛后面。不料想，那群人的头儿却径直地来到他的跟前，亲切地对他说："玉帝见你很有音乐才华，特地派我们在这里等你，想把这八音演奏技法都传授给你，以防止这绝妙的音乐在人间失传。"

万宝常一听，真是乐坏了。他连忙跪下行拜师大礼。于是那仙人就邀请他坐到马车里，把历朝历代经典的音乐一一传授给他。万宝常听得专心致志，把仙人所讲的都牢牢记在心里。大约也就是半天时间，之后那些仙人都飘然消逝了。

万宝常回到家里，才知道时间已经过去了整整五天。从这以后，万宝常对于人间的音乐，无所不通。

这些神乎其神的逸闻野史，自然不能当真。但它却也反映了社会各界共同的心声，那就是人们对万宝常过人音乐才华的高度赞赏与崇拜。

怀才不遇 郁郁而终

南北朝时期，由于宫廷追求享乐，奢靡之风盛行，这也造就一大批音乐人才的脱颖而出。

隋朝初年，隋文帝着手整顿宫廷音乐，准备颁发新的乐律。参加讨论的重臣有郑译、何妥、卢贲、苏夔、萧吉等，他们各执己见，谁也不服气谁，吵得面红耳赤。身份卑微的万宝常虽然也参加了几次座谈会，可惜人微言轻，他许多很有价值的意见和建议都没有被采用。

隋文帝是开国皇帝，他迫切需要整顿确立正统的宫廷音乐。有一次，皇上得到一支琴曲，吩咐大家演奏，所有的乐工都欣然接受，弹奏得兴高采烈，唯有万宝常在那儿忧心忡忡。

皇上很纳闷，就问他：“你觉得这首乐曲怎么样？”

耿直的万宝常就如实地说出了自己的看法，他说：“庄重的雅音，既能愉悦身心，给人以享受，还能给人活力与希望。低俗的音乐，虽然缠绵哀怨也很好听，但是却令人颓废、消沉、绝望。这就是先贤们所说的亡国之音！微臣以为陛下您不应该听这样的乐曲。”

隋文帝听了，觉得他讲得虽然有道理，但心里还是不愿接受他的建议。尽管如此，万宝常提出的以“水尺律”标准来调制乐器的建议，还是得到了隋文帝的认可。

万宝常初露头角，人们都以为他有了出头之日。谁知道又被一个小人惦记上了。这个小人就是苏夔。身为太子随从官员的苏夔，以擅长音律自命不凡。苏夔的父亲苏威在朝廷里权势很大，许多人都想巴结讨好。因此只要谈到音乐，个个都为苏夔点赞，众口一词贬低万宝常。

苏夔身为太子的亲信，身份与地位都很特殊。他也深知，万宝常在音乐方面的杰出才华，心里非常嫉妒，他更担心万宝常有朝一日会受到皇上重用而盖过了自己的风头。所以他不放过任何机会，刻意孤立、打压、毁谤万宝常。

有一次，万宝常与乐工们闲聊，说到自己的乐律理论是从外族僧人那里学来的，具有佛门菩萨的祥瑞气象。苏夔闻声当即厉声呵斥：“也不过荒蛮之音罢了，你也好意思在大雅之堂卖弄？”

苏夔的强势与蛮横，让万宝常满心委屈却无可奈何。

重臣的抹黑与排挤，让万宝常倍感孤独、压抑。他郁郁寡欢，后来就闷出了一场大病。

万宝常的家里很穷，也没有孩子。他的老婆非常刁蛮，而且心术不端，居然趁他卧病在床的时候逃之夭夭。临走时，她把那点可怜的家产也席卷一空。

才华横溢的万宝常，最后竟然被活活地饿死了。

在临死之前，绝望至极的万宝常，想把自己的音乐著作《乐谱》64卷点一把火烧了。幸亏邻居发现及时，从火堆里抢出了几卷，这才有《乐谱》残卷流传后世。

朱载堉：这个“狂生”有多狂

在北京中华世纪坛的环形回廊上，威武霸气地矗立着40尊名人塑像。能够在这儿立足的男男女女，可不是一般的人物哦！那都是五千年岁月长河里精英中的精英，大咖中的大咖。从老子、孔子到司马迁，从孙子、管仲到李时珍，他们对中华文明乃至世界文明都产生了重大的影响。在这个无比神圣荣誉的殿堂里，有一个名字恐怕好多人听了都会觉得陌生，他就是常常被人们忽视的明代大音乐家——朱载堉（yù）。

被遗忘的大人物

这位朱老先生究竟是何方神圣？他究竟有何种神通，能跻身在这个金碧辉煌的大圆桌上吃饭呢？

朱载堉（1536—1611），字伯勤，号句曲山人、九峰山人，青年时自号“狂生”“山阳酒狂仙客”，又称“端靖世子”，河南省怀庆府河内县（今河南沁阳）人，是我国明代著名的律学家（有“律圣”之称）、历学家、音乐家。

朱载堉的科学成果和艺术成就，就好比是一块极品宝石，被淹没在历史尘埃中太久了，他的事迹鲜为人知。朱载堉研究发明的十二平均律，被后人称作“比得上贝尔的电话和爱迪生的留声机”，这句评语的含金量够高了吧？

可让人困惑的是，翻阅我们的历史教科书，李时珍、宋应星、徐光启等人的“成绩单”很容易查到，偏偏没有这位朱老先生的介绍。

为此，有许多研究古代音乐的朋友愤愤不平，抱怨我们的中小学教材编写者眼力不行，居然把这样一个光彩夺目的大神给遗漏了。这还了得，难道不应该给他们补上一课吗？

大家不要着急上火，且听我慢慢介绍吧。

“狂生”坚决不要爵位

都说年少轻狂，一点不假，朱载堉在年轻的时候非常傲气，甚至还有点儿自负。青年时他自号“狂生”，管中窥豹，可见他有多牛！

朱载堉是明太祖朱元璋的九世孙，明仁宗的第六代孙。在他4岁那年由“礼部赐名”，也就是说，他的名字是由国家文化部官方敲定的，可以说是相当荣誉了。朱载堉10岁那年

■ 朱载堉雕塑

就攻读《尚书盘庚》等史书，并被册封为世子，成为他父亲郑王的继承人。

在他成长的过程中，有两个人对他影响很大：一个是他的父亲郑恭王朱厚烷，他帮朱载堉养成了勤奋好学、俭朴敦厚的美好品德。另一个是他的外舅祖何瑭，朱载堉从小就跟着他学习天文、算术等许多学问，培养了良好的学习兴趣。

史料记载，在1550年，朱载堉家发生了一件大事。朱载堉的父亲——刚直不阿、敢于直言的郑王爷朱厚烷，他苦口婆心劝谏皇上不要大兴土木，不要迷信道教神仙，不要服用丹药企求永生。就是因为多说了几句真话，不想却惹恼了皇上，被关押软禁起来。朱载堉也被牵连革除了世子身份，被贬为平民。

年少气盛的朱载堉一气之下就搬离了郑王府。在宫外选择一处安静的地方，自己盖了一间土屋住了下来，这一住就是17年。在这17年里，他奋发图强，潜心钻研，为他后来的科学研究与音乐创新奠定了坚实的基础。

直到1567年，他的父亲朱厚烷被赦免，并恢复了原来的王爷爵位，朱载堉才搬出了土屋。

1591年，郑王朱厚烷去世了。作为长子的朱载堉理所应当继承父亲的王位。可他却连续向皇上上书，态度十分坚决，再三辞让，表示不愿继承爵位，以便潜心著书立说。

世上居然还有这样的人？荣华富贵不要，那么他究竟想要什么呢？皇帝不理解，王公大臣们也都很吃惊，那些寻常百姓更是觉得不可思议。

“狂生”也很幽默

也许不少人会以为，搞科研的专家，都是神情肃穆、思维严谨、做事刻板的家伙。然而，事实未必都是如此。狂生朱载堉，就是一个非常风趣幽默的人。

朱载堉除了搞科研外，平时以创作散曲自娱自乐，他一生写下了许多诙谐有趣、生动传神的作品，可以说是嬉笑怒骂妙趣横生。朱载堉的散曲集《醒世词》里有73首作品留存。这些作品，语言犀利，充满人文关怀，具有强烈的批判现实主义色彩。这些作品被改编成形形色色的方言小调，在民间传唱四百多年，经久不衰，可见它是多么深入民心。

散曲，有小令和套数两种基本形式，是一种起源于民间新声的音乐文学，也是当时一种雅俗共赏的新体诗。

因为早年生活在王爷府第，朱载堉创作的散曲内容多为歌功颂德的东西，文学价值不大。中后期的作品，由于他的父亲遭遇变故，家道中落，经常遭人白眼讥讽，深深地感受到了世态的炎凉，他对社会的人情冷暖有了新的认识，作品的批判价值得以充分体现。

其中《骂钱》《十不足》等，更是堪称经典。

黄莺儿·骂钱

孔圣人怒气冲，骂钱财狗畜生！朝廷王法被你弄，纲常伦理被你坏，杀人仗你不偿命。有理事儿你反复，无理词讼赢上风。俱是你钱财当车，令吾门弟子受你压伏，忠良贤才没你不用。财帛神当道，任你们胡行，公道事儿你灭净。思想起，把钱财刀剁，斧砍，油煎，笼蒸！

山坡羊·十不足

逐日奔忙只为饥，才得有食又思衣。置下绫罗身上穿，抬头却嫌房屋低。盖了高楼并大厦，床前缺少美貌妻。娇妻美妾都娶下，又虑出门没马骑。将钱买下高头马，马前马后少跟随。家人招下十数个，有钱没势被人欺。一铨铨（quán）到知县位，又说官小职位卑。一攀攀到阁老位，每日思想要登基。一朝南面做天下，又想神仙下象棋。洞宾陪他把棋下，又问哪是上天梯，上天梯子未坐下，阎王发牌鬼来催。若非此人大限到，升到天上还嫌低。

朱载堉彻底摒弃了散曲传统的婉约绮丽之风，从民歌小调中汲取养分，在俚俗的大白话中透露出一股清逸之气。他的散曲抨击贪婪与丑陋，劝真劝善。他作品的思想内涵和教化作用，在当时的散曲中可以说是独树一帜。

山坡羊·钱是好汉

世间人睁眼观看，论英雄钱是好汉。有了它诸般趁意，没了它寸步也难。拐子有钱，走歪步合款；哑巴有钱，打手势好看。如今人敬的是有钱，蒯（kuǎi）文通无钱也说不过潼关。实言，人为铜钱，游遍世间。实言，求人一文，跟后擦前。

七律·叹人敬富

劝人没钱休投亲，若去投亲贱了身。一般都是人情理，主人偏存两样心。年纪不论大与小，衣衫整齐便为尊。恐君不信席前看，酒来先敬有钱人！

黄莺儿·戒得志

君子失时不失相，小人得志肚儿胀。昨日无钱去做贼，今日有奶便呼娘；真臭物，实荒唐。君不见，街前骡子学马走，到底还是驴儿样！哝哝捏捏过上几千年，哝哝捏捏过上几千年。

“狂生”成了东方圣人

朱载堉天资很好，聪明过人，从小就对音乐、数学怀有浓厚的兴趣。辞让了爵位之后，朱载堉自称道人。他安于寂寞，乐享清贫，潜心研究，著书立说，把所有的精力和时间都用在探索与研究上。

朱载堉的研究兴趣也十分广泛，涉及天文、律法、音乐等许多领域，为后人留下了丰厚的财富。他的著作《乐律全书》47卷，涵盖了音乐、舞蹈、天文等十多种学科。

朱载堉是十二平均律理论与计算方法的首创者。他首先提出的十二平均律，是16世纪世界声学研究的重大成就，这也奠定了他在世界音乐史上崇高的地位。

在中国古代音律学发展过程中，如何能够实现乐曲演奏中的旋宫转调，历代都有学者孜孜不倦地进行探索，但是从未有谁能够登上成功的峰顶，只有朱载堉彻底解决了这一问题。

创建十二平均律，需要解决围绕这一难题的一系列学术课题，首先要找到计算十二平均律的数学方法。可是，精确计算十二平均律的参数，就需要开平方、开立方，工作量巨大。

一般算盘都是十三档或者十五档，根本无法满足运算的需要。为了能够计算出精准科学的数值，别出心裁的朱载堉特地制造了一个八十一档的巨无霸超级大算盘。他就是靠这个超级大算盘，经过反复计算、验证，最终攻克了这个音乐领域的千年难题。

后来，十二平均律理论，由传教士通过丝绸之路带到了西方，被广泛应用在各种键盘乐器上。“钢琴之父”巴赫，也正是依据十二平均律原理，制造出了世界上第一架钢琴。所以，人们又把朱载堉誉为“钢琴理论的鼻祖”。就是现在的乐器制造，也都是用十二平均律来定音的。十二平均律，一直被西方普遍认为是“标准调音”。

中国著名的律学专家黄翔鹏先生说：“十二平均律不是一个单项的科研成果，而是涉及古代计量科学、数学、物理学的音乐声学，是纵贯中国乐律学史，旁及天文历算并密切关系音乐艺术实践的，博大精深的成果。”

十二平均律是音乐学和音乐物理学的一大革命，也是世界科学史上的一大发明。

朱载堉不仅是科学家和音乐家，而且还是乐器制造家。他不满足于因循旧说，敢于向历代相传的律制理论提出质疑，另立新说，以实事求是的态度进行研究，精心制作了世界上第一架定音乐器——弦准，他亲自把十二平均律的理论推广到音乐实践中。

朱载堉还自己动手制作了三十六支铜制律管，每管表示一律。在他的著作中，对每律的选材、制作方法、吹奏要求都有详细的说明，数据极其精密。

比利时布鲁塞尔乐器博物馆馆长马容经过近二十年的研究，才复制了其中的两支律管。为此，他高高地竖起大拇指，由衷地赞叹："这样伟大的发明，只有聪明的中国人才能做到。"

在舞蹈革新方面，朱载堉十分同情被称为"下九流"的抬轿夫和唢呐手等民间艺人，竭力想为他们争取地位。朱载堉苦苦琢磨，把踩高跷和抬花轿两种民间表演艺术结合在一起，精心设计出一整套舞姿、舞步和表演流程，极大地丰富了"高抬火轿"的艺术表现形式。

朱载堉还首创"舞学"，为舞学制定了大纲，奠定了理论基础，绘制了大量舞谱和舞图。他的"天下太平"字舞谱，为今天的团体操教学开创了先河。他还提出了较为系统的音乐教学体系，他的集体教唱、乐器伴唱、识谱学唱，在我们今天的音乐教学中仍被广泛应用。

除此以外，朱载堉在数学、计量学和天文历法等许多领域，都有研究成果。

"狂生"朱载堉，以丰富多彩的科研成果震撼了整个世界，中外学者尊崇他为"东方文艺复兴式的圣人"。

蔡文姬：才女中的美女

她，是中国古代四大才女之一。

她，创作的《胡笳十八拍》名列中国十大古曲金榜。

她，创作的《悲愤诗》是我国诗歌史上第一首自传体五言长篇叙事诗。

她，相传还是中国书法"真草"的创始人。

她，是铁血英雄曹操一生的红颜知己。

她，是中国历史上身价"黄金千两"的文艺精英。

她，就是蔡文姬，集音乐、文学、书法众多才艺于一身的奇女子。世人对她的评价是"旷世才情，绝代风华"。

出生书香世家

我国历史上下五千年，才女很多，美女也不少，但同时集才华与美貌于一身的，可以说是凤毛麟角，而蔡文姬就是其中最杰出的代表。

蔡文姬，名琰（yǎn），字文姬，又字昭姬，生卒年不详，

■ 蔡文姬雕像

是我国东汉时期的陈留郡圉（yǔ）县（今河南开封杞县）人。

蔡文姬的父亲蔡邕，也是一个了不得的人物。他才华横溢，精通音律，是汉代最后一位辞赋大家。有文集20卷，可惜历经战乱，大多作品都没有保存下来。

蔡邕一生嗜书如命，家里的藏书极盛时期达到一万多卷。晚年时，他将家藏的图书一大半赠给了名士王粲（càn），尽管如此，家里剩下的也有4千多卷。

蔡邕的书法艺术声名卓著。他精于篆书、隶书，尤以隶书造诣最深，名望极高。他独创的 “飞白”书体，对后世书法家影响深远。

更让人啧啧称奇的是，在中国古代四大名琴中，其中的焦尾琴，就是出自蔡邕之手。《后汉书·蔡邕传》中有记载，蔡邕有一次在江浙一带游历，看到有人在江边用一块桐木烧水。他从旁边经过，听到火中噼噼啪啪的爆裂声，就知道这是一块十分难得的好木材，他连忙把正在燃烧的桐木从火堆里抢了出来，后来就用这块木头制作了一张琴。果真，此琴音色非常美妙。但是琴的尾部依然留有被烈焰烧焦的痕迹，所以当时人们叫它焦尾琴。蔡邕死后，焦尾琴就保存在皇家内库之中，在此后的一千多年里，它在诸多皇室、贵族手中辗转珍藏。

蔡邕同时是当时的文坛领袖，家里整天高朋满座，可谓“谈笑有鸿儒，往来无白丁”。天资过人的蔡文姬，就出生在这样的书香门第，她从小就耳濡目染，深受家学熏陶，所以博学能文，多才多艺。

很小的时候，蔡文姬就显示出非凡的音乐天赋。有一天夜晚，父亲蔡邕在书房里弹琴，琴弦断了一根。隔着墙壁蔡文姬对父亲说：“父亲，是第二根琴弦断了！”蔡邕觉得真是不可思议。心想这丫头隔着墙壁怎么就能知道是第二根琴弦断了呢？为了测试女儿是不是蒙对的，他又故意将第四根弦弄断，谁知道女儿随口道出：“父亲，是第四根琴弦又断了。”

蔡邕这才确信，女儿的听觉不同凡响，她对声音细微差异的辨析能力超乎常人。而这一点，对于音乐家来说，是极其宝贵的。从此以后，蔡邕就更加着力于对蔡文姬在音乐方面的传授与培养。

生逢乱世 命运坎坷

在家人的悉心关爱中成长，蔡文姬的少年时光是充实而幸福的。成年后，才貌双全的蔡文姬嫁给了河东的卫家。蔡文姬的丈夫叫卫仲道，是一位才学出众的年轻人。

可惜天有不测风云。婚后不到一年，卫仲道便因病英年早逝。常言道，不孝有三无后为大！由于小夫妻俩还没有生儿育女，蔡文姬在婆婆家很不受待见。不仅如此，卫家人还怨恨她命相不好，怪她“克死”了丈夫，言语之间非常嫌弃。心高气傲的蔡文姬何曾受过这样的羞辱？有口难辩的她一气之下就离开了婆家。

东汉末年，时局动荡，政权更迭，殃及池鱼，艺术家蔡邕的命运就像过山车一样。

臭名昭著的董卓官居太师之位，权倾朝野，连皇帝看不顺眼他都能废掉，还有什么坏事不敢做呢？

董卓性格十分残忍，好用刑法立威。一位侍御史在拜见董卓时，事先忘了解除佩剑，董卓就借题发挥，下令将他活活打死。他还指使心腹，把何太后的母亲舞阳君给杀了。尽管董卓杀人如麻、作恶多端，但董太师也需要招纳一些文化人来装点门面。

董卓非常看重蔡邕的名气，于是下令征召蔡邕到自己身边来任职。蔡邕深知其中利害得失，就推说自己有病，不能赴任。董卓听了冷冷一笑，骂道："我手里有抄家灭族的权力，蔡邕这家伙如果真得不识好歹的话，我杀了他，就像弄死蚂蚁一样简单。"

人在屋檐下，不得不低头。眼见装病也躲不过去了，战战兢兢的蔡邕，也只得带着女儿蔡文姬到董卓身边去就职去了。

董卓给蔡邕的待遇很不错，从代理祭酒，到侍御史、治书御史、尚书，三天之内连升三级，转眼之间就当上了正部级高官。

可惜好景不长，公元192年，呼风唤雨的董卓被诛杀了。大权在握的王允，一直把蔡邕视为老仇家董卓的同党，自然不会轻易放过。心胸狭隘的王允在一次酒宴上，故意找了一个借口，把蔡邕打入了死牢。可怜的蔡邕，最终含冤死于狱中。

从盛极一时的朝廷红人，到无力回天的罪臣死囚，艺术家蔡邕的悲惨结局与女儿蔡文姬的命运休戚相关。

颠沛流离　远嫁匈奴

家破人亡，流离失所，整天惶惶不安躲避战火的蔡文姬，最终还是羊落虎口，被趁火打劫的匈奴兵掳掠到了匈奴。那一年，蔡文姬23岁，一位花容月貌的弱女子，像牲口一样被匈奴兵一路鞭笞，所承受的屈辱与惊恐可想而知。在若干年后，她饱含泪水创作《悲愤诗》的时候，依旧心惊肉跳：“马边悬男头，马后载妇女。”“或有骨肉俱，欲言不敢语。”“欲死不能得，欲生无一可。”

由于蔡文姬貌美年轻，匈奴兵便把她献给了匈奴的左贤王。打那以后，蔡文姬就成了左贤王的夫人，在南匈奴生活了整整12个年头。

日久天长，蔡文姬慢慢适应了异乡的生活习性，还为左贤王生下了两个儿子。左贤王对蔡文姬也格外关爱、照顾。可是，夜深人静的时候，蔡文姬还是十分想念自己的故国。

在蔡文姬的故事中，除了她的父亲蔡邕，还有一个传奇人物需要重点介绍，那就是名垂青史的曹操。

曹操堪称一代枭雄，他是东汉末年杰出的政治家、军事家、文学家、书法家，是三国中曹魏政权的奠基人。在东汉末年的乱局中，雄才大略的曹操逐鹿中原，他挟天子以令诸侯，逐步消灭了割据势力，平定了北方，使魏、蜀、吴形成了三足鼎立之势。

曹操不仅善于带兵打仗，掌控政权，他还是一名杰出的文学家。他的诗歌以慷慨悲壮著称，如《短歌行》《观沧海》等，都是我国文学史上的千古绝唱。

史书记载，曹操年轻的时候在洛阳为官，与蔡邕关系非常要好，尽管曹操比蔡邕小了20多岁，但是两人非常谈得来。曹操非常仰慕蔡邕的才学与人品，蔡邕则格外赏识曹操的文韬武略，两人因此结为忘年之交。

当然也有人说，作为蔡家座上宾，曹操对蔡家聪明伶俐的小女儿蔡文姬是很有意思的。曹操的小心思当然逃不过蔡邕的法眼，蔡邕虽然非常赏识曹操的才干，但是并不想把掌上明珠蔡文姬许配给他。蔡邕深知，曹操不会久居人下，雄心勃勃的他是要干一番大事业的。在这乱世之秋，要是把宝贝女儿嫁给他，恐怕是要担惊受怕吃苦头的。为此，他故意装聋作哑，不给曹操进一步表白的机会。

苦尽甘来　三嫁董祀

后来曹操当上了丞相，掌握了汉朝廷的实际大权。一天，他想起了老朋友蔡邕对他的帮助，也想到了当年的美少女蔡文姬。当他得知自己的梦中情人被掠到了南匈奴时，他迫不及待地派出使者，携带黄金千两，白璧一双，可以说是软硬兼施，最终把蔡文姬赎了回来。

有史以来，谁能享有这样昂贵的赎金啊？以曹丞相的权威，以曹丞相开出来的价码，谁又能拒绝呢？谁又敢开口拒绝呢？左贤王虽然舍不得把蔡文姬放走，但他也不敢违背曹操的意愿。

蔡文姬能回归朝思暮想的故土，却要与丈夫、儿子生离死别，她悲喜交织难以取舍。也正是这种矛盾、纠结的心境，激发了蔡文姬创作《胡笳十八拍》的灵感。

胡笳，蒙古族边棱气鸣乐器。民间又称潮尔、冒顿潮尔。古乐府琴曲歌词一章为一拍，顾名思义，十八拍就是十八章的意思。

蔡文姬回到中原后，有一次，曹操问她："听说令尊留下不少藏书与文稿，不知道现在是否还保存着？"

蔡文姬长长地叹了一口气，说："父亲留给我四千多本书，可经过这么多次的浩劫，如今一本也没有了！"

看到曹操惋惜失望的神情，蔡文姬凭着惊人的记忆力，默写了四百多本书稿的内容，赠送给了曹操。

曹操细细阅读书稿，非常满意，他对蔡文姬的钦佩之情更是倍增。世人都交口称赞，说曹操花费重金把蔡文姬接回来，在客观上为我国古代文化的保留做了一件大好事。

在曹操的热心张罗下，命运坎坷的蔡文姬开始了她的第三段婚姻。她的新任丈夫叫作董祀，精通音律，才学渊博，而且是一表人才。

蔡文姬虽然说是天生丽质，可当时毕竟已经是三十五六岁的半老徐娘了。而董祀只有二十几岁，他迫于曹操的组织安排，不甚情愿地迎娶了蔡文姬。青春年少的董祀对蔡文姬的年龄和两次婚史有颇多隐怨，却又说不出口。蔡文姬对此自然也是心知肚明。

因此，在婚姻初期，夫妻俩虽然表面上相敬如宾，可在内心深处却存在很深的隔膜，两人的生活并不和谐。后来的一场变故，让董祀对婚姻与爱情有了更深的理解，也彻底改变了他对蔡文姬的看法。

身为屯田都尉的董祀后来犯了法，被判了死罪，眼看就到了要执行的死期的关头。心急如焚的蔡文姬什么也顾不上了，她慌不择路地跑到曹操的府上去求情。

那一天，曹操正在举行盛大的酒宴。王公大臣、名流雅士济济一堂。当时正值数九寒天，人们看到披散头发、光着双脚的蔡文姬，一进宴会大厅就跪倒在曹操面前，楚楚可怜地替丈夫董祀请罪。在座的好多人都是蔡邕的故交，眼见此情此景，就想起了蔡邕的悲惨结局，又想起了蔡文姬这些年来的凄苦与飘零，都表示非常同情。

曹操听完了蔡文姬凄切的哭诉，鼻子也酸了，眼睛也红了，他说："你所说的情况确实值得同情，但是一切已经来不及了。判决的文书已经发出去了，我能有什么办法呢？"

蔡文姬苦苦央求道："魏王您的府上良驹宝马成千上万，手下的壮士更是多得不计其数，您只需派出一个壮士、一匹快马，把那发出去的文书追回来，我家的夫君就有救了。"

曹操心想，蔡文姬这一辈子已经够悲惨的了，一生三嫁，命运凄苦，倘若真的把董祀给处死了，让她怎么活下去啊？于是曹操当即签发了赦免令，派人快马加鞭，追回判决文书。

董祀死里逃生捡回一条小命，心中感念妻子的大恩大德，从此，夫妻俩恩爱有加。

后来，蔡文姬与董祀在风景秀美远离尘嚣的洛水河畔安家落户了。一代才女蔡文姬，就像童话里的小公主一样，历经沧桑，修成正果，从此过上了幸福安宁的生活。

桓伊：文武兼修的音乐家

如果说，吹吹笛子，弹弹古琴，展示的是一种女子的阴柔之美，那么金戈铁马、杀伐决断，张扬的正是男子汉的阳刚之气。有没有人能把这两种看似对立的气质融于一体呢？世上还真有这种神仙一样的人物呢！

年少气盛有志向

想当年，在街亭失守之后，司马懿大军逼近西城，神机妙算的诸葛亮硬着头皮打开城门，在城楼上气定神闲地弹了一曲《卧龙吟》，便吓得司马大将军急急退兵40里。

桓伊与诸葛亮的气质颇有几分相似。他既是一位军事家，又是东晋时期著名的音乐家，文武兼修。虽然他在军事上的才干，不能与诸葛亮相提并论，但是他在音乐上的成就，那又是诸葛亮望尘莫及的！

桓伊，小名子野，也叫野王。他出身名门望族，父亲桓景曾当过丹阳尹等要职。东晋南朝时期的丹阳尹，大体相当于

■ 桓伊像

今天的北京市委书记，可以说是位高权重，很受皇上的信赖。由此可见，桓伊是一个货真价实的“官二代”，而且含金量极高。

青春年少的桓伊志向非常远大，他从不贪图安乐享受，更不想生活在父辈的光环之下。成年后，他抛开显赫的家世，毅然投笔从戎。由于他聪明好学，很有军事谋略，桓伊在军营中晋升得很快。

当时，位于北方的前秦渐渐崛起，势力日益强大，经常在边境制造摩擦，这给东晋朝廷与老百姓造成了强大的压力与恐慌。为了抵御虎视眈眈的强敌，守护疆土，东晋非常重视对青年将官的选拔与培养。雄心勃勃的桓伊因为精通军务与战术，在军队里很快就脱颖而出。从最初的一个小小军事参谋，桓伊很快就被破格提拔为淮南太守。太守也算是一方大员了，这个官职大约相当于今天的省长吧，而且执掌一方军政大权。

肩负太守重任，桓伊丝毫不敢怠慢，他一方面着手整备军务，积极备战，另一方面也强化了对各级官员的整顿，全力以赴发展生产，为军事斗争积蓄力量。桓伊军事训练与经济建设两手抓，而且两手都抓到了实处，因此很快就见了成效。

智勇双全有谋略

简文帝咸安元年(371年)，前秦王鉴、张蚝带领2万精锐部队入侵淮南。桓伊沉着冷静，果断出击，在今天的安徽省滁（chú）州市全椒县积玉桥一带，全歼前秦部队。桓伊因辉煌的战绩受到朝廷褒奖和重用。

真正让桓伊名声大振的，还是那场惊心动魄的淝水之战。

骁勇好战、野心勃勃的苻坚在统一北方后，强征各族人民入伍，组成了一个庞大的前秦军团。公元383年，他亲率步兵60万、骑兵27万，号称百万大军，以他的弟弟苻融为先锋，杀气腾腾地挥师南下，企图一举扫平老对手东晋政权。

面对前秦的强大攻势，东晋的宰相谢安临危受命，他运筹帷幄，统领谢玄、谢琰、桓伊等得力干将，率领8万精兵，分三路迎击前秦军队。

前秦部队虽然在人数上占有绝对优势，但是官兵上下离心离德，来自不同民族的士兵，很多人都是被强征入伍的，所以普遍存在厌战情绪。再加上主帅苻坚目中无人、恃众轻敌，幻想能够速战速决。种种不利因素的层层叠加，导致他们以惨败告终。

当时，前秦的部队与东晋的部队都抵达了淝水岸边，双方无法在陆地上作战，弄不好就会形成长期对峙的消耗战，这是交战双方都不愿意看到的状况。

晋军摸准了苻坚的急于求胜的心理，就派出使者游说，要求前秦部队稍稍后退，腾出足够的空间，以便双方决一死战。

狂妄自大的苻坚，也在心里打着如意算盘，他想等到晋军渡河一半时，指挥骑兵一路冲杀。于是，他不顾手下将领们反对，独断专行，下令队伍往后撤退。然而意想不到的是，由于秦军人数过多，管理混乱，误传军令，导致军心大乱。军队一退就不可收拾了，成千上万的将士像潮水一样溃退。

晋军乘机抢渡淝水，发起了猛烈的攻击，大败秦军。前秦的败兵慌不择路，四处逃散，听到了风声鹤唳都以为是追兵，大家丢盔弃甲夺路逃命，相互践踏死伤不计其数。东晋部队乘胜追击，一举收复了洛阳、彭城等军事重镇。

淝水之战是历史上一次以少胜多的经典战例，被载入军事史册，对后世兵家的战略思想与观念产生了深远的影响。

淝水之战完美收官，桓伊因卓越的战功被封为永修县侯，晋升为右军将军。这可以说是桓伊人生中最辉煌的一页。

侠义耿直有担当

淝水之战后，战功赫赫的东晋主帅谢安，遭受许多奸佞小人的嫉妒。时不时有人煽风点火，在皇帝面前说他的坏话。坏话听得太多，皇帝也就开始疑神疑鬼的了。

谢安可以说是东晋王朝的国家栋梁，后人盛赞谢安是“中国历史上有雅量、有胆识的大政治家”。眼看着这样一位忠心耿耿的功臣竟然遭受无端毁谤，生性耿直的桓伊愤愤不平。他在心里暗暗盘算，就谢安屡屡被诬陷问题，一定要找个机会跟皇上说明。

这一天，机会来了。皇上在宫中召集一班大臣喝酒，小酒喝得正开心的时候，皇上让桓伊吹个笛子助助兴。

桓伊虽然是一位驰骋沙场的大将军，但他精通音乐，是公认的东晋时期首席音乐家。特别是他的笛子，那真是吹奏得出神入化，在中国的音乐史上，享有“笛圣”美誉！

在桓伊的身上，有一件从不离身的宝贝，就是那支相传为东汉著名作家兼音乐家——蔡邕亲手制作的“柯亭笛”。在伏滔所写的《长笛赋序》中，交代得清清楚楚，“余同僚桓子野有故长笛名柯亭”。柯亭笛，是一支传世名笛，闲暇的时候，桓伊常常吹着它娱人娱己。

桓伊恭恭敬敬地取出随身携带的柯亭笛，即兴吹奏，那真是抑扬顿挫荡气回肠，赢得了众人的一致称赞。眼见皇上听得意犹未尽，心情看起来也非常好。桓伊趁机自荐，要为皇上再弹筝献歌一首。而他所演唱的曲目却大大地出乎人们的意料，竟然是曹植所作的《怨歌行》。在这样君臣同乐的场合，贸然演唱《怨歌行》显然是不合时宜的。在自怨自艾的《怨歌行》中，曹植通过叙述周公诚心辅佐周武王、周成王，但忠而被疑这段史实，抒发了诗人自己遭疑忌同病相怜的痛苦。歌词大意是这样的：身为皇上真不容易哎，身为大臣也很难呀！一旦皇上不信任哟，遭受猜疑火烧身啊……

桓伊巧妙地借用曹植的诗歌，唱出了谢安内心的委屈与彷徨。桓伊声情并茂，娓娓道来，那一份感伤和无奈，唱得在座的各位唏嘘不已，唱得谢安老泪纵横。皇上在一旁听了，也是满脸的羞愧之色。

这就是史上有名的“筝歌进谏”。仕途荣辱，往往就在皇上的一念之间，有谁愿意为了洗白别人的声誉，而甘愿冒着触犯龙颜的风险呀？难怪谢安慨叹：“桓伊任侠仗义，这担当这胸怀真是不同于常人啊！”

才华横溢有雅趣

说起成语“一往情深”，大家都很熟悉。这个成语的典故，就是源于谢安对桓伊的一句赞誉。

桓伊身在行伍，却十分喜爱音乐，而且非常爱听坊间的歌手演唱，每当听到精妙之处，他都会性情率真地鼓掌叫好。当时的宰相谢安也是一位流行音乐的发烧友，他对桓伊精深的音乐造诣与执着的艺术追求，感到非常钦佩，谢安曾多次赞叹说：“桓伊对音乐真是一往情深啊！”

后来人们就沿袭了这个词语，用“一往情深”来形容对人或者事物有一种特别深的感情，表示非常向往而不能克制的意思。

桓伊身为朝廷高官，却爱好音乐达到了痴迷的境界，他不仅擅长吹奏竹笛，还会作曲。中国十大经典古曲之一《梅花三弄》，就是桓伊创作的笛子独奏曲。《梅花三弄》，曲调婉转悠扬、清丽绝尘，深为世人所喜爱。当时，官场与文艺界的好多人，都以能与桓伊结伴同行为荣，都以能一饱耳福为幸。

《梅花三弄》，又名《梅花引》《梅花曲》《玉妃引》。《太音补遗》和《蕉庵琴谱》都清清楚楚地标注，《梅花三弄》是晋朝桓伊所作，原来是一首笛曲，后来才改编为古琴曲。《梅花三弄》共有10个段落，因为主旨是在琴的不同徽位上的泛音弹奏三次，故称“三弄”。“梅花一弄，弄清风；梅花二弄，弄飞雪；梅花三弄，弄光影；暗香浮动，水清清”。乐曲通过梅花的洁白芬芳和耐寒等特征，借物抒怀，来歌颂具有高尚节操的人。

桓伊的名气越来越大，追星的粉丝自然也就越来越多。

有一次，“书圣”王羲之的儿子王徽之，在路边看到一辆马车过来，车上的主人器宇不凡。当时，王徽之并不认识桓伊，一听说眼前的这位就是名动京城的“笛圣”桓伊，就赶紧让仆人拿着名片过去套近乎。

仆人说：“我家主人听说先生笛子吹得特别好，您能不能耽搁片刻，在这里吹奏一曲呀？”

此时的桓伊，已经是一位高官，身份非常显贵，但他为人低调随和。他一看是王徽之的名片，微微一笑。放诞不羁的王徽之，也是当时一个牛气冲天的大名士呀！在桓伊的心中，可以说是神交已久了。

于是，桓伊不声不响地下了车，优雅从容地吹奏了一曲《梅花三弄》。吹奏完毕，桓伊一言不发，径自驱车离开。

两位文艺界的大咖，相会于郊野，从头至尾，双方竟然都没有说一句话，一时间传为美谈。

大家七嘴八舌地议论：“这些艺术家真的好怪哦！”“既然相互仰慕，又已经见面了，为什么不在一起聊几句呢？”

也有人表示能够理解："高人就是高人啊！不落俗套。"

是啊！对于美妙的音乐，一切言语都是多余的。想想那些你好我好的相互夸赞，那些虚情假意的谄媚恭维，真是令人不齿啊！

据考证，当年王徽之邀请桓伊吹奏《梅花三弄》的地点就在金陵古城的萧家渡，也就是今天的南京市秦淮区淮清桥畔。后人都称呼此地为"邀笛步"，这一名胜古迹伴着美丽的传说一直留存千年。

清廉爱民有官德

桓伊一生为官清廉爱民，在老百姓中口碑极好。桓伊功勋卓著，位高权重，但他为人谦逊，生活十分俭朴。在临终之际，桓伊做了一件事情，感动了很多人。桓伊把自己从战场上收集起来的残破铠甲，经过精心修复整理，一共六百套，全部捐献给了朝廷。

桓伊在奏表中言辞恳切地写道："臣深受朝廷恩宠，受命经略西藩……当今天下虽然大体一统，但余寇仍未消灭净尽，臣不甘心老朽衰迈，还想拼死效命，以报皇恩。如今这一志向再也不能伸展，臣在九泉之下含恨悲伤。谨以此马军装备百具，步军铠甲五百套奉献朝廷，皆放置于浔阳，请命令有关部门前往接收。”

皇上看了桓伊的临终奏表，感动不已，特别下诏追封一生为国操劳的桓伊为右将军，加散骑常侍，谥号为“烈”。

玄心、洞见、妙赏、深情，四美皆具，奇才、高节，二难并存。桓伊的文韬武略、忠肝义胆，可以说是孤峰独秀无人匹敌。

后世文人，对桓伊的音乐才华评价极高。杜牧在诗中写道，“月明更想桓伊在，一笛闻吹出塞愁”。苏轼在词中感叹，“谁作桓伊三弄，惊破绿窗春梦”。

由此可见，桓伊对后人的影响非常深远！

阮咸：他把名字留给了乐器

阮咸，字仲容，陈留尉氏（今河南开封南）人，是魏晋时期的大名士。他是阮籍之侄，因为叔侄两人都在“竹林七贤”的花名册上，为了更好地区分，人们称呼阮籍为“大阮”，称呼阮咸为“小阮”。

此阮咸和彼阮咸

在日本奈良的东大寺大殿的西北角，有一个规模宏大的宝库正仓院，里面收藏着各式各样的宝物，总数多达近万件。其中好多稀世珍品都是来自我们中国。

在正仓院的藏品里，有一件精美绝伦的螺钿紫檀阮咸，雍容华丽，极为珍贵。这件珍贵的乐器，据说在汉武帝时就已存在，大约是在唐代流传到了日本。这件宝贝原为日本圣武天皇心爱之物。

螺钿紫檀阮咸的琴体用紫檀木制作，通体嵌以螺钿、玳瑁、琥珀等饰物，背板上为螺钿镶嵌出的一对飞翔的鹦鹉，口中衔着长长的彩色珠链。工艺之精致，造型之秀美，令人叹为观止。

为了弄清阮咸的来龙去脉，笔者查阅了好多资料。真是不查不知道，一查吓一跳！原来，“阮咸”一词有两种不同的注解：

一、阮咸，我国魏晋时期的一位大名士，魏晋时期的“竹林七贤”之一，精通音律，善弹琵琶，时号“妙达八音”，有“神解”之誉，我国文学史上一个个性张扬、肆意任性的牛人。

二、阮咸，一种极具中国特色的弹拨乐器。原来人们都称之为长颈琵琶、秦琵琶。魏晋时期的音乐家阮咸不仅秦琵琶的演奏技艺超群，平时爱动脑筋爱琢磨的他，在秦琵琶的形制与构造的改良上，也做出了突出的贡献。为了纪念他，后人就以“阮咸”来命名这种乐器。这是我们民族乐器中唯一用人名命名的乐器。

名气很大　运气不好

阮咸生性放达，不拘礼节。他与叔父阮籍关系很好，两人经常在一起不分长幼说说笑笑、打打闹闹，还经常在一起酗酒狂欢，喝得醉醺醺的，光着胳膊，勾肩搭背游走于竹林，并大声啸叫。当时的人，都看不惯他们的所作所为，认为

■ 阮咸像

他们不守人伦规范，行为不端。

阮咸曾经当过散骑侍郎，类似于皇帝身边的顾问、秘书之类的闲职，根本没有半点实权。

后来，阮咸的好朋友山涛当上了人事部长（尚书吏部郎），掌管全国官员的任免、升降与调动大权。山涛非常欣赏阮咸的学识和人品，称赞他“纯洁质朴，节制欲望，万事万物都不能改变他的性格”。于是就向晋武帝司马炎推荐，准备提拔重用阮咸。可皇上根本就不认同，毫不含糊地动用了一票否决权。原来，有人私下里向晋武帝打小报告，揭发阮咸有两个致命的坏毛病，一是嗜酒如命，放诞不羁，二是崇尚虚浮之谈。你想想，一个头脑清醒的皇上，怎么可能对一个牛皮烘烘的酒鬼委以重任呢？

虽然没当上好官，但阮咸善弹琵琶，精通音律，时号“妙达八音”，有“神解”之誉。阮咸存世的作品有《律议》《与姑书》和《三峡流泉》等。

与阮咸同时代的，还有一位才华卓著的音乐家，他的名字叫荀勖（xù）。

荀勖，字公曾，颍川颍阴（今河南许昌市）人，西晋开国功臣，是著名的音律学家、文学家、藏书家。荀勖精通律学，在音乐理论方面有较高的造诣。他在乐律学方面的主要成就是创制了笛律十二支。

当时，荀勖是执掌全国乐礼的最高长官。据《世说新语》记载：荀勖主管乐礼，位高权重。但荀勖为人很自负，他认为自己在音乐方面的才华孤峰独秀、无人比肩。

有一次，荀勖自造新律，邀请阮咸过来一起欣赏。阮咸认为新律不合乎古韵雅乐的规范，未能很好地体现音乐中的和谐，就如实地说出了自己的看法。

荀勖一听非常恼火，认为阮咸妄加议论、胡说八道，是在故意拆台出他的洋相。荀勖心里非常记恨阮咸，找机会就在皇帝面前说他的坏话。常言道，眼不见心不烦，荀勖最终就把阮咸排挤出了京城，外放到偏远的地方做官去了。

若干年后，荀勖偶然得到一把周代的玉尺，这是校正乐音的标准尺子。荀勖如获至宝，马上用来校正自己的新律。荀勖经过反复验证，终于确认，以前阮咸所讲的看法原来都是正确的。荀勖羞愧难当，这才知道是自己错怪了阮咸。他也不得不承认，阮咸的音乐造诣远远高于自己。

脾气很怪的名士

魏晋时期，是一个政治动荡的年代，处处暗藏杀机。许多有良知的知识分子，对司马氏集团把控朝政清除异己的做法很反感，不想和他们狼狈为奸。他们对当局抱着不合作的态度，因此生存处境极为凶险。

许多志趣相近的人，为了避祸于乱世，试图远离政治旋涡，他们常常聚于山林之中纵酒高歌。他们崇尚清静无为，在生活上不拘礼法，故作洒脱倜傥，饮酒、作诗，清谈和纵情山水是魏晋时期名士所普遍崇尚的生活方式。这就是后世知识分子所津津乐道的“魏晋风度”。

鲁迅先生在《魏晋风度及文章与药及酒之关系》一文中，一针见血地指出，这些大名士之所以会赤脚、袒腹、裸体，甚至还做出种种荒唐的举动，“因为他们生于乱世，不得已，才有这样的行为，并非他们的本态”。

在“竹林七贤”中，音乐玩得最棒的就属嵇康和阮咸了。

阮咸出生在书香世家。他的祖父阮瑀（yǔ），是汉魏著名的文学家，建安七子之一。曾经在曹操身边出任丞相仓曹掾（yuàn）属一职，曹操对他非常器重。阮瑀的文笔非常出众，当时许多军国公文都是出自阮瑀之手。阮瑀还精通音乐，年轻时曾受学于大音乐家蔡邕，连蔡邕都夸赞他是“奇才”。

阮瑀有两个儿子，长子阮熙（阮咸的父亲），曾经任职武部太守。次子阮籍（阮咸的二叔），曾任步兵校尉，竹林七贤之一，诗人，也精通音乐。

阮咸从小就喜欢跟着叔叔阮籍厮混，叔侄两人没大没小，成了形影不离的好朋友。

老阮家有一个共同的爱好，就是喜欢喝酒，而且酒量都不小，都有点拼命三郎的架势。阮籍嗜酒如命，喜欢豪饮。阮咸显然也是得到了真传，喝起来更是毫不含糊，很容易就能进入物我两忘的境界。

阮咸不喜欢与生人交往，只喜欢与同族的人以及相熟的好朋友在一起喝酒、弹琴、唱歌。阮咸觉得用那种小酒杯子，一杯一杯斯斯文文地喝不过瘾。有一次，阮咸突发奇想，干脆找来一个大口的瓮子盛酒，大家围在一起，直接把头伸在瓮子里，爱喝几口你就喝几口，也省得斟酒。那时候的酒，估计和现在的黄酒差不多，酒精度数都不太高。海量的人聚在一起，就跟喝茶一样，边喝边聊，一喝就是大半天。

那一天，阮咸与客人们都喝高了，大家晕晕乎乎的，就围着酒瓮子手舞足蹈起来。这时候，一头馋嘴的小猪跑了过来，也好奇地到酒瓮子里尝了几口。

有人想要过去驱赶，阮咸却大不以为然：“哎哟喂！它爱喝你就让它喝几口呗，我们也不在乎那一点儿。”

说罢，他就毫不嫌弃地坐在小猪的旁边，陪着猪你一口我一口地喝了起来。

有人揶揄（yé yú），说阮咸邋遢（lā tà）不讲卫生。阮咸反唇相讥：“哼！你们也许都认为猪不干净。可在我眼里，好多人比猪更龌龊（wò chuò）啊！”

大名士阮咸趣事很多

魏晋时期，整个社会门第观念很重。你要是贵族出身，人人看见你都会点头哈腰表示尊重；你要是家境贫寒，势利的家伙就会对你不屑一顾。

更让阮咸反感的是，许多士人自以为血统高贵，不屑与身份低微的人以及少数民族通婚。阮咸作为大名士，他偏偏不信这个邪，他就是要跟整个社会对着干。

那一年，阮咸的母亲去世了，姑姑赶来办理丧事。这期间，阮咸与姑姑的贴身婢女一见钟情。这位婢女是鲜卑族女孩，长相姣好，十分可爱。阮咸就跟姑姑商量，请求她把婢女留给他做老婆，姑姑当时也没有多想，随口就答应了他。可事后姑姑再仔细想想，觉得这样做的话很不好，她怕影响侄儿的声誉和以后的仕途前程，很后悔当初的许诺。

办完丧事后，姑姑刻意避开阮咸，带着婢女悄悄离开了。

阮咸知道后，就放下手里的活，着急忙慌地抢过客人的一头大黑驴，一路狂奔追了过去。

身穿孝服的阮咸，软硬兼施，终于从姑姑那儿讨回自己的心上人。他美滋滋地回来了，却又给世人留下了一个笑柄。

按照旧礼，在重孝期间，三月之内都是不能接近女色的。然而阮咸作为孝子，居然为了一个外族女婢，连名士的风度和家族的荣誉也不顾，这不仅是有失体统，简直就是大逆不道！

有人嘲笑：“阮咸啊阮咸！你这是干吗呢？为了一个外族女婢，真的值得吗？”

可阮咸竟然满不在乎，他振振有词地说：“不孝有三，无后为大！传宗接代的人怎么能轻易放走呢？”

后来，阮咸果真与这婢女生下一个儿子，取名叫“遥集”，也就是阮孚。

当然，也有愤世嫉俗者为阮咸点赞：“阮咸坦坦荡荡，爱我所爱，当机立断，骑驴追人。都说爱拼才会赢！大男人就应当敢爱敢恨，不看任何人的眼色，这才是大名士的本色啊。”

在《晋书·阮咸传》里，还有一个很有趣的故事——《阮咸晒衣》。当时，老阮家是一个人口众多的大家族。世事变迁，族人渐渐地就变得有穷有富。常言道，物以类聚，人以群分，有钱的人家都纷纷搬到大路的北边，建起了豪华的别墅，而路南的老宅子上，渐渐地就沦为穷人栖身的棚户区。

阮咸与叔叔阮籍，他们终究是在朝廷供职，再穷也不至于穷到哪里去。但是他们俩不喜欢到富人区里凑热闹，所以，一直还住在路南的棚户区里。

每年七月初七，只要天气晴好，按照当地人的生活习俗，家家户户都要晒龙衣。大家翻箱倒柜，把搁置一冬的衣服统统挂起来，祛除霉气与异味，同时也讨一个好口彩。

每逢这样的好日子，富人的别墅区里，晒幸福、炫财富，大家忙得不亦乐乎。富人们咋咋呼呼，十分高调地把自家的绫罗绸缎、锦衣华服都摊开来晾晒，肆意炫耀。这让路南棚户区的居民的内心产生了很大的压力。

哎哟喂！这可如何是好？有心晒晒吧，那些破破烂烂的衣服实在拿不出手。要是不晒吧，又怕人家讥笑你心虚。穷人家斟酌再三，也只得挑选稍微体面一些的衣服，事先精心缝缝补补，再挂出去，以此维护那点卑微的自尊。

阮咸把这一切看在眼里，每逢七月初七，他都会恶作剧般地把自己穿了多日的大裤衩高高地挑在竹竿上，就像一面猎猎飞扬的旗帜。

阮咸唯恐路北的人家看不到，他还在院子里举着竹竿边舞边唱，一副怡然自得的神情，引得左邻右舍哄堂大笑。

有人疑惑地问：“人家绫罗绸缎想要炫耀也能理解，可你这破裤衩有什么值得显摆的呀？”

阮咸朗声笑道：“我也不能免俗啊！姑且就这样凑合吧。”据说，这就是“未能免俗”一词的出处。

活在明媚的阳光下，你晒你的财富，我晒我的自信。阮咸从不活在别人的阴影里。可有谁能真正读懂他呢？

诗人臧克家吟唱：“有的人活着，他已经死了；有的人死了，他还活着。”

阮咸就是属于后者，他虽然已经死了，可他却把自己的名字留给了一种乐器。所以千百年来，阮咸这个名字，一直活在清澈圆润的音乐声中！

附录一　中国古代十大名曲

据专家考证，这些古代中国名曲的原始乐谱大都失传，今天流传的不少谱本都是后人委托之作。

1、《高山流水》

相传《高山流水》和《水仙操》这两首古琴曲都是伯牙创作的。

2、《广陵散》

《广陵散》，又名《广陵止息》，这是一首曲调较为激昂的古琴曲。《广陵散》大约产生于东汉后期。据说，《广陵散》这一旷世名曲，因聂政刺韩相而缘起，因嵇康受大辟刑而绝世。

3、《平沙落雁》

在明朝此曲称为《落雁平沙》。描写雁群降落前在空际盘旋顾盼的情景。又名《雁落平沙》。作者传有唐代陈子昂、宋代毛敏仲、明代朱权等，众说不一。

4、《梅花三弄》

乐曲中泛音曲调在不同徽位上重复了三次，故称“三弄”。相传是晋时恒伊所作笛曲《梅花三弄》，后人移植为琴曲。乐曲通过歌颂梅花不畏寒霜、迎风斗雪的顽强性格，来赞誉具有高尚情操之人。

5、《十面埋伏》

中国传统琵琶曲之一。《十面埋伏》乐曲以我国历史上的楚汉战争为题材，描绘刘邦和项羽在垓下决战的情景。乐曲气势恢弘，充斥着金戈铁马的肃杀之声。

6、夕阳箫鼓

《夕阳箫鼓》是一首琵琶名曲，又名《夕阳箫歌》，此外还有《浔阳琵琶》《浔阳夜月》《浔阳曲》等不同版本流传于世。有人认为《夕阳箫鼓》的创意，源自于白居易的《琵琶行》。

7、《渔樵问答》

《渔樵问答》是一首古琴曲。存谱最早见于明代萧鸾撰写的《杏庄太音续谱》。乐曲通过鱼樵在青山绿水间自得其乐的情趣，表达了对追逐名利者的鄙弃。

8、胡笳十八拍

《胡笳十八拍》是蔡文姬根据匈奴乐器胡笳的特点而创作的乐曲。她在该曲中将汉、胡音乐完美地融合在一起，是不同民族音乐融合的结晶。因为诗词共十八段，谱作成套曲十八首。

9、《汉宫秋月》

《汉宫秋月》本是一首琵琶曲，后被改编二胡、江南丝竹等。表现古代受压迫宫女幽怨悲切的情绪。

10、《阳春白雪》

古琴十大名曲之一。相传这是春秋时期晋国的师旷所作。现存琴谱中的《阳春》和《白雪》是两首器乐曲。《神奇秘谱》在解题中说，《阳春》取万物知春，和风淡荡之意；《白雪》取凛然清洁，雪竹琳琅之音。

附录二　中国古代十大名琴

一、周代的“号钟”

“号钟”是周代的名琴。此琴音之宏亮，犹如钟声激荡，号角长鸣，令人震耳欲聋。传说古代杰出的琴家伯牙曾弹奏过“号钟”琴。后来“号钟”传到齐桓公的手中。当时，他收藏了许多名琴，却尤其珍爱这个“号钟”琴。他曾令部下敲起牛角，唱歌助乐，自己则奏“号钟”与之呼应。牛角声声，歌声凄切，“号钟”则奏出悲凉的旋律，使两旁的侍者个个感动得泪流满面。

二、春秋的“绕梁”

据说“绕梁”是一位叫华元的人献给楚庄王的礼物，其制作年代不详。楚庄王自从得到“绕梁”以后，整天弹琴作乐，陶醉在琴乐之中。有一次，他竟然连续七天不上朝，把国家大事都抛在脑后。后经王妃樊姬规劝，楚庄王觉醒，忍痛割爱毁琴。

三、汉代的“绿绮”

“绿绮”是汉代著名文人司马相如的一张琴。相传绿绮通体黑色，隐隐泛着幽绿，有如绿色藤蔓缠绕于古木之上，因而名为“绿绮”。司马相如才华横溢，梁王慕名以琴相赠。相传“绿绮”琴内有铭文　“桐梓合精”。相如得“绿绮”，如获珍宝。他精湛的琴艺配上“绿绮”绝妙的音色，使“绿绮”琴名噪一时。

四、东汉的“焦尾”

《后汉书·蔡邕传》记载，焦尾琴又称“烧槽琵琶”，是东汉著名文学家、音乐家蔡邕亲手制作的一张琴。蔡邕曾于烈火中抢救出一段梧桐木，制成一张七弦琴。因琴尾尚留有焦痕，就取名为“焦尾”。

五、唐代的“春雷”

“春雷”为唐代名琴的名称，制琴世家雷威所作。北宋末年，宋徽宗赵佶在其宣和内府设“万琴堂”，广罗天下古琴神品于其中。雷威的“春雷”琴，是其中的第一品。明朝时，“春雷”传入明宫之中。此琴于民国时，曾经何冠五、汪景吾、张大千等名家收藏。

六、唐代的“九霄环佩”

“九霄环佩”是古琴中的精品，为盛唐开元年间四川制琴世家雷氏第一代雷威制作。它的声音温劲松透，纯粹完美，自清末以来即为古琴家所仰慕的重器。据悉，目前全世界只有不到20把唐代古琴传世，其中名为“九霄环佩”者四把，一在北京故宫博物院，一在中国历史博物馆，一在辽宁省博物馆，一在何作如先生手上。

七、唐代的“大圣遗音”

“大圣遗音”琴产生在唐代至德元年，也就公元756年。是李亨皇帝即位后所作的第一批宫琴。由于此时的听琴人是由盛唐开元、天宝时代过来的。因此，所作“大圣遗音”琴依然保持了盛唐时期的风貌，具有秀美而浑厚的气度。在故宫博物院收藏，可以说是集韵味于一器，是目前传世古琴中很难得的。

八、唐代的“独幽”

灵机式，晚唐。通长120.4公分，琴额宽20公分，琴肩宽21公分，琴尾宽15公分。龙池内刻有太和丁未（唐文宗年号）四字。此琴曾为明末清初著名思想家王船山所藏，后为民国时期湖南琴家李静珍藏。

九、唐代的“太古遗音”

“太古遗音”琴是中央音乐学院的一件藏品，唐初贞观年间斫制。背面龙池上方刻行书“太古遗音”，池下刻篆书“清和”印，左侧刻“吴景略重修甲子中秋”。曾由已故山东琴家詹澄秋珍藏。

十、明代的“奔雷”

“奔雷”琴，明代，故宫博物院藏，仲尼式。背面龙池上方刻篆书“奔雷”，两侧刻有藏者题款：“南北东西几度游，名琴能遇不能求。奔雷无意欣相遇，宿愿多年始得酬”“久经风鹤不堪嗟，一抚奔雷兴倍赊。三十年来成伴侣，怡情养性不离他”。曾由天津琴家宋兆芙珍藏。

中国历代圣贤故事集

中国历代圣贤故事

爱华文 著

团结出版社

图书在版编目(CIP)数据

中国历代圣贤故事集 / 爱华文等著. -- 北京 : 团结出版社, 2019.8

ISBN 978-7-5126-7253-6

Ⅰ. ①中… Ⅱ. ①爱… Ⅲ. ①故事-作品集-中国-当代 Ⅳ. ①I247.81

中国版本图书馆CIP数据核字(2019)第165301号

出版: 团结出版社

(北京市东城区东皇城根南街84号 邮编: 100006)

电话: (010) 65228880 65244790 (传真)

网址: www.tjpress.com

Email: zb65244790@vip.163.com

经销: 全国新华书店

印刷: 三河市祥达印刷包装有限公司

开本: 140×210 1/32

印张: 62.25

字数: 600千字

版次: 2020年9月 第1版

印次: 2020年9月 第1次印刷

书号: ISBN 978-7-5126-7253-6

定价: 220.00元 (全11册)

目录

伏羲：华夏民族的人文始祖

神秘出生

上古时代有一位能人，他是三皇之首，名叫伏羲（xī）。伏羲姓风，被尊称为羲皇，传说他有圣德，像日月之明，故称太昊。传说，伏羲是中华民族的人文始祖，《汉书·古今人表》中称伏羲是“上上圣人”。陕西天水有一座伏羲庙，河南淮阳县有一座太昊陵，都是纪念伏羲圣人的。

关于伏羲的出生有一个美丽的传说。远古时代的东方，有一个叫雷泽的地方，华胥（xū）国的一位姑娘“华胥氏”，有一天跑到雷泽游玩。她偶然发现雷泽边有一个巨大的脚印，觉得很好玩，就好奇地踩了一下，突然身上就有一种奇怪的感觉。回去不久，她发现自己竟然怀孕了，一怀就是12年，后来生下一个男孩，这个男孩有龙的身体、人的脑袋。华胥氏为他取名为伏羲。

盛德领导者

伏羲长大后，与人头蛇身的女娲（wā）成亲，开始繁衍后代，慢慢形成了现在的中华民族。

伏羲32岁这年，在女娲的帮助下，做了大风国的国君。此时宛丘国被九黎族人欺负，他们向伏羲求援。伏羲率领百姓沿颍河而下，九黎族人闻风败逃，于是当地人又拥戴他做了宛丘国的国君。后来，伏羲又以他的德行和才能，团结统一了华夏各个部落。统一后，伏羲便到泰山行封禅大礼。封禅是中国古代帝王在太平盛世或天降祥瑞之时祭祀天地的典礼活动。古人认为群山中泰山最高，有“天下第一山”的称号，因此人间的帝王有了一定的功绩后，一般都会到最高的泰山去祭拜天帝，以彰显受命于天的天子威严。

伏羲有很多的本领，首先他教先民们结网。在陆地上，网可以捕捉野兽飞禽，使打猎更有成果；在水中，网可以快速捞到鱼，使打渔变得更容易。同时，用网捕捉到的动物并未受伤，还可以把它们养起来，变成家畜，这样畜牧业就发展起来了，人们逐渐可以从打猎转向放牧生活。

上古时期，人类还没有文字，有些事情害怕忘记，就用一根长绳子打个结，称为“结绳记事”。但这种方法也有很大缺陷，时间一长，当时是为什么打的结就不知道了。伏羲

■ 伏羲像

通过教人们在木头或石头上刻画各种符号，创造了原始的文字。

当时的人们还比较野蛮，并不懂什么礼法，婚姻主要靠抢夺。于是伏羲就制定了嫁娶的礼仪规范，实行男女对偶制，用鹿皮作为礼物，开始以文明送礼的方式进行嫁娶活动。

当时人们的生活很单调，也没有什么娱乐活动，伏羲又教人们制作琴，他砍下桐树做琴身，用丝线拉在上面做弦。伏羲制作的琴可以弹出非常动听的音乐，大大丰富了人们的文化生活。据说伏羲还有烹调的好手艺，他能消除牲畜的腥臊气味，把肉调制得很美味，所以他又被称为“庖牺”，就是夸赞他是位烹调大师。

八卦祖师

伏羲最大的贡献是作了伏羲八卦图。当时的人们对大自然知之甚少，比如：天气的变化，月亮的阴晴圆缺，人的生老病死，有很多无法解答的问题，都来找伏羲请教。伏羲一时不能解答，于是他仰观天上的日月星辰和大自然的风雨雷电，观察山川地势和草木生长，研究鸟兽身上的花纹，寻找其中的变化规律。终于有一天，他茅塞顿开，发现整个世界的变化可以简化为一阴一阳的变化，他用一条长画代表阳，用两条短画代表阴，根据天地间阴阳变化的规律，画成八种不同的图案，创造了“八卦”。

相传当时在西边的大山里，有个深水潭，有一天夜里，突然刮起了大风，吹得树倒屋塌。有一条黄龙不知从哪里飞来，钻进了深潭里。这条黄龙很是凶恶，又吃人又吃畜生，害得这一带百姓没法活，人们纷纷往外地逃。伏羲正在八卦台推算八卦，掐指一算，知道有条黄龙在西方作恶，那儿的百姓大难临头了。他拿起青龙拐杖，说声“变”，青龙拐杖便变成了一条青龙，伏羲就骑着它来到了西边。黄龙见到青龙，扑上前撕咬。两条龙在一起打得天昏地暗，一直打了九九八十一天，青龙受了很重的伤。眼看青龙就要败下阵来，伏羲用唾沫在青龙身上画了一个八卦，青龙竟然力气大增，又和黄龙打了七七四十九天，终于将黄龙打败。伏羲为了防止黄龙再出来祸害人间，在黄龙身上画了一个八卦，将黄龙变成一座山，将青龙变成一块大青石，压在山顶，从此黄龙再也没有出来过。

伏羲还在八卦的基础上，根据阴阳学说画成了世界上最早的、寓意深刻的太极图。太极表现了大到极点会变小，小到极点而能大，也就是物极必反的道理。太极图中两条黑白色的“阴阳鱼”是左右对称的，表现了阴阳消长和相互转化的过程。现在，韩国的国旗上画的就是太极图与八卦图。

人文始祖

我们发现，伏羲是一位公认的智者和圣人，因为他将自己敏锐的观察力和超人的智慧，用在了帮助更多人脱离苦难、困顿的生活上。远古时代，生活环境很艰难，人们掌握的技能又极为有限，生存是最大问题，伏羲能够总结出高超的生存本领，并且把它教给更多的人，改善大多数人的生活。正是伏羲当时为百姓们努力做的这些事，使他成为众人敬仰的圣人。

其次，对于大自然和人类生存的各种不可知现象，伏羲用最简单的方式总结出了最深奥的道理，八卦图与太极图是伏羲留给后人的最宝贵的财富，至今仍使人们受益。

最后，圣人是以自己的德行教化、感染和改变社会风气的人，伏羲通过制作琴形成了最初的音乐，通过建立嫁娶制度，使得男女结合成为一件文明而郑重的事情。

神农氏：遍尝百草的药王和五谷王

遍尝百草

在远古时代，人们主要靠打猎为生，但因为工具简陋，捕捉到的鸟兽经常不够吃的。后来，出现了一位神农氏，他教人们耕田种地，种出粮食后，大大增加了食物的来源。于是，人民拥戴神农氏做了王，他是民间传说中农业和医药的发明者，被尊称为“药王”和“五谷王”。

传说，神农一生下来就有一个透明的肚子，里面的五脏六腑都能看得见。这为他后来亲自尝百草提供了便利条件，可以很快分辨出植物吃下去后在肚子里面的反应，以此来辨别药物的特性。

上古时期，由于五谷与杂草丛生在一起，药物和毒花开在一处，哪些是可以吃的粮食，哪些是可以治病的草药，哪些是有毒的植物，根本无法分清。经常有人因为乱吃东西而得病，甚至丧命，在疾病面前，人类的知识显得极为贫乏，经常只能等死。神农为了民众的福祉，决定踏遍三山五岳，亲自尝遍所有的植物，找出可以吃的粮食和药材，并区分出有毒有害的花草。

神农走了很远的路，尝完了一山的花草，再去尝另一座山。经过相当长的时间，他尝出了麦子、稻、谷子、高粱等能充饥的食物，把种子带回去，让百姓种植，成了后来的五谷。他还尝出了三百多种草药，为黎民百姓治病，后代的人依照他的经验写成了一本书，叫《神农本草经》。

他发现了一种矮树丛中长出的小嫩叶，吃下去后能让内脏都被清洗得很清爽，他给这种小嫩叶取名为茶，这就是后来我们泡的茶。在一些山势很险峻的崖边，他为了能登到山顶采集植物，就用藤条和木头搭起架子，顺着架子一层层攀登上去。后来，人们为了纪念神农氏造福人间的功绩，就把他采药的那片群山和林海称为“神农架”，这里至今还是有名的风景区，它位于湖北省西部。

作耜兴锄

神农氏管理天下后又做了一件大事，就是教人们制作耕田种地的农具。他把坚硬的树枝头削尖成叉子形状，加上一段短横梁，用来翻土，这种农具叫作“耒（lěi）”。他还制作了扁头的有点儿像现在的锹的农具，但是木制的，叫作“耜（sì）”。耒和耜的发明提高了农耕的效率，也是后来犁和铲

■ 神农氏像

的前身。神农氏观察不同地区土壤的干湿、富瘠，结合四季变化和气候对农作物的影响，教人们播种粮食，并把一些野生植物转化为农作物。从此，人们开始春天播种，秋天收获，并把一年的收成积聚起来，以备下一年食用，不再单纯依赖捕猎和采野果充饥，结束了饥一顿饱一顿的生活。

安居乐业

在神农氏的治理天下，人们过上了男耕女织、衣食丰足的生活，另外，人们还可以拿出多余的东西去交换，互通有无，这是当时最早的集市。

神农氏一生为百姓奔波劳苦，有的书上记载，他有过“一日而遇七十毒”的纪录，就是一天尝到了70种有毒的东西，可见他是如何的不避艰险。有的故事中说，神农氏最后是因为吃到了剧毒的草药而去世的。

神农氏让当时的人们过上了衣食无忧的生活，人们不再因为狩猎的地盘而发生战争，不再为疾病而担忧害怕，过上了天下无争的太平时光，是一位当之无愧的圣人。

黄帝：华夏民族的共主

与众不同的少年

黄帝是远古时期华夏部落联盟的首领，是五帝之首，被尊称为“中华人文初祖”。“黄帝”和“皇帝”两个词音同义不同，“皇帝”是秦始皇开始给自己起的称号，后来的最高统治者都通称为“皇帝”，而“黄帝”却是一个人的称号。《史记》上说，因为黄帝有“土德之瑞”，而土地是黄色的，所以称他为“黄帝”。

■ 黄帝像

据说黄帝姓公孙，也有人说他后来改姓姬（jī），名叫轩辕。黄帝刚一出生就显得与众不同，几个月就会说话，三五岁时就非常聪明，少年时是个勤奋的孩子，长大以后德行修养也很好，喜欢帮助别人，因此被大家推举为部落联盟首领。

战胜炎帝和蚩（chī）尤

当时各部落之间经常发生矛盾和战争，使得百姓饱受战乱之苦，黄帝就去讨伐那些祸害百姓、凶暴不仁的人，很多部族的首领都纷纷归顺了黄帝。当时中原形成了黄帝、炎帝和蚩尤三足鼎立的局面。炎帝和黄帝的部落都有很强的实力，他们在阪（bǎn）泉有过一场激烈的交战，最后黄帝战胜了炎帝，两个部族合二为一，炎黄部族是中华民族最早的来源，这也是后来中国人自称“炎黄子孙”的由来。

另外一个九黎族的部落首领叫蚩尤，他能征善战却极为凶残，没有人能制服他。据说他有81个兄弟，都有野兽一样强壮的身体，个个本领非凡。黄帝在三年中与蚩尤打了九仗，都没能取胜，但为了天下安宁，他没有气馁，决定还要决一雌雄。最后黄帝集结各部落的队伍在涿（zhuō）鹿和蚩尤决战，战斗十分惨烈。蚩尤先使出看家妖术制造了一场大雾，使黄帝的士兵迷失方向，黄帝让大臣风后制作了一辆指南车，不管车子如何转动，车上的仙人手一直指向南方。在指南车的帮助下，黄帝指挥若定。后来，蚩尤又请来了风伯雨师，让战场上风雨大作，黄帝的部队不能前进。黄帝也不甘示弱，请来天女魃（bá）帮忙，她是一位旱神，魃一出现，立刻驱散了风雨。黄帝乘势进攻，大获全胜，还擒获并杀掉了蚩尤，从此统一了中原各部落。当他在泰山举行隆重的封禅仪式时，突然出现了巨大的地蚓，全身黄色，人们认为这是土地呈现的瑞象，就尊称轩辕为“黄帝”。

华夏文明的始祖

黄帝奠定天下后，领导人们改变游猎生活，教大家修建房屋，发现了开掘水井的办法，解决了饮水问题。他教大家种植五谷，驯养鸟兽，带领民众在黄河流域的中原地带定居下来，部落的到来使得当地的原始农业有了进一步的发展。他教导人们做事要尽心竭力，对于山林沼泽动植物的捕捉采伐要依据时令而有所节制。正如《史记》上说：“劳勤心力耳目，节用水火材物。”

为了方便黄河两岸的交通，黄帝还创制了船和车，他的史官仓颉（jié）创造了最早的象形文字。他的臣子大挠建立了记录年月日时的天干地支。天干包括：甲、乙、丙、丁、戊（wù）、己、庚（gēng）、辛、壬（rén）、癸（guǐ），总称为十天干；地支包括：子、丑、寅（yín）、卯（mǎo）、辰、巳（sì）、午、未、申、酉（yǒu）、戌（xū）、亥（hài），叫作十二地支。天干地支组合形成了古代记录时间的体系，两个相配正好是

60年一轮回，也称作一“甲子”，因此60岁也被称为“花甲之年”。

黄帝制定了国家的官员制度,并将全国分为九州来治理。当时人们已经懂得了音乐，发明了磬和鼓等乐器，黄帝命一个叫伶伦的乐师用竹子做成律吕，定下五音十二律，校正各种乐器，使得不同乐器能和谐地一起演奏。

传说岐（qí）伯是黄帝时的神医，曾经回答过黄帝有关养生方面的问题。岐伯说养生之术要及时避让四时邪气、清除杂念、调养自身正气。他的这套养生之术形成了一本中医学的基础理论书，名叫《黄帝内经》。

为后世所瞻仰

黄帝的妻子叫嫘（léi）祖，是个聪明能干的女子。她看到人们冬天披兽皮，夏天没有衣服穿，就发明了养蚕抽丝的方法来制作丝帛衣服。

黄帝活到 118 岁就去世了，去世后被葬在桥山，桥山在今陕西省黄陵县。最初的黄帝陵极其简朴，后代的皇帝为了尊敬他，不断扩建黄帝陵，并定期举行祭祀大典，现在的黄帝陵成了海内外炎黄子孙共同瞻仰和祭祀黄帝的地方。

黄帝战败蚩尤，统一中原，奠定中华。黄帝在位期间，惜物爱民、国势强盛、政治安定、百姓和乐、文化进步，有许多发明和制作，如文字、音乐、历法、宫室、舟车、衣裳、指南车、医学等；种植五谷，大力发展农业生产，形成建立在农业文明基础上独特的中华文明。相传尧、舜、禹、皋陶、伯益、汤等均是他的后裔，因此黄帝被奉为中华民族的共同始祖，他的丰功伟绩传颂千古。

黄帝是一位具有神话色彩的人物，他为人类的进步做出了巨大的贡献。他的雄才大略，主要在于结束了当时中国各部落分封而治的局面，建立起统一的部落联盟。在黄帝的英明领导下，统治疆域越大，百姓受惠也就越大。相比于炎帝的刚愎自用、蚩尤的残忍凶暴，黄帝带给这些地区百姓的恩泽可谓大矣。再加上后来黄帝四处征战，逐渐收服各处，以赫赫战功救百姓于水火之中，使他们免受战争之苦，收服各方以后又施行德政，黄帝的功德当受万世景仰。

仓颉：创造汉字的字圣

造字圣人

汉字是世界上使用时间最久、区域最广、人数最多的文字。汉字的创立和应用不仅推进了中华文化的发展，还对世界文化的发展产生了深远的影响，而仓颉在汉字的创造过程中起到了重要的作用。

仓颉，姓侯冈，名颉，号史皇氏。《说文解字》中记载仓颉是黄帝时期的史官，他见到鸟兽的足迹后到受启发，依照事物的形态创作文字，并广泛搜集、整理和使用文字。他把原始人类在漫长岁月中创造的碎片式的记号统一归类，并赋予确定的含义，形成最原始文字的雏形，为后来逐步形成的甲骨文和金文奠定了基础，被人们尊称为“造字圣人”。

在美国国会图书馆三座馆舍之一的约翰·亚当斯大楼出口处的铜门上，镶嵌（xiāng qiàn）着12位对世界文字做出贡献的传奇人物，仓颉的名字就在其中。这说明他作为中国文字的始祖，也得到世界其他国家的关注。

■ 仓颉像

传说仓颉一生下来就很聪明，眼睛长得与众不同，有四目重瞳（tóng），就是每只眼睛有两个瞳孔。后来，他被推选为黄帝的史官。远古的人们普遍用着结绳记事的方法，后来发展到用刀子在竹子上刻符号记事。随着人们要记录的历史事件变得复杂多样，作为史官的仓颉决心创造一套统一的文字，把重要的史实记载下来，留给后人借鉴。

汉字起源

有一天，仓颉看见天上飞来一只凤凰，嘴里叼着的一件东西掉落在他面前，仓颉捡起来，看到上面有一个蹄印，他辨认不出是什么野兽的蹄印。这时恰好有个猎人经过，猎人看了看说：“这是貔貅（pí xiū）的蹄印，它与别的兽类的蹄印不一样，我一看就知道。”仓颉听了猎人的话很受启发，他想：既然万物都有不同的特征，画出事物的特征图象，大家都能认识，这就是文字了呀！

从此，仓颉开始观察事物的外形特征，造出譬如日、月、人、山、鸟等象形文字。还有一些事情没有形状可以画，他就选择把字要表达的意思用符号加指示性标记的方法，比如上、下、本、末等，还有将两个或几个字符组合在一起表达意思的造字方法，比如明、林等。日积月累，仓颉造了很多字，他把造的字献给黄帝，黄帝非常满意，立刻召集手下大臣，让仓颉把造的字教给他们。为了纪念仓颉造字的功劳，后人把仓颉造字的地方称作“凤凰衔书台”，位于现在的河南省新郑市。

震天动地

在仓颉成功造字后，天上地下都出现了奇异的现象，正如《淮南子》中记载的“天雨粟（sù），鬼夜啼”。意思是说：天上下起了谷子，地上有鬼在夜间哭泣。有人说天上下谷子，是创造文字感动上天，这是值得庆贺的事，有人说有鬼哭泣是因为文字会揭露邪恶，告诫世人，鬼就害怕不能再作怪了。这是想从自然现象的角度，说明仓颉创造文字对天上人间和鬼神都带来了不小的震动，人类从此由蛮荒时代转向有文字传承的文明生活。

古人认为，文字是有魔力的，所以人们非常珍惜字和纸，一旦在路上发现有字的纸，就把它们收集在一起，送到专门的火炉中烧掉。过去的读书人在自己的书房里都有字纸篓，来存放废纸，积多了以后就去烧掉。有些老人家还会劝阻年轻人，不要用带字的纸垫在地上坐，这是对文字的不恭敬。

唐尧：开禅让帝位先河的圣王

仁德的圣王

三皇时代实行的是“父死子继、兄终弟及”的血统继承制；而五帝时期，王权继承似乎没有了一定之规，有的传给孙子，有的传给侄子，有的传给儿子或弟弟。五帝时代后期，尧将帝位禅让给庶民身份的舜，在后世成为美谈，帝王统治进入了“公天下”的时代，即通过禅（shàn）让制，形成非血统的王位继承制。

尧姓伊祁（qí），名放勋，他是黄帝的后代，帝喾（kù）之子，因为被封在唐国，也就是现在的山西临汾附近，又被称为唐尧。尧被后世儒家奉为圣明君主的典型，他既有伦理道德方面的模范人格，又是治国平天下的君主楷模。在《中庸》里有一句话：“仲尼祖述尧舜，宪章文武。”意思是说，孔子遵循尧舜的治国之道，效法周文王、周武王时的制度。

《史记》中司马迁对尧的评价也很高：“其仁如天，其知如神。就之如日，望之如云。富而不骄，贵而不舒。”意思

■ 尧帝像

是说：他的仁德如天空般广阔，他的智慧有如神灵般无所不知。人们对他的归附之心，就如同花儿向着太阳，人们对他的企盼有如大旱时望见天上的乌云。他的财富很多却不骄奢，地位尊贵却平易近人。纪念尧的尧帝庙位于今山西省临汾市南边，门额东西两侧一边写着“就日”，一边写着“瞻（zhān）云”，正是引用太史公司马迁对尧的赞美之词。

俭朴治国

尧的父亲帝喾是位顺天意、知民急、仁爱而有威严、施恩德而讲信义的君主。帝喾去世后，由尧的哥哥挚继位，尧在13岁时开始辅佐哥哥，15岁时被分封在唐地，18岁时挚去世了，尧继位。

尧当政后生活非常俭朴，他虽然尊为帝王，却住着茅草屋，穿着粗布衣服，吃粗米和小米，喝野菜汤，工作却十分繁忙。他时刻注意倾听百姓的建议，并在他简陋的宫门前设置了一面鼓，如果有人对政策有什么意见，随时可以击鼓，当面向尧帝陈述。为方便听到民众的声音，他还命人设立了“诽谤木”。他命人在地下埋了一根木柱，木柱旁有人看守，如果百姓有意见，可以向看守人陈述，如果想去朝廷申诉，看守人会给他带路。由于实施这些广开言路的举措，尧深知百姓的疾苦，并能及时改善政策造福百姓。

尧命令羲（xī）氏、和氏等四人主管天文，四人经过一番观察研究，确定了春分、秋分、夏至、冬至的时间，根据日月星辰的运行规律制定历法，然后颁布天下，告诉人们播种与收获的时间，使农业生产有所依据。尧总结出以三百六十六天为一年，每三年有一次闰月，使每年的农时估计准确，让从事农耕的人们找到了季节的规律。在尧的时代，农耕文化出现了飞跃性的进步。

谦虚的君主

尧还是个谦虚的人。作为一国之君，他经常求能纳贤，唯恐埋没了人才，只要一听说哪里有德高望重的人，就亲自去寻查参访。

当时有一位名士叫善卷，尧觉得自己的德行和智慧都不如善卷，就想认识这位贤德的人。他以学生对待老师的礼节去拜访，让善卷坐在上位，自己恭敬地站在下方，行礼之后表达了想把天下让给善卷来治理的想法。

善卷回答说：“我逍遥地在天地间，已经心满意足了，我要这天下干什么呢？”

后来，尧又听说一个叫许由的人道德高尚，安于清贫，能力不同凡响，就来到许由隐居的地方登门拜访，并对许由说：“先生应该身居高位，天下必能大治，我自以为缺点很多，愿意把天下让给先生。”

许由忙推辞说：“您已经把天下治理得很好了，我要天下又有什么用处？”

许由坚持不接受尧的帝位，又躲到别的地方隐居起来了。

禅让帝位给舜

尧在位70年后，感觉必须选择一位继任者。他认为，应该传位给一个贤能的人而不是自己的子孙，于是就到处找人推荐。在考察了舜20年后，尧将帝位让给了舜，让位28年后便去世了。

尧是从父亲和哥哥那里继承的帝位，却开创了禅让制的先河，这也是尧帝得到儒家和史学家极力推崇的原因。他拥有天下不是为自己，也不是为自己的家族，而是为了使万民过上富足和睦的生活，所以得到人们的爱戴和称颂。

谦虚使人进步，骄傲使人落后，这是一个亘古不变的道理。尧帝必定是一位亲和力很强的人，他在位期间，真正做到了“开张圣听”“选贤任能”，由此才使得那个时代的农耕文化有了飞跃性的进步。

“就之如日，望之如云。富而不骄，贵而不舒”，这是对尧帝恰到好处的评价。正是由于他这种谦虚的态度、广阔的胸襟，才使得上古时代禅让制继续流传，尧舜也成为圣贤的代称，对中华文明产生了深远的影响。

虞舜：一位孝子的天子之路

接受禅让的天子

尧在位时知道自己的儿子丹朱不成器，不能把天下交给他，因此四处走访贤人，最终发现并任用了舜。经过相当长时间的考察，尧毅然退位，让舜代行天子的职责。后来尧过世了，三年守丧期结束时，舜为了让位给尧的长子丹朱，躲到黄河的南边。但前来朝贡的诸侯都不去丹朱那里，而是到舜这边来，官员们有政事也都找舜来协商，于是舜便回到京师即位，这就是帝舜。

舜是上古时代非常著名的帝王之一，他即位之后的国号是“虞（yú）”，所以历史上称他为“虞舜”。

不被待见的孩子

虞舜本来姓姚，名重华。父亲人称“瞽叟”（gǔ sǒu），是“瞎老头”的意思。舜的父亲是一个既糊涂又顽固的人。

舜的母亲在他很小的时候就去世了，于是父亲又娶了妻，后母后来生了个弟弟叫“象”。这位后母非常自私刻薄，经常在父亲面前说舜的坏话，于是父亲和后母都特别偏爱象。他们三个人还经常联合起来欺负舜。

■ 舜帝像

小时候，舜受到了非常不公平的待遇，经常遭到父母的责骂，但每一次，他都希望自己能做得更好，能得到父母的满意和认可。他不断检查自己是不是言行上有缺失，并不断改正。如果受到弟弟的无理刁难，他也不会恼怒，反而想自己是不是没有给弟弟做出好榜样。就这样，他对父母力行孝道，对弟弟十分友善，多年如一日，从不懈怠。

那个时候，舜几乎承担了家里所有的劳动，每天起早贪黑，做着耕田种地的辛苦活。有一天，他又累又饿倒在了田里，忽然从山林中跑出一只大象，用长长的鼻子卷住犁耙，帮他耕地。傍晚的时候，还有小鸟成群结队地用嘴帮他除草。这奇妙的场景，田里的农夫们都看呆了，大家都说是舜的孝心感动了老天，所以派大象和小鸟来帮助他。

原来有德行的人，是可以感召到动物们都来帮他的呀！

这个消息很快传开了，很多人都赞美他的德行，全国的人都知道有一个叫舜的大孝子。

被尧王看中的年轻人

舜20岁的时候名气就很大了，在他30岁时，尧帝年纪大了，希望能找到一个合适的人继承帝位，便请大臣们举荐。有几位大臣纷纷推荐舜，说有这样一位大孝子，淳朴宽厚、德才兼备，也许是继承帝位的人选。于是，尧帝就把两个女儿——娥皇和女英嫁给了舜，并让九个儿子和他一起劳动。他希望通过儿女们进一步观察和考验舜的德行，以便更好地了解舜的能力和德行。

接受尧王的考验

刚开始，舜到历山那个地方去耕种，当地的农民经常为了争夺好耕的田地而打架，邻里关系非常紧张。舜很擅长干农活，他率先到历山荒芜的山地去耕种，并教会当地人如何垦荒。他把收获后的粮食除了供奉给父母之外，还送给缺粮的人家，并经常帮助老弱的人家劳作。由于舜的倡导和示范，到历山开垦荒地的人越来越多。同时，由于他的感召，历山一带营造出了友善和睦、乐于助人的风气，大家都以舜为榜样，勤耕苦作，当地呈现出一派生机勃勃的景象。

他曾到雷泽这个地方打鱼。当地人为了争夺有利的打鱼场地，经常大打出手，年轻力壮的人总是占据较好的位置，孤寡老弱的人没办法打到鱼。看到如此场景，舜就下决心改变这种局面。舜善于动脑，捕鱼手法也很高明，鱼捕得多。每次舜把自己捕的鱼留下少量自己吃外，余下的都分给鱼捕得少的人。同时，他常把自己发现的好渔场让给别人，还手把手地教给人捕鱼的方法。舜的真诚善良，令众人感到既惭愧又感动，人与人之间的关系便发生了根本性的变化，尊老爱幼、乐善好施成为当地的新风尚。

舜还曾经到黄河边学习制陶。这里土壤质量不佳，出产的陶器非常粗糙。舜挨个走访工匠，熟悉生产流程，研究改进办法，反复摸索试验，最终烧制出的陶器工艺精巧、外形美观。他还教导当地人做事要严谨、精益求精，后来当地出产的器皿相当优良，受到普遍的欢迎。

原来四海漂泊的人，都纷纷选择在舜居住的地方搭房而居。原来在别处居住的一些人，也举家迁徙，到舜居住的地方开辟新的家园。只要他居住的地方，一年形成村落，两年形成市镇，三年形成城市。

躲避家人的谋杀

尧帝看到了舜的德行和能力，于是赏赐他衣服、琴、粮食和牛羊等，舜的父亲和后母都很羡慕，希望他的弟弟象可以独吞这些财产，于是三个人合谋想要杀害舜。

有一回，瞽叟叫舜爬上粮仓，修补粮仓顶，舜刚爬上仓顶，父亲就悄悄把梯子撤走了。不一会儿，粮仓下面就着起了火，火势很凶猛，舜必须尽快跳下粮仓。幸好舜随身带着两顶遮太阳用的斗笠。他双手拿着斗笠，像鸟儿张开翅膀一样跳下来，由于斗笠在空气中产生的阻力，使舜轻轻地落在了地上，一点儿也没受伤。

瞽叟和象发现一计不成，又施一计。有一次，瞽叟叫舜去挖井，舜跳下井去挖了几天之后，瞽叟和象估计井已经够深了，于是开始往井里丢土石，想把舜活活埋在里面。没想到，舜挖井时，在井边挖了一条侧行的通道，他自己从通道里钻了出来。象以为舜这次是死定了，得意扬扬地回到家里，以为舜的财产都归自己所有了。此时，他猛然见到舜正坐在床上弹琴，大吃一惊。但舜并没有不高兴的神色，装作若无其事的样子，还是像过去一样孝顺父母和友爱弟弟。他们发现舜的确是有德行的人，所以有上天保佑他，想什么办法都害不死他，也逐渐开始接受舜了。

尧帝得知舜对家人的宽容大度后，更加赞赏他，于是想进一步考验他的能力。一次，尧帝让舜进入茂密的山林，考验他的野外生存能力。当时遇到暴风和雷雨，舜凭着智慧与毅力，安然无恙地回来了。舜的勇敢镇定和应变能力，使尧帝坚信他的德行与能力足以治理天下。

接受天子之位

舜50岁时，正月初一这一天，尧帝举行了隆重的禅位典礼，将自己的帝位禅让给了舜。舜继承帝位以后，依然不忘孝敬父母，他驾着天子车回乡看望父母亲，尽作为儿子的孝，还封自己的弟弟象为诸侯。虽然舜已经位高权重，但他不计前嫌，常念亲恩，依然竭尽孝悌之道，他的行为最终感动了父母和弟弟。

舜在政治上也大有作为，他任用了当时最有德行和威望的人，并给他们做了细致的分工。舜任命禹担任司空，治理水土；任命弃担任司农，掌管农业；任命契（xiè）担任司徒，推行教化；任命皋陶（gāo yáo）担任大理官，执掌法律等；还有其他官员负责山林、礼仪、祭祀、纳言等。舜还规定三年考察一次政绩，由考察三次的结果决定提升或罢免，使得官员各司其职，百姓守法知礼。

禅让大禹，至孝圣君

舜在年老的时候，确定由威望最高的禹继承自己的帝位，所以舜和尧一样，都是禅位让贤的圣王。据说，舜在即位三十九年时到南方巡视，死在苍梧的郊野，安葬在长江南边的九嶷（yí）山。

孟子曾经说过一句话：“舜何人也？予何人也？有为者，亦若是！”意思是说：舜是什么人？我是什么人？人只要立志有所作为，就可以成为像舜一样的人。舜能做到孝顺，我们也是可以的。因为我们的天性都是一样的，都有一颗善良、仁慈的心。如果我们能以舜为榜样，做到儿女应尽的“孝亲顺亲”的本分，必然能有一个和睦美满的家庭。

我们发现，古人选拔人才时，孝顺是非常重要的条件，尧一开始正是因为舜的孝而考虑选择他做继承人。一个人只有对身边的亲人大度真诚，才有可能会仁爱地对待世人，才有可能治理好天下，所以孝是所有德行的根本。

舜的故事也印证了《孝经》中的一句话：“孝悌之至，通于神明，光于四海，无所不通。”就是说：一个人孝顺父母、友爱兄弟到了极致的时候，不但天地神明知道他的高尚德行，会保佑他平安吉祥，就连周围的人甚至小动物都会被他感化。

舜是一个伟大的人，他在父母、弟弟对他都不好的时候，并没有产生怨恨，而是反省自己，依旧恭敬地对待他们。也因为他有这种至诚的孝悌，他才被尧看中，这正是由治一家而治天下的典范。而他在即位以后，仍然不骄不躁，回到家依然以子侍父、友爱兄弟，这真是把“孝悌”二字做到了极致啊！

皋陶：中国古代司法的鼻祖

建立司法

在辅佐舜治理天下的诸多名臣中，掌管法律的大理官皋陶是其中特别杰出的一位。他姓偃，出生在曲阜的偃地，又称作皋繇，他出色地辅佐了尧、舜、禹三位部落联盟首领。他创立了法律制度，倡导法制和德行教育相结合的思想，为后来各个时期制定完善法律体系奠定了基础，被奉为中国司法的鼻祖，历史上也被喻为“圣臣”。

皋陶在尧帝时期就与尧关系很好，是尧给皋陶氏族赐姓“偃”，后来尧将帝位禅让给舜，舜就任命皋陶做了“士”，是当时负责法律的最高长官。当时社会并不安定，还有一些坏人在作乱，并且有人用阴险的手段反对舜帝，破坏部落团结，皋陶就建议制定一系列规则来约束人们的行为。

《史记》中提到舜帝上朝时，皋陶与大禹等人商讨治国的方法时，提出了知人善任，安定民众，要选拔任用有“九德”的人。这九德包括：宽而栗（宽仁而严肃）、柔而立（性

■ 皋陶像

情温良而坚定自立）、愿而恭（厚道而恭敬）、治而敬（有治国才干而细致慎重）、扰而毅（和顺而刚毅果断）、直而温（正直而态度温和）、简而廉（直率而有操守）、刚而实（刚正而考虑全面）、强而义（坚强而一身正气）。这九条标准既包括德行才干，还包括性格和气质，是我国史料记载中最早的考察选拔公务员的标准。

完善制度

禹继续帝位后，任命皋陶做大理官，也是司法最高长官。传说我国的第一部《狱典》就是皋陶在辅佐禹时制定的，里面将不同的犯罪行为，根据严重程度，给予不同的量刑。现在流传下来的皋陶制订的一条刑法是："昏、墨、贼，杀。"昏是指自己邪恶却窃取别人的名誉；墨是指当官贪赃枉法，败坏官纪；贼是指肆无忌惮地杀人。这三种行为，都是要判处死刑的。这些刑法对社会上的不法之徒起到了震慑作用。

同时，皋陶主张刑法处于辅助的地位，而教化民众才是制定法律的根本目的，对于有过激行为或犯了轻罪的人，应该先教育感化，不能晓之以理的，再绳之以法。当时皋陶提出通过“五刑”来辅助“五教”，五教是指：父义、母慈、兄友、弟恭、子孝。这五种教育是社会关系和睦的重要保证，五刑就是指对不同犯罪情况的五种处罚。

獬豸断狱

在完善法律制度的同时，皋陶还主持案件的审判，他断案公正，天下信服，没有让无辜者受到冤枉的。传说皋陶判案还有一只神兽做帮手，这只神兽叫獬豸（xiè zhì）。獬豸样子长得像羊，但只有一个角，是一只独角兽。它很有灵性，有分辨好坏曲直、确认罪犯的本领。皋陶遇到案情复杂多疑时，便让几名嫌疑人在大厅中站立，让独角兽出来辨认。独角兽见到有罪的人会用角去碰他，它就这样帮助皋陶甄别了许多重要案件。史书上说皋陶担任大理官时，天下没有虐刑、没有冤狱，那些卑鄙小人非常惧怕法律的威严，纷纷逃到境外，使得国家太平，百姓安居乐业。

因为皋陶的忠诚和才干，受到了禹的赏识，禹在晚年时，认为所有大臣中皋陶最为贤明，想把皇位禅让给他，最后因为皋陶比禹去世得早而没有实现。禹把皋陶的后代分封在了“六”这个地方，就是现在的安徽省六安市，那里至今还有人祭祀和追思皋陶。

作为中国最早记载的大法官，皋陶没有以处罚罪恶为首要，没有以酷刑严罚来立威，而是以教化民众为主，以法律制裁为辅，让百姓知耻修德，这就是圣人倡导的仁政了。

后稷：教民种植的谷神

天赐神童

后稷（jì），姓姬，名弃，号后稷，是黄帝的玄孙，帝喾（kù）的嫡长子。后稷的母亲名叫姜嫄（yuán），是有邰（tái）氏的女儿，帝喾的元妃。后稷是传说中对农业发展有着特殊贡献的人物，被尊称为“稷神”或“谷神”。

后稷出生的传说跟伏羲非常像。有一天，姜嫄在郊野游玩，回家路上偶然发现地上有一个巨人足印，大小远超过常人的脚印，她就用自己的脚踩上去，想比一比跟这个大脚印的差距。刚刚踩到脚印上，顿时感觉一股暖流穿过身体，有种说不出的异样感觉。回来不久，她就怀孕了，十个月后产下一个肉球，之后，从肉球里面跳出一个男孩，他结实又可爱。

这孩子生下来就很不受疼爱，姜嫄以为儿子是个妖怪，想把他遗弃，可一连串奇怪的事情发生了。姜嫄先把他抛弃在狭窄的道路上，想让过路的车马把孩子踩死，可是经过的

■ 后稷像

牛马都避开男孩不去踩他。后来姜嫄派人把他丢到山林里，正巧当时山中砍柴的人多，又没丢成。最后将孩子抛弃在结了冰的沟渠上，却忽然飞来一只大鸟，用自己丰满的羽翼温暖着孩子。经过这么多次磨难，孩子依然无恙，姜嫄以为这是神的指示，便将婴儿抱回精心抚养，因为起初是想抛弃他，所以就给他起名叫“弃”。

少成农师

后稷小时候就健壮勇敢，有着远大的志向。他做游戏时，喜欢种植各种野生的农作物，比如麦子、谷子、大豆、高粱和各种瓜果，他种得很好，果实成熟时，吃起来又香又甜。长大成人后，他开始专心致志地研究土壤和气候适合的种植品种，并发现了要铲除杂草等田间管理知识，还教给当地人耕田种地的技能。人们看到后稷在农业方面的成就，非常信服他的技术，他的名声很快就传开了。尧帝听说后，推举后稷当了掌管农业生产的农师，天下人都因为他丰富的农业经验而得到了满满的收获。到了舜帝时，依然受到重用，他在尧、舜、禹三朝都建立了功业。

后稷年老去世之后，人们为了纪念他的功德，把他埋葬在一个山环水绕、风景优美的地方。这地方就是《山海经》里面所说的“都广之野”，这里一年四季都可以播种，谷物自然生长繁茂，还有凤鸟自由地歌唱。

由于在古代，农业是关系到百姓生计最重要的生产活动，所以社神（土地神）和稷神（谷神）是最重要的原始崇拜对象，受到了隆重的祭祀，也逐渐在社会政治文化生活中产生了深远的影响。古时的君主为了祈求国泰民安、五谷丰登，每年都要到郊外祭祀土地神和谷神。社稷也就成了国家的象征，后来人们就用“社稷”来代表国家。

姬姓始祖

因为弃为天下人立了很大的功劳，帝舜就把他封在邰（tái）这个地方，在今天的陕西省。后稷的后代都姓“姬”，由后稷为始祖的这个姬姓部族就是周族，他的后代建立了长达八百年的周朝。《诗经·大雅》中有一篇《生民》，生动地描绘了后稷的故事，是人们对周王朝的始祖后稷的追思和歌咏。

后稷和其他圣人一样，将自己一生投入到与百姓生计关系最为紧密的事业中，并为百姓的福祉做出了巨大贡献。后世几千年的君王和民众都因此而感激和祭祀他。

大司徒契：治水施教的火神阏伯

降生于商

契（xiè），姓子，人们尊称他为“阏（è）伯”，他是帝喾的儿子，尧同父异母的弟弟。契出生于上古时代的商，位于现在的河南省商丘市附近。在舜帝时被任命为大司徒，所以也有文献称他为司徒契。

契的出生也有一段美丽的传说。有娀氏的大女儿名叫简狄（dí），长得非常美丽，住在九重高的瑶台上。有一天，帝喾派一只燕子去看简狄，燕子飞到她面前，回旋着发出清脆的鸣叫声，简狄看到开心极了，她试着去捕捉这只鸣叫的燕子，终于用玉筐把燕子盖在里面。过了一会儿，她打开玉筐，燕子瞬间从玉筐里飞逃出去，里面却遗留下了一颗鸟蛋。简狄把燕子留下的蛋吞了下去，于是就怀孕生下了儿子契。《诗经·商颂·玄鸟》一诗中有一句说：“天命玄鸟，降而生商。”由于契的出生地和封地都是商，所以诗里的商指的就是契了。

助民引火

有一次，帝喾带着他的儿子契出外巡察民情，来到一个地方，见这里的人们生吃食物，而且大都身体虚弱，略显病态。帝喾询问大家为什么不把食物做熟了吃。老百姓回答说："我们没有火啊！"帝喾问："怎么不到别处去引来火种，别让它灭呀！"百姓对他说："找来几回了，有时因为柴草供不上，有时因为洪水泛滥，都灭了。"帝喾不禁长叹一声，心想，一定要找个可靠的人帮助人民留住火种。于是，他语重心长地对儿子契说："你看，眼下帮助这里的百姓引来火种，并把火管理好不让它熄灭，对于这里的人们是件生死攸关的大事情，你是我最有能力的儿子，请你帮我想办法做好这件事，怎么样？"契是个听话的孩子，立即答应下来。从此，帝喾把契留在了此地，并担任火正，也就是管理火种的官员。在漫长的远古时代，正值洪水泛滥，风沙连天，在这么艰苦的条件下，能把宝贵的火种留下来，是非常不容易的。而契能够将火种完整地保存下来，使百姓代代相传，付出了很多艰辛。

契在管理火种的同时，还曾经筑台观察天上的星辰。他通过参照大火星建立历法，并记录和测定一年的自然变化与天象的关系，为中国古代的天文学做出了贡献。

治水施教

长大后，由于德行、才华出众，契得以辅佐舜帝。舜曾指派司徒大禹去治水，那时契和后稷也帮助大禹治水，十三年后，终于取得了明显的成果，总算治好水了。于是舜分封契在“商”这个地方，又任命契为司徒。《史记》中有一段记载了舜对契寄予的厚望，舜对契说：“现在百官的关系不够和睦，家庭中的伦理关系也不和顺，你去担任司徒，向人们进行孝、友、慈、恭、义这五种教育，实行这些教育时，要以宽厚为本。”

司徒不仅仅是负责传授人伦的教育和祭祀的礼仪，更重要的是组织人们从事农业生产，并传授手工业等生活技能，包括如何用火烧制出好用的陶器和冶炼出更好的铜器。契的工作做得有声有色，得到了民众的赞誉。

感念恩德

契过世后，人们怀念他的功德，以当时最隆重的葬礼把他葬在封地的土丘上。因为契的封地是“商”，埋葬契的地方便因此被称为“商丘”，这个名字被沿用至今。后人还尊称契为“火神”，并在现在的河南省商丘市建立了一座火神台，每年正月里都有祭祀火神的盛大庙会。

契是商族部落的祖先，他去世后，儿子昭明继位，之后传了十几代，就是商朝的开国君主商汤。在夏朝统治时期，刚刚兴起的商族仅仅是夏朝在东方的一个附庸。从契至汤的14世中，商族人在黄河中下游广阔的平原上迁徙了八次之多，商汤建立商朝时建都在南亳（bó），这里从此成为商朝的国都。

夏禹：治理大水、划定九州的圣君

少年的大禹

大禹，姓姒（sì），名文命，字高密，生活在距今四千多年前的夏朝。因为他是夏朝的第一位国君，还因为治水立下了伟大的功勋，所以历史上称他为“大禹”或“夏禹”。他是中国古代与尧、舜齐名的贤圣帝王，他最卓著的功绩，就是历来被传颂的治理滔天洪水。他还划定了中国国土为九州。

传说禹的母亲年岁已大，却一直还没有生孩子，有一次她采了薏苡（yì yǐ）来吃，吃过之后感觉肚子有些异样，不久就怀孕了，后来生下了禹。

据说尧在位时，中原大地上发生了特大的洪水，洪水泛滥不但冲塌了房屋、淹没了农田，还夺去了许多人的生命。为了解除百姓的疾苦，尧派禹的父亲鲧（gǔn）去治水。

禹在青少年时代，常常跟着父亲奔波在各地治水。有一次，禹来到了涂山（位于今安徽省怀远县附近），遇到一位美丽的涂山姑娘，当时两人便互生好感，但因为禹任务紧急，

■ 大禹像

没来得及细谈就继续勘测水土去了。等到禹回来又经过涂山时，他知道自己与涂山女有缘，便与她结为夫妻。

治理水患

鲧治理了九年洪水，采取的是筑堤挡水的方法，结果不但劳民伤财，还没能治理好水患。后来舜代理尧的职责，去巡视各地的情况，检查治水工作。舜看到鲧对洪水束手无策，还耽误了大事，非常生气，于是在羽山将鲧处死了。之后舜任命鲧的儿子禹继续治理洪水，禹决心要完成父亲未竟的事业，一定要把洪水治理好，把百姓从自然灾害的威胁中解救出来。于是，大婚后不久，禹便背起行装，告别妻子，率领益和后稷以及其他助手，踏上了治水的旅程。

禹总结了父亲治水失败的教训，改革治水方法，以疏导河流为主，利用水向低处流的自然趋势，凿山开渠，疏通了九条河。治水期间，禹翻山越岭，顺着山势砍削树木作为标志，拿着测量工具，确定高山大川的治理方向，规划水道的路径，把平地的积水导入江河，再把江河的水引入大海。

那时在今山西河津与陕西韩城之间是一片高山，挡住了黄河的去路，奔腾的河水到这里找不到出路，就溢上了河床，两岸的农田和民居经常淹没在一片汪洋之中。禹认为要在这排高山中间开一个缺口，让黄河找到一条出路，经过异常艰苦的劳动，山被凿开了，奔腾的黄河水从缺口咆哮而过，向下游流去。人们为了纪念大禹的功劳，便把这座山叫作“龙门山”，把这个缺口叫作“禹门口”。

禹亲自率领老百姓风餐露宿，几次过家门怕耽误工作而不敢进去。他生活极其简朴，穿衣吃饭一点儿也不讲究，整天在泥水里疏通河道，手上长满了老茧，脚底磨出了脚垫，经常蓬头垢面地辛勤工作，由于长年累月地泡在水里，他的脚指甲都脱落了。经过十三年的治理，禹终于取得了成功，消除了中原洪水泛滥的灾祸。

治理天下，划定九州

舜帝在位33年时，正式把天子位禅让给禹，禹正式即王位，居住在阳城，国号夏。禹在治水过程中走遍天下，对各地的地形、物产和民俗都非常了解，他根据自然和人文条件将天下划分成九个州，后来，“九州”就成了中国的代名词。古人认为天圆地方，“方圆”是指范围很大，因此，又用九州方圆来指中国这块地方，还表达了中国地大物博、气势磅礴的景象。

禹在继承华夏部落联盟首领后，三苗部落挑起事端，引发了长江中下游地区的战乱，禹率领军队前来征讨。禹的部队士气高昂、训练有素，三苗部队节节败退。经过激烈的战斗，三苗最终战败。禹征服三苗后，统一了长江流域，华夏大地出现了社会安定统一的太平盛世。

为了巩固统一的局面，禹到淮水中游的涂山，邀请各部落和邦国的首领一起召开诸侯大会，这就是标志夏朝正式建立的“涂山大会”。正式大会这一天，大禹穿着隆重的祭祀礼服站在台上，四方诸侯分列两旁向禹行稽首礼，禹也在台上向大家还礼。行过礼后，禹向大家发表演讲，说自己开这个大会的目的，是希望大家能够向他提出恳切的意见，使他知过改过。如果禹有骄傲自满的地方，请大家当面告知，对大家的教诲，禹会洗耳恭听。各位诸侯看到禹这样虔诚的态度，都从心眼里敬重、佩服。

涂山大会之后，为表示敬意，各方诸侯常来阳城献金，那个时候的“金”指的是青铜。后来，九州贡献的青铜年年增多，大禹想起以前轩辕黄帝功成铸鼎，为了纪念涂山大会，大禹准备将各方诸侯进献的青铜，按照当时的九州，铸造成九个大鼎。九只鼎上铸着各州的山川名物和飞禽走兽，禹把九鼎称为“镇国之宝”。九只鼎都集中到夏朝都城阳城，以表示大禹九州之主的地位，天下从此统一和谐。后来我们用成语“一言九鼎”来形容说的话分量大、起着决定性作用。

“家天下”是这样产生的

大禹到了晚年还坚持到全国各地巡视，关注农业生产情况，了解人民的生活。当他巡视到会稽（kuài jī），也就是今天的浙江绍兴时，因为劳累过度而去世了，于是人们就把他安葬在会稽山。

大禹继位时曾推荐皋陶作为继承人，要把国家的权力交给他，但是皋陶先于大禹去世了，后来大禹又把天下交给益。皋陶和益都与大禹没有血缘关系，都是当时的贤臣。大禹去世后，三年丧礼期一过，益就把帝位让给了禹的儿子启，自己隐居到箕山的南边去了。禹的儿子启很贤良，天下人都希望他当天子，所以诸侯都去朝拜启而不是益，启因此继承了大禹的天子之位。夏朝共延续了400多年，后人常以“华夏”代称中国，在汉朝之前，汉族被称为“华夏族”，这里的“夏”与中国史书记载的第一个朝代是“夏朝”有关。

大禹治水，是首屈一指的功绩，特别是在父亲治水失败以后，他顶着压力，迎难而上，最终治好了水患。父亲因水而获罪，难得的是禹并没有由此而心生怨恨，而是正视黎民百姓面对的境况，无怨无悔地付出了十几年的时光。

从另外一个角度来说，禹小时候就跟着父亲治水，也正是因为耳闻目睹的经验，再加上吸取父亲失败的教训，他才能够成功的吧！

夏启：中国历史上第一位真正的国王

继承大禹之位

启是大禹的儿子，姓姒，名叫启。因为他继承大禹，当上了夏朝国君，所以，又把他叫做夏启或者夏后启。

在中国历史上，夏朝的国君称为“后”，商朝的国君称为“帝”，周朝的国君称为王。

夏朝为什么把国君称为后呢？那是因为，夏朝国君的祖先过去当过司空，“司”字是人之下一个口，表示发号司令，也就是指国家的统治者。“后”字是夏启时代的人创造的一个字，它是“司”字的镜像字，也就像“司”字照在镜子里一样，它的形状正好与“司”字完全相反，但是意思完全相同。夏启为了表示自己的功德不如祖先，就把“司”字反过来，创造了一个“后”字。再后来，“后”字除了指国君，还指国君的妻子，也就是“王后”，或者“皇后”。秦朝之后，“后”专指皇帝的正妻。

大禹治水的时候，在涂山这个地方，娶了涂山氏一个美

■ 夏启像

丽的女子，后来这个涂山氏的女子，为大禹生下一个孩子，大禹几次路过家门，都没有时间去看望妻子和孩子，这个孩子，就是姒启。

大禹在位时选择继承人，曾经根据禅让的原则，由大家共同推选有才能，有品德的人继承国君之位。众人推举了嬴（yíng）皋陶继承大禹的职位，但不幸的是，嬴皋陶在大禹之前就去世了。于是，大禹又把国君的位子传给了伯益。

过了10年，大禹到东方视察，到达会稽这个地方，就是今天的浙江绍兴一带，不幸在那里去世了，去世前他把天下禅让给了益。服丧三年完毕后，益又把帝位让给禹的儿子启，自己到箕山的南边隐居去了。

大禹的儿子启，曾跟随大禹一起治水，天下的人心也都归向于他。因为伯益辅佐大禹的时间不长，天下的臣民还不怎么拥戴他，所以，诸侯们都纷纷去朝拜启，并说："这是我们曾经贤明的君主大禹的儿子啊！"于是，启就顺利继承了天子之位，建立了夏朝，被称为夏后帝启。

平定叛乱

姒启当上国君之后，他把国家的首都，由阳翟（dí）迁到了安邑，安邑在今天山西省夏县一带。然后开始分封官职，整顿国家。

姒启破坏禅让制的做法，引起了许多国家不满，这其中势力最大的要数有扈（hù）国。姒启为了巩固自己的统治，就带领军队进攻有扈国，双方在甘这个地方发生大战。姒启发表了历史上著名的讨伐有扈国的檄（xí）文《甘誓》，宣告要和有扈氏决一死战。启说：

“唉！统率六军的人们，我向你们宣布誓言：有扈氏蔑视仁、义、礼、智、信五常的规范，背离天、地、人的正道，因此上天要断绝他的大命。如今我恭敬地执行上天对他的惩罚。车左的人不从左边进攻敌人，车右的人不从右边进攻敌人，便是你们不执行命令。驭手不能使车马阵列整齐，也是不服从命令。听从命令的，在祖宗面前赏赐你们；谁不听从命令，我便在神社面前杀掉谁，而且要把他们的家属收为奴婢。”

战争打得十分激烈，最后，姒启的军队取得了胜利，并消灭了有扈氏。天下诸侯见状纷纷来朝拜。

有扈国在今天陕西户县一带。 姒启消灭了有扈国，夏朝的统治进一步稳定下来。

世袭国君

在夏启之前的尧舜禹时代，都是以推举贤德之人的“禅让制”来选举国君。但姒启老年的时候，没有按照禅让制，推举优秀的人来继承国君之位，而是把国君之位，传给自己的儿子姒太康。从此之后，由众人推举国君的“禅（shàn）让制”，就被废除了。父亲的职位继续传给儿子的“世袭制”便开始了。

所以，姒启是中国历史上第一个真正的国王，被后世称为“夏后启”。也是中国进入私有制社会的开始。

在姒启统治的时代，夏朝国力强盛，百姓生活稳定。姒启在位39年，大约78岁去世。姒启死后，他的儿子姒太康继承了夏后之位。

我们中国常称为“华夏”，就是来自夏朝。

少康：中兴夏朝的君主

太康失国

姒启建立了夏朝，姒启死后，他的儿子姒太康继承了夏后的职位。

姒太康是一个花花公子，整天就知道喝酒打猎，不会管理国家。有一年，他到洛河北岸打猎，很长时间不回国。有穷国的国君后羿就趁机带领军队，占领了夏都。

这时的太康还毫不知情，他打完猎，带着猎物高高兴兴回来，走到洛河岸边的时候，后羿的士兵把守着渡口，不让他们上岸，这时候，姒太康这才知道国都已经被后羿占领了。太康就这样失去了夏后之位，这件重大的事件在历史上被称为“太康失国”。孩子们请注意，这个后羿并不是神话传说“后羿射日”和“嫦娥奔月”中的后羿，他们是同名的两个不同的人。

姒太康的五个弟弟见哥哥不能回到国都，就陪着母亲来到洛河岸边苦苦等待，但不幸的是，姒太康再也没能回来。五兄弟每人作了一首歌来追念他们的祖父大禹帝的功绩和品德，并哭诉因太康失德而失去国家的凄凉和悲哀。这首歌就是我们国家历史上著名的《五子之歌》。

第一首歌唱道：我们的祖先大禹教导我们，一定要亲近人民，不能看不起人民，因为人民是国家的根本啊！根本稳固，国家才能安宁。如果失去根本，普通的男女都能战胜我们。姒太康你不听祖先的教导，多次失误。了解了人民的怨恨，难道还要等它爆发吗？应该在人民没有怨恨的时候就治理好国家。我们管理国家和人民，就像用腐朽的绳子驾驭六匹马一样危险，作为国家的国君，为什么对人民不尊敬呢？

第二首歌唱道：我们的祖先大禹教训我们，在内迷恋女色，在外喜好打猎，喝着美酒，听着音乐，建造华丽的宫殿，装饰美丽的宫墙。这几个爱好只要占有一个，国家就不得不灭亡。

第三首歌唱道：伟大的尧帝，曾经拥有冀州广大的土地。现在你们搞乱了国家的治理，导致灭亡的是你们自己。

第四首歌唱道：我的辉煌的祖先，是管理许多国家的伟大君主。制定法律和制度，传给他的子孙。征收税赋平均，王家仓库丰盈。现在废除了祖先的传统，就是断子绝孙啊。

第五首歌唱道：唉！我的心中多么悲哀，人民都仇恨我们，我们将依靠何人？我的心情郁闷，我的脸上羞愧啊。不愿意谨慎地学习祖先的品德，虽然后悔又岂是能够挽回的？

《五子之歌》记录在《尚书》这部著作里，它阐明了国家领导人一定要要重视和爱惜人民的道理。一个人对他人的态度好坏，也体现了这个人的人品和胸怀。所以，孩子们，你们从小一定要树立团结友爱的美德。

后羿占领了夏都，过了几年，他把夏后的位子传给姒太康的弟弟姒仲康，姒仲康只是一个傀（kuǐ）儡（lěi），国家大权依然掌握在后羿手里。又过了几年，姒仲康死了，他的儿子姒相继承了夏后的位子。

后羿是一个凶狠残忍的人，他不会管理国家，只会吃喝玩乐，于是后羿的干儿子寒浞（zhuó）趁机就发动兵变，把后羿杀死，并把他的尸体放在大锅里煮。寒浞自己当上了国君后，相比于后羿有过之而无不及，他开始疯狂追杀夏朝的族人和大臣。

姒相为了躲避寒浞的追杀，逃往商丘，但还是被寒浞的儿子寒浇杀死了。他的妻子后缗（mín）从宫墙的一个洞里逃了出来，逃回了自己的娘家有仍氏部落。

图谋复兴

后缗本来怀有身孕，她逃回有仍氏后，不久就生下一个男孩子，取名少康。

姒少康从小就很聪明，他懂事后，母亲就告诉他爷爷太康失去国家，爸爸姒相被寒浞杀害这些事情，并且叮嘱他长大后一定要为他们报仇雪耻，并复兴夏后氏。姒少康从小就立下志愿，以后一定要夺回本该属于夏后氏的天下。

姒少康渐渐长大了，他先在有仍国担任放牧的官员，一有机会就学习带兵作战的本领。

但是，过了不久，寒浞就打听到姒相的妻子还生了一个儿子。于是寒浞就派人来追杀姒少康，姒少康提前知道了消息，逃到一个叫做有虞氏的部落。

有虞氏的首领名叫虞思，没有儿子，只有两个女儿，他见姒少康聪明能干，就留下了他，把自己的两个女儿嫁给他，还给了他一块肥沃的土地和五百名士兵。

从此，姒少康就有了自己的土地和军队，他关心当地百姓疾苦，到处宣传祖先大禹的功德，争取人民支持他复兴夏朝，并召集夏朝的旧臣来和他会合。

过了几年，许多人都得知姒少康准备复兴夏朝，躲避在有鬲（gé）氏的夏朝大臣伯靡（mí）亲自带领许多人民和军队来投奔姒少康，并且拥立姒少康为夏后。

少康复国

姒少康和伯靡（mí）积极训练军队，准备进攻寒浞。为了弄清寒浞的实力，他们首先派遣一个叫做女艾的漂亮女人，充当间谍，通报情况。

姒少康在掌握了寒浞军队的虚实之后，就起兵进攻寒浞。少康带兵打败了寒浞的儿子寒浇，他的儿子姒杼带兵，打败了寒浞的另一个儿子寒豷（yì），伯靡则率领有鬲（gé）氏军队进攻寒浞的军队，寒浞被打败了。伯靡将寒浞绑住，公布了寒浞的各项罪状，并将他的肉一片一片割下杀死。

姒少康打败寒浞重新当上了夏后，恢复了夏朝的统治，史称“少康复国”。

复国后的少康开始勤于政事，讲信修睦，爱戴百姓。在他的治理下，夏朝社会安定，文化兴盛，各族部落纷纷拥戴他，夏朝国势再度兴盛起来，因此这段时期又称“少康中兴”。可以说，姒少康是历史上一位非常杰出的君王。

从“太康失国”到“少康复国”，前后近百年。如果说，夏朝的建立算是中国历代王朝最早的兴起，那么夏启便是以权谋开国的第一位君主，太康则成了最早的“昏君”。只有到了少康时期，夏朝才真正进入由“治”到“盛”的局面，出现了中兴的形势。

商汤：推翻暴政、仁爱人民的商太祖

会打仗的君主

商汤，又名成汤，姓子，名履（lǚ），又名天乙，河南商丘人。汤是大司徒契的后代，商朝开国君主，在古书中还被尊称为“武王”，从这个尊称就可以看出，商汤是位很会打仗的君主。

当时夏朝的国君是桀（jié），由于他荒淫无度，夏朝势力日渐衰弱下来，而黄河下游的商国逐渐强大起来。商国是夏朝的属国，当初大禹将这块地方封给了大司徒契，到了夏桀时期，正是契的后代汤掌管商地的国事。他对待百姓仁厚，虚心纳谏，礼贤下士，因此商国政治清明，百姓安居乐业，很多夏桀的官员，比如伊尹（yǐn）、终古等，都纷纷离开夏桀，前来投奔商汤。

商曾经被夏朝授予过“得专征伐”的大权，也就是商国国君发现哪位诸侯不仁德，可以直接去征伐，而不用经过夏王的批准。

讨伐葛国

当时葛国是商国西面的一个诸侯国，葛的君主葛伯好吃懒做，安于享乐，连古代各诸侯都非常重视的祭祀天地祖先的仪式，都不举行。

汤知道葛伯有很久没举行过祭祀了，就派使者去询问为什么不祭祀。葛伯是个狡猾的人，他辩称，不是他不想祭祀，而是每次祭祀要用很多牛羊，他们那里没有牛羊。使者回来报告给汤后，汤就挑选了一群牛羊送给葛伯，希望葛伯有了牛羊后就可以继续祭祀了。

谁知葛伯见商汤信了他的谎话，还得到这么多牛羊，就把牛羊杀了吃掉，仍然不祭祀。

汤听说葛伯收到牛羊还是没有祭祀，又派使者来询问原因。葛伯又狡辩说，他们的地里种不出粮食来，没有酒和饭来做贡品，所以有了牛羊还是无法祭祀。

汤于是派商国的人前往葛地去帮助种庄稼，还派边境的人去葛地给种地的商人送饭吃，送饭的人大多是老人和孩子，葛伯就派人抢劫送来的饭菜。有一次，一个孩子去送酒饭，因为反抗抢劫的人，竟然被葛伯的人杀死。汤于是感到自己仁至义尽，就率兵到葛地把葛伯杀掉了。

因为葛伯不理政事，葛国民众怨声载道，见汤杀了葛伯，

■ 商汤像

都表示愿意归顺商。汤于是兼并了葛，并组织葛的人民从事农耕，发展生产。汤灭葛的行动，不但没有遭到其他诸侯国的反对，还让一些怨恨夏桀暴政的诸侯和民众盼望商汤前去征伐，有的诸侯国愿意摆脱夏朝统治而归顺商汤。从此，商汤在各诸侯国中声望更高，商国的进一步发展也削弱了夏桀的力量。

网开三面

《史记》记载，商汤有一次外出打猎，看见人们围着猎场四面张网，还祷告希望四方鸟兽都落入网中。汤看见以后，非常感慨地说："只有夏桀才能这样做啊，这样做实在太残忍了，这不是要一网打尽嘛！"于是下令把张挂的网撤掉三面，只留下一面有网。商汤也对网祷告说："天上飞的，地上走的，想往左跑的，就往左，想往右跑的，就往右，不愿意逃的，才会进我的网。"并对周围的人说，对待禽兽也要有仁爱之心，不能赶尽杀绝，我们只捕捉那些不遵天命的就好了。

商汤“网开三面”的事情传扬开后，诸侯们都称赞汤是一位有德的君主，他连禽兽都会施以恩泽，于是归顺汤的诸侯更多了。这就是流传到现在的“网开三面”这个成语的由来。

汤武革命

夏桀听说不少官吏投奔了汤，还有很多诸侯也归顺了汤，汤不但有政治远见，还拥有训练有素的军队，这使夏桀感到了强烈的威胁。于是桀找借口让汤来夏都商议国事，想趁机把他逮捕，关进监狱。命令传到商国，汤明知凶多吉少，还是带领随从来到夏都。果然，汤一到，就被夏桀下令囚禁在“夏台”，这是夏朝的监狱，专门关押犯人的地方。伊尹等人得知夏桀把汤囚禁起来的消息后，就搜集了许多珍宝、玩器和美女献给夏桀，还买通了桀身边受宠的女子帮助说情。夏桀是一个贪财好色之徒，也禁不住美女的游说，就下令把汤放了。但夏桀拘禁汤的消息在诸侯间传开了，引起人人自危，汤回商后，坚定了灭夏的决心。

经过一番谋划准备，汤率领各方的联合部队挥师东进，很快战胜了韦国和顾国，之后汤采纳了伊尹的计策，并没有继续攻打，而是向夏桀进献贡品，并请罪臣服，以休养军队，等待战机。夏桀见到贡品和请罪奏章后，又以为高枕无忧了，继续饮酒作乐。一年后，昆吾国的夏伯率军进攻汤，汤积极应战，并很快打败了昆吾军，兼并了昆吾。一直辅佐夏桀的九夷族首领不能忍受桀的残暴统治，背叛了桀，与汤结盟。于是伊尹提醒汤，讨伐夏桀的时机到了。

汤在出征前，召集各诸侯国的将士们开了誓师大会，这就是《尚书》中记载的《汤誓》，声讨夏桀的作恶多端，并动员将士们为民除害，还百姓平静安宁的生活。经过汤的动员，商汤的军队士气大振，都誓与夏军决一死战，而夏军这边却士气低落，怨气冲天。在两军交战之时，夏国的部队溃不成军，商汤的军队势如破竹，夏桀看大势已去，连忙出逃，最后还是被商汤的军队擒获。商汤宽大为怀，没有杀死夏桀，而是把他流放到南巢（今安徽巢湖一带），后来夏桀老死于南巢。

仁厚的君主

汤经过多年的征伐战争统一了中原，控制了黄河中下游地区，在三千诸侯的拥戴下做了天子，祭祀天地，宣告了商朝的建立。由于商汤以武力灭夏，打破了天子永续传承的说法，从此中国历代王朝皆如此更迭，因而史称“商汤革命”。

汤建立商朝后，对内减轻赋税，鼓励生产，安定民心，从而扩展了统治区域，影响至黄河上游，一些少数民族部落都来纳贡归服，商朝的势力范围远远超过了夏朝。

商汤刚即位不久，就遇到了连年的大旱灾，大地干涸，庄稼颗粒无收，百姓挣扎在饥饿贫困之中。虽然商汤和伊尹想办法教百姓打井开渠，但因为长年不下雨水源枯竭了，这些办法也无济于事。当时的人们认为连年干旱是上天降下的灾难，于是汤就设立祭坛，准备祭天求雨。

汤命史官在祭祀中说："是不是君王政事没有法度节制呢？是不是人民受了疾苦呢？是不是我们的官吏贿赂贪污呢？是不是有小人进谗言呢？是不是宫室营造浪费了民力呢？是不是因为后宫女子干扰政事呢？为何天帝不降雨普度百姓呢？"陈述这几条责备商汤的话，是希望天帝鬼神收到商汤的自责，而赐予甘雨，然而雨还是没有下来。

后来史官们占卜说，看来只用牛羊做祭品不够，还要用活人祭祀天帝，于是商汤自告奋勇地说："如果一定要用活人来做牺牲，请让我来担当。"于是汤洗了澡，换上干净的衣服，祷告说："在我当政的时候，天下大旱，是我一个人的罪，不能殃及万民；如果是万民有罪，也都是我一个人的过错，请老天惩罚我一个人吧！不要因为我一人无德，伤害到我的百姓。"商汤的自我牺牲感动了天地神灵，他刚说完，天空中就阴云密布，数百里的中原土地上下起了倾盆大雨，连年的旱灾终于缓解了。

汤建立商朝后，在位13年时病逝，庙号商太祖。商朝传承了17世，共31位帝王，延续了大约六百年之久。

暴虐之君永远不会得到民心。汤率兵讨伐正是反抗暴力的举动，这跟他一贯的仁爱是一致的。对于张网捕鸟，他都能够网开三面，祈祷鸟儿不要落入网中，恩泽惠及禽兽；对于百姓，他的做法是亲自带兵，推翻施行暴政、欺压百姓的君主。即位以后，他身体力行，祭祀的时候甘愿以身当罪，真是具有博大的奉献精神啊！

伊尹：从厨师到宰相的传奇人生

厨师的祖师爷

伊尹，姓伊，名挚（zhì），尹是右丞相的官职名，伊尹是商朝开国史上一位有着特殊经历又十分重要的人物。他不但辅助商汤灭夏，为建立商朝立下汗马功劳，还扶立了汤的儿子外丙和仲壬，并教诲汤的孙子太甲改过自新，之后还辅佐了沃丁，为商朝开国的五位君主服务了50多年。同时，他还是中华厨师的祖师爷，中原菜系的创始人，据说中药的汤液也是他发明的。

伊尹从小是被有莘（shēn）国国君的厨师收养的孤儿，他自幼聪明颖慧，爱知求真，虽然只是有莘国的一个普通百姓，却喜欢研究三皇五帝等英明君王的施政之道。他既从养父那里学会了精湛的烹调手艺，又深谙治国的方法，以致后来既做了君主贵族的厨师，又做了贵族子弟的老师。由于伊尹向往尧舜时代，所以要求自己做一个正直的人，凡是不道德的事，就是给他骏马千匹、壮牛千头，也决不去做。

■ 伊尹像

伊尹作为厨师，对火候和调味都有特别的体会，他认为烹饪的全过程中，食物的变化是精妙细微的，必须悉心去领悟。伊尹在烹调技术上独树一帜，至今被奉为烹饪之圣。伊尹虽然不是医生，但他发现了药食同源的规律，从自己长年的烹饪经验中，总结出了许多食物治疗疾病的方法，他还发明了中药的汤液，提高了中草药的疗效。

伊尹后来担任了有莘国国君的厨师，发现国君很贤德，而当时的夏桀却昏庸无道，他想劝说有莘国国君起兵灭夏桀，使天下恢复尧舜之道。经过长时间近距离的观察，伊尹发现有莘只是个小国，力量弱，而且有莘氏与夏桀同姓，都是夏禹的后代，血缘关系不能改变，因此无法担当灭夏的重任，只有汤才是理想的人选。

被汤王看中

汤得知有莘国有一位贤人叫伊尹，就派使臣带上礼物来聘请他。使臣到了有莘国后，明察暗访，花了好长时间，才在野外的一间茅草屋中找到伊尹。

使臣看见眼前的伊尹蓬头垢面，一副平常人的样子，就流露出了傲慢的神情，转达了汤想聘请他的愿望。伊尹从容地说：“我伊尹有田种，有饭吃，过得像尧舜一样快乐，为什么要去见汤王呢？”商国的使臣只好悻悻（xìng）地离开了。之后，汤又几次派使者前来聘请伊尹，他都没有接受，但心中已经被汤的诚意所感动。

商汤为了将伊尹收为己用，想了一个办法，他向有莘国国君求婚，想娶他的女儿做妃子，同时提出附带条件，把伊尹作为陪嫁的奴隶一起嫁到商国去。有莘国国君为了高攀这门亲事，答应了商汤的要求，于是伊尹便作为陪嫁奴隶到了商国。

辅佐汤王灭夏

伊尹到了商国后，经常与汤谈起天下形势和治国方略，讨论夏桀的暴政和人民的痛苦生活。他希望商汤能在国内施行仁政，对待百姓慈悲为怀，同时联合诸侯，蓄势待发，推翻夏桀的统治，建立一个如尧舜时代的太平盛世。

商汤为了让大臣们都了解伊尹的才能，让伊尹在众臣面前表达自己的政治观点，谈论天下的格局和商国的应对方式，大臣们对伊尹的才华和德行都很敬重。商汤深切地感到伊尹是不可多得的人才，于是任命他担任右宰相，古时称此职为“尹”，从此，大家都叫伊挚为“伊尹”。伊尹不但有政治远见，还有卓越的军事才能，为商汤的几次出兵讨伐出谋划策，结果攻无不胜。

汤在伊尹的帮助下，最终灭掉了摇摇欲坠的夏王朝，建立了商朝。伊尹作为商汤的股肱（gǔ gōng）之臣，成了开国功臣之一，是商政权中举足轻重的元老。商汤过世后，他在继承发扬汤的仁政爱民思想和教导后代君主方面，都发挥了显著的作用。

放逐太甲

商汤有三个儿子，大儿子太丁早年生病夭折了，二儿子外丙在汤去世后继位，在位三年就过世了，于是伊尹又拥立外丙的弟弟仲壬继位，才过了四年，仲壬也过世了，伊尹只好又立太丁的儿子太甲为王。在这些君主的频繁更替中，国事平稳过渡，百姓安居乐业，很大程度上是伊尹辅政的功劳。

太甲从小生在帝王家，不思进取，即位后，也不爱过问政务，一味奢侈享受，大臣们对他束手无策。伊尹一再劝导太甲要勤政爱民，继承发扬商汤的治国之道，不可以像夏桀一样昏庸，但太甲根本听不进去劝谏，依然我行我素。为了使太甲成为明君，伊尹果断地把太甲软禁到商汤墓地的桐宫，让他思过反省。桐宫气氛肃穆庄严，一开始太甲被关在这里，心中怨恨不已，时常怀念花天酒地的生活。

伊尹一边代太甲处理商朝的政务，一边抽空来桐宫教导太甲，还专门写了修身、执政方面的书，交给太甲读。太甲想到祖父艰苦创业、排除万难，才有今天的天下安定，认识到自己过去的荒唐，于是迷途知返，改过自新。他安心读书和打扫陵墓，逐渐变成一个谦逊、勤劳、忧国忧民的人。

时光飞逝，一转眼三年过去了，伊尹和大臣们都观察到太甲的变化，与三年前判若两人。伊尹知道软禁太甲的目的已经达到了，就亲自带着君王的冠冕到桐宫来迎接太甲还朝，并把国政交还给太甲。太甲重登王位后，以身作则，修身养德，政治清明，天下信服，成为一位贤明的君主。伊尹还写文章赞扬太甲知错就改的行为。

伊尹连续辅佐好几位君王，为商朝的开国和中兴奠定了基础。沃丁八年（前1549年），伊尹去世，享年100岁。沃丁以天子之礼把伊尹安葬在商汤的陵寝旁，以表彰他对商朝做出的伟大贡献。

武丁：中兴商朝的明君

中兴之君

商汤建立商朝以后，一代接一代地传承，到了第19位君主盘庚继位的时候，商朝已经逐渐地衰落了。这个时候，盘庚为了改变当时社会不太安定的局面，就把商朝的国都从亳地（今河南商丘）迁徙到了殷地（今河南安阳），历史上称为“盘庚迁殷”。

盘庚迁殷后，整顿商朝的政治，发展经济，使衰落的商朝出现复兴的局面。盘庚去世以后，弟弟小辛继承王位。小辛即位后，商朝再度衰败。小辛去世以后，又由小辛的弟弟小乙继承王位。小乙继承王位的时候，商朝的四周还是不太安定，他曾经带兵征伐过东夷、鬼方等。为了让太子得到历练，小乙从小就把太子武丁放到了民间生活。这位太子武丁就是后来让商朝实现“武丁中兴”的，商朝第22位君主“商高宗”。

武丁在位时期，曾攻打鬼方，并任用贤臣傅说为相，妻子妇好为大将军，改革制度、南征北战，使一度衰弱的商朝再度强盛起来，历史上称这段时期为“武丁中兴”。

长于民间

历史上伟大的人物，往往都要经历一些艰难困苦的境遇，以此来磨练自己意志，最终才能成就一番功业。中兴商朝的武丁同样也是。小时候，武丁并没有像其他皇子一样留在皇宫安享荣华富贵，而是被父王小乙悄悄地送到了民间生活。在民间，武丁就是一位普普通通的孩子，谁也不知道他太子的身份。他每日一边辛苦劳作以维持生计，一边努力读书学习，提升自己。同时，武丁还拜当时一位很有道德学问的人——甘盘为师，跟他学习。民间的生活虽然辛苦，但同时也磨砺了武丁的意志。另外，在民间，一方面武丁避免了宫廷内复杂的明争暗斗，保全了自己。同时由于跟庶民同吃同住，武丁从小也对百姓的疾苦与稼穑的艰辛甚是了解和悲悯。

公元前1251年，商王小乙去世，武丁继任了商朝的君主之位。武丁继位后，想要复兴商朝，但他发现朝中并没有得力的大臣辅佐，因此三年闭口不说话，并将一切政事交由冢宰抉择，自己则观察国家风气。武丁在民间时，曾经结交到一位好朋友，他是一位十分贤德的人，名字叫“说（yuè）”，不过他现在是一名奴隶，依靠给人修路而谋生。武丁知道他

■ 武丁像

有着超乎常人的德行和才能，因此想提拔他做自己的宰相。但当时傅说如果以这样的身份地位贸然入宫，肯定得不到众人的认可，也不能令人信服。于是武丁就想了一个办法，因此有了下面这个历史故事。

有一天夜晚，武丁做梦遇到一位圣人，名叫说，说要来辅佐自己。第二天，武丁立刻按梦中见到的形貌观察群臣百官，但发现都不是在梦中所见到的那个人。于是，武丁又按梦中的记忆画出了说的样子，并派百官各处去寻找，终于，在一个叫傅岩的地方找到了一个叫说的奴隶。当时说正在傅岩筑路，众人把他带来面见了武丁。武丁一看到说，便十分激动地说："正是他，正是他！"武丁用上宾的礼节接待了说，并与他促膝长谈。通过交谈，武丁更加肯定说是一位圣人，有治理国家的才能，于是便任命他为宰相。

武丁用傅岩的傅作为他的姓，称他为"傅说"。傅说得到武丁的提拔后，竭尽自己的才能辅佐武丁，并将商朝治理得十分繁荣强盛。

任用贤相

傅说被封为宰相后，武丁通过傅说进行了一系列强化王权的政治改革。集中王权的方法主要体现在三个方面：一是强调尊崇上天的旨意，效法圣人的智慧，臣子要恭敬顺服天子，天子要以民众的利益为主。二是建立“任人唯能、任人唯贤”的用人制度，加强商王对官员的任免权。官位不能私相授受，只能授予有才能的人；爵位不会授予品德败坏的人，只传给贤德的人。力图改变盘庚所强调的“惟图任旧人共政”，也就是任用年高德劭的旧臣的用人模式。这实际上是对旧贵族在任职特权上的否定，对王权的加强起到了积极作用。三是改革祭祀制度，让神权回归到商王手中。商代前期与王权对立的贵族主要是依靠神权，所以任用的权臣都是“格于上帝”的巫师，神权构成了对王权的最大威胁。商代的神权主要表现在祭祀权上。武丁前期的祭权非常分散，很多非王卜辞频繁祭祀祖先，有的甚至祭祀商王的远祖。针对这种情况，武丁提出：“黩予祭祀时谓弗钦。礼烦则乱，事神则难”，即“轻慢对待祭祀，就是对神不敬。礼神太频繁就破坏祭祀规则，这样，再事奉鬼神就难了。”就此对祭祀进行规范改革。

有一次，武丁祭祀了太祖成汤。祭礼举行后的第二天，有一只野鸡飞来站在鼎耳上鸣叫，武丁为此惊恐不安。武丁的长子祖己说："父王不必惊慌，只要先办好政事就好了。"祖己进一步劝导武丁说："上天监督下民，以道义为标准，上天赐给人的寿命有长有短，不是上天使人的寿命夭折，而是人本身造恶断送了自己的生命。有的人不遵循道德，不改过自新，等到上天降下灾殃警戒他应该纠正自己的心行了，他才想起来说'怎么办'。唉，父王您继承王位，努力为老百姓谋福利，没有不符合天意的，还要继续按常规祭祀，不要信奉应该抛弃的无益之道！"武丁听了祖己的劝谏，修行德政，全国人民皆大欢喜，商朝的国势又兴盛了。

征服四方

武丁勤修德政，商朝的国势逐渐兴盛。这时，商朝的四周还有土方、舌方和羌人等方国部落不断对商朝的子民进行骚扰，武丁于是就出兵讨伐，不仅消除了边患，还开拓了边疆，不少部落归附殷商，从而又加强了商朝的统治。

当时北方草原地区有一个名叫鬼方的游牧部落，经常骚扰殷人统治区，武丁亲自率军征讨，用了三年的时间将其平定。

工方是殷商北边一个游牧部落，盘庚迁殷前，工方利用王室九世之乱的机会，迅速扩展势力。为了掠夺更多的生活资源，工方逐渐向南扩张，骚扰商朝属国，并经常深入商王统治区进行抢劫。工方对商王朝的统治构成了严重的危胁。于是武丁命武将甘盘率军征讨，经过几年战争，最终将工方打败，领土从此归入商朝版图。

土方是殷代北方距离王畿较近的又一部族，屡屡侵夺商地居民，武丁在征伐工方过程中用两三年时间消灭了土方，土方也成为商朝领土西部地区的古老部落羌族，分为方、芜龙、北、马羌等。

当时，商朝南方有很多方国、部落。江汉流域的荆楚是它们当中最强大的方国之一。据说，武丁曾率商族武士，深入荆楚艰险之地，经过激战，将其打败，并把他们的领土收为己有，从此江汉流域也成为商朝版图的一部分。

大彭国和豕韦国都是商的诸侯国，商王河亶甲时，两国势力大增，便不想俯首听命于商，拒绝纳贡，也被武丁所灭。

随着战争的不断胜利，商王朝的势力在西、北、东、南迅速扩张，达到商代的最顶峰，史称“武丁中兴”。

妻子贤德

历史上每一个贤明的君王，背后往往也有一位贤德的皇后，这在武丁身上也不例外。武丁时期，商朝的繁荣强盛，至少有一半的功劳归于他的妻子妇好。

妇好是武丁的原配妻子，她不仅贤淑美丽，而且有着一身的好武艺，武丁十分喜欢她。

从今天出土的大量甲骨卜辞中可以看出，武丁当时对周边方国、部族的一系列战争中，妇好多次受命，代商王征集兵员，并担任大军将征战沙场。她曾统兵1.3万人攻打羌方，俘获大批羌人，成为武丁时期一次征战率兵最多的将领。另外，她还参加并指挥对土方、巴方、夷方等的重大战争，著名将领沚、侯告等都在她的麾下。

在攻打巴方的战斗中，她先率兵布阵设伏，切断了巴方军的退路，等武丁从东面击溃巴方军后，又将其余军队引入埋伏，予以歼灭。这是有史以来中国战争史上记载的最早的伏击战。妇好也可以说是中国历史上第一位攻无不克的“女战神”。

“祭祀”与“军事”是一个国家最重要的两件事情。据记载，武丁经常受命妇好主持祭天、祭祖、祭神泉等各类祭典，并让她担任占卜官。可见妇好在商朝统治集团中占有举足轻重的地位，以及武丁对这位王后的信任与倚重。由于妇好杰出的军事才能，武丁赐予她封地，并让其担负着守卫国土、征战疆场的重任。

武丁十分宠爱妇好，两人感情非常深厚。妇好有小病小恙，比如伤风、牙痛，甚至打个喷嚏都会惹得武丁心疼，频频问卜。可惜佳人薄命，武丁享年百岁，而他的神偶璧人却在33

岁的美好年华就去世了。妇好去世后，武丁悲痛不已，并把妇好葬在宫殿中，享有祀殿，追谥曰“辛”，因此商朝的后人尊称她为“母辛”、“后母辛”。

名垂后世

商王武丁是中兴商朝的一位重要人物，也是我国上古时期一位杰出的明君。他英明果敢，重用人才，善用武力征伐，靖绥四方，加强中央集权，恢复礼制，使濒临崩溃的商朝重新振兴，并达到了又一个鼎盛阶段，整个商朝在他之后还延续了146年。公元前1192年，武丁去世，庙号高宗，他的儿子祖庚继承了他的君位。

《孟子》里说：“由汤至于武丁，贤圣之君六七作。”商朝从汤王到武丁时期，出现了六七位贤圣的君主，这是商朝能够长期享国的重要原因。《晏子春秋》里也说：“夫汤、太甲、武丁、祖乙，天下之盛君也。”武丁，的确是一位名副其实的上古盛君啊！

傅说：举于版筑间的圣者

寂静的夜空中闪烁着许多星星，它们明亮耀眼，使得黑暗的夜空一下子光亮起来。生活中有着这样一类人，他们看似普通，同样在经营着普通人的生活，但他们的与众不同之处在于他们身上闪耀着一种智慧的光芒。他们生于平凡却不甘于平凡，亦想找机会实现自己的理想抱负。这一篇故事的主人公傅说正是这样一颗出身卑微，却胸怀大志的耀眼明星。

奴隶出身　胸怀大志

傅说是一个遗腹子，还没出生父亲就去世了，母亲也在生他的时候难产死去。从此他便成了一个无父无母的孤儿。幸好有好心的村民们轮流喂养，才得以长大成人。可以说，傅说能平安长大算是个奇迹。他没有家，平时只能寄住在山洞里。

在虞国与虢国的交界处，有一个叫傅岩的地方，因为地

■ 傅说像

势险要，又叫傅险。傅岩是交通要道，但因为旁边山涧的水流湍急，经常冲坏这里的道路，所以必须得经常修筑。这不，官府又派了一批奴隶在这里筑路了。傅说本来不是奴隶，但为了混口饭吃，他甘愿来这里服役。

傅岩的路总是在不停地修，修完又很快就坏掉了。这样也不是办法，后来傅说想到了一个方法，彻底解决了这个难题。那就是在水边竖起一道墙。做法是，先用两个木板固定出墙的厚度，中间用泥土和秸秆混合填满，然后用木杵使劲夯（hāng）实，最后再将木板撤掉，这就形成了一堵坚实的墙，叫做版筑，版筑可以有效地防止流水的冲击。这种方法同样可以用在修筑房屋上，比起之前只用泥土堆积起来的墙壁要更加结实挡雨。

傅说的名声一下子传播开来。可光有一个这样的名声又有什么用呢？名声再好，他现在也只是一个勉强能吃饱饭的奴隶，只能日复一日地重复着枯燥的苦力劳动。但他是一个极其有思想有抱负的人，一定不甘心只做一个夯土的奴隶。他经常凝视着夜空中璀璨的繁星，他一直在等待着转变命运的机会。

借梦寻人　傅说得举

傅说所在的时代正处于商朝后期，国运已经开始衰败。盘庚迁殷后，励精图治，商朝国力虽然有所好转，但盘庚之后的两位国君小辛和小乙由于统治无方，导致商朝的国力再度衰弱。但幸运的是，小乙做了一个英明的决策，就是让自己的儿子武丁从小在民间历练。离开养尊处优的宫室生活，民间的艰辛让武丁深刻体会到了百姓生活的不易，并立志将来要做一个勤政爱民的国君。而傅说时期商朝的国君正是武丁。傅说和武丁之间就像伯牙遇到了钟子期，千里马遇见了伯乐，惺惺相惜。

提起武丁，不得不说是历史上的一位传奇君主。在即位之初，本该是励精图治，大有作为的时候，可他却闭口三年不讲话，并把国家大事全权交给冢宰打理。刚开始大家都以为他是因为守丧，所以才不说话。后来发现，三年丧期满后他仍对朝政不闻不问。没人知道他葫芦里到底卖的是什么药。

突然有一天，他写了一封信给大家，说昨天晚上有个名叫“说”的圣人托梦给他，并对他说：“我现在虽然只是一个囚徒，但天下若有能找到我的，就会发现我不仅仅是一个囚徒。”武丁将梦中的圣人画了出来，并让人依照这个画像去寻找。

此时的傅说正在傅岩一如既往地夯土。突然有人拿着画像来寻人，他们依照画像很快找到了傅说，并听说到，傅说本来是个很有才能的贤人，隐居在附近的山洞里，但因生活穷困潦倒，就自卖自身，穿着粗麻布衣服，带着索链，在傅岩筑城以求得衣食。士兵们将傅说带来面见武丁。武丁见了傅说惊喜不已，立刻开始讲话了。傅说见到武丁的喜悦之情也不在武丁之下。两人在一起交谈了很长时间。武丁随即命傅说接替冢宰的职位，成为百官之首。并以“傅岩”的“傅”作为他的姓，称他为“傅说”。据说，武丁跟傅说在民间就相识了，为了能让傅说名正言顺的来宫里做自己的一把手，武丁这才编造了一个让人无法反驳的梦境。

积极改革 助力中兴

傅说上任后立即进谏，开始对商朝的政治制度进项大刀阔斧的改革。他建议：君王不能轻率发布命令，不能轻易动武，不能随意授人官职。官职不能只授予亲近的人，要实际考察担任官职人员的能力。祭祀鬼神要正心诚意，次数不能太频繁，不然就很难再有有效的祭祀，等等。这些都是当时国家的弊端。傅说不负众望，极尽自己的才华，朝廷内外秩序井然。

在国内恢复生机的同时，他还积极与周边方国修好关系，严惩那些敢于进犯的小方国。在傅说的治理下，商朝的国势逐渐恢复强盛，一时间成为东方的第一强国。

当时商朝的四面都是强敌，而且经常骚扰商朝的边界。北有土方、鬼方，东有夷方，南有巴方，西有羌方。商朝的国力逐渐强盛后，在内有傅说的积极治理，商王武丁便和妻子妇好一起领兵攻打这些国家。经过多年的战争，武丁和妇好最终平定了这些小国，并将商朝的国土扩大。此时的商朝又恢复到鼎盛时期，这就是历史上著名的"武丁中兴"。

化身成神　启迪后人

傅说死后葬在山西省平陆县中条山麓马趵（bō）泉下，即今部官乡柴庄沟村。马趵泉又称马跑泉。相传，武丁的使者在这里根据图画找到了傅说，傅说去殷商的时候骑马跑过此地，马蹄踏出泉水，故曰"马跑泉"。又有传说是傅说年老回乡帮乡里抵御旱灾寻找水源，与妻子骑白马到这里，马蹄踏出一泉，傅说和妻子又以拐杖和发簪划地，又得二泉，泉水三源并发，合并成一条小溪，溪水清冽澄澈，隆冬水暖，这就是傅岩旁边"圣人涧"的源头。

圣人涧北边有一处断崖，断崖上露出一层黄褐色的麦秸。一年四季，无论风吹雨打，还是严寒霜雪，这麦秸永远不腐烂，不变色。附近村上的人觉得很神奇，并口口相传，说是圣人傅说当年筑墙留下来的麦秸秆，因此称之为“圣人秸”。

传说，傅说死后，灵魂飞上天空，变成了一颗星星。庄子在《大宗师》里说，傅说得道了，他“乘东维，骑箕尾，而比于列星”。即在箕星与尾星之间有一星宿（xiù）名叫“傅说”，他闪耀在深沉的夜空中，俯瞰着人间大地，好像在不断地给人间某种智慧的启迪。

古代许多的占星书上也都有提到他。汉代的占星家郗萌说：“傅说星光明，王命兴，辅佐出。”意思是如果傅说星光芒闪耀，那是在提醒人间的君王，即将有良臣出现，他将会像傅说一样辅佐你，使你的基业兴盛。此后，傅说便成了一个象征，一个预示着国家是否能强盛的象征。

一个国家的强盛，关键在于人才，如何发现人才，选拔人才，任用人才，才是治理国家的关键。千里马常有，而伯乐不常有，傅说从来都不缺，只是武丁不常有。然而傅说不出，不是傅说的悲剧，而是一个国家的悲剧。《中庸》云：“国家将兴，必有祯祥。”如果没有圣人出世，一个国家则很难兴盛。

孟子说：“舜发于畎亩之中，傅说举于版筑之间，胶鬲举于鱼盐之中，管夷吾举于士，孙叔敖举于海，百里奚举于市。故天将降大任于是人也，必先苦其心志，劳其筋骨，饿其体肤，空乏其身，行拂乱其所为，所以动心忍性，曾益其所不能……”这一个个本不起眼的名字，最终却都能成就一番伟业，所以，他们的故事非常值得我们学习，他们坚韧不拔的心性也一直激励着后世无数学人。

周文王：五百年才出的圣人

“内圣外王”的代表

周朝的始祖是谷神后稷，传到季历时，季历推行前人的治国之道，施行仁政，诸侯因此都归顺他。季历去世后，儿子姬昌继位，也就是后来的周文王。文王继承先辈的事业和制度，恭行仁义，尊老爱幼、礼贤下士，感得当时有才德的人士都来归附他。

周文王，姓姬，名昌，父亲过世后，世袭了“西伯”的封号，西伯是指负责西部诸侯国的长官，所以被称为西伯昌。他是周朝基业的奠基人，因为在他的治理下，当时周已经是“三分天下有其二”，意思是天下三分之二的领土都与周结盟。

周文王在位50年，是历史上一位明君，孔子称周文王是“三代之英”，孟子称他为500年才出一位的圣人，他还推演出了《周易》六十四卦，被视为“内圣外王”的代表。

■ 周文王像

生有瑞相的圣人

周文王出生时，有一只红色的鸟落在他住的房屋上，人们都认为这是瑞相。长大后，文王对父亲非常孝顺，做太子时，每天要早中晚三次向父亲请安，如果父亲身体不舒服，他则忧心忡忡、寝食难安，直到父亲好起来，才放心。每次父亲的饭菜准备好了，文王会亲自察看饭菜的情况，父亲吃完后，还要询问父亲吃得如何，并叮嘱厨师下一餐要换些新鲜的菜品。

文王的父亲季历，在商王文丁统治时期，帮助商王打败了西部地区许多戎人的部落，立下过不少战功，最后却因势力太强大，被文丁找借口关进了监狱，季历悲愤交加，死在狱中。周文王45岁时，正是在这样的形势下继承了周国首领的位置。他吸取父亲的教训，申明对商王的从属地位，谦恭卑下。

文王继位后恭行仁义，以宽和为本、以礼义治国，尊敬老人、慈爱晚辈、礼贤下士，为了接待贤士，每天忙到废寝忘食。天下的贤士听说了文王的贤德，纷纷来归附他。文王作为周地的领袖，受到大家一致的爱戴。《诗经》里有一段描述百姓参加文王宫殿灵台的工程建设，虽然文王说工程不必着急，但百姓们却踊跃参加，积极劳作，以致在很短的时间内就建造好了。

羑里被禁

周的国力增强壮大，在西方形成一股以周人为首，包括周人近亲和政治隶属关系的强大势力，这引起商王朝的不安。商纣王身边的大臣崇侯虎暗中向纣王进谗言说，西伯侯到处行善，树立自己的威信，诸侯都向往他，恐怕不利于陛下。纣王于是将姬昌拘禁在羑（yǒu）里，一关就是7年。

文王在狱中专心钻研伏羲八卦图，并推演成六十四卦，还写下了卦辞，最后写成了《周易》。《周易》是对伏羲的《易》进行了推演，以阴阳的对立变化来阐述纷繁复杂的社会现象，充满了玄妙的变化和辩证思想。

姬昌手下的大臣们纷纷想办法营救姬昌出狱，他们知道纣王的好色与贪婪，就搜集美女、宝马、珠宝等礼物，通过纣王的宠臣费仲献给纣王。纣王见了，非常高兴地说：“光是这美女一样就足够让我释放西伯了，何况宝物如此之多！”于是下令赦免姬昌出狱，并赏给他弓、矢（shǐ）、斧、钺（yuè）。

当时商纣王发明了炮烙（páo luò）的刑罚，用炭火烧热铜柱，让犯人抱着柱子，顿时皮焦肉烂，痛苦而死。姬昌把洛河西边的一块土地献给了纣王，只请求纣王废除残酷的炮烙之刑，纣王答应了他的要求。

虞芮让田

《史记》上记载着这样一个故事：有一次，虞（yú）国和芮（ruì）国的君主因为相邻的一块土地而发生争执，长期不能解决。他们本来应该找商王调解的，但他们仰慕文王的名望，就请求他来评断。他们到达周地后，看到周人无论是官吏还是人民，都互相礼让，恭敬谦和。两位国君还没见到文王就都感到惭愧了，相互说："我们所争执的，正是周国人感到羞耻的，还去找西伯侯干什么？那只是自取其辱罢了。"于是他们主动将这块田地让出来，作为两国间的闲田处理。可见，当时在周文王的治理下，周国百姓安居乐业，文王在诸侯中的威信也是如此高啊！

觅得贤相

有一天，文王做了一个梦，梦见来了一位和善的白须老人，对他说，上天要赐给你一个好帮手，上知天文，下通地理，智勇双全，他会辅佐你成就一番事业。文王正要起身感谢，那老人就不见了。一日，周文王外出打猎，在渭水边遇到一位钓鱼的老人，他看上去有70多岁了，却气定神闲，神采奕奕。文王仔细一看，发现他的神态风度与梦中的老人很像。钓鱼的老人有些奇怪，他的钓鱼线上挂着的是个直钩，还把鱼钩离水面三尺高。文王觉得很奇怪，主动上前攀谈，并询问老人家的名讳。老人自称姜尚，言语间，文王发现他学识渊博，对天下事了如指掌。他为文王分析说，商朝的天下不会长久了，应该有贤明的领袖出来推翻它，百姓才能过上好日子。文王于是拜他为国师，尊称他为“太公望”，后世又称他为“姜太公”。这便是后来人们常说的“姜太公钓鱼——愿者上钩”的由来。

姜太公帮助文王整顿政治和军事，发展生产，开疆拓土，打败了周围几个不听命于周的部族，剪除了商王的羽翼，此时，有三分之二的土地的首领都听从文王的调遣。

可惜的是，周文王还没来得及实现灭商的大业就去世了。他的儿子姬发继承了王位，同时也继承了他的大业，这也就有了后来的周武王。

周武王：替天行道、推翻商纣的明君

圣人的儿子

周武王，姓姬，名发，是周文王姬昌与太姒的儿子，他是周王朝的开国君主，在位13年。姬发在父亲姬昌过世后的公元前1076年继位，尊称他的父亲为“文王”，自称为“太子发”。他继承父亲未竟的事业，逐步消灭了商朝，取得了全国的政权，建立西周王朝。他在讨伐商纣王的过程中表现出卓越的军事才能，在接管全国的政务之后，又具备贤德的执政能力，成为中国历史上的一代明君。

姬发继位后，对内任贤用能，继续以姜太公为军师，用最能干的弟弟周公姬旦为太宰，召公、毕公、康叔、丹季等良臣都各当其位、各司其职，可以说是人才荟萃，政治蒸蒸日上。而商朝却因为纣王的荒淫残暴、穷奢极欲，落得众叛亲离，国内怨声四起、内外交困、危机四伏。商朝东边的东夷部落发动叛乱，商纣王用了好几年的时间，取得了对东夷各部战争的胜利，同时也消耗了商王朝大量的人力物力，加重

■ 周武王像

了人民负担，激化了社会矛盾。这为武王伐纣提供了良好的契机。

孟津会盟

周武王继位后的第二年，率大军到文王陵墓祭奠，他还向各部落发出邀请，叫大家到黄河边的孟津会盟。此时武王自称太子发，不称王，不改年号，表示继承父亲文王的遗志。因为西伯侯姬昌在各诸侯国中的威望很高，以文王作为精神领袖，很快就把周国人民和各诸侯国都团结起来。大军到达孟津这个地方，有八百多诸侯闻讯赶到这里，众人一起历数纣王的暴行，都认为是讨伐纣王的时候了，但武王和姜太公认为时机还不成熟，没有马上出兵。这次史称“孟津观兵”的诸侯聚会，让武王对反纣王的联盟实力有了初步的估计。

之后，武王密切关注商朝的事态发展，他派探子去搜集商朝的情报。探子回来说，商朝坏人当权，好人受排挤，比干和箕（jī）子进谏忠言，一个被杀一个被关。武王说，混乱还没有达到极点，再探再报。过了一段时间，探子回来报告说，太师和少师这样贤德的人都出走了。武王说，还没有达到极点，继续观察回报。又过了一阵子，探子回报说，现在商朝已经乱得一塌糊涂了，老百姓内心极度愤恨却都不敢讲抱怨的话，人们对纣王侧目而视，却缄（jiān）口不言。武王把情况告诉姜太公，太公说："坏人掌权，好人受排挤，这是残暴；贤德的人出走，这是崩溃；百姓连怨恨的话都不敢讲，这是刑法太苛刻。国家已经混乱到极点了，时机已经成熟了。"

牧野之战

于是，周武王向各地方势力发出邀请，自己带领着3百辆兵车、3千名勇士和4.5万五名士兵挥师东进。一路上周武王会合了各诸侯部落的队伍，军队增加到六七万人，浩浩荡荡地向商都朝（zhāo）歌进发。讨伐大军士气旺盛，没遇到抵抗，很快到了离朝歌只有70里的牧野。在这里，武王正式竖起伐纣的旗帜，他历数纣王的荒淫奢靡和腐败凶残，并说："现在纣王不祭祀祖先，不理国家大事，听不进兄弟叔叔的忠言，任用奸臣，残害百姓。我太子发替天行道，讨伐暴君，希望大家齐心协力，勇往直前！"

武王誓师之后，指挥军队准备开战。纣王紧急调集士兵，把囚犯和奴隶编入军队，一共召集了70万人，开赴牧野战场，著名的牧野之战爆发了。虽然武王的军队在人数上处于劣势，但士气高涨、同仇敌忾（kài）。他先派百名勇士出战探敌虚实，发现商军虽然人数多却毫无斗志。武王摸清底细后，命部队勇猛冲杀，商纣的军队在周军凌厉的攻势下，纷纷起义倒戈。纣王一看大势已无可挽回，立刻逃回了朝歌城。他知道商朝的末日来临，便来到专门储藏财富的鹿台，穿上宝玉镶嵌的衣服，放火使自己和大量财宝同归于尽。

武王听说纣王在鹿台自焚而死，就带着军队冲进朝歌。当地百姓烧火煮饭，迎接武王的军队，感谢他从纣王的暴政下解救了他们。

周武王庄严地宣告伐纣胜利，并得到了各部落首领的拥戴，随后建立了周朝，成为周朝第一位天子。

治理天下

伐纣功臣姜太公向武王讲述治国之道：当君主的敬畏胜过懈怠时，国家会昌盛，反之就会灭亡；当仁义胜过欲望时会成功，反之就会遭殃。以仁爱获得天下，还要用仁爱保持，才能建立百世的基业。武王将这些话视为治国箴（zhēn）言，书写在日用器具上，随时提醒自己。

周武王采取了一系列得民心的措施：他为商朝有威望的大臣平反昭雪，厚葬了冤死的比干，释放了被关押的箕子等忠臣。他命令将纣王藏在鹿台的财富都分发掉，又把巨桥粮仓的粮食全拿出来，赈（zhèn）济饥民，给饥困中的百姓雪中送炭。他还给神农氏、黄帝和尧舜禹这些圣人的后代都分封了土地。他不但没有杀死纣王的儿子武庚，还分封给他土地，让他继续做一方的诸侯。武王的这些做法与纣王的统治相比深得人心，使得诸侯和百姓都对周朝极力拥护和爱戴。

灭商后，武王将国都迁到了镐邑（hào yì），也就是今陕西省西安市附近，两年后武王就病逝了。按照周朝的规制，由嫡（dí）长子成王姬诵继承王位，但当时成王年幼，遂武王的弟弟周公旦摄政，辅佐成王管理国家大事。

周公：开创中国礼乐制度的圣人

愿意替兄长去死的弟弟

周公，姓姬名旦，是周文王几个儿子中很有才干的一个，他辅佐武王治理国家，和姜太公两人成为武王的左膀右臂。他被分封在鲁，都城曲阜，是鲁国的始祖。他是西周初期杰出的政治家、军事家、思想家、教育家，被尊为“元圣”。周公开创了礼乐文化的先河，后来孔子所说的“克己复礼”的礼，指的就是周公制定的礼。周公是中国儒学的先驱，他被儒家学者认为是贤人政治的典范，忠臣贤相的楷模。

周朝刚刚建立不久，武王就得了一场大病，当时大家都很担心，如果武王一旦病逝，天下还没有安定，周王朝靠谁来治理呢？周公看武王病势越来越重，就设坛向祖先神明祈求，希望让自己代哥哥去死，让哥哥恢复健康，可以继续治理国家，使周朝稳固久远。之后周公把祷文封藏在柜子里，并叮嘱负责的官员不要对人讲。第二天武王的病就好了，但过了一段时间周武王还是病逝了。武王死后，他的嫡长子姬诵继位，他就是周成王，但他当时还是个孩子，不能处理政事。周王朝初定天下，急需稳定住局面，周公于是毅然代成王摄政，担当起国家重任，成为当时周朝的实际统治者。

周公摄政

当时周公受封在鲁国，由于周成王年幼继位，于是周公就留在都城镐（hào）京辅佐周成王，在今天的陕西省西安市，而派长子伯禽代替他到鲁国受封。伯禽临行前，周公告诫儿子说："我是文王的儿子、武王的弟弟、成王的叔叔，我的地位不算卑微，但我停下洗头吃饭之类的事，而立刻去接待士人，也还担心失去天下贤才。你到鲁国后，千万不要因为自己拥有国土而骄傲。"

周公在危难时期的挺身而出，却招致很多人的不满，尤其是他的亲兄弟管叔和蔡叔，对周公的摄政非常妒忌。于是他们散布谣言，说周公想篡（cuàn）位夺权，要谋害成王，这些话一传开，很多人都信以为真，连成王、姜太公、召公等人都对周公产生了怀疑。商纣王的儿子武庚乘机拉拢管叔和蔡叔等人，联合其他部落，准备发动武装叛乱，推翻周朝的统治。周公陷入了内忧外患的境地，内部的怀疑和诽谤不断，外部的联合反叛势力日益壮大。为了维护内部的团结，周公恳切地向姜太公和召公等人解释，自己出来摄政是为了巩固周朝社稷（jì），等到成王长大就会还政。

■ 周公像

大家看到了周公勤勉地治理国家，每天忙得不可开交，洗一次头发要中断几次出来见人，吃一顿饭也要多次中途停下来，不让来访的贤士等待。这正是曹操在《短歌行》中写道的“周公吐哺（bǔ），天下归心”，称赞周公勤政爱民，礼贤下士。

出师东征

周公为了保卫周朝的稳定，以成王的名义出师东征反叛队伍，他面对的是一支由商残余势力和五十多个小诸侯国组成的部队。周公先通过分化反叛队伍，将一些人争取过来，又凭借过人的才智，经过三年的艰苦战争，终于平定了“三监之乱”，诛斩管叔，杀掉武庚，流放蔡叔。三年的东征战斗是残酷而激烈的，周公两鬓斑白，皱纹爬上额头，东征的战士思念家乡，盼望早日凯旋，解甲归田，《诗经·豳（bīn）风·东山》一诗就是东征战士们的生动写照。这次东征不但巩固了周朝的统治，还扩大了武王时代的疆域，周朝再也不是西方的“小邦周”，而成为东到大海，西到甘肃，南到淮河，北到辽东的泱泱大国了。

迁都洛邑

在平定叛乱后，周公认为周朝的首都太偏于西，位于现在的陕西省西安市附近，现在领土扩大之后，更需要在东边建立一个新的都城，以便管理东部的广大地区。周公根据占卜的结果，认为洛邑适合作为东都，它位于现在的河南省洛阳市附近。周公严格遵守文王、武王节俭的遗训，建设东都时没有搞豪华建筑，但还是花了几年才完成。周朝自此有了东、西两个都城：镐京是周朝的发祥地，称为宗周，指周朝祖先营建的；新建的东都，称为成周，指周朝建成后建造的。

建都洛邑后，周公旦开始大力完善分封制，在各个战略要地封邦建国，派周朝姬姓的王室宗亲或功臣、贵族去统治。他先后分封了71个诸侯国，分封周朝最可信赖的成员到国都的周边土地，同时作为捍卫王室的屏障。成王在东都住了不长时间，依然回到西都镐京居住，东都还由周公坐镇，一直到两百多年以后西周灭亡，整个周朝的国都始终在西都镐京。

制礼作乐

周公在国家治理方面，提出了“以德配天”的思想。他解释说，上天的安排是会变化的，周取代商而坐拥天下，是因为上天不再保佑商朝了，而上天保佑谁，取决于民意，只有人民拥护爱戴的人，才能承受天命，这就要求君主要敬天保民，他的德行要配得起上天交给的使命。

“制礼作乐”是后世公认的周公的主要功绩，它实际上是一系列社会政治文化生活的规范，严格区分君臣、父子、兄弟、夫妻的家庭内部关系，以及亲疏、尊卑、贵贱的社会等级关系。从《礼记》等所记载的礼仪来看，当时的礼仪分为吉（祭祀）、凶（丧葬）、宾（朝会）、军（出师）和嘉（饮宴）五大类，如贵族在衣食等方面礼仪都极为讲究，冠礼是为了让青年在成年后明确自己的权利和义务，确立他们在宗族和社会中的地位，相见之礼体现着公德规范和敬贤尊老。与礼相配合的乐的教育，则是通过在仪式上奏唱大量的雅乐，以寓教于乐的方式强化礼与德的教育。正是周公的制礼作乐，使中国成为几千年的礼仪之邦。

还政成王

在摄政七年后，周公将国政交还给了成王。

成王年少时，有一次生病，周公剪下指甲扔到河里，向神祷告说："国王年少不经事，如果冒犯了神灵都是我的责任。"事后，史官把祷告文字放在档案馆里。成王的病果然很快就好了。到成王执政时，有人在成王面前说周公的坏话，周公被迫逃到了楚国。后来成王在档案馆里发现周公在自己年少时写的祷文，感动得哭了，立即请回了周公。

周公归来，担心成王年少气盛，写了一篇《毋逸》，用前代君王的事例，告诫成王不要贪图享受，要学习文王、武王，励精图治，勤政爱民。在他的悉心教导下，成王成为一位有为的君主，开创了"成康之治"的盛世。周公晚年回到周朝的发祥地丰都养老，后来在那里病逝，成王以最隆重的天子之礼将他与文王、武王安葬在一起。

周公去世

周公死后，时值秋季，庄稼尚未收割，有一天，天空突然电闪雷鸣，暴风肆虐，庄稼被吹倒，骤雨成灾。成王就与大臣们商量，准备查看以前占卜过的事有没有没完成的。于是成王带领群臣打开装着占卜内容的封匣，却无意中发现周公当年自愿代替武王去死的祈祷词。成王问这是从哪里来的，身边人告诉他，是在武王病重时，周公祭告先祖时留下的。成王看了非常感动，并表示一定是自己年少时没有及时了解周公对国家如此尽心尽力，上天动威是为了表彰叔叔的德行高尚。于是成王到南郊去祭天，天立即转晴了，接着是一阵相反的风，把倒伏的庄稼吹立了起来，这一年全国获得大丰收。由于这件事，成王允许鲁国可以在南郊祭祀文王，鲁国就有了一套天子使用的礼乐，这也是为了奖励周公而特意赏赐的。

姜太公：人生八十始峥嵘

百家宗师

姜太公，姓姜，吕氏，名尚，字子牙，人称吕尚或姜子牙。他的先祖是辅佐禹治水的四岳，被封在了吕地，姜尚原本姓姜，因为先祖的封地在吕，所以也叫吕尚。姜太公辅佐周文王、周武王攻灭商朝，建立周朝，立了大功，被封在齐。

他是齐国的缔造者，齐文化的创始人，武王伐纣的首席智囊和最高军事统帅，是西周的开国元勋，一位影响深远的韬（tāo）略家、军事家和政治家，被尊为“百家宗师”。

不得志的隐者

姜太公壮年时，曾经在商纣王的朝廷做过一个小官，空有满腹经纶，却无用武之地，因为不满纣王的残暴统治，弃官而去。

后来，由于暂时找不到什么更好的工作，他只能在朝歌当屠夫，以宰牛为生，后来又在孟津卖饭卖酒。因为没有做生意的才能，所以他基本上没挣到什么钱，年过70了还是一事无成，后来隐居在陕西渭水河边一个比较偏僻的地方。

当时姜太公没什么积蓄，家里的生计都成了问题，这可气坏了他的妻子马氏。马氏跟了他大半辈子，没怎么吃过饱饭，眼看他已经70多岁了，还没一点出息，整天只知道钓鱼，就不愿再跟他一起生活。姜太公一再劝说她，自己有朝一日一定会让马氏有享不尽的荣华富贵，但马氏不相信他这把年纪还能有什么作为，认为他是在说大话骗她，决意要离开。

太公钓鱼，愿者上钩

姜太公经过一段时间的穷困，后来巧借钓鱼的机会，结识了周文王。周文王在一次出外打猎之前，命太史编占卜了一卦。太史编说："您到渭水边去狩猎，将有很大的收获。所得猎物不是龙不是螭（chī），不是虎不是熊，而是能成就霸业的辅臣。"文王还做了类似的梦，于是便来前往渭水。

周文王来到渭水边，看到有一位老人须发斑白，看去有七八十岁，奇怪的是他一边钓鱼，一边嘴里不断地唠叨："快上钩呀上钩！愿意上钩的快来上钩！"再一看，老人钓鱼的鱼钩离水面有三尺高，并且是直的，不是弯的，上面也没有钓饵。

■ 姜太公像

文王看了很纳闷，就过去和老人攀谈起来："您喜欢钓鱼吗？"姜太公回答说："君子乐得其志，小人乐得其事，今吾渔其有似也。"意思是说：君子的快乐是实现自己的志向；普通人的快乐是做成自己的事情，这与我钓鱼的道理是一样的。

文王没听明白，便问是何意。太公说，掌握钓竿跟掌握权柄差不多，里面有很深的道理。水的源头充沛，水就流畅，水中的鱼儿就能生存；大树的根深，树木才能生长茂盛，才能硕果累累，这是自然之情。君子之间相处，志同就会道合，道合就能使事业成功，这也是自然之情……

文王听了太公的论述后大喜，说："我国先君太公说：'一定有圣人来周，周会因此兴盛。'说的就是您吧？我的太公盼望您已经很久了。"因此尊称吕尚为"太公望"，和他乘坐一辆车回去，并尊奉姜太公为"太师"。

周文王暗中和太公策划如何推行德政以推翻商纣政权，其中有很多用兵的奇计，所以后代谈论用兵之道都推尊太公是最早的谋划者。

周文王从羑（yǒu）里脱身归国后，在姜太公的辅佐下讨伐了崇国、密须和犬夷，此时天下三分之二的诸侯都归心向周。

辅佐武王，伐纣灭商

文王驾崩后，武王即位。武王继续尊姜太公为“师尚父”，请他统帅军队。在孟津阅兵两年之后，姜太公听说纣王杀比干、囚箕子，滥用酷刑，使百姓敢怒不敢言，他觉得伐纣的时机到了。

渡过黄河后，太公下令把船只烧毁，桥梁拆除，以表示出征无退路，不取得胜利誓不罢休的决心。在行军途中，一阵大风把中军大旗吹断了，又忽然下起大雨，大家都觉得这是不祥的预兆。武王不放心，命人烧龟甲占卜，可是刚点燃火就灭了，连周公都怀疑会出师不利，希望还师。

姜太公见大家想半途而废，非常生气地说：“枯骨死草何知吉凶？”意思是说这些占卜方式不一定准，大家不要错失良机。他建议大家不要再打退堂鼓伤了士气。武王采纳了姜太公的意见，继续向前进发。这时姜太公已经90多岁高龄，仍然斗志激昂。他采用直取都城、擒贼擒王的战略，没几天就攻到商朝都城，朝歌的南郊牧野。由于纣王早已失去了民心，临时聚集起来的军队人心涣散，一上战场就有人倒戈起义。很快周武王的部队就取得了牧野之战的胜利，并且长驱直入，攻进朝歌。

最终，姜太公辅佐周武王，联合各诸侯灭掉了商朝，建立了西周王朝。他不但衣食无忧，还享有很高的声望和地位。

被封齐国

姜太公因功勋卓著受封在齐国，周公旦被封在鲁国。据《淮南子·齐俗训》中记载，姜太公与周公受封后闲聊，太公问周公，打算怎么治理鲁国。周公说：“尊尊亲亲。”意思是尊重地位高的人，亲近自己的亲戚宗族。太公说：“鲁从此弱矣！”鲁国会从此衰弱下来。周公又问太公如何治理齐国，太公回答说：“举贤而上功。”意思是任用有才能的人，奖赏有功劳的人。周公说：“后世必有劫杀之君。”意思是这么做会出现独揽大权、杀害君主的臣子。

果然，后来齐国日益强大，但24代后就被田氏篡权。鲁国虽然日益衰弱，但没有臣子篡位，到32代才亡。齐国虽然被篡权，但因为它的强大富裕，百姓生活得到很大改善，姜太公宁可政权不在自己后代手中，也希望可以有利于国家和人民，这也是“天下为公”的表现。这点正是《六韬》中所说的："天下非一人之天下，乃天下之天下。"

姜太公来到封地后，依然在施展他的政治才华。他入乡随俗，去掉了商朝遗留下来的繁文缛（rù）节，开放工商业，发展渔业、盐业，因而人民都愿意到齐国生活，没多久就使齐国日益富强而成为东方大国。

后来，周公平定三监之乱时，姜太公已经100多岁了，还派兵出征勤王，并立下大功，从此，齐国还有了征伐别的诸侯国的特权。

姜太公过世时，已经是百余岁的老人，有人说姜太公是"人生八十始峥嵘"，到了80岁才有飞黄腾达的机遇，属于前无古人的大器晚成。他的功业、军事思想、治国理念，一直流传后世。齐国到春秋时期成为首霸，战国时期也是战国七雄之一。

老子：清净无为的道家始祖

传奇人物

老子是春秋时期的传奇人物，他本姓李，名耳，字聃，所以也称为老聃。他曾经担任过周朝的守藏吏，也就是管理藏书的官员，相当于今天的国家图书馆管理员。由于工作之便，他可以读到各种民间读不到的典籍，渐渐地，他有了对世间独到的见解和深邃的思想。但他淡泊名利，一直过着默默无闻的生活。

他的著作《道德经》只有五千余字，但古往今来研究这本书的人却数不胜数，书中朴素的辩证法思想，对中国哲学的发展有着深远的影响。老子也是世界文化名人，德国哲学家黑格尔认为，老子是“东方古代世界的精神代表者”。老子还被奉为中国道教的始祖。

跟着商容学习

老子从小善于思考、勤学好问，他的母亲请了一位学问很高的老先生——商容来当他的老师。商容上知天文、下知地理，博古通今、熟知礼仪，深受老子一家人的尊敬。

有一次，商先生教道："天有天道，所以日月星辰可以运行；地有地理，所以山川江海可以形成；人有人伦，所以尊卑长幼可以区分；物有物性，所以长短坚脆可以区别开来。"老子反问："那么日月星辰是谁推动运行的？山川江海是谁创造而成的？尊卑长幼是谁确定区分的？长短坚脆又是谁划分出来的？"先生说："都是神做的。"老子问："神是怎么做到的？"先生说："神有变化的能力，有造物的本领，所以可以做到。"老子问："神的能力是从哪里来的？从什么时候开始具备的？"先生说："以前的贤人没有教，古书上没记载，我不敢乱说了。"老子又问母亲和家里人，他们都不知道，老子盯着东西思考，吃饭都觉得没有滋味。

又有一次，商先生教道："君王是代表上天来治理世间的人，人民是被君王统治的。君王不按天意治理就会被废弃，民众不顺从君王的管理就会受到惩罚，这就是治国的道理。"老子问："民众不是为君王而生的，不顺从君王的统治还可以理解，君王是因天意而生，君王怎么能违背天意

■ 老子像

呢？”先生说：“神派遣君王代理上天管理世间，君王如同将在外而不受命。君王来到世间就可能不接受上天的旨意了。”老子问：“神有变化的能力，有造物的本领，为什么不创造一个听命令的君王呢？”先生说：“以前的贤人没有教，古书上没记载，我不敢乱说了。”老子又问母亲和家里人，他们都不知道，于是老子就风雨无阻地到处奔走，向人请教。可见，老子从小就是一个不懂就问、爱知求真的少年。

商老先生教了老子三年，就来向老子的母亲辞行，他感到自己的学问都教给老子了，希望老子可以到周朝的都城去继续求学，正好他的师兄周博士在那边，可以教养老子。当时老子只有13岁，就离开了家到周朝都城去了。他在周博士家学习不久后，又入了太学，天文地理无所不学，史书典章无所不习，还精研六经。三年之后，老子的学问有了很大的长进，被周博士推荐进入守藏室做一名小吏。守藏室相当于周朝的国家图书馆，书籍资料非常丰富。老子在那里一边工作，一边如饥似渴地博览群书。又过了三年，他升任守藏室的史官。

孔子问道

老子的学问与孔子不太一样，孔子的学说以人类社会为范围，而老子潜心探索的是人与自然和人性的本源问题。

相传，孔子曾经到东周的都城向老子请教问题。孔子问道："我研究了《诗》《书》《礼》《乐》《易》《春秋》这六经，而且也非常精通了，可是我周游列国，用这些学问去游说诸侯，谁也不采纳，这是为什么呢？"老子说："是不是你的学问不合时宜呢？"孔子说："是的，我也经常问自己这个问题：谷子种在田里会长出禾苗，鸡蛋可以孵出小鸡，我自己不去变通，怎么能改变别人呢？"

老子点头表示同意，并问孔子说："人老了之后还有牙齿吗？"孔子回答说："没有了。""那人老了之后会有舌头吗？"孔子说："舌头还在。"老子说："这就是坚硬的容易坏掉，柔软的却能长久。如同上善若水，水善利万物而不争，天下最柔弱的就是水了，但攻坚克强却没有什么能胜过它，所以柔能胜过刚，弱能胜过强。君子遇到适当的形势就做官，环境不好就隐居起来，君子具备很高的德行，但看起来却好像很愚钝。"

孔子听完，点头称是。孔子回去后对弟子们说："我知道鸟能飞，我可以用箭射它；我知道鱼能游，我可以用线去钓它；我知道兽会跑，我可以用网罩住它。至于龙，是乘着风云直上九天，我今天见到老子，他大概就像一条龙吧！”孔子对老子非常的敬佩。

老子丧母

老子担任周朝守藏史时，有几次回家看望母亲，每次都劝母亲跟自己搬到周都城，但母亲在陈国相邑住久了，人熟地熟，不愿意远走他乡。转眼30多年过去了，有一天，老子忽然接到家信，说母亲病危了，于是他报请天子，请假回家。等到家时，母亲已经去世了。他只看到了掩埋母亲的一堆黄土，他在墓前回忆起母亲当年的音容笑貌，悲痛欲绝。由于悲伤过度，老子就这样不吃不睡地坐在墓前。

一天，老子忽然发现自己很愚钝，他恍然大悟，愁苦都不见了，只觉得肚子饿、身体累，于是饱餐一顿，倒头大睡。家人都非常奇怪，等他醒来时问他原因，老子回答说：“人是有情有智的。因为有情，所以人伦关系和谐；因为有智，所以明理通达。情是智的附属，智是情的主宰。母亲生我，恩重如山，现在母亲去世了，我的情难断，这是人之常情。但情难断如果不用智来主导情，就会心乱，所以会悲不欲生。我坐在坟前沉思良久，忽然智来，用智统领情，所以情可以被节制，事情也变得有条理。于是才发现，我饿了想吃饭，疲倦了想睡觉。”

家人问：“智怎么统领情呢？”老子说：“人出生是一件从无到有的事，必定也会有从有到无的过程。母亲没有我时，是没有母子之情的，有了我，我和母亲才有了母子之情；母亲离我而去，母亲的情已经没有了，只剩下我的情了。人情没有之前跟人情从有变回没有之后，有什么差别吗？如果没有差别，那还沉溺在没有的情里痛不欲生，不是很愚钝吗？骨肉之情难断是合情合理的，难断就不加以制止，就违背自然的道理了，违背自然就是愚钝。”大家听了他的话，心里都豁然开朗。

西出函谷

后来东周王室发生内乱，老子预计周朝不能长久，就决定隐退，辞官回家。之后，老子在陈国老家待了一阵子，因为楚国灭掉了陈国，为了避战乱，老子一路西行，来到函谷关。

当时，老子只在小圈子里面有名气，一般人都不知道他的学问。但函谷关的官员尹喜却是个有见识的人，他久闻老子大名，认出了骑着青牛缓缓而来的老子，坚持要求老子收他为徒。老子推辞说他已经老了，也没什么学问，不会教人。

尹喜坚持说："您满腹经纶，如果不留下些东西，恐怕不能让您就这样出函谷关啊！"

老子无法再推辞，就在函谷关写下了五千字的《道德经》，因为此书分为道和德两篇，所以得名，又称《老子》。之后，尹喜只好让老子出了函谷关，从此，谁也不知道他去了哪里。

《道德经》以五千言而蕴含奥义，影响了中国哲学的发展，备受海内外人士的喜爱，可见老子的思想、成就之深。这种成就跟他从小就善于思考和探究是分不开的。

独立的思考能力和钻研精神，对于今天的我们来说，更是弥足珍贵的。世上最不缺人云亦云的懒人，唯有保持自己的独立思考精神并坚持不懈地努力探究下去，最终才能取得相应的成就。

孔子：万世尊仰的至圣先师

至圣先师

孔子，姓孔，名丘，字仲尼，春秋时期鲁国人，在今山东省曲阜（qū fù）市，中国古代著名的思想家、教育家，儒家学派的创始人。孔子是当时社会上最博学的人之一，被后世尊为“孔圣人”“至圣先师”。在今天，孔子被列为“世界十大文化名人”之首。

他完成了《诗》《书》《礼》《乐》《易》《春秋》六经的修订，为后世留下了宝贵的文化遗产。相传，他有弟子3000人，其中72位贤人，贤人是指通达六艺且有德行的人。孔子去世后，他的弟子和再传弟子把他的言行和教学思想，编辑整理成《论语》一书，成为儒家重要的经典著作。

少年孔子

孔子的祖上曾经是宋国的贵族，但到他父亲时已经没

■ 孔子像

落了。父亲叔梁纥（hé）有9个女儿和一个脚有残疾的儿子孟皮。为了能有一个健康的儿子，66岁的叔梁纥娶了不满20岁的颜氏，并在附近的尼山祭拜求子。公元前551年，孔子降生了。孔子刚出生时，头顶中凹，而四周隆起，很像一座小山丘，所以父亲给他取名为丘，字仲尼。

孔子3岁时父亲就去世了，母亲颜氏一个人在曲阜故里艰辛地抚育着幼子。孔子从小勤奋好学，并且对诗书礼乐有着浓厚的兴趣。与其他孩子嬉戏时，他会把小木块、小泥巴当作礼器，按礼仪的要求，模仿祭祀的场景。

由于家境贫困，孔子很早就要分担家里的劳动，这迫使他从事过不少辛劳的工作，学会很多谋生的手艺。在劳动的同时，他还一直坚持读书学习。17岁时他就闻名乡里，连鲁国的君臣都听说过他。

孔子19岁时娶了宋国的亓官氏为妻，20岁时，他的妻子给他生了一个儿子。当时，鲁昭公派人送给他一条鲤鱼表示祝贺，孔子以此为荣耀，就给儿子取名为孔鲤，字伯鱼。此后，孔子还在季氏门下做过两次小吏：一次是委吏，相当于仓库管理员；还有一次是乘田，相当于牛羊管理员。这两次做官地位都不高，但他尽心尽力把仓库管理得井井有条，把牛羊喂养得又肥又壮。

平民教育的倡导者

当时周室衰微，诸侯并起，战争此起彼伏，生活在平民阶层的孔子深知百姓的疾苦。他立志改善社会，使天下安定和谐，于是他一边读古圣先贤的书籍，一边向他人参访学习。大约在30岁，孔子就已经形成了一套完整的社会改良思想。他看重“礼”在治国中的作用，赞同尊卑有序、有礼有节的社会秩序，主张“为政以德”，用“仁德”和“礼教”治理国家。同时，孔子还主张“有教无类”的教育思想，为教育的普及做出了巨大的贡献。

此后，鲁国政局越发动荡不安。大夫季平子得罪了鲁昭公，昭公派兵攻打季平子，季平子联合孟孙氏、叔孙氏一起反击。结果，鲁昭公惨败，被迫流亡到齐国。当时，鲁国的大夫们不顾礼乐制度的约束，各行其是，僭（jiàn）越天子的乐舞。孔子对鲁国的现状十分失望，就离开鲁国到了齐国。

到了齐国后，齐景公向孔子询问治理国家的方法。孔子说：“君君，臣臣，父父，子子。”意思是说君王要像君王，臣子要像臣子，父亲要像父亲，儿子要像儿子，国家自然就会得到治理。齐景公再问具体怎样治理。孔子说：“政在节俭。”齐景公对孔子大为赞赏，想把一块土地封给孔子治理，却被晏子阻止。后来齐国的大夫想加害孔子，孔子听说后向齐景公求救，齐景公却说自己老了，帮不了他了，孔子只好又回到了鲁国。

孔子希望一展政治抱负的理想一开始就碰壁，于是他开始收授弟子，采用“有教无类”的办学宗旨，只要给一束干肉做学费，便一视同仁地教授学生。他讲授经典，传授六艺（礼、乐、射、御、书、数），并与德行、政事、文学、言语这四科相辅相成。他教育的根本目的是做人，做人的关键是有仁爱之心，仁爱之心首先表现为孝悌，就是孝敬父母、友爱弟兄，之后再扩展到与家庭之外的关系，首重打好道德修养的基础，其次才是学习文化知识。

在鲁国为官

在孔子将近五十岁时，仕途之门终于向他敞开，孔子被任命为中都宰，即负责国家都城的行政长官。一年后，他升任司空，掌管工程制造，后来又升任大司寇，负责国家司法刑狱。这也是孔子仕途生涯最辉煌的时刻，他刚上任不久，就下令处死了巧言乱政的鲁大夫少正卯（mǎo）。在他的治理下，鲁国人人诚信，路不拾遗，夜不闭户。

鲁国治理得这样好，使相邻的齐国大为惶恐，他们怕鲁国因此而变得强盛，进而威胁到齐国的利益，于是挑选八十位美女，带着乐队和马匹，献给鲁定公，想以此来麻痹鲁国政权。当时的季桓子和鲁定公都因此而沉湎于女色歌舞，多日不理朝政，因此与刚正不阿的孔子产生了矛盾。在举行祭祀后，季氏故意没有按礼节给孔子送祭肉，表明不想再用他了。孔子不得已，离开了鲁国，决定到其他国家去施展自己的政治理想和抱负。55岁这年，他带着弟子开始了长达14年的周游列国。

周游列国

孔子离开鲁国后向西来到卫国。开始卫灵公还以礼相待，不久，有人在卫灵公面前说孔子的坏话，卫灵公就命人带着兵器出入检查孔子的住处，孔子不得不离开卫国，去了陈国。

此后，孔子又几次回到卫国，卫灵公对孔子的态度依然时好时坏。当时卫灵公十分听信夫人南子的话，孔子无奈地感慨："我没有见过好德像好色一样的人。"这是在委婉地批评卫灵公好色。

在去陈国的路上经过匡地时，因为孔子长得像曾欺负过匡人的阳虎，孔子师徒被陈国人围困起来，形势非常紧张。弟子们都有些害怕，这时孔子正气凛然地说：“周文王死了以后，周代的礼乐文化不都体现在我的身上吗？上天如果想要消灭这种文化，那我就不可能掌握这种文化了；上天如果不消灭这种文化，那么匡人又能把我怎么样呢？”后来误会终究解除，孔子得以脱身。

孔子离开陈国，将要前往蔡国。当时楚昭王久闻孔子圣明，便中途聘请孔子前往楚国。陈蔡两国的大夫担心孔子会对他们不利，便派服劳役的人把孔子师徒几人围困在半路。后来，孔子一行人带的粮食全吃完了，断粮了三天，随从的弟子疲惫不堪，饿得站不起来，但孔子仍讲习诵读，演奏歌唱，传授诗书礼乐毫不间断。这时，子路忍不住问老师：“即使有道德的君子也要遭受这样的穷困吗？”孔子回答说：“君子即使贫困也能坚守，小人一旦贫困就堕落苟且了。”后来子贡到楚国求援，楚昭王派兵救了孔子。

后来孔子来到楚国，叶公子高问孔子：“应该怎样统治才好？”孔子说：“要使附近的人都喜悦，让远方的人想来归顺。”这个叶公子高，正是“叶公好龙”典故中的叶公，他屋里到处雕刻着龙，真见到龙时却吓得魂飞魄散。向孔子问政，叶公也只是如好龙一般装装样子，并不实行。

楚昭王想攻打太叔，向孔子请教策略，孔子回答不知道，其实是他不想参与战争。他回来后就带弟子们准备起程，说："鸟可以选择栖息的树木，树木又怎么能够选择鸟呢？"

就这样孔子走过了许多诸侯国，不少人向他讨教治国方略，却无人给他施展才能的机会。因为当时天下大乱，各诸侯都相信用武力可以称霸天下，不相信以德治国能让对方放下武器。

孔子的晚年

鲁哀公十一年（前484），掌权的季康子任用孔子的弟子子贡、冉有，并听从冉有的话带着礼物把孔子从卫国迎接回来。周游列国14年的孔子终于重新回到了鲁国，这时他已经68岁了。然而，孔子的晚年却面临着亲人和得意门生过世的悲痛。先是69岁时，儿子孔鲤去世；71岁时，他最欣赏的学生颜回也病逝；72岁时，弟子子路在卫国内乱中被杀。

公元前479年，孔子病重，悄然离世，终年73岁。他被埋葬在鲁城北泗水岸边，不少弟子为他守墓三年，子贡为老师守墓六年。

孔子一生虽然在政治上不得志，但他却是我国古代最伟大的教育家。他创办私学，使平民百姓有了受教育的机会，改变了当时社会上只有上层人才能接受教育的状况，他因材施教的教育理念对后世有着深远的影响。他的弟子多达3千人，其中贤人72位。这些人中有很多成为各诸侯国的高官栋梁，又为儒家学派的传承做出了贡献。

孔子同时是一位伟大的思想家，他创立的儒家思想成为几千年来封建社会的正统思想，对政治、文化的发展都起到了巨大的作用。纵观孔子的一生，无愧于“至圣先师”的尊称。

颜回：不二过的孔门复圣

儒家的复圣

颜回，姓颜，名回，字子渊，又称颜渊，春秋末期鲁国人。13岁拜孔子为师，比孔子小30岁，此后终生跟随孔子学习，是孔子最得意、最喜爱的门生。在孔子的众多弟子当中，孔子对颜回的称赞最多，不仅夸奖他好学，而且还称他为“仁人”。

颜回以突出的德行修养而著称，他坚守先生“不耻下问”的教诲。自汉代起，颜回被列为72贤之首，被后人称为“复圣”。颜回作为孔子的诸多弟子之一，既不是最富有的，也不是最有地位的，如何能得到如此高的评价呢？

闻一知十

颜回初见孔子时，孔子在鲁国已经小有名气，孔子看他个子矮小，衣衫破旧，面黄肌瘦，但额头却出奇的高，双眼炯

■ 颜回像

炯有神。颜回刚入孔门时，在弟子中年龄最小，性格内向，总是沉默寡言，有人甚至觉得他有些愚钝。事实上，颜回的忠厚与内向掩盖了他的聪颖善思。经过一段时间的深入观察，孔子说：“我向颜回讲授课业时，他一整天都不提出异议和疑问，好像笨笨的样子。等他回去后，我观察他日常生活的言行，他能在生活中充分运用我讲授的知识和经验，所以颜回一点也不笨。”连能言善辩的子贡也说自己不敢与颜回相比，子贡称自己听到一能推知二，而颜回听到一能明白十。

生活贫困

放学后，弟子们都回家吃饭，颜回总是最后一个走，饭后又第一个回来，然后就捧卷诵读。孔子觉得奇怪，颜回为什么回家吃饭这么快？于是便派人偷偷跟随颜回回家，探个究竟。原来，颜回家住东关的贫民区，父亲在城外种地，母亲在外给人帮工，都不回家吃饭。颜母每天回到家，给儿子做一锅菜汤，自己也拿起竹筒做成的饭碗，舀（yǎo）出菜汤就津津有味地吃，有时菜汤喝不饱，他就跑到井边舀几瓢水喝，然后乐滋滋地往学堂跑去。

孔子派人跟踪观察了几天都是如此。孔子于是说："一箪（dān）食（sì），一瓢饮，在陋巷，人不堪其忧，回也不改其乐。"意思是说，用竹子做的碗饭吃饭，用葫芦瓢喝水，住在破陋的巷子里，人们都不能忍受这样的生活而感到忧虑，可是颜回却乐在其中。后来人们把颜回居住的街称为"陋巷街"，把颜回当年喝水的井叫作"陋巷井"，还在井上修建了"颜乐亭"，以追念颜回这种贫贱不改志向的美德。

不贪钱财

颜回虽然家贫，却心地善良，乐于助人。为了给一位穷学友的母亲治病，他曾劝说父亲向别人借碎银子来接济学友。颜回平时不善言谈，一些富家弟子就看不起他，有时还故意侮辱他，颜回从不和这些同学计较，只是一门心思用功读书。

一天，有个同学的铜方圈丢了，就怀疑是颜回偷了，大家都指桑骂槐，颜回却镇静自若，不理不睬。这样，同学们更加怀疑是他偷的了。于是几个学生就到处传言是颜回偷了别人的银子，并告到孔子那里。孔子自然不信，但又想堵住多事人的嘴。于是，他拿出一锭金子，写了几个字，准备试试颜回。第二天，颜回第一个到私塾，一进门，被一个硬东西碰了一下，见脚下有个白纸包，打开一看，是一锭金子，纸上写着："天赐颜回一锭金。"颜回本想不理，但见写有自己的名字，于是就拿笔写下"外财不发穷命人"几个字后，放回原处。

通过这件事，孔子更加相信颜回诚实无欺，并当着大家的面肯定颜回是位贤德的人。

和孔子陈蔡绝粮

孔子带着弟子们周游列国时，有一次被围困于陈国和蔡国之间，七天没有生火做饭了。子贡找机会突围，用自己的钱买得一石（dàn）米，让颜回去煮饭。子贡在井边远远望去，却见到颜回在吃煮熟的饭。于是子贡不高兴地问孔子："对于仁人廉士，贫穷能够改变他们的品德吗？"

孔子回答说："品德改变了怎么能够称为仁呢？"

子贡又问："就算是颜回也一样吗？"

孔子说："是的。"

子贡就把颜回偷吃米饭的事情告诉了孔子。孔子说：

“我相信颜回是个仁义的人已经很久了，虽然听你说了，我还是不怀疑颜回的品德，其中必然有原因，我来问他，便可知晓。”

于是孔子召见颜回问：“我梦到了先人，不知是否有什么启示，你的饭煮好了吧？让我来祭祀先人。”

颜回说：“刚才有灰尘落在饭中，米饭不洁净了，丢弃又很可惜，我就把落灰的饭吃了，所以不可以用来祭祀了。”因为古人用来祭祀的饭菜，都要用没人吃过的才行。

孔子说：“好啊，如果是我也会吃掉沾上灰尘的饭的。”

颜回出去后，孔子对身边的弟子说：“我相信颜回是个君子啊。”弟子们也很佩服他。

不愿做官

周游列国后，孔子师徒回到鲁国，颜回父母都已年迈，家庭重担理应落在他的肩上，这就使颜回必须有一份较固定的收入维持生计。孔子希望弟子能做官的就做官，但颜回不想做官。孔子对颜回说：“你家庭贫困，处境卑微，为什么不去做官呢？”

颜回回答说：“我有城外的五十亩地，足够喝些稠粥；城内的十亩土地，足够穿丝麻；弹琴足以自求娱乐，所学先生的道理足以感到快乐。我不愿意做官。”

孔子欣然说：“我听说，知足的人，不会让利益和俸禄拖累自己；懂得自得其乐的人，有损失也不感到忧惧；讲究内心道德修养的人，没有官位也不感到惭愧。我读这些话已经很久了，现在在颜回身上才看到它们！”

颜回不想做官，通过设坛讲学，传授学问，使老师孔子的思想主张能够流传后世。作为孔门弟子之首，当时想拜颜回为师的人也不在少数，有名望、有地位的人也常常向颜回请教。颜回同样讲授六经，但他对《易》的研究较为深入。颜回除讲学外，还帮助孔子整理古代典籍。他治学严谨，着重考证和校对，把周游列国时所获得的不同古籍相互参证，去伪存真，特别是《易》，颜回是《易》的重要整理人之一。

颜回因为从小营养不良，身体虚弱，再加上得了一场病，年仅40岁就早逝了。他的死让老师孔子感到悲痛欲绝，最得意的学生兼知己一样人先他而去，孔子的痛心可想而知。

现在的山东省曲阜市孔府东部，有一座气势雄伟的“复圣庙”，祭祀的就是复圣颜回。

曾子：以孝著称的儒家宗圣

儒家的宗圣

曾子，名参（shēn），字子舆（yú），鲁国人，祖先是夏禹的后代，16岁拜孔子为师，勤奋好学，得到了孔子的真传。他积极实践和推行以仁孝为核心的儒家主张，并在修身和力行孝道上颇有建树。

曾子是孔子学说的主要继承者和传播者，在儒家文化中居于承上启下的重要地位。他参与编写《论语》《大学》《孝经》，著有《曾子十篇》，被后世尊奉为“宗圣”。他的父亲曾点，字皙（xī），是孔子的早期弟子之一。

孝顺的孩子

曾子从小就非常孝敬父母，每到吃饭的时候，曾子都会细心观察和体会父母的饮食口味与习惯，并将父母最喜欢吃的食物牢牢记在心里。因此，一日三餐，曾子总能准备出父母最爱吃而又丰盛的菜肴。父亲深受孔子教诲，平常乐善好施，经常接济贫困的邻里乡亲。所以，每次父母用过饭后，曾子都会毕恭毕敬地向父亲请示，这一次余下的饭菜该送给谁。

有一次，曾子到山里去砍柴，只有母亲在家，不巧家里突然来了客人，要找曾子。母亲一时不知所措，唯恐因待客不周而失礼，就站在门口，着急地望着大山，希望曾子快点回来。因许久不见曾子归来，曾母就用牙咬自己的手指，希望曾子在山里能有所感应，赶快回家。果然，母子连心，曾子正在山中砍柴，忽然感觉一阵心痛，他马上就想到了母亲，于是，赶快背着木柴回到家中，问母亲是不是在召唤他。母亲说："家里突然来了不速之客，我咬手指是想叫你快回来。"

后来曾子拜孔子为师，孔子早就听说曾子是一个孝子，所以将"孝道"的学问传授给他。在《孝经》当中，孔子与曾子以一问一答的形式，把孝道解释得淋漓尽致，并嘱托曾子一定要把孝道发扬光大。

小杖则受，大杖则走

曾子的祖上虽然是贵族，但家道早已没落，曾子很小就要跟着父亲干农活。有一天，太阳刚从山林冉冉升起，曾子就跟着父亲曾点荷锄来到山脚下的瓜地里。父亲教诲曾子说，锄草下锄要稳，拉锄要匀，切勿手忙脚乱，一边说一边做示范。曾参用心学习，小心翼翼地除草，但他初学乍练，手脚生疏，就远远落在父亲后面。他不甘落后，想奋力追赶，却稍有不慎，把一棵肥壮的瓜苗锄掉了，于是大惊失色。父亲曾点一看，十分生气，声色俱厉地拿起木杖打曾子。曾子没有逃避，被打得扑倒在地上，好长时间才苏醒过来。回去后，父亲渐渐息怒，担心打伤了儿子，便悄悄到曾子的书房门口窥视。曾子知道父亲走过来，忍住身体的剧痛，抚琴而歌。父亲看后，才放下心来，缓步又走回屋去。

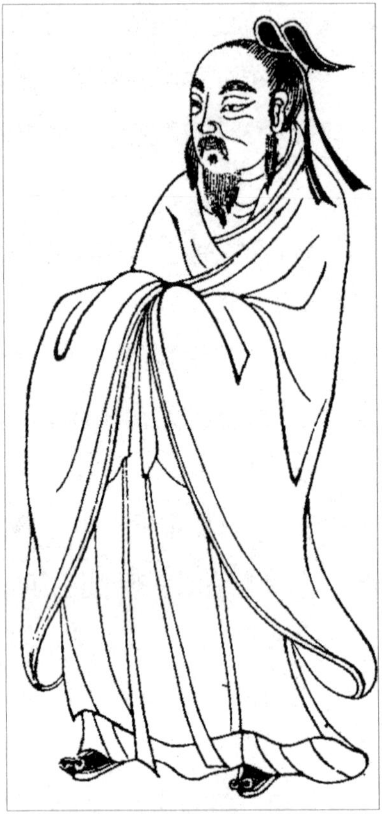

■ 曾子像

有人把这件事告诉了孔子，孔子听后教导曾子说："你没有听说过大舜的故事吗？舜的父亲用小竹鞭子轻轻打他，他就忍受着，如果用大拐杖打他，他就逃跑。舜的父亲经常叫他做什么，他随时都在；如果要加害于他，就找不着他。

今天你父亲暴怒杖打，你拱手站着不逃走，你想过吗？如果让父亲失手犯下伤子的罪，你不是辱没了父亲吗？”曾子虚心受教，明白了“小杖则受，大杖则走”的道理。

曾子杀猪

后来曾子结婚娶了妻，还有了儿子。一天早晨，曾子的妻子梳洗完毕，换上一身干净整洁的蓝布新衣，准备去集市买一些东西。她刚要出门，儿子就哭喊着从身后追上来，吵着闹着要跟着去。孩子太小，集市离家又远，带着他很不方便，因此曾子的妻子对儿子说：“你回去在家等着，我买了东西一会儿就回来，我回来以后杀猪给你做好吃的。”这话倒也灵验，儿子一听立刻安静下来，乖乖地望着妈妈远去。

等曾妻从集市回来时，见曾子正要捉猪去杀，她急忙拦住丈夫说：“家里只养了这几头猪，都是逢年过节时才杀的，我只不过是跟孩子开玩笑罢了。”

曾子说：“在小孩面前是不能撒谎的，他们年幼无知，经常从父母那里学习知识，听取教诲。现在你欺骗他，等于是教他今后去欺骗别人。母亲欺骗了儿子，儿子就不会再相信自己的母亲了，你就很难再教育好自己的孩子了。”

曾妻觉得丈夫的话很有道理，于是就帮助曾子杀猪炖肉给孩子吃。

不受赏赐

曾子随孔子周游列国后，从楚国返回鲁国，他这时没有去做官，而是一心做学问，在家敝（bì）衣躬耕，生活很是窘（jiǒng）迫。鲁国的国君听说后，觉得这样的名人穿如此破旧的衣服在田里耕作，有失鲁国的体面，决定赠他一块封地。但曾子认为收了封地等于只拿俸禄不做事，不如自食其力为好，于是坚决不受。派来的使者好心劝说曾子："这又不是先生你主动要求的，为何不接受呢？"

曾子对使者诚恳地说："我听说，接受别人馈赠的人就会害怕得罪馈赠者；给了人家东西的人，就会对受东西的人傲慢。就算国君赏赐我封地而不对我傲慢，但我能不畏惧吗？"

经过再三推辞，曾子最终都没有接受国君的封地。孔子听说了这件事情，便肯定了曾子的言行。

曾子为官

曾子认为，父母健在时应尽量在跟前孝敬侍奉，仕途如何并不重要。所以，他宁愿选择在莒国当个小官吏，虽然吏禄微薄，却能离父母很近，亲自侍奉父母。他还说，杀牛来祭祀先人，不如父母在世时杀只鸡孝敬老人更好。

后来，曾子的父母先后病故了，他便离开家乡到楚国做了大官，住的是高堂九仞（rèn），出门是车马百乘，俸禄很高，非常显贵。

有一天，曾妻买回来两条鲜鱼，因为曾子最爱吃生鱼，于是妻子精心泡制，放进大碗里，并放好了佐料。曾子的大儿子曾元和二儿子曾申趴到桌旁，垂涎（xián）欲滴。曾妻斥责说："孩子们可不能乱动，等你爹爹回来才能吃鱼。"

不一会儿，曾子回到家中，曾元、曾申都迎上前去施礼。妻子高兴地说："夫子，今天吃生鱼，不知你满意不满意？"

曾子忙答："满意满意！"说完就居中坐下。两个儿子坐在两边，曾妻端菜盛饭，一家人欢欢乐乐吃起饭来。曾子先用筷子夹了一块生鱼，在热汤里一涮，又蘸了蘸作料放进嘴里，味美可口。忽然，他的脸上从喜悦又变得悲伤，随后"哇"的一声全吐了出来。曾妻惶恐不安地问道："夫子，生鱼不好吃吗？"

曾子眼含热泪说："我的老母生前没吃过这么美味的生鱼，今天的生鱼虽然美味，我却独自品尝，真是不孝啊！"遂不再吃生鱼。

晚年的曾子

曾子晚年时，生了重病，在垂危之际，他召来门下的弟子，说："看看我的脚！看看我的手！《诗经》上说：'战战兢兢，如临深渊，如履薄冰。'而今而后，吾知免夫，小子！"曾子让弟子们看自己手足无损，这样就没有犯身体不全的不孝。一方面表现了他对孝道的终生奉行，另一方面也体现了他用自己的行为亲身教育了弟子，一生都应该保护好自己的身体。这正是《孝经》中所说的"身体发肤，受之父母，不敢毁伤"。曾子还说过："父母全而生之，子全而归之，可谓孝矣。"意思是说，父母生孩子时身体是完整的，子女也要用完整的身体过世，这可以算是孝了。

曾子一生都很注重礼仪规范，他70岁时病危在床。有一天，他的学生子春来看望老师，他的儿子曾元、曾申也坐在床边上。跟随子春的书童坐在墙角的凳子上，手里端着一支蜡烛。书童突然用手指着曾子床上铺着的席子说："那么华美光洁的竹席是大夫的席子吧？"子春忙制止说："住嘴！"

曾子朦胧中还是听到了书童的话，忽然惊醒说："这席子是季孙氏送给我的，还没有更换下来，快帮我更换席子，我不能死在大夫用的席子上。"

儿子曾元说："父亲的病重，身体不能移动，还是不要更换了吧！”曾子说：“你爱我还不如这个书童，君子是以德爱人，小人爱人才会无原则地迁就，我只希望能走正道而死去，也就足够了。”

曾元听了，无奈地抬起父亲，更换了季孙氏赠送的席子。曾子起身尚未躺好，便过世了。曾子一生言行谨慎，直到最后一刻，都在反省和纠正自己的言行。

子思：孔子之孙述圣公

勤勉重礼

子思，名叫孔伋（jí），字子思，孔子的嫡孙、孔鲤的儿子，春秋时期鲁国人，著名思想家。子思受教于孔子的高足曾参，孟子则以子思的门人为师。后人把子思、孟子并称为“思孟”学派，因而子思上承曾参，下启孟子，在孔孟思想的传承中有重要地位。另外，人们普遍认为阐述儒家心法的经典《中庸》是子思所做，因此子思也被尊为“述圣”。

子思从小就勤勉好学，并深受祖父孔子的启蒙熏陶。孔子晚年闲居，有一次忽然唉声叹气起来，子思询问孔子是不是担心子孙不学无术辱没家门？孔子很惊讶，问他是怎么知道的。子思回答说：“父亲劈了柴而儿子不背就是不孝。我要继承父业，所以，从现在开始就要十分努力地学习，毫不松懈。”孔子听后，欣慰地说：“我不用再担心了。”

子思和孔子一样重视礼仪，也一样向往国家能实行德治，并希望通过教育努力实现自己的抱负。但他与孔子也有不同。孔子曾经努力尝试走上仕途，做官参政，并周游列国，企图游说诸侯，却处处碰壁。子思一直都以推行自己的学说为重，鲁穆公请他做国相，他都婉言谢绝了。

安于俭朴

子思一心做学问，生活相当拮据，有时甚至捉襟见肘，有上顿没下顿。

有一次，他又到了揭不开锅的地步，无心著书，也无神思考。他的朋友季孙氏听说了，赶紧亲自驾车来救急，送来了两车粟米。子思开门迎客，十分感谢季孙氏雪中送炭，并全部收下。

第二天，他正在家吃着头天朋友送来的饭，又来了一个朋友子或，他挑着一副担子，一个筐里放着一盘烤肉，另一个筐里盛着美酒。子思看到子或送来的礼物，却一摆手作了个揖，说："先生的好意我领了，但恕孔伋不能受此礼！"

子或丈二和尚摸不着头脑，说："昨天季孙送来两车粟，你收了，今天我送来酒和肉，你却拒绝我。这不是要多的不要少的吗？再说，我和他都是你的朋友，你厚彼而薄此，也不合情理啊。"

子思回答道："先生息怒，孔伋不幸生活困窘，到了快活不下去的地步，所以接受了粟米的馈赠，这是生命的必需

■ 子思像

品。而酒肉是宴席上才有的东西，不是现在清贫的我应该追求的。刚有了温饱，就享受饮宴，就不好了。我收礼不是为富贵，拒礼只是因为不是必需品。”

由此可见，子思的生活极其俭朴，并且不让自己有不必要的享受。

举荐贤能

子思有一段时期居住在卫国，有一天，子思向卫国国君卫慎公提起苟变这个人，子思说：“他的才能可以统领兵车五百乘。”在古代中国，兵车一乘上有三名甲士，车下有步兵72人，500乘就有大约37500人，也就是说，子思认为苟变是一个大将之才。

卫慎公却说：“我知道他是个将才，其实苟变曾经当过官，当年他在征税时吃了老百姓两个鸡蛋，所以我不用他。”

子思不以为然地说：“圣人选用官员，就如木匠选用木材，会取其所长，弃其所短。因此，一个高明的木匠，不会因为一根合抱的大树有几尺腐朽而把它扔掉。现在国君您正处在战国纷争之世，需要任用锋利的人才，却因为两个鸡蛋而舍弃能够守卫城池的大将，这事可不能让邻国知道啊！”

卫慎公听后，一再拜谢说：“我接受您的教诲了！”后来荀变果然成了卫国的名将。

承上启下

《中庸》是子思一生中最重要的一篇著作，“中庸”是指以不偏不倚、无过无不及的态度为人处世。喜怒哀乐的情感还没有发泄出来的时候，心是平静的，无所偏倚，这就叫作“中”；如果情感发泄了出来能合乎节度，没有过与不及，这就叫作“和”。“中”是天下万事万物的根本，“和”是天下共行的达道。人如果能把“中”“和”的道理推而广之，那么天地之间一切都会各安其所了。例如，颜回做人能够择取中庸的道理，得到一善就奉持固守而不再把它失掉。舜是个有大智的人，善于征求别人的意见，而且对那些很浅近的话也仔细地加以审度。把别人错的行为隐藏起来，把别人对的和善的行为宣扬出来，并且把群众言论中过与不及的加以折中，选取中道施行。

子思晚年居住在鲁国。鲁穆公经常派人问候他，唯恐不能把他留在鲁国。子思虽然受到礼遇，却常常直言不讳，认为能经常批评君主错误的，才能算作忠臣。

子思82岁时过世，他在儒家学派的发展史上占有重要的地位，他上承孔子中庸之学，下开孟子心性之论，并由此对宋代理学产生了重要的影响。

孟子：私淑孔子的亚圣

儒门“亚圣”

孟子，名轲（kē），字子舆，战国时期邹（zōu）国人，在现在的山东省，他是孔子之孙—— 子思的再传弟子。孟子继承发扬了孔子的学说和思想，成为仅次于孔子的最有影响力的儒学宗师，与孔子并称“孔孟”，被后世尊称为“亚圣”。

孟子希望效法孔子推行自己的政治主张，他周游列国十多年后，没有国君愿意实行他的主张，最后他也和孔子一样退居讲学。他的弟子和再传弟子将孟子言行记录成《孟子》一书，被后世定为儒家四书之一。

孟子和孔子的经历很像，都是贵族的后代，到了父辈时家道已经中落，都是幼年丧父，他们一生都有求学、教书、周游列国的经历。孔子和孟子都致力于推广自己的治国之道，却无人采纳，最终设坛授课，成为影响深远的思想家和教育家。

孟母三迁

孟子的母亲对于孟子的成长起到了关键的作用。《三字经》中有这样一句话："昔孟母，择邻处，子不学，断机杼（zhù）。"讲的就是孟子的母亲，为了给孟子找到一个比较好的学习环境，曾经三次搬家。

一开始，他们住在墓地旁边，孟子就和邻居的小孩一起学着大人跪拜、哭嚎的样子，玩起办理丧事的游戏。孟母看到了很担心，于是就把家搬到了集市旁。孟子又和邻居的小孩，学起商人屠宰做生意吆喝（yāo he）的样子。孟母看到孟子这样，觉得这里也不适合孩子成长，这次，他们搬到了一所学校附近。这里有朗朗的读书声，孟子听到后，也跟着大声读起来。每月初一就有官员到这里行礼跪拜，互相之间以礼相待，孟子见了也学会了进退的礼节。孟母很满意地说："这才是我儿子应该住的地方呀！"于是就在此定居下来。

断布启志

孟子最初对学习很有兴趣，但时间一长就感到厌倦，经常逃学。有一次，孟子又逃学去玩了，回家时孟母正坐在织布机前，样子十分生气。她让孟子背诵今天在学校学到的内

■ 孟子像

容，孟子背不出来，孟母伤心地拿起剪刀，“嘶”的一声，就把刚刚织好的布剪断了，麻线纷纷落在地上。孟子看到母亲把辛辛苦苦才织好的布剪断了，心里既害怕又不明白其中的原因。这时孟母严厉地说道：“学习和织布是一样的，你荒废学业，就像我剪断织布机上的布一样。君子求学是为了成就道德学问，只有如此，以后行事才能避开祸害，你经常逃学怎么能成为有用之材呢？如果荒废学业，惰于修身进德，今后就难以避免祸患了！”

说完，孟母伤心地伏在织布机上哭泣。孟子听后非常震惊，明白母亲用“断织”来比喻“辍（chuò）学”的道理。从此以后，孟子常常勉励自己做事一定要有恒心，不能半途而废。孟子自此从早到晚勤学不止。

列国游说

孟子十五六岁时，来到了儒学的中心鲁国，当时孔子的孙子子思有弟子在鲁国的都城曲阜讲学，孟子就登门求教，并在这位子思的弟子门下学习六经。

经过多年的潜心钻研，孟子最终成为精通儒家经典的大师，他与孔子相距百年，却与孔子的学问一脉相承。孟子对孔子推崇备至，他认为自从有人类以来，没有比孔子更伟大的人物了，他的愿望就是能成为像孔子一样的人，学成之后收徒讲学，将仁义之道推广到天下。大约30岁左右，孟子就开始收徒讲学了，他的学生著名的有公孙丑、万章、乐正子等人。

孟子44岁时，开始周游列国，希望通过游说各国国君来推行儒家的政治主张。他带着弟子首先来到了齐国，当时齐威王以求贤若渴、善于纳谏闻名。孟子慕名而来，齐威王送给他马车和侍从，却不认可他以德服人、推行仁政的政治见解。原来，齐威王一心想用武力来称霸中原，一统天下。

之后，孟子又去了宋国和邹国，都因为无法推行仁政而离开。这时，孟子与滕国太子交上了朋友，后来这位太子当上了国君，成为滕文公，他就把孟子接到滕国，待为上宾。孟子把施仁政、法先王、建井田等政治见解合盘托出，并告诉滕文公，必须让百姓有恒产，也就是有一定的产业，社会才能安定。但当时滕国方圆不足50里，夹在齐国和楚国两个大国之间，随时有被灭国的危险，他的思想仍然没有被采纳，后来他离开滕国，又来到魏国。

这时孟子已经53岁了，魏国的梁惠王因与齐、楚、秦等国家屡战屡败，实力大减，他在晚年以丰厚的财富招贤纳士，希望能重振国威。梁惠王对孟子说："我费心尽力治国，又爱护百姓，邻国的百姓没见减少，自己的百姓也不见增多，这是什么原因呢？"孟子打了一个比方说，有两名士兵在前线败下来，一个逃跑了五十步，另一个逃跑了一百步，逃跑了五十步的就讥笑逃跑了一百步的，说他不中用。其实两人都是在逃跑了，只是跑得远近不同罢了。孟子以此来暗示梁惠王和其他君主一样好战，怎么能够使百姓增多呢？孟子建议梁惠王减刑罚、轻税赋、施仁政等，采取一系列能使百姓安居乐业的政治措施，可梁惠王却一心想要以战争成就霸业，于是孟子又离开了魏国，来到齐国。

破梦于齐

当时齐国土地辽阔、人口众多，孟子认为如果能在这里推行仁政，齐国就有望一统天下。国君齐宣王非常喜欢养名士，当时很多著名学者都在齐国享受上大夫的俸禄，孟子一到齐国，也受到了优待和尊重。齐宣王希望了解古代齐桓公和晋文公称霸的事迹，孟子却与他大谈施行仁政，以德治国。孟子认为仁、义、礼、智、信这些是人先天本有的品质。“人之初，性本善”，就好比是有人看到，在井边玩耍的孩子快要掉进井里时一样，都有一种救孩子的心。人本性的自然流露不是为了别人的称赞或者得到报酬，而是恻隐之心的天然萌动。

将符合天性的仁政思想推广到政治措施上，首先要以德服人，而不是用暴力争夺天下。宣王问孟子是不是臣子一定要忠于君主，孟子正色道：“如果国君做错了，臣子就要劝阻，如果反复劝阻还是不听，就可以废弃他，改立有德之人。国君把臣下当手足，臣子就把国君当心腹，国君把臣下当狗马，臣子就把国君当路人，国君把臣下当草芥，臣子就视国君如仇敌。”

齐宣王听了脸色大变，孟子就此不被宣王重用。后来他们之间的矛盾分歧越来越大，齐宣王轻信奸佞谗言，施政昏庸，做事不能持之以恒。

一次，孟子毫不客气地对他说：“大王也太不明智了，天下虽有生命力很强的生物，可是你把它放在阳光下晒一天，又放在阴寒的地方冻它十天，它哪里还活得成呢？就像我跟大王在一起的时间是很短的，您即使有了一点儿从善的决心，可是我一离开您，那些奸臣又来诱导您，您又会听信他们的话，叫我怎么办呢？”

孟子感到在齐国实现自己的政治主张没有希望了，便决定离开齐国，回到故乡邹国去。

圣人辞世

结束了20年的周游列国生活后，孟子已经62岁了，从此他不再远游，而是专心致力于讲学和著书。和孔子一样，孟子同样做到了“学而不厌，诲人不倦”，直到84岁，与世长辞。

孟子的文章善于运用巧妙的比喻来说明道理，气势磅礴，很有说服力。他的很多典故流传至今，比如“五十步笑百步”“揠苗助长”“一曝十寒”等。

孟母三迁的故事我们耳熟能详，可见环境对人的影响巨大。孟子后来能取得如此大的成就，固然跟母亲给他创造良好的学习居住环境有关系，但很大程度上也靠他自己的主观努力。母亲断机杼以示警，他自己能够领悟并且从此发奋读书，才有了后来的“亚圣”。

庄子：清静无为的隐士

哲人隐士

庄子，名周，字子休，宋国蒙地人，在今河南省商丘市附近。他曾做过蒙国的漆园吏，后以打草鞋、种地等为业，一生默默无闻，不求功名，是老子之后道家思想的集大成者，与老子并称为“老庄”。他是战国时期著名的思想家、哲学家和文学家，他的代表作品是《庄子》。

从表面上看，道家主张出世，儒家主张入世，似乎有些对立。而实际上儒道的思想是相辅相成的，它们共同影响着中国几千年的文化发展。庄子基本没参加过任何重大的历史事件，一生都是个默默无闻的隐士，但他在中国哲学史和文学史上都有着极为重要的地位，深刻地影响着中国人的精神世界。

失意的童年

庄子祖上本是宋国的贵族，后来家室逐渐衰微，与普通百姓没有什么两样，要靠种地、织布、打草鞋来维持生计。庄子十多岁时，母亲不幸去世，没多久父亲也过世了，他成了一个孤儿，父亲临终时把他托付给一个教书的朋友，这位老先生既是庄子的启蒙老师，又成了他的老丈人。

庄子生性聪慧，勤于思考，家族的衰落、父母的早逝和生活的艰难都引发了他思考人生命运之谜。他曾经跟同学惠施一起去参加宋国朝廷的招贤考试。惠施提出南北联合共同对付秦国的主张，深得朝廷赏识，被任用为大夫。而庄子却以“无为而治”的观点，只当上了一名王宫的漆园吏。

后来庄子看不惯官场的钩心斗角和利欲熏心，不久就辞官回家了。

艰苦度日

庄子辞官后，只能靠打草鞋卖钱，有时还给人屠牛宰羊，帮人舂（chōng）米、油漆门窗等打零工赚钱，收入微薄，但庄子并不在意，妻子柳氏喂鸡养猪，两口子就这样粗茶淡饭度日。

■ 庄子像

有一年，由于宋国君主横征暴敛，到了春荒时，庄子家中已经没有了粮食。庄子只好找一位做了监河侯的同学去借点粮。监河侯为了戏弄一下清高的庄子，就说："可以啊，等我年底收到封地的租税，一定借给你三百金，怎么样？"

庄子听了生气地说："我昨天来时，路上听到呼喊的声音，四面张望，看见干涸（hé）的车辙（zhé）中有一条鲫鱼，这条鲫鱼竟然会说话。我问它：'鲫鱼，你叫我何事？'它回答说：'我是东海龙王的水官，不小心掉到这干沟里了，你能给一升半斗的水救我的命吗？'我就说：'可以啊，我要去南方劝说吴越的国王，引西江的水来救你，怎么样？'鲫鱼生气地说：'我失去了生命所必需的水，困在这里无法活命，现在只需要一升半斗的水就可以活命，你却要我等西江的水，还不如趁早到卖干鱼的店铺去找我呢！'"

庄子愤然离去后，靠着老丈人接济，和柳氏又挖些野菜充饥，总算熬过了春荒。

投奔惠施

后来，庄子听说老同学惠施在魏国做了宰相。而庄子在宋国生活拮据，于是就想去魏国投奔老同学惠施。有人在庄子来前就告诉惠施说："庄子到魏国来，是想取代你做宰相。"

惠施知道庄子的才学不比自己差，非常害怕，于是在国都搜捕庄子三天三夜。后来庄子主动前去见他，说："南方有一种特殊的鸟，它从南海起飞，飞到北海去，不是梧桐树不栖息，不是竹子的果实不吃，不是甜美的泉水不喝。此时有一只猫头鹰拾到一只腐臭的老鼠，这只特殊的鸟从猫头鹰面前飞过，猫头鹰以为它是来抢自己的老鼠的，就抬起头来大声地吓唬它。现在你也想用你魏国宰相的位置来吓我吗？"惠施听了非常惭愧，知道自己误解庄子了。

拒绝楚威王

后来，楚威王听说庄子才学很高，就派使者带着厚礼请他去做令尹。当时庄子正在河边钓鱼，楚王的使者转达了他的意思。庄子手拿钓鱼竿，头也不回地说道："听说楚国有一只神龟，三千年前就死掉了，被包装得好好的，供奉在庙堂上。你们说，它是愿意像这样成为一副死骨头和甲壳接受供奉呢？还是宁愿活着拖起尾巴在泥塘里面自得其乐呢？”来使回答说：“应该愿意活着在泥里爬吧。”庄子说：“那就让我拖起尾巴在泥里爬吧。”

他就这样拒绝了楚威王的高官厚禄。

庄子丧妻

庄子的妻子去世了，惠施闻讯前去吊唁（yàn），他此时已经不是魏国的宰相了，作为老朋友有必要去安慰一下庄子。惠施走进庄子陋巷中的家，看到庄子正分开双腿坐着，一边敲打着瓦盆伴奏，一边放声歌唱。庄子看到惠施前来，也不打招呼，继续唱歌。

惠施说：“你跟死去的妻子生活了一辈子，她还为你生儿育女，现在人死了，你不伤心哭泣也就算了，竟然还敲着瓦盆唱起歌来，也太过分了吧！”

庄子说：“你说得不对，她刚死之时，我怎么能不感慨伤心呢？然后我冷静地想一想，她原本就不曾出生，后来因为阴阳二气相合，于是有了元气，元气变化而有了形体，形体变化而有了生命，生命经历种种苦难又回到死亡，这就跟春夏秋冬四季运行一样。死去的人安安稳稳地睡在天地之间，就好像她从我家的小屋搬到天地这样的大屋去住了，我不唱歌欢送，还要呜呜地围着她啼哭，那就太不懂得生命的真谛了。这样一想，我就停止了哭泣，敲着盆唱起歌来。”

逍遥归去

庄子在临终之际，他的学生想用一些好的东西给他做陪葬。庄子说：“我以天地为棺椁（guǒ），以时间为璧玉，以星辰为珍珠，万物都可以作为我的陪葬，我陪葬的东西难道还不够多吗？哪里还用你们再加上什么东西！”

学生说：“我们恐怕乌鸦、老鹰吃了您的遗体。”

庄子说：“在地面上被老鹰吃，在地下面被蚂蚁吃掉，躲过乌鸦、老鹰的嘴，却把自己交给蚂蚁，这不是太偏心了吗？”

庄子追求逍遥无恃的精神自由，他虽然生活贫穷困顿，但却鄙弃荣华富贵和权势名利，拒绝做官，力图在乱世中保持独立的人格，只愿活得像一只在污泥里自得其乐的龟一样自由自在。

庄子一生写下了十余万言的《庄子》，《庄子》代表了先秦散文的最高成就，现存共33篇，其中包括内篇7、外篇15、杂篇11。书中大量采用寓言故事，想象力丰富，睿智深刻，赢得后世无数文人学士的仰慕。

庄子的文字给人以超凡脱俗和崇高美妙的感受，而且极具浪漫主义色彩。《逍遥游》就是其中的一篇文章，同时也是庄子的处世态度。能把人情世事看得特别透的人，才能以寓言的方式表达自己的思想。纵观庄子的一生可以看出，他称得上是一个活得特别纯粹的人。